70年 70篇

辽宁短篇小说精选

（上册）

贺绍俊 ◎ 主编

马加 韶华 等 ◎ 著

辽宁人民出版社

图书在版编目（CIP）数据

70年70篇：辽宁短篇小说精选 / 贺绍俊主编；马加等著．—沈阳：辽宁人民出版社，2019.12
ISBN 978-7-205-09751-6

Ⅰ．① 7… Ⅱ．①贺… ②马… Ⅲ．①短篇小说－小说集－中国－当代 Ⅳ．① I247.7

中国版本图书馆 CIP 数据核字 (2019) 第 207292 号

出版发行：辽宁人民出版社
　　　　地址：沈阳市和平区十一纬路 25 号　邮编：110003
　　　　电话：024-23284321（邮　购）　024-23284324（发行部）
　　　　传真：024-23284191（发行部）　024-23284304（办公室）
　　　　http://www.lnpph.com.cn
印　　刷：鞍山新民进电脑印刷有限公司
幅面尺寸：170mm×240mm
印　　张：66
字　　数：1090 千字
印　　数：1～200 册
出版时间：2019 年 12 月第 1 版
印刷时间：2019 年 12 月第 1 次印刷
责任编辑：张婷婷
封面设计：琥珀视觉
版式设计：辽宁新华印务有限公司
责任校对：刘再升　高　辉
书　　号：ISBN 978-7-205-09751-6
定　　价：198.00 元（上下册）

70年70篇：辽宁短篇小说精选

编辑委员会

贺绍俊　孙惠芬
周建新　蔡文祥
张　洪　万　胜

序言：献给共和国的 70 朵玫瑰

贺绍俊

2019 年我们迎来了共和国成立 70 周年的纪念日子。辽宁省的当代文学陪伴着共和国一路走来，用文学记录了共和国的足迹。回首 70 年，辽宁作家创造了辉煌成就，这既是文学的荣耀，也见证了共和国的伟大。我们从 70 年来的辉煌成就中精心挑选了 70 篇短篇小说结集出版。70 篇小说就是献给共和国的 70 朵玫瑰。

为什么选择的是短篇小说？因为中国的新文学最初是以短篇小说开创新局面的。中国当代文学是在中国现代文学的基础上开出的新枝。因此当我们欣喜地采摘当代文学 70 年来的丰收果实时，不要忘记这也是现代文学的甘露浇灌出来的果实。在现行的大学学科体制中，中国当代文学与中国现代文学合并在一起，称之为"中国现当代文学"。它其实告诉人们，这两个专业具有内在的一致性，它们研究的对象都是以现代汉语为基础的文学。对于短篇小说来说，在这一点上表现得尤为突出，因为短篇小说是现代文学重要的标识杆。在 19 世纪末期，闭锁的中国在洋枪洋炮的威逼下被迫门户开放，开始迈出了中国现代化的艰难一步，带来一系列的社会变化。其中一个突出变化就是兴办现代报刊，这些现代报刊以城市市民为主要读者对象，基本采用白话文或文白夹杂的语言，以白话文为主要叙述语言的文学作品逐渐在这些报刊中占据更多的版面，这类文学作品可以视为以现代汉语为基础的文学形态的雏形。但标志着一个新的文学时代的诞生，却是自觉提出文学革命的五四新文化运动，新文化运动的主要阵地仍然是现代报刊，而最适合在报刊上登载的文体则是短篇小说和诗歌。因此中国现代文学最早结出的文学硕果也是短篇小说和诗歌。短篇小说的代表作家是鲁迅。他的短篇小说集

《呐喊》和《彷徨》成了中国文学的经典。这两部小说集所收入的小说基本上都是在《新青年》等报刊上发表出来的。文学期刊在当代文学的70年间得到了前所未有的发展，这就为短篇小说的繁荣提供了坚实的基础。

我们在为短篇小说叫好的同时，不要忘记旁边还站着一个"中篇小说"。文学期刊不仅是短篇小说的阵地，也是中篇小说的阵地，甚至现在文学期刊多半都偏爱中篇小说。也许我们把短篇小说和中篇小说放在一起来讨论一番，才能更好地体会到短篇小说的独特价值。短篇小说与中篇小说是两个极其相近的小说样式，区分二者的外部标准就是篇幅的长短，目前一般是将两万字以下的称为短篇小说，两万字到十万字的称为中篇小说，十万字以上的则是长篇小说了（有些评奖机制将长篇小说限定在十二万字以上）。无论是短篇小说还是中篇小说，基本上都由两大元素组成，一是故事性，二是艺术性。短篇小说和中篇小说除了篇幅有长短外，它们对材料的倚重也有所不同，中篇小说主要发挥了故事性的优势，而短篇小说则有赖于艺术意蕴的把握。这种差异正是短篇小说在发展过程中所形成的，更准确地说，是短篇小说在发展过程中分化出了一个新的小说文体：中篇小说。在现代文学诞生之初并没有中篇小说的说法，刊登在文学期刊上的小说统称为短篇小说。短篇小说是五四新文化的先驱们从西方引进的新文体，它不同于中国古代的小说。先驱们彻底反传统的决心也体现在对于文体的取舍上。他们有一个明确的思想：文学是进行思想启蒙的有力武器，但他们不主张用旧的文学样式来进行启蒙，在他们看来，用旧瓶装新酒的方式是无法有效推广新思想的，于是他们便将西方短篇小说文体引入中国。胡适当年在推广短篇小说的《新青年》上专门写过一篇文章《论短篇小说》，他给短篇小说是这样定义的："短篇小说是用最经济的文学手段，描写事实中最精彩的一段，或一方面，而能使人充分满意的文章。"胡适所说的短篇小说显然是针对传统小说的"故事化"叙事和"说书人"情景模式而提出的一种新叙事，它不追求故事的完整性，只是利用一个场面、一段对话、一种心理或瞬间情感流动来架构小说。从当时发表的短篇小说也能看出作家们多半都是借鉴了西方小说的叙述手法和表现方式。胡适在短篇小说的定义中一是强调"最经济的文学手段"，二是强调"最精彩的一段"，二者缺一不可。在创作实践中，作家们才发现，"经济"和"精彩"这两个词真是考量一个人的功力。于是，功力不够的作家或者不愿在这方面下苦力修炼的作家顾不上经济不经济，只图把故事讲圆满。另一方面，中国的读者习惯于从小说中看故事，突然让他们从情节完整、曲折的古典小说转向片段化、情绪化的现代短篇小说，他们还很不适应，读起来觉得很不过瘾。所以，短篇小说风头正健时，不断有读者抱怨短篇小说太"平淡"了。读者的习惯爱好也助长了作家讲故事的行为。为了把故事讲充分就不得不拉长篇幅，于是短篇小说在这些作家笔下变得越来越长，一般来说，三万字上下是讲述一个完整故事的时间长度。当如此长度的小说越来越普遍并深受读者喜欢时，人们干脆将其命名为中篇小说。中篇小说可以说完全是由于充分发挥了小说的故事因素而从短篇小说中独立出来的新的小说文体。表面看上去是中篇小说抢去了短篇小说的风头，但细究起来，其实是中篇小说把短篇小说逼到了绝境：既然故事性的长处被中篇小说占去了，短篇小说就必须在艺术意蕴上做文章。

中国现代文学诞生后的短短十年，涌现出不少短篇小说优秀作家。鲁迅毫无疑问是现代小说史上的短篇小说大家，他也是中国现代短篇小说的开创者之一。鲁迅在他开始短篇小说创作之前就对短篇小说的特质有了比较清晰的认识。当年他和周作人共同翻译和编辑《域外小说集》时，接触了大量的西方短篇小说名作。但后来他发现，读惯了一二百回章回体的中国读者并不喜欢短篇小说，鲁迅说："《域外小说集》初出的时候，见过的人，往往摇头说：'以为他才开头，却已完了！'那时短篇小说还很少，读书人看惯了一二百回的章回体，所以短篇便等于无物。"短篇便等于无物，显然是针对故事来说的，如果单纯为了寻求故事性，短篇的篇幅的确不能解气。既然如此，短篇小说就必须到故事以外去寻找东西，使短篇小说变得"有物"。鲁迅后来写短篇小说确实就是这么做的。如《社戏》，是在缅怀童年情趣上做文章，如《药》和《祝福》是在揭示事件和人物背后的内涵。将短篇小说变得"有物"的途径应该不止一条，鲁迅以及同代的作家们为此做了大量开拓性的尝试，比如有的把情感和情绪渲染得非常饱满，有的则是写得富有诗意，不妨将这些短篇小说称之为"情绪小说""诗性小说"。鲁迅的小说整体来说更注重于精神的开掘，可以将其称为"精神小说"。我们给短篇小说加上"精神""情绪""诗性"等定语，正是短篇小说艺术意蕴的不同呈现形态。

当代文学的70年，可以说是短篇小说在绝境中求生存的70年，也是短篇小说在绝境中得到升华的70年。短篇小说不必倚重故事性，相对来说便使其更为超脱,不会受到外在的干扰。这一点在70年的前半段显得尤为重要。20世纪五六十年代政治运动频仍,文学写什么的问题一直在困扰着作家们,但他们在进行短篇小说构思和写作时,这种困扰相对来说就要减轻许多,他们的心理感受、艺术领悟,可以借助短篇小说得到恰当的表现,作家们可以在"怎么写"上施展出自己的才华,从而使这一时期的短篇小说创作呈现出风格多样的局面。辽宁的短篇小说创作就典型地体现了以上特点。共和国的曙光首先从东北三省升起,辽宁的短篇小说创作敏锐地捕捉到新时代的信息,《诞生》和《初春的早晨》这两篇小说的题目,真是非常贴切地表现了新中国成立初期小说创作的主旋律。这一时期涌现出的不少短篇小说佳作也在全国引起热烈反响。

20世纪80年代起,中篇小说得到了前所未有的发展,成为文学最引人注目的明星。短篇小说很少形成轰动性效果,进入到一个稳步发展的阶段,逐渐成为一种中年化的小说文体。所谓中年化的小说文体,是说它像一个人步入中年,思想成熟,处事沉稳,而事业也渐入辉煌。那些长期执着于短篇小说写作的作家,并非要在这个领域制造轰动效应,而是要在这个相对稳定的空间里寄托或抒发自己的文学理想,因而中年化的小说文体就为一些作家提供了一个磨炼艺术功力的场所,使其创作保持着一个相对稳定的艺术水平,体现出中年化的成熟、沉稳。当短篇小说逐渐成为一种中年化的小说文体时,故事性就不会构成唯一的要素,我们就能从中读出更多的深层内涵和艺术韵味。从这个角度说,八九十年代的短篇小说是代表这一时期文学性的活标本。辽宁的作家就留下不少这样的活标本,他们在先锋小说、散文化叙事、诗意小说等方面的艺术探索中结出了成功的果实。

进入到21世纪,短篇小说逐渐成了小说大家族中的弱势群体。一方面中篇小说继续被文学期刊捧为主角,另一方面长篇小说越来越具有举足轻重的分量。随着现代化的节奏加快,文化在大幅度地分化和世俗化,社会审美时尚的文学醇度也大幅度淡化。长篇小说甚至包括中篇小说倒是能够适应这些变化,因此我们能明显地感到,21世纪以来的长篇小说在美学风格上越来越世俗化和通俗化,但短篇小说基本上保持着浓郁的文学醇度。从这个意义上说,短篇小说就像是一块磨刀石,作家们在短篇小说的写作中不断磨砺着自己的文学性。因此我们也不必为短篇小说成了弱势群体而伤感,相反,我们要为短篇小说感到骄傲。作为弱势群体的短篇小说,其内心并不是懦弱的,它具有强大的韧劲,它坚守着文学的理想。短篇小说是美丽的，因为只有短篇小说还在承载着纯小说的审美功能；但短篇小说又是脆弱的，因为它无法适应市场化和娱乐化的需求，它只能蜷缩在文学期刊里。站在短篇小说的立场上，我们要特别感谢目前尚存在着的上百种文学期刊，这些文学期刊的势力范围虽然在各种新媒体的"侵略"下变得越来越萎缩，但只要这些文学期刊还存在，短篇小说就不会灭亡。在这部小说集里，就有好几位近几年冒出来的文学新人，他们热爱短篇小说，也娴熟地掌握了短篇小说的技巧；他们承接起辽宁当代文学的传统，又为小说注入新的鲜活的审美意念，让人们看到了辽宁文学的希望。

辽宁是一个美丽的地方，曾以"长子"的责任担当支撑起共和国开创期的艰难。许多有志者从内地跨越关外投入到辽宁的火热建设中，其中也不乏作家的身影。从收入本集的作家构成就可以看出，其中既有土生土长的辽宁本地作家，也有从外地来辽宁工作的非辽宁籍的作家，还有虽然在外地工作和生活却依然眷念家乡的辽宁籍作家。作家身份构成的多样性，也造就了辽宁短篇小说创作的文化多样性。辽宁这片美丽的地方应该产生更多的文学佳作。但在中国飞速发展的形势下，辽宁正为自己的滞后而焦急，辽宁的文学界同样也有一种焦急感。重读共和国70年来的短篇小说佳作，我们一定会坚定自己的信心，在辽宁这片美丽的地方培育出更多也更鲜艳的文学"玫瑰"。

（作者为中国作家协会全委会委员，辽宁省作家协会副主席、小说委员会主任，沈阳师范大学中国文化与文学研究所特聘教授）

目 录

上 册

50—60 年代

诞　生	草　明	001
初春的早晨	师田手	023
关于吉庆喜的一篇记载	罗　丹	047
并蒂莲	胡清和	057
少织了一朵大红花	白　朗	069
初春的日子	蔡天心	084
杏花开，种棉花	马　加	100
渴	韶　华	113
在悬崖上	邓友梅	124
三人下棋	李惠文	149

70—80 年代

老艄公	李云德	155
神圣的使命	王亚平	166
"不称心"的姐夫	关庚寅	191
少年 Chén 女	舒　群	205
普通老百姓	迟松年	249
大车店一夜	金　河	266
芦花虾	邓　刚	282

雪国热闹镇	刘兆林	293
路　障	达　理	307
三角梅	王中才	326
干　草	宋学武	339
夫妻粉	庞泽云	352
叠纸鹞的三种方法	马　原	365
有这样一个小女兵	中　夙	378
坐着的和站着的	陈　屿	387
焦大轮子	于德才	396
马嘶·秋诉	谢友鄞	418
乡　长	林和平	431

下　册

90年代至今

狼爷·狗奶·杂串儿	马秋芬	447
七月鼓·八月瓮	白天光	463
平常人的故事	庞天舒	474
厨　房	徐　坤	489
桥	刁　斗	504
九月玉米地	于晓威	515
台　阶	孙惠芬	530
谁能摩挲爱情	孙春平	543
上　边	王祥夫	560
马凯的钥匙	津子围	572
老头老太太之歌	皮　皮	583
魔鬼超市	白小易	596
像飞一样	王伏焱	604

目 录

阳光灿烂照耀谁	谢竞远	627
巴甘的蝴蝶	鲍尔吉·原野	642
理直气壮就好	徐 铎	648
彩 票	刘 庆	660
北京的藕	李 铭	673
纸 窗	张 涛	682
喝口酒暖暖身子	杨家强	693
走，逃学去	鲍尔金娜	705
动 荤	尹守国	721
街灯不语	周建新	729
卡尔里海的女人	鬼 金	740
西伯利亚寒流	李 厘	756
寻找艾薇儿	苏兰朵	770
俄罗斯陆军腰带	马晓丽	795
青 苔	安 勇	813
扫 尘	孙焱莉	829
水袖舞翩翩	宋长江	839
美丽鞋匠铺	张鲁镭	850
饭堂哨兵	曾 剑	865
埃蒙先生的蛋糕	俞 胜	881
儿子上树	女 真	889
北方化为乌有	双雪涛	904
送韩梅	李 铁	917
一滴不剩	老 藤	934
冬 泳	班 宇	952
仙 症	郑 执	971
教授与狗	陈昌平	992
执子之手	万 胜	1010
帅府广场上的新娘子	刘嘉陵	1028

诞　生

草　明

老李醒来了，一尊佛似的坐在炕上。拧亮了电灯，他才算睁开了发涩的眼皮。今天屋里收拾得特别干净，衣柜上那块黄铜锁门擦得闪亮，柜台上还摆了一碟糖果和一碟瓜子；那只座钟嘀嗒嘀嗒走得特别有劲，不偏不倚地正指着六点。他一看见座钟就想起自己的妻子。莫秀荣这个人就有点特别，结婚不久，坚决要买这一只座钟。

"我有个手表就算啦，还要个座钟？"他反对她说。

"手表是你的，座钟是我的。你这个人在工厂只知道干活，回家来只知道睡觉。它呀，可什么都告诉我，什么时候该给你做饭，什么时候该叫你起床，它还告诉我什么时候你该回来。你别看它是个家什，它对我可比你细心！"她喜欢借个什么机会来抱怨他一顿，这他倒也习惯了，只是他怎么也想不到一只座钟会给她那么大的安慰。

他想到这儿就失笑了。他对待妻子有两种极不同的态度。他有时觉得她幼小得像个小孩，以致她打算跳过一道宽沟时他都向她瞪眼；有时她挪动一点笨重的东西累得满头大汗，他溺爱地望着她，举举胳膊就替她做妥了。但是该吃什么饭菜，该穿什么衣服，盖几条被子，他都得依她，他也服服帖帖地接受这种母亲般的监管。

"我妈活着，管保喜欢这个媳妇。"一想到母亲，他就兜起了满腹心事："今天是除夕，她老人家活着的话，唉，想啥有啥，她该满意呢。"真是，人们逢年过节，感触就特别多，他这时把自己有记忆以来的事都想了一遍。他十一岁上开始给人放牛，十六岁上因为丢失了地主的一头牛，他逃来这儿，过着半饱的苦力工人的生活。不久，这儿解放了，那时他还连什么也看不清，只因为能够吃饱肚子，并且不再受人打骂，他就使劲地干活。后来青年团教导他成为一个自觉的人。哪里有困难，哪里有重活，他就在哪里出现。不久他被调到炼钢厂平炉跟前去学炼钢，并在那儿参加了党。……他想起了两个月前，支部把他从八号平炉调到十号平炉去的时候对他说："那儿生产情况不好，只有一个党员和一个团员，你去那里要起作用。"不说远了，就说前天支部开会，号召党员带头展开迎接新年的生产竞赛，支部书记哪一句话不打动他的心？想起了这些，他觉得自己的心脏都快跳出来了。"不行，我一定得回到平炉跟前去！……"

他刚要站起来的时候，莫秀荣像一阵风似的走了进来。她一手扯下头巾，一手举起酒瓶对他晃荡，笑眯眯地把瓶子塞在他怀里，一个劲儿乐着说："饿了吧？我马上给你下饺子去。待一会咱俩好好出去玩玩。"她像一只家雀似的灵活，屋里屋外乱转。她一面下饺子，一面摆碗筷，嘴角含着胜利的笑容，得意地对丈夫说："我差点给家属委员会主任王凤珍缠住了，叫我去排剧，明儿上工厂演剧，慰劳你们；哼，我才不听她的。多少双眼睛瞅着自己，脸往哪转好？再说，今天是除夕，好容易盼到你除夕休班，我该和你好好过个年。"她说两句，又到厨房去，一会儿又跑进来，忙是忙，可是她一丝不乱，兴致老是那么好。"她说等一会儿来接我，还说把你也接去。看吧，等一会儿，咱俩就去文化宫看热闹去了。让她来接吧。看完热闹咱俩还看我妈去。听着，今天你什么都得听我的。"

看见妻子今天特别爱说话，笑得合不拢嘴，老李一时不知道对她说什么才好，只用爱抚的眼光望着她。心里想："和她在一块堆过个年，敢情不错。她就是会摆弄，将来生上一两个小孩子，她准会把他们收拾得干干净净，逗得他们热热闹闹的。可是她知道我要回工厂，她会气炸的。"他想到这儿，皱起眉心又坐了下来。越是看见她快活，他心里就越发踌躇了。

一会儿工夫，饺子和下酒菜都摆开，秀荣满满斟一杯递给李庆臣说："喝吧，今天你乐意喝多少就喝多少，完全听你的。"她说着，从眼睛、鼻尖一直到嘴角都流露出幸福的欢快。

"我一点也不喝,你知道我上班之前不喝酒。"老李郑重地伸手推开她的杯子。他知道这句话一出口会引起不愉快,因此他紧紧皱着眉毛,像在小组会上准备争论的时候一样。

"你疯了,你今天不是歇班吗?你忘了吗?"她非常诧异。因为事情来得太突然,她脸上的笑容一下子还收不回去。

"今天本来该我轮休,可是我一定得回工厂去和工友们一块儿过年。那边总比这儿要紧一些。"

他那副一经决定、绝不改变的脸色,莫秀荣是很熟悉的,她正吃着半个饺子忽地撂下了,脸上的最后一丝笑容也给赶跑了,好像晴朗的夏天里突然下了一场雹子一样。沉默了一阵,她鼓足了勇气,用撒娇的口吻争辩道:"今天我一定不能让你去上班。这是该你休息,可不能怪我扯你后腿。和你结婚以后,我还没有和你在一块过过年哩,好容易盼到你休班,你偏要回厂子。我问问你,平常休班,你还在家休息休息,为啥过年却偏不肯休息?"她由撒娇变成气愤,气愤又逐渐变成悲哀了。

"和你结婚以后,我还没有和你在一块过过年哩。"

这句话可也真有力地打动了他。他站起身来,走到她跟前,摸捏着她的发辫说:"傻丫头,我当然愿意在家过年,和你在一块儿过年多好玩儿!可是你知道这个年是什么年?"他本来想对她说这是第一个五年计划的第二年,可是这些话他都没有说出口,只对她说:"秀荣,你该赞成我去工厂才是。下次休班,我保证陪你去看电影,好不好?要不,在你妈家待上一天也成。"

秀荣把身子一扭,甩开他的手,绝望地嘟哝着:"你进步,我落后,就你一个人进步!"她干脆饭也不吃,爬到炕上躺下。

老李闷闷地吃了几个饺子,戴起手套,站在炕前好一会儿,想安慰安慰她,又想好好教训教训她,但到底一句也没说,转身就出门奔工厂去。沿路上机关商店都张灯结彩,他也没心思去观赏。一直走到了铁西区,在锰铁炉喷出的火光辉映下看见了一排高炉的巨大的身影,他才又高兴起来,不觉加紧了脚步。

到了工厂,看看时间还早,他跑到会议室去。那儿人不多,十号平炉的几个工友在一块打扑克。小魏一看见老李,不相信地揉一揉眼皮,定睛一看,高兴地嚷着:"老李,你来啦!"他的声调那么惊奇和快乐,使得大家都一齐抬起头来看。

炉长老潘用老炼钢工人的那种镇静、果断的风姿跷起大拇指说:"老李好样的!"

王成章把扑克一撂,一手捻着老李叫他坐下,认真地追问他说:"你老婆怎么肯让你出来?"

老潘抢着回答说:"你要学习先进经验,先得请请大家的客。"

他这一说,逗得大家都大笑起来。老李不会开玩笑,给这帮年轻伙伴们你一句我一嘴的倒弄得不好意思起来。他脱口说道:"在这儿过年,比在家能强十倍。"

"当然强呀,明天,该咱们选你当劳动模范啦。"

大家一听这句话不是味儿,赶快回过头去看,原来屋角里二助手陈祥沛远远离开大家,独个儿抱着膝盖坐着呢。老李笑着走了过去,在陈祥沛肩膀上一拍说:"你老兄过年也不说一句好话,你屋里的和你成天相处,不讨厌你吗?"

陈祥沛看见自己的话引起了大家的注意,心里稍稍有点畅快;但是老李并不因此发怒,他心里又有点失望。陈祥沛自从今年春上升为二助手,但是工资没有提高,便满肚子牢骚,什么事情也看不顺眼。这时他有意让老李下不来台,斜着眼睛走开,理也不理他。老李一点也不介意,回到大家这边来。小魏却在那儿打抱不平,在陈祥沛背后狠狠地瞪了两眼。

换好了操作服,大家高高兴兴地接班去了。除开陈祥沛落在后头以外,今天晚上他们很整齐地一块儿跑到十号平炉去接班。炉前炉后都检查过了,各人都把自己负责的那部分的情况了解清楚。台前打扫得特别干净,休息室门前还挂了个红灯笼,这能叫上班的人精神爽快。老潘他们正在表示特别满意的时候,交过班的丙班炉长老陆用抑郁的语调望着老潘说:"我们班原打算炼一炉快速钢来迎接新年,只是,没配合好。记住呀,没配合好!你们看着办吧,能够为你们做的,我们都已经做了。"

李庆臣瞪大眼睛一脚跨上前,正要向老陆说什么,老潘镇静地一把拉住他。两个人的眼睛不约而同地相遇了,互相看了一眼,就像已彼此了解似的不说话了。交接班完毕,老李一把拉住老潘说:"老潘,刚才你为啥不让我说?你这个人太慎重啦。我们应该坚决完成上一班的计划——炼一炉快速钢不好吗?咱们这个炉子叫'青年炉',咱就得让它有股青年气才好。"

老潘缓慢地点点头,望着他,仿佛征求他的意见。随后说:"炼钢不同别的,需要各个部门一条心,没有充分布置不敢动手。"

"谁说不是呢？刚才他们出不来快速钢，是因为和上一班，和原料、吊车、大罐都没有配合得好。配合，靠人去做，这好办呀。你召集一个会，把工长也请来，合计好就干吧。你、我都是党员，我们首先要有信心，是不是？"

老李把工长王洪德找来了，老潘举起胳膊一招呼，大家敏捷地在挂料槽前蹲下了。

老潘用最简练的字句向大家说："还有两小时，第一个五年计划的第二个新年就到了，咱们'青年炉'的工友用什么去迎接她？瞧，丙班要炼一炉快速钢虽然没有达到目的，但他们已为我们创造好一切条件，现在全看咱们甲班了。"

他这两句话蕴藏了很大的煽动力，小魏听了已按捺不住，为了表示他的衷心的拥护，他加添说："今儿晚上还添了个老李。人家年都宁肯不在家过，跑了来不是为了多生产为啥？"

煤气烧得正旺，平炉里熊熊的火焰从炉门缝里冒出来，一股热劲儿正有力地温暖着平炉工友们的心。就凭着这些炙热的火焰，和热烈翻腾的钢水的熏陶，炼钢工人早就锻炼出来不怕赴汤蹈火的坚强的气魄和当机立断的机敏。今天是除夕，偏偏老李又抛开温暖的家跑到车间里来；再经炉长老潘这么一说，谁还能沉得住气呢。大家嚷着说："出一炉快速钢赶趟呀！"

"赶趟！工长，下决心吧！"有人直逼王洪德。

"嚷嚷倒容易，实际做到并不容易。这是炼钢啊。"王洪德拿脏污的手扶一扶眼镜，看看大家，嘴唇连一丝商量的笑容也没有：他竭力要显示他的不易冲动的性格。

老潘在那边显然很为难，踌躇着没有开口。大家看见炉长不说话，也就互相看望着。老李机灵地点醒工长说："丙班才加完头一批料呢。"他本想说说怎样争取迅速装料、补炉，怎样设法争取时间；不过，他仔细寻思，像他这样的一个助手，在工长面前说一番快速炼钢的道理，只会惹起他的反感罢了。可是他一定得坚定他的信心，有意抢前一步，站在王洪德跟前，提高嗓音说："工长，我记起来啦，那时我还在八号平炉哩，九月里你领着八号平炉不是出了一炉七点五十二分的快速钢吗？那一次国庆竞赛我们八号平炉还得了第一呢。"

这句话大概打动了王洪德，他高兴地望了望老李，用短促的声音快乐地笑了两声，然后摆起正经面孔说："哦，你不提我都快忘了。可是你知道那一次有专家的帮助，并且按操作规程办事，费了多少劲啊，工友们好歹协作得不错罢了。"

老潘趁机紧接着说:"我们一定协作好,按操作规程干,你只管吩咐吧。"

大伙七嘴八舌地说,激动得这位毕业后在平炉前工作还不到两年的大学生也高兴起来了,不觉用亲昵的语调对大家说:"你们等着吧,我会叫你们累得直不起腰杆来的。"

听见工长说这话,大家知道他已同意,就都满意了。现在老潘吆喝一声都是很有力量的,他扬扬头、摆摆手就等于一种号召。炉门开开,李庆臣已经准备好大铲的镁砂往前墙贴。工友一个跟一个地都跟着一铲一铲地贴。听见他们的计划,八号和九号平炉的工友都兴奋地过来帮助。人们在炉门前左右两边自然形成的行列,快捷得像个自动的机器,只有轮到陈祥沛时,他的动作缓慢,活像机器的齿轮转到这里就被一粒小灰砂卡了一下似的。炉内的火焰越来越旺盛,不断地冒出炉门,用它的巨大的鲜红的舌头,威吓着工人们,也煽惑着他们。他们的长手套和操作服的袖子实际上已经挨到了火焰,炉内高温的热力烤得他们的眼睛发干,脸上像抹搽了辣椒似的辛辣作痛;汗水在他们的唇部、面颊、肩背和胳膊上直流。可是他们没有退却,倒是用像是制服猛兽的气魄更凶狠地把镁砂往炉里投。他们心里越是高兴,动作就越敏捷和轻巧。白烈的火焰终于被他们制服住,炉门闭上了。大家纷纷解下脖子上的手巾擦脸,有去喝水的,也有跑到喷管下喷水洗头的。

看见时钟正指十二点,李庆臣看着红灯笼,猛想起莫秀荣独个儿在小屋子里迎接新年,心里感到不是味道,他想:"她也能来工厂干活多好!"还来不及往下想,看见陈祥沛到自来水底下用嘴去接凉水喝,他赶忙端一碗开水送到他跟前说:"喝这个吧,煮开过的喝了不闹肚子。"

陈祥沛有点过意不去,看了他一眼,接过水来,一口气就喝完了。老李乐呵呵地问:"还要吗?"

他并不回答他,只轻轻叹了口气说:"我想回家过年,可偏偏轮不着;你呢,多好的运气,过年碰上轮休,却偏偏要回来。"如果说他在替别人惋惜,还不如说他对这件事实在想不通。

李庆臣温和地笑着回答说:"轮休每星期都有,下回再休息不晚。"

"你还没有明白我说的,今儿个是过年呀,谁不想在家团圆团圆!"

"我知道呀,"老李又擦了一把汗,顺便在铁钎上蹲下来,认真地望着他说,"就是因为过年,我才回来。这时我蹲在家里过年,只和我老婆一个人团圆,啥事儿也干不出来，年就白过了。可是回车间来，我可以和大家团圆，和大家一块儿出钢，年没白过，心里才舒坦。"

"国家才不在乎你这几个钟点哩。"陈祥沛轻轻把手一摆，然后把手套放在黏土块堆上，自己坐在手套上面去。

"谁说不在乎这八个钟头？不，连一分钟的劳动也有用。你敢说不是吗？咱们不是有六亿人口吗？一人一分钟，你算算有多少分钟？"

"那么以后就干脆取消轮休得了呗。"陈祥沛不紧不慢地说。

"老陈，话不能那么说。可是人心是肉长的，想想已往，想想今天，我干起活来恨不得把全身的力气都使出来。"李庆臣兜起了满腔心事，只想把话往外掏，"老陈，在早我什么罪没受过？我十一岁上就给地主放牛，逢年过节想回家看我母亲，他们不但不答应，还打得我皮青肉肿，我是吃皮鞭子过的年啊。可是你知道我母亲多想我，哪怕三天不吃饭也攒出点钱来给我包菜馅饺子。我记得有一年除夕，我母亲一面下饺子一面对我和我妹妹说：'庆臣，你快快长大吧，总有一天，我们会包肉馅白面饺子吃的。'那时节柴草烧的可屋子香味，小马架子里烤得多暖和；我那时啥也不懂，瞅着火焰，只安慰我母亲说：'妈，我们要包肉馅饺子，米缸里还放满高粱米哩。'我母亲笑了，可是我妹妹比我更不懂事，嚷着说：'不，是白面，不是高粱米。'我母亲没有气她，只宽宏大量地对她笑一笑。……"

这时大家正是歇歇手的时候，看见老李和老陈谈得那么带劲，陆陆续续走过来听。老李谁也不望一眼，瞅着前面的平炉，只顾说下去：

"那个时候，我只为了肉馅饺子和满缸的高粱米，熬苦熬煎地活过来啦。鞭子落到我身上时，我咬着牙根想着我母亲所盼望的肉馅饺子；地主骂我时，我沉住了气想着妹妹所需要的白面……"

谁听到这里，一番好意地替老李高兴，打断他说："现在该满足啦，白面、猪肉，要啥有啥了。"

李庆臣忽然瞪起眼睛，大声说："不，现在我更不能满足，所以连夜跑这儿来。"

"为什么，难道你老婆没有给你包饺子？"

老李缩着鼻子，仿佛在嗅那柴草的香味似的，眼睛盯着能把铁水炼成钢的火焰，心事重重地说："不错，饺子吃上了，呢子衣服也穿上了。可是我现在想的是怎样多炼钢，叫咱们的国家早一点建成社会主义现代化的强国，让所有的家庭都能过幸福的生活。老陈，我想这个问题想了千百遍啦。想来想去，还是要回来。咱们是炼钢工人呀。如果你想到人们多么需要钢，农业需要钢，老百姓生活需要钢，那么，你也会把什么都忘记的。……"

人们都被李庆臣的话打动了，谁也没有注意到王洪德是在什么时候走过来的。这时他已经掏出小本子迅速地记了些什么，等到李庆臣的话讲完了，他就用受了感动的声音大声地对大家说：

"同志们，咱们行动起来吧。你们去添点冷料；老潘，来，我去看看炉温就回来和你精密地计算一下。"

陈祥沛慢慢地站起身来，一声不响地过去拿大铲去了。老潘注意地盯着他，奇怪地想道："这个人从来不端大铲的，今天怎么啦？"他看了他几眼，也没说什么。随后他跑过去看了看炉内熔化的情况，便到休息室去和工长计算原料去了。

大家又紧张地工作了一阵，回到休息室旁边来擦汗。王成章挨近李庆臣身边，说："你说得不假，一样事情可有两样想法，拿个人的事情和国家的事一比，就能瞅出个大、小、好、坏来。"他忽然毫无顾虑地说，"老李，什么事你总先想到国家，不想自己，我可办不到。我不是不明白国家事情的重要，只是国家的事有大伙关心，我自己的事我不去解决谁去解决？就拿刚才你的情形打个比方吧，你不在家陪你老婆，谁去陪她？这是实在话，我不容易办到。老李！"他仿佛要求他原谅似的低了头。

"老王，把眼光放远点。少和老婆过个年，没啥了不得，将来建设好幸福的生活，还能落得下我们吗？"老李天生一副庄重温和的笑容，能帮助他的话平易得印入人心。王成章虽然还没有完全被他说服，但是他需要老李精神上的支持，这时李庆臣的点头和微笑对他都是很重要的。

小魏是十号平炉里最年轻的一个，只二十岁，原是原料班的杂工，成天嚷着要到平炉工作。乍一来时，给炉火烤得脸上热辣辣地作痛，他捧着脸哭了几天。两个月后，他就习惯了，成天乐呵呵地见活就干。可是人贪玩，一玩起来就啥也忘了，因此在青年团的小组里常受批评。老李耐心地帮助他，常常讲自己小时候的事告诫他。在炉前只要一歇手，小魏就被着老李批评："真的，假如那一天你不是为了撵那只跛脚兔，牛还丢不了。"有时他温顺地加一句："那时误了活要挨揍，现在误了活没人揍咱，良心倒过不去。"今天晚上他觉得老李特别可亲，真想过去抱住他，缠他一顿。不过他并不去靠近他，只望一望他就满身都来了劲，不是去变更煤气，就是去打扫炉前、修理炉钎，谁叫他休息一会儿他就向谁瞪眼。

陈祥沛觉得自己的脚步和胳膊都沉重起来，不，那是他的心沉重呢。他郁郁不乐，心想："唉，老李这小伙还提起旧社会那些事干啥呀。说苦，我比他更苦。要不是共产党来了，恐怕连我的骨头都捞不着了。"他心里异常烦乱，想赶走这些思想又赶不掉，只低着头一个闷劲儿干活。把身上的劲儿都使出来，他才感觉痛快点。老李在旁边早就看出来了，他走上前去笑着夺去他手中的铁铲，一把拉他在铁架子上坐下说："你休息一会儿吧，累坏了明天不能抱孩子去看戏。"

他没心思说笑，也怕看见老李的眼睛，像一个刚从隧道里出来的人怕看刺眼的阳光一样，他觉得老李的眼睛洞悉他的心事。他表面上好像依从了老李，但是实际上却钻到炉下去打渣去了。到了那边，小魏早在那儿打了。他抢了小魏的棍子，摆一摆手说："你上去吧，这丁点活用不着两个人来干。"

小魏歇下来看着他使劲打，觉得他比自己熟练多了。他一打总是打中最脆弱的地方，钢渣随着他的铁棍一块一块掉下来。他一把揪住他的胳膊，用年轻人的直率的态度说："我算佩服你啦。可是问良心，过去我一直看不惯你哩。"

陈祥沛连看也没看他一眼，还是郁郁不乐地说："这就算你瞎了眼啦。不要跟我说那些废话吧，不，我脑子里乱得很。唉，你回去得啦，这儿没你的事儿。"

"你想赶我是赶不走的，这炉钢达不到快速，咱也没脸面迎接新年啊。明儿下班家属队还来拜年哩。"

他们两个说着，谁也不愿赶走谁，一眨眼工夫，炉下的渣子都收拾干净了。陈祥沛放好铁棍，爬着铁梯忙往上钻。小魏撵上一步，一把抓着陈祥沛的腿踝子说："你有好手艺不传授传授怎能行？快告诉我你打渣为啥这样快？"

陈祥沛俯下头去，难得地笑了，对他说："好小伙，下回再告诉你，上面该兑铁水啦，我得赶快回去。只是你记住，什么东西都有弱点，抓住它的弱点，就能治得住它。"不知道为什么，小魏这一招，倒把他一身都搞得暖洋洋的，身子也轻快了，他不觉一跃就爬上了平台。到了炉后，老李在那儿正准备代替他摆弄兑铁水的小车。一拉开老李，他有力地挥着胳膊摆手势，这时他忽然觉得自己很威风，很有权力。瞅，凶猛的铁的溶液不是驯服地往炉内倾注了吗？

老潘炉前炉后忙个不停。为了原料过磅的问题,他跑原料班起码有六趟。他从当了一辈子铁匠的父亲那儿继承了一副好脾气:他从来不和别人争吵,可是谁不按规矩办事他就不肯罢休。他这时不觉得累,越跑越欢,心里忽然想了专家的批评:"你们比一家小杂货铺还不如,怎么连个秤都没有?小杂货铺还有个小秤啊!"他这时候想起什么来都觉得快乐,如果专家在他身旁的话,他一定会挽住他的胳膊,亲昵地对他说:"唉,咱们就是连个小秤都没有,可是坚决要奔向社会主义大生产啊。将来什么都会好起来的。"可是等他和原料工段长打交道的时候,他却又用另外的口气说:"你们不把冷料过磅,咱们就很难按钢种出钢啊;熔毕炭那玩意儿太不好掌握啦。国家叫我们出重轨,我们出了轻轨,天兰铁路就撂在那儿等我们啦。秤不是没有,咱们就是喜欢按老规矩办事。"

原料工段长笑着解嘲说:"得啦得啦,你的话一千个对。咱们来个新年挑战吧:以后我们保证主要原料过磅,你们保证按钢种出钢,看天兰路到底误在谁手里。"

老潘达到了目的,豪迈地向夜空摆摆手,仿佛挥赶一群飞雁似的对着正吊驶着六个原料槽的天吊。

老李在炉前一时加料,一时补炉,重活总是他当先,大伙随后跟着他上。在这紧张的劳动中,已充分显示他的有节奏的操作和优越的领导能力了。王洪德注意地看着他,禁不住惊喜地想:"好小伙,叫他当个炉长也蛮像样了。"看见人们又陆续回到休息室来了,这位工长正打算利用这空隙和他们谈谈操作规程的问题,却看见老李一摆手,工友们就又一阵风似的跟着他往九号平炉跑过去。原来他们是去帮助补炉的。他在心里对自己说:"集体观念,这是我要向他们学习的地方。"自个儿平心静气的时候,王洪德会想起自己许多不够的地方。凭良心说,他并不满足于自己,他也知道自己有许多缺陷,不过当别人正面批评他的时候,他总觉得别人只看见他的短处,那时他就会替自己辩护起来。不过,主观再强的人,在这个火焰炙人的大熔冶炉跟前,也会扪心自问的。"我太爱面子了,只许别人顺着我来,不让别人拂我的意。这脾气早晚得改一改。"他想到这儿,就打住了,敏捷地跑到炉眼前,举起蓝玻璃镜子察看里面的钢水的情况。炉内钢水正沸腾,沉甸甸的红色的小浪头此起彼伏。他记起自己两年以前念书时代在海滨洗海水澡时的情况,海浪本来就不知停息地在互相追逐嬉戏,年轻人还觉得它们不能发泄心中的欢腾，竟在浪头里互相打水仗，叫浪花蹿得丈来高。啊，那个蓝色的海跟这个红色的海一样雄伟可爱；不同的是，过去他只在蓝色的海的怀抱里嬉戏，而现在他对这个沸腾的红色的海有一种责任罢了。但是这种责任感不正是叫他快乐和骄傲的吗？他想得出神，袖子一把被人拉住，回过头去一看，原来是值班主任聂翔鹤。他高兴地指给聂翔鹤说："你瞅，这多好看。工友们总爱看精炼时的钢水，我却喜欢看沸腾。我一看见它心里高兴得就要按捺不住。"

值班主任觉得把时间用在讲这些话上最没有意义，他不以为然地说："这是作家说的话，不是工人说的话。"

王洪德听了，却忍不住心头的兴奋，直率地说："不瞒你说，等将来我老了，再不能在平炉前工作的时候，我就当个作家去。那时我积累的材料可以写它厚厚的三本书。我现在每天都记日记呢。"

聂翔鹤看见对方那么认真，倒被他的真挚所感动，稍微温和了点，淡然地安慰他道："也许你等不到老就可以把书写成，因为共产党会帮助你实现理想。你看新中国不是已经有工人变成作家了吗？只是我现在急于要和你谈的不是你什么时候变成作家。喂，老王，我郑重地问你，十号平炉究竟什么时候出钢？"

"现在我有把握告诉你：准七点。"

这位年过三十五的人慢吞吞地计算着说："一号平炉七点以前出钢；四号平炉也是快速钢，出钢时间可能提前到七点十分左右；六号平炉却是七点半至八点。四个炉子挤在一块出钢，大罐和百吨吊车都错不开。我可一点办法也没有。大罐是这么些，百吨吊也没有多出来一个，地坑更是那么宽，要是因为周转不过来，耽误了你们的快速钢，我可负不起这个责任。我可要先给你们说清楚。"

王洪德听了一急，违反了他平常对值班主任的尊敬习惯，一把抓住他，要他领他一块去切实调查去。

好容易到了这个沸腾的时间，大家好抽个空儿歇歇手。

一歇下来，老潘立刻走近陈祥沛，又是鼓励又是安慰地说："老陈，累得够呛吧？歇一会儿再说。"

"老陈，你明天休班准备上哪儿玩去？"老李也笑着问他。

陈祥沛看见不少的人关心他，倒不好意思起来，躲开大家的注视，望着那些空的原料槽含糊地说："我想的不是明天的事。"

他说到这儿就打住了。小魏不知道是仗着自己已了解了陈祥沛,或者是拿自己的思想去比量别人的思想,他抢着代替他回答道:

"我知道,你是想将来,是不是?说句老实话,我也是想将来,今天我特别愿意想将来。"

大家看见陈祥沛并不打算畅快地讲,于是立刻把话题转到小魏身上。

"你说吧,你有些什么打算?"

"你们听,今年我整整二十岁了。要是中国到社会主义现代化强国还要十五年的话,那时候我刚好三十四五。在这十四五年内,我该为祖国做到些什么?我要订个长远的计划啊。你们都比我年长,给我提提意见吧。"

老潘满意地点头称赞说:"好,你真想得周到!"他竟老老实实替他考虑起来:"你要我提,我可不客气啦。头一着,你要把自己的文化程度提高到业余大学的程度,在工作上能担当得起值班工长或护炉技师的职责。你知道,十五年之后,谁知道咱中国有多少钢铁基地,需要多少人才!"

小魏一听,高兴得跳起来,老转换自己的位置,但转来转去,怎么也压不住心中的兴奋。

"要争取在最近两年内入党,小魏。"老李加添说。

"老李,你说的太重要了,我会这样努力的!"他简直像过生日似的高兴,只顾不住地点头。他并不是没有想到过自己的将来,只是没有像今天夜里想的那样高尚和长远罢了。经过大家这一鼓励,他对于这样大的计划充满了信心。

老潘满腔心事地叹了口气说:"我光会希望别人,其实我自己也应该争取争取。我们这个青年炉数我年岁最大,但是我才不过二十七,为什么就不能学?有一天上级会让我去上学的。大伙说一说,今天是新年,咱们应不应该往最好里盼望?"

"应该,太应该了。这个年头,我们的理想早晚能实现的。"

"你呢,老李,你盼望些啥?"

"我么?我希望自己永远从事炼钢的工作,我永久不离开平炉才好。钢对人们的生活太重要了。"

"老潘,快来,出了问题了!"王洪德躲过装料机,一跌一撞地跑过来,一边跑一边嚷。

诞　生

"什么事？"

他走近了大家，急急地说道："不好了，咱们的努力白费了。四个炉子同时出钢，大罐、吊车和地坑都忙不过来，咱们白炼快速钢了。一号平炉在我们十号平炉前面出钢，四号和六号平炉却紧撵我们，我们夹在当间儿啦。天知道是怎么回事，偏偏四号平炉也出快速钢，六号平炉也不慢。唉，谁也不让谁，谁也不让谁！"王洪德顿脚了。

老潘望望大家，像在测验大家是否有办法。王成章看见谁也没有吭气，叹口气说："我们不放松一分钟，可是最早得七点才能出钢，怎么办呢？"

老李沉着地说："咱们能争取在一号平炉前面出钢就平安无事了。"

他一说，大家添了一线希望，可是王洪德无力地冷笑说："再提前，就不是我这个工长的能力办得到的了。你们请值班主任去吧。现在的成绩已经不坏了呀。"

老潘低头沉思。小魏急得直扔黏土块，刚才的一团高兴早飞跑了。他试着对工长建议道："反正一号平炉出的不是快速钢，就让我们十号平炉先出，它等一会儿出得啦。"

"你这小子好聪明啊。我已经向值班主任提过啦，他不同意嘛。"王洪德在摆手。

"咱们'青年炉'为啥做损人利己的事呢？"老潘像个大哥哥似的直对小魏说。

"老潘，咱们找支部去，也许他们能给咱们做主张。"老李建议道。

王洪德又顿一顿脚说："现在摆在眼前的是科学、技术问题，不是政治问题。支部也不能马上给咱们添设备呀。算完啦，快速不了啦。瞅着钢炼好闷在炉子里，像产科大夫瞅着难产的产妇一样，才叫人难受哩。天知道它会起什么变化呀。"

大家听了王洪德的话，都低头发呆。陈祥沛为了掩饰自己的难过，竟走开找活干去了。老潘振作起来推推李庆臣说："老李，我不能走开，你代表大家找支部去吧。"

王洪德其实也并没有完全放弃希望，焦躁地在地上拼命计划着。人们望着他，也把希望寄托在这杆小铅笔上。老潘走过去和他一块儿算，小魏还自动把原料的数字和各种记录一项一项念给他们听。王成章悄悄对另一个工友说："支部可能有办法的。有一回也是地坑错不开，支部和工会发动大家想办法，做了很多工作，后来问题就解决啦。"

王洪德和老潘算了半天，像有点眉目。两个人商量了一下，老潘就招呼工友过来添石灰石。王洪德大声仿佛向大家警告说："现在问题全看在做渣上了。提前做渣，做的顶好顶好的话，那么，还有希望再提前出钢。"

大家领会了他的意思，沉着地飞转身去动手干。炉长和工长分担着看好炉体和蓄热室的温度。陈祥沛看见老李不在，决心要做两个人的工作，老潘来帮他他拒绝了。这时他变得敏捷和勇猛。小魏瞅瞅陈祥沛，像战场上的新战士看见老战士的奋勇沉着一样，自己也不觉胆大和镇静起来。

老李到了车间支部办公室时，支书老康正给党委书记打电话汇报眼下迫切的问题。老李看见支书已了解情况，本想少说几句，但仍不放心，着重地把十号平炉的困难问题都告诉了他。老康看来并不着急，倒还满怀高兴哩。他听了李庆臣的汇报，鼓励了几句，还用力拍了一下老李的肩膀，就拉他一块去找聂翔鹤。老李看见支书脸上那么轻快，他有点想不通；但是看着他那万事不漏的精细的眼光，又似乎放下心。他像背了个闷葫芦似的跟着他走去。

其实支部书记老康的心里并不是那样平静的。他看见平炉的党员和团员都积极响应党的迎接新年的号召，把炼钢时间缩短，这使他感到高兴；可是没有想到因为各个平炉缩短炼钢时间的结果，出钢的时间都集中到一块儿，因而在这方面竟没有作具体布置，这说明领导上缺乏预见，领导是走在群众后面了。到目前为止，还没有想出解决问题的办法，但这问题却是非解决不可的。时间已经这样急促了，他在心里怎能不着急呢？

他们两人快走到调度室，遇着这位什么时候都是冷淡恬静的值班主任聂翔鹤。老聂先开口对老康说："我又去检查了一遍，问题还是没法解决。"

老康转动了一下机灵的眼珠，不动声色地建议道："把各工段长叫来，一块儿研究一下，兴许有办法。"

"不行，哪一个工段我都实地去了解过啦，哪一个工段长都摇头呀。"聂翔鹤冷静地说。

"那不同，一个一个挨家去问，各人都会强调自己的困难；要是在一块合计呢，问题究竟在哪里，大家一看就明白，——这就好解决啦。"老康用坚定与冷静征服着老聂。

老聂仍不肯信，但是他不能驳倒老康，只好提出新的问题来："因为开个会耽误了生产怎么办？谁来负责？"

"现在没有开会，已经耽误了出钢。假如费一刻钟工夫让各工段长在这儿碰碰头，商量商量，兴许有希望，试一试又何妨？"老康的反问有很大的说服力。

聂翔鹤抱着将信将疑的态度，无可奈何地立刻给各工段长去电话。

看见各工段长到齐，聂翔鹤就把当前的困难问题说了一遍，请大家想办法解决。

原料工段长躲在角落里，摸着下巴微微地笑，这时他有什么话好说呢？人家快速钢都已炼好了，不是证明他工段的工作配合得很好吗？平炉第一组的工长无动于衷地说："一号平炉在明早能按预定的时间出钢就很不坏，再也不能提前了。大家知道，一号平炉在伪满时代也是个最落后的炉子。"他说完就再也不吭气了。

平炉第二组的工长性子急，他叫了起来道："四号平炉只有提前出钢，不会推后；紧接就是六号平炉出钢，要是运转不保证我们的大罐，我这个工长就休想活着过年了。两个平炉的工友骂也得把我骂死。"

运转工段长的脾气完全和他相反，是个火烧头发也慢吞吞地叫救命的人，他说："大罐呀，工友们倒在年前自动修好了两个，够是够用的，只是百吨吊车忙不过来。"

铸锭工段长老齐一个劲儿摇头摆手，大声说："你们都行，我还不行哩。你们都是能动能转的，可是地坑是个死的，钢水那么多，叫我干瞪眼呗。要是半年以后，等'车铸'完成啦，哼，那时四个炉子同时出钢我也不怕。真的，四个炉子同时出钢我也不怕。"

老康一直没说话，这时紧逼一句话："这样看来，关键倒在你们那里哪。所有的眼睛都瞅着你们铸锭工段，你们耽误了大家也不好看呀！"

铸锭工段长正想分辩，冷不防运转工段长突然激昂地仿佛宣誓地说："这样吧，假如六点半以前能出一炉钢，我想办法叫吊车去应付。听着，六点半以前出一炉，其余我能调度得过来。怎么样呀，老齐？你们铸锭工段敢答应吗？出完了钢，我们百吨吊车和立吊一起去帮你们脱模。答应吧老齐，过年当熊包又有什么光彩？"

老齐还是不敢肯定地摇着头，但已不像刚才那样强硬了，慢吞吞地说："不是别的，现在地坑就已经满啦，周转不过来呀。难道有谁能动员工友快点去脱模？这不能说空话呀。"

"你不下命令还等谁?"老聂责备地说。

老康看见事情已有转机,连忙安定他的情绪说:"就按这样办吧。我们支部和青年团、工会都去动员地坑的工友来完成这个光荣的任务,保证抢一个地坑。你放心吧。至于平炉,支部再去发动一下,争取一个炉子能在六点半以前出钢。这就行了吧?"

老聂很满意这个结果,赶快宣布散会,好让大家去布置工作。完了,他留下运转和铸锭两个工段长,和他们再精密地计算调度的潜在力量。

开罢会,老康跟随李庆臣来到十号平炉跟前。工友们一看见他,就迅速地把他包围起来,用期待的眼光向他望着。老康平静地说:"钢炼好一定要出来,谁也没有理由叫这个炉子等着让那个炉子先出。现在决定谁先炼好谁先出。各个工段都正在等候办法配合。你们是'青年炉',克服困难要走在前头。支部要求你们把炼钢的时间缩短。如果你们能在六点半以前出钢,问题就解决了。"

他这一番话比开一个动员大会还有力量。这些年轻的炼钢工人虽然因为慎重,谁也没有开口表示什么,但是从他们的眼神中可以看出他们的决心。老康瞅着这些面孔,压不住心头的高兴。不过他觉得不用多说话,只向大家打个照应地说:"大家加油干吧。我还要到一号平炉、四号和六号平炉去看看。"

康支书一走,大家不约而同地围拢住工长王洪德。原来值班主任聂翔鹤正帮助王洪德做更精密的计算呢。他一时在地上画,一时又跑到炉眼上指点着,有时还做一番手势比画着。王洪德服服帖帖地跟着他,只顾点头,刚才那副扬扬自得的神气不知跑哪儿去了。小魏是很佩服王洪德的,瞅着他不觉有点惋惜。

经过值班主任的指点,王洪德耐心地指挥这个十号平炉的工作。有时抽个空儿去看看那边八号和九号平炉,一处理完毕就赶快跑回来。工人们觉得有人替他们撑腰,干起活来特别轻巧了。到了精炼阶段,炉前工人是几乎没有歇手的机会的。

小魏忙了一阵,气呼呼地跑到挂料槽前歇一会儿,看见老李走过来,就对他说:"康支书说话多不痛快,他干脆叫我们在一号平炉前头出钢得了呗。哼,要是我们真的能抢在一号平炉前头出钢的话,我非要和他算账不可!"

老李一听,不觉笑了。想起刚才调度室会议的情形,他还捏一把汗哩。他戳了一下他的鼻子说:"你真是蛮不讲理,你不感谢人还和人家算账。"

小魏瞪大了眼珠子,理直气壮地问道:"我们在一号平炉前面出钢成功,这就创造了最新纪录啦,明天所有的记者都会跑到平台来啦。这难道也是老康这一句话的功劳?"

陈祥沛在旁边听着,也忍不住取笑他说:"不是老康一句话的功劳,倒是小魏你一句话的功劳啦。老康来之前,你为什么也悲观失望呢?"

小魏哪里服气,瞪大眼正想争辩,老李止住他解释道:"小魏,你先别着急。炼一炉快速钢,大家都有功劳,原料、运转、铸锭和上一班的平炉工友们也都有一份,工长和值班主任更不用说了。我不是指别的,只想说说党支书那句话,它是起了紧急的政治动员的作用的。他一提出来,我们就有了奋斗目标了。党的力量,就是在我们摸不清方向时,她指给我们目标;我们感到信心不足,力量不够时,她就支持我们。小魏,你瞅瞅吧,谁正在地坑那边,领导工友们抢第五号地坑哩?"

小魏心里服了,他觉得自己没什么好说的,低头偷偷斜看了老李一眼,便去变更煤气去了。老李望着他的背影,姑息地在心里叨咕着:"就是太年轻了,好冲动,多用用脑子就好了。"

出钢的时间愈接近,工人们的工作也愈紧张了。他们焦急地一次又一次地取钢样,并等待化验室报告结果的信号灯。钢样没有使人们失望,而是一次又一次地顺利地预示给人们将要接近自己的希望。

云雾在宇宙间飞腾着,东方的朝霞在欢舞,晨风摇醒了山林,百鸟在林间嘹亮地歌唱,大地上的一切生命都在欢欣鼓舞地迎接这个天之骄子,一九五四年的第一轮红日的升起。——正是在这时节,炼钢厂十号平炉的工人也在晨熹中一遍比一遍热烈地敲着铜钟,迎接第一炉七点零九分的快速优质钢的诞生。

老潘沉着地部署好他的伙伴,他越到紧要关头就越老练和缜密。但是这时候每个人都觉得他的嘱咐是多余的,因为谁都已经迫不及待地准备好自己应做的事。老潘是个宁肯多费力气做准备工作也不愿后悔的人,他就怕人们在最紧张和最兴奋中有一丝一毫的疏忽,造成不可挽回的损失。炉前炉后都检查过,他正要跑底下去看看大罐准备的情况,老李一把拉住他说:"我才去看啦。幸亏去看看,他们只准备了两只大罐,我去交涉后他们才去调第三只。"

老潘听了才放心,但他笑也来不及笑一笑,就又跑着到台前去了。小魏乐坏了,紧张地尖起嗓子喊叫着、奔跑着,依着工长的意见拿钎递勺。他只盼望有重活；只有活越重，才越能发泄他心中高度的快乐。王成章没有在这大炉子里炼过七点零九分的优质钢，现在钢炼成了他还有点不相信，做起事来真有点失措了。陈祥沛被这惊人的速度震荡着，不，如果说他惊奇这个速度，还不如说他被这个集体的伟大力量所震惊。他和所有的炼钢工人一样，知道炼好一炉钢，缺了谁也不成；这个七点零九分，是全靠各工段配合得好的结果。这个人和小魏、王成章都不一样，心里越痛快，手脚越沉着，工作完成得越出色。他用劲儿打出钢口了，抡起大锤来就像耍杂技的演员演出时一样纯熟。老李一面吆喝着摆手指示大罐的方位，一面注意到老陈的出色的动作。王洪德跑到炉后去，看见出钢口快打开了，他仍不放心，又飞跑到炉前去再取一次钢样。钢样冷却、敲断后，大家断定碳素没有变化，他才又飞跑到炉后去喊快打。

高大的立吊在那儿隆隆地高唱着，有规律地忙着脱模，给初轧厂输送五吨重的大钢锭；百吨吊的巨大的躯体傲然地卸着载重七十五吨的盛钢罐，发出压倒一切的巨响；运渣的火车和输送矿石的小火车头提高嗓门不断尖叫；风管咆哮着，使劲鼓动着煤气，使煤气的火焰在炉内尽情地欢舞；满平台横冲直撞的装料机，原料场那有条不紊地运送着矿石的天吊，也忙碌地叫得欢。这是一支交织了人们的振奋和欢腾的钢铁的交响乐。这支交响乐的雄健欢快的旋律震荡着黎明的天空，宣告着在这彩霞满天的时刻里，成绩优异的快速优质钢诞生了，伴随着人们集体主义思想日臻健全的新纪录的优质钢诞生了！……

平炉徐徐倾斜，出钢口的浓烟一过，火星向四处飞溅着，光辉夺目的钢水对准大罐倾泻出来了。一忽儿工夫，红光冲天，澎湃的声音有如江河咆哮。在大罐周围欢快地轻盈地跳舞的火星，简直叫人们嫉妒，好像只有它们才有胆量接近这雄浑白热的钢水似的。

这种澎湃咆哮的声音，涤除着工友们一夜来的疲倦。李庆臣像一个铁路工人看着出站的火车那样，以立正的姿态虔敬地站在出钢槽旁边，凝视着这欢腾壮丽的景象，他激动地想："要是毛主席知道咱们炼钢工人随时随刻都在想办法缩短炼钢的时间，他老人家说不定把十五年说成十四年，十三年哩！"陈祥沛走了过来，从后面拉一拉他的袖子说："你瞅，这一炉钢水多漂亮，渣做得多净。"老李回过头去，对他笑一笑，正想说话，那边康支书和聂翔鹤陪着党委书记和厂长走过来了。

诞 生

厂长走近工友们,首先提高嗓子,说:

"同志们,祝贺你们新年好,更祝贺你们炼了一炉成绩优异的快速优质钢!"他是一个有理论、有实践经验的人,一到这厂,就把全部精力投进去。他常在夜间、清晨出现,哪里有问题哪里就有他。

陈祥沛忙着往装满的大罐上投焦子末。老李上前两步和厂长、党委书记握手,并祝贺他们新年好。党委书记对老李说:"老李,你们这一回应该写封信向毛主席报捷了。"

老李惊喜得张大了嘴,半天说不出话来,但随即转过身去忙着指挥第二只大罐。小魏撂下铲子抢着向党委书记说:"罗书记,能不能把这个光荣任务给我们班?"

罗书记十五年前原是关里一个小炼钢厂的工人,到这厂三年,工友们谁都认得他,他一到车间人们就过来问长问短,或报告他什么。一些老工友为了表示对他的亲昵,干脆叫他老罗。他拍一拍小魏的肩膀,点头表示赞成他的意见,小魏像得了命令一样,转身就飞跑到前台报告消息去了。

聂翔鹤依凭着铁栏杆,透过蓝镜子去察看钢水。他看出钢已有数千次。这个除了科学和技术之外,其余的事都认为是多余的人,当他每次看出钢的时候,也不能不被出钢的瑰丽的景象所激动。

交了班,十号平炉工友也不去洗澡,除了工长、炉长去参加汇报外,大家聚拢一块到会议室去合计怎样给毛主席写信。大家公推老李执笔,说他文化水平比较高一些。说是老李一个人执笔,其实呢,大家不断提醒他,给他出主意,下命令。老康摆着手叫大家静一静,但这是徒劳的,给毛主席写信时不说话,还等什么时候说话呢。

俱乐部那边打电话来,说家属慰问队来拜年,都准备好了,只等着他们。小魏三言两语就回绝了人家。不到一刻钟,工会那边的人又打电话来说,家属队听说十号平炉出了一炉新纪录的快速钢,非要等他们到她们才演出。小魏抢过来听筒,大声嚷着:"咱们给毛主席写信,你们知道吗?家属,家属有什么稀奇,咱们哪一天不看见家属?"

那一边也不让步,说:"我们好容易动员家属来演出,人家特别要见见你们十号平炉这些英雄,你们不应该赶快来吗?再说,甲班的工友看完了好回家过年啊。你们真是没有整体观念。"

小魏正要发作,但是看见康支书的柔和的眼睛,他就不说话,只小声嘟囔着:"哼,没整体观念还能出快速钢?"汇报完毕赶着先回来的老潘接过耳机来说:"我保证咱们一写完信就去。说到咱们十号平炉,十号平炉有三个班哩。再说,炼出快速钢来全厂职工都有功劳,有荣誉得大家共享。叫她们先演出吧,咱们随后就来。"

经过康支书的建议和大家的修正,老李把信的草稿举起,向大家念道:

亲爱的毛主席:

我们在遥远的钢都向您祝贺新年!为了响应党和您的英明的号召,为了祖国的社会主义现代化,在第一个五年计划的第二年元旦日,我厂生产了三炉快速钢,作为新年的献礼。其中十号平炉以七点零九分创造了快速优质钢的最高纪录。我们决不因此骄傲,我们会在这个基础上继续努力,为着祖国的繁荣和人民的幸福生活而献出我们最大的力量。谨祝您万寿无疆!

第一炼钢厂全体职工上
一九五四年元旦

念完,大家都满意,一时谁也说不出话来,只有陈祥沛一个人叹口气说:"说这么几句话就完了?"

有人愉快地笑了。老潘一本正经地说:"'遥远'两个字不好,我们和毛主席并不远呀,我老觉得他就在我跟前。"

老李把信交给康支书,请他转交给党委会,接着大家都满足地离开了会议室,跳跃着换衣服去了。

老李看见大家走远了,自己依旧恋恋不舍地站在会议室门口,后来竟干脆回来,坐在原来的位置上,一个人静悄悄地默想。他想:毛主席将怎样看到他们的信,又将怎样给他们写回信,他们接到信后又将怎样炼更多、更好、更快的钢。他越想越高兴,心里突突地跳起来了。

陈祥沛随着大伙走。说也奇怪,要是在平常,他早就换衣服回家去了;可是今天他比小魏更热心地随着大伙往俱乐部走去。快到那边,他发现李庆臣没有来,就顿脚说道:"怎么啦,老李没有来啊?"

"我找他去。"小魏一听,自告奋勇说。

陈祥沛一手拦住他,说道:"让我去找他,你赶快到俱乐部看剧去吧。"

陈祥沛先到党委办公室去看,没有找着李庆臣;他又赶忙往汇报室去,在那儿他碰见了王洪德,他正在埋头写什么,听见有人来,他连头也没抬起来。

"唉,老王,你没有看演剧去吗?"陈祥沛亲热地叫道。现在对于和他一块儿炼钢的人他都觉得亲切。

王洪德显然也惊诧对方态度的改变。他从眼镜底下望了望他,用亲昵的口气回答说:"就没有这份眼福,一大堆经验得我来总结呀。出完快速钢,没有你们的事了。我可不行。"

陈祥沛惋惜地点点头,没有说什么,又忙着找李庆臣去。跑了几个地方,才在冷清清的会议室里找到他。

"唉,我哪儿都没找到你。他们都等你一块儿去看剧呢,你干吗一个人在这儿打坐?"他这时松了口气,就坐在他对面。

李庆臣似乎比在车间时更兴奋一些,把上半截身子倾向前,以便和对方更接近些,热情地倾吐着:"我写完了信,快乐得不知道是好。坐在这儿写一篇感想吗?——唉,写不出自己的心事。到俱乐部看演出吗?——我的心还在突突乱跳,怎能坐得住?老陈,我真不知道我这工夫该做点什么好,你替我出个主意吧。"

陈祥沛立刻被他的兴奋感染着,忘了看演出的事,安心坐定,热烈地倾听。他也把身子倾向前,两个人的脸都很靠近。他信赖地诉说道:"老李,我算明白过来啦。咱们十号炉子出了一炉七点零九分的优质钢,我算第一次看到。我陈祥沛也有一份力量呀,不是吗?"他看见对方用力点头,他就更痛快地说下去:"过去,我只爱我的家,我就拼命挣来钱,养活我的老婆和孩子,这就心满意足啦。唉,我只知道我需要我的老婆和孩子,我的老婆、孩子需要我。我不知道我更需要祖国,祖国也需要我。就是这样,我动不动就和国家算账。凭良心说,我去年一年就是为了工资问题,憋了一肚子糊涂思想。老李,不解释你也会明白我多蠢,我还以为我把自己看成很大、很了不起,呸,我小看自己啦。在集体里,我还是挺有用啊。谁敢说不是?没有谁敢看轻我,就是我看不起自己。真糊涂!"

老李看着这个昨天还是满肚子牢骚,令人难以接近的人,现在却毫无顾虑地把真实的感情披露出来。他想得出神，心头一阵热乎乎的，不觉站起来，走近他说："老陈，我总觉得昨天夜里我们不只是出了一炉快速钢，好像还出了一炉比快速钢更重要的东西！"

陈祥沛把脸转过去，偷偷擦去忽然掉下来的眼泪，连声忙说："你讲的我完全明白。这年头我们的思想再赶不上去，就是出了快速钢也白搭。"他还想说点什么，但他正气愤自己为什么忽然要掉泪，他的心境不是挺痛快的吗？

他们边走边说，不觉出了厂门，直往俱乐部走去。到了俱乐部门口，老李迟疑地站住了。陈祥沛看出了他的心思，顺手一把把他推进门去，并且笑着说："不要发愁，看完了剧我陪你一道回家，她不会难为你。"

到了大礼堂，家属队正演最后一个独幕剧《夫妻竞赛》。老李长得高，在后头还能看见舞台上有三个人在活动，扮小姑的那个妇女脸面似乎很熟，但一时想不起是谁来。陈祥沛个儿低，嫌看不清楚，拉着老李往前挤，一挤挤到第三排，小魏早在那儿给他们留出位置来。

老李想起她的老婆莫秀荣来，没有心思看剧。这时回到家里多没味道，不回家更不是办法。他只顾低头沉思，冷不防老陈拉了他一把，使着眼色要他看刚从后台出来的那个小姑，并且低声说："那演小姑的不是你老婆是谁。"

李庆臣一看，一阵惊喜，一阵害臊，心儿在胸口乱撞起来。他看见莫秀荣在台上，不好意思地把头扭了过去。怕影响她演剧，他故意把眼光回避她。莫秀荣显然一会儿工夫就习惯了，讲话也流利了，并且找机会瞪了他一眼。她这一瞪眼可叫李庆臣纳闷了，他寻思道："难道她还在生我的气？"他坐不安静，浑身上下再看一看，啊，原来大家下班后都穿得干干净净，就他和陈祥沛两个人满脸污黑，身上还穿着操作服哩。"难怪，她还没有看见过我这个打扮哩。"

没有等节目演完，老李趁台上的莫秀荣一进后台的时候，他悄悄溜出来，急忙到澡堂去洗澡，换衣服，心里痛快地计划着今天该陪秀荣上哪儿玩。他回到俱乐部时，节目早已演完，家属们正围着十号平炉的工友问长问短。他从人头的缝隙里看见那个唯一的穿操作服的陈祥沛，被好奇的妇女们当作刚从战场下来的英雄似的围得水泄不通。他忍住了笑，赶紧退出来，小心地站在礼堂门口，等着莫秀荣出来好和她一道回家。

初春的早晨

师田手

一

平原上的乡村，早晨的太阳特别红，从那辽远的地平线，射出温柔的光芒。初春的残雪闪耀着米黄色的微光，辽阔的土地散发着湿润的潮气，空气里含蕴着格外引人的芬芳的气息。牛群在地垄里啃着谷根，送粪的大车在田野间来往。狗不咬，鸡也不叫，榆树和白杨树的细枝在微风中摇摆。几只喜鹊飞上飞下，成群的家雀快乐地吱吱乱叫。晴朗的天空，初升的太阳的周围，紫葡萄色的云彩在变幻。

江湾村坐落在松花江一个漫长的江湾里。东边是几个土墙大院套，中间是柳条或秫秸扎成的小院落，西边是一些散散落落的泥房子，门前也多用秫秸扎起来，显得有些冷落了。家家户户的门前门后和院里院外都是堆得高高的柴草垛，从西到东，柴草垛和草房顶错错杂杂的，烟囱里都冒着白色的炊烟。一条平坦的大路在村前伸展开来，大路的半截腰，靠一个大院套的门前，是一座井房子，有人在饮马。一只黄狗嗅着地皮，好似思索着什么，边嗅边往前走；一只大芦花公鸡带领一群母鸡，在路边上一片空地里，默默地寻找着食物。姚玉皎一手提着粪筐子，一手拿着铁锹，已经拾了满筐的马粪和猪粪，仰着脸，高高兴兴地从村外走回来。一辆送粪铁车从她身边走过，又一辆胶皮车从这大路的远处走来。赶胶皮车的人正甩起大鞭，骡马走得更快了。从那高大的个子和头上戴的黑狗皮毡帽，她马上认出来那就是她的未婚夫刘春。他是她日夜想念着的人。他那微黑发光的喜悦的面孔，黑黑的溜圆的大眼睛，高高的鼻梁和鼻尖，微笑着的嘴唇，总是她时常想念起来的。她望着他从老远来了，有些不好意思，想找个小路溜走，又不愿意。于是，就假装去捡粪，把粪筐放下，弯着腰用粪锹在地上抢着，她两条又粗又黑的大辫子垂在身前。胶皮车赶过来了，刘春高声吆喝着骡马。同刘春单独相遇，是不太多的，所以她十分紧张，心都在嘣嘣地跳了。她偷偷地溜了刘春一眼，刘春正笑着瞅她，一嘴可爱的洁白牙齿闪露出来。胶皮车走得慢了，到了她身边，外套的小黑骡子几乎碰了她，她一闪腰身闪过去了。刘春用鞭梢一点小黑骡子，叫了声"吁"，车便站住了。他抱歉似的责骂着牲畜：

"瞎了眼睛，真混！"骂着，他便微笑地迎着姚玉皎，问："你们妇女真积极啦，起得这么早！"

姚玉皎只肯定地微笑一下，算作回答了。她扬起一双细长的眉毛，清秀的眼睛闪露出和蔼的光亮，羞怯怯的，用右手指摸着自己细小的鼻尖，好似等待什么，左手扶着锹把，望着刘春，晃动着腰身。刘春摸不到底细了，一时找不出话来说，仓促之间便随口又问道：

"你们积了多少粪呀？"

"能拉十大车吧！"

"你们好能干呀！"

"这说得上什么能干不能干的，妇女也有妇女的劲头呗！"

刘春愣住了，觉得自己说话口音里有不尊重妇女的语气，姚玉皎像有些不悦的情绪，弄得迟迟疑疑，不知再说什么好了。姚玉皎见他皱皱起眉头，低垂着眼睛看地皮，十分窘促的样子，觉得自己的话说得太直率了，有些冲人，不好，便轻声地先问道：

"你们土粪得几天送完呀？"

刘春马上又活泼起来，笑着大声回答：

"顶多十天。"

"那好，你快赶车走吧，别人看见又该取笑了。他们老闹，怪不好意思的。"

刘春立刻转过身去，拉住了里套枣红马，说声"驾"，车便转动了。他高兴地回头看望姚玉皎,姚玉皎还站在那里扭搭着。他立刻似乎想起了什么,又一声"吁",让车站住了。他很严肃而又困惑地走向姚玉皎,用期待的眼光望着她,一个字一个字很迟笨地问道:

"咱们的事怎办?可以找时间唠唠吗?"

"可以。"

"什么时候呢?"

"你送完粪。"

"那好!"

刘春高兴得蹦着回身跑到车跟前,大鞭甩得在空中发出一阵快乐的哨音;车奔跑起来了,他几次回头望姚玉皎,见姚玉皎抿嘴笑着看他,后来,他走好远了,她才去提粪筐子,又站了一会儿,姗姗地走了。

姚玉皎一边走,仍然抿嘴笑着,她内心所急切等待的事,这回可算交换了意见。可见刘春同她想着同样的心事。她真高兴!从一条小路走出很远,她把一筐粪倒在她们妇女积肥的粪堆上,心还嘣嘣地跳,想着刘春。倒完,顺着小路,她一阵风似的急急走向江边去。这是她捡粪的区域,从大路的东头一直到江边。她一边走一边捡粪,到江边已经捡了有半小筐了。她伫立在土崖上,望着下边冻结的乳白又发绿的江水。今年有些春早,江面上的积雪已经完全融化。江上吹来轻柔的凉风。她满怀快乐的心情眺望这将要开化的大江。这是她同刘春第一次交谈的地方,就在那两棵大榆树的树荫下。他们美满幸福的愿望真的达到了,他们不久就可以结婚,她乐得闪动着晶莹的眼睛。但是,也是在这两棵大榆树的树荫下,她同刘春曾经进行过激烈的思想斗争,过程是那么曲折,又那么痛苦;终于她胜利了,刘春觉悟了,他们因此更好起来。今天,想到这些又是多么甜蜜啊!她晶莹的眼光里又闪烁出甘甜的笑意。

二

从土地改革的时候起,姚玉皎同刘春就要好了。那时,姚玉皎才十四岁,跟他哥哥姚玉柱和刘春这些积极分子跑东跑西,混熟了,刘春对待她极好,又和蔼又体贴,她就喜欢了刘春。特别是刘春当长工那家大地主赵大财主家,隐藏了许多东西，死不往外拿；刘春带头给揭发了，从松花江对面一片坟圈子里几座老坟中挖掘出来。人们都赞扬刘春，姚玉皎跟了刘春拉东西的大车去看热闹，小心眼儿里更喜欢刘春了。后来分完土地，她哥哥姚玉柱领头来组织互助组，刘春和他父亲刘兴国首先带头参加了，刘春更常常在姚玉皎家出出进进，人是满没说的，爽快和气，劳动又下力，他们感情更密切了。互助组先是季节组，没两年，就变成常年组了。姚玉皎长大了，也参加耥地了，耥不好，找刘春带。这时，她觉得她对刘春的感情不那么天真了，有了新的东西，刘春好似也有些不同了，他俩一单独相见，偶然相互望一下，都会倏地脸红起来。她心里放不下刘春，刘春心里也放不下她，心情是相通的，嘴里却不好说。有时两个人三天五天见不到面，都像缺少些什么，站不稳坐不安的；见了就特别快乐，跟谁都有说有笑了，她嫂子杨淑贤都看出来。1952年初夏的一个傍晚，耥完地回家，刘春故意落在互助组其他人的后边，她也放慢了脚步，两个人存了共同的心事，不约而同地一块站住了。面对着松花江，凉爽的江风刮过来；江里带了黄色细沙的波浪，不断向前流转。在两棵大榆树的树荫下，两个人心绪万端时，却谁也不敢看谁，都抿着嘴在笑。站了半天，还是刘春闪动一双又黑又大的眼睛，忍不住冒失地问道：

"咱俩能成吗？"

"什么？"

"咱俩呗！"

"你找我哥哥问问我爸爸吧，我可不好开口。"

"你哥哥？"

"爸爸听哥哥的话。"

说到这里，他们就一同走开了。刘春忘了一天的疲劳，走得特别快。姚玉皎清秀的眼睛射出异常快乐的光辉，小跑着，才没叫刘春落下。回到家里她一心等待着，也猜不透事情顺不顺，心总是七上八下的。但是，刘春总觉得自己不好开口，回去就同他爹爹刘兴国谈了。刘兴国是个没主意的人，摸摸下巴上的黑胡子，说：

"能成呀？玉皎她爹姚方那人性情可倔，说话又不让人，你们自己这么扯，他会干呀？能成恐怕也不成啦！"

"不是讲自愿吗？成不成，爹去探听探听吧！"

刘兴国跟姚玉柱谈了，姚玉柱没说什么，回去又跟他老婆杨淑贤谈了。杨淑贤张大一双黑黑的明亮的眼睛，弯曲的细眉略略动了动，说：

"幼铃他爹，你可精明了，她姑姑的小心眼，你看不出来呀？"

"哎，怎么看不出来，是块死木头疙瘩也会看出来的！"姚玉柱说得很得意的样子，但对事情能否解决却没把握，又说："可是，爹能成吗？"

"爹呀，爹自从有了《婚姻法》，可开通啦，常常叨咕，儿女亲事自己管倒也好，如心如意，省了整不好埋怨老人！妈可不成，妈常常顶爹，说叫姑娘去自己找汉子，可要丢死人！"

姚玉柱找他爹谈了。姚方想了想没说别的，只是问：

"他们俩都愿意吗？"

"他们自己谈过了，都愿意。"

姚方笑了，白胡子都显得特别亮起来。他对他儿子是十分信任的。姚玉柱在互助组里不但工作干得人人佩服，下地干活比过去租种地主的地更下力了，他真是没二话好说。姚方是倔强、爽快而有主张的，一点也不糊涂。同他儿子一样，眼睛里放射出锐敏的光辉，直长的鼻子又是那么庄严，只是他显得苍老了罢了。对于姑娘，好似他苍老的心里一朵鲜花一般更溺爱。为了慎重，他把姚玉皎叫来，他儿媳妇杨淑贤也一起跟来了。他十分正经地问道：

"玉皎，你同刘春的事，你真心愿意吗？"

姚玉皎先不知道是问这件事，羞得脸立刻绯红起来，扭身要跑，她嫂子把她拉住，她低了头不知说什么好。她嫂子悄悄说：

"爹同意啦，你快答应吧！"

她心嘣嘣地跳，又乱，但她却勇敢地低声说道：

"嗯哪！"

姚方乐得白胡子都好似在笑了。他早知道刘春，这几年也更喜欢刘春了，他就坚定地看定女儿，说道：

"可就这么定了！"

姚玉皎用感谢而又十分肯定的眼光向她爹看了看，却又觉得不好意思，羞得抽身跑出去了，姚方乐得笑出声来。可是，他老伴姚老奶奶坐在炕里，却忍不住抱怨地说：

"还乐呢，你可真老糊涂啦！"

"你才老糊涂啦呢!"

从此,姚玉皎和刘春的婚事算说定了,他们劳动得更积极,互助组的人们又赞许他们,又羡慕他们,特别是一些年轻人,常常还跟他们逗两句笑话。可是,一次耪地时一些姑娘媳妇们闹得太厉害了,刘春只好张大嘴唻唻地干笑。姚玉皎心里虽然也感到窘,却正经地竖起细长的眉毛,瞪着秀丽的眼睛,庄重地说道:

"看你们,老是封建的老一套,也没个正经的,可怎么好哇!"

互助组里刘占山家的姑娘翠云是个快嘴,扯了嗓子蹦着喊:

"哟,玉皎不封建哟,找个好女婿!"

姚玉皎笑着奔过去,按住刘翠云抓痒痒,刘翠云咯咯地笑得直打转,一边告饶说:

"我再不啦,玉皎姐,放手吧!"

"你再说,我可就撕你嘴啦!"

"是,是……"

姚玉皎放开刘翠云,刘翠云个子小,像个家雀似的,扑棱一下跑开了,拍着手像又要说什么;姚玉皎却严肃的,又带了温和的笑意,先开口了:

"咱们妇女,就在这上有兴趣,多不好,不怕人家笑话!我看该收起来啦,有这精神,放在生产和工作上,该多好!"

刘翠云吐吐舌头,要说的话不说了。姚玉柱却接过去说:

"我看也是!"

这时,刘春转了转黑大的眼睛,也找到话说了:

"这帮妇女,可真有意思!"

三

刘春跟姚玉皎订婚之后,他就急切盼望着结婚。他同他父亲刘兴国那样冷落的单身生活,也的确够受的了。自己做饭,缝缝补补得求别人。他爹人老实,经常守在家里,跟谁都很少走动。他年轻,喜爱活动,每天劳动过后,同青年们谈谈识字学习,帮别人家干些零活,或者找姚玉柱谈谈互助组里的生产情况,时间就这么度过去了;自从同姚玉皎讲定了婚事,她家倒反不好意思去了。他觉得这样下去，家不像家，和他爹孤零零的两个单身汉，多么没劲气啊！他急切地想同姚玉皎成婚是有理由的。但是，娶个媳妇可不简单啊！今天新式结婚，用不着彩礼吹打和请客吃饭，那么姚玉皎的新衣服得做吧？新被新褥子得买吧？新鞋新袜子，毛衣也得有，钢笔本子，胭脂粉，应用的箱子小柜，炕上地上，总得像个样子呀！看到刘占山家，儿子是个念书的学生，娶媳妇花了七石多粮，比也没法比哩！想到这些他就十分生气，土地改革都翻了身，可是，刘占山身翻得可太不同了。他家有两匹马，互助组里谁能不欠他的工？就是这样，他还吹着几根黄胡须，总吵嚷他的马工吃了亏。他一匹马工差不多要换一个半人工，可是，他自己庄稼活不好，跟别人换人工，却一定要一个换一个，别的劲可足了，谁能别过他呢？他原有的土地又好，出产多；听说还偷偷开个后门，跟区镇小商小贩有些来往，贪图副业和余粮多卖些钱。手头存钱存粮数着他足了，两匹马已经变成了三匹，但是，天天还是喊穷，这样吃亏，那样不如意，牢牢骚骚不离嘴，仿佛人人都欠他多少似的！而姚玉柱呢？人是正派，老实，可信，从打入互助组，自己没占过尖，没取过巧，事事公正。但是，他对刘占山却一味退让、将就，吃点小亏不计较，总是说服呀，争取呀，团结呀，没个完！姚家人多，劳动力强，他爸爸姚方又是种地能手，经验多，办法多，工分拿得多；可是，一些小门小户怎么成呢？团结了半天，让刘占山不知"团结"了多少便宜去，闹了一溜遭，大家多多少少都给他赶了獐了！为了维护集体，这些事平常自己不吱声。眼下呢？自己有了困难谁知道呢？是的，几年来互助组维持着，地种上了，铲趟不误，自己家分的半匹马也换成了小黑骡子了，也有起色。可是，凭自己年轻力壮，爹也是下苦力的人，少被刘占山这种人绕腾些，不是会更好了吗？何必今天受这样的困难！吃的不过刚刚供嘴，娶媳妇办喜事，谈何容易！越想气越盛，翻腾的事情越多，他猛然想起组里干活最差的张力来了，有点钱的好绕腾人，穷得过不下去的又磨蹭、耍猾，那么，谁老实，谁下力，谁就吃亏！刘春想到一次为张力家铲地，见张力下锄土刚没锄板，干得还赶不上个妇女，这样没三天草又长出来，实在看不入眼，好意对他说：

"张力，你的锄头入土深些好不好？你看你那样跟没铲差不多嘛！"

"你管我呢！你是组长？"

"这是给你家铲地呀！"

"我愿意!"

"对,咱管不着!"

当时,刘春气得紧眨眨眼睛,只好又闷着自己干自己的,再不理会张力了。现在想起来,这种人,干活不下力,又驴性,可怎么活哩!过去,闹过去就算了,今天,想到这些,刘春实在忍受不了,他有多少汗水都为这些人填了馅,真不值得!凭他刘春,全村数一数二的姑娘姚玉皎都一心一意嫁给他,人中也算个尖,怎么受这些窝囊废的气,娶个亲也不能办得如心如意!原先,担心事情说不妥,眼下说妥了又不能马上娶亲,这么个寒碜劲儿,怎么好开口呢?他想姚玉皎是个要强的人,喜事办不好,她能顺心吗?就是姚玉皎不在乎,自己对她这份心思怎么表达呢?自己日夜想念的人,不弄得两个人都如心如意,红红火火,这一辈子也憋屈,真是对不起她的一份心呀!心里十分郁闷,口头对谁却不说。

挂锄间互助组派刘春赶了胶皮车到长春去拉脚,在五棵树区镇的大车店里遇上了过去的常碰见的一个车老板孙喜财。当时他给老大财主家赶车,孙喜财只给常家村的一家大富户赶车。两个人混得很熟,啥心里话都说,这回谈得更心盛。孙喜财还请他喝两壶酒,边喝边谈,醉醺醺的,孙喜财就谈不完了。谈他近二三年来赶车拉脚;有了一匹壮马,又跟别人伙买一辆胶皮车,可有进项,只是共同搭伙的两家人,好算小账,心不齐,常闹别扭。又说土改后他也参加过互助组,他劳动好,一些奸头懒蛋蛋沾尖取巧,他总是吃亏,就不干了。后来赶车拉脚,这两年可走了些红运。孙喜财四十多岁的人了,满脸黑胡茬子,酒力催着,眼睛里闪烁着红丝丝的光亮,用十分怀疑的神情望着刘春,问:

"你们互助组里乱套的事也有不少吧?你干得还顺心吗?"

问话真像一根刺,直刺入刘春的心。他把眼睛低垂下去了。几杯酒弄得他脸也发热,只觉得迷迷糊糊,半天答不出话来。孙喜财却又说道:

"互助组这些东西,好是好,维持大家都能种上地,若想公平可不易,我算吃透了!"

"话是这么说,不干互助组,穷人也为难呀,地种不上可是大事!"

"我可就不干啦,地交给别人种,也没啥,拉脚多痛快!"

"你是你呀!"

刘春有些羡慕孙喜财,同孙喜财分手之后,他觉得还没谈够,好似有许多话要说都没有说出来，仍然希望再能碰到孙喜财。后来，又在那个大车店同孙喜财遇上了，他有心打听孙喜财的事，孙喜财也有心套弄他的心事。当孙喜财发觉他对他们互助组有些意见，就详详细细跟他谈，说着互助组一些坏话；又听说他说了人了，娶亲有困难。而且，女方家庭过得挺像个样子，喜事办得寒寒碜碜，刘春有顾虑，心里不痛快。孙喜财因此更向他夸耀拉脚的好处。特别知道胶皮车上那匹外套小黑骡子就是他的，更夸耀得厉害了；当他们第三次见到，孙喜财就干脆撺掇他说道：

"呵，凭你有这匹小黑骡子，在互助组受那些气，若是愿意跟我搭伙拉脚，一个冬天，什么都有了，娶个媳妇算了什么！"

"这我可得问问我爹！"

"哎，老人老脑筋，问他做什么？到那天，钱赚到家里，我不信他不乐！"

"拉一次脚能赚多少钱呢？"

"哎，三万四万有时还会多，看拉什么呗，碰到点上，可真有赚的！"

刘春心更动了，但是，并没有马上表示态度。返回村，想同他爹谈谈，又觉着他爹会依从他的，谈不谈都可以。想找姚玉皎商量商量，人家没过门，怎么好说出口呢？问问姚玉柱，那只有碰钉子，他会答应干这个？实在问不得！结婚是自己的事，骡子也是自己的，走这一步，得自己拿主意。搭伙拉脚，干什么自己还不够一个像样的！自己也是个出色的能劳动的人啊！七上八下，想来想去，他忽然省悟到退出互助组去，可不简单，人人笑话，因为自己，互助组闹垮了多对不起人！吃亏是吃亏，爹和自己在互助组里倒蛮有人缘啊！也得到不少互助组的好处。他自己又把兴头打下去了，觉得干不得！可是，第四次遇到孙喜财，他把他的想法坦白谈出来了，孙喜财乐得仰面朝天，黑胡茬子里的肉皮都涨成紫红，好一会儿，才切切看定他，用一个指头指点着他的鼻尖，高声说道：

"事在人为，自己的事谁能当得了！不过你怕因为你弄垮了你们互助组，这倒是对呀！可是，你呀？看着聪明，遇到个弯弯转转心眼儿就太死了！你若愿意干，先把小黑骡子入上个牲口股，你还在互助组干着，神不知鬼不觉的，干定了，到冬天，你就抽身出来了，那个姓姚的姑娘还能不愿意跟你到外边享福？我看呀，这么干你真是两全其美！不吃互助组的亏了，家过好了，媳妇也娶到家了！"

刘春见孙喜财得意扬扬的样子，对自己又那么亲近关心，激动得眨眨带着笑的黑眼睛，高高的鼻梁上发出闪亮的油光，还有些顾虑似的，问：

"小黑骡子天天是我爹喂，回去，怎么交代呢？"

"呵，这你放心，喂牲口我相信你会信得着我！……"

刘春觉得孙喜财听出他的双关语倒不好意思了，马上抢着解释道：

"不是这么说，牲口没回去，我爹要问呀！"

"暂时支吾支吾吧！赚上几个钱，话就好说了，事也好办了！"

"这，不好吧？"

"哎，你这人太死板呀，一辈子也成不了什么大事。"

从长春往回走的时候，刘春虽然还三心二意的，一路上孙喜财又是激又是劝，东撺掇西撺掇，刘春的决心就下了，试试看吧，能搞好，也好！难道自己连这么一点事还做不了主！到五棵树的大车店里，起早套车的时候，就把小黑骡子套到孙喜财的大车上去了。孙喜财说得那么肯定，表示不出一个月，准有个不错的进项，要刘春好好地等着吧！刘春也喜滋滋的，一路上觉得旷野的风刮得那么凉爽，空中的晨星那么明亮，半黄的庄稼那么可爱；太阳爬上地平线了，大路的远处，松花江水被染得那么红光多彩；那里的土岗，那里的树木，都是那么异乎寻常地引人！鸟鸣、狗吠、蝉声，一切都使他感到欢喜，他眼前仿佛很快就要有喜事来临！他什么也不多去想了，他只想他干对了，他傲气十足，认为自己决心下得好，比前几天犹豫不定的时候，可真痛快多了！当傍晚，望到晚霞的光彩笼罩中的江湾村时，他使劲扬起眉毛，瞪大了黑黑的眼睛，他好像个什么胜利者在示威似的，闯进村子去了。他表现得什么都一如平常，可是，他却不能不担心别人问起他小黑骡子，偏偏就没有一个人注意这件事，也没一个人问起，他也就更加得意了，他见人比过去任何时候都要更亲近、更热情、更爽朗些。只是到夜晚，他父亲刘兴国问到小黑骡怎么不在了，村里谁家借了使唤去了吗？要他经心拉回来。他却高高兴兴的，跟他爹说：

"不是，是在五棵树遇到我大舅，他的大车拉东西太重了，辕马太瘦使不上劲，把小黑骡子借去使使，从长春回来就还给咱们！"

刘兴国是历来信任儿子的，没有说什么。第二天，全村的人也马上知道这件事了，大家素来都认为刘春是牢靠的人，因此，也没有人说什么。刘春更觉得他办对了，他不但不再郁闷了，还显得特别欢跃起来。他见到姚玉皎感到她更漂亮了，总是上赶着跟姚玉皎说话，帮姚玉皎干活，亲亲热热的，弄得姚玉皎也暗暗为他快乐，他能这么欢跃，她就乐，她想，她跟刘春真够美满！

四

晴朗的秋天，空中一丝云影也没有。太阳照耀着金黄色的大地，到处光辉灿烂；那绿的树，血红的高粱穗，衬托得一切更加美丽多彩，蝉不住地鸣着，蝈蝈断断续续地叫着，老鸹有时停落在树枝上，滚动黑亮的圆眼睛，好似为解除它飞翔的疲劳似的，夹动着翅膀，张开大嘴，猛然高叫几声。风还带着干燥的热劲，徐徐地刮动，弄得树叶、庄稼和野草都不时发出窸窸窣窣的微音。松花江那一湾青绿色的水流，从江湾村边高高的土坎下急剧地奔流着，不时闪动出白亮白亮的光闪，又给大地上添加起不少壮丽引人的景色。

秋收的人们，都在地里紧张地劳动着，姚玉柱割刈得有些累了，从谷地里直起腰身，用袖口擦起额头上的汗珠，他斜睨了正割到他跟前来的刘兴国一眼，好似想起了什么揪心的事，拧动着一双清淡的眉毛，用十分关切的声调问：

"刘大叔，你们刘春怎么还没把小黑骡子拉回来呀？咱们庄稼割倒晒干就得赶紧往回拉呀！别看天晴，说不上哪天来一场大雨就不好办，谁家的庄稼烂到地里，谁也心疼，多一个牲口少一个牲口，可正在劲上呀！"

刘兴国早已站直了身子，用右胳膊夹起镰刀、闪动着怀满思索的眼睛，撅撅起浓密的黑胡子，十分不安地打量着姚玉柱；听姚玉柱讲完了，才犹犹疑疑地答道：

"谁知道这孩子怎么回事，我紧催，紧催，他老说就去拉回来，多久了，可是总也连影子都见不到！"

"是不是，牲口在外边出了事呀？"

姚玉柱无意中提出了疑问，引得赶上来捆谷子捆的姚玉皎受不住了，一甩辫子，霍地跳起来，瞪大一双美丽多神的眼睛，扎煞着两只沾满谷草碎叶的手，说：

"是呀，这事可得找他谈谈了，这么久？牲口扔在外边，可不是事！"

在她旁边的刘翠云，蹲在那里，仰头看看她，调皮地涮弄溜圆的小眼睛，用尖脆的声音说：

"哟,没过门就管汉子了!……"

许多妇女和男人都高笑起来,羞得姚玉皎脸色涨得通红,自己不住地摆弄自己的手指头,不知怎样才好了。可是,她用责备的眼光望了刘翠云好一会儿,才镇定了,批评刘翠云说:

"翠云,这是什么事哟,你还闹着玩!"

刘翠云盯盯地看着姚玉皎,正在想什么,可是,她咬了咬嘴唇,好似下定决心了,硬里硬气却又半吞半吐地说:

"叫我说呀,正管。你们刘春,他把牲口是借给人啦,是干别的啦,好好问问他吧!"

"什么?"

"哟,不信,你们问张力去,还都蒙在鼓里呢!"

姚玉柱瞪起一双发怒的眼睛,扯着嗓子向远处高声喊叫:"张力!张力!"

刘兴国急躁得不住捋着胡子,不小心,镰刀也从腋下掉下来,一边絮絮叨叨地骂:"这小兔崽子,学坏了,敢来哄骗我?瞧着,我不砸断他大腿才怪呢!"

姚玉皎很难过地低垂着眼睛,半天,才无可奈何地又对刘翠云问:"翠云,是真的呀?"

"哟,姐姐,谁还糊弄你嘛!连我爸爸,影影绰绰的,好像也知道点!"

"那你怎么不早说呢?"

"哟,谁拿得准呢!……"

"你看,又拿不准了……"

这时,张力气喘吁吁地跑来了,他那一张白白的窄脸上泛出了红光,流着热汗;一站住,就问:

"什么紧急事,这么没命地叫我?"

姚玉柱严肃地看定他,郑重地问道:"刘春把小黑骡子弄哪去了?听说你知道?"

"问这个呀?是呀,有人说他跟一个姓孙的合伙拉车脚去了,还不是一样!"

"你怎么不早向组里反映呢?"

"呵,那是他家的牲口,干啥由他呗!咱们反映啥,有个对不对的,又是多嘴多舌!"

刘兴国受不住了,跺着脚,骂:"该死的!怎么好呀!"马上又大声喊叫起来:"刘春!刘春!"

姚玉皎受不住了,有这等事,她万万想不到,这不羞死人吗?刘春会这样,做梦也想不到啊!她用袖子擦着眼泪,跟跟跄跄向村子里走去。刘翠云急急站起来,在后边追着她,用安慰的声调,恳切地叫着:

"姐姐!姐姐!"

刘春正在较远处的一条垄里猛力地割刈,听到他爹喊他,侧过身想高声问一问叫他什么事,但叫声没停止,那么严厉,那么紧急,他知道问也没用,就把抓住的一把谷子撒开,急速地跑向他爹那边去了。他额头上淋淋漓漓地流着汗,脸涨成紫红色,光着的脊背胳膊都成了水的了,汗珠比黄豆粒还大,一个跟着一个在流淌,他干得多么下力啊,谁也说不出二话!他爹见他喜颠颠的样子,活干得正在劲上,好似有些后悔了,半天却用那么亲热的眼光望着他。姚玉柱也被他感动得嘴边露出一丝同情的笑意。可是,当张力咻咻地发出两声冷笑时,他爹受不住了,又严厉起来,用眼睛盯着他问:

"春,小黑骡子你弄到哪里去了?你说!你快快说!"

"呃,我当什么事呢!这个呀!爹,晚上咱们谈吧,丢不了!"

说完,他瞪了张力一眼,转身就跑掉了。他爹被他激怒了,高声嚷叫起来:

"你往哪里去?那个姓孙的是怎么回事?"

他回头望望,知道围了这些人是在议论他的事,尤其张力那带着嘲笑的眼光,刺得他也有些气愤了。他张大着黑黑的眼睛,高声回答道:

"别听那些人瞎说!我不比爹急吗?你老放心吧,什么都好说!"

刘春一边用毛巾擦着身上的汗,一边跑着去割地了。他心里很不平,觉得他这么下力干活,一匹小黑骡子的事,就闹得这么大,难道他干了这件事,就犯了什么法?他力气松散下来,他觉得他内心受到难忍的打击。姚玉柱被他含含糊糊的话也弄得狐疑起来,用怀疑的眼光看看张力,又很同情地看了看刘兴国,郑重地说:

"好,就听他的吧!咱们先割地!"

张力却抱怨地说:"是嘛,我说不出来也好,有啥用呢!"

"会弄清的,你放心!"

人们都散了,姚玉柱闪动着不安的眼睛,满怀着沉思,向刘兴国摆动一下镰

刀,又割刈起来。刘兴国却有些不好意思的,说道:

"玉皎那姑娘哭着回去了,是不找个人叫叫她!"

"不用,翠云会拉她回来的。"

人们都劳作起来了。天越来越热,松花江里连一阵凉风也没刮过来,大地上时时闪烁着金黄色的晶亮的辉光。

这时,姚玉皎正伏着她家的炕边柜角上哭得缓了许多了。她的心乱纷纷的。她想她把刘春看错了吗?刘春怎么干出这样的事?不管怎么说,他也不能自己去胡干。自己一辈子,多糟心!她难过得抽噎着,眼皮揉成绯红绯红的,翻过身看看正在哄她的刘翠云,几滴眼泪又兀自滚下来。刘翠云拉住她的手,用个绿色的花手帕给她擦着泪,说:

"姐姐,别难过了,事情还说不上怎么样呢!"

"怎么样?反正没好事!"

姚方正收拾场院,他孙女幼铃跑去告诉了他,也赶回来,站在姚玉皎跟前,用严厉的眼光,望着他老伴姚老奶奶,问:

"这是怎么回事?她哭啥呀?"

姚老奶奶本来在替姑娘心酸,见姚方来了,这么问,就迁怒在他身上,撇撇嘴,所答非所问地说:"哟,不是自愿嘛,我看呀,你可把玉皎坑了!"

"你别胡咧咧了,到底什么事?"

"你问她自己吧!"

杨淑贤不满地瞟了姚奶奶一眼,才笑着对姚方说:

"爹,没啥,还是那匹小黑骡子的事,刘春还没拉回来,有闲话啦!"

"什么闲话?叫他快拉回来就是!"

姚玉皎见幼铃靠在她大腿上,一双水灵灵的眼睛紧眨眨着在看她,她不觉把右手放在孩子的头顶,亲热地抚摸着,一边又自己在沉思。她心还像刀绞似的乱,特别听到她妈那不满的口气,她爹那关心又谅解的态度,她更难过了。但是,姚方那句"叫他快拉回来就是",提醒了她,她竖竖眉毛,看他怎说吧?全村的人眼睛都看着自己哩,全组的事弄好弄坏也都落在这件事上了,她扯过刘翠云手里的手帕,狠狠地擦了擦她哭红的眼睛,不好意思地泛出一丝微笑,说:

"看我这是怎么了,一点也压制不住自己!翠云,走,下地干活去,呀,竟误了这么久!"

说着,跳下炕,就往外走。刘翠云高兴地向杨淑贤做个鬼脸,跟随着跑出去了。姚方也大踏着步撵出去,高声嘱咐姚玉皎道:

"玉皎,还是你自己问问他,叫他快拉回来吧!"

"是呀,爹,我知道!"

姚玉皎哭过后心倒敞亮了,也特别有主意了,她要当面问问刘春,到底是怎么回事!她那双美丽的眼睛,哭过后更显得妩媚了,闪出愉快的光芒,鼻尖冒着细碎的汗星,扬起细长的双眉,拉了刘翠云,甩动一双长辫子,向地里跑去。她们到地里就急忙打腰子捆谷捆,好似未曾发生什么事似的,闷着头干起来。刘兴国见这情景,看着姚玉柱,用镰刀指了指,称心地笑了。姚玉柱却同情地看看他妹妹,又看看刘兴国,脸上还是浮动着沉思的表情好似在轻轻地叹口气,仍然急急地弯下腰去割刈。其他的人多半不完全清楚是什么事,惊异地抬头看看,又忙活起来。大热的天,人人皮肤像被晒焦了,热得难忍!

傍晚,太阳的余热还未消散,只是西边的天上扯起缕青云,江面不时有些凉风吹过来。大地上金黄色的光闪不那么明亮了。当太阳落下地平线的时候,青云笼罩的西北的天际,吐出比火还红的一片片霞云,霞云的边缘一卷一卷的赤云,好似一堆堆烧得旺盛的篝火,越远越小越淡,又好似红色鲤鱼的鳞片,一串串地串联在一起。天上的云霞变幻着,大地越来越幽暗了。

姚玉皎捆完最后一捆谷捆,见那些割完地来帮着捆谷捆的男人们也都忙活完了;人们四散起来,擦汗的,收拾工具的,谈说着什么的,在立起来的一堆堆的谷堆中走动。大地上到处是割好立起来的庄稼,有的好似一片露营的帐篷,有的好似山间伐木人住的一座座小窝棚,影影绰绰的,好远好远都是,渐渐被幽冥的黑暗的空间给吞噬。

姚玉柱正同刘兴国悄悄地谈着关于刘春的事。姚玉皎坦率地迎上去,难过的情绪虽然又涌上来,却严肃而又坚定地说:

"哥哥,我要同他单独谈谈!"

"那好吗?"

姚玉柱正思考着、犹豫着,刘兴国将将下巴上的黑胡子,却忙着说:

"对,丫头跟他先谈谈好。这小子,连跟我都不说实话了,我当爹的,对他

有啥法子!"

刘春走过来,知道是在说他,有些不快,对他爹说:

"别这么说!我想还是对你们说了吧,我不都是为咱们好!我敢作敢当,跟张力他们问什么!"

姚玉柱瞟了刘春一眼,又看看姚玉皎,觉得他们感情好,玉皎又聪明正派,谈谈也许事情都会弄通的。他眨眨眼睛,锐利的光芒在黑暗中闪烁,说:

"好,玉皎,你们就谈谈吧!"

人们都回村去了。刘春和姚玉皎沿了江边土坎的小路缓缓地走着。他们一直沉默着,好似谁都想不出开头第一句谈说什么才好。姚玉皎内心翻腾着愠怒,觉得她所爱的人做出这样的事真是可耻!刘春觉得自己干的事,也没出什么大格,跟人伙着拉脚,这是为了他们的婚事和今后的生活,是因为自己太喜爱她了,要表表这份心!自己没有什么不可以说的,而且,最近,事情干得很顺,他早想说,不过,老没有得空罢了。这时,真正要说了,如何说法呢?他又觉得摸不到头脑了!特别,姚玉皎主动跟他谈了,好似他有多大错误要被责难似的,他憋了一股气,也不愿说了。终于,姚玉皎忍住心中的火气,先问了:

"这到底是怎么一回事呀?人们这么多闲话!"

听姚玉皎问得那么缓和,虽然带些抱怨,其中也包含了热爱,刘春倒责备自己太狭隘了,爽爽快快地回答道:

"还不是为了你!为了咱们呗!"

"哟,还是这样呀?"

"那还能有别的?"

"倒是件什么事呢?"

"对,我早想告诉你,今天,我全说!"

刘春把他的想法和做的事情坦坦白白地说了。他说得那么认真,那么恳切,那么老实,却又那么理直气壮。他觉得劳动好,没对不起人的事,干了这么一件拉脚的事,没什么!他们早已坐在他们曾经坐在那里谈过几次的两棵大榆树底下了,前面的松花江水闪出一片晶莹的月光。凉风不时地吹过来,一天干热的烘烤劲儿已经逐渐消散。刘春心里特别敞亮,最后,爽直地说:

"我是这么想,干好了不是比种地强嘛。咱们不但结婚时置办得齐全,生活也宽裕多了，比在互助组里听大家闹叽咕，出那些傻力气好多了！你哥哥为人下得力，吃得亏，维护大家，我是没有意见的；刘占山、张力那些事，不想没啥，一想，真觉得干得没意思！这一阵孙喜财干得很好，秋后我人还得去，伙着干，挂两辆大车，那就更好了！"

姚玉皎先很惊奇，后来沉思着，最后细细的眉尖上闪动出怒意；但她忍耐住了，她低下头，只轻声问道：

"这些事，你没同你爹商量商量吗？"

"爹什么不依从我，我没同他说，……"

"就说这小黑骡子借出去了，是不是？"

"嗯哪。"

"你这不是故意扯谎吗？"

"到秋后我就说明白呀！这有啥？"

"你一定要离开互助组？"

"这还不是为了咱们结婚，为了我跟你好，让以后的日子过得更好！"

"我不这么想！"

"为啥呢？"

姚玉皎用责难的眼光看了看刘春，才说："啊，你拿我同你订婚，跟你好，是图希这个吗？图希这个，我能同你好吗？你把事看错了，我真没想到，我哪点表现得不对头，同你好了，竟引起你这样的思想！你说说……"

刘春窘住了，低下头去了，拔起一根草来划地皮。这时迟迟疑疑地答道："你爸爸那么要强，你嫂子那么利索，你们家干干净净整整齐齐，大人孩子都像个样，我总觉得我家太寒碜了，你能如心吗？我为的是你呀！"

"你家啥样，我还不知道？'土改'后搞个互助组，叽咕的事是多，可是，地都种齐全了！谁不满心奔着大家好？有些人落后点，好分斤劈两的，找找小便宜，怕吃亏，可是，却没有人光想剥削别人，只图自己家好呀？叽咕是叽咕，最后也都讲道理呀！你家，你家不是也好多了吗？……"

"可是，跟刘占山比，人家啥样？"

"刘占山经哥哥说服，他也愿意一个马力换两个人工了，今年党和政府号召常年互助组合并成立生产合作社，他没二句话，完全同意了。他也吃透互助合作的好处了，怎么你倒不如他了，净想自己！"

"他家开后门，同'小背'勾搭，你知道吗？"

"你呀，这是两年前的事啦！翠云和他哥哥同他爹闹，把一个'小背'骂走了，我哥哥也狠狠地批评过刘占山，还提这个做什么呢？"

刘春没话好说了，沉默了很久，才又勉勉强强地表白着道：

"难道我这么做有什么错处吗？我是想，干这么一阵也好。最近，孙喜财已经交给我三十多万了，你瞧瞧，就干一个冬天吧，咱们结婚的钱一点也不愁了！干生产合作社，我也没有反对呀，冬天我出去干干，春天再回来参加，这不是两全其美的事吗？凭咱们，没有对不起人的。活干在头里，有这么一点事，人人都看见啦！"

"你怎么这么糊涂呀？看看是什么事呗！别光报功啦！你若真的出去，影响多坏？跟孙喜财这些人打恋恋，一冬你脑子里不知又要灌些什么混思想回来？参加合作社呀？你的心早不定飞到哪去了！我看，你还是不要去，这一阵也就够呛啦！"

"我都答应了人家嘛！我不能失信！我的为人，说一是一，我不能在人前丢脸！你也不能瞧不起我！我变不了！我的打算错不了！混思想？啊呀，把我说成啥啦！"

"你还这么执迷不悟呀？丢脸？事情弄到这样好看吗？"姚玉皎听刘春声调里有些抱怨和怒意，刺激得她自己的愠怒也按捺不住了，表示道："你去你就去，我可不能丢这个人！叫人家说，好像我跟你好了，把你撺弄得这个样子似的！那个孙喜财，这么几天就给你三十多万，谁家拉脚挣钱这么快？你呀！你自己好好想想吧！"

"哎，你在村里，知道啥？就这么快嘛！"

姚玉皎气得霍地站起来，一股热泪涌上眼眶，跺着脚，哽咽得说不出话来，半天，才抽答答地说：

"好，你要去就去！明天找团支部和村长讲清，咱俩算拉倒了，咱们各走各的路吧！"

姚玉皎扭头急匆匆地走掉了，眼泪像水流一般淌下来，她忍耐着，没有哭出声来。愤怒、羞耻，一切痛苦的思想涌上心头。刘春怎么变成这样了呢？自己这么表白，这么说服，一点也不能感动他，他算怎么了呢？自己还没过门，他就这样，有一天过了门，那更不用说了！多么大的耻辱！她满以为同刘春谈谈，一切就平平稳稳地过去了，没承想分毫效果也没有，跟爹妈，跟哥哥，怎么说呢？多么大的耻辱！人人都知道了，人人又不知要说多少闲话，怎么办呢？唉，刘春呀，你一步走错，我就跟了遭殃，村里，组上，团支部，党，怎么看这件事呢？什么时候，他心里生出这样自私自利的根苗呀？姚玉皎坐在村头一片苞米地地边的土岗上，哭着，一直到很晚才回家！

刘春没想到姚玉皎会这样激烈，当他听到姚玉皎提出要同他解除婚约时，他觉得事情不妙了，赶紧跳起来，央求地喊：

"玉皎，你不要这样！"

可是，姚玉皎走得那么快，仿佛根本没听到他的话，连头都没有回，影影绰绰，奔过个土岗不见了。他本来想追上去作更多的说明，不知怎么，他立刻觉悟再多说也是没用的，他就没有动，一串串热泪也滚滚地落下来了。他想，自己一片好心，弄得这么不得人心呀！姚玉皎能这么不容他，他真没想到！他一脑子的傲气一时间完全爆破了！他空荡荡的，望着月光，看着星辰，松花江的流水闪亮闪亮地奔流着，可是姚玉皎亲切的眼光浮现到他眼前，她对自己多么好呢！离开她，这一切不都全完了吗？心像刀绞的一般，眼前也有些发黑。为了她，又失掉了她，这一辈子也熬不出头来了！他就更想姚玉皎的好处、对处，是他自己不好，错了？姚玉皎那严肃的面孔，使他畏惧，她怎么忽然这样了呢？他恨他自己，怎么自己早先想的，没有好好同她商量！他失魂落魄的，几乎在野外昏昏睡去！当他听到鸣叫的虫声，感觉有一阵凉风扑面而来，他看月亮已到中天，看样子有小半夜了，才从蹲踞的树根上站起来，移动迟笨的脚步回村去了。到家，他爹还点着小油灯等着他。没等他说什么，他爹就问道：

"怎么？同玉皎谈了吧？"

他没答什么，长拖拖地躺在炕上，瞪着两只眼睛望天棚，还深深地叹了一口气。直到鸡叫头遍了，他翻起身，对正在闷着头抽烟的他爹刘兴国说了一切；同时，从紧身的汗衫里掏出三十二万元钱，放到他爹的腿边，说：

"爹，你收起来吧！唉，我真受不了！"

很意外，他爹马上瞪起了怒眼，撅撅着下巴上的那撮黑胡子骂道：

"你这兔崽子，干起这一套，钱，你天亮赶快送回去，小黑骡子马上给我拉回来！你爹活了一世，没离开过土垃块，没发生过一次绕腾别人的花花肠子！玉皎跟你绝了，对！这对！人家凭个大姑娘，看你劳动好，老实，才看上了你，你跟大家绝了吗？你干那一套去，人家为什么跟你？玉皎在妇女里是个尖呀！对大家伙的事多热心，快成立生产合作社啦，人家哥哥妹妹干得一团火似的，你眼下变成这样，人家肯跟你丢这个人呀？这丫头，有心劲，我赞成！……"

刘春听他爹发这么大脾气，是他万万想不到的。他爹爹事事依顺他，这次不依顺了，这不是个简单的事。他心像火烧似的，说什么呢？天亮，姚玉皎真去找团支部、找村长，可怎办好呢？正在这时，刘兴国抓起那把钱，猛地扔到他脸上，暴躁地说：

"这肮脏东西，你快拿走，我看不得！"

刘春吓得一激灵，看那钱票子都散落在炕上了，无精打采地瞟了他爹一眼，告饶地说：

"爹，别啦……爹！"

五

姚玉皎在那天以后，并没有找团支部和村长去谈她和刘春的事。因为他爹姚方和她哥哥姚玉柱劝说她，对待她和刘春的事要冷静，也要等待，她同意了。可是，她内心是痛苦的，也感到十分愁闷，她嫂子杨淑贤和刘翠云陪伴着她，加上她自己那么刚强，也就照样工作、劳动，外表上显不出什么变化。刘春呢？那天以后不久，把小黑骡子拉回来了。他，人变得略略瘦了些，眼眶子仿佛也有些塌下去了，大眼睛痴呆呆的，除了闷着头干活，一句话都不讲。他的痛苦更深，他觉得姚玉皎瞧不起他了；他爹对他比往常冷漠了；姚方见他连眼皮都不撩；刘占山、张力好似总用那么奇怪的眼光看他；刘翠云一碰到他，撇撇嘴，转身溜了；只有姚玉柱闲时找他谈几次，给他不少安慰和鼓励。他悔悟了，他这一时的失误，脱离了大家，几乎连姚玉皎都失掉！父子之间也失常了！姚玉皎所想的跟他那么不同，姚玉皎是对的。爹，在这件事上就不依从了，爹的心中也是有数的啊！自己为什么这么不济呢？对得起谁呢？脱离了大家，什么都变了！刘春闷头干着活，下力下得比过去更猛了，他虽然不多说话，他的心情大家仿佛都理解了，渐渐人们对他的态度又亲近了，姚玉皎见到他也用那带笑的眼梢瞟过他。他自己却有些不得劲，闷沉沉的，见了姚玉皎就低下头去。这么着有一个多月了，有一次在场院里打场，他同姚玉皎扑面碰在一起，他俩都一愣，姚玉皎暗自抿嘴笑了，那么娇憨，那么亲热；他也笑了，可是眼睛里涌出泪花；姚玉皎的眼睛仿佛也湿润了；他们又喜欢又难过，马上走开了。从此，他们内心的隔阂才算解除，见面也显得自然了。但是仍然谁都不说话，直到冬天，区上整党过后，姚玉柱领导三个互助组合并成立生产合作社，在会议上，刘春发言的时候，自动地进行了检讨。他说：

"你们看我刘春也忘了本了，我只想肯干下力，人人瞧得起我，到哪，干什么全成！哪承想，就这样，我起了个人享受思想，干那种事，自己还很傲气哩，真是没脸见人！"说着，他流出了眼泪，又黑又大的眼睛叫泪水汪住了，声音有些颤抖。"不是姚玉柱和姚玉皎帮助我，我爹也申斥我，我可真完蛋啦！咱们穷人不拧成个绳，讲个集体，能有今天吗？眼下成立生产合作社了，我刘春若有那种违反社规个人打算的思想，劳动不下力，大家怎么整我都成！那时，我怎么一阵子就糊涂起来呢？今天说良心话，过去也实在糊涂，明白一点点，碰上个人利益，就什么都忘了！可不成呀，今后要好好锻炼，大家监督我吧！"

他检讨得这么诚恳，大家都表示信得过他，他再不犯就好！会后，他找姚玉柱问，看他认识得够吗？姚玉柱闪烁着锐敏的眼光，怀着说不出的兴奋心情望着他。可是，回答他的却是姚玉皎。姚玉皎快乐极了，她不能掩饰自己这快乐的感情，觉得刘春更可爱了！她秀丽的眼睛里充溢着欢笑，抢着说：

"刘春，你还不理人呀？"

刘春笑了。姚玉皎这么上赶着跟他来谈话，他是想不到的，快乐之中夹入了难忍的酸楚，大眼睛闪了闪，不觉淌了满脸热泪，小声说：

"不是这么说，我哪好意思呢！"

姚玉皎也忍不住溢出欢喜的泪滴，说："哟，过去的事，当个教训吧！爸爸早就找你到我家去玩，我也不好意思说呢！"

姚玉柱被他妹妹提醒了，爽快地说："对呀，你跟你爹今天晚上到我们家，吃饺子！"

从此，姚玉皎和刘春感情更深了，彼此一天不打个照面，都要想念得惶惶不安；他们都有个秘密的心意——赶快结婚吧，可是，谁也没曾公开说出来。自从

那天早晨匆匆约会好；彼此可以谈谈了，谁知道区里为合作化和其他的事接连开了两次会，刘春又赶车去了两趟长春，他们没谈成，时间就这么拖下去了。

快开始耕地了。一个清亮的早晨，姚玉皎拾粪又经过松花江边；江水这几天正开化了，江冰随水流奔跑，大块挤着小块的，发出嚓嚓的声响。刚从地平线升起的太阳，柔和的光辉照射到江上，成群流转的冰块闪耀出细碎的明亮的星光。空气里蕴含着湿润而凉爽的清香味，鸟雀在树枝上鸣叫。她感到无限的轻松和喜悦，停住脚，望着奔流的江水和江冰。这一阵，从建立起农业生产合作社，他们妇女起早拾粪，贪黑上农民夜校，为了推广肇源丰产经验又练习薅草间苗，每天忙得喘不过气来。接着又是春季卫生大清扫，她做妇女委员，事事得走在头里；越干越忙，越忙越长见识，忘去了疲劳，忘去了自己，干得真是心盛。她一在村路上出现，总有几个妇女随在后边，花花绿绿，说说笑笑，尤其刘翠云不点个子，跳跳跶跶的，又好高声吵吵，显得江湾村加倍活跃。好些日子没见到刘春了，哥哥说他赶车到长春去了，怎么还没回来呢？孙喜财这些人不会又勾引他吧？但是，一定再也勾引不动了，刘春，是可信的！她想到，送粪期间，有几次在屯西头生产合作社的大粪堆旁，见那高高的土粪堆挖了已经有一半，粪冻得太结实，大家用锄头打着铁楔子往下劈，抡大锄头的总是刘春。刘春挽起袖子，粗黑的胳膊上筋肉紧登登的，强壮得有如个小牛犊。他看到姚玉皎来到了，更猛劲干起来，偷偷地用黑亮的大眼睛向姚玉皎看。姚玉皎印象有多么深啊！这时，她仿佛还看到约莫有五尺长的一块大粪块被刘春劈得从粪堆上裂下来，大伙用镐头使劲一别，就完全同粪堆分开，轰隆一声倒下来！刘春乐得白牙齿闪闪发光，高鼻尖冒着热气，胜利而怀有深情地又向她望了望。刘春多么健壮啊！刘春又多么爽直和蔼啊！她无论怎么忙，从来总是在想着刘春的。刘春下力，老实，谁想他生出些骄傲自私的情绪，几乎走错了路！她望着那奔流的江冰，感到有一阵湿润的风拂到她的脸上，她闪动一双愉快多神的眼睛，将垂在胸前的一双黑黑的粗辫子甩到背后去。忙得缓了一口气了，她急切地想见到刘春。她有多少话要对刘春说啊！同刘春的约会过了有半个多月了，刘春一定很急呢！可是，当她回身要往回走的时候，猛见她身后却站个人，正就是刘春！她心嘣嘣地跳起来，脸也红了，倒犹豫着，不知怎么好了！刘春笑了，他那十分引人注意的洁白的牙齿闪着光，一双黑黑的大眼睛比往日更亮了，那端正的高鼻梁又显得那么庄严。

他问姚玉皎道：

"想不到吧？"

"你不是上长春了吗？"

"昨天夜里回来的。"

"啊，你挺好？"

"我好。我看你忙坏啦！"

"你怎么到这儿来了呢？"

"呃，我来过几次啦，老碰不上你！咱们不是说要谈谈吗？"

姚玉皎笑了，没说什么。他们不约而同地坐在两棵大榆树旁边了。树上的鸟为他们惊动得飞走了，有的一边飞一边鸣叫，飞过江去了。太阳的辉光照射在他们的脊背上，风吹动着他们的头发。远远的，村里的狗在吠。姚玉皎心还在跳，切切望着刘春。刘春低下头去，半天才说：

"咱们的事能办吗？"

"是呀，这几天忙得顾不上啦！结婚呀？"

"你说呢？"

姚玉皎沉默了。她一双长长的细眉紧锁在一起，两条辫子垂垂着，思索了好一会儿，才抬起头来，笑着，一双眼睛含蕴着说不尽的温柔和热情，望着刘春，悄悄地说道：

"我看，咱们到秋后再办，不好吗？"

"怎么呢？"

"你看，咱们生产社刚成立，肇源丰产经验刚推广，丰产田订了有十多垧，还不知道怎么样呢？咱们在这时忙着结婚，这多不带劲呀！谁的心会在这上呢？我说，咱们俩日子长着呢，秋后什么都搞好了，生产社也闹成功了，咱们那时结婚，劲头该有多大呀！你说呢？"

"我呀？我听你的，这么着，是好！"

姚玉皎是曾经热望早早结婚的，特别同刘春闹了那次矛盾以后，她觉得刘春和他爹是得有个人照应。她天天想念刘春，愿意同他天天在一起。但是，忙了这一阵，她事事走在前头，她的理想更高了，她不能在这样紧张的时候因为自己结婚的事转移大家的注意力，占用大家的时间，她要做个榜样。刘春家，就是不结

婚，也可以抽空去照应！但是，她怕刘春不满意，却又温和地问：

"真没意见了吗？"

刘春比任何时候都更严肃，说："我知道，这时全村大家的心都不在这上！我懂得！你放心吧，我的想法也都变好了，说到这，就别再提了，秋后吧！"

刘春见姚玉皎对他那么亲昵地笑了，他满心欢快地转了话锋，问道：

"喂，你知道吗？"

"什么？"

"我这回上长春，又碰上孙喜财啦，他说，他拉脚偷偷地倒腾小买卖漏税啦，处罚得很严，他干不下去了。现在，他又去给他们村供销社赶大车去啦，得亏你，不然，这多危险！……"

姚玉皎更喜悦了，那么深情地望着刘春，刘春羞得微微低下头去。半天，姚玉皎才温和地说道：

"不，还是你觉悟快，你不觉悟，我能用上什么劲呢？再说，我也不够冷静呀，你不记着我吧？"

"别这么说，我若觉悟好，还能出那种事？我还得好好努力呀，不然，怎么对得住你？也对不住我爹和你哥哥！"

太阳出来老高了，两个人站起来，欢欢喜喜的，一同走回村里去。许多妇女和戴红领巾的小学生正打扫村路，见到他们走来，有的妇女故意高声说笑道：

"看咱们村子，过几天就要办喜事啦！"

大家咯咯地哄笑起来。刘翠云从人丛中举起个扫把，摇动着身躯，高声问道：

"你们是不是合计明天到区上登记呀！"

刘春瞅着她笑了笑。姚玉皎张开两只手跑过去要抓她腋窝，她却吱溜一下跑掉，远远地转动一双小眼睛，用手指头点着脸皮，向姚玉皎喊：

"不羞！不羞！"

姚玉皎无可奈何的，红着脸，用带笑的眼睛瞟了刘春一眼，一只手摆弄着辫子，低头去了。刘春向刘翠云挥一挥胳膊，也走了。人们还在哄笑，姚幼铃因此特地跑回家给她爷爷和奶奶送信去。可是，没过一天，大家都清楚了不是那么回事，知道姚玉皎和刘春谈的是什么了，都赞叹地说：

"姚玉皎这姑娘，人不大，志气可不小呀！"

关于吉庆喜的一篇记载

罗 丹

佟玉珠守在家里,心烦意乱,盼丈夫回来。她男人骑脚踏车,白班下班了,她瞅定窗户外面在等着。骑脚踏车的有时成串成队,她一辆一辆瞅,一辆又一辆,就是没有他。越盼越着急,越着急越盼……他许又不回来了吧?不回来可不行啊!

不久之前,庆喜介绍她到厂里的食堂工作,她有摊煎饼的专长,这就成了煎饼师。工人们喜欢吃她摊的煎饼,管它叫"玉珠饼",她很乐;庆喜也表扬道:"你的玉珠饼也给为钢而战出了一份力量呀,可也得跃进再跃进,多摊再多摊。"佟玉珠早六点抱孩子上班,晚七点才下班。她怀孩子快生了,可她不愿意工人盼吃煎饼吃不到,坚持上厂子。吉庆喜对媳妇说:"你扛得了,你就上下班吧,我没意见。为钢而战是革命,我还能拦阻你革命呀。就豁上把孩子生母子车上,我也不禁止你。"吉庆喜哈哈大笑,"孩子藏你肚里,我瞅不见,摸不着,你有底,你看着办吧。"可是,佟玉珠今天请假了。一周岁半的钢红,昨晚卜班前就发烧,她只请了一天假,这是她第一次缺勤。一天过去了,钢红烧得更厉害,势必要请大夫啦。她不知道是冻着了,还是麻疹?肺炎?还是那可怕的大脑炎?她比丈夫小四岁,才二十二,年轻没经验,她有些害怕,不知该怎么办好;加上,她今天肚子隐隐疼痛,却一阵子过去就又没事了,这一两天孩子就要下地了,熬过了今晚,怕也拖不过明天。钢红没头没脑的病,又要生孩子,都碰到一个点上,顾得生孩子,要误了钢红治病;顾治病,生孩子又怎办?闹得两头担惊,就靠男人回来了。

明天该他轮休，昨晚在厂里临上母子车时，他说一定回来。他真能一准回来吗？谁知道呢。他们那修大钢罐的活计，比什么都乱，比哪一门都忙，庆喜又是班长，怕十之八九不回来了！她最清楚自己的男人，头两个月，许多干部和工人都忙得不能回来的时候，修罐部门就他数第一：卷上铺盖卷，搬厂里去住，没日没夜都在厂里；后来，领导上要他们搬回家来睡，庆喜是末尾一个被"逼"回来的。搬是搬回来了，但他睡家里热炕上的时间也不多，逢白班，他晚上不回来；逢夜班，他白天不回来，歇睡都忘了。你劝他爱惜身板，他就顶你两句："身板要紧，还是钢要紧？钢不多，国家就会得软骨病，能让得软骨病吗？绝对不能，定要把我们的国家炼成一个巨人，连手指甲、脚指甲，都要钢做的！"紧接着他就攥紧拳头，"让美国佬来试试吧，像踢足球一样，叫他们滚海里去！我才二十五六，气壮力足，你别操心。哈哈，认可我吉庆喜得软骨病，也不能放松一炉钢，分秒必争！豁上了！"轮休也不准定回来呀，上回轮休他就没回来。他没在班，也跟在班一样，围着他那大钢罐团团转。还帮着砌罐班砌罐，跟在擎起大张红纸黑字的姑娘身后，神气活现，挥舞两只鼓槌，擂大鼓去给人家贺喜；要不，他就去帮卸车、背砖、清渣；要不，他就给缺勤的工友替工。他眼下在厂里忙活什么？许是骑车子回来正走在路上……

　　她又给火炉子加上点煤，噼噼啪啪响，又红又旺，炕也烧热了，屋里很暖和，饭菜也做好了。她等着，等着……瞅着坐在短柜上那马蹄表的长针，可就是人不见影儿……她又走到窗前去。

　　冬天日子短，天黑了，看不见从北向南来的脚踏车了。佟玉珠的腹部又一次疼痛。她上炕躺下，要生了吗？可是，过一会儿又不痛了。钢红又大哭起来，这孩子不是昏昏迷迷，就是大嚎大哭。她把他抱到怀里，孩子嘴唇皮干得要裂口，没点血色，脸面烧得通红，额门也烫人。这个年轻的临产孕妇，抱着高烧的孩子，倾听道上有没有脚踏车铃响，门外有没有他走进来推门的动静，但什么也没有。饭菜冰凉了，马蹄表嘀嗒嘀嗒响，长针走过一个字，又走过一个字，这表走得那么慢条斯理。佟玉珠盼着，盼着，全副心肠都牵挂到男人身上，男人却没影儿。她越等越紧张，心慌了……

　　铸锭车间没有很多机器，却非常复杂，千头万绪。没有具备这方面的知识和生活的人，无法从那十分纷乱繁忙的情景中，理出头绪和规律来。只觉得，这不是什么车间，而是每分钟都在和这庞杂的火线上的钢水搏斗。它以它那从各方汇流成的翻腾呼啸的海涛声，以它那由烟火、光、热、雾气和钢花组成的万千色调，使人震耳和眼花缭乱。钢水的光河，以它那不可抵挡的姿势，倾泻入庞大的钢罐中，红光烧天。有一座炉子，正朝涂上石灰石的大渣罐，奔流出它那高热的红色渣液。车间中心的铁道上，站着长列的火车，上面是盛满红渣的渣罐，火焰从转黑的"皮层"裂隙中喷射出来，火车头的吼啸震荡着车间。地上也燃烧着通红的钢渣，变成一片火地，工人们捏着黑蛇似的胶皮管，管口朝红火渣地，喷射出水龙。顿时，层层云卷的白雾，便翻腾起来，跟烟火汇流在一起，一时笼罩住了大罐和人们。庞大无比的天车，来往急驶，闪着红色和绿色的光眼，像只怪兽，又像江涛涌荡，发出沉重的吼声。由于技术上的原因，一个盛满了钢水的大罐，悬在空中，红光从白热雾中腾起，照亮了厂房的钢梁；哨子声、尖啸声、当当当敲击钢轨声音……从蓄热室那边传来了瀑布似的巨响……砌好的大罐正在干燥，两只大瓦斯黑管伸入罐中，燃烧起熊熊的大火；在高高的铸锭台上，铸锭工握着铸棒正在铸钢。人们从蓝光镜中，看着从中心铸管升上铸模的滚滚钢水，摆满了高大的铸模的铸锭车，蒸发出难以靠近的高热。在它们的附近，常常爆发出火雨似的万星和喷射出耀眼夺目的浪花。

吉庆喜就是生活和战斗在这种热火朝天的火线上。钢罐是平炉和铸锭的纽带，吉庆喜觉得钢罐就像火车上的挂钩，没有钢罐，平炉炼再多的钢，铸模准备得再整齐，也都白费。在他看来钢罐是有决定性的意义的。所以，正像他跟媳妇说的，他要"豁上了"！他带领他全班人马，全力为缩短修罐时间而一次一次地战斗，最后，达到了高峰，在保证质量的前提下，比原来的修罐时间，竟缩短四分之三。并且，吉庆喜富于牺牲精神，他在大协作中，有许多感人的事迹，表现了崇高的共产主义风格。他得到了奖励和模范称号。大家知道，修罐工人是"忙中忙"，"苦中苦"，"脏又脏"，何况吉庆喜又是班长。说实话，他又有三天三宿没怎么睡了！用他的话来说，真是日夜在"黑烟火中打滚"，忙得"不亦乐乎，天旋地转"。白班又下了，来接班的老李竟找不着他。有人用手指了一指：

"在那个聚宝盆里吧！我瞅他爬进去的。"

聚宝盆就是钢罐，这大概还是吉庆喜给起的"官名"。老李爬上去，朝里面

喊道：

"老吉。"

吉庆喜果然在里面。老李又喊道：

"你上来！小吉。"

"你叫'小吉'，我不能上来。"吉庆喜在聚宝盆中，哈哈大笑。由于聚宝盆又高又大又深，这笑声有点像深山谷中传出来的。"你真滑嘴滑舌瞎叫，我再过十四五年，都交四十啦。"

"哎呀，你这个模范，架子不小呀，吉师傅，请上来。"

"叫吉师傅，我就更不能上来啦，我下巴一片胡楂子还没发青，叫师傅我要亏寿。"

吉庆喜又哈哈大笑，可是，他在里面严肃地工作。一个修罐班的小伙子，在罐底打结水口。自从吉庆喜当班长以来，虽然没有因水口出岔而漏过钢，但他却不止一次地看过水口漏钢。一漏就是一大罐，一罐是二百吨！这二百吨白热的钢水，从罐底汹涌倾泻到地上，那如何得了！水口漏钢，是无法补救的可怕的灾难。所以吉庆喜养成一种习惯，凡是水口作业，他必定亲自检查，或者亲自下手。他跟那个小伙子蹲在罐底摆弄水口。小伙子问道：

"吉师傅，到点了吧？"

"早到点了。"

"差不多了，再有十五分钟就行。留给下班干吧？"

"只有十五分钟就打结完了。"吉庆喜征求道，"咱们干完吧！怎么样？"

"行，吉师傅。"

"好小子！咱们该尽力为下一班准备条件。按理说，咱们不是为哪一班，是为了钢。人分这个班那个班，钢可不管你班不班呀。"

"是，吉师傅，我在这儿就行了，你上去吧。收尾活，你放心吧，这儿太热。"

虽说他们在防热罩中工作，也非常热。钢罐刚铸完锭，空清了渣子，罐壁和罐底周围都还发红，高热从防热罩的两片矮门流冲进来，就热上加闷。莫看是十五分钟，比在伏天的烈日下晒几个钟头还要厉害难扛。吉庆喜笑道：

"这是炼丹炉。咱们真格是从火里熬炼出来的呀。咱们一起干完，一起上去。"

小伙子用刮刀刮水口，转圈刮得溜平光滑，吉庆喜这才站起来。当他也爬上来的时候，头发都湿透了。他脱下那防热作业服，只穿一件油污的背心，黑色的汗水，像许多小河，从全身各处滚流下来。他那四方的大脸盘上，乌黑乌黑，竟分辨不出长长的浓眉了，一看便知是修罐工人。老李坐在大罐的渣溜子上，吉庆喜坐在钢罐的钢梁上，交代起钢罐的情况来。炼钢像军事战况一样，千变万化，平炉的炉况，班班不一样，钢罐的周转情形也班班不一样。喜庆喜计算了一下，替明天担心道：

"你们还好对付，夜班就苦了。有两个大罐，多则再用两个班，明儿就准不能用了。还有一个大罐，不重砌也得大修一场。明天白班我算能出四炉到五炉钢，钢罐周转就更吃紧。明儿是孟师傅的班。"

"压在老孟身上就重上加重。"老李摇头道，"他那一班尽是新工人。"

他们说着说着，又热烈交流起经验来。这时，有人在底下叫："吉庆喜。"他朝下一瞅，是顾书记。顾书记仰脸笑道：

"今天中午卸砖车时，有两个工人打赌：你能如何如何，我就请你吃十张玉珠饼，可是，他们没有买到玉珠饼，你知道为什么买不到？"

吉庆喜说："钢红生病了，就拖住了母亲。"

书记又笑道："你又该做爸爸了吧？"

"就这一两天吧。"吉庆喜腼腆地笑了。

"你们在上面干什么？"顾书记忽然转口问道。

"交接班完了，闲唠。"老李说道。

"你下来！吉庆喜。"顾彤同志命令道。

党委书记喜欢这个共产党员，他知道这个修罐工，又是几宿没怎么睡觉了！这家伙虽是身体好，但担心他一时神情恍惚，或一阵头昏眼黑，从大罐上摔落下来。所以，当这个班长朝下爬的时候，顾彤仰脸站到大罐前，仿佛他跌下来，就正好落到自己怀里。吉庆喜问道："顾书记，你有事吗？"书记正经问道：

"下班这么久，你还赖在厂里干什么？"

"晚走早走都一样。"吉庆喜胡乱说道。

党委书记纠正道："不一样。"接着又故意问道，"明天你轮休吧？"

"轮休。"吉庆喜赶紧说道，"厂里有事吗？有事我明儿一早就来。今晚不回去也行。"

"厂里什么事都轮不上你。"党委书记隐藏着微笑,"我是问你明天轮休,打算干什么?"

"没有事情干。"吉庆喜说。

党委书记摇头,却严肃地说道:

"你媳妇顾不了两头。你该好好侍弄侍弄孩子,该住院就住院。据说佟玉珠头两天就该生了,你不能白做爸爸,得很好尽义务。你也该学会做丈夫。你家离医务所不太远吧?"

"不太远。"吉庆喜心里很感激。

"可能孩子和母亲都一齐要进医院。"党委书记说道,"有困难打电话给我,明天我抽时间到你家里去一下。"然后,书记挥手道:"天快黑了。现在你洗个澡,马上给我回家去!好好睡一觉,厂里不准你停留!同意吗?"

吉庆喜傻里傻气地答道:"同意。"

党委书记走了,又回头叮嘱道:

"你还有一个习惯,今天要改一改:别在厂里游游串串了。回家去就是你的任务。"

吉庆喜笑了。他确是有"游游串串"的习惯。但这是好习惯。每次交了班,如果不开会,他就四处"游串",不仅在本车间,还跑平炉上,甚至跑原料工段去。钢水和火光,给他无穷的欢乐。在"游串"的时候,遇见哪儿需要人手,他就插手进去,立刻参加战斗。是呀,顾书记说得对,今晚可不能"游串"了,钢红病得怎样?生个小丫头最好,一男一女……要是她生孩子,钢红搁哪儿去呢?说不定母子一齐都得住院,钢红迟不病早不病,就病在这节骨眼上。吉庆喜边想边走,一时觉得周身骨节都要散架了。张嘴打了几次呵欠,脑袋瓜迷迷沉沉的……要睡……可是他打算先到食堂去,给煎饼师再请个假。正在铸锭,钢水闪得满车间红亮。可是,他还是改不了左看右察的"游串"习惯。当他走近滚热的铸锭车跟前的时候,忽然发现刚铸完锭的一组钢模的车板上漏钢!他不知道这是淌道砖漏钢呢,还是钢锭模脚和车板的接合处不严实而漏了?一句话,漏钢!好像刚漏出来。人们都忙自己的活,根本就看不见。漏钢当然很严重,除了钢水大损失之外,还要焊住车板、焊住铁道。谁都知道,焊住铁道,那是最糟糕的事情。清除起来麻烦,铸锭车开不出去,也开不进来,就要影响出钢,就会打乱一系列炼钢作业的计划。吉庆喜自然把刚才的一切都忘得干干净净。他慌了！大声喊：

"漏钢！漏钢！"

靠自己熟悉，吉庆喜跑到不知是谁的跟前，抢过那个人手里的铁锹，又返回向漏钢地点奔去。他铲起沙子就往车板上扔，一面大喊道：

"漏钢！来人呀！运沙子来！"

幸而发现得早。人们跑来了，展开了一场堵钢水的战斗！在高热火滚的钢锭模堆跟前，吉庆喜满头满脸是汗，挥动着铁锹，一锹一锹地扔沙子，向漏钢处堵去。可是他转眼一瞅，铁道也焊住了！救铁道也如抢钢！吉庆喜不等命令，也不去找负此责任的人来处理，拉住两个工人就走：

"咱们抬氧气去！"

氧气瓶抬来了，氧气管蜿蜒在地上，大伙七手八脚安妥帖了家什。好些工人也手持铁棍跑来协助清理铁道了。吉庆喜坐在肮脏的黑土上，用氧气烧除焊在铁轨上的残钢，钢水冷却很快，已经变成大块钢疙瘩了。他知道，这铸完锭的铸锭车，必定得赶快开走；有一座平炉已安好了出钢槽，大罐已放好在罐座上，怕不久就要打点出钢，铸锭车不久就要从脱模厂开来了！被燃烧而熔化的钢疙瘩上，溅射起了散乱的火花，照亮了吉庆喜又脏又黑又严肃的脸面。

深冬亮天迟，清晨四五点，屋里还黑得像沉夜，但佟玉珠早就醒了。她瞅瞅身旁的庆喜，他正沉睡，钢红躺在他腋下，男人的右手搂住孩子。他昨晚过八点半才踏进家门，看了看孩子，胡乱吃点饭倒头便睡了。他累得眼睛冒花，筋疲力尽了。有他在家，她就落实定心，家里没他不行，这不是孩子有福吗。这两口子昨晚就计议好，今早第一件事是挂红布条；第二件事是找孟师傅帮请假，可是，佟玉珠觉得请一天假不要紧，影响工人吃不到煎饼，她看成是件大事，必定得正正经经请假，烙煎饼的事可得妥靠的人才行。挂红布条，却有点儿典故。按照习俗，家里有人生孩子时，便在门口挂上红布条，免得外人倏地闯进月房里来。自从"大跃进"以来，卫生所的大夫和护士，也打破常规，下住宅区来看病，找上门来。可是，人少地区大，也不能挨家去寻病人呀，挂红布条，也就变成了屋里有病人的记号，用吉庆喜的话来说，就是给大夫下的"请帖"和"信号"。吉庆喜醒了，身子十分舒服：

"哎呀,睡得天昏地暗。"

"往后再别硬撑身板好,你累过劲了,上回轮休你没摊着,这回该结结实实歇歇。"

才过五点。屋里开着电灯,炉火烧得挺旺,暖和极了。媳妇在做早饭,吉庆喜有点出神。

"就跟女人孩子混一天吧,享一天家福。"

女人轻声笑了。墙上挂着一块二尺长的大镜子,那是结婚时工友集体送的,佟玉珠把它擦得透明晶亮。从镜面中,吉庆喜看到她那臃肿的腹部,不觉笑道:"这回你能生姑娘呢?还是生小子呢?"

女人没有吱声,脸上马上泛起了红晕,双颊笑成两个浅浅的酒窝:

"姑娘、小子都行。夜里又疼了几阵,过日子了,怕拖不过今天。"女人又幸福地瞟了男人一眼,"今天生最合适,你在家……我看你先在门上给挂个红布条吧。"

"就去挂。"这时,钢红从昏迷中醒了,吉庆喜抱起他,他睁眼瞅瞅,便把脸紧贴在爸爸的怀里。孩子浑身还是滚热烫人,但通红的小脸却转苍白了,脖颈子细了。吉庆喜摸摸孩子的额门,便吩咐媳妇倒开水:

"我喂他点水。我看至少也有三十八九度。"

"不吃不喝,嘴唇皮都烧裂了。昨天吴大妈帮我买了退热片,叫他吃一片吧。"

"不能吃。"吉庆喜摇头道,"要是麻疹,就越退热越坏,等大夫看过病再说。"

吉庆喜给孩子喝完了水,孩子又昏睡了。媳妇端过一大碗豆浆来,豆浆里还有鸡蛋:

"豆浆也是托吴大妈捎来的。我寻思你这回准能回家稳稳实实过个轮休。"

吉庆喜赞扬道:"就凭你这好媳妇,也得加紧修理我那聚宝盆。"

吉庆喜从媳妇手里拿过红布条出去了,暗自想道:"顾书记说得对,今天得好好尽尽做丈夫和做父亲的责任。小的病,女的生,好事坏事都碰一堆了,说不定今儿都归拢进病院,幸好我没事。"

外面还亮着疏落的街灯,天沉沉暗暗,欲亮未亮,北风大起,寒冷刺骨。门前有一棵小杨槐树,吉庆喜把长长的红布条缠紧在枝丫上,便大步向远处的孟师傅家走去。老孟是修罐班甲班班长,从今天起,接吉庆喜的大白班。孟友良家窗户明亮，可是一进屋，吉庆喜愣住了。孟友良弯腰坐在炕沿上，垂头丧气，双手按紧肚皮，低声呻吟叫痛。吉庆喜暗自叫苦道："糟糕，他那盲肠炎又发作了！"老孟抬头问他什么事，吉庆喜把替老婆请假的事，咽肚里去了，支吾地说道：

"我来借你脚踏车气筒使使。"然后他又说，"孟师傅，你不能上班了，你这老病，一发作就得一两天。叫大娘挂个红布条吧。"

"他正挠头着急，疼起来就寸步难行。"他老伴插嘴道。

孟友良不理她，吃惊地瞪着吉庆喜："你真瞎扯，我不上班怎行！"

"我瞅你这情景，就没法上班。"

"我不上班怎办？"孟友良手打战，疼得直皱眉头，"你知道我班上都是新工人，就靠我这个独头班长。月末任务紧，眼下又是紧中又紧的节骨眼，大罐周转情况又不好。今天我这个班，就没剩下几个大罐。我怎能不去？厂里的人都连轴转，一个萝卜顶三个坑，谁也没法填我这空位。"

吉庆喜不言语了，事跟自己连了起来，发高烧的钢红，肚子阵痛的玉珠，都浮在眼前……他不知怎办好，脑子乱了一会儿。但孟师傅是没法上班的，一想起不能按时抢修好大钢罐，让白热的钢水泡在炉子里，吉庆喜的全身热血都沸腾了起来。他一拍炕桌站起来：

"孟师傅，我去填你的空位。"

"哪能行！"孟友良摇头道，"你累得半垮了，你今儿该好好歇歇。"

吉庆喜隐蔽了全部家事，大声道："我睡饱了。今儿没事，在家也待不住。"

孟师傅老伴插嘴道："玉珠快生了吧，她天天上班，这几天我也没去探望她。"

"还得三五天吧。"喜庆喜支吾道，"大娘，你挂红布条吧，我走了！孟师傅，你躺着。"

"你拿气筒吧。"孟友良提醒道。

"不要了。车子还能对付骑到厂里。"

老孟还想给他交代一下班上的情况，吉庆喜却已蹿了出去，大声道：

"我都知道。快到点了！"

吉庆喜飞跑到邻居吴大妈家里。乐于舍己为人、热心肠的吴大妈，满口答应就来照顾佟玉珠母子。他又给诊疗所挂了电话，值班大夫答应马上就来。办好了这一切，他才疾步慌忙转回家，跟媳妇说明这意外的紧急情况，并说道：大夫一会就会来，并且还挂了电话，吴大妈也很快就来，顾书记今天也会来，要稳住劲，安心等着。不论怎么说，事情太意外，佟玉珠完全愣住了！可是，她非常理解男人乐于舍己为人；自己在厂里做工，也理解这"意外的紧急情况"的严重性，一句话，她明白丈夫做得对但她还是激动和纷乱，只是低声道：

"你赶紧吃饭走吧。"

吉庆喜一边吃，一边摸摸钢红的小脸，能有四十度！额门贴上了凉手巾，小鼻子抽搐着，脑袋耷拉在母亲的肩膀上。吉庆喜又从抽屉里拉一块红布条出来。媳妇说道："你蒙了，不是挂上了吗！"

"再挂一条。这一条，是说家里有妇女要生孩子了。另外，挂上两条，也就是'急诊'的意思。"吉庆喜说道。

佟玉珠微微点点头，又说道："你别忘记给我请假。"吉庆喜又安慰她，要她一切放心，他抱歉地望望她，便骑上脚踏车走了。平炉和铸锭，今天都要放卫星，钢罐子不论怎么缺，也只能让聚宝盆等钢，不能叫钢水等聚宝盆……他蹬快了轮子，恨不得一下子飞到厂里。

冷极了！凛冽的北风，在街上呼啸旋滚，刮得他脸上刺痛。吉庆喜骑得挺快挺快，他抢过了人流，抢过了前头的脚踏车，朝炼钢厂奔去，朝号角齐鸣的战场上，朝腾卷起烟火光的火线上奔去！

并蒂莲

胡清和

一

我从小是个苦孩子。父亲因为缴不起地租,被地主逼得吊死在村头老槐树上。母亲要替父亲伸冤,抱着我到县衙门去告状,反而遭到一顿乱棒毒打,也在血泪中咽下了最后的一口气。我变成一个无家可归的孤儿。可是,地主并没有放过我,他说"父债子还",便叫保长把我卖给富农王德贵做独养子了。就这样,我开始了备受折磨的痛苦的少年生活。

在我十几岁的时候,我们村庄里,地主破落户陈三的妹子刚死了丈夫,生活无依无靠,便带着八岁的小女孩,从城里搬到乡下来了。

小女孩叫小玲子。她也在三岁时就死了亲生的母亲,扔下了她和一个姐姐。父亲因为饥寒所迫,含着眼泪,将她姐姐卖给南乡山里一个烧木炭的人家做童养媳,把小玲子卖给陈三的妹子孙寡妇做养女。

小玲子到我们村庄以后,便开始给陈三放牛,她每天拿着一根柳条儿,胆怯地赶着一头大水牛,边打边吆喝。那头水牛始终不听她的指挥,用嘴掠了两把草就走,总不愿安稳地停留在绿草地上;有时掉转头来看看她的柳枝条儿,警戒似的瞪着眼睛摇甩着尾巴。遇到这情景,她那一双美丽的眼睛便睁得大大的,脸色发白地向后退。因此,她常常和我们在一起放牛。

渐渐地，我的孤僻性儿，引起了她的注意，因为她发现我有时在村头老槐树下，偷偷地站在那里擦眼泪。可是我也渐渐发现了她的手臂上、腿上时常有紫色的伤疤，小小的鼻尖上也残留着紫色的血迹。原来她的养母和陈三待她也很坏。悲惨的命运和痛苦的折磨，使我和她都同样失去了儿时本性的欢乐。

一天，太阳已经落坡，夏天的黄昏闷得人喘不过气来。我骑着牛想到村西洼地边的池塘里去洗个澡。离洼地不远，我就看到了小玲子孤零零地站在池塘边。她对我睨了一眼，现出羞怯和求助的神色。我知道又是出了什么事，便问她："怎么啦？"她红着脸，指向塘中央荷花丛里，说："水牛到那里去了。"我看了看荷花丛，不吭声地把缰绳递给她牵着，脱下了破布衫，一个猛子就潜到池塘里去了。不一会儿，我钻到荷花丛里，抓住了大水牛，然后爬到它的背上，它就驯服地驮着我向岸上游来。这时候，小玲子在岸上微笑了，笑得那么真挚、美丽，我心里感到一种同情的欢乐，便就手掠了两枝长得丰满的大莲蓬，塞到她手里。

有一次，我们一伙孩子去采野菜。大家找呀找啊！可是连野菊菜、木兰菜也见不到了。

太阳快要滚下山凹，我们篮底还是薄薄的一层。

"喂！我找到一大片木兰菜啦！"保长的小儿子阿贵叫着。"嘿，真是一大片！"我说着和小玲子蹲下去就捡。

"嗳，不许你们捡，不许你们捡！"阿贵一边嚷着一边推我。

"你干什么？"

"这是我找到的，地也是我家的！"

"地皮是你家的，野菜可不是你家的！"

"你这个野地里拾来的小杂种……"阿贵骂着就狠狠地给我一巴掌。

我气急了，一把抓住阿贵衣领，向身边猛劲一拉，他便摔了个狗扒粪，引得周围的孩子们哈哈大笑。阿贵爬起来从篮子里抓起一把剪刀朝我扎来，我把头一偏，肩膀上却被扎了一剪刀，立刻鲜血不住地向外流。孩子们一哄便围上了阿贵，说："他欺负人！""打他，打……"他一看势头不对，便揉了揉蒜头鼻子，瞪着两眼，挥着剪刀乱扎，逃跑了。

当他狼狈地跑到一条河的桥上时，小玲子把一块泥团抛过去，正打在他的头上。他身子一偏，脚一滑，"噗通"一下栽到河里去了。孩子们乱成了一团。幸好在附近田里作活的陈三听到了，赶忙跑来跳下河去，把阿贵捞上来。阿贵吐了一阵子水，大声嚎骂着，两脚使劲踢打着。

陈三问明了事情的缘由，就狠狠地打了小玲子一巴掌，吼骂着说："死东西，你还不给我滚回家去！"他又朝我们骂着说："要是真把他淹死，你们都得偿命！"

傍晚，养父不问青红皂白，拉住我就用牛鞭子毒打了一顿，然后又剥光了我的破布衫，露出全身的伤痕，逼着我跟他去保长家里赔罪。

第二天，我放牛的时候，肩膀被剪刀扎的伤口已经红肿得很高了。我的腿也是一拐一拐的。小玲子看到这种情形，她的眼圈有些红了，什么也没说，只是默默地跟在我身边。

二

小玲子长大以后，她的寡妇养母便害痨病死了。陈三的心比蛇还毒，在他妹子死后第三天，便将小玲子叫到面前说："玲子，你姆妈已经死了。几年来收成也不好，我自己一家老小的生活，都累不过来，你还是出去帮帮工吧。"

玲子已经变得聪明了，听了陈三这些话，二话没说，把辫子一甩，空着手便离开了陈家，睡在村头一个草垛边上。她没有哭，只是倔强地默默地思索着怎样挣扎着生活下去。

小玲子的不幸遭遇，紧紧地摄住了我的心。我日夜为小玲子想主意，什么办法都想尽了。最后我大胆地想到只有在我养父家想办法了。虽然我养父也是同陈三对待小玲子一样对待我，但是，我可以借减轻养父的劳动为理由，用关心他的身体去打动养母的心。主意拿定，我便悄悄去找养母，说："你们年老了，该歇息歇息了，找小玲子做个帮工，田里的事有我俩，你们就可以不要过问了……"果然，她和养父商量了一下，事情就妥了。

当我把这事告诉小玲子时，她知道是我为她想的办法，望着我半天说不出话来。但是，她突然又将瘦弱的身体靠在墙边微微地颤抖起来，渐渐地，她苍白的脸上浮现出一层薄薄的红晕，轻声地说："去你家好吗？"我听她这样一说，觉得脸上热辣辣的。自从小时候人家就逗我们："两相好。"这几年来，又有不少风言风语。如今再到我家，别人岂不更……但是，一想她不去我家又能到哪家去

呢！我便对小玲子说："现在我们都大了，管他什么谣言，还怕经不住？没事！走！"

小玲子到我家以后，她每天天不亮就要起来烧锅煮饭捣猪食。早饭后，又要同养父下田插秧拔草耕耘，直到日落西山才回来。回家以后还要帮养母担粪浇菜园子。可是我呢，却到学堂里读书"成龙"去了。养父开始对我这样说："家里的事都交给小玲子吧！只要你好好读书、听话，我将来供你上大学！"我听了这话，心上像针刺似的难受。想不到我设法把小玲子接到家，把田里的活、家里的活，都压在她肩上了。因此，每当我看到小玲子拖着疲乏的腿由地里回来，无力地垂着头，眼圈渐渐深陷发暗时，我便像谁在我的心上刺了一下。我痛苦，但是我又能对她说些什么呢，她是怎样想呢？

有一次，我在菜园旁边放牛，看见小玲子担着粪桶，摇摇晃晃地向菜园地走来。看她那苍白的脸色，好像马上会倒下去。我心疼极了，不由得跑过去："玲子，让我来担！"她看我要接担子，便对我白了一眼，哼了一声，冷笑着说："不要来假惺惺的，我是你家的长工！"我真像遭了雷殛似的难受，便喃喃地对她说："小玲子，我是好意啊，你……你怎么……"

"好意歹意你自己知道！"她将一根粗辫子向后一甩，头也不回地担着粪，迈着沉重的步子艰难地走了。我望着她，脸上一阵火辣辣地难受。

晚上，大家拿着蒲扇坐在门口石凳上纳凉，小玲子也斜靠在门边，疲乏地闭着眼。从她那神色看去，她好像是看透了人生，仿佛恨周围的一切。养父穿着一件背袒子，也坐在离小玲子不远的地方。他的额头和嘴角上的皱纹将方方的脸划成不少块横肉，没有一丝笑容，显得异样的冷冰。我趁着他吧嗒吧嗒吸旱烟的时候，便畏畏怯怯地对他说："我以后不去念书吧。"

"什么？"养父好像不相信自己的耳朵，厉声反问。我只得硬着头皮说下去："地里活太多了。你年岁老了，小玲子也……"养父站起身来，两个凶恶的蛇眼直盯着我。他举起那铁铣般的巴掌啪的一下，打在我脸颊上，嘴里还骂着："你这个没良心的杂种！"我赶紧把头一缩，一溜烟地跑了。

在牛棚旁边，我怀着满腹的气愤，愈想愈委屈，眼泪不住地往下落，想念起死去的父母亲来。假如我的父母在世的话，他们能忍心看着自己的儿子被人家折磨吗？谁没有自己的儿女啊！我受不了，我要走！不知是什么时候，小玲子已经站在我的身边了。她看我气愤得要走的样子，就对我说：

"阿铭，是我错怪你了……"

我擦着眼泪摇摇头看着她。这时，她抬起头来，那一双大眼睛，充满了无限的温情和体贴。我知道她已经谅解我了。可是我看出在她的眉宇间，还是隐藏着深深的苦楚，微闭着嘴唇像要和我倾诉什么。只要两个人的眼睛能互相亲切地关注，我们的心啊，就会比什么都亮堂！我们什么都没有说，就这样望着，望着。

一会儿，小玲子撩了一下鬓边的发丝，认真地说："阿铭，以后别再缠你养父。这些活我自己能顶得下来！"她反而安慰起我来了。我一阵心酸，怎么也讲不出话来。我看她要走，乞求地望着她，说："玲子，再谈一会儿。"她回头看看我，犹豫了一下，说："不，我要走了。"我看留不住她，只得紧赶两步跟她沿着墙边走去。

忽然，小玲子停住脚步回头对我睨望了一下，嘴里轻轻呼了一声"阿——铭"，又腼腆地看了看我，眼睛湿润了。猛的一下，她侧转身去捂着脸，将头靠在墙上抽动着肩膀，呜咽地哭起来。

"阿——铭——啊！"养母在呼唤我。我感到惊慌，心跳得厉害。小玲子也一下子就止住了眼泪，转过身来不好意思苦笑了一下，便催我快走。我环顾一下四周，很寂静。我感到头晕，心猛烈地跳动。我不由己地一下拥抱着她，干涩的嘴唇匆忙地在她烫热的脸蛋上深深地吻了一下，没等她说话，我便一撒手跑了。

三

初冬的一天，小玲子和我养母在厨房里炒蚕豆，湿漉漉的柴火熏得满屋是烟。我从后山折了一束腊梅花，悄悄地走进厨房。

"阿铭，你来给我炒蚕豆。这丫头连火也烧不着，弄得满屋都是烟。"养母一边嘀咕，一边将锅铲递给我，"注意点，别炒焦了！"养母咳咳咔咔地走出去了。

"玲子，给你。"我看养母走出去后，便将黄澄澄的腊梅花塞在她手里。我发现，她的手到我家之后竟被折磨得如此粗糙，触上去简直像一把锉刀。此刻，她被烟呛得咔咔地咳嗽着，接过花也没有看就要往灶坑里塞。我赶紧一把拉住，轻声说："嗳，你怎么啦？"

"啊，腊梅花呀！我还以为你是递的引火柴呢。"她不好意思地一笑，便低着头朝灶坑里吹火。

一会儿，火苗熊熊地燃烧起来了，映红了小玲子消瘦的面庞。她贪婪地嗅着腊梅花的芳香。锅里蚕豆哗哗剥剥地爆裂。

小玲子睨望着灶坑里的火，含着笑温存地望着我，像有千言万语要倾诉。

"玲子，火大了！当心炒焦。"养母在外面大声呵责起来，这时我俩才发现蚕豆"噼啪"声响得像放鞭炮，有的已经焦了。

她慢慢地收敛了笑容，压住了灶火，瞟了一下门外面。我仔细地倾听门外面的声音，却听到邻家嫂子在哄小孩入眠，哼着一首民歌：

"雪花飞飞，
手冷脚冷无人问。
捎信给丈母，
今年要娶亲。
丈母说：
我的女——
不是好吃懒做的人，
不能嫁给你，
暖头暖脚暖耳鬓！
……"

"听见了吗？"我看了玲子一眼，揣测着她的神色。她微笑了一下，现出两个酒窝，轻声哼起歌子："我不是好吃懒做的人，不能嫁给你……"她突然咽住了，没有唱完，便朝灶坑里塞了一把柴。火映红了她的脸，脸上荡漾着由衷的喜悦。

过了一年，我小学毕业了，不想再读书。养父非要我继续读书"成龙"不可，我便暗里和小玲子商量。这时偏偏学校通知来了，村里三个人考中学，只录取了我。养父那阴森森的判官脸，现出了一丝得意的微笑。他竟趁卖粮的方便，替我到学校一下子缴清了学费。

玲子知道事情已经难以挽回了，便劝我去读书。尽管强作笑容，装出满不介意的样子,可是我从她那微微浮肿的眼睑上看出,她已有好几晚没有睡好觉了。她在忍受着痛苦和辛酸的折磨。

离开家的那天,我依依不舍地挑着铺盖卷,进城去上中学。我嘴里没有说,心里可恨透了养父。我那时候已经是青年人啦,还要去读初中一年级!

"哼!"我当时心里想,"看吧,我读书偏不'成龙',要成个'泥鳅',一脚踢碎你那如意算盘。"

我越想越走不动,铺盖卷虽然是两个破破烂烂的棉絮包儿,并不沉重。可是挑着它,像是千斤担。我走一节歇一会儿,走两步回头望一望。村后一片翠绿的竹林子,像茫无边际的原始森林。它遮住了村庄,遮住了村西洼地的大荷花塘,遮住了……

"阿铭——"一阵急促的声音,由远而近地从后面传来。

啊!玲子朝我跑来了。我赶紧放下铺盖卷迎上去。她手里拿着一包东西,跑到我面前,险些没有摔倒在我的怀里。

"玲子,你赶来做什么?看累的!"

"哦!"她忙解开小包,拿出一个小罐说,"你把这罐腌渍菜带到学校去吃吧。这是我用破布片给你缝的两双袜子。你在家里不穿袜子没啥,到城里读书不穿袜子会有人笑话的,我知道!"

"唔——"我感激得半天说不出话来。

"走吧,我挑铺盖卷送你一节路。"她歇息了一下,为了打破闷人的沉寂,便爽快地说。而她脸上带着病态的红晕,使人感到这是她的虚弱和患病的征兆。她强做出的欢笑,却加倍地使我感到痛苦。

"噫,那怎么行!"我赶紧夺过她手里的扁担。她又顺手抢去了铺盖卷。我俩争抢着,暂时的、也是临别的聚会,在我俩心中唤起了自由和愉快,发出真实的爽朗的笑声。我们肩靠肩地走着。

"玲子,我养父的脾气坏,心眼狠毒,今后你可别惹他。"

"我知道。"

"你自己注意点吧。我走了以后你的活就更重了,要当心身体啊!"

"嗯,你也要注意身体呀!"

"玲子。"我站住了,"我们的事就这样定着吧!"我用不着明说,她就会

知道的。

"嗯,可是你——"她也站住了,放下铺盖卷吞吞吐吐地说:"你将来读书'成龙'了,你……你不会?……"终于,久压在心头的忧虑,突然在话里流露出来了。

"什么成龙成虎的!你别听我养父说的那些鬼话。"我又安慰她说,"我能去读书,是因为你在替我去累死累活,没有你……"我望着她那羸弱的身体,"我永远想着你,我只盼望你了解我的心,永远不要误会我……"往日的那次误会,余痛犹存,不知怎的,我竟脱口说出了。

小玲子不无遗憾地看着我,脸上的愁云渐渐地消逝了。她亲切地说:"我再不误会了,你干吗老是记着它,人家那时……"她不好意思地笑了。

"玲子!"我一股劲高兴地说下去,"你就安心地待在我家,谁也不能把你撵走,我养父现在虽然把你当作长工,可是,我做了中学生之后,他要笼络我的心就会答应做你的公公,再说你又是个能干的媳妇。他要做了公公,就不会把媳妇当长工对待了。"

"看你说些什么!"一对酒窝又明朗朗地悬挂在她脸颊上,"哎,我要回去了,晌午还要去车水的。"她说着,脚依然跟着我走。

"你有空也读读我的小学课本。"

"不读,我又不想成龙成虎。"她娇嗔地望着我。我还没有见过她这样俏皮,心里一乐就伸出手来想打她一下。可是她眼疾手快,早就一抬手先给了我一下。接着一阵天真的欢笑,她飞也似的跑了。

四

放暑假了,我多高兴呀!又可以和小玲子在一起了。我背着铺盖卷,一股劲地赶回家。

踏进门,我看见小玲子的房门口围了不少人。房门和窗户都关得严严的。养父和陈三,还有一个算命婆子,都蹲在屋檐下。我一看知道是出事了,心里凉了半截。我嘴里打着招呼,便要奔进小玲子的房里去。养父看我要进屋便大声地吼着:"不准进去!"

算命婆子拿着烟杆在地上敲得哒哒地响,嘴里唠唠叨叨地说:"哎呀!孩子,你怎么能进去？房里正给小玲子封闭痨虫呢。"

"啊？封闭痨虫！"我惊住了。因为我明白那是要用炸鸡蛋把小玲子活活地闷死。这时，我疯了似的什么都不怕了，一步闯到房门口，拼命地敲着房门。养父暴跳如雷地叫着要把我绑起来。我焦急地喊："快开门呀！"

养母在房里听到我喊叫，心有点软了。她蹑手蹑脚地将门闩抽掉，我猛一推门跳进房去，反手"砰"的一声将门闩上了。

房里乌黑，阴森森的，只有一盏油灯在闪着豌豆大的火花。我定睛往床上一看，惊得目瞪口呆。小玲子微张着嘴，胸口一起一伏地呼吸着。发绺散披在面额，汗珠儿沿着发丝往下淌，苍白的面孔隐隐地现出比蜘蛛丝还纤细的血丝。她哪是我的玲子呀！瘦得皮包骨，活活被糟蹋成这样了。我心里一阵难过，轻轻地唤了一声："玲子！"她那两颗像要失去光彩的眼球，尽最后的力量在挣扎着，久久地凝望着我，接着便涌出了泪水。我抚摸她，安慰她。过了一会儿，她将视线无力地朝床边移动着。我的眼睛随着她的视线，看到了床前一个火炉上搁着一个小锅，还有一个碗里盛着四个鸡蛋。

啊！这些都是封闭痨虫用的东西。当小玲子还没停止呼吸的时候，养母就会搅碎鸡蛋煎在油锅里，然后端出还稀烫的鸡子饼，就一下子覆盖住她的嘴和鼻孔！

我愤怒地瞪着养母——这个养父的应声虫。她慢慢地低下头，"唉"了一声，悄悄地说："都是算命婆子出的主意呀！"我一听更气炸肺了。

"怎么搞的，屋里还没有弄完吗？"这声音里透出彻骨的冷酷和凶杀的决心。

我急了，抽身将门闩一拉，跳出房门便直奔到养父和算命婆子面前，大声质问："你们出的什么歹主意？想要害死小玲子做杀人犯？"

算命婆子有点发窘了，可是养父却圆睁蛇眼，怒冲冲地骂道：

"好，你这个畜生，读了两天书就想反了！事是我做的，来来来，你和我算账吧！"他恶狠狠地奔到门边抽出一根木棒，没头没脑地朝我打来。幸亏旁边的刘大叔手疾眼快，一把抱住养父的胳膊，夺去了木棒。

养母也从房里跑出来，一边流泪一边叫着："别再作孽啦，你要打死他，我后辈子靠谁？"这时，许多人都围上来劝说养父，也有的高声责骂养父的，也有的说："下世不得好报应！"

养父一看势头不对，便暴跳地叫嚷道："看在左邻右舍的情面上，今天饶你这畜生。可是，不准小玲子在我家里咽气！"他跺着脚怒冲冲地走了。我也跳起来对着养父的背影大嚷着："谁要把小玲子活活地害死，我就进城去告他这个杀人的凶手！"后来还是养母出了一个主意：把小玲子抬到牛棚里去了。

夜里，小玲子身上盖着两块麻袋布。我给她赶拂蚊蝇。养母也点着油捻子常来看一看。小玲子嗓子里呼噜呼噜地响着。从这声音里我听出玲子在倔强地跟死亡搏斗。我的心情更加烦躁和不安，脑子里翻来覆去地折腾着，难道这样的姑娘真会死去吗？……不！她不能咽下这一口气呀！她要活下去！

不知是在什么时候，我已经困得将头埋在双膝上了。当我醒过来的时候，太阳已斜照在牛棚里。橙黄的曦光照在小玲子没有血色的脸庞上，使她那苍白的脸色也染上了一点红晕。

养母正坐在小板凳上喂小玲子喝绿豆汤。

"孩子，你去歇一会儿吧。看来她是不要紧了。"

"喔。"

"老头子说了，今天要把她送走，我看送去也好。"

"送走？往哪儿送？"

"嗨，不是往别处送。"养母赶紧解释说，"昨晚听陈三家说，小玲子有个姊夫是南乡山里烧炭的。老头子和陈三叔一合计，还是把小玲子送到山里去。她在山里有姊姊照顾总要好些。"我听着点了点头，心想山里再苦也比在这牛棚里躺着要强得多了。

当天，陈三家就去人到南山里找小玲子的姊夫。隔了两天，她的姊夫——一个体格魁梧的人，同两个伙伴赶来了。他们抬着一个翻转过来的竹榻，铺了一床破棉絮。小玲子躺在里面被抬着走了。我跟在后面送着。

一路上，小玲子虽然说不出话来，但总是目不转睛地望着我。竹棍"咔吱咔吱"地响，我感到一阵阵的悲哀。也许，她姊夫已看到我悄悄地擦去了眼角的泪花，便叫停住竹榻，不要我再送。小玲子也压着病痛望着我轻微地摆了摆头，枯燥的嘴唇无力地翕动了一下，仿佛在说："铭哥——回去！"我的心更碎了。我痛苦地伏着身子低下了头："玲子，我明天一定来看你。你知道，这不是我们的家！"泪落在她的脸上。她姊夫长叹了口气，将我拉起来说："王家哥儿，你回家去吧。放心，小玲子在我们那……"他说着一挥手，竹榻子又响起"咔吱咔吱"

的声音，渐渐地远去。

小玲子离开我的那天夜里，突然国民党军来了，他们严严地封锁了南乡山区；听说山里已经是八路军的游击区了。我几次想穿过国民党军的封锁线，都被叱骂回来。有一次他们硬说我是"八路"的探子，把我毒打了一顿，押了好几天。后来八路军撤走了，我到南山乡里一打听，老年人告诉我说，小玲子的姊夫是游击队员，他们一家人已经撤退了。

五

家乡解放了。我参加了解放军。几年来转战南北，也曾几次向家乡去信询问过小玲子的下落，都没有得到确实的消息。不知为什么我总相信她仍然活着。虽然漫长的岁月渐渐地冲淡了小玲子给我的印象，可是那纯洁无瑕的爱情却使我深深地怀念着她。我决定在没有得到她确实的消息之前，绝对不做爱情上的负心人。而且我坚信，如果她还活着，也会有和我同样的想法。

去年，我转业到北方的一个农场里去工作，就机会请假回到了南方，特意去南乡山区探问小玲子的下落。当我走进乡政府把来意告诉乡文书时，忽然进来一位女同志。她仔细地对我打量了一下，惊愕地问道：

"同志，您——您——贵姓？"我的心立刻扑扑地跳起来了。这声音，这形象，多么像小玲子啊！我为她而来，偏偏就遇见她了；世界上能有这么巧的事情吗？我真有些不敢相信自己的耳朵和眼睛了。我慌了，顺口说出了自己的小名：

"我，我叫阿铭。"

"阿铭！你是阿铭呀！我是玲子！"我们都是二十五六岁的人了，忽然互相报起小名来，觉得脸上发烧。但是听来多么亲切呀！它唤起了我们全部童年时代的记忆：那苦难的岁月，那残酷的人与人之间的关系，那纯真的爱情……今天我们终于相遇了。正因为这样，我们都非常激动。可是千言万语，从何说起呢？只是双手在紧紧地握着。

这时候，乡文书说话了：

"同志，她就是我们的乡长，李英同志。"

"你当乡长啦？小玲……不，李英同志！"同志，这个高贵的称呼，更加深了我对她的敬爱。我高兴得不知道说什么好了。

乡文书很聪明,似乎看破了我们的关系,他便含笑悄悄地走出去了。

我们谈着过去,谈着现在,也谈到了将来,话似长流水。从谈话中,我发现她的精神变得又开朗又乐观,和过去比较起来,俨然是两个人了;革命给她带来了新生命。

我们再也不能离开了,因为我们生活在新社会里。

少织了一朵大红花

白 朗

一

地毯厂新收的这批学员,除了十八岁的李庆林年龄大些,一般的都是十六七岁的小青年。最小的就数冯又文和陈桂珍了,他俩一个十四,一个十五。冯又文精瘦瘦的,性急好动,走路带小跑,机灵得像个猴子。刚进厂那天,还装了一会儿小大人,一个钟头不到,就装不下去了,这也摸摸,那也动动。拿起"砸活"的铁耙子掂了掂叫道:"我的妈呀,好耙地啦!"看见"平活"的剪子也把舌头一伸说:"这家伙准有一尺长,我这小干巴手可怎么拿法?"吃午饭的时候,他操起一把"砍头儿"的刀就切咸菜,嘴里还念念有词地说:"好快呀,我家的菜刀也比这大不了多少呢。"常子华师傅一把将刀夺过去气汹汹地说:

"别乱抓挠,这刀只准做活使唤,以后可不兴乱来!"

冯又文眨巴眨巴又黑又亮的小圆眼睛,一赌气,把切碎的咸菜全拨拉到地上,心想:"这个师傅比我爹还蝎虎,要是不听话,他准敢打屁股,得小心点!"

陈桂珍呢,不单年龄小,文化也比别人低,她刚念完四年小学就退学了。她矮墩墩的个儿,体格蛮结实,刚满十五岁的女孩子,该是个头儿还没长足吧。她要是再长高一寸二寸的,准就没人说她"笨粗粗"的了,也许还要夸她俊呢。她棕色的皮肤,乌黑的头发,圆乎乎的脸上长着两道黑黑的长眉毛,一双单眼皮的眼睛，不算大，可是那眼神刚毅中透露着善良，温柔中还含着点忧郁。她一天说不上三句话，总是闷着头干活，别人说笑她不搭腔，别人打闹她不抬头，一眼看上去，谁也得承认这是个老实不过、淳厚无比的好姑娘；偏偏有些师傅就是不喜欢她，他们嫌她笨，嫌她蔫儿，嫌她矮小不顶用，常子华师傅甚至埋怨领导没眼光，收这样成不了器的"废品"。

要单是从形式上片面看问题，也真是。陈桂珍和她的同期同学同一天进厂，连一个小时也不晚。可是别人都是每天上机台学技术，好多人都会"干活"了，只有她还在打闲杂。偶尔被好心的师傅安排到机台上，还没等"拴头儿"的手指头运用灵活，就又有杂七杂八的任务找上来了。不是王师傅喊："小陈，来，给我劈点花线！"就是赵师傅叫："小陈，去，弄点煤，别让炉子灭了！"一会儿是一号机台的张三要她去领细纬，两会儿又是二号机台的李四叫她缠个线团儿……认真地算一算，她进厂快三个月了，真正学操作的机会顶多过不了二十回。因此，她连织地毯的最基本的工序"拴头儿"还拴不熟练呢，更不要说织花、平活了。为什么专门让她打闲杂呢？她想不通！就是想通了一星半点，她也不吐露一个字，照例是哪儿叫着哪儿去，一不偷懒，二不耍滑，绝对服从分配。

冯又文也是常被分配做杂活的一个，不过远没有小陈经常，他嘀咕得紧，争取得欢哪。有一回，他一边缠毛线一边跟小陈说：

"陈姐，你说，咱不都是一样的学徒吗？为啥绑钉子叫咱们当副工，在学校念书可是一律平等啊，陈姐，咱就不好去问问厂长？"

"别瞎说，是咱文化低呀！"小陈苦笑着说。

"我比哪个低呀，我也是堂堂的高小毕业生嘛！再说，我看学这玩意儿文化高点低点也差不到哪儿去……"

"学徒就是这样子啊，我妈妈老嘱咐我……"

"是嘛，学徒就是这样子嘛！"一号机台后面的常师傅一下子就把小陈的话拦腰截断。他一边说一边慢悠悠地背着手走过来，似笑非笑地接着说："这是如今的新社会啦，事事都新得走了样；你们去问问老手艺人，早些年哪行的学徒不得先给师娘倒三年尿盆才能学上手艺呀……自然喽，新社会不讲究这个，可缠线团的活你就不应份干？这不是学手艺是干啥哩？偏你……"

小陈脸红红地一声也不响，她第一次停下手里的活儿盯着自己的脚尖出神。

小冯可不是让人的，常师傅是车间里的"管事的"，小冯正是对他有意见呢。他特别听不惯常师傅一说到"新社会"就刺啦嘎唧的味道。不等常师傅的话说完，他也照样地把话头拦腰截断质问道：

"那，你为啥不派别人干哪？那，副工又是干啥的哩！"

常师傅被质问得接不上茬儿了，他转移目标地夺过小冯手里的线团用指头尖点点划划地批评道：

"就看你缠的这个线团吧，三圆四不圆的，你还觉得你挺行呢，这要在早先哪，不一个耳刮子扇过去才怪呢！"

"你扇，你扇吧！"小冯把脸蛋送给常师傅，倒把常师傅吓愣了。"常师傅，你别老拿旧曲当新词儿，要是缠线团也得三年满徒，我倒情愿给常师娘去倒尿盆，也不在这车间鬼混。"小冯越说越来气，他把常师傅手里的线团抢回来往地上一撩，就坐到一边喘粗气去了。

"啊——嚄嚄！"常师傅张大嘴巴长长地惊叹了一声说，"好个伶牙俐齿，看你人小心可不小呵，这新社会的学徒可反了天啦！"他把胸脯挺了挺就大踏步走出车间。小冯斜睃着他的背影嘟哝着：

"人小，人小咋的，人小就不是人啦？不服咱就到毛主席那儿去评评理！"

正在二号机台做活的于师傅压根儿就没想参与这场小纠纷，可是事情偏偏发生在他眼皮底下。看看小冯那双气得像要冒火的小圆眼睛，觉得非压一压这调皮鬼的火气不可了，要是任着他的性子闹下去，不但对学员的影响不好，也有碍常师傅的威信。虽说他跟常师傅向来就冰火不同炉，但他绝不能在学员面前说常师傅一个不字，要说话，就只有派小冯的不是。于是他把脸一绷严肃地说：

"冯又文，你可太不像话啦，怎么可以跟师傅这样耍态度呢？你忘了支书在会上讲的话啦：'尊师爱徒嘛！'"

"那咋能忘哩！可他常师傅不爱徒，我冯又文就不尊师，来而不往非礼也！"小冯晃着脑袋忽然转了一句文，把自己也逗笑了，他噗哧一声，好像满肚子的气已经泄了大半。于师傅心想："到底还是个毛孩子。"

"去吧，去吧，快去干活，下回可不兴再这样捣蛋啊，听见没有？"

"是我要捣蛋咋的？"小冯顽皮地又把两眼瞪圆说，"是常师傅派我的啊，可他还嫌我这蛋捣得不圆呢！"他走过去拾起那个在地上躺了半天的毛线团掂量来掂量去的。小陈提醒他说：

"快干活吧，你看你误了多少工啦！"

"忙个啥劲儿，保证完成任务得了呗！"说着，两只手就像风车似的唆唆地缠起毛线来，嘴里还自言自语："不圆，不圆，看你敢不圆，我叫你圆你就得圆！"

二

为了适应"大跃进"的形势，迎接日益繁重的生产任务，这个因陋就简的地毯厂，也必须逐渐走上正规化才行。最近厂的党政领导研究出一系列新的措施，除了委派一名车间主任而外，最主要的一项是加强对新学员的培养，再停留在以前那种无人负责的自流状态，是无法使学员的技术迅速提高的。

今天，车间主任召集了全厂的六位老师傅开了个会，研究的结果，决定采取"专人包教"的带徒弟办法；紧接着就讨论学员的分配。头一个发言的是常子华师傅，逢到这种场合，他总是捷足先登，唯恐后人的。他表情挺随和地说：

"我主张自报公议。……谁也别挑别拣，就按眼面前的标准行事。比方说吧，最近我在一号机台上做活，今后一号机台上的两个新学员就算归我，我保证把他们教好！"

"哦嘀！"年轻的车间主任齐子良对常师傅的话反应最敏感，他把嘀字的尾音挑得老高，冲着常子华挤了挤眼睛说："常师傅真不傻，先拣大个的挑！"

"这是啥话，大啦小啦的，又不是分骡子马。那你说咋分？"常师傅虽然善于假镇静，可是被齐师傅揭穿了心思，到底不是滋味，他那张蜡黄色的脸也微微地红了。

"我认为强弱搭配，才公平合理。"齐师傅说。

"都是新学员，谁强谁弱，你测验过吗？"

老师傅们都知道常子华难缠，有的不爱惹他，也有人当真怕他，就都顺水推舟地表示没有意见。车间主任只好暂时把李庆林、张桂花的名字记在常子华的名下；但声明：如果不合理，分配完再个别调整。常子华眉飞色舞地瞟了瞟齐师傅，那眼神像在说："群众"都赞成我的主意，你车间主任还有啥咒念？你们共产党不就是"相信群众"吗？

几位师傅按照同样的方式提的名都没有遇到异议，现在只有于师傅还没开口了。他和常子华恰恰相反，逢到这种场合，他从来都是宁肯后人的。齐师傅笑望着他问道：

"怎么样，老于师傅，你老收谁做你老的高徒呀？"

于师傅刚想说："剩下的就归我。"常师傅却又抢先发言：

"那还用说？陈桂珍跟冯又文呗，再没别人了。"

可不，只剩下这两名学员没有师傅了，到这时几位师傅才想起来。可是车间主任早就心中有数，他本想等于师傅说出名字以后，由其他师傅提出调整意见，没想到常子华一发言，又没人讲话了。他知道，于师傅绝不会要求调整的，他做车间主任的只好替他说话了。他极力控制住内心的激动，故意把声调放低放慢地说：

"这可不对头啊，剩下的两个小嘎，都交给于师傅，大伙说这公平吗？咱这是纯粹手工业行当，用力气的地方多着哩。"他环视了一圈，最后把眼光落到常子华脸上说："我提议调整，不然就打乱重分！"

"这不是找麻烦吗？用力气的时候，谁还不能互助互助，人家于师傅都……"常子华看见几位师傅在说悄悄话，感觉车间主任的提议可能得到支持；他尽管害怕调整到自己头上，也再不便露骨地反对，只能早点动脑筋准备好下一步棋的走法，免得被人将了军时措手不及。果然，他没有估计错，性格爽直的车间主任马上胸有成竹地提出了具体主张：他建议把常子华提名的两个学员跟于师傅的对调一个。因为谁都知道，李庆林无论是年龄、文化或学技术的成绩，都是新学员中突出的一个；张桂花身高体壮，心灵手巧，也是大家公认的好学员。平心而论，齐师傅的主张再合理也没有了，各个师傅都说不出二话来。当事人的于师傅一直不动声色地坐在那里捋参子，心里明镜似的。反对调整的只有常子华自己。他的理由是：陈桂珍笨得像头牛，根本就不是学这行手艺的材料，他压根儿就不同意收这样的学员。

至于冯又文哪，他一想起那天和他顶嘴的事就恨得牙痒痒的。特别是当他把状告到支书那儿去的时候，支书不但没有处分冯又文，反而派了他常子华一顿不是：说他思想落后，观点太旧等等。这口气他一直憋到今天，而齐子良竟然主张把这个调皮鬼分给他做门徒，别说闹过别扭，就是没闹过，他也不干哪！那么个嘴尖舌快的干巴猴子，一没力气，二没技术，操心怄气不说，到节骨眼，不上了光荣榜，还不得跟着他背黑锅？

他心里这么想，嘴可不这么说，只一个劲地没理找理穷蘑菇；他了解齐师傅向来不听邪，硬碰硬不会收到好效果，只好来软的。他用争取同情的口吻对大伙说：

"冯又文调皮是调皮，倒挺精明，可是张桂花那么大的个子，和他在一块做活，也没法垫板哪！"

"那好说，个矮的屁股底下垫厚点不就得啦！"不知是哪个师傅嘀咕了一句。

车间主任再也压不住火了，他激动地大声说：

"老实的你说太笨，精明的你又嫌小，不笨不小的当然最理想，可是处理问题总该有个全局观点，你就好意思把困难都推给别人，把方便都留给自己吗？"

常子华蜡黄色的脸由红转青了，他心里在骂："狗日的齐子良，莫非老于头子是你干爹？"但他还是故作镇静地走出了最后一步棋。他从座位上站起来说：

"说句心里话吧，主任，我姓常的一不想把困难推给别人，二不想把方便留给自己。我就是反对收留不合适的学员，咱这么丁点个小厂子，不个保个还中？我早就建议领导叫那两个小嘎退厂，今天嘛，还是这个意见，这不是全局观点是什么呀！……"

这时候，于师傅忽然也站起来，挥了下气得发抖的手说：

"齐师傅，我说两句，俗话说，强扭的瓜不甜。认师傅、收徒弟不是小事一宗。真也怪，我跟常师傅的眼光就是两路，我就偏偏稀罕那两个小嘎子，常师傅不收嘛，都归我。我向同志们保证，我老于多咱也不说半句怪话！这叫自愿！让人家孩子退厂，那可不像话，我坚决不同意！以后教扁啦教圆啦我一个人负全责，主任，就这么办吧。"

于师傅从来也没在会上说过这么多的话。大伙都熟悉他的脾气，他不轻易表示态度，一旦表示了，就说明绝不改变。他把话说完就离开会场，这个戏也就算煞台了。

常师傅对这样的结局，确实感到难为情，他低着头走回车间，心间却充满了胜利的喜悦，幸灾乐祸地想："你这个专收废品的老于头子，逞什么能？等着看你的哈哈笑吧！"

三

干惯了杂活的小陈,乍坐上机台正式学技术,还有点不安生呢。她的精神时刻都在准备着为大家服务,有好几回,一听有人喊副工,她撂下工具就要站起身,不是小冯把她按住,她当真又代替副工去了。

过去做杂活她没有怨言,现在学技术她也不显得格外喜欢。她的活还是那么多,虽然她长了一双灵巧的小手,学习的进度却很慢,还不时被自己的刀子划破手指尖。

常师傅仗着他的两个大学员技术上有基础,就不像于师傅似的老守在机台旁边。他逍遥自在地一会儿坐下喝杯茶,一会儿出去抽支烟。他最爱背着手到于师傅的小组参观,偏偏小陈一发觉她身后有人在看,心里就慌,做活的手再也不听使唤,动作就更慢了。小冯跟小陈正相反,这小家伙急性火燎的,干什么都像一阵风,在新学员当中要讲做活快,再也没有比他更快的了。常师傅一来参观,他更来了劲,只听见刀砍毛线的嚓嚓声,却看不清线头是怎样拴到经上去的。他过纬、砸耙子就跟机器一样快,唰唰一溜烟,荒毛剪得比撕布还麻溜。

常师傅心里好笑:"一个慢慢吞吞,一个毛毛愣愣,再加上个老而无用,这个小组真够瞧的!"当着面,他却皮笑肉不笑地说:

"不错呀,老于师傅,你真有两下子,这两个小嘎在你的领导之下出息得多快啊!"

"师傅领进门,修行在个人哪!"于师傅知道常子华最会口是心非,也带搭不理地敷衍几句,"老的老,小的小,凑合着教吧!"

于师傅活了六十岁,做了大半辈子地毯工,苦没少吃,气没少受,像常子华这类二不流的手艺人他见得多啦。这种人哪行吃香干哪行,投机倒把样样来,新社会堵塞了他来钱的路,总抱怨今不如昔;这种人技术平平,却瞧不起别人,在老技工当中他自投第一,动不动就对着外行竖大拇指:"讲技术嘛,哼,可不是吹牛⋯⋯"去年经过民主评定,给常子华评个五级工,他从心里感到委屈;这回没有委他当车间主任,他也挺不服气。他不敢公开反对,只能对着他的学员宣传:"这新社会啊,就是老的值钱,在党的吃香;别看老于头子比我高一级,那是领导上照顾他的老,要来真格的,他往哪摆!再说齐子良吧,斗大的字认不了一车,他要不是党员哪,车间主任还能轮到他头上?"

念过一年初中的李庆林本来就自命不凡,碰见常子华这样一个师傅常在耳边吹邪风,天长日久,不知不觉就滋长了自满情绪。从思想到作风,处处学着师傅的样,连背着手晃来晃去的姿态也学得惟妙惟肖。他们师徒二人经常把于师傅小组当谈话资料,品头论脚,说长道短。于师傅眼花,耳可不聋,偶尔听见几句也装没听见。他一向与人无争,只知道埋头苦干,什么名呀、利呀,他想也不想。如果不是大家不同意,他真要自愿降下一级,何苦惹得常子华心怀妒嫉!分配学员的事,于师傅又何尝不是从团结的愿望出发呢?要说他就特别喜欢小陈和小冯,也不是真的。常子华笑他老,他一点也不生气,他知道自己确实是老了,特别是织地毯这样特种工艺,眼力第一,整天戴副老花镜和青年人一样竞赛、突击、闹夜战,眼睛到底吃不消。可是他觉得自己的筋骨还硬朗,教教徒弟还绰绰有余,他真愿意把剩余的精力全部放在培养下一代的身上啊!因此,去年厂子派人到外地去学习,他也没肯放弃机会。学习回来,他逢人便说:"真是做到老学到老啊,人家的技术革新就是有学问,想不到我这个老徒弟也拜了师学了艺啦!"

他喜滋滋地告诉小陈和小冯说:

"你们猜我的师傅多大岁数?人家才三十挂点零,技术真棒!你们算赶上了好时候,我要不拜过师,教你们的本钱可没这么多啊,我那全是老一套……"

听了师傅发自肺腑的话,小陈心里着实感动;调皮鬼小冯半信半疑地问:

"才三十多岁呀,都够做你老的儿子了,你老是真心拜他为师吗?"

"这孩子,说的啥话,能者为师嘛!就像我和你冯又文吧,讲织地毯,我是你的师傅,讲学文化,我就得拜你为师喽!"

小冯顽皮地挤挤眼,想了想,通了:

"于师傅,这就叫尊师对不对?往后我们一定学你老的样!陈姐,你说是吧?"

小陈赞成地点点头,温静地笑笑。

"那就在凭你们吧。"于师傅想了一下又趁机叮咛说:"不光是对我一个人,对别的师傅也一样,像你跟常师傅那种态度就不对,要不改就算不了好学员!"

小冯嗯了一声,使劲点点头,表示他有改过的决心。

于师傅对这两个未成年的孩子是严师，又似慈母。他从来不会长篇大套地讲道理，但他的一言一行却给了他们不少教育和感染。他善于发扬小陈小冯的长处，也能够针对他们的缺点循循教诲。别人都说小陈笨，于师傅却喜欢她干活细致，喜欢她忠厚温静；小冯呢，干活毛毛糙糙，调皮捣蛋是有名的，于师傅却喜欢他志高胆大，喜欢他爽直无私。他以慈母之心关怀他们，爱护他们，甚至照顾他们的私生活。比如小陈的寡母长年生病，即使病重时也不肯叫女儿误工；小陈抛下卧床呻吟的母亲来上班，嘴里不说，做活时却很难把精神集中，砍手、出岔子多半在这种时候。于师傅找到了规律，一看小陈的情绪不高，就知道一定又是母亲的病重了，追问证实后，便叫自己的老伴去照顾病人，让小陈安心。小冯肠胃不好，自己却不肯注意，于师傅便经常监督着他，严禁他吃凉馍喝冷水，甚至有时把饭盒替他放在炉子上。在技术方面，他对他们寄予着无限希望，要求得也极为严格，绝不允许他们马虎塞责，弄虚作假，哪怕一个头织错了或是织得不够标准也要返工。他常常把着手帮助小冯纠正毛病，提高技术。小陈做活在质量上没有问题，她是慢工巧匠；小冯开头可受不了，嫌麻烦，他认为这么大的一条毯子有个一星半点的小毛病谁又看得出来？

"这是工人的良心啊！"于师傅给小冯解释说，"咱们又不是给资本家干活，偷工掺假那是旧社会的事儿；你今天这儿一点小毛病，明天那儿一点小毛病，合起来不就是个大毛病了？要想在技术上拔尖，单凭快不行，质量才是根本啊！"

小冯心强好胜，决心做个新中国的模范工人，让自己织的地毯达到出口水平，好出国留洋换机器。由于于师傅不断启发教育，他逐渐成熟起来，把贪多图快的毛病就改正了。他能够和小陈在互相帮助、取长补短之下很好地合作，小陈慢慢也掌握了窍门，操作的速度大大提高了。外出了不到两个月的车间主任齐师傅一回来，不禁大为惊奇，他疑惑地问：

"我看小陈和小冯的技术不下于李庆林啊，那块活都是他俩自个做的吗？"

"你去问大伙吧，我伸过手没有？"

"真怪呀，你那个小调皮怎也变老实了，该不是有什么病了吧？"

"唔，这小家伙的病好啦，他钻进技术里去啦！"于师傅捻着颏下的一绺花白胡子，笑容可掬地向车间主任汇报了小陈和小冯的情况，他为他的徒弟自豪呢。

四

半年以后。

这一年的夏天特别热，热得人头昏脑涨，热得人身上总像淋过小雨。织地毯的工人一天到晚跟毛线耳鬓厮磨，更热得发黏，汗湿的皮肤上一沾上羊毛，擦也擦不掉。特别在平活的时候，像灰尘一样的毛屑，专门往鼻子尖上飞，痒酥酥、黏糊糊的，像有无数小虫在爬。可是车间里却没有人喊热，更没有人想出去吹吹风，透透气。竞赛已经进入了高潮，人们一心想着完成任务，生理上的反应变迟钝了。车间里，除了"沙沙沙"和谐的刀剪声跟"砰砰砰"庄重的耙子声的合奏而外，再也听不见笑语喧哗。每逢突击任务的时候，人人都变成遵守劳动纪律的模范了。

于师傅坐在小陈小冯中间，虽然戴副老花镜，做起活来倒还是老手旧胳膊，爽急麻利快。他的背后地上放着一盆冷水，水里泡着一条雪白毛巾，脸盆旁边有一只装冷开水的铁壶和一个搪瓷茶缸。于师傅自己既不揩汗也不惯喝冷水，这都是他为他的徒弟准备的。他总是忙里偷闲，一会儿给小陈拧个湿毛巾揩揩汗，一会儿给小冯倒杯冷开水解解热。他左右照顾，活计可一刀也落不下。小陈小冯忙得头不抬眼不睁，汗水一个劲地往外冒，可气人呢！小冯奇怪地问于师傅：

"火燎燎的天，你老咋不出汗呢？"

于师傅笑眯眯地说：

"心静自生凉啊！你们那汗我看有一半是急出来的。"

"可不是呗！"小陈努了努干嘴唇，觉得师傅的话有道理。小冯也不否认。他发愁地说：

"不急能行吗？头一回竞赛，要是咱这小组完不成任务，更该落埋怨了……"小冯一想起那天李庆林挑战时的冷言冷语和他那股得意的劲儿，就像挨了打、受了侮辱一样不舒服。事情过去两个多月了，但在他的印象中永远像发生在昨天。

那是两个车间的新学员组提出友谊竞赛的那天中午，常师傅和他的徒弟李庆林一边吃饭一边发牢骚。

"人家二车间的三个小组多整齐，哪像咱这车间高的高，低的低，看吧，非输给人家不可！"李庆林气昂昂地说。

"谁说不是呢，倒霉就倒在……"常师傅看见于师傅从窗外走过，就把话吞回了半截。接着又说："我压根儿就反对车间跟车间竞赛，要赛就自找对象一对一。可这新社会啊，什么都得服从多数……"

"不，常师傅，咱可不能吃这个亏！"李庆林更激动了，"我敢说，咱小组全厂数第一，技术顶孬的张桂花也比得上老学员了，要叫咱跟老学员组赛赛还差不离！"

"对，说得对，这是实话，可你有啥法子啊，这就叫'党的决定，群众批准'哪！"常师傅向来就是这样宠着他的徒弟。

"我不管它谁决定谁批准，这竞赛反正我不参加，我请病假！"他心想：输赢还是小事，要是坐了乌龟，以后满徒转正都受影响，他还想争取评个二级工呢。原来他想的不是集体荣誉，而是个人利益，这私心他对谁也没讲。

小陈和小冯早就吃完饭，一个在磨刀，一个在修理剪子，常、李二人的谈话，他们全听见了。很明显，李庆林那样毫无顾忌地大声大气，本也是故意说给他们听的。听了那些带刺的话，别说火性子的小冯，连从不动气的小陈也把嘴噘起来了：为什么自己老是被常师傅他们看不起呢？要不是生产时间到了，小冯非去和他们争个里表不可！就从那一刻起，两个人就下定决心：为了集体的荣誉，在竞赛期间，一定全力以赴，保证质量，节约原料，按期完成任务。

第二天上班以前，他们就写成了一份共同遵守的公约交给于师傅。小冯正要念给于师傅听，李庆林忽然背着手一摇一摆地走过来开门见山地说：

"于师傅，咱们来个小组与小组的竞赛吧，我代表我们小组来向你们挑战，咋样，敢应战吗？"

还没等于师傅答话，小冯一蹦好高大声说：

"应战！啥叫不敢？你别门缝里看人！提条件吧！"

小陈看见李庆林那股压人的神气，竟也例外激动地说：

"什么条件，快说吧！"她忽然觉着不该自作主张，用胳膊肘拐了小冯一下，征求于师傅的意见说："于师傅，可以应战吧？"

于师傅笑眯眯地点点头，接过了李庆林的挑战书。挑战最中心的一个内容是：如果哪个小组的质量不合标准，或到时完不了工，因而使车间与车间的竞赛失败，那么它就要承担全部的失败责任，与其他小组无关。

同样的挑战书，另个小组也接受了一份。小组之间竞赛就这样开始了。

李庆林认定自己准能戴上大红花，时不时地离开机台到处溜达，故意表示自己毫不紧张；常师傅老是美不滋地在喉咙里吱吱呀呀哼小曲，那股沾沾自喜的劲儿，连他的徒弟张桂花都觉得恶心。

小冯的干劲比以前更高更足，活儿做得又细又快，连不声不响的小陈也暗暗跟对手摽上劲了。竞赛到了最后阶段，小陈为了节省精力，连家也不回了，宿舍没有铺位，张桂花就让她挤在自己的床上。张桂花心眼儿不偏，人也正派，她像大姐姐一样关心着小陈。在小组里她是个外撇秧，从来不参与常、李二人的议论，干活也是顶呱呱的。

差两天竞赛就该结束了。一车间三个小组的生产速度不相上下，齐师傅悄悄用尺量了量，于师傅小组比另外两个小组还多做了二寸活呢。

二车间整个速度都要慢一些，看来非认输不可了！

哪承想，就在这紧要关头，一车间竟发生了一件不愉快的事情：常师傅为了庆祝四十五岁的生日，同时预祝即将到来的胜利，这天下班后约李庆林到家去共饮喜酒。真是酒逢知己千杯少啊，两个人畅饮通宵，竟至烂醉如泥，第二天谁也没能上班。张桂花再生两只手，也做不了三个人的活儿啊，看来非认输不可了！

第三天——九月二十九日早晨，师徒二人带着残醉脚步蹒跚地赶到厂子，两张脸都煞煞白，就像两棵霜打的茄秧似的耷拉着脑袋，往日的锋芒一点也不见了。这顿酒可把他们折磨得不轻，这顿酒可误了大事，肯定输给那两个小组了，和二车间竞赛失败的责任想推也休想推掉了。

他们走进车间的时候，看见小冯正扛着织好的毯子颠呀颠地往楼上跑。想不到这个小干巴猴子竟有这么大的潜力，今天要是把这条毯子放上自己的肩头，非压个爬虎不可。师徒二人互相交换了一下眼色，连忙跑到二车间去看，幸喜他们还差一天的活儿，两个人稍稍松了一口气，跟二车间的竞赛看来还有一线希望。假如今天三个人鼓鼓劲，再想法偷偷打点夜班，也许还不至于落在对方的后边。两颗心突突猛跳一个点，怀着从未有过的负疚心情三脚两步就赶到自己的机台前边。啊！师徒二人同时愣住了。

正蹲在地上卷毯子的张桂花，用埋怨的眼光扫了他们一下，一句话也没说，李庆林憋不住地问：

"怎么回事，是你一个人打夜班突击的吗？"

"一个人？我又不是机器！"张桂花看着李庆林一转眼又得意忘形起来，更来气，她有意敲打他两句，"严禁加班加点，不是你和常师傅自个规定的竞赛条件吗？"

可不是吗，这一条规定还得特别严格呢，车间竞赛同样也有这一条啊。同时领导上为了保证大家的健康，防止万一，不但在下班后车间的门加上双锁，连灯泡也一齐拧掉。李庆林想了想，加班的确是不可能的。

"那么，是……"

"你呀，绝对想不出……"

常师傅看张桂花还在捉迷藏，又拿出做师傅的威风绷起脸追问道：

"这也不是，那也不是，到底咋回事呀？是有人帮了一手？"

张桂花点点头。

"谁？"师徒二人同声追问，像审判官逼供似的。

"还是你们自个儿猜吧，看看这几寸活不就知道了？"

常师傅蹲下去，仔仔细细地检查了一番，这几寸活做得确实是无可挑剔。他恍然大悟：支援他们的原来是齐师傅啊，除了他，别人没有这么好、这么快的技术；除了他，别的师傅也没有支援人的时间啊。

这时，小冯喘吁吁地跑了来，他是来背张桂花卷的那条地毯的。但看见常师傅他们在那儿，就对张桂花挤挤眼说：

"张姐，你可得守信用啊，不守我就罚你拿鼻子喝水，听见了吗？"说着就缩脖吐舌地蹦跳着走了。

张桂花忍住笑没有答言。李庆林瞪着小冯的背影嘟嘟囔囔说：

"这个调皮鬼，跟咱比个平局，该他神气啦！"

"平局？那可说不定，评完质量才算数哪！"常师傅撇着下嘴唇傲气凌人地反驳着。

张桂花气得忽地站起来，指着那最后的几寸活说：

"质量吗？跟这一模一样，比咱的只高不低！"

师徒二人不以为然地撇着嘴、摇着头。张桂花一气就对小冯失了信，告诉他们,支援他们的正是他们的竞赛对手:小陈和小冯。

原来于师傅小组的活,二十七日下班时就接近完工了。第二天早晨常师娘给常、李师徒来请假,这女人毫不隐讳地大骂李庆林,说他把常师傅给灌醉了,害得她给他们扫了一夜的脏东西。小陈一听先就着了急,她跟小冯说:

"他们那条毯子还差好几寸呢,万一常师傅和李哥三两天好不了,不就糟了吗?"

"咱俩去帮张姐吧!"小冯一眨巴眼就想出了主意,可是脑子一转马上又否定了自己的话,"不,不,我才不帮常师傅呢,有空我不好歇一会儿?他老熊我,这回该我看他挨熊啦!谁让他们喝醉啦。"

"别那样,小冯,于师傅跟咱说什么来着……"

"我非得帮他咋的?我不帮他,就是毛主席也说不出我不对呀,战是他们挑的,他们输了,堵堵他们的嘴也好啊!"

小陈说不服小冯,把脸也气红了,话也例外地多起来:

"你这人可真不带劲,又自私,又记仇,一点不以厂为家,于师傅白嘱咐你了,你不帮拉倒,我自个儿去……"

"别,别,陈姐,我去。可你得把冤我的话收回去,要不收啊,连你我也不叫去,我就有这权!"其实小冯说不去原就不是真的,人的第一句才是他的决心呢。于是两个人便向于师傅请示批准。

于师傅非常赞许两个小家伙的大公无私,情愿一个人突击剩下的活。不过小冯还有个条件:要求张桂花别说活是他和小陈帮着做的,他害怕常师傅和李庆林对他们的质量挑剔。张桂花同意了。

小陈和小冯愉快地坐在常、李二人的位子上,什么挑战啊,竞赛啊,全忘得一干二净,脑子里只剩下完成任务的一个念头了。因为明天如果全厂有一个小组交不上活,竞赛是小事,整个厂子"十一"完成任务的计划就落空了。当他们看见于师傅把自己小组的活做完,马上跑到另一小组去支援时,他们的干劲更高了。他们唯恐质量不够好,甚至比平常操作更细心、更加工,还时不时地让张桂花检查,不怪常师傅误认是齐师傅帮做的了。

九月三十日中午,车间主任宣布竞赛结果:二车间迟半天交活,质量合格。一车间提前一天完成任务;但常师傅那块活质量有问题。两相抵消,竞赛胜负不分。

李庆林听到这，悄悄和常师傅咬耳朵：

"跟咱没关系，问题准是出在小冯他们帮做的……"

"怪呀！我怎么没看出来呢？"常师傅也轻声说。师徒二人因为前一天都有了自责的心情，否则早公开叫出来了。

"常师傅小组那条毯子正中间，"车间主任又严肃地宣布说，"正中间，按照原图案整整地少织了一朵大红花，为什么一直没有发现？请常师傅追究责任，检查事故发生的原因……"

常师傅两眼圆睁，怒视着他一向宠爱的高徒。

李庆林用双手捂住脸，惭愧得再也抬不起头来了。

初春的日子

蔡天心

一

梁洛山老头子起来给牲口添二遍草的时候，儿子明德还没有回家睡觉。用柳枝编制的大门虚掩着。老头子拌完料，仰起脸来看看天。天上星光闪烁，看上去，可能已经小半夜了。

"这么晚，不回家睡觉，还在人家点灯熬油，尽唠扯什么？……真是有他的，当了两天半干部，就不知道怎的好了，积极得一天顶两天过，连家都不要了……"

老头子不乐意地在心里想。摸着黑，走回屋，把料瓢和料叉子放在锅台旁边的料浅子里，就又转身走出来。他心想到街里去看一看，看儿子到底在谁家。他拿定了主意，就侧着身子，从大门缝里挤出来。

他原是下河村一家老贫农，解放前也是房无一椽、地无一垄。老两口子苦扒苦咽地把两个孩子拉扯大了，儿子明德是候补党员、区劳动模范；女儿秀英给了河南楼子口村老崔家。女婿崔成是个老实厚道的庄稼人，平常不多言不多语的，从来不爱多管闲事，很合老头子的体性。

一个多星期以前，明德到区里受训去了，说是开党的会，昨天才回来。一到家，把行李往炕上一撂，就又赶忙跑出去了。眼看着过了"惊蛰"，到"春分"地皮就干了，粪也应该往地里送了。当儿子不在家的时候，他用两天的工夫，自己搓了几条麻绳,打了一副粪帘子,用小绳绑在车沿厢上,把粪堆帽也点着,泅上了……他一心只等儿子回来,爷俩好动手开粪堆。可谁知儿子对于他干的这些活计,好像一点也没有看在眼里,什么也不问,不找不回家吃饭,吃过饭,拍拍屁股就又走了。晚上很晚很晚才回家。他有个老脾气,儿子有什么事,不告诉他,就是整天在一块干活,坐在一张桌上吃饭,他都不会张嘴去问。他时常这样想,反正他是一家之主,家里大小事情,还是得他点了头才算。他的老伴和他一起苦熬多半辈子了,人又善良,又和气,就是有点爱叨咕,老两口子因为这,时常顶起嘴来。儿子从小长大,都很听爹话,没有对爹驳过一次嘴。他的庄稼活是他爹亲手像理顺小树似的理顺出来的,无论点种、扶犁、赶车……都是能手;因此,前年儿子被选上劳模的时候,老头子高兴得了不得,他觉得,儿子的光荣,也就是他的光荣。自己年轻的时候,没有赶上像这样重视庄稼人的年头,现在他已经有五十多岁,在旧社会说是"土埋半截"的人了,沾儿子一点光,也就算够了。媳妇素芳也很懂事,很孝顺。当他从外边一回家,两个孙子总是围前围后地叫爷爷。土改的时候,分了房屋和土地,几年光景,已经把分的一头牛换成了一驴一骡。去年秋天上场的时候,就又把驴换成一匹骒马,小日子过得真像一盆炭火似的,又红火,又和美。

但从明德去年加入组织以后,老头子感觉儿子似乎有些变样了,和他说起话来,开口就是党怎么样说,闭口又说是组织的意见,好像越来越不听他的话了。这使老头子很生气,他觉得自己是有点说不响了,儿子已经不听他支使了,有时心不顺,就在背后和他的老伴叨咕,谁知老伴却顶撞他说:

"你有能耐,当明德面说去,别在背后和我瞎叨咕。"

"你以为我不敢和他当面说怎的?像这样总有一天我和他……我不能这样受着他的,真要到那个时候,什么我都不管。……"老头子说着说着生起气来。

他越不满意儿子,就越把心向着女婿,他好像从他女婿身上,看见了自己年轻时候的影子,有这么个好女婿,真使他从心眼里往外乐。可是女婿虽好,究竟是外姓,他有时想:"自己要有这么一个可心的儿子就好了。……"

老头子很孤僻,他打年轻跟爹种地的时候起,就不爱和人家在一块插犋。他总感觉自己的家什使起来顺手,也不愿人家使唤他的东西。譬如换工铲地吧,他也不放心,生怕别人给他把苗留稀了,草铲不净,搂一层浮土,就把草压上了。

土改以后，分了地，分了房子，自己独门独院，除了推碾子、拉磨，要到别人家去，其余就谁也不用了。老头子吃过饭，或者闲着没事的时候，总喜欢搬条凳子，坐在房檐根底下，嘴里叼着烟袋，心满意足地，从这里望到那里……真是关上大门，什么都是自己的。他时常想：就按照这样，一辈子活到老，也就足够了。他从来不愿意占人家便宜，也不愿意自己吃亏。谁知儿子做事就偏不打爹心上来，他对儿子去年领头搞互助组，就不十分乐意。他总感觉得少和人联系好，多啦少啦，你吃亏，我占便宜的，都不相当。他常和儿子说：

"咱这日子，别希图什么了。你只要好好干活，一年总会有些余剩，就这样守家在业，慢慢地也就发展起来了，别老是三心二意的；登得高，摔得重啊……"

可是儿子就不听他的话，一跳八丈地非要组织互助组不可。老婆、媳妇全帮儿子的腔，老头子拧不过，生了几天气也只好答应了。会上，大家选明德当组长，老头子直朝儿子使眼色。可是不知儿子是真没看见呢，还是装的，总之，他张嘴就答应了。后来种地的时候，大家因为先种后种，先铲后铲，先趟后趟，没少打叽咕，谁也不让份。他当组长的，自己有牲口，只好处处让人家。到秋后虽然多打了点粮食，但是比起惹的那些气来，到底犯不上啊。一年来老头子没少给儿子泄气，他总以为儿子碰了一年钉子，也许就能回心转意了。上场后，一冬天，结合着购粮，宣传总路线，村子里着实热闹了一阵子。老头子倒是照数卖了余粮，可是对于会上谈的别的事，他是没有多大兴趣的。坐在会场上，心里总是挂着家里的牲口、活计，讲的是些啥根本没往心里去。过了春节，老头子见还没人张罗联组，他高兴地寻思，要是不联组，他们爷两个种地，愿意什么时候种就种，愿意什么时候趟就趟，那该多舒心！谁也想不到几天区上派下来了工作组，村子里又哄扬起要成立什么农业生产合作社来。听说成立了合作社，各家的土地车马都要伙在一起使唤，这不是眼瞧着打叽咕吗？老头子对儿子白天晚上不着家起了疑心，他估量儿子是鼓捣成立什么农业生产合作社的事去了。……

村子沉睡在夜的寂静里，一片黑漆漆的，老柳树一动不动地矗立在井台旁边。白天化得南流北淌，满是泥浆的街道，一到晚上，就又结冻了。车辙沟和牲口蹄印里，封了一层薄薄的冰凌，脚踏上去，发出一种轻微的折裂的碎响。老头子沿着街道，一步一步地走着。经过街中广场时，他发现了两道橙黄色的光线，从赵家西屋的后窗户上映射出来。他立刻被这灯光吸引住了，一直朝着它走去。跨过结着一层冰的小河沟，越过堆着柴火垛的场院，在西屋后窗户外边的屋檐下站住了。

屋子里南北炕好像都坐满了人，大家唠得挺热火，许多头影在窗户上摇晃着。"原来有这么些人在一块开会，我还闷在葫芦里呢。"他一边在心里想着，一边侧着耳朵听。

果然，大家正在唠着成立合作社的事，七嘴八舌地讲得正欢。这时，一个高大的黑影站起来，声音稳重地说道：

"同志们，静一静！……根据大家今天晚上的汇报，可以肯定说我们村里的群众情绪是高的，都有成立合作社的要求。现在我们再想一想，还有别的问题没有。要是没有别的问题了，那今天的会就这样决定：办社！"

老梁头听这口音很生疏，心想这是谁呢？末了，他恍然想起：这不就是区上派下来的工作组组长老黄吗！

"就这么的吧，我看大家的思想已经酝酿得差不多了，咱们今晚上就势把筹备会的人提出来，明天刘支书和明德一起到区上去请求批准吧。"

梁洛山老头子马上听出来，这是副村长王东山。他年纪差不多快近四十了，为人公正老实，从土改以后，一直就当村干部。

"那可要等大家都说定才行啊！"说话的是互助组副组长——打头的夏金斗。"要是区上批准了，咱可就不能再缩脖子啦！"

"缩脖子算啥话呢？谁还能够拿这件事儿开玩笑？难道说你这个旧社会穷打头的还三心二意吗？"

"我倒没啥，可是咱互助组里，也不能都像我这样的呀！"他停了停，才又接下去说，"咱得先说好，要不到时候，我们都入了，人家有车有马的不干了怎么办？就说明德吧，我看他家二叔就不一定乐意。"

梁洛山听见有人提到自己，不由心里一动，赶忙把手放在耳朵后面，使劲挡着，很怕把一个字漏掉。只听得副村长于贵说：

"二叔不会有什么，明德回家动员动员，那还不一说就得。怎么样？你还没和他老说吗？"

"那可不一定！二叔那老脑筋我看不是一下子打得通的。"接着有几个人小声地议论起来，屋子里显得很乱。隔了一会儿，一个人轻轻地打扫着嗓子，用清亮的声音说话了。梁洛山一听，就知道是儿子明德，只听他说：

"我家的事好说，不用大家挂心，我爹包在我身上，我说行就行。"

"是啊，二叔那个人，越商量越不行，到时候和他一说，就拉牲口入社！牲口是他命根子，把牲口拉进来，他不入也得入，何况儿子又是头行人……"

老头子越听越有气，原来儿子正是背着他在进行建社的事。而且在说到他时，就好像家是他当的一样，一口就说死了，连点余地都不留。他没有看见过这样做儿子的，眼睛里好像没有他这个爹了，连商量都不和他商量，把他蒙在鼓里，到时候硬拿鸭子上架，这像什么话？老头子真想一下子冲到屋里去，给他一个下不来台。但一想，在大家面前，给儿子难看也不好，只得忍气吞声，磨转身走了回来。

"你说了算啦！你把你爹都包下啦！我还活着，你眼睛里就已经没有我了。什么都背着我干，好，你当家啦！"

老头子回了家，一头倒在炕上，越寻思越窝火。睡不着，他就接二连三地抽烟，在心里拿着主意：怎么办呢？难道可以装作不知道，等着他们硬拿鸭子上架吗？还是出面去拦挡他呢？儿子的翅膀已经硬了，说不服他了，这件事大伙赞成，又有区上做主，现在拦挡怕也不行了。和他分家吧，又舍不得两个孙子，老伴也不会跟他出去，再说，他怕人笑话。把车赶出去拉脚吧，又不太熟悉。左想右想，一时拿不准主意。最后，突然想起他的女婿崔成来，于是，老头子好像从女婿的身上，找到了自己的出路，他这样在心里决定着："要入社你入，我把牲口赶到河南去，他正好雇不起牲口。我不能扯一条肠子，只顾你一个儿子，我还有女儿女婿和外孙呢，女婿虽然外姓，可女儿总是我亲生的！我把车赶走，让你自己去，何必叫你硬牵着鼻子走？哪里不能吃一碗舒心饭？……你小子有本事，看你怎么扑腾去吧！……"

老头子想得迷迷糊糊正要睡去，突然，街道上响起一阵脚步声，接着，门轻轻地吱吱响了一声，这是儿子明德回来了。

二

第二天，吃过早饭，明德打点着要出去，老头子实在有点儿憋不住了，就劈头问儿子说：

"你又上哪去？"

"我上区。"

"你上区去干什么？家里的活都扔着不管了吗？"老头子压着一肚子的火说。

"我上区找区长合计点事儿，家里的活先不忙，等我今晚上回来再说吧！"儿子看爹这样问，本想趁此机会和爹说说要成立合作社的事，但又恐怕一时说不清楚，就有意推托着。

"你上区合计什么呢？别当我不知道，你在背地里鼓鞴成立合作社的事。依我说，你就别起这份高调吧，互助组还打吵子呢，还搞合作社？我看就不行。你别听大伙在会上瞎嚷嚷，要到事情头上，就又都撂在你身上了。咱们犯不上得罪那份人，依我看，你哪也不用去，好生在家干点活。"老头子强硬地说。

明德原没想到爹会这样拦挡他，因此只好把事情向他明说了，最后，他解释着说：

"人家现在很多村子都建立合作社了，咱村子大家也都赞成组织社，难道咱当干部，当党员的能看着不管吗？"

"看人家？看瓜吃不得！人家的人比咱们村子的人强，咱村子就不行，不说入社要自愿吗？要你白天晚上去劝人家干什么？好道就让人家自己走得了呗！何必说来说去的？我说不行就一定行不了！"老头子肯定地说。

儿子看爹那个样子，心里也有点儿不耐烦了，他最近对他爹也是憋了满肚子的意见，因此就顶撞他说：

"为什么人家行，咱们就不行呢？不都是一个样的庄稼院吗？我就不信，我看，事在人为，什么不行？我的主意咱也应该参加合作社，要每个人都各顾各，自己疮疤好了就忘了疼，翻了身就忘了本，参加互助组怕吃亏，参加合作社又怕人家占便宜，个个人都有私心，就是多咱也到不了社会主义！"

"你说谁忘了本？你说谁有私心？"老头子一听，儿子的话简直不是味儿，"忘本""私心"这些字眼儿，像鱼刺似的扎到他的嗓子眼上了。他撂下脸来说："你说你自己的爹吗？你爹忘了什么本？有什么私心？你说说看吧……我除了为你们，还给谁累呢？我还能活上几年？我哪一点能带到棺材里去？好！你是干部，我拦不了你，你弄去吧，别耽误你小子出息。"老头子说着，一甩袖子就怒冲冲地走到院子里去了。

儿子因为昨晚上已经和刘支书约好，两个人今上午一同到区上去。因此，也顾不得再向他爹多解释，就披上衣服走了出去。

梁洛山憋着一肚子气，在窗子外面的台阶上蹲了好一会儿。

"好，说我有私心，就算我有私心吧。"老头子难过地想，"我也算看透了，跟你这样没情没义的儿子，到多咱也落不出好来了，儿大不由爹，翅膀硬了……我又何必和你憋这份气呢？离开你还不是一样活着！"他看着儿子大模大样地走了出去，他的决心也就下定了。他把车套整理好，又到厢房里装了一麻包草和一口袋料，扔到车上，把辕马和穿套骡子都套上了。然后，走回屋把腰带系上，操起挂在门后的鞭子，往外就走。媳妇素芳看出公公是赌气套车，就低声和婆婆说了。老太婆连忙走到院子里，问他到哪里去，老头子气哼哼地回过头来，回答说：

"我到河南去。"

"到河南干什么？这时候……你不是收拾好车套，打算往地里送粪的吗？"

"粪我也不送了，爱怎的就怎的吧，我也说不了啦！我到河南老崔家看看去。"

老头子一挥鞭子，大车就走动起来。他跳上跨辕，像怕谁阻挡他一样，很快就把车子赶出门去了。

道路是泥泞的，猛烈的东南风吹着，山坡、壑崖，所有背阴地方的雪都化净了。田地像睡醒了一样，把黑褐色的胸膛，朝向天空舒展着，仿佛只要你把种子撒下去，它就会发芽滋长了！老头子一边望着，一边在心里想：

"是该送粪的时候了……这要是遇见熟人，问我赶车往哪里去，我可怎样说呢？"

他不止一次地把牲口吆喝住，想磨车回去，但一想到儿子那个样，他就又挥动着鞭子赶着车，向前走去了。

风从路旁的树林中吹过，像小河的流水似的，哗啦啦地响着。杨树的嫩绿色的小枝丫在互相磕碰着。喜鹊在树林里边喳喳地叫唤，一只老乌鸦从路边上飞过去，太阳照着它那乌金一样的黑色的翅膀在风里闪动着，它孤单地漫声地叫着，高高地飞起来，最后，仿佛无力地落到远处的高压电线的铁架上了。

老头子一阵心酸，他感觉自己有点像那只孤单的老乌鸦，也不知是被风刮的还是怎么的，他突然流下眼泪来了。

一个黑石的断崖出现在眼前了，打从断崖下面走过去，前面不远就是三岔路口,一条通向浑河南沿楼子口村的大车道,一条是通向城里去的大马路。梁洛山老头儿赶着车,刚刚走到黑石崖下面,就在拐弯的地方,看见了一个穿青布棉袄裤的妇女,怀里抱着一个孩子,迎面走来。她的背后还跟着一个七八岁的孩子。当老头子一眼看出是自己的女儿秀英来时,他一下子愣住了,他连忙把牲口吆喝住,一边跳下车,一边心里暗想道:

"我正要到他们家去,她怎么就来了呢?不是出了什么事吧?"

等秀英走到跟前,向他问好的时候,他望着女儿问:

"秀英,你这是到哪儿去?是回家串门来吗?"

"是呀。"秀英一边招呼着站在身后的锁柱过来行礼,一边轻轻地回答说。她用眼睛向爹的脸上望了望,带着一种说不出来的难过,叹着气说:"一家子四口眼看就快要没吃的了,不回来怎办?"她停了停,用手掠了一下被风刮到脸上的发丝,慢慢地诉说起来:"要看头几天,你女婿今年地恐怕都种不成了。去年剩点吃粮,一正月,顶几笔零星债,都让人量走了,连种子都没有剩下。这十来天,就靠着区上发下来的一点救济粮活着。你女婿这两年跌筋斗打把式的,没少吃他二大爷崔兴汉的亏,去年和他换工搭犋,也没有转腾过他;年前,他又露出口风来,说要典我们分的那几亩地,算活契,一两年有钱还可以往回抽。你说孩子他爹,还像傻子似的相信人家,一口一个二大爷招呼人家,可谁知人家早就掂对上他啦!一正月,你女婿把嗓子都憋哑了,好说歹说,把十几条垄的园子抵给了人家。过去我怎样说也不信,直到现在,他才算明白过来。……"

秀英一边说,一边眼泪汪汪的,叹着气。老头子把眉毛拧在一起,听着女儿的诉说。他用眼睛看看站在女儿身旁的外孙子和抱在怀里的外孙女,不由得从心里可怜起他们来。他用手拉过孩子,看着他那被风吹得通红的、瘦瘦的小脸蛋,突然记起了自己年轻时种种不幸的遭遇来,并且和女儿女婿现在的处境联结在一起了。他心疼地看着女儿和外孙子,在脑子里断断续续地想:

"为什么分了房子,分了地,他们还会把日子过成这个样子呢?"他真是有点不明白。他女婿崔成,在他看来,可算是百里挑一的好庄稼人,又老实,又厚道,可就是这样人,在新社会里,也还是受人欺负……欺负他的还不是别人,却是他自己的二大爷。"这些富农,真是人面兽心啊!"他一边想,一边安慰着女儿说:

"好吧,你先带着锁柱回家去住几天吧,你不用愁,实在没饭吃,你爹还能养活起你。"他说这话时,似乎已经忘记了自己正在和儿子闹气的事情。"你来的时候,和你女婿怎么合计了呢?"他像是在帮他们考虑似的说:"把地卖了吧,还了饥荒,省得给人家背利,利背不得呀!还了债,好歹是一铺心,给人家干点,挣多少,吃多少,也舒心。再不,到城里去卖零工,顶不济,一天也挣个元儿八角的……"

"人家村上不让卖呀,已经来说好几回了。"秀英轻轻地摇着头说。停了一会儿,她仿佛带点欣慰似的又说:"眼下村子里大伙正在合计成立合作社,要是合作社能成立起来,不但今年的地能种上,往后的日子也就好了。"

"怎么?你们也要成立合作社?"梁洛山老头子吃惊地问。

"是啊,村子里大伙正在合计呢,你女婿也让他们吸收进去了,还当了个筹备委员,整天开会……"

老头子一听,不由得有点感到失望,他冷冷淡淡地问:

"那么说,你们也打算参加啦?"

"是呀,你女婿这回是醒过腔来了,要不他今年就得出去给人家使唤啦!……这次他比谁都坚决。"秀英说着,望了一下她爹那张像木头疙瘩一样的老脸。

老头子再不作声了。女儿的话像盆凉水从他的头上泼下来,他满心的希望和好意一下子都被打碎了。到处都是合作社,连女婿都被卷进去了,这真出乎他的意料。他对于全区合作化不合作化倒不怎么在意,最使他激动的是怎么连崔成这样人,也去加入合作社了!他为什么有困难不来找他丈人呢?难道女儿秀英也没有提醒他,他还有一个可以拉帮他一把的老丈人吗?看来他的一场心思是白费了,人家的眼睛里并没有看得见他,也没有想依靠他。"不来找也好,省得跟他们操心。"老头子继续在心里想:也许合作社真的能够拉他们这一把,让他跳出他二大爷的手掌心。看起来,现在他无论如何不能再到河南去了。"可是不上河南,又上哪呢?"他怔怔地寻思着,有些为难起来,甚至连女儿的话都忘了回答。直到秀英问他赶车到哪里去时,他才蓦然一惊,支支吾吾地说:

"我到城里去看看,找点脚拉,你带孩子慢慢走吧,你妈这几天也正惦着你呢!"

他说着,也不再说什么,就连忙跳上车,吆喝着牲口,赶着车,呼呼隆隆地向着城市的方向走去了。

秀英愣愣地望着，她对于爹这样的举动，心里着实感到有点纳闷。"爹这是怎的了呢？要在平时，不管怎样，都会赶车送她的，他明明知道锁柱子是走不动的啊！……这时候，赶车进城去拉脚……他是不是在家里吵架了呢？"

秀英怀抱着女儿，望着拐过山弯的车子后影，迷惑地想。

三

梁洛山赶着车，四十里路差不多走了一上午的时间。

他一路拿好了主意：进城以后，就一直到城北的火车站去，火车站离城有三里路远，今年预备修建用的木料、水泥、器材从火车上卸下来都要雇用拉脚的车子运到城里去。他前不多时进城，从那里经过，就看见有一二十辆小脚车停在那里等生意。因此，他连店也不进，心想在那一边兜揽生意，一边再喂牲口也赶趟。碰着合适的主顾，他就拉两趟再喂也可以，反正牲口还不怎么饿。想到这里，他就使劲甩着鞭子，大声地吆喝着牲口，穿过城市熙熙攘攘的街道，一直扑奔火车站前去了。

火车站前比平常显得拥挤，就像个小市场似的，人们穿来穿去，有挑担子卖豆腐脑、卖烤地瓜的，有挎筐子卖烧饼、卖花生的……小贩们高声叫卖着。有支着灰布篷摆着小床摊子的。在靠角落里，还有几家用秫秸搭成小铺面挂着煎饼幌子。靠外边，离车站稍远一点，有一排大约二十辆小脚车停在那里，大多都是套着灰驴，有的一头，有的两头，几乎没有套大牲口的。有两辆小脚车正从站里往外拉水泥袋子，小毛驴拽死拽活地往前拉，一边拉着，一边突突地喷着鼻息。梁洛山老头子特意用眼睛四下找了找，才看见一辆套着一匹老白马的小脚车，白马脊梁骨耸得很高，鬃毛耷拉着，几乎把头脸都盖住了。梁洛山赶着牲口，走过它的前面，它动了一下，扬起头。老头子凭着经验，一下子就看出了这匹马是双眼瞎。他看一看自己这两匹大牲口，心里不由得有点骄傲起来。他想，假如他们这样小驴子车一天能拉五元，我这台车至少也能拉他们三倍呀！他一边高兴地想着，一边吆喝着牲口，从马路上走过。这时，站在路旁的车伙子都大声议论起他的牲口来：

"看！这老头这两匹牲口真棒！"一个瘦黄脸矮个子的人嚷着说。

"嗯！这前套骡子至少值五百元。"另一个黑黑的小伙子说。

"你给冒价钱可怎么办?"老头子向着那年轻的脸上望一望,非常高兴地在心里想。他把车子从一群车伙面前赶过去,拣靠边一个空旷的地方停下来,把鞭子撂在车上,回身把草口袋解开,把一半草料倒在腰笸箩里,让辕马和穿套骡站到并排上来,好在一个腰笸箩里吃草。

那刚才称赞他牲口的两个年轻小伙子,一看他把车子停住喂牲口,就凑了过来,向他打招呼:

"喂,老大爷,你是想来拉脚的吗?"

"是啊,这几天站上下来货多不多?你们的生意怎么样?"

老头子一面忙活着给牲口拌料,一边关切地反问。

"这几天没有多少事!"黑脸的小伙子回答说。接着,他就关心地问:"老大爷,你是哪村的呀?"

老头子有点不乐意了,他心里想:"怎的?你这样盘查我干什么?"但,他还是答复了他:

"我是下河村的。"

"你来拉脚,带来村上的介绍信没有呢?"另外两个瘦黄脸的人问。

"怎么?拉脚还要介绍信?"老头子不耐烦地反问。这时,他已经把牲口喂上了,他站直了身子,带着疑惑的神色,又重新看了看两个年轻人的脸,然后问:"我没带介绍信,怎么样?没带介绍信就不能拉脚吗?"

两个青年人看他有点火气,就连忙向他解释说:

"老大爷,你老不用着急,其实我们也是多事,我们俩都是小组长,看你老把车停在这里,知道你老一定是来拉脚的,我们想和你老说说这站上的规矩。因为从前这站上秩序很乱,大家伙抢生意,脚行被少数人把持着,有时把脚钱抬得很高,公家的材料运输不及时,受了很大的损失。因此,大家就提议组织了一个运输合作站,保证运输。外来的车,有区村介绍信的,可以登记参加,没有介绍信的,我们就不管了。有脚当然可以拉,不过很多脚都让运输合作站包下来了。站上的规矩,谁也不兴抢脚拉,私人拉脚,就是登记了,也得按照秩序,挨号等,轮到你,你才能拉,不兴随便抢着兜揽生意。"

老头子被这一说,开头那股子热劲就消失到九霄云外去了。他想发作一下,又觉得这两个年轻小伙子对他很和气,话说的也是理,心里就有一百个不舒服,也发不起脾气来，末尾，他好像没奈何地说：

"那么说，外人就不能拉了？"

"你老大爷可别生气，这规矩可不是今天为你老人家一个人立的呀。"黑小伙子接过来说，"我这可不是说你，老大爷，你看样子也不像是个富农。就在前不多日子，城西刘二屯新发展起来的几家富农，赶着四五辆三套马的大胶皮车来站上和咱们抢过生意呢！"

"怎么？四五辆大胶皮车到站上来抢生意？"老头子有点吃惊地问道。

"是啊！学习总路线以后，大伙的眼睛都亮了，一眼就看出他们是来钻空子的，那时就由我们运输合作站负责干部和他们谈话，结果把他们堵回去了。我们要没有组织起来，就得让他们挤完蛋啦。把我们挤完蛋不要紧，脚行掌握在他们手里，国家的运输受的损失就大了……"

"你别说了，三黑，人家这位老大爷可不是和他们一样啊！"瘦黄脸的小伙子打断他同伴的话头，接着就又安慰老头子说："老大爷，你没带介绍信来，也可以拉，不过，就要往后排了，我看，你最好先到站里去谈一谈。"

"到处是合作，到处是组织，连拉脚都没有自由了……"梁洛山老头子一边心神不定地往运输合作站走去，一边在心里想："……听他俩说，也是有些道理，富农也真厉害，什么空子都能钻。他们幸亏有这么一组织，要不人家用三套马的大胶皮轱辘来一挤，他们这些小驴车，真就只好喝西北风去了……看起来，组织还是有用处。……"

四

第二天天还没亮，明德就往城里来了。走了四十里路，进城时太阳还才升起。他估计他爹准是把车赶到火车站拉脚去了，所以一进城便径直往火车站奔去。果然，他老远就在长长一大排马车中从两匹牲口的颜色上找到自己的车。他走到近处，才看见了他的爹，袖着手，把鞭子夹在胳肢窝里，耷拉着脑袋，像一只怕见阳光的猫头鹰似的，无精打采地靠着车沿厢站立着。两匹牲口懒懒地一动不动地站在那里，细眯着眼睛打瞌睡。

明德走到他爹跟前，亲热地叫了一声：

"爹，你在这哪！"

老头子正在那里发呆，猛一抬头看见儿子，不由得心里一热，脸就红了，但却仍旧装做若无其事的样子，问：

"你来干什么？"

"我妈让我来找你。"儿子有意避免正面回答，他指空扯影地说，"妹妹到咱家里来了，生活实在困难，连吃粮都没有了。妹夫要参加合作社，妈妈让她哭的没办法，让你回去给拿个主意。是入还是不入，要是不入，咱就帮助他们……"

"我管不了他们，嫁出门的女，泼出门的水，反正她女婿入，她就入……两口人过日子，她不入，难道把孩子领出来，自己过怎的？"

"这话要你回去说呀，妈妈怎样捂盖也捂盖不住，我劝她她也不听……妈说一定要你回去。"

梁洛山明知儿子是在撒谎。女儿家里的事情，昨天他在路上碰见的时候问的比谁都详细，看样子她是一心想入合作社的，决不像儿子说的那样。他知道儿子所以这么说，不过是想要他回家去。而他自己，自打昨天出来以后，碰到的钉子也实在够受了。他心里早就有些后悔，不该一时赌气出来。昨天晚上，他躺在店房里，睡不着，翻来覆去地在心里想："也许还是儿子走的路对，不然，也挡不住富农这一老剥削呀！"他从自己的过去，从村子里的贫困户和女儿、女婿身上，看清了这一点："穷人是要靠组织才行啊！"互助组虽然有时打叽咕，大伙在一块干活，有时也是不太遂心，可是，粮食是比单干打得多。比方像冯中成那样的吧，以前日子过得不如他女婿，下力干活也不如他，可是，在互助组一年，现在，要吃粮有吃粮，要种子有种子。就是他自己，在互助组里，仔细算一算，掏良心说，也没有吃亏。去年一年，论粮食，比起前年单干时多打了六七石，因此，看起来互助组还是有好处的。可是，当他想到儿子对自己的批评时，他不由得又有些恼火了："我是怕吃亏，不乐意跟大伙一块叽叽咕咕的，难道能凭这就说我是忘了本，有私心了吗？"他回想起自己半辈子受苦的日子，不知吃了地主富农多少亏。那时候，他还不是整年整月扛着人家的锄头把，和很多受苦人一起，给人家下地干活！可是为什么现在他就从心眼里不大乐意了呢？这难道真的像儿子说的是"各顾各"，"忘了本"，"有私心"了吗？……也许，儿子的话是有道理的。应该加入合作社，和过去的穷爷们在一块，就是吃点小亏，也不算啥。只要别再吃地主富农那样的大亏。女婿的道,也走得对……他左思右想,一夜没有合眼,因此,当儿子要他回去时,他不愿一下子把自己的心里话说破,只含糊其词地说:

"我回去,我回去还能扯住你妹夫的腿不让入!人家该入还不得入,合作社也不是一家两家的事。再说,他们不入社怎么办呢?他们说啥也扛不住他二大爷那一老剥削呀!"

"咱家的事,也要等你老回去拿主意呢!"

"等我拿主意,咱家的事还用我说?你不是全都包了吗?"

儿子愣了一会儿,突然回想起自己前天晚上在赵家西屋里说过的话。两下一联,就知道他的话可能是被爹听见了。他连忙笑着解释说:

"我那是当外人说,也是为了鼓大家的劲。咱家的事,哪一桩不是你老说了算啊!"明德憨着脸,半玩笑半认真地说。

老头子被儿子这么一说,从心眼里往外感觉舒服。他想:儿子原来并不是他想象的那样不尊重他。他憋了一肚子的闷气,马上就都消散了。他轻轻地吐了一口气,像得了什么解脱似的用眼睛向着右侧看了看,故意推迟着说:"还有三辆车子就挨上咱班了,拉不拉一趟呢?"

"不拉了吧。等拉完再回去,到家就晚了。昨天区里下来通知,要动员所有乡下在城里拉脚的大车都回去,抓紧时间送粪,怕因为拉脚,耽误了春耕呢。……"

"那你就赶着走吧!我还得把人家的号牌给交回去。"

老头子说着,就势把鞭子递到儿子手里,磨转身朝着合作站办公室走去了。

一出城,走上了回家的路,两匹牲口的精神就来了,连吆喝也不用吆喝一声,就一个劲地顺着大道跑起来。

梁洛山老头子坐在车沿厢里,一开头,有点讪讪的,不吱声。儿子怕他心里的疙瘩一时解不开,就故意有一搭没一搭地和他闲唠。过了一会儿,老头子也就自然了,他像讲什么新闻典故似的,把站前小脚车已经组织了运输合作站的事告诉了儿子,并且有声有色地把他昨天听来的堵富农大车的故事讲了一遍。说着说着,老头子高了兴,就往前挪挪,坐到横凳上来,接着说:

"如今可是到处都有了组织,还是有组织好,要不这些富农大车一定把脚行搞得乱七八糟。……"他大声说着,不由得眉飞色舞了:"昨天我乍一来,人家连登记也不肯给登记……后来……"他本来想说:后来自己说马上就要加入合作社了，儿子还是区上的劳模，人家才给登记的。但他突然感到这样说不大好，就改口说："我好说歹说，才算给登记上了。……"

儿子看见爹这种兴奋的样子，就把顾虑也排开了，他问爹说：

"你昨天下晌到今天头晌到底拉了几趟？爹！"

"别提啦，要是有脚拉，我也不至于站在那等啦！很多生意都让运输站包下来了，剩下的都是临时雇用的……"爹脸上显出有点为难的样子，和儿子商量着说："你回家，别人要问你，你可别照实说，你就说到河南你妹妹家把我找回来的。"

"那能行吗？人家怕是都知道了吧！"儿子故意取笑着说。

"谁说的呢？本来我走时也说是上河南楼子口你妹夫家呀！"老头子犟嘴似的说。沉默了一刻，马上像关心似的问明德："你昨天不到区上去了吗？怎么样了？区上批准了吧？"

"批准了，爹，当然批准了！"明德抑制不住自己的兴奋说道。

接着，他不禁自责地想到，爹直到今天还不认识农民必须组织起来的意义，自己也不能不负一部分责任。平常老是强调忙、忙，老是想先把别家人的思想打通了再说，自己家的事情好办，所以就从没有跟爹认真地谈一次。但是现在，他觉得必须认真地、严肃地跟爹谈谈了。更何况他的心情是这样高兴，他心里充满了想把自己对合作事业的体会告诉一切人的激情。于是，他微笑地垂下头，想了想怎样谈才会更有力量，然后便谈起来了。他谈得很多，很久。他满意地看见，这回爹不再是满脸听不进去的神色了。

老头子点着了一袋烟，静静地抽着，入神地听着儿子的话，时不时地点点脑袋。

初春的太阳，温柔地照着，远远望过去，路旁山坡上的草已经微微有些发绿了。送粪的车子，在田野里来来回回地走着，风把小伙子们愉快的吆喝牲口的喊叫声，和鞭子的哨响传到大路上来。一群排成人字的大雁，嘎嘎地叫唤着，横过天空，急急忙忙地向北飞去。老头子望着眼前这一切，心里涌出了一阵热乎乎的感情，一时不由得把心里话说出口来：

"是啊，你的道走得对呀……可是，要组织就要快，再晚了就耽误下地了……你看，春天啦，雁都来了……"

儿子笑着望望天，点了点头，没有再说什么，回手用劲地甩了一下鞭子，像是同意爹的话似的。

　　牲口撒欢尥蹶地奔跑起来，胶皮轱辘颠簸着，走过黑石崖下面，随风卷起一溜子尘土，在车尾巴飞舞着……

杏花开，种棉花

马 加

一

杏花开，正是种棉花的时候。

刚过谷雨，落了一阵纷纷的细雨，天气虽然还有些寒冷，那拖拉机队东墙外的杏花却不知不觉地开放了，一簇一簇的，一嘟一嘟的，稠得像白雪球。柳树条放出了绿姣姣的嫩叶，叶子又尖又细，比小姑娘的眉毛还窄，显得不大舒展。枯黄的野蒿褪去了皮，生出了嫩嫩的幼芽，躲在荒草棵子里，仿佛怕人看见似的，不敢露面。到了春天，土地稀暄，风也柔软，一切生物都要从土地钻出来，见见太阳。

一清早，驾驶员周强把克斯零七机车从何屯调回来，停在拖拉机队的院子里，进行保养。院子里的地皮有些潮湿，轧出横七竖八的拖拉机链轨的齿印，一节一节的，仿佛叫狗牙啃了一样。从东墙到西墙，净是摆着他所熟悉的一些农具：五铧犁、四行棉花播种机、镇压器、圆盘耙，再有，就是这台刚调回来的拖拉机了。他望望远处的柳树林子，带着姣绿，仿佛和机车的颜色一样。他看够了这种颜色，觉得并不稀奇。

周强自从朝鲜复员回来，离开了志愿军的汽车团，住几个月拖拉机训练班，来到了拖拉机队，就没有和机车离开过，不是开机车，就是保养机车，车不离手，

杏花开，种棉花

手不离车，他一瞅见那草绿色的机车，就觉得腻了。一个班次，要在机车上进行十小时作业，累得筋疲力尽。白天，遍地灰尘呛着嗓子。黑夜，照明灯光刺着眼睛，加上熏人的柴油气味，弄得昏头昏脑。他常常睡不好觉，吃不饱饭，一有闲空，还要进行机车保养：检查水箱、修齿轮、洗滚珠、添柴油。柴油最能脏衣裳，他从志愿军中穿回来的那套棉军衣，叫柴油抹得黄一块、黑一块，大大小小，活像梅花鹿皮的斑点。有几处给硫酸烧成窟窿眼子，露出了棉花，不用说，谁看见他这样子，一定男人嫌，女人也讨厌。

周强觉得不安心的就在这些地方：工作累，活计多，任务重，时间紧，以上这些困难，倒可以克服过去，就是身上的油腥味受不了，离八丈远熏着人，不用说，女人是不会找这样对象的。

正当周强和农具手小刘保养机车的时候，一个女社员在办公室里和拖拉机队队长吵起嘴来。那个女社员的嗓子很响亮，隔着窗户，可以听到那干脆的质问声。

"队长，你们的拖拉机是干什么的？"

小刘提了一桶柴油，递给了周强；周强爬上了机车的操纵台，打开油箱口，安上胶皮管子，哗哗地往里倒油。刚倒了一半，周强听见那个女社员吵得那么凶，皱皱眉毛，虽然不晓得发生什么事情，却不能不替他们的队长担心。

那个女社员性子急，口也快，不等别人接嘴，又吵嚷起来了。

"按节气，杏花开，种棉花，可耽误不得！"

队长不服气，干脆顶了一句："谁耽误你们了！"

女社员不高兴地重复了一句"不耽误"。

"你说！"

"我说什么，我们社员五点钟就下了地，搬去了颗粒肥料和棉花籽。我们的棉花籽都是精心选出来的，一色褐黑籽，用赛力散拌种，加上小灰，花了钱，费了工，就等着拖拉机给我们去种地。我们一直等到现在，太阳老高了，你们的拖拉机还躺在院子里睡觉呢！"

队长觉得对方不了解真情实况，给她解释说：

"你可猜错了，我们的机车和人都没有睡觉，夜里给何屯种棉花，播种七个标准垧，才把它调回来。半路上电瓶没电，打不着火，费了半夜事，才开到了队部。"

"那么,现在呢?"

"现在,机车正在保养。"

女社员仿佛不相信机车需要保养,就用鼻子哼了一声。

小刘正在擦机器,听见女社员那个动静,自然地转过脸去,调皮地对着周强挤挤三角眼睛,悄声说:

"你听,她对咱们保养机车有意见了。"

周强一扭鼻子,粗声粗气地说了一句:"机车不保养,你问她要不要吃饭?"

"连牲口还要吃草呢!"

"好像机器不添油,就能把地种上。"

周强说话的工夫,给机车添好了油,下了操纵台,把油桶往地上一蹾,油星溅了一棉裤腿,一块块黑油星,擦也擦不掉,他不由得生起气来。

"可倒霉透了!"

办公室的窗子糊一层厚纸,被阳光照得褪了色,显得发褐,不透一丝光亮。队长和女社员待在屋里,并不知道周强的棉裤溅上油点子,吵嘴还是吵嘴。

"你们的拖拉机要躺到什么时候呢?"

"保养嘛!"

"成了老太爷了!"

队长觉得对这个女社员无可奈何,只好轻轻地开了一句玩笑:

"老太爷保养的时候,也没有喝这么多的油。"

"就算保养吧,要保养到什么时候呢?"

"按照操作规程,需要一点钟。"

"你又叫我们耽误一点钟。"

……

过了一会儿,办公室里一时鸦雀无声,不知道两个人是闷气呢,还是谈通了,不再吵嘴了。凉风吹拂着,飘过柳梢,办公室房檐下的枯黄艾蒿叶子,微微地摇动着。

周强站在房檐底下,把脸转向办公室黄褐色的窗子,心里有些激动,没地方出气,却把帽檐上的毛边风镜扯了下来。他希望队长能够再开腔,痛痛快快顶那个女社员两句,反驳反驳她,心里也舒服。他觉得有些社员,尤其是女社员,根本不了解机车的性能,更不了解机车的操作规程,不动脑筋,主观地乱说一顿。除了使人讨厌,还有什么好处呢?

一会儿,那个女社员从办公室里走出来,她穿着一件蓝小袄,上面套着一件绿毛衣,底下穿着不肥不瘦的印花裤子,走起路来,显得利利索索。她为了遮挡灰尘,头上包了一条白手巾,前边蒙着半边鬓角,后边露出两条油黑黑的辫子。脸蛋是淡黄色,像一块银色的盘子,弯弯的眉毛,衬着露水珠一样滴溜溜的眼睛,有神地闪着光。不管你对她有没有心思,只要她从眼前过一下,你就忍不住要看上两眼。

周强看见她走过来,身子慌张地往旁一躲,不知不觉地眼睛一斜,手里的钳子掉下来,几乎砸到脚上。他觉得受了什么强烈的东西袭击,连连地打起喷嚏来。那晃眼的绿毛衣和印花裤子从机车旁闪过去,脚步踏过院子的碎石片,他的心里才琢磨起来:"这姑娘的嘴像把刀子,长得倒怪漂亮的。"

这工夫,小刘正从机车上跳下来,站在链轨的旁边,准备把油桶送到仓库里去,正好和那个女社员碰了个对头,两个人都熟悉,就说起话来。

"李秀英,你找我们的队长来了?"

她不冷不热地盯了小刘一眼,想起方才和队长吵嘴,脸上闪着一种激动的神情,说话口气很硬。

"我找队长来了,怎的?"

"谁说怎的了。"

小刘和李秀英是在一个村子长大的,平常就熟,说话也没深没浅,对与不对,也不在乎。因为不在乎,小刘就对李秀英调皮地笑一笑:

"我问你,我们的队长是怎么说的?"

李秀英耸耸肩膀,执拗地动作了一下:

"怎么说的,还不是等你们把拖拉机摆弄够。"

小刘抢嘴说:"我们添油啦。"

"一添油就是半天!"

"还擦机器啦。"

"还干了什么?"

"洗滚珠,修齿轮……"

李秀英听腻了，不等小刘说完，急着插嘴：

"得了，得了，反正我不懂得。"

"谁还唬你不成。"

李秀英看见小刘站在拖拉机旁边，正正经经地绷着脸，咧着嘴，三角眼睛盯着袄袖子上涂的油，像对谁起誓发愿似的。她觉得他好笑，不由得咯的一声笑了。小刘方才闹得不大舒服，把袄袖上的油点子一翻，想给李秀英看看，不知怎的也笑了。

"你看看，谁闲下手啦。"

李秀英故意气他说："你不好不干吗？"

"干了半夜，人家还有意见呢！"

"好，你们保养机车，我没有意见。"

"机车不保养，那么你要不要吃饭？"

小刘说的是方才周强说的一句话，做个鬼脸，开心地瞅了周强一眼。李秀英觉察出小刘装作的鬼脸是什么意思，机智地眉梢一闪，转转眼珠子。她瞧见周强那种得意的神情，不由得脸红了，甩甩小辫子，迈开穿球鞋的一双脚，再没有和小刘说下去，扭头走开了。

周强从地上捡起了钳子，插在工具皮套里，凝神地望着李秀英绕过了机车，那扁扁的身材穿过播种机和圆盘耙的行列，露出新鲜的绿毛衣，身子一晃，就消失在大门墙外边了。他知道她走远了，脑子里却留下很深的印象，怎么也忘不掉，就和小刘谈起话来。

"你和她熟悉吗？"

小刘顺口答应："小学同学嘛，小学毕了业，我上了农具手训练班，她留在合作社了。"

"她不想上训练班吗？"

"你可不知道，因为支书不答应她，她三天没有吃饭，眼睛哭肿得像桃子。"

"支书为什么不答应她呢？"

小刘挤挤三角眼睛，信口说开了："支书什么都好，就是有些本位，宁可培养媳妇，也不培养姑娘。"

"我真不明白……"

杏花开，种棉花

"你怎么不明白，媳妇在村里，姑娘一到外边找对象，就要出飞了。"

"那么说，她还没有找对象呢？"

下过一场雨，地皮暄得像蒸糕，软颤颤的，上面留着一趟女人穿的球鞋印，花花的纹溜，细细的线条，像是地毯上锁的花边，多显眼呀！

周强一动也不动，睁大了眼睛，出神地望着地上像花边一样的球鞋印子。他不知道受凉了呢，还是困倦呢，觉得精神挺不自在，打起呵欠来。总之，春天是乏人的。

小刘轻声说："春天来了！"

院子里飘过来一阵凉丝丝的春风，吹着房檐下的枯艾蒿叶子，发出一种低低的呻吟。周强听见那呻吟，仿佛是刚苏醒过来的土蜂嗡嗡鸣叫，敲着他的脑门，唤起对于春天一种清新的感觉，春天该多好呀！

小刘看见保养好的机车，推了周强一把，提醒他说：

"试车吧！"

周强跳上了机车，牵引一台四行棉花播种机，扭转方向盘，发动马达，突突一声响，像一条笨牛冲出拖拉机队的院子。

二

周强把机车开到地里来了。

地里是一色好黄沙壤土，稀暄，透水，还有些潮呢！风一吹，地皮定了浆，就像浆子结成了疤。靠着地边子上，枯黄的马兰草披在车辙两旁，鲜嫩的草芽从土里钻出来，驴粪沾着干草叶子，滚成了球。在大车道拐弯的地方，是一片杏树林子，紧连着，就是那又宽又长的机耕地了。

在机车开到之前，人们已经沿着机耕地的作业道上站满了，高高低低，密密匝匝，挤塞得像一堵墙，农业技术员在地头测量好距离，插上了红白二色指示旗，拿着米达尺，不停地跑来跑去。社员们已经搬运来整麻袋的棉籽和颗粒肥料，拿来了簸箕，等拖拉机一来，就装上播种机，在社员里面，就数李秀英着急，一会儿从杏树林子里探头探脑，一会儿站在地头上东张西望。地头地脑，都踩满了球鞋脚印，一听见机车的突突声，就高兴地跳起来。

"拖拉机来了!"

"再不来,就耽误我们种棉花了。"

一个老头子坐在地上抽烟,刨刨烟袋锅,站了起来,探询地望了李秀英一眼。

"方才你到拖拉机队,他们干什么呢?"

"保养机器呢。"

"机器也不是人,还用保养?"

"我也是这样说,人家都反对。"

有一群特意来看拖拉机的人们,包括检查工作的区村干部、远道来参观的学生、下地扶犁的农民,还有从海上赶来挑黄花鱼的小贩,大家凑到一块堆,被一种好奇心吸引着,七嘴八舌地谈论起来。一个人说的一样。

"别看拖拉机休息一会儿,一种一大片。"

"种的深,能保墒。"

"你们村里没有拖拉机队吗?"

"要是有,还跑到这里来看热闹。"

"看吧,快来了。"

周强驾驶机车来到旷野,他觉得这里的空气多新鲜啊!心里畅快,眼界也放宽了,那远远的灰山,那宽阔的机耕地,那艳白色的杏花,多么招人稀罕呀!春天来了,人们也忙碌起来:端簸箕的、扛麻袋的、摇指示旗的、摆手的和看热闹的,都因为机车的到来显得忙乱起来。在乱哄哄的人群里,他第一眼就看见了李秀英,她还是穿着显眼的蓝小袄和绿毛衣,仰着白净的脸,闪着又黑又亮的眼睛,连那执拗的动作也像刚才的样子。所不同的,手里端了一张宽檐簸箕,装满了棉籽,等着机车到来,仿佛非常着急的样子。就在这时候,他才感觉到应该早一分钟把拖拉机开到地里来。

机车拐了弯,顺着作业道抹过来,开到机耕地头去。周强停下机车,小刘从棉花播种机跳下来,向着社员招招手。

"往播种箱里装棉籽吧!"

李秀英早已准备好棉籽,挽上蓝小袄袖子,端起簸箕,敏捷地走到棉花播种机前面,对着播种箱,一扬手,就倒了进去。另外的三个社员,两个剪发的妇女和一个爱抽烟的老头子,跟在李秀英的后边,端着棉籽和颗粒肥料,一前一后,照样地倒在播种箱里。

这工夫，看热闹的人们乱纷纷地凑到拖拉机的跟前，仰着兴奋的脸，齐簌簌地竖着脖子，一边向前拥挤，一边用那羡慕的眼光瞅着拖拉机。摸了又摸，瞅了又瞅，仿佛看见什么稀罕的东西，不住地赞美说："这就是拖拉机啊！"

李秀英装好了棉籽，就跑到机车的前边来，脚踏着机车的链轨，脸朝着发动机，那黑黑的眼睛盯着绿色的车身，就像露水珠滴到草叶子上，溜溜地滚动，一汪水地闪着光。在这乱纷纷的人群里，仿佛只有她对拖拉机最熟悉，也只有她认得拖拉机队的人。

"小刘！小刘！"

小刘准备去检查播种箱，碰见了李秀英，连脚也不停，就慌张地挤进了人堆。

"小刘，你告诉我开拖拉机。"

小刘一摇头说："我去检查播种箱，顾不上。"

李秀英生小刘的气："你真会装相，摆老资格。"

"我算什么，我们的周驾驶员才是老资格呢。"小刘看见周强站在旁边，灵机一动，顺水推舟地说："那么，就让周驾驶员给你讲讲吧。"

李秀英知道小刘工作忙，分不开身，大大方方转过了脸，热情地望着周强，周强一点精神准备也没有，冷丁碰到李秀英那露水珠般滴溜溜的眼睛，觉得有点悚；虽然有点悚，却也不好意思拒绝。方才小刘说：她想参加农具手训练班，一定喜爱拖拉机，也好，就给她讲讲吧。

李秀英往前凑了凑，伸出套绿毛衣的胳膊，指着机车前部银白色圆形的机件，好奇地问周强说：

"这像汽水瓶子的是什么？"

"它不是汽水瓶子，是过滤器。"

周强看见李秀英那热情天真的样子，想笑一笑，强制地绷着脸，没有笑出来。李秀英又伸出套绿毛衣的那只胳膊，指着中间绿色四方形的机件说：

"这像饭盒子的是什么呢？"

"它不是饭盒子，是油泵。"

"是添油的吗？"

"我们保养机车，一定要添油。"

周强提到保养机车的时候，故意地扫了李秀英一眼。想起方才她和队长吵嘴的原因，觉得有些不大自然。他为了让她懂得道理，就打比喻说：

"人是铁，饭是钢，人靠吃饭活着，拖拉机不添油能够发动吗？"

李秀英是一个机灵人，听见周强的解说中有一些轻微的责备口气，领会了自己的天真无知，从头上拉下了手巾，不敢看周强一眼，表示歉意地笑一笑：

"现在，我明白了。"

周强听见那轻轻的真诚的语音，就知道她真的明白了，热心地给她讲着驾驶拖拉机的道理，不再觉得不自然了。李秀英被一种好奇心吸引住了，她多想学开拖拉机呀！她瞪大了两只黑的眼睛，兴奋地向前走去，直等到她那绿毛衣快碰到周强的油污棉袄，才停了下来。她仿佛不怕脏似的，伸出了手指头准备去摸机车的油泵。周强赶紧在旁边喊了一声：

"脏了手！"

李秀英满不在乎地笑一笑："这怕什么，你们不是成天摆弄机器吗！"

周强说："我们是干这一行的，可是你们妇女……"

李秀英不服气地反驳说："你不要瞧不起人，我们妇女里不是也有梁军吗？"

"你知道梁军吗？"

"她的妈家离我们的村子才五里地，她要在家，我早跟她学上拖拉机了。"

两个人谈的很对心思，消除了意见，渐渐地接近起来。两个人共同喜欢一种东西，有一个共同的理想，而且在一块机耕的土地上熟悉了，随着拖拉机播下了友谊的种子，在春天的温暖土壤下生根发芽。

春风从杏树林子里吹来，徐徐的，淡淡的，带着一股醒人的香气，吹到李秀英的脸上，泛起了一层红晕。她有些得意的样子，又一次伸出套着绿毛衣的胳膊，张开红嫩的小手，爱抚地摸着机车的水箱和油泵。这一次，周强不再怕她弄脏了手，也没有阻止她，当她那红嫩的小手挨着机车的时候，他感觉到如同触到他的身上一样，热辣辣的引起一种反应，浑身的肌肉都颤起来，心里暗暗喜欢："她多爱拖拉机呀！她多爱拖拉机呀！"就在那工夫，他也更爱拖拉机了。

好一会儿，周强完全沉醉在想象中，他第一次觉得做拖拉机驾驶员这样有价值，这样被人重视，简直像在朝鲜战场上获得奖章一样。人们怎样向着拖拉机跟前拥挤着，纷纷地议论着，用手拨着风扇，甚至用烟袋锅刨着机车的链轨，他丝

杏花开，种棉花

毫也没有感觉到。过了好些工夫，他才意识到许多人围着他嚷着，一个老头子和农具手小伙子抢嘴说话。

"我这么大岁数了，头一回看见拖拉机。看是好看，可不知道走得快不快？"

"时速八点四公里，等于十七八里地。"

"一次播几根垄？"

"四根垄。"

"一天种多少地呢？"

"一个班次，播种七个标准垧，要再加上夜班，那更多了。"

"我的天，弯弯犁杖跑散架，也追不上呀！"

"老大爷，我看你算爱上拖拉机了。"

"我算爱上了，你看，拖拉机牵住了什么东西的鼻子？"

周强打了一个呵欠，揉揉眼睛，看见拖拉机牵引的是棉花播种机。这工夫，小刘检查好了播种箱，嘟嘟吹起哨子来，向周强一摆手，表示开始播种了。

在机车开走以前，农业技术员已经做好了田间的检查工作，去了交界石，扫除障碍物，扬开了粪土，在地头插上了指示旗。小刘登上了棉花播种机，坐在后边硬硬的铁盘上，把划印器摆在地上，扳开起落器，看着播种机排棉籽。拖拉机翻起黄色的土壤，像波浪似的上下翻滚，土地被开钩器划出深深的沟，棉籽撒到深沟里，随着就盖上了土。微凉的风阵阵吹，到处是土壤混合着草根的潮湿气味。

拖拉机到了机耕地北头，装上棉籽和颗粒肥料，又转回来。

傍晌，太阳慢慢地发热，有一股暖流在大地上脉脉地跳动着。风沿着机耕地不停地吹，黄沙土壤松，一会儿就吹干了。拖拉机翻过的地方，土末被趟起来，扬起了尘土，随着风弥漫。周强已经扎上口罩，戴上风镜，就是灰尘爆土再大，也妨害不了他的作业。他的毅力是在朝鲜前线养成的，风越大，环境越艰苦，他越抖擞着精神。他迎着灰尘和沙粒织成的薄网，影影绰绰地望见南边艳白色的杏树林子，点缀着晃眼的绿毛衣，一会儿隐忽，一会儿又出现了。他为什么喜欢那种颜色呢？大概是代表春天的征候吧。

在南边地头上，插了一趟红白二色的指示旗，顺风飘，直向他摆手。

周强觉得比哪天都兴奋，想尽快地把机车开到地南头去，好看看白杏花和绿毛衣，也不会叫灰尘遮盖眼睛了。说也奇怪，他觉得机耕地的垄头特别长，机车行进也特别慢,虽然是时速八点四公里,走一段,好像要费好长的时间。他最讨厌的是:当机车开得顺当的时候,小刘冷不防吹起哨子,大声叫喊:

"停车!"

"怎么搞的!"

原来,小刘认真地瞪着两只眼睛,看着播种机排籽,忽然发现棉籽里有夹杂物,麻绒和格蒗缠裹着棉籽,成了一个死团子,堵塞在播种机输送管的地方,卡住了,就急着喊:

"停车!停车!"

周强有些恼火,虽然不愿意停车,也只好停下了。小刘排出播种箱里的夹杂物,下了播种机,跳到新翻起的机耕地上,沿着棉籽断条的地方插上秫秸棍,做了记号,鼓捣了半天。周强等得急了,大嗓门吵嚷起来:

"上来吧,不要在地上磨蹭了!"

小刘在工作上很细心,很怕风把秫秸刮倒了,补种的人找不到地方,又往土里插了插。周强性子急,连播秫秸棍的工夫都等不得,抓着脑袋,不晓得说什么才赶劲。

"像你这样磨蹭,要在朝鲜,早给美国飞机抓住目标了。"

小刘反对说:"我不信,你的汽车比美国的飞机跑得还快?"

周强想起在志愿军里开汽车的情形,有些得意起来:"就是敌人夜里扔照明弹,满山头都挂了天灯,也抓不住我的目标,该过封锁线,还是一样过封锁线。"

"你不要对我吹了!"

"对你吹可没有意思,你是一个半大孩子,要是吹,也应该找一个对象。"

"你看,李秀英这个对象怎样?"

小刘机灵地闪着眼睛,冒冒失失地说了这么一句话,不知道有心呢,还是无心呢?周强觉得这句话很够分量,像烙铁打在心坎子上,一阵热辣辣的,不知道是什么滋味。

机车开到机耕地的南头。小刘急速地扳开起落器,吹起哨子来。周强扭转着方向盘,机车像一只庞大的野兽打转转,突突一阵响,沉重的链轨轧在作业道上,歪歪列列一溜牙齿印子,抹过了车。灰尘扬过了杏树梢,向四外漫散开了。在这紧张的时刻,帮助机车作业的人们都跑过来,扒麻袋的,端簸箕的,播旗的,摆手招呼的，一股脑地拥挤着。

周强停下了机车，还没有摘下风镜，第一眼就看见那穿绿毛衣的人；她冲过稀薄的灰尘，像燕飞似的扑到前边来。

三

第二天，周强又到机耕地作业来了。

天气放晴，云彩抹过遥远的山头，太阳露了脸，笑盈盈的。阳光爱抚地射到地上，寒气正在消逝，升起一股暖流，流向无穷无尽的田野去。在地头上，杏花正开得稠嘟嘟的，压着枝，满树都挂了银。

今天，周强感到特别兴奋，在心灵的深处潜伏着一种欲望，激动他，刺激他，使他不能控制住自己。他认为：今天的机车保养得特别在意，油加得足，开出来的时间又特别早，这个班次作业，准能完成七个标准垧，不，他有信心超额完成任务。再加上农业技术员的指示，男女社员热情的帮助，那还有问题么！他可以料想得到，第一个跑过来装棉籽的是哪一个人。

机车开到作业道上来，周强看见了像昨天那样多的人，乱了脚步，纷纷地迎着灰尘跑过来。靠麻袋不远的地方，有一个拔头顶的老太太，掉了牙，一脸老褶子，端着破沿的簸箕，抖抖擞擞地走过来。他左看右看，人群里却没有李秀英，怎么细心寻找，也没有李秀英。

周强怏怏地下了机车，低着头，望着垄头上轧的链轨印子，慢慢地踱着脚步，他仿佛失去什么心爱的东西，在那里寻找，显出焦急不安的样子。他实在忍耐不住了，就问着那个拔顶的老太太说：

"你们社员都到齐了吗？"

老太太没有表情地说："到齐了。"

"四个人吗？"

"四个人。"

"那个人呢？"

"你问哪个，我不是个人么！"

老太太很怕别人不把她当成一个劳动力，不给她记工分，眍着深陷的眼睛，不高兴地瞪了周强一眼。周强碰了钉子，觉得又失望，又懊悔，又有些不好意思。皱皱眉毛，勉勉强强问了一句：

"你们换人啦？"

"换嘛啦？"

"那么她……"

"你问的是李秀英吧，她到管理委员会开会去了。"

"会开多久呢？"

"她也没有告诉我，谁知道了。"

周强觉得和这个老太太说话太没有意思，背过脸去，呆呆地瞧着作业道；在那里，他发现蒿梗下丢下几粒灰色的棉籽，还有踩得凌乱的球鞋印子，成了模糊的斑点。他想起昨天社员装播种箱的热闹情形，心里悠悠地往下一坠。他又转过脸来，忍受不住地问着老太太说：

"李秀英三两天会回来吧？"

"种地这样忙，我看一天就差不多了。"

"明天能回来吧？"

"人家又不是到外村找对象，怎么不回来。"

这次，他们进行播种作业，质量很好，速度也很快。小刘看着播种机排棉籽，没有发生一次堵塞，中途也没有吹哨子。周强熟练地开动了机车，没有发生故障，中间也没有停车。他戴着风镜，迎着弥漫的灰尘，隐隐忽忽的，一会儿望见了白艳的杏树林子，一会儿望见了红色的指示旗。他虽然没有看见穿绿毛衣的人，却永远记得她说的那句话：

"杏花开，种棉花。"

渴

韶 华

"渴,渴,渴!喉咙里简直要着火了。得马上弄点水喝,哪怕是一口也好。"我一面往办公室走,一面这样想着。

我在拦河大坝上,值了一夜班,好厉害的一夜暴雨哟!虽然穿着雨衣,可是从脖子里流进去的水,仍然把周身衣服弄得透湿了。现在已是黎明,暴雨变成了细雨,映着东方云缝中的白光,像满天飞丝似的。

我急急忙忙地走回办公室。通信员小李看见我进去,马上站起来说:

"刚才运输工区、电工科、安全科——好几个地方都来了电话,说……"

我来不及听他的报告,走到办公桌前拿起了暖壶一晃,是空的。我说:

"小李,先弄点开水喝,回来再报告。水现在对于我比什么都重要!"

小李提着暖壶走出去了。我把雨衣脱下来,挂在衣架上,把湿透的上衣也脱下来晾在椅背上。把灌在雨靴里的沙土、小石子也倒了倒,小李就提着暖壶回来了。

小李一面往茶碗里倒水,我一面向他说:

"你多倒几碗凉着!"

于是,他倒了两碗。我又说:

"你再倒几碗!"

他又倒了两碗,仍没有满足我的要求。我说:

"干脆,你把茶碗都倒上好了!凉凉了,我要一饮而尽!要知道,解了渴我

还得马上回工地去呀!"

小李笑了笑,把所有的七八个茶碗都倒上了。这一堆冒着热气的茶碗,像一个香烟缥缈的香炉。我端起其中一个,喝了一口,但马上吐了出来。嘴里大概烫出泡来了。小李一定是偷偷地笑我了。不然,他为什么反身子转过去呢?

我耐心地坐在那里看着这些蒸气腾腾的茶碗,疲劳迅速地从脚跟爬上头顶,眼皮也不觉打起架来,往椅子上一歪就迷糊过去了。

大约过了一两分钟的工夫,电话铃把我吵醒了。小李是善于体察人意的。他知道,应该让我睡一会儿。可是,他捏着电话听筒,不得不用愧疚的眼光向我说:

"局长,防汛指挥部!"

我站起来走过去接了听筒,是老许打来的。他说:"接上游电台报告,截至今天早晨六时为止,上游降雨量一百九十五公厘!现在,铁背山河床的洪水流量每秒钟是两千八百立方公尺!流速每秒二点八公尺!"

它果然来了。而且第一次就这样来势汹涌。按照这个速度,八小时之后,它就要开始攻击我们的拦河大坝了。我这样想,又接着问:"今天的天气预报呢?"老许回答说:"上午有雷阵雨,晚上还有暴雨!"我说,"马上给上游各电台回一个报,从现在起,要他们两个小时报告一次降雨量和流量!"他答应了。

我放下电话,回头就往坝上跑。刚出门,发现外面仍然下着雨,才想起忘穿雨衣了。赶忙回头穿上雨衣,刚要跨出房门,与运输工区麻主任碰了个满怀。他没有穿雨衣,浑身被淋得像个水母鸡似的。眼睛里泛起的血丝表明他今夜也没有睡觉。他说:"局长,有事情报告!"

我虽然站了下来,但仍然准备随时跨出房门,说:"报告吧,简单点!"

他说:"六号采沙场从一号支线到七号支线,全被积水淹没了。有一百二十多辆矿车隔在积水的线路上出不来,铁路北干线有的地方的地基已经下沉,一时不能通车!"

我问:"你们准备怎么办?"

他说:"我们准备把支线线路挖开几个缺口,把沙场的积水排出去,不然,泡久了线路会塌陷的!北干线下沉的地方,马上……"

电话铃又响了,小李拿着听筒说:"局长!……"

我说:"叫他等一等!"

老麻报告了他们的办法之后，我说："对，你们的办法很好！应该立即排除支线积水，维修干线线路。争取雨一住，马上开始运输！要知道，拦河大坝上的沙料……"

小李又拿着耳机说："局长，电话！"

我说："你叫他等一等，等一等嘛！"

小李说："电工科，有紧急事情报告，他们已经来过三次电话了！"

我有些烦躁起来（近几天繁忙的工作很容易使人烦躁的），说："紧急也得等一等，现在哪有不紧急的事！"

我向老麻刚刚说完自己的意见，从外面拥进来一堆人，为头的是安全科长老裕。他们一进屋，办公室马上显得狭窄起来，喊喊喳喳的说话声，也充满了整个房间。雨衣上流下来的水，靴子上的泥泞，简直要在办公室的地上和泥了。老裕一进来劈头就说："昨晚发生一起人身事故——火车碰了人，一个工友的两条腿被轧断了！"

这真是个惊人的消息！我忙问："怎么搞的？人呢？性命有没有危险？"

老裕说："那工友已经送市立医院去了。跟去了二十多个工人，准备输血！一个小时后，就会打电话来。"接着他说明了出事的地点、时间和简单经过。

唉！唉！出了事故，伤了人，现场不准动，得通知市劳动、监察、司法、交通等部门共同在现场调查出事原因！生产就得停止！唉！偏偏在这时候出事故！我烦躁地想。

我讲了自己的意见，把他们打发走了，才来接电工科打来的电话。电话中说：靠河旁边的高压输电线路的电柱被水冲歪了。他请示要求拆除。我说：不行，雨一停马上开始送电，怎么能拆除呢？他说：歪得很厉害，不拆除不行！我坚持说：歪得厉害也不能拆除！马上恢复维护，争取雨一停就输电！他勉强地执行去了。

我放下电话，正要出门，又回头去端会议桌上的水碗！水碗全空了，是刚才被大伙喝空的。小李又倒了几碗，但我等不及，转身往外就走。我得赶紧回到拦河大坝上。但一转身，电话又响了。我不能等待了，待在这里再来三两批人，又会耽搁下来。我告诉小李："不管是谁，不管什么事，有事叫他到拦河大坝上找我！"

我跑出办公室，直奔拦河大坝。刚才东方天边出现了一线光明的希望，现在整个天空又被阴云笼罩了。雨也下得更大了。大地上，大坑小坑都积满了黄色的泥汤，像各种形状的大小镜子，要是清澈一些能捧起来喝几口就好了。离河岸很远的地方，就听见了激怒的洪流的咆哮，好像几十架喷气式飞机反复地从低空飞过似的。这时正是上午八点钟，换班的劳动大军，呈四路纵队，向拦河大坝上走去，把整个公路都站满了。有几辆载重汽车夹在队伍中间，拼命地按着喇叭，但无法从中间开过去。

经过下游一条小支流的木板桥，我走上横跨河道的一号大桥。浑浊的洪流从桥下面奔腾旋转地向下游流去。站在桥上看来，它翻滚、呼叫着，像整个大地都液化了似的。大桥又好像一节巨大的横架在河上的火车，疾速地向前奔驰，大地疯狂地后退，其速度不觉使人头晕目眩。我急忙从桥上通过去，经过筑坝工区门前，跑上拦河大坝。

我们这座三百多公尺宽、一千多公尺长的拦河大坝，已经修到差不多相当于十五层楼那样高了。当初——今年春天，我们站在河岸的高山上，看着深深的峡谷，简直有些眼晕。怎么设想三四个月之后它能够与高山比肩呢！可是，我们做到了这一点。现在，站在拦河坝上往上游一看，真是一片汪洋！这是人造湖泊啊！过去这山鹰飞翔的地方，今后海鸥也要来展翅了。我们只为凶猛的洪水留下一条小路，使它驯顺地服从我们的意志。那就是南山下面开凿出来的由闸门控制的输水道。现在，竖在北山的巨大标语"让高山低头，让大河让路"仍然在风雨中屹立着。每次看到这条标语，我就觉得我们是顶天立地的巨人。

在拦河大坝上，上万人的施工，仍然在紧张进行。机械的声响和劳动的呼喊，混合着暴风雨。……暴风雨啊！无论你来得多么厉害，我们都必须不放过一秒钟时间的施工，把拦河大坝升高，使它上升的速度超过库内水位上涨的速度。否则，如果让洪水漫坝而过，大坝溃决，存在库内十几亿立方的水，以排山倒海之势，汹涌而下，那么下游的城市、村庄……不能！无论如何不能作这样的设想。

我跑下大坝，站在水边，在这里遇见防汛指挥部观察水位的一个值班员。我问："库水位上涨的速度怎么样？"

他回答说："一个小时之前还在一一七点三公尺的海拔高程，现在是一一七点八高程了！"

好家伙！一个小时上涨了五十公分！现在，浑浊的巨浪，一个接着一个地向坝坡上拍打。好像千万头凶猛的野兽想极力冲破牢笼一样！

我急忙回到大坝顶上，在这里遇见了工区汪主任。他打着把雨伞，光着脚，裤筒一直挽到大腿根。我说："好！我正要找你。现在库水位每小时上涨五十公分，如果上游第二个每秒钟三千立方公尺的洪峰泻下来，水位还会很快地升高。要准备抢险！草袋子怎么样？"

他回答说，五万条草袋子已经准备好了。我接着说："那几条运石头的船拨给你们使用，随时在上游打捞漂浮物，不要使这些东西通过输水道！"

正在这时，通信员小李从大坝下面，气喘吁吁地跑上来，说："局长！市电业局来电话，请你马上去接，他们说有紧要事情！我告诉他说你在坝上，他们就把电话挂到筑坝工区了。"

"紧要事情，什么紧要事情？"

"他们没有说，只说有紧要事情马上联系！"

唉，偏偏紧要事情都积在一起！市电业局有什么事？一定是关于电源的问题。我正要向工区走。忽然电线杆子上的广播喇叭响起来了："邹局长注意，邹局长注意！请你马上到南干线输水道出口大桥，请你马上到南干线输水道出口大桥！现在，有几排桥桩已经被洪水冲动了，南干线火车交通中断。请你马上去决定措施，请你马上去决定措施！"

北干线路基有些地方已经开始下沉，南干线运输如果再一中断，沙料来源就完全断绝了。这怎么得了！我二话没说，急忙向那里跑去。通信员在后面喊道："局长，电业局的电话怎么办？"

我说："叫他们先搁下，等一等我给他们去电话！"

通信员说："知道啦！"回头就跑下了拦河大坝。

我心想：要有分身术就好了。但又招呼住他说："还有，你给我倒几碗开水凉着，快把人渴死了！"

他说："好的！"接着他的身影就在雨雾中消失了。

我急忙跑到输水道出口的南干线大桥上，好多人已经先到那里了——党委书记、主任工程师、交通工程队队长等。那里的情况十分紧张，因为上游库水位越高，输水道里的水压力越大，水流也越急。虽然经过输水道出口消能塘消耗了急流的一部分能量，但是它仍以万马奔腾之势汹涌而下。当它通过这座桥下的时候，由于受到一排排桥桩的阻力，简直已不是水流，而是从天而降的瀑布。那白色的浪涛，像激怒、翻滚、沸腾的云朵。它使人感觉到，仿佛这水是有生命、有情感的东西。这一条大河，像一条巨龙（据传说它是一条白龙所变）似的已经被我们制服，被我们牢牢地锁在水库里了。可是它不甘心，仍然拼命地狂怒地反抗、挣扎，企图拼出一条道路，施展它吞没田野、村庄、城市的威力。现在，水流已经把桥基冲刷坏了，一排排巨大的桥桩，开始颤颤欲动。站在桥上觉得天摇地转，好像激流可以随时把它掀掉，携带着它奔向下游。桥两端的地基，不时崩裂、塌陷。巨大的泥块，发着沉雷般的声响，投入激流，随后就被洪水溶化，变作浑浊的泥浆流走了。

我跑到那里和大家打了招呼，问交通工程队队长：“桥基被冲刷的情形怎样？你们准备怎么办？”

他回答说：“现在等着局长和主任工程师决定措施！桥基被冲刷的情况……我们本想用大竹竿往水下插，看看现在水有多深，可是水流太急，插不进去！”

我说：“要马上了解一下桥基的情况！竹竿太轻，插不进去，用钢轨，马上！”

大家同意了这个意见。于是，命令四五个工人抬来一条钢轨，慢慢地从桥上竖下去。可是，当钢轨的下部刚刚接触水面，一经水流冲击，钢轨便猛烈地倾斜了。工人们的身子挣扎摇晃起来，几乎要被打进水里去了，但是他们仍然支持着。我急忙喊道：“危险！放手！快放手！”于是，他们一齐放了手，那根钢轨像一支射出去的箭，在水面上前进了几公尺之远，转眼就被卷入狂浪不见了。

接着，一个工人提出了个办法：用一根重型钢轨，拴着绳子，大家从四面扯紧，再依靠着桥桩的阻力，慢慢把钢轨竖到下面去。大家同意了这个办法，钢轨被抬来了。拴上了绳子之后，四个人紧紧地从四面拉着，另三四个人稳稳地扶好，开始慢慢地把钢轨沉下激流。大家的眼睛，紧紧地盯着这根下放的钢轨。它在水中颤抖着，但由于四面的拉力和桥桩的阻力，仍然慢慢地沉下去。一直到这根十公尺长的钢轨伸到水中一半的时候，才觉得够到了底。大家又慢慢地把钢轨从水中拔出来，可是，它的下部已经被激流冲成了个三十度的弯弓。看来，桥下的基础已经被掏去两公尺多深了。如果不加保护，用不了多长时间，这座大桥就会被激流掀走，那么，整个交通线路就会陷于瘫痪状态，想恢复，没有二十天或个把月的时间是不可能的。这怎么能行呢？

大家商量的结果，决定从桥上往下边抛石头；用巨大的石块，把桥基护上，然后进行桥桩加固，争取尽快地通车。于是，劳动力马上调来了。八个人一组，抬着一公尺直径的大石头向桥下抛去。这些大石头，一抛下去，发出一声沉雷的巨响，就无影无踪了。不多时，在桥下游三四十公尺的地方，水流泛起一簇更大的白花，很显然，它们被冲到那里去了。水流——这是多么汹涌的力量啊！但是，应当继续抛，多抛，大量地抛！一直把桥桩基础护起来为止！

这时，通信员从工区办公室又跑来了，说电业局的电话又来了，说他们等不及了，要我马上去接。我向党委书记老章说："走吧！咱们一起去接电话，看看什么要紧事情，好一起作决定！"于是，章书记和我一道向工区办公室走来。主任工程师老栗仍然在桥上盯着指导抛石工作。

在桥上的时候，我差不多完全把渴的事情忘记了，只是觉得说话困难，嘴角干得似乎要爆裂似的。可是，离开了"战场"，便觉得喉咙里又烧起来了。我一走进工区办公室，还没有拿起电话，就问通信员小李说：

"水呢？刚才我不是叫你凉几碗开水吗！"

通信员抱歉地回答：

"开水房地势很洼，现在灌满了雨水，里面都可以撑船了。刚把茶炉抬出来，找不到干的引火柴，现在还没有点着火呢！"

"糟糕，糟糕！哪有比这更糟糕的事呀！"我想。接着又埋怨地说：

"唉，唉，你们早干什么来着！工地上可以没有开水喝吗？"接着，我拿起桌子上的电话听筒。对方虽然没通姓名，但一讲话，我就听出是电业局老吴，我们是很熟的朋友。可是，他只讲了一句话，我就火了，说："什么？明天你们要停电？这不是要我们的好看吗？不对，我说老吴，这不单是要我们的好看，你是和下游的人民过不去！先说下，一停电，我们的大部分机器就不能转动，拦不上洪水，大坝溃决了，可要先淹你们的发电厂，你们厂的地势在全市最洼！"

他笑着说，叫我先不要急躁，因为昨夜的大暴雷，把高压输电路打坏了！雨一停就要修理！只停两次电，每次十五分钟。……

我说："十五分钟也不行！要修理也不能明天修理，总要维持几天，等我们渡过了这场洪水！"他说："如果再来了雷雨，电路受到更严重的损坏，那么停电就不是三十分钟了。况且，停电的事，不只是牵扯你们一个单位，现在其他的几个厂矿已经同意了！"我说："可是全市的单位只有我们在拦洪！"

正当我们在电话中僵下来的时候，从房外进来几个穿雨衣的人。雨水从他们的身上哗哗流下。原来是市委陈书记、市人委钟市长等。我马上向电话中说："正好，市委书记和市长都来了，我们请示一下，再和你们商量！"就把电话放下了。我又向来人说："怎么现在来了呀？下这么大的雨！"

陈书记笑笑说："现在不正是来的时候吗？"接着大家脱了雨衣，拉几张木板凳坐下来。

章书记问："路上好走吗？"

钟市长说："公路桥坏了，汽车不能通行，坐火车来的！"

接着，我把昨今两日的降雨量，库水位上涨情况及工作情况汇报了。市委书记说：

"怎么样？能把洪水堵住吗？现在全市工厂、机关、学校、部队都准备好了，你们什么时候需要，随时都可以出动！"

我用眼睛看看章书记，请他回答。他沉思了一刻说："现在还不需要，必要时，我们这几万人的身子卧在大坝上，也得把洪水堵住！"

章书记的话是表示决心，我完全同意。现在还不需要全市兴师动众。我说："请全市人民放心，无论多么困难，我们会把洪水堵住的！"

接着大家谈了停电的事，决定停电推迟三十六小时，大家的意见一致了。我即刻打电话通知了电业局。

接着，市负责同志们穿上雨衣，要到拦河大坝和输水道出口大桥上去巡视一下，我也就跟着。章书记说："老邹，你回去休息一下吧！由我陪着，你已经两天两夜没有合眼了！回去吃点东西，睡一觉！你不要不放心，坝上有我们呢！"

我说："现在是什么时候，我怎么能回去呀？"

陈书记听到我两天两夜没睡觉，回过身来对我说："回去，回去，这怎么能行呢？现在拼上命，以后就不工作了吗？"

钟市长也插言笑着说："老邹，回去吧，你看，这是党的决定呀！吃点东西，休息一下……"

我考虑了一下，说："好吧——其实，吃不吃东西、睡不睡觉都在其次，我想回去喝口水！"

章书记仍不放心，笑着对通信员小李说："给你个任务，你跟局长回去，看着他，不准局长乱跑，保证他喝水、吃饭、睡觉！"

小李是个转业军人，他立正，笑着用部队的惯用语说："保证完成！"

我不再说什么了。他们走出去。一直等他们的身影没入雨雾中，我才和通信员往回走去。

我们在大雨中走着，天空不时闪着电光，沉雷像在头顶上一个个爆炸的炮弹。也许是风太大了，也许是我几夜没睡觉的缘故，我的头晕晕沉沉，两条腿也像踩在棉花上一样没有根底。通信员便和我挽着臂膀，迎着风雨向前走！雨点像小石子，打得抬不起头来。

过了跨河大桥，前边就是那座支流的小木板桥。这条小河，平时是没有水的。现在河槽中也灌满了汹涌的泥浆。我早晨从这里经过的时候，小桥还完整无损，现在，已经被激流冲得根木皆无了。几个工人临时跨河架了一根钢绳，来往行人双手抓住钢绳，下身没入水中，徒涉而过。通信员首先从激流中蹚过去，我跟着也抓住钢绳下了水。激动的流水拼命地冲击着，我的下半身像是拴了一匹要飞奔的马。我下死劲地抓住钢绳，两只手倒换着向前移动。可是在眼看要靠岸的时候，我一松手，一个浪头就把我盖住了。我一心慌，鼻子、嘴、眼睛、耳朵全灌满了水，呛得脑袋里像忽然装进一把辣椒面。我什么思想也没有，在水底下只是两只手拼命地抓摸，企图捞到一个可以使我漂浮起来的东西。不多时，我觉得两只脚踩到了一个什么东西，我的头也就露出了水面，原来是小李救了我。

小李把我推到岸上，我发现，激流已经把我冲走了三四十公尺远了。小李抹了一把脸上的水，问："你不会水吗？"我说："不会！"他说："我一看你掉进去了，就着急起来，可是没有慌。我有经验，掉进水里的人，你千万不可从上面去扶他，因为他会拼命地抱你的脖子，抓你的胳膊，把你牢牢抓住，使你动不得。那样，两个人就全完了！我看你掉进去后，憋了一口气，一个猛子扎到水底下，双手顶着你的两只脚就泅出来了！"

我喘了一口气，咳嗽了几下，说："多亏你的好水性，不然，我就完了。"

他问："喝了几口水吗？"

我笑了笑不好意思地说："没有，走，回家吧！"

回到宿舍，我脱下雨衣，在一张凳子上坐下来。小李提着一把壶就打开水去了。宿舍里乱七八糟，写字台上落满灰尘，好多天没沾它的边了。床上的被子也乱堆着。那还是两天以前半夜被电话招呼到工地上，没有叠被就走的，现在还原样堆在那里。我换下来湿衣服，就在床上胡乱地躺下来了。

不多时，通信员打来了开水，倒了几碗凉着，他说了一句："我告诉伙房做饭去！"又走出去了。

在工地上的时候，好像无论什么地方，哪怕是稀泥地，只要躺下来就可以睡个香觉的。疲劳像一个无形的恶魔，时刻笼罩着全身。可是，现在回到家里，却怎么也合不眼。心里老是在想：库水位上涨到什么高程了？大坝临时用草袋子抢修，能不能比水位升高得快？南干线大桥抛石不知怎样了？六号沙场支线排水工作又是如何了？……好多好多事情都使人担心、忧虑！忽然，大坝溃决了，洪水像万马奔腾，汹涌而下，下游美丽的城市、田野全成了一片汪洋大海，千万个村庄的房子只露出屋脊，人们趴在树顶上啼哭喊叫，无数妇女和儿童的尸体，漂浮着，漂浮着……这虽然只是一幅幻想的图画，可是我突然感到自己喘不过气来了，一个千万斤重的东西压在了自己的身上。……正在这时，窗外喇叭筒的扩音广播打断了我的思路：

"全体职工同志注意啦，全体职工同志注意啦！！防汛指挥部紧急通知，防汛指挥部紧急通知！现在，库水位已经上涨到一二三点五高程了，离大坝高程只差一公尺半了！水势仍以每小时五十公分的速度继续上涨。根据天气预报，今天夜间还有大雷雨。我们的拦河大坝，已经面临着最严重的关头了！我们决战的时刻到来了！因此，全体职工同志，应该马上按照组织，到大坝上来抢险：防汛第一大队、第二大队、第三大队，到大坝南段接受任务，第四大队、第五大队、第……"

我没有听完广播，立即穿上雨衣，套上水靴，跑了出去，在门口正和通信员碰了个满怀。他忙问："局长，上哪儿去？"

我说："到大坝上去，你没听广播吗！"

他说："水，水，你还没喝水呢！"

我说："还喝什么水，刚才在河里我已经喝饱了！"说着就跑出去了。

这时，已是夜晚，整个工地上的百万盏电灯，在暴风雨中闪耀着光芒！天上的沉雷、闪电和地面的机器马达，应和着劳动的呼喊。……

在悬崖上

邓友梅

夏天的晚上，闷热得很，蚊子嗡嗡的。熄灯之后，谁也睡不着，就聊起天来。大家轮流谈自己的恋爱生活。约好了，一定要坦白。

睡在最东面的，是设计院下来的一位技术员，是个挺善谈的人。轮到他说的时候，他却沉默了许久也不开始。

人们你一句我一句地催他。

终于，他叹了口气，说起来。——

我和我爱人，是自由恋爱结婚的。

前年，我刚从大学毕业，到二工地上做技术员。头一天进工地，我就出了个娄子——坐火车没有要报销单据。我懊丧极了，心想会计员一定不肯给我报，就是给报，也要狠狠地批评我一顿。我噘着嘴进了会计室。

坐在办公桌后边的，是位挺端庄的姑娘，剪着短发，身上浅蓝色的衬衣已经洗得发白了。她推了把椅子让我坐下。

"你怎么会忘记要报销单据呢？"她严肃地说，"这是国家的制度呀！"

我擦着汗说："是的，我，我才从学校出来，还没这习惯……"

"唔！"她微笑着，"那就是另一回事了，我写个信您去车站补领一份吧。"

我把信接过来，走出门，她又喊住了我，赶出来说："您头一天来也许还有许多事要办，您写个补领条，我替您办了好不好？"

我对她有了个极深的印象。

这时,我正申请入团。她担任团支书的职务,三天两头和我个别谈话。她长得挺秀气,笑起来很美。我很高兴有这样一个支书帮助我,但我没想到会和她恋爱,我觉得她和我不是一样的人,她要比我高些。

过了些天,她的历史我也知道了:她上学不多,初中毕业后在家中闲住了一阵,解放后又上了一个时期会计学校,就出来工作。现在经过自修,已能看俄文的联共党史。在我来的那年春天入了党。我对她就又加上了一层敬意。工地上的人也都挺尊敬她。

不知怎么一来,我就爱上她了。我找一切机会接近她,星期天约她一块去玩。听到她大方地答应我,我是那么受宠若惊,似乎跟她走在一起,我的人格也高尚了许多。——她是青年们的领导人啊!

我提出要求来了。她沉思了一会儿,温柔地说:"再考虑一下吧,我比你大两三岁呢,这也许不大好。"

我急道:"你这么说真伤害我,我爱的是你这个人,年龄有什么相干?"

从这以后,她对我更亲切了。不仅在思想上督促我进步,生活细节她也处处操心。我不会有计划的用钱,发薪的那两天,整天的又是吃又是买,一过十五号便连烟也没的抽。她要求替我管账,从此我不仅每月过得都很富裕,而且能按月积蓄一点钱。过去,我的袜子、手帕,一个月也不想洗一次。碰到星期天,要和她一道去玩了,就慌慌忙忙地去买新的来。她看见,便玩笑地说:"你以为穿上新袜子,别人就更喜欢你些吗?"于是就让我把旧的拿出来帮我洗洗补补。我不好意思地说:"你帮我做这些,人家会笑你吧!"她正色说:"这有什么可笑的!两人一起做点事不比在街上瞎逛有意思?"真的,同志们并不笑她,只说我"野马上了笼头了!"我听了,心中暗暗得意。

有好几次,她问我对她有什么意见,我实在说不出来,她就说:"你瞧,你总是不在政治上注意别人,对我还这样呢,对同志们又该怎样?"我脸红着答应改过,可是总也改不过来。

这年秋天,我们结婚了。我主张买张有弹簧的双人床,她却说:"睡木板不一样?"我要买个美术化的大理石台灯,她却说:"买个普通的,看上去还大方、美观。"我说:"结婚,一辈子只有一次,钱不够可以借!"而她说:"结婚只

是新生活的开始,以后日子还长呢!"

结婚后,我们感情很好。早上一起上班,下午一起回家。我们很少坐车,总是一边散步,一边谈心。不知为什么谈话的资料总是那么丰富,平常的小事俩人也谈的兴趣很浓。回家之后就一起学习,先是她读俄文,我读技术书。后来,她说要纠正我不爱读政治书的毛病,便把俄文移到早上去念,晚上叫我念政治书给她听。有时候我们两人也分开读,那时我就常常把眼睛从书本上移到她脸上,端详着那一双黑黑的眉毛和稍显得苍白的脸,越看越看不够,简直不敢相信她是自己的妻,要和自己共同生活到永久永久。她发觉我在看她,却不抬起头来,仍低着头看书。但脸渐渐地红了,嘴角露出微笑。我忍不住跳过去抱住她,用力吻着她说:"我什么都不需要了,剩下的就是工作,工作,好好地工作!"她笑着,倚着我闭上眼睛待一会儿,然后说:"行了,该用功了,咱们规定好半小时休息一次,谁破坏了罚谁,要不然咱俩就要变成二流子了。"

后来,我调到设计院工作,俩人每周只能见一次面。于是每个星期天都成了我们的节日,我们一起去参观展览会,看电影,跳舞。她买了只小炭炉,有时不想出去,我们就请朋友们来家吃饭。她会炒许多样菜,在冷天,还用玻璃瓶装了叫我带到机关去吃。不管做菜、洗衣服,我都当她的助手,虽然我一动手总是给她添许多额外的麻烦,她还是要我去帮助她。

我们经常地谈着自己一星期来的工作、思想等等。在这些谈话中,我渐渐认出了她的许多特点,给我印象最深的就是她的质朴,或叫作"实事求是"。我是若不夸大事情的一些地方,就会连那事情本身也说不出来。比如我设计完了一项图纸,总这样说:"嗨,费了九牛二虎之力,总算完成了,真费劲!"她呢,却总是简单的一两句话:"我做完了月结算!"若不就再加上一句:"有个地方还要复核一下。"我们也常谈到未来。有时我说:"等到下一两个五年计划时,也许我能给我们自己设计一座最新式的住宅,这要有阳台、有浴室,有……"她却说:"咱们从下月起该节省些,存点钱,万一明年有个小宝宝,这房就住不开了。"她这种性格不知不觉地影响着我。当我接受任务设计一幢办公楼时,不知怎么,我一向追求表面华丽的作风使自己感到可厌了!我竭力从实用和大方上着手。结果这套设计得到了表扬,在反形式主义学习时上级还叫我作了典型报告。在生活作风上,我也逐渐改变自己言过其实、锋芒毕露的毛病,同志们都说我踏实多了。

在这种情形下我参加了青年团。

这时期，我工作和生活都很愉快。我常想：只要这样按部就班的学习、工作、生活，一步步走下去，不断地提高自己，争取做一个好党员和红色专家还有什么难处呢？

没有料到，我像一个参加长途竞走的人，半路上贪恋一株新异的花草，忘了路标的指示，走起弯路来了。

设计院来了一个才从艺术学院毕业的、做雕塑师的姑娘，叫加丽亚。她父亲是位音乐教授，母亲是个德国人，她北京话和柏林话都说得挺流利。她来时是秋天，穿着件浅灰色的裙子，米黄色的毛线衣，头发是棕色的，眼睛却是黑色的，眼睫毛很长。于是"加丽亚"三字就粘到小伙子们的嘴唇上了。开会的时候，这个给她搬椅子，那个给她递茶水。休息时，这个约她去散步，那个请她去打球。她一天到晚兴高采烈的，一会儿把她的快乐传染给这个，一会儿又传染给那个。我自然不会像那些单身汉似的去献殷勤，不过，说良心话，我也挺欣赏她的相貌和风度，很愿和她一起散散步，谈谈心。

中秋节，机关组织大家去游颐和园。加丽亚说她要去，许多小伙子也争先报了名。有人替她拿水果袋，有人给她在车上留座位。那天我爱人要参加她们工地上的集体活动。我只好一个人去，坐在车上，我冷眼看着那些小伙子发笑。

加丽亚上来了，假装没听见人家招呼她坐，却意外的，竟走到我面前笑笑说："劳驾，往里一点。"

我往里挪挪，从侧面看着她。她脸朝着前面，故意作出严肃的样子。

车子过了西郊公园，猛然转了个弯，她撞到我身上了。重新坐好后，她向我点点头说："对不起。"

我说："您真客气！"

"对您不敢不客气，"她望着我笑道，"您总是那么严肃，好吓人哪！"

"唔？"我大声笑起来。

我俩热烈地谈起来了。我称赞她的衣服和身材，她不仅不害羞，反倒爽快地议论姑娘们的身材特点，以及应该如何打扮之类。我很喜欢她这种爽快劲，便也毫无顾忌地发表意见，然后又谈到了大学生活，共同的兴趣……越谈越投机，下车时，我们俨然像朋友了。

"你船划得怎样？"她妩媚地看着我。

在学校里谁没受过姑娘的青睐？谁没有点在同辈青年中争胜的劲头，加丽亚似乎一下子又把我拖回到三年以前去了，我得意地看看那些用嫉妒眼光盯着我的小伙子，拉着加丽亚说："走，咱买船票去。"

这以后，我和她成了要好的朋友，有好电影和音乐会，我们总是一道去。

有一次看《杜勃罗夫斯基》。回来的路上，她说："这俩演员真漂亮啊！"

我说："两人很相称！"

"人家是有意识这样选的，"她正经地说，"爱情，除了性格、志趣之外，还应该是美的结合，两个人都漂亮，不仅自己幸福，对旁观的人也是幸福的……"正说着，对面走过一对男女来，男的有二十七八岁，很年轻、精神。女的在笑着的脸上堆了几条皱纹，看来要比男的大四五岁。她立刻用肘子一碰我说："喏，你瞧，也许他俩感情还不错，可是叫别人看起来总有不愉快之感，不能不算遗憾吧？"

我看看那俩人的背影，先还挺高兴，以为加丽亚在暗示我俩"很相称"，接着，我想起我妻子来了。"她比我大两岁，也没加丽亚这么'帅'，要叫加丽亚看见我俩一起走，她会怎样评论呢？"不由得有些扫兴。

正巧，这个星期六我们机关有舞会，我把爱人约来了。我们坐在大厅角上，觉得背后有人喊喊喳喳地连笑带议论，回头一看，正是加丽亚。她见我看她，便索性大声道："我正议论你呢！"甩甩头发，走过来向我眨眨眼说："可以介绍一下吗？"

我红着脸，把爱人介绍给她。天晓得，在加丽亚对面我爱人怎么显得那么呆板，没有风度和苍白。我真后悔，不该把她带到这里来现眼。以后乐曲再响的时候，我就请加丽亚跳，请别的同志跳。加丽亚问我："你让她一人坐在那儿她不会生气吗？"我说："她并不太喜欢跳舞！也不太会跳！"然而，当我跳完一个华尔兹回到妻的身旁时，妻却很不高兴地说："我想回家了，你一人留下来跳吧！"我忙说："为什么，还早呢？"她说："我累了！"我只好耐着性陪她回去。路上我们一直沉默着，快到家门口了，我装作玩笑的口吻问她："是不是我净和别人跳，你生气了？"她说："干吗要拉我去做展览品呢？我在家看点书不更好？"我说："人家要认识你也没有什么恶意！我请别人跳也是礼貌。"她说："我见不得那种轻浮相。我尊敬别人，也希望别人尊重我！"

到家之后，我们默默地坐了一阵就睡了。躺在床上，我忽然想道：如果我身边躺的不是她，而是加丽亚，这些不愉快不就没有了吗？

是啊，假如妻也有加丽亚的相貌、风度、趣味，那我该多幸福啊！

为了避免惹闲气，我一连几个星期都没参加舞会。

一个星期六晚上，我正收拾东西准备回家，加丽亚进来了，对我笑道："女主人管教得真严，舞会上都见不着你的面了。"

我说："我自己不愿意跳！"

"说这么好听干吗？"她努努嘴，"出名的舞蹈能手！不过身不由己罢了！"

我有点挂不住火，说："这么说，我今天就跳一晚上给你看！"

"回去挨骂可没有人同情啊！"她笑笑，又说道，"今晚上有联欢晚会，说要选几个跳得好的起示范作用，你怎么样？"

我说："好，我俩算一对！决定了！"

她笑着推我："那还不快打电话请假！"

我急道："向谁请假？我是自由的！"

话虽这么说，我可确实担心妻在家里着急，只是不好意思去打电话。

许久没进舞厅，一听乐声，一见那灯光，立刻兴奋起来，把别的事全放在脑后了。

加丽亚换了一身漂亮的衣服。音乐一响，我俩就旋风似的转过了整个大厅，人们那赞赏的眼光紧追着我俩闪来闪去。加丽亚得意地说："我好久没这么高兴过了，跳舞本身是愉快的，被人欣赏也是愉快的。我告诉你个秘密，姑娘虽然爱在人前装得神圣不可侵犯，可是心里还是愿意被人欣赏！"我笑道："小伙子们又何尝不如此？"她说："你也这样？"我笑道："可惜我不漂亮，引不起人们的欣赏！"她笑道："别客气，我还是头一个欣赏你的！"我们边跳边说笑，总是撞着别人。她耸耸肩说："不管他，我快乐的时候，根本不考虑周围还有别人存在！"我说："也不考虑你自己是否存在吧？"

"对极了，这才叫忘我！"转了一转，她又笑道，"我能忘我，你就不能！"

我问："为什么？"

"你忘了自己，可有个人没有忘你！"

本来我已忘了家中的事，她这一提，我的兴致立刻减了不少。便说："咱们

不谈别人好不好？"

正这时，门口有人喊我的名字道："电话，您爱人找！"

"怎么样？"她推开我，笑道，"生命诚可贵，爱情价更高。若为自由故啊……"

我气冲冲地跑出来，到传达室一把抓起电话来大声吼道："我马上回去！"说完，电话里没有人回答，我奇怪了，问道："怎么回事，你走了吗？"

里边干咳一声，低声说："我是问你回来吃饭不，省得我等，又没催你回来……"

我听到她那委屈的声调，再没心思跳舞了，真觉得自己失去了自由。走到大厅去向加丽亚告别，她正和一个穿蓝西装的年轻人跳舞，脸上仍然洋溢着快乐，且还兴高采烈地说着什么。经过我面前时，她只轻轻地点了一下头。我赌气一句话也没说，便走回家去。

我爱人正在桌前坐着，桌上放着冷了的饭菜，见我进来，她把头一扭。

我说："怪不得人们说女同志小气，我就回来得晚一些，也不致这样啊！"

"我对你说什么了，你拿起电话就发凶？"她生气地说，"我妨碍你什么了吗？"

我听她话里有话，急道："好，好，你别说这些，以后不离开你一步就是了！"

"我并没这样要求你！"她喊了一声，又赶紧住了嘴。两只眼睛阴凄凄地望望我，小声说："真可怕，星期六你也不愿回家来了，我们也开始吵嘴了……"

"不要胡思乱想，"我说，"夫妻吵嘴是难免的。"

"唉，既吵开了头，谁又保险不会永远吵下去？"

这阵风暴过去，她睡了。我躺在床上又想起了舞会，想起了加丽亚，想起了大街上和舞会上人们投过来的羡慕的眼光。于是，我不由得看了一眼我们的结婚照片，第一次发现我们的年龄差别是这样明显。我有些害怕地想道："我结婚得太匆促了点吧……"

她翻了个身，醒了。见我还开着灯，问道："怎么还不睡？生气了？"

我摇摇头。

"别生气，也许我们还不善于处理生活问题……不过，你不该连个电话也不给我，"她吻着我，"你知道我站在门口等了多久啊，菜凉了，我去热，热好了，你还不回来……"

"是我不好。"我抚摸着她的头发说,心里却又想起了加丽亚,我觉得自己虚伪得可怕,但又制止不住自己。

加丽亚初来时所引起的骚动,平静下去了不少。许多围绕着她的青年也自动散开了。而且人们提到她的名字时,越来越多的由赞赏变成责难,说她"轻浮,在感情上打游击"。我想,男孩子们追求一个姑娘落了空,总难免说吃不到嘴的葡萄是酸的,所以我不仅不因此改变对她的看法,反倒有些替她抱不平。看得出,她也隐隐有些苦闷,于是和我接近得更密切了。每天晚饭后我们都到什刹海边去散步,或去溜冰。她脑子里随时都能出现奇异的幻想。看到冰,便想到将来有一天马路上的人行道会全用冰铺起来,行人全穿着冰刀。她说:"那时咱俩在星期天就可以散步到天津去。"看到水,她又想到将来她要盖一间双层玻璃的雕塑室,玻璃之间灌满了水。我就说:"将来我为自己设计住宅时,一定为你预备一间这样的水晶宫,把你像金鱼一样的养在里边。"说完,我偷察她的脸色,她并没生气,倒说:"你真是个知音者,我要有你这样个哥哥该多好!"我说:"好,你就做我的妹妹吧。"从这以后,单我俩在一起时,我们就兄妹相称。

有一次我们在什刹海边散步,她手里拈着枝梅花,一边往头上簪一边哼着:"啊,姑娘啊——"唱到半句,忽然停下来,自言自语地说道:"姑娘,这两字多响亮啊,像黄金一样,我一辈子也不让它离开我。"

我笑道:"照这样说,一结婚,黄金就贬值了!那,你是永远也不结婚的了?"

"也不一定,"她笑起来,"也许将来有个人能使我不得不用这黄金似的名字去换他的爱情——谁知道这个人在哪里呢?"

我心里发起热来,以为她在暗示着我。

冬天,加丽亚总是戴一顶灰色的哥萨克式羊皮帽。我很喜欢这样的皮帽,曾问过帽店,说是要过一个月才有,我就等着。妻见我这么冷的天还光着头,便买了一顶长毛绒的给我,说:"你也不要太节省了,条件允许,也该注意一下仪表。"

戴上绒帽的第二天,加丽亚跑来找我说:"你不是喜欢我的皮帽吗?店里有了,咱去买吧。"我毫不犹疑地和她一齐走了出去。半路上,我觉得这样办有点不妥,踌躇说:"等一等,也许我钱不够——"

"我送给你,"加丽亚痛快地说,"全机关就我这一顶未免太孤单了,它要有伙伴。"

她真的不准我付钱,送了一顶给我,并且当着许多店员和顾客的面给我试过来试过去,一边端详着我,一边拍手说:"帅,帅,我要给你塑个半身像,戴这帽子的。"她不顾旁边人的窃笑,也不管我脸红。

我一时大意,星期六晚上戴着皮帽回家了,妻一见便吃惊地问:"你买的?"

我脸一红,支吾道:"不买还有人送?"

"我不是才给你买了新帽子?"

"我……"

"你根本不把我买的东西放在眼里,"她不高兴地说,"我真傻,还以为不买帽子是为了省钱呢!原来人家没找到合适的,哼,越打扮越好看了!"

"她就不懂什么叫美!"我想,"加丽亚就不是这样!这就是艺术修养啊……"

"你为什么发愣?"她睁大眼睛问,"生气了?唉,你想想你这是浪费不是?一个人的好坏不在他的打扮上,在灵魂里!"

"你瞧,劝我买帽子也是你,反过来说我也是你!"为了不使她疑心,我又说了几句笑话,便帮她一起布置饭桌。吃过饭,我倚在床上休息,不知不觉地又想念起加丽亚来。我在脑里重演着我们在一起玩的情景,回忆每一句似乎有意又似乎无意的话,不知过了多久,渐渐地我感到有什么不正常的气息了,为什么这样静呢?我找寻妻,她头伏在桌上,肩膀一耸一耸的。

我意识到她在哭,心里烦躁起来,走到她身边问:"我又没惹你,无缘无故哭什么?"

她不说话。

"到底怎么了呀!"我急道,"有什么话不能说?是不是见我买了顶帽子心疼?"

"你有心事,回家来就自己出神,理都不理我!"

"哎呀,我工作一天累了,你又不是小孩,要人回来哄你!"

她又放声哭起来,呜呜咽咽地说:"咱们谁也不是小孩子,夫妻之间应该怎样生活也都懂得!这样冷冰冰的总该有个原因!"

我急道:"你不要乱扯好不好?"

"谁也不瞎,星期六也不愿回来,打电话一找就发脾气……你根本忘记了还有我这样一个人存在!"

我竭力强词夺理地分辩，可是连我自己也感到了笑声和话声中的虚伪调子。她的眼睛里，从此增加了忧郁和怀疑的影子，我的脾气也更暴躁了。似乎一切都变了个样，以前回家去，老远见到她在门口等我，心中感到无限幸福，现在一见她在门口等我，心中立刻发起怒来，"哼，一刻都不放松我，在这儿盯着呢！"进屋之后，她催我吃饭，我就没好气地说："你叫我喘喘气好不好？"她看我一眼，便赌气坐在床上不响了。过了许久，她又问我："咱们有什么问题当面揭开谈谈好不好，不要这样折磨别人！"我当然不能揭开谈，只好说她："你就是小气，别人随便说几句话你都胡想，这样子别人怎么跟你相处呢？"

她冷冷地笑一笑说："随你怎么说吧，不过我愿对你进两句忠告，往错误路上走的人，开始总是并不太自觉的，而且开头都是从极小的细节上开始……"

我气道："你就是真理，谁对你不好谁就是往错误的路上走，多高明的逻辑呀！"

就这样，我们几乎没有一个星期不吵架！只要一听到她来电话，我心中立刻像坠了块铅，一听说她星期六不能回家，我就浑身感到轻松。

回家，成了我最大的痛苦。

和爱人的关系越坏，对加丽亚的感情也越浓。对加丽亚的感情越浓，也和爱人的关系越坏。到底哪是因，哪是果，我已不甚了然了。

只有一点是明白的：每当我看到加丽亚的可爱处，便暗暗去和妻的讨厌处相比。甚至把妻引我讨厌的行为试放在加丽亚身上，那时就觉得这些行为也是可爱的。于是，我想象中的加丽亚就比现实的加丽亚更可爱、更完美。而想象中的妻，却比现实中的妻更难相处。

我不能否认妻在品质上、在思想上那些值得尊敬的地方，我觉得这对一个革命同志来说是重要的，但不一定适合做我的爱人！既这样，何不换个人？

我作离婚的打算了。

我下了多少次决心，但一到对着妻的面时我就张不开嘴了。我知道她爱我，我提出离婚对她是个沉重的打击，我不忍说出口。我绞尽了脑汁想找一个既不使她痛苦又能达到离婚目的的办法。我找机会说些别人离婚的故事，称赞那些人做得干脆。又偷偷地把俩人的衣服分开箱子，暗示她我已下决心要离开她，但天晓得，当她真的懂得了我的用意，脸色变得那么悲哀和可怕时，我又慌了，又拼命安慰她，不叫她多心，说我这一切行动全是无意的。结果问题没有解决，我们之间更紧张，更痛苦了，我连夜的失眠，她明显的瘦了下去。我痛骂自己这种倒霉的"善良"，却又下不了狠心。

在机关里，我的日子也很难熬。人们已经在说我和加丽亚的闲话了，他们甚至当着我的面说加丽亚是个道德堕落的人，说她是纯粹的资产阶级作风，有人半玩笑半正经地说我"昏了头"，但我又怎么能放弃和加丽亚接近呢？她是那么不稳定，今天给这个画油画像，明天和那个合作漫画，最喜欢和她跳舞的那个穿蓝西装的人（现在穿"皮猴"了，也是蓝色的）仍死追着她，我若把她失掉了，岂不是两头落空吗？

团里注意上这件事了，小组会上大家正式给我提出意见。支书也找我谈话，并且明示我这样下去将为团的纪律不允许。我不能不收敛一些了。可是加丽亚呢，这个冤家一点都不体谅我。有一次，她当着许多人的面约我陪她去买东西，我含糊了一句，她立刻一甩头发走了。我追上去解释，她说："你不去别人会陪我去。没什么！"我说："咱们感情好，何必当着人面表现出来……"

"我跟你有什么不能见人的事？我就不怕别人诬蔑我，你怕受连累不要接近我好了！"

"加丽亚，你冤枉人心……"

她见我真急了，反倒扑哧一笑说："光知道注意别人的反映，就不知道注意一下自己的脖子吗？瞧，围巾都破了，不能换一条吗？"我苦笑道："哪里顾得上！"她说："自己都不爱美，还说欣赏旁人呢？"她把自己一条驼色的解下来围在我脖子上。围巾上带着她的体温和芳香，使我发醉。

但，到底还是痛苦多。我真不知道一个人的脑子竟会乱到那样的程度，我总想把自己的心事整理出个头绪来，却怎样也整理不出来。

组织上交给我设计一个医院的任务。我高兴极了，以为这下精神有了新的寄托，可以暂时忘记这些杂事了，谁知道我在桌前一坐下来，脑子就又转到了加丽亚和我妻的身上去。设计神经病房，我就想到自己提出离婚会给妻带来多沉重的痛苦，为自己的残酷害怕。画到日光浴室我又想起了加丽亚的玻璃雕塑室，加丽亚是这么可爱，我怎么能和幸福交臂而过呢？不，忍受过一时的良心责备，就是一生的幸福啊……就这样想啊想的，日子一天天过去了，连张草图都没画出来。

上边催了，再不能耽误了，我没法叫自己相信这一切都是为加丽亚效劳，设计病房，我就想着她披着轻软的睡衣在屋里躺着；设计阳台，我又想象她在阳光下画水彩画。图设计出来以后，我吃惊地发现自己在舒适、美观上花了那么多心思：甚至显得太豪华了，但已经没有修改的时间。

图纸交上去不久，批回来了，不仅指责了许多地方不适用，形式主义，还在上面写道："一个人的设计风格和他整个的思想感情是分不开的，你的朴素的风格在失去，这是一件值得你深思的事情！"

这个打击使我更加深了一层苦恼，在爱情上我是这么不幸，在事业上我若再没有了前途，我还有什么可希望的呢？我悲观极了，既找不到引起这一切的原因，又不知道应该把这一切怎样结束。

团里专为我开了一个批评会。大家帮我分析，说我的资产阶级意识在作怪，说我道德品质低下。我是这样反感，但又没勇气反驳他们，我说我和加丽亚只是一般关系，顶多是感情趣味上相投些。大家又批评加丽亚的感情趣味，说她是在感情上剥削人！发言最尖锐的正是过去围绕加丽亚的几个青年，你想，我能服气吗？

散会以后，留在我脑子里的只一个印象——这一切该有个结果了，越拖延下去越糟糕！

这天晚饭后，我悄悄约加丽亚去海边散步。偏巧在路上遇上了我们的科长，他是个老干部，在科里威信很高。他用不喜欢的眼色瞅了瞅我俩，对我说："晚上到我这儿来一下好不？"

我答应着，猜到他要和我谈什么，心里忐忑起来。

显然，加丽亚也猜到了这一点，她瞅瞅我，嘴角轻轻一弯，像嘲笑我，又像嘲笑她自己。

我俩各想着心事，顺着海边的笔杨走了半天。她轻轻叹口气说："在咱们这儿做人真难，尤其是姑娘！"她皱起眉来，但那声调却一点也没有伤心的意味，反倒像有点得意地说，"长得漂亮点又成了罪过了，人们围你，追你，你心肠好点，和他们亲热些，人们说你感情廉价！你不理他，他闹情绪了，又说不负责任！难道，这一切都能怨我吗？"

我说："有些话，只当听不见算了！"

"我也有缺点,有点温情主义,喜欢和男孩子们玩玩。可是,难道这样就非逼我嫁一个人才行吗?谁爱出嫁谁出嫁好了,何必管我!"

我笑一笑。

她看看我,小声说:"他们还说我破坏了你们夫妻关系……"

我紧张起来,忙说:"这是哪里的话!"

"我只是把你当作哥哥的,并没有想别的,你如果因为这受到旁人批评,尽可以不理我!"

"加丽亚,我又没惹你……"

我心中顿然一悟,啊,女孩子常常要说和自己心情相反的话:她怕你和她分开。就故意说愿和你分开,她心里真爱你,又怎么好直说出来呢?特别在这众目所视的情况下……

"唉!"她手里拿着个树枝,拍打着自己的裤子说,"最苦闷的,莫过于没人理解你了。"

"加丽亚,"我捏住她的手,低声说,"相信我,我理解你。"

我们挨得紧紧地站着,有好几次我想吻她,但终于压制住了。站了好久,才往回走。想到立刻要去见科长,我一步比一步走得慢。

科长坐在办公室的沙发上,见我进来,将身子一挪,便招呼我坐下。

"上次叫你考虑一下自己在设计作风上的变化,你考虑了没有?"

"想……想是想了,还没想仔细。"

"怎么想的?孤立的,就设计思想考虑设计思想?"

我含糊地应了声。

"那样考虑不出名堂来!"他昂起头,自语地说。他思考了一下,直爽地问道:"你谈谈,最近一个时期,在你心中占最重要地位的是什么问题?"

"生活问题!"我也坦白地说,"和爱人相处得不好。"

"为什么相处得不好?"

我把我的情况和想法大概和他谈了一下。

他沉默了许久,叹口气:"有些人说'爱情问题是生活琐事',我倒不是这样看法,我觉得这个问题上最能考验一个人的阶级意识、道德品质!"

接着他详细地给我讲了一段从前他自己想离婚而又没有离成的故事。抗战前他在家里结的婚，两人感情一直很好，胜利以后他进了城市，接触了好多知识分子，便产生了要和自己老婆离婚的念头。经过几次请求，领导上批准他回家去办理手续了。在回家坐的火车上他碰见有一孕妇要生产，当时整个车厢里的人都忙起来了，有人解开行李撕被单给小孩做尿布，有人从这车厢跑到那车厢来回地找大夫，列车长额上挂满了汗珠，就像那个生产的人是他的女人一样。这一切使老科长有了很多感触，他一边思索着一边和我说："当时我就想，我们这个社会的人，所追求的道德精神，不就是要这样的关心别人，关心集体吗？对别人负责，对集体负责，互相都把对方的痛苦当作自己的痛苦，说穿了，共产主义精神不就是这么个内核吗？我在离婚这件事上，为我爱人着想了多少？她等待我好多年，今天把丈夫等来了，却是来和她离婚的，不难想象，她的思想、她的精神要发生什么样的变化呀？……还有比否定自己整个儿的精神品质更严重的悲剧吗？就算离婚后我能找到一个漂亮的、合意的新爱人，它能弥补我这终身不能挽回的损失不能？在尖锐的斗争中，自己向自己低了头，以后再说自己是真正愿做个真实的共产主义者，恐怕连自己也不会相信了！……"

他的事情，他的话，动了我的心，我有好几次不自觉地联想到了自己老婆那痛苦处境。可是，我又怕我自己的意志软，会真的听了科长的话悔了离婚的念头，等将来后悔失去了加丽亚时再挽救也来不及了。我对自己说："狠一点，一咬牙就过去了！"便竭力、故意地增加自己对科长反感的情绪，心里在说："他说的光是大道理，他是没有碰到我这样的具体情况！你身边有一个加丽亚看……"

我喏嚅地问道："这么说，两个人在性格、作风方面的不同就不能成为他们是否能幸福地生活下去的主要条件了？"

"是的。当然这很有关系，所以任何人在没有恋爱和结婚以前都有权利选择选择嘛！为什么你在恋爱和婚后都很喜欢她而现在变了呢？为什么人家嫁给你以后你又见异思迁呢？"他不放松我，追问道："听说你喜欢加丽亚？"

我含糊地应了一声。

"加丽亚在美术学院因为作风不好被记了过，你倒跟她的性格相投。嗯？你觉得她的作风跟我们健康的思想感情不相容没有？你批评过她这些没有？"

听到他说加丽亚这样，我真吃了一惊，但紧接着，我心里袒护起她来了。是呀，许多人在她那儿碰了钉子，当然不会说她好话！至于美术学院的事，谁知道真相怎样呢？反正加丽亚跟"品质恶劣"四个字连不在一起。莫忘记，科长是在打通我的思想啊，他还会对我称赞她的好处吗，更何况她的许多美处只有我一个人认得出。

科长见我低头不语，以为我动了心了，便叫我回去好好想想。

怎么想呢？说良心话，他的道理没有一句不对，就是有一样：加丽亚是活生生的人，我爱她，也相信她会爱我，我曾想象和描绘了那么多我们将来共同生活的图画，如今一百步走了九十九了，我怎么甘心一刀两断呢？

我知道，如果我认真地去咀嚼科长的话，我自己的良心会受不住的，结果我还是两边下不了决心，那只会无限期地把事情再拖下去。如今从上到下全注意上这事了，哪还有拖延的余地？

我决定回家把事情说穿，跟妻一刀两断！

一想到马上要处理，我又害怕起来。妻的许多可爱的地方一下子又都涌到了我的眼前；从我们第一次见面，她给我留下的好印象，到我们最近一次吵架中她的忍让态度，一场比一场鲜明地在自己脑子里重映开了。我不禁问自己："我真没有冒失吗？我失去了她，真的不致后悔吗？……"

"果断一些！"我出声地对自己说，"照这样犹豫不决，什么事也做不成！"

然而，我还是决断不了！加丽亚呀加丽亚，你若不出现在我面前我不是会平平静静地生活下去，并不感到有什么不满足吗？你害了我！

啊，不，幸福的机会，一生也许就只有一次，如果碰不上加丽亚，也许我今生都不会体验到和加丽亚相处时的愉快，你还是该来的。

另外我也想到，加丽亚尽管跟我很好，但从来没有明确表白过我们的爱情，万一她变了呢？我还是要先试探一下。

我悄悄走到加丽亚宿舍门口，胆怯地敲了敲门。

里边一阵脚步响，门开了。她披着头发站在我面前，笑道："半夜三更，什么事？"

我说："没事，我从来没到你这屋来过，看看！……"

"那就请进吧！"

她的墙上挂着两幅她的油画像，——一个是正面半身，一个是倚在大石柱子上的全身——和一张漫画像，下边各有一个简化的作者的署名。对面墙上，是一张许多穿着滑冰服的人的合影，加丽亚站在中间，周围有一群小伙子。她推了把椅子给我坐。我看到桌上面，台灯前边放着个未完成的半身泥塑人像，便问道："这是我的？"

"你的完了！"她回身从书柜上拿下一个硬纸匣来，递给我说："请自我欣赏吧！"

我打开一看，果然是戴着皮帽的、我的半身像。因为比我本人漂亮，有些不大像我了。我禁不住称赞说："好，好极了！"

她笑道："是人长得好，不是我塑得好。比如我吧，再好的雕塑师也不能把我塑成个艺术品！"

我说："得了，不用塑，你本身就是件最好的艺术品！"

说笑了一会儿，我正打算把话转到正题上去，外边有人敲起门来。

"谁？"加丽亚拉开门，进来的又是那个穿蓝皮猴的，（他又改穿中国式的绸棉袄了，还是蓝色的。）他进来后对我点点头，便在桌的一旁坐下了。

我暗骂他来得不是时候，心想他一定有什么事，索性等他走了再说吧，便随手从桌上拿起本书来乱翻着。

见他的鬼，他也坐在那儿翻起书来了！我看看加丽亚，希望她设法把他支出去。

加丽亚看看我，又看看他，格格地笑起来了，说道："真妙，你们怎么上我这儿演哑剧来了！"

我不由得笑了，他也笑了。

"咱打牌吧！"加丽亚打破僵局说，"赌倒茶的！输了的人给赢了的倒茶！"

我急得了不得，哪有心思打牌！可又不甘心出去让那家伙在这儿——我很后悔以前竟没想到上宿舍来找加丽亚，他一定常常来的！——就跟他们打起牌来。

鬼知道怎么搞的，一上去我就输，还要给他倒茶，而且一点也看不出加丽亚对我比对他更亲热些，到第三盘，我把牌一推说："我不玩了，困得很！"

"别丧气嘛！"加丽亚半玩笑地说，"人们都说赌场上失意，情场上得意呀！"

我觉得加丽亚这话大有深意，立刻浑身都舒畅起来，用胜利者的眼色扫了扫蓝棉袄，说："好，打！"

可是外边也响熄灯铃了。

我恋恋不舍地抱着我的塑像走出屋，加丽亚送我们出来，悄悄对我说："你回去看看塑像的肚子里有什么东西！"

"调皮鬼！"我说完，轻飘飘地向宿舍走去，我等不及回去看，走到一盏路灯下就把纸匣打开了，伸进手一摸，摸出一张纸条，上边写道：

"人还像，只是不知他的心是怎么样的！星期天下午三点，我去北海，你来不？"

一股暖流从心底冲上脑袋，我呼吸都困难起来！一时高兴，便抽出笔来在一边写道："加丽亚，加丽亚，你就要看到我的心了！"

苦苦地思索了好几天，决定最后一次试试妻子，看还有没有"和平解决"的希望。若实在没有，那就让她恨我好了，也许那样更好些！若叫她带着怀念离开我，对她说来就更难忍受，对我说来，也会加深良心上的自责。

星期六的夜晚到来了。

天冷得出奇，北风吱吱乱吼，马路上冷冷落落，偶有几个行人，也把头躲在大衣领里边。悬在街正中钢丝上的电灯疯了似的乱摇着。

我到家时，妻已先回来了，正在火炉上煮什么，满屋都是甜味。她一只手拿着筷子。两眼直瞪瞪地瞅着火苗。

见我进来，她问道："外边冷吧？"

我随便答应着，把塑像放在桌上。她凑到桌前，打开纸匣一看，便叫道："好！"端详了一阵，又说："可惜这人的技术不高，塑得有些走样了。"

我板着脸说："艺术是要夸张一些的，你不懂！"

"干什么单单夸张这顶皮帽和围巾。看！帽子还歪着，"她笑道，"好好的人，弄得像个资产阶级大少爷。"

我说："我本来就不是无产阶级出身，请原谅。"

"你不用凶，"她笑道，"我今后反正不跟你吵架了！真下了决心！"

我觉得她真的有点和平常不一样，暗暗感到有些蹊跷，但又不好意思再板着脸，便假笑道："不吵了，哭起来还不比吵架更烦人？"

"也不哭了，傻瓜才吵架和哭！"她微笑着说，"我想明白了，那样能解决问题嘛？不行！只表现自己软弱无能，反正两人要过下去的，干吗不找个能解决问题的办法，光冲动毫无用处！"

"她是打算一辈子不与我分开了？"我暗想着，有点失措，脱掉大衣后，便拉了张椅子在一旁坐下，心里一边想主意，一边说些没用的话应付她，省得她发现我心不在焉，又伤心。

我问她："煮什么？"

"山楂酱，最近我……"她笑笑说，"我想吃，你不爱吃嘛？煮好，咱们一人装一罐带到机关去吃。"

我不感兴趣地说："算了吧，罐子不好刷。"

"我来刷。"

我便不再说话了。她也不像平常那样追问我为什么不说话，只一边搅锅里的山楂，一边对着火苗出神。我觉得她有些异样，但没心情去关怀。坐了会儿，我说困了，便先睡下。

睡到半夜，一翻身，我觉出床在轻轻地颤抖，注意了一下，听到她在被底下抽泣。

"讨厌，和这种人一起生活就是哑巴也会发脾气！"我心想，不愿理她，扭过身去。

过了半天，她还不停，我忍不住了，回过头来喊道："你有什么委屈的，说出来好不好，只是哭！别人老远回家来就是听你哭的？"

她不回话，哭得更响了。我觉得再在她身旁躺下去，浑身要烦躁得炸裂，便一撩被子，披上大衣下了床，拧开灯，从桌上抽出一本小说来，坐在火炉旁看书。眼睛看着书上的字，脑子里却想着其他事。我对自己说："看来只有离婚才能从这种痛苦里解脱出来了，这算什么生活？每星期六都这样度过！科长光知道讲大道理，让他来过两天这样的生活看！……"

过了许久，我觉得又冷又困，她也安静下来了。我才又回床上去躺下，一边盖被，一边生气说："你考虑一下，这屋子并不是只有你一个人，你只顾耍脾气，别人怎么忍受？我们都是平等的人，我又没有压迫你。"

她沉默着。我躺了一会儿，就睡着了。

第二天我睁开眼，她已在地下缝东西。炉子周围烤着我昨晚脱下的内衣，干净的衣服放在我枕边。我心里鄙视地说："真是一个不直爽的人，心里明明对我不满，表面上还这样做！加丽亚决不会这样。"

我一边穿衣服，淡淡地问："缝什么呢？"

她头也不抬，说："手套，你的！"

"歇一会儿吧，我打算买呢！"

"我知道你不会戴它，但既做了，就做完吧！"她忽然口气转为凄然地说，"什么都应该有始有终不是？"

我走下地，见她两眼红肿得厉害，便说："你瞧，昨晚你自己说的，再也不哭了，结果倒哭得更厉害了！"

"你放心好了，今后再不叫你看见眼泪。"说完，她轻轻叹了口气。

我讪讪地找些话来问她，她回答得很平静。我想："她平静下来了，该找机会摊牌了。"

吃饭时，她突然说道："我今天下午有事要回去！"

我说："正好，我下午三点有个会。"

她隐隐地冷笑了下说："碰得真巧！不过我下个星期不一定回来了。"

我说："那——我去看你好吗？"

她冷笑道："不必啦，我们那儿同志也多得很，这个家，也确实叫人痛心……"说着，她又对着窗发起愣来。

望着她那委屈、痛心的神色，我也很难过，心想："快刀斩乱麻，一下子了啦吧！"便把口气放得极缓和地说："我问你一句话，你不要动感情，冷静地、理智地考虑一下再回答我好不好？"

她震动了一下，随即平静下来，两眼瞅着地说："你说吧！"

"你是个好同志，我也爱你，可是，你考虑一下，你跟我性格相投吗，共同生活下去会有真正的幸福吗？你不要生气，你冷静下来想想，……"

"我知道你要提这问题了！"她似乎胸有成竹地说，"我先问你一个问题好不？"

"好！"

"你坦白地说，你最不满意我的是什么？"

我脸红起来结结巴巴地说："咱们个性不同，我常使你痛苦，我也很惭愧……"

"不必拐弯！"她脸色苍白地直视着我说，"我们到底共同生活了许久，互相还是知道些根底！什么个性不同，我们开始不是相处的挺好吗？我替你说好了，我年纪比你大，我长得不漂亮……"

我忙解释："你……"

"不用解释，不用担心我会受不住，我用不着人怜惜的！"

我急道："你别误会，我早说了，我只是提个问题，叫你别冲动……"

"没有什么误会，我又不是孩子！"她顿住，眼睛一转，落下两颗泪来，她急忙转过身去，背对着我问："我只问你，当初我说我年纪比你大，要你认真考虑，你为什么说考虑好了？……说什么，全怨我自己没出息……"

"你别急眼！"我说，"我只是问问，又没提离婚！"

"你怕负责任，怕我怀恨你，不敢提！"她转过身来，冷静地说道，"没关系，我主动提出来好了！我并不是要求好坏有个丈夫！我要的是真正的爱情，俩人这样敷衍下去都没好处！以前我一直存着个重新和好的希望，现在我明白没希望了。不会拖的！"她说，从椅子上提起手提包，头也不回地走出门去，又回身轻轻地把门拉上，就好像平常回去一样，一点暴怒的痕迹都没有。

我麻木了似的望着门，骤然间堆上了一大堆问题在眼前：桥拆了，她的心伤透了，再也没有和好的希望了！可是，我面前的路真的像平日想象的那么美吗？会不会再想回来又回不来呢？加丽亚万一……天哪，我本以为一解决了和她分离的问题，事情就会单纯下来，我的脑子会安静下来，哪知道，反倒更复杂了，更乱了！这屋子挤得人喘不出气来，我得出去，赶快去找加丽亚，可是她说的三点钟在北海等我，现在才十一点。表啊，你怎么不走了？

我披上大衣，锁上门，走到了街上。外边风小了，雪花大片大片地往下落着，我不坐三轮，也不坐电车，昏头昏脑地在街上乱走，从隆福寺走到东安市场，又从东安市场走到王府井南口，一路上我什么也没看见。有好几次我被三轮工人从马路上推开，他们还指着脸挖苦我，我不跟他计较，也不生气，只随着旁人走去。

好容易到了两点半。我跳上一辆三轮，拍着车厢喊："北海，快！"他要撑篷，我说："敞着痛快。"

三轮在雪地上飞驰起来，我却急得恨不能跳下去自己跑。雪越下越大了。金黄色的故宫屋顶全变成了银色的，已经分不出哪是御河，哪是白玉石的河岸。我不停地擦着脸上的雪水，望着北海前门。

终于看到了啊!

加丽亚像朵艳丽的花站在白雪中,她穿着一件紫红色的呢大衣,白色镶红边的毡靴。我大声喊道:"加丽亚——"

她提起一只黄黑两色的毛手套,跳着喊起我的名字。车还没站稳,我就跳了下来,我握着她的手觉得有千言万语要马上倾泻给她。

"瞧我选的这块地方怎样?"她闪着长睫毛,冻得红红的脸上堆着微笑:"北海的雪景,多美呀!咱们上后山去玩,堆雪人,嗯?不要走桥上,从冰上滑过去!"

我俩手拉着手在冰上边走边溜。

我拉着她,心中打着腹稿,准备尽量"艺术"地把事情说给她。她呢,大声地笑着,跟我谈雪,谈梅花,谈鸟,就是不问关于我的"心"的事。

我耐不住了,上岸时,一边小心地扶着她,一边笑道:"你不是要看我的心吗?我带来了!"

"啊?"她疑问地看看我,随即笑起来,"那就掏出来看看。"

"我和爱人离婚了。"说完,我打了个冷战,紧张地望着她的脸色。

"真的?"她停住了脚,思索了一下,说:"既然离了,我说句话也没妨碍了,本来我就觉得你结婚早了些,尿布、奶瓶、火炉、家庭……唉呀呀!这些俗事会把任何一个天才的想象力全磨光的!爱情本来是诗,可是一弄这些,哪里还有诗?"

我有些茫然地看着她,不知说什么好!

"还有,理想的爱人要慢慢发现啊!"她甩甩头发,笑道:"不结婚时,你有爱五亿九千九百九十九万人的权利,和被他们爱的权利!一结婚,完了,只能守着那一个人,老早把自己缚在一个人身上,再碰到理想的人时,后悔也来不及了!"

"加丽亚,别净说这些!"我靠近她说,"我假如没有新的爱情来补偿,马上会疯的!"

她笑道:"你现在自由了,爱谁不可以?"

我鼓足了勇气说:"我爱你!"

她歪了歪头,从地上拾起一块湿漉漉的石子,朝松树上的乌鸦投过去,乌鸦"呀!呀!"地叫着。她回过头来说:"我没权利不准人家爱我,可有一样,你不要一翻脸,又去给我提意见,说是加丽亚害了你!"

我急道:"加丽亚,我说的是真话,你明白我现在是处在什么样的地位上!"

"唔?"她住了嘴,看了看我的脸色,马上收住了笑容,咬着嘴唇看了一会儿自己的脚尖,抬起头来时,又换成了平日的神色,无所谓地说,"你想叫我嫁给你?嗯?"

我吃惊了,她怎么真像心里没有这件事似的,我说:"你该明白我的心!"

她脸上现出得意的神色,两颊更红了,她说:"坦白地说,我从来还没有考虑过出嫁这件事,它距离我还远得很呢!我跟你说过,我不轻易离开姑娘的地位!请你原谅!"

"啊?"我像头顶被人砸了一石头,两腿软了下来,我气喘着说:"加丽亚,我为你才离的婚,你怎么……"

"什么?"她叫一声,想了一想立刻指着脸跺着脚哭道:"你吓我,你把你离婚的罪往我身上加,威胁我嫁给你!我不怕的!啊,我怎么办哪,所有的人都欺侮我!"

她哭着,也不顾怜惜衣服,背靠着树摇起来。

我走上去,抚着她的肩哀求地说:"加丽亚,加——"

"走开,走开,知人知面不知心,我把你当哥哥,你却暗算我!跟我谈这样的话,谁让你离婚来?你这样说出去,大家更抓住打击我的借口了,设计院我待不下去了……"

"加丽亚,冷静一点,加丽亚——"

"走,走,你不走我走!"她推开我,回身就跑,我追着她,拼命地喊道:"加丽亚,加丽亚!"

正好有两个人从山后转过来,一见我们这情景,惊住了。我脸一红对加丽亚喊道:"你放心吧!我还并不像你想象的那么卑鄙。"离开了加丽亚,自己朝山上走去。

我两只脚机械地,走啊,走啊,走个不停,恨不能一拳把身边的东西全毁了,一边走着,一边觉得自己脚下的雪地在往下陷,马上就要把我跌进深坑里去了。

我怎么了?我闹了些什么?这一切是真的,还只是我脑子里想象的?

我觉得两腿沉重地抬不起来,走进一个亭子里坐下了。我靠着亭柱,想清理一下脑子里的一团乱丝,但我清理不出来,想来想去只有两句话:"老婆走了!

加丽亚并不爱我！只剩下我自己了！"

天暗下来了。雪仍无声地往下飘着，公园里寂静得不见一个人影，西边的大楼上，冒出稀稀的黑烟来。隐约地听到了园外街上的熙攘声和看到电车的火花。冷，冷得浑身发抖。我无可奈何地走出园门，雇了辆三轮，回到家里去。

屋门锁着，我想起这屋门是我自己锁上的。接着，从我结婚时起，在这屋里发生的一切都又重新涌上了我的眼前，不知为什么我把自己摆在我爱人的地位上去想，我假定我是她，天天想她，一到星期六早早地回来把一切准备好站在门口风地里等候她，等久了，打个电话问问，可是得到的回答却是怒斥和冷淡。……我这才第一次看到了自己那冷酷的面目。怎么搞的，我是这样一个无情的、狠毒的自私小人啊！她竟忍受住了！

我的眼圈湿了，我恨不得立即找到她，向她诉说一切，让她随便怎样惩处我！我不要她饶恕，我在道德上犯了罪，我伤害了她！

门锁着，我不愿开门，怕看到屋里的情景自己会忍不住！我跟跟跄跄地离开家，往机关走！

"全是加丽亚，这个狠毒的人！"我走着，咬牙说。但是，一个反对的声音在我脑子里问道："机关里人有的是，有结了婚的，也有没结婚的，为什么只有你被她害成了这样？"

于是，我和加丽亚的初次见面，我们的交谈、散步……都重新涌到眼前来了。我这才第一次冷静地重听了我俩每一句"有诗意"的谈话！重见了"有情感"的每一次来往，我发起烧来了，多卑鄙呀，什么"诗意"，不就是"调情"吗？什么情感，不是自我"陶醉"吗？这不明明是我那些已不知不觉淡下去了的"趣味"又被加丽亚唤出来，蒙上了自己的眼！被资产阶级感情趣味弄昏了头的人啊！你虽然和爱人结婚很久了，但你并没认识到她的真正可爱处，因为，原来并没完全爱她最值得爱的地方……

日常同志们对我的批判、科长说的话，又都像石子似的重新打在我的心坎上。

想这些做什么，现在什么都没用了，迟了。

我以后的日子怎么过呢？永远沉陷在孤寂的、悔恨的心情中吗？我才二十多岁呀！啊！我原来不是都很正常，未来的生活也看得清清楚楚的吗！我怎么把自己从正常生活的轨道抛出来了呢？

……

被脚下的石头绊了一下,我清醒了过来,看到前边已是机关的大门了。看到这个大门,我更加清楚地明白了今天发生的一切。原来一切都结束了,只剩下我一个暴露出原形的、没有人同情的"小人"了。妻子寒到那种程度,不会回来的;加丽亚只担心着我会对她有什么不利,自然也不会再理睬我!同志们呢,同志们……我的眼又模糊了。

"×同志,您的东西!"门房老李认出我,老远就喊起来。我擦擦泪走上去,他从屋里拿出个布包来给我,说:"您爱人四点多钟时送来的,她说忙着去赶火车,没工夫等你回来了。"

"赶火车?"我浑身战栗了一下,手忙脚乱地解开了包裹,没防备从里边滚出一个玻璃瓶来,落在地上摔破了,溅得满地都是果酱。包里是今早上换下来的衣服。中间夹着一封信。我抽出来,头一眼看见的是加丽亚塞在我的塑像中的那个便条,我挺奇怪,赶紧看那封长信。

……

我难过极了,心里乱得很,唯一的希望是你耐心地把它看完。

昨天上午,我去医院检查身体,医生给我贺喜,说我怀上小孩了。当时,我立刻想起了我们最近的生活情形。我们在一起共同生活的不好,这样下去,对不起我们自己当初的愿望,更对不起这没出世的小宝宝!我想,我是有责任的,我在感情上要求你的多,在思想上关心你、体贴你的少……在医院,我就下了决心,今后不再哭闹了,要耐心地和你商量,帮助你分清是非!

可是,还没等我把这一切告诉你,我收拾屋子时,无意中发现了这个纸条!我以前只风闻你和另一个女孩子在感情上有些不正常,但真没想到竟发展到这地步,这对我的打击太大了!我伤心极了,慌张极了,苦苦地想了一夜,我又替孩子伤心,他有什么罪过,一生下来就碰到这样难堪的处境,这全是我们的不好,我们不配做父母。

当你刚才提出离婚的问题时,我就抱着"干脆利落"、不要你怜惜的心情回答你的。但回答之后,我难过了,甚至有些后悔了,我在屋里不能待下去了,我不愿在你面前表现出软弱,我走了出来。

明天我开始休假,我本打算在家住些天,现在,我觉得一个人住在那间屋里是一种不堪忍受的折磨,我决定立刻回天津家里去!咱们分居一个时期,也可以更冷静地考虑问题!

我不知你爱的另一个人是谁。我虽不满意她,但我决不毁谤她,我只希望你想一想,一个不尊重别人幸福的人,她会给你带来幸福吗?

亲爱的(让我还这么叫你吧!),我爱你,我真担心你会走上错路——在这些地方你是那么叫人不放心,你最近在各方面都有变化,在爱情上的变化只是思想意识变化的一部分反映,我过去没有严格地提醒你注意这些,现在又没有机会来提醒你了!你自己也该注意一下才好!

也许,你看见这些话会更对我反感了!不要以为,我是用这些威胁你要你不离开我!不,虽然我爱你(甚至觉得现在比以往更需要你的爱情),我一想到和你分开就疯了似的浑身战栗,可是如果你不再爱我,不愿再重建我们的爱情,我决不祈求你怜惜!

算了吧。话是说不完的!

……

我看完一遍,没有懂她说了些什么,又急急地看了一遍,才模糊地觉得她还在爱我,还可以饶恕我。我急忙跑出机关大门,跳上一辆过路的三轮喊道:"快,快!上东站!"

门房老李在后边喊:"同志,你的东西,你的……"

技术员讲着,讲着,发现听的人一点动静都没有,问道:"怎么?都睡了?"

"没有,没有。"

"你说下去呀!"

"唔!"他安慰地吁了口气,想了想说:"完了,你们知道的,我没有离婚!"

听的人说:"你到车站找着她没有,回来以后又怎么样?事还多呢,怎么完了?"

讲故事的人说:"回来后,为了重建我们的爱情,两人也还费了好大力气的,不过,那要讲起来就太长了,明天还上班呢!"

沉默一会儿,他笑了声:"最好星期天你们上我家去做客吧!耳闻不如一见哪!"

三人下棋

李惠文

中午,烈日当头,空气燥热,树上的知了拼命地叫着。进村的羊群紧紧挤成一团,从村西的土地庙前赶过去。庙后的水坑边上,几头母猪在那里打泥。

庙东上坎一个独户人家的后角门开了。走出一个膀大腰粗的汉子来,他约莫四十岁,红堂堂的方脸,肉乎乎的大耳朵。那双似乎天天熬夜的罩满红丝的眼睛,总像挂着重重的心事,有时紧眨眼皮,有时却痴呆地发直。他头上戴一顶用草根编制的草帽,光着膀子,绛紫色的肩头上搭着一个麻袋片,直奔土地庙而来。

这人是第二生产队队长,名叫薛诚。入伏以来,他每天吃完午饭都习惯来在小庙台上,大槐树荫凉底下,把那麻袋片往庙台的青条石上一铺,从土地佬的香炉顶上拿过一块砖头,再脱下一只鞋来当枕头,仰面朝天一躺。也许有人会以为这里舒舒服服,小凉风一吹,管保眨眼工夫就能睡着。可是不然,他眼睛一闭就像进了电影院,队上的事情就一幕一幕地演开了:

也许老饲养员对他说:"队长,我给你提上条意见,你得破开面子,嘀咕车把几句,鞭子少往马屁股上抽。"

他躺那寻思:饲养员说得对呀,当领导是应该破开面子,这毛病得改。

也许车把对他说:"队长,你哪点都好,就是办事不干脆,太肉。"

他躺那寻思:车把说得也对,这真是个大毛病!得改。

他就是这样一个肯思忖别人意见的人。

现在他脑里演的却是另一幕：午前，在地里铲地，歇晌的时候，他跟大伙商量：三遍地快铲趟完了，车马人夫到底干啥好？有的说上山搞副业，车马拉石头去；有的说集中力量压绿肥，为明年增产打基础。外号叫"二八月"的刘老疙瘩却说："你当队长的就是看人待着心里难受，三遍完了，就歇伏嘛。在过去，挂了锄庄稼人净坐在树根底下听瞎子说书……"

"二八月"的话还没说完，大伙就你一舌头他一嘴，顶了他一顿，气得"二八月"眼珠子都要冒了出来。

薛诚不那样，他说："大伙听着，让老疙瘩把话说完。"

"二八月"气呼呼地说："我说个屁！有话我烂肚里，当屎拉去，喂狗！"

"你别来火，老疙瘩。"薛诚温和地说，"你说你的，我侧耳听哩。"

"二八月"看队长很诚恳，气消了一半，说："你愿听我就说。"

可是大伙一拍屁股："咱不听他的，干活。"呼啦散了。

薛诚说："大伙走了，这回你都说了吧。"

"二八月"鼻子哼了一声，说："我说你也不能听我的，爱听不听。叫我看，人马歇一气儿，养足劲好秋收。上山打石头，挺热天，把马累趴蛋，哪头合算？看大伙那样儿，我是懒蛋了。我刘老疙瘩过去是二八月庄稼人；如今，队长你说，我一年搭几个工？"

薛诚寻思一会儿，心里说："老疙瘩卖的这饽饽，里头也有点甜味。"

薛诚就是这样人，什么人的意见他都不小看一眼。他的耳朵就像汪洋大海一样，哪条河流都能收容，然后经过他脑海的波涛冲洗、澄清，把好的东西集中起来。他就是依靠这个法宝，队里的生产才搞得轰轰烈烈，扎扎实实。要看春天开始播种时那些困难，现在别说三遍地，就是一遍也得冲西北磕头。当时，和人家第一队比较，车马都不如，可是现在竟然跑到第一队前头去了。尽管如此，他可一点也不骄傲。他思忖着搞农业不同干别的，粮食不进仓，不能算数，一步也松懈不得，迈着这步就得想下步。

薛诚正躺在小庙台上想心事，猛然听到一串脚步声。他扭脸一瞧，正是第一队队长蒋贵，一步三晃朝小庙这边走来。这是个小胖子，个儿不高，胸脯挺挺的。一双不大的圆眼睛，总是充满着无所谓的神情。他腋下夹着个小纸包，走到庙台跟前叫道："醒醒呗，老伙计，好长时间没玩了，这儿凉快，玩一盘怎样？"

薛诚坐起来说："玩两盘也得输给你，我先拜你为师。"

"你照这话说去吧，不是咱姓蒋的吹，跟你这把手玩，得让你个车。"

"我知道，你是五虎上将。"

蒋贵打开腋下夹着的棋包，铺在青条石上，说："你拿红子，红先绿后，得让你先走。"

以前，他们两个人，经常在一块下棋。可是今天蒋贵却不是专为下棋来的。他是拿下棋作引子，找薛诚求助来了。这两天把他急得直冒火星子，眼看别的队都快趟完了三遍，就自己队落在后边，偏偏在这个节骨眼上两匹大马在河边上喝呛了水，一块病倒了。他着急的是不久前省报来位记者，和他谈了半天，这以后，他像驾了云，到处飘扬，等着报上给他登一条，想不到飘来飘去落到了现在这个地步，怎不让人着急呢！他想找薛诚借匹马使几天，拿啥交换都可以。不过，他一时又不好意思张嘴。因为去年冬天曾向薛诚借过一回马，上山拉石头去。由于注意安全不够，到山上正赶放炮，一块石头飞落在马头上，活活把马砸死了。薛诚为这事哭了一大场。这次他当然不好意思见面就张嘴，他等下起棋来之后，抓住什么机会顺便提出来，碰钉子也不至于弄一鼻子灰。

两人摆好了棋子，按照红先绿后，薛诚先走，头一步就是当头炮。

蒋贵冷吸一口气，说："好厉害呀！"

薛诚诙谐地说："怎厉害也没你那一炮厉害，活活砸死我一头大马。"

蒋贵尴尬地一笑，说："那事过去了，别提它。你当头炮，我把马跳。"他走了一步马。

论起下棋的技术，薛诚的确不是蒋贵的对手。所以，蒋贵动不动就想让对方一个车，以显示他的棋术高明。要是有几个人围着看热闹，不管多高的手帮他支招，都白扯，他连寻思都不寻思。薛诚呢，可不那样，哪怕刚会"迈步"的人帮他支上一招，他都要考虑考虑。

现在，他俩下棋，走过几步，没费吹灰之力，蒋贵就把薛诚的大马吃掉一匹。蒋贵不免得意起来，身子往青条石上一仰，唱起《武家坡》来："一马离了——西凉界……薛平贵……"唱着唱着霍地又坐起来，问道："老薛，上回省报记者来，没和你谈谈？"

薛诚一边考虑棋步一边说："谈了，咱没啥经验又没啥成绩，有啥可谈的。"

蒋贵说:"我谈了三个多钟头,记者记了半本本。你真不行!"

"所以我才拜你为师嘛。"

"你就照这话说去吧,该你走了。"

薛诚丢掉一匹马,给下步棋带来很多困难。他考虑来考虑去,考虑不出好步来。假如这是工作的话,遇到这样的困难,他早找大伙商量去了。可这是下棋呀!

"你们俩在这下上啦!"突然从庙旁的大槐树后边,有人说了这么一句话。俩人回头一看,原来是大队党支部陈书记。这位老书记高高的个子,圆乎乎的胖脸,笑眯眯的眼睛,还是那样令人可亲。他刚从田里检查工作回来,走得满头大汗。他发现蒋贵那队的铲趟工作落后了,决定找蒋贵谈谈,帮助出出主意。对于下边干部他是十分了解的,特别是蒋贵这个人,有点成绩就满天搁不下了,胸脯挺得好像怀孕的女人。春天往地里送粪的时候,他就对蒋贵说过,让他和社员们商量一下,把闲着的那台车也套出去送粪,活计往前赶,事事争主动。可是蒋贵把腰一叉说:"陈书记,你就放心吧,我早就料当好,不是在这吹,凭咱这套人马,我把一只手别在后腰上,也能和他们比一阵。"现在全露馅了。陈书记很替他着急,从地里回来,没顾得回家吃饭,就到蒋贵家去了一趟,蒋贵不在,却在这碰上了。

陈书记撩起布衫的下襟,擦擦头上的汗水,拿着草帽当扇子,一边扇凉,一边笑眯眯地瞅着棋盘。瞅了一会儿,他说:"老蒋,棋下到这时候,你的车怎还没出来呢?"

蒋贵耸了耸肩膀,说:"陈书记,你不用帮我支招,出车赶趟,就凭我这套人马,手别后腰上也和他干一阵。"

"还是出车有力量。"陈书记又说。

"用不着,完全用不着,你还没看出我的步来。"

陈书记把身子往薛诚这边挪一挪,忽然感叹地说:"哎呀,我才看见,老薛你的马怎少了一个?"

薛诚说:"是老蒋用炮打去的。"

陈书记诙谐地说:"你怎不知接受教训?去年冬天的事你忘了?"话音一落,三个人一块笑起来。

薛诚说:"这回我可要接受教训了,就剩这一匹马,我一定得保住。"

蒋贵一听薛诚说出这话，便觉得是个机会，一笑说："老薛，我今天可真是为马的事找你来了，正好陈书记也在这。你们三遍地都快完了，我二遍才开始，你得借我一匹马，咱也不白使唤，要钱给钱，要草料给草料，等价交换嘛。"

薛诚笑着和陈书记对一下眼光，说："嘿，多会拿人开心，你连车还没出呢，我就剩了一匹马，怎能借你？"

"我说的是真话，不是和你闹着玩。"蒋贵诚恳地说。

陈书记接过来说："老蒋，是得抓紧呀，我到各队地里全走了，就数你们差得远，得发动群众想办法啦！"

"那点事都在我脑里装着呢，陈书记你放心，老薛要是能借我一匹马，多套一副犁杖，保证三天撵上他们。"蒋贵说话仍是那股劲。

薛诚笑说："你不用将我军，马借给你，可你也不能以为借了这匹马就一步登天。"

蒋贵说："我不是对你吹，要不是我那两匹马喝呛了水，还能落你后头！"

陈书记说："要我说根儿不在那两匹马病了，春天的时候，你要是把闲车都套出来送粪，到时候就及时播种，播完种就接着铲趟，活计就步步赶在前头了。"

蒋贵说："倒是有那么一点，不过还不全怪那个。"

陈书记看他那不虚心的样子，知道这阵子和他争论这些也没用，转脸对薛诚说："你们铲趟完了，就抓紧压绿肥，天头热要注意劳逸结合，养足劲迎接秋收。"

薛诚点着头，说："对，对，'二八月'还特意向我提了这一条。"

陈书记还要往下说什么，蒋贵却拦过话头说："怎么？你还能听那号人的话！当领导的耳朵不能太软了，工作全靠领导的巧安排。压绿肥、种荞麦、准备秋收，还得安排社员生活，这些工作都得全盘考虑。"

陈书记那对笑盈盈的眼睛，从蒋贵的脸上移到薛诚的脸上，又从薛诚的脸上挪到蒋贵的脸上，好像在寻找什么。过了一会儿，他说："我还忘了一件事，"随手从腰里掏出一张报纸来，"老薛登报了，看这大标题：虚心向群众请教的队长……"

顿时，蒋贵的脑袋"轰"地一下子，好像爆炸了，汗珠子一个跟着一个往下滚。他两眼直愣愣地瞅着薛诚，人家还是那样若无其事，似乎没有一点特殊的感觉。

为了打破这个难堪的局面，陈书记又把话引到棋上来，问："该谁走了？"

蒋贵抹了抹脸上的汗珠子，无精打采地说："该老薛走了。"

薛诚考虑半天，挪了一步卒。

蒋贵刚要跳马，陈书记问："还不出车？"

"不用，我只拿半边子就能赢他。"

陈书记只好把身子全部侧到薛诚这边来，帮助薛诚支招。就这样走来走去，一个卧槽马，一个大明车，就把蒋贵的老将困住了。蒋贵还没在乎，认为棋有千招变，他呕尽心血想招，可是无论如何也挽救不了老将的厄运。最后只好长出一口气，说："输了。"

陈书记含蓄地问道："老蒋，这盘棋你知道输到什么地方了吗？"

"知道，就怪我那两个马离河太近了，喝了呛水，回不来了。"老蒋说完，尴尬地笑了笑。

薛诚也笑了，说："要我看不怪那两个马离河太近了，就是那两个马能回来也不赶趟。根本问题还是怪你没有及时出车。"

"对喽，"陈书记说，"我早告诉你出车，你不听话，总认为没关系，这回直眼了。你应当好好学习毛主席那句话：虚心使人进步，骄傲使人落后。老蒋，你说对不对？"

"对，对！"蒋贵困难地回答出这两个字，也仿佛学着薛诚的样子，虚心地点着头。沉默了一会儿，他对薛诚说："不过，方才这盘棋要不是陈书记帮你支招，你也赢不了，你说对不对？"

"对，对。"薛诚照旧点着头说，"可是，你要听陈书记的话，早把车出来，也没这码事了。"

"那就不用提了！"蒋贵抹着脑门，说，"老薛，马是不是一准借我了？明天我就拉去，怎样？"

薛诚说："我是答应你了，可还得和社员们商量一下怎样等价交换，采采大伙的意见。你也得回去和社员们合计合计再拉马。"

"对，是得那样。"蒋贵不好意思地搔了搔头皮。

老艄公

李云德

一

太阳隐没在西山顶，山巅上空的云层立刻被晚霞染红，暮色像淡雾似的向杨家渡口的河面上洒下来。

离家十来年的清云领着爱人霞雯向河边走来。澄清的水，又平又稳，微微涌起浪波，弯弯曲曲地顺山根流来。到山头往西南一拐，水突然急了，这时，绿色的河水，好像故意显示它的威力似的，奔腾叫嚣着，向那岩石森严的黑山峡中直泻下去。他们望见了河水，更加紧了脚步。

河对面，沿河边是一排垂柳，在后面是碧绿的山丘，在由山口到渡口的曲曲折折道边的几棵高大的垂柳中间半露着一座矮矮的小草房，这就是清云的家。清云自小就住在这里，每天跟爸爸在河上打鱼和摆渡，直到参军那年才离开。现在他转业到工厂工作，回家来接爸爸，对久别家乡的一景一物是多么亲切呀！霞雯呢？她是个会计，从小就是在城市里长大的，这是头一回下乡。那巍峨森严的山峡，澄清的河水，都使她高兴。不过，她怎的也看不出像清云跟她讲的那样美，照清云的说法，这里简直就是花园，他的爸爸是个英雄。景色是这样，她又急着要看那位英雄爸爸。

他们还没有来得及喊叫，就从河对岸柳荫下划出一条小船。一个头戴草帽的老头站在船头，灵活地操着桨，船飞也似的破水前进，荡起浪花，惊得一群水鸭子凌空飞起，抖搂着翅膀在老头的头上盘旋一圈，向急哨飞去。

清云高兴得"啪"地拍一下霞雯的肩膀，用手一指，嚷："看，爸爸来啦！"

霞雯一震，随即眺望着急驰的小船。船越来越近了，老头面孔越来越明显，宽大草帽的帽檐下露出一绺白发，古铜色的脸上布满皱纹，而且消瘦，一双发光的眼睛嵌在深深的眼眶里，胡子也有些灰白了。不过，他精神饱满，撸着胳臂，扎着裤腿，生气勃勃地站在船头，满身是劲地挥动手中桨。他也看清他们了，一边嚷着一边加劲地划。船一靠岸，老头就一高跳下船，张着双手扑过来，颤抖着胡子嚷："哎呀，清云！你可回来了！快过来让我看看！"他把儿子拉过来，用他那粗大的手捧着儿子的脸，点点泪花流在腮上。

霞雯看他爷俩的样子觉得好笑，当老头松开儿子的时候，她不大自然地向老人施了一礼。老头这才想起儿媳妇，急忙抹去眼泪，一时不知怎样做好，搓搓手，拙笨地点了点头说："你看我这是怎么啦，我说，走道很累吧！"

"不累！"霞雯说。她看老头儿那拙笨的动作，强忍住了笑。

老头儿瞅瞅儿媳妇。儿媳长得挺秀气，白白的圆脸蛋，腮上浮着红晕，秀气的鼻子，毛茸茸的黑眉毛，衬着水灵灵的大眼睛，滴溜溜地流露着娇气。她是个出色的儿媳妇。不过，老头心里不大喜欢，他觉得她太娇嫩纤弱了，不像个劳动人。

上船后，清云悄声地向妻子问："我爸爸很好吧？"

霞雯微笑地瞅瞅丈夫，薄薄的嘴唇微微一动，不过她没有回答。她转脸望望老头儿，老头把草帽推在背后，挥动着筋肉突起的手臂，向在头上飞着的水鸭子嚷："喂，爱吵闹的家伙，看看吧，我的儿子回来啦！"接着又哼起山歌。霞雯觉得好笑，心里想："他真是清云的爸爸，爷俩的性格差不多。"她转脸见清云还等着她回答，她轻轻一笑，算是回答了。

这时，老头儿转回头说："你们饿了吧？我回去就给你们做饭吃，缸里还养着两条鲤鱼。你们呀，我接到你们的信就心慌了，白天晚上地盼，现在真的回来啦！"

"爸爸，这回跟我们一块走吧，省着你老想儿子。"霞雯抢先地说，又回头望望清云。

"走的，走的！"老头高兴地说。他喜欢媳妇这样会说话，心爱地瞅着两个年轻人,又说:"我知道我留不住你们,我要跟你们走的,为什么不走呢,这里无牵无挂,你们那拴着我的半根肠子。"他向两个年轻人点点头。"我老了,人老了就是个贱坯,不管儿子高不高兴,他总愿意在儿子跟前。没有事干,我可以抱孙子!"他摸摸他那灰白的胡子,幸福地笑了。

霞雯脸上涌上一层红晕,害羞地瞅瞅清云。清云微笑着说:"好,我明天就到乡里给你办户口去!"

小船漂荡着,一家子沉浸在幸福中。

二

黄昏。

原野上的最后一片霞光消失了,一切景物,好像都罩上一层薄薄的淡蓝色的柔纱。月亮刚刚爬上树梢,就被飘来的云彩遮住了。清云到区政府办户口没回来,老头还在河上摆渡,屋里只剩霞雯一人,坐在窗台上,望着奇妙的山区景色。突然,一只猫头鹰嘎嘎叫着掠过屋顶,她吃一惊,回头望望,屋子里黑洞洞的,老鼠在箱子底下打架。她有些害怕,想打开灯,四面找了一阵,才想起乡下没有电灯。她找了好长一阵,在供灶君的板上找着了小煤油灯,可是找不着火柴,心里急躁起来。不知为什么,她总是用批判的眼光来看待一切,黑洞洞的屋子,简陋的摆设,这一切她都不顺眼,她想:这儿要和城市比起来,一切是多么原始啊!

"你怎么不点灯呀?"

霞雯吃了一惊,但马上知道了是老头的声音。她急忙站起来,热情地说:"爸爸回来啦!我也没什么事,浪费灯油做什么。"她抢着到灶君板上把油灯拿过来,关切地又问:"怎么这样晚还有人过河呢?"

"这是没一定的,有时半夜还有人过河。"老头心里很喜欢,儿媳真是个省细人。他看儿媳端着灯站在那里,到窗台摸出了火柴,点着了灯。

"爸爸的工作真苦!"霞雯把灯放在箱子上,转回脸来说,"这回到我们那就好啦。"

"好啊!"儿媳亲热地一口一个爸爸,使老头的心陶醉了,他不知道拿什么招待儿媳好,想了想,踏着箱子,把挂在大梁上的小筐拿下来,送到儿媳跟前说:

"你吃榛子吧!"

"你看,爸爸!"霞雯娇气地扬扬睫毛说,"我也不是小孩。"

原野沉静下来,急哨在喧闹,凉风吹来,送进一股花草的芳香,煤油灯被风吹得东倒西歪。老头亲切地瞅着儿媳吃榛子,沉浸在无比的幸福中。他在这河上摆渡已经二十多年了,老婆早已去世,自从儿子参军以后,就剩下孤零零一个人,白天在河上摆渡,晚上独宿在屋里。有时自己对着小灯独坐着,听着窗纸嗦嗦响动,蟋蟀在墙脚上唧唧鸣叫,熬过了多少孤独的夜晚哪!他看儿媳砸榛子很费劲,他磕磕烟袋,动手砸榛子给儿媳吃。霞雯几次让他,他一个都舍不得吃,都推在霞雯面前。霞雯吃一个,他心中增加一分高兴。

霞雯一边吃着,一边悄悄地瞅着老头。她在老头面前还有些拘束,也不知是陌生的关系或者为什么,反正不太喜欢和老头接近。但是又不得不在老头面前表示亲切,想起来自己心里要发笑。

"我的老亲家和亲家母都好吗?"老头突然问。

"都好!"霞雯微微一笑,"叫你老费心啦!"

"这就好啊,人修的是身板,老人要有个好身板这就是积功积德。"老头赞美地点点头。又问:"你们姊妹几个?"

"我就有一个哥哥,我母亲一辈子就生我哥哥和我。"

"啊,这是布鸽生,他们老夫妇俩真有福啊!"

霞雯忍不住地噗哧一声笑起来,说:"爸爸,你怎么还信这一套呢?这一些旧思想早被科学驳倒啦!"

"科不科学的我不懂,我是过来的人啦!"

老头由霞雯的脸上看出她在笑他,他并不生气,倒感到亲近起来,亲切地谈开了。老头是个话匣子,讲起来就没个头,由算命先生讲到老婆的死,又讲起清云小时候的事,有时引得霞雯嘻嘻笑。讲到这几年生活的时候,霞雯插言问:

"你为啥不参加农业社呢?"

"为什么?"老头瞅瞅霞雯,他觉得她问的是孩子话,微笑着说:"我参加合作社谁来摆渡呢?在分地那时候我也没要地。"

"你们组织起来了吗?"

"组织起来?"老头眯眼笑了。他看霞雯瞪着乌黑的大眼睛瞅他。他想:你这是无话找话。他摸摸胡子，说："我和谁组织去，离这儿三十多里才有一个三家子渡口。再说组织起来有什么用，还是单干的好。我是一辈子单干到底啦！"

"瞧！"霞雯心冷下来，用批判的眼光，很不以为然地瞅瞅老头。她想起清云对她讲他爸爸如何带头斗争地主，如何送他参军，老头在河上如何有本领，把老头说得完美无缺。禁不住暗暗责怪清云：他多么会替他的爸爸吹牛啊。她愕然一笑说："爸爸，你这样认识是不对的，组织起来力量大，集体的力量是无限的……"她引用马列主义名词向老头讲解集体主义。

"好啊，她倒很有学问呢！"老头心里说。他把砸完的一大堆榛子送到霞雯跟前，靠霞雯身边坐下。听她讲着，瞅着她那美丽的脸蛋，那聪明的大眼睛，他感到有些喜爱。他想："这孩子倒是挺逗人喜爱的，不过如今的人不好相处，儿媳妇是顶不了女儿的，我要有个女儿该有多好啊！"待了一阵，趁霞雯吃榛子的时候，插言问："电灯那玩意儿比这灯亮多了吧？"

霞雯感到这话有些突然，扬扬睫毛，那样地瞅老头一眼，不高兴地想：原来他没有听啊！她看老头还等她回答，应付地说："比这亮多了！"

"真怪！"老头羡慕地说，"如今的人比神仙都巧啊！"

"……"霞雯没有说什么。瞅瞅老头，老头的头发被灯光照得更显得灰白，她替他难过；这是个从旧社会过来的人，没有见过大世面，没有知识，一辈子在偏僻的乡下。她暗暗叹了一口气：这也算是一辈子，就这样的窝窝囊囊地白了头发。……她不愿再谈什么了，焦急地盼着清云回来。

好久，听见窗外有脚步声，清云回来了。霞雯好像得救似的，急忙跳下地去迎接清云，嚷："户口办好了吗？"

"办好了！"清云说，"明天把东西处理一下，后天就走！"

"对！早点走吧！"霞雯接过说。讨好地望着老头的脸，又说："这家没什么恋头，到我们那儿住楼房，给你单独一间屋子。"

"这样快吗？"老头有些吃惊，好像要不跟儿子一起走似的，望着两个年轻人。忽然想起了什么，说："不行，不行，明天我得到乡政府去请求派人来接替我的工作，等人派妥了再说。"

霞雯微笑地瞅瞅清云。老头在地上来回走着，不断地挠着他那灰白的头发。

三

老头到乡政府去了,清云替爸爸摆渡,霞雯跟清云来到河岸,看清云摆渡来往行人。今天行人不太多,清云闲不住,就叫霞雯坐上船,两个人小驾着小船在河上慢慢游着。

响晴的天头,天空瓦蓝瓦蓝的万里无云。阳光在水面的轻波上点点闪耀,澄清的水,可以看见小沙古鲁鱼贴着石头闲游,一群群的黑鱼惊得拼命游去,白鱼迎着阳光跃出水面,闪出一片白光。霞雯望着这情景欢喜地说:"摆渡这工作倒不坏,就像在公园里划船似的。"

"你说的倒容易,其实可不那样容易。"清云不同意地瞅瞅霞雯说,"你净说嘴,这样一年到头起早贪晚的,要是你早就厌了。尤其是风雨天,涨水的时候,那船好像匹烈马,一下搞不好就会被大水冲去。"他看霞雯闪动着怀疑的眼光,郑重地说:"我跟我爸爸在这河上住十来年,那些风险是我经到过的,我爸爸真是个好样的。"

"你呀!"霞雯调皮地向清云努努嘴。

"那么你经过这几天的接触,对我爸爸怎样评价?"

"你爸爸吗?"霞雯没有说下去,瞅清云那样一本正经的样子,不愿给他揭穿,说他替他爸爸吹牛。她暗自嘻嘻地笑起来,笑得清云很恼火。

傍晚下起雨来,风吹破了窗纸,灯被吹灭了,雨哗哗溅进来。潲雨越来越厉害,清云拉着霞雯躲在角落里,焦急地盼着老头回来。忽然,有人在窗外响动,哗啦一声有个什么东西把窗户遮住,雨点立刻停止了。清云知道是爸爸回来了,喊:"爸爸吗?"

"是我。"

清云点着灯一看,老头浑身湿个透,顺衣襟往下淋水,胡子上挂着水珠。清云问:"乡政府派人来了吗?"

"没有派。"

"啊,你没说你的户口都起出来,明天就要走了吗?"

"说啦,我都说啦,乡政府解决不了。"老头把草帽摘下来,身上的水漓漓拉拉往下淌，擦一下脸上的水说："乡政府倒很热情，可是想了那么多时间也没想出一个合适的人来。社里很忙抽不出人，另一方面也找不出一个对河有经验的人。"

"那他们也不能拖呀，不能卡咱们！"霞雯接过来说。她觉得老头太老实，冲着老头说："我们不能再等啦，不能管那么许多，反正户口已经起出来了，咱们明天只管走，就是影响了过河，也不是咱们的责任！我……"

"咱们要为过河的人着想！"老头没等霞雯说完就截住说，显然是对儿媳这种态度不满意。他舔舔那发干的嘴唇，挠挠灰白的头发，若有所思地说："我今天见着区委书记啦！"

"你到区里去啦？"清云问。

"是呀，区委书记和我唠扯了一阵，看我这么大年纪了，答应明天派人来接我的工作。唉，为了这事，给人家找了不少麻烦！"他拧拧衣襟的水，到灶坑口去烤衣服。

霞雯呆呆地站在那里，葱绿色衬衣被火光照得鲜绿，心中有一股酸溜溜的味道，老头太固执了！这时，门吱一声开了，溜进一股雨，随着雨水进来一个人，把霞雯吓了一跳：这人驼着背，湿淋淋的衣服紧裹着身体，显得又瘦又小。他摘下草帽，蓬乱着头发，一张憔悴的脸，嘴巴上满布着又长又黑的胡子，红肿的眼睛，不停地老是那么眨着。他瞅见了老头，就用命令的口吻说：

"杨大哥，送我过河！"

老头抬头望望他，还没等他说话，清云就说：

"你等一会儿不好吗，现在下这样大的雨。"

那人眨眨红眼睛望着清云，好半天才认出来。他焦急地说："不行啊，大侄，我给我儿子买药去。"他抹一下胡子上的水，眨了眨红眼睛，又说："关门雨不是一下子能停的，我的儿子病得厉害，我就那么一个儿子，可等不得。你爸爸是干这个的，应该送我过去。"他因为着急，显然是有些生气了。

"你也应该体谅体谅人家！"霞雯也忍不住地接过去说。她说着，悄悄地察看一下老头的脸色，老头一直瞅着那人的脸，好像无可奈何的样子。她觉得自己应该解围，向那人说："你没看见吗，他浑身湿个净，从早晨到现在只吃一顿饭，这么大的雨，叫他送你去，未免太过分了吧！再说他已经辞职了。"

"这!"那人张口结舌,朝老头望望,急得搓手搓脚地在地上团团转。嘴里嘟囔一些什么,谁也没听清楚,憔悴的脸上现出不安的可怜相。霞雯看着,满足地瞅瞅清云,心里说:看我,几句话就把他说呆了!……

这时老头站了起来,说:"走吧,我送你过河去!"

霞雯一动,惊异地瞅着老头。清云也站在那里瞅着。那人像木桩似的站在那里,怀疑地瞅着他,胡子颤抖着好像要说话,但没有说出来。老头迅速地瞅三个发呆的人们一眼,弯腰挽裤腿。挽好裤腿,到墙角摘下长脖子酒瓶,把脸一仰,咕嘟咕嘟喝了几口酒,喝完擦擦胡子,又去拿蓑衣。清云看这情形,激动地跑过来说:

"爸爸,我去吧!"

"你不行,黑天下晚的,天又下这样的大雨。"

老头抖抖蓑衣给那人披上。那人好像怕烫着似的,慌忙把蓑衣脱下,一把拉住老头的衣袖,红肿的眼睛盯盯地望着他,说不出一句话来。一时把老头瞅愣了,他从那人的眼光中明白了是怎回事,又把蓑衣给那人披上,拍拍那人的肩膀说:

"你披着吧!我送你过河就可以回来换衣服,你还得走那么远的路,你的儿子病了,别把你也淋病了。"他给那人披好,推着那人说:"走吧,我明白你的心情。"

"这是怎么说的!这是怎么说的!"那人喃喃地说,点点泪珠滚了下来。他转过脸来,见霞雯脸色绯红,发窘地又像气恼地站在那里,乌黑的大眼睛闪着不可捉摸的光芒。他抱歉地说:"大侄媳妇你不要见怪,我为儿子心急,我就那么一个儿子。"

"走吧!走吧!"老头推着他,不耐烦地说,"她是个小孩子家,不懂事,说好说歹你用不着往心里去!"

"大侄和大侄媳妇,我感激你们一家,我全家都感谢你们!"那人躬身向霞雯弯弯腰,转身跟老头往外走,一边走一边说。走到窗下还向屋里嚷:"我儿子要好了,他会更感激你们!"

清云追到门口往外望。外面黑洞洞的,大雨哗哗下,和风的呼啸声搅在一起,猛烈地咆哮着,两个人都在雨中消失了。他望着霞雯激动地嚷:"瞧,这就是我的爸爸!"

"你的爸爸!他不该在人面前侮辱人家,哼,我还成了小孩子!"霞雯气哼哼地说着，忽地扭过身来，一甩头发往屋里走去。

清云追过去，把她的脸搬起来，看见泪珠在她的眼睛里闪亮，委屈地抽抽搭搭。清云呆立在那里。

四

夜深了，雨继续在下。

霞雯躺在被窝里，心里还窝着气，她一直觉得委屈了她的好心。这几天来，自己一直是迎合老头的心思行事，想要在刚见面的时候给老头个好印象，结果老头对她这样，连点面子都不给留。她气愤地想：我是看在清云的面子上才那样对待你，要不然，我连理也不会理你。她后悔不该管那些闲事，甚至后悔不该随清云一起来……她蒙着头，越想越烦躁，睡也睡不着。

老头呢，躺在铺着稻草的地上。他被雨淋的寒气冰得一阵阵抖动，紧裹着棉袍子，露出满布皱纹苍老的脸。他希望用烟把寒气赶出，使劲地吸烟，烟斗一暗一明地发光。不知是故土难离，还是对河上放心不下，觉得脑子里杂乱无章。走是要走了，儿子和儿媳来接哪能不走呢，再说这孤独的生活也过够啦！明天就交班了，那个人是谁呢，是年轻人还是老头呢？他认为年岁大一点好，摆渡的活要稳重……河上的啸声压过了一切风雨声，老头对河水是敏感的。听听河水声就知道水涨到什么程度，河水现在是很大啦！他怎的也觉得放心不下，很想在走以前帮助他一把，自然地就想到了工具。他躺不住了，于是，翻身起来，拿起两副旧的桨和橹，轻轻地去修理。

雨继续在哗哗下，煤油灯不知在什么时候长满了灯花。霞雯听见轻轻的打钉声音，悄悄地伸出头来，看见老头蹲在那里埋头工作，看不见脸，只看到他那绺灰白的头发。她不知道他在那里干什么，她想：老头一定在钉箱子准备邮东西，这些破东烂西值几个钱，不值得费事去邮它，他也太保守啦。……她想劝他，但她想到今天一天的事，她把被子往上扯一扯，把头蒙上。

不知不觉天就大亮了，雨也停了。老头吹熄了灯，掏出烟斗来。这时有人敲门，他开门一看，是一个身体消瘦的中年人，那人接他的工作来了。老头把一切渡船的工具都交给他，他放下了担心。可是当那人把工具扛走时，好像魂也被那人拿走了似的，心里感到无比的空虚，不由自主地跟着他走出门。下了一整夜的雨，洋河暴涨起来了，河水冲着泥沙，浪头"哇哇"咆哮，后浪推前浪，一跃多高，滚滚滔滔地急泻下去。他又跟着那人到小船那里，帮助他安上橹，把小船的性能和特点详细交代完后，摊开双手，感情深重地说："交走啦！"怀着留恋的感情离开小船，站在岸上望着发威的河水。由于疲乏，他的背有些驼了，微风吹动了他的白发。

"吃饭吧，爸爸！"

清云在屋子里叫。老头深情地往小船那里望了最后一眼，拖着沉重的腿往回走来。回到屋里，见饭菜都摆在桌上。清云脸上开朗了，霞雯脸上也有了笑容。两个年轻人的愉快也唤不起他的欢乐，无精打采地坐下来。

他们正吃着饭，忽然听见河上有呼救声。清云和霞雯一愣，老头警觉地跳起来，跑到门口一看：那条小船在波浪滔滔的河中，歪歪斜斜地漂荡，一会儿被浪头推得高起，一会儿跌落在水凹里，控制不住地飞快地顺水流。船上的人在浪花中挣扎着，显然是吓昏了，拼命地叫喊："救命啊！救命啊！"

老头看这情景，知道那个船夫是个没有经验的人，立刻吓得一头冷汗。他惊恐地想：水这样大，他们是无力控制住的，船已被冲得离渡口很远，如果，如果……哎呀我的天，如果船被冲到急哨，就会被冲得碰上山峡，人和船就全都完蛋啦！事不宜迟，他抬腿就往河边上跑。

清云看爸爸的行动，明白了爸爸要做什么，惊慌地跑出来。没等跑到老头跟前，老头就脱完衣服，一纵身，扑通一声跳进水里，像青蛙似的急急往小船游去。清云呆住了，霞雯也从屋里跑出来，胆怯地紧贴在清云身边站着，瞪着眼睛望着漂荡的小船。清云不知怎办好，想下水去帮忙，知道自己的水性不行，别的帮不了，只是大声喊："不要惊慌，控制住，有人去啦！"

船上的人还是那样叫喊着，拼命地控制着船。老头在汹涌的水中不见了，河水后浪推前浪地滚滚滔滔。清云倒吸一口冷气，登在岸边，探头望着。霞雯看也不敢看，偎依在清云身旁用手把眼睛捂上。不大的工夫，小船忽然受到了震动，船尾笔直地翘了起来，接着船身又往下一扔，浪花四溅，冷冷的水浪喷上了船，老头在船头出现了。他侧斜着身子，眼望着上游的洪水，两腿有力地叉开，挥动着双臂。那倔强的姿态好像个摔跤力士似的，迎着喷射的浪花，操纵着船，船渐渐稳了起来。清云顿时松了一口气，狂喜地用两手抓住霞雯的手嚷：

"你看，我爸爸上船啦！"

霞雯没有吱声，她的心怦怦跳个不停，紧拉着清云的衣袖不肯放松。

船靠岸，船上的四个中学生，下船就围住了老头，流着泪说："你不能走！你留下吧！"像怕老头跑了似的，有的扯着老头的手，有的拉着老头的衣襟。那个新船夫疲乏地躺在草地上，连连向老头表示自己不行，要求老头留下来。老头瞅瞅那几个学生，瞅瞅躺着的船夫，瞅瞅清云和霞雯，叹了一口气说：

"走，到我家去烤烤衣服吧！"

太阳从东山顶的云层里钻出来，布满露珠的草木，在明亮的太阳光下，闪耀着银色的光辉。一群水鸭子，一阵风地向山峡飞去。人们庆幸地往回走来，受了震惊的霞雯这时候才平静下来，贴着清云身边走着，悄悄地瞅着老头。走着，走着，忽然老头站下来，停了一会儿才说：

"清云，我不走啦！"

清云愣住了，眼瞅着爸爸说不出话来。霞雯也感到意外，她说："为啥不走呢，你的工作已经交出去啦！"

老头固执地摇摇头，长出了一口气说："我昨天见着区委书记，他说希望我留下！"他低下了头，显然是为了克制自己，低声说，"我也不算老，还能干一些年，说实在的，我也……"他感情深重地瞅瞅两个年轻人，泪花在眼睛里滚了滚，滴滴点点流到消瘦的腮边。

……老头把儿子和儿媳妇送过河去，他没有下船，没有说话，也没有掉泪。他手里还拿着桨，像木桩似的站在船头上，眼盯盯地望着他们。清云和霞雯走了很远，回过头来望望。老头还像个泥人似的站在船上，草帽已被风吹掉在背后，灰白的头发被阳光照着更发白了。清云心里一阵酸痛，眼睛湿润了。

霞雯拉拉清云的衣袖，脸色红喷喷地说："你爸爸真是个好老人，他就和你说的一样，是……是个了不起的人……"

神圣的使命

王亚平

一

一九七五年八月,省委"五七"干校学员调离登记卡:

姓名:王公伯。年龄:五十九岁。政治面貌:中国共产党党员。何年参加革命:一九三八年秋。

现在,这个老警察双手习惯地插在裤兜里,迈着稳健的步子在省公安局大厦的走廊里走着,走着。这里的每个房门,每个台阶对他来说都是那样的熟悉,又是那样的陌生。战争年代,这里是敌人的指挥部。他这个地下党的敌工人员曾体验过多少仇恨和喜悦、痛苦和幸福的感情。若是把他所经历的事如实记录下来,那实在是一部充满着大智大勇、惊心动魄的小说。为了镇压敌人,保护人民,他在这熟悉的台阶上来来往往。多少个春、夏、秋、冬,他通宵达旦地工作着……

八年了,脱离了战斗岗位,老人此刻心中无限感慨。

人们从他身边走过,一张张面孔,大都是陌生的。老人旁若无人,神情严峻,陷于沉思。

他来到了局长办公室。郑局长是个同他年龄相仿的老人,个子大,还健壮。两人并没寒暄,只是互相点了点头,就谈起了工作。

老郑谈到,他从干校回来这两个月,全国形势有很大变化。由于毛主席和周总理的关怀，指示要对被诬陷的同志平反、昭雪，因此许多案件需要重新审理。这次王公伯的任务就是复审案件。

王公伯听了郑局长的话很激动。记得不久前，在干校的瓜棚里，他和老郑枕着稻草，仰望满天星斗，长谈到深夜。老郑说起周总理在贺龙同志追悼会上致的沉痛的悼言时，不禁潸然泪下。

王公伯当时只是长长地叹了一口气，他是多么盼望能够早一天离开这块他摆弄得非常出色的瓜地，重新回到自己战斗多年的岗位，在晚年，能够再为党多做一些工作。

今天，在毛主席和周总理对老干部的关怀下，他这美好崇高的愿望，奇迹般地实现了。他表示：自己一定不能辜负毛主席和周总理的瞩望。

就在郑局长和王公伯谈话的时刻，省革委副主任徐润成来电话，问到王公伯何时来局报到。当他听到郑局长说，王公伯现正坐在他的对面时，徐润成便叫王公伯听电话。徐润成问过王公伯的身体情况后，意味深长地说："老王，这次重新工作，一定要尽快地适应当前的阶级关系变化的新形势，不要辜负组织上的信托。"

谈话完毕，郑局长一直把王公伯送到大院的门岗外，他紧握着王公伯的手说："先把家安顿一下，老李身体不好……"

王公伯笑笑，幽默地说："不工作，不战斗，那才招病哩！"说完，他转身迈开步子，身影渐渐消失在路边的树荫下面。

二

转眼已是深秋时节。这天深夜，一直下着倾盆大雨。凌晨一点钟了，王公伯仍未入睡。几天来他反复思考着一个案件。他拿起这案件的卷宗，上面标着一九六七年十月存档，里面的刑事犯罪登记卡上有一张照片。这是个知识分子模样的男子，长方形的脸，两道浓眉，单皮眼的大眼睛，胡茬较重。人显得精悍、倔强，透出一丝呆耿的气质。王公伯端详着照片，老实讲，印象并不坏。突然一股夜风从窗外袭来，他急促地咳嗽着，感到一阵心绞痛，稍稍缓和了些，才想起几天来都忘了吃药。

犯罪登记卡上，那一行褪了色的字迹又出现在他的眼前：流氓强奸犯白舜，男，三十二岁，三〇五所技术员，哈尔滨工业大学毕业……

王公伯眉头越皱越紧，心里的疑团也越结越大。

这个案子的情况是：一名叫杨琼的十六岁的女孩控告白舜企图强奸她。杨琼的父母、同事等十几个人为此作证。因此省人保组刑事科于一九六七年十月，也就是案发的第二个月，判处白犯十五年徒刑，劳动教养。

王公伯疑惑地摇摇头："'企图强奸'？这能作为十五年重刑的依据？简直是把法律当儿戏嘛！不，不，此中必定有鬼！"

在被告人白舜认罪的签名画押处，既无签名，也无指印。办案人同样没有签名。判决的权力象征是一颗血红的印章。

执法者不让自己在案卷中留下任何痕迹，这不能不成为老公安干部王公伯反复考虑的疑点。他听着时急时缓，又渐渐消失了的雨声，不住地回味着照片上那张年轻的脸，双手插兜，来回踱步，直到旭日照临窗户。

三

这是个星期天，王公伯蹬上一辆自行车出了城，沿着郊区公路直奔几十里外的劳改农场。

这里依山傍水，风景优美。地里一片成熟的庄稼随风荡漾。

场部值班的是一名三十多岁的警察，脸膛黑红，鼻子底下有点小胡子，现出一股现代青年人的帅劲儿。王公伯还没有说明来意，小伙子突然惊喜地叫起来："哎呀！王老师！"王公伯认出来了，他叫陈清水，"文化大革命"前的警校毕业生。当时王公伯是警校特邀法律教学顾问。在他最喜欢的学生里就有眼前这个小伙子，不过当时他的胡子还是一层淡淡的绒毛，现在，怕连孩子都有了吧！王公伯一问，果然，小陈现在在劳改队当队长。他爱人吕萍在省公安局机关工作，小孩都五岁了。师生阔别十多年，感慨自然很多。

王公伯很快就说明来意。很巧，他要见的白舜就在小陈的队里。

"这人像个哑巴，平常难得有开口的时候。但他劳动很出色。夏天他一直在地里看瓜，全心扑在瓜上了，现在在地里看秋庄稼。"

王公伯不由得心里一动，他也种瓜！我们两人倒是同行呢。一瞬间，心里泛起一种难言的滋味。他问小陈："既然这样，没把他的刑期从减吗？"

小陈不满地说："我到队里来曾打过两次报告，我的前任也打过报告，但都是石沉大海。可是有的协同杀人犯、抢劫犯、盗窃犯等等一些家伙，劳动表现很坏，上面却来命令陆陆续续都减刑释放了。有的到社会上还提拔成了干部。相反，这个白舜，不但没有减刑，还受到百般折磨。他身体一直不好，有一次冒雨排水回来感冒了。我从局里开会回来，发现他竟已奄奄一息。别人告诉我刚才裴副局长已经和场医一起来过了。场医还当场给白舜打了针服了药。我再也找不到场医，眼看白舜已经生命垂危，我只好偷着去场外请了个医生，才算抢救过来。据那个医生说是用错了药。这不能不令人深思，所以后来我设法把他弄到瓜地去，加意地看守着他，以免再发生什么意外。"

王公伯感到欣慰和满意，自己的学生在党所派定的岗位上，机敏正直，忠于职守，没有辜负党对他的期望。这时，又听小陈恨恨地说："就是这个白舜，看上面的意思，恐怕十五年也别想出去呢！"说着他喘了口气，忽然想起了什么，问："您打听他有事？"

王公伯言简意明地说："他的刑判得不合理，而且他没认罪。我了解一下。"

小陈脸上浮现出掩饰不住的喜色，他转而又为难地说："白舜这个人很反感别人问他犯罪的情况，对我都是这个态度，你……"

王公伯说："我去试试。"

小陈点点头，带着王公伯踏着田野的露草向地里走去。一湾清澈的河水在秋天的阳光下粼粼闪光，河边一片瓜地已经零零落落。地中间有个小草棚。两人来到草棚时，并不见白舜的人影。王公伯走进草棚看看，内心不由得一阵波动。简单的被褥散发着熏人的汗味，铺盖旁零乱地扔着几本书，是劳改队里发的《毛主席语录》本、"老三篇"合订本、《四届人大文献汇编》等。还有个破旧的"二十年前早知道"转盘日历，王公伯顺手拿起来琢磨着。小陈注意到王公伯的神情，解释说："白舜经常转动着这个'二十年前早知道'发呆，也许他在盼着自由的那一天吧。"说到这里，他一下想起什么，使劲地拍了一下铺席，一起身，头碰到木架上，整个草棚摇动了一下。

小陈捂着脑袋兴奋地说："我差点忘了，八年前的今天，他来到劳改队，同

时他爱人生了个儿子。从那开始,每年的今天,他都要在一棵大枫树上刻上颗星星,遥望远天,默默出神。"

王公伯问:"他的爱人和孩子现在在哪儿?"

小陈摇了摇头。

王公伯向小陈点了点头:"我们去见见他。"

在农场的路口,有一棵枫树,这棵树的主干直,树冠大,有不少的枫叶已经变红了。树旁有个人长久地伫立着。他的心大概已在天外翱翔,竟丝毫没有注意到有人向他走来。

王公伯站在他身后,端详着这个劳改犯。这人年方四十,已是满头花白,中等身体,体质单薄。王公伯心中浮过一丝隐痛,向小陈点点头。小陈叫了一声:"白舜,有人找你谈话。"

白舜从沉思中惊醒,猛然回过头来,盯视着眼前这个穿警服的老人,眼神是那样的冷漠、呆滞、痛苦而无情。王公伯不由得一怔。白舜!他和照片上的那个青年简直判若两人。岁月给他脸上留下的痕迹不像是八年,而是十年、二十年。他那英俊的容貌已不复存在,眼前的白舜,额头、眉骨、脸上、鼻子上到处都是未经缝合而自愈了的、令人触目寒心的伤疤。浓眉下一双充血的眼睛,迸烁着一种以死相争的倔强神情。他忍受着而且在继续忍受着巨大的痛苦,在这痛苦后面,似乎有着一股不能克制的力量燃烧着他的生命。

小陈说:"省公安局的同志来和你谈话。"

白舜紧咬着嘴唇,冷冷地点点头。

王公伯见白舜的下眼睑边缘,联着眼白结着两个小血瘤。他知道这种眼病在情绪激动的时候,会疼得眼珠像炸开似的。白舜刚才的心绪是可想而知的。

王公伯走到树下,注视着树干上的一颗颗小星星。最后一颗星的刻痕里还流着一滴泪珠般的树脂,显然是刚刻上不久的。他头也不回地问:"你这眼病几年了?"

"八年。"

"怎么得的?"

"恨的!"

"为什么事?"

神圣的使命

……

王公伯回头一看,只见白舜的脸色变得惨白,伤疤被颤抖的肌肉牵动着。他一手捂住眼睛,极度痛楚地出了一口长气,转身高一脚、低一脚地往前走去。

只听小陈向他大喊一声:"站住!那边是场界!"

白舜蓦地浑身一震,像个石柱般地钉在草地上,身子前后晃动了几下,缓缓地转回身来,跟着王公伯,向他那小草棚走去。

在小草棚里,王公伯和白舜进行了一次很长的谈话。

日头渐渐西斜。王公伯推着车沿着来路往回走。小陈默默地送行。前面小河蜿蜒,晚霞在河面上铺了一层绯红的金纱,几只水鸟在水面自由地飞翔。八年干校生活,使王公伯对草地产生了一种特殊的感情。眼前河畔上一片丰美的草地,又唤起他多少往事的回忆!他把车子缓慢地推着,心里觉得对身边的这位得意学生有着说不完的话。但他脸上表情却很严峻,说话很少。

从谈话中,小陈知道了老师这次复职后的使命。这不是某个具体案件的复查问题,而是执行毛主席、党中央交给我们公安、司法人员的神圣使命。人世间这些年的巨变,更使他感到,学生时代王公伯对他的教诲,特别值得珍重。

他凝视着王公伯。晚霞勾画出他那张轮廓清晰、线条有力的脸,给人留下难忘的印象。他微眯着的眼睛,凝视着远方,眼角上几条深深的皱纹缓缓地跳动着。两鬓的银发被晚风轻拂得微微颤动。夕阳给他脸上抹了一层淡淡的红晖。忽然,一种已经淡漠了的记忆闯进了小陈的心里,并且如此强烈地震动着他的心。

啊!那是小陈从警校毕业的时候……

隆重庄严的毕业典礼会上,王公伯,这个受人尊敬的警察,登上了高高的讲台。他向热烈鼓掌的干警们脱帽还礼。小陈坐在毕业生的座位上,望着这个负有盛誉的人,心中涌起敬仰的激动。

王公伯把帽子端在胸前,抚摸着帽徽,用他那洪亮而庄严的声音讲话:

"在我们人民警察的头上,戴着中华人民共和国的国徽。它向全世界宣告,当资产阶级的法律以它的'严密和公正',正为维护社会真正的罪人,而对一切被侮辱与被损害的人大施淫威的时候,在中国九百六十万平方公里的土地上,为着人民的权利和幸福,我们在执行着至高无上的、神圣的使命!这就是无产阶级专政!这就是——我们的生命!"

在全校干警一片热烈的掌声中,王公伯庄重地戴上帽子……

这就是小陈十多年前最后一次见到他的情景。

这些话当时曾使他感到做一名人民警察是无上光荣的。可现在,他的感受却不那么单纯了。因为他渐渐明显地感觉到:就在这劳改农场里所关押着的,并不都是坏人。诚然,真正的社会罪犯,在这里仍然占绝大多数。可是,怎能把好人混在坏人里来一同实行专政呢?

王公伯打断了他的思绪:"他挨过打吧?"

小陈点点头:"打得很惨哪。唉!还差点送了命。要不是他老婆的一封信,他恐怕难以坚持到今天。"

王公伯像当年听他回答问题似的,微闭上眼睛,轻轻嗯了一声。

小陈回忆着说:"发案的时候,我正在人保组值班。他是一路上被人打着、踢着拖来的,扔在屋角,一直昏迷不醒。当时裴副局长是我们副科长,他赶来接待原告。原告是个女孩,哭得泪人似的,什么也不说。她父母向我们讲了事情的经过。情况在档案里你都看过了。几个在她家做客的同事,也都写了证明。审理过程十分简单,几纸证明汇齐,立即判决十五年徒刑。我吃了一惊,忙问原因。老裴批评我的思想跟不上形势,说省里新上任的徐副主任来检查工作时告诉我们,首长明确指示:旧公检法是资产阶级专政,必须彻底砸烂。现在是非常时期,不但要破旧,更要立新,要由一代新人来创新法,执新法。白舜这个案子很典型:臭知识分子、十七年修正主义教育路线的白专尖子。犯罪不认罪,是因为他对旧公检法还存有幻想,这正说明旧公检法是对罪犯的宽容,实际上起到了社会教唆犯的作用。为什么要判十五年,这里面的革命意义不是很清楚吗?可我听了老裴的话,思想全乱了……"

小陈说到这里心情激动起来,回顾这些年的耳闻目睹,什么东西令人特别痛苦和沮丧,他越加清楚了。

王公伯又轻轻地嗯了一声。

小陈忙把思绪转回来,继续说:"判决时的情景真令人难忘。老裴宣读判决书,十五年一出口,白舜简直不相信自己的耳朵,他拼命地申辩。老裴非常严厉地骂他,叫他签字,他死也不签。他大骂老裴,老裴火了,拿手铐当头给了他两下,就是现在他鼻子上的两道疤痕。当时他就昏过去了。"

王公伯长长地吁了一口气，又轻轻地嗯了一声。

小陈接着讲下去："来这儿以后，他发高烧，医生对他毫无办法。他坚持水、药不进，更不用说吃饭了。大家都知道，他是但求速死。他受的打击太大了……"说到这里小陈紧皱着眉头，"后来，吕萍转给我一封信，是白舜爱人林芳写的。我将信的内容转述以后，白舜痛哭一场，从此他变了，病也逐渐好了。就这样，他默默地活到今天。"

王公伯注视着他问："信上写的什么？"

小陈说："这是一封血书。记得有这样几句话，林芳说作为妻子，永远相信丈夫是清白无辜的，她将永远爱他。作为同志和战友，他们都有着共同的信念：有毛主席，有共产党，作恶的人总有一天会得到惩罚，冤屈总有一天会昭雪。"

王公伯点了点头，眺望着黄昏时的大地和天空，感叹地说："多美的黄昏！"

小陈知道老师要走了，心中充满了惜别的惆怅，他深情地问："您身体还好吗？"

王公伯慈爱而感激地拍了拍他的肩："比你是差得远了，不过我的生命跟我一辈子了，我们难舍难分。"

两人在幽默的笑声中握别了。

望着王公伯远去的背影，小陈久久地伫立着。

四

这是初冬的一个傍晚，王公伯走在一条泥雪斑驳的街道上。空气阴冷得令人周身寒彻。他已穿上了冬装，双手还是习惯地插在裤兜里，走着，沉思着。

一个多月来，出现的一系列严重问题使他渐渐感到裴副局长一步一步向他逼近了。裴发年很硬，王公伯不软，这就形成了剑拔弩张的紧张局面。看来，白舜案件绝不是一件普通的刑事案，它的背后牵动的人和事，实在太复杂而微妙。

刚才郑局长来过电话，先打给王公伯；又打给裴发年；徐副主任也来了电话，先打给裴发年，再打给王公伯。办公室的吕萍告诉他说，这个先后次序可有名堂呢。

作为一个老公安干部，王公伯越感到情况微妙、复杂、严重，便越激起旺盛的斗志。回顾多年来的战斗历程，他自豪地感觉到正是在这种复杂曲折的斗争中争取胜利，构成了他生命的意义。他抓紧一切时间，紧张地思索着、分析着，尽快地做着一切必须做的事。现在，他想到无论如何也得尽快找到林芳，并和她仔细谈谈。

几经打听，他终于找到了林芳的家，这个住处糟糕得出人意料。房子矮小、破旧，低低的房檐弯弯曲曲横在眼前，淅淅沥沥地滴淌着雪水。门沉入地下，玻璃窗外钉上了冲压过自行车链条的满是窟窿的铁片。窗里亮着灯，拉着窗帘。房前停着一辆崭新的自行车，看样子不会是她家的，因为天这么晚，早该搬进屋去了。

王公伯打量了一番后准备敲门，蓦地他听到屋里一个男孩的哭泣声和一个男人的说话声。他缩回了手。

屋里的声音不高，但他完全听得清楚：

男人的声音："……白雪在全年级考试第一名，我们年级组把他的考卷展览了，还以他做榜样叫大家向他学习。我在班里特别批评了几个闹将。没想到这几个孩子在流氓的挑唆下对他报复。他们骂他一些难听的话，拿他爸爸的处境来侮辱他。白雪气极了，顶了他们一句，就给打成这样，书包也给扔到河里去了。"

一个女人再也抑制不住地痛哭起来。

男人也有些凄然："要不是艾华老师赶到了，不知还会出什么事呢！"他叹息道，"现在一些孩子都变成什么样了！这是什么风气啊！"

王公伯离开了门口，他好像要甩掉那刺人肺腑的哭声，漫无目的地走着。不知怎的，他迈进一家小店，这里已经开始上门板了，店里顾客不多。他的目光在柜台上扫过时看见了一个新书包，他走到柜台边，一下子买了一堆东西：书包、文具盒，一大堆各种各样的练习本，还有全套的文具。他把这些东西装了满满的一书包，背起来出了店门，又来到林芳家。他敲了门。

片刻，门开了。一个女人站在他面前抬着头问："找谁？"

"我找林芳。"

女人一怔："啊，我就是，请进来吧。"

王公伯像跳下个大台阶一样迈进她的屋里。他观察了一下环境。这个背阴的小屋里显得有点凌乱。屋子的一角有个安着台灯的小桌子，桌旁的壁上贴着几张儿童画，画着卫星、飞机，还有一个正在学习的孩子，大概就是作者自己吧。他看到刚才说话的男人是个高个子的俊小伙，此刻正注视着自己。他身边依偎着一个八岁的男孩，衣服虽旧，但却补得整整齐齐。孩子的营养不太好，长得竟如此像从前的白舜。王公伯为孩子感到宽慰：他有一个关心他学习的妈妈，而且还有这样一个关心他正常成长的好老师！

王公伯看过林芳的照片。照片上，她那焕发着青春热情的脸庞，曾给王公伯很深的印象。但眼前的林芳不得不使王公伯暗暗感叹。她刚擦干泪的脸是那样憔悴，但那双眼睛却使人感到她面对生活的勇气和在痛苦面前的刚强。王公伯事先已经知道，这样一双眼睛，八年前因为受刺激太深，得了严重的眼疾，现在视力仍极差。

在男人和孩子的脸上王公伯明显地感到对他存有的戒心。他低头看着身上的警服，心里有一丝隐隐的痛楚。

林芳冷淡地问："你找我有什么事？"

王公伯开门见山地说："关于白舜的案子，我想再调查一下，希望你能谈谈。"

林芳一怔。

王公伯走到白雪桌前，把书包打开，拿出一样一样东西摆在桌上。屋里静极了，老师和白雪都目不转睛地注视着他的举动。

王公伯走到白雪身边轻轻地抚摸着他的脸蛋，又向老师伸出手来："你的话我都听见了。谢谢你对孩子的培养。"

老师憨厚而又感激地说："我叫吴正光，我替白雪感谢你。"

王公伯使劲地握住他的手："我是省公安局的，叫王公伯。"说着，他把目光转向林芳说："我想，白舜始终不肯在判决书上签字，你不但没和他离婚，而且更爱他！这里面总有个原因。组织上也很想了解这个真正的原因。"

林芳的双手颤抖起来，她在强抑着自己的感情。

吴老师眼睛也有些湿润，他对王公伯说："这本来就是个冤案，可她还能再说什么？老林每上诉一次就招来一次横祸。这是她第四次搬家了。"

王公伯点点头："这些情况我都知道。"他看到白雪额头上两处细细的伤痕，心里一阵酸楚，于是亲切地说："别着急，要相信党，相信党的政策，凡是好人，一个也不能冤枉，这就需要你能配合我们的工作。"

林芳慢慢抬起头来，坚定地说："毛主席还健在，党的政策十分明确，我是不会绝望的。我相信总有一天，党会替我丈夫昭雪的！"

王公伯点点头:"我知道,为了这一天,你给白舜写了那封血书。他能坚持到今天,与你这坚定不移的信念是分不开的!"

林芳默默地点了点头,她的眼前浮现出八年前的情景,久蓄心头的辛酸、痛苦和愤怒一下子涌到了嘴边,向眼前这位亲切而威严的老人涓涓倾吐……

一九六七年九月,结合到省革委领导班子里的老干部陆青,成了一小伙坏人的眼中钉、肉中刺。陆青是位长征干部,在三年自然灾害时期由部队调到省委来当书记。只有六七年时间,就使这个穷省变成了全国兴旺发达的省份之一。作为一个出色的领导人,他自然是深得众望。对那些想利用"文化大革命"的机会在政治上捞一把的人,他是个令人生畏的"绝门神"。因此,这些坏家伙们不把陆青搞倒,死不甘心。他们一直在寻找背后插刀的良机。

那时,刚过三十岁的林芳快要生白雪了,在家里休息。

一天,白舜下班回来,脸色很不好。他告诉林芳省革委出事了。他亲眼看到整个过程。省革委门前万头攒动,有个人在讲演,历数陆青的几大"罪状"。但是那些坚持毛主席革命路线和政策的同志开了一辆广播车,极力和他们辩论,坚持说陆青是革命领导干部,绝不是走资派。双方正争得激烈的时候,一帮人哭天抢地把一具死尸抬到省革委门口,人们围了上去。死者家属悲恸欲绝,控诉说她丈夫是陆青的秘书,万万没想到他竟在昨天晚上被人毒死了。今天早晨有两个人揭发,他们曾经看见陆青给加夜班的秘书送过一包点心。剩下的点心,经化验证明掺了砒霜!顿时省革委门前的气氛变了。保陆青的喇叭不响了。那个反陆青的人率众夺了广播车,把证人、受害者家属请到车上公布陆青的罪行,然后宣布将陆青游斗、示众。

人们的心情是复杂而激动的,有的为陆青抱不平,但敢怒而不敢言;有的为自己被蒙蔽而痛心;也有的拍手叫好,唯恐天下不乱。揪斗游行时,车经过白舜面前,陆青痛苦的目光从他脸上掠过,像支冰凉的箭,刺透他的心。白舜的头像要炸裂似的轰轰作响。以前,他搞的一项重大科研项目,在最困难的时候得到过陆书记的关怀和支持,才得以成功。通过那时的接触,他深深地敬爱着这位平易近人的老同志,陆青就是他能看到的模范的党的领导干部。可是眼前,看见陆青那样惨遭折磨,他的心都要碎了!

白舜沉默了许久,他深情地抚摸着林芳的肩,忧心忡忡地说:"我们应付不了这样的生活，咱们就要出世的孩子，他们将来怎么办呢？"

林芳什么也没回答，什么也不想回答，她就这样默默地依偎在白舜的身边，直到夜深。突然，外面响起了敲门声。白舜去开门，刚走到门口就听到隔壁邻居已经把单元门打开。进来的人们很兴奋，其中有个听声音相当耳熟的人，似乎喝醉了，向开门的女邻居说："老婶子，你老头可真有厉害的，他这一手叫陆……陆老头哑巴吃黄连，有苦……"他的嘴被人捂上了。男邻居厉声低吼："隔墙有耳！"人们进屋去了。门外又安静下来。

白舜住了这个单元的一间房子，隔壁的一间半住的是一个叫杨大榕的省革委机关办事员。他们家和白舜家平日虽没什么矛盾，倒也没有什么深交，只他家的女孩杨琼，经常向林芳请教功课。

"文化大革命"一开始，杨大榕当了个什么小头头，一天到晚忙得不着家，偶然碰面总使白舜有种"小人得势""野心勃勃"的感觉。今天，半夜而归，还带着几个人……刚才听到的话又很可疑，莫非他们一起干了罪恶勾当？陆老头会不会就是陆青？白舜不顾林芳的劝阻，悄悄打开门出去探听。

林芳的心紧缩起来，她连大气儿都不敢出。突然门外的一个小铁桶被白舜碰得当啷一响。林芳惊得差点叫出声来。白舜啪地打开了厕所的灯，打了个哈欠走进厕所，咣地关上了门。

当他回到屋里时，激怒得脸上的肌肉都在颤抖。他告诉林芳，这几个人正在屋里密谈，陆青的秘书竟是杨大榕下手害死的。假证人、组织揪斗陆青的那个人此刻正在隔壁策划下一步的阴谋呢。他们要把这个假案的油水榨透，从陆青开始把省革委的好干部统统置于死地。

林芳被这残酷无情的事实惊呆了。正直的白舜一定要向省人保组揭发这个罪行，就更使她惊慌。

"别的我不怕，就是孩子……"

"孩子？正是为了千千万万的孩子！——如果忍心让他们将来在这些家伙的魔掌下活下去，那还不如不生！"

"唉！那些人什么都干得出来，连身经百战的老干部都是这么惨的下场。我们的孩子……"林芳默默地流着泪。

白舜紧紧地搂住林芳的肩膀，好像要给她勇气和力量。他们望着窗外漆黑的夜空，沉默着。林芳感觉到他那颗心在火烈的胸膛里有力地、剧烈地跳动着。林芳恐惧的感情渐渐被驱散，勇敢母性的伟大正义感在她心头升起。

白舜坚定地说："毛主席发动的这场'文化大革命'，像大江奔流，难免挟着泥沙俱下。在这样一场大的运动中，我们应该怎么办？我们的所作所为要对得起孩子，对得起后代，就要根据毛主席指引的正确方向，参加到斗争中去……"

就在这个深夜，白舜挥笔疾书。黎明时分，他们俩久久地站在窗前，凝视着远方的曙光。这时，他们更加真切具体地感到什么是夫妻感情的和谐、美满，什么是父母对于孩子们的爱护关怀，什么是革命者从事战斗的幸福欢乐。

那是信寄出后的第三天。林芳在精心缝制着孩子的衣服。白舜回来了，他说给将出世的孩子买了一把好看的红玻璃纽扣，正掏出来给林芳看时，杨琼母亲在厨房喊起来：

"老白，稀饭潽了。"白舜忙走了出去。没多久，厨房里突然响起杨琼母亲的嚎叫声："臭流氓！臭流氓！"接着传出杨琼的哭声。

邻居的门呼地撞开，辱骂和殴打声中夹杂着白舜的惨叫。林芳像被人打了一闷棍，脑子炸裂般地轰一下。当她冲出房门时，正听见杨琼惊愕地哭喊："不！不是，别……"却被杨大榕一把拖进屋里，砰地关上了门。几个五大三粗的人正手抡家什毒打昏死在地的白舜。林芳发疯似的扑上去。杨琼的母亲像只母老虎般把她扭住，一边下毒手厮打她，一边嚎哭叫骂："兔子还不吃窝边草哪，他光天化日就糟蹋我女儿呀！打死他也不多，呜……"

林芳见白舜被人抬起扔到门外的楼梯上，在一群围观的大人孩子让开的夹道里给拖了下去。他的头在楼梯上磕得咚咚作响，经过的地方留下斑斑血迹。她眼前一黑就昏倒了。

转眼八年了，她再也没有见到丈夫的面。在生白雪的时候她大病一场，幸亏一些好心人暗中照顾，她母子二人才算捡了条命。眼病就是那时候得的。从此，她带着孩子，东搬西迁……

林芳凄苦地摇摇头："我们就这样生活下去。十五年，我们等他！因为他是清白的。就这样，我给他写了一封血书。"

吴正光用手绢擦着眼睛，愤怒地说："那些人做事总是要做绝的！"

王公伯站起来，消瘦的额角上几根青筋搏动着。他咬着牙一字一板地说："我们是无产阶级专政的国家，坏事做绝的人，到头来总归是搬起石头砸自己的脚！"

林芳叹了口气："他们把持大权，没人肯听我的上诉。"

王公伯说："这个事还要由你来做，我们公安干警还有什么脸戴着这颗国徽活着！"

夜很深了，王公伯踏着冻得梆硬的泥地往回走。吴正光推车伴随着他，两人就这样走着、谈着。此刻，他们的心情渐渐变得舒畅些，因为吴正光谈到了他的生活。在这冬意渐深的日子里，爱情的春天正在他心里萌动。

那姑娘在他班上教语文。她的容貌、风度十分动人，更可爱的是她有一颗善良的心。她的父亲好像是省革委的一个什么副处长，但她从不炫耀甚至不愿提及自己的家庭。吴正光是个聪颖的人，也就不多问及姑娘的家庭情况。

他们的爱情是从对学生的共同关心和爱护而逐渐萌芽的。尤其是对于小白雪，她的感情更不一般，有时就像母亲和姐姐的爱。可是，她又从不肯和吴正光一起去拜访白雪的家。每当吴正光激愤地向她谈起白雪一家的遭遇时，她的表情更令人不解——焦躁、委屈，有时竟一反常态，大声制止他："别说了！"

吴正光虽然很爱她，但总感到姑娘的心好像被一种无形的雾笼罩着。

分手时，王公伯祝愿吴正光和他的女朋友永远幸福。就在这时，一个穿着短大衣，捂得过分严实的人径向他们走来。那人走到王公伯面前低声说："老王……"

王公伯认出这是小陈。吴正光告别了。小陈这才警惕地说："又要叫你回干校了。复审工作暂时停止，是郑局长下的指示。"

王公伯明白问题的严重性，不到万不得已，老郑是不会这样做的。他抬起头来，天空像墨一般漆黑，周围的一切都在冰冷的空气中冻结住了，只有他周身的热血在奔腾着、冲激着他那颗炽烈的心。

五

王公伯临回干校前，徐副主任和郑局长找他谈话。他习惯地双手插在裤兜里，微弓着背，缓慢而稳健地走进省公安局大楼。

在局长办公室里，郑局长和徐副主任正在等着他。老郑和他紧紧握手，目光在他脸上巡视良久。

徐副主任对他关切了一番。王公伯明显地感到：他那布满血丝的眼里，闪现出一股按捺不住的兴奋。

徐副主任急着要走，只简单地和王公伯谈了几句："老实讲，七、八、九三个月的所谓整顿，我是早有看法，心中不满的。但是，情势所迫呀，我只能持静观态度。教训说明，我们有些同志在政治上也实在太幼稚得可怕了。好些人大概都以为这股风要刮到底了。……当然，你这几个月的工作精神是十分可嘉的。不过我也希望你认真考虑一下，为什么这股风一来，你就那么为之疲于奔命？老王，这可是要挖一挖思想根子呀！"徐副主任笑了笑，接着道，"我想，在干校里，你的认识会对更多的同志有所启示。"

徐副主任走了，他执意把自己的汽车留下给王公伯，要他去军区总医院检查一下身体再走。而他自己，提着包，步行回省革委大楼去了。

老郑和王公伯对视而坐，久久无言。沉默中，王公伯看到老郑难过地低下头去。

王公伯拍拍老战友的膝："喂……"

老郑注视着王公伯，痛心地责备他："老王，你的病不告诉老李，也瞒着我？……唉！刚才徐副主任的话你不要放在心上。你是马上住院，还是到北京仔细检查一下？"

王公伯笑了，他亲热地握住老郑的手说："……周总理都是这个情况，我还能想什么。住院也是吃药，到干校我还能当医生，放心吧，我会保重自己的。"

老郑站起身来，心情激动地踱着步，在他早已熟悉的老战面友前，还能说什么呢？

两人在凛冽的寒风中久久徘徊，依依惜别。

王公伯说："我知道你的处境，只盼你切莫'卸甲还乡'。"

老郑说："青山不老，绿水长流，公伯，我们后会有期。"

六

隆冬天气，王公伯回到干校又有一个月了。白舜的冤案没有查清，使他常常夜不能眠，觉得自己没有尽到责任。加上白天的繁重劳动，他的身体明显地变得虚弱了。

这天，天气格外寒冷。王公伯刚刚喂完猪，一阵猛烈的寒风，使他剧烈地咳嗽起来，心脏一阵令人目眩的剧痛。他把身子靠在猪圈的围墙上，背弓得更厉害了。

他的爱人老李闻声赶来，赶紧给他服了药，扶他进屋坐在火炉前。过去他也常犯病，但从没像最近这样厉害。老李强克制住感情劝他说："老郑要你去治病，我看还是去治一治吧。"

王公伯平息一些，用手擦去额上的汗水，抬起头来苦笑着说："你不必总劝我，我这病难道靠药物可以治得好吗？"

老李无奈地摇摇头："老郑也是一番心意，再说校部也同意你外出治病。也许，趁外出的机会，能将白舜的案子搞搞清楚呢！"

"噢！"王公伯眼神发亮，转忧为喜，好像更了解了自己的妻子，"对，对！你帮我收拾下行装。"

突然，传来一阵哀乐，寒冷的空气仿佛凝住了。他们怀着万分紧张、恐惧的心情缓缓站起来，慢慢走到门口。

人们聚集在露天里，有的忘了放下肩上的担子，有的连烟头烧到了手指都没有感觉。

讣告！是他！是我们敬爱的周总理！这个人民无限爱戴、祖国无比需要的人与世长辞了！

王公伯，这个从不掉泪的老人，此时此刻呜咽得几乎气绝。他万分悲恸地向那永别人世的老人哭喊："总理！总理呀！我们多么需要你，毛主席多么需要你，你去得不是时候呀！……"

……

哀乐在耳边低回，王公伯的银发在寒风中颤抖，他在坎坷的土路上走着，老李提着个小包默默地跟在后面。王公伯停下来，接过妻子手里的小包，说了一声："我去了……"

老李凝视着他那清瘦、悲痛、威严的脸，紧紧地拉着他那双枯瘦的手，突然把脸贴在他手上，百感交集地痛哭起来。

王公伯把她被风吹乱了的头发理齐，在她颤抖的肩上轻轻地拍了拍，深情地看了她一眼，转身迈开大步走去……

七

王公伯又来到省城。郑局长来看望他，两人在小厢房里低声交谈。当郑局长告诉他，伟大领袖毛主席近来身体也不太好时，两人沉默了许久，沉重的心情无法用言辞形容。王公伯说："听最近的广播，他们加快了……步伐。我们的工作也要抓紧。我的时间表上，没有瞧病的时间了……"郑局长频频点头，表示对老战友的完全信任、理解。

王公伯很少到公安局大楼去，几乎没有去医院看病。他找到小陈，在小陈帮助下，打听到杨琼的下落。原来杨琼已改名艾华，在城郊的一所小学教书。

王公伯知道：和原告杨琼的见面将是一场关键性的会见，一定要抓紧时间。他不顾重病在身，冒着寒风，向杨琼所在学校赶去。

艾华今天只有两节课。下课时她感到头疼无力，可能因为昨天一宵未睡的缘故吧。自从吴正光正式向她表白了爱情，她的心情就十分烦乱。她爱吴正光，但一个两重人格的人，又有什么资格去爱呢？随着年龄的增长，她懂得了人生道路的曲折。她恨自己的父母，恨自己的家庭，是他们使自己蒙受了洗不清的耻辱和摆不脱的良心谴责。

艾华走进办公室，只见一个陌生的老警察向她走来，伸出手说："我叫王公伯，想找你谈谈。"

艾华的心不安地剧跳起来。两人坐下，艾华惶惑地低下了头，她总感到老人那微眯的眼里有一股灼人的光。

王公伯为了缓和一下紧张空气，轻轻地问："你原来叫杨琼吧？听说你很喜欢白雪，是吗？"

艾华的脸上微微泛红，也轻轻地说："我……是的。您找我有什么事？"

王公伯说："还记得八年前的白舜案件吗？这个案子需要复审，我想请你谈谈白舜犯罪的经过……"

艾华心里异常慌乱，她颤抖着嘴唇说："叫我怎么说呢？"声音低得只有她自己能听见。

这是一段洗不掉的耻辱啊！每当她想大声疾呼："白舜是冤枉的！"耳边就

响起父亲的威胁和母亲的哭求。

白舜被诬陷后,父亲、母亲整整把她在屋里关了三天,轮番对她进行"教育"。

父亲告诉她:要革命就得有牺牲,搞掉白舜是革命的需要。假如不搞掉他,那徐副主任、裴副局长和他们一伙人的革命造反行动,岂不要翻过来看吗?那时走上被告席的就不是白舜,而是他们了……

母亲痛哭流涕地恳求她:"孩子,我们就你一个,还不都是为了你吗?你爸要有个三长两短……再说,白舜耍流氓的事已经嚷嚷出去了……"

杨琼哭着辩解:"白叔叔根本就没有这回事。"

父亲立时瞪起血红的眼睛呵斥道:"你是要白舜还是要你老子?!告诉你,我要是当了反革命,你这辈子也别想好!"

母亲也吓唬她说:"女孩子家,别不知好歹。这种事说出去了就没法再收回。"

当时只有十六岁的杨琼并不十分理解父母的话,她只感到万分的羞耻和恐怖。出庭时她就像个傻子,说不出一句话,都是爸妈代她讲的。此后,爸爸果然"革命"成功,当上了省革委一个部门的副处长。

八年来,为了减轻心灵上的折磨,杨琼像躲避瘟神一样,远离开她的父母,隐姓埋名,在这远郊区的小学里拼命地工作,想以此来赎罪。可是老天偏偏折磨她,白舜的儿子白雪也到这个学校来上学了。孩子天真纯洁的眼睛使杨琼感到极大的痛苦。她愿意把所有的爱,都灌注到这个由于她的罪过而造成不幸的孩子身上。

的确,她想让岁月来磨灭她的耻辱,她希望永远忘记"杨琼"。可是,今天,王公伯却偏要揭开她心灵上的伤疤。艾华感到进退两难:说了,可以使无辜的白舜昭雪,可是自己的家庭、父母?还有吴正光,他能谅解我吗?……想到这些,艾华浑身一阵燥热,猛地站了起来。虽是严冬,汗珠却从她的发际渗了出来。王公伯那灼人的眼光逼得她不敢抬头。她紧咬住嘴唇,失魂地摇了摇头。

王公伯静静地等着,目光一刻也没离开艾华那张越来越惨白的脸。怎样才能唤醒姑娘心灵深处的正义感呢?王公伯严肃地说:"艾华同志,你应该坚强起来,战胜自己的软弱。我们不应该冤枉一个好人。这个案子可能是个假案,牵涉的也不只是你父亲,可能还有更大的罪魁祸首。我们要把那真正的罪魁祸首找出来,才能伸张正义!这不也是我们每一个毛泽东思想教育下的青年人应尽的责任吗?"

艾华感觉头脑一阵昏眩,她在心里问:"毛泽东思想教育下的青年人,我……够格吗?"

屋里死一般地静。突然门被推开,一个魁梧的小伙子走进来。一瞬间,他的目光和王公伯相遇,两人同时惊喜地喊起来:

"老王同志!"

"吴正光同志!"

"您到这儿来干什么?"

"白舜的案子一定要弄清楚,机不可失,时不再来。为这事,我在找原告……"

吴正光迫不及待地问:"找到了吗?"王公伯斜睨了一眼面红耳赤的艾华,微笑着说:"难呀!以后再谈……"

吴正光看了一眼艾华,热情地介绍说:"老王,她就是艾华,我跟您说过……我们……"

王公伯笑着点了点头:"祝你们幸福!"说着,感慨地望着艾华:"艾华老师,你提供的线索对我很有帮助,也许我能很快找到杨琼……"

吴正光一听,深情地对她说:"原来你知道线索,唉!你怎么从来没告诉过我呢?"

王公伯笑道:"是她方才想起来的。"

听着他俩的对话,艾华明白了王公伯的心意,一阵感激之情,使她热泪夺眶而出。艾华知道,只要王公伯一句话,自己心爱的人,可能就会遭到一个猝不及防的打击,而这个打击可能是他经受不了的。自己年幼无知和软弱铸成的罪恶,造成了白舜一家的悲剧,也日夜地折磨了她整整八年。可是吴正光完全是清白、纯洁、无辜的,他为什么要受我的牵连呢?……艾华捂着脸强抑着啜泣。

吴正光见艾华抽泣,心里一阵感动,对王公伯说:"艾华的心太好了,每当提起白雪家的遭遇,她都忍不住要流泪。"

王公伯望着眼前的两个青年人,体会到他们不同的心情,心中油然感到自己作为长辈,该使这一代人懂得什么。他决定了要做的事。

"走吧!我们去看看白雪。"

吴正光点点头。艾华感到王公伯的目光在背后盯着她。当她第一次看到白雪时,恨不得立刻到他家去,为他们母子尽力做些事情。可她又缺乏这个勇气,今天却是身不由己了。

八

  林芳热情地迎进他们。当她听到王公伯的声音，她的心情反而沉重了。她不愿再为白舜的事连累这个身处逆境的老人。在这一片"反击"的声浪中，她最大的愿望就是王公伯健康、安好。

  王公伯理解她的心情，问起了白雪："孩子呢？"

  林芳说："他今天学工去了。"

  吴正光对林芳说："老王这次来，就是为找原告杨琼。他是借着治病的机会出来的。"

  林芳听到这里，目光呆滞地对着王公伯。她感激地说："我……怎么谢你呀！"

  王公伯内疚地叹了一口气。

  林芳伤感地摇了摇头："我也想过，能说出真情的人只有杨琼，可她……就是找到了，也不会说的。因这样一来，等于宣告她父亲是罪人，她的前途也不能不受到影响。现在她该是二十四岁了，也许都有了爱人和家庭。她能把自己、把家庭毁了吗？这是很难，很难的！"

  王公伯注视着一直默默坐在门口的艾华，她苍白的脸上，一双异常痛苦的眼睛充满了泪水，不敢正视林芳。

  吴正光说："不过我还是相信新中国的青年一代。如果她是一个正直的青年，我相信她终究会觉悟的。"

  艾华吃惊地凝视着吴正光，身上出着冷汗："假如他明白我是个什么样的青年，我在他心目中将是一个多么卑污、多么下贱的人呀……"艾华心中一阵刺痛，不禁轻轻自语着："我……怎么做人？怎么做人？……"

  林芳一惊，她慌忙转身问："这是谁？"

  吴正光说："是艾华老师，我的好朋友。她也最喜欢白雪。"

  林芳使劲揉揉眼睛，可一点也看不清楚，她摸索到艾华的手紧紧握住，热情地说："唔，是艾老师！白雪常提起你来，你还常给他补衣服。谢谢你！你们都是好人！不见外地说，刚才听到你的声音，我一下子想起了杨琼。那孩子说话也

是这样柔声细气的,是个好孩子。唉,说起来,她也是个不幸的姑娘。她那可恨的父母,竟把一颗珍珠踩进泥坑里去。"

艾华浑身战栗起来,为了掩饰,她走到窗前。

王公伯叹了口气说:"像杨大榕这种为了个人野心,不惜踩着女儿的身体往上爬的人,才是我们社会的罪人。不过也不只是这样几个人。是什么人在'文化大革命'中,疯狂为这类野心家登台表演,创造着条件?我们只有揭露他们,彻底地无情地揭露他们,毛主席的革命路线才能贯彻、落实,社会上一个个的冤案才能平反、昭雪,也才能让像杨琼这样的受害者得到解脱。正是为了这,我才……"一阵剧烈的咳嗽引起了心绞痛,使他靠在墙上蜷缩起身子。

吴正光和艾华惊呆了,紧紧扶住王公伯,帮助他吞服了几片药。

林芳一听他患有重病,只觉得昏暗的眼前骤然一黑。

吴正光用手绢揩去王公伯头上的汗水。王公伯以平缓的声音说:"没关系,这也是老毛病了。那些人总是盼望我死,可是我们这些血和火里滚过来的老家伙,经得起折腾,因为敌人还没有消灭。我这病至少也犯了二十年,可是我总是看见敌人被消灭。经过我们的手,经过无产阶级专政的铁拳,任何狡猾的敌人,最终都逃脱不了遭惩罚的命运。我今天是在履行自己神圣的职责,请相信我不会就这样倒下去的!"

林芳默默地流下了泪。

艾华深情地凝视着眼前这位饱经风霜的老人,一种她从来都觉得是朦胧的理解突然明朗起来:她懂得了什么是平凡而又伟大的人。就在这一瞬间,在这样一个人面前,她决定要向亲人们倾吐八年来没有勇气讲出的话。她扶在窗框上的手不能自制地颤抖着。她那由于极度激动而变得有些呆木了的脸上,虽仍交织着惭愧、悔恨和悲痛,却已分明透出一种坚决的神情。

艾华刚要启口,砰!砰!砰!随着一阵急促的敲门声,身着便服的小陈闯了进来。

王公伯一怔:"小陈!"

小陈上前握住王公伯的两手,急切地说:"老王!吕萍让我赶快告诉你,他们要下毒手了。徐副主任说你请假外出是搞非法串联,你复查案件别有企图,是大整领导干部的黑材料,矛头对准革命的新生力量。他要裴发年立即逮捕你。他们正在到处找你呢！郑局长正在省革委开会,你赶快到郑局长那里去,越快越好！吕萍已经给郑局长去了电话。"

王公伯缓缓地摘下帽子,深情地抚摸着国徽。

林芳一下子扑倒在他脚下,抚着他的腿泣不成声。

王公伯扶起她,沉静地说："我早有思想准备,这些人什么龌龊的勾当都干得出来。是的,他们甚至可以暗害,或者罗织罪名杀死我。但千千万万捍卫党的正确路线的战士是杀不光的。真理和正义的声音是消灭不了的！"

"真卑鄙！"吴正光气愤地说。

小陈焦急地看看手表,催促说："老王,快走吧！"

王公伯动情感慨地说："当然,我并不怕死。要处理我,他们会造出各种借口！但遗憾的是,眼见得历史严厉惩罚这班害人虫的日子近在咫尺,而我……也许看不到了！"

艾华再也抑制不住了,她伏窗痛哭。吴正光和小陈也忍不住默默地擦泪。

忽然,艾华觉得有一只温暖的手放在了她的肩上,她抬起头来,王公伯正默默地凝视着她。这是怎样的一双眼睛！这目光一下子启开了她紧闭的嘴。艾华在心中压抑了八年的千思万绪,夹卷着难以形容的痛苦,冲腾而出。她说了一句除王公伯外谁都震惊的话："我就是杨琼！"

屋里的空气仿佛凝住了。只有艾华那痛苦、低沉的叙述震撼着每个人的心……

王公伯从来没有这样激动过,他握着艾华的手说,鼓励说："杨琼同志,谢谢你！"他又面对大家严肃地说："这绝不仅仅是徐润成、裴发年、杨大榕几个人的事。他们打着最革命的旗号,干着地地道道的反革命勾当。他们代表了疯狂破坏我们社会主义祖国的一股黑暗势力。他们妄图把我们亲爱的祖国,投进历史上最深重的黑暗中去。要知道,这是一场共产党和国民党激烈斗争的继续啊！"

王公伯深深感到：眼前这场斗争,绝不仅是处理一宗个别人的冤案,而是两个阶级、两条路线的生死斗争。真是牵一发而动全身啊！它牵动着好些个人！它将使妖魔现出原形,使正义得到伸张,使人民的觉悟大大提高。他为能置身这场斗争的第一线,而感到无比幸福、自豪！

他激动地注视着眼前的每一个人,包括刚刚进门、带着惊诧的眼神的小小的白雪。他们也体会到了这场斗争的历史意义？此刻,他只有一个愿望,和杨琼到

郑局长那里去，越快越好，这事要做得绝密！

谁知这已不能成为秘密。从王公伯这次一离开干校，立刻就有人把他的行踪向徐润成密告了。徐润成赶紧通过裴发年要杨大榕亲自出马，先设法把杨琼掌握住。当杨大榕发现女儿不在学校时，他有些发慌。一下子他想到了白雪家。他刚赶到白家陋室的窗外，恰好听到了杨琼的自白。他的双腿不禁感到瘫软。他像一个逃犯偷听到判决书一样，怀着难言的恐惧赶去打电话向徐润成要主意。这消息吓得徐润成几乎掉落了话筒。但徐润成不愧是风浪里冲杀出来的人物，他扔下话筒，一拳砸在桌上，恨恨地说："摊牌！"

顷刻，一辆吉普车，带着徐润成和裴发年的密令，驶向了王公伯的必经之路。

郑局长一接到吕萍的电话，立刻明白王公伯的处境十分危险。他赶紧走离会场，立刻布置一个精悍的助手，带人火速去接回王公伯。

王公伯有着老公安人员的警惕性，为了避开裴发年的眼睛，他带着艾华和小陈在夜幕笼罩的公路上徒步疾走。快到城郊公路的交叉口了。王公伯对身边的两个青年人说："敌人此刻比我们更紧张。但他们不会甘心失败，斗争是艰巨的。为真理而斗争，即使付出自己的生命也是值得的。你们说，对吗？"

小陈激动地点点头。

艾华坚定地说："王叔叔，我懂了！"

他们快走近了一辆停着的吉普车。老郑的助手跳下车迎了过来，要请他们上车。就在这时，又一辆吉普车迎面飞驰而来，大开着刺眼的车灯，直向走在稍前的艾华冲去。

王公伯骤然明白了：这是要杀人灭口！他飞步上去，猛地把惊慌失措的艾华一推。只听呼的一声，吉普车把他撞出十几米远，呼啸而过，消失在夜幕中。

小陈和助手惊叫一声，向王公伯扑去，两人泣不成声。艾华却一下子晕了过去。

月光下，王公伯那苍苍白发被血染得殷红……

九

肃静的急救室里。医护人员紧张地抢救着王公伯的生命。

医院领导陪着徐润成走进病房，徐润成表现得十分沉痛，他对身边的医生说：

"一定要把他救活！你们好好研究一下抢救方案。这里需要绝对的安静！"

医护人员们走到屏风后面，低声商议起来。

徐润成从王公伯极度苍白的脸望到了输血瓶。鲜血一滴一滴地注入王公伯的血管，可是这能挽救一个垂危的人的生命吗？徐润成狞笑一声。正在这时，病房的门缓缓推开，徐润成猛一抬头，他的脸僵住了。郑局长威严的目光盯得他再也笑不出来。徐润成心虚地寒暄着："老郑，你来啦……"郑局长的身边站着小陈和杨琼，两个人激怒地逼视着徐润成。彼此在这一触即发的气氛中屏住了呼吸，只有输血瓶滴血的声音轻轻地、沉重地敲击着人们的心弦。

王公伯安详地瞑目静卧在一片洁白之中。他一定知道身边的事，因为他的生命仍然存在。在他那恬静的脸上既没有痛苦也没有微笑，甚至连眼睛都没有睁一睁。他完成了神圣的使命……

在老人平静的脸上，艾华才真正懂得了人生的意义。

十

一九七六年，金色的秋风把枫树烧得通红，像一支燃烧的火炬。

白舜伫立在红枫树下，他用力地在树干上刻着第十颗星星。刻完，他把脸紧紧地贴在上面，麻木了的心中竟闪起丝丝火花。火花照亮了一个男孩子的脸——那是他九岁的儿子，可是他从没见过面！

"爸爸！"一个清脆的童音欢快地喊着，"我们来接你了！"白舜猛地抬起头来："难道我又在做梦？"

几个身披朝霞的人向他走来。白舜痴呆地望着，望着……这不是陈队长吗？还有妻子，还有……儿了！？另外两个人他好像不认识。

人们走到他跟前，小陈一把抓起白舜的手，异常激动地说："是英明的党中央一举粉碎了祸国殃民的'四人帮'，你的冤案得到昭雪了！白舜同志！你有权做你儿子的父亲；你有权做你妻子的丈夫；你有权做我们社会的主人！你坚持了真理和正义，始终没有向邪恶势力屈服。现在，我们党胜利了，人民胜利了，这胜利中，有我们永远怀念的王公伯同志的一份功劳，也有你的一份力量，你应该感到骄傲！"

白舜长久地发呆，他难以置信地凝视着眼前的人们。

林芳呼叫着丈夫的名字，投入他的怀抱。爱人的泪水滋润着他干枯的心田。白舜仿佛一下子苏醒了，只觉得眼珠一阵剧痛，两行热泪夺眶而出，这不是热泪而是滴滴鲜血！顺着他那伤痕累累、苍白枯槁的脸颊流下，一滴、一滴落进了红枫的根土之中……

"白叔叔！"一个姑娘的声音在呼唤他。白舜感到这声音既熟悉又陌生，他抬起头来凝视着眼前的姑娘。姑娘满面泪水，眼里交织着羞愧、悔恨的神色。林芳过来热情地拉起姑娘的手，对丈夫说："杨琼和我们一起来接你，她……是个好姑娘！"

站在杨琼身边的小伙子也赶忙说："白叔叔，我叫吴正光，杨琼是我的好朋友。我们一起来向您报告好消息：党中央领导我们粉碎了'四人帮'！徐润成、裴发年、杨大榕这帮害人虫的罪行被揭发了！他们将受到应有的惩罚！"

……

霞光染红了秋野。白舜在亲人们的簇拥下，告别了小陈，向霞光中走去。杨琼和吴正光紧跟在白舜一家后面并肩走着。只见小白雪不时回过头来向小陈频频招手："叔叔，再见！"一种庄严、神圣的感觉在小陈心里油然而生。在这神圣的大地上，人民的法律又恢复了她那至高无上的尊严，社会主义祖国的江山，更显得分外妖娆！

小陈眺望着他们的背影，幸福地微笑着。一轮红日，把她那温暖的金辉洒满大地。他们的背影在地平线上渐渐消逝，好像走进了那轮鲜红的太阳……

"不称心"的姐夫

关庚寅

  一年一度，每逢年根底上，姐姐和她青年点的同学，就像南归的大雁似的，全回来探家。今年，"大雁"都飞回来了，唯独少了一个姐姐。我一打听才知道：这次招工，姐姐排了头号。听说单等姐姐自己交代完工作，收拾收拾东西，可能过几天就回来。我到家把这件事一说，父母心里就像开了一扇窗子，又敞亮又高兴。老阴沉着脸的爸爸也有笑模样儿了。驼背仿佛也直了，再把连鬓胡子一刮，像年轻了好几岁。妈妈这些日子东一趟西一趟，又买鱼又称肉，把今年的年货办得又齐全又丰富。晚上，爸爸妈妈还背着我合计，在谁也不准动的存款中，取出一百二十元，等姐姐一回来，让她自己上街选一块"大上海"手表。但这些话还是让我听到了。别看姐姐和我是双胞胎姊妹，可显得比我成熟干练多了。咱俩个子一般高矮，姐姐比我苗条些，她身材颀长，长瓜脸白里透红，梳着齐刷刷的拖肩小辫，修长的眉毛下，一双黑亮的大眼睛中总像含有探索不尽的秘密似的。这几年农村生活的锻炼，使她的身体更丰满更结实了。姐姐长得漂亮又文静，在处人论事上也颇有些主见，就连爸爸妈妈有了难心事，她说上几句也能起些作用。父母自然看重她，在家中和我的地位就不一样了。就说下乡吧，父母身边留一个，不用说，家庭会议中一定让我这个"家老雕"去。没想到，姐姐先报了名，又转了户口，事态发生了变化，父母一权衡，还是姐姐在外头稳当些，便默许了。后来听说姐姐在农村干得挺冲，不仅入了团，还当上了青年点的点长。一晃四年了，

这回可盼出了头儿,就等姐姐回来了,可是下午突然收到姐姐一封来信。全家人都争着看,让我一把抢在手,撕开信封,便一口气地念了起来:

爸爸妈妈:

您们好!……因为有点特殊情况,这次招工,我不准备回城了,至于为什么,三言两语也说不清,等春节回家时再详细地告诉……

从简单潦草的信中,可以看出姐姐是在很矛盾的情况下,下了很大决心才写的。至于信中说的那个特殊情况,就令人费解了。是把名额让给了别人?还是工作上的需要?能不能……父母都沉不住气了,不仅当天拍了个电报追姐姐回来,还把我放出去四下打听,后来,我从姐姐一个最要好的同学嘴里,费了很多周折,才抠出几句话来。一个出乎意料的消息终于传来了,姐姐在农村找对象了。尽管她的同学一个劲夸那位男同胞,但也躲不过那些刺耳的字眼:他是1968年下乡的"老青年"。不是团员,没有父亲,母亲虽然官不算小,可是个党籍还暂时悬着的"走资派"。对了,他本人还有一个奇特的外号叫"老神"。全家人一听这个消息,像三九天往身上泼一桶凉水,从头顶上凉到脚后跟。爸爸气得好几顿没吃饭,妈妈暗自叹息,暗暗落泪。论理,这件事不该我当妹妹的管。但女孩子大了,做父母的不好深说,我和姐姐关系极好,说深说浅她也能担量,看样子还得我这个当妹妹的插手,出面干涉他们的"内政"了。对,就这么办!趁他们生米没做成熟饭,采取果断措施,打消姐姐的念头。

晚上,爸爸在我身旁亲自坐镇,告诉我信要写得由浅入深,循循善诱,把咱家的具体情况和这件婚事的成破利害说清楚,劝姐姐悬崖勒马。我本来心里就愤愤不平,写信的语气自然很凌厉,从政治到经济,从家庭到个人前途,着实训了她一顿,最后还亮出一张王牌,如果她执迷不悟,不听从老人劝告,就开除她的"家籍",永世不让她回来。

信邮走了,话也说出口了。其实说的都是气话,心里还真有点后悔呢。最坐不住的数妈妈了。隔一会儿,她从窗户往汽车站一张望,可一直没有见到姐姐的影子。

大年三十那天,正赶上寒潮,外边冷得邪乎,嗷嗷怪叫的大北风夹着碎雪粉

"不称心"的姐夫

抖起威风,横冲直撞,不可一世,把门窗扑打得"哗哗"响,把天地搅得灰蒙蒙、昏沉沉的。本来傍年临节街上行人就不多,这下子几乎断了人迹。咱们家像断了烟火没有一点生气。天煞黑了,爸爸还坐在炕沿上,一支接一支地抽烟,妈妈在炕里一个劲儿埋怨我,一定是信里把话说绝了,惹得姐姐生了气,不然……正念叨着,门开了,一股寒风把屋里的灰尘搅了起来,随之进来一个大雪人。

"妈!是姐姐!"我惊喜得想扑过去。

姐姐没来得及抖抖身上的雪,就挑起门帘向身后亲热地喊了一声:

"四平!快进来!"

说着一个背包撂伞的人进来了。姐姐一边动手帮他卸着包袱,一边天真活泼地说:

"妈,今天多亏人家四平了,没有他呀,说不定我让大北风刮到哪国呢。"

"大爷,大娘好!"接着那位被称作"四平"的人,脸涨得通红,怯生生地开口了。

爸爸妈妈不冷不热地"嗯啊"了两声。

我一看他那难堪的样儿,听他那费劲的话,就知道他是个不会说不会道的"闷葫芦",由于事先听到那些风声,顾不上看他们带些什么年货,便观察起这位不速之客了。

他貌不惊人,土里土气,没有一点特殊的地方。个子不高,头发很乱,黑黢黢的四方脸冰得有些发紫,重重的剑眉上挂着白霜,一双眼睛像刚醒似的布满了红丝,厚厚的嘴唇上长着毛茸茸的胡子。衣服领子一边高一边低,对襟小棉袄的罩衣还掉了一个扣子。他和姐姐站在一起是多么不相称啊,姐姐又精灵又漂亮,他又土气又老成,看上去像个三十开外的人。

姐姐倒没有介意这些,她一边给四平扫身上的雪花,一边埋怨:"看你,像个逃荒的似的,扣子上车时挤掉的是不是?快把棉袄罩衣脱下来,怎么样?冷不冷?来!脱下鞋,快上炕里。"

瞧姐姐的神气样,像一个大姐姐对待一个小弟弟。我都替她害羞,可她却那么正经、坦然,感情是那么真挚,好像是理所当然的。那位不速之客一直呆呆地站在那一声不吭,直到姐姐要帮他脱鞋了,他才手忙脚乱,又惊讶又不习惯地瞅着姐姐说:"我自己来,自己来!"

看得出这是姐姐在父母眼前故作姿态,来表示她的坚强决心。

这时,在炕里的妈妈才反应过来,上前拉了四平一把:"天这么冷,快上炕里!"

爸爸坐在那里一声不吭,但从神色上看得出他心中很焦虑,把刚抽半截儿的烟掐了,又用脚踩上去,把它碾成了烟末。沉思了半天,才站起来说:"我上厂子看看!"说着他把帽子往头上一扣,把门"咣"地一关,出去了。今天爸爸明明放假,上什么厂子,显然是对姐姐刚才那番举动生气了。

你别说,这小伙子倒挺勤快,在炕里喝了一碗姐姐给他倒的红糖水,又和妈妈唠了几句家常嗑儿,便下地去,脚不沾地地忙活了起来。先动手杀鸡,不到半小时,连煺毛带倒净肚肠,收拾得干净利索。不一会儿又悠悠地挑来几担水。接着便和面、剁馅、和馅,干得蛮带劲蛮在行。不一会儿,把三十晚上的准备工作做得利利索索,停停当当。

我拿眼睛瞥他一下,心里寻思,不管你怎么表现,怎么勤快,咱们家也不缺劳力,就凭你……哼,算白搭!

天漆黑了,爸爸也回来了。外边,孩子们欢乐的呼叫声,噼噼啪啪的鞭炮声,加上"钻天猴""土火箭",在天空中炸开,放出五颜六色的礼花,给除夕的夜晚增添不少色彩。往年,爸爸准拉着姐姐和我出去放几个"二踢脚",可今天,这些都没有引起爸爸的兴致,也没驱散家中的闷气。虽然这些年爸爸被撤去工厂厂长职务,一年一年地感到没有什么奔头,可从来没有像今年这样消沉。

四平不声不音地擀着饺子皮,我和妈妈默默地包着饺子,爸爸还在炕沿边闷咪闷咪地抽着烟。这种无声的沉闷,使人说不出的难受。在一旁洗头的姐姐,为了缓和这屋里不正常的空气,讲了好几个青年点的笑话,但也没勾出父母的笑声。四平似乎看出了什么,又不好插言,擀完饺子皮后,自己默默地到厨房生火去了。

这时,爸爸才闷声闷气地开了腔,像这样拉着脸数落姐姐还是第一次,低声说了几句之后,便放开嗓门:

"爸爸这么大岁数都白活啦?没有经验,还没有教训吗?"

"找他有什么错?"姐姐轻声分辩着。

"什么错?人长得好坏不说,就说他那个家庭,年轻轻的就背上那么一口大黑锅,到啥时候才能出头!"

"不称心"的姐夫

"他人好！"姐姐仍然不服。

"人好？你爸爸人坏吗？不是因为一段历史被人家说成是什么什么，这七八年抬不起头吗？单是我这个家就够呛了，又添个你，咳……"爸爸气得直哆嗦。

"爸爸！"姐姐眼中闪着哀求的泪花，意思是让爸爸说话轻点，别让外屋的四平听见。

我看出了姐姐的意思，刚要推门探探风，门开了，四平呆愣愣地出现在门口了。他脸色苍白，语音颤抖：

"大爷、大娘，饺子煮了，我该……"话没说完，他猛一转身，在那一瞬间我发现他眼中含着克制不住的泪水。接着外屋门"哐"的一声。他真的走了。

正在洗头的姐姐顾不得擦擦头，她使劲咬了咬嘴唇，瞅瞅爸爸，看看妈妈，抓起围巾叫了声："四平！"便推开我的手，披着湿淋淋的头发，追了出去。

"叫她滚，滚吧！往后别登这个门！"正在火头的爸爸竟吼了起来。

妈妈心软了，慌忙包了些炸果子、炸鱼之类的东西，塞到我手里："小霞，快！快追你姐姐他们去！"

这时已是后半夜，街上看不到行人，偶尔有一两声鞭炮响，我穿过一条街，借着昏暗的路灯光，才发现四平的影子离我约有一里地的光景。

"四平！四平！"姐姐在他后边披头散发拼命地喊着跑着，因为是顶风，四平听不见，走得更欢了。一会儿，四平似乎听见了什么，犹豫一下，忽然拼命地跑了起来。

"四平！四平！"

"姐姐！姐姐！"

姐姐追着四平，我追着姐姐，追了半天，四平和姐姐的影子越来越小。我累得呼呼上喘，又气又累，心里说："哼！还拿架，不回来拉倒！"夜色更暗了，黑夜像一个庞大的恶兽，正张开它那黑洞洞的大口，慢慢地吞着姐姐和四平那越来越小的身影，我心中一阵不是滋味。当我心事重重地走到家门口的时候，就听见爸爸妈妈正在屋里吵架：

"丫头大了，翅膀硬了，管不了了。"

"不是你身上掉下来的肉，你不心疼。"

"你懂啥，我一个人倒霉还不够受，还要添个……"

"咱先不说这些,得拿人心比自心。大过年的,人家孩子来忙了一大气,连口热乎饭都没沾嘴边,咱,咱这叫啥人家呀!"

接着"啪"的一声,便没有动静了。

我猛地推开门一看,愣住了。妈妈在一旁抹眼泪。爸爸在那里狠命地抓着头。脚下一个饺子碗摔得稀碎,饺子和汤洒了满地……怎么办呢?说爸爸吧,爸爸有他的道理。说妈妈吧,妈妈说的更近乎人情。我心中一股无名火冲上脑门,我恨呀,恨!恨姐姐?不是。就算姐姐在农村找了一个老青年,可大过年的也不至于闹到这种凄惨地步呀!恨四平?这可跟人家有什么关系呢?姐姐愿意跟人家搞对象呀,再说人家来后,一句闲话没说,忙了一大气连口热饭都没沾嘴边就走了,恨人家什么呢?恨他家?咱家不是一路味吗?那恨谁呢?是谁使我家连个团圆年都过不成……这几年,爸爸有着他自己的痛苦。在解放前的一次工人大罢工中,他被捕入狱了,直到解放了,他才出来。因为工作需要,当上了轧钢厂厂长。"文化大革命"中,一小撮坏人想夺权,硬说爸爸这段历史不清楚。后来,又添枝加叶,把爸爸说成叛徒。于是,就把我们全家遣送下乡了。爸爸没有因此而屈服,他多次上访,谁知当时领导狱中斗争、担任市工交办主任的李大姐也被打成叛徒、走资派,至今没有解放。爸爸的信也就石沉大海了。直到1972年落实政策,快奔六十岁的爸爸才被调回工厂。虽然没有定为叛徒,但这段历史仍然悬着,思想上的压力并没减轻,爸爸这个工作起来像牛一样的人,也唉声叹气了。眼瞅着他自己一天天走下去,手脚不灵活了,脸上爬满了皱纹,头发全白了。他多么盼望我们这一代,盼望姐姐和我能长大成人,有个称心的工作啊!姐姐这么一闹腾,给他沉重一击,他变得更消沉、更古怪了,十天八天都说不上一句话。

妈妈原来和爸爸在一个厂子。从农村回来后,不爱再听一些人说爸爸的闲言杂语,便转到一个小工厂里工作,她盼姐姐快些回城,家里好多个帮手。这回四平一来,妈妈好像是相中了,时常叨咕四平体格好,能干活,农业科学上还有一套。虽说他妈妈戴个"走资派"帽子,那不跟咱老头子一样吗,没臭哪去,难道就真能背一辈子吗?再说这也不干孩子的事,谁好谁坏自己带着。她一念叨这些,免不了要和爸爸吵上几句。

爸爸发愁也好,妈妈念叨也好,都是老年人的想法。如今不少年轻人就和他

"不称心"的姐夫

们想的办的是两码事,可我也想不通,姐姐跟那个四平是图个啥呢?图容貌吗?不是。他人极平常,和姐姐一比是多么逊色。图政治条件吗?也不是。他没有爸爸,有个老干部的妈妈还是"走资派"。图地位、前途吗?更不是了。虽听说四平在培育良种、田间管理上有点贡献,登过几次不落名的报,可那也是沙里埋金没人淘。贫下中农几次送他报考大学,都被政审下来了。一个修地球、团入不上,进大学资格都没有的小人物,会有什么造就?就是他将来在实践中真有惊人的发明创造,看形势,也不会用他这号人。姐姐真和正常人两路,这不明明把一朵鲜花插在牛粪上吗?那个"老神"又是用什么法术征服了姐姐的心呢?

后来,姐姐再也没有回家。听说她和四平结了婚,隔年生了个胖小子,日子过得挺兴旺。俗话说,儿行千里母担忧。年轻人在外头三年五载的没啥,做母亲的可受不了。妈妈急得抓心挠肝,想去看看吧,工作脱不开;想写信吧,也不知从哪儿写起……没办法,就让我去看姐姐,我不干,直到妈妈一再催促,伤心地流了几次眼泪,我才同意了。正巧,五一节放两天假,我带上妈妈给姐姐买的东西,坐火车就去了。

临近插秧的季节,村子里静悄悄的,好不容易才找到人,一打听,原来眼前的这两间土房就是姐姐家。对!我要悄悄地、突然地出现在姐姐面前。我轻轻地推开房门,屋里空荡荡的,陈设简单极了。天棚和四面墙裱的是白纸,正面挂一张毛主席像。既没有时兴的沙发立柜,也没有五斗橱茶几,只有一对用彩纸糊的木头箱子,上面摆满了一个个长方形的小木箱,箱子里长着绿油油的小苗,每个小箱上还挂一个小牌牌,标着什么"青春一号"、"二号"、"三号"……不用说那是四平搞科研的小自留地了。一张厚墩墩的桌子,看样子准是"面板"、"菜板"、"吃饭桌"三用的。碗架是用秫秸扎的,倒挺精巧、别致。最珍贵的,要数姐姐下乡时带来的大红箱子了。我偷偷掀开一看,嗬!里边满满的,全是有关农业科学的技术书。这大概就是姐姐的全部家产了吧。

可能是我走动声太响,把睡在炕里的小孩惊醒了,他发现了陌生人,便"哇哇"地哭了起来。我赶忙上前一把把他搂在怀里,贴着他嫩嫩的小红脸蛋使劲亲着。这小家伙可能饿了,拼命哭着喊妈妈,两只小脚一个劲儿蹬我,我再也哄不好了。

姐姐跑哪去了呢?我正着急,就听外边有沙沙的脚步声,抬头一看,从栅栏外走来一个背着小山似的一大捆柴草的人,进了院子,一仰身倒在草捆上,歇了好一气,才慢慢地抽出手站了起来。直到她抬起头,用手帕擦汗,我才认清,眼前这个裤子上带补丁,脸上有了些皱纹的人就是姐姐。

"姐姐!"我抱着小孩飞也似的迎了出去,谁想话一出口,鼻子酸了,泪水簌簌地流了下来。

姐姐用手捋捋额前的短发,接过小孩:

"看你这个工人阶级,都二十五六岁了,还满身小知识分子气,动不动就抹大鼻涕,真没出息,就不怕叫咱小莹莹笑话。"

我不好意思地破涕为笑了。

"小霞,咱妈咱爸这两年可好?"

"好?还能好?一条肠子八下扯,你们那年搅和完,抬腿就走,连个信影都不往家捎,倒挺清闲自在,家里哪能受得了哇,咱妈想你都要想疯了。"我一口气把气都放出来了。

"写信?写什么呢?"像触到姐姐思想深处的什么东西,她的身体猛地抽搐一下。十分痛苦地摇了摇头,又自言自语地说:"我不能再给老人添麻烦哪……"

我以为姐姐吃到苦头,有些回心转意,便说:"姐姐,不听老人言,吃亏在眼前了吧?"

"吃亏?"显然姐姐不爱听这些话,她笑了笑换了话题,"小霞,你还饿肚皮吧,来,今天请你尝尝姐姐的手艺!"说着她把围裙一扎,淘米、切菜、生火,蛮带劲地做起饭来。

我也抱着小莹莹凑了过去,和姐姐唠起嗑来。

姐姐往灶膛里添着刚背回来还有些潮湿的柴草,不大好烧,不时地从灶口燎出一股股呛人的黑烟,给姐姐眼泪都熏出来了,看样子是吃了上顿,想下顿,日子过得很艰难。

"姐姐,那个人不是挺勤快?怎么连柴烧都没有?"

不问倒好,一问,姐姐脸上顿时罩上了痛苦的乌云,"他让人家办班了!"

"办班?为什么?""反对张铁生!"

"反对张铁生?"吓我一大跳,他是不是有神经病?没承想这个"闷葫芦"还有这么大的胆量。

"怎么?你也恨他?"

"不称心"的姐夫

"嗯!"我不隐讳地答应着。

"为什么?"

"姐姐,还是拿镜子照照自己吧,都折腾成什么样子了!这不都是他造成的……"

"小霞!"姐姐打断了我的话,怔怔地看了我好一会儿。才沉着脸说道:"你太幼稚,太不了解他了。"说着姐姐深情地给我讲了起来:

"刚下乡的时候,我在青年连食堂工作,时常看见一个头发乱蓬蓬的老青年不按时来吃饭,吃一顿,又狼吞虎咽,好像要带出三两顿似的。有时就一两天不来。时间长了,我才知道这个有特点的老青年叫李四平。父亲抗美援朝时牺牲了,是由一个老革命的母亲把他带大的。下乡后,贫下中农几次推选他上大学,都因为他母亲有'问题',被顶了下来。为这些,他常常一个人暗自使劲揪自己头发,咬舌头,直至流出血来。但他这个数理化上有造就的高才生,并没有灰心,又以别人少有的毅力和勇气,研究起为农业高产服务的良种了。当时国内外资料极少,他就一天天长在地里,一夜夜为禾苗站岗放哨。风雨不误,废寝忘食,所以社员和同学们送给他一个外号,叫'老神'。同是一个外号,就有两种解释,一些人认为他太傻,神经有病不正常;而大多数人认为他是光有精神没有病,是个有革命钻研精神、有才干的好青年……"

"咝!"瞧姐姐那情不自禁流露出来的自豪神气,没容她说完,我便轻轻不服地咂了一下嘴。心里寻思,不用你说得天花乱坠,装刚强,到头来还不是扒拉土疙瘩。没想到这个小动作也让眼尖的姐姐看见了,她用手指点了一下我脑门:

"你咂什么嘴,你能说他不是好青年吗?"我吐了吐舌头,姐姐接着说下去:"他把汗水、智慧、心血全洒在培育良种上了。他培育出的'青春一号'、'青春二号'水稻良种,具有秆棵矮、不易倒伏、早熟、穗子大、籽粒饱满等优点,亩产一千八百多斤。目前是国内外最优良的品种之一,听说那饱实实的良种已经漂洋过海,去支援第三世界了。就这样一个青年,没资格入团,没资格上大学,就连报纸杂志上发表文章也不允许署名,甚至因为给报社写封信,不同意交白卷的张铁生这号人上大学,又被办了班,不准回家,他有什么罪呀!但你从他身上看不到一点情绪,听不到一句怨言,还是那么默默地、一声不响地干哪干,他把自己的一切都交给了社会主义新农村、交给党和人民,从不向党向人民伸手要一星代价。难道这种人不比那些外表光华、内里利欲熏心的家伙们,好上千倍万倍吗?小霞,你能说他的内心世界不美,品质不高尚吗?"

姐姐越说越激动,我越听越入迷,直到饭锅潽了,才结束了这段谈话。

吃完饭,没啥事,我又引话问起姐姐:"姐姐!你跟着他不觉得苦吗?"

"苦,思想上工作上有压力能不苦吗?"

姐姐把手扶在我肩上又讲了起来:

"为了这些,我们红过脸,吵过嘴,可常常是一见到他那睡眠不足的红眼睛和我讲上一百句,他一句也没有的样子,心也软了,气也消了。苦中有乐,你拿他有什么法子呢?就说结婚那天吧,他早上换上一身新'的卡',还戴朵大红花,准备九点正式举行婚礼,都九点半了还不见他影子。贫下中农和同学里三层外三层挤了满屋,我急得火上房。正在这时候,就听有人喊:'新郎回来了!新郎回来了!'我抬头往门口一看,吓了一大跳,他花也丢了,浑身上下连水带泥像个落汤鸡,叫人哭笑不得。我当这么些人面,又是大喜日子,不好说别的,只催促他:'快!快去换件衣服。'你猜他闷个头说啥:'小欣,你别生气,刚才渠冲开了,要不下去堵住到秋不知要瞎多少粮食呢!来,我看咱们俩讲点实效,对付对付就举行婚礼吧!'把一屋子人惹得哄堂大笑。你说,对他这个整个身心钻进工作里,忘却自己的人怎么办好?就连办了班,他对科研还不死心,晚上时常一个人偷偷地跑到地里去,看看苗情。咳!你说,生气吧,他做的事一点不错,你说他吧,他走的路一步不歪。奇怪不,时间一长,我反倒觉得和他这样人在一起,脑子也灵,心胸也开阔,办事也有主心骨。跟他不但不感到苦,反倒高兴,因为他干的事业,正是我们伟大时代需要的啊!"

这时,我打量姐姐一眼,发现她眼角里含着晶莹的泪珠。这种纯洁的感情,使我明白了,这真挚的爱情是多么深沉、多么不容侵犯呀!我也明白了,漂亮的姐姐为什么会爱上"老神"这个"闷葫芦"。因为从"老神"身上,看到了许多人所没看到的最美的东西……

论理,姐夫小姨子是够闹的,爱开个玩笑什么的,何况我和姐姐的岁数相仿呢。可我和姐夫别说笑话,连一句话也没说过呀,刚才听姐姐这么一介绍,我脸上火辣辣的,心中七上八下不是滋味,觉得自己太对不住姐夫了。不知为什么,此刻,我太想见姐夫的面了,哪怕只说上一句话,看上一眼也好啊。

"不称心"的姐夫

晚上，姐姐告诉我她有事出去一趟，便把孩子往身后一背，像个朝鲜族妇女似的走了。这黑灯瞎火，她上哪儿？她前脚刚迈门槛，我也不放心地跟了上去。外边漆黑，伸手不见五指，还夹着早春的寒意，使人感到冷飕飕的。姐姐在前头唰唰走，我在后边深一脚浅一脚地跟着，出了村口，就是秧苗田了。姐姐转悠了半天，突然走到一床育苗床前，打开了手电不动了。姐姐这是干什么呢？我正在猜疑，只听姐姐轻声地对脚旁一团黑糊糊的东西说话了：

"走！咱回去吧！"

"不！我出来一趟多不易呀！"

"我看你是真有点精神了，明天就要开你批判会，今晚还有这份闲心……咳！"

"闲心？不！小欣，我什么都能听你的，这件事可不能听你的，万一他们把这项实验成果在报纸上发表了，那会坑害多少人，糟蹋多少庄稼呀！"那个人用袖头抹抹脸上的汗珠，又沉痛地说，"都像张铁生那样的年轻人，咱们国家不就糟了吗？拿嘴，拿零分能实现周总理提出的在本世纪末实现四个现代化的宏伟目标吗？小欣！一想起这些，我今天就是翻上一夜，找到它，明天挂大牌子挨批判，心也踏实了，不然我心里会留下一个永远洗不清的污点呀。"

姐姐叹了一口气，不作声了。

我顺着手电的光柱往下一看，一个黑黝黝的身影在水田里移动着。他的行装很古怪。身上捂个厚厚的大棉袄，眼睛上罩个风镜，卷着裤腿，两只脚正在凉冰冰的污泥中，吃力地拔呀拔，拔出来陷进去，陷进去又拔出来，发出"咕哧咕哧"的声音，艰难地向前移动着。一双手也泡在泥水中，连翻带抓，好像能在污泥中抓出什么宝物似的。

小北风一刮，我浑身打了一个冷战，有说不出的寒意。再加上"小咬"围前围后叮得难受，我是一刻也不想待了。可一看四平，尽管他上身捂得很严实，但也躲不过"小咬"的袭击，它们成群地嗡嗡叫着，不时地向四平的脸上、脖子上、腿上发起一次又一次猛烈的进攻，咬着他、叮着他、吮着他的血。他好像没有知觉的，还蹲在那里翻呀翻……

好半天，他惊喜得一下子蹦起来，露出孩子般的天真欢笑："就是它，就是它，可把你找到了！"我当是什么珍奇的玩意儿，也高兴地探过头去，一看愣住了。

原来他手中捏的是刚冒芽、还没有拱出土、像绣花针似的一根小草,心里寻思:这叫什么科研呢?真是没事干了,明天就要挨斗了,半夜三更跑这里来闹腾,到底图个啥?四平却惊喜坏了,嘴里哼哼着什么歌,把手在水中洗洗,洗完后又往身上抹抹。便从兜里掏出一本"田间日记",十分认真地记了起来,我顺着姐姐自动照过来的手电光柱,只见日记上工工整整地记着:"从五月三日开始至五月二十日左右,是我们地区稗草集中萌发期……要抓住有利时机,见芽撒药,实现一次灭草。"

我望着他那虚弱的身体、瘦削的脸庞、深陷的眼窝和长长的凌乱的头发,眼睛潮湿了,不知什么力量促使人喊了一声:"姐夫!"接着嗓眼像堵上东西,鼻子一酸,泪水滚了下来。

四平摘下风镜,嘴动了几下,可一句话也说不出来,半晌,我才第一次看见他咧开厚厚的嘴唇,开心地笑了。

听到姐夫的笑声,现在该是我最满足、最快慰的事了。可他一笑,我反倒不是滋味。他一天到晚默默地干着,默默地为人民作贡献,很少发出这样涌自内心的爽朗笑声。是他不会笑吗?当然不是,那么是谁不让他笑呢?又是谁使他像千千万万个好青年、千千万万个好家庭,造成这样的悲剧呢?这难道是社会的正常现象吗?难道乌云永远能遮住光芒四射的太阳吗?我百思不解其疑,心中问着,琢磨着,期待着。

一九七六年十月,危害我们国家的蛀虫被押上了历史审判台。一批批罪恶材料公布于众,一个个不解之疑都找到了真正的答案——王、张、江、姚"四人帮"是万恶之源呀!

随着揭批"四人帮"斗争的不断深入,你听,天天有耳目一新的好消息。你看,处处展现出一往无前的新气象。作为社会的最小单位——每个家庭都焕发了青春。爸爸的问题一解决,咱们的胸口上像搬下块大石头,心里有说不出的敞亮。

虽然事事如意,但爸爸心中还像有什么重大心事似的,坐卧不安。是啊,爸爸咋能不沉心哪。五年多了没有见到亲骨肉女儿、女婿,还有个快满三周岁的小外孙子了。有什么仙丹妙药能治愈这种精神创伤呢?当我提起笔给姐姐、姐夫写信,催他们快点回来时,爸爸又端着茶水,默默地凑了过来,提议:春节快要到了,一定要正正规规地请四平和小欣吃上一顿团圆饭。

"不称心"的姐夫

三十那天，天气像懂得人们心情似的，好极了，到处洋溢着春天的气息。爸爸妈妈格外高兴，一有点动静就迎出去，这里里外外地演习好几回了，不用说，这是真心实意地盼女婿女儿了。突然，门外传来了沙沙的脚步声，我们全家又惊喜地迎了出去。

"老张啊，咱俩算有缘，我给你报喜来了！"我们全愣住了，来人不是姐姐和姐夫，却是一个两鬓斑白、精力旺盛、有些不寻常的老太太。她手里还拉着一个虎头虎脑的小男孩。

爸爸压低眉头，揣摩了半天，才失声地喊："哎哟！这不是我李大姐吗！是你！你好啊！"说着便紧紧拉住来人的手。

我一听李大姐，心中马上就明白了，眼下这位老太太正是爸爸常讲的那个领导狱中斗争的老革命，现任市工交办主任。

"直到外调同志去了解你那段历史，我才知道你在这里。亲家、亲家母，这些年可好哇？"

"什么？"爸爸妈妈闹得莫名其妙。

"怎么？还不快认外孙子？"

爸爸猛地一砸脑袋："咳！这么说你就是四平的母亲？"说着，眼中的泪水滚了出来。我们望着说不出话的爸爸，他在想什么呢？想解放前狱中艰辛的斗争？还是五年前除夕的夜晚？想起对姐姐的申斥和埋怨？还是对四平的冷酷面孔？……过了好久，爸爸又紧握住李大姐的手激动地说：

"李大姐呀！我太对不住你，对不住四平，对不住孩子呀！"

"快别说了，今后再有这种事情，可不能原谅喽！"李大姐爽朗、坦然地说着，大伙全笑了。

"咳！不说亏心哪！这不，我都准备好了，等孩子们一回来就检查、赎罪！"

"这回呀，你想请咱们四平也难喽，他让省里科研所请去了，正没日没夜地写书哪！小欣去帮他查资料、抄稿子。我这老婆子只好把这个小家伙管起来了。小莹莹，快喊姥爷姥娘！"

"你看，还觍脸当姥爷？"妈妈在添油加醋。

爸爸不管三七二十一，红着脸，猛地上前，把小外孙子搂在怀里，用满下巴大胡茬子又是亲又是扎，吓得小莹莹直捂小脸蛋，一个劲喊"姥爷！姥爷！"

　　李大娘笑了，妈妈笑了，爸爸也笑了，笑出了泪水。我望着小莹莹，笑得更开心了。笑着笑着，姐夫的样子又浮现在我眼前……他头发很乱，两眼布满红丝，正伏在桌前写着，眼前是那一瓶瓶良种和厚厚的书稿。姐姐在他身旁正埋头抄着稿子，抄累了，抬起头，正巧，两人深情的目光相对了，不知为什么，又都迅速地埋下头工作起来，他俩的嘴角都露出一丝会心的微笑……

少年 Chén 女

舒 群

一

一九八一年一月一日（农历庚申年十一月二十六日），星期四。

晨起，我忽然想起儿时的记忆，所谓"一元复始"和"天增岁月人增寿"的"嘏辞"之类横批和对联。不过，那指的是阴历（农历）正旦（春节），而在通用的阳历（公历）新年的今日，不妨还可以说"日新月异"和"又是一年春草绿"吧。不管阴历还是阳历吧，算起来，我进医院，住在这整洁安谧的铺地毯的高级单间病房里，整整一个月了。每日照例试试体温、脉搏，吃吃病号饭、维生素，每周量量体重、血压，间或点滴（滴流、吊针、输液）注射某些什么，挺着僵直的肢体，仰卧手摇式三折病床，眼巴巴、直勾勾地盯住天棚，消磨几个小时，一般都是如此规律化的单调而无聊的医疗生活而已。我的整个身体，通过内科负责全面认真地检查，特别是最近引入先进的 CT 医疗器械设备的检查，会诊诊断的结论，并未发现什么新的异常症状，而不过还是旧疾慢性病。说到慢性病，都与癌症等有相似的顽强性。凡是无法治疗的病症——不可知的医学王国的秘密魔窟，都有待于世界专家不断地实践、研究和探索——发掘突破，而造福人类。目前，我根本不相信有什么灵丹妙药能够治疗老年的动脉硬化、神经官能症，等等，与我从来不相信有什么符箓图谶能够驱除童年的梦魇、夜游症等等一样。所以，我只有争取早日出院，回家欢度春节了。

我正在读着《人民日报》社论《在安定团结的基础上，实现国民经济调整的巨大任务》，老伴儿和小女儿来看我。但她俩都带着各自暗藏的懊恼，以皮笑肉不笑的笑脸，气呼呼地跟我说，昨天已经搬完家——从西四的宾馆搬到东郊的新居，楼房高级，设备齐全……不过，老伴儿上下班不便，好在有面包车接送（按司局干部说，她应有这个待遇），并无问题；而问题在小女儿，转学要等到放寒假，继续上学路远，怎么办？玉芝要买一辆新自行车，而老伴儿认为这是浪费，因为家里还有一辆旧的，可以对付着骑，何必还要买新的呢？看来，她们在家里已经过几番争论，现在一谈起来，彼此还在强词夺理，辩驳不休。我只得模拟着足球裁判员，首先给小女儿摆摆手掌——示出"黄牌"，发以警告；可她只是住嘴片刻，却又舌战起来；不得已，我再度仿效法庭审判长，晃晃拳头——摇响"警铃"，加以制止；而她以原告人的身份，不肯诚服，依旧顽固地气冲冲地大告特告妈妈的状。我拿这个小愣头儿青没办法，只好让她上诉吧。

小女儿理直气壮地说："爸爸，这不算浪费。因为，我要转去的学校，是重点高中，离家也不近，肯定还得骑车。咱家那辆破车，挺不到时候了；骑上去，稀里哗啦，要零碎了；有一回，把人差点儿吓掉魂儿！妈妈和爸爸坐惯了汽车，不懂得骑车的难处啊……现在不同过去，现在有需要了，也有条件了，为啥不给我买？"

我一听她讲得有理，头头是道，便跟老伴儿说："自从'文化大革命'之初，我遭不白之冤，直到打倒'四人帮'之后，这些年来，她从小跟着咱们到处颠沛流离，从北京到省、县，从省、县到工矿、农村，停课辍学，插队劳动，从未消停过。我常常暗自慨叹，玉芝简直成了一个 chén 女……一个 chén 女……前年落实政策，两个大儿子都被留在省里分配了工作，幸而还有她这一个孩子跟咱们重新返回北京。她是咱们难得的伴儿——心上的明珠。她买一辆自行车，只要咱们每月工资的结余就够了，何况在银行还存着那么大一笔补发工资。你没见北京有多少青年男女都在骑摩托车吗？咱们的 chén 女仅仅要买一辆脚踏车，还不够节约吗？漫说自行车是必需品，即使是手风琴娱乐品、电动火车玩具，也不能说是浪费吧？难道咱们的孩儿还不该快乐快乐吗？唉，多少年的灾难，使她在风里雨里挣扎，多小岁数就吃了不少苦，受了不少罪；当然，也磨炼了她的倔强性格，还是斗争着长大起来了。可是，我多少可怜她——咱们的 chén 女……"我被一种作为父亲的责任感所驱使，眼里涌满了泪水。

老伴儿纳闷儿地问："什么 chén 女？什么 chén？"

我慢条斯理地解释说："是'仆仆风尘'和'一尘不染'的'尘'；或是'新陈代谢'和'推陈出新'的'陈'；或是'沉冤昭雪'和'英华沉浮'的'沉'……都行。"

虽说老伴儿是节约过分的人，但通情达理，易于接受劝说，也陪着我抹起眼泪来，最后欣然表示同意了。小女儿天真地拍起手，蹦跳起来，仿佛在击剑比赛中，她取得了一场大胜利。

小小年纪，小小胸臆的 chén 女，除开忧悒、忧患和忧愤之外，她曾经经过什么探求、追慕和迷恋的倾倒而如愿以偿、受宠若惊呢？于是她把脑袋一晃，舌头一伸，加上一挤眉一弄眼儿，便做出个幼儿的惹人笑的丑八怪的鬼脸儿。

我说："我的小闺女——玉芝，将来说不定是个舞台演员苗子、银幕影星坯子。"

老伴儿说："现在说这些话，都言之过早。常言说：女大十八变呢。"

二

一月十八日（农历十二月十三日），星期日。

后天大寒——一年二十四节气中最末的一个，冬季临近收尾了。

住院病人的星期天与平日几乎没有两样，挨着窗外射进的阳光的磨蹭。病房慢性病患者必须自己把握住时钟的进程，如若听其自流，那就难于望到它无意义的终点了。但这个星期天我的心情却格外轻松，因为主治大夫终于答应了我的请求，今天就要出院了。正好玉芝利用假日，前来接我。我的出院，对于家庭成员来说，是一件开心的大事。小女儿一路迎来，像一朵笑面花似的向我开放……而老伴儿则一路去奔稻香村、义利食品厂、侨汇商店、东单菜场，争购北京最好的中西糕点和副食品。我一迈出医院的门槛，便不想再迈进门槛半步，但愿与它诀别，而把自身永久投给光天化日普照、欣欣向荣的生气勃勃的天地之间的太空熏陶……与送别的医护同志们（心目中的救死扶伤的白衣圣者们）含泪道谢而别，

登上了本单位的小汽车。

给我开专车的司机小王,是个漂亮的小伙子,和我很熟识、很亲密。玉芝跟我附耳悄声地说,他快结婚了。于是,我问起他来。

"小王,什么时候结婚?"

"过了春节。"

"哪一天?"

"初二。"

"为什么不在初一呢?"

"她家留她多住一宿——度过最后一个春节。"

我想,人之常情应该如此吧?父母之心,是人人都可以理解的。如果玉芝轮到这一日,也许我要把它推迟到初三、初四、初五……即便我于情于理要冒天下之大不韪——悖谬至极……又何所惧哉。

一下汽车,我便被玉芝拉住,先看她在楼梯底下停放的那辆新的凤凰牌自行车,后观她在场院的车技表演——急转弯和画小圈圈。车电镀部分真亮,与朝阳交辉,与人互放骄矜的异彩。人在青春,车在崭新,堪称双美。

老伴儿争购回来,控制我回家的兴奋情绪,督促我按时睡午觉。我往软床上一躺,便掉进鸭绒驼绒天鹅绒混絮的窝,使全部骨骼和每个关节随之软化、松解,比在病床上舒服得多、睡得快,快快活活地神仙似的沉入逍遥的梦乡了。

午睡之后,玉芝领我来往于新居一带,沿途观光。

这是首都新建的大规模的住宅区。楼房,小部分是红砖砌的,大部分是预制件拼装的。塔式的,峰式的,盒式的……各式各样。绿色的,黄色的,粉色的,灰色的……多颜多色,百色竞艳;又镶以乳白色、雪青色、绛紫色、鹅黄色、鸭蛋青色的杠杠、块块,更显得色鲜质丽,美不胜收。层层家家的外门口,设有上置顶盖的阳台,特意涂以别种漆色,相当于画龙点睛,而呈现强调的异样风格。白日远眺,宛如花叶彩饰的平地崛起的桂林石林状的高峰;夜晚来观,想必又会像灯火辉明的重叠山间的延安式的窑洞。十层以上的,装有电梯。全部建筑,都有水道、暖气、瓦斯、卫生等设备,并设现代化的垃圾通道,从最高一层自动漏到底层的通道口,既便于住户的弃废,又利于人们的拣拾。据说,某些废物,对于市郊困难户还有所补益呢。一条条水泥路面的通行道,纵横交叉,四通八达。

路旁新植的一道道松围，院场初移的一株株树苗树棵，不久就会翠翠绿绿，绿荫如盖，势作烟萝吧。粮站、副食部、百货商店、饭馆、理发馆、浴池、学校、电影院、书店、医药公司、邮电局、储蓄所、银行、旅馆、临时交通线路……差不多应有尽有；还有木铁综合服务部、附设快修部的自行车修理社，等等。全市一样，重兴了个体商业活动：理发的、磨刀剪的、补锅盆的、崩苞米花的、卖糖葫芦的、卖香油豆腐的、收旧报纸破衣鞋的，敲镗锣、吹铜号、拨铁弓子、打铁呱嗒板儿，发出各种怪腔怪调的叫卖声，沸沸扬扬，终日不断。离此不远的地方，还开辟了一个极大的农贸市场（自由市场），供应种类繁多的主副食品：大米小米、大豆小豆、花生瓜子、鸡鸭鱼肉、家鸽野兔……以及样样应时的蔬菜；沙发衣柜、桌几箱橱，集合陈列，把边儿垄断了一角，气派威风，不下于独占鳌头的拔尖尖儿；最有趣的是，还有人捎带摆出早年庙会所见的、彩绘红兜肚的泥娃娃、黄布缝制的墨描黑斑的小老虎、木架上打秋千的上下前后活动的猴儿等旧式的有农村风味的儿童玩物。他们有的以此为业，赖以谋生；有的利用业余、星期日、假期及至无事可做的闲时，作为临时的职业或半职业。他们和她们都是些什么人呢？不外是郊区社员、家庭妇女、待业青年，乃至在校读书的学生……玉芝暂停，给我指着，说着。

"爸爸，您看那几个小姑娘，戴口罩头巾的，只露两个发亮眼睛的，像咱们在农村、矿山看见的穷学生一样……"

"在哪儿？在哪儿？……"

"您往左边看，就在那儿，那儿！"

"噢，噢……"

顺着她指的方向，我看见她们一律雪白的口罩，而头巾各式各色：藕荷色、桃红色、杏黄色……都是褪了色的；我也看懂她们羞于自己所从事的这类个体职业，才用那么大的大头巾和大口罩把自己隐蔽起来，宁可做了防止被人所识的"蒙面人"啊。

"她们的年纪，跟我不相上下吧？"

"噢，噢……"

"爸爸，若是您还没落实政策，说不定我也跟她们一样跑小买卖呢……"

"孩子，干吗提起……"

"真格的,说不定我也跟人家一样,在垃圾通道口捡破烂呢……爸爸,我跟您说,真格的,为您、为咱全家,就是到处挨门讨饭求帮,不戴大头巾、大口罩,我也绝不怕丢丑……"

我堵住她的嘴,不许她再说下去。我怕早已沉淀下去的恶心的渣滓,俄顷被她搅起,浮上心头,而唤回那惨淡的潜影,并加重我思虑于当今部分青少年遭遇的疾苦。

我闷闷地回到家里。从老伴儿那儿得知,这里的住户,全是近几个月迁来的。从中央到市和区的各系统、各部门的,从部长级的到一般的干部都有,包括汽车司机在内,例如小王。由于本单位车库不足,为了便于接送负责同志,也都暂把汽车停留在露天的场院,例如小王开的小汽车。(他也像某些青年一样,另有一着儿业余的好手艺——天生的木匠。他们自设作坊、自备木料、自制家具,比起国营门市部凭票凭证供应的一切木器,式样新奇,工艺精美,造价低廉;这种兴起多年的妆奁自给自足的畸形发展,现已成为遍及全城、全国街巷角落合理合法的而令人有所思考的缩影之一。)其中有相当一部分,是落实政策后从外省调回,而长时间住在宾馆和招待所的老干部以及他们的家属,例如我这样的情况。

医生来电话,再一次说,为疗养我这老年病,必须坚持锻炼身体,且要注意,最好在早晨。医生逗哏地说,"一日之计在于晨"应改为"一日之美在于晨"。而我自嘲地回答,"一年之计在于春"应改为"一年之美在于春",或"一生之美在于少年";"寸金难买寸光阴"应改为"寸金难买寸少年",或"尺金丈金、千金万金难买美少年"。(是的,自古以来,帝王后妃、王孙公子、达官显宦、阔佬富翁、贵夫人、女财阀,挥金如土如粪,有谁买过半点青春华年、韶容少相的留步暂驻或去而复返?)

虽说,我久已失去了一去难返的、一生仅有的美少年的时光;但是,我并未失去连续而来的、一年年的"美"、一日日的"美"。为着革命、社会主义的"四化"(五千多年的古国还是这么寒碜),我更要珍惜自己的老年——老年的一言一行,胜过少年的所作所为多少倍。我时时刻刻都在想着为他们、她们尽到自己作为一个老共产党员所能尽到的力。特别是按医生的嘱咐,我要练我的拳,散我的步。在早晨,在早晨。

晨,晨,晨……我与你即将联结在一起,你属于我,我属于你,彼此该是统一体。晨，晨，晨……我与你即将一见如故，一往情深，深悉铁杵磨绣针的功，深究奇崛的文采、奥妙的哲理之峰。

晨，晨，晨……天上有晨星，地上有晨鹊，海里有晨熹，水陆有晨凫；人呢，可有"晨人"？

三

二月四日（农历十二月三十日），星期三。

今日立春（"春打六九头"）。初春乍到，已经催来这预感的春色理想；春雨春流春潮在召唤着绿草茵茵、绿苔茸茸，青春葱葱茏茏、火火红红。而轻风薄寒，却仍引起对那冷酷现实的回想；冰天雪地之中的寒夜的噩魔，别了，滚了！与这儿风沙停息的晴和季节的同时，东北地区还在飘大雪、结厚冰，公园正建冰清玉洁的水晶宫殿，展出各种奇妙的冰雕艺术品：冰桥、冰牌楼、冰狮子、冰宝塔、冰飞女、冰嫦娥奔月、冰天女散花——冰花悬空，不与雪花同坠，但待冰灯入夜，大放五光十色，加以照耀渲染，而显其丰姿多彩，凛冽清馨，迎面而扑鼻，或使游人赏鉴流连，步入痴乡，失态忘返，彻夜卧冰抱冰以眠吧；但东南边疆（台湾在内）早已吐绿喷红，鲜花上市，花束花篮和盆儿花儿一齐怒放，竞艳赛美，橱窗展示、街头招揽，更是长廊宽场，便你选购，纵令巾帼也难以无视这个花摊花店花街花市、这个花的世界。地处亚洲广大国土而介乎其间的世界古都名城——北京，东濒运河、渤海之滨，北临居庸关、长城之险，西、南囊括一望无际、一马平川的辽阔的原野，有幽深断层峡谷围绕的宽旷的高原与以耸立峻峭峰峦环抱的空廓的盆地，富有谷仓、鱼米之乡，恰恰又是调和全国寒热两极气候适中的新颖俏式的天使。她　——多好，好，好……天卜哪儿比得了？她的天——青，她的土——香，她的水——甜，她的冰——软，她的雪——暖，她的风——骚，她的情——深……暂且拭目以待她的春——笑。她笑吧，愈笑春意愈浓、愈浓，浓到发热发酵，去糟存精，酿成碧波琼浆——"醇液"，注予露天之下的杨柳榆槐、草坪草丛，而使之酒兴勃发，开怀豪饮，并且随饮随变，达到激化，直至彻底完全碧化为了。她笑着，笑着，笑着：新扮盛装，姿色艳丽，榆钱盖地，柳絮铺天，气温渗透关山，桃花开满园林，映遍湖海，染尽街面市容，俨如猴头丢面，鹤顶落丹，琥珀开颜，珊瑚施色，赤胆投影，朱唇飞吻，艳艳的痕儿印儿，斑斑嫣然；酷似红旗招展，红领巾拂拂，红绸舞打旋儿，起有色风——胭脂风醉了、疯了绯鞋儿绛髻儿粉脸蛋儿火性子儿、血气方刚的舞绸女；销、销了我的魂，净化、醇化、美化了我的魂——向上、向高，向高、向上。

十多天来，我照例每日凌晨准时从房间下楼，走到院中，都是在夜障中摸着黑、蹚着走；而在刮着轻风、飞着雪糁儿的今晨为最甚。当轻风扑到、雪糁儿沾到脸上的时候，仍同从前的感觉一模一样，凉飕飕的，冷丝丝的。而瞪得大大的双眼呢，却如盲人所见、儿时捉迷藏所感，简直处处进入的都是地道、煤井。然而，这并无碍于我的练拳，不论一招一式，依旧同样随心应手，动作自如，而且自感优哉游哉，优哉游哉——张望，张望……往西看，是市内灯火映起的腾空的彩焰——一缕金黄陪衬一溜红紫，一溜红紫烘托一股棕褐，而喷起一片冲天的迷漫的赭色的氛围。反过来瞧，是郊野遮着的层层暗幕，幕底徐徐呈露慢慢拱起的天光萌芽——隐约发白的弧面。仰望上去，是被前后高楼隔断的狭长而铅黑的天面，闪着点点的星光。月呢？在这些天的凌晨，我习惯性地在揽月并"印月"，把它"印"入我的"心潭"；以致我的心中也有天上的月，它那个什么样儿，我这个也什么样儿。可是，月呢？……？是，今晨是朔月的前兆——天上无月。而我心中却有，凭借集邮之称，名曰"集月"：像圆圆的橙、椭圆的柠檬、半圆的橘瓣瓣，一钩钩、一弯弯、一弓弓的黄鼬尾、金丝猴眉、雄狮鬣毛，辉映地发射出近乎水晶体的折光。其幽明之象——娇艳妩媚，醉心迷人，在示我以冬泳冷浴的遐想。而那淡淡的、冷冷的月晕，又在诱我凝神注目、倾心沉思。我一边在想，一边在练拳。天色随着我的招式的变化而变化。彩焰淡了、灭了，只余一团团浓重的烟雾。逐渐鲜明起来的鱼肚白色的弧面在扩张，在冉冉上升，外围出现散着的鞭毛状。皎洁的星星在失色、减光，仿佛斑斑玻璃纸屑；而它们周围的天面，由铅黑色逐渐地改为一派深深浅浅的、灰白透蓝的混合色。我置身的所在，也逐渐地蒙蒙亮了。

我的蒙眬的眼睛，慢慢地辨认出模糊的人影。在我的左侧一边，有个人在舞剑，嚓嚓之声，是他箭步的足音；在我的对面楼房垃圾通道口的旁边，有两个人在捡废品，唰啦唰啦之声，是收集废纸的响音，而喳喳之声，是互相低语的话音。

"小 chén！"

"嗯……"

"麻袋满了,绑在车上吧。"是年岁大的妇女有的沙哑的嗓音,带着一股急巴巴的气吁吁的喘息,或是劳累过度的偶然征候。不过,她的言辞、声调,显出性格的和蔼、优雅,以至她为人所具有的令人肃然起敬的风度、德行。

"妈,您歇歇,我一个人可以绑上去……"是少年清脆的语声,口齿伶俐,口气柔和,而低低的尾音拖得那么长长,多少有些异常……是自怜吗?是怜人吗?还是二者合一呢?

无疑的,是母女俩,相亲相爱的母女俩。我被她俩之间的情感所吸引,往前凑上几步,以不影响人家的交谈为限度。

"你先回家吧。快开学了,抢时间,把寒假作业尽早做完……"

"作业……做不做怎么的……"

"小 chén,你怎么说?"

"作业……做也没什么意思……"

"你说什么?"

"作业,作业,做也没什么意思!"

"作业怎么没意思?"

"妈,连活着都没意思……没意思……"

我禁不住打了个寒战,牵动一阵心绞痛,好像看到有那么一个少年,对生的失望、绝望,突然在我眼前发生一种可怖的预兆,有那么一个少年悬着身子,引颈投环,窒住气息……有那么一个少年站在悬崖,纵身跳进深谷,粉身碎骨……有那么一个少年用自己的赤胆,放开自己生命的红流,把自己淹没在自己的血海中……试问何故,历来众所周知的胜于千钧万贯那般贵重的生命,而在她视之这等轻于鸿毛、残于败絮呢?

"呀,小 chén,你怎么能说起这可怕的……我坚信不疑,党、国家将会一天比一天光明起来,咱家也会一天比一天好起来……现在,林彪、江青反革命集团受到了审判,你爸爸的问题也做了结论,终归一定能够完全落实政策……小chén,先回家去做作业……"

"不,不。妈,全校都知道您是一位好教师……可这儿是垃圾堆,不是教室,不是会场,更不是教堂,您不该讲课,不该宣读,更不该布道……妈,全校都知道我是一个好学生，可我真不想上学了……"

我感受的是，相依为命的母女，双方原来思想有隔阂、情绪有抵触，只能独自思考，各执己见，而互以同志式的关系坦白表态、直爽交心，她们同是老老实实的正派人。

所谓一时某种时代思潮、某种社会现象，如果可以比作蜂起、鱼汛、海啸、松涛，那么小chén便是无数蜂群中的一只幼工蜂，无数鱼群中的一条小鱼苗儿，滚滚浪头之间所激起的一丁点儿小飞沫儿，阵阵风暴之中所掀起的松林的一股小哨音儿。诚然，也不是绝对不可能由"幼""小"蜕变而到膨大——大霉菌，大害虫，大罪人……

听来，女儿所有柔情的反驳，都是无理的冲撞；酸枣可食，玫瑰好看，而茎秆却挨不得碰不得，棘手刺人呢。但颇有高瞻远瞩之见的母亲，酷肖劲松挺立，从不折腰屈从啊。她不过不想立刻加以责怪、批评，而致使在这个陌生的地方造成不良的影响。并且我想，不管是谁，在你批评她之前，又必得反躬自问：历代迄今，曾经何时，有过谁是无绽儿的完美无缺的、类乎严格遵守清规戒律的小尼姑似的少大圣人？连你自己算在内又如何？

"小chén，那你干什么去？"

"捡破烂呗，当小贩呗！

"还当小贩呢……你哥哥就是当小贩学坏了的……我可不能再看你……快把麻袋绑好吧，先回家去做作业……听妈的话。"

她们一面说话，一面把塞满废纸的饱饱的麻袋搁到自行车的后架上，用绳子拦住、绑住。

"好吧，我先回家去做作业，不跟她俩争桌子……妈，你放心吧……可是，天还没大亮，只我一个人走路，若是碰上个坏小子……"

"你骑上车，哪个坏小子敢堵你？"

"这辆破车，压上这个麻袋，再经不住骑了。"

她们给我留下的印象，一个是温情、乖戾、软弱的女儿，才气喷香而袭人诱人的女少年；另一个是值得尊敬的母亲、女教师同志。

母亲似乎叹了半口气，另半口气噎下去了。她一躬身，背起自己那没有装满的麻袋；女儿推起拖着麻袋的自行车，跟她一块儿走了。她们蹒跚地跄跄地走着，自行车嘎吱吱、嘎吱吱地滚着、响着，像是要解体、散架子似的。但她们发着强烈的磁性，把我牢牢地吸住——不由自主地跟随她们起了步。在她们通过楼里外射的灯光下的顷刻间，我看清楚了她们背影的轮廓，女儿比母亲高些，可能与玉芝的个子相仿，总有一米七上下。玉芝十六岁，她，她呢？她的身板儿极为单薄，纸糊的似的，大不如玉芝的体质壮实……如果她与玉芝同龄，那么她与玉芝也是相等相似的少年吧。在她们这个年岁，还不大懂得天高地厚与水深火热，还不大懂得山遥遥与路迢迢；说明白也明白，说糊涂也糊涂；成熟中又幼稚，幼稚中又成熟；有客观理性，有主观盲动性；勇而弱，弱而勇……笼统地说，这正是她们所处现阶段的半开化半成人的共同特点吧？！她们无忧无虑（或说少忧少虑）的生活接近结束，而有忧有虑（或说多忧多虑）的生活将要开始了。玉芝的忧虑是什么？是投考大专院校的问题、待业分配工作的问题——有关人生行止的、决定性转折性的、命运关卡的问题。她，她，她呢？是她方才所说的吗？当今生活还是那样阴暗、恐怖而令人毛骨悚然吗？恰巧此刻，玉芝的声音把我喊住。她说，程老师约定她今天到校，按照她转学测验的成绩，是否合格，决定她能不能入校……虽说她经过、见过动乱风暴、浩劫世面、死亡深渊；但她受幼龄所限，固有茅塞并未通开，少年毕竟还是少年，小心眼儿兀自搁不下那么一个有关终身的大闷葫芦；她急得火烧眉毛似的，昨夜根本没有睡踏实，今儿这么一大早就蹦出来。

"爸爸，我走了！"她骑上车，车轮转开了。

"你何必这么早……"

"我要早去等候老师……"急性子人，表现了高度的积极性、冲动性。

"天还不太亮，你一个人……"

"我怕什么，怕什么？"她吹冲锋号似的喊，喊得那么响。

我再转过身来，只见那母女二人的影儿远了，影影绰绰了。但是，当我走尽楼群——市区边缘，横跨"北京市第三开关厂"厂址的指向牌（相当于北京东城区城乡的分界标志），沿着公路一排高大的、凋零的而枝头挂着一些赭黑色残叶的钻天杨走去，走进郊区，走进院落的时候，一晃不见她们了。在雄鸡声声报晓，村犬汪汪嚎叫，拖拉机轧轧突突作响的现代田园交响乐的迎奏中，我继续往前走着。这一带是属社队社员的农舍，每家都有一条小胡同，拐进去才能走入向南的前门；靠路的一面，尽是向北的房背后，一般有后窗的很少。我在一家最寒碜的、最简易的、用碎砖头堆砌小矮房有小雨搭的后窗，隔着挂满寒霜的、毛头纸糊的和碎玻璃条拼嵌的窗棂站住，听见两个女孩儿吵嘴的声音；不问可知，是小姊妹间各自为了学习而抢占仅有的一张桌子而起的。（真的是"几度耐寒窗，朝朝争苦读"啊。）我以往散步经过此地，大概听过了两次，今晨又是这样。而且我联想起来，至少有过一次吧，在我散步往回走去经过此处的时候，碰见了她们背着、拖着装满的麻袋的娘儿俩；不错，不错，她俩就是拐入这条胡同、进了这个寒门贫家的。应该说，我与她们这不是初次相逢，而是又一次邂逅。当然，还是不问可知，这是个困难户。是农村社员，还是城市居民（据说这儿住的也有个别城市户口暂租的临时住所）？难道是小 chén 的家吗？是吧？那么她们全家人都是生产队的社员，而她们母女两人则是公社社立学校的师生吧？但女儿叫"chén"，是姓，还是名？是哪个 chén 字？"陈""尘""沉"……

午饭时，玉芝从学校回来。她不住地称道程老师好，好，好，说她考试的成绩，转重点高中不够格；但程老师同情我所受的迫害和她所遭的不幸，破格收她入学，插入文科班，并且介绍一位学习最好的同学，帮助她补课……我说，再见到这位老师、这位同学，要转达我对她们的谢意。的确，革命的同心、同感、同情最为贵……

四

二月五日（农历辛酉年正月初一），星期四。

今日春节。

昨夜，烟火（烟花）随处开花。花炮、筒花、起花（钻天猴）咪地吱地嘭地响起腾起，直上云霄，迸发火星的火箭，各种红红紫紫黄黄绿绿的火球——粲粲光芒四射，时时地连续不断地把黯然一色的夜空照得亮亮白白淡淡，分割形成一块块巨型的天公所用的调色板，而即刻准备绘出一幅人间欢庆春节胜夜图。同时，四面八方都在演奏重音乐，为之助兴不已。大小爆竹响了多半宿，天不亮又响起来。（要比去年住在市内宾馆噼里啪啦、嘣吧轰隆得多，多到几倍以上。）这种鞭炮烟火盛行之风，犹如早年旧历除夕的风气一样，或者甚之；但其迷信设置：红玉烛，金锭香,供果,神纸,佛龛,偶像,几乎扫除干净了。不过,我家与一些别家相同,因循传统习惯而守岁,间或看看彩色电视,间或以扑克代替老式麻将、纸牌、宝盒、骰子、升官图等赌具,耍笑逗乐。所谓守岁,以我看也不过是阖家同欢之意。所谓打扑克,二十多年已未搞这个玩意儿,我连"都拉克"都忘记了;但我须照顾到她们的兴趣,要学会怎样叫输、怎样叫赢,一句话说,又要从头学起,等于孩提年代学走路那般。所谓看电视,平时我许多节目都不想看,只喜好《体坛巡礼》《体育之窗》和《体育欣赏》;每一画面,都会使我沉迷、陶醉。它的剑眉、箭步、雄姿、神魄,它的彩凤蛟龙勤奋辛苦、持久苦练、竞技高超、壮志凌云,堪与云天比高,与日月争辉;其朝气和曦光、活力和能量、媚质和美感把我与她们、他们同化,融为他们、她们青春灿烂的风华正茂的化身。我年轻了,年少了。我热爱我自己,我更热爱青少年;让我和他们、她们携手同行,齐步并进,同心协力,先后承当绿化祖国、"四化"祖国(三十多年的新国还是这么一幅图)的常春藤、长征人,永将灵感的晨星与朝霞、早潮与晓雾、春雷与初雨,滋补着、润饰着共产主义的理想,革命现实的青翠、正气、真实……我在观看体育运动之际,基于与疾病作斗争的必胜信心,每每使我产生一种强烈无比的激动而想入非非——对于老年慢性病大有医疗的效果,理应成为"精神理疗",而与水疗、蜡疗、电疗、化疗的价值并列,甚而可以说,有过之而无不及……我间断地看了一些庆祝节目:《春天的童话》《春节前夕首都街头见闻》《百花迎春晚会》《迎春歌舞》……在歇息间,我又翻阅了些克涅采夫等的《回忆列宁》、彼·尼·波斯别洛夫等的《列宁传》、娜·康·克鲁普斯卡娅的《列宁回忆录》和《论列宁》……反正坚持到了子时,才算收尾。桌上摆开夜餐:陈酿、新肴、三鲜饺子,并把电灯罩上宫灯式灯笼,以祝老两口和女儿的辞旧迎新(含有女儿辞旧校迎新校之意)的互相交流的快意。故此,老伴儿从橱柜深处拿出视之如宝的对虾,却偏偏搞成一对半,分我两个,玉芝一个。她自己呢?两手空空,连一根虾须子也无。从抗日根据地、解放区、妇救会会员的她——一个农村的姑娘,跟我结婚到如今,几十年来,为人依旧这样保留着农民妇女屈已待人的传统本色,吃苦全吃,享受不受,在她并非有意以某种美德而炫耀于人,却相反自认为此类区区小事乃是理所当然。今夜我要打倒她这习以为常的顽固的谬论,非送给她一个虾不可;但我们两个人推来推去,交手几个回合,才被她掰掉个虾尾巴;而玉芝给她撅掉的虾脑袋,终被她归还了原主。

"够了，够了。在前几年，尽吃'忆苦饭'，连块虾皮子也嚼不着呢！"今昔对比，见景生情，她竟感慨起来。

"妈呀，我小时候吃过对虾没有，见过对虾没有？"

"你也见过，也吃过；就是年头太久了，你早忘得一干二净。从前，你的好日子太短了、太短了……"

"从前，我没有想过会吃对虾，更没有想过会有今天……在最困难的时节，我倒想过'死'……可是，我宁做小张志新，绝不做小范熊熊……"玉芝也有自己的感慨，居然掉下了泪。

这之际，我听着收音机播放的爵士乐，即兴自斟自饮，有如偶然独自存身于外宾消夜的酒吧间。她们母女俩乘闲的清谈，于无形中把这个家庭客厅猝然易以从未出现过的洋式沙龙了。但是，原本一年一度的新春佳节，任性赏玩、品茗、赏新、畅饮、随意抒情、舒心、享乐、思甜，不承想到意外一变而为怀旧、伤心、愤世、忆苦了。

我失眠了。清晨，她们还在呼呼酣睡：是沉陷于昨夜的噩梦，是在追寻明天的憧憬？

我比往日起床迟些，但仍按惯例，在微风雪糁儿的清晨练拳、散步。我回来的时候，太白星遁逝，天色大亮，一切景象，已经清晰、明朗，与往时也近似。但大不相同的是，地上存着爆竹爆破的断头残节，红白纸屑，碎麻批儿和烟熏火燎多样痕迹，空气里还散着硝烟气味；耸立起重机的工地都已歇工，货栈大门紧闭而门口红纱灯笼还在亮着；交通干线凄凄清清，350路城乡公共汽车乘客也极少，骑自行车、徒步的行人稀稀拉拉，街头跑步锻炼身体的踪影更不多见了。也许就是由于这个缘故吧，才引致我留意到这般的情形：在路边边，丢着一辆黢黑黢黑的一星星发白发亮全无的破旧自行车，连车锁都没有（因为根本用不着担心小偷的歹意），车后架拖着两个饱满的补着蓝补丁、白补丁的布口袋；在冷落的路沿上，独有一个单身的伶仃的孤女坐着，撅着两根短辫辫，抄着手，搁在拱着腿的膝盖上，而把低下的头偎入肘腕里，在轻声地暗泣……顷刻之间，她极度神经质地敏感到了我的停步，猛地抬起头来，机警地观察我、我的露面亮相。但我所见的她那头巾和口罩围裹的面孔，仅仅是露着的眉眼——蹙起皱褶儿的眉头，沾着泪珠儿的眼角。大概她发现我脸上的表情是发自内在善意的怜悯和爱惜，不等我问话，便抽搭两声，抑制住喉咙的哽咽先开口了。

"老……伯伯……春节……您好……"

她有礼貌地站起身来，用两手揩了揩两眼的泪水。顺便，我看见她从裂开棉花的袖头、露出瘦溜溜的双手腕，绷紧绷紧地箍着一对新式环形的、五色线拧成艳丽绳绳的手镯，是这个少女迎接佳节唯一的点缀、打扮。但是，与她差不多的同龄女，本市披发的多而梳小辫儿的少，逢年遇节穿新衣裳的多而扎彩线手镯的就更少更少了；那她是不是外地的、郊区的？

"小同志，春节你也好。可不可以告诉我，你有什么困难、苦恼……"

"……老伯伯，您看……车后轮儿煞气了，圈弯了，条断了……要是打饱了，还能将就推着走……老伯伯，附近有修车的地方吗？"

叫人纳闷儿，口袋怎的那样重，装的什么，什么呢？

"有是有的。今天春节是不是休假？即便营业，现在也不一定到营业的时间吧？走，我领你去看看……"

她一听，便勃然兴起，不禁拍手称快，致使一对五色线手镯恍如缤缤朵朵花环双双起舞了。

我在前引路，她跟在后边，推着车子，嘎吱吱、嘎吱吱地响着。很近，拐个小弯儿就到了，但自行车修理社紧闭着门，门上贴着通知："春节半休，营业时间，上午九—十二时。"她败兴了。

"完了……"

天真少年的灰心失意，使我这平静的心髓觉得动荡不安起来……

"走，跟我走。"

我引她到了我的家门口。我上楼拿下来玉芝新买的气管子，让她给车后轮儿打气。她眉开眼笑，兴高采烈地打着气；但她打了许久工夫，轮儿始终瘪着。

"完了，完了……胎破了，胎破了……"

象征着成败、利害攸关的纽带断了，断了；终久，她完完全全大失所望了，一蹶不振。好比幼年时用细管筒吹出去串串透明的迎光变色的肥皂水球儿，个个飘浮，轻盈潇洒；然而啊，好景不长，留存极为短暂，只有一刹那、一刹那便成泡影。骤然，她全身搐动一下，打个寒噤，随之怆然啜泣，出现了愁眉苦眼——

眉几乎拧成鬏鬏，眼尽是泪水汪汪。这令人怜爱之情，不知不觉地撼动了我的心。

默默地，默默地，我从家里取来车钥匙，把小女儿的新自行车从楼梯底下推到门外，以解她的燃眉之急，而对这一蓦然的慷慨的友爱之举，她按捺不住少年善感的一阵激情冲动，而使心波澎湃，思潮汹涌，血流滔滔，淹没了那满腹烦恼、苦衷、悲戚，且汇成巨川洪流，泛滥起在难以言喻的，经受不了的幸遇和优容之时才会看到的动人肺腑的惊涛、狂澜、飞瀑；于是，她笑——大笑了，她哭——痛哭了。她怎么可以设想偶尔的路人相识而能轻易地相亲相信呢？莫非这不是社会主义社会的人与人之间应有的关系吗？

"……老伯，老伯……亲爱的老伯，尊敬的老伯……这，这不可以……不可以，不可以……"

她一摆头，二摆手，姿势果决，断乎不可，仿佛贪财贪嘴贪便宜、受骗受辱受调戏的断乎不可一样。听将起来，她话语的锵锵之音与淳淳之情，坦率、清白，同朝露、甘泉、神池一样的清，海鸥、天鹅、仙鹤一样的白；纵使流失地层，坠落埃尘，她也不肯玷污一星一点儿自个儿的洁质、美名。

"这怎么不可以？"

"这怎么可以……怎么可以……"

"小同志，这怎么不可以？"

"是新的，全新的。是新买的吧？"

"是，是新买的。新买的也没关系，没关系。"

她限于自己的年少，见识也少，脑筋简单，目光短浅——识别力极低，只能认识车是新的、全新的，而不能认识人也有新的，甚至于是全新全新的，比新车更新更新的。（请你注意，这儿的"新人""全新的"，是指社会主义化的人，有血有肉的人，也会有七情六欲，也会有缺点错误；而不是那些人所谓的百分之百的布尔什维克、百分之百的完人；"百分之百的"是没有的，过去没有过，现在也没有，将来也不会有；除非你把自己想象的自造的真空人物、有功的显著的革命家、文学家推崇到神祇、偶像的地位——重修庙宇，再塑金身……那又当别论。）

"老伯，这怎么可以……怎么可以……"

"可以，完全可以。"

"老伯，咱们素不相识，素不相识呀！"

她啊，她啊，她是在认真地竭力地跟我较量拔河赛；而我老头儿可不愿意、吃力地无必要地陪她小不点儿、玩儿这个来回走浪木的游戏。因而，我马上把平和的说服的口吻改为训诫的命令的厉声厉气了。

"没关系，没关系。咱们都是同志，谁都难免有为难遭灾的时候。纯粹是小小不言的事，你——年轻人，必须听我的话。"

"……"

"不必见外、多心……你——少年人、小同志，骑走吧，快快骑走吧……"

我的热力和说服力，把她的冰墙铁垒、雪线金盾液化为水滴滴及其残渣粉末了。

"那我……我……我感谢老伯的好意，骑走，骑走……可是，可是回来呢……我怎么还车呢？"

"放在门外，锁上就行。"

"钥匙呢？"

"放座套底下。"

"行吗？丢了呢？"

"丢不了。"

"嗯……我的车也放在这儿。锁早坏了，不锁没关系，这破车没人稀罕。"

在我的帮助下，她把两个饱饱的补着蓝补丁、白补丁的布口袋从旧车移到新车，拢好扎好了；而我也并未想借这个机会，去试一试、摸一摸口袋装的究竟是什么。显见，它装的什么，与我又有什么关系？她是她，我是我，彼此不过同是偶于陌路相逢的路人罢了……可是呢，她脉脉含情地手足无措地停着，停着；手扶着车把，足稳着车身，欲跪不使，欲叫不得，她只得向我深深地鞠了一躬。

"老伯，我得怎么感谢您呀？"

"小事一桩，不必感谢，你骑上车走吧，快快走吧！"

口罩上垂挂两道泪痕，头巾下展开一双眉梢，她上车走了。我目送着她的背影，飞飘的头巾穗儿，摇摇摆摆的短辫梢儿。

其实，假如说我帮助了她、感动了她，倒不如说我被她所感动、所帮助。经过长期的浩劫、迫害，我久已冷却的思想感情，如今又由她使之沸腾起来，又在恢复当年的革命道义、阶级友爱——同志与同志之间所应当有的正常的相互关系。因此,我把她的旧车推去修理,亏得凑巧,是自行车修理社的半营业时间;但别扭呀、别扭,一个青年修理工却视之如敝屣,不屑一顾。

"这样的破车子,早该扔了——扔了也没人捡!"

我说了不少好话,该修什么就修什么,该付多少款就付多少款;但,只不过请他帮忙罢了,快修罢了。

他表白了他这个人并不想敲竹杠之后,便封住口,不搭理我了。旁边有位修车的老工人住了手,梗棱梗棱脖子,替我搭了腔,敲起边鼓。

"咱们是干活儿的,来啥活儿,接啥儿活,哪能挑肥拣瘦的……"

这一家伙,可不敢当成耳旁风,青年修理工抽巴了,蔫巴了,耷拉了脑袋瓜儿,才算收了这个糟心活儿。在我将走时,他却还要屁溜溜地瞎捣蛋——送我一句疙瘩话。

"我只能治治它的病,救不了它的命!"

结果,他还是好小子,信守诺言,按时修完了车。

"胎补了两个洞,圈添了三根条,轴换了四个滚珠,一共一块五毛钱。公平合理!"

我付了款,并道了谢;推车回来,放在原处。悠然之间,我多少感到一点点儿心安理得的助人为乐的宽慰。然而,我与老伴儿和玉芝从头到尾谈了这桩事时,她们都表示了异议。老伴儿担忧小女儿的新车有去无还;玉芝害怕她的新车碰掉漆,碰出坑坑疤疤。我给她们一一打了保票,总算完结。事实证明,我的保票样样兑现,人家下午就送回新车,放在楼底下靠墙的一侧,钥匙掖在座套的下面,一切都按预先约定的承诺,毫无半点差错,而只把旧车换走了。遗憾的是,我和她没有再见一面;本来,我既未在门外候她,她又不知我住的房间号数,怎么相见呢?

奇巧啊,奇巧!相逢本无由,相别倒有憾了。人生一世,到老来还偶有童幼时玩览万花筒的稀奇古怪、变幻莫测之感吗?老来少,从来不失赤子之心。

下午,我乘车去机关给假期值班同志们拜年,途中给我小女儿买到新上市的可口可乐,乘兴再遛个弯弯儿。街街巷巷充塞春节之气,男男女女洋溢着陶醉称快的心潮的飞溅四射。只见天安门广场,在节日气象中,首都人们仍在保存由来已久的民间风俗、竞相表演：放风筝、踢毽子、抖嗡子、遛鸟儿，还有吹糖人儿、捏江米人儿……广漠蓝天浮动着团团的白云，时淡时浓，淡如轻烟袅袅，浓似高潮巨浪滔滔。杂型多彩风筝，各自好强逞能，争相竞技，拔高夺魁。天安门楼头，琉璃瓦浮光作波形流荡，并呈星状辐射线闪耀。偶有群鸽群鸦翱翔其间所映衬的翩跹的飞影，或静态滑旋，或振翅冲刺，同样顿增银幕动画感的幻觉梦想，而促发漫游宇宙的豪放的情趣……一群一群的外国黑白人们，欣赏异国佳节景色、风土人情；他们当中有人央求、再三央求要买高空飘腾的巨型节肢的蜈蚣……一伙一伙的归国游览的各地华侨们、港澳同胞们，与北京居民们春节联欢，共贺鸡年，临时邀请少年儿童们合影拍照，留个纪念……

  人，贵有自知之明。我现临老耄之年，成了不受欢迎的人，已该把人生的火炽舞台，让给如花似锦的后代跳动、飞跃、腾空而起……而我自己呢，甘于靠边站，禁受来自四面八方的面对面的白眼冷遇，以及冲着后脑勺的指手画脚——此乃世代的常理，又何必私自惴惴？相反地，相反地，我目睹他们和她们手舞足蹈的觊幸、狂喜，也足以饱饱眼福、偿偿心愿了。人，岂可贪而无厌呢。一言以蔽之，我与后代，只该无争而有让。

五

二月六日（农历正月初二），星期五。

  我住的单元门口，像几日来其他某些单元门口一样，也贴上了大红"喜"字，候迎披红挂绿的彩车到来。今天，是小王做新郎，全家喜气洋洋。新娘的双亲，以骨肉的衷肠，留下她在家多过了一天，意味着多过了一个春节；延期到今天，举行婚礼。新娘昨晚掰开两半儿的心，此刻重聚复合，又凑到一块儿，把整个儿心搁进了新房。

  我怎么办呢？送礼吗？是违反规定的。干脆作罢吗？如同素昧平生是太不近人情。我想来想去，去自由市场买了葵花子，叫玉芝送去。（当我曾徘徊于市场的时候，买些什么东西为宜，做过种种考虑：野鸡、山兔？花生、松子儿？末后决定还是买了葵花子；因为这是经过加料炮制的五香的、别有滋味的、极适于配搭闲磕打牙儿的零嘴儿的。）她刚要走，又停了下来。

"爸爸,我送去,连去买学习本,快开学了。"

我把买葵花子剩下的钱,从兜里掏出来都给了她。

"去买吧。"

"这是多少钱?"

"两块六毛。"

她数了数钱,自鸣得意地、意想之外地、天幸地喜得嗷了一声,蹦了个高儿。

"四块六毛,四块六毛……"

奇怪哟,奇奇怪怪……明明白白的嘛,葵花子每斤八角,三斤共两元四角;我付给一张五元的人民币,应找回二元六角,为什么是四元六角呢?必定找错了,多给我找了两元整。糊涂的小贩子,马马虎虎的少年人啊,你,你舍弃了春节的娱乐和游玩,辛苦半天能赚上两元吗?这不是赔了本钱吗?再说我这个从井冈山开始、到北京为止,曾经久久仰仗惯了供给制度、而今荒疏理财之道的老头子,为什么不当时数一数就揣兜走了呢……当机立断,不容迟缓,我立即披上夹大衣,拿了两元钞票送回去,送回去。

自由市场,在两垛墙之间的垛口,留做大门通道的顶端伸入墙垛凿置二道偌大的粗木横梁,人说是曾为高悬毛主席和华国锋的两帧巨幅画像而设,时至今日,已毫无作用。墙垛两侧行人道,各有一段指定的拢起绳围的存车处,自行车一辆挨着一辆,挤得满满登登。通过出入的人流,我跟着蹭着、随波逐流地涌了进去。在扩大的围场里,一排排的床子,一个个的摊子,一行行的羊肠小道,涨起混杂的对流的人头浪,拥拥挤挤、熙熙攘攘。我从中荡来荡去,打旋涡涡、溜溜转圈圈地流着。流到哪儿才算达到目的呢?今早一吃完饭,便跑到此处买了小王新婚的礼品;来去一趟,急急忙忙,当时我一见一溜儿布口袋装着葵花子,未容挑选,连对卖者也未及正视一眼,随意一指便买,只想买了就走,走了就完,谁知道完了又折回……经过许久,好不容易才寻到那一伙儿卖葵花子的小妞儿们。她们都像蒙面人似的戴着雪白的大口罩,蒙着褪了色的头巾:藕荷色的,桃红色的,杏黄色的……而我已认不准卖给我葵花子的是哪一个了;只好手里攥着两元钱,准备一个一个地挨个儿去问……但是,实不相瞒,凡是主动接触年轻人(无论男女),我一向提防某些对方对于老年人往往有着一种嫌弃的心理的活动、厌恶的本能的发作——给你抹一鼻子灰,把你脸弄个大发讪,因之首先必须留意自己言行的谦恭严谨，使其无懈可击，无机可乘，而可避其锋——龇牙咧嘴、挓挲毛儿、翘尾巴。我抱着这个态度，就便先走到藕荷头巾跟前。

"小同志，我想问问你……"

"……"

"小同志，今天早晨，我是不是买过你的三斤葵花子？"

"……"

"若是买过你的，那你多找给了我两块钱。"

"……怎么……多找给你两块钱？"她慧黠地搭讪着。

"是呀，是呀。"

她把眉儿往上一纵，眼儿向侧一瞟，并不想再瞧我这个唐突的人，"你……去吧，去吧。"

"……是不是你……到底有没有多找给了我两块钱……你说话呀，说话呀……"

"没有……没有……我压根儿没有卖过三斤呀……"她，灵感地、灵感地一机灵，横心地一皱眉，冷言冷语便脱口而出了。

怕碰钉子，我不敢再多啰唆；只得还照这个样儿，一个挨一个往下问，我问桃红头巾，问杏黄头巾……她们都说"没有，没有，我压根儿没有卖过三斤呀"之类。定然，我找错了，接续再找，找到中午，也没有找到失主。无奈，我败兴地忐忑不安地走回头的路。出大门口的时候，我又碰见戴大口罩的、围头巾的、卖完葵花子的她们，从存车处推出自己的自行车，各自在车后架夹上两个空布口袋；不由得我一眼注视到藕荷头巾的自行车后架夹折叠起的空布口袋上补着的、补着的蓝补丁、白补丁；车呢，是黢黑黢黑的，而车后轮单单有三根车条是新的，新新的，在阳光下新得溜光铮亮的……

……是的，她话语的锵锵之音与淳淳之情，坦率，清白，同朝露、甘泉、神池一样的清，海鸥、天鹅、仙鹤一样的白；纵使流失地层、坠落埃尘，她也不肯玷污一星点儿自个儿的洁质、美名。

于是，我释然了，释然了。她把我耍着玩儿吗？不，不……她——多么生。她原来并不是拿我打尕尕儿、捻捻转儿，不，不……多么渺小的少年人，而灵魂又多么高尚、纯洁，正如老话所说：半夜不怕鬼叫门——无愧于人。并且，她自作伪装、假象掩盖、抹杀自己的光明磊落的德行；她如此深刻的多思，对比自己这般小小的少年，十分不相符不相称，而可能是个早熟早成的超人吧。然而，我这个自命不凡的而愚昧的老资格，自以为助人为乐的而蠢笨的老家伙，倒负了人家的债，施与者一变而为负债者兼负疚者了。我一失神，在残存的冰雪和开化的泥水处，滑了一跤——闹个狗吃屎，摔掉帽（红军、八路军、解放军式帽，或称列宁式帽），颧骨上和鼻梁侧溅上冰雪渣儿和泥水点儿；我整个的心，揪揪起，颤抖起，痉挛起，形骸雷同犯了羊角风、体位性低血压病……这不是跌得伤重，更不是什么癫痫、心脏什么病症。但是，惹得街头男女路人个个惊悸而发疑：是无子女的老绝后、暴发病的抱路倒？还是旧戏迷的跳加官、卖艺人的耍把势？他们和她们的观后感，认为通通不是；互相交换了一下意见，统一了一句结语：可能是轻微的神经病患者，无大问题，便一个一个地散开，继续赶自己的路去；只剩下孩童们围拢一圈，莫名其妙、见怪见笑罢了。莫非我这个老瘪三——一把老瘦骨头赶不上老秃鹫的式子、老猩猩的作态、老熊猫的憨相吗？

六

二月十九日（农历正月十五日）星期四。

今日旧称元宵节（灯节）。

早晨，老伴儿上班，让面包车给小女儿捎个脚儿，到半道王府井下车，去百货大楼买个北京时髦的人造革的新式书包。

我吃了蜂皇精，是遵医嘱的例行公事。撇开毒药，我对一般药品，一向采取否定态度；唯蜂皇精，服用一年多，使我十分信赖，甚至于有些达到盲从的程度。至于其他北京流行的老年养生之道所用的诸方，打拳、散步除外，比如艾灸、气功、银耳、枸杞、桂圆、参茸、红茶菌、蛤蟆油，等等，我一概未曾试过，也不知道疗效究竟怎么样。

在悠然的自得其乐中，我骤然定神一听，是不是有些什么动静？屋里悄悄然，一点儿动静也没有；自认为这是老年人的耳鸣错觉，往往在捉弄自己的幽情。而紧接着，我确实听到有人叫门——娇嫩的、柔婉的、悦耳的鸟儿语，伴奏着轻音乐敲打节奏的嘭嘭声。

"孙玉芝，孙玉芝……"

我预料又是玉芝的西四老同学，为了表示惜别而来与她一叙；春节期间，她接受过多次这种动人的少年情谊。我把门一开，展开一种扎彩（"扎彩"本该使用"工艺"为妥。但六十多年前，我在童年时代做过扎彩铺的学徒，与自称朽木的老师傅，自搭草棚以贮寿帽寿靴寿衣寿材的老病魔，自制创新的袖珍的盆景式的松竹梅兰、金童玉女、青牛白马以备时刻所料及的升天归西的老鳏夫，曾有风雨携行、血泪交流、情理延续之亲，迄今仍在眷眷难舍而顾名思义；实则确系旧传统举办丧礼迷信之一、师徒从事手工劳动的仪品，早被新社会淘汰其业、新词典废弃其词了。）美术品——一朵初绽的迎春花苞、一只乍出的小银狐——一个细高的窈窕的娬媠的女同学。她穿着旧翠绿色的罩衣，打补丁的品蓝罩裤，破绽的却洗得很干净的白底儿黑棉鞋。她有着别致的俏皮的头颅，前额高高隆起，像扣上一小牙牙儿葫芦瓢儿、半个大贝儿壳壳，与早年民间描绘的寿星佬儿的头盖差不多，这正是流行口头语所说的典型的贝儿颅，或贝儿颅头。它与陡峭的娇憨的小鼻子、噘噘的工巧的小嘴儿、上翘的尖尖的小下巴颏儿相对称、相媲美。面孔瘦削、清癯，皮肤细嫩、煞白，是一副娃娃样儿的脸型、体弱近于病态的贫血相。而她的幼女仪容、少年风度所表现的迹象是，微露兰的雅趣，深藏菊的矜持、傲气，忽隐忽现水仙的冷漠、凄婉与洁身自好。我端详端详，意识到没有见过她；但是，顿时我对她产生了一种极其喜爱的感觉。

不过，她又给我留下另种异样的观感。首先，她怵见我、一瞥我、我的露面亮相，仿佛梦里奇遇，与混种的神魔的奇遇，猝不及防，懵懂一惊，打起怵来；继而使她这只自由翱翔于天地、山林间的小翠鸟儿，近乎神经质地忘乎所以，率然窘住，倏地化石。怎么意外投身于缧绁，动弹不得？怎么恰巧误入了无形的网？飞吗？飞不得。留吗？留不得。究竟怎么得了……随后，她坠落迷惘之中，表示唯有听任自个儿的聪慧和机智了。岂非是个小精灵鬼儿？

"是孙玉芝家吗？"

"是的。你是孙玉芝的老同学吗？西四老同学吗？"

"不是。是她的新同学，本区的新同学。"

"是她新转的学校的新同学吗？"

"是！"

我连忙引她往屋走。她跟着我蹑手蹑脚地，同我的影儿似的随我飘了进来。我让她坐，给她拿过些小王送来的喜糖，招待她——唯恐长者稍有怠慢了后生之处。她呢，没吃，也没坐，只是另眼见外地、忸怩地、多少有点儿拘礼地局促地站着；也许觉得尴尬吧，她用纤纤而发皱的手指，不怎么自然却聊以自适地、不识闲儿地揉搓着自个儿的衣襟角角，而以锐敏的羡慕的眼光，谨慎小心地环顾四周：书架，书桌，台灯，菱形镜，小电子计算机，维纳斯石膏像，插着皱纹纸牡丹的花瓶，米黄色尼龙套的皮软椅，品绿色淡漆闪亮架的弹簧床，漂白的精印芍药花叶的床单，床头立着的一座金属的电镀的挂衣柱，墙角摆放的塑料贴面的扇形高脚桌上的电视机（为学英语而特意购置），墙上挂着一支刷银粉的凸印昆明湖玉带桥图景的圆盘寒暑表，一搭以女跳水运动员陈肖霞和女排运动员郎平为二月份画面的挂历，一幅玉芝的镶有雕花图案乌木框的彩色胸像……每一件家具、物品的色调、式样，都加以在独特审美观念指导下进行一番精心综合的配备和调协的布局，这些似乎都在挑逗她观感上少小见异思迁的倾向和不可遏抑的心驰神往。

"这是孙玉芝的房间……老伯，是吗？"

"是的，是的。"

"多好的家庭环境……这次她转到我们重点高中，又是多好的学习环境……明天开学，程老师叫我来通知她，八点钟以前到校……老伯伯，您是她的父亲吧？"

"是的，是的。"

"她回来时，请您转告她……我要走了……"

她的口齿伶俐，语气柔和。我一听她的言谈，更加惹我惜爱她，挽留她等一等玉芝。在她去留不定的踌躇的神色中，闪出一股魅力，招引我的视线集中到她的眉眼。这眉，细溜溜长而弯弯，密丛丛浓而翩翩；这眼，黑白两色，格外分明，黑眼珠儿比黑水晶还黑还亮，在顾盼间闪耀一晃一晃的光焰；眼白比白玉石更白更润，更湿漉漉更水灵灵，致使眼圈圈的一侧边缘，仿佛渗出些碧蓝的水印儿，以炫示青春的醇美的彩绘、童贞的圣洁的色素，但微扁而梢飞，内外眼角略略呈斜线，恰恰是俗传的蛾眉凤眼吧？如是，她的眉眼就同古画的工笔一模一样；但，是她脱胎于古画还是古画玄想于她呢？再仔细打量打量，眉是皱皱巴巴，紧紧地，紧紧地，像锁住那样，并且没有钥匙可以把它打开似的。眼呢，长睫毛遮拦着的眼光和偶尔一泛的眼波，光灿灿，水漾漾，掺和着一种什么苦汁，一种什么毒液，同时敷着一层稀薄的若有若无的幻变的愁云，晦气……赫然，我记起了见过这样的眉眼，尚不在早年而在近时。但是，老年人的特征，凡是越早的记得越牢，而越近的忘得越快；早年宛然乍逝，而近时反若隔世。毕竟，我在哪儿见过这样的眉眼呢？是在宾馆见过的旅客吗？是在医院见过的护士吗……猛然之间，我想起来了……我们今日的重霄之会，不是初初的萍水相逢，也不是仅仅的风雪邂逅，而是一次又一次频仍的、河上独木桥上走碰头、空中交缠风筝强谋面、儿童（或与返老还童一起）七巧板式重聚首……我想起来了，而且我的脑中再现了于无意中保存着的一叠儿"蒙面人"的影集眉眼的映象：蹙起皱褶的眉头，沾着泪珠儿的眼角；眉几乎拧成鬆鬆，眼尽是泪水汪汪；口罩上垂挂两道泪痕，头巾下展开一双眉梢；眉儿往上一纵，眼儿向侧一瞟……而她的精巧的五色线手镯呢？不见了。可见她只喜它刹那的新鲜劲儿……

"咱们是不是见过面？"

"……"

"咱们是不是见过面？"

"老伯，您说什么？"

"我说，咱们见过面吧？！"

她一听，为之愕然。她一愣神儿，在她那煞白的贫血的脸，掠过一抹浅显的红晕；她隐秘地狡狯地眨一眨眼，扭一扭头，避开我，避开我正面的、X光似的、铁钉钢针似的视线，从而庶乎易于隐藏自己内心矛盾的复杂的疑虑、惶恐和惭愧；继而灵机一动，她便寓热望、谢忱于无情的初春的冰面之下，掖真挚、纯正于虚拟的追忆冥想之中了。此时她的眸子经过少许的胡乱滚转之后，已经避嫌地无所适投地而把视觉投向窗外，却被窗上仍未完全融化的霜花隔断而注定，凝住；紧接着，她移动一下脚，不知不觉地拿起脚尖儿，轻轻儿飘飘儿地、往前蹭着，蹭着，就同踩水皮儿往前漂着，漂到窗前的墙根才不得不停住；而她还有一只脚尖儿不停地蹴着地皮儿，蹴得不止，像是可以蹴出一条路、一条缝儿似的。遽然，她的双唇欠开一条缝儿，啜嚅地、羞涩地、怯声怯气地、喃喃地念着央儿。

"……见，见过面？"

"是的，见过面……"

"……见，见过面？"她慧黠地搭讪着。

"见过面，见过面。你想想看，在什么地方？"

"在什么地方？在什么地方……什么地方？……"她，灵感地、灵感地一机灵，横心地一皱眉，冷言冷语便脱口而出了，"在什么地方，也没有见过面！"

"在自行车修理社拐角那边的路上？"

"……没有。"她难为情地摇着头，甩着两根短辫。

"在自由市场？"

"没有。"

"在葵花子摊上？"

"没有，没有！没有，没有！"

她说话的态度镇定，神志湛然。然而，那小嘴巴儿噘噘着，噘得那般高高，好似平地突出一根木桩桩，倘若给农民瞧见，就要逗着玩儿说它能够拴上一头小毛驴儿。那双片片小粉嘴唇儿的一开一闭，那两排排小白牙儿的一张一合，同样那般倔强而有力，发出话儿喊中喀嚓的铮铮之声，假如给工人听到，就要称赞它是锤錾和砧子相磕相碰的斩钉截铁，爽快利落，果断确凿。但所有这一切，却让我这个老当兵的亲眼所见、亲耳所听，那我偏要讲，她前者噘噘着的是，她架起的机关枪、火箭炮，而她后者一开闭一张合的是，她发枪发炮连发的双重轰击。而且在轰击的同时，她还在不断地接连地摇着头，摇着头，把两根短辫辫儿甩得像是手摇的拨浪鼓槌儿、风摆的锦旗穗儿、海军帽儿飘带儿——似乎显示着一种在逞强在施威在压服人的尚武精神、决斗气魄。

由于她的肯定的坚决的表态，我反倒觉得心虚而自怨自咎起来。因为，老年人记忆力退化和神经衰弱症以及疑心病的诸种缺陷，往往会闹出张冠李戴的笑柄来。随着，我便改了口。

"小同志，你叫什么名字？"

她好比一潭死水，被我投下一块石子，怎么未起一圈圈一丝丝的波纹？

"小同志，你叫什么名字？"

她好比一堆儿灰烬，被我一把扇儿扇着，怎么未起一些些一点点的灰粉？

"小同志，我在问你的名字，你为什么不回答？"

本来，她是静止的无声的琴弦，我不肯袖手的手指硬要把它弄响；料想不到，它却响起缕缕的哀音，使她揭掉笑貌的面具，而暴露出本相的愁容、苦脸儿、一派充满着隐约而疾厉潜色的——反感的、敌意的、叛逆女性的精神状态。

"我叫李 chén！"

"哪个 chén？"

"随便哪个 chén。"她一努嘴儿，愀然而答，叫人值得玩味、深思。

"咦，小同志，这是什么意思？"

"没什么意思……"

"不。有，有……这是什么意思？"我不肯放松，定要执拗地追到水落石出的地步。

她，低声地、自言自语地、冷冷地一笑，不知道在笑谁，是笑我呢还是笑她自己。然后，她快速地藏起一口银光闪烁的排列整齐的小白牙，把小嘴头儿紧紧地狠狠地一撇，越发显眼的两片唇，歪扭得更小更薄，更凸凸，像剑刃似的，像箭头似的。它，似乎既有锋利讽世的意味，又是尖锐自嘲的念头。出乎我所料，她带着一股娃娃气地忘我地从破边的袖口，给自个儿伸出右手——白皙的尖尖的手指头肚儿，凹型的粉吐噜的手掌心，是在玩赏、品评螺纹的斗簸，交叉纹缕儿的横竖，以及它们的起点和走向究竟合乎什么旧传说的妈妈论儿；又是作为女性随身携带的小镜子，随时随地随意照照自个儿的面庞、面容、面颜的美否、俏否、健否；而她面部表情的反应，却茫茫然——无视自己外在的美、美在哪儿，也不知自己内心的美、美的什么……再是当做一种拟人对象，彼此在默语似的，忽地改变了口型、手势，她一个一个地屈起了拇、食、中、无四个指头，单单留下独个小拇指头竖着，让淡红的嘴唇，略微抿一抿，呃一呃，亲一亲，却模拟地咬掉它一星点儿笋芽似的指尖尖，吐出去，不，唾出去，呸出去。她不含沙射影，不闪烁其词；只是明明白白的、而生占得带有罗曼蒂克色彩的暗示（或许潜有孤芳自赏的意趣）：她这个小尕巴豆儿、小萝卜头儿，无非蝼蚁、螟蛉、蜉蝣所属，以致这个名字，是微不足道的，无足轻重的，可有可无的。何必要问"哪个 chén 呢？"哪个 chén 还不都是一个样儿，横竖都是拉丁化的一个音儿。何必刨根儿问底儿、窜死胡同儿、钻牛犄角尖儿呢？而我却是怀疑她有什么隐情、讳言，有意在匿名、藏踪、遮丑；趁早，我顺便结束了话题。

"好了，我以后就叫你——小 chén 吧。"

她走了。她从我的家屋走了，走了一位春的使者。不，她从我的心窝飞了，飞了一只画眉，绣眼儿，蓝靛颏儿……她走了，走了。她从我的眼前走了，走了一位春的女神。不，不，她从我的心田失掉了，失掉了一棵兰花，茉莉，金桂……不知怎么的，我察觉眼前我的家屋，我的心窝心田，顿失春色、春歌、春的欢乐；而是那般馨香无余，寂静无声，空落落，冷冰冰……她走了，走了，走了，虚飘飘地，羞惭惭地，匆匆惶惶地……虽然，她迈一步停一步地一再转身地缠绵地嘱托道"甭忘了转告孙玉芝的开学时间……谢谢，老伯……"终以恭谨的姿态，敬重地道了句"再见"；停在楼梯中间，欲跪不便，欲叩不得，她再向我深深地鞠了一躬；但是，一般这等小事情，哪儿值得一再絮叨地叮咛、腻烦地道谢施礼？是不是还有言外之意的恋恋不舍、感激不尽？同时，她的自相矛盾的言行和临别频频的回顾，脉脉地透露着压抑的伤感、笼罩煞气的苦笑，留给了我意想不到的、过多的虚幻、空想、猜测、探究、推理……归结说，一个未曾猜破了的似是似非的谜儿，给我留下了过多的困厄、惑乱、忧心忡忡、精疲力竭、倦怠不堪……噫嘻，是似水流年不饶人，还是世事沧桑催人老呢？

玉芝回家。我特意找她到我的房间说话，以便于我一面躺着一面谈着。

"李 chén 来过……"

"她就是我新学校的新同学……"

"是她，她的 chén 是哪个字，你知道吗？"

"我还能不知道吗？她就是程老师给我介绍的学习最好的同学、帮助我补课的同学。她的名字，就是早晨的'晨'。"

在《同音字典》的"chén"音中，我认为"晨"最好最好，比"陈""沉""尘"更清雅，更有意义。是的，她就是"晨""晨""晨"……她就是"晨人"……是的，她就是早晨的人，朝阳朝晖的人，披挂满身新春的晨光而金化了的人；但她却生自黄昏、黑夜、污泥浊水、苦难重重之中……

我把与李晨的谈话，统统地仔仔细细地给她复述了一遍；没想到，她倒有了意见。

"那天，我跟李晨见过面……她是我们班的班长，全校模范学生……跟我同年，跟我一般高，可她身体比我瘦得多，弱得多……我一眼就看出她生活苦，为人腼腆……爸爸，您这不是伤了她的自尊心吗？爸爸，您还残留着当年红军小鬼的简单化、粗野、鲁莽；尽管说，您是个老雷锋，一贯忠于革命事业、人民群众，您的思想水平、文化水平提高了，大提高特提高了……"

玉芝的话启发了我。我明白了她俩同校、同班、同学，两家同处市郊，相距咫尺，却确是判若云泥，天悬地隔——摩天阁和地窨子。我更明白了李晨是有自尊心的，有自尊心的……但是，我悔，悔也悔不及了。

因而，我在心中给自己记下一句结语：莫以老大自封，自误，自绝于人，切切要向小女儿学习，向少年人学习。

而我当年在她的今夕，又曾如何？在浑噩的记忆中、除去片断的愚昧儿戏——恶作剧之外，我只残存着点滴的号称灯节期间无上权威的"灯官老爷"和"灯官娘子"，院内竖起"太公在此"的灯笼杆、大门口"送财神"的乞丐和吗啡鬼的呼喊声之类的遗风陈迹，与此有关的大致还多少可以见于话本《宣和遗事》《志诚张主管》《灰骨匣》（《杨思温燕山逢故人》）吧。后来，或说早年和近年，我在瑞金望过彩灯焰火的夜景，在延安赏过闹秧歌、赶毛驴、搞抬阁（抬芯子），在桓仁看过踩高跷、推小车、跑旱船，在本溪（牛心台）见过斗狮子、耍龙灯，在沈阳观过灯——都集中于太原街；现在北京呢，我知道一年到头都有元宵吃（记得今夕是元宵节、灯节），但那赏灯观景的古俗恐已不复存在了吧！而在我的家屋、我的心室，却挂满着少年绚丽的新春华灯，闪闪烁烁地，永远永远地。我愿为少年建起世世代代精神少年宫的新灯节——新元宵节。

我忽然又想起今日是雨水了。果不其然，天气非常阴霾。天气预报说"傍晚有零星小雪"，又有人说"去年八月十五云遮月，今年正月十五雪打灯"，二者异曲同工，如同一辙——都是今日有雪的证明。可惜啊，不是大雪。北京去冬只下过两场小雪，雪粉铺地，薄薄一层，不及一片银箔。郊区社员们盼望这次下一场大雪，厚的，厚厚的，胜过厚厚的棉絮温暖大地，有利于即将到来的春耕。可我不承想到，没有等到"傍晚"，中午一过，便下起雪，大、中、小雪接连地下着，下在地上达到铝合金锭的厚度。并且，有些地方随时消融，化为一汪汪的雨露了。完全可以想象到社员们如何皆大欢喜，如何喜见空中飘白，地上盈水，必然聚集露天之下，额手称庆，互相传统地习惯地祝贺道："瑞雪兆丰年！"而个别的二流子调皮鬼耍贫嘴道："咦，土包子，土老帽儿，还文绉绉地咬文——转文呢……""鸭子还有三跩，何况人乎？"大家打诨逗哏，笑个不停。但是，雪下到傍晚、下到天安门一带节日灯火刚刚通明的时候,却只剩下稀稀拉拉的几朵雪花、几粒雪糁子,最后截然停住。这个脆快利索劲儿,不是故意跟气象台的科学预测和节气令儿的谚语——"傍晚"挑衅吗?而我的不合乎令儿的不科学的猜谜儿,不会造成什么恶果、什么孽吧?

七

二月二十日(农历正月十六日),星期五。

天晴。天上的月光、楼窗的灯光和地上白雪映出夜色的明亮,与日蚀的白昼相仿。我在这半明半暗的氛围中练拳,忽而飘来老伴儿的慌张的黑影,把我喊住。听来,这是发生了什么特殊的事故。

"……程老师来了,把我和玉芝都喊醒……"

"这么早,什么事?"

"还有程老师的女儿也来了……病了……说是前来求援。"

"前来求援?病了?程老师的女儿……"

"是呀,是呀。程老师的女儿,就是李晨。"

程老师——母亲?李晨——女儿?懂了,懂了。她们原来是师生的母女,患难的母女。尽快地,尽快地,我同老伴儿从人行道绕向我们的楼门口走去。我远远地看出憧憧的人影,和我熟识的那辆只有三根新车条在发光闪亮的旧自行车。蒙着头坐在车上的,必是李晨。她身旁的两个女少年,一个扶着她,一个把着车。想来她俩是她的一双妹妹、相争一张学习桌位而吵嘴的一双妹妹。她的母亲——程老师急速向我迎上来;看来,是她认为双方都有了某些直接和间接的了解,才能在夜色里,放得开这样无所停滞的坦荡之行的脚步的。

"实在对不起……正好是早睡的时候,搅扰了您一家人……我听小晨说过,您家有辆新自行车,借给她过;我想再借一借,送她到医院去,可以吗?我家这辆破车,怕坏在路上……唉,今天是开学的第一天,偏巧就在今天出了问题……"

她的嗓音有点儿沙哑,带着一股急巴巴的气吁吁的喘息,好像身体不怎么健康,或过度劳累的偶然征象。而她的言辞音调和蔼优雅,是一位有修养的彬彬有礼的女教师。理所当然,她会关心到学校开学的第一日,联系着自己的教学、学生的学习，况且又是自己的女儿，还有插班的新生孙玉芝……

玉芝已经把她的车推出来，等待帮助李晨坐上去。老伴儿伸手摸着车，追昔抚今地慨然地独自言语："这辆车子，买得好，买得好，买得有价值……"她素有扶危济困的精神，不下于任何富有同情心的人。但我另有考虑，让程老师不必急于换车。

"李晨害了什么病？"

"头痛，算不了什么病……她常常头痛，吃吃止痛片……"

"既是头痛，怎么闹得这样严重呢？"

"唉，这次她吃错了药，发烧了，昏迷了，真吓人呢……"

楼影遮住少年患者，还有大毛巾蒙住她的头。我想观察一下，也见不着她的面目；我还记得昨天她给我留下的深刻印象，一个个性多么乖僻的，天赋多么颖异的，举止多么娉婷、娴静而活生生的少年才女……但今日突变为徒余一具任人任意摆弄而人人唉声叹气的、死板的、空虚的躯壳了。她善于苦心做作的搪塞、蒙混、瞒哄、糊弄，一概消失无存了。她还是不是那么别致的俏皮的贝儿颏？……怆然，我掀开些大毛巾，趁着一缕浮动的灯影，透过那被风吹飘的鬓发，与庭院樱桃树棵的颤动的枯干枝杈的线条影儿，重叠地交错地给她编织起来西欧女性的乌色面网罩——多多孔隙之间，见到她一副凛凛的白森森的冰脸儿——房侧背阴角落一片片未曾融化的雪面、一层白蜡皮、一页连史纸，涂了两条森然的黑道道——松开的眉毛、合拢的睫毛，那沉入迷梦睡熟了的模样儿，类同小刺猬、小青蛙、小蜗牛仍在蛰伏、潜居而偎冬儿——冬眠呢。我拨了拨她的眼皮，隐约可见欠开的眼角，依然蕴含着那般超脱俗世凡尘的胎室的纯净、天国的奥秘；所以可以肯定说，她该是童话与神话所共有的理想人物。我从毛巾下伸进手去，摸了摸她的贝儿颏，依然那样鼓鼓溜溜，光光滑滑，有点儿像她家后窗的小雨搭似的；却滚热烫手，高烧熏人，又有些相似早年多半是贵妇人搁在手笼内的、取暖烘手的、铜质椭圆扁盒形的小手炉，或现代北方一般老幼放入被窝里的、铜铝陶瓷龟状的、小小热水鳖。她这两只纤弱的手攥着，有力地攥着，攥得那般紧，如同小鹰爪儿扑握了什么那般紧；我试着掰一掰她的小拳头，连一个指头也没有掰得开。我反复试探、观察，百呼千唤"李晨"，而她懵懵然，木无表情，连哼也不哼一声。我之所为，一概徒劳，枉费。

奇怪，难以理解，多么聪明绝顶的少年，何至于这等蠢材，竟会吃错了药……问题多么乌涂，多么乌涂。究竟吃错了什么药？母亲和两个妹妹又都说不清、道不明，加以本人有一种难于捉摸的类乎歇斯底里性的性情，而易于引起人家的神经过敏……有见于李晨的安危问题，我提高了警觉性，回房取了一笔钱，准备代付住院押金；并惊扰了小王蜜月的好梦，我要他备妥停放在露天的小汽车。又出于我的意见，程老师留下一个小姑娘照顾李晨，叫另个小姑娘推那辆破车回家去。我带着玉芝陪着她们上车，往医院去。

在车上，我与玉芝挤坐前座，程老师带两个女儿坐后座。她让李晨贴身栽歪着，搂抱在怀里，像是老袋鼠让它的仔进入育儿囊中似的；母女的骨肉连筋之象，从她们静默的亲昵的姿影空隙中间，无限地悄悄地倾泻出来。为了消除程老师的忧思和惶惶不安，我引她跟我谈起话来。

"程老师，我感谢您……"

"您感谢我什么？"

"我感谢您破格录取孙玉芝入学，并安排李晨给她补课。当然，我也感谢李晨……"

"其实是，我们母女和我们全家人，都应该感谢您的。小晨跟我说过，您帮过她，不仅借过新车，而且修过破车，我们全家人终生不能忘记……唉，今天是开学的第一天，偏巧她就在今天出了问题……"

她那么乖，蒙着大毛巾，一直无语地蔫乎乎地乖乖地歪歪着头，沉溺在程老师的怀抱里，犹如幸福地优越感地沉睡在襁褓中的独生女，在尽量充分地饱享着自个儿所专有的伟大的母爱。

"您全家人，只有您和三个姑娘吗？"

"是。不，她们还有一个哥哥，在劳改队呢。"

"怎么搞到劳改队去的？"

"他——待业青年，无事可干，跟人家游手好闲，打架斗殴；跟人家投机倒把，走私贩卖……无法无天，无人管教……"

"您甭再说修过破车，使我惭愧，还欠了债……"

"现在，您又用小汽车送我们到医院去。对您的感谢，我们全家人终生不能忘。"

她这位老实忠厚的人、积极工作的人民女教师，不是随便应酬、敷衍了事，而是对知心人倾吐自己淤积已久的衷肠。

"她们的父亲呢？"

她在忍气吞声……但妹妹忍耐不住，哇的一声，恸哭起来。于是，我感觉到紧挨着我的玉芝的胳膊肘，也抽搐地打起颤颤，而我始终注视着程老师。

"在世吗？"

"一言难尽……我和他一样，都是多半生的教师。在'文化大革命'中，我们全家人掉进了火坑，他被迫致残致死……我真为他难过，难过极了……我私心也真恨他、恨他，怎么那样不坚强，自己，自己竟……竟……"

在小汽车冲越着的灰白晨色和清冷春寒的气流中，我眼前仿佛在断断续续地浮现出审判林彪、江青反革命集团的电视录像。往日利用、唆使耀武扬威的虾兵蟹将、龟孙兔爷和泥鳅鲨鱼后台、猢狲狗熊头头儿溃散了，迩来只余下光秃秃的赤裸裸的她们和他们。有的精神颓丧了，有的面孔苍老了，有的头发半白、全白了；白发可以染黑，而黑心能够染红吗？早先修饰过、装点过、涂过红的红手指甲，日久之后，必然逐日脱落而渐复本色；但当年丑化过、伪装过、沾过血的血手，即使尽毕生之力能够洗得复原、洗得一干二净、洗得十全十美吗？红与黑、真与伪——行与色各自的两极，永无相调协、相交替、相混淆而造成奇迹的可能性。法庭可以毫不含糊地证明这个真理。并且证明：他们和她们这伙子诈富诈贵的政治骗子（美其名曰风云人物、"文革"大人老爷）归根结底属为双响（两响、高升、二踢脚）一类——第一响崩上了天，第二响又崩下了地，崩到法庭可耻的被告席的小栅栏里，一堆儿不可闻的狗尿苔、一节儿有火药味儿的狗屎橛儿似的。她们和他们，一个个罪大恶极的凶残的篡党夺权的主犯，搞了多少人家家破人亡、妻离子散，包括李晨一家在内的大悲剧；而今神圣的庄严的法庭，已在执行法律，伸张正义、至理，以雪千万万的万万千的、包括李晨一家在内的深仇、大恨、奇冤。

"怎么死的？"

"……遍体鳞伤，左腿骨折；最后，最后，他喝了……他吃了……喝了吃了……"

"喝了、吃了什么？"

"敌敌畏，安眠药……敌敌畏，安眠药……"

敌敌畏、安眠药——毒，毒，毒，毒噬何异于鲸吞。

"这对他个人是最大的不幸，对您和孩子们带来的痛苦和影响更是不言而喻的。"

"唉，一言难尽……从那时起，我们的头顶被安上了什么'反革命分子'，什么'反革命家属'，也就像我们全家人的体内都被注入了什么霍乱菌、什么鼠疫菌，成了瘟病的传染者——时代的危险人物。紧接着，我们全家人就被从城里赶到农村，五口人挤到八平方米的一间小房儿，也就相同画地为牢，把我们全家人锁在这个孤立的禁区，而与人们隔离开来，并且遭着歧视、鄙弃、唾骂……日子真难过。更难过的是，不久我也被以'反属'的罪名开除公职，去当社员。没有了工资，四个孩子没有一个够劳动力的，挣不了多少工分，欠了队里的钱……难哪，难哪……队里还是关心，给开了证，批准了我家捡破烂、拾废纸……说说也有意思，那时候也不考虑顾不顾什么脸面，我和孩子们都忘了什么叫害羞……"

"现在的生活情况呢？"

"我早已落实政策，恢复工作两年多了，每月四十九元的工资，糊口勉勉强强。可是三个女孩子年级都一年年升高了，年龄也都一年年增大了，差不多每月月底都要到处借钱。好则旧证还在，每天早起还可以捡破烂、拾废纸，加上节假日卖个瓜子儿什么的。但与过去不同了，现在干这个营生，连我自己也有点儿怕见人，就甭说几个姑娘了；只有小晨懂事多些，任劳任怨，硬着头皮挺着……可是，她最面嫩，最怕人家知道她跑市场、捡破烂儿；若是一见到熟人，她就臊得满脸通红，巴不得找条地缝儿钻……不过这样的日子也不会太长，她们的爸爸已经重新做了结论，正在落实政策，听说只差研究发给抚恤金和归还旧宅的问题了……我想，不久就可以解决的。可是……"

可是，温情、软弱而乖戾的李晨，吃错了药、喝错了药。一到医院，我便目送她被小王背进了抢救的急诊室，相当于被武士掷入了怪异的迷魂阵；而我也随着她的顿失，陷在穷途的困境，只见门窗毛玻璃浮着幻灯感的剪纸图片——浓淡、大小、高低、正斜的倒戴桶状小平顶帽儿的活动头影，忽隐忽现，似真似虚；此外，什么也看不着了。而程老师仍在呆呆伫立，守着，盯着，奢望望穿过去，瞄一瞄可怜的少年患者的形象、状况……我呢，不知所措，溜边徘徊；但怀着一个痴想，想听一听，从窗缝门缝透过来医护同志间的交谈之声的抑扬顿挫——是安详的、平顺的，还是惊异的、绝望的，以至哪管尾音的韵味——长短、高低、缓急，哪管句尾应注的标点符号——？、！、？！……

程老师一只手搭在妹妹的肩头，让她给妈妈做个扶手或手杖。而小女儿紧跟在我的身后，干脆成了我的尾巴。

有一个年轻轻的护士，冷不防地从室内跳出来，拿脚尖儿起跑，不知道往哪儿跑下去；过一小会儿，她还是拿脚尖儿气咻咻地小跑回来，也不知道她从哪儿推回来一个带轱辘的大氧气筒，推进了室内去。要用它给谁进行万分火急的抢救呢？讨厌的窗门的毛玻璃割断了视线。但难以遗忘的有，她这一去一回的一溜烟儿的小跑，却是不平常的小跑；飘飘的、飘飘的白衣后襟扇起一股可怖的威力强大的精神冲击波袭击过我，压倒过我，吞没过我……

没有多久，从门里又出来一位老成持重的女医生，匆匆忙忙地赴战一般地往发号施令的办公室走。立时断然甩掉我身后的尾巴，我于形形色色患者的穿梭间，以士卒的敬畏心情，觐见这位主宰生死命运的女王于征尘；而她竟以庶民自居，与民同祸福、共存亡的虔心诚意，暂予驻跸。恕我有幸，亲聆面谕。

"什么事？请您说吧，快快说吧，时间紧迫！"

"大夫同志，她喝错了……吃错了什么药？"

"您是她什么人？"她盯着我，审察着我。

"我是她家长的好友。她喝错了、吃错了什么药？"

"喝错了什么药？吃错了什么药？您暂时都不要告诉她的家长，可以吗？"

她已开金口，赐予心领神会。我愿为私谊为公德而拜受意旨，深切崇敬地双手抱拳高拱，躬身行作揖礼：预先万分感激她对我的信任——即将向我宣泄机密要闻。

"我一定遵守大夫同志的忠告。"

"那我告诉您，她吃了安眠药，喝了敌敌畏！"

突兀，突兀。天有不测的风云，人有旦夕的祸福吗？女医生这无情的猛的一棒，几乎震撼了我生的根基，使我倍感脑海枯竭，泪泉干涸，自然而然守口如瓶，哑口无言了。默默地，默默地饮尽这杯黄连浆、胆囊汁、陈年鸩酒，我当场没有告诉程老师，没有告诉玉芝，直到家连老伴也没有告诉。相反地说，即使感伤霍然冲动，我这个老天真老简单化也不敢再冒失，再捅个娄子怎么办呢……我分秒不停地想着李晨，想着"吃了安眠药，喝了敌敌畏"……人的谋生、求生之道，是多多的，高尚的，清正的，卑鄙的，龃龉的，而她单单选中了这一条走不通的绝路。且由她联想到上月《人民日报》发表"欲寻短见""绝路逢生"的河南省西峡县蛇尾公社庞晓燕，恰恰也是女少年，与李晨同年——十六岁。我们国家有多少十六岁的女少年呢？其中又有多少同一命运的呢？应该有个调查、研究、分析、结论，将有益于家庭、学校、社会关怀和教育女少年的成长——革命后继人的飞腾，务望有关单位注意及此。我想（可能有说风凉话、唱高调的嫌疑），当代女少年们，谁不愿嚼着泡泡糖而玩弄，饱尝未消的稚气甜滋？谁不愿趁着春兴而春游，游遍向往的绿水青山？谁不愿孜孜不倦而苦读，尽全力投考向往的大专院校？谁不愿自个儿以妙龄的英俊豪壮，与众夺新争艳，而唱赞美歌、胜利进行曲？谁不愿自个儿高举心灵的火把，闪射理想的火花，而希望无穷、追求无止境？谁不愿自个儿健康成长，长大成人——革命接班者，而让献身精力紧跟今日时刻运行的腿脚，把幸运之梦寄于明日、明日前进的步履之中？可是，她，她为什么？人生多么短暂，多少人梦寐以求长生不老的诀窍，而她却翻然单求一瞬便了——一了百了……她，她，她为什么？竟闯进丰都城、踏上黄泉路……她，她，她为什么？竟把冥府置于人间之上……至于，对于李晨，理解较深，我个人根据她的蛛丝马迹的线索，大可以给她填填多类调查的表格，并附我的意见和检讨，以及她的生理的、神经的、精神的、更是思想表现的细节……同样十六岁的她，她也该有"绝路逢生"的机缘吧……

夜里，我又失眠了，上床，下地，躺下，站起，轮番折腾；完了，我只得半坐半卧地落到躺椅上了。老了，个人的睡眠，愈老愈少，少到不及少年人的一半；老了，个人的喜怒哀乐、好恶爱憎，愈老愈多，多以少年人的喜怒为喜怒、哀乐为哀乐，多以少年人的好恶为好恶、爱憎为爱憎了……夜里，我又失眠了，思前想后，我由自觉不自觉的思维到意识的活动，思念到小小年纪，小小胸臆，所经历的骇人的恐怖：邪恶，迫害，冤死，犯罪；所忍受的难以喘息的压迫：悲愤，贫困，吵闹，无望，无意义……形成精神枷锁，牢笼，绞索……枷锁——重负加着重负，牢笼——铁栏接连铁栏，绞索——一股拧住一股，甚于虎豹之威，豺狼之暴……也许她一霎时曾展望过自家的美好的前程，试问世外哪儿有桃源？天外哪儿有圣土？如同昙花的影、海市蜃楼的象，如同流星曳光的一晃、黄粱梦境的一现一闪，投水捞月，望风扑影一场空空……她本是暴风雨中的芽儿苗儿、雏儿崽儿；她的苗萎荣枯、生死存亡，与日月星辰、天干地支、万古乾坤、世代主宰、古迹胜地、名山大川、民主法律、宗教迷信、伦理纲常、节烈品德何妨何干思想的矛盾、悲观、愤世，激化到了难以容忍的极限；在回肠九转、身试五刑中，下了狠心，索性自愿卡紧，拘紧，勒紧……叹，叹金蝉脱壳的诡计而仿燕雀处堂的故态，怜，怜蜻蜓点水的浮年而效灯蛾扑火的特性——用毒热、毒火、自焚其身……（她的短见、夭亡具有客观的主观的逻辑性、必然性。）（反而易于招致人家的非议："天堂有路尔不走，地狱无门尔自投！"）……问题在于是不是我伤了她的自尊而引燃了她的自爆的导火线呢？

　　夜长漫漫，夜深沉沉，夜风飒飒，入梦却不成；天可无情，地可无情，而人能无心吗？尽管日月有蚀，地有陷缺，唯心不得少亏。

　　但我非唯心论者。我是唯物论者、无神论者，不跪庙殿、教堂、寺院，不拜佛祖、上帝、真主，不参加任何宗教仪式与活动；而我的夙志夙愿、我的良能良心，使我向《佛经》《圣经》《古兰经》学习研究，以丰富、扩大哲学思想、理性知识的领域，向少年人弥留之际英魂英灵、缄口虔心祈求，无声无量盼祷，以寄托苦恼的思想情感，而给惶惑无定的神魂以短暂的归宿……你，你——少年人，可爱的少年人，告你莫闻魔鬼给你奏的麻痹之音的勾魂曲，而妄想当鬼雄；劝你只听我给你唱的苏醒之声的安身立命歌，而一心为人杰。并且，我自信女王——女医生有妙手，必然拉你回归……归吧，归吧。恰是春二月三更夜，皎皎明月正旺，让光华生花之笔，绘出你乌金的影，陪你轻盈的身、妖娆的姿；让白底黑帮而绽线的旧棉鞋，避串东罗圈、西堂子、南竹竿、北河沿小巷小胡同，而甩开肩头，横着膀子，豪放地迅捷地踏着满地水般云般银辉的南北朝阳门大街、东西长安大街，作一次没有对手的马拉松竞走——归吧，归吧……勿倘徉，勿踟蹰，勿徘徊，归心似箭地归吧，喜归荣归地归吧……我在等着你，你的母亲、妹妹、同学——孙玉芝在等着你，你的春夜春月春色梦在等着你……唉，岂非说我是卢生、克里空式的人物，在过美梦的瘾吗？在说空话解心疑、解解闷儿吗？岂非说你从今后只能在我的睛里瞳里、月里水里、梦里魂里露露你的姣容、现现你的纤身吗？岂非说我从今后只能在你的"姣"里"曰"里、"大"里"土"里——"土"里"文"里、"土"里"冢"里窥窥你的"姣"容、瞧瞧你的"仙"身吗……总之，纵使我不

停地絮絮叨叨，却也说不尽心里的千言万语，也不敢拼出你的那个音——"s""ī"，也不敢凑合你的那个字——"一""夕""匕"……一辈子的老战斗英雄到今夜反是个懦夫——胆小鬼……

八

二月二十二日（农历正月十八日），星期日。

　　昨日昨夜，前日前夜，生死未卜者苦了我，给我突增了精神负重，犹之乎科学发明、文学创作精神劳动——甘于自我宣判无期徒刑；每当全神全力贯注而纵横驰骋于意境领域的烟尘重重、云雾茫茫的荒原大野，更其逾越山险而攀登独秀之巅之际，人不人、鬼不鬼，餐不食、眠不寐，若痴非痴、若癫非癫，无时无刻、无尽无休，埋头于X、Y、Z——不可知者的潜移默化、心领神会之中；有目不识——权位与山清水秀、有耳不闻——富有与笙歌管乐、有鼻不嗅——花香与山珍海味、有亲而忘亲、有情而忘情——异性与性灵，恋人情侣与家室老小，呕心——心欲碎、沥血——血将罄，伤神于虚无，失魂于枯窘，丧我亡我于悬崖绝壁——给理论付实践、让精神作物质、集日常生活成典型生活、变自然王国为自由王国，置有限的生命于无限的穷究、死求——求假以见真，起死而回生，生，生……破旧而创新、新、新……

　　玉芝伴随程老师在医院守了李晨两夜。而那两个白天，她都是单独一个人奔波于三角形的三个点——医院、学校、家庭；从未叹一口气，叫一声苦。确实，她膀阔腰圆，大腿有房梁那么粗，整个儿身躯倍儿棒，倍儿棒。她拍拍凸起的胸脯，扬起跃势的眉尖，竖起立柱般的大拇哥，自诩自豪，自称"绝对健将王牌"。（不管她还是别些少女少男——chén女chén男是"牌"是"棒"，也不管我还是我们有什么看法有什么意见，她们和他们势必将从我和我们手中接过革命场上的记分牌和接力棒……）确确实实，她有金骆驼跋涉荒漠的持续力，梅花鹿驰骋绿野的草上飞的捷蹄，及有褐色黑斑猫头鹰的夜哨般的、守望的目光炯炯。今天，她在阴沉的天色中一清早回到家。我一点儿也没发现她煎熬劳累的疲顿、颓靡，还是往常那样红润的面色，振奋抖擞的神情，秀丽的眼神儿却横棱横棱地发着犷悍的、野蛮的、好斗的、箭镞的芒刺；归总，还是往常那样有超女性感的壮士武夫，俨然体育场上的天下无敌的击剑女运动员。而她生来却好与人为善，一向以诚待人，一旦到必要时，她简直可以把自个儿的心掏出来。我不为我的闺女夸口、吹嘘，但我的闺女却是"chén 女"——"忱女"；纵然，无论如何，她也不会接受我给她的这个光荣的爱称。

"爸爸，李晨活过来了，活过来了。她在完全苏醒过来一见我坐在她床头时，就呜呜地哭起来，抓住我的手，抓得可紧了……她说她那天到咱家来，被您认出来她是捡破烂的、拾废纸的、卖葵花子儿的，就觉得再也没有脸面来找我了。特别是她看过我房间的种种，想到我们俩都是一样的人嘛，可我们俩的生活天地相差，倒不如死了的好，所以就……"

归齐，李晨的受难果然与我有关！有关！惊然报然、怅怅然、木木然，我一句话也说不出来了……但是，她毕竟是回归了，回归了。是归心似箭地归、喜归荣归地归吗？反正她是回归了，回归了。我等到了她，她的母亲、妹妹、同学——孙玉芝等到了她，她的春夜春月春色梦等到了她。我没有说空话、解心疑；而她还是她的"纤身"，还是她的"姣容"。前夜要给她拼而不敢拼的那个音——"s""ī"，要给她凑而不敢凑的那个字——"一""夕""匕"，全是无中生有、无理取闹，简直庸人自扰。自捣自的鬼、自耍自的魂儿；今朝，我只在想象着她快要与我重新地相见、相握、相欢，欢天喜地，地久天长，长相知、长相记，你我，我你，少老、老少，同志、同志……跟着，我又感到有一股疏浚活血的暖流浸入淤塞的心头，舒张松解了紧绷绷的麻酥酥的筋觉，要说话一时还说不完。

"爸爸，您还记得我的血型是 O 型的吧？！为了抢救她，我给她输了400CC血。当时，她不知道；将来，也不让她知道。爸爸，也甭告诉我妈……"

这是为着瞒过她的正在一旁倾听的母亲，她跟我咬耳朵说的悄没声儿"私话"。她理解我对于她的"私"是有"正""负"或"圈""义"之分的。

她急急躁躁地说完以后，又毛手毛脚地交出她给我带回的程老师写着"……李晨的错误行为，应当受到批评教育（'教育'与'处分'经过两番的更动才改定）""……我作为家长和教师也负有责任"的明信片和李晨的一封信。晨信是用医院带有一股酒精味儿的粉色卫生纸包裹的，拿扎发辫花丝绸条条束起打了一个蝴蝶结，一个大大的蝴蝶结，象征着她要依据信鸽而开创"信蝶"似的传递这庆幸庆幸、祝颂祝烦——吉祥平安、安然无恙的喜讯佳音。

老伯、老伯、老伯：

我已重生，正巧我家也好了，发了抚恤金，归还了旧宅。

您用小汽车抢了时间，挽回了一场悲剧的发生。

我惩罚了自己的肉体，做了自己的刽子手；而您拯救了我的心灵，成了我的保护人、救命人。投师胜于"择邻"、一命之恩胜于"一饭之恩"万万倍，我认您为我的老恩师。我为有您这样一位老恩师而感到毕生喜幸。都说，路原来是人走出来的；那么说，幸福应该是人创造出来的。以老恩师的荣誉名义，我将活下去，为创造人的幸福而活下去。待我出院后，检讨我对您的可笑的矫饰和对己的可耻的妄为，并去给您下跪、叩头、向您致敬。

晚辈　李晨敬礼

二〇六年
二月二十二日晨

这一番自述声、一封知心信，动了我的幸福的情，定住了我的淤水的眼睛，仿佛是一把特种的科学发明的医疗熨斗，熨开熨平了我的精神的心理的皱巴瘪疙。

她以绣笔织了锦字。透过放大镇，我赏识了工整的蝇头小楷，个个玲珑、娟秀、隽永，望之屹然跃然，听之发有珑瑰的潜音，每个字都以旺盛的生气、生命力、生的意志，在我的眼下活起，蹦蹦跳跳，无休无止；每个字每个字，都是无价的，粒粒的、块块的珠宝翠钻。这绘影绘声的生趣盎然的字，描画出、表现出她现有的精神状态，使我格外感到琳琅满目地心满意足。我想，她在这人生的烂漫年华的旅程，迤逦而行，行无所向，误入歧途，及至脱险复返，尽快给我写信，定是心旷神怡，自得其乐，直抒真情衷曲于病房之外、远达海阔天空的碧波白云之间，浮荡，升腾，旋绕萦回；而她享以热泪畅流的片刻，也卒卒偿足自己生来的坎坷厄运、愁苦的岁月日夜了，她的滞涩的发丝、乌杂的尘腻的黏结的短辫梢，该挥发出生理机能分泌的发蜡似的光亮和馥郁芬芳之气了。她的情怀散尽伤感、苦笑，她的双颊浅浅的显不出来的酒涡，也该加深地着实地从贫血的病态的面色中浮上红润的新颜，而显露出心血来潮、神采飞奕的所谓沉鱼落雁之容、闭月羞花之貌的笑靥了。归结起来，她这个鬼丫头更该掉以硬妞妞，而脸型仍该保持童女式、娃娃样儿，尤其是稀罕的可爱的美丽的贝儿颅头、蛾眉凤眼……值得自慰、自得的是，我这一贯赤诚的心肠终究换得了她那相等相照的肝胆。（倘若孽儿恶少也不是不可以醒悟而服帖于你的、实事求是的、说理的、大义的感召与忠言。牢牢想着"浪子回头金不换""真金不怕火、怕火不真金"的警语，想着劳改队、教养院的青少年男女，连李晨的哥哥还在当中……）不过，她说我保护了她、拯救了她，是吗？不，不完全是；我拯救的是同志道义，保护的是革命真理。更甚者，她的信中有两处差误。一、"向您致敬"理当改为"向医务工作同志们致敬、向党致敬"，因我，有五十年党龄的老共产党员的我，是党培养起的；不然，怎么能够建立起我与她今天新型的友爱关系呢？而她这样写，则是由于无心的幼稚的疏失，及其狭隘的偏颇的理解所致。二、"二〇六六年"，距今尚有八十五载，岂不荒唐？是她笔误吗？细想不是，不会是。是为什么呢？为的是她今年十六岁，再加上八十五载，以表明她要活到百年之后的决心，同时借之祝我延年益寿。这相同她将再用自己的血、谱自己斗志的曲，以代替她曾用自己的血、录自己的夭殇的歌，而添补自己的生命的空白；又相同她让我从今从她遥遥预见自己的跨世纪、超时代的未来的长生。的的确确，这是出自她有意识并经过深思熟虑而献出的智慧的寓言。它，离开《庄子寓言》《伊索寓言》远了，远远了；而如果引以为例，那么也不妨称它曰《当代寓言》《李 chén 寓言》。本当写成《李晨寓言》又为何写了《李 chén 寓言》呢？因为这个"chén"，不仅仅是"晨"，而且包含着潜意识的同音"陈""尘""沉"；迩刻，应当再加个"鹈儿新嘤"的"鹈"……总而言之，她还叫"晨"，还是春天的人，早晨的人——黄花女儿，妹妹"晨人"。

当时，小女儿又告诉我和老伴儿说，已与程老师商定，她明天接李晨出院。我叫她候我给李晨写去一封回信。首先，我庆贺她以新生、新貌、新理想，努力学习，勇攀科学高峰。我预祝，预祝她作为我们多民族社会主义"四化"的祖国的第一个女宇航员——到那个时候，完全可能——在苍茫太空的航行中，再不见祖国大地的商店、饭店排的长龙，妇幼童叟的行乞求食，物价多种多样的上涨，住房过于的短缺，生活水平的低下，天南地北的夫妻，上访露宿的草垫子，北京火车站的爆炸事件，青年待业的烦恼，少年自杀的惨剧……而她将负着祖国的光荣、民族的骄傲，向太阳请安问好，向月亮亲吻紧抱，游银河，觅鹊桥七月七原址,访隔河相望而痴情的牛郎织女,并向所有星球高声报到:"我来了!"同时光射斗牛,气吞长虹,风驰电掣地眴目飞跃于宇宙科学运动场,与世界先进国家代表争夺冠军。彼时,承她寓言的托福,我一旦苟活幸存,仍将同少年们一起、矫捷地真帅地登峰之巅——西山鬼见愁,翘首、仰望、瞩目于她这革命女英雄所特有的缥缈难解而神秘莫测的历史性的航踪,为她鼓掌、喝彩、欢呼,并将永志于我的日记:"好 chén 儿,好晨儿——安琪儿,天的骄女,从此天门为君开,天宫为君设,天花为君纷纷坠下来,真乃壮哉人也,快哉人也!"且说,我有感而发,有意对她有所教化。我积七十年的阅历、考察、体会,凡有动物,都由幼到老到死,由美到丑到恶;而人类唯一区别于它们者,则在于劳力、脑力、思想、品质、道义、文明的完全相异,由幼稚到成熟到老练,由低级到高级到极限,由自私到少私到无私(比如我这以阶级论者、无产阶级专政——人民民主专政为本的当权的高级干部,是否经常意识着"私"的考验、"党性""党纪"的检查,是否经常意识着"普通一兵"与"特殊老爷"的分界线、"理论联系实际"与"党群关系""鱼水关系"的含义……)我热望她学习做到"为创造人的幸福而活下去",学习做到这样无私的为人民而献身的人。否则,即使你已经尊大起来,但仍有可能由尊大到大谬到大害;这样,纵活百岁,又有何用?于你,于人。难道世上果真没有种种例外的老妖精、老母夜叉、老痴婆(以《痴婆传》而称之)、老牛蹄筋、老糊涂虫、老白吃饱、老吹鼓手、老投机、老官僚、老两面派、老变色龙、老混世魔王、老人面兽心者吗?(任凭你是盖世无双的什么老权威、老势力、老顽固,有谁能够把社会的现实和历史永久抱住,抱到火化的尽头或化木乃伊的首后?)……其次,我在信中附入两份剪报(近日《人民日报》)"武汉市十二中学教师白铭欣教书又教人、教育学生热爱党"和"中央书记处召开中小学幼儿园教师座谈会",并未加什么说明;听凭着小银狐的脑筋、视力和嗅觉的诡秘、机警和灵敏,也是会察觉到它们挥散着迎春花苞的香气的。这等于我作为大夫已经号清她的脉象,给她立下的脉案——第二次新生的处方,虽无牛黄和犀角、羚羊角和麝香,但有"思路"和"感悟""甘心"和"苦斗"等贵味珍品;我认为对症下药,当有疗效。最后,我把信封上,让小女儿好好地揣入兜里。

吃罢早饭,小女儿和老伴儿分头各自忙碌一番。

"妈妈,我先走吧?!"

"往哪去？"

"上学……"

"晚上呢？"

"在医院再住一宿，明天陪李晨出院，妈妈，我先走了……"

"等一等……"老伴儿从挎包里掏出一张十元的钞票，给了小女儿。"你给李晨买些水果罐头……"

接老伴儿上班的面包车已到，她倒先走了。

小女儿拿着钞票，要给我丢过来。

"改日再给李晨买水果罐头也不迟……"

我伸手一拦，便把她挡住。

"明天你们回来，不要再用小王的汽车；你可以搞一辆出租小汽车，由你付车费。"

"不，我们俩都骑自行车。"

"李晨还骑她那辆破车吗？"

"不，不。我们俩换车骑，保险她安全。"

"她那辆破车还能经得住你骑吗？"

"不要紧，要是她那辆破车经不住我骑，我推着它跑！"

"注意，你的路长，你输的血也过多呢。小心，小心头晕跌倒……"

"爸爸，您长征都不怕，还怕我短跑吗？"

"昔是昔，今是今；我是我，你是你，是不大相同、根本不相同的……"

"什么今昔今昔，什么你我你我，都不怕，都不怕！跌倒了，我爬起来，重新再跑，再跑……"

我，我受到了助人与自助的良知的启示；它，不只出于玉芝的回答，且将来自李晨的自白，她们同代人的心声。

我，我把自己的夙愿与潜热投给少女少男——chén 女 chén 男，投给后代，投给未来；我，我与 chén 女 chén 男、后代、未来是东方一条不可分割的、不可斩断的长河水，千秋万代地、天长地久地、向东向光明流着，流着，流着……

附记：

一、日记原作，是草书的，是丝绣的，语文别具风格；因有若干文句，难于变作白话，故姑存旧笔，留予后人，盖可窥其遗墨的真迹吧。

二、本文于一九八一年《人民文学》四月号发表。同年《小说月报》第七期转载。根据郑祥安《一幅崭新的社会关系图》（上海《文学报》，一九八一年第十一期），孙犁《读作品记》（天津《新港》，一九八一年第六期），陇生《读近期一些短篇小说的思索》（北京《文艺报》，一九八一年第十七期），江南《论舒群短篇小说的艺术风格》（哈尔滨《北方文学》，一九八二年第一期）等评论，以及热心的读者（内有天津某干部四川某社员等读后所感联系个人冤由屈情的陈诉与求助）和友人的意见和启示，作为深入学习研究文学创作，经过长时间的加工修正，是谓二稿。

普通老百姓

迟松年

一

他，向你走来了——拄着拐棍儿，在地上"哒哒"杵着捣蒜，颠着小碎步，像娃娃在学跑。头发全白了，连胡茬子也是白的；挺着凸起的肚子，使头显得特别小，腿也短了。这是人们所尊敬的吴枫副专员吗？是他，披着晨光，在宽敞的林荫大道上，起劲地踩蹾着。三年前，他得了脑血栓，若不是抢救及时，药物有效，早就进北山的革命公墓了。而今，他仍健在，只是腿脚不灵，说话不清。大夫劝告他：每天喝从外国引进的长寿饮料红茶菌，坚持起早散步，这样至少还可以再活十年八年的。其实，吴专员并不怕死，在战争年代他不知"死"过多少次了。活着，就是赚下来的。照流行的说法，人不怕死，那就没有什么可怕的了。其实不然，吴专员顶顶害怕的一桩事就是让他……

瞧，行署办公室的马文富主任来了。他今年四十七岁，又矮又瘦，也是个体育积极分子。在部局委办一级的干部中他还算是年富力强的！1948年参加革命时，他才十五岁，给吴枫当警卫员，是有名的小机灵鬼。当年吴枫使唤他，就像现在使唤手中的拐棍似的。以后，马文富又给他当了多年的秘书，直到他年过三十岁，才提拔上来。"文化大革命"时，吴枫被打倒了，马文富是他的"忠实走狗"，自然也跟着"沾光"。

马文富跑到他跟前，停住了脚步，一脸笑容，使本来不大的眼睛，显得更小了。

"小马！"吴枫脸上出现了怒容。

马文富仍然笑容可掬，他不在乎这个与年龄不相称的称呼。前些日子，在电影院看电影，马文富带着两个女儿坐在前排，吴枫在身后喊了一声"小马"，两个女儿同声下意识地"唉"了一声，马文富却一本正经地对女儿们说："吴专员喊我呢，你们答应什么？"弄得两个女儿捂着脸偷偷直笑。

"小马，我正要找你！"吴枫一脸怒气，把拐棍举起来，在马文富的鼻子底下示威似的晃了几下。显然，吴专员又遇到什么不满意的事情了。

"我知道你准找我！"马文富笑吟吟地眨了一下小眼睛。

"你怎么知道我要找你？"

"从你脸色看出来了，你要生气，准找我！别人呀，谁稀看你唧当着脸子！"马文富在老领导面前总是那么随随便便。

吴枫却也不在意，仍然板着脸说："开会怎么没通知我？"

马文富不笑了。他认真地想了一下，最近也没开常委会呀？是不是前些日子计划生育办公室召开的那个座谈会呢？

"那个会是怎么回事？"吴枫的一对眼睛直盯着他，露出不满的神色。

"妇联赵主任出的点子，非要拉着所有的常委都参加不可。后来，李书记说常委们都很忙，他和杨书记、王专员参加就行了。"

吴专员轻轻"唔"了一声，表示此事也在关注之列，"刚才在招待所门口碰到几个县的县长，都说是来开会的，怎么我都不知道？"

马文富恍然大悟，忙说："那是地委召开的三案平反工作会议，分管清查的杨书记参加，行署这边王专员参加，考虑到你身体不太好，就没有……"

"怎么身体不好？我这不很好吗！"吴枫最不愿听别人说他身体不好，他的脸立刻红到脖子。马文富知道自己说走了嘴，怕他血压升上来，急忙解释说："常委会不是定了个规定吗？以后开会常委不要拉大帮，谁分管的工作谁参加。"

"告诉他们，我参加！"吴枫把手中的棍子挥了一下，执拗地说。

"只剩两天了。"马文富想用时间不多了来打消他参加会议的念头。

"你上班就去找农业局的孙局长，请他也去，在会上我要讲讲种草！"

"种草？种什么草？"马文富把小眼睛瞪大，疑惑地问。

"我早就说过，咱们这个山区，提倡的是农、林、牧、副、草！要种草，养他妈的什么鱼！"吴枫气得嘴在飞唾沫星子，"他们不听，非要养鱼，鱼有什么好？有水吗？从江南搞了不少鱼苗，还用飞机空运，怎么样？你吃过当地产的武昌鱼吗？我说他们教条，他们说我反对'八字宪法'，是修正主义！把我打倒了！"由于激动，他说得笨笨磕磕。

马文富听明白了，脸上立刻又浮出了笑容。吴枫说的是过去的一段事。那些年大搞"八字宪法"，地委也做了全面贯彻的决定。吴专员到全区跑了一圈，看到山沟里缺水的地方也到处挖鱼池，要做到"队队有鱼"，搞形式主义。回来后，他向地委打了报告，说是要因地制宜，不能强求一律，根据山区特点，养鱼不如种草，和地委唱反调。"文化大革命"中他的言论被翻腾出来，成了反对毛泽东思想的罪状。粉碎"四人帮"后，吴专员的"种草论"得到平反，那一段，便成了吴专员的光荣历史。

"种草！"吴专员用力地喊了一声，又狠狠瞪了马文富一眼，意思是说，"你要重视哩！"

马文富反应灵敏，他顺从地点点头。

"告诉孙局长，九点钟就去。"吴枫把拐棍用力地往地上一点，"你别忘了！"

"孙局长不在呢？"马文富笑着说。

"怎么不在？昨晚他还去机关礼堂看电影呢！他在家，你一定要找到他！"吴枫说完，就拄着拐棍一颠一颠地走了。

马文富望着他那艰难的步履，心头觉得不太好受。几年前，他走路还是那么有劲，精力充沛，才思敏捷，在机关干部中威信很高。一场大病使他变得糊糊涂涂，人们对他的尊敬增加了，而他的威信却显著降低了。

"该辞职退休了！"马文富摇摇头，叹了口气。

这话，幸好没让吴枫当面听到，那是他最害怕的一件事呀！

二

马文富一上班就被地委一把手李军书记找去，他把吴枫让他去找孙局长开会的事忘得一干二净。李军拉着马文富去八十里外的东升化工厂了解废水污染情况。

在吉普车里,马文富和李书记并排坐在后座,他忽然想起吴枫的再三嘱咐,急得直拍大腿。

李书记笑问:"你这是什么毛病?"

马文富苦笑一下,把早晨的事说了一遍,末了一拍后脑勺,吐了下舌头:"全都让我给忘了!老头儿该骂我了!"

李军哈哈大笑:"该骂你!谁让你瞧不起老头儿,看他不中用了,说话也当耳旁风!"

马文富皱着眉头说:"他要拉孙局长去参加三案平反会,各县来的都是搞组织工作的干部,谁有兴趣去听他讲种草经!"

李书记说:"他愿意去,就让他去嘛!老同志的积极性是很高的,我到了他那个年龄,还兴许动弹不得呢!"

李书记今年也六十开外了,头发稀疏,脸上起了不少老年斑,最近他到医院检查,已有心脏病的先兆,上衣口袋里装上了急救小"炮弹"。这些日子,他一直在考虑解决地委领导班子的老化问题,他们的平均年龄已六十三岁。要解决这个问题是很困难的,有不少阻力。这些年,"干部退休"在机关里一直行不通。六十开外的部局长中,有的常年卧床不起,就是不肯退休;有的已经退休了,却又到组织部闹着要恢复工作。

"吴专员应该辞职退休了!"马文富很郑重地说,"人老到一定的程度,就不行了!"

"你说,为什么工人退休是正常的,干部退休就困难?"李书记搓着手在和马文富探讨。

"还不是一个'权'字?"马文富几乎不假思索地脱口而出,"由民到官容易,由官到民就难啦!"

李书记赞同地点点头,接着又摇摇头:"恐怕还有一个对革命的感情问题⋯⋯"

到了东升化工厂,他们下了车。马文富急忙去给孙局长打电话。

孙局长在电话里嚷道:"哎呀!你怎么这时候才说呀?吴专员正在我屋里骂你哩!你听——"

电话里果然有人在骂骂吵吵的。

马文富笑道:"告诉老头儿,我马文富认错,晚上到他家负荆请罪!"

吴枫从孙局长的答话中听出对方正是"小马",就气得吵嚷道:"你告诉这小子,我要用棍子揍他!"

孙局长哈哈大笑:"马主任,听见没有?老头儿来火了,要用棍子揍你!"

"他在哪儿打电话?"吴枫侧着头问道。

"在东升化工厂,去解决污水问题!"

"我跟他说!"吴枫像想起了什么事,他要和马文富通话。

"老实听着,老头要骂你哩!"孙局长笑着把话筒递给吴枫。

"小马,你在东升化工厂吗?告诉他们厂长,大青山牧场的羊群都让他们的污水给药死啦!让他们给我赔!那羊是新疆的纯种,是我费好大劲弄来的!听见了吗?让他们去新疆给我整去!"吴专员气得拿着话筒的手直哆嗦,直到马文富告诉他李书记正在场亲自处理这件事,他才放心地撂下话筒。

孙局长一边听着吴枫发火,一边偷笑。吴枫也不在意:"走,到大会去!"

孙局长刚下乡回来,想处理积压的文件,见专员找到头上,只好跟着他去开会。他实在有些不情愿,本来是组织工作会嘛,非要插一杠子。人老了,有些想法也古怪,若是头几年,吴枫决不会这么做。

"你也讲讲,要他们种草!他们不想种,你就多宣传,现在不能下命令了,就得用嘴去说!"吴枫边走边说。

孙局长在身后"嗯"了一声,他在想着对策。农业问题是多方面的,不光是种草呀。眼前,主要是落实农村经济政策,农业方面已经抓了几个典型,很有说服力,不妨在会上讲讲。他想把参加会的农村工作干部召在一起,开个小型座谈会,在这个范围内讲讲还算有的放矢。

到了招待所,孙局长让吴枫先到休息室稍候,他去找杨书记商议。杨书记正在和各县的分工管组织工作的县长讨论一个文件,他听了孙局长意见,表示赞同。恰好,上午是分组讨论,杨书记让会务组马上通知分散在各小组的集中到会议室。不到一刻钟,小会议室内就坐满了人。行署办的陈秘书也被叫来记录。

孙局长主持开会,他怕吴枫开板就唱,嘴没把门的,就利用主持会议的方便条件抢先发言。他说:"今天临时开个座谈会,吴专员要听听贯彻农村经济政策方面的情况,大伙先讲讲,吴专员最后作总结。若是你们还没想好,我先谈点个人想法。昨天我到南阳公社刘家沟大队听了他们介绍种草的经验,很有启发!"

吴枫先是紧皱着眉,一听到有"草"字,眉头立刻舒展开,侧着头听着。

孙局长点了一支烟,慢慢地吸着,沉思了半天,说:"刘家沟大队的刘主任,是一个只当了三年队长的小伙子,很有头脑,很有本事。他早就知道草苜蓿是优等饲料,一百斤草含粗蛋白四斤半,用它喂猪,猪长一斤肉需要消化六两粗蛋白,这样一亩地的草苜蓿可喂成一头一百八十多斤的大肥猪,能省下不少精饲料。他们种草苜蓿不是春种秋翻,而是留茬过冬,由过去的一千多斤,增加到三千多斤。你们说,这办法怎么样?"

吴专员高兴地挥挥手说:"有地就能种草,用不着好地,多种草,有草就富了……"

大家都笑了,在孙局长的启发下,这些熟悉农村工作的基层干部,围绕着"草"字主题,进行了热烈的讨论,孙局长不时地插话,使小会开得很活跃。吴枫坐在孙局长的对面,他发现人们的眼光都在注视着孙局长。而孙局长就像一名乐队指挥,不时地把他那权威的目光投向散坐在各个角落的人们的脸上。吴枫被冷落了,"这不是权力的转移吗?"他有点心酸,顿时起了妒意。他干咳了两声,以示自己的存在。然而,孙局长仍然那么谈笑风生,人们仍然向孙局长投去热烈的目光,只有一两个人偷着瞅他一眼,那目光分明含着对他的怜悯。他颓唐地把头往后一仰,合上了眼睛。啊,"权力"的转移,是在岁月的流逝中悄悄地进行,没有一个固定的界限,没有一个准确的时间,不受职务的约束,只有在人民的眼睛里,才能发现一个人的权威的建立和消亡。吴枫对人们的眼光是最敏感的,昔日人们投向他的目光是多么热烈啊,那简直是一种令人心醉的享受。而今,这种目光一去不复返了……

孙局长看了一下手表,再有半个小时就开午饭了,会开得还不错,就把剩下的时间让给了吴枫。

吴专员决心来一次冲刺,他要改变自己的形象,做一次和他职务相称的讲话。他一口气把剩下的时间全包下来,虽然口齿不清,言语不连贯,意思还是能够说明白的。不少人觉得吴专员笨拙的样子可笑,可是却不敢笑出声来,只是在他自己说乐了的时候,他们才借机放声大笑起来。

孙局长却没有笑,他低头吸烟,烟雾遮住他的脸。他在沉思:人老了。该退休就得退休，不然简直成了滑稽演员了！

散会后，吴专员让陈秘书马上把自己的讲话整理出来，写成会议简报，下午就发下去。

吴枫先走了一步，陈秘书为难地对孙局长说："他讲得语无伦次，文不对题，怎么整理呀？"

孙局长很同情这位新调来的年轻秘书，便笑道："你找马主任，他有办法。"

陈秘书到餐厅胡乱吃了几口饭，就急忙去找马主任。恰好他刚从东升化工厂回来，正在家里吃饭。他一边嚼着馒头，一边看记录稿，陈秘书在注视着他的表情。马文富看到最后一行，嘴角一翘，笑出声来。陈秘书说："真没办法！孙局长让找你，你说怎么办好？"

马文富说："这个好办，你抄写清楚，原文照登。让打字员马上打出来，先不要印，把打出的蜡纸交给我就行了。"

陈秘书如释重负，高兴地走了。

下午，马文富到了招待所，陈秘书把一叠蜡纸递给他。

马文富笑道："忙了一晌午吧？一会儿吴专员准来检查你的工作。"

真是说曹操，曹操就到，话音刚落，吴枫挂着的拐棍已经先进门了。

"简报搞出来了吗？"吴枫问陈秘书。

马文富把打字蜡纸的底页抽出来，指给吴枫看，说："马上就派人去印。"

吴枫看了一眼，确认是他的讲话，就放心地点点头，说："我先回机关，这个会，杨书记参加就行了！"说完就转身出去了。

吴枫走后，陈秘书满腹疑虑，问马文富："这就去印吗？"

马文富摆摆手说："先放到抽屉里吧！吴专员不会再来问了！"

三

翌日晨，在机关门口，马文富遇到了李书记。李书记看到身后有不少人，就把他叫到门旁的一棵大树底下，低声问："昨天吴专员在三案平反工作会议上的讲话，你们搞简报了没有？"

"陈秘书整理出来，打了字。"马文富笑道。他的话留了半截。

"吴专员要了一套简报，还查了编号，他问怎么没有他的讲话。"李书记说。

"我没让打字员印，压下了！"马文富说了实情。

"你呀，把老头儿给骗了，他向我告你状了！"李书记说完就笑起来。

马文富知道已经露馅了，说："他的讲话实在不能印，晚上我跟他说说。"

李书记走后，马文富觉得心里很不安，他参加工作以来还是第一次欺骗上级，而且是对多年培养他的老上级……

晚上，吴枫和他的老伴都在家。马文富是他家的常客，用不着敲门就大模大样地进屋了。吴枫的情绪不高，他坐在靠窗的一个沙发上看报纸，微微抬起头，很冷淡地说："坐吧！"

马文富吃透了他的脾气，知道他不会真生他的气，便坐在斜对面的软椅上。

吴枫的老伴是机关托儿所的所长，晚上要去学习，见马文富来了，便说："今晚不侍候你们了。我不回来，不许你走，你把我们老头子气得够呛，我还要找你算账呢！"

马文富从口气里知道那件事她已知道了，便笑道："我等着！"

吴枫的老伴走后，马文富便自己去烧水。在厨房里，他看到地上一堆豆角、西红柿，知道管理员下午给各常委都送了菜。他又打开盛粮食的箱子，看到剩下的大米和白面都不多，盛绿豆的袋子也空了，小米也只剩下了一碗。看来，他让粮店到各户送粮的事没有办成，粮店方面有什么困难吗？他想明天派人再去过问一下。他在厨房看了半天，退休后的生活如果不安排好，确实是个大问题。这么大的年纪了，家中又没有年轻人，难道能让他们到粮店排队买粮？他又掂掂液化气罐，里面的气也不多了，火苗也不高，也该换罐了。这些日常生活的事情，在退休之后，都将成为"主要矛盾"。谁来管他们呢？有职就有权，没职还有权吗？在"四人帮"把社会风气都败坏了的今天，人与人之间的关系那么冷漠，谁来关心那些没职没权的老干部呢？

马文富把烧开的水壶提下来，又到里屋的小柜里把吴枫珍藏的庐山云雾茶拿出来。

吴枫听到他在屋里翻东西，便说："有毛峰呢，喝不喝？"

"藏在哪呢？"他在里屋喊道。

"在这呢！"吴枫冷冰冰地回答。

马文富看到吴枫从书柜的底格里掏出一个茶筒，笑道："这个秘密我还没发现呢！"

马文富取来茶壶，捏了一小捏，水一沏，立刻冒出一股清香的茶味，他禁不住喊了声："真香啊！"随后，又从兜里拿出一个信封，贪婪地倒进一小半，装进兜里。

吴枫仍然郁郁不乐，他知道马文富晚上准来找他。这些天，他一直在想着一件事，中央一些领导同志辞去了政府职务，要废除干部终身制，他感到非常震惊，疑惑不解；上行下效，地方很快也要这么做，这更使他惶惶不安。他发现，人们似乎把他看成是应该带头的目标，向他投来的微笑的眼光，仿佛都含有劝慰他退休的因素。尽管没一个人说让他退休，可是人们的眼光在无形中形成一股压力，向他袭来，他感到可怕。

"小马，你觉得我是不是太老啦？"吴枫有些伤心地说。

"是老啦！"马文富点点头，偷偷看了他一眼，端起碗在品茶。

"不如以前了吗？"

"差多了！"

"我说话不清楚？头脑混乱？"

"比你想的还要严重。"

"可是我还能工作呀！我天天坚持上班！我的身体还不是太坏的！"吴枫涨红了脸，他有些愤愤然了。

"人们难道还说你革命事业心太强吗？现在可不那么看了，人家说你舍不得放下手中的权力！"马文富没有瞅他，从茶几上拿起一支烟，把它点燃。他的手有些发抖。

一阵可怕的寂静，马文富的话是这么刻薄，像一把尖刀捅进吴枫的心窝。

吴枫觉得身子发软，往沙发上靠着，惨然一笑："这么说，我不中用了……"

"大自然的法则是谁也不能违抗的！你明明年事过高，有些糊涂了，却不敢承认，还要事事说了算，还要人们去照你说的办。这怎么行呢？人们尊敬你，是因为你过去为革命做了许多工作。可是，现在你糊糊涂涂的，谁还听你的？你在讲话的时候，大家为什么要笑？你那文不对题的讲话还要打印，若是发下去，人们该怎么说你呀？"马文富毫不留情一股脑把话都说出去。

吴枫反倒沉静了，马文富在他面前，从来都讲真实的话。他喜欢坦率的人，这是他们长期保持友情的一个原因。

马文富有些激动了，站起身来，说："你为什么不想把那些年富力强的干部充实到领导班子？现在的常委，有两名常年有病，有三名情况和你差不多少。这样，就有多半数的常委处于很不正常的工作状态，想一想，这样的班子能领导全区人民搞'四化'吗？要是投票选举的话，我就投你的反对票！"

吴枫的身子晃动一下，显然马文富刺激他的话起了作用。他闭上眼睛，轻轻地说：

"那么，我该怎么办？"

"辞职退休！"

一阵沉默。

"是谁让你来动员我的？"

"是我自己！"

又是一阵沉默。

"你走吧，我要一个人想想。"吴枫向他无力地挥挥手。

马文富把烟头掐灭，捻到烟灰缸里，说："我说的话对你刺激很大吧？"

"我早就有准备了。"吴枫微微一笑。

马文富走后，吴枫走到院子里，坐在葡萄架下的躺椅上。他仰望夜空，无数颗繁星在向他眨着眼睛，似乎在嘲弄他，他不禁长叹一声。

参加革命需要勇气！

辞官为民需要更大的勇气啊！

四

常委扩大会议进行了两天，除两名请病假外，所有的常委都参加了。这次会议的中心议题是关于选拔和培养中青年干部问题。经过上级批准，提拔两名四十岁左右的局长为副专员，其中一名便是农业局的孙局长。这次会议还任命一批部局委办的中层领导，这些人都年富力强，学有专长。关于老干部退休问题，没有专门进行讨论，只是李书记提出一个个人想法，各级都要酝酿成立老干部顾问处，常委们先考虑一下，让办公室摸摸情况，做一些准备，下次常委会再议。吴枫一直很注意地听着，他本以为他和几名常委的退休问题会在会上提出，但是很出乎他的意料，在常委分工时，让他和新任命的孙专员抓农林口工作。

最后半天会是李书记总结，除了常委之外，部局委办的主要负责人都参加了。吴枫坐在最前排，虽然合着眼睛，耳朵却一字不漏。李书记讲话后，宣读了一份令人震惊的省委文件："省委同意李军同志提出的辞去地委第一书记职务的报告，任命原地委副书记杨玉同志为地委第一书记，李军同志为地委副书记。"

李书记带头鼓掌，激动地走到杨书记面前，紧紧地同他握手，会场里的掌声像放鞭炮一般。

消息飞出会场，人们奔走相告，一把手让位于较年轻的副手，受到了热烈赞扬。

中午，吴枫在家里很不舒服，午觉没有睡好。老伴知道他心事很重，但又不好劝他，便说："睡不着就下地走走，活动活动！"

他有些头疼，想去医院。老伴刚要伸手打电话向车库要车，他用手把电话按住，喃喃地说："我自己去！"

老伴吃惊地说："你自己？今天怎么啦？"

吴枫摇摇头说："今天我要当当老百姓！"

"你疯啦！"老伴着急地说，"你自己去，谁认识你呀！能给你好药吗？"

吴枫拿起拐棍就要走。

老伴见他固执，便说："那，我陪你去！"

吴枫气得把拐棍举起来："你也瞧不起我？告诉你，我还能走！还没瘫！"

老伴也气坏了，连连说："去吧，去吧！人老了像小孩似的不懂好赖！"

吴枫赌着气走出大院。天热得透不过气来，走不一会儿，吴枫就已满头大汗了。

"当老百姓！"他咬着牙对自己说。

老百姓是多么好的名称啊！归到这个堆里，就像一滴水归进大海里。他不知从哪来了一股劲，顿时觉得腿脚灵便了许多，不那么一颠一颠的了。

从家门口到医院足有四里多路，多年来他第一次走这么远的路。到了扇形广场，他要从中间穿过去。在马路中间，一辆辆卡车、轿车拦住了他。耳边的喇叭声一个劲儿地叫，身前身后都是车，他有些眼花缭乱，一步也挪不动。这时，不知从什么地方传来了广播声：

"喂,马路中间的老大爷,别愣着啊,请您走人行道,不要站住,影响车辆通行!"

交通岗发出了警告,他仍然不知所措。这时岗楼里下来一位民警向他跑过来,说:"跟我走!"

吴枫硬是让民警架过了马路。民警微笑着说:"老大爷,以后要走人行道啊,在那边!"说着向右边指了一下。

吴枫感激地点点头。他心里很高兴,他是以老百姓的身份接受民警的指挥和训导。此时,他忽然想起了尼克松。这位被弹劾下台的美国总统,曾在中国的天安门广场以普通美国公民的身份散步。资本主义国家的总统都能以普通公民为荣,社会主义国家的共产党干部反倒以当老百姓为耻,这是多么奇怪的现象啊!吴枫不禁有些愤愤然了。

到了人民医院,下午还没有挂号,人们却排了很长的队。挂号窗口旁也挤着很多人。吴枫好半天才找到排尾,站在一位和他年龄相仿的老人后面。这里又闷又热,一股酸臭味直扑鼻子。他有些吃不住劲儿,他是第一次排队挂号看病啊!然而,看病的老百姓不都是这样吗?他们觉得排队是正常的,等待也是正常的,并不那么焦虑烦躁。

"当老百姓!"他又咬着牙对自己说。

挂号窗口打开了,前面的人乱成一团,后面的直喊要自觉排队。吴枫也着急了,看到几个刚进门的年轻人往窗口挤,便大声喊道:"你们年轻人要自觉到后面排队!"旁边也有几个人给予声援:"真不像话!年轻人怎么这样呢!""你们看看这位老同志,拄着拐棍还站排,你们还不自觉!"可是,那几个人像聋子。

有人喊道:"咱们后面排队的别弄乱了,一个挨着一个,不让加塞,等前面乱出头,就好了。"这个主意立刻得到赞同。吴枫赶紧挪了几步,往前面那人的身后紧靠,像一名老卫兵似的,眼睛左右环顾,警惕地望着走动的人,而他自己的背后也被一个热烘烘的身体贴着。

吴枫热得透不过气来。他突然想到二楼的北头是高干病房,只要他的身影出现在那里,一切都好办了,患一点小病,也会投给你价格高昂的进口药物。

"当老百姓!"他又在心里默默地说。他硬是挺着,豆大的汗珠顺着脸颊往下淌,衣衫似乎也湿透了。

约莫半小时，轮到吴枫挂号交款。他从上衣口袋里掏出一角票，却又带出几个零分，掉到水泥地上，发出几声"当当"的清脆响声。

"同志，钱掉了！"有人在身后喊。

吴枫顾不得捡钱，抖动的手伸进了窗口。

"挂哪科？怎么不说话呀！"窗口里一个俊俏的女同志向他瞪了一眼。

吴枫忙说："我挂内科……"

"满员啦！"

"我，等半天了……"他急得满脸出汗。

"没看见挂牌子了吗？"

吴枫一下子懵住了，热血直往头上蹿。

"往旁边闪闪，让后边的上来。"那女同志不客气地喊着。

吴枫只好不情愿地闪到一边，又茫然地看着后边的人往前挤。这时，一个女孩子说："伯伯，你的钱！"他掉到地上的几个零分，她捡起来了。

"谢谢，谢谢！"吴枫高兴地向小姑娘点点头。

这时，一个小伙子挤到跟前，说："老大爷，我的号挂重了，这个号给你吧！"

"谢谢，谢谢！"吴枫真是感动已极，连声称谢，他接过挂号票，递上一角钱。

下午四点多钟，吴枫拖着精疲力竭的身子回到了家。

"看病了吗？给开了什么好药？"老伴关切的口吻里带着几分讥讽。

吴枫从上衣兜里拿出一个小口袋，里面装着几片药，口袋让汗水给浸湿，有点破碎。他轻轻把药片倒在右手里，"咦？怎么六片少了一片？"他脑门立刻沁出了汗珠，急忙摸摸兜，终于从里面又摸出一片，这才放了心。

"索密痛呀！我当什么药，咱们家还有西德进口的止痛片呢！"老伴撇着嘴说。

吴枫摇摇头："还是我自己抓的药好使，快给我倒碗水来！"

五

吴枫过了半天的老百姓生活，弄得疲惫不堪，可他心里感到很快活。他又回到了人民中间，感受到了几十年所感受不到的新东西。一种新的生活具有很大的诱惑力，他愿摆脱许多昔日的烦恼。他将要像当年参加革命那样，去熟悉新的生活。

吴枫决定要周游全区，并让马文富陪同他。一辆绿色的北京吉普从山城开出来了，这是吴枫最后一次以官的身份旅行！

吴枫的兴致很高，倒是爱说爱笑的马文富沉默了。他察觉得出，吴枫已经有了主意。

吴枫应该是快活的。他顺乎于民意，自觉（虽然痛苦）地要当老百姓，无疑他的行动是大无畏的举动，其意义并不亚于当年他参加革命。

车到大黑山，这里是一片林海。他们到了大队，稍休息一会儿，吴枫就要登山。马文富有些担心，劝他到山腰看看就行了，可是吴枫却执拗地要登到山顶，大队书记、主任只好跟在后面。马文富见他吃力的样子要去搀扶，他却推开他，说："山，得靠自己去爬！"

他们爬到山顶，举目瞻望，群山叠嶂，一片翠绿，耳边松涛吼鸣，一阵凉风吹来，感到十分惬意！这一大片松林，是1956年搞合作化时，吴枫在这里蹲点时发动社员植起来的。如今已经二十几年了，松树长得一人多高，以后会越长越快了。他扶着一棵松树，感慨万千。前人植树，后人乘凉，当年植树的老年人，已经多数不在了。植树时的人山人海热闹场景，恐怕也在人们的记忆中消失了……是啊，大自然的法则就是如此，芳林新叶催陈叶！

"吴专员，这里有不少树是你亲手植的呢！"大队书记笑着说，"大伙都说，不是那年你抓得紧，就没有这片松树林子！"

大队书记的话，虽然有些恭维，可是并不夸张。马文富是见证人，当年他曾跟着吴枫在这一带蹲点。

吴枫并不缅怀昔日的成绩，他在想，若干年后，当这片树林成材的时候，他或许早不在人世了。人生太匆忙了，十年内乱夺走他有限生命的六分之一，不然他可以为人民做更多有益的工作。党啊，总结自己的教训吧，让每一个人的生命之花充分绽开，即使将来它有枯萎凋谢的一天，他也会感到人生奋斗的乐趣。

吴枫和马文富在大黑山住了一宿，走访了一些社员家庭。第二天，又启程继续周游。他们整整走了七天，最后一天来到了大青山牧场。

大青山牧场是吴枫一手操办起来的试验牧场。当年，这一带全是荒山秃岭，有少量的山坡地，打不了多少粮食。吴枫一眼选中了这个目标，他找来县、社干部召开了试办牧场的现场会,他的"种草经"就是首先在大青山开花结果的。

牧场的职工听说吴枫来了,都觉得格外亲切,在牧场新建的一幢办公楼前,围拢了不少人。吴枫看到这么多熟悉面孔,心里很高兴。大家像众星捧月似的把他请进了小会议室。

牧场的周场长,是吴枫过去在这蹲点时发现和培养的青年干部,如今也有四十多岁了。他想先向吴专员汇报牧场的情况,吴枫却性子急,他要先去看看草场和牲畜。

周场长很有雄心大略,他要在两年内把牧场扩大三倍,解决全城奶品和牛羊肉的供应问题。他们边看边谈,吴枫从来也没有这么兴奋过,他的脸色通红,流露出平时很少见的光彩来。他完全赞同这位实干家的意见,而且,他还想得更远……

"你们有空房子没有?"吴枫在往山里去的小路上问道。

"干什么用?"周场长疑惑地问道。

"能住人的,两间就够了。"吴枫说。

马文富心里一动,他知道吴枫的用意了。

"房子倒是有现成的,"周场长说,"过去你在这蹲点时,住过的那间房子现在是仓库,收拾一下就行了,是谁要来住呀?"

"你一两天就把它收拾出来,到时候你就知道了,给你送来一户老职工!"

周场长看看马文富,只见马文富一个劲儿地在低头吸着烟。这时,一群绵羊"咩咩"叫着从山坡上下来。这新疆的良种,在牧场繁殖成功,已是第四代了。这些羊不怕人,在人跟前大模大样地走。望着雪白肥壮的绵羊,吴枫像孩子似的咧开嘴笑着……

周场长稍后一步,到马文富跟前,小声说:"吴专员要房子给谁住?"

马文富极力控制自己的激动情绪,也低声说:"吴专员过去对那些来自山南海北的干部说过,要他们安心在山区干一辈子,大青山下埋忠骨!这位老职工,你要好好照顾他!"

周场长明白了,心里一热,涌出了眼泪。望着吴专员的背影,他默默对自己说:"欢迎你啊,革命的老前辈!"

吴枫把大青山牧场选中为最后的归宿之地。这里空气新鲜,山清水秀,牛羊成群,果树成荫。在这幽雅的环境里,可以做一些力所能及的工作,度过晚年,这不是很有意思吗?这里距电视台很近,收看节目比城里效果还好。早晨,可以在绿茵茵的草坪上散散步,做做操,可以在茂密的树林里听听鸟鸣……当什么顾问?他要老老实实做一名法律所保护的中国公民。

晚霞把大地染红,在霞光里,汽车回到了山城,结束了一周的旅行。

老伴告诉他,马文富是个有心人,他们走后办公室出面搞了一个生活服务社,安排了一些留城青年,专管老弱病残和退休干部的生活。这些天热闹极了,粮食送到家,液化气罐也换了,蔬菜也挨家挨户送,还专派一名大夫到各家往诊。吴枫听到这些,虽然很受感动,可是却不感兴趣,他对老伴说:"什么事都别想得那么美,想得太美了就自寻苦恼!老伴,咱们到大青山牧场度晚年吧!"

老伴一听就急了,喊道:"你去吧,我可不跟你去!到大山沟里谁还管你?你在城里,就是不当专员,也得当顾问,生活上也好照顾你!"

吴枫不愿意和她争吵,他知道一旦自己的决心下定,她最终总是服从他的。

已经是夜间十点多钟了,老伴早已进里屋睡觉了。吴枫打开台灯,从写字台的抽屉里找到一份材料。他坐下来,戴上老花镜,细细地看着。这是吴枫过去填写干部履历表时留下的底稿,上面记载:

1938年在太行山参加革命,同年入党。

1940年派往新岭煤矿,做党的地下工作。

1941年组织"五一四"暴动。

1943年由于叛徒出卖,被捕入狱。

1944年劫狱暴动成功,带领暴动队伍开进热辽边区。

1945年参加解放山城战斗,任营长。

1951年赴朝参战,任团长、副师长。

1955年转业地方,任副专员。

……

吴枫合上眼睛,这短短的几行字,却包含了他一生的经历。他想了一下,跟党革命几十年,没有做出辜负党的事情,他在工作中有错误,这是他所不能避免的。回忆自己一生走过的路,他感到问心无愧。而今,他就要辞去职务,回到老百姓中间,他可以向人民说:人民交给我的工作任务,我完成了!

他睁开眼睛，看到写字台的右边，放着一份材料，上边写着一行小字：

吴专员：

这是我写的一份《关于加速发展山区农业建设的报告》，文中引用的许多观点都是来自你十几年的工作报告和总结材料，同时也提出一些我个人的看法。请你阅后提出意见，在你方便的时候，我将去当面聆听。

这是孙副专员写的报告，是在他外出的时候送来的。吴枫擦了擦老花镜，连续看了两遍，不禁拍案叫绝："这小子，真有他的，不愧是农大毕业的高才生！"他又找出一叠打字蜡纸拿出来，这是他下乡前索回来的，底页上有李书记的一行批语："吴枫同志的讲话请秘书处整理后在农村工作简报上刊登。"他又看了一遍，轻轻摇摇头，把蜡纸同陈秘书整理的底稿一起撕碎了。

他觉得很坦然，心里很干净。他静坐了一会儿，拿起钢笔，在一张白纸上用颤抖的老手，写下了五个大字：

辞职申请书。

大车店一夜

金河

一

"请坐、请坐。不要介绍信。宿费一元,伙费另加。一手发票一手钱,手续简便。不像在大城市……嗨嗨……"

店主人很热情,脸上挂着小买卖人巴结顾客那种笑。这是一个中等汉子,瘦瘦的,淡淡的眉毛,有一双灵活、和气的小眼睛,嘴巴上翘着几根老鼠胡子。这副脸相,稍不谨慎就会露出可悲的狡猾和奸诈来。不过,我看他还不像个刁滑的人。特别是车马店里手续从简,不像城市旅馆那样对旅客像盘查刺客;接待人员笑脸相迎,不像城市旅馆的服务人员那样似尊神下凡,这就使我感到很愉快,管他店主人长相如何呢!

"请,请到二号休息。"店主人说着,提起我的手提包头前走了。

这是一个好大的院子。正面一溜十几间瓦房是客房,东西两侧各有一排厢房和敞棚,敞棚里有两排水泥抹成的牲口槽。院子中间是一眼摇辘轳的水井,离水井不远就是一个大积肥坑,像座大游泳池。现在是深冬,地冻得裂开一条条大缝儿,闻不到什么气味。老北风卷起雪屑,和着马粪末儿直打在脸上,灌进脖子里;不用看,那井里的马粪末肯定不会少,井水早变成马粪汤了。我是决计不喝这里的水的,只要有一个温暖舒适的房间就行了。

可是，一来到二号客房，我的心凉了，比刮脸的老北风还凉。

房间的南北两面是土炕，中间是一条一米左右宽的过道，一只冰冷的煤火炉占去了其中的三分之一。炕上的席子破了几个脸盆大的洞，洞口是泥土、烟蒂、火柴杆，似乎还有两块脚踩过的干马粪。肮脏的墙壁上写满乱七八糟的文字，间或还有一道道紫红色的血迹，像是谁在这里做毛笔的笔画练习……臭虫！我一下子就想到了那种圆圆的、蠕动着的红色小动物，接着神经质地感到浑身火烧火燎地刺痒，起了一串大包，挠呀挠，挠破了皮，出血了……

"小店条件差一些，明年开春就能改善。——这是大队书记说的，板上钉钉的事儿！"瘦瘦的店主人显然注意到了我失望的脸色，翘着老鼠胡子赔着笑脸说，"请您多包涵，哎哎，多多包涵。"这位农民店主人看来很想使自己显得文雅热情、彬彬有礼，可惜他没有受过现代服务业的训练，顶多从戏剧上的店小二那里得到一些启示。他还不习惯说"您"字。"您"他说得又沉又硬，像是"拧"的发音。

"还有没有稍好一点的房间？"我问。

"实不相瞒，同志，这就是咱来顺车店的甲级房间了。"他有点自嘲地笑了笑，用手向后一指，"那边是大通铺，后来的，不管来人多少，都是一个大屋，您更不习惯了。请多多包涵。哎哎，多包涵……我去给您取行李。"说着，他弓着水蛇腰出去了。

尽管店主"包涵"不离口，但即使他说上一千零一个，这样的地方也真难叫人"涵"得下。我坐在炕沿上，望着纸糊的顶棚有些犹豫了。

我到专区报社工作时间不长，还是第一次到温泉镇来。这里的温泉是哪朝哪代发现的，无证可考。但直到去年，人们对这眼温泉的利用仅限于一个简陋的浴池，此外是温泉镇子的居民用来洗衣服和什物。前不久，听说县里投资，把旧浴池扩建成了一个温泉疗养院，对改善农民的医疗卫生条件、安排青年就业、增加收入都发挥了很大作用。为此，我冒了老北风赶到温泉镇上来，想采写一条消息。班车在路上出了点故障，来到温泉镇的时候，有关党政机关都下班了。镇上唯一的一所小招待所又被一个什么会议包占。如果手持介绍信和身份证直接找到温泉疗养院去，也许不愁找不到一个吃饭、住宿的地方，但我不愿多跑路，便就近找到来顺车马店来了。隆冬天气，坐了一天汽车简直冻透了，往车马店里的热炕上一躺，也是很惬意的事。我万没想到，这个"来顺"车店，来了以后会这样使人

感到不顺!

店主人抱着一卷行李走进来,依然笑容可掬:"同志,这是您的行李。小店条件差一点,请多多包涵。"

我抬头向窗外看了看,天色昏暗下来,西北风呜呜地叫着;铅灰色的冬天压着屋檐,檐上的麻雀瑟缩着脖子跳来跳去,正在寻找归巢,几片软绵绵的雪花飘落在窗玻璃上。这样的时候,我实在不想出门了,同时也无法拒绝店主人的殷勤,只得将店主人手里的行李接了过来。

"睡炕头儿,还是睡炕梢儿?"店主人帮我选择铺位。

我先向炕头扫了一眼,只见一片席子已经焦煳,不知什么时候被热炕烤的。我虽然喜欢睡热炕,但决不想被烙成肉干,便在炕中间选了个位置。

"您先休息一会儿,我马上就来生炉子。"店主人出去了。

抖开行李,我的心又禁不住一阵上翻——汗泥使白被里变成了暗灰色,摸一把滑腻腻的,散发着一股穿胶鞋的臭脚味儿。褥子的缝口处露出一块块棉花,像一团乱肉上的油脂,我伏下身子仔细寻找,终于在被子里找到了几个小脑袋、大肚子、慢慢爬动的小生物。被子不能盖了,幸好我还有一件大衣,也可借助热炕过夜的。

二

我一个人闲得无聊,便从手提兜里摸出一本《福尔摩斯探案集》来,准备跟着这位大侦探去观观光。屋里的光线更暗了。我随手拉了一下电灯的拉线开关,还不错,电灯亮了,但屋子里似乎并没有因此增加多少光明,灯光红乎乎的,像对着一个牛眼柿子。我用力看了几页书,眼睛又涩又酸,福尔摩斯的探案手段还是那老一套,我把书放下了。

院子里传来了噼噼啪啪的鞭子响和粗野的叫骂声。透过窗子,可以看见住店的胶轮大车陆续塞满了院子。瘦瘦的店主人弓着水蛇腰,翘着老鼠胡子站在大门旁,满脸堆笑,还常常听到他跟老主顾们带着笑语的对骂——这是他们亲切招呼的独特形式。看样子,这还是个很兴隆的车店。

我正向窗外望着,屋门开了,一位老汉扶着一个二十多岁的小伙子走进来。

小伙子的一条腿弯曲着，脸上带着痛楚的神色。老汉把小伙子扶到我对面的炕沿上坐下，小伙子就势往炕上一躺，长长地吁了一口气。

老汉从随身携带的布口袋里掏出几个馒头，放在火炉上，伸手摸了摸炉子，才发现炉子还没生火，便把馒头收起来，对着小伙子的脸，无可奈何地看了一阵。

"福根，福根，饿不？"老汉问。

"不饿。"小伙子说话显得有点心烦。

"又疼起来啦？"

"嗯。"

"厉害不？"

"反正不好受。"

老汉急忙翻自己的口袋，看样子是想找一片止疼片之类，但没有找到，大概早就用光了。老汉搓着手，叹了口气，从腰里拔出烟袋，默默地吸起来，屋里顿时弥漫着劣质烟草又辣又臭的怪味儿。老汉溜了福根一眼，劝慰说："病长在身上不能着急。古语说：'得病如山倒，去病像抽丝。'咱们慢慢想办法，年轻轻的，不愁治不好。"

小伙子对这番话毫无反应，想来这样的话他不知听过多少遍了。

"咱井里没水四处淘，说不定哪一天碰上贵人就除灾啦……"

"哦，我算你们爷儿俩该回来了！"翘着老鼠胡子的店主人抱着一些点炉子的引火柴闯进来，一面哗啦哗啦地清理着炉子里的炭灰，一面冲着老汉说，"你们爷儿俩在这儿一共住了七天，前四天的宿费结清了，今天得把后三天的宿费结一下账。咱们这个店的规矩是日日清。"他虽然面带笑容，但语气却颇强硬，全然不像对我那样恭谨和谦卑。

"是，是。"老汉点着头，"住店掏店钱，吃饭化饭钱。账不能赖。"

"那就到办公室去算账吧！"

"不，郝经理，眼下有点困难。"老汉说着跳下地来，赔着笑脸说，"实不相瞒，我手里倒有几元钱，得留着交坐塘的钱，还有我们爷儿俩吃饭……"

"这就是两个理儿喽！"老鼠胡子（这时我才知道他居然是位经理！）打断了老汉的话说，"怎么能交塘钱，就不能算店账呢？"

"坐塘子一天去一回，就得交一回钱，不交钱，人家不让进……"

"不交钱,店也不能住啊!"郝经理点燃了炉子里的木柴,水蛇腰直了起来,翘起老鼠胡子,挺起胸脯,像个大财东。"现在都讲责任制。这个店就包给我们几个人了。要是都像你们爷儿俩这样光住不掏钱,我得把裤子赔出去!"

"咱没说不掏钱呀!"老汉的脸红涨起来,看样子他为自己的嘴不能清楚准确表达思想十分着急,"我是说,说,给孩子治病不能耽误。庄稼人不能做昧良心的事,钱早晚要给,一个子儿都不少,就是这两天手头紧。早捎回信去了,三两天钱就来,三两天!"

"'三两天'!哼,你一出门……"老鼠胡子没往下说,但他那狡黠的眼神把他的不信任态度表达得清清楚楚。

老汉感到人格受了污辱,甚至有些恼怒了:"郝经理,你打听打听,鹞子山沟谁不知我杨大成?走了和尚走不了庙。再说,咱人穷不假,可人穷不能卖人性!"

我在一旁着实有些可怜这贫病交困的爷儿俩,感到老鼠胡子经理有些逼人过甚,便插进来替老汉讲了几句情。

"您这位同志不知道,"郝经理扭头朝我笑了笑,又把"您"说成了"拧","咱来顺店碰到过这样的:他们安心赖账,到时候凉锅贴饼子——溜了!"

"耗子,我到处找都找不见你,你他妈的钻到这里来磨牙!"

三

随着高声大嗓的叫骂,屋门口进来两个人。前面一个体躯高大,浓眉毛,大鼻头,大嘴巴,黑森森的连鬓胡子,只是眼睛显得小一点。后面一个胖墩墩的,像根枣木车轴。两人的腋下都夹着一卷自备的行李。

"吓,大辕马呀!"郝经理丢开杨老汉,对着大个子叫起来。看来"耗子"就是经理的宝号了。不过他送给对手的绰号也是蛮贴切的。"大辕马,我以为你早就垫车轱辘了呢!"

大辕马笑着,"咚"地一下把行李扔在我这边炕的炕头上:"我要死了,你媳妇准得哭丢了鼻子!"

"可不哩,缺个大秃儿子养老送终呢!"

"我当灭鼠捣窝早把你消灭了,我这次来能赶上个好机会。"

"好机会还真叫你赶上了——镇上新建了一个驴马配种站……"

"再说，我让你管我叫爹！"大辕马动嘴已显然不是耗子经理的对手，于是便发挥了实力优势。他一步蹿过来，掐住了郝经理的细脖颈，"你说，你媳妇是不是想我了？"

"哎唷，哎唷，君子动口不动手，动手是小巴儿狗……哎唷，是，是想了，想了……"

在大辕马和郝经理开玩笑的时候，车轴汉子伸手摸了一下炕："咦，郝经理，咋没烧炕？"

"就烧，就烧，等炉子着上来。"

"混蛋！"大辕马骂着，"知道老子来，为啥不早烧？多烧点！不知道天冷，老子腰腿疼，喜欢热炕头吗？"

"好好好，养这么个打爹骂娘的儿子也真没办法。"郝经理在精神上胜利了，又问大辕马："吃点什么？"

"废话，还用问——什么好吃吃什么。"

郝经理眨巴眨巴眼睛，弓着水蛇腰出去了。但刚走到门口，又转过身来，用冷冰冰的脸对着一直站在地上的杨老汉说："来办公室算账吧，要不，那就只好往外请了。"

"怎么回事，老哥？"郝经理走后，大辕马脚蹬着炕沿，很有兴趣地问。

原来老汉的二儿子福根的腿出了毛病，两年多了，不能干活。偏方用了不少，都不管用。城市的大医院去不起，听人说温泉公社搞起了疗养院，到疗养院疗一疗，坐坐热水塘子能治好，于是爷儿俩张罗了三四十元钱就来了。可是到温泉疗养院一问，又吓了回来。住院疗养，床费、伙食费、医疗费，再加上其他花销，一个人一天没有三四元下不来。这个数目如果放在公费医疗的职工干部身上，自然还算便宜的，可是放在工分只值三五角钱的社员身上就承受不起了。可是儿子的病又不能不治。于是爷儿俩一商量，就住到这个车马店里来。不用店里的行李，每宿一个人只花六角钱炕板钱，白天花上两角钱到温泉疗养院对外开放的大池塘里去泡，饭可以随便凑合一顿，这就大大俭省了。可是现在就连这六角钱的店钱也拿不出来了，福根的病还没有结果。

听着杨老汉的叙述，大辕马一声没吱，只见他浓黑的眉毛跳动几下，脸阴沉下来,大手掌把连鬓胡子摩挲得沙沙直响。他突然站直了身子,拍了拍老汉的肩膀,压低声音说:"没关系,一会儿我去跟姓郝的那小子说,我姓马的做保人,跑了你姓杨的,拿我姓马的是问!这耗子,欺负老实庄稼人都不看看日子!"

车轴汉子在一旁笑了笑说:"耗子可是个认钱不认人的手,四楞子脑袋,专往钱眼儿里钻。给他钱,让他叫爹都干;跟他要钱,磕头他都要踢下巴。你大辕马许有那么大面子?"

大辕马白了车轴汉子一眼:"你姓车的真是个死车轴!"他随即念了一段顺口溜:

掌包的进店,赛过知县;
大鞭小鞭,令旗令箭;
鞭头一响,铜锣一面;
粗声大嗓,满院乱颤。
掌柜的迎接,不敢怠慢。
上前握手,"大哥少见!
有何吩咐,尽量照办。"
打水洗脸,传令做饭,
吃饱喝足,饭钱少算……

大辕马的顺口溜把人们都逗笑了,但大辕马却没有笑。他斜了车轴汉子一眼说:"你当这是咱自个吹牛?店掌柜要发财得靠咱抬举,再说,他求咱办的事也多着哩!"

地上的火炉热起来了,屋子里渐渐有了暖意。杨老汉又摸出他的凉馒头放在炉子上烤着,同时用感激的眼光看着大辕马说:"这位马师傅要能给递进话去,宽限几天,就帮了我们爷儿俩大忙啦!"

"好,你们爷儿俩就把心放在肚子里吧!"大辕马说着刚要往外走,又停下来问,"吃馒头,没有菜,就啥呀?"

"唉,吃一口就算了。"杨老汉说。

"嗳,老哥,晚吃一会儿,等我给你们爷儿俩带回点好吃的来。"说着他向车轴汉子挥了一下手,"走,咱们吃饭去。耗子不给酒喝可不行!"

大辕马一走就再没见到他的影儿。这中间,除了来人烧炕,给炉子送些煤,也没见到店里的人。但杨老汉仍然很不安,大概总在担心郝经理来讨店账。福根蜷缩在土炕上,像只大虾,不说一句话,有时带着轻轻的呻吟翻动一下。

我很同情这父子俩,但也只有同情而已。慢性病,没钱治,这种情况在农村并不少见。看病,我不懂;给钱,多了给不起,少了,杯水车薪,无济于事。想来福根衣衫单薄,又没有行李,恐怕后半夜吃不消,便把我不准备盖的被子递给了他们。杨老汉很感激,好像心里很过意不去。我却有些心虚,好像做了骗人的买卖,怕被人揭穿似的。我们随便扯了几句。我再次摸出《福尔摩斯探案集》来,想看看这位侦探对一种烈性麻醉剂的化验结果。

外面的雪好像越下越大了,雪粒打在玻璃窗上,发出沙沙的响声。车店的厨房那边断断续续地传来"五魁"、"当朝一品"的猜拳声,夹杂着一阵阵哄笑。在昏暗的灯光下,杨老汉一张阴郁的脸就像一块被风雨侵蚀得裂纹斑斑的岩石,眼神一动不动地盯着丝丝作响的烟袋锅儿。他是在为自己的命运占卜,还是等着那大辕马带来什么"好吃的"?我不敢看他,也不忍问他。

四

屋门哐啷一响,车轴汉子先跳了进来,用力跺着脚上沾的雪。他的脸红红的,嘴里喷着酒气,既不理会对面炕上的爷儿俩,也不看我,先把手放在炕头上摸了摸。

"嘿,热上来啦!"他自言自语着,一步跨上炕来,把大辕马的行李从炕头搬开,把自己的行李铺在炕头上,脱了衣服,倒头睡下了。

杨老汉还在等着大辕马。等了一会儿,不见大辕马进来,老汉便放下烟袋,怯生生地问车轴汉子:"这位车师傅,那位马师傅咋还没回来?"

"还喝哩!"车轴汉子在被窝里回答。

"还喝哩?"老汉有点惊讶。

"可不还喝。"车轴汉子讪笑一下,"他要把来顺店的酒全喝干,把来顺店的人全打倒!"好像这样渲染还不够,车轴汉子又加了两句:"这家伙是酒泡出来的。把他拧一拧,少说能挤出五斤酒来,五斤!一喝起酒来,连姓都忘了,真

是一匹大辕马……"

老汉摇摇头，啧啧嘴，说不清是赞佩、惊讶，还是暗暗的失望。老汉见实在等不来大辕马，便准备跟儿子一起嚼烤馒头了。

这时屋门开了，随着一股冷风，大辕马一手抓着饭盒，一手攥着一截香肠闯进来。

"老哥，你没睡，真行！"他把饭盒送到杨老汉跟前，把盖子揭开，"来，快吃吧，趁热。把小伙子也叫起来，统统打扫干净！"

老汉感激得不知说什么好，只是一个劲儿地"唉，唉，真是，真是"，把儿子叫起来之后才想起说"谢谢"。

"有什么谢的？"大辕马扬起脸说，"菜是剩下的，那块香肠，不瞒你说，是我顺手牵羊摸来的。别谢我，也用不着谢那耗子经理。"他打了一个长长的嗝，嘴里像排气管一样喷出一股酒气。看样子他酒确实没少喝，眼睛有些发红，不过脸色没有大的变化，言谈也没有失态之处，只是显得更兴奋些了，"店账的事我跟郝经理说了，先住着，啥时候有钱再结账，给孩子治病要紧——咦，这王八蛋车轴，下蛋不怎么样，占窝可怪有本事的！"大辕马这时才注意到他的炕头被车轴汉子占去了。他撇下杨老汉，毫不犹豫地跳过去，扭住车轴汉子的耳朵，"车轴，起来，滚起来！"

车轴汉子用手捂着耳朵，似睡不睡地嘟哝着："别闹，别闹，天不早了，快睡吧，明天还得起早哩！"

"你小子真不讲交情！刚才喝酒，先都讲好了，咱俩对付他们四个，你把我甩下先跑了，还抢我的热炕头！"

"算了算了，下次……"

"不行，我有腿疼病，你又不是不知道。"

"好马大哥，你看我都睡下了，"车轴汉子央求说，"一折腾怪冷的，就让我这一回。"

"少废话！你再啰嗦，我把你抱到当院去，叫你到雪堆里清醒清醒。"大辕马说着，便伸手抓住了车轴汉子的胳膊。

车轴怕吃苦头，只得没好气地坐起来："给你，给你，你这小子对炕头比媳妇都亲！"他拉下脸来，换了铺位，把行李摔得咚咚直响。

大辕马也不客气，铺开行李，脱掉衣服便钻到被窝里去了。

"喂，离我远点，别让你身上的虱子爬到我这儿来！"车轴显然怨气未消，借此向大辕马提出了警告。

"咱身上没那东西。"大辕马说。

"吹牛，看我给你找出几个来！"车轴说着便去揭他的被子。

"有几个虱子又能怎么样？"大辕马摁着自己的被子认账了，"有二两血够它喝的了。"说完他来了个反击，"你也别吹，我就不相信你一个没有。打赌，在你身上找出来怎么办？"

"别扯淡了，快睡吧。"车轴看来也有点心虚了。

这边关于炕头和虱子的争执结束了，那边杨氏父子的夜宵也吃完了，于是大家准备熄灯睡觉。我盖着大衣躺下的时候，也没忘记同车轴保持一定距离，我的血可没有大辕马那么丰富。电灯的拉线开关就在我的头上。人们都躺下之后，我手捏着拉线问了一句："各位不用灯了吧？"

"等等。"大辕马又忽地一下爬了起来……

五

"喂，老哥，"他叫对面炕上的杨老汉，"我刚才听说，腿疼坐塘子光泡泡还不行，又不是沤线麻；还得捏巴捏巴，对了，人家叫'按摩'。对搭着再行行针，才好得快哩！"

"对着哩。笨想也是这么个理儿。"杨老汉说，"摁摁捏捏，扎扎针，舒筋活血。听说有个小伙子，跟我们福根的病差不多，一边坐塘，一边找人按摩，只两三回，腿就直升了，一个星期就满跑满颠了呢！"

"那你咋不试试？"

"咱不会呀。找人吧，一是没处找，就是找到了，还能白用人家？"

"嗐，捋一捋，捏一捏，那还有啥会不会的。"大辕马下巴支在枕头上，咧咧嘴，轻蔑地说，"好比脑袋碰个包，谁还不会揉揉？"

我在一旁听着，不禁有些好笑。赶大车，大辕马也许是个好把式，但谈医显然是门外汉。

杨老汉守着病人，听得多些，也提出了异议："听说那玩意儿也有穴位呢！"

"管它穴位不穴位，我来给他按按。"说着，大辕马也不管老汉是否同意，便爬起来，披上棉袄，"老哥放心，我就是按不好，也保证按不坏。"他也不下地穿鞋，站在炕沿上，一个跨步就跳到对面炕上去了。

萍水相逢，大辕马竟这般热情仗义，杨老汉也不好拒绝，便叫醒了福根。

"哎唷，这耗子真是个王八蛋——这边炕咋没给烧火？"大辕马大声叫起来。

"烧了，可能少点，凑合着吧。"

"凭钱住店，干吗'凑合'！真他妈的看人下菜碟儿！"大辕马有些火儿了，"坐了一天热塘子，回来再睡凉炕，这不是闹着玩儿吗？——怎么，连褥子也不给？"

杨老汉连忙解释说，他们爷儿俩本来就没租用店里的行李，这床被子还是别人送的。

大辕马侧着头，眯起眼睛看了我半天，看样子他对我能让出一床被子感到有点意外，自从他来到二号到现在，好像第一次发现我这个干部模样的人的存在。眼光是亲切的，带有明显的赞许和感激。这时他才第一次同我搭话，问我从哪儿来，到哪儿去，是干什么的……不过，由于一种我自己也莫名其妙的原因，我没有说我的真实身份，只说自己是个回家探亲途中的小学教师。

"噢，'孩子王'的饭也不容易吃，咱都是'苦命人'。苦命人就可怜苦命人吧。"大辕马说着，侧起头想了一下，转过脸去对杨老汉说："来，叫你的福根去睡我的热炕头吧。"

"这怎么行？不用，不用，你也有腿疼病哩……"老汉又不知该说什么好了。

大辕马跳回自己的铺位上，把行李胡乱一卷，抱到对面的炕上去。他不容老汉再分说，便像抱孩子一样把福根抱到自己的热炕头上去了。他的力气真大。送给他"大辕马"外号的人是应该得到金质奖章的。但更有趣的是他的按摩实验。

我虽然不懂按摩，却见过别人按摩，但唯独没见过大辕马的马氏按摩法。我发现大辕马的两只手出奇地大，像两把蒲扇。他把小伙子的腿攥在两只大手里，从上往下按，好像在拔直一根铅丝。不过他做得很认真，两眼紧盯着双手，用力地咧着嘴，连鬓胡子不停地抖动。福根显然有些吃不消了，咬着牙，额角上渗出一层汗珠来。

"小伙子，治病可别怕疼哟！"他安慰着青年人，"想当年，我二十来岁，对了，刚过完第十九个生日，夏天图凉快，跑到碾盘上去睡觉，受了贼风，这条右腿硬是伸不直，连活也干不成了。咱庄稼人就是把身子当地种，不能干活，怎么养家糊口？治吧，家里穷得锅吊起来当钟敲——叮叮当当的，哪来的钱？后来，人家告诉我，用热酒搓，再使劲捏巴着。搓着搓着，我来了狠劲，就这么猛劲一蹬，听见'咯崩'一声，腿就直开了……你也试试！"

　　福根听着连连点头，看样子他也想"猛劲一蹬"，可是谈何容易。大辕马的病例虽然没有什么大的说服力，不过我却似乎明白他为什么对福根的病这么关切了。

　　不大一会儿，大辕马也气喘吁吁，额角冒汗了。我怕他一时性急蛮干起来，便关照他："马师傅，你手上用力不要太猛，不然容易损伤身体的有关组织。"

　　"可也是。"他松开手，咧咧嘴苦笑一下，"像说笑话似的，用两扇门板治罗锅儿，罗锅儿直开了，人也挺腿了，那还不如不治。咋办呢？"

六

　　"嘿，有了！"他一拍脑门，便去喊车轴汉子："喂，姓车的，车轴！"喊过两声，他似乎感到某种不妥，声调便低下来，语气也显得委婉和亲热了，"喂，伙计，车老弟，车老弟，醒醒，哎，醒醒……"

　　"黑灯半夜又干啥！"车轴翻了一个身，不耐烦地咕噜着，"炕头给你了，还想咋的？"

　　"你老弟别因为一个炕头心难受，以后热炕头都让给你还不行？"老马俯下身子，嘴贴着车轴的耳朵，用柔和的语调说，"你起来，给这小伙子扎扎针……"

　　我在一旁不禁哑然失笑了。刚才跟车轴要热炕头的时候，大辕马那般霸气，现在则有贤妻良母之风了。

　　"咋的了？"车轴没好气地问。

　　"你不知他腿疼嘛！"

　　"我没那本事，不，不干。"

　　"学雷锋，树新风嘛。"

"你自己去学好了。"

"我要不学,你小子今天就来不到温泉,说不定还在大夹山沟的冰窟里抠你的破车哩!"大辕马的语气变得强硬了,"求你点事,赶上借你的脑瓜门儿晒裤裆了。以后你还求人不!"车轴没吱声,大辕马向我挤了挤眼睛,悄声说:"这小子扎针还有两手哩。给我扎过两回,蛮灵的。"

大辕马最后通牒式的敦促起了作用,车轴无可奈何地坐起来,披上衣服,眯起惺忪的睡眼,看着小伙子:"扎坏了,可不要找我!"

这个先决条件却很难叫人笼统地接受。不过大辕马还是用他独特的方式作了回答:"那要看你有没有人味儿!"

车轴再无话可说,只好摸出针灸盒来。

"大辕马,酒精棉球呢?"车轴问。

"酒精棉球?"大辕马傻眼了,"没有。"

"不消毒,扎发了炎,找谁?"车轴一侧身又要躺下去,"没有消毒的东西那还扎个屁!算了,不扎了。"

"别别……"大辕马赶忙拦住,"还有没有别的办法?"

"有酒也行。白酒。"

"白酒?"大辕马搔了搔大胡子,"嗳,车轴,你车上不是有一瓶吗?"

"我?"车轴迟疑了一下,"没有了,昨天就底朝天了。"

"真的?"

"谁还哄你?"

"好,你等着。"大辕马意味深长地笑了笑,"我去找耗子要点来。"

老北风在窗外狂叫着,雪粒打在窗玻璃上哗哗作响。老马裹着一件皮袄,出去了。我看了看表,时近零点,郝经理早该睡觉了,他到哪里去弄酒呢?

奇怪,老马很快就回来了,而且像变魔术似的举着一瓶白酒。

"给,可劲用。"他把酒交给车轴,"剩下的给小伙子搓腿。"

车轴的针灸手法还算熟练,一连扎了几针,针感比较理想。小伙子说,膝关节"热乎乎的",腿上的筋也好像"松快"了。

车轴一面扎着针,一面开始注意起酒瓶来:"这瓶酒是谁的?"

大辕马瞥了车轴一眼:"反正不是你的,你那瓶酒早就'底朝天'了。"

车轴没有再往下说，不一会儿扎完了针，便指挥大辕马和杨老汉我们三个人给福根搓腿。

　　"不对，不对，你简直像头笨熊，白长了那么大个巴掌，酒都叫你洒了！这样……"车轴不停地教训着大辕马。看得出他是在故意运用自己暂时的权威，发泄着对老马的怨气，犹如能写"哀的美敦"的李太白故意捉弄杨国忠。"我说大辕马，你别像挠痒痒似的，用上点劲！"

　　"好好好，"大辕马连连点头，表现了出奇的温顺与服从，但又不时向我悄悄挤挤眼，咧咧嘴，那神情像是在说："瞧，跟我撒冤呢！有什么办法，这会儿就得听人家的！"

　　"这是咋的啦？"谁也没注意郝经理什么时候趸了进来。

　　"咋啦？你不好睁开耗子眼睛看看吗？"大辕马白了郝经理一眼，"我早就看透了，你这小子不是个玩意儿！这是在新社会，你还这个德性；要是在旧社会，说不定你会开孙二娘那样的店，卖人肉包子！"

　　郝经理被大辕马骂蒙了，一个劲儿眨巴眼睛："哎，我说大辕马，你这是撞着哪路丧门星了？喝了几盅猫尿还没过劲？"

　　大辕马绷起脸，从逼店账到炕不热，把郝经理数落了一阵。最后的落脚是："这样的朋友不可交，以后得告诉赶车的弟兄一声，离这样的店远点。"

　　这最后一句使郝经理很不安，竟半晌说不出话来。亏得杨老汉从中打圆场，说郝经理也是"心慈面软"的，对他们爷儿俩也"挺够意思"，"干啥都有干啥的难处"，催他店账也是正理。接着，又把大辕马和车轴汉子急人之难的义举介绍了一番。

　　"嗨嗨……"郝经理弯着水蛇腰笑了，连忙就坡下驴，"还是老杨哥通情达理！这店不是我一个人开的，我负了个责任，就不能不那么说说，不然别的伙计要以为我徇私情哩！其实谁心不是肉长的？咦，这炉子怎么灭了？去弄点柴火来点着……噢，还有点底火，添上煤还能着上来……"他有意找些话来说着，掩饰着自己的尴尬。"炕不是我烧的，准是小三那混账小子。至于店钱……"他踌躇了一下，看了看大辕马那阴沉沉的脸，好像最后下了决心，"有钱就给，实在没钱也就算了。我跟我们那几个伙计说说，这么大个店，也不在乎一两个人。"

　　"说话算数？"大辕马顿时兴奋地抬起头来看着郝经理。

"反悔是孙子。"

"嘿，我说耗子，你也能长出息呀！"大辕马用蒲扇一样的大手拍着郝经理的肩膀，"下次来，我请客！"

杨老汉爷儿俩自然感激不迭。郝经理挺起胸脯，抖动着老鼠胡子，煞是得意，俨然是庆功会上凯旋的将军。

半天没有言语的车轴汉子突然拿起酒瓶，左瞧右看，大叫起来："这酒是我的！"他在大辕马背后重重地捣了一拳，"大辕马，你在哪儿掏索出来的？——对酒，你的鼻子比狗都尖！"

大辕马放声大笑，直到笑出了眼泪。他点着车轴汉子的鼻子说："你那点小心眼儿能瞒过我？不是吹，你一撅尾巴，我知道你能屙几个粪蛋儿！别心疼，下次我请客你狠劲灌，捞回来就是……"

七

一觉醒来已近七点钟。说来也奇怪，四五个小时的觉我睡得很香，没觉得冷，也没有感到虱子爬。大辕马和车轴汉子都不知去向了，只见杨老汉和福根正在就着昨晚的剩菜吃馒头。

我向杨老汉问起了昨晚的治疗效果。

"嘿，挺管乎儿呢！"杨老汉回答，"今儿早上，这条腿差不多就伸直了，亏得你们几位行好帮忙。我跟孩子说哩，这情分多会儿也不能忘……"

我不懂医学，不知大辕马和车轴汉子的治疗方法是否符合医疗规程，也无法判断它的疗效，但从杨老汉的眼睛里却看到希望和光明。

"老马和那位师傅呢？"我问。

"都走了。"老汉说，"老马临走还硬塞给我五元钱，老车给了三元……唉，这孩子遇上贵人了，该出灾了，可该出灾了！"

我来到院子里。雪停了。满院都是车轮碾过的痕迹。不知为什么，我总想从中找出老马和车轴汉子的车辙来，结果当然是白费力气。站在来顺店的大门口向远处望去，视野内是一片冰清玉洁的世界。雪，似乎也净化了天空，玫瑰色的朝霞显得格外鲜艳。空气仍然冷得发辣，但深深吸上一口，好像还有些甜，使人感到爽神提气，昨晚进店时的沮丧、晦气之感早已荡然无存了。

"您没休息好吧？"郝经理翘着老鼠胡子笑眯眯地问我，还是把"您"说成"拧"。

"不，还不错。谢谢！"我说。

"哪里，哪里，小店条件差些，尽住些粗人，请您多包涵。"

店主人对昨天晚上的事似乎持某种否定态度，这我是不能赞同的，但也没有分辩的必要。

我突然想到了自己的采访任务，想到了温泉，便问他："温泉离这儿远吗？"

"不远，站在这里就能看见。"他凑到我身边，向不远处的山脚下指了指，"看见没？——那栋三层红砖楼，那是疗养院的病房和办公室。楼旁边就是温泉……"

我沿着他指点的方向看到了红砖楼房。在一片银装素裹中暗红色的楼体显得很耀眼。楼旁边凝聚着一条雾带，从远处望去，很难与白雪覆盖的大地分开，只有一阵北风吹过，才能发现它在动荡、升腾，才隐隐感到温泉散发出的热。相比之下，那座新建的楼倒显得有些呆板、僵化、盛气凌人了。

"咱这里温泉的水有些友浑，黄乎乎的，还有股硫黄味儿。不过，可真能治病，听说能治几十样病呢！"

店主人正热烈地介绍着，杨老汉扶着儿子走出来。福根又要去坐塘子了。雪后路滑，老汉走得很吃力。我走过去，帮老汉架起福根，向温泉走去——我想到跟前去看看温泉。

芦花虾

邓 刚

因为离海近，所以这里的集市最精彩不过。金鳞银翅的黄花鱼、肥油油的大香螺和铁青色的长腿蟹子，还有被煮得鲜红鲜红的芦花虾，精心地摆成各种游动的姿势，上面又巧妙地撒上几叶绿莹莹的海菜，就好像还在水里似的，给人一种活鲜活鲜的感觉。

卖主们都摆出一副很有势力的气度，一手掐腰，一手攥刨钩。以前，还像做贼似的探头探脑，现在政策架得他们腰粗气大，一个个放开嗓门吆喝："又肥又嫩，又香又鲜！……"连滋味儿都喊出来了，二里地外，能叫你舔嘴唇，从早到晚，招引得顾客涌涌地不断溜。国营商店看着眼红，也来占块地盘搞竞争，他们本钱大，货案上摆得满满的，但生意并不兴隆。因为他们既不耐烦摆弄，又不屑撒海菜叶，只是胡乱地将鱼虾倾倒在那里，上面插块木牌，写上价钱，就听其自然了。售货员的精神头也两样，国营店大都是才招工上来的年轻姑娘，穿着新铿铿的工作服，佩着亮晶晶的红商徽，像摆展览似的，因此干起活来不泼。秤鱼时，远远地勾着腰，生怕自己沾了腥污。她们才不为生意萧条烦忧呢！反而叽叽嘎嘎地笑对面那些自负盈亏的卖主，撇着嘴学他们的腔调，并叫他们"小贩子"。虽然都是卖货，却自觉得国营的高贵。

她们最愿嘲弄的，是对面角落里卖芦花虾的姑娘，吆喝她"扛筐的"。这里人对这个词儿看得很卑下，因为讨饭的叫花子才叫"扛筐的"，所以是极不愿听

芦花虾

的。但这个扠筐的（芦花虾都是装在小筐里卖）姑娘似乎什么也没听见，只是默默地守在筐前，低着头。一块大大的花包袱皮儿和白口罩，将她整个脑袋包裹得严严实实，只在眼睛处留一道缝儿看人，幸亏有这副遮挡，使别人看不见她又羞又怕的面孔。这哪像卖货的，倒像让谁逼来似的，既不愿吆喝，又不敢招揽，身子扭在那里活受罪。但筐子里的芦花虾却很争脸，干净、整齐、红艳艳的；盐也放得合适，老是飘溢着一股带咸味儿的鲜香气，逗引得一群群人过来弯下腰。弄得旁边那些气势很大的卖鱼的纷纷侧目。

芦花虾是西海滩的特产，因为它能在沙滩上打洞，所以原名叫蝼蛄虾。海边人嫌这个名不好听，都不爱叫。芦花开时，这虾最肥，大家就给起了这个美名。这些年大虾高贵了，能换外汇，一般人很难有口福。于是，其他的虾族便显出了魅力。西海滩的虾种不少，有草虾、毛虾、螺壳虾、爬子虾（背上有整齐而密实的甲壳，一节节连在一起，行走起来像拖拉机的履带爬动）。但这些虾不论形象还是肉质，都和大虾相去甚远，吃起来不够劲儿。唯一能同大虾媲美的便是芦花虾了。它也有长长的虾须，身条也像大虾那样弯曲着。煮熟后，扒开鲜红的虾壳，不仅有嫩嫩的肉，而且肚子底下还挂着一嘟噜香喷喷的虾籽儿呢，这可是大虾也比不了的！海边的孩子有支歌谣："吃不着芦虾籽儿，馋得直打滚儿，姥姥馋掉了牙，奶奶馋瘪了嘴儿！"

这里卖芦花虾方法简单，不用挑，不用秤，个头一般大，只要挨排拿就行，一角钱一只，好算账。眼看着姑娘的虾不多，不一会儿就卖完了，她赶紧扠起筐，逃也似的跑走了，挣脱着后面追上来的嬉笑声。在集市的尽头，姑娘撞见了外号叫李海菜的女同学，她也在卖芦花虾，而且毫不在乎，正可着嗓门叫唤："才出锅的，热乎呀！……"简直把姑娘吓坏了，步子迈得更急了，她为有这样的同学感到脸红。拐进一个僻静的小巷，离集市远了，姑娘这才打开头上的包袱皮儿，抹一把额头上的汗珠。她有一头剪得齐齐的学生发，有一对黑亮的眼睛，有一个稚气的小鼻子和小嘴儿，还有一个很雅的名字：张书琴。不难看出，她是才走出学校的学生，按时兴的说法，叫"待业青年"。

西海滩平坦而开阔，一色是面糖般的细沙。涨潮时得有气势，白花花的浪卷儿没遮没拦地滚滚而来，顷刻把大地盖得满满的，一片银波绿浪，好似汪洋大海，很唬人。但知内情的人却毫不犹豫地挽起裤腿，哗啦哗啦地踩着水花，径直跑进去三五里地，从岸上看只剩个小黑点点了，可那水还刚刚漫到小腿肚子上。退潮的时候也很壮观，那海水又像一望无际的大绿毯子，哗哗地卷走了，眨眼工夫，闪出偌大的一片沙滩来。

"海干了！……"赶海的人们三五成群，兴奋地喊叫着，光着脚板子，呱唧呱唧地走下去。书琴也跟在后面，但不吱声。那白色的细沙滩像海绵，看起来是干干的，脚板子踩上去，便叽叽地泛出水沫来，凉丝丝地给脚心挠痒痒，很舒服。但书琴却穿着一双小巧的乳色水靴，没有这种感受。她小心翼翼地踩着软绵绵的细沙，走得很慢，不知道着急。退潮后的沙滩上呈现出密密麻麻的小圆眼儿，芦花虾就藏在那里面。捉它很有一套办法：用一根筷子长的细芦棍，前端绑上一撮羊毛，叫羊毛笔，将羊毛笔插进沙眼里，那芦花虾最烦这羊膻味儿，忙用爪儿抓住羊毛往上推，捉虾的人看到露在外面的半截芦棍晃动了，便猛地一抽，就势把抓着羊毛的芦花虾也带了出来。海边人叫这为"钓芦花虾"。通常钓虾的人是准备了几十支羊毛笔的，先将它们全插下去，然后瞪着眼瞅，见哪支芦棍晃动了，就抽哪支。有时几十支羊毛笔一齐晃动，钓虾的人就两手上下翻飞，梭子般窜动，唰唰地抽着，筐子里不一会儿就堆满了惊慌失措的芦花虾，嚓嚓地爬着。

书琴初学乍练，技术不高，那玩意儿看着容易，干起来难，得有点儿手头功夫；再加上芦花虾能卖钱了，钓的人多，所以越发弄得少。她找了一片眼儿多的地方，把羊毛笔一支支插进去，然后蹲在那里紧张地等待。但芦棍纹丝不动，好像芦花虾知道她是生手，欺负她。等了半天，书琴不得不死心，但又舍不得往外拔，总觉得那芦棍马上能动。旁边有人嘻嘻地笑，告诉她："叫人刚钓过了，没看沙滩上的脚印吗？"书琴这才蓦地羞红了脸，难为情地往外抽拔芦棍，好像伸手和人家要东西，人家不给，只好缩回手似的。她又换了一处沙滩，先看地上有没有脚印，然后才谨慎地弯下身去插羊毛笔，但还是没有动的。一个好心的媳妇走过来，笑道："啥眼儿都插吗？那细长的是蛤蜊眼儿，那斜着的是鬼蟹子眼儿，芦花虾眼儿是溜溜圆的，傻丫头！……"

书琴又脸红地换了一处地方。

书琴插下去的芦棍儿终于开始晃动了，她却又紧张得发抖，手头不利索，抽得慢些，那芦花虾警觉了，松开爪子，让她抽个空。气得书琴的泪珠一直在眼圈里打晃晃。转转大半天，只钓了十几只芦花虾，累得书琴腰痛腿酸。因为老是弯着身子，太阳烤得脊梁火辣辣地难受。在这湿漉漉的平海滩上，没处躲也没处坐，只能无可奈何地木立着。吃这碗饭真不容易！

钓虾的大都是结过婚的女人，很泼辣，伏在沙滩上，屁股撅得高高的，干得挺欢。男子汉们不干这样的窝囊活儿，他们想挣大钱，下到齐腰深的水里推簸箕网，那网前面张着一个宽宽的大簸箕口，埋进水里，紧贴着沙地上往前撮着，捕捉长腿蟹子和扁扁身形的沙底鱼。远远看去，他们在水里勾着腰，吃力地行走；有的从东向西，有的从西向东，顺着绿莹莹的波垄缓缓移动，好像一头头拉犁的水牛。但他们很快活，不时地扬起头，用咸盐嗓子（海边人形容嗓门粗）朝沙滩上钓虾的女人们戏谑地唱两句："蟹子肥哟，虾儿鲜！赶海的娘们儿，腚朝天！……"

女人们一点不生气，反而哈哈大笑，像听赞歌似的。书琴却受不了这粗野的唱词儿，总是满脸涨红地低着头。但这还算不了什么，还有更粗野的举动，那些男子汉不管有没有女人在场，只把身子一转，便很响地朝水里或沙滩上撒尿。女人们憋急了，也不在乎，照样来。开始，书琴吓得心口咚咚跳，即使羊毛笔在沙眼儿里颤颤地晃动，她也扔下就跑。她憋死也不敢这么干的。有时她气得想骂他们几句，但细细一想，在这一览无余的平海平滩，能叫人家怎么样呢？她只好忍着。

书琴开始想学校了，她觉得那是世界上最好的地方。宽敞的操场，明亮的玻璃窗，ABCD、琴声、歌声、读书声……念一辈子书该多好！可那时候，她还为学习作业多了犯愁，傻乎乎地盼着赶快毕业呢！书琴想起语文课本上的一首诗："亲爱的朋友，请你想一想，不久以后你在哪一个岗位上？也许你站在风雪的山林，守卫祖国的边疆，也许你走进火热的工厂，开动飞转的车床……"

面对着浪漫的诗句，书琴哪儿没想去呀！但她怎么也想不到自己会是扛筐卖虾的小贩子！

始终在眼圈里晃动的泪珠珠，终于晃了出来，流进嘴角里，咸咸的。

书琴并没有考大学呀、当研究生呀等闪闪发光的理想，她只想毕业后进工厂，进机关，进商店，反正在国营单位当个工作人员就行，卖芦花虾也不要紧，只要给国家卖，就像集市上那些国营商店的姑娘一样，胸前佩着一枚亮晶晶的商徽，上班，下班，公休……多正规，多合理；就是卖比芦花虾还贱的烂海菜也光彩。那是给国家干的呀！眼前这算干什么？"自负盈亏"，"扛筐的小贩子"，天底下还有比这更难听的词儿吗？在海滩上吃点苦还不算什么，书琴最怕的是到集市上卖，望着那些挺胸昂首的国营售货员，就觉得世道太不公平，都是生长在社会主义国家的青年，可她就像后娘养的，得自己扛筐讨着吃！不知怎的，人家一笑她"小贩子"，她就想起"投机倒把"的坏字眼儿，好像它们中间有某种相同的意义。有时书琴还为钓的芦花虾太少而高兴，因为这样卖的时间就短，她反倒少心惊肉跳些。

书琴几次想把筐子扔进海里不干了，但又不忍心，因为她可怜哥哥。父亲早去世了，撇下病弱的母亲和她，干啃哥哥那点儿工资。哥哥是二十五六的汉子了，他看中了斜对门的小菊姐，小菊姐对哥哥也有意，夏天乘凉时，俩人虽都在自家门口坐着，但眼神却飞来飞去。可哥哥不敢爱，为什么，家里生活紧巴，小菊妈妈有点贪财，整天嚷嚷闺女要找个挣钱多的。当然爱情不是为了钱，但没钱也不行。哥哥不吱声，怕说出来叫妹妹心里难受，想别的。书琴是个细心而要强的人，她一咬牙，到工商局交了待业证，扛起卖芦花虾的筐。同学们说她："你疯啦！坐着等呗，国家早晚得分配！"书琴摇摇头，她小时候跟大人到西海玩过，看到钓虾的人将芦花虾从沙眼心里拽出来，觉得是件好玩的事。

然而生活不只是好玩。

呱唧呱唧，一个姑娘扛着一大筐芦花虾从海里面走出来。书琴一抬头，是李海菜！她的真名叫李——李什么来？书琴嘴唇动了动，竟又叫出人家的外号来。在学校里书琴和李海菜是老对儿（同桌），但她念书最差，身上老是冒出一股海菜味儿。因为她家生活困难，放学后总是去赶海，同学们都向老师打小报告，说看见她在小巷里偷卖海菜什么的。老师便责成书琴帮她好好学习，但书琴怎么帮也不行，李海菜的脑瓜像个石头蛋子，什么也不进，而且常常在复习功课时偷跑去赶海。书琴叱责她："你现在不用心学习，将来怎么办？""卖海菜呗！"她一点儿也不生气，并很认真地说。她的脑瓜质量不如胳膊和腿，将来是出力气的。书琴看她这个没出息的样子，气得脱口喊出了："你真是个李海菜！"从此这个外号叫响了，叫常了，连真名也忘了。现在毕业了，也都大了，书琴又失口叫人家外号，有些不好意思起来，李海菜却不在意，瞥了书琴筐子一眼，"唏——"的一声要笑，但又赶紧缩一下脖子止住了："到里边去——大里边！"李海菜指着海天接壤的远处，那里泛着一层虚无缥缈的雾气。"鬼儿滩，多得是！不过，你不行，改天我领你去！"说着，李海菜要从筐里往外抓芦花虾给书琴。书琴死活不要，被这个"没出息"的人可怜，她可要羞死了！

李海菜有些生气："没能耐还瞎要强，你当这是念书！"说完，呱唧呱唧地踩着水花走了。

书琴望了自己的筐子一眼，十几只可怜的芦花虾正在空荡荡的筐子底下骚动，觉得很不服气，怎么会落在这个没能耐人的手里呢！书琴很委屈，没出息的李海菜竟用这种口气训斥自己了。有什么办法呢？书琴朝海里边瞅了瞅。她知道鬼儿滩，赶海的媳妇们都馋那块地方，就是没有胆量去。晴天丽日的时候，站在岸边高处隐隐约约可以看见，远远的海尽头，蓝蓝的水波里，有一线浅浅的白印儿，退潮时闪出来，涨潮时又盖住，影影绰绰的。过去叫影儿滩。传说有一个贪心的女人曾上去过，出不去了，死在那里。从此，一到刮风下雨的时候，便听到那贪心女人的哭声："悔呀！悔呀！"常了，大家都改叫"鬼儿滩"。后来，连男子也吓得不敢去了，说是那儿邪。但书琴瞧不起的李海菜敢去，呱唧呱唧，那么一大筐肥肥的芦花虾，而且还高傲地说："你不行，改天我领你去！"这话没有恶意，书琴听了却不顺耳。她是小孩子吗？叫别人领着去！但不领，自己敢去吗？

潮水回头了，白花花的浪卷儿，"哈哈哈哈"地卷过来，好像在笑她。赶海的女人们互相呼唤着往岸上走，水里男子汉们都将簸箕高高地撅出水面，网兜子里一阵阵抖动，使他们又高兴地唱起来："蟹子肥哟，虾儿鲜！赶海的人儿，乐颠颠……"看来是收获不小，连唱词儿都改好听的了。

国营商店的卖货姑娘们也爱吃芦花虾，她们围住了书琴："哟，这么点儿，真是小贩呀！……"一个姑娘掏出十元一张的大票子，往书琴跟前一摔："这个月的外赚儿（奖金），全包了！"

书琴找不开零钱，急得要哭了。姑娘们哈哈笑起来，又掏出零钱，原来是故意同书琴开心玩儿。闹闹嚷嚷半天，看书琴实在老实，才哄而散，饶了她。

书琴卖完虾，顺着货摊赶紧走，却看见李海菜在那里卖虾，人家还是那么大方，笑嘻嘻地吆喝："大芦花虾，大芦花虾，谁不吃馋掉牙！"逗惹得四周人哈哈笑，纷纷过来买。书琴也小声笑了，这个李海菜，像个野小子，不搽油，不抹粉，满身盐花花，一点儿羞气都没有。那群国营商店的姑娘又把她围住了："这年头，你们小贩子算发财了！"李海菜耳灵嘴快，从容对答："挣一分钱，出一分力，发财也是劳动换的！"

"咱俩换换职位吧!"对方嘻嘻地逗她。

"不换!俺不稀罕你们的大锅饭!"李海菜不好惹,有的是词儿。

书琴心里惊奇,在课堂上还真看不出李海菜有这两下子,咳,自己的书念哪儿去了?怎么一点儿也用不上!她不由自主地放慢了脚步,留恋起这个集市来了。一个卖水萝卜的姑娘看书琴扛着筐子,以为是来买菜的,便赶忙抄起秤,热情地说:"今早才从地里拔的,脆生呢!"那水萝卜果然鲜红鲜红,水灵灵的,叫人看一眼就挪不动腿。一个小伙用刀背敲着盒子,那里边装着切得一方一方的海凉粉儿。这里用海里的一种紫色的"凉粉菜"熬汁结晶而成的,吃到肚子里又凉又鲜又滑溜,书琴最爱吃不过,但这些年来却吃不到了。一个老太太摆了好几筐大红皮鸡蛋,拉着长音喊:"才下的——新鲜的——"一行行货摊摆得长长的,各种风格的叫卖声此起彼伏,大家都在急切切、热盼盼地做生意,没有一个像她这么畏畏缩缩的!有一阵子,书琴甚至觉得像开展览会似的,人人都在炫耀自己创造和收获来的劳动果实,谁最有智慧,谁最勤劳,谁才能获得最大的报酬。

书琴用卖虾的钱买了水萝卜、凉粉儿和几个鸡蛋,但她还是舍不得走,因为她想买的东西太多了,那琳琅满目、五光十色的商品使她两个眼睛不够用了。书琴多么想买下那件粉色的确良上衣送给哥哥,再叫哥哥送给小菊姐……所有的这些急切的心情,终于变成了一个实实在在的感觉——她筐里的芦花虾太少了!

晚上,刚下班的哥哥看到一碗颤颤巍巍的海凉粉,看到皮红肉白的糖拌水萝卜丝儿,看到金黄色的炒鸡蛋,咧着嘴笑道:"净新鲜货,可破费大了!"

"我能挣!"书琴笑道。

"怎么,你分配工作了?"

"自负盈亏!"书琴感到这句话不怎么难听了。她还想说:"别小看自负盈亏,我还想把嫂子挣家来呢!"但没敢说,因为她不知自己能不能上去鬼儿滩。然而又一转念,李海菜都上去了,我怕什么!便高兴地又逗了哥哥一句:"你使劲吃!"

凉丝丝的海水使书琴打了个寒战,心里有点怯。潮水刚刚闪个边儿,海滩上没一个人影。书琴四面望了一阵,咬咬牙,将筐子使劲往上一扛,坚决地走进去。她私下早已打探了去鬼儿滩的方法,去那儿不容易,得精细地计算。潮刚退时就下水,赶着浪印儿走,等潮终时才能赶到;在上面只能待两袋烟的工夫,赶着涨潮的浪印回来。否则潮一回头，返回的途中涌起一股急流子，会把人拖进老洋里，书琴虽然有些紧张，但觉得只是一个计算问题，很简单。她把裤腿挽得高高的，哗哗地搅着水花，很自信。

　　金红色的朝阳，淡蓝色的天空，银白色的细沙，绿莹莹的海水，这些明快的自然色彩使世界显得格外美好，给书琴一种感觉，所有的忧虑都是可笑的。她那鼓了一宿的勇气腾涌起来，越走得深，水的颜色就越纯净，像透明的绿绸缎，温温柔柔地摩挲着她，令人惬意极了。波浪的起伏又是那样轻微，犹似一个少女柔和的呼吸。水漫到腰上，逐渐增强的浮力使书琴又有些飘飘若仙，但走起来却吃力了。她低下头，还能看到自己两条白亮的腿在绿波里闪光，每迈动一下，就扯连着无数缕金丝银线。书琴的身材是健美的，做体操的时候，姿势极标准而优美，体育老师常在同学们前面拿她当典范，并说她将来准定会成为舞蹈演员。想到这里，书琴笑了，不由自主地踮起脚尖，学着跳芭蕾舞的样子，不料身子却猛地跃出水面，向前蹿了一下，加快了前进的速度。这使她无意中得了一个利用浮力行走的好方法，竟乐得咯咯地笑起来。她连续不断地跳着舞步，身子一跃一跃地向前扑着，渐渐地，上身沁出热汗了。路程真长，怪不得摇船的渔夫不愿来，芦花虾利钱小，不合算，所以鬼儿滩上的芦花虾才繁殖得厚。不管用什么好方法，书琴还是累得不行了。两腿好像被那些绿绸绸缠紧了，拉不动。不知过了多少时间，岸边那道黄线早已模糊了，四周漫无边际的水面上浮起了一层薄薄的雾纱，阳光变得柔和媚人，使单调的海面内容丰富起来。一对水鸭子嘎嘎地叫着从书琴头上飞过去。她扬起脑袋，两眼顿时亮了——前面，神秘的鬼儿滩正在银色的浪卷中浮现，比岸上望着的大多了！书琴欢喜若狂，其实到鬼儿滩没啥了不起的，这不很简单吗？原来人们大部分是胆小鬼呀！她不顾一切地向前扑着，跳跃着，湿透了蓝底白花衣衫在水波里闪动，仿佛一条蓝背银点的小鲅鱼，在泼剌剌地游窜。

　　踏上鬼儿滩，书琴被那一片片眼儿惊呆了，一时竟不知怎么办才好。羊毛笔在她的手心里发抖，只要插下去，那几十支芦棍便一齐摇动，急得书琴眼花缭乱，恨不能再长出两只手来。她兴奋得有些昏头了，简直不知插哪一片眼儿才好，总觉得另一片比这一片强，最后，弄得她只好满滩乱跑，反正鬼儿滩今天是她自己的，怎么样都行！

　　那对水鸭子落在滩边的浅水里，漂漂摇摇地偎偎着。书琴心里一动，想起哥哥,便对着空溜溜的沙滩大声说:"哥,你尽管把小菊姐娶来吧!"她还想大声地喊几句什么,但一时又找不准词儿。此时此刻,她觉得自己是天下最有能耐的人,不禁越干越欢。

书琴又蓦地刹住了自己的欢劲儿,李海菜也许来了呢!叫人家听见自己在这儿胡说八道,多丢人。她的眼睛赶忙朝四周一瞅,怔住了——一大股浓重的雾气,早已悄悄地将她团团罩住。书琴慌了,这是怎么回事!哪儿来的大雾?岸在哪儿?她惊叫起来,在沙滩上东一头、西一头地撞着。那白色的雾团懒懒地给她让路,但紧接着又在后面涌上来,只给她一个活动有限的小圈子。

太阳没有了,蓝天阴晦了,海浪的颜色也暗下来,一种莫名其妙的恐怖朝书琴头上压来。她惊恐地冲到滩边上,急急地下水,但走不几步,便咕咚一声,水漫上腰。不对,这不是靠岸的那一面!书琴退回来,又换了一个方面,一股感觉很重的凉意又使她缩回脚。书琴继续换着方向,最后,她像疯子一样在鬼儿滩上转起来,寻找出路,但都吃惊地退回来。书琴突然想到刚上滩时会有脚印,便又急急地沿滩边寻觅,可到处都印满了她一串串惊慌的小脚印!

书琴不动了,耳边却涌来人们平日里对鬼儿滩畏怯的形容:"鬼儿滩,鬼儿滩,上去容易下来难!"她有点儿泄气了,猛然觉得右臂像掉下来似的痛,原来那沉甸甸的芦花虾筐还牢牢地扛着。她骂一声:"就是为了你们这些玩意儿。"想把筐扔掉,但又舍不得,那芦花虾太肥了,装得满满凸凸的,要不是筐顶有细眼儿网衣罩着,早就跑了。这些家伙似乎看出了书琴的处境不佳,所以都斜棱着小胡椒粒眼睛,那意思:"快放了我们,要不你就更倒霉!"

书琴放下筐子,绝望地瞪着这白茫茫的雾气,脚下的海水开始悄悄移动,鬼儿滩的面积在渐渐缩小,她这才意识到:涨潮了!泪珠无声地涌出书琴的眼眶,她"呜——"地刚哭出半声,便戛地止住了。她看到那对相亲相爱的水鸭子,还不慌不忙地在水面上漂荡着。"我要有一对翅膀该多好!"书琴希望自己能变成鸭子,即使将来不变回来也干了!这种无法实现的假想使她的眼泪又涌出来。那对水鸭子很奇怪,这个刚刚还高兴得又蹦又跳的人,怎么一忽儿就变成这个样呢?它们竟歪着脑袋向前靠近点,像要研究研究。书琴不知怎么灵机一动,生出智慧来。她猛抓起一把沙子朝水鸭子扬过去,并"嗷嗷"地叫着吓它们。水鸭子想不到书琴会来这一招儿,忙拖着沉重的屁股,扑棱扑棱地飞起来,在书琴头上转了个圈子，还想换个位置落下来，书琴拼命地吓唬它们，用沙子打它们，这对莫名其妙的鸭子，终于觉得降下去不会有好处，便拍着翅膀飞走了。书琴甚至有点兴奋地望着水鸭子飞走的方向，"那边一定是朝岸的方向。"于是她的泪眼里闪出色彩，扛着虾筐，奔下滩去。

涨潮的海浪变得凶狠了，张牙舞爪地骚动着，推得书琴的身子乱晃起来。但是虾筐半浸在水里使她省了一半劲儿，这样，书琴可以尽力地劈着水往前走。身后的雾气很快地掩盖了鬼儿滩，这更令人可怕，好像一个人置身于汪洋大海之中，永远走不到尽头。

浪头在鬼儿滩上面合拢了，互相摩挲和撞击，迸发出轰轰作响的涛声，隔着滞重的浓雾，显得格外神秘和恐怖。书琴不由得想起那个可怕传说，那贪心的女人……于是，她听到了使她毛骨悚然的喊声："悔啊！悔啊！……"这声音越听越真，越听越近，吓得书琴没命地往前奔。她也确实后悔了，后悔不该钓芦花虾卖，后悔不该上鬼儿滩，后悔不该干这份丢人遭罪的"自负盈亏"！

"我再也不来了！永远不来了！放我回去吧！……"书琴真真地觉得有一个看不见影的鬼怪在捉弄她、惩罚她，便可怜巴巴地乞饶恕。但那看不见身影的鬼怪心硬得很，不饶她。雾更浓了，涛声更响了，浪头像无数只凶狠的利爪，撕扯着她，拍打着她。一排巨浪劈头盖脸地砸来，呛了书琴一口苦咸的海水。谁知这一下却把她呛火了，因为书琴猛地想起了李海菜，同样都是女的，她来没事儿，我来就不行，凭什么？太欺负人了！书琴激怒了，身子一挺，顶着浪头往前闯，反正说好说歹都这样，干脆硬拼吧！其实促进她一下壮起胆子的，还是她从学校学来的知识——"世界上根本没有妖魔鬼怪！""在困难面前决不能后退！"那些闪光的字句涌上来了。她想起了老师教的一支歌，便唱起来："我们是八十年代的新一辈……"

"扛筐的小贩也算八十年代的新一辈吗？"

"应该算。绝对应该算！……"

书琴自问自答，一会儿犹犹豫豫，一会儿理直气壮，不过畏惧却一扫而光了。她的感觉变了——浪头小了，涛声弱了，雾气也退得远了。

但是，书琴还远远没脱离危险，一道激流在她面前哗哗地横流着。她刚一挨近，就感觉到那股蛮横的拖力。她没想多少，只是一咬牙就挺进去。急湍的水流立即拽着她的虾筐，撕开她的衣衫，扯散她的头发，发疯地把她往老洋里拖！书琴奋力地顶着水流，斜着身子，一步步前进。然而她毕竟是一个姑娘，力气又消耗得差不多了，渐渐地顶不住了，沉重的虾筐开始从手心里往外挣脱，有几次她简直要撒手了。书琴不甘心，不服气，但没有用，胳膊腿已散了架，再也没有能力挣扎了！她的感觉开始模糊，身子有些飘飘悠悠……

陡然间，一阵粗犷的歌声穿过雾气，扑过来——"蟹子肥哟，虾儿鲜！赶海的娘们儿——"

书琴一下子惊醒了，这是多么美妙的歌声，那样动听，那样有力，那样迷人……她浑身的血液都被这歌声搅动得奔涌起来，于是，书琴又紧紧地抓住虾筐，与激流搏击着。

雾气渐渐消散了，太阳、天空和撒满银屑的海滩一齐向精疲力竭的书琴显露出来。

赶海的妇女们好奇地围过来，一个个大惊小怪："上鬼儿滩了？！"李海菜挤到跟前，不相信地瞪着眼睛："广播说有大雾，你……"

书琴没吱声，有这沉甸甸的一筐芦花虾，什么也不用说。

鬼儿滩那边的海天一碧如洗，刚才那场大雾好像是专为考验书琴而涌起的。但是，她回来了！

海边离城里十多里路，可是书琴有的是力气，她扛着虾筐嗖嗖地飞走，因为她心里燃烧着一个灼人的念头：赶快把虾煮熟，扛到集市上去，还要大声地吆喝！书琴再也不怕那些嘻嘻笑她的姑娘们了，再也不怕人们喊她小贩子了，再也不感到什么难为情了！她一想到那大雾、浪涛和急流，想起付出的力量、汗水和勇气，就觉得"自负盈亏"这四个字那么艰难和沉重，不是简简单单的词儿了！

背后，一望无际的大海——

蟹子肥哟，

虾儿鲜！

赶海的人儿，

乐颠颠！……

歌词儿又改了，看来又丰收了……

雪国热闹镇

刘兆林

一

热闹镇出了乱子，史无前例的大乱子啊，谁听了都得吓一跳——大风雪之夜，驻军逃走了十分之一，居民陡增了百分之五十。发生这两件大事的时候，镇长居然在千里之外一点消息也不知道。可把驻军最高首长杜林急蒙了。这等于热闹镇这边天塌了一角，他怎么支撑得了哇，必须立即向上级汇报。但是，不知是大风刮的还是什么人捣的鬼，电话线路不通了。杜林琢磨了足有半小时，最后决定带上个最能干的老兵，连夜出发，亲自去向领导报告情况。

两盏摇曳不定的马灯，似挂在夜海颠簸的小船上的尾灯，从热闹镇游动出来。清冷的灯光照着灯前一条狗和灯后的两个人。狗是黑的，人是绿的，灯是黄的，灯光照见的雪是白的，灯光不及之处，山、河、田野、国内、国外浑然一体，世界成了无边无界无墙无路的黑色雪国，原来的路都深深钻到雪下面躲风去了，而雪原简直成了沼泽地。

一条狗和两个人呈三角形在这雪的沼泽地里顶风跋涉着，一步一陷，步步没膝，而一个个陷阱般的脚窝很快就被扫帚似的大风扫平了。杜林又急又恼的思绪连绵不断，熊兵，好好的，生生作出个热闹镇……

二

热闹镇!哎,怎么说好呢?从地理位置讲,热闹镇要算太阳最先照到的镇了,自豪点说,可以叫它祖国东方第一镇——再往东一点就是外国的村镇了,离本国的村镇却很远,最近的也有四十五华里!

从自然风光讲,热闹镇称得上全国最美的镇。这不是吹,哪个镇出门就是江——两国公有的大江?鲑鱼是全世界稀有之物,而这里秋天一网就能打十几条,其他鱼更不在话下了。夏天在江汊子边上并着插两根棍儿,不出半天保证就能夹住一条。镇子就在大江和江汊合拢成的柳叶形小岛上。岛后水边的柳荫下有成对的鸳鸯和野鸭子,岛上的树林里还能采蘑菇、木耳,花儿可多了,到处都是,离岛不远有山,獐、狍、鹿、熊都有。到了冬天,壮观的雪景则更是无与伦比。

从军民比例情况讲,热闹镇大概是全国驻军比例最大的镇——全镇每个居民竟平均有五个士兵保卫。军港之镇旅顺也没这么大的比例。

如果从居民人数讲,热闹镇恐怕是全国最小的镇了,不然镇长女儿的诞生怎么会使全镇人口增长了百分之五十呢。

要是从热闹这个角度讲,热闹镇肯定是全世界最不热闹的镇。每年除了县水产公司渔业队和鲑鱼加工厂的人驻镇捕鲑鱼、加工鲑鱼罐头的时候能热闹一阵之外,"热闹"之名纯属徒有。不能铁路,不能公路,夏天靠江上走船,冬天靠雪地跑爬犁,很少有人出去,也很少有人进来,有电视也白搭,一收就是外国的,看不懂,军民关系倒挺密切,但太单调,风光绝美的热闹镇就是不热闹。

说明白点吧,热闹镇驻军最高首长杜林的职务只是个班长。大概谁也想象不到,全镇除了包括杜林在内的十个兵外,只一家居民,两口人,不仅"热闹"二字纯属徒有,"镇"字也是滑天下之大稽。所谓镇长,当然就是寂寞透顶的战士对那一家之主张荣庆的戏称了。所谓驻军逃走十分之一,其实就是一个入伍不到一年的新兵牛犇突然失踪,热闹镇这档子事就是他闹出来的。

三

扫帚似的大风不停地划拉着杜林、老兵和大黑狗踏出的脚窝，三角形的队伍仍在艰难地跋涉。

"老兵，你说，牛犇他除了带枪，会不会带了别的？"

"你不是说他偷了你的人参烟和龙泉酒吗？"

"我是说会不会还描了地图什么的？他脑瓜比谁都活，除了偷我烟酒，准还描了地图！"

"真这样，可就更毁了。"

"哼，当初他一来我就觉得不是好事！"

"指导员还表扬过他思想活跃，知识面宽。"

"哼，我算看透了，脑瓜越活，知道得越多越不可靠！"

老兵不吱声了，还怎么吱声啊，事实胜于雄辩……

一九八〇年十一月底，牛犇分到岛上来那天正下大雪。他独自到哨所门前的瞭望架下一站，捧着一本书，面对茫茫雪野放声唱起来："好——一派——北——国——风光——昂——昂——昂——"

杜林在高高的瞭望架上用望远镜往下一瞧，是新兵，噔噔噔跑下来，问："你喜欢样板戏？"

"谈不上喜欢，这句唱词和眼前景色挺吻合，随便借用一下。"个头不高，眼睛雪亮的新兵无所谓地又翻他手中的书，他是对照着眼前的雪景看书上描写得是否像。

"手里是本啥书？"

"《雪国》。"

"雪国？好，应该热爱我们这个雪国！是部队作家写的不？"

"川端康成写的，日本人，诺贝尔文学奖获得者。"

一个新兵蛋子，胡扯些什么？！牛皮吹得哄哄的，不煞煞威风往后不好管！

杜林挺挺胸："好啦，好啦，往后乱七八糟的书少看点，叫什么名？"

"牛犇。"辽南口音，海蛎子味很浓，"犇"字听来有点像"笨"。

"牛犇？"心想，挺灵巧的小伙起个"笨"名，真要笨点还好管，看那眼神不是个好剃的脑袋。

"不是笨，是'犇'，三个牛字放一堆！"他在雪地上用手指画出了"犇"字。

姓牛就够受了，又加上三个牛，一身牛气。四个牛字的新兵给杜林的印象不太好。"别一高兴就乱喊，不是在家，对面是外国人！"杜林说得很严肃。

"我家那边外国人有的是，他们常听我唱！"

"吹！"杜林从不肯轻易说出个牛字，"家哪儿的？"

"大连，海员俱乐部旁边，去过吗？"

"我个当兵的，去那地方见鬼？"

"见世面，外国人挺活泼！"

"好啦，部队强调严肃、守纪律。父亲干什么的？"

"没了。"

杜林心想，怪不得少教育。"原来干什么的？"

"教外国文学的，五七年成了右派，'文化大革命'中死的。"

"母亲呢？"

"还在。"

"我问她干什么工作！"

"码头上当工人。"

"工人好。她对你有什么嘱咐吗？"

"嘱咐我好好干，争取当干部。我不想当干部，听说这儿当兵的也得学对面那国话，我就来了，寻思退伍后考外语学院。"

"入伍动机要端正，光想退伍不行！"

"听说干部都要军校毕业生，不想退伍也得退伍哪！"

"当兵期间就是想把兵当好。你敢向领导暴露思想，这很好。要好好干，提干不行争取解决组织问题。去吧！"

牛犇走不几步，发现哨所西边二百米处的小屋前有个瘸子，这是牛犇在岛上看见的唯一的老百姓，很觉稀奇，就过去唠扯上了："老乡，您贵姓？"

"免贵姓张，叫张荣庆。哨所的人我都熟，你是新分来的吧？"

牛犇也不客气，说了几句便大乎乎地要进屋。进了屋看见有台电视机，顺手就打开了。老张有点讨厌他，说："外国话，听不明白！"偏巧牛犇自学的就是这国话，一知半解还真能听明白些。当时电视正播一个故事片，他一看，是根据一部著名长篇小说改编的。这部小说他在家时看过，便给老张连翻译带讲解地吹开了："这玩意写的，真绝！"

老张从打买了电视机，只能看看体育、杂技等不用语言的节目，见新来了个能看懂外国电视的，不得不另眼相看了，忙烧水、炒瓜子，叫牛犇边吃边喝边讲解。片子演到一个恋爱场面时，牛犇忽然里外看了看，问老张："家里大嫂呢？"

这可问到要害处了，老张尴尬地苦笑笑："啊，就我一个人。"

"一直没找？"

"不是没找，不好找哇！"老张拍拍自己的腿，他十多岁就没了父母，到结婚年龄时正赶上"文化大革命"，富农子弟和瘸腿这两个不利条件，使他一直没说上媳妇。三十二岁了，光棍一人，无亲无故，政策落实以后，他才被县水产公司雇来看管打鱼队的宿舍和鲑鱼罐头加工厂的厂房，在岛上安家长住了。老张为人厚道，加上腿瘸，战士们对他格外照顾，凡是瘸子干不了的活全帮他干了。他从未受过这般厚遇，总觉得怎么也报答不完，有空就帮班里弄鱼，还特意买了台电视机，请战士们看节目。他的事班里有求必应，就是找对象这事，他鼓了好大勇气悄悄求杜林班长一回："别……别笑话，我有件说不出口的事……想求你帮帮忙，这事就得依靠你们了！"杜林答应了，可过了半年他一直没再提这事儿，老张也不好意思再问。

电视上，主人公正送他的未婚妻出村。

"生活对人真不公平！"牛犇对老张深表同情。

"喝水，吃瓜子。吃……"老张很感激。

不久，老张套了拌马爬犁来找杜林："杜班长，这几天你们替我照看一下，我上趟县里，见见面去！"

"见什么面？"

"一个寡妇，岁数挺好的！"

"这……我怎么一点不知道哇，谁介绍的？"

"小牛。他姥姥家那地方的，他认识，说给问问，我寻思说着玩，哪想他当事办了！"

"一个新兵，胡……"发觉是当着老张的面，杜林把"来"字咽下去了。一个新兵，还不到二十，自己没对象竟敢私下给瘸子保媒！胆大包天！胡来！

这边杜林批评牛犇胡来，那边老张已经看妥了，就手在县里办了结婚登记，双双回来向杜林和牛犇道谢。办喜事那天，老张请杜林带全班过去热闹热闹。这婚事杜林不赞成归不赞成，他还是带全班去了。巴黎公社起义前马克思还不赞成呢，起义发生后不也支持了吗？婚礼使杜林很生气，牛犇带头出开了节目。真不像话，牛犇竟要老张陪他跳舞。一个瘸子，只在"文化大革命"中跟大伙跳了回忠字舞，还被指责为别有用心，这回硬被牛犇拉着又跳了一回，逗着大家笑出了眼泪。牛犇又要求新娘出节目，杜林气得想把全班带走，赶巧行政公署副专员视察路过这遇上了，进屋表示祝贺："小岛史无前例有了居民，这是部队帮我们新建了个镇啥！"

杜林尽管在生气，还是没忘了当即请副专员给这个镇起名（以前这儿没名，地图上只标一号哨所）。副专员问杜林这儿最缺什么，杜林一再说什么也不缺，样样都好。跳出了汗的牛犇插嘴说："怎么不缺？这儿太寂寞了，缺热闹！"

"好，就叫'热闹镇'。祝热闹镇早日热闹起来！"

四

大黑狗忽然发现了什么，噌噌蹿进灯光照不见的夜幕里，三角队形变成两盏马灯连成一条横线。杜林的灯掉在雪里，眨眼间他已拉动了枪栓，同时命令老兵迅速用帽子罩住马灯。

大黑狗回来了，后面跟着一头灰驴。

杜林叫老兵把灯罩移开，自己的枪也关了保险。大黑狗领来的驴是连部派出的。这头驴忠实、记道，黑天、白天、雨天、雪天都能照走不误，不用人管。连队到哨所来回九十华里，一般不属保密的东西就派它送。今晚电话不通，只好又劳驾了这个任劳任怨的驴。杜林从驴脖子上挂的口袋里掏出一张纸条，凑近马灯看清了，是指导员写给他的：

"张荣庆已回，他惦记老婆，着急回热闹镇。连部这边忙于训练考核，抽不出人送他，请明早即派两人来接，顺道检查一下线路故障。"

"阿弥陀佛,镇长老爷可回来了,咋不早回来一天哪!"杜林调转驴头,"出了这大乱子,明早出发还了得?"他率队继续急急向连部跋涉。

瘸老张娶来的媳妇是个哑巴,但聪明、活泼,一点也不丑,两条辫子梳得紧紧的,总爱比比画画逗笑话。她的到来,使牛犇和战士们都感到热闹多了,"镇长"瘸老张更不用说。唯独杜林不踏实,老觉得会发生什么事。有回他看牛犇去老张家半小时没回来,突然闯进去,撞见牛犇和哑女对面站着,脸几乎贴到一块了。"劈柴迷了眼,快给我吹吹,班长!"牛犇眼睛红红的。

当天的班务会上杜林讲道:"过去咱们这里,三大纪律八项注意只需要注意七项,现在第七项也得注意啦!一个哑巴,丁点事比画半天也弄不明白,别闹出什么误会!"这话主要是冲牛犇说的。一个新兵蛋子,眼睛贼亮,发展下去不定干出啥事来呢。

听班长口气这么严肃,大家连帮老张干活也不敢去了。好在哑巴轻活重活都能干,没人帮忙也行。五六个月后不行了,怀了孕的哑巴挑水劈柴相当困难。杜林只好重新解释了一下自己的话:"注意归注意,活还是应该帮干的,别单干去嘛,去时找个伴!"

牛犇去时也请假,也找伴,但每次干完活总要单独留下多待一会儿,他说看电视学外语。

"有人就好跑单帮,这不是好现象!"杜林常在班务会上这样敲打,牛犇好长时间没敢到哑巴家去,有个星期六晚上,他又偷偷去了:"老张你看,瘸腿能治!"他拿一张报纸给老张看,"治瘸腿这医院就在我家旁边!"这消息简直比娶媳妇还使老张高兴,他拉住牛犇不让走:"坐会儿,我叫哑巴炒几盘菜,咱们商量商量!"

哑巴明白瘸子能治后,比老张还乐,她哇喇哇喇直表示让老张去治。老张有点犯难:"我走了哑巴咋办,都六七个月了!""去就趁早去,过了这村就没那个店了。家里的事我们帮你照看,不过你得跟班长打个招呼,可千万别说是我帮你联系的!"

酒没喝完,杜林找牛犇来了:"出来也不请假,回去学习!"离开老张家,杜林又严厉地说了几句:"你个新兵不像话,吃吃喝喝,拉拉扯扯,什么作风?!我早在会上说了,自觉点!"

牛犇点头称是，认错态度从未这么虚心，杜林为此高兴了两天。当老张揣着牛犇写的家信和画得明明白白的交通图跟杜林打招呼时，杜林脸阴沉了，他明白牛犇在老张家喝酒的目的，他不相信瘸腿能治好，他怀疑牛犇搞名堂。无奈老张非常坚决，他只好嘱咐老张：治好治不好都快点回来。

五

三角形的队伍变成了菱形，狗在前，人居中，驴断后，灯火减弱，因为杜林那盏灯掉在雪里时炸碎了玻璃罩，就再也点不起来。他索性把坏灯扔掉，闭上了眼跟着驴走。

老张走后，杜林把副班长之外的八个兵编成四组，每组一天轮流帮哑巴干活，哑女每逢有事却总要直接找牛犇。最后一次，杜林瞧见哑女交给牛犇一张纸，牛犇悄没声地把纸揣进兜里。趁牛犇把棉袄脱在床上到外屋洗脸的工夫，杜林摸出那张纸一看，不禁大怒。纸上画着三幅画：第一幅是哑女在想心事，头上升出一个烟圈，圈里是张男人的脸；第二幅是张拾元的钱；第三幅是一对丰满的乳房。杜林在当晚的班务会上点了牛犇的名："从明天开始，牛犇不许到老张家去了，帮哑巴干活的四个小组变成三个，不论谁，不准单独和她接触！"

"为什么，单不许我去？"牛犇当场质问。

"怕出事！"

"出什么事？"

"你自己明白！"

"我不明白！"

"装糊涂！"

"杜——"牛犇差点直呼出杜林的名字，"班长，你把最后这话再说一遍！"

"再说一遍有什么了不起？"杜林不屑再说一遍，怎么能受牛犇的指挥？！"不是跟你摆资格，外逃犯怎么样，一撅尾巴也能看出他拉几个粪蛋，亲手抓过一个，二等功立了，不叫提干'冻结'，恐怕不会以现在的身份跟你说话了！"

"混蛋一个！"牛犇怒不可遏撸起袖子，被老兵们拉住了。

"我不跟你吵，有你后悔的时候！"

牛犇不吵了，眼里闪着不可思议的火苗，鼻孔翕动，嘴唇紧闭，那形象使杜林暗暗产生了恐惧之感，他趁机结束了班务会。

刮了一天的大风雪故意凑热闹似的嗷嗷叫，杜林和牛犇谁也睡不着。深夜，杜林刚入睡，哨兵惊慌地跑进来："班长，哑巴突然喊了一阵便没声了！"

杜林惊出一身冷汗，布置哨兵立即归哨，连忙又叫老兵和他一块赶到哑女家。

哑女家灯亮着，杜林敲了一阵门没人应。他不敢贸然进女人的屋，用草棍把窗扎了个小眼往里看，冷不丁抽了口凉气：哑女早产了，母子俩还连在一起，不知死活。

杜林立刻就不敢看了，这种事比他抓越境犯难多了。他站在窗外搓手、打转，等老兵进去给母子俩盖上被子才进去。他像抓特务那样心突突跳着，摸了摸哑女的脸口，像触电一般赶紧抽回了手："还活着！"他不知该怎么办，只觉得屋子冷，便点火烧炉子。屋子暖了，婴儿哇的一声啼哭，把连在一起的母亲叫醒过来。

哑女蓬头垢面，身带血污，一脸痛苦，瞧见两个手足无措的兵，慌得连忙把他们撵到屋外，一应事情她自己很快处理完了。

婴儿一声接一声不停地哭啼着，哑女朝外屋的杜林比比画画、拍胸摇头、张嘴瞪眼、哇喇一阵之后做了个咽气的动作。杜林猜不出全部意思，只断定了一点，婴儿需要吃奶，不快点弄来奶就会饿死。他派老兵回班叫炊事员给婴儿做点能吃的东西。炊事员琢磨了半天，做了碗稀面糊糊。端来一试，婴儿不吃，还是不住声地哭。哑女又哇喇哇喇叫起来。

远离村庄，大风雪之夜哪儿去找奶哟。急迫中杜林忽然想起牛犇让家里寄过奶粉，兴许还有剩的，但一想自己曾为此事批评他资产阶级生活方式，今晚班务会上又差点动手，怕牛犇不给面子，便叫李老兵回去问。

李老兵回去一看，牛犇不见了。问遍全班，谁也不知他哪去了。厕所、岗楼、瞭望架找遍了，都没有。

"牛——犇——！"李老兵站在院子里呼叫，叫声被大风雪吞没了。

"牛——犇——！"杜林把全班都叫起来齐声叫喊，还是得不到回音。

不祥的预感袭上杜林心头，他带领全班在尖啸的风雪中四处查找牛犇，最后发现一行脚印奔江边而去，但走着走着，好不容易才发现的脚印被风雪扫没了。马灯、手电照了又照，也没发现往回行的脚印。东南西北，天上地下，到处风雪弥漫，分不清哪是国境线。从纵深距离判断，已经到了主航道中心线，甚至过了一点。从迹象看，牛犇是奔外国那个镇子去了！迷路是不可能的，他，外逃了？！

杜林慌忙带人跑回哨所。一查东西，牛犇的冲锋枪和子弹都不在了；小仓库也被翻个乱七八糟，杜林发现自己提包里的一条人参烟和两瓶龙泉酒也没了。"牛犇外逃了！"平时老练得像个政委一样的杜林，立时像遭五雷击顶似的，呆若木鸡。

六

菱形队伍变成了一路纵队。马灯挂在驴脖子上，老兵扯着驴尾巴，杜林在老兵后面跟着，狗依然在前引路。后半夜了。如果是白天，各自的狼狈相一定会令他们相互吃惊的。帽耳、眉毛、鬓角上都是霜，汗把棉衣湿透又结成冰甲，大头鞋也变成了冰疙瘩，冰凉冰凉，力气和热量都快消耗光了。杜林全然没有想这些，他既像处于忘我的状态，又下意识地自悔着，他觉得这都是自己应得的惩罚。要是当初就对牛犇看紧，毫不手软，岛上也就没什么哑女，没什么热闹镇和今天的天大的"热闹"了。追查责任的话，除了牛犇的内因外，不都在于自己对牛犇的一再姑息、迁就，以致后来不得法的批评吗？不久，连、营、团、军分区的联合调查组就将来到哨所，查根源、找教训、发通报……这是免不了的了，但根源到底是什么啊……

一点思想准备都没有，杜林"扑"地下沉到一个坑里，雪没了胸口。他奇怪，前边又是狗又是驴，还有李老兵都过去了，怎么偏自己掉进了雪坑？仔细看看，原来他偏了半步。李老兵拉他爬出雪坑，他忽然发觉，爬比走轻快些。反正浑身是雪了，干脆爬吧。他在后面爬着……

根源究竟是什么呢？

今年夏天杜林的对象千里迢迢到哨所来了。杜林怕影响不好，住两天就撵女的走，女的走了，他也不送送，牛犇却代他送了十多里。女的走后牛犇收到一封信，字体很像杜林对象的。杜林觉得这信有问题，私自给拆开了。一看，却是牛犇一个男同学写的，信里说："《圣经》一时买不到，我有个同事的父亲在资料馆工作，托他借到后给你寄去。"虽然没发现和自己对象有什么关系，托人借《圣经》也够严重了，他找牛犇谈话："你为什么要借《圣经》？"

"我……你怎么知道我要借《圣经》？"

"白纸黑字，信上写着！"

"拆信犯法！"

"先谈《圣经》的问题。"

"我拒绝谈，我要上告指导员！"

"好，你告就省得我告了。"

指导员反而跟杜林说牛犇思想活跃、知识面宽是好事，建议让他当班里的理论学习辅导员。天高皇帝远，指导员走后杜林没让牛犇当。

驴脖子上的马灯烧干了油，熄灭了。四周一片昏黑，杜林他们像在墨海底下慢慢潜游。

七

翌日早晨，爆炸性的消息震慑了全连，全村。

腿还没拆除夹板的张荣庆拄着拐又转磨，又跺脚，他后悔自己不该心血来潮去治这条该死腿。他还怨自己啥也不明白，给小孩用的东西啥都买了，就是没买点奶粉。连部住在赫哲屯，那边家家打鱼，没有养奶牛的。连里现动员了生孩子刚满月的赫哲族妇女去热闹镇给婴儿喂几天奶。指导员怕热闹镇那边再出什么意外，带着医助蹬滑雪板先走了。两匹白马拉的爬犁上坐着杜林、李老兵、张荣庆和赫哲族妇女，大黑狗跑前跑后跟着。

璀璨的雪原金光银光闪闪烁烁，地球显得比太阳辉煌耀眼，照得爬犁上的人眼花缭乱，一个个眉毛、皮帽耳上的霜花也都亮闪闪的。天空像用雪擦过的玻璃，透明、蔚蓝，没有一丝云迹。空气中细细的雪尘在阳光下也像银粉一般熠熠闪光。四野遍披银甲，只有树林里偶尔露出几束红色或黄色的树叶，像铺盖大地的白绢上划着了几根火柴。跟昨夜相比，简直像从十八层地狱的苦海来到童话般的天堂。野鸡、山鹰也到阳光下晒羽翅，时而还有傻狍子出来奔跑。

白马爬犁顺江边走着。昨夜新下的雪还不结实，尽管赶爬犁的战士一再挥鞭打马，还是跑不起来。爬犁上的人默默无语，各自想着心事。

心情最复杂的是张荣庆。他眼前出现的一会儿是牛犇帮哑女干活，一会儿是哑女抱着孩子在哭叫的叠影,心中既有对牛犇的怀念又有对他的不解和怨怒,同时还掺着深深的后悔,而后悔是最强烈的。

李老兵主要是难过,他对牛犇的印象并不坏,甚至有点喜欢。他想起八月十五晚上牛犇和他在江边放河灯——这是赫哲人的风俗,把一盏盏纸灯放在江上,让它顺流漂得远很远,意思是照亮江里的水路,好让最名贵的大马哈以及重唇、哲罗、红鲤、白鳔、鳌花……能在亮堂堂的江里游来,供他们捕捉。牛犇的灯是用墨水瓶做的,装了满满的煤油,安放在一块桦木板上,灯罩是用红纸糊成的五角星。红红的五星顺着黑幽幽的江流漂走了,牛犇说,让这灯代他看看沿江的风光,并向沿江的男女老少以及山水草木问个好。李老兵嘲笑他浪漫,拣起一块片石打了个长长的水漂。水漂消逝了,牛犇外逃了,李老兵心里有点怅然若失又有点疑惑莫解的感觉。

去为哑女生的婴儿送奶、生来没上过县城的赫哲女人,用最大的想象力猜度着哑女的音容笑貌和言谈举止。她偷瞅张荣庆朴实的脸,想哑女一定很俊。要不,那外逃兵怎能老帮她干活呢?

杜林内心经过昨夜那番狂风暴雨般的剧烈折磨,疲劳了,麻木了,同疲劳酸麻的身体一样不愿活动。此时他唯一担心的是那婴儿是否还活着。

"鹿!鹿!"赶爬犁的战士惊呼。

"不是鹿,是狍子!"赫哲女人纠正说。

张荣庆和李老兵无心辨认是鹿还是狍子。

杜林微微睁开眼,看见一只狍子从江对岸往这边跑,瞅见爬犁后又掉头跑回去了。

太阳西斜的时候,马爬犁才进入热闹镇。两缕白白的炊烟分别从红砖房的哨所和泥坯屋的哑女家浓浓地升起。一缕口琴吹奏的乐声也在静静的小岛上缭绕着,是从哨所的红砖房里飘出来的。

"乱弹琴,还有这闲心!先去老张家!"杜林振作一下站起来,带着爬犁来到张荣庆家。

张荣庆顾不得让客人了,急不可待先进了屋,其他人急切地跟进。

屋里出现的是与一爬犁人想象都不同的场面:医助在收拾屋子,指导员在做饭,哑女坐在炕上对镜梳头,婴儿安详地在射进来的温暖日光下睡着了,小嘴不时唔动着,枕边放着一缸子鲜牛奶,窗台上一个大盆子满满装的也是鲜牛奶。进屋的人都愣住了。

先是哑女朝丈夫比画起来;

张荣庆伏在炕边看女儿的小脸;

赫哲女人的眼光在哑女身上转来转去;

杜林的眼睛像被牛奶吸住了;

大黑狗摇着尾巴在屋里蹿来蹿去;

指导员从外屋端进开水,反客为主招待起主人和客人来。

"怎么回事,指导员?"杜林问。

"去问牛犇,叫他说。"

"牛犇?!他在哪?!"

"在班里休息。"

"他……他没有……"

"去问问就知道了!"

杜林奔回班里,见牛犇坐倚在床上吹口琴。"回来了,班长?"眼睛雪亮的牛犇坐起来,善意地望着杜林。

"你……你哪儿去了?"

"到对面走了一趟,怕你不同意,就没请假。"

"你去偷人家的牛奶?!"

"不是偷,悄悄换的!"

"扯!"

"真的。那边家家养奶牛,我们在瞭望架上看得清清楚楚,也没驻兵。我摸过去,钻进一家牛棚,弄了两暖水袋加两行军壶奶。走时把你的烟和酒放那儿了,待会给你钱!"

"钱是小事,丢中国人的脸!"

"这怎么丢脸?烟和酒二十多元,十多斤牛奶也就三四块钱呗,他们上哪卖这好价钱?"

"边境政策你不懂吗?"

"懂啊,国家不是开放了边境的小额贸易了吗?再说,总不能眼看着我们热闹镇上的小居民挨饿呀。所以我才去了，出了事我一个人担呗！"

"纯粹开国际玩笑！——你的枪呢？"

"我心里急，临走时发觉还背了枪，就取下来藏在哑巴家的空屋里了。"

"反省吧，等着处分！"

"好吧。班长，看见哑巴画的一张纸没有？"

杜林从兜里掏出昨晚那张画纸，已经揉搓坏了。

"看弄的，这是哑巴叫我给老张邮的信，还得叫她重画！"

"重画什么？老张和我们一起回来了。"

八

几天后，团政治处来了一位干事，说军事监察部门作了调查研究，决定对牛犇免于起诉。军分区指示，对牛犇要进行法制和边防政策纪律的补课，教育可由团政治处直接进行。地点放在团农场，让牛犇边劳动边接受教育。

走那天，全班都出来送他，哑女不顾产后怕见风，也和丈夫一块出来了，老张给牛犇拿了一大瓶马哈鱼子酱，牛犇不肯拿："现在你和你老婆正需要营养，留着吧！"

杜林把一个新笔记本递给牛犇："拿着用吧。这三个月要好好改造思想，别不当回事！"

牛犇接了笔记本："谢谢班长！"然后推着大伙不让送，"回屋吧，挺冷的。"

牛犇坐上了团里干事带的爬犁，走了。

刚走上沿江，他回头招了招手，高声喊："喂！千万保密，别让我妈知道哇！"

这声音在雪国的低空回旋："……别让——我妈——知道哇……"

路　障

达　理

一

　　淡黄色的面包车缓缓驶出市委大院，沿着宽阔的解放大街平稳地奔驰。

　　坐在车里的市委常委们准备开会研究金家沟小区的改造问题，而会议的第一项议程就是参观金家沟。

　　金家沟在市郊的西海头，车行不到半个小时。过了木兰河桥，面包车驶上了一条泥泞的土路。

　　时值清明，冰消雪融。路面吸足了水分，再加上往来车辆行人的辗轧，早已变成一条凸凹不平的泥沟了。司机不断地退挡，最后挂上一挡，把油门一直踩到底。马达吃力地吼叫着，后轮卷起的泥浆甩到后窗玻璃上，但车终于还是抛锚了。

　　司机跳下车，手忙脚乱地折腾了一大顿，想把车子重新开动起来，可都无济于事。

　　"算啦算啦，"主管城建的市委书记、副市长秦越站起来，朝大家挥挥手："还是下去开步走吧！"

　　在秦越的带领下，常委们沿着泥泞的土路，向两山峡谷中的金家沟出发了。

　　金家沟最早只是峡谷间的一个小村。20世纪初，日本人在附近的西海头建起了码头和造船厂以后，大批的工人陆续住了进去。他们盖起了各式各样的板棚、铁皮房和干打垒，成了远近闻名的贫民窟。近二十年来，人口急遽膨胀，各种简易住房如雨后的蘑菇，见缝而生，金家沟更加拥挤杂乱了。

四十年前，在这里搞过地下工作的秦越对眼前的一切了如指掌。粉碎"四人帮"后，他又一次来到金家沟。当年管他叫"秦哥""秦黑子"的一些老钳工、老铆工，如今都已两鬓如霜了，却仍然住在这些破板房里，并且住得更挤了，因为还添了儿孙。

一位抱着小孙女的老太太热情地邀请他们进屋做客。不到十二平方米的屋子几乎被一铺大炕占去了大半间。老太太说，他家祖孙三代，六口人挤在这铺炕上。为了充分利用空间，墙上架起了榍板，上面放着一台十二英寸电视机，一个收拾得整整齐齐的书架。炕旁的五斗柜上，罩着雪白的网扣；大座钟、玻璃鱼花瓶擦拭得一尘不染。

看得出，金家沟人都怀着美好的生活理想，即使是在如此困窘的境遇里，仍然尽力想把自己的生活装扮得丰富多彩。

一路上，常委们全都默不作声。秦越知道，每一个稍有良知的共产党员，看到这些都不会无动于衷的。他觉得讨论改造金家沟方案的时机已经成熟了。

第二天，没费什么周折，常委们就一致通过了改造方案。秦越又立即同建委、城建局、房产局、建工局等有关部门领导一起提出了一项安置拆迁户的方案。金家沟一千多家住户，有一少半人家可以投亲靠友，暂时借住。剩余的六百多户，在全市非主要交通干线上，选择十条左右小街，在道旁建临时住房。秦越建议，高干住宅区翠华街带头接纳一百家拆迁户。

会议室里顿时起了一阵骚动。多数常委最后还是表示同意了。有个别人提出治安保卫问题，还有人提出自己脑神经不好，怕过分吵闹，夜里睡不好觉。

"那就暂时委屈一下吧。"秦越极力抑制着自己不要发作，"睡不着，正好可以想想怎么快点儿建设金家沟。当然啦，实在受不了，可以去住疗养院，党办负责联系，散会后报名！"

二

市人大常委会不到半个月就批准了市政府关于改造金家沟，建设新小区的方案。秦越兴奋地抓起电话，叫通了人大常委会高主任办公室："你们这些老头子们真行哩！我还准备跟你们打持久战呢！什么？积德？是啊，该积点德啦，要不，将来见了马克思也不好交代嘛！"

接着，他又把造船、海港、化工、炼油几大企业负责人找来讨价还价："你们都是大阔佬，比我腰杆硬，人、财、物大把攥着。怎么样？这次来个八仙过海，各显神通吧！"

秦越这次准备把金家沟小区建设分片包干给各大企业单位。规划由市里统一做，房子由各大企业去盖，建成之后和市里分成。究竟如何分，各得百分之几十，吵了一天也定不下来。最后秦越火了："就按这个方案办！你们再跟我扯皮，闹翻了，我下一道死命令，从此一分地皮不给你们！还要发动群众去跟你们要房子，搬到你们办公室和你们家里去住！"

敬酒不吃吃罚酒。"大阔佬"们最后终于在协议上签了字，画了押。

现在就剩规划问题了。规划设计院送过两套方案，秦越都不满意。第一次嫌没有气魄，第二次又嫌不切实际。究竟应当是什么样子的，他也想不好。他好像做过一个梦，梦见金家沟小区已经大功告成。他在大楼之间的柏油甬道上走着，路旁是刚栽上的白杨，路中间是开着美人蕉和白玉簪的花坛……他觉得那么对心思，越琢磨越顺眼。可是一觉醒来，又什么全忘了。"他娘的，梦还靠得住吗？"可他倒真有点儿信他的梦了，鲁班当年修故宫角楼，不就是从梦里得来的样子吗？

这两天，他一直在想一个人，五十年代城建局的总工程师李元初。但他随即又苦笑着摇摇头，这不是又在做梦吗？

不料一天傍晚，他的老伴儿、外办主任林慧贤下班回来对他说："老秦，李元初申请去美国呢！"

"你说谁？"秦越扔下手中的报纸，从沙发上站了起来。

"李元初呀！就是那个李总。怎么，你忘了？"

"他？他现在哪儿？"

"上月刚平反出狱，住在市委招待所里。"

秦越忽然感到一阵晕眩，抚着额头，重新埋进沙发里。

"刚刚平反出狱……"他在心里叹息着。这就是说，李元初整整遭受了二十三年的不白之冤啊！

李元初是解放前夕从美国归来的留学生，当时还只有三十岁出头。恢复建设时期，这位青年规划专家表现出杰出的才能，很快被任命为城建局总工程师。他的一项改造旧城的规划方案，曾在华沙国际建筑师年会上获得金质奖章。国家城建总局几次下文调他进京，都被秦越软磨硬泡顶了回去。那时，李元初深得秦越的器重，俩人几乎形影相随。第一个五年计划完成以后，家底厚实起来，秦越雄心勃勃地提出了一项大规模改造城市的总体规划。第一个工程，就是要扩建从海港到市中心的解放大街，并要在路旁盖一批高楼大厦。社会主义优越性嘛，应该通过高楼大厦同外国洋人留下来的小巧玲珑住宅的对比表现出来！再者，这个城市是上边准备对外开放的，所以必须把"门脸儿"搞得富丽堂皇。

李元初坚决反对。他认为在道旁乱建高楼大厦，会破坏这条街道原有的风格；即使增建新建筑，也必须考虑与原来街道的风格保持谐调。并且，他认为本城改造的当务之急是重建金家沟，消灭贫民窟。

俩人在各种会议上进行激烈的争吵。火暴脾气的秦越吹胡子瞪眼睛拍桌子，书生气十足的李元初据理力争，分毫不让。

整风运动开始以后，李元初在市委扩大会议上针对秦越的计划做了一篇尖锐的发言。他说，人民现在需要的是雪中送炭，而不是锦上添花。秦越同志这样瞎指挥，实际是好大喜功，却不关心人民疾苦，如此下去，迟早会碰壁的！

不久，反右斗争开始了。秦越指名把李元初定了个极右，并亲自在中山公园露天剧场主持召开了建委系统批判李元初大会。李元初不服，到处投书上诉，最后被定为现行反革命分子逮捕法办。后又因其态度恶劣，不断加长刑期，竟至身陷囹圄二十三年。

最近，李元初在美国开建筑营造所的哥哥听说弟弟平反出狱了，专程来接他去美国。

"你们同意了？"秦越问妻子。

"有什么理由不同意呢？放着大家不用，还抓进监狱！就是一盆火也早凉透了。"

"别说了！"秦越大声吼叫着，像是要把满腹的懊恼都一股脑儿泼到妻子的身上。林慧贤知道丈夫的脾气，怔在那里没再出声。秦越用拳头狠狠敲了敲自己那宽阔的前额，"明天我去找他！"

三

秦越不能想象，面前这个人就是当年那个潇洒英俊、才华横溢的青年规划专家！是啊，他已经不年轻了，怕也年近六十了吧？肩背佝偻着，满头白发，左眼下一块深陷的伤疤，似乎使整个面部都失去了平衡。脸上毫无血色，就像历史博物馆里展览的出土木乃伊。

他完全是一副漠然的表情。秦越进来以后，他既没让座，也没倒水；阴冷的两道目光，像是从冰洞里发出来的。

"昨天，才听说你回来了。"秦越觉得很尴尬，不知从哪里说起。"有什么话，尽可以讲出来，你放心，现在不是二十三年前了。"秦越诚恳地望着他。

"过去的事，不要再提了。"尽管李元初说得很平静，可秦越还是看出了他内心的波澜。一阵痉挛似的颤抖掠过他的嘴角，迅速传遍全身。

"我不能替你补偿失去的岁月。可我今天是来告诉你，你二十三年前的愿望，就要实现了。"

"什么愿望？"

"改造金家沟，建设新小区！"

"金家沟？"李元初的眼睛里，霎时闪过两朵火花。虽然转瞬即逝，但仍然被秦越捕捉到了。这给了他一点儿隐约的希望。

"怎么样？有兴趣吗？"秦越问，他一向不会转弯抹角。

"我知道你要走了，恐怕不会那么快。要是有时间的话，能不能帮助设计院把规划做一下？也算是……留个纪念吧。"

"谁负责？"

"我。"秦越毫不迟疑地答道。

李元初抬头望了一眼秦越，不作声了。

"有什么想法，你讲嘛！"秦越最受不了这种难堪的寂寞，催促着。

"你？不行。"李元初低声却又斩钉截铁地回答他。

秦越完全没想到他会讲出这样的话。但他深知李元初的爽快，便说："我要是这次瞎指挥，你可以骂娘。"

李元初的心弦被拨动了。他感到秦越已经不是二十三年前的秦越了。即使是在二十三年前，他也完全是真诚的。难道自己的不幸，仅仅是秦越一个人造成的吗？

"你这次打算怎么办？"李元初认真地问。

秦越兴奋起来。李元初毕竟是李元初，同知识分子打了几十年的交道，秦越日益懂得了他们的脾气。对自己的专业，他们都有一种近乎发狂的癖好。他们可以掩饰自己一切真实的感情，唯独克服不掉对自己专业的那股狂热劲儿。秦越凑到李元初身边，拍着他的肩膀说："你是专家，我来就是向你请教的。"

"规划好做，但是首先要立法！"李元初似乎早已胸有成竹。

"立法？"秦越顿时想起，这也是五十年代他与李元初争论的一个焦点。李元初当时提出，要大规模开展城市建设，必须先搞城建立法，不然寸步难行。而秦越则跟着苏联专家一起，批判李元初搞资本主义的老一套。什么立法？依靠党的领导，可以扫除一切障碍！强调立法，就是怀疑党的领导，取消党的领导。直到今天，秦越这个观点仍然没有多少改变。他总觉得，立法是消极的，只要坚持党的领导，发挥群众的积极性，就没有克服不了的困难。当然，他现在也不再认为李元初坚持立法是反党了，无非是他留学美国，对资产阶级那一套过于执着，容当慢慢改变嘛！

"立法问题，我们再研究，还是先把规划抓起来吧。"秦越最迫切需要的是看到蓝图，简直是望眼欲穿呀！

"没有立法，规划只是一纸空文。"李元初毫不退让，那副劲头仍和二十三年前一样，就是四千马力的内燃机车也拉不回来。

"同志，还是要相信党嘛！我这个书记难道是吃干饭的？"秦越尽量和颜悦色地劝说着。

"吃干饭？"李元初嘴角掠过一丝几乎看不见的嘲讽的微笑，"我喜欢坦率。在城建方面，你可能就是多吃了点干饭！"

秦越火了："你这个人，怎么还是这样的脾气？"

"也许，再关二十年，我仍然禀性难移。"

"你不要糊涂！"秦越一巴掌把桌子拍得山响，"过去把你搞错了，我们不赖账！可是你心里得明白，这个错误是共产党自己纠正的，不是你们闹成的！简直岂有此理！"说完，秦越摔门走了出去。

钻进轿车，胸前像有盆火烤着，把他灼得透不过气来。他一口气把车窗玻璃摇到底，让早春的寒风一直吹到滚烫的脸颊上；又一把扯开了领口的衣扣，连连催促着司机："快点，再快点！娘的，尾巴翘到天上去了！"

四

改造金家沟的工程开始了。

推土机、翻斗车、铲车、汽车吊日夜不停地工作着，工地上烟尘滚滚，人声鼎沸。在震耳的马达轰鸣声中，铲车把一斗斗瓦砾倒进翻斗车，一座座棚户的废墟转瞬夷为平地。

然而，一条新开辟的通往金家沟的大道，被商业局一个汽车库的大院拦腰砍断了。测量队还没派人去画线，人家连夜扒了铁丝网，砌起了高大的围墙，把线路挡得严严实实。

秦越把商业局长找来训了一顿："告诉你，同志，三天之内扒墙让路！"他挠了一下黑脸膛上的花白胡子茬儿，"三天不动的话，我让建工局出十辆推土机撞翻你的墙！"

商业局长连声答应着退下了。

第二天，主管财贸的书记来找秦越说情，希望延缓一段，等盖了新车库，马上就腾地方。但是新车库的地皮在何处？秦越责成建委规划处立即选点下文。连选了三处地皮，商业局都不满意。同时又涉及新车库的资金问题。商业局长一个劲儿哭穷，请市里拨款。市计委又推给建设银行。建设银行认为这是非民用建筑项目，属压缩之列，需向总行请示。结果，拖了一个月，毫无起色。其中再加上商业局用些快货买通了方方面面，秦越更是一筹莫展，束手无策了。

一波未平，一波又起。大路还没打通，拆迁又在告急。为数不少的人家趁机漫天要价。拆一间的要两间，拆一套的要两单元。拆一个鸡窝要赔二百块，八垄韭菜要五百。并且表示不达目的，誓不搬家。起先做了一点让步。不料消息传开，一家攀一家，要价越来越高。原来老老实实签订协议的，也提出毁约了。最后一统计，将来新建的房屋，连拆迁户都不够分配，更何况还要贴上一笔鸡窝兔笼子钱！秦越指示把那些调皮捣蛋的人家记下来，通知所在单位党委亲自下去做工作，限期搬完。然而收效甚微，搬出的人家寥若晨星，金家沟照样炊烟袅袅，鸡犬相闻。门前有园子的人家，甚至重新翻地，把菜都种上了。

秦越的黑脸膛气得泛着一层青色。人熬瘦了，饭吃不下，觉睡不着。一怒之下，他找来了公安局雷局长。

"那些家伙这么坑共产党，坑社会主义，你公安局长管不管？"

雷局长笑了："书记都管不了，局长怎么管？"他从公文包里拿出一本新《宪法》递给秦越，"你能指出谁犯了这上哪条法，我就能报检察院抓人。"

秦越摸出老花镜，戴上翻了半天，也没找到一条适用的，只好悻悻地送走了雷局长。

"是啊，法！看来不立法，真是玩儿不转。"直到现在，他才恍然大悟：李元初这个老倔头为什么骂他"吃干饭"了。

他决定再去找找李元初。

五

自从和秦越吵崩以后，李元初接连几天夜不能寐。秦越带来的改造金家沟的消息，在他心中那盆死灰里溅上了一颗火星。其实，这盆灰并没有全冷，里边还是热的；只要引把火，通口气，就能重新点燃起来。

1949年，刚从加利福尼亚归来的李元初站在上海衡山路一座公寓的窗前，默默地注视着马路上那一队队刚开进城的解放军战士。下了一夜细雨，而战士们竟抱着枪，在衡山路上整整坐了一宿。衣服全湿透了，却没有一个人去敲老百姓家的门。李元初亲手煮了一大锅牛肉汤端下楼去，但战士们向他摆着手，憨笑着谢绝了。呵，这就是"三大纪律，八项注意"！李元初的眼睛湿润了。能培养出这样军队的党，一定能把中国引向繁荣昌盛！他毅然撕毁了朋友们为他买好去香港的飞机票，坚决留了下来。

不久，他被调到这座海滨城市，多想大显一番身手呀！不料壮志未酬，反倒锒铛入狱了。

前不久，大哥从美国来接他，他没有拒绝。但心中的痛楚是难以言喻的。如果就这样狼狈不堪地离去,当初奉劝他出走的亲朋师友会怎么说?难道他只有向他们表示一番忏悔吗?不,他从小就信奉一种强者哲学,最讨厌别人的怜悯和同情,并且从来不后悔自己做过的事情。但是现在到美国去,无非是向所有人表明他三十年前的选择是错误的,然后感慨一番自己的怀才不遇……不,与其这样,他宁肯去投太平洋!

在这二十三年里,他始终怀着一种刻骨铭心的痛苦。他恨那种愚昧、无知、不讲道理;他恨那种专制、腐朽和世道的不公;但当这一切已经成为过去的时候,他又想尽快忘掉这种痛苦。他是那种一向讲究生活效率的人,他不能容忍把时间耗费在无谓的耽搁上。上帝为每个人安排的时间都是有限的,无效的时间多一分,有效的时间就会少一分。他已经白白地丢掉了二十三年,他比任何人都更惜阴如金!他觉得,许多人不懂得建筑家。建筑家往往不像普通人那样迷恋繁华的都市、高层建筑和高速公路。他们最感兴趣的是空地、荒野,甚至是废墟!而李元初正是以改造废墟而在国际建筑界获得好评的。二次世界大战后,他应邀前往欧洲几个被法西斯炸毁的城镇,做出了一系列卓越的规划。祖国解放前夕,他也正是看中了这一大片饱尝炮火,满目疮痍的土地,一头扑了进来。现在,秦越居然向他宣布要改造金家沟了,他就像是一个手痒难耐的外科医生,忽然发现了一个千载难逢的典型病例,迫不及待地要把患者抓到手。

对于金家沟的小区规划,他早在五十年代就有一套完整的设想。他往那里跑的次数一点儿不比秦越少,而且他是以一个规划专家的眼光来观察的。他知道怎么利用那里的自然环境,知道怎样合理布局,知道怎样利用运筹学的原理,精确地安排居住、交通、商业网点及娱乐中心之间的关系和位置;犹如一名裁缝,知道怎样最充分合理地使用衣料,做出美观大方,经济实用的衣服来。但是,他又担心蹩脚的裁缝会把这块料子剪坏,便急不可待地到金家沟去考察了一番。

他一连去了三次,心里暗暗庆幸。谢天谢地,二十多年来,大概谁也没有看上这片烂泥塘,基本保持了它原有的状态。假如那里已经盖起了几家谁也搬不动的工厂,或是像解放大街那样,竖起了几座不伦不类的永久性建筑,那就难于插手了。现在好就好在那里还是一片布满烂泥和污水的谷地,两旁仍是缓坡的荒山,而山背后的大海更是依然故我,凛然难犯!

"上帝保佑!"李元初兴奋起来,"金家沟还是一名处女,尽管衣衫褴褛,

蓬头垢面,但只要给她重新梳妆打扮,她就会焕发出动人的光彩!"

秦越第二次来找他的时候,他正好又去金家沟了。一个多月来,他已经绘出了一份规划草图,写了一篇上万字的规划方案。今天,他带着草图去金家沟实地验证一下,回来已经是傍晚了。

秦越一直没有走,坐在房间里等着李元初。他一根接一根地抽烟,心里想着这次如何开口,如何向他道歉。知识分子脸皮薄,自尊心强,一句话没说好,就会伤了感情。再说,自己曾经是有负于他的,怎么还能向他发火呢?将心比心,自己"文化大革命"十年也挨够了整,知道受冤屈是什么滋味儿,更何况,李元初的遭遇要比他悲惨得多呢!这回,他下决心敞开了让李元初出气儿,他硬着头皮听到底,决不发脾气。

正在这时,门开了。李元初一身泥水站在门口。看见秦越,他呆住了,茫然不知所措。秦越也怔怔地看他,弄不清这是怎么回事。李元初挽着裤腿,脚上一双解放鞋变成两个大泥巴坨。小腿上糊满了泥,一片片干裂开来,就连眼镜片上也溅着泥点子。他手里握着一大卷图纸,紧紧地贴在胸前。

"你,上金家沟去了?"秦越霎时全都明白了,大步迎了上去。

李元初没有应声,似乎仍对这位不速之客怀着很深的敌意。

秦越把李元初手中的图纸拿过来展开一看,图纸上端七个大字像七把火照亮了他的眼睛:"金家沟规划草图。"他觉得眼睛被灼疼了,一股热乎乎的液体在眼眶里打转。

他转身看看仍呆立在门口的李元初,像是想起了什么,一把将李元初拖进门里,自己却大步跨出门外,朝楼梯口那边的服务台猛喝一声:"服务员,打热水来!"

趁着李元初洗脸的时候,秦越把图纸摊在床上,戴上老花镜仔仔细细地看了起来。他觉得那么对劲儿,那么顺眼,就像他在梦里见过的那个样子。

"好!"秦越一拍大腿,"这回有了图了,赶快再给我立个法!"

"理个发?"李元初一时没听清,一副莫名其妙的样子。

"立法!"秦越亮开大嗓门儿喊着,"等立了法,我就不信治不住那些捣蛋鬼!"

六

李元初参照国家城建总局关于城市建设立法草案大纲，很快就拟订了一份本市的实施条例和细则。秦越拿到手，当天就跑去送给市人大常委会高主任。

"老兄，赶快开个会，给我批下来，越快越好！"

高主任翻了一遍，为难地说："这可是个新鲜玩意儿，我们这班老头子，恐怕都不大懂哩！"

"是呀，跟我一样，在这行上，全是擀面杖吹火，怎么样，我给你请个专家讲讲课吧，我当旁听生。你搭庙，我请神，车子也得你们包。我那点油票还不够跑金家沟的，这回得揩你们老头子一点儿油！"

李元初给市人大常委们整整讲了一天课。他大略介绍了世界各国的城建史和立法情况，回顾了我国三十年来在城建立法问题上的进展、挫折及经验教训。

"过去，我在这个问题上也是一个消极因素，我检讨，我认账！"听到这里，旁听生秦越忽然大声插了一句。人们一怔，继而爆发出一阵经久不息的掌声。

接着，李元初又说明了立法的作用和意义，秦越则在一旁补充了最近碰到的一系列事例。最后，呼吁人大常委会尽早审议通过。

秦越终于拿到一把尚方宝剑了。他指示市委印刷厂印了几千份，分发给各有关单位，同时通过金家沟居民委员会，发到各家各户，组织居民学习讨论，并要汇报学习情况。

一切布置就绪后，秦越通过城建局正式下达了限期拆迁的通知。

商业局还在顶牛。秦越拉着商业局和建委有关负责人一起来到商业局车库现场。

"你们到底什么时候拆迁？"秦越问商业局长。

"只要选好新地皮，建好新车库，马上就拆。"

"三天行不行？"

"三天？"

"三天我还嫌多呢！"秦越提高了嗓门，"路不打通，大队人马开不上去，材料运不进去，你看怎么办吧？"

"我们力争尽快搬迁。"

"算啦!你们不用搬了!"秦越不耐烦地挥了挥手,对随来的建委负责人说,"把征收地皮税的通知单交给他们。"

商业局长接过一看,吓了一跳。

秦越冷笑一声:"看明白了吗?这块地皮从现在起,每月征收地皮税三万元。如不缴纳,根据城管法,立即封存,停止使用。"

"乖乖!"商业局长瞪大了眼睛,"这块地是金的、银的,值这么大价钱?"

"不是金的,也不是银的,是中华人民共和国的!谁再想搞封建割据,不成了!"

第二天,商业局长向秦越汇报,局党委一致决定拆掉大墙,后退三十米,保证大路畅通无阻。

"你这个同志哟,"秦越点着商业局长的脑门儿说,"不见棺材不落泪,不撞南墙不回头!三十米太多了,让出二十米就烧高香喽!"说完仰头大笑起来。金家沟工程上马两个月来,他还是第一次笑得这么开心,这么畅快!

拆迁的进度定为每天一百户。秦越把建工局长找来,要求他组织一支精干的施工队伍,在已经选定的十条小街修建临时住房。每天一百户,只准超额,不准拖欠。他还要求,每户必须两间,外屋砌灶,里屋盘炕,要保证烟道畅通无阻。每十家设一处公共厕所,一个自来水龙头,自来水要有防冻措施。

拆迁工作顺利展开了。

从全市调集的几十辆卡车往返穿梭。公安局雷局长专门派了一批有经验的干警,负责维持治安和交通秩序。

城建立法犹如一台巨大的轧路机,把大道上的路障轧得粉碎!绝大多数居民同城建部门签订了拆迁协议,怀着对未来新居的憧憬,高高兴兴地搬了出来。对极少数继续无理取闹者,城建部门依法行事,强行拆除,以料顶工,不予赔偿,大大打击了歪风邪气。

七

拆迁的最后一天,秦越亲自来到金家沟检查进度。拆迁指挥部老杨向市委书记汇报说，全部拆迁工作预计可在今天完成，只有三户目前有点问题。

"什么问题？"秦越问。

老杨掏出小本翻了一下，刚要说明，秦越打断他道："走，带我去看看！"

去的第一户房子，秦越第一眼就认出是他当年搞工运时住的房东家，如今据说是一位退休的码头工人和他的老伴儿住着。

秦越刚想进屋，被老杨一把拉住："倒不是老两口不愿搬，是我们考虑……"

"考虑什么？"

"这间房子是您当年成立咱们市第一个党支部的地方，有纪念意义，如果拆了，将来……"

"将来怎么？"不等他说完，秦越已经沉下脸来，"还想到处搞纪念堂纪念馆吗？过去了的决不能说明现在和将来，整天靠缝补旧梦过日子，没出息透顶！"秦越的两道目光利剑一样逼视着对方："谁出的馊主意？是你，嗯？"

"不。我，我们是怕以后……"老杨嗫嚅着，不知说什么好了。

"用不着拍马屁！我不会给你加薪晋级的！拆掉！赶快拆掉！"

秦越接着来到第二户。这家只有一个老太太和她八岁的小孙女，老太太的儿子在外地工作。据说，一老一小舍不得院里那棵石榴树，拖着不肯搬家。

秦越听说，笑得前仰后合。他推开小栅栏门，看到窗前那棵石榴树上的花儿刚谢，有几个青青的小果子，静悄悄地在树叶中露出半边脸。

秦越俯下身，摸着小姑娘红扑扑的脸蛋儿问："小姑娘，叫什么名儿呀？"

"石榴。"小姑娘不情愿地抬起头，眼睛里含着一包晶莹的泪水。

"怪不得舍不得搬，原来你也叫石榴！"秦越笑得更厉害了。他这个工作也真是蛮有意思的，一年三百六十五天，什么样的人，什么样的事都能碰得到。

还没等秦越再说下去，老太太忽然捂着脸，伤心地啜泣起来，石榴也"哇"的一声哭了。她哭得那么凄惨，连秦越也感到一种说不出的难过。

"究竟怎么回事，你们说嘛！"秦越一时摸不着头脑，这时他才意识到，事情也许不像他想的这么简单。

经过仔细了解才知道，小姑娘的母亲是市第四医院的外科医生。唐山地震时，她参加了医疗队去抗震救灾，不幸牺牲在那里。这棵小树，是她生女儿那年种下的，石榴，是她给女儿起的名字。

听完老太太的叙述，秦越沉默了。半晌，他才重重地叹了口气，拍拍石榴的脑袋说："放心吧，我们让石榴树跟你们一块儿搬家。"

他回过头对老杨吩咐道："马上去园林处买个大号的木盆，把石榴树移栽进去。"已经走出门了，他又回过头来对老太太说："明天，我一定来看你们的树，我会嘱咐他们，一片叶子也不许损坏！"

"我们保证完成任务。"老杨郑重地接受了市委书记下达的这项特殊命令。

下午，秦越接到了建工局长从市里打来的告急电话。原来，今天建工局长带队在高干住宅区翠花街盖临时住房，进展十分顺利。下午四点半，施工队正要收工，市委柳书记的爱人下班回来，看见她家门外盖起一排简易住房，不禁勃然大怒，找来建工局长，下令立即扒掉。

"你们扒掉了吗？"秦越在电话里问。

"我们实在顶不住……"

"顶不住？在翠花街盖临建是常委会的决定，柳书记也参加会了嘛！"

"可柳书记现在上北京去了，跟她又讲不清楚。她说，她儿媳妇在坐月子，怕吵……"

秦越立刻听出来，这是柳书记夫人在拉杀手锏。他们的儿媳妇，正是秦越的独生女儿，想必柳书记夫人谅秦越碍着亲家的面子，不至于非坚持不可。想到这儿，他有一种从未有过的烦恼。复职以来，他时时都能感到身边有一张看不见的大网，各种人事关系，利害关系都编织在这张密密的网里，使人寸步难行。柳书记是个忠厚的老实人，他的夫人，却是远近知名的柳家"政委"。私事公事，她样样干预过问，而且神通广大，缠起人来，常叫人哭笑不得。

秦越不想绊在这张网上，他不能在亲家身上开这种先例。他烦躁地打断对方："你是建工局长，不是妇产医院院长，坐月子的事用不着你管！她儿媳妇是要安静，可拆迁户现在是无家可归！你知道吗？你们扒了几户？"

"五户。"

"翠花街还有空地吗？"

"没有了。"

"我家院子外边呢？"

"都盖满了。"

"那好，把扒了的房子在原地再盖起来。"

"什么？"

"就说是我的命令，一定要在天黑之前把那五户人家安顿好。谁有什么意见，直接找我提好了！"说完，秦越"砰"的一声扔了电话。

最后一户，老杨汇报说是北京某位副部长的外甥侯瑞平住的，一个月前刚搬来。动员他搬迁时，他一开口就要两套房，否则坚决不动窝儿。

"侯瑞平？"秦越想起半年前他曾打着舅舅的旗号来要房，被秦越顶了回去。因为秦越知道侯瑞平在站前广场一座新大楼上有一套单元房。他再想要房是想把两处房子合起来换一套西式住宅。可是，他怎么搬到这儿来了呢？

据老杨说，他们在调查中了解到侯瑞平要房不成，就在一名"房贩子"的指点下，于一个月前同金家沟一家换了房，以便在拆迁时漫天要价。

"金家沟的房产早在两个月前就冻结了，他怎么换得进来？"秦越问。

"听说是走了房管所一个所长的后门。"

"为虎作伥！走，看看去。"

侯瑞平家锁着门。秦越在外边一看，原来是一间灰条子板房，早已东歪西倒。屋檐糟朽不堪，摇摇欲坠。侯瑞平竟肯用站前广场两间一套的新大楼换这么一间破屋，可见其"用心良苦"了。

"你们派一个施工班在这儿等着。"秦越的嗓门儿响得像一口大钟，"侯瑞平回来后，跟他把条件讲清楚，拆一间、给一间。如不服从，强行拆除！"

八

秦越家门口，简直成了热闹的夜市。还没安顿好的拆迁户们正在忙碌。做家具用的木板、烧柴的树枝，腌咸菜的大缸，砌鸡窝的破砖……乱七八糟地把秦越家门前堵得水泄不通。司机只得把"皇冠"远远地停在胡同口，目送着他从柴堆、水缸间挤进门去。

秦越走进厨房，老伴儿正在揭锅捡馒头，厨房里飘满了热腾腾的蒸气。

"快，帮帮忙。"老伴儿塞给他一只大笸箩，"把馒头往这里捡！"

"蒸这么多？"

"门口搬来几户新邻居,都还没吃上饭呢!"林慧贤解下围裙,端起一大铝锅肉末炒粉条走出厨房,一边回过头来向他打招呼:"还不快走?正好给大伙儿温温锅!"

"温锅!"秦越愣了一下,这才想起当地的这个老习惯:凡是搬家,亲戚朋友们都要到新居去为主人温锅,庆贺乔迁之喜。粉条、馒头是前去贺喜的亲友必带的吃食。据说,粉条表示家道长远,馒头则表示发家致富。

秦越记得,十多年前的一个大雪纷飞的日子,他们一家三口被一辆大卡车送到乡下。刚一进屋,墙上的霜花还没扫掉,破洞的窗户还没糊上,房东大娘就拿着冻得梆硬的馒头和自家漏制的地瓜粉来给他家温锅,并说了一大堆吉利话儿,把他们一家人心里说得热乎乎的。

借着"温锅",秦越到附近各家转了一遍。问问炕好不好烧,灶口倒不倒烟,门上装了吊扣没有,窗户上插销合不合口⋯⋯

大家正唠着,秦越忽然看见老杨正拎着喷壶,往一个绿漆的方木盆里给石榴树浇水,身旁站的是扎了一对小刷子辫儿的石榴。

"还没回家?"秦越大步走过去。

老杨放下喷壶,指指石榴树:"等你验收呀!你点了头,我才算完成任务。"

"得问她嘛!"秦越摸摸石榴的脑袋,"只要她满意就行了。"

小石榴仰起脸,笑得像一朵盛开的石榴花。

"小石榴,我们是邻居啦。欢迎你去我家做客!"说着,秦越拉起老杨,"走,先去我家吃点饭,我好像连中午饭还没吃呢!"

为了招待老杨,除了原来有的肉末炒粉条,秦越还亲自炒了一盘榨菜肉丝,剥了几个松花蛋,林慧贤又从坛子里捞了一碟四川泡菜。

刚在桌边坐下,秦越突然想起了什么,向老伴儿要了二十块钱塞给老杨,"拿着,不然我一会儿就忘了。"

"干什么?"老杨蒙头转向了。

"付园林处的花盆钱。"

"能报销的呀!"

"别啰嗦了,财会制度上可没这条!"

老杨知道他的脾气,不再推让,端起碗来就吃饭,可饭还没吃到一半,电话铃响得跟催命似的。

电话是公安局雷局长打来的。侯瑞平誓不搬迁,扬言要给舅舅挂长途,上告拆迁指挥部侵犯人权;若不答应他的条件,他决定与那间破房共存亡!指挥部的推土机停在那里,不敢强行拆除,特向公安局长求援。

"无耻!讹诈!仗势欺人!呸!……"秦越对着话筒破口大骂,拳头把桌子擂得"砰砰"响,连老杨和林慧贤也赶了过来。

"我们照法办事,他就是皇亲国戚,也顶个屁!"有法撑腰,秦越觉得心里格外踏实。他果断地向雷局长命令着:"你立即采取措施,我去坐镇!"

九

秦越当即驱车前往金家沟。一路上,摇开了车上所有的玻璃,他还觉得一股股热血直往头顶涌。他竭力克制着自己,不让自己发脾气。侯瑞平的舅舅曾经是自己的老上级,事情若是闹大了,影响太坏。他希望还是能心平气和地解决问题,不到万不得已,尽量不采取极端措施。

金家沟已经夷为平地。夜色中,更显得空旷寂静。一排排施工机械停在路旁,就像隐伏在黑暗中的钢铁怪兽。

吉普车开进山谷,秦越一眼就看见了侯瑞平的那座孤零零的破板房。那情景,仿佛是荒野上的一座孤坟,又像是开阔地上的一个碉堡。抗日战争时期曾在敌后当过一段武工队长的秦越,不知端过日伪多少碉堡。现在,眼前这个顽固的路障和昔日碉堡的诸多相似之处,真使他感慨万千!

他亲自走上前去敲门。门插得紧紧的,一会儿,里边响起一个喑哑的声音:"又来干什么?条件早说过了!"

"我是秦越,叫侯瑞平出来!"

窗开了。秦越透过窗口,看到屋里亮着一盏马灯,四壁光光,烟雾腾腾。七八个小伙子围坐在一张圆桌周围,桌上的酒菜已经杯盘狼藉。

侯瑞平来到窗口,探出头来,"秦叔,什么事?"

"你还不明白吗?"

"他们侵犯民主、违犯宪法,我有权利自卫!"

"是你首先触犯了《城市建设管理法》！"

"只要答应我的条件，我马上就搬迁。"

"这儿不是自由市场，用不着讨价还价！"秦越只觉得一股怒火直蹿头顶，仿佛脑袋都要涨裂开来，他咬着牙才把怒气按了下去。

"好吧，给两套，我搬。"

"你原来那套已经蛮好了，跟金家沟老百姓比比，你该知足了！干部子弟，要考虑影响……"

"打官腔？哼，那就对不起了！"说完，侯瑞平"砰"的一声，把窗户关上了。

"又是一个衙内！"秦越狠狠地骂了一句，牙齿咬得"咯咯"响。他向身后的工人一挥手："把门砸开！"

一群工人冲上去，门震得乱响，灰块尘土"沙沙"落下。蓦地，窗户启开一扇，一个空酒瓶子扔到门口的人群里。

"躲开！"秦越高声呼喊着，"娘的！无法无天了！"他抬起手腕，焦急地看了看表。

正在这时，大路上传来一阵铺天盖地的马达的轰鸣，道道雪亮的车灯把金家沟照得如同白昼。一队全副武装的人民警察，驾着摩托车，风驰电掣般驶来。

雷局长跳下指挥车，手拿一台袖珍步话机，快步赶到市委书记面前："秦书记，下命令吧！"

"把这个土围子给我拿下来！"秦越奋臂一挥，那洪钟一样的声音在两山峡谷间回荡。

雷局长通过步话机下达了市委书记的命令。十几名武装警察迅速包围了板房。先是用半导体话筒向室内发出警告，在屡无回音的情况下，战士们以迅雷不及掩耳之势破门而入，把侯瑞平一伙赶了出来。

接着，工人们开来三台履带式推土机，在武装警察的摩托车护卫下，直冲板房开去。

金家沟响起一片震天撼地的轰鸣。早已千疮百孔的板房，在推土机巨铲的冲击下，发出几声尖厉而悲哀的呻吟，终于"轰"的一声倒塌了。一股尘烟腾空而起，在耀眼的光束中挣扎着，飞舞着。推土机发出深沉的怒吼，把这一堆垃圾远远地推到路边上。

强劲的海风,从山口吹来,霎时把烟尘吹得无影无踪。金家沟立刻笼罩在一片皎洁的月色之中。

秦越解开衣领,深深吸了一口潮湿的海风,顿时感到遍体清凉。最后一枚"钉子"拔除了,金家沟毫不掩饰地袒露出自己的胸膛,恢复了原始的面貌。秦越觉得有点陌生,但又觉得那么亲切。就像是一个听话的乖孩子,正等着母亲来为她梳洗打扮。

他长长舒了一口气。拆迁工作终于完成了,大路也打通了。为了清除那些可恶的路障,人们吃了多少苦头,付出了多少心血啊!

他很想使自己轻松一下,甚至想趁夏季去温泉疗养一段,治疗一下自己的风湿病。但是不行。拆毁一个旧金家沟,就几乎让他焦头烂额了,那么建设一个新的金家沟,难道可以不费周折吗?不,这些天他已经开始设想将会遇到什么样的困难和障碍了:建筑材料能源源不断地跟上吗?水泥、钢筋和砖的问题也许不大;但木料奇缺,他已经建议有关部门试制钢窗,不知是否有点眉目?另外,市政设施能及时配套吗?煤气、电力、自来水,这些"衙门"都是常常让人头疼的。他可不想让金家沟的新大楼变成北京前三门那样的"鬼楼",竣工一年了还是一片漆黑;也不能给路边楼旁装"拉锁",三番五次地大并膛,铺管线。还有服务行业,商业网点的配备,公共汽车路线的走向……要操心的事可真不少。幸亏这些李元初在规划里都考虑到了,但要落到实处,他这个市委书记还得拼一拼老命哩!也许还是碰钉子,遇到数不清的绊脚石。但无论如何,大路已经打通,任何路障迟早都是要清除掉的。对此,秦越决不含糊。他确信自己的脊梁还是硬的,准备豁出一切去顶、去闯,带着大队人马开上去!

三角梅

王中才

她从来没有正眼瞥一下那种花。她的戴着绿翡翠耳坠的妈妈,用热吻润开她沾着母胎腥味的眼睛时,首先映入她眼里的是妈妈像花一样的脸;继而是小庭院探上来的凤凰树枝,摇动红艳艳的花朵,轻抚着阳台花瓶式的绿琉璃栏杆,像一朵游动的红云,飘进她的眼里,飘进她的心里。也许这初生的印象铸造了她的灵魂,渐渐长大的她,像酷爱自己一样酷爱着花。她考上这座美丽小岛的美专以后,每次写生,落满她画布的都是红云般的凤凰花,粉团般的合欢花,玉盏般的白兰花……但她一直没有画过那种花。如果不是在那个静谧的清晨遇上了他,也许她永远不会注目那样一种花。

那个清晨,风儿糅着海的湿润,在亚热带的混合林中飘转。风中各色杂树的枝梢,不往西飘,不往东飘,只在那里画圈,一圈又一圈。她就在这树林的圆圈舞里,背着画夹,提着粉红格的裙子,寻觅藏在深草里的小路。其实没有路,只有柔软的草,不时地蹭着她尚没充分发育的修长的腿,一阵阵发痒,把她逗笑了。有时她被自己的笑声吓一跳,怀疑是别人的笑声,惊惶地回顾。当确认密林里并无人影,就索性咯咯地畅笑起来,直把笑声抛进树梢的舞圈里。但她还是看见了人的踪迹,那是长长一溜被蹚倒的茅草,闪着绿莹莹的光亮。她就沿着这条绿色的小路,跳到了山下的海滩,惊喜得呼叫起来。这里有一片奇形怪状的礁石,衬着刚刚被朝霞烧红的海水,形成一个个黑色的人形剪影,有的像穿着笔挺的西装;

有的像佝偻的原始人……她觉得很有趣,马上支起画夹,甚至想好了一个颇有寓意的题目:海之子。她自己都有点惊奇:大海的儿子是这样形态各异的吗?

"同志,这里不准停留!"

她吓得一颤,这冰冷的声音就在背后。她猛地扭过身去,发现紧挨她站着一位高挑个战士。尽管她身材修长,头顶也不过刚够到那战士的肩下。那战士瞅瞅她,下意识地向后退了一步,肩上的枪刺唰地闪出一道白光。

"为什么?这是你家吗?"她带刺地反问道。她不习惯战士命令式的口吻。

"比家更重要。你看!"战士平静地指指身后,混合林边上立着一块水泥碑,上面赫然刻着"军事禁区"四个字。她恍然理解了密林里不见人迹的原因了。但她不情愿被这个高个战士轻易赶走。

"我画画,不碍你们的事!"她不容置辩地说。

"那么,我只得请你们领导把你领回了。"战士的声调仍然平静得发冷。

"我不告诉你学校,也不告诉你名字!"

"不用你告诉,荔生同志!"

她大吃一惊,这战士怎么知道她的芳名?她又疑惑又羞恼地望望战士。战士笑笑,默默地指指她的画夹。她才想起,画夹右上角有她的印章。那是一位叫李贵的男同学给她刻的。李贵的父亲是乡村小镇上的刻字匠,按着儿子头皮传授给他一手混饭吃的好刀法。儿子考上这所群美荟萃的美术专科学校以后,又破血本给他买了身蓝卡其中山装,一双猪皮凉鞋。万没想到,李贵颇为惬意地穿着这身新装踏进学校的大门,立即发现自己像丑小鸭闯进了天鹅湖。那些埋头作画的同学对他并不理会,最难堪的是一位自称"时髦老A"的同学,送他一个"鸭乡绅"的绰号。荔生则干脆叫他丑小鸭,并故意当着老A的面,拿出一块名贵的鸡血石,请李贵给自己刻章。这件事引起长期的喊喊嚓嚓。荔生在同学中就像一颗晶莹的珍珠,她无论走到哪里,都能以其美而素雅、冷而含温的气质,牵动人的眼球。有人把她比作法国巴比松派画家柯罗笔下的戴珍珠的女子,那丰满圆润的鹅卵型脸庞,那隆起的白皙鼻子,那稍稍有点冷傲的目光,无不令人心动神移。尤其她还有个富裕的爸爸侨居国外,有一座独院的典雅的小楼,这些,对某些人就像地心一样,有永恒的吸引力。他们绞尽脑汁也不能理解,荔生怎么会垂青一个鸭乡绅?当荔生把李贵刻的印章盖在画夹上的时候,老A们竟不认识那一团像蚯蚓般的字，有的竟背后猜说那是一个繁写的"爱"字。可这个战士，怎么认得这先秦大篆呢？

"你也会刻图章？"她忘了羞恼，转而惊异地问。

"请你快点离开这里。"战士没回答她，仍命令般地重复刚才的话。

她不禁又羞恼了，白皙的鼻子微微泛红。在她周围的人，不管是老A、李贵，还是其他人，还没有谁不屑回答她的问话。她不想再理睬这个战士，故意懒洋洋地收拾好画夹，慢腾腾地往密林走，狠狠地踩着脚下的卵石，嘎啦啦地响，两胯剧烈地晃动，粉红格裙子窸窸地不断乱跳。走过禁碑，她禁不住示威般地回头挖了战士一眼，想不到那战士已经背过身去，正沉稳地走向哨位。她冷傲的目光无力地落在那板挺宽阔的脊背和闪亮的枪刺上，突然觉得一阵委屈，掉泪了。

她走上那条绿色的小路，蓦地想报复一下那个战士。于是毅然转回身，走到禁碑跟前，把画夹支在禁碑的外侧，拢拢粉红花格的裙子，坐在草地上，故意把两脚伸进禁碑的内侧。她想，如果他再来干涉，我身在外，脚在内，横竖有理，看他如何说。她四处扫视一下，却不见战士的影子，不禁失望。又想，画吧，反正他会来。可这时礁石的人形剪影早被升起的朝阳烧灭了，露出了崚嶒的面目。她气恼地又用目光四处寻觅那个战士，啊，她看见了，那战士刚刚站到不远处一丛鲜绿的灌木中，正面对着她，像一尊黄中泛青的铜雕，给人强烈的动人的光感。她奇怪刚才怎么没发现如此美的效果，这也许是朝阳和海水糅成的和煦晨光的作用吧，这正是早期印象派追求的光与色！唉，管他美和丑呢，就画他，不怕他不过来！她抬头看两眼战士，低头在画布上画两笔，反复抬头，反复低头，奇怪，就是吸引不来那战士。渐渐，她忘记赌气了，蜷起腿，神思凝聚在画布里的战士脸上：平直的眉骨上方应该涂点淡淡的红紫，那是亚热带炎阳长期照射留下的痕迹——他也够辛苦了；他的眼白和自己的一样，纯净得像白玉，不，像他的刺刀尖，显得缺少温情；不过，这时应给他眼白里涂点橘黄，那是朝霞的温柔的色彩——真便宜了他，让他沾了早晨的光；下巴宽了点，是不是给他画窄一些？哼，何必美化他呢！索性给他的下巴再宽出一块，丑化他一下！不好，宽下巴显得他敦厚诚实了，他有这样老实吗？他配吗？哎，他怎么向这里走来了？又来干涉吗？她蓦地想起了报复的计划，急忙又把双脚伸过禁碑。

那战士走到她身后，静静地看她画。她等了半天，战士仍不哼一声。她如坐针毡，觉得脊背上毛刺刺的，谁知那家伙是看画呢，还是看自己的脊背呢？

"你怎么不凶啦？不撵我啦？"她憋不住挑衅地问。战士还是没回声。

"你看我的脚，我的脚！"她使劲用脚跟磕打禁区的地皮。

"偷进去一双脚，脑袋丢在外边，又碍什么事呢！"战士小声笑了，那是讥笑吗？

她气急败坏地跳起来，想发作一通。她听人说过，战士跟一个姑娘吵架，不管有理没理，当官的总要刮他的鼻子。这不失为报复的一法。她瞪着战士，刚要张嘴，却愣住了。她发现战士刺刀般亮的眼白里真的浮游着橘红的光，柔和而温暖，这是怎么啦？

"谢谢你为我画像……"战士忽然说。

"为你画像？我画的别人！"她仍想吵架。

"别人没有这么丑。"

"噢，你自觉漂亮吗？"

"不，你对光和色的印象很准确，由于早晨阳光的作用，下巴颏是应该画宽一点。"战士沉思地说，"印象派更适合画风景，你为什么不画画那丛花呢？"战士说着，指指哨位旁那丛鲜绿的灌木。

她惊愕了，这战士竟知道印象派！他到底是什么人呢？

"它是什么花呢？"她脱口而出，也不知问的是花是人。

"你们这里叫它三角梅。"战士认真地回答，"其实它不属蔷薇科，它属紫茉莉科，是木质藤本，学名叫光九重葛……"

她随战士的解释斜睨着那丛花。阳光在绿丛中洒下斑斑金点，红紫的花朵闪着亮晶晶的蓝光，像蹿动的蓝色火苗。

"那紫红色的不是花，是三片苞叶，有一朵小黄花包在当中。"战士仍沉思地说，"这三片紫红色的小叶，保护了花，人们才把它也叫作花，才注意它……"

"我根本没注意它！"她还在赌气，"我注意的是礁石的剪影，想画，叫你给破坏了！"

"噢，真对不起。"战士深表歉意，"不过，那礁石的剪影很难捕捉，阳光的角度稍一变化，它立即就变，一两分钟，那个像原始人的也能穿上喇叭裤……"

她抑制不住地咯咯笑了，她觉得这话很有趣。

"请你……"战士犹豫了一下,"把这张画像留下吧?"

"留下?"她一阵窃喜,却讽刺地说,"想拿它当标准像吗?"

"我想……"战士的脸几乎难以觉察地倏地一红,"知道的,说你主动画的;不知道的呢,还以为我请你画的呢。我们的纪律……"

她心里又凉了。暗想,这战士真傲气,想要人家的画,还找个冠冕堂皇的借口。

"给你个面子吧!"她挖苦地说,把画摘下来,摔到战士怀里,心里揣着胜利的满足,背起画夹扭头就走。刚走两步,听见战士沉闷地"哼哧"两声。她回瞅一眼,见战士正绷住嘴,看着她的粉红格裙子,使劲憋住笑。她扯过裙襟,才发现裙子臀部沾了一层绿色。那是刚才坐着磕打脚,用劲过大,把草里的叶绿素压挤出来了。她提着裙腰,猛地把裙子扭了半圈,让污迹朝前,说了声:"闲管!"噔噔噔地踏上绿色的小路。这时,猛听见有人喊那战士,似乎叫什么"贺志茂"。她默念着这个似是而非的名字,朦胧地觉得,心头滚过一阵莫名其妙的颤悸……

回到家,妈妈摇着绿翡翠的耳坠儿,在月廊下莞尔一笑,悄声说阿贵正在客室等她。她竟一反常态,脸上没有荡起盈盈的笑容,兀自走进卧室,换了件干净的苹果绿连衣裙,琢磨着是否去见他。这是李贵第几次到他家,她忘了。第一次,也是个星期日,李贵主动找上门,说是来送刻好的鸡血石印章。天热得能把人熬出油,他仍穿着那件灰不溜的卡其中山装,不时暗地里抻抻袖子,掩盖过长的沾着油彩的衬衣袖口。妈妈侧着好看的凤眼瞅瞅他,说了声"Potato"(英语:土豆),随便泡了杯粗俗的水仙花茶,却笑嘻嘻地说是铁观音。她当时气红了脸,不顾妈妈的眼色,从冰箱里端出了冷咖啡。她不知自己对李贵是否喜欢,她对金石之工也不感兴趣,她爱的是柯罗、达·芬奇、伦勃朗、毕加索和米勒。她当着讥讽李贵的老A的面请他刻图章,也许仅是利用自己明显的优势打抱不平?她不清楚。反正她看到老A的瞠目结舌,心里荡起不可遏止的快感。但李贵竟能不避寒酸登门送印,这确实出乎她的意料。她那时想,同在一个学校,送印何必登门?那显然是个借口。就凭李贵这点勇气,说不定有一天丑小鸭真能变成天鹅。从此,她有时主动邀李贵到她家玩,而李贵也有邀必来。一来二去,在妈妈的凤眼侧视下,那身卡其中山装不见了,变成了筒裤和双摆尾,尽管料子很低贱。她常为李贵的小小的变化莫名的惆怅,而妈妈却由称呼"Potato"变成称呼"阿贵"了。李贵今天会穿什么衣服呢?为什么请他今天来呢?噢,想请他当模特,画他!画他?

她踌躇地走进客室。李贵从黄藤沙发里站起来，上身穿一件青紫相间的大方格衬衣，下襟掖在顾长的乳白色小喇叭裤里，双手相握，自然地搭在腹前，脸上甜蜜地笑着，大度而潇洒。她简直有点惊骇，瞪大眼上下审视着李贵的新装，那高档的乳白色小喇叭裤似曾相识，一时又想不起在哪里见过。

"伯母说你去写生了，我想去接你，伯母让我在这里等……"李贵被她无声的审视冲乱了精心摆好的仪态，只得先打破沉默。一双置放得体的手又成了多余的物件，经过几番摸索，最后插进了裤兜。

"请来吧。"她招呼一声，把李贵领进小小的画室。这里是女性的王国，四壁挂满了莫娜丽莎、海伦·佛尔曼们的临摹画，还有《制花的女子》《筛麦的女子》《牧羊女》等世界名画的印制版，当然绝对少不了柯罗的《戴珍珠的女子》。她在这恬静的女儿国里，熬春守秋，沉醉于艺术的光怪陆离之中。但每每作画之后，在醉意的疲劳里，隐隐感到一阵孤独，像独坐在古老仓库的遗迹中，周围弥漫着室人的气息。她有时想，这可能是因为缺少强劲的力的形象，缺少隆起的弹性的肌肉，缺少粗犷的野性的姿态。她曾试图临摹几幅文艺复兴时期的男性肖像，又偏见地讨厌那些深陷的碧眼，怀疑那里有永远填不满的欲望。她想自己去寻觅力的形象，偶然中发现了李贵淳厚的脸，带着田野的阳光和风霜的脸……可今天，她突然觉得她寻找的是李贵吗？

她请李贵坐好，展开画布开始画了。怎么，李贵的眉骨是这样弯吗？不像那个叫贺志茂的挺直；额头也苍白了点，不像贺志茂那样罩着紫晕；眼睛怎么没有玉一样的或者刺刀般的眼白？显得混沌飘忽；下巴太窄了，能不能加宽一点点？她的眼光又碰见那似曾相识的乳白色小喇叭裤，猛然想起，那是老A的！她疲倦地把笔扔进调色盘里，噗地溅起一摊红彩，正落在乳白色的小喇叭裤上。

"哎呀，裤……"李贵跳起来。

"对不起，我有点累，以后再画吧。"她靠在椅背上，微合上眼。

李贵悻悻地走了。她独自留在画室中，像一尊彩塑，凝铸在椅圈里，灵魂姗姗地飘进了那片混合林，踏上了那条绿色的小路，又看见宽阔的肩上寒冷的刺刀，那刺刀般的目光！啊，他认识大篆，知道印象派！他为什么要那张画像？要那个宽下巴……

"他是什么花呢？"她呓语般地喊出声。

"囡囡，阿贵怎么走了？"妈妈娇嫩的声音传来，"你和谁说话？"

她和自己说话，也想和他说话，她想亲自去问个明白。她一次又一次地飘进幽静的混合林，飘上铺盖茅草的绿色的小路，飘到紫红色的三角梅旁。阳光里的三角梅，依然闪着亮晶晶的蓝焰，却再也看不见他……

一次集体去写生，碰见半山坡有几个战士在浇菜。她猛地发现，一个穿白衬衣的高个子，正在井台旁摇辘轳，宽阔的脊背一闪一闪，嘎啦啦的辘轳声格外清脆。那不正是他吗！她跑过去，却失望了，怅惘地走回来，笑着告诉迷惑不解的同学们，说是去洗了把脸。

一次她和妈妈到市场，路过刚奠基的一座现代化厂房工地，碰见一群战士推着砖石飞跑，一个宽下巴一闪而过。她丢下妈妈，跟着小车跑起来，不一会儿，又蔫蔫地回来了，心想："他的下巴本来没有那么宽……"

从此，她变得爱观察大街小巷过路的战士，有时忘情地跟在后面走，直到那战士投来惊疑的目光，她才恍然若失地离开。偶尔碰上一队威武的战士齐步走过，她就用眼睛一个个地数，每一个人都像他，又都不是他。长长的队伍在街尾消逝了，她还呆站在原地，耳畔震响着唰唰的雄壮的脚步声……但她终究没敢闯进设在军事禁区里的营房，对她来说是那么森严可怕、神秘莫测的营房……

有一天，断绝近二十年音信的爸爸，突然寄来一封长信。妈妈捧着信，时而哭，时而笑，漂亮的脸颊，爬满了泪水冲洗的粉痕。妈妈将信锁进自己檀木梳妆台的抽屉里，没给她看，她也从来不问妈妈的秘密。她只知道爸爸住在那个遍地矗满金色佛塔的国家，二十年前回国一趟，娶了当时还是高中学生的妈妈，那副绿翡翠耳坠儿就是他们结婚的信物。结婚一个月，爸爸就走了，留下了银行的大笔存款和这座幽雅的小楼，还有在妈妈肚子里睡觉的她。

"囡囡，"妈妈洗了泪脸，坐在梳妆台前重涂脂粉，"我们找你爸爸去，你爸爸答应啦！这老东西……"

她看着妈妈的笑脸，心里一阵难过，她可怜妈妈。

"囡囡，你的脸多难看，我在镜子里都看见啦。"妈妈回首嫣然一笑，"我知道你的心事。阿贵可以一块去……"

"妈，多讨厌！"她白皙的高鼻梁倏地涨红了，砰地拽开卧室的门，跑了出去……

她要出国，又引起同学们的喊喊嚓嚓，李贵上门也格外勤快了。他穿上一身洒脱的浅咖啡色长条西装，并庄重地宣称，这决不是借来货，是他课余时间给人刻章的劳动所得。妈妈也早把水仙花茶换成真正的浓咖啡，还常夸奖阿贵字刻得好，到国外是一本万利的手艺。

二月早春，常常不知不觉地飘下蒙蒙细雨，笼罩着静静的曲巷。她坐在阳台上，一手轻摇着探上来的凤凰树枝，呆望着雨烟里朦胧的景色，心里也一片朦胧。刚才李贵来过了，又被妈妈支使到邮局取包裹去了。那是妈妈写信请爸爸寄来的出国衣物，据说里面竟有李贵的一套最时髦的男装。真的，这个丑小鸭竟变成天鹅了吗？她忽然又想起那战士形容礁石剪影的话：原始人也能穿上喇叭裤！多奇怪的话，多奇怪的人！他在哪里呢？

丁零零……突然，门铃清脆的响声荡满了幽静的小院。

"囡囡，快去开门！"妈妈乐颤颤地叫她。

她没有动，她知道是李贵取包裹回来了。妈妈嘟哝了一句，摇着绿翡翠耳坠儿，轻盈地跑过湿漉漉的卵石甬路，开了院门。

蓦地，她眼睛火辣辣地一闪，差点蹦出泪珠。她透过阳台的凤凰树枝，看见李贵收了自动伞，下面竟还站着另外一个人。一个高挑个、宽肩膀的军人，从肩上取下军用雨衣裹着的大邮包，递给妈妈。军衣被蒙蒙细雨润湿，格外鲜绿，显得脸上的紫红色更重了一层，眼白像被春雨洗了一样透明。尽管她和他隔着羽叶摇曳的凤凰枝，她也绝不会认错，是他，真的是他！

她慌乱得忘了换衣服，穿着鲜红的开司米紧身衣，绣花软缎拖鞋，风一样地旋下楼梯，跳到院里，但那人已经走了。她一把夺过李贵手中的雨伞，跑出院门，往两边扫了一眼，见那人早已走上小巷高高的台阶。小巷墙头的春藤，台阶石缝的小草，把飘洒的雨丝染得绿茸茸的，那个高挑的身影，渐渐远去，将要消逝在如烟似雾的蒙蒙绿雨里了。

"哎——你等一等——"她焦急地喊了一声，擎着雨伞追上去，绣花软缎拖鞋啪啪地溅起水星，鲜红的开司米紧身衣，像一朵红云，在绿茸茸的雨烟里飞上台阶高处，飞到那个战士身边。

啊，是他，这回真的是他了。他披着雨衣，却没罩上风雨帽，因为军帽早已湿透了。雨珠沿着帽檐滴下，一滴一滴，掉在他的鼻子上，突起的颧骨上……

"我也知道你的名字,叫贺志茂。"她想起那个静谧的早晨,战士一开口就能直呼她的名字,也想来个出其不意。

战士看看她,好像认识,又好像不认识,无声地笑笑,不置可否。哼,他总是无声地笑!不否认,就是默认。

"那是我的家,怎不进去坐会儿?"她踌躇地提出邀请。

"谢谢,我还有任务。"战士显出急躁的神态。

啊,他要走,又要长久地消逝了吗?找他,不,等他等了将近一年,有那么多话要说,要问。说什么?问什么?匆忙中又想不起来。随便问点什么吧,反正,都重要……

"你还在那里站岗吗?"

战士点点头。

"你也浇菜吗?"

战士又点点头。

"你也到工地推砖吗?也到街上走吗?"

战士这次笑出了声,声音很小,咝咝的,好像强压住一腔粗犷的笑。她知道自己问了傻话,也笑了。

"应该干的,我们都得干哪!"战士平静地说。

"那我怎么找不见你?"她刚问出口,立即感到暴露了隐私似的不安。

战士又看看她,洁净的眼白浮上一圈红晕。

"你又到那里去啦?"战士低下眼问。

"嗯。"她索性承认,不过紧接着补充一句,"我想给你再画张像,下巴窄点的……"

"他们没撵你吗?"

"我看你不在,没靠近。"

"我在也还要撵你的……"

"为什么?"

"还是为了那个原因,那早晨说过的原因。"

"真烦人,那么美的地方,为什么圈成军事禁区?"

"为了更美的地方。"战士抬眼瞅瞅她,"你不必到禁区去画礁石剪影,也不必画我。你可以在禁区外画画那丛三角梅,你怎不画它呢?"

"那种三片紫红的小叶吗?"

"对,它护着里面的小黄花!"战士兴奋得眼睛发亮了,"还有,它掩映的那条小路……法国画家巴比松派大师柯罗,就画过春天树下的小道,那么宁静!"

噢,他也知道柯罗!

"你知道《戴珍珠的女子》吗?"她不知怎么一下子提出这样的问题,全身突突地燥热。

战士点点头,深深地望了她一眼。她下意识地感到那眼光的色彩,是白和红合成的橘黄,是纯洁和温柔的交融,顿觉全身的热量往上涌,凝聚在戴珍珠的女子般白皙的鼻子上。她觉得那鼻子一定红得很难看,慌忙低下头。

无限永远的时间,给予战士的却是永远有限的时间。战士走了,高大挺直的背影,渐渐消失在小巷的尽头,眼前只剩下映着春藤和春草的绿雨,如烟似雾地飘洒,没有一丁点声息。她这才发觉雨伞斜搭在肩上,开司米红衫淋湿了半边,软缎拖鞋溅满了春泥。而她并没有问到最要紧处。这战士仍是个谜,像那军事禁区一样的谜……

"我还到那里找你!"她心里叨念着返回来,见李贵站在门下呆望着她,不禁冒火地问:"你去取邮包,为什么让人家送来?"

"我没想到邮包那么大,"李贵嗫嚅地说,"怕伞遮不住,淋湿了,他正好经过邮局门口……"

"你也该让人家打伞,你扛邮包才对!"她还是气哼哼的。

"这……"李贵嘻嘻笑了,"他们做好事,能得表扬……"

"多讨厌!"她白了李贵一眼,噔噔噔地跑回小楼,一边换着湿衣湿鞋,扑哧笑了,心想:阿贵有什么可讨厌的!不是他把他找来的吗!

"荔生,你认识他吗?"等她换好衣鞋,李贵怯怯地问。

"早就认识!"她加重语气说。

"他叫什么?"

"贺志茂!志气的志,茂盛的茂!"她睨了李贵一眼,发现李贵脸上倏地泛出酸性的光波。她记得请李贵刻图章时,老A脸上就泛着这样的光波……

她又走上混合林中的小路,踏着沾满春雨的绿草,走到那丛三角梅旁。花还没开,他也不在。她相信他在。待三角梅绽开的时候,他会站在那紫红的花丛里。那时她就把他画下来,连同他身旁的三角梅……

五月了,又到了与那个静谧的清晨一样的夏初。是前天呢,还是昨天呢,她记不太清,校长突然把她叫去,脸上严肃得像一张黑铁皮。

"荔生同学,你很直爽,我就直爽地告诉你吧。"校长递给她一封信,"这是部队转来的一封匿名揭发信,说一个叫贺志茂的战士,与我校有海外关系的女学生关系异常,部队正在调查。我校有海外关系的只有你……"

她脑袋嗡嗡响,匆匆瞥一眼那封信。字迹显然经过必要的伪装,但那流丽的行书体笔锋仍逃不脱她的眼睛:没错,这是李贵的字迹!她暗骂了声:"卑鄙!"腾地站起来,喊了声:"我去说!"转身跑了。校长厉声喊她,她没停步,一直跑到部队营房的门口,哨兵拦住了她。她气冲冲地说明原因,哨兵放行了。她终于走进了对她永远神秘的军事禁区。刚到院子当中,猛见对面壁报上挂着一张画像:平直的眉骨上方涂着淡淡的紫红;刺刀般亮的眼里有点橘黄;下巴湿得过分宽了……是那张像!为什么挂出来?她又看见画像下一行大字横标:向董存瑞式的英雄贺振木烈士学习!啊,他不叫贺志茂吗?他死了吗?她突然想起,二月雨中重逢以后,报上曾报道过,南疆腾起了反侵略的硝烟。他去参战了吗?怪不得再也没看见他!她眼里倏地涌出泪水,淌满了脸颊。她慢慢地挪到壁报前,透过泪光,看见画像旁有几行粉笔字,说贺振木入伍后没照过相,这张画像是他舍身炸敌堡后,在他遗物里找到的,上面留着他在单人掩体里写的一篇日记。她忙又看画像,发现下半截空白处写着工整的钢笔字:

二月二十四日,晴。太阳像滞留头顶的火箭弹,能烤焦人的皮肉。身边两个敌人的尸体腐烂了,散发着噎人的臭味。

团里命令,两小时后总攻,一定要拿下这个鬼山头。不知为什么,我总想利用这两小时记点感受。可惜,日记本轻装掉了。但我偷带来了这张画,连长不知道,不然他要骂娘的。

我做过许多梦。梦想当画家,当文学家,甚至当植物学家。这些梦只有留到打完仗去实现了。眼前我又在做梦,梦想亲自打死一百个敌人,亲自俘虏一百个敌人,亲自爆破十个碉堡。这些梦也许两小时后就能实现,至少能实现一部分。不管实现多少,梦还得敢做才行。连梦都不敢做,怎么能指望成为现实呢!

这时真静！同志们在掩体里都睡着了，有的还在打呼噜。我觉得奇怪，打仗以来，一到静下来时，我就想起曾经站过岗的那个美丽的岛城，想起我哨位旁的一丛丛三角梅。三片紫红的小叶，护着一朵小黄花。小黄花像孩子一样，睁着眼睛，从紫叶的缝隙间静静地望着外面瓦蓝的天空，也可能望着黛青的大海，他们在想什么呢？也做着甜美的梦吧？我想，他们一定梦见过自己从小紫叶上跳下来，在三角梅掩映的小路上，走啊，跑啊，直到幽深的密林里，找到理想的归宿……

我多么想念祖国的宁静……

泪水挡住了她的视线，眼前一片模糊；阳光照着她的泪眼，跳出七彩光环，一圈套一圈，转呀，不停地转……

她在家里躺了一天，也许两天，好像做了个长长的梦，刚刚起来。浑身显得无力，头脑却清醒了。正是五月里飘着湿润海风的清晨，依然是那么静谧。她换上那条粉红格的裙子，上面绿色污迹依稀还在；然后背起画夹。妈妈摇着绿翡翠耳坠儿前来劝阻她，她将妈妈轻轻推开了，独自跑进了这片亚热带的混合林，踏上了这条绿色的小路。柔软的茅草仍摇着她修长的腿，她却没有笑。她成熟了。她心里只想着两件永远不可弥补的憾事：她终究没猜准他的名字，也没画准他的下巴。

她到了那一丛丛三角梅旁，支起画夹，一笔笔地画。软软的海风抚过三角梅的枝梢，一朵朵紫红的叶花，在绿丛中颤颤巍巍，像真的燃烧起来，变成翠绿的、碧蓝的、嫣红的火苗，亮闪闪地辉映着花丛旁的深幽的小路，一直伸向远方……她想在花丛中再画上他的形象，但无论怎样画，她都觉得不像。她终于承认无力画出他来。他像一个飘忽的影子，突然闯进她的生活，又遽尔远逝了。留在她心里的不是他的眼，他的眉，他的下巴，不是力的外壳，而是一个力的灵魂。她无力把自己心里的魂搬到狭小的画面上。但她画出了他请求她画的，那火焰般的三角梅，那静静的小路……

后边窸窸响动，她知道那是李贵。她躺倒两天，李贵来过多次，她都没见。

"荔生，听伯母说，你不打算出国？"李贵怯懦地问。

"我从来也没想出国！"她边画边说，没回头。

"为什么？你……"

"为了他！"

"谁？"

"三角梅！"

"那么，我呢？"

"你？你是那礁石的剪影！"她说着，从兜里掏出十元钱扔在身后，"拿去！这是你给我刻章的劳动所得！"

"荔生，你这是……"李贵捡起钱，望望礁石剪影，没看懂；又望望三角梅的画，也没想明白。他惊骇地问："荔生，你的神经……"

荔生再也不答话，她正画最后一笔，把小路直画进密林深处，让人看去，不知有多深，有多远……

干 草

宋学武

　　人若从小养成一种习惯，真是难以改变。我离开农村十多年了，直到现在，不仅乡音未改，而且非常顽固地保留着辽北农村的某些习惯。比如，我喜欢吃炖菜，茄子、土豆、酸菜、鱼、肉……只要能炖的，我都喜欢炖着吃。单说吃鱼吧，什么炸鱼、熏鱼、糖醋鱼、滑熘鱼，我都觉得淡而无味。倘若用清水炖，微火煨，佐以葱、姜、蒜、花椒、大料，熟时再投放一点香菜末，那滋味，绝了！而且，千滚豆腐万滚鱼，时间越长，肉儿越嫩，味儿越醇。再比如，我喜欢闻草的香味。我和妻谈恋爱逛公园的时候，她总是在花坛间流连忘返，我却愿意躺在草坪上尽情地享用草的芳香。我总是固执地以为，花香不如草香。花香可以使人联想到雪花膏、花露水，给人一种油腻的感觉，而草香，却常常使我想到干活干累了，敞开衣襟，抖掉一身热汗，或者饿了，渴了，啃一穗青嫩的煮苞谷，或者掬一捧清凌凌、凉丝丝的山泉；花香可以使人陶醉、疏懒，而草香可以使人神清气爽、奋发向上。总之，每当我躺在酥软、厚密、繁茂的草地里，总有一种说不出的快感。这感觉，不亚于平原人见到高山，内陆人见到大海。这时，我总想情不自禁地喊两声，唱几句，然而又总是苦于无法表达。只好拔几根草茎，衔在嘴里，吸吮着草的鲜嫩的汁液，像嚼甘蔗一样。倘若是干草，那就更美了。灼热的太阳把草香全都榨出来，浓缩成浓重的苦艾味，然后，微风揉着湿润，再把它稀释、冲淡，沁人心脾，真有舒筋活血甚至净化灵魂之功效。特别是大雪封地的冬天，一切绿色的生命都停止了。如果扒开干草垛，一股熏人欲醉的香气扑面而来，你会发现草叶上仍然泛着淡淡的青绿，仿佛这是从绿的矿石里提炼出来的。这时，你不能不感到造化的伟大，生命的不朽……

不过，妻对我的这种习惯总是不大以为然。她甚至近乎讥诮地挖苦我说，这不过是一种农民习气。也难怪，在城里长大的她，怎么能理解我的这种对于草的特殊情感呢？

我和妻旅行结婚，刚刚游历过杭州、苏州、黄山、太湖，转了大半个中国，下了火车上汽车，马上就要回到我的辽北家乡了。我似乎已经感受到一股淡淡的乡土气息，仿佛闻到了家乡的炖菜和草香，恨不得一下子飞到那块土地上。是急于向乡亲、伙伴们夸耀我的娇妻呢，还是急于向妻夸耀我的乡亲和伙伴，连我自己也说不清楚。

可是，我突然发现，妻的脸色越来越难看了。在我们旅行之前，妈就托人写信再三叮嘱我：要和你媳妇事先说好，咱家穷，别嫌弃。即便嫌弃，也要忍耐几天，免得落人笑话。我知道，妈的担心不是多余的，据说，村里有个在外面做事的人，从城里领回个媳妇，只住了一个晚上便跑了，从此成了全村人的笑谈。

我的心于是也开始紧缩起来，妻倒不至于住一个晚上就往回跑，这我相信。但家乡毕竟没什么好玩的。它既没有北国荒原那种粗犷和广阔，也没有南方山水那种清秀和俊美。它甚至没山没水，只不过一岭黄沙，几撮泥房，几缕炊烟罢了。稀稀拉拉的几棵老榆树，歪歪斜斜地立在乡道边，不知何年何月留下来的，早已老朽不堪。倒是有一片柏树林，可惜长在一片坟地里。我们那地方的人都迷信，大人孩子都怕鬼、怕死人，除了清明节，绝对没有人到那里去。

唯独可以向妻炫耀的，就是门前那片大草甸子。那是我记忆中的一片草原。可是，草甸子几经沧桑，多次变迁，现在究竟什么样了，我已全然不知。临行前，我曾经问过草甸子的事，家里来信说，你回来就知道了。

是的，我就要回来了。我就要知道了。可是妻能感兴趣吗？我不妨先把我记忆中的草甸子讲给她听。

草甸子离我家只有一里之遥，不很大，宽不过五里，长也不过十五里。后来，我有幸到过呼伦贝尔大草原，草甸子和呼伦贝尔大草原比较起来，简直太小了，小得实在可怜。可是，在我童年的记忆中，它却是那么辽远，那么空阔。我常常躺在深深的草丛中，吸吮着草的芳香，仰望着浮动变幻的白云，想象着远处天地相接的地方。草甸上星星点点的几只羊，在绿色的波涛里时隐时现，像白色的云朵，可惜那时候我还不知道"风吹草低见牛羊"的诗句；偶尔有一只兀鹰，静止不动地挂在天空，展开双翼，呆呆地注视着草地，仿佛随时准备猎取草丛中的青蛙或者田鼠；间或掠过云端的一群雁的叫声，不知道在多么遥远的天际激起回响，给这恬淡、静谧的草甸子带来无限生机；有时，绿色的气浪把打瓜鸟子从密草深处托起，飘逸多姿地浮游在空中，一会儿在高处消失踪影，只剩一个小黑点在闪动，一会儿又翻转双翼，在阳光下一明一灭地辉耀着。看着这迷人的景象，我长久地冥思、幻想，几乎忘掉了少年的一切烦恼和苦闷。

中午或者晚上，常常看到一个光着膀子或者光着膀子披着蓑衣的老人在草甸子上巡视，那是看守草甸子的磕巴舅舅——直到现在，我也搞不清磕巴舅舅何以成为我的舅舅，也许很早很早以前，他和姥姥家有点沾亲带故吧。乡亲屯亲，两方世人也是亲。如果考察起来，农村自然村落之间，总能找到最初的血缘关系。磕巴舅舅斜挎一支火药枪，肩上扛着一把大扇刀，从没腰深的草中蹚过去，惹动一群打瓜鸟子在他头上"呱呱"地叫。但从未听见他放过一枪，也从来没有见他伤害过草甸子上任何一个生灵。

经常和我一块去草甸子上玩的是小草和邻居家的大青哥。大青哥姓郑，大名郑国维。听这个名字很是有点气魄。我常想，如果大青哥当个副总理什么的，这名字大概也不算俗气吧。可惜他现在还是个农民。乡下人命苦，人穷，没文化，但在起名字上却是极有讲究的，什么国维、国栋、文举、鹏飞、殿军、英臣，等等，用现代城里人的眼光，这些名字旧是旧了点，但在乡下，却寄托了庄稼人的无限希望和憧憬，对民族、对国家、对自己、对后代。小草只小我一岁，是磕巴舅舅的独生女儿，三岁上死了娘，父女俩相依为命，生活虽然不算清苦，但也不比别人富裕。她那窄溜溜的脸上，天生一对大而亮的眼睛，那形象，就像她的名字：瘦小而不羸弱，秀美而不轻浮。

我们三个极要好，常常结伴到草甸子上捉蚂蚱。

捉蚂蚱是很惬意的。中午和晚上最多。我们在绿绿的草地上奔跑，惊起一群群蚂蚱翻飞。但这东西很机灵，很敏捷，我们怎么也捉不到。有时为捉一只"扁担钩"（扁担钩：一种大蚂蚱，长腿、尖头，呈扁担钩状。）或者螳螂，累得上气不接下气，我们追一程，它就飞一阵，我们停下来，它也停下来，好像故意引逗着我们。当我们真的认真起来穷追不舍的时候，那东西却展开银亮的翅膀远走高飞了。后来，磕巴舅舅告诉我们，捉蚂蚱得早上去。但早上露水太大，浓重的露水像银锈一样铺在草甸子上，我们走过的地方，都会留下几条暗黑的、溪流一样的痕迹。鞋子、裤脚，以及全身被露水打湿了，湿透了，凉凉地贴在身上。我们却不在乎，因为那些蚂蚱比我们更狼狈。它们被露水打得呆头呆脑，伏在草叶上飞不起来。我们很快捉到许多，用草梗穿上，高高兴兴拿回家喂鸡去。我和大青哥不管谁捉到"扁担钩"，都要送给小草，小草小心翼翼地捏着它两条修长的大腿儿，一边抖动着一边念叨着：

"扁担扁担钩儿，你挑水，我馇粥。"

按家乡的习俗，挑水是丈夫的事，做饭是媳妇的事，就像中原地区的男耕女织一样。只不过我们那地方穷，男人无地可耕，女人也无布可织，挑水和馇粥最能代表夫妻之间的分工了。我和大青哥为此笑她、羞她，她却说："你们有能耐，长大了别挑水呀！别娶媳妇呀！"磕巴舅舅听见了，总是笑着嗔怪道："孩子家家的，真、真、真不知道害臊。"

磕巴舅舅说话不利索，断断续续的尽逗点儿，不到特别高兴或者特别愤怒的时候，他是轻易不肯开口讲话的。遇到生人或者着急的时候就越发磕巴得厉害，简直像唱歌。大人们常常拿他开心、取笑，孩子们也常常学他、乐他，他从来不生气，反倒觉得这很好，好像能给别人带来一点快乐。只是对那些没大没小的孩子，他才会笑骂道："妈、妈巴子的，不学好，学、学磕巴！"天生一副好脾气。据说有一次，一个陌生人向他问路："老、老乡，到县城怎、怎么走？"磕巴舅舅惊异地看着这个陌生人，就是不肯回答。陌生人有点火了，骂骂咧咧地走了。他才憋红了脸，十分认真地对过路旁观的乡亲说："不是我、我、不告诉他，我是怕他说、说、说我学他。"磕巴舅舅脾气好，心也好。

别看磕巴舅舅嘴笨，手却巧。他会用草梗编织各种各样的草制品。什么花篮、器皿、草帽、蓑衣、蝈蝈笼，都会。而且选择各种颜色的草梗编成各种图案，什么花鸟、人物、山水、禽兽，都有。总之，男孩子玩的，女孩子戴的，大人们用的，屋里边摆设的，他都编。几乎家家都有他的"作品"。现在想来，这些草制品真不知道要比城里卖的好些工艺美术品强多少。

干　草

中午，天空没有一丝儿云，炽热的太阳火辣辣的，晒得草甸像疲倦了的大海。鸟儿们大概都潜向草底纳凉、睡觉去了，只有不甘寂寞的蝈蝈此起彼伏地鸣唱。偶尔有一阵微风拂过，平静的草原即刻骚动起来，涌起一圈圈绿色的涟漪。不知道风从什么地方扯过一个云块，从太阳面前掠过，于是可以看到一片阴影在草地上奔驰。阴影过后，草甸子更绿了，太阳也更明亮了，就像刚刚用抹布擦过一样。

磕巴舅舅把蓑衣铺在一棵歪脖子老榆树的树荫下，远远地照看着，或者把那把大扇刀骑在胯下，"唰——唰——"地磨着，不时用指甲试试刀刃。刀头是新换的，好像还不那么锋利。长长的刀柄不知用了多少年了，手握的地方被汗水浸渍，让老茧摩擦，已经变细、发亮，呈着暗红色。他对草的长势一定很满意，从他那隐藏笑意的皱褶里和映着绿波的瞳仁里，看得出他爱这草甸子，爱这贫瘠的、熟悉的土地。只等一过立秋，便可以开镰割草了。当磕巴舅舅那浑浊的目光里透出一闪一闪的光亮时，我们就猜出他准在一心念叨着这码事。

这时，我和大青哥总是央求他编个蝈蝈笼子什么的，他马上会高兴地答应。我们到草地里精心采来各种颜色的草梗，放在他的身边。只见他那粗糙、僵硬、带茧的老手，动作非常敏捷、灵活，我们围在旁边等着、看着、学着。大青哥学得最快、最像，我和小草都不行，所以磕巴舅舅最喜欢大青哥。他常常逗我们，说等小草长大了，他要招大青哥当养老女婿，问大青哥愿意不，大青哥脸一红，不言语。但看得出，心里却很得意。我呢，尽量装出无所谓的样子，但心里却怪别扭的。可是我发现，小草对我好，她常常把磕巴舅舅编得最好的蝈蝈笼偷偷拿给我，并且每次都神秘地告诉我："千万别告诉大青哥啊！"我问："为什么？"她脸一红，眼一嗔，嘴一撇，说："大青哥自己会编呗！"于是我感到一种莫名其妙的满足。那时，我们都不过十二三岁。

一过立秋，挂锄了，草也成熟了，大家便开镰割草。那时候，哪有现在这套定额、包干、划片之类的规矩，磕巴舅舅一说开镰，人们都撂下田里的活，自家割自家的，能者多劳、劳者多得，完全凭自己的本事和力气。为了收获得更多，往往把女人、孩子都发动起来，草甸子上顿时沸腾起来。

男人们打草用大扇刀，妇女和孩子们用镰刀。扇刀把长、镰宽、刃利，刀和刀把呈仰角，一抡就是一个扇面形，一会儿就是一大片。但扇刀不是什么人都能用的，不仅凭力气，还得有技术。用不惯的人，往往高一刀、低一刀，不是将刀砍进泥土里，就是将刀飞起来，农民们称作"死刀"或者"飘刀"，死刀毁刀，飘刀毁草。刀从草的中间拦腰掠过，留下高高低低的草茬子，既糟蹋草，不出活，也不利落、不雅观。用扇刀打草，有正打，有反合，反合更难。合不好，不仅经常出现"死刀"和"飘刀"，而且打不透，割不断，太阳一晒，草甸子上露出一缕一缕的青丝，会引起在行人的耻笑。

磕巴舅舅的刀法称得上全村第一。如果农民也实行八级工资制，磕巴舅舅该是当之无愧的八级工匠了。打坯垛墙，盘炉搭炕，样样在行。用扇刀打草，只见他光着膀子，赤着脚，脖子上搭个被汗水浸透已经变黑了的破毛巾，叉开双脚，正打反合，左右开弓，刀片贴着草根、地皮，"唰——唰——唰"，随着这悦耳的、有节奏的"唰唰"声，双脚一点一点向前挪动，挪动，赤脚踏着茬子，硬是踩出两条平行线，一趟一趟新打的草甸子，在他脚上延伸，延伸……像刚刚犁过的田垄。他那赤条条的脊背，由于长期被太阳烤炙，闪出紫蓝色的光，仿佛镀上了一层珐琅。我不知道为什么，最愿意看磕巴舅舅打草，最愿意听那悦耳的"唰唰"声。它仿佛给了我一种力量、快感和享受……

我、大青哥、小草这么大的一群孩子，这会儿便分别跑到自家的园子里，掰来几穗青嫩的苞谷，削几根树签把苞谷插在草地上，下边拢赶起一堆干草，点燃，火借风势，干草烧得噼噼剥剥地响，散发出浓重的苦艾味，就连烧熟了的苞谷也染了这种草香。我们吃，大人们也吃，谁赶上了谁就吃，好像这些东西拿到草甸子上就不属于自家的了。那滋味，决不比城里人把面包、香肠、啤酒带到郊外进行野餐差多少。庄稼人苦是苦点儿，但庄稼人有庄稼人的乐趣。

"太美了，你是不是在作田园诗？！"妻显然高兴了，却有意用半信半疑的口气打断我。她大概被我的情绪所感染，或者是被草甸子迷人的景色所激动，脸上多云转晴，闪出动人的光。

"离家还远吗？草甸子还在吗？大青哥、磕巴舅舅现在在哪儿？对了，还有那个小草。"

我真不知怎么回答她好。因为草甸子实在太平凡了，磕巴舅舅、大青哥、小草也实在太平凡了。但，心灵在呼唤我，借着妻子的发问，于是，我将这平凡的草甸子以及草甸子上平凡的人物继续讲下去……

草打完了，草甸子裸露出赤条条的暗灰色的胸膛，光秃秃的，很萧条，很冷落，很疲乏,很难看,也很可怜。但仔细一看,这时的草甸子却显得越发平静、满足和坦然。好像它终于完成了一年一次给予人们微薄但却是无私的馈赠,现在需要休息一下了,准备着明年新的萌发、新的生长和新的馈赠。多少年来,草甸子就是这样默默地、温存地给人们进献着微薄的财富和欢乐。

然而,除了磕巴舅舅,却很少有人为草甸子操心。人们只记住了索取——放牧、打草、卖钱。我们那地方,烧的、吃的、用的,包括孩子们上学买几支铅笔或订几个本子的钱,都是草甸子提供的。可是一打完草,人们就把它遗忘了。特别是暴风雨袭来的时候,草甸子敞露着胸膛,孤零零地躺在那儿,默默地忍受着来自大自然的摧残,不抗争,也不呻吟。记得有一年夏天,不知道老天爷从哪儿调遣来那么多的云,聚拢在草甸子上空,翻滚着,汇合着,等到一切布置就绪,长空一闪,裂开一条缝,随着一声霹雳,大雨夹着冰雹,发泄似的倾注下来,随心所欲地抽打着正在拔节、抽穗的嫩草。大雨下了三天三夜,草叶子被撕裂了,剥落下来,砸在泥土里。只留下光秃秃的草茎没精打采地伸着躯干在风中瑟瑟发抖。可是,没过几天,磕巴舅舅带我到草甸子上去,草甸子又是一片神奇的葱绿,磕巴舅舅弯腰割了一把草,轻轻攥在手里,我发现那草茎周围竟又生出许多新叶来。

……草晒干了,人们把它捆好,收回家。收草这活更忙,更累,全凭一副肩膀,而且常常是在晚上。收了工,大人们匆匆吃过晚饭,摸起绳子、扁担就走,女人、孩子们也都跟出来,或挑或背。黄昏中,月光下,只见一座座小山在缓缓地移动。无数次的挑,无数次的背,无数个小山终于变成一座座山峰一样的草垛,于是,家家的院子里都弥漫着干草的气息。那时我常想,站在草垛上,要是能够到天,摸着月,摘到星星就好了。磕巴舅舅是不会这么想的,因为他离不开土地,离不开这片和他相依为命的草甸子。

草收回来,我和大青哥、小草的兴趣,也从阜甸子上转移到院子里。我们在干草堆上打滚、嬉闹、捉迷藏,弄得干草唰啦啦直响,常常惹来大人们的吆喝声。可是磕巴舅舅从来不说我们。有时他也抱起一抱草扬在我们身上,然后等着看我们从草堆里钻出来,脖子上、裤裆里沾满了草屑,又笑又嚷……他也跟着咻咻地笑。

冬天,草卖掉了。但草的芳香还在。特别是和小草在一起玩的时候,我发现她身上总有那么一股淡淡的香味。起初,我不知道这草的香味是从什么地方来的,还以为是女孩子家固有的气味。后来我问她,她咯咯一笑,从怀里掏出一个用五色布边儿精心缝制的花荷包,说:"我把草香都缝到这里了。"我越发莫名其妙,她越发笑个不停。最后,她告诉我,草甸子上有一种鸭舌草,叶子像鸭的舌头,草茎呈紫红色,青的时候,和普通草一样,没有什么特殊的气味,可是晒干后特别香。姑娘们把鸭舌草的草籽或草梗搓碎,缝在荷包里,带在身上,一年四季都可以闻到草香。

"我怎么不知道?"我问。别看我在草甸子上长大的,真的不知道草甸子上还有这种宝贝,简直像草的精灵。

"你们野小子家家的,知道个啥?"小草说着,把荷包又揣回怀里,黑亮黑亮的眸子里流露出女孩子特有的骄矜。

"送给我吧。"我说。

小草的脸红了:"去去去,要人家女孩子的荷包,也不嫌臊得慌。"可虽然这么说,还是把荷包拿出来,只是不立即给我,好像有点舍不得。

"要不,用两支铅笔换还不成?"

小草的脸又白了,拿在手里的荷包复又揣起来,把一根独辫一甩,走了。一连几天都不跟我玩。

过了许多年,我才明白,男孩子只有长大了,订亲了,才有资格接受这圣洁的礼物。那时,我还没有那个权利。何况,我还伤了小草的心。

"还是讲草甸子吧。"妻生动的脸上悄悄爬上了一抹不快的阴影。看来,她对荷包的事并不十分感兴趣。

汽车拐了个弯,开始爬坡。这儿原是一片沙丘,我和磕巴舅舅卖草时常常打这里经过。现在虽然是晚春,沙丘上疏疏落落地缀满了野花,但还是不免有些荒凉。可是公路两旁却新栽了两行白杨树,都碗口那么粗了。汽车像得了哮喘似的喘着粗气,同车的旅客在这单调的声中已经昏昏欲睡了,只有我这从远方归来的游子异常兴奋。

"后来呢?你也打过草吗?你也会使用大扇刀吗?"妻问。她大概觉得,我若没打过草,若不会使用大扇刀,无论如何也是个不小的遗憾。

离离原上草,一岁一枯荣。到了我和大青哥也会用扇刀打草的时候,草甸子荒芜了。

不知道是人们终于不满足草甸子那些微薄的馈赠呢,还是草甸子突然不满意人们对它的苛刻要求。那年秋天打完草,一支疲惫的队伍开到草甸子上,翻地造田,打埂挖渠,尽管草甸子的根须盘根错节,密密团团,紧紧地和土地扭结在一起,但还是被翻到外面。雨水一冲,白花花的,太阳一晒,灰秃秃的,整个草甸子呈现着狰狞、丑陋的面孔。善良的人们原以为,这样一来,一草甸子碧草会奇迹般地变成一畦畦稻田,结果由于缺乏水源,第二年不仅颗粒无收,连草也不长了,代之而来的是一丛丛马莲,一片片盐碱。这是人们对大自然的戏谑和摧残,也是大自然对人类的惩罚和报复。可是,又有什么办法呢?那年月,庄稼人、草甸子,都不能自己主宰自己的命运。

草甸子荒凉了,人们不屑一顾了,孩子们也不到草甸子上去玩了。只有磕巴舅舅仍光着膀子,背上那支油光闪亮的火药枪,时不时在草甸子转悠,这儿查查,那儿看看,好像寻找什么,但终于什么也没找到,好像期待着什么,但又实在没什么可期待的。就连打瓜鸟子也不知道飞到什么地方去了,只剩下一片秃了顶的草甸子和一个孤独的老人,他还是喜欢坐在那棵歪脖子老榆树下,自然还要磨他那把大扇刀。其实,他也知道大扇刀没什么用场了,只是不让它锈蚀罢了,他那瞳仁里的绿波干枯了,眼角处的笑意消失了,隐约着淡淡的惆怅。或者停下来,呆呆地望着草甸子黯然神伤,不住地叹息:"妈、妈巴子的,尽他妈瞎、瞎、瞎胡闹。"他仿佛忘记了自己说话的艰难,常常自言自语地骂,什么"缺德""造孽",等等,也不知道他在骂谁。

紧接着,就是连续几个荒年。先是"瓜叶代",然后是"增量法"。那几年,我们那地方平均每人每天三两毛粮,如果做窝头,一天也吃不到一个,于是人们发明一种"增量法":用水把面粉搅成糊状,煮熟后倒在盘子里冷却,像做皮冻一样。但是,不管"代"也好,"增"也好,大人孩子自然填不饱肚皮。于是人们不得不求救于秫秸、苞谷皮。可是这东西又实在太硬了,碾不碎也煮不烂,人的胃肠毕竟还赶不上牛马。有一次,磕巴舅舅叫上我和大青哥,到草甸子上扫硷土。

"这东西也能吃?"我懵懵懂懂地问。因为那时候,人们不管干什么都是为了活命。

"……"磕巴舅舅阴沉着脸,不回答。

那正是大地翻浆的季节。硷卤从泥土里返润上来,被春风一抽,先是白花花的一片,然后越积越厚,在地皮上结成暗红色的硷痂,最后终于形成晶状的硷花。

红的、白的、白里透红的,一片连着一片,远远看去,草甸子像铺了一张偌大的虎皮。磕巴舅舅把硇花扫在一起,我和大青哥把它装进面袋,扛回家。但我们始终不明白这些硇土究竟有什么用处,或许真的能吃吧?只见磕巴舅舅把硇土倒进锅里,用清水搅拌、溶解、沉淀后,又把暗红色的硇水舀出来,放到阴凉通风处冷却、凝结。第二天便在锅底上生出一层寸把长的冰凌一样的硇芽。把硇芽溶解、煎熬,再冷却,再凝结,反复多次,硇芽一次一次增多,加厚,终于熬出一个硇坨坨。这时我才明白,有了这些土硇,秋秸、苞谷皮,甚至更坚硬的榆树皮也能煮烂、捣碎、榨出淀粉来。这对于在饥饿中挣扎的人们,简直是一项重大发明,每当我嚼有苦涩的、用淀粉做成的食品的时候,都仿佛闻到了那股淡淡的草香。啊,草甸子又用自己最后的奶汁默默地哺育了这里善良的和并不善良的所有的村民们。

可是,慢慢的,磕巴舅舅却不行了。他那多皱的眼睑拉平了,手、脚,以致全身都开始肿大,皮肤绷得紧紧的,浮着明溜溜的水光。一看就知道这是当时流行的水肿病。那年月,村上得这种病的人很多,人们和他自己都没当回事。他仍然迈着沉重的步伐,一趟一趟地往返于草甸子上,帮村里那些太老的、太小的和病得爬不起身的人们去扫那救命的硇土。

有一天晚上,天下着瓢泼大雨。小草急匆匆跑来敲我家的门,问我看见他爹没有。小草说,磕巴舅舅已经整整一天没回家吃饭了。

我突然想起来,上午我去草甸子扫硇土时,看见磕巴舅舅在那儿扫,他也许是太累了,蹲在地上,从怀里抖抖索索地掏出一块淀粉面做的窝窝头来,正要放进嘴里,看见了我。他让我吃,我不好意思接,他执意塞给我,然后急急忙忙离开……一想到这儿,我慌了,急忙到隔壁叫醒了大青哥,大青哥又招呼出几个大人,我们分头到草甸子去找。

雨越下越大。雨墙斜射着,施着淫威,猛烈地抽打着草甸子。深深的黑夜笼罩在草甸子上空,压得人喘不过气来。树上、草中,发出枝叶的断裂声。我们在草甸子上四处呼喊,可是没人应声。我们到扫硇土的地方,到歪脖子老榆树下,凡是磕巴舅舅可能到的地方,我们都找遍了。小草不住地抽泣着,我和大青哥不知该怎么劝她才好。我们知道,此刻,任何劝慰都是多余的。

直到第二天中午,一个扫硇土的人发现一把笤帚丢在草丛中,接着又发现一袋满满的砬土。大家赶紧叫来小草,认出那笤帚正是磕巴舅舅用的。我们领着小草循迹找去,在一处很远很远的地方,发现磕巴舅舅静静地躺在草甸子上。这儿是一片洼地,洼地向阳的一面,草长得高一些、密一些,在整个荒凉的草甸子上那么显眼,像荒漠里的一块绿洲,雨后的太阳一晒,蒸熏出淡薄的香味,可是谁也想不出磕巴舅舅为什么会躺在这里,他的浮肿的脸已经干瘪了,脸上盖着一把草,像是用手捋下来的,已经被太阳晒干了。磕巴舅舅头顶的方向不远处,有一片小小的麦田,从他躺的位置和方向上,人们判断出,他是奔麦田去的……

磕巴舅舅就这样死了,默默无闻地死了。每当我想起他的死,心里就一阵阵发痛。我常常想,如果我不吃掉那块淀粉做的窝窝头,如果他再往前爬上几步,哪怕是搓几把麦粒,也不会……

那几年,不管谁家死了人,也做不起一口棺材,都是用芦席或者麻袋片一卷,埋了。但对磕巴舅舅,人们似乎觉得不过意。有的说,这老头看了一辈子草甸子,应当用草卷了才是,有的从他临死前往脸上盖把干草做出了种种神秘的、近乎荒诞的判断,有的说他分明是死也舍不得离开草甸子,有的说那草根本不是他自己盖的,而是草神显圣(据说磕巴舅舅生前供奉过草神,不过从来没人亲眼见过)。不管有多少猜测,为磕巴舅舅打个草帘子的愿望却是一致的。可那时,连一把干净的干草都找不到了,人们正在搓着手拿不出办法的时候,大青哥不知从哪抱来一抱干草。于是人们突然醒悟过来,纷纷跑回家,从炕席底下,从房梁上头,把早年留下的零散的干草抽出来,凑起来,很快打了一个草帘子。女人们又在墓坑里为他絮了一个厚厚的软软的草褥子,把磕巴舅舅埋在了那棵歪脖子老榆树下。

妻的眼圈湿了,赶紧扭过头,默默地望着车窗外,望着远方看不见的地方。她好像等待我接着讲下去,又好像不希望我讲下去。看得出,她的内心终于被搅动了,感情的波澜急剧地起伏着。良久,她才转过头问:"后来,小草怎么样了?"

后来,妈把小草接到了我家。

小草好像突然长大了,少女的天真从此在她的脸上消失了。黑亮的眼睛老是有一种忧郁凄楚的目光。就在那年,她主动辍学了,整天就知道默默干活,捋草籽、掏野菜、扫砬土,虽然她还算不上一个劳动力,但实际上一年的收入决不比大人少。她觉得,只有这样才能报答妈的收养之恩。可实际上,我倒应当感谢她,没有小草,我也就得辍学回家干活了,包括我读书的费用,说起来都是小草提供的。但是大青哥却很少到我家来玩了,是因为我们都大了,个人都有个人该干的活;还是因为有小草在,我弄不清楚。

第二年,我便到县城读书去了。临走,小草把我的被褥都拆洗了。到学校后,我盖着新浆洗的被褥,突然闻到一股浓重的草香。原来,我的枕头里全被小草填上了鸭舌草。我从初中到高中,从县城到省城,那草香总是伴随着我,清爽极了。每当我躺到枕头上,心里就产生一种微妙而复杂的情绪。像一只形影朦胧的飞鸟,一团变幻不定的流云,一条涓涓流淌的心的潜河,始终把我和草甸子联结在一起。可是,开始我一直不明白,草甸子已经荒芜多年了,鸭舌草也早已绝迹了,小草从哪儿搞来这么多呢?居然装了一枕头!后来,我才知道,小草把她荷包里的草籽,偷偷撒在我家园子的角落里,致使鸭舌草得以延续和繁殖。直到现在,家乡的女孩子们都种鸭舌草,都用鸭舌草做荷包、装枕头,刻意美化着自己。

可是,等这些女孩子们长大了,却都纷纷逃离了这个穷窝,逃离了这个草甸子,各自寻找各自的归宿去了。这下可苦了小伙子们。他们在当地找不到对象,娶不上媳妇,外乡姑娘一看这几撮泥房,这片荒凉的草甸子以及那些干草垛成的篱笆,就心灰意冷了。谁愿意往这个穷草窝里跳呢?

然而,人类总能以自己独特的方式维护一种平衡,就像自然界的那种生态平衡一样。不知道从什么时候开始,也不知道谁先带的头,小伙子们把扫硷土挣来的钱带上,纷纷到山东领媳妇去了。我不知道山东姑娘怎么那么好领,据说那地方更穷,几百块钱就能领一个蛮不错的姑娘。而且山东姑娘大都能干、贤惠、孝顺。只是大青哥执意不肯。有人说他没钱,有人说他胆小不敢出远门儿,但也有人说他早就看上了小草,而且俩人早已私订终身。可是后来不知道为什么,小草还是嫁给了三十里以外的一个民办教师。小草出嫁后,大青哥曾也去过山东一次,不过没领人。照他自己的说法,是因为看了几个都没相中。但也有人说他太老实,不会撒谎(据说去山东领媳妇得吹嘘自己家乡如何如何富,有什么东北"三大宝"啦等等,否则人家不会跟你来的)。还有人说他实际上看中一个姑娘,只是要往回领的时候,那姑娘又哭又闹,舍不得离开父母,他心一软,把钱留给人家,自己空着手回来了。我不知道哪种说法更可靠一些,总之,他闹个人财两空,回来时连盘缠都不够了,从沈阳一直步行回的家。

前年冬天,我回家探亲,一到家便去找大青哥。可惜大青哥不在家。据说他又攒足了钱去山东了。我决定等他回来。

没事的时候,我就到草甸子上转转。草甸子上白茫茫的一片积雪。我踏着积雪,寻找当年的足迹,寻找童年时期失落在草甸子上的绿色的梦,但一切都变得虚幻而模糊了。当我用双手扒开脚上的积雪,意外地发现雪下铺着一层薄薄的枯萎了的草叶子,枯草的根部还泛着鲜嫩的青绿。我的心顿时充满了希望和活力,因为这表明草甸子还活着,为自己的生存而抗争着……

几天以后,大青哥回来了。这回还真的领回一个姑娘!

"怎么样,这回该满意了吧?"我逗他,从心里替他高兴。

"人倒老实。"大青哥憨厚地一笑,"不过……""不过"什么?他没往下说,只是凄楚地向草甸子一瞥,我猜想,他一定想起了小草。

大青哥结婚的那天晚上,我看见了那个姑娘。比起小草的长相来,几乎是不相上下的。大青哥坐在角落里,一支接一支地抽烟,看不出他到底是在掩饰欢愉,还是在掩饰遗憾。不知道他从什么地方翻出了一个五色布边儿缝制的荷包,慢慢地戴在新娘身上。我断定,那一定是小草留下来的。几天后人们还发现,大青哥在院子磨起刀来,"嚓——嚓——嚓"的磨刀声在夜空下显得那么有力、深邃、悠远。而那正是磕巴舅舅留下的那把大扇刀,谁也不知道这把大扇刀怎么落在他的手里,这么多年了,他竟一直保留着……

"我敢打赌,现在草甸子上一定长出了一片新草!"妻又高兴起来,以至于车子猛烈颠簸几下她都没介意,脸上闪着近乎童稚的神气。

"也许是吧。"我不那么肯定地说。因为我担心那片几经沧桑的草甸子会真的泯灭我那满腔的热望和神圣的记忆。不过,听家里来信的口气——"你回来就知道了。"我想一定是的,一定是妻所盼望见到的样子。可是妻根本没注意到我的口气,她说:"我们在家多住几天行吗?我们也去采点鸭舌草,我们也用鸭舌草装一对枕头……"好像那碧波荡漾的草甸子已经展现在她眼前了似的。我能说什么呢?但愿如此吧。

夫妻粉

庞泽云

蜀中小吃多。什么"龙抄手"、"赖汤圆"、"麻婆豆腐"、"担担面"……看得人眼睛发花不说,喉咙管里都能伸出爪爪来。

雨镇这个地方,最有名的是"夫妻粉"。这夫妻粉虽不见上书,不入菜谱,但说起来也是很有来头的。听老辈子们讲,早在清朝光绪皇帝的时候,就起锅开了张。摊主是一个姓鲍的跛子和他的婆娘鲍罗氏。两口子精钻手艺,潜心经营,竟把那碗平平白白的粉条做得开了花;这开了花的粉条,又把千万张嘴巴弄得直"啧啧";"啧啧"过后,又都吐出四个字来:硬是安逸!

碗头的粉条根挨根,大路边上人挨人。不久,这粉摊的名儿就传到二十里外的雅州府。于是,府大人便坐了八人大轿,专程到雨镇来吃粉。三碗粉条下肚,府大人咂着舌头拍案叫绝,问:"此粉何名?"这一问却把两口子问了一个跟头,不知如何作答。寻思好久,才道:"此乃贱民粗做的下食,无名。"府大人捋着胡须,微微一笑,又道:"此粉如是鲜美,岂有不名之理?来,本官今天便予你们正一个名!"说罢,差人取来文房四宝,当即就在那张活摇活甩的粉摊上铺上宣纸,落下三个字:"夫妻粉"。两口子如获至宝,叩头谢恩。第二天就找来凿刻高手,把三个字化在匾上。从此,这粉摊便日益兴旺,经久不衰了。

如今,这粉摊经过几代的单传,传到了鲍大勺手里,那手艺已经是炉火纯青了。鲍大勺的婆娘无生养,因此,这粉摊上卖的是名副其实的夫妻粉。摊上只有

夫妻粉

两张案桌，是用四条长板凳支起的。为了找平，凳腿儿底下总是塞着几块瓦片儿。案桌周围参差不齐地摆着几把竹椅，几个方凳和几个石礅，那便是食客们的座位。旁边，是一张放调料、碗具、家什的条桌和一个泥炉。泥炉上架着一只深底铁锅。锅上没有盖儿，却横着一个钻着密密麻麻小眼的桃木压漏。因为夫妻粉的传统忌用现成儿干粉条，说是"干粉不鲜"；都是把粉面和好了，放入压漏里挤压，直接从眼儿里落水下锅的。这样，煮出来的粉晶莹透亮，有鲜气。这粉摊整个设在露天街沿上。因此，还用斑竹竿扯起了一张白布做篷。说它是白布，实在是有些不准确。因为上面补了四五处蓝布巴不说，还整个地泛了黄。只是由于人们视觉上的惯性，才认定它原来是块白布。不过，这倒并不重要。它照样避雨、遮阴、挡落叶、防鸟粪。总之，这粉摊是寒酸的。而且它还不处于热热闹闹的"正街"，而处于一条又窄又短的"背街"。

然而，人美不怕衣裳粗，好酒不怕巷子深。这粉摊天天都挤满了食客。座位有限场地无限，人们宁肯站着吃，从街沿这边站到街沿那边，也要来光顾。这和正街上那个叫"一枝花"的国营粉馆人稀客少的场面，形成了一鲜明的黑白反差。人多逼得手脚忙，两口子半天下来，裤裆里都是汗。

是的，这粉摊有些与众不同：只卖半天。倒不是怕忙，而是要用半天去预备调料。饭靠火候酒靠窖，百样佳肴靠调料嘛！这粉，绝就绝在调料上。

咋绝？酱油醋，葱姜蒜，味精白糖辣子面。这些普通的玩意儿它都有，自不必说。可有两样东西，却是外界人不大晓得的。那就是娃娃椒和雅鱼汤。

娃娃椒又叫母子椒，这是离雨镇十五里地青溪山上的特产。一般的椒，一粒就是一粒，可娃娃椒大粒上还背着个小粒，肉头厚，润色好，油气重；不但麻味浓，还有一股醉鼻舒肺的特殊香气。这娃娃椒在青溪山上只有十几棵树，夹杂在遍坡遍岭的普通野椒之中；而且，还专爱往那悬崖峭壁上长。所以，是不好得的。

雅鱼则是雨镇边羌江里的独产珍品。肉细嫩，且无刺，熬出汤来，又白又酽又鲜。清朝时曾是皇帝的贡品。因此，在当地又有御鱼之称。可是，这御鱼专生于江边激流拍岸处的石穴、石腔，像皇帝一样，深居简出。因此，得此物不但很难，而且，还有几分危险。历来夫妻粉的摊主儿都有"上青溪，悬采娃娃椒；下羌江，险提雅御鱼"的本事。不然，就当不了摊主。

然而，也曾有人把以上调料样样数数弄了个齐。但做出粉来，却仍然比不上

"夫妻粉"。于是纳闷儿了：日怪！这是咋屄搞的？他们不晓得，这料的齐全，还只是事情的一半。还有那怎样配料的另一半呢！

配调料也像和墙泥、抓中药一样，得严格地讲究比例，这就全靠人的摸索了。

如今的鲍大勺，是朗个在配调料？那是金口玉牙也问不出来的。人们只是传说着，说他都是三更半夜起来配，把窗户掩了，把门闩子上了，还要用屁股抵着门扇，连他婆娘都不许看。因为有祖训，配调料传男不传女，怕她们漏给了娘家人。女人们只能烧水、熬汤、收碗、抹桌子，招呼食客。

在鲍大勺这辈夫妻粉摊的食客中，有一个是最为精细的了。那就是糖酒公司退休的袁老头儿，这老头原是公司的品酒员，那味觉器官灵得令人吃惊。蜀中之酒，甭看商标，他抿几口就能叫出名；而且，酒里掺没掺水，掺了多少，是什么粮食做的，是何种香型，都能一一报出。用这张嘴来吃粉，那体验当然就比别人更为深、细，评价得也就更为中肯。这几年老头儿退休在家，嘴闲得慌，没那么多酒品了，就一头扎进了雨镇的小吃摊儿。这夫妻粉摊当然是常来的，他要像品酒那样，来细细地品一下雨镇的小吃风味。什么事情都是触类旁通，就像那花腔高音学京戏，弹三弦的学琵琶一样，打几个滚儿就会。很快，他就能把雨镇的小吃说得头头是道了。从心理学的角度看，这大概就是一种技能的正迁移吧。

"喂，鲍老板，"有一回，袁老头儿吃完粉，一边捏着根火柴剔牙，一边就对夫妻粉评起来："这粉，入口酸辣，入喉麻辣，回味香辣，酸中有甜，甜中有咸，香中透鲜。安逸得很哟！我的舌头儿都差点吞下去了。"

鲍大勺犹如高山流水遇知音，自然惬意。一乐之下，便把自己那张竹马架搬了出来，给袁老头儿做了一个专座。只有他来，才打开。

随着生意兴隆，票子大把进，婆娘便来话了：

"我说，把这套破家什换了吧。马要鞍装，人要衣裳，这粉摊子也该伸抖伸抖了。"

"你晓得个屄！肥狗有肉在毛里边，乌龟有肉在壳壳头。桌椅吱嘎，篷子补巴，这是祖训。"

鲍大勺说的这个祖训确实有。那是在旧社会，小本生意人，为了减少苛刻的捐税，在赚钱的同时，总是要把门面故意弄得寒寒酸酸的。以后就作为一条生意经，一辈辈交代下来了。现在时代不同了，但传统的车滚子还有惯性。你看这鲍大勺吧,他就还坚持着两个"凡是":凡是祖上传下来的规矩都不能改,凡是……

"既不肯换摊子,那就多卖半天嘛,"婆娘忍不住又说,"大家都在向钱看,咱不当出头鸟,也别做排尾雁呀。"

"多卖半天?"鲍大勺觉得婆娘说话太可笑,"那找哪个去给我下江捉雅鱼?第二天还卖不卖了?"

"我说你就是个铁脑壳,三根砧子打弯了都打不透。离了红萝卜就不成席啦?没有雅鱼汤,就用草鱼汤顶嘛,北市上天天有,又好熬,省得又是那文火呀、细火呀、慢火的,弄得天天黑了睡不伸腰。"

这回,婆娘的话来得有点冲。

鲍大勺眼睛一鼓,想发火,但和婆娘的眼光一碰,又马上收住了。他就像放牛人深知牛性一样,深知婆娘的体性。这婆娘的体性就像牛,平日里温温顺顺,一旦发了毛,眼珠子一红,也是要踢人的。刚才他就看到了,婆娘的眼睛有些发红。于是,便赔了个笑脸,口气软软地:

"嘿嘿!这鱼汤怎么能换呢?祖上没这个规矩,再说,让人吃出来,不就丢人现眼了嘛。"

"你呀,就是……"就是什么,婆娘一时找不到合口的词儿,就跳过去说,"那些吃粉的,哪个不是塞塞乎乎,几个三下就搅完了?还像戏台子上吃饭呀,慢下慢下地品?孙二娘开黑店,用人肉包包子,不是看到几根什么毛,武松还吃不出来呢!"

"不会品?袁老头儿会不会品?"

"雨镇上有几个袁老头儿?他不来,又咋样?"

是的,就是袁老头儿不来,也不会影响夫妻粉生意的。夫妻粉名声在外,就是换了鱼汤,一般人也不会马上就吃得出来。特别是那一群一群来雨镇旅游、公干的人,他们晓得个啥?可是,鲍大勺还是不愿这么做。因为他看惯了袁老头儿吃完粉后那眉毛胡子一齐舒展的样子,听惯了他的"啧啧"声。似乎那就是最高的奖赏。还有,那么多挂不住相的食客,不能对不起人家。做食道的不能背了祖训去欺人,要不,是要遭天灾人祸的。想到这几层,鲍大勺有了底气。他决定,不管婆娘朗个猪吼狗叫,这换鱼汤的事,断然不能做。

婆娘拗不过他,最终只好骂一句了事:

"你狗日连这点形势都看不清,早晚有你着辣的时候!"

婆娘的话真还说准了。不到两月,鲍大勺碰到了难事:由于农村的承包越来越彻底,青溪山的林坡划给了十户农民。这一划,阵势就不同了。以前,归集体的时候,他只要同意队长、书记和他们的婆娘娃儿、舅子老表到雨镇吃粉不给钱,就可以上山采它一大篓娃娃椒。拿回来焙干磨细,够用一年的了。可如今,各家各户的地盘里,特别是那些经济林子,都拦了刺墙,还插了不少"严禁入内,违者罚款"或者"此处下有夹子,危险"的牌子,让人一看就有些提心吊胆。要吃娃娃椒,只剩一条路:买。可是,现时的价,又兴自调了。物以稀为贵,物以需为贵,娃娃椒对于鲍大勺来说,既需又稀。因此,人家就拿竹扛敲他了,要三十块钱一斤。天哪!比以前整整多了五倍。俗话说,要得你不挨,除非你不来。既然来了,总不能白跑一回,于是,一百二十块钱只拿了四斤椒子回去。

这事使鲍大勺很伤心。那十户农民,可以说每回到雨镇赶场,都要吃他的粉,吃过了都不止一次地竖起大拇指连声称道,如何如何的好,又价廉,又物美。还牵及到人,说鲍家两口子的品性也好,没有因为有块金招牌,就黑起心肠要食客的高价。可是,这些人的脸,朗个一下子都变了呢?手头有点娃娃椒,熟人熟事的,就能厚起脸皮说出那么高的价!

这一下,婆娘有话了:

"我说你龟儿没看清形势吧,你还不信。听我的话,莫犟那么认真了。从明儿起,草鱼汤。这四斤娃娃椒,也别用了,留着自己吃。供销社那毛毛椒有的是,屁股一转就称得来。"

婆娘的一席话,像一串连锤,敲在鲍大勺的勺子上。作用、反作用;抵消、承受;最后"嘣"的一声,鲍大勺那几块坚硬的支撑头骨终于碎了。

从此,夫妻粉摊起了一番大变化,桌椅板凳都换了新不说,还增了一倍;营业时间也变成了一天,还雇了个漂漂亮亮的待业姑娘来打杂活。

"嗬哟!硬是王大娘的皮蛋——变得个快耶!"一天,袁老头儿又来吃粉,人没到,声就到了。他把手上的鸟笼儿往旁边街沿的柳树丫上一挂,这儿鲍大勺便将竹马架放开了。

"你老快坐!"

袁老头儿稳稳当当地坐定,便吩咐道:"只消一碗。重红(多放辣子)、宽汤（多点汤）、老火（要后捞的）、加点咸翘（榨菜粒儿、盐菜丝儿等带咸味的附料）。"这老头儿不愧是老食客，几句点词儿甩得抑扬顿挫，有板有眼。他这几天有点感冒，口发涩，鼻子也有些不通泰，想吃粉发发汗。

"来吔！——看稳！——"

婆娘接过鲍大勺下好料的粉，在空中挽一个花儿，右小腿一提，一收，再一迈，轻飘飘稳当当地把一碗粉落到袁老头儿面前。

袁老头儿吃完粉，觉得要打喷嚏，便忙从兜里掏出手绢儿来捂鼻子。"啊嚏！"到底没捂住。也好，鼻眼儿通泰了许多。

"袁大爷，"婆娘边捡碗筷边问，"这粉味儿，你老觉得咋样？"

袁老头儿没马上回答。因为这时那手绢儿捂在鼻口上，他正暗使劲贴着鼻下往嘴唇擦；他要一次性完成，别让人看出什么洋相来。是嘛，一把胡子的人了，一定要讲究点老者风度。刚才，"啊嚏"一声，已够不风度的了。如果再一下擦不净，那就更失体统。这道手续做完后，才说：

"好，好，当然是好啰！"

"好！好！"鸟笼里那只虎皮鹦鹉也伸脖儿晃脑袋地学了起来。

婆娘得意地把眼睛一觑，斜着扫了一眼鲍大勺。那眼里分明藏着话：咋样？服没服？

鲍大勺装作没看见，却也暗自寻思起来：看样子，这椒和汤，都是换得的。连这老头儿都觉不出，何况那些只图饱肚子，吃招牌的人了。

当晚，两口子都扯扑打鼾地美睡了一夜。

没过两天，袁老头儿又来了。还提着那鸟笼，嘴里哼着一段不知哪个戏目里的川腔：

"耳听得，那半天云，轰隆隆地在响，看样子，五雷要抓你这，黑心郎。龙丑龙丑当那个一丑当……"

"袁大爷，你老来啦！"

婆娘老远就笑嘻嘻地招呼。

"来吔！——"

袁老头儿拿腔拿调地来了一个川腔叫头。随即照例地挂上鸟笼，坐入竹马架。

"你老今天来几个数？咋吃法？"鲍大勺问。

"今天，来两碗吧。轻红、紧汤、嫩火、一咸翘、一甜翘（糖渍黄豆瓣儿、糖渍洋姜粒儿等附料）。"袁老头今天叫得更顺溜儿。

"来啰！——看稳！——"这回是那漂亮的待业姑娘了。那嗓音脆生生的。不过，她不敢把碗在空中挽花，脚头子上也没那功夫，只是慢慢地端了过来，"大爷，这是头一碗，二碗随叫随来。"

"好！好！"袁老头儿欢喜得眉毛胡子都在颤。他一辈子无儿无女，一见哪个青年人对他和气，就会激动得气都出不匀。

袁老头儿弹弹指甲，慢慢地举起筷子，清了清喉咙，开始吃粉。

"窸乎"，头一口，袁老头儿稍微顿了一下，紧接着就是第二口。这第二口一进嘴，他就久久地停住了，眼睛半闭，似睡非睡。住会儿咂咂舌头，住会儿咽咽口津。那样子，犹如天仙乍食人间烟火。

这老头儿咋的了？几个近处的食客投来诧异的目光。鲍大勺不由得心头有些发紧。他晓得，这老头儿是在品味。于是，用胳膊肘儿撞了撞婆娘，又朝竹马架那边努了努嘴。那意思是：你看，今天怕是要翻船。婆娘向那边刮了一眼，摇摇头。那意思也很明白：你慌个啥？莫来头的。她心里有底：上回你袁老头儿都说好，这回，你还能……

两口子正寻思，就见那袁老头儿眼睛一睁，来话了：

"鲍老板，你过来一下。"

鲍大勺扯起围腰揩着手，心里慌慌地走过来：

"袁大爷，你老，有啥事儿？"

那声音又细又小。

"我说，"袁老头儿捋捋胡须，招招手，示意鲍大勺把耳朵贴拢来，"你这粉，朗个变味了呢？麻中淡香，汤中淡鲜，没有先头安逸了嘞。"

"这……什么都没……变，变呀。是不是，你老……"鲍大勺心虚，说话也磕巴起来。

这时，婆娘扭着屁股过来，膀子一抱，眼睛望着天：

"袁大爷，怕是你老竹马架垫在屁股上，把口味也垫高了吧？看样子，我们这淡水堰塘是不敢再留你这咸水鱼啰！"

"你，你这是什么话，"袁老头儿气得眼珠子都不活泛了，"千金难买良言一句，不是那个人，我还不说呢；我袁老头儿，不敢说尝遍了蜀中名吃，可川北这一百单八样摊食，我还是深知其味的……"袁老头儿越说越起劲，不知不觉声音大起来。

鲍大勺更慌了，忙把自己泡的那壶蒙顶茶拿过来：

"你老心静些，来，消消火。"

"哼！"婆娘不买账，屁股一掉，过去了。她操起捞粉的漏勺，故意在锅沿上拍得山响。这时，一只老花猫钻到条桌下，也被她踢了一脚，随口骂道："快滚！你这老不死的猫，这儿没你吃的！"

这不是指着秃驴骂和尚吗？袁老头儿从竹马架上起来，气得嘴皮子牵着胡须一齐抖。他想骂，可到了嘴边的话又被抖回去了。唉，人老了就是这样，好多事情都力不从心，想骂都骂不出来。多窝火哟！他只狠狠地瞪了那婆娘一眼，取下鸟笼，愤愤地走了。

"喂！老人家，还有你一碗粉！"漂亮的待业姑娘远远地喊着。

袁老头儿没回头，也没答应，很快就拐过了前面的街口了。

婆娘有点纳闷：这老头儿头次没吃出来，这回咋就吃出来了呢？她粗心了，忘了头回老头儿是口发涩，鼻子不通泰。

从此，袁老头儿就再没来过粉摊。一年、两年。当然，夫妻粉照样闹得很红火。尽管又有一些人陆续提过味道问题，但终究也是提提而已。既告不到法院，也挡不住大多数人去吃粉。因为牌子早就闯出去了。再说，即使不要娃娃椒和雅鱼汤，其余十几样调料一放，也还是有滋有味的。

两口子发了，硬是发了。存折上到了五位数。婆娘变得白白胖胖的，连刷碗的时候都哼着曲儿。那漂亮姑娘呢，连招工都把她招不走了。可是，唯独这鲍大勺并不感到乐。相反，倒是经常地露出几分烦恼和惆怅。他总觉得心里不踏实，像是缺了点啥。是啥？他也闹不清。白天，他不敢看食客们的眼睛；晚上，梦中的眼睛又不敢看梦中的先人。有一回，他在北市上买草鱼，刚付了大票等找钱，就看见袁老头儿提着鸟笼子过来了。他慌了，就像大年三十见了要账的人，而那欠账的数目又是那样的大。于是急忙提起草鱼躲开了，那找钱，也不要了。他还怕听那个"假"字和"骗"字，一听就心惊肉跳。可怜的鲍大勺哟，背上就像压了一副沉重的磨盘。

婆娘不知他的心，以为是身体有了什么毛病，就天天给他做好吃的。然而，就像孔夫子说的，"心不在焉，食而不知其味。"婆娘蒸、炒、炸、炖的绝招都使出来了，也没换到鲍大勺一张笑脸。婆娘琢磨了又琢磨，推算了又推算，终于，还是摸到了事情的边边，说：

"你这东西，是不是还在挂着那个背时的袁老头儿哦？"

是的，鲍大勺是在挂着袁老头儿。自从袁老头儿被气走之后，他起初只是觉得对不起人家，为此，还跟婆娘干过仗。随着时间的久长，他越来越觉得，事情还远远不止如此。心头不光是欠着袁老头儿的面子，还深深地觉得直发空，就像那戏台子儿的名角一下子失去了最懂行的观众。他再也听不到像袁老头儿这样的内行来称道他的粉了；再也看不到他那眉毛胡子一齐舒展的样子了，如此一来，竟觉得这日子里缺了什么味道。是哦，百个外行夸百句，不如一个内行夸一句。要不，古人咋会有"士为知己死"那个话呢。想到这里，他又怨起婆娘来，要不是她那馊主意，还有，她那张臭嘴，袁老头儿又朗个会走？他几次想把"夫妻粉"复了原味，可是，袁老头儿又不来；他不来，又有什么意思？加之，婆娘又正干在兴头上，自己身体也欠点安，提不起下羌江的劲儿，这事也就搁下了。

唉，袁老头儿哟，你什么时候还能来！

有天晚上，两口子正在剖草鱼，忽听得有人敲门。开门一看，鲍大勺愣住了。来者竟是袁老头儿。手上挂了根藤杖。那脸，在灯光的照映下不但没抹上一层红晕，反倒显得像蜡一样黄。

"你老，是来找我的？"鲍大勺诧异而兴奋，紧忙把袁老头儿让进门，又紧忙挪椅子、泡茶。

袁老头儿没答话，却从怀里摸出三张"大团结"拍在八仙桌上。

鲍大勺蒙了：

"你老，这，这是啥意思？"

袁老头儿清了口痰，提了口气，看样子很激动，说：

"这二年吧，我虽没到你摊摊上来，可也间场要打发公司里的娃儿来端一碗回去。唉，没想到，你这粉味一直就没变。今天呢，我们就月亮坝头耍大刀——明砍了吧。你们呢，是要向钱看的；我呢，就出个大价钱，一块钱一碗，怎么样？只要你给我弄一碗地地道道的夫妻粉，这是三十块钱，先交给你。这个月，我每天吃你一碗。从明天起，我打发个娃儿来拿。"

鲍大勺被袁老头儿一席话弄得辣一阵麻一阵的。

婆娘呢，却有些恼了，说：

"袁大爷，你也太踏屑人了。做生意嘛，讲个两相情愿。你觉得好吃，你可以吃；你觉得不好吃，也可以不吃。说那么多疙里疙瘩的话，牛都踩不烂，我们可受不了。"

鲍大勺忙吼婆娘：

"你一张臭嘴，朗个尽吊起乱说呢？！还不给老子滚到里屋去！"

又转过来对袁老头儿：

"你老莫来气……"

鲍大勺一句话没说完，袁老头已愤愤地走了出去。出门两步，又转身停住，哆嗦着嘴皮，甩出一句：

"你们呀，真，真真是丧了你鲍家先人的德！"

那藤杖把门槛敲得嘣嘣响。

这时，婆娘抓起八仙桌上的钱赶出来，一下塞到袁老头儿兜里，说：

"好好好，你这尊菩萨，我们冒犯不起，你老好走。"

袁老头儿气得直喘粗气，憋了好久才迸出一句：

"黑了，人心都黑了！"

然后，从兜里又掏出那叠钱，"咔哧咔哧"撕成几节，摔在地下，走了。

"钱，这是钱呀！"鲍大勺要拦没拦住，赶紧蹲下去捡。

"不要了，它对我，没得用了。"袁老头儿边走边说，很快消失在黑暗中。

袁老头儿的此举把两口子都镇了。婆娘刚才还脸红筋胀，气呼呼的，这会倒静了下来。心想，呵，这老头儿张飞上戏台——耍的是真家伙嘞，心里竟流过一股佩服之感。鲍大勺则沉思起来。他万没想到，他鲍大勺的手艺，竟有这么大的拿人劲儿。

第二天，两口子细手慢工地把那三张碎票子拼齐粘妥，由鲍大勺拿着去找袁老头儿。

"这位同志，请打听袁大爷住哪？"鲍大勺来到糖酒公司的宿舍大楼，问院坝里一个正晾衣服的女人。

"他叫啥名字呀?我们这儿三个袁大爷。"

"这,就是,就是会品酒的那个。"

"噢,晓得晓得。就是得癌症的那个嘛,他住在四楼,靠右手。"

怎么,袁老头儿有癌症?鲍大勺一惊,忙又问:

"他啥时得的癌哦?"

"上个月才查出来的,是肺癌。住了一个月医院,这才回家休养。"

"哦!"

鲍大勺心急火燎地钻进门洞,又一步三阶地蹿着往上爬。才爬到四楼口,又停住了。寻思寻思,又一步三阶地颠下了楼,急急地走了。

这人咋的啦,神经病!晾衣服的女人直犯疑。

鲍大勺回到家,门背后,床底下到处翻,忙脚忙手的,整得直出动静。婆娘问他找啥,他也不说。

"撞到你妈的鬼啦?"婆娘来气了。

"嘿嘿,找着了。"鲍大勺屁股还在床外头,嘴巴就在床底下说话了。

婆娘一看,他扯出来的原来是那个竹笆篓。便问:"你又要搞啥子?"

"搞啥子,你老板娘还看不出来?老子要下羌江!"

鲍大勺像给皇帝做御食样的,做了一大碗粉,真正的夫妻粉,用竹盖儿盖了,小心翼翼地放入一个细丝儿篾提篼,走了。一路上,他惬意极了。小镇的街,似乎也宽了许多;各家商店门匾上的那些早已看腻了的广告,今天也似乎放出了异彩,显得格外好看;甚至,房檐上叽叽喳喳的"麻拐子"叫,也都那么悦耳。当然,他也小心极了。他不敢走街面,怕撞着自行车;他走的是街沿,而且,总是防着那些蹦蹦跳跳的半截子娃儿。

他终于又来到糖酒公司的宿舍楼。他有些激动了,但并不慌,几乎是一步一并脚地挪上了四楼,最后,在靠右手的门口站稳。

"袁大爷!"他边敲门边喊。

随着几声咳嗽和一阵拖鞋声,门开了。

"啊,是,是你。"袁老头儿声音又干又细,两只眼睛像那快尽油的灯。

鲍大勺心里不觉有些发酸,忙说:

"我给你老送粉来了。"

袁老头儿不语，脸上淡淡漠漠的，转身朝里屋走去。鲍大勺跟在里屋，把提篮打开，把那碗粉顿在茶几上，笑嘻嘻地说：

"这粉，正热着，你老尝尝？"

说完，又转身到厨房，摸来一双筷子。

袁老头儿一下软到沙发里，拿眼刮了一下那粉，问：

"你这粉，还是那粉？"

"对对，还是那粉。"鲍大勺忙应着，觉得好像不大对头，又补充着，"就是两年前那粉，真正的夫妻粉，真的。瞒得过你老的眼睛，还瞒得过你老的舌头呀？要有一颗米的差味，我鲍大勺站着就死在这儿。"

袁老头儿终于把筷子举起来了。

"窸乎"一口，袁老头儿便久久地停住了。还是那个样子，眼睛半睁半闭，似睡非睡。

鲍大勺在旁边，心里七上八下的，就像一个小学生交完作业，正等着老师的评语。

"窸乎"，又一口。沉默。

"窸乎"，又一口。袁老头儿的眼睛到底睁开了。那张眉毛胡子一齐舒展的样子，又呈现在鲍大勺的眼前。

不用说，老头儿是品出来了。我的手艺！鲍大勺兴奋得心口子直蹦。是啊，他好久都没有领受过这种被人真正承认的滋味了。

袁老头儿一碗鲜粉落肚，精神似乎好了许多，说：

"好啊，这好啊，这么做，就对得起世道人心啰。"

啊，世道人心！鲍大勺心头隐隐一震。他把那三十块钱悄悄塞到老头儿的枕头下，忙说：

"往后，我就天天给你老送一碗来，今天，我就告辞了。"

走到门口，又说：

"你老年事大了，要好生注意身体。"

"是哦是哦，"袁老头儿把鲍大勺送到门口，"我这身体呢，还算是过得去哟。"

然而，袁老头儿一个月都没过去，就谢世了。

巨石落水千重浪，树叶掉地细无声。袁老头儿的离去，当然没给雨镇带来多大的响动。但夫妻粉摊,却从此又卖起了半天粉。而且,那扯篷子的斑竹竿上,还飘起了一副对子。上联是:精下料,不欺世道。下联是:细调味,善对人心。横批是:夫妻粉。

　　这粉味如何?那就有待于人们去精品细尝了。好料能造御厨子,好味可养美食家。这雨镇,兴许还会出几个袁老头儿,也未可知。

叠纸鹞的三种方法

马 原

一

藏历新年是三月三日。这天早上被来拜年的同事灌了几杯青稞酒,头昏沉沉的,中午就睡下了,一觉睡到天黑,起身后用冷水擦了脸,发现右嘴角生了疖,这是件小事。

半星期后这个疖无限膨胀,并且流出叫人恶心的脓血;脓血不断流出,在嘴角结了核桃大的痂,半张脸开始变形,肿得一塌糊涂。这个部位民间叫危险三角区,说是疮毒可以从这里的血管直接进入大脑。这我不知道。不过,不怕你们听了笑话,我的确给疼哭了,而且哭了不止一次。这已经不再是件小事。

我开始跑医院。

在拉萨藏历年是个大节日,要大大热闹一番。朋友们一定都在热闹,我一个人冷清地趴在宿舍床上看小说。单身男人像我这样就比较难过,不会行乐消遣。这样的人,生活里注定有无限的寂寞。其实我不甘寂寞,我有我的排遣方法,读小说就是其中一种。再比如:

日落时一个人走出去,看看街上人们丢弃的破烂瓦罐陶钵;看看长毛狗追逐玩耍;也可以到甜茶馆坐上一小时,把身上仅有的五角钱喝光。再不就绕到药王山南面,看看朝佛的人们在这块圣地留下了什么,小泥佛?有释迦牟尼像的经幡?

镂刻着经文的石板?

或者我可以拉拢窗帘,

(用我另一条单人床单代做的,是你们熟悉的白底蓝格的那条。)

关闭房门,扭亮台灯坐到三屉桌前,给你们杜撰故事:

(当然是有趣的故事——我的愿望。)

这种时候我的想象力特别活跃,我会想起发生过和未发生过的一切事情。我在写一个故事之前,总要为写什么怎么写这类老问题伤脑筋。要不是小格桑来了,又提起他的刑警队,还不知道我的想象会驰骋到什么地方去呢。

他先问我是否记得那个卖松耳石的人。我当然记得。他去年转到公安的,是个名副其实的新手,这个案子叫他有点紧张。我让他解开风纪扣,把大檐帽摘下来轻松一下,并且给他倒了杯茶。

说说八角街吧。八角街环绕著名的大昭寺,街巷纵横交错。全世界各民族的人,在这里几乎都可以看到。据有人估计,每天来这里买卖和朝佛的人不下三万,星期天这个数目至少要翻一番。八角街是个大市场,商品种类之多可以轻而易举超出你的想象。这里有目前中国最大的古董珠宝市场,每天在这里成交的款项成千上万,有许多沉着的不辨民族的面孔,从袖筒里对着外国游客偷偷展示藏品,露出不卑不亢的微笑,用手势讨价还价。

我就是在这里认识了名闻遐迩的猫眼儿宝石。我在第二个拐角处的地摊上,买了一块质感相当好的翠绿色松耳石。它有大颗带壳的双粒花生那么大,重量52克。我不懂宝石成色,只凭造型和色彩可意,我决定买它了。他开始要价六十元,我以三十元还价。他在这个位置经年不变,他的年龄无从揣度,说三十五岁或七十岁都可以。我偶尔来八角街一趟,想必彼此早就眼熟。我从脸型上断定他是南亚人种,尼泊尔?也许是印度或者巴基斯坦。他的汉话还算清楚明白,我们以三十八元拍板,这是去年八月十二日的事,我的台历上有清楚记载。

二

你当然知道八角街西南面那条便路。

(说老实话我不知道,一到八角街我总是搞不清东南西北。)

最近那条路在修混凝土预制块路面。你肯定记得那条路到了夏天就淤满泥浆。

（点头。不是表示记得，表示在听。）

现在这条路已经重新修建过了。

（还是不明白。）

这条路现在比原来要宽一些。重修的时候原来路边的院子向里面收缩，城建局拆了住户的院墙又给重新修好。拆墙时在一个独居的老太太院墙下掘出一具男尸，尸身还没有完全腐烂。对了，就是那个人。你大概没注意到，第二个拐角上早换了另一个卖毛皮的康巴女人。

（我不想告诉你我注意到了，我不想打断你的话。）

老太太没有牙齿，两腮深深凹下去。她说她不知道这件事也不了解这个人。她没有儿女也没有固定职业，以在街市上贩旧衣裤为生计。老太太吸鼻烟，没有别的嗜好。居委会介绍，她早年的身世不详，住到八角街是平叛以后，算来也有二十年了。八角街地区来往流动的人太多，情况复杂，即使为邻多年，彼此也很少了解。我们开始找她谈时，她一口咬定不认识，后来我们吓了她一下，她便和盘托出了。

三

她使我想到另一个独居的老太太。她也住在八角街地区，她的主顾里有一个是我同事。她做私酒，她的酒不酸，生意一直不错。我喝不来青稞酒，喝了要泻肚，做青稞酒多是生水。在大格桑家里，他是一定要我按规矩干三杯的。我拿出病情诊断书，告诉他我在患肠胃炎。他一口咬定他的酒是凉开水做的，喝了绝不会泻肚。我推不过只好喝了，也因此知道有这么个做私酒的老太太。

大格桑再去买酒的时候，我也一道去了，我想看看青稞酒是怎么做的，也想知道她做酒为什么不同于别人。别人都用生水。

她胖胖的，手又肥又厚，人相当和气。我心里想的卖私酒的老太太一定是干瘦的，不苟言笑，皱纹里藏着无数秘密。她不一样。我知道我想错了，她不会是我小说里的人物。说心里话我有点失望。不过我们还是来听听小格桑的关于老太太的故事。

四

她说他是她的相好,他的东西都寄放在她这里。她什么都卖。她说他有一颗九眼猫眼儿石。一颗五眼的优质猫眼儿石价值千元以上。他把它当作宝贝,不离身地挂在脖子上。她说,她向他要过几次他不肯给,他只给她几颗她不稀罕的松耳石。她因此把他用白酒灌醉了,找来两个做流动生意的康巴汉子帮忙,用绳子勒死他埋了。她说结果她并没有得到那颗宝石,它让那两个汉子强抢了去,她拿他们没办法,到头来吃气的只是她这个老太婆。她还说她父亲是回族,她自己曾经做过珠宝生意。

我们问她两个康巴汉子的相貌特征,她三次说三样,又说他们出事后就走了。问她他们是什么地方的人,叫什么;她说生意人是不能探问对方底细的,也不问商品的来源、去向。不过她又说听他们的口气是去四川藏区。她这话可信可不信。她在这里二十年了,居然没人知道她的身世。她没牙的嘴瘪瘪的,一副受难者形象。我看她这些话没几句是真的。

(后来呢?)

我们分析了她的供词。估计她可能为了混淆视听,故意杜撰出两个康巴汉子。你想,在八角街做各种生意的康巴人有几千,在没有相貌特征的情况下寻访案犯谈何容易?又何况她说他们离开八角街,离开拉萨了!不过我们还是准备派两个人到她说的区域查访一下。

五

小格桑就是派去四川追踪的两个人之一。他说三五天内就要动身。我让他回来时把结果告诉我,他笑笑,问我是不是又要写小说?我不置可否,单凭他提供的故事,素材是单薄了些,不过谁知道案情发展到后来可能有些什么变化?我寄希望于他此行的结论。

我突然想到另一个问题,我问小格桑,老太太是否信佛?他说她家里有几个铜佛和一些法器,但不知道她是用来侍奉佛主还是倒卖赚钱的。关于小格桑的故事到这里就结束了。

相信你们会原谅我,我不能把这个故事讲完。我累了,累了时我喜欢点燃一支烟,平时我不吸烟。我靠在叠起的被上闭了眼。我在想为什么所有那些与阴谋有关的老太婆都那么干瘪;为什么听了杀人老太婆的故事时,我不自觉地想起卖私酒的老太太。而且有意思的是我原来心目中卖私酒的老太太的形象,竟和这个杀人老太婆完全吻合。

六

敲门声。

"马原!马原!"

是新建。

"一个人在家?天呐,你是怎么啦?!"

"生疖。准是做坏事了,报应。"

"准是做坏事了。没吃饭?"

"有压缩干粮,有罐头。"

"到我那儿去吧,到我那儿住几天。"

新建是画家,展览馆的总体设计。于是我暂时住到展览馆。

他的住处还算宽敞。我进来时一眼看到他工作台上摆着几只纸鹞。他也是前年进藏的,原来学工艺美术。他的壁画、雕塑、油画作品都拍成了彩照。我看过这些照片。

两个光棍汉在一起,日子好过多了。他的住处比我的干净,原因是有一位姑娘偶尔要来这儿。姑娘很美,笑起来露出白白的牙齿。她叫尼姆,十九岁。她喜欢到拉萨河洗衣服。

新建也喜欢到拉萨河,他是去写生,为创作寻找和积累灵感。夏日的拉萨河是诱人的,他被诱惑了,下河游泳了,结果脚心给碎玻璃剐了二寸长半寸深的伤口。他抱住脚鬼哭狼嚎,引来了远处洗衣的尼姆。

之后是一连串可以想象的过程:她找来自行车护送他去医院,然后是探望,再探望。

她发现他是个画家，发现他把胡子剃光后其实很年轻（他不过二十九岁），发现他的住处是一间凌乱到极点的工作室，她成了他的学生。她自幼对美术就有兴趣，现在他们有时整天整天地切磋画意，他为她塑了个抽象造型的半身像。看得出，他们对即将到来的时间抱了太多的浪漫想法。我比较实际一些，尽管吃住在这里，她来了我便走了，我正好利用这段时间去转一转八角街。

释迦牟尼也许是永远的偶像。我长时间伫立在大昭寺门前。我对所有这些叩长头的人们完全不能理解，但是心里充满敬意。我能看到的是热情和专一。我在正殿里意外地发现了她——她的侧影也是胖胖的和气的。她不会记得我，可我看到她把四张十元钱认真地贴在有酥油的佛龛上。我想起那次在大格桑家里喝她做的酒，的确没有再泻肚。

春天是放纸鹞的季节。纸鹞又叫风筝。

拉萨的纸鹞也许不是最有特色的，但是纸鹞的背景是天空。拉萨的天空敢说独一无二！在这块地球上最蓝最蓝的天空放纸鹞，不，就是看别人放纸鹞也是惬意的。这时拉萨的天空正有三只漂亮的纸鹞在飞，和另外三只飞隼遥相呼应。尼姆也许已经走了。我该回去了。

回去的时候尼姆不在，有另外两位客人。庄小小是新建同学，不用介绍。

"这位是中新社的刘雨。"

"这位是电台的马原。"

我们彼此点头。刘雨告诉我，北京的一位朋友托他给我带来一本书，让我抽时间到他的住所去取一下。那个朋友是位作家，他带来的书里夹着一封信。信上说刘雨也是位作家。

庄小小的一幅出色的肖像画展出时，某文艺领导人说这画歪曲藏族形象。庄小小为此牢骚甚大。巧了，这画的原型是住在那曲牧区的尼姆的奶奶。尼姆通过新建认识了庄小小，她在庄小小的工作室里看到这幅画时，她简直呆了。老人脸上深刻的皱纹像皲裂的老榆树下的树疤。老人疲倦了一生，时间在这张脸上留下了痕迹。这幅画的题目叫《岁月》。

尼姆问庄小小怎么认识了她奶奶。庄小小告诉她，他在那曲写生时就住在她奶奶家里。老人每天给他挤新鲜牦牛奶做奶茶，给他讲草原上的传奇故事。当他提出要为老人画像时，老人答应了。开始老人有说有笑，后来由于他专心作画，两个人没再交谈。老人很有耐心,但她显然惦记着羊和牛,她坐在那里,心却离开了。这时他看到她表情里那种潜在的疲倦。他抓住了这个时间里凝结的一切。

尼姆告诉庄小小,她阿爸几次去接奶奶到拉萨来,奶奶都推托要照顾牧畜回绝了。奶奶七十多岁了,她曾对尼姆说过,她活不多久了,她不想死在别的地方,她要留在草原。她习惯了草原,习惯了羊,牦牛和褐鹰。

庄小小准备送这幅肖像参加今年10月在沈阳举办的全国美展油画展。新建准备画什么呢?尼姆参加了新建的草图构想。

七

刘雨来新建处闲聊天,我顺势插进小说这个话题。刘雨对这个话题兴趣不是很大。

刘雨对庄小小的《岁月》发表了一些技术性看法,他不喜欢这幅画的表现手法。他喜欢谈北京的一些青年画家。北京人都喜欢谈北京,正如上海人都希望回上海一样。

后来刘雨问到新建的草图,问为什么选择圣母题材,新建告诉他,全世界的古往今来的画家都在画圣母,那么他新建要画也就不存在为什么了。圣母是基督教题材,也是母亲或母爱题材,即使是二十世纪的中国人,拉斐尔的圣母可以唤起同样神圣的感情。新建的草图画的是一位抱孩子的妇女,她眼睑下垂;另有两个孩子倚她而立,一个在脚前匍匐。看得出这是一个藏族母亲和她的三个孩子。背影要虚化得多,隐约看得出雪山、布达拉宫、长城和羊群。他竟然把羊群画到天幕上,使我有一阵分辨不出是羊还是云朵。

话题转到送展油画的审查,庄小小深有感触。审查这一关卡下他几幅最满意的作品,他说现在他学聪明了。他说他已经决定了,找一个藏族合作者,把合作者的名字放到前面,这样无论审查还是评奖都有益处。审查委员会和评奖委员会都要考虑鼓励少数民族创作人员,这样就使作品出生的把握大大增加了。他这么说,是因为他对自己的创作有信心,他相信自己的感觉,相信自己不掺一点水分的劳动。

这时我想到另一件事。尼姆就是新建画中藏族母亲的原型,新建是否想到庄小小说的这一层了呢？也许。我的一位写小说的朋友胡大光也是如此。他母亲是藏族，父亲既有汉族血统，又有蒙古族和满族血统。胡大光的笔名叫平措。他在内地长大，生活习惯和日常用语都是典型的汉族，他不会说藏话。现在，他是个藏族青年作家。

扯得远啦，现在拉回来。

我问刘雨到了西藏是否准备写点什么。他们来拍新闻片，要在西藏停留几个月。他说，准备在近期写一篇小说，是关于一个住在布达拉宫下的老太太的故事。

八

听说前两年拉萨打狗。拉萨的狗实在太多了。听说以前还要多得多。听说拉萨狗是名贵品种，在伦敦要卖很高的价钱。

那个老太太已经死了，她活着的时候就住在布达拉宫下面，离你们广播电台不远。听说她死了几年了，不过我还是想到她原来住的地方去看一看。

她是个虔诚的佛教徒，一辈子独身一人。她从年轻时候就开始，每天围着布达拉宫外墙转经三圈。你们知道，绕布达拉宫外墙一周有将近两千米。她每天转经三圈。常来这里转经的人都知道她。她靠做泥佛像为生。

白天，她坐在八角街某个向阳的台阶上，用从远郊弄来的细黄泥和几个佛像铜印模，细心地做出体积不大的泥佛。这些佛爷们神态各异，有千手千眼的欢喜佛，有端坐的宗喀巴，最多的是佛光四射的释迦牟尼。

来朝拜的农区的牧区的人们，走过她身边时总要蹲下身，选几个泥佛，在她装钱的纸盒里留下一元两元。也有来自异邦的旅游者，他们常要在拉萨买些纪念品带回去，他们也是她的顾客。他们问她价钱，她不回答，于是他们就学着朝佛的人，照猫画虎地拿上几个佛像，留下一张外汇券。这种时候她看也不看，仍旧埋头从她的印模中倒出一个新的释迦牟尼。

下雨天她一般从不躲避，呆呆地看着商贩们急匆匆地收拾商品摊；看着人们杂乱拥撞着找地方躲雨；看着雨水冲刷着她从远郊弄来的黄泥巴，浊黄的泥水从她脚下流向洼处。

她的收入大概不少，她把钱全都捐给了菩萨。她定期到大昭寺、小昭寺、色拉寺、哲蚌寺和布达拉宫朝佛。她捐的钱里有外汇券，有侨汇券，有各种面值的人民币，有已经废置不用的旧藏币。每次去，她都倾尽所有，她对菩萨可谓一心一意了。她没有一件新一点的衣服。

这不是我要讲的故事。

九

这个故事听来不像真的，不过我相信它是真的。它使我思考很多问题。我到这里半个月时间，已经有两个人给我讲过这个故事了。

刚才我说，前几年拉萨狗多，那时候你们也都没进藏。狗在商店、饭店等许多公共场所里随意出入，当时可以称作狗患了。你们知道藏族喜欢养狗，藏族决不会打狗，可是当时拉萨的狗实在太多啦，同时也发现了几例狂犬病病例，而且有几种传染病，据分析有可能是带菌的狗传播的。另外拉萨的居民仅十万左右，太多的狗造成比例失调，食物来源成问题，狗群时常发生恶斗，使居住环境受到很大干扰。

为此拉萨市政府号召打狗，并成立了业余打狗队，企事业单位职工不准养狗。

多数人打狗下不了手，就把自家的狗逐到外面。这些家养的狗就加入了街头巷尾的野狗群，那段时间街上的狗比原来更多了。一些青年人提着猎枪和小口径步枪追打狗群。

这个老太太开始养狗，把那些受过枪击惊吓的狗引到家里，喂它们食，使它们能在不受惊扰的情况下懒卧着晒太阳。

想必是狗也有自己的语言，它们把自己的好运气告诉同伴，于是有更多的狗到她的荫庇下。新来的往往混在老住户当中，畏畏缩缩地进入院门，一边用久有的提防的眼睛注意她的一举一动。如果碰巧她手里拿着一根木棍，新来的肯定回身就跑，而且把尾巴夹紧。狗的眼里，木棍和枪是没有很大区别的，特别在这段特别的日子里更是如此。

于是这个小院子成了狗类的世外桃源。她每天照样出去，照样转布达拉宫三圈，照样在八角街塑造佛祖，不过她去朝佛的次数少了，有时带走泥佛的人留的钱少她不再没有表示，她用忧郁的目光看着对方，摇一摇头，等着对方再拿出一些钱来。

那只矮腿长毛的黄狗又生崽了,小狗崽金黄金黄。她出去转经时把小狗揣在怀里;狗妈妈则跟在她身后,随着转经筒有节奏地摇动,脚步一颠一颠的。

熟悉她的人们都看得出她瘦了,腮塌下去了,眼窝塌下去了,颧骨和鼻梁高起来了。她开始每天买黄牛奶。

卖奶的孩子知道她不讲价钱,市价四角一瓶的不掺水的原奶,孩子们掺水以后卖给她五角一瓶。她每天要买四五瓶牛奶,有时还要多一些。据她的邻居说,这些奶都喂了狗崽,她一口也不喝,她从不喝牛奶羊奶什么的。现在她这里已经有四只狗崽了。

二十几条狗住在这个小院里,进进出出,整个巷子都显得阴森森的。这个巷很窄,两人对过刚好容得下,这个小院在巷子深处。每天傍黑时分,狗群鱼贯溜出院门,在巷子里一字排开向外移动。这个场面如果用长变焦镜头从高俯拍,我想效果肯定很特别。

(我笑他又犯了职业病。不过平心而论,刘雨的摄影作品就是不错,我喜欢他谈关于摄影作品的构想。)

这事首先引起邻居的不满。这么多狗在一起群居,难免撕咬吠闹,结果搅得四邻不安。当邻居说长道短时,她不多说什么,只是为难地笑一下。我想那肯定是苦笑。于是她拿出更多的时间和它们在一起,和它们熟悉,使它们能够听她的话,不再撕咬吠闹,不再搅扰左邻右舍。它们的确驯顺了些,不过她到八角街的时间更少了。

她最喜欢的还是那只毛色金黄的小狗,只有它是生在这院子里的,她待它像自己的孩子一样。它已经大一些了,她转经时不再把它揣在怀里,她在它脖颈上拴条细绳,它就跟在她身后,像它妈妈以前那样,随着转经筒有节奏的摇动,脚步一颠一颠。晚上睡觉时,它会悄悄爬上卡垫,偎在她胸前安详入睡。

那一段时间,她经常出现在粮食市场。拉萨是高消费城市,西藏全区粮食又不能自给,因此市场高价粮很贵。她是城市居民,粮食定量有限,而喂养二十几条饿狗是需要很多食物的。她能怎么样呢?人们能看到的只是她越来越瘦,越来越虚弱了。她时而推着四轮小车,推回满满两只面袋。看得出她是强撑着才没有摔倒,她推动小车,也是小车的横把支撑她,她其实是靠了扶持小车在路上行走的。

她自己不再打酥油茶，甚至连糌粑也很少吃。糌粑比小麦要贵。可是她居然开始喝起青稞酒了。我忘了刚才是否说过她不喝酒，也不吸鼻烟。每天中午，她都要坐进路边的围帐，痛痛快快地喝上两杯，然后醉眼惺忪地看看卧在脚边的小黄狗，也许还要喃喃地和它讲几句只有她和它才明白的体己话。她差不多彻底垮掉了，但是她每天出去，从布达拉宫转经，到八角街塑造泥佛，你看新建已经睡了。我们太打搅了，有时间我们接着谈。

十

那一段时间我们常去拉萨河。拉萨河拉萨一段有一个很大的河心岛，前不久我还写了个关于河心岛的故事，叫《拉萨河女神》。

我说我们，是说新建、罗浩和我。罗浩是专业摄影人员，也是小兄弟，他只有十九岁。我们到拉萨河是新建的主意，到河边去洗衣服。我敢肯定他是想追寻那段美好的记忆，就是在河心岛洗衣时他讲了他和尼姆的故事。

我随便谈起刘雨的故事，并告诉新建故事没讲完时他就睡了。新建居然又打了个哈欠，说小罗早就讲过了。罗浩从小在拉萨，关于拉萨的一些传闻知道得自然多些。

那一次我们带了大批脏衣，而且包括各自的床单被单。同时我们也带了大批给养，罐头和其他吃的。罗浩把他弟喂养的一只来克亨白公鸡杀了，做成美味的辣子凉拌鸡，我们还带了啤酒。在西藏最奢侈的就是辣子鸡和啤酒了。

和我们邻近洗衣服的是两个藏族姑娘。

大概是我和小罗不期待奇遇的缘故，开始很长一段时间我们和她们各干各的。拉萨河水清见底。先把衣服放在水流里，上端用卵石压好：这样浸泡一段时间后捞起一件，平摊在卵石滩上，用肥皂粉均匀地薄撒，之后揉搓，也可以用脚来回踩。之后是第二件，第三件。

先是她们笑了，笑得肆无忌惮。她们在笑我们。一定是我们男人洗衣的动作笨拙得好笑吧，这样想着，连我们自己也笑了。

我们站在水流中清洗肥皂沫。齐膝深的河水凉得刺骨，水波在卵石河床上闪烁跳跃。把衣服两手扯开放下去，急湍的清水马上涤净了，而且发出好听的声响。

最有趣的是清洗被单床单，平铺在波面的方格单子很有装饰性，有节奏的抖动像抽搐，可以给人带来莫名其妙的联想。罗浩来了灵感，退到不远处支好三脚架，然后按下自拍快门，踏着水花向我们跟前急跑。他刚好来得及像我们一样扬起被单，快门响了。三个男子汉在拉萨河洗被单的留影照，背景是布达拉宫。

　　罗浩的第二灵感来自解开粗发辫洗头发的她们。她们准是两姊妹，她们的头发又黑又密。当妹妹的长发浸到水里，她又扭转脸来跟姐姐说什么的时候，小罗不失时机地抓拍到这个难得的镜头。他就是送这张照片参加日本举办的《水与生活》专题影展。

　　她们并不躲闪，我和新建用汉话请她们配合拍了几张不同角度的照片。她们显然很高兴，而且汉话说得很好。她们留下了地址和名字，希望我们能把照片送她们一张。她们长得粗壮结实，我记住了她们开朗的谈笑。

　　看看她们，我不知为什么又想起了刘雨的故事，想起了那群有了家的狗和那个老太婆。我奇怪我总在想这个故事。她们端来了青稞酒邀我们一道喝，我们都怕泻肚又不好明说，婉谢的同时也回邀了她们。凉拌鸡显然使她们兴奋，而我们在喝过啤酒后也有一大壶温热的酥油茶喝。

　　还是那个妹妹首先发现了挂在灌木丛上的纸鹞，她啧着嘴，惊诧和赞叹溢于言表。在征得新建同意后，她熟练地放飞了。

　　她说她家里早有两个纸鹞，是她阿爸叠的，她阿爸叠的纸鹞可好呢。许多邻人到了春天就找她阿爸，求他叠纸鹞。他可以叠出两种完全不同的纸鹞呢。这时候我想起刚才姐姐留地址时说的，她家就住在布达拉宫下面。我想起该问问关于那个养狗的老太婆的故事。她是本地人，又住在附近，也许她们能知道得详细一些。

　　很可惜，她们不知道。倒是罗浩知道得更多一些。他说她养狗并不是近几年的事，她多年来一直在养狗，她养的狗的确不下二十只。她不是个做泥佛的，她没有什么亲人，而且她早死了。死了几年了，甚至连住在附近的两个姑娘都没听说过她。她每每把口粮省下来给它们吃，她瘦得叫人很难想象。前些年拉萨很多人都知道她，有些人出于怜悯送给她一些粮食，但她仍然舍不得自己吃。听说政府还特批给她一部分口粮外的粮食，这也没用。她很固执，别人说话她根本不理会。听说她是饿死的，也有的说是病死的。反正她一个人生活，跟邻里没来往，人们发现她死了又因为太瘦，就风传她是饿死的。谁也搞不清楚。也许她整天和在外面游逛的狗群在一起，染上传染病不治而死的呢。

妹妹的心事全在放纸鹞上，我偶然发现姐姐扭过脸时匆忙用手背抹一把眼睛。我捅捅罗浩，罗浩不再讲下去了，新建最后把纸鹞送给了那个爱玩的小姑娘。

姐姐怎么啦？也许……

十一

刘雨在离开拉萨以前讲完了那个故事。当时我没插话。我知道罗浩的故事也许更真实，但刘雨的故事无疑更多一些思辨意味。他要写一篇小说，他的故事作为原始素材当然更多一点弹性，罗浩的那个就太限制发挥和想象。

可以推测，刘雨更多着眼于佛教及其内在的影响，浮掠地讲一下这个故事不是他的兴致所在。我这时发现了自己是很希望看到刘雨这篇小说的，我想知道这个故事在另一个作家的心里触发了什么。触发——是我们兴致所在。

刘雨走后第三天，我按地址找到那对姊妹的家。我发现这个小巷子又窄又深。巧了，妹妹不在。我问了一句，姐姐告诉我：

"她去放纸鹞了。"

有这样一个小女兵

中 夙

门好像被谁推开了，然而没有脚步声，直到我又在稿纸上画了一个句号——大约过了一分钟吧，我似乎想起了什么，不然也许是一缕淡淡的杏仁霜味儿被我嗅到了，这才抬头，见墙角站着一位女兵，说准确点儿，是穿着军装的女孩子。虽然我也不很大，但是一点也不妨碍我把她看作女孩子的直觉。

"报告首长，"她敬了个军礼，"我，第五疗养院的，护士，报到。"说完蹩脚的报告词，立正等候我的发落。

"护士？"我问。明明是听清了。

"护士。"

"可我们调的是医生啊！"

"领导说，患者太多，调医生实在困难……"

她盯着我，眸子里闪射出一种乖觉、警惕、时刻准备惶惶逃去的目光。这目光使我想到动物园里的小鹿。那些个头上有两枝花角、光亮的皮毛上带着花斑的小动物，常有这种怯怯的挺有趣味儿的神情。我想，假如让她回去，说不定她会找个没人的地方抹眼泪的。

于是我把她"收"下了。

我向她简单介绍了团以上干部读书班的情况，然后轻重适度地咳了一声，给话头绾住一个结，再把手背到身后去，像将军部署战役似的说："需要你特别记住的，是关于你的职责——"

"请等等！"她打开挎包，掏出一个精美的皮面活页本，在空白页上端正地写了"首长指示"几个字，然后把笔尖悬对着纸面，虔诚而专注地等待着。

我有点儿慌，本来是不应该慌的；又有点儿得意——我的话居然也被人称作"指示"。我说了，声调放得很慢，留出她记录的时间。

"……三条：第一，除了候诊外，每天上午九时，要到各个房间巡诊，发现急诊病号，要及时向我报告，由我派车送医院治疗；第二，负责督促和检查炊具、餐具消毒，协助食堂搞好卫生；第三、第三……以后再说吧。"一着急，我把第三搞忘了。

她合上本子，准备走了。

"哎，你还没告诉我名字！"

"王富。"

"芙蓉的芙？"

"不，去声，富强的富。"

我笑了，甚或带出一丝嘲讽的意思。

"像男的名，是吧？"

仅仅像男的名还好，简直有点儿俗气。我听过很多女兵的名字，又高雅又含蓄又上口，有诗的韵味儿，有散文的意境，然而王——富，这叫什么呀，糟糕透了。

不过也算名符其实。当我认真地打量过她以后，我不再为她的名字遗憾了。确实的，她的相貌同名字一样平常：眼睛不大也不小，肤色不白也不黑，模样不好看也不难看。性格、气质看上去也很平常；不欢悦也不忧郁，不多言也不寡语，不精明也不呆笨，不特别大方也不腼腆。

一般化。望着她悄然而去的身影，我做了结论。和许多年轻的小车官一样，我也喜欢从一种隐秘的心理角度去评价出现在身边的任何一个小女兵。

领导封了我一个"组长"的头衔。所谓"组长"，是因为麾下还有一个王富。

这天上午，我们开办公会。马部长问我学员人数搞准了没有，我说准了，九十六人。

"不对，是九十七。"墙角飘来稚嫩的女声。她是经我提议，列席会议的。

"九十六。"我重复一遍。

可是她又说:"九十七。"

"怎么会是九十七?"我扫视满屋子的人,故意不看她,"这儿有花名册,我逐个核对的,没错!"

"我也是逐个核对的呀!"她掏出那个皮面活页本,"你数,不会错的!"

天哪,这几乎是一本病史传记,几乎每个人的名字后面,都坠着一段简要病史:某某"患过胆结石,术后有微痛"啦,某某"牙床肿痛,诱因待查"啦。我不能不为之叹服:这个小王富,竟有这份心计!她是什么时候搞出来的?要知道,开学才五天,五天能做什么呢?好像什么事也做不了。

我毫不怀疑是我的数字错了。所不悦的是由于她的纯真无忌而给我造成的窘迫。我只能说:"也许是我的错了,不过她的也未必对。"

我开始加强对王富的领导。

"食堂刚买了两筐鱼……"

"我看过了,新鲜的。"

"二楼马副政委这几天吵吵恶心。"

"神经性的,用过药了,先观察两天看看。"

"不过……"我严肃地盯着她床头上用白线拴着的一只绿色羽翅的大蚂蚱和一只"咪咪嘎"。

读书班大楼门前,有一片枝条虬曲的枣树林,林中生满杂草。每逢休息时,王富常像孩子似的,一蹦一跳地跑到枣林里,捕捉各种小动物:蝴蝶、蝈蝈、蚂蚱、咪咪嘎……有几次,我从开启的窗户望去,见草丛里的她,被各种小动物引逗得腾跃翻扑,一副痴迷忘返的样子,心灵像是完全融在阳光、草丛、大气里面。这常引起我无端的嫉妒,我想到我的少年生活,想起快要淡忘了的曾经给过我无限乐趣的家乡大河套……从什么时候起,生活被我蒙上一层灰色的色斑呢?

"难道这也犯纪律吗?"她小声抗议说。

我没笑。虽然想笑。上前轻轻掸了掸"咪咪嘎",它即刻"咪咪——嘎"地嚷叫起来。

"噢……你是说影响学习?"她旋即转身,解开"咪咪嘎",送出窗口放飞了,却把蚂蚱护在手里,说:"它可是不会叫的。"

我们渐渐熟了,接触的时间多在晚饭后。她愿意随我行动。我分析,这不像是为了巴结"组长"——"组长"算啥呢，我已经把这个头衔忘了，而且她好像生不出巴结的意识，虽然还常向我讨取"指示"，也不像是揣了什么隐秘——她几乎没有什么隐秘。仅仅是因为读书班唯有我们俩是年轻人，我们可以在一块玩玩，唠点什么。

我们在一起打羽毛球。她总是争着抱球。

我们在一起下跳棋。我每逢要输的时候，总是要赖偷"渡"，而她真诚地认为我技术高明。

她还常去附近的集市上买些烤地瓜、炒花生回来，偷偷地分给我一半，同时嘱我："保密，院里反对我们吃零食的。"

闲聊的时候，往往是她听我讲。我讲到可笑的地方，她就笑；我讲到没什么可笑的地方，她就不笑；我讲得对的地方，她就说对；我讲到她认为不对的地方，她就说"才不是呢"；我高兴了说起来没完，她就听起来没完；我讲得乏味了，说"休息吧"，她就说，"好，休息吧。"

"你呀你呀……"有一次，我发起感叹。"我呀我什么？""有点儿太那个！""那个是什么？""单纯了点儿！""是啊，"她一点儿也不否认，"在学校，老师就这么说；当了兵，同志们又这么说。"她忽闪着明净的双眼，仿佛在讲一件十分有趣的事情。

然而三天后，她突然地问我一句："可你说要不要改呢？宋干事。"

"你说的是什么呀？"

"我是说单纯呀！单纯好不好？"

我明白过来："这怎么说呢，又好又不好，比方说……这可不是用比方能说清楚的，总之又好又不好。"

"就是说，应当又单纯又复杂！"

"好像是这样的，读过达尔文老头的进化论吗？他讲过，适者生存。生活是复杂的，所以要学得复杂点儿。"

"可我就是复杂不了，真没办法！"她颇觉为难地叹了口气。

然而，她又不完全像我想象中的那种童心未泯、世事不懂的单纯。

那是一个星期天的傍晚，霞火在大气中燃烧。我和她坐在三楼阳台上。脚下，是鳞次栉比的屋脊和街巷。远方马栏河畔的汽车，看着像甲虫似的。

照例是我讲,她听,话题是大千世界。我讲得乏味了,再没有什么好讲,就用"审讯"的方式逼她讲话。

"喂,你爸爸多少级?"

"七级。"

"哦——在省里?"

"什么呀,我爸爸是钳工。"

"你家里有人是干部吗?"

"做什么的都有,就是没有人当干部。"

"那你怎么当的兵?"

"高中毕业,我没考上大学,开始帮妈妈卖冰棍,后来招工,分配到一家镇办小厂粘纸盒,再后来,接兵的来了,我对妈妈说,我要当兵去,我可不愿意糊一辈子纸盒。妈妈说去吧,还是当兵出息人。我就报名、填表、体检,批准了,就来了。就这样。"

瞧她说得多轻巧!谁不知道女孩子当兵难哪。我连连摇头,固守自己的成见。

她几乎要生气了。

"家里没人当干部就不能当兵?我就没有想到你爸是干部。你这人,不好,喜欢把人往坏处想,其实并不像你想象的那么坏,真的,这也是生活告诉我的……"她语音放缓,娓娓地讲起用她的眼睛所看到的人和由这些人组成的世界。她说,她家附近有个老头,养了好多年鸽子,白的、黑的、灰的,有二百多只,放出去能遮住半个天呢,邻居都知道他爱鸽如命。可是在他儿子当兵那年,他把鸽子都送给动物园了,分文不要。大家都很纳闷,说不清为的啥,后来还是老头自己讲了。原来他每天放完鸽子后,就给鸽子喝盐水,盐水一喝,鸽子就把啄进肚里的粮食吐出来。他用这粮食每年养两口肥猪,能卖不少钱呢。听说儿子验上兵了,他怎么想怎么不是滋味,觉得再干下去,就对不起"军属"的称号,于是咬牙把鸽子送给了动物园。她说,她们疗养院附近山上,有一个哨所,哨所有一条大狗,叫"大老黑"。"大老黑"老了,不中用了,新来的连长决定把它勒死吃肉。可是谁也不动手勒。连长认为重赏之下必有勇夫,就说谁勒谁吃大腿,可是还是没人动手。他一打听,才知道"大老黑"是哨所的"老战士",服役九年了。连长就又改变决定,把"大老黑"正经养起来,战士们把它喂养到死,死了还立块碑,碑上写着"大老黑"的简历。她还说，她护理过一位参加过对越自卫还击作战的英雄连长。他本来从九死一生中活过来了，有了名声，有了地位，还娶了个美貌的妻子，应当品尝一番生活的乐趣了，可是他总觉得不该丢下牺牲的战友的遗体，整日忧郁、烦躁，夜里常爬起来喊："喂，死也要选个地方，我带你们爬回去，爬回祖国去……"

……

那天晚上，我睡不着，隔壁传来王富吟读英语的声音，那声音融在静静的夜里，很耐听，像溪水从卵石上汩汩流过。"这个小女兵……"我感叹着，想：比起那些"看破派"们，比起我这个用一只眼睛看世界的人，她也许单纯了点儿。然而她有她的生活信念，有她的纯真的心性，这是因为她心里装了太多的美好的东西。而这些美好的东西确实存在着呀！

我开始起了微妙的变化，起初连自己都没有察觉，仿佛一切都很自然。

每当就餐铃声响起，我总是磨蹭着再坐一会儿，仿佛在等待什么，然而心里又不愿老老实实地承认。等待什么？我什么也不等待，我在读报纸，我在翻材料，我不太饿，自我解脱的理由是很充分的。可是，当走廊里一传出那熟悉的脚步声，我又催促起自己：该吃饭了。

我还爱往医务室跑。当然每次去都有一个小理由：问问药够不够，是否又添了病号，发现传染病人了么……堂皇又适度，而且很有一番事必躬亲的领导风度。

我还爱跟值班的老师傅讲王富的坏话。他总爱朝我笑，笑得我心里发毛，我就说："这个小王富，简直是个孩子，懂什么呢，就知道哭！"她确实爱哭，每次看电影、电视，常抹几下眼泪。

一天晚上，我的好友张参谋跑来看我。我们闭了灯，让月光给室内布成朦胧的幻境，然后对坐床头，各自点燃一颗"金花"，没边没沿地聊起来：天上地下，中国外国，星星月亮，穿衣吃饭。最后话题停留在爱情这个神秘而又庄严的问题上。他问我想好了没有，究竟想找个什么样的。

我似乎没有思索就说了："最好是心地纯净的，虽然不一定漂亮，漂亮的就一定好吗；也可能不精灵，不过这样也许更好些；甚至额头什么地方长三两个小瘊子，然而瘊子就瘊子吧！"

"你说的是谁？"张参谋啪地按动电灯开关。

我突然吓了一跳，是啊，我说的是谁？我这是怎么啦？我不是曾经发誓要找个漂亮、精灵的女友吗？我不是背地里挖苦过她额头、鼻翼间呈三角形分布的三颗小痦子吗？……

我想起外婆家院子里的那棵老榆树。树冠中常有喜雀绕来绕去，谁也不去注意它们干什么，可是时间长了，偶或一瞥，竟然神不知鬼不觉筑起一个小窝，很难再打发它们走了。

我开始抚慰自己：还有时间，还有时间……等读书班只剩下最后一天，我终于沉不住气了，似乎一生中只有一次的重大机遇就要被我疏漏过去。

我打电话邀来张参谋。他很快来了，一进门就问什么事，我说没什么事，他说不对，一定是有什么事。我说："确实没什么事，就是……哎，你知道吗，我要找个什么样的？"我有些着急了，本来应当先聊天上地下、中国外国、星星月亮……

"你不是说过了么，'……然而痦子就痦子吧！'"他观察着我的神情变化，"不过我想，漂亮比不漂亮有魅力，精灵要比不精灵招人喜欢，至于痦子，痦子毕竟是痦子啊！要知道，脸上可不是播种痦子的地方。"

能说他讲的没有道理吗！我有点儿动摇了，虽然不彻底。我恨自己少固执。我应当告诉他：坐在她身边，就像坐在清澈的小溪旁，会照出你身上的污垢，会让你的心灵也清澈起来。可是我什么也没说，我想稳住神考虑考虑。爱情不是闹着玩的呀！

晚饭后，王富来向我辞行，说院里派车来了，她要随政委一起回去。她掏出一个纸包给我，我打开来，见是一袋袋装好的药片，上面标注着药名、姓名、服用次数和剂量。

"几位首长路上吃的，我来不及送了，请您代劳。"

"再没别的事儿？"我心情有点异样，盼她说点什么。

她笑着摇头："再见！"

我也嘴硬起来，"再见！"

在我的遐想中，告别是很精彩的一幕，会留下很多的回味，然而现在只是一个"再见"。"再见"算什么哪，简直跟早上熟人见面不得不说一句"吃饭了吗"一样，毫无意义。

就这样,我眼看着她被北京吉普载跑了。载去五十里外大山皱褶里的一个幽静的疗养院。我有种预感,她一进了那个山窝窝,很快会把这段暂短的生活忘掉的,想到这个,便有一种莫名的怅惘罩住心头,我开始试探着悄悄地问自己:有没有力量把她从心里铲除出去。

王富走后没一会儿,我带车去码头送海岛的同志。临上船时,大家一一和我握手告别,然而嘴里不断蹦出的却是王富的名字:

"回去问小王护士好,走时没见到她……"

"办公室给她写了鉴定没有?没有?哎呀呀,总该写个鉴定什么的表扬表扬人家嘛!"

"……告诉她,她想要的贝壳,我一定让船上人尽快捎去。"

……

我应承着,心里却有点酸溜溜的。当着我的面,大家却把如此的"厚爱"给了王富,我真有点不好意思,甚至有点不安呢。

"老牛船"哞地叫了一声,缓慢地扭过身子,向亮着航标灯的地方驶去。我倚着检票口的栏杆,把手举起,向船上的人摇着,摇着,神思却悠然地飞向北面的公路。我在想,那辆北京吉普这会儿到了哪儿?也许过了尤家村,说不定已经钻进山里了,她这会儿在想什么……但愿她能想点什么,比如我对她说过:"星期天真寂寞……"

突然,从附近的什么地方传来一声呼喊:"宋干事,船开走了没有?"这声音太熟悉了,或者太让我兴奋了,我最初怀疑自己的耳朵,可是很快看清了,是她。在高高的三十级石阶上,她蹦跳着,一步两阶,两只微黑的纤巧的手臂,有节拍地舞动着。她一定跑了很远的路,面孔涨得红润润的,带着微细的喘息。

"什么事?"我把欣喜的心情压制住。

她顾不得答话,径直跑到检票口,朝远去的"老牛船"望了好一会儿,才颓然地转过身,"要是早来两分钟,说不定赶上了……"

"什么事?"我有些急了。

她在挎包里翻来翻去,翻出两个崭新的塑料袋,"罗团长——就是胖胖的那个,说一坐船就晕,来时吐了一身。我答应他,临走时送他两个塑料袋,再吐吐袋里,可是……上午还记得,下午一忙乎就忘了,真该死!"

这可让我怎么"感想"呢!她从很远的地方赶来,仅仅是为了送两个塑料袋!我想笑可是不敢,她是那样的诚挚,决没有做作的样子。

"你是在半路上想起来的?"

"是呀!"她随我下了石阶,"我一上车,就觉得忘了一件什么事,我就想啊想啊,当车子跑到马栏河桥,我呼啦一下子想起来了。我就喊:'停车!快停车!'把我们政委吓了一跳呢!"她笑起来,带着深深的自责。

幸亏她忘了。幸亏她忘了又想起来了。

我们并排走着,相隔两步远。我决定了就在前面那坏了路灯的灯柱下面,我要说出来。也许会把她吓一跳,可是管她哪,吓一跳就吓一跳。

坐着的和站着的

陈　屿

重型机械厂的劳模表奖大会还剩下最后一个项目：领导同志与劳模合影。

办公大楼门前摆好一长趟座椅，座椅后面是三排高低错落的木板。从市里特邀来的特级摄影师何剑虹在前面等候着。他是个五十多岁的短粗胖，圆圆的秃脑门被七月骄阳照得油亮。他现在总领五家照相馆，是市摄影界的权威，因为特级摄影师头衔不好叫，人们就尊称他为何大师。他是位大忙人，若不是厂办公室主任玉秀神通广大，他是轻易不肯照这种野相的，这都是他徒子徒孙干的事儿。再说当今照相机已经随着时代的潮流流入各个角落，哪个机关厂矿不以工作需要为名搞进一架高档次的照相机呢？哪个现代青年不懂一点摄影技术呢？实在不懂的还有日本进口的"傻瓜"照相机，只要不缺心眼儿，眼不瞎，手会动，就不会把人照成鬼，至于画面的美与丑那就另当别论了。但是我们的厂办公室主任玉秀同志可不能让那些毛头小伙子去瞎扒拉，这是非同一般的劳模表奖大会呀！市里领导要来参加，全厂大大小小的头头都要在这张照片上留下历史的踪迹。劳模们更要装进镜框，挂在家中墙上以鼓励自己继续创新。庄严的事情必须庄重对待，因此她才通过曲折的渠道把何大师用小卧车拉入了厂门。

这会儿玉秀正站在何大师前边指挥着，她是照这张成分复杂的群体相的总"导演"。按常规这本是工会主席职责范围以内的事，劳模表奖大会嘛。但是工会主席知人善任，他知道干这类事最出类拔萃的莫过于玉秀，慢说给厂劳模会照相，就是给全国劳模照相玉秀也能照应得滴水不漏。她爸爸当过市交际处处长,现在提到中央礼宾司去任职。玉秀得过真传,脑子里装着许多礼仪进退中的祖传秘方。人又机灵,长得又端正秀丽,年纪早过而立之年却还像二十七八,生过一个孩子动过两次人工流产手术,体态还是那样轻盈,如果不是厂里苦苦留住这个人才不放,这只天鹅说不定早就飞上天池了。

参加照相的各级领导和劳模已经都站在离座椅和木板不远的地方了。市级和厂级领导们站在前边,劳模和科室、车间以下干部站在后边,中间还隔开一点距离。没人告诉,自己形成这样一个阵势,传统习惯,自然归堆,中国人从来不像美国人那样横冲直撞。何大师的后边和两旁还站着密密麻麻的观照人群。劳模会才散,吃午饭时间没到,厂规厂法虽然自新厂长胡杨就职后已经严格执行起来,但是看热闹已经是国人的千年积习,积习难改,何况还是才散会呢!不够参加照相的资格,看看热闹总应该被允许吧。而且这里边还有不少摄影爱好者,要看看何大师抓住怎样的一瞬间按动快门。这些人尽量往何大师身旁挤,要不是他带来的两个徒弟一个徒孙护住他那滚圆的身体,怕真要从脑门上挤出亮油来。何大师皱着眉头不时看看手表,只看不说话,有分量的人是不轻易开口的。

现在到了照相的关键时刻——人座占位了。谁坐着,谁站着,坐在何处,站在何方,都有讲究。长幼尊卑,资格辈分,都起作用。人贵有自知之明,座位和站处没贴名签,全靠自己去衡量。谦虚是国人的美德,有那应该靠中间坐着的偏往边上靠;应该坐在边上的偏往后边缩。这时候就要点名呼唤,往中间让,往前边请,让请仍不动者,就要动手推拉,手嘴并用,文戏武唱,虚虚实实,真真假假。有时候照顾不周,漏下哪位没让到,该坐着的站着了,就会惹来不愉快。前年照这样相时,玉秀还没当办公室主任,工会自己出人指挥。有一位老资格的党委委员,为了表示谦虚跑后边站着去了,以为一定会有人来请他前边落座,谁知在忙乱中竟没有人来招呼他。前排座席已经坐满了,他又不好自己走出来去挤个座,心里一急,出了一身大汗,凉风一吹(当时已入深秋),内有急火外感风寒,相照完就病倒下了。后来把相片送到他病床前,他戴上花镜一看,左右都是晚生后辈,而且只有他一人咧着嘴像要哭,气得他当着送照片人的面就撕得粉碎。事情一传出去,人们一分析,才找出他的病因。有这前车之鉴,今天大家就格外注意，都采取谨慎态度。而看热闹的人却更来神了，以为一定能有番推让拉扯的好戏可看。何大师也用焦虑的眼光看着总导演玉秀，盼着她能有精彩的演出，使时间尽量缩短。

玉秀不负所望，早已胸有成竹。她用少女一样清脆悦耳的声音喊道："天气炎热，不能罚诸位领导和各路英雄久站，大家能不能听我安排，依次入座？"

大家都盼着能有这样一位能人，何况还是一位富有魅力的女人呢。于是大多数人都异口同声地喊了一声"能"。只有几位领导和上了年岁的人微笑着没张口。年轻的喊得最响。

名单学是办公室主任的必修课，何况家学渊源的玉秀呢。她微笑着走到市委霍副书记和分管工业的李副市长面前，请他们二位正中落座。接着又请清华大学毕业的年轻厂长胡杨落座。胡杨没用她再招呼，就拉着六十岁的工人出身的前任厂长、现任顾问的郭德厚坐下了。厂党委书记没在，十来位副书记、副厂长都按"把手"次序落座了。外单位来祝贺的领导也被请坐下了。前边座席都坐满了，人和座椅丁可卯，一个不多一个不少，不然怎叫滴水不漏呢。

玉秀满意地点点头，向还没站位的人一举手说："现在请各位劳动模范站第一排，各科室领导和车间主任站第二排，各位劳模的工段长和工长站第三排，请大家动作迅速些。"

脚步声夹杂着嬉笑声，片刻之间就形成了一个秩序井然的待照场面。

这时何大师开始行动了。他用锐利的目光瞥视一遍，然后进行必要而准确的调整，从第一排起，坐直，抬头，向左靠，往右挪，朝前移等指令不断从他嘴里发出……

当他进行调整的时候，坐在前排的年轻厂长胡杨不由得回头看了看站在他后面的人，一朵朵大红花在他眼前掠过，一张张笑脸向他迎来。他发现紧靠他站着的是五十多岁的老英雄张泰，他脸上的伤疤是扑灭一场电火的见证，他奋不顾身的英勇行动使工厂避免一场毁灭性的火灾；紧挨他站着的是白发苍苍的老工程师孙玉璞，他冤枉地当了二十多年的右派，自从改正以来年年有新建树，他设计的新产品已经推向国际市场，受到国内外专家好评；再下去是青年革新能手钱慧中，他一项合理化建议就使工厂受益超百万。再往下看，一个个都是叱咤风云的英雄，众人效法的榜样。他不由得心头一阵激动，热血一涌，忽发

奇想……

正在这时,何大师忽然喊起:"不要回头了,就要照了!"

何大师声音刚住,胡杨厂长忙扭回头一举手喊道:"请等一等再照。"

胡杨一声呐喊,使照相的和看热闹的都一愣神,尤其是总导演玉秀更是惊得一抖,她以为自己的导演出了漏洞。在这个大庭广众,众目睽睽之下,哪怕是轻微的一句批评,也会使这位嫩脸皮的女主任无地自容。她眼盯盯地看着这位从上任以来雷厉风行不讲情面的新厂长,心跳的频率超过百米赛跑,她真怕他手里提着的批评之剑刺向自己。

胡杨好像看透了她的心,对着她温和地一笑,从这一瞬的微笑里飞出一颗定心丸,使玉秀的心怦然落底了。

这时只见胡杨向左边扭头探身,对着市委霍副书记轻轻说了几句话。和胡杨年纪相仿,学历相当,同样新上任不久的霍副书记先是神情严肃地听着,刚听几句,忽然乐了。他在笑声中一边点着头一边扭身向左,去看身旁坐着的李副市长。快要退到第二线的年迈的李副市长显然都听见了,他先是一愣神,接着也随着霍副书记点起头来,频率比霍书记还快。

人们都猜不出这几位领导葫芦里卖的什么药,问号画在所有人的脸上。在胡杨右边坐着的老顾问郭德厚脸上画的问号更大。他耳朵不大好使,胡杨说什么他没听清,只是诧异地盯着这位大学毕业的新厂长看。遗憾的是胡杨在兴奋中竟忘了征询这位老顾问的意见,以致在这根链条上出了闪失。

神情激动的胡杨站起身来,回转身面向所有参加照相的人,举起双手,满怀激情地说:"同志们!我有一个建议,今天我们开的是劳动模范表奖大会,因此这张相片的主角应该是他们诸位!"他用手指着站在前排的劳模们说,"是这些胸前挂着大红花,为四化建设作出突出贡献的英雄们!在舞台调度上主角应该摆在显著位置上,我们照相也应该这样。所以我提议:请他们到前排来落座,我们坐着的站到他们后边去。不知同志们赞成不?"

胡杨的话音刚落,站在后排的青年工长,老顾问郭德厚的徒弟的徒弟,革新能手钱慧中的师兄弟首先扯着嗓子叫了一声"好"。这声高亢入云的叫好声惹得郭德厚猛然回过头来狠狠瞪了他这个徒孙一眼。但不管这位老顾问的目光有多么严厉,响应者却一齐跟上来,不但参加照相的人叫好,连看热闹的人也跟着鼓起掌来。随着热浪的波及，连离得远些根本没听清的人也拍起巴掌。随帮唱影的人到处都有。这股强大的热浪把胡杨的激情更推向了顶点，以致出现了接连的失误，他根本没注意到郭德厚不但口没张手没抬，双眉都系成了大疙瘩。

这时市委书记和市长双双站起来了，首长一离座，其余坐着的人也都马上站起来，连郭德厚也不能再坐了。坐着的和站着的开始在推让中换位了。这时神色焦急的何大师忙向总导演玉秀说："玉主任，你们这么折腾得啥时候能照上，一会儿再出个绝招，我今天的时间就全摞到这了。"

玉秀也被这突然出现在眼前的独一无二的创举弄傻了眼，领导站着被领导的坐着，这新鲜事连她那见多识广的爸爸也没说过，祖传秘方里也找不到。这也不是"文化大革命"，怎么乱了规矩了！但是心眼儿灵活思路敏捷的玉秀弯子转得可快，她不但立刻使自己跟上了胡杨厂长的脚步，而且一种特有的职业敏感，使她在前后换位的推推让让中看出了门道。现在经何大师这一催促，她便立即往前紧走了几步，对着推让的人们喊道："诸位劳模们不要推让了，恭敬不如从命。而且位置也不要大变动，谁站在哪位领导椅子后面，就跨前一步坐到那张椅子上去，一分钟内，结束换位。"

又飞起一阵掌声。那个方才领头叫好的青年工长竟在掌声中又喊了一嗓子："拥护玉主任的英明决策！"小事使用大字眼也会取得喜剧效果，掌声中又飞出笑声。换位就这样结束了，时间用了一分三十秒。这多出来的三十秒都用在老英雄张泰身上了，他说什么也不肯到领导前面去坐着。最后还是市委书记和市长两个人硬把他拽到椅子上了。

何大师又开始作新的调整，这回他可不敢那么细致了，他怕再出新招。简洁地纠正几位扭身挡脸离格太远的人以后，他就又一次扬起手来要照了。谁知他的手刚抬起来，厂长胡杨的手竟像条件反射一样，也随着抬起来，而且发出了和上回一样的声音："请等一等再照！"

"哎呀，老天爷！这还有完没完！"何大师的话脱口而出，言为心声，他急得叫天了。

"请大师别着急，我们这少了一位。"胡杨一指他站的那一排说，"老顾问郭德厚同志没有了！"

大家随着他的手一看，老顾问果然不见了。在群起的议论声中，站在后排边上的那位年轻工长往办公大楼里一指说:"他老人家乘大伙推推让让的时候跑楼里去了,是不是闹肚子憋不住了?"

"不是闹肚子,是闹情绪了。"站在青年旁边的一位中年人紧跟着说,"我看他气哼哼进楼了,我师傅的脾气我明白。"

几句议论一出,众人的议论又随之而起。胡杨厂长这时忙对何大师说:"实在对不起,只好再等等,我马上去请他出来。"

"呀呀!那得等到什么时候啊?"大师的秃脑门上冒出汗珠。

"不用等了。"玉秀用手一指胡杨身旁说,"就在您身旁留出一个空位,然后找一张老顾问的单人相,请大师给补上。"

"好!高招!"何大师高兴地喊起来,"我保证补得天衣无缝!"有人又叫起好来。

胡杨忙一摆手说:"不行,不能强加于人,必须把老顾问本人请来参加照相。"

市委霍书记也忙点着头说:"对,请他来,你亲自去,就说我们大家都等着他,他不来人不散。"

"好。"胡杨一侧身,从人缝中挤出来,大步向办公楼走去。

"您可快点。"何大师对着胡杨后背喊,"时间就是金钱哪!"

"我们给你加价!"胡杨扭回头喊了一句就进楼了。他想直奔二楼顾问办公室,当他刚走到楼梯旁边的时候,忽听一楼工会办公室里有人大声说话,是郭德厚的声音。他便一转身向那屋走去。屋门大敞着,越走近声音越清楚,只听郭德厚说:"……长者先幼者后,长者坐着幼者站着,这是咱们中国人的好传统,何况是领导和被领导呢。现在可倒好,优良传统不要了,领导和被领导的位置颠倒了,让我这年过花甲的人站着。坐着的要都像老张泰和老工程师那样的我也可以厚着脸皮站下去,可现在坐着的多半是晚生后辈,还有我的徒子徒孙,这不是拿人取乐吗。大家将来看着照片一乐,优良传统乐丢了,我这张老脸也没处搁了。"

"你老说的敝人举双手拥护。我看胡厂长这是弄景!"一个男中音说。

"对,是弄景。要不他能爬这么快了。"一个不男不女的尖嗓子说,"那回我和大刘他们在车间里刚唠几句嗑,他不知从哪里钻出来了,一看我的车床空转,不但劈头盖脸地批了我一顿,还扣发我一个月奖金。末了还把我的名字和那些打扑克赌输赢的列在一块，出了告示。"

"真是胡来。"男中音说。

"对，明个给他改名，胡杨改成胡来。"又一个人说。

"不如叫胡闹。"尖嗓子来劲了，声音更尖起来，"对，再给他多加上几个，管他叫胡搞、胡说、胡诌、胡臭、胡扯、胡思乱想、胡作非为、胡搅蛮缠、胡说八道……"

这一连串的胡字新名号，几乎把胡杨本人都听乐了。他倒挺佩服这个尖嗓子思路敏捷，词汇丰富，要往好道上走说不定还能有出息呢。可他不能再听下去了，这些人前背后的议论他听得也太多了，每前进一步都遭议论，每项新措施一实行都有人说他弄景。他早已想开了，人从一生下来就是供人议论的。当年他那老干部爸爸被打成右倾机会主义分子，他那在中学当校长的妈妈被打成右派，议论多得像倾盆大雨似的向他压来，他都顶过去。如今这些议论岂能奈他何。见怪不怪其怪自败，他用这条古训顶过了多少寒风苦雨啊！现在他像任何议论也没听到一样，挺着腰板进去了。他有一米八〇的个头，宽肩厚背，浓眉大眼，仪表堂堂。人高脚重，他一进屋，议论声戛然而止。那几个只能背后耍贫嘴跟着起哄的小青年，像老鼠看见猫一样，立刻噤声闭嘴向两旁闪开，将郭德厚一个人暴露在当中。这老人像要干架一样，攥拳瞪眼，直盯盯地看着胡杨。

胡杨一见他这老公鸡要斗架的架势，又忍不住要笑。他向郭德厚点点头说："我来请您继续去照相。"

"怎么照？"

"随您便。不愿意站着您就仍然坐着。"

"我不坐。"

"那就站着。"

"也不站着。"

"那您……"

"我跪着照！"

胡杨脸上的笑容消失了，他一皱双眉说："请您要考虑大局……"

"我说的正是大局。"郭德厚一挥拳头说，"我工厂没办好，利润没上去，产品不过关，思想保守，是革新的拦路虎。五七年也执行了错误路线，我有罪，

我要继续请罪……"

"那是'文化大革命'那一套……"

"现在我看这势头又要来了,净耍新招……"

"老厂长,我提醒您不要离谱太远了。"胡杨向两旁的小青年看了看,又一看手表,神情异常严肃地说,"我来请您,不是我个人的意思,是市委霍书记的决定,他已经告诉大家,您不去,人不散。"

胡杨最后的两句话一出口,郭德厚的拳头松开了,头也低下去,但是脚却没动。这大概是他当干部以来,听见市委书记的决定还没有立即行动的绝无仅有的一次。

胡杨直望着郭德厚。郭德厚不动也不说话。两旁的小青年也都默然直立,屋里鸦雀无声。

这时从走廊里传来急促的脚步声,玉秀出现在屋门前,人到声到,她直对着郭德厚说:"老厂长,霍书记和李市长亲自请您来了。"说完一闪身,两位市领导走进屋来。

年轻的市委书记先开口:"老厂长,快走吧,太阳晒得大家直冒汗。"

年迈的老市长走过去一把拉住郭德厚的手说:"走,咱们老哥俩肩并肩亲密无间地照张相吧。"

郭德厚红着脸被拉走了。他紧挨着老市长站在劳模的后边。这回何大师连调整队形的程序都免了,他见人都站定以后,便又一次举起手说:"请不要动,要照了。"当他刚要按动快门的时候,手又停住了。一向从严要求的何大师,实在难于马虎从事,他急促地提出最后的要求:"请大家都露出笑容来,坐在中间那一位老英雄,您不要佝偻着腰,缩脖皱眉的,要笑。"

何大师指的是救火英雄老张泰。这老人生平没在领导前边坐着照过相,这时他只觉如坐针毡,汗流浃背。在大火面前奋不顾身顶天立地的英雄,这时候却尽量往小缩,人常常是自相矛盾的。现在经大师一说,他腰勉强直起来了,但紧皱的眉头仍未展开。

这时何大师忽然对着身后的徒弟一伸手说:"拿来!"

徒弟似乎早有准备,迅速从手提兜里掏出一个五颜六色的大型哗啦棒——特制的儿童玩具递过来。何大师用左手高高举起,一按机钮,里边没发出哗啦哗啦的响声,却传出来一阵哈哈大笑声,有男声有女声,配合得那么和谐,像一曲欢笑大合唱，谁听见这种笑声都会被感染得咧开嘴巴，连老英雄张泰的眉头都舒展开了。不怪人称何大师，真有绝活儿。

快门一闪，相照完了。

相片洗出来的时候大家一看，只有老厂长郭德厚皱着双眉。

总是有不笑的人。

焦大轮子

于德才

我们辽东北部山区的人,通称黄海沿岸为"南海";"南海"人称我们这地方为"北山"。他虽是南海人,却是在我们北山的下马砬子发迹并成为"汽车王"的。

一

没用上一个钟头,三台带拖斗的"东风"汽车就都装满了。

焦炳和把平板锹往煤堆上嚓地一插,脱下被汗水渍得精湿的、黑糊糊沾了一层煤尘的汗衫,球成一团,拧出几滴黏黑的污水,又抖了抖,团在手里,用力地抹几下脸,蹭几圈脖子,然后漫不经心地搓着粗壮的胳膊和宽厚的胸脯子。

砰咚,砰咚,装卸工都爬到车上,正挥着平板锹把漫出车厢老高的煤面子拍实。他们干得很卖力,一下一下,像是铁匠抡大锤,很有节奏;腰脊有力地朝后一弓,屁股使劲往下一坐的同时,腹部立即收缩,筋肉绷紧,胸部骤然隆起,"呣"的一声,平板锹从一侧先是拖拽继而向后悠去,身体借惯性后仰的瞬间,抡圆了的大锹已呼地从头上闪过,带着唰唰响的煤粉,"砰咚"——"嘿"!砸下方方的一个深坑。拉无烟煤粉跑长途,不这么反复地砸得瓷瓷实实不行,汽车呼呼地几百公里跑出去,风像刀子一样从上面削,嗖嗖地,削掉吨把的,容易。

他把手里那一球脏衫子扔到地上,点着一支烟,狠狠地吸两口,慢慢地吐着烟缕，坐下来，平静地看着他们干。他们都光着膀子，只有一条宽大的裤衩巴在腚巴蛋子上，"哼——嘿！""哼——嘿！"随着身体的有力的俯仰，胸和背，胳膊和腿上的筋肉疙瘩，不停地上下筋缩，滚动，腿裆下那一吊子东西也一下一下甩荡着。汗，黏稠的咸汗流，像无数条粗大笨拙的蚯蚓，从他们的头上脸上曲拐地爬向脖梗，爬过胸脯，在那沾着一层污黑的煤尘的皮肤上，留下一道道耕耘的痕迹……

他看着他们卖力地干，用那种主人的姿态，用那种欣赏的目光。此刻，他就是他们的主人。

他们凭着力气挣钱，挣他的钱。

他凭着钱——用正当的和不正当的手段得到的钱——雇用他们，呼之即来，挥之即去。

这有点不大讲理。

这很合理。

理，是要看怎么讲的。

"妥了！"他把半截香烟一扔，冲车上喊了一声，呼地站起来。

嗵嗵嗵，他们一个个像黑毛鬼似的从车上跳下来。刘棒子用手背和小肘抹着脸上和脖子上的汗，抹一下，甩一下，站到他面前。

他从穿在牛皮裤带上的钱夹里捻出三张大票，递给刘棒子："给，三十块。"

金钱和力气的对等交换，一把一搂。装一车煤，别的车主给五块，他给他们十块，双倍的。双倍的不能白挣，他们必须在凌晨两三点钟就爬起来，四点前给他把车装好；这个时候道上人少车稀，他的车出速度。速度就是钱。

"后天，还是这个时候，这地场，这个价。"

"妥！"刘棒子接过钱，举到头上一晃，"走啊哥儿们，扑腾扑腾去！"

立即，七八条乌黑的汉子拖起平板锹，嗷嗷叫喊着跟上去，撒野地向大河套奔去。

焦炳和扭头望着他们，特别注意地盯了一眼刘棒子门板一样的后背，这个四十大几的光棍子！他嘴角动了动，苦笑一下，马上回过头，又捻出一沓大票递给司机："撵到草河口再吃早饭。晌午撵到沈阳，卸了煤就去装回程钢筋。道上尽这些钱可劲吃好。明天下晌回到这。"

"知道。"

汽车发动了,轰轰叫着,笨重的车身震颤着、晃动着,缓缓驶下坡道。

他顿时感到浑身疲乏,懒懒地弯下腰,抓起脏汗衫和平板锨,宽厚敦实的身板子左右晃动着,也向大河套走去。

二

浓重的雾霭,压着水皮儿无声地横溢着;河水在雾霭的下面呜呜流淌。水和雾浑然一体。

光巴赤条的汉子们,一半身子淹在雾里,一半身子淹在水里,哗啦哗啦地泼水,大巴掌吧唧吧唧地用力搓着身子。谁都能看清自己的身体,看清那上面所有的部件;谁也看不清别人,只听得见泼水声和搓身声。搓洗了一阵,一个个先先后后上了岸,把青蓝布的大裤衩子涮涮,拧拧,甩甩,湿唧唧的就套到腚巴蛋子上,坐到河卵石上面喘气,呆呆看着雾在眼前、在河面上流动。谁也不说话。

"伙计们,今儿该到二狗做东了吧?"刘棒子叉巴着两条粗壮的大腿走过来,呱唧呱唧地拍着瘪塌塌的肚皮,问二狗:

"今早喂啥?"

"浆子、油条呗。大清早,馆子里……有个屁!"二狗怯生生答道。

"操,那油条像胶皮!"

"要不,吃火烧?顶饿。"

"去你妈的!那火烧干巴拉瞎像鞋底子,你花不起钱咋的?"

"你看你,俺就这么问问……"二狗委屈地看着刘棒子。

刘棒子已低下头,抠着肚脐眼里的汗泥疙瘩,抠得很仔细。

"二狗的东?"焦炳和手掌搓着肉墩墩的胸脯晃过来,走到二狗身边,"那就吃茶蛋——一人二十个,够了吧?"

"焦师傅,你——"二狗吓得一下苦抽了脸,直着眼珠子看着他,"这,这得好几十块呀,俺妈……"

"得了,别吓唬他了。"刘棒子一高蹦起来,"走,就吃火烧吧,替他省俩钱儿。"

二狗没动，却支起两条瘦腿，垂下毛爹爹的脑袋，勾起的大虾背上，脊梁骨一节一节凸起老高，尖刺刺的，干柴棒似的胳膊勾到后面，一下一下，挠得很响。

"走吧，"焦炳和拍拍二狗瘦皮包着骨头的肩膀头，"我掏钱！"

口气大方，仗义。他有钱这么大方，仗义。

"……"二狗仰起脸，疑惑地冲焦炳和眨巴两下湿巴巴的眼睛，瘦胳膊支了地慢慢站起来，耷拉着脑袋，跟上焦炳和。他不仗义。他没有仗义的本钱，却有一个病歪歪的老妈，有老婆和仨张嘴要食的崽子。

八九条光巴赤条的汉子在雾里走。

"焦师傅，"刘棒子把头歪过来，"你是怎么一下子发起来的？不好帮咱指个路？"

焦炳和没有反应，淡漠的一张脸，屈眯的眼睛就看着前面。前面是雾，浓重的雾。

"我他妈的这么死干两年了，去了吃喝，攒还不到五百块钱，真没劲！"

"你——想学我？"他仍那么淡漠，看着前面的雾。

"嘿嘿，我折服你……"

"……"他的嘴角歪了歪，没说什么，一晃一晃地走着。雾被冲开，又在身后迅即聚合。

"我，也想……买台车……"

"……"买台车挣大钱？好小子，有气量！可惜，靠你成天甩大锨挣那俩大钱儿？猴年吧！你还短炼啊，小子。焦炳和不无怜悯地瞟了刘棒子一眼，嘴角歪了歪："要我说，你还是先攒俩钱儿娶个媳妇搂搂吧。"

"嘿嘿，别逗咱了。"刘棒子摸摸脖子，讪笑了两声，"真的，我真想贷几万元买台车。妈了的，跟王秉正赖唧了一春带八夏，他就是一个大子儿不贷！"

焦炳和仍那么屈眯着眼睛，漠然地看着前面的雾："你……学不了我。"

"……？"

"你，没长那个脑瓜，也没长那个胆子。"他，就那么屈眯着眼睛，看着前面的雾，"等你把什么都看透了，连命都敢玩了，再学我吧……"他的嘴角向一边使劲地搐扭了几下，有一丝苦笑浮起。这苦笑却被迷蒙的雾气遮掩了。他算是把什么都看透了，也敢玩命，而且玩得挺不错，挺顺手。只是……只是有点玩腻了……

"……?"刘棒子疑惑地看着他,看着他的脸。他的话,就像雾,像眼前迷迷蒙蒙的雾,明白,又不明白……

沉默。

都看着前面。前面是雾……

……

"拐子,算你小子今天走运,送你俩钱儿!"焦炳和在吴拐子的茶蛋摊前站住脚,照吴拐子尖脑瓜顶就是一巴掌;吴拐子冷不防被拍了个下蹲,差点没给拍趴下。

"来来来,管够!"焦炳和招呼过大伙,又冲吴拐子问:"看看这些大肚子,你的蛋够不够?不够,我领别个摊去了。"

"够够够,保险够!"吴拐子吓得赶紧尖腚一撅一撅地去抹板凳,端了瓷盆去捞茶蛋,"坐坐,坐坐坐,这就上,这就上。焦师傅请客?算两毛四一个了!"

"少耍你妈的小舌头,两毛五,两块五也吃你的了,快捞吧!"焦炳和把汗衫往桌上一摔,又冲吴拐子骂了一句。好吃不问价。不是装大爷,他就是大爷。这下马砬子知道一点深浅的人,没有一个不把他焦大轮子当大爷看的。

"吃,吃吃。"吴拐子把一瓷盆茶蛋端了上来。

七八只手伸过来,三个五个抓过去。

二狗抓起一个大个的,剥了皮就整个地塞进嘴里,噎得像斗仗公鸡,瘦脖子一伸一伸直瞪眼珠子。

焦炳和赶紧收回目光,扭过脸,不忍再看二狗子狼吞虎咽的馋痨相。二狗那张黄饥蜡瘦的脸,那瘦皮巴着的一根根肋骨,使他一下子想起了自己——三年前的自己……

"焦师傅,给。"二狗走过来,把四个茶蛋递给他。他抬手挡开:

"你吃吧。我——不想吃。"他不想吃。他什么也不想吃。他什么都吃腻了。他掏出香烟,自己点着一支,扔给吴拐子一支。吴拐子一哈腰接住,看看上面的牌子,小心地夹到耳丫上,紧忙去往咕嘟咕嘟翻开的茶水锅里续鸡蛋。那茶水污红污红的,像地沟里生了锈的臭铁水。

"二狗,"见二狗吃完了鸡蛋,焦炳和掏出两张大票,"去,叫白毛子送几瓶山楂罐头过来。"

"哎哎，好好，"二狗在大裤衩上蹭蹭手，接过钱，舌头扫了一圈沾着蛋黄屑的嘴丫子：

"买几瓶？"

"可这些钱。"

"吃？"

"吃！"

"啧，啧啧……"二狗瘦鸡爪子似的手指一下一下抚着新崭崭的大票，嘴里不住地啧啧着，走了。不一会儿，他抱回一个纸箱子，小心地放到板凳上："白毛子正跟老娘们怄气，叫我自个拿。十二瓶，还剩这一块来钱……"

"你留着花吧。去，拿个钵子来。"

焦炳和掏出两瓶罐头，一手抓一瓶，对准二狗端着的钵子"叭"一下磕碎，扔掉碎瓶子，捏起一粒山楂果放进嘴里嚼嚼，又接过钵子喝了口糖汁，便递给二狗："你拿去吃吧。"

刘棒子咽着嘴里的鸡蛋跑过来，伸手就去纸箱里掏罐头。

"搁那！"焦炳和一声断喝。

"怎么，不是请客的呀？"刘棒子讪讪地缩回手。

"想吃，自个买去！"

八个人吃了一百四十一个茶蛋。焦炳和捻出五张大票扔给吴拐子："不用算小账了，再捡三十个，给我装罐头箱里。"

吴拐子掐着钱，黄眼珠急溜溜转了转：赚着了！赶紧照吩咐去做。

焦炳和大巴掌抚弄几下发茬粗短的平头，扭头问："刘棒子，你们一会儿干什么去？"

"上王家窑，嗝——装车，"刘棒子抹着嘴丫打着饱嗝，"俺们这些没招儿的，嗝——不甩大锹干什么去，嗝——"

"……"焦炳和一个个看了看他们，嘴角动了动，想说什么，又没说出来，慢慢地站起来。他，也曾像他们这样甩过大锹，背过煤筐，死干一天挣个五块六块的。现在，他只要动动嘴，挥挥手，三台汽车一天不剩个千把块都算没挣……

"二狗，你过来，"他喊过二狗，用脚踢了踢放着罐头箱的板凳腿，"你跑回去一趟，把这捧家去。"

"这……焦师傅……"

"叫你捧回去你就捧回去!"

三

雾霭奔涌着,升腾着,渐渐地挣脱了地面。村子现出来了。包围着村子的大山的底部也现出来了,幽暗凝重,像一圈青黑的铸铁的墙,落地生根。雾霭不断地升腾,现出了山丫口,像城墙上的垛口。横陈半空的灰暗的雾霭,开始大块大块地碎裂了,转即变为浓重的云;白炽的阳光从无数裂隙直射下来,在山峦和坡田上,投下无数翠绿炫目的亮带子和幽暗乌绿的阴影。被遗落在山腰和沟谷里的雾霭,碎絮一样浮游,飘散,孤孤零零……

焦炳和坐在村口一个大树墩上,静静地看着那雾、那云,那云、那雾。

焦炳和一动不动地看着那雾,那云。雾,升上去,变成云;丢下了,孤孤单单地飘,零零碎碎地散……

焦炳和在等一个人。

这个人走过来了。大块头,扣一顶旧草帽在大脑袋上;白汗衫敞着两襟,紧巴在滚圆胸脯上的背心汗锈得灰黄了,窟窿八眼尽是破洞,像破渔网;左胸那地方印着"农行系统先进工作者"和一个大一点的"奖"字;肥大的旧军裤脏巴巴,脚上趿着一双断了扣带、磨偏了后跟的海绵底塑料凉鞋。

那个人趿拉趿拉地走近焦炳和。

焦炳和把目光挪到他的脸上。他的脸很胖,但不是虚胖,皮肉紧成,总是挂着和善的微笑,一双肥肥的豆芽瓣似的肿眼缝里,深褐色的眼珠暗淡无光。整个看上去,是一个地道的、和善的、怡然自得与世无争的老年庄稼人的形象。他就是信用社信贷王秉正——下马集农业银行营业所下马碴子分所的主任。

两个人互相看了一眼,谁也没说话。

焦炳和默默地站起来,默默地和他并了膀走。

"明天,我给国矿运回来三十吨钢材,"焦炳和说话了,但并不看对方,"款,得马上划给我。"

"唔,"他答应了,也并不看他。"不过,"过了一会儿,他又有点为难地说,

"现在库底没款了，上头卡得死紧，过过不行吗？

"不行，我等钱周转。"焦炳和看也不看对方一眼。

"这，真不好办。"他用眼角扫了他一眼。

"好不好办我不管，反正不能超过三天！"焦炳和仍看也不看对方一眼。

"这……那……好吧。"王秉正背起手，向右拐去，右边就是分所了。

"等一等，还有——"焦炳和冷丁想起什么，立即又喊住他。

"……"王秉正站住脚，但没回头。

"刘棒子找过你吧？"

"唔。"

"他今天也找我了。你给他贷了。"

"那不行，根本没指标。"

"我不管有没有，反正我答应他了。"

"你……你这不是成心难为我吗？"

"谁难为谁？——直说吧，你想卡他多少？我替他给你！"焦炳和掏出一支香烟，在拇指甲上弹着，眼睛看着远处的山头。

"谁卡他了？不信你问问他！真没指标啊……"他的腔调像是要哭。

"那好，"焦炳和把香烟往嘴角上使劲一叼，"这几天我就叫他来办。"

"别别，再缓缓吧，缓……缓一个月……"

"行，一个月，就一个月。"他点着香烟，看也不看他一眼，径自走去。

"……"王秉正冲他的背影张巴张巴嘴，又无可奈何地挠了挠腮帮子，垂下头，走进分所大门。

走出老远的焦炳和，叼着香烟的嘴使劲地扭歪扭歪，把浓浓的一口烟雾从鼻孔里喷出；哼，妈的东西，跟老子要滑头、讨可怜？娶要看！别他妈的认错了人……

……一次大潮，把刚刚推出的对虾池子荡平了。一万块贷款被海水一下子"潮"去了！那是他以给乡贷员百分之十的回扣为条件才贷到的。他又找到乡贷员，要再贷一万块，再推一个。

"再贷？再贷可就不能那么便宜啦。"乡贷员冲他伸出三根手指头。

"百分之三十回扣？"他被吓得瞪圆了眼睛。一万块被海水"潮"去了。

一千块被你小子敲去了,这还要敲个狠的?操他妈,这人还讲不讲良心啦!他急了:"那——我不贷了!你还我那一千块!"

"还你一千块?我凭什么要还你一千块?"

"回扣!——你还我的回扣!"

"什么回扣?谁拿你的回扣了?"

"你,你,你要赖!我——告你个狗操的!"

"告?告吧。我媾等着了!你可别忘了,什么时间,什么地点,什么手续,什么人做证——拿不出证据来,那可别怪我不是人,反咬你一口诬陷罪!"

"……"焦炳和傻眼了。时间、地点,都有,却没有手续,更没有证人。没有手续,也没有证人,那就,那就——死无对证!

"哼哼哼,哼哼,老焦唉,我看你也怪可怜见儿的。这么办吧,我帮你联系个给别人甩锹、挑土篮子的活,一天挣个四块五块的,还还饥荒,怎么样?"幸灾乐祸、蔑视、挖苦……

"你——!"焦炳和眼睛发直,浑身发抖,憋得乌紫的嘴唇哆嗦着,哆嗦着,一下子失去了理智,抡起生铁疙瘩似的拳头迎面砸过去:"我——操你妈!"……

"……完了啊,完了!不能过了啊……我操他八辈祖宗的……"

阴郁的黄昏,大雾弥漫。弥漫的大雾压迫了幽暗、阴沉的海面。焦炳和抱着脑袋,蹲在被潮水冲塌了的残坝堆上,驴一样地哭、嚎、咒骂。嚎骂了一阵,突然不嚎了,疯了似的大拳头擂起自己的脑袋,咒骂起自己:你他妈的哪是个人!干什么说屁话,干什么给了人家的钱又往回要?有能耐,赔了再去挣回来,挣一千,挣一万,挣十万二十万!……

当天的下半夜,黄海岸边的小渔村,泥墙苇顶的渔家小屋里,面对熟睡下的一家老小,面对泪水涟涟的妻子,熬瘦得只剩下一副大骨头架子的焦炳和,把仅剩下的三百元贷款钱,默默地交给妻子:"这个家,交给你了。"妻子抹把泪,接过钱,却又分出一半,塞回他的手里:"他爹,别忘了……写信……"泪流满面。"嗯。"他强忍住泪,一个男子汉的泪,面目憎恨、痛苦地搐扭着,狰狞得像是要吃人:"谁找我,就说我跑北大荒了,钻老林子放木头去了,下洞子背煤去了。我拖的、欠的,放心,两年后回来双倍利钱还清!"

他下了煤洞子,不是在北大荒,是在辽东北部山区的下马碴子。这是一个新兴的矿区。

他变了。他玩命似的背煤,别人一天背一吨,他一天背一吨半、背两吨;别人往家里邮钱,他却忘了家,忘了一家老小似的,挣一个花两个、挥金如土、醉生梦死,结交下许多酒肉朋友……很快地,他以豪爽侠义出了名,在这人地两生的大山沟里站稳了脚跟……

他也常常猎狗似的眍䁖着血丝丝的眼睛,东走西窜,蹲在一旁,听别人——窑主、车主、店掌柜的——唠生意、谈行情、发牢骚,听醉汉子打仗、骂人;常常溜达到工商分所、农业银行营业分所去,坐在门边的凳子上,一句话也不说,闷着头抽烟,却把那里发生的一切都听在耳朵里,看在眼睛里……

突然一天,他甩了煤筐,拎着两斤海参,走进了王秉正主任的家门。——他要贷四万元的款,他要买一台运输汽车,他要往外运煤——他要挣大钱。

"我样样都看了,掂量了,开窑、开馆子……都没有运煤来钱冲。"他直截了当。

"你看得挺准,挺准。不过,现在我们资金太紧,要贷款恐怕没希望啊。"王主任很替他惋惜地说,"我们尽量研究研究吧。"至于海参,王主任却决不肯收:"你这是寒碜我啊?快拿回去,拿回去!咱们办事是办事,别来这套!"严肃,诚恳,感人。

可是,焦炳和却不感动,反而笑了,笑得阴阳怪气。冷丁又收住笑,也严肃、诚恳起来:"王主任,跟我,你也用不着来这套吧?这些事里头,都有些什么弯弯道道,我也看出来了——说吧,你要什么条件?"他是看透了,黄海那边,北山这边,哪都一样。——谁看不透这一点,就别做发财的梦!

"你这——什么意思?"王主任愣了。

"没什么意思,就是想贷俩钱儿呗。"焦炳和却像老熟人似的,大巴掌按着王主任的肩膀子,使他坐回去,自己也坐下来,"你不用装了,放心——我这个人嗓眼通腔眼,直巴楞筒,干脆利索,决不出卖朋友。这个忙,你帮不帮吧?帮,不叫你吃亏,入干股,回扣,都行!"

"老焦——"王主任又站起来,坐下去,和善、宽容地看着他,笑了笑,"哼,真看不出来,这些歪门邪道,你还都挺明白……"

"看不出来吧?明白,也是别人教明白的,自个悟明白的。和你王主任相比,差老远啦。"

"……"王主任和善、宽容的笑渐渐地僵在脸上,眯起的豆芽眼缝里,陡然间射出令人不寒而栗的幽光,直直地刺过去。

两对目光对视着,久久地对视着……

"我看,"焦炳和收回了目光,轻松地笑了笑,"入干股,你不合账,要是我赔了呢?干脆给你回扣得了,一把一搂,保险。"

"……"王主任盯着他,直直地盯着他,手指渐渐收拢,攥成了拳头,两腮的肌棱子也渐渐地横凸起来,目光尖锐如锥,终于一字一顿地说:"好!回扣!百分之二十。一手钱,一手支票,不留尾巴,死无对证!"

"妥!"焦炳和一拳砸下去,站起来,又俯下身,"你贷我四万八,我回你八千?"

"行。"王主任也站起来,"什么时候?"

"明下晚十二点。"

"在哪,在我这?"

"不行,你这老来人。"

"那——上哪?"

"上我住那屋。背静。半夜三更的,除了你我,鬼都不稀去。"焦炳和借住在李歪脖的无线电修理部里。李歪脖应运发家,四十方婚,乐不得有个夜夜替他守摊的,自己回家搂老婆睡觉。

第二天半夜,喧嚣了一个白天半个晚上的下马碴子,终于死寂下来。焦炳和上好门窗板,又用被褥从里面挡死了灯光;把李歪脖那些已修的、待修的电视机、收录机、广播喇叭,统统归置了一下,最后,在那钉着一排电源插座的长板条上,插下了两个电源插头,打开了电扇。

王秉正如约而至,悄然推开虚掩的板门,闪身而入,迅即关严、闩死:"把电扇关了,有动静!"

"没事,喊,外面也听不见。"焦炳和从枕头底下摸出一个报纸包。

王秉正胆战心惊,又下意识地四下扫了一眼。他也要发一点财,但又得担惊受怕。从他手里贷出的钱,哗哗的,像流水,却都是叫别人拿去下崽、发财了。他不能光当个过路财神,不甘心光眼巴巴地看着别人发大财;他没有别的来钱道,贪污又不敢。那么,就只好这样小小地卡一点油水,敲敲竹杠。这也是违法的。

违法也没办法，小心点就是了。在这挣钱像哈腰捡树叶子、花钱像泼水的地方，他不能光靠干嘣嘣几个工资钱养活老婆孩儿……

焦炳和打开报纸包，推给他："给你的回扣八千整。今天现倒现借来的。点点。"

王秉正从衣兜里掏出一个信封，用手掌压着，慢慢推过去，他的手、他的声音都有点发抖："手续全妥。两张支票，一张四万，一张八千。看看。"

"死无对证？"

"死无对证！"

灯光下，案板上，两只手——一只粗短紫黑的手，一只肥厚无筋、不停地发抖的手——互相交换了位置。

神不知，鬼不觉。

贷款划走了。崭新的"东风牌"带斗的柴油车开进了下马砬子。

一天清早，焦炳和就坐在今天坐过的那个树墩上，看着云，看着雾，一动不动。

王秉正走过来了，趿拉趿拉。

焦炳和站起来，没有说话，默默地和他并着膀子，把又一个报纸包递给他。

他疑惑地接过来："这……什么？"

焦炳和不看他，看着远处的山头："录音带。黄色的。我复制了好几盘。"

"你……"

"拿回去听。绝对保密啊。"说完，焦炳和径自走去。

王秉正迟疑了一下，掉过头，急急回家，装进录音机，把音量扭低，按动开关，磁带转起来，嗡嗡地转起来——

"啊——？！"他惊叫一声，魂魄顿时出了七窍……

焦炳和得手了。

焦炳和控制了王秉正。

焦炳和叫他再给贷八万块，再买两台车。他照办了。焦炳和叫他……焦炳和叫他……他都照办了。

他害怕了，惊恐万状，寝食不安；他后悔了，宁愿退回八千块的回扣，换回焦炳和手中的全部录音磁带。

"嘿嘿嘿！"焦炳和笑了，笑得阴森可怖，"还我的回扣？那好啊。八千？

八万我也敢要！不过，录音带我可得留几盘。你放心，只要你够朋友，就还是那句话——我决不出卖朋友！"

第一次冒险的尝试。

第一次圆满的成功！

有了第一次，就有第二次、第三次……焦炳和用类似的、截然不同的手段，又控制了工商分所何所长、税务分所刘大鼻子、交通监理金矮子……他，焦炳和，终于成了下马碇子的霸上之霸，成了声名赫赫的汽车王，成了为人仰视的焦大轮子！缺德少良心吗？是的，他承认。可他管不了什么道德良心。他只管他自己。有时连自己也管不了。能在下马碇子插进一只脚，能开窑、置车发大财的，或不开窑、不置车也能发大财的，有几个讲道德良心的？你要讲道德良心吗？你要当老实人吗？那就替别人甩大锹去、替别人下洞子背大筐去吧！他可不愿意再去甩锹背煤了，他要想尽一切办法在这里站稳脚跟，扎下营盘，打出天下；他不仅要在这里发财，发大财，他还要不被别人掌握和指挥，要掌握和指挥这里的一切！他现在就是这么一个人。从来到这里那一天起，他就要使自己成为这样的一个人！他终于成了这样的一个人。

操他妈的王秉正，你想操着大权，叫老子不舒服？老子叫你一辈子不好过！只要老子活着，你就别想有一天舒心日子！——此刻，焦炳和就这样在心里恨恨地骂着，晃着身板子在人挤车叫的村街上走着，不断地冲谁点点头。刚才，他逼着王秉正给刘棒子贷款，是出于对刘棒子的同情、怜悯，更是要顺便玩一下王秉正，开开心、解解气。——他老是憋着一肚子的气，老是想发泄，又老也发泄不完。

他向村外的那个宅院走去。她，还在那里等着他回去吃早饭吧？她哪天都等他等到八九点。这个娘们儿！

"可堵着你啦！"

他还没走到大门口，被谁从后面一把薅住。回头一看，是李家窑窑主，呵哧大喘："走，帮俺陪个客去！营口的，大买卖！"

下马碇子的窑主、车主，摆大盘子拍买卖，能请到他焦大轮子到场，不光提气、光彩，心里也踏实，过"关"通"卡"都顺当……

四

　　三间瓦房，两间厦子——当地人叫耳房的厦子。院子里和后山坡是一片矮趴趴的山楂树。果子还太小，看一眼嘴里都发涩。这是他帮她买的树苗栽下的。山楂一块钱一斤，这几十棵树长起来，够她坐着吃花穿用一辈子。

　　她是当地的一个寡妇，确切说是个未曾正式结过婚的寡妇。她住着三间正房，他租着她的耳房。月租，她要二十块，他给她五十块，额外供着她烧的煤、吃的米、穿的衣。她给他做饭、洗衣，给他一个女人能够给他的一切，做他的情妇——当地人叫相好，叫露水夫妻。

　　太阳偏到半下晌的时候，他才回来，醉眼蒙眬，两腿打缥儿。她老远就迎出去，在大门口搀住他："又喝多了，看你！"

　　他粗胳膊一横，推开她："去，把门开——开开！"

　　她慌忙跑回去开开他的门锁，又掉头来搀他进去。他死猪一样把沉重的身子摔在土炕上。她去冲了糖醋水，杯里碗里地倒着，噘起嘴唇呼呼地吹凉，端过去，用小肘托起他的头，叫他喝，喝了解酒。他顺从地喝了。她又去浸了凉毛巾，斜身靠在他的身边，给他敷额头，搓胸口窝，又呼嗒呼嗒地扇扇子……

　　妈的，这娘们儿真会疼人。他仰巴叉地躺在那里，任她搓整，舒舒服服地直想睡。却又怎么也睡不着。他想坐起来，却坐不起来，眼睛也睁不大开，就抬起手，无力地搭在她圆椭椭的肩膀上；搭了一会儿，又挪下来，抓着她坠坠的胸脯……她比他的黑老婆有娘们味儿。不过他却不可能娶她当老婆。她太女人味了，女人味得叫人心疼，风摆柳似的一捐粗的细腰，干不了地里活计；动不动就淌泪儿，更叫人不忍心斥挞。她比不上他那黑老婆刚强硬性、泼实能干，一个家的日子撂给她，放心。唉，他是有了家小的；即便没有家小，他这路土疙瘩佬儿，娶老婆也不光是看着好看、搂着有味儿，还得能当他的半拉膀子使唤，当他的出气筒子——他就这么跟这个娘们说过。他用不着瞒她，也不怕她生气。他还劝过她，劝她趁早正正经经地嫁个男人，像模像样地过日子；他也曾实心实意地帮她寻觅过几个挺相当的光棍汉子。

　　她不但不生他的气，反而更爱上了他！爱他的直性、大气。男子大汉，就该是坦坦荡荡，要干，就干得个红红火火；要玩，就玩得个尽性子。可惜，这样的男子汉太少。虚头巴脑，假假拉拉，贼眉鼠眼色眯眯，又想尽性子又怕丢名声的，倒多得像屎苍蝇！她曾跟好几个男人相好过，但他却是她倾心爱上的第一个男子。她是个恶霸的孤孙女，是个没人敢招济的黑崽子，十五岁那年就被村里一个民兵破了身：因为她偷啃了队里的一棒嫩苞米，被他抓住了，他那晚上看青……从此，她没有了廉耻。一个人先得能活下来，才能有廉耻可讲，女人也一样……在被那些正经的和不正经的男人玩弄中，她也学会了玩弄男人，以得到庇护，得以生存。她不仅生存下来了，还最后赚下了这样一个宅院——这是那些曾经主宰过下马砬子一切的相当"正经"的男人们付给她的报酬！现在，那些正经的和不正经的男人们都因了政治的（绝不是作风的）原因而风流云散了；历尽磨难，她终于得以安宁下来，像他后来劝她的那样，她应该，也想要正正经经地嫁一个男人，过一个女人应该过的日子；也许，她还能生一个孩子。可是，他一下闯进她的生活，被她一下爱上了……她清楚地知道，自己早晚是要正正当当地嫁给不是他而是另外一个男人的；但她现在还不嫁，她要等他讨厌她了、或者离开她了以后。她不愿意先离开他！这也是爱。啊，这样的一个女人的爱，这样的一种道德和理智都不可能抑制也无法解释的爱……

她哭了。

他看见她哭了。

他心里也陡地不是滋味，支起肘头坐起来，叫她再去冲一杯水。

她抹了把泪，去冲了糖醋水，端过来，坐在他身边，任他爱抚着……

"啊呀，差点忘了！"她冷丁从他的怀里挣出来，"头晌南海那面来了个人。找你。"

"谁？"

"我没问。他说上街里看个老同学，下晌再来找你。"

"噢……他没说什么？"

"没。"

"唉——"他不知怎么就长叹一声，木然地斜歪在那里。水杯在手里倾斜着……

她疑虑地看着他，似乎预感到有什么不祥……

……

"吱——嘎——"

铁大门发出涩滞尖颤的金属扭擦声。

"老焦，老焦回来了吗？"

五

焦炳和打了个愣怔：来人挺面熟。

来人用异样的目光，盯视了一眼慌慌张张低头躲出去的女人，然后转过头："你是老焦吧？我姓关，关继胜。"

"啊啊，屋里坐，屋里坐。"他猛一下想起来：这人是南海家乡的关纪律检查委员！——他，他冷丁来找我干什么？

老关坐下了，抓起扇子狠劲扇几下，转着脑袋打量他的小屋。

焦炳和把一盒凤凰香烟和一盒火柴扔给他，然后去开糖罐子、冲水，他的手有点抖：妈的，没要紧的事，这个关纪委不能大老远跑来找我……是不是我有什么事犯了？什么事呢？……行贿？干过，上到县里的大干部小干部，下到乡里、村里的"山神""土地"，没数儿！敲诈勒索？也没少干，敲过刘大鼻子，敲过王秉正，敲过……凡他妈的敲过我的，凡他妈的跟我过不去的、耽误我发财的，我都没让他们得好……搞女人？也搞了，不过只她一个，两下愿意的……

"老焦啊，你这几年真混得不赖乎啊，成了全地区有名的暴发户啦！"

"啊啊……对付吧。比你干挣俩工资钱是强点儿。"他把糖水送过去，自己在桌衩坐下来，慢慢地抽出根香烟，手抖着划火，点着。细寻思寻思，也就那么多事吧。那么多事，也够了，够蹲个三年五载的了。妈的，犯上了，蹲就蹲吧，笆篱子也是人蹲的！不过也太叫人不服气，王秉正那号货怎么就没人查查、管管……

"老关，是不是——有什么急事找我？"他不再想跟关纪委兜圈子了。妈的，既然有事，就不必心虚，该死该活，怕有屁用！

"啊？啊啊，"老关赶紧收回目光，"是啊，是有件事想找你谈谈……"

"什么事？"焦炳和马上抬起脸，屏住了气，两眼不错珠地盯着老关。

"首先，是向你道谢……"

"道谢？"

"是啊。你一下子就捐给中学一万元……"

"噢——"焦炳和顿时长出了一口气，很不自然地低下头使劲抽了口烟。是有那么回事。老家中学的教室叫大雨浇塌了好几间，那房子都是坯墙苇顶的老房壳子。大小子来信说他差点给捂里头没出来。他接了信，就从这面账户里划去了一万块。

"我说，"焦炳和冷丁又打了个迟疑，抬起头，疑惑地看着老关，嘴角一歪，竟冷冷地笑了笑，"你个大纪委，管这事干什么？"

"这——哈呀，你还不知道啊？我早调中学当书记啦！"

"噢——！"

"你老伙计想当无名英雄怎的？那支票上连个名也没落。我们猜就是你，一打电话问这面，果不然！"

"是吗？"焦炳和抻筋挣骨地伸了个懒腰，舒舒畅畅地打了个哈欠，慢慢地站起来，手指头使劲搓着肩胛窝，搓下一卷卷的黏汗泥，走到炕边坐下，背靠在间壁墙上，仰着头，看着棚顶，继续一下一下地搓着肩胛窝，搓着胸脯子。柔和了许多的阳光，从窗口斜斜地射进来。他的脸上，裸露的肌肤上，闪着细腻的紫铜水般的光泽……

"这么点儿个事，你还大老远跑一趟来。真是。"他把搓下的汗泥捏扁，扔到地上，很轻松，很坦然地埋怨老关。

"这还算小事儿？！"老关把刚划着的火柴又扔掉，把叼到嘴上的香烟也赶紧拿下来，"我主要是想了解了解，你为什么要捐给学校这么一大笔钱？"

"为什么？……"焦炳和想了想，晃了晃脑袋。细想想，他也不知道到底是为什么。

老关划火点烟，抬着上眼皮看着他，等着他回答。

"你问这干什么？"焦炳和冷丁又觉出点不对劲来，问了一句。

"给报纸、电台写信啊。凭你这事迹，准是头版头条！"

"不行不行，不写吧。"焦炳和竟有点发慌了。对于别人，登报表扬也许是好事，可是对他——吵吵大发了，弄不好，反倒一下子就露馅……

"我说，你到底为什么？"

"为什么？不为什么。"焦炳和沉了沉气，走过去，抽出根香烟，在桌上敲了敲，"因为我有钱。钱太多了，没地场花了。"

"咱们说真格的，老焦……"

"我说的，都是真格的。还因为……我大小子在中学念书。"说完，抓起香烟和火柴，对老关说："没别的事，咱们吃饭去，喝两盅！"

"不急不急，我晌午在老同学家喝了一顿，还不饿。"老关一把薅住他，"你别支乎我，说句心里话。"

"我说的都是心里话！走走走！"他明显地厌烦了，拽起老关就朝外走。

"别别别，你说你真的是怎么想的？"

"你——"他狠狠地摔开他的胳膊，"你想臊皮我啊？"

"这怎么是臊皮你？你自己富了不忘支持教育事业……"

"你——少扯鸡巴蛋！我根本没那么想过，也没那么高觉悟！"

"这……那好吧。反正，你不说，事实也明摆在那儿，我照样写。"

"谁也不能写！谁要是写——"他急得发慌，嘴唇哆颤，哆颤，手里的香烟和火柴攥得嘎巴嘎巴响，好一会儿，突然声嘶力竭地大吼一声：

"谁写，我操他祖宗！"

"你，你……"老关被一下吼蒙了，恐惑地盯着他那青筋暴跳的脸，说不出话来——怪人，真是个怪人！不可思议的怪人！

焦炳和把攥碎了的烟和火柴扔到地上，狠狠地碾了一脚，顿时泄气地叹了声："唉——，老关，我求求你，再别提这个事了。我……我……唉——！"

仰天一声长叹。

六

陪着关书记吃了晚饭，又把他送进旅店，焦炳和郁郁沉沉，独自踽行到李歪脖那间小棚前。它，曾在他落魄之时使他得以安身立命。现在，它更见东倒西歪了，那样子咳嗽一声都能震倒……他站在它关闭了的小窗前，面对一街的灯火，一街的喧嚣，默默地站了许久，许久……

已是夜十点多钟了。这个时刻的夏的山村，应该是温润静谧的。但是这个下马砬子，此刻却比它的白天更燥热，更喧闹，更拥挤不堪。弯弯曲曲的一条小街，酒馆、饭馆、旅店，各种小卖、小吃摊子，互相排挤着争夺地面，挤得你出我进；各种牌号的运输汽车，空着的、满载的，又衔头咬尾地停靠在小街两侧；那些一白天都散布在沟沟岔岔里，背煤甩锹摔汗豆子的男子汉们，年老的年少的，不老不少正当年的，这时候像蚂蚁回窝，一下子都涌聚到这窄窄的村街里，疯狂地灌酒，抽烟，赌钱，呜嗷喊叫，泼笑浪骂，勾引女人——尽情地发泄着除了劳作之外的、另一部分粗野的和温柔的天性——在这暗夜下、深山里，在这零乱炫目的灯火中……啊，三年了，整整三年了，像这些在灯火下、酒色中放荡不羁的男子汉们一样，他——焦炳和——汽车王——焦大轮子，在这深陷在重重大山之中的下马砬子，在这从地下掏一把就是钱的新兴小矿区，拼命地干，拼命地捞钱，拼命地寻欢作乐……一个人在这人世僻远一隅里能干出的，能捞到的，能发泄的，他几乎都干了，都捞到了，都尽性子发泄了，正当的和不正当的，道德的和不道德的，心安理得的和提心吊胆的；一个人在这里能够尝受到的人生滋味，他也都尝受到了——苦、辣、酸、甜、咸……他，在这里得到了他想得到又能够得到的一切；在这里，他也失掉了他应该失掉的和不该失掉的一些东西……终于，他感到索然无兴、淡然无味了，他变得淡漠了，麻木了，迷惘了……

唉，他怎么变得这样人不人鬼不鬼了？

他，到底图了什么？

……

他的屋里黑着灯。

她的屋里亮着灯。

他犹豫了一下——他从没在她的门前犹豫过，今天不知为什么竟犹豫了一下——推开了她的门。她停下正在熨着的他的裤子，默默地去给他冲杯糖醋水，默默地走回去，坐下，红红肿肿的眼睛疑疑惑惑地看着他，想问什么又不好张嘴问的样子。

他坐到炕沿上，耷拉着脑袋抽烟，抽烟。

她眼巴巴地看着他，看着他。这些日子她不知道他的脸色怎么那么难看，苦抽抽的？到底出了什么事？

荧光灯镇流器的电流声吱吱嗡嗡响。

洞开的后窗飘进寂寂幽幽的虫鸣。

沉默。

令人压抑、难挨的沉默。

"我……回西屋去。"他掐灭刚又点着的香烟，看她一眼，站起来，转身去推门。

"……等等……"她突然喊了声，声音发颤，使劲抹了抹眼睛，"再……坐会儿……"

他顺从地停住脚，又缓缓地坐回去，耷拉下脑袋，搓揉着那支香烟。

她在桌边坐下了，看着他："出事了？"

他摇摇头。

她吁了口气，松懈下来，说：

"你……回趟家看看吧。多住些天……"

"……"

"你老在外头，"她垂下睫毛，低下头，"你家大嫂，也太……"

"……"

"你——炳和，你讨厌我吗？恨我吗？"

"……"他不解地看了她一眼，又低下脑袋。

她看着他，看着他，突然一下伏到桌上，抽动着肩膀，放声地大哭起来："……你……你怎么不恨我啊……怎么不讨厌我啊，你怎么不……"

他抬起头，看着她，茫然无措地看着她……

终于，她敛住哭声，泪眼婆娑、声音哽咽，又垂下睫毛，咬着嘴唇："你……回自个屋去吧，炉子，给你生好了……"

他没有动。

许久，他冷丁说："你，找个人吧。刘棒子，人挺好。我试探过，他不嫌弃你……"

"……"她两手捂着脸，啜泣着。

"我……打算回南海，再也——不回来……"

她一下挪开手，抑住抽咽，一双泪闪闪的大眼睛充满惊异，恐惑不解地看着他。

"我，我走了，你叫他来。你们好好过日子。我，给你俩留台车……"

"你——！啊呜呜……"她埋下头，大哭起来，"……你……你……别说了，啊呜呜……"

他默默地站起，默默地走出去，把她的门轻轻关严。

他没有开灯，也没有铺行李，就那么大头冲里倒在炕头上。

那屋的灯光从门窗透出来，方方的一块块映在红砖的院墙上。

她还在哭。

他的心里很酸楚，很怅惘。这到底是怎么一回事？为什么啊？怅然间，一切都似乎变得很遥远、很模糊了，梦幻一样非今非昨、似有似无……也许，自己根本就不该到这里来；也许，自己早就该离开这里。可是，却来了，却没有离开。为什么来到这里呢？是为了她吗？不是，根本不是……是为了钱？为了争一口气？为了报复吗？似乎都是，又似乎都不是……他觉得心里空落落的，又觉得心里憋屈、烦闷、不痛快……啊，为什么，到底为什么！？

倏然，眼前一阵漆黑如墨！怎么回事？噢，是映在院墙上的灯光灭掉了。

那屋的哭声也停止了。什么时候停止的？她睡了？

他闭上眼睛。是的，该回去了，该回南海的家里去了。不管到底为什么，他还是来了，在这里待了三年，像飞转的汽车轮子一样，拼命地、一刻不停地"转"了三年。三年啊！他发了财，发了大财；他制服了他想制服的人，但是，也"转"得疲劳了，厌倦了……去他妈的钱！去他妈的下马砬子，去他妈的……他要回去，回去和老爹、老妈，和老婆、孩子，好好地过几天舒心静气的日子……那么她呢？得帮她和刘棒子成了。刘棒子不嫌弃她。不嫌弃她就好。人熊巴点、穷点。熊巴点、穷点怕什么，他会摆弄汽车，那就送他一台，也算是我对得住她——不，我对不住她，我耽误了她，这一下又闪了她，唉！人啊……

焦炳和糊里糊涂地抬腕看了一下夜光表，没看清大针小针，不知道是一点十分了，还是两点五分？管他妈的几点几分！炕太热，烫得肉疼。头也有点涨，有点疼，感冒了？炉子没封。窗开着。这么下面烙上面凉，非感冒不可。

他糊糊涂涂地下了地，摸黑抓过煤铲，撮了一铲稀煤，"呱"地摔过去，盖住正烧得通红的炉子，回屋又顺手拽上了窗扇，把凉鞋一蹬，又头冲里囫囵个躺下——

"明天,就动手打扫这面的乱头事。打扫完了,就回去……回南海老家去……"

他糊糊涂涂地想着,糊糊涂涂睡着了……

他没有等到明天。

第二天早晨,她过来喊他吃饭时,他的手脚都已冰凉……

他死得真窝囊:煤气中毒!

他的死状很惨:背心撕得稀烂,胸脯子抓得……

她给他穿衣服的时候,在他的炕席底下发现了一大叠子信——南海家里来的信。有一封信就打开着放在上面,上面写着:

……老大考上了县重点高中。老二期末考试平均 89 分。家里稻子二遍草我都薅了,长得乌黑乌黑……爹、妈和孩子都见天念叨你,能倒开身,你就回来一趟,住两天……

她看不下去了,奔出屋去,依着河边一棵歪脖子曲柳树,大哭起来……

啊,正是这长白山地浓重、苍茫的雾霭开始升腾,即将化而为云的时刻!

马嘶·秋诉

谢友鄞

马嘶

合房后的第三天早上,他们起来三次了。

头一回,女的要爬起来。天还没透亮,屋子里模糊,她小心着没敢拽亮灯,用两只脚尖摸索,够着炕底下的鞋,错了,自己的脚在鞋窠里直逛荡,她咬住舌尖暗笑。她像小猫儿一样溜出新房后,点燃灶间火,身子一俯一仰,呼哒、呼哒拽风匣。艳红的火光在脸上跳,乌油油的长发没来得及梳,散披在肩头。衬衣上面的扣子没有系,露出一抹细白的胸颈。她知道自己早晨懒懒怠怠的样子很好看。锅里的水咕嘟咕嘟翻响,白蒙蒙的水汽大团大团翻腾。她洗手揣面,贴一圈大饼子,去买马,要带足上路的干粮。她知道自己在白汽里影影绰绰的身姿很诱人,男人说过。嘴角情不自禁微笑着咧开。白蒙蒙的水雾从门缝里渗进新房漫上炕,青丝似的一缕一缕缠进男人的梦里面。

第二回,男的蹑手蹑脚走到灶间,右手抓住倚在墙角的扁担,左手拎起一对水桶,要去腰街的大井挑水。得把水缸装满,马买回来后,赶紧喂饮,还要给它全身细细梳洗一遍。女的却嚷起来:"喂,长点眼睛,见到蒙系人,躲开点。"

噢,她醒了。这儿是个汉、蒙杂居的世界,两合水户越来越多。她娘家就是蒙系,瞧她那口气。他笑起来。一大早,碰见挑空水桶的,蒙系人会觉得一天不吉利。都是屯里乡亲，他干吗得罪人。回来时就没事了，水满得一路上泼泼洒洒，尽管悠悠地担，放心往前扑奔，谁见了都会高兴。隔着门，他却故意说：

"我就是不躲，怎么着？"

她趴在被窝里大声道："那他们就拐进别的胡同，躲开你呗。"

两人咯咯地笑起来。

其实，都是想象，他们谁也没有起来成。头一回，她刚要爬起来，他仰躺着，伸出两只壮实有力的胳膊，抱住她软嫩嫩的腰；雪白膨起的奶子，两滴熟透的樱桃冲着他晃，他冲动地把她拽回了被窝里。第二回，她响着细鼾，他舔了舔她合着的细密纤长的眼睫毛，轻轻撑身，正要起来，她却把头一下子压在了他宽阔的胸脯上。

终于不能不起来了。还要赶一百里的路，出远门哪。狠狠心，他们一堆儿起来了。退回去七八年，连十七八岁的姑娘，晚上睡觉都脱得光赤溜的。这儿曾是有名的贫困区。有的人家连褥子都不铺，肉贴着炕席，省衣裳、省褥子，也节省柴火。早晨起来一瞅，一身好看的花纹。

房子是新戳起来的，车是新打成的，六亩就要收割的庄稼地是老辈新劈给他们的，人呢，是新合卺的。

就差一匹马了。庄户人家的院套里，有了马咴咴的嘶鸣，更生气勃勃了。

农户院一大早是最热闹的。邻居家早就折腾得翻天覆地了。狗吠、猪哼、鸡扑棱棱飞上柴草垛，木栅院门吱吱扭扭推开又关上。邻家那个爷们儿，歇了一夜，底气足，唱黑头似的大声嚷嚷，吆喝半瘫痪的老婆拌猪食，呵斥他的两个闺女拴马套车。他家有一匹马。昨天，小两口儿想借马去地里用一趟。那爷们儿用手摩挲着下巴，眯缝着眼儿，说：

"有车吗？"明知故问。

"打好了。"男的说。

"我帮你们驾辕。"他说的是真心话。乡路上，人驾辕的辙迹并没有甩过去多远。

男的却倒吸了一口凉气。

女的眼睛里冒火了。"砰啪"一摔门，进了屋。把身子往炕上一歪，气得眼泪没飞出来。

走吧，赶快去给自己买回一匹纯种蒙古马。

出了村，往北走，都是山，峰托着峰，岭推着岭，没完没了山的浪。微白的山径像脐带似的在墨黑的山峦间飘飘悠悠、忽隐忽现，使人想到生命的原始和神秘。赶了一天路，夕阳压山，淡红色的晚霞涌现出来，堆着微笑，露出了山峰上恬静的黄昏。

黄昏迫近，山势减缓，山脚急急收住，一片平坦的草原蓦地展现在眼前——辽西大草滩。

北眺隐隐约约，一线墨绿，那是著名的防风林带，把内蒙古和辽西清晰地划分开。强劲的风从高处扫下来，压下来，没膝深的草海退潮似的唰唰倒伏；风过去后，又喧喧哗哗地站起来。这儿、那儿，草滩上每隔三五里，便露出一簇簇崭新的红砖青瓦房。辽西低矮寒碜的县衙门，为了建立自己的草牧业基地，从内蒙古请来养马行家，给他们盖起了一幢幢美丽的"别墅"。

一簇簇马群，散漫在草场上。小两口儿刚走近一幢"别墅"，主人就迎了出来。高大魁实，脸膛黑红，前额油亮，穿着钉有铜纽的大襟长衣，腰束布带，甚有宽阔之风。带后挂着，白瓷鼻烟壶，左侧悬烟囊，腰后坠着打火的燧石。本地的蒙古族汉子，早已没有人这样打扮了。主人说话"潮"，同辽西一带的蒙语已大不一样，连她听着都觉得别扭。原来，他是牧主，马八百块钱一匹，任你挑。就看你有没有眼力了。牧主站在房前，朝东、西一指，那里分散开两大群马，各有百八十匹，有两位马倌在分头放牧。

牧主说，都是他的马，马倌是他雇的。他们交过钱后，牧主用双手拢成喇叭，朝较近的那个马倌吆喝一阵，马倌明白了，按住马头，跳下杆马。

牧主领着他们走过去。一色膘肥体壮的蒙古马。仔细看，会发现一个个小家庭。父母领着两岁以内的子女，相依相恋地嬉戏。真正的蒙古马都有洁癖，必饮清洁水，喜食新鲜草，锦缎似的皮毛高雅闪亮。若是来了狼，母马护卫住子女，公马与天敌拼死搏斗。可是，小马一到三岁，能独立生活了，公马立即将它驱逐，让它像小流浪汉一样走远些，娶妻嫁汉，另立家门。

马倌其貌不扬，窄窄的刀条脸，脸像风干的核桃皮，宽肩蜂腰；再往下瞅，可就不能轻视了，他的双腿呈罗圈形，一看就知道，是常年骑马所致。

胖胖的牧主对男的道："挑吧。"

男的瞟女的一眼，笑道："挑吧。"他知道，她的马经比自己好。

马倌冷冷地接口道："套一匹，五块。"他的汉话很好，你分不清他是蒙古族、汉族，还是两合水的后裔。

"什么！"她一怔，"你当我们不会套？"

马倌抱起膀子，斜眼觑住俊秀的买主："这是规矩。"

"你定的？"她盯问住牧主。

牧主忙笑道："从老家带来的规矩。"

她咬了咬嘴唇，忽然眼前一亮，目光越过马倌的头顶，惊喜地朝马群望去。用手一指，叫道："把那匹雪青马给我套来！"

牧主和马倌跟着她的手指望去，身子同时一颤。

一匹高大壮硕，昂首甩尾的雪青马。大鼻翅，大嘴巴，咬肌发达，能吃能喝喘息通畅。四肢关节明显，蹄扣如碗，充满弹性。它轻灵地奔旋着，在马群里激起一片节奏强烈的蹄声。老人骑上它，会更具有长者的风度，少男少女骑上它，瞬时会产生一股摇人心旌的灵气。她好眼力。

马倌盯住牧主："你应承了？"

牧主沮丧地说："话在头前了。任挑。"

马倌气哼哼道："套那匹，十块。"

她一愣，脸色由红变白。这个坏东西！她嚷道："你反口！"

男的也气得不行，说："讹人吗！"

马倌躲开他们的眼睛，坚持说："就是那匹，例外。"

"我就要那匹。"她蹽开大步，朝前走去，一把拔起插在地上的套马杆，自己去套。她有蒙古族血统，骑术不坏。男的攥紧拳头。若是马倌敢拦阻她，拉拉扯扯的，他就冲上去，给这个流氓脸上狠狠一击，"噗嚓"，酣畅淋漓地画一朵大写意刺玫花。

不料，马倌抱住双臂，纹丝未动。

牧主急道："使不得！"

她一扶马颈，跳上杆马。左手挽缰，右手拎着长长的套马杆，缓缓地、不动声色地朝雪青马走过去。马倌的嘴角仍斜挑着一丝冷笑。马群中起了一阵轻轻的骚动。雪青马站住了，扭回头，好奇地望着这位没有穿蒙古袍，没有蹬马靴，俏丽陌生的女子。她咴咴地唤着,甜蜜、轻松、亲昵慢慢挨近去,逗着,挨近去,蓦地一扬马杆,在半空中划起一个满月。雪青马倏地惊醒,举起前腿,昂起头,恰好钻进了套索里。

男的双拳一擂,大叫:"套中了!"

女的心儿像云雾似的飘起,心里快活地大叫:"该死的刀条脸!破产啦!"

雪青马激动地嘶鸣起来,头向上挣扎摆脱,惨烈的叫声像一支响箭泼喇喇飞上蓝天。它举起两只前腿,霍地向左一跳,重重地落下;又腾空举起两只前腿,噗通向右一跳。来回挣跳,弄得她在马背上左右摇晃,险些松脱脚镫,从鞍背上栽下来。男的脸色唰地白了。她身子向后一仰,连忙夹紧马肚,双手死死攥住马杆。狂跳不止的雪青马陡地向前冲去。霎时,蹄声似雨,金鼓擂响大地。群马惊慌地咴咴长鸣,炸涌着,如水似的分出一条长长的甬道。也许是她的坐骑跟不上,也许雪青马的力量奇大,奔出几百米后,眼瞅着她抓住马杆的末端,从马背上无声地滑起,在半空中悠悠向前,像一只孤零零的鸿雁,展开灿烂的羽翼,飞向碧玉似的蓝天。倏然中弹,噗嚓,扑落在草滩上,急剧地不停地翻滚。男的惊叫一声,冲上去。她借着翻滚减少摔力,站了起来,脸涨得血红,呼哧呼哧大喘,眼睛里噙满屈辱的泪水。

他一把抱住她:"没、没事吧?"

她激恼地一推他的肩膀:"我去撵!"

他忙道:"我去!"

她一听,反倒抓住了他的肩膀。

就在这时,一声呼哨,马倌翻身跃上一匹马,流星般地从他们身边掠过,直朝雪青马追去。他和她眼睛一闪,看见了那双紧扣马肚的罗圈腿。马倌一个镫里藏身,俯身拾起拖曳在雪青马后面的马杆,又重新翻上马背。他没有像她那样立即收紧马杆,而是跟随雪青马,跑一段,收一收,马儿被扯拽得昂首扬蹄,落地后,再松再跑再收。夕阳落在前方地平线上,通红圆硕,映红了半边天,染红了壮阔的草滩。马和人箭也似的朝前射去,越去越小,倏地弹进红日里。人和马墨黑墨黑,在巨大静谧的红日里剪影般地昂首、撕拽、举蹄、奔旋。一双新人被这人间罕见的景致惊呆了。

半个多时辰后,蹄声流水似的响,马倌回来了。他胯下的坐骑大汗淋漓,雪青马喘个不止。女的早就拿出十元票子，悄悄塞给了男人。

男的笑道："不易呀！"把票子递给马倌。

不料，马倌抱起双臂，理都不理他。

男的一愣，手僵在半空。这个家伙，是要出口气，非得她亲自把钱送给他吗。男的把钱朝她递过去。女的却仰起脸，一双水汪汪的眼睛瞟着天，天好蓝好悠远，一只鹰苍劲地朝天上钻去；她把双手背在身后，拎着精致的短马鞭，拂来拂去，拍打着后腿。男的尴尬极了，把钱朝牧主递过去，道："东家，你把套马钱收好吧。"

牧主满脸肉笑，却不接钱，斜眼觑着倨傲的马倌。这个窝囊的牧主！他不是你的伙计吗！

男的又急又气。都倔乎乎地犟起来，不耽误了大事吗。他急中生智，对女的道："哎，快走吧。天大黑了，咱们能在这儿住下吗。"

牧主笑道："住下，住下。夜道上有狼。炒米都给你们泡好了。"

女的一把抓过钱，塞给马倌。

男的心里一松。

万没料到，马倌把钱甩了回来。

"咋？！"空气一下子紧张起来。

马倌嘴唇一吐："不要你的钱！"

"什么？"

马倌恶狠狠地说："记住，侍候好它。"

牧主忙解释道："唉唉，你们不知道，有一回马群炸了，他被掀下马背。幸亏这匹雪青马没惊没狂，反把他叼了起来，才没让乱马踏死。"

他们恍然大悟。想跟马倌说什么，又不知道说什么好。一时心里沉甸甸的。而后，男的一抡马鞭，女的坐在后面，抱住他的腰。他们像盗马贼一样逃也似的向前奔去。耳畔风声呼啸，眼前的路直立起来……女的到底忍不住了，从后面一勒缰绳，雪青马倏地站住，前面的路又唰唰地倒伏下去。身后的烟尘越过头顶，像一条黄龙翻腾着继续冲向前。

他们扭回头，女的眼睛里闪烁着黄昏的泪花，巨大的夕阳已经没入地平线下。那个马倌仍抱着膀子，一动不动地站在那里，像一尊遗恨万年的雕像。柔和的薄

暮垂落到他的双肩上,轻烟罩满了大草滩。

秋诉

五千响小鞭像一只蜈蚣,从竹竿顶端垂吊下来,捻芯嗞滋地向上燃烧。蓦地,噼噼啪啪炸得满天飞,粉红色屑雨纷纷扬扬……女的一纵身,轻灵地跃上前辕。男的拽开木栅大院门,叫道:"今天几号?"

"白露。"

男的庄严地说:"今天是大车的生日。往后,每年到这天,都放上一挂响鞭。在外拉脚,这天车钱减半;若是在屯子里,谁家有了急难活,免费白干。"

"好喽!"女的大声道。

"噼啪!"鞭哨在半空中炸响,大车奔出院,男的从后面爬上车。

雪青马拉着新车,轻悠悠上了村路,一直赶到四里外的自家地里,在一大堆谷垛旁停下。家家都在抢收,庄稼风扫一般撂倒了,大地赤裸裸地袒露出来,附近的山高了,头上的天开阔多了。

女的瞟男的一眼,说:"过口瘾吧。"

他们不像老辈庄稼人,见着活儿那么狼虎。男的蹲下来,点燃一支黑雪茄。太阳暖洋洋,拂弄着人的头皮。一大片云浮过来,扯着地上的阴影走。烟头暗红地一闪一闪,淡蓝色的青丝袅袅地升起来。

女的背倚谷垛站着,身子放得很松,让男人从从容容地过瘾。

附近邻家地里,传来那个爷们儿的呵斥声。他带着两个闺女往车上装谷捆。

"快点!看我抽了你们俩的懒筋拧麻花。"

"杂种!谷穗都划拉了。"

把一双姐妹弄得慌里慌张,六神无主。女的往那边斜嘘着,不由得叹了口气。

昨天,太阳落山了,他们家还在忙。爷们儿在房后压谷穗。他站在场院中心,手里拽住长长的缰绳,马被戴上蒙眼,拖着碌子一圈圈跑。他吆喝着,不停地骂:"驾、驾!操,杂种,往里拐。"

爷们儿的骂声飞过土房房顶,落到前院来。

前院堆着谷垛,姐妹俩在铡谷穗。她们的娘得了半身不遂,右脚跛,右胳膊抬不起来，说话口齿也不清了。庄稼进院，人却精神起来。蹲在地上，用左手把铡下的谷穗一头头捡进筐里。

妹妹絮好谷捆，姐姐双手握住铡刀把，说："娘，你进屋歇着吧。"用力一压，咔嚓嚓，肥大的谷穗头活蹦乱跳地掉下来。

娘伸手去够一只谷穗，不料，噗地扑倒了，头差点撞在明晃晃的铡刀片上。姐妹俩吓了一跳，跺脚道："哎呀呀，娘，你跟着瞎掺和啥！"姐姐蹲下来，不容分说地把娘往背上一拥，背起来，撒开小步走进屋里，把她放在了炕上。娘却拍着大腿，孩子似的傻笑："甭、甭，我不累。"

不一会儿，娘挪挪蹭蹭，又拐出来了。唉，真没法子呀！

就是这样的爹和娘，他们恨活，把一双女儿当牲口使，把自己当牲口使，使唤得更狠。

那个爷们儿在大车上蹿上跳下，骂得冒烟咕咚，汗津津的脸上沾满了灰屑。

女的忽然觉得有点累。

男的掐灭烟头，站起身。许也是受了那边情绪的影响，显得没精打采，他们默默地抱起一捆捆谷子，平平整整，边边致致地放在大车上。下面码得宽，打好底儿，往上才能垛得高。有半人多高了，女的对男的一努嘴，说："上去。"

"你上去。"在底下扬杈的活儿累。

"哎呀，让你上去你就上去嘛。"女的突然发脾气了。

男的脚踩住胶皮轱辘，一纵身，就站在了大车谷垛上。

女的弯下腰，将木杈插进谷捆里，挑起，身子微微侧着，仰身"嗖"地向上一甩，把一捆谷子扔上去。男的一把接住，按顺序从外缘码起。他居高临下，从来没有用这种角度俯视过她。他感到非常新鲜。

她头上扎着鹅黄色三角围巾，上身穿着蝙蝠衫、袖口系着。甩臂扬杈时，像要飞腾起来。颀长的腿穿着牛仔裤。也许是受蒙古袍的影响，这一带人习惯了肥袍大褂。男男女女，都穿大挽腰裤，裤腰上帮衬着一圈红布，祛邪压祟。裤腰展开来，胯裆里能装下一口袋粮食；合起，捧在肚子上一大堆。她穿上蝙蝠衫、牛仔裤的头一天，村子轰动了，给姑娘们的刺激可不小。邻家姐妹俩来串门儿，她们摸着瞅着咻咻地笑，这衫子真张狂，可扬场甩杈的时候，活了，好像是专门给咱们预备的。裤子咋这么窄瘦，把屁股沟都裹出来了，两条腿紧得像打枣的麻秆，

425

小肚子上和屁股蛋子上尽是小兜兜，黄链坠儿滴里当啷的。姐妹俩打心眼儿里羡慕。回家后，姐妹俩壮起胆子，嗫嗫嚅嚅跟爹试探，也买下么一身，立刻被暴跳如雷的爹回敬过去。

女的嘴角含笑，杈起一个谷捆，两只眼睛晶亮，丰满的胸脯微微起伏。瀑布似的阳光倾泻下来，把她泼洗得透明；纤细的杈杆在流水般的光照里咝嗡嗡颤响，仰起的一张脸生动得明灿灿，大得不成比例的谷捆向上徐徐隆起，她的身影奇异地仰倒在大地上。神了，真美！怪不得她非让自己上去，她有多聪明。男的一愣神儿，谷捆"呼"地飞上来，他慌忙接住了。

邻家的车已经装好。那个爷们儿跳上前辕，粗声大气地吆喝："把地里的碎头子都捡拢，一头不准落。山上的狼多了，天上的麻雀多了。知道吗？"

姐妹俩一声不吭。耷拉着肩膀，垂手站着，显得疲惫极了，一脸木木的。爹得意地说："山上的羊多了，地里的粮食多了嘛。加小心，替我看住野雀。"他像哲学家一样发出箴言后，一扬鞭子，轰动了大车。

姐妹俩跟着活动下身子，见大车走远，突然复活了似的，朝这边溜过来。妹妹招呼道："你们家大收成了。"

女的一手掐腰，一手拂去额上汗湿的头发，笑道："敢情！扬花的时候，我们钻过谷地啦。"

庄稼抽穗扬花的时候，各家的小两口都去大地里过夜，祈祝庄稼授粉，盼个好收成。可那时他们俩还没有结婚。什么都敢端出来！姐妹俩哧哧地笑起来。

女的说："别笑！你们也该钻谷地了。"可不是，姐妹俩不小，连妹妹的岁数都跟女的一般齐。

姐姐苦笑道："我爹说了，我们俩是他拿粮食堆起来的。人家不捞回来能干？要留着我们狠使唤几年哪。"

女的愤愤地说："让他把着！相中了谁，你们就往谷地里蹽。"

妹妹道："说得轻巧！扬花的时候，见天晚上，爹都打发我娘，一拖拉一拖拉地过我们小屋来清点人数。"

姐妹俩想笑，却露出一脸心酸的哭相。抬起头，望着站在大车上的他。他高考落榜后，回到了家。都说农村需要有文化的人。扯淡！学问没做成，务农活的本事又耽误了，这样的人回到庄稼院后，心里灰溜溜的，日子不好过。有人试探过，提过亲，说姐妹俩给他一个，拆了院墙，两家就是一家，来来往往多方便。爹骂骂咧咧地说，我是正儿八经的庄稼人，容不下这样的二吊子。可这女的有眼力，有章程。她不愿意把日子过得那么严肃，把活儿干得那么狠巴巴，她偏喜欢他这样的。男的站在大车上，身子挺挺的，额头阔朗，两只眼睛明亮，容光焕发，姐妹俩从来没有用这种角度、这么真真切切地仰望过他，不由得心旌摇动。

姐妹俩忙晃了晃头，像摆脱什么似的，说："帮你们干一会儿。要吗？"

女的刚想说："哎哟！瞧把你们折腾的。还不抓紧歇会儿。"见姐妹俩眼睛里竟露出乞求的神色，忙把话咽了回去。

男的大声笑道："行。好人哪！"

"接得过来？"

"放心！"

姐妹俩像小鸟儿一样飞回自家的地里，取来两把木杈。一样的活儿，还是给别人家干，她们却兴奋极了。姐妹俩和女的一起，把一捆捆谷子交替地甩上来。男的手疾眼快，接着，码着，叫道："快、快扔。三打一呀！"

话音没落，一捆谷子飞上来，男的脚下暄软，身子晃了晃。

妹妹涨红了脸，笑道："嘴硬！看把你砸下来。"

姐姐呼呼地喘："嘿！让你充能！"

她们嬉笑着，飞快地杈着，甩着。姐妹俩从来没有这么泼野过，从来没有这么自在畅快过，像尽情地宣泄着什么。姐妹俩的笑声随着两只谷捆同时飞上来，男的伸开双臂，一左一右，麻溜地同时接住，然后往两边一送，摆正。第三捆谷子又飞上来，他急忙收回胳膊，迎面接住。

女的杈好谷捆，扬起双臂，又一抡，也许动作太急剧，也许仰身甩杈的幅度太大了，上衫撩起，露出了雪白的小腹。男的一愣，"噗嚓"，一大捆谷子砸在他的胸前，另一捆谷子飞得更高，紧接着撞在他的脸上。他仰壳翻倒，挣扎着，要站起来，刹那间，一捆又一捆谷子以惊人的速度飞上来，把他埋住了。

车下，传来姑娘俩胜利的大笑声。

谷垛堆得小山一样的大车用绳子拢好后，男的劈叉开双腿，站在前辕上，脊背倚着谷垛，举起了长杆大鞭子。

女的趴在谷垛上，头几乎抵住男人的后颈，嘴里咬着一节谷秆，一股新鲜的汁液簌簌地浸入她的嘴里。谷草的芳香使她微醺。头上,有一只鹰,贴在光滑的天空上,一动不动,像静物标本。

姐妹俩忽然叫道:"唱点啥吧。"

女的一愣,扭头朝车下瞅,姐妹俩一副羡慕的、依恋不舍的样子。

姐姐道:"你们走远了,我们也能听到。"

男的没有回头,他不敢回头,他能摸到姐妹俩又变得压抑的心,对女的轻声道:"你唱。"

女的能唱。这儿的女人都能唱。一套套的歌又多;蒙歌汉味、汉歌蒙韵,它是草原和大山之歌,是汉、蒙亲情的自然柔和。

女的手一撑,跪坐起来。屁股朝后压在脚上,上身挺得水葱似的。高耸的谷垛多么暄软,四野空旷,一览无余。头上的天水洗过似的清明。女的清清嗓子,唱起来:

哥哥哎,
墙儿塌了你不能垒,
炕席破了你编不上,
桌腿断了你不会接,
酒壶嘴掉了你锔不上。

男的在歌声中挥动鞭子,大车摇摇晃晃地走起来。姐妹俩忘情地向前探着身,伸出双手,几乎和男的同时叫道:"我能,我能。"

"妹妹"接着唱:

你盘腿坐上我们家的炕。
玉石嘴烟袋我偏不递给你,
冲冲的烟末我不给你装。
我不是你别在裤腰上的烟袋,
看我拿笤帚疙瘩把你轰下来。

节奏明快，调子分外活泼。打是亲骂是爱，味儿浓极了。男的受不了啦，他们的血液最容易被这样的歌儿撩拨起来。一挥鞭子，大车顺着垄沟走上田间小路。车辙深深地碾入黄褐色的土地里，洒下一路美丽、细腻的胶皮轱辘花纹。

姐妹俩仍旧站在原地，也情不自禁唱起来：

正月里娶过奴，
二月里你就走。
哥哥你出远门，
小妹子也难留。

手拉上你那手，
送你到村口。
有两句知心话，
哥哥你记心头。

走路你走大路，
你不要走小路，
大路上人儿多，
走差好问路。

歇歇你平地歇。
你不要靠崖头，
千年老崖头，
你千万莫要走。
哥哥你要走，
小妹子也难留……

姐妹俩唱着唱着，哽咽住了，再也唱不下去了。女的惊呆了。姐妹俩忽然紧紧地搂抱在一起，像交颈的鸳鸯，像难分难舍的夫妻。头挨着头，脸蹭着脸，跺着脚，肩头耸动，身子剧烈地颤抖。她听不见，她能感觉到她们的哭。

女的心里说不清的震撼！强忍着自己，猛地扭回头，泪水飞溅。她重新趴回谷垛上，模模糊糊的目光跌落进男人的后颈里，男人肤色微红的肩背往上隐隐约约呈扇面形展开。她不敢告诉他。把身子往前挪挪，下巴搭在男人的肩头上。她才发现男人的身子在轻轻战栗。前面，腾起一溜烟尘，真快，简直挣命似的，那个爷们儿赶着空车，噗沓沓地回来了。

男的一扬鞭子，"叭"，鞭哨在半空中炸响，雪青马往前一蹿，快跑起来，巨大的谷垛忽扇忽扇，满车新谷窸窸窣窣响。

女的一把抓住男人的肩膀："小心！别把谷垛晃散了架。"

男的凶狠狠地叫道："给他点颜色看看！"

两辆大车交叉而过。在狭窄、宁静的乡道上。

乡 长

林和平

我俩初识那日，乡里请我们吃火锅，"陆海空"火锅。

当然是冬天。这里冬天流行火锅，人人喜欢吃。但那是一般水平的火锅：猪肉、血肠、酸菜、粉丝。而对于享受"陆海空"火锅，并非人人都有口福。所谓"陆海空"，是指狍子、野鸡、红蛤蟆。此三种珍奇野味，肉嫩而鲜，又不腻，汤味尤佳，据说是满族宫廷菜肴。田书记说："咱们乡条件差，招待不周，多包涵！"个个吃出了汗，面额油光。外面风刮着电线尖啸地叫，烟雪茫茫。他不喝酒，喜欢喝汤。喝出咕噜咕噜的喉咙声。喝着的时候，问我："你是满族？"我说是。他指着锅说："这是咱们满族的吃法！"我听他说"咱们"，心里就明白了。说："其实我不是纯满族。我父亲是汉族。"他说："咱俩一样，后改的。"说着笑笑。我也笑笑。互相就都明白了对方笑的含义（改成少数民族，多少能占点便宜）。田书记和几个副书记、副乡长，都很能喝酒，因为他不喝，我也不大能喝，也就没能热闹起来。他很抱歉，说："以后得练练！"决心很大的样子。

吃完饭，回到宿舍里，他剔着牙，说："这一顿饭，够老百姓过半年的！"我说："差不多！"他说："唉，现在的一些事呀！……"

我和他住一铺炕。一铺炕上，只住我们两人。屋子不太大，同乡机关食堂一趟房，把头。屋里的墙上，竟奇迹般残留着一张李铁梅高举红灯的画，很旧了，腰以下部位残缺。铁梅姑娘的眼睛上，被人用钢笔绘了副眼镜，并题书两字：文凭。他见到，乐了，说："操！"不知是赞许，还是贬斥，问我："你有文凭吗？"我说："没有。在省文学院进修了两年，给了张文凭，可国家不承认。"他说："扯淡。我倒有，刊授党校，大专文凭。可学什么了？考试都是抄的！"睡下的时候，他问我："你说喝酒这事，是天生的，还是后练的？"我说："后练的吧。"他说："不，天生的。我他妈怎么练也不行！干我们这行，不会喝酒，差老劲儿了！不像你，圈在屋里写自个儿的，省心，可我们，唉！……"窗上月光朦胧。他躺在被窝里抽烟，烟头忽明忽暗……

他从外乡调来，任乡长。我是体验生活来这里挂职，任副乡长。他姓梁，名梁义，都叫他梁乡长。他是"文化大革命"时的高中毕业生。他对我说，如果不发生那场"革命"，他就考大学了。他说那时他学业优良。他喜欢古诗词，常常吟诵几句："君不见高堂明镜悲白发，朝如青丝暮成雪。"或"遥想公瑾当年，小乔初嫁了，雄姿英发，羽扇纶巾，谈笑间樯橹灰飞烟灭！……"一日吟毕，问我："你看我多大年龄？"我说："别看你头上拔顶了，可你不超过四十五岁。"他笑笑："四十四喽！一事无成呀！"我说："四十四岁的人多了，有多少能赶上你？"他说："那就看怎么比了。"

因为我们初来乍到，情况不熟，每天只是看看报，听听会，陪陪各路客人。乡里客人每天甚多，尤其冬季。都来检查、指导，关怀乡里的工作。省、市、县各级，工业、司法、农林、商税、文教、卫生、组织、人事、宣传等等各口。乡里或在机关食堂，或在附近饭店，每天中午、晚间都要摆席，少则三四桌，多则五六桌。每桌都要有乡一级领导作陪，以示对上级客人的尊重。田书记说："你们俩这段就多辛苦辛苦！"每天喝得头昏脑涨，梁义更难受。有时一顿酒喝三四个小时，他就那样干陪着，还要不断地点头，不断地笑，不断地找话聊。这时我才体会到，做他这级干部，不会喝酒，果然遭罪。

一日，他对我说："完蛋了，明天县组织部的苗部长要来！"我问："怎么？"他说："这老家伙绝对能喝酒。他喝酒有个毛病，不光他自己能喝，陪他的人都得喝，不喝他就不高兴。"我说："那你就躲躲他。"他说："不行。我俩有点矛盾，要是躲，他对我就更有看法了。"我问："什么矛盾？"他说："我在帽山乡当乡长时，和我们乡里的赵书记不和。那老东西私心大，还黑，我看不惯他。可他和苗部长是酒友，俩人关系不一般，他就上苗部长那说我搞宗派，说领导班子内部不和，得调调。就这样，县组织部下文，把我调到这来了。开始我不同意，我找县委何书记谈了，结果叫苗部长知道了。对我很不满意。这老家伙在县里当了十几年的组织部长了，势力很大，书记、县长都得让他三分。"我说："那你真不能得罪他了。"

翌日，苗部长果然坐着"伏尔加"来了，随从两名干事。下车便指导田书记："不许搞特殊啊。中午就搞一饭一菜。豆面甜饼子，火锅！"

午饭安排在乡机关食堂的小黑屋。就餐人员，独我穿件羽绒袄。一水的前进帽，雪花呢大衣，苗部长摘了帽子，习惯地撸了撸短茬华发，瞅着饭桌："不错不错！不过还是有点特殊。我说要火锅，可是这……小田你注意啊，下不为例！"田书记忙不迭地点头。"好好！"落座。火锅炖得咕嘟响，冒缕缕热气。苗部长扫众人一眼，呵呵笑："今儿个晌午这酒，怎么个喝法儿呀？"田书记说："部长怎么喝，我们就怎么喝！"苗部长嚓嚓撸撸头发："那好，咱们先干三盅！"皆饮三盅，唯梁义举杯未饮，面露难色。苗部长指着他："小梁，你怎么回事？"梁义说："部长，你知道，我不行，真的不行！"苗部长说："男子汉大丈夫，再不行，还在乎这三盅酒？就是敌敌畏，又能怎么样？你给我喝了，我看到底怎么不行！？"梁义努力地笑着，说："部长，我就喝一盅吧！"苗部长说："小梁，我知道，你对我这老家伙有意见啊！"梁义说："部长，你这话可让我受不了，我对你从来没有半点意见啊！"苗部长说："没意见好，那你把这三盅酒喝了！"梁义不再吱声，瞅手中的酒，目光渐渐变得坚毅，忽然豪放地仰头，将酒饮下。苗部长拍桌叫好："好！倒！"连饮三盅。梁义立刻火红脸涨，脖子上青筋凸暴，似根根蚯蚓。渐渐眼球亦红，若注满了猪血般地吓人。后来竟连手指也红得像烧透的铁棍。身体微晃，却还笑着，嘿嘿嘿让人心里发毛。苗部长说："看来你小子真不能喝酒！"众皆点头："嗯，真不能喝！"忽然梁义呼吸急促，脸由红变紫，嘴唇尤甚。我为他号脉，心跳过速。我说："他不行了，你们喝，我送他回宿舍吧。"搀扶起他，将他架出了食堂。苗部长送出门口，连连说："这事整的！这事整的！"

回到宿舍，我服侍梁义躺下。他双目紧瞌、嘴大张，喘着，发出痛苦的呻吟。我说："你觉得难受，你就吐吧！"他晃着头，表示吐不出。我说："你用手指抠嗓眼儿，一抠准吐。"他就抠，果然吐了。伏在炕沿上，身体一搐一搐，吐得艰难。吐过，我让他漱了口，又倒杯茶水给他醒酒，渐渐地才平静下来。我除净了呕吐物，他拉着我的手，苦笑，说："谢谢你了！"我说："这话说哪去了！"苗部长来看过两次。后一次拉起他的手，拍着，说："小梁，今儿个我是感动了，你这个人太实在了，以后咱俩没说的。"他说："我这个人白费，就不能喝酒，天生的！"苗部长又拍拍他的手，点头表示很理解，再没说话，走了。

晚上，我让食堂大师傅为他做碗面条，他只喝了一半。一脸倦容，说："妈的，比得场病都难受！"我说："你是酒精中毒。你这么干，容易出危险！"他说："那你说怎么办？苗部长那老家伙，得罪不起。我这个人，上面一点根没有，任凭自个儿干。这里的局面，不知什么时候能打开呢。"我说："上面没有根，是不好干。不过你要真能干出一番轰轰烈烈的事业，上面也不敢小瞧你。"他说："不容易。蜀道难难于上青天呀！……"我说："是，是不容易。"

一天头午，我俩在秘书那屋看报纸，进来一耄耋老人，衣帽褴褛，不时抬腕抹着清鼻涕。问秘书罗玉良："罗秘书，听说咱们乡新来个梁乡长，你帮我找找行不行？"罗秘书极不耐烦地挥手："梁乡长不在，你回去吧！"梁义放下报，静观。老头儿问："梁乡长上哪去了？"罗秘书说："他进城开会了，得半个月能回来。"老头儿很失望，目光迟钝地打量着屋子里的人，抹了下清鼻涕，欲走。梁义站起，拦住了他："大爷，你找我有什么事？"屋里人都怔了下，罗秘书尤甚。老头儿将信将疑："你是梁乡长？……"梁义说："大爷你不信，你问问罗秘书。"罗秘书顿时窘住，脸一阵红白，说："啊、啊，他是梁乡长！……"老头儿问："你刚才不是说，梁乡长县里头开会去了吗？"罗秘书语塞，忽儿恼羞成怒，啪地合上正在整理的会议记录簿："我不知道！"起身离桌，欲走。梁义怒喝："你给我站住！"满屋皆惊。罗秘书讪讪站立，说："梁乡长，我不是冲你……"梁义面赤，指着罗秘书："你冲这老头儿就更不对！你知不知道，像这样的老头儿，上乡政府找咱们办事，他在外面合计了几合计，腿哆嗦了几哆嗦，下了多少次决心才推开这扇门的？"梁义把手中的报纸摔在桌子上："你就这样对待他，抛开党员干部的责任感不讲，就用人心都是肉长的这个起码的做人标准来衡量，应该吗？古人尚知老吾老以及人之老，何况我们作为政府干部！"梁义声色俱厉。罗秘书的脸由红变白、变青，无地自容。说："全是我不对，你看着处罚吧！"愤愤离去。梁义说："不像话！"转身安抚老头儿："大爷，你有什么事？"老头儿早已涕泪不止，抓住梁义的手，用力摇："梁乡长，你真是咱老百姓的清官大老爷呀！……"

我觉得梁义不失鲁莽，初来乍到，对部下如此动容，易惹非议。他却不同意我的看法，说："我家世代是农民，我爷爷、我父亲，就是今天那老头儿那形象……从感情上讲，我不能容忍一些人像对待狗一样对待他们，这是一；其二，我这是杀一儆百。对罗秘书这样的干部，你不给他点下马威，时间长了，他就不把你放在眼里了，喊，我最了解他们这些人了，不出今天晚上，他肯定来找我承认错误。"

竟被他言中。晚上我们陪县财政局的人吃完饭，刚进宿舍，罗秘书随后到来。站在门口说："我来好几趟了，门都锁的。"脸冻得青紫，双手举在嘴前丝丝哈哈取暖。梁义如待老友般怡然而热情："坐坐，坐吧罗秘书！来，抽支烟！"罗秘书受宠若惊，坐下，吸烟，目光诚惶。我为他倒杯水，他慌忙起立，双手接纳："我不渴，晚上喝的稀饭！"梁义说："你坐！"闲聊几句，罗秘书把话拉到正题："梁乡长，今天头晌那事，我态度实在不对。我这个人素质低，请你原谅！"梁义说："咱们都是党的干部，党的干部是人民公仆，而不是那种随意呵斥百姓的封建官僚，以后在这方面注点意就行了，没什么。"罗秘书点头："是，以后注意。梁乡长，今头晌那事，虽然我态度不对，其实……其实我是为你着想。你不知道哇，那老头儿是告状专业户，隔三差五地就上乡里找领导告状，叫他缠上就够呛。"梁义说："不就是为他儿子那件事吗？"罗秘书说："那是！他儿子公亡那件事，乡里都处理了，给了抚恤金。还给他孙子安排了工作，可那老头儿还不满足，又提出让乡里给他盖三间房子，乡里不同意，他就告乔副乡长的状，因为乔副乡长管乡镇工业，老头儿子公亡的事，都是他一手处理的。"梁义问："那老头儿告乔乡长什么问题？"罗秘书说："告乔乡长贪污受贿，还有什么敲诈勒索，这都是没影儿的事！所以我怕那老头儿缠上你，怪麻烦的，就往外推，说你不在家。"梁义说："噢……可那你也不该唬他。他没完没了地告状，说明我们工作做得不到家。做秘书工作，接待群众来访，应该和颜悦色，你代表的是一级政府，而不是你个人。"罗秘书点头："是，我以后改正！"梁义说："我今天态度也不够冷静。不过咱们年龄差不多，以后我有不对的地方，你尽管直说，别客气。"罗秘书又点头："嗯。"梁义说："哎，听说你儿子要往县广播局办，怎么样了？"罗秘书说："卡在曹局长那，据说他不太同意。"梁义说："操，这个鸡巴屌，挺不好办事。这样吧，我给你写个信，你拿着信去找他。他和我是同学，前年他家盖房子，我又帮了不少忙，我出面求他，他不好意思不办。"罗秘书一下站起来，很激动："梁乡长，这可叫我怎么感谢你呀！……"梁义说："谢什么！谁不用着谁呀，以后我求着你的时候，你别不帮忙就行！"罗秘书说："那我就不是人！梁乡长你放心，以后有用着我的地方，我姓罗的要说二话，我全家不得好死！"梁义说："我了解你，你这个人挺实在！"说着掏出笔，唰唰书写。写完交罗秘书："你看这么写行不行？"罗秘书边看边点头："行行，太好了！"将信揣到兜里："真没想到，梁乡长你这个人心眼真好使！不耽误你们休息了，我回去了！"诺诺携信离去。梁义一直送到院子里。回来的时候，我瞅他乐。他问："你乐什么？"我说："你说我乐什么？"他说："唉，就是那么回事吧！"

  这两件事过后，梁义的威信大增。乡野上下，流传着这样的评语：梁乡长这人，相当好，实在。信息反馈回来，我对他说："形势不错！"他说："你不了解情况，形势相当不妙！"我问："怎么回事？"他说："事情明摆着，我对告状那老头这么关心，乔乡长他能满意吗？俗话说，强龙压不过地头蛇，乔乡长在这地方当了五年副乡长了。"我问："老头儿告他的那些问题，属不属实？"他说："怎么说呢？按群众反映，他问题很大，并且根据他工资收入算，他家无论如何盖不起二层楼，家里边家用电器也是一应俱全啊！问题肯定是有，但没有证据，上面也不追究，你有什么办法！"我说："既然他问题这么严重，查一查，能不能把他查倒？"他摇摇头："白费。其一，他和组织部苗部长关系不一般，而且谁也搞不清这种关系是怎么建立起来的；其二，如果查，势必牵涉到去年大东矿白白损失六十万的那件事情。那是经过他们乡领导集体研究决定的事，盲目地上马铅矿，投资六十万打竖井，结果和国矿发生了冲突，竞争不过人家，只好下马？六十万，就这么白白损失了，妈的，一个个脸都不红一下！那老头儿的儿子，就是在这个工程中丧命的。你一查，虽然主管工程的是乔乡长，可田书记他们一大帮，都得跟着受牵连，我还想不想在这地方干了？"我说："你要是把这件事情掀盖了，你可就名声大振了！"他说："得了，没等我掀人家，人家就把我掀倒了。这件事本身与我无关，就算把他们掀倒了，可别人提起来，都会说我这人心眼不正，都戒备我了，我就成了孤家寡人了，以后怎么干？这两天乔乡长看我眼神就不对，昨天县乡镇企业局来人，我叫他去陪客人，他说，你是行政一把,有你陪他们就行了,我们去不去都行啊!没去。据反映,乔乡长这个人问题自然很多,可这个乡的几个企业离了他玩不转,他外面门路广,认识的人多。唉,如今的一些事,真是剪不断,理还乱呀,没办法……"

那晚,我们谈到下半夜。远处隐隐传来鸡叫声,我们才睡。早上起来头很沉。

靠近腊月门的一天,乔乡长家杀猪,请我们去吃肉。梁义在县里有个会议,他派别人去了。他对乔乡长说,他杀猪有一套,尤其血肠灌得好,"我明天帮你去忙活!"乔乡长很高兴答应了。第二天早上,梁义拽我跟他一道去:"作家什么都应该体验,走,看我杀猪去!"我便随他一道去了。乔乡长家住乡镇边角,与乡养鱼场为邻,二层小楼,围墙高砌,依山傍水,环境甚是幽静。楼的外表,镶装花花绿绿的瓷砖,色彩极艳。楼内的设计,可以看出初衷愿望颇高,规划出浴间、会客厅、餐厅、卧室,但实际却与原来的愿望相差甚远,浴间变成贮藏室,里面堆放着酸菜缸和土豆,会客厅变成了仓库,杂放着一袋黄豆,一袋大米和两壶豆油,东倒西歪。一块大红的地毯,已被踩得难辨初时颜色。梁义和我各处参观,不时向我传递一种脸色,笑笑。屋内弥散着泔水、酸菜和被卧散发出的混杂的气味。乔乡长老婆将一头进屋偷食的壳郎猪从后门一脚踢出去,回头冲我们笑,有些难为情:"瞅这屋里造的,不像个样!"乔乡长家人在院里抓猪,一片热闹的嘈杂声。梁义扭头朝院里看了眼,低声和我说:"喊,连家都管理不好,还能管好全乡!"

梁义屠猪,果然身手不凡。他口叼尖刀,一条腿跪着压住猪头,然后捋净猪脖子上的脏物,一手扭着猪耳,一手取下口中尖刀,面色平静,挥手利落地一刺,刀便捅进了猪的脖子,血随之哗哗淌出。肥猪嚎叫几声,浑身一阵抽搐,立时毙命。梁义挺身大声喊:"怎么样,我这两下行吧?"表现出一种异样的亢奋情绪。乔乡长连连点头:"行,够麻溜的!"梁义哈哈笑,将尖刀上的鲜血蹭在猪身上。抬头瞅我,目光意味深邃:"作家,有什么感受啊?"我说:"行了吧你啊!"他又哈哈笑。

吃饭的时候,梁义端着个盛汽水的杯子,离开了座位,在地上来回踱,打量着屋子。田书记问:"梁乡长你干什么?"梁义说:"我看看乔乡长这房子。"回身对乔乡长说:"老乔,你真屌是的,这房子给你住可惜了!客厅那屋的粮食,不好拿到别的地方搁着!既然铺地毯了,就得买吸尘器,常打扫,你看你那地毯踩得,跟麻袋片子似的!再说你那厨房地方那么大,何必把酸菜缸和土豆都堆到浴间里了,你简直是胡整我看!"梁义这番话,虽很尖刻,却充满了不隔己的亲昵感,乔乡长听了很感动,说:"赶明儿有工夫,你帮我好好设计设计!"梁义坐回座位,说:"赶明我把家搬来,你上面那层给我住。"乔乡长说:"行,真行!你搬来吧,我不是说着玩!"梁义说:"得了吧,你说行白费!就怕我搬家那天,你们家大嫂拿个擀面杖在门口一站,还不把我腿肚子吓哆嗦了!"言毕,大笑。众受感染,一下跟着笑起来。气氛热烈。梁义却突然敛住笑容,说:"哎,我想起个事。老来告状的那个老齐头,家里的房子的确破得够呛;我看乡里从民政口拿点钱补助他一下,也省得他以后再来找麻烦!你说行不行,田书记?"田书记说:"行,要不他没完没了的,也真他妈烦人!"乔乡长看看田书记,又看看梁义,说:"要依我的意见,就不搭理他,他爱上哪告上哪告!可二位领导说话了,我没意见,就这么办吧。"梁义说:"我前几天上县里开会,上监察局去了趟,那里有几封咱们乡的上告信。"众一惊,皆住箸瞅他。他却谁也不看,兀自喝着汽水,说:"我和他们监察局的人说了,我们基层干部在下面工作,那么容易吗?怎么能不得罪人?你们要是听风就是雨,那我们就没法干了!监察局宋局长说我说得对。他们处理也挺慎重,把信都交给我了,我带回来了。这事就算这么了了。唉,咱们这一级干部呀,不好干!……"众点头:"嗯,是不好干!"乔乡长讪笑笑,说:"你们一二把手要是不给我们做主,我们就更没法干了!也是俺们这些做副手的有福呀,摊上了田书记和梁乡长这样的好领导,俺们就可以放心大胆地干了!"梁义瞅他笑笑,环视众人一眼,说:"咱们班子成员只要团结一心,就什么都不怕!来,为了咱们的精诚合作,我以汽水代酒,干一杯!"众起立:"来,干!"碰杯,一饮而尽。

吃完饭,天已经黑了。我俩往回走。沿着雪地上那条黝黑弯曲的小径,走下山坡。身后狗吠猖猖。脚下踩出单调的雪声。远处有颗很亮的星,骑在山尖上,差一点就碰到了山头,随着我们的行走,忽高忽低。一路上梁义缄默无语。我问:"今天不挺高兴的吗?这阵怎么了?"他仰脸长长叹口气,只骂了句:"妈的!……"就又不吭声了。回到宿舍,他脚也没洗,说:"太累了!"就上炕蒙头躺下了。可是我闭灯许久以后,发现他并没有睡,两只凝神望着天棚的眼睛,又黑又亮。

我和梁义,每周六下午,无特殊情况均回家。乡里用吉普车,将我俩送至草河口,然后在那里乘火车。他在帽山乡下车,我到县城下车。在家过完星期天,

乡 长

星期一乘早车返回草河口，乡里的吉普车等在那里，将我们接回。可是腊月初的那个周六，我俩未能回家。

汪家村出事了。一汪姓社员拒交国家征购的大豆，并将前去催粮的村长打伤。电话打到乡里时，其他干部都不在，只有梁义和我。情况紧迫，梁义立刻让乡派出所出四名民警，随我们驱车前往，到汪家村处理纠纷。

那日是腊月初八，天格外冷。人人嘴前喷着白汽。我们上了车。两辆吉普车一前一后拐出了乡镇，沿着长长的峡谷，向山里急驶。山野银装素裹，天地渺邈。梁义透过车窗玻璃，向外观望，说："我愿意过冬天。"我说："你是觉得冬天素洁吧？"他笑笑，却又沉下脸色，说："我没你那么高雅！因为我是农民，而农民一年到头，只有冬天才能歇歇……没有谁比他们更辛苦了，可他们生活得并不好……"他仍然向外望着。车过处，荡起如烟的雪尘……

车到汪家村时，已是午后三时许。村长汪富贵头缠绷带，等在村委会办公室。见我们到来，情绪激动："走，我领你们收拾他们！"梁义说："你先把事情的经过讲讲！"汪村长说："经过很简单！春天乡里和社员定的合同，一口人向国家交一百五十斤黄豆，他汪老三家六口人，该交九百斤黄豆。可他们就是不交，我去和他们要，他们还和我要横的，爷几个一块上，你看把我这头打的。妈的，反了！"

汪村长领着我们，径直来到汪老三家。村人闻讯，都来围观，稠密地挤满了一院子，若看大戏一般。汪老三爷几个，早已吓得面色如土，不敢言语。汪村长不知从哪找来一把斧头，指着汪老三家耳房，对梁义说："豆子就在那屋锁着，我去把门砸开！"复又指着汪家父子："你们怎么不蛮横了？你们的威风哪去了，啊？妈了个×的敢打村干部，反了你们了哪！"挥斧直取耳房。满院子人，肃穆观之。忽然梁义大喝："你等等！"汪村长怔住。众人诧异。所有目光全部投在他身上。梁义面色铁青，站在那里。一阵风起，刮得雪末子打在院里的秫秸堆上，沙啦啦响。他大衣的下摆掀了几掀。汪老三父子更加惶恐，目光悚悚地观察着梁义身后的四名警察。汪村长顿足叫道："梁乡长还等什么，砸吧！"梁义严厉地挥下手："我不是来给你出气的，我是来解决问题的！"转过身，对汪老三："大叔，你自己去把耳房门打开。"汪老三诺诺，跑过去开了耳房门上的锁。梁义大步走进耳房。围观人随之移向耳房门口。耳房里果然放着几袋黄豆。袋子的口没扎,黄豆金灿灿盛着,煞是喜人。梁义伸手抓起一把,在掌中磨搓了几下,手一翻,又将黄豆撒回到袋子里。众人沉默地注视着他的举动。他走出耳房,复站到院子里,举目环视汪家的柴垛、猪圈、苞米楼子和四间屋顶黝黑的草房,最后目光落在浑身抖瑟的汪家父子身上,闪出温良,问:"大叔,你为什么不交黄豆?"汪老三嗫嚅。汪村长在一旁吵叫:"他是想私卖!"梁义回头斥责:"你懂点规矩,我没和你说话!"汪村长极窘,面色难堪。梁义转回,继续问汪老三道:"大叔,黄豆私卖多少钱一斤?"汪老三答:"八角八一斤。"梁义又问:"卖征购呢?"汪老三答:"四角一一斤。"梁义点点头,转向围观众人,说:"这价格咱们心里都清楚。换了我,我也不愿征购!"众愕然,目光惊疑。梁义说:"我不是说假话。一斤少卖四角多钱,一千斤就少卖四百多块钱。在咱们农村,靠种地过日子的农民汗珠子掉地摔八瓣,一年能赚几个四百块呀!更何况,如今农用物资价格涨得厉害,种子、化肥、农药,都得花高价去买,种二斤黄豆卖四角一分钱,连本钱都赚不回来,可我们许多农民群众宁肯自己吃亏,也要把粮食交售给国家。在这里,我代表政府向积极交售征购粮的群众,表示感谢!"深深鞠一躬。众人默默。汪老三父子垂目。梁义转向汪村长:"不是我批评你,收征购,不是群众求我们,而是我们有求于群众,这种情况,如果你吹胡子瞪眼耍威风,群众当然不买你的账,如果把话说清楚,我们国家现在还很穷,需要大家的帮助,我想群众会通情达理的。"停住,转脸问汪老三:"大叔,你说我的话对不对?"汪老三早已老泪盈眶,连连点头:"哎哎,话要是这么说,俺们能不交吗!"瞥了汪村长一眼。梁义拉起汪老三的手,握着摇了下,松开,转向众人:"你们的困难,乡政府不是不知道,农用物资价格过高、化肥短缺,我们已经多次向上级部门反映了。另外,我们乡里也研究了一些具体措施,如果乡里企业盈利了,我们准备拿出一笔钱,补贴征购,绝不能让群众吃亏!我也是农民,种了十几年的地,我是有感受的,农民一年到头土里扒食,容易吗?一颗粮食,就是一滴汗珠子,古诗不是讲了吗,粒粒皆辛苦呀!"言毕,对四个民警挥手道:"你们回去吧,这里没有你们的事了!"又对众人道:"大伙也都回去吧,我看这件事情就这么样了,老汪叔态度不错,汪村长吃点亏就吃点吧,谁叫他是村干部了,我们乡领导心里有数。大伙说好不好?"众点头:"行啊,这样行!"慢慢散去。汪老三上前抓着梁义的胳膊,哽咽了:"梁乡长,都说你是个好人,真是耳听为虚,眼见为实呀!"扭头喊他三个儿子:"快,把豆子扛到村里去,快点!"三个儿子忙去耳房搬豆子。

梁义握着汪老三的手,拍拍他的手背,说:"谢谢你了,大叔!"眶中泪花晶亮。

离开汪家村的时候,梁义对汪村长说:"汪村长,今天我不够冷静,有些话太过分,你多原谅吧!"汪村长说:"梁乡长,我没说的。我服了!今儿个这事,你处理得太圆满了,换了咱们乡别的干部来,全他妈白屙费!"

车返乡镇的路上,长烟落日。渐逝的村庄灰蒙蒙。梁义始终阴沉着脸,凝视前方,大口吸烟。我瞥了司机一眼,贴他耳边说:"事情处理得挺妙,你怎么不高兴?"他狠狠撅灭烟头,收回目光说:"我在想,乡里的企业每年赚几十万。真应该拿出点钱补贴征购,可是……你知道,咱们乡每年招待费,就花掉十多万!……农民要是知道了这些情况,他们会怎么想啊!……"车颠得厉害,我们的身体晃来晃去。我说:"我看出了,你对农民,确实有感情!"不料他却恼了:"有感情?妈的没有感情还能怎么样!以后你不要再说这种话!"我擂了他一拳:"你别火,其实我很理解你的心情!"他眼睛盯着前方,不吭声。路上我们再没说话。

与梁义相交渐深,我发现他记忆奇异,对那些干巴巴、毫无形象的阿拉伯数字,仿佛有着特殊的感情,只要他接触到了,无论是工农业产值,或植树造林成果,或农田基本建设效率,也无论是几位数,怎样的百分比,不用写,也不记,却能倒背如流,准确无误。一次我俩在计划生育那屋听汇报,我没见他记录,事过三天,由他向县计划生育办公室领导汇报工作,他张口道出一串数字:"全乡育龄妇女两千一百一十二个,采取避孕措施的一千八百零三人,占总数百分之八十五点四,做绝育的五百四十四人,占总数的百分之二十五点七六……"我不胜惊讶。过后问他:"你怎么记得那么准?"他笑笑,不以为然。说:"我有个同学,就是现在市里的郭副部长,原来在乡里当干部时,记数字绝对厉害,一汇报工作,不用看本子,一串串的,谁见了谁服,到底上去了。"我释然。说:"噢,我明白了。"

县里新调来个县长,曲县长。走马上任第一件事,到各乡镇熟悉情况,第一站便到了我们乡里。田书记很重视这件事,先曲县长到来之前,分配了汇报任务。因为梁义没调来的时候,田书记一直做乡长工作,所以由他做主要发言,然后由乔乡长介绍乡镇企业情况，马乡长介绍农业情况，赵乡长介绍文教卫生、计划生育情况。最后田书记瞅瞅梁义和我，说："你们俩也别闲着，就谈谈对我们乡里工作的印象，评价评价，实事求是，该批评的就批评，别顾及面子，咱们都是革命同志嘛。"梁义说："好，到时候看情况再说吧！"

翌日上午九时，曲县长坐着"蓝箭"到来。带着县政策研究室副主任和农业局局长。新上任的县长很讲效益，下车就说："咱们也别客套了，赶紧找个地方唠吧！"众人便簇拥着他进了会议室。开始汇报。田书记先讲，而后乔乡长，而后马乡长，马乡长没讲完，一上午的时间过去了。下午继续。坐得我腰酸背痛。赵乡长最后讲的。赵乡长讲完，田书记瞅瞅我和梁义："你们俩说两句啊？"我明白这是客套，便摇头："不讲不讲，情况不熟。"我瞅梁义。梁义却将在沙发里的身体挺起来，冲曲县长笑笑，说："我少讲两句吧。"大伙便将目光集中在他身上，他将茶几上的茶碗向前推了推，说："我初来乍到，情况不太熟，我只想把这里的工作，和我原在的帽山乡工作，做个比较，从中让曲县长掌握更多些情况。我原在的帽山乡，是全市十八个先进乡镇其中的一个，而这十八个先进乡镇中，我们县就占了四个。可以说这确实是殊荣！可帽山的工作到底怎样呢？有这样一些数字可以比较：帽山乡有耕地三万四千八百亩，1987年上缴国家粮食十八万九千六百斤，而我们乡，有耕地三万三千亩，比帽山乡少一千八百亩，而1990年上缴国家粮食却是十九万三千斤，比帽山乡多四千多斤。在乡镇企业建设方面，帽山乡差得就更远了，1987年帽山乡工业总产值一百八十九万元，上缴利税五十四万元，而我们乡，1990年工业总产值六十八万三千元，上缴利税三十七万七千元，帽山乡只占我们乡百分之十四左右。至于在民政福利、教育上的投资，帽山乡接近五年算，只拿出了十一万五千元，而我们乡，五年拿出三十六万元，比帽山乡高出近百分之六！我在帽山乡当了四年乡长，所有工作都与我有直接责任，但我们必须承认，帽山乡和我们这个乡的工作，相差甚远，所以我就搞不明白了，为什么帽山乡能被评为市里的先进乡镇，而我们这个乡，却名落红榜呢？我真替我们这个乡感到不公！"梁义讲完，室内好一阵静。曲县长瞅着梁义笑了："梁乡长对两个乡的情况好熟哇啊。"忽然问，"你今年多大年龄？"梁义答："四十四了，毛岁。"曲县长说："我比你大两岁，可记忆力和你比，差多了。刚才你说的那一大串数字，就是叫我拿本念，也念不了那么流利啊！"梁义说："纯是小技！"冲众人笑。众人陪他笑笑，目光却躲躲闪闪。曲县长也笑得不太自然。

晚饭前，我蹲在厕所解手，田书记和几个副乡长从外面进来，里面黑，他们没看到我。乔乡长压着嗓音说："操，就鸡巴显他脑瓜好使！"马乡长说："还要牛×，说什么，小技，屁！"田书记说："得了，别瞎议论了，你们有本事，你们也可以显一显吗！……"

晚上，我对梁义说："你犯了极大的错误！"他问："什么错误？"我说："第一，炫耀；第二，傲慢。作为乡干部，汇报工作，不用看本子就能念出那么一大串数字，在许多人眼中，不失为一种才华。现在干工作，会不会汇报，很关键。你今天的目的，就是想显露你的才华，但是有些过分，引起了同僚的嫉妒。而后来曲县长夸了几句，你却随口说道，纯是小技，这话让许多人不舒服，连曲县长都有些不太自然，不知你发现没？"我说完这番话，梁义许久没言语，坐在椅子上吸烟。后来站起，在地上来回踱，脸渐渐涨红，冷丁将烟头掷在地上，火星迸溅，气急败坏地嚷道："去他妈的，老子不求闻达于诸侯，谁爱说什么说什么，大不了回家种地，有什么了不起的！"我说："你冷静点，吵吵叽火，让人听见像什么！"他压住火，坐到椅子上，又点了支烟，大口大口吸。忽然冷笑："操，这就叫聪明反被聪明误呀！你提醒得好……"

第二天早上，田书记领着各位乡干部为曲县长送别。曲县长逐一与大家握手。轮到梁义时，梁义边摇着手，半戏半真地说："县长昨天表扬我记忆好，我实在有愧呀！"曲县长问："怎么？"梁义说："其实就是死记硬背，像小学生背课文一样，常了，谁都行！要不我怎么说，纯是小技呢！"田书记一干人，都拿眼睛瞅他。他说："真的啊，真的啊！"曲县长说："你看你，谁也没说不信啊！"他笑起来，众人也笑起来，目光都很友善了。梁义与众人逐个点着头，笑。我站在后面，看着他，心里不是滋味。

这天傍晚，刚刚吃完饭，梁义要我陪他出去散步。我说："净扯淡，这大冷天，散什么步！"他说："走吧！"我发现他情绪不对头，便跟他出了屋子。

太阳早已沉没，天空灰暗。远处的高压线塔渐渐隐没在暮色中。一辆汽车在岭上艰难地爬行，播放出强烈的轰鸣声。我俩沿着一条小路，走上了河堤。冻河沉寂，有一扛柴人黑黑的身影，在河心处缓缓移动。天空淡月朦胧。他站下了，我也站下。我问："怎么，还为昨天的事烦心呢？"他不语，面河而立，凝望远旷。许久，说："那事，我早把它忘了！……你说，人活在世上，最苦的事是什么？"我说："按我的理解，最苦的事是相思。"他转过身，深切地拍拍我肩头，又沉默了，似有千言万语横亘在胸。我说："我看出了，你在想一个人。"他点点头，仰视淡月，沉沉吟道："明月不谙离别苦，斜光到晓穿朱户……欲寄彩笺兼尺素，山长水阔知何处……"我问："如今你不知道她的去向？"他摇头："不，不是这个意思！"停了会儿，他说："我们高中时，在一个班念书。就是县里那座高中，每到星期六，我们舍不得花钱买车票，总是徒步往回走，星期天的下午，再走回去。沿着长长的铁路线，走啊走……火车从我们身边飞驰而过，一扇扇窗户灯光明亮，那时我对她说，将来咱们有钱了，一定买张国内铁路线最长的车票，坐它几天几夜……"我问："后来呢？"他说："后来惨了，她父母到井边打水，井塌了，一块砸死了。她为了养活一群弟弟妹妹，嫁给了一个兽医……"我问："现在呢？"他说："她现在是我们乡里一个村小学校长。"我问："你常去看她？"他摇头："咫尺天涯……我今天接到她一封信，信中说，她患癌症了，没几天活头了……"他哽咽住。我说："真不幸……你该去看看她。"他又摇头："不行。她家和帽山乡赵书记是邻居，另外她丈夫那个人，心胸狭窄，弄出事来……共产党的事你不知道？像我们这级干部，犯点别的错误不要紧，哪怕一下损失几十万，也没大事，可一沾男女作风的边，就够呛！……她信中说，千万不要去看她，嘱咐我好好干，将来能出人头地，她九泉之下也瞑目了……"暮色淹没了村野，远处人家灯火点点。偶尔风刮起积雪，空中的月亮就更加朦胧了。他重重叹口气，说："我们家，祖祖辈辈土里扒食，到我们这辈，出了我这个小官，我爷爷和我父亲，满足得了不得，唉……沉恨细思，不如桃杏，犹解嫁东风……"又站了许久，他说："你先回去吧，我再待一会儿。"我说："一块走吧，大冷天的。"他说："你走吧，我没事。"我走了。回头望，看见他黑黑的身影柱子般立在河堤上，一点烟光明明暗暗，像夏季游移在暗夜中的萤虫……

田书记找我们谈话，说需要召开乡人大代表会议，对我们这两个调来的乡长，进行一次补选。说，这是必须履行的手续。叫我们准备一下。最后说："放心，保证不能落选，代表大部分都是些撸锄杠子的！"乐乐，走了。第三天，全乡二百多名代表，集中到乡里，召开选举会。会场设在三楼会议室。屋子小，坐得黑压压的。田书记是上届人大常委会主任，由他主持会议。宣布开会，全体起立，奏国歌，请坐。许多人抽着卷烟，满室烟雾。田书记念了县组织部调令，又向代表们介绍了候选人简历，然后宣布了选举方法和监票委员会名单。然后发选票，当众清理票箱。填票，排队依次投票、点票、唱票、统计票数，最后田书记拿着统计结果，走到台前，大声宣布："现在宣布选举结果！全乡人大代表二百三十二名，实到人数二百一十九名，发选票二百一十九张，收回选票二百一十九张。经过监票委员会统计，选举结果是，两名候选人，全数通过！大家鼓掌祝贺！"掌声如潮。田书记举手示停，骤敛。田书记宣布："下面，请新当选的乡长，梁义同志讲话！"又鼓掌。梁义走到台前，未坐，站立着，目光扫视台下一张张粗糙的面孔，艰涩地咽了口唾沫。待掌声平息下来，说："数九寒天的，把大家从各村请上来，为我们投票，我心中很不过意，我只讲三句话：一、当官不为民做主，不如回家卖红薯；二、为政清廉，不贪不占；三、少说大话、空话、假话，多办实事。完了！"掌声雷动，经久不息。田书记举手示停几次，不见奏效。梁义复出座位，向代表鞠躬，掌声愈烈。梁义眼眶中闪动涟涟泪花……

会议结束，在乡机关食堂会餐。梁义吃了几口饭，就告辞了。我陪代表喝酒，喝了很长时间。回到宿舍，我拽门，门里面插着。便敲。梁义为我打开门，我发现他眼圈暗红，像刚哭过。他又插上门，问我："完事了？"我说："嗯，完事了。你怎么了，出什么事了？"他流下眼泪，说："帽山乡有人捎来信……她死了……"我呆住，瞅着他悲痛，却不知怎样劝慰。桌上放张照片，我拿起看。一位俊秀、庄重的姑娘冲我笑，纯朴、热情。梁义强抑泪水，说："我他妈的，当官不是个好官，做男人不是个好男人！……"我说："你别那样想，我走南闯北，遇见的人多了，可像你这样的人，不多。刚才你在会上讲的那三句话，我很感动。"他忽然立起，狠狠擂下桌子，咆哮起来："可是我能做到吗？能做到吗？！"我说："你别激动。你做到这个份上，就不容易了。"他一下抱住我，身体剧烈颤动，泪水打湿了我的肩头。

春节过后，我有了些构思，想静下来写点东西，就离开了乡里。走的那天，他一直送我到草河口车站。火车开了，他站在月台上，没有挥手，像个孤零零的木桩，越来越远……

从那，我再没有见到他，但每次想起他，心总不能平静。

70年 70篇

辽宁短篇小说精选

（下册）

贺绍俊 ◎ 主编

马加　韶华　等 ◎ 著

辽宁人民出版社

狼爷·狗奶·杂串儿

马秋芬

一

金扁山生狼。早些年，狼密，且个头硕大，驴驹一样。嗥声放肆多情，如失声惨哭，也如失声讪笑。青草疯长时，男狼女狼谈情说爱，追逐交合，冷不丁会从山崖、沟壕或草密处暴起揪心的浪声浪气。于是，田里傲岸的牤牛立时就松了大胯，软了两根后腿。

因了狼，那日子过得也就慌张，也就热闹。

人们越来越奇怪，地没震，山没崩，林子也没起山火，狼怎就渐渐稀了？许是畜生也在生育方面搞计划了？许是山里悄么声儿地闹起了狼瘟？总之，不见了那许多狼，日子太平了，太平得温馨，也太平得松懈、寡淡。

狼爷住在半山腰。狼爷不种地，打猎。狼爷一辈子总想拿大物儿，拿虎、拿豹、拿熊、拿犴，可任啥都没咋拿着。桦子燎黑的木刻楞子里，四壁一色钉满狼皮。这些狼皮重新回到狼身上，聚成堆儿，能盖住半个山，排成排，能把村子围三圈。

狼爷拿狼有手福。

二

　　据老人说，狼爷落草儿时，正值他爹打伤一只带崽母狼。正要补枪，猛想起老婆临近分娩，才给了这带血的瘸狼一条生路。回得家，正值儿子呱呱坠地。阴阳先生就断言：这小子命定和狼有缘，且一生与狼彼此相克相生，福祸均生于狼，也灭于狼。爹妈惊疑之下谨慎度日，不承想，一不留神，这长到三岁的小子闯到村外。正这时，阴风骤起，一匹老狼仿佛从天而降，张开大嘴，照准小子的头，叼起就往山里蹿。他爹闻讯携把菜刀追赶而来，老狼已叼着小崽儿三弯四转，爬山过涧，回到密林深处的狼洞里。他爹寻踪赶到，悲愤已极，绝望已极。没承想，那母狼垂下一尺软软红舌，只舔孩子脸腮上狼牙刺穿的血窟窿，却没舍得撕碎这一坨嫩肉。他爹从狼嘴里抢回这条小命，可孩子两腮上却永远地留下了两块长不平的黑疤。从此，村上人管这脸上一左一右旋着两个大黑疤的孩子叫狼小儿。

　　狼小儿长大点儿，就变成狼老大。狼老大年长些了，就变成狼叔。等到狼叔头上起霜茬时，就变成现在的狼爷了。

　　腮帮子上揪了两朵黑疤，狼爷断然长成个丑人。丑得恐怖，也丑得威武。他知道黑疤里记载着自己的不幸与有幸或者仇恨。他带着这黑疤恶狠狠地在世界上招摇，也羞愧和敌意地在女人面前招摇。因此他不会笑，永远是一脸凶煞相。

　　女人们烦恶他那丑样，害怕他那凶样。可也觉得那丑、那凶和别的爷们儿另样，冷煞煞的，犹如寒秋草场上一柄咔嚓作响的铡刀，也怪招惹人的。

　　狗子那年十七。狗子的脸白嫩。狗子爱穿麻花布衫。狗子天天在坡上放驴。狗子撒开驴，就在沟口剜菜。其实不是剜菜，是等狼老大。

　　狼老大背个沙枪上山，从狗子面前走过。他的两只恶叼叼的眼睛也许没看见狗子，只看见穿麻花布衫的一根草或者一棵树。他从这水葱儿一般的狗子面前走过，眼珠滞滞地望着山，动都不动一下。

　　狗子瞅他那丑脸，那黑疤，嘴里啧啧着，等他走远，狠狠地朝地上呸一口。

　　她已经朝他呸了百八十口，她不知道自己为啥这样。

　　当狼老大又一次眼珠滞滞地望着山，从她身边走过时，狗子突然叫道："狼老大！问你一句话！"

狼老大板板地停在山坡上，阴脸对着啃青的毛驴，脊梁杆子冲着她。

"问你这话——你是狼，还是人？！"

狼老大不说话，塌进去的黑疤乌紫。

狗子说："是狼，你咋戴个毡帽，装扮个人模狗样？是人，你咋不长人眼儿，不通人语儿，咳嗽一声都不会？别惊了我这一坡驴！"

狼老大鼻子呼达着响了一阵，吭哧出几句："仔细你这几匹驴，快够膘儿了，狼该下来取肉了呢！"

他连驴也不瞅，照直走去。

她朝地上好一顿"呸！呸！呸！"，仍觉心里腌臜。

过响的时候，起了凉风，几头小驴不再吃草，耳朵竖着，凄凄地叫。狗子正待骂，却见坎下一团灰绿色的乱毛昂扬一抖，亮出一只好漂亮的大狼。那狼瞅准屁股滚圆的灰毛驴，尾巴在那驴后腿上悠悠地一扫，灰驴早已是塌肩水背，乖儿子一样。狼得意地用尾巴在驴屁股后边鞭子一样地晃悠，灰驴恓惶着听任驱赶，蹒跚着跟随而去。

当狼赶着灰驴走到壕埂，吓傻了的狗子醒过了腔，"妈呀！"一条尖嗓叫响了半座山。这声音太尖厉，狼收起尾巴回过头。它看清了坡下水葱儿一般的大闺女，看清了麻花布衫裹着的一团嫩肉。这团肉扎乎着，就像落在草窠里的一只大鸟那么撩拨着胃口。狼兴奋地撒个欢儿，回头朝这大鸟扑将过去……

当狗子醒来的时候，她第一眼看见了天空。流云染着鲜艳的红晕，镶着晃眼的金边，在落日的辉煌里书写着奇异怪诞的梦。然后狗子感到冷。仔细品味，原来下身湿凉。摸摸，不觉脸红，裤裆尿个精透。当她坐起来，才大惊失色：麻花布衫已被撕得一条一块，软软的白胸露在外边。她就抱着膀儿哭。刚哭两声，见那个大树底下蹲着狼老人。蔫个头正打盹。不准是打盹是低头数蚂蚁？不准是数蚂蚁，是瞅脚上山鞋的大窟窿？反正他麻着眼发僵。

狗子抱着膀子说："狼老大，是狼撕了我布衫，还是你撕了我布衫？"

狼老大仍麻着眼发僵。

狗子说："你……你瞅见我身子了？"

狼老大活动一下脚，吭哧道："咋能瞅不见？要瞅不见身子，光剩个魂灵儿，那你可是个阴鬼了。"

狗子见他说话不中听，就骂："你作践闺女不得好死！我爹手上也有沙枪，照你硬肋那儿一搂火，也让你好生滋润一场！"

狼老大疤脸涨成猪肝，丑得如恶鬼一样。他几步旋到狗子跟前，龇起板牙，不知是作狠还是奸笑。

"你要干啥？"狗子一边躲闪，一边朝他丑脸上扬土。

狼老大扑通一声撂倒她，伸手死揪她胸脯上的两坨肉。

狗子吓了一跳，随后厮打，随后乱咬，随后又不知为啥紧紧地抱住了他。

两个人滚到草窠里，累得差点昏过去。

不知过了多久，狼老大又回到大树底下打盹或数蚂蚁。

狗子坐起来，心里无限难受。一阵大哭，一阵小哭。掩着怀骂狼老大："你快滚一边去，俺要家去！"

狼老大就滚一边去了。

狗子抽抽噎噎收拾前襟遮羞，从脖子上摸下一朵什么，那东西腥臊呛人，她仔细看去，却见是一缕灰绿的狼毛，手一抖掉在地上。她想想，打个寒噤，赶紧大叫："狼哥！狼哥！别滚啦！"她四下看看，坡上坡下静谧恬淡，毛驴子一匹不少，或卧或立，一概悠闲；连那给狼当了一阵乖儿子的灰驴，也卧在坡上"吐儿、吐儿"地打着响鼻解乏。狗子心里明白，就凄凄地招呼狼老大："狼哥，你救过我！救人救到底……把你小褂脱给我，男人不像女人，光膀子进村也不臊脸……"

狼老大抬眼朝她露着的地方一瞥，嘴角奸邪一笑，却不借给她布衫。

狗子只好抱着肩儿，等到天黑。

狼老大在大树底下蹲着，断不了奸邪地瞅她两眼露处，陪她到天黑。

然后，狼老大就不远不近地跟着抱着肩儿的她和她的毛驴，心满意足地回村。

当天夜里，狗子挨了她爹一顿好揍。狗子一声没哭。

第二天，狗子爹托人来跟狼老大说媒，死活也得让狼老大娶他闺女。狗子在家没命地嚎，生生嚎哑了一条嫩嗓。

三

眨眼的工夫，狗子就成了狼老大屋里做饭的。

狼爷·狗奶·杂串儿

  树叶黄了又绿，绿了又黄，日子一天天过下去，这狗子就变成狗婶，渐渐地这狗婶又变成了狗奶，直至走进狼爷天天出没的坎子底下的黄土里，一切顺理成章。

  现时，狼爷没伴儿了，腰弯了，背驼了，却仍住在金扁山的半山腰，仍挎着老沙枪。三岁时狼牙在他脸上砸出的记号差不多已被岁月抚平，和老褶老皱拧在一处，好像这脸上压根儿就不曾有过什么仇恨和恐怖的疤痕，而完全是一块结实的，经过风吹日晒的老柞树皮，疙疙瘩瘩，皱皱巴巴，蕴含着琢磨不透的经历。

  而狼爷的眼睛不老，小不丁点却乌亮。上山的时候，混沌的小眼里充盈着机警和斗志。据说夜里这一对小眼会闪出蓝幽幽的光，从远处看，和狼眼一样。

  他觑着一对小眼看山。

  山是墨绿的，山是多情的。山里藏着他永远挖掘不尽的凶险、诡谲和乐趣。他的人生是和山上的每一棵大树、每一块石头、每一汪甸子、每一方腐土、每一声兽鸣连在一起的。没有这大山，他不知自己是否还会活着。

  院里的鸡闹了一阵，又安稳下来。除了几只老鸡，院里没有鸭、鹅、猪、狗、猫或别的什么。这里从前什么都有，兴旺过。

  狼爷心里偶尔掠过往日的兴旺，这时他差不多就会想起狗奶。

  当年狗奶给他烧火做饭，手脚勤快，他这间黑咕隆咚的木刻楞子里老是热气扑面。在女人的勤勉之下，狼老大喝烫粥，吃热饼，大葱抹酱嚼个咔嚓响。他只顾抹眼往死撑，从不瞅他这俏眉俏眼的屋里人。可一到夜里，躺在炕上，他就什么都懂，揪揪扯扯，碾碾压压，往死作践她。

  "你这鬼种！狼性！狗性！不人性！"被他弄疼的老婆逃出被窝，咬牙混骂。

  狼老大在女人的骂声里早已鼾声嘹亮，公猪一样。

  过了好几年。

  狼老大忽然觉得不大对劲，就疑惑地对女人说："我天天给你撒子儿，怎就不见你抱窝下崽？你还赶不上窗外的母狗。"

  女人也忽地醒了天地。真是的，鸡下蛋，马下驹，咱也一公一母，过了五冬六夏，怎么还是两个干巴人儿？她哑了，蔫了，自知理短，愁得一个响午没吃饭。到如今她才懂得自己一副光滑如玉的身杆儿，压根儿配不上这个巴丑巴丑的爷们儿。

  从此，她就关心狗。当然是关心公母之间的荤事儿。

春天，百草发芽，她家窗外的荤事儿也就多。鸡鸣狗咬全带着浪声。她蹑手蹑脚跟着看。看得头皮子发麻，脊梁沟热燎燎的。然后她就气，抬起桦子狠狠地将作乐儿的一双一对儿打散，使满院里拆了对儿的狗悒悒惶惶，惆惆怅怅。

这院里狗多，这村里狗也多，多得如刮旋风。全村的狗要是一条声地叫起来，能把潭里的水叫出浪，能把山尖儿叫出个缺儿。金扁山的水土使狼和狗都旺长。

狗是狼老大打围的帮手。狗群精壮不精壮，比他手上的老沙枪还紧要。因此狗嫂成了狗婶后，对调理狗群的事也长了些能耐。

女人心是软的，一双纤手却黑。不论公狗母狗她都亲手劁。猎狗不劁不专心，不听话，尽惦着风流和斗架。她劁狗麻利，一刀下去，勾出花花肠，甩在地上，用白线缝上口子。狗在她胯弯底下疼出尖细的哭声。她便往那狗的嘴丫子里抿一点大烟。狗哭着哭着，便声音松弛，软软地歪在地上。她把黄狗、青狗、灰狗、黑狗，白脑门、四只眼儿、脚下雪、背上霜……全劁了，只舍不得劁大花。

大花是母狗，大花长得特别。别的狗后爪是四个脚趾瓣，大花长五个。人多个指头寒碜，狗多个指头口黑，咬谁一口，伤口立即溃烂化脓，上了猎场，见了兽就不要命。别的狗嘴丫子有半尺，大花的嘴丫子有八寸。别的狗护心骨拳头大，大花的护心骨像个大号的鞋底子。她知道这种狗天性胆大，口狠，是个有用的坯子。她不劁它，好用它多繁生几个有用的坯子。

于是，春天母狗起秧子的时候，屋前屋后尽招公狗，那公狗高高低低，好好赖赖，一概跟着大花屁股转，女人把躁动不安的大花拴在炕沿下，跟男人念叨着："得给这东西配个好种儿呢！"

狼老大那天上山套狍子，带了六条狗，让狼咬伤了两条，六条狗都没斗过一条狼，他生狗的气。他把两条伤狗用马驮回来，扔在院子里，不给它们吃大烟，生让它们摊在地上打哼哼。狗终归是狗，到底没有狼野性。

狼老大用脚踩踩大花光滑的脊梁背，回他老婆道："啥是好种儿？狼才是好种儿！依了我，解开绳子扣儿，放大花上山，让它找狼去，下一窝狼杂串儿，准是好用的货。"

女人惊愕，拿不定主意。狼老大喝完粥，就解开绳子扣儿，用枪托子在大花后面轰。大花狂叫着，不大情愿地跑上山。

大花在山上野逛了一夜。狗婶在家担心一夜。她听着山坳那边传来的狼叫，等着月亮慢慢游过窗棂，猜想着大花许是遇到公狼，是两相交战咬架，还是彼此卖俏温存？心里一阵紧，又一阵松。

第二天一大早，大花就回来了，背毛上沾满了草刺儿和露水。两眼湿润，多了几分慵懒和安详。女人赶紧给它加料，不多日，大花肚子果然鼓大，上了月数后，下了四个小崽子。一色儿个大，像它们妈那样，长护心骨，大嘴叉，花脊梁背儿，却也个个尖耳、塌腰，奔拉尾巴，十足狼相。

狗婶见这四条不狗不狼的杂串子有点发怵，狼老大却乐。他想象着日后他身旁多了四匹野火般的狼杂种，他在山上有多么抖神儿，在野狼或熊或犴面前有多么强大，就把那四个东西托在怀里喂饽饽。这四个东西三公一母，趴在狼老大脏腻的衣襟里，拱拱胯，舔舔手，现出无限亲昵。狼老大稀罕得挨着个捏捏弄弄，把几个小杂串儿惹得吱哇乱叫。

杂串儿狗长到四个月，已是龙腾虎跃，一扬头能够着狗婶肩膀，牛犊子一般。那母的尤为壮大，且背毛花色也好，狗婶就亲亲地喊它二花。

四

到了秋天，四匹杂种在众狗中已出息得越发人高马大，溜光水滑。那条最受宠的头狗卷毛，也只在这些杂种的胯下。它们简直像奔跑在马群中的四匹骆驼，而且那两个豆豆眼儿，一律都炯炯的，永远如电光一样劈向田野和大山。

狼老大带着他的狗群和四条杂串儿傲然上山。

那一天，运气不济。没碰见野猪，没寻到狍子，就连声狼嗥都没听见，狼老大无比闷屈。

日影偏西，他拿出炒面、黑饼和酱瓜，狗们亲亲地围将过来。他一顿乱骂，狗们也就驯顺地柳下肩背，现出乖、馋和讨好的德行。只有四匹杂串儿，昂着头，用那两个黑豆豆眼，炯炯地看着他的干粮，看着他活动的嘴，或者正对他进行重新的猜想——这个坐在草窠子里嘴巴子带疤的家伙究竟是山里的什么物儿？

狼老大嫌这四个东西高挺挺地立在面前挡眼，就喝道："一边去！"

杂种们不一边去。

"趴下他奶奶的！"他跺跺脚。

杂种们不趴下。

狼老大抹下眼皮，懒得答理，卷毛它们最初也是这路生荒子相。

三张黑饼下肚，狼老大伸个懒腰。四匹杂种后退半步，扇面排开。

狼老大解开裤带，冲树根撒尿。杂种们排着扇面朝他兜过来。那模样带着奇怪，仿佛在问他裤兜子里到底藏了多少肉。随后它们仿佛带着怪声从嘴里摺出一条颤颤的软舌，暗红的。身杆子朝后坐，仿佛向他笑。

狼老大一回身，被这软舌和狞笑激出了冷汗，他认识这脸相！这是狼的脸相！狼吃人才有这脸相！

他赶紧抓沙枪，赶紧吆喝卷毛和狗群。他疯狂的动作和疯狂的声音将杂种们刺激得快乐无比！杂种们轻轻一跃就扑倒了主人。与此同时，卷毛率众狗冲将上来，为了响应那声熟悉的招呼，为了它们懂得的利益，也为了习惯，驯顺的眼里喷出绞杀的怒火，牙齿铮铮有声，像火一样向杂种们扑去。

狼老大挣扎在狗们和杂种们身下，只觉得杂种们腥臭潮湿的大嘴巴抵在自己的脖子、胸脯和黑疤上。他奋力厮打，脑袋里已经有些糊涂。他不知道现在是否遭遇了野狼，脑袋是否正叼在狼的臭嘴里，黑疤上是否又被狼牙凿出了新窟窿？不用合计仔细，总之死命地打就是了！他平生出没于野山，遍踏豺踪狼迹，打杀求得你死我活，是他活着的本分！

他在狗和杂种的漩涡里不知滚打多久，狗血、杂种血、自己的血混在一处，黏糊糊的，腥臭。

他终于打出了漩涡，又一次抓住沙枪！

他想也没想，红着眼朝咬在一起的畜生开枪！

山炸裂了，树崩断了，他带来的全部子弹都打尽了。

金扁山寂静了。他勾着沙枪，龇着糊血的大牙凝在那。看清了腐土和霜叶之上血肉模糊的杂种和狗们皮开肉裂地死在一起。

刮过一阵风，泛黄的树叶簌簌旋下来。草窠里也簌簌响了一阵，先钻出受伤的头狗卷毛，后钻出受伤的母杂串儿二花。伤口皆流血，呻吟之声一概哀凉。

狼老大死死地勾着沙枪，衣衫褴褛地踽跚归来。后面跟着血淋淋的卷毛。再后面是血淋淋的二花。

五

狼老大闯进门，把他老婆吓一激灵。

"咋啦？撞上狼啦？"女人惊恐地问。

狼老大不言声，绊绊磕磕奔水缸。咕咚咕咚灌了两瓢水，又从躺柜底下摸出烟葫芦，吃下一块大烟，穿着带血的破裈，长拖拖地撂倒在炕上。

女人给他擦血、洗伤，他紧闭着眼像死了。

女人又给卷毛擦血、洗伤。卷毛偎在干草上，像娘们儿那样细声细气地叫。她不给二花擦洗，找出一根绳拴在它那肌肉结实的脖子上，另一头绕着树，她想将这吃人的杂串子吊死算了，二花不知主人想要自己死，翻花淌血的后腿卧在湿地上。它也像卷毛那样，娘们儿声娘们儿气地朝她叫。她狠狠地踢它一脚。

夜里，狼老大伤口疼，疼得猪那样头拱炕，吭吭地闹，疼急了，他就打女人。动拳头、动腿，劈嚓叭嚓，没头没脑一顿恶响。女人嗷嗷叫着、躲着、骂着，逃下炕，逃到屋外，疯张着去踹二花。二花拴着逃不了，哆嗦着也嗷嗷叫，叫得女人心软。

女人不想再进屋，一屁股坐在二花跟前，气愤地说："你这杂种子，随狼根儿，狼心狗肺，一辈子也养不熟的货！今黑我不勒死你，留着你，先把我吃了吧！也省的生气受苦！"

那二花哼着、哼着，渐渐眼里就闪起幽绿的光，喉咙眼也放出渐响渐大的呼隆声。女人见这样，"妈呀"一声叫，赶紧抬屁股跑回屋去。

没了那一群招人疼的猎狗，狼老人伤好之后，上不得山，愁得沉个头，不说话，哑巴痨子一样。他老婆见他能下地活动，就指派他去把吃人的杂串儿二花解决了，狼老大只是阴着脸摇摇头，深叹一口气。

过了一冬。

头狗卷毛已重新健壮欢实了。二花虽牢牢拴在那，也渐高渐肥，皮毛泛起亮色。又逢春季，杂种二花浑身起了浪劲，屁股撅个老高，困兽似的绕着大树转。狗婶那天挑水回来，忽见那树下不知打哪来了一条不大不小的黑狗，那黑狗正和犯贱的二花亲恋着纠扯一处。女主人见了火往上蹿，一桶水泼将过去，拆了这有情有意的一对。二花跑不了，眯着眼儿，幸福而落寞地舔着脊梁背儿上的水珠。

眨眼之间，二花的肚子又大了，没留神，它身子底下又掉下来五条小崽。侧侧歪歪肉球一般。四条公的黑色，一条母的跟二花一样。

女人正不知如何处置，狼老大从山上回来，见添了一窝二串子，竟龇牙一乐，一口气帮娘们儿挑了七担水。

"不怕留下它们再祸害人？"女人说。

"一串子祸害人，二串子祸害兽，怕个鸡毛？！"狼老大说。

不到半年，狼老大身后就又有了狗群——忠顺的卷毛打头，一顺水四匹黑狼狗，外加跟它们杂串儿妈一样好看的母狗三花。

没想到的是，头一次出猎，狗群中就出了大乱子：歇晌的时候，一条黑狗冷丁扑倒了卷毛。没等卷毛明白，也没等狼老大明白，黑狗照卷毛脖子死命一刺！喘口气的工夫，那龙睛虎眼般的头狗，已跌倒在血泊中，永远没再爬起来。

狼老大只觉得心被揪了一下，他呼啸着端起沙枪。几条二串子一概顺下尾巴，后腿弯着，泪眼汪汪地望着主人。

狼老大端着沙枪干瞄一个时辰，动也不动，石蛋子雕的一样。两膀子端得酸木，手丫子也酸木。

二串子们柳下头，可怜巴巴地在枪口前等了他一个时辰，后屁股抖抖的。

狼老大于是就扔了枪，呼的一声冲上前，一脚一脚地挨个踢，嘴里骂道："妈个混账！让你们一忽儿是狼，一忽儿是狗！妈个混账！"直踢得二串子一个个倒仰儿，放出一派哭嚎声，满地疼得打磨，却没一个逃，没一个放肆。

然后狼老大就在卷毛尸首前的大树丫上系好了五个勒狗绳套。于是在二串子们震天价的哭嚎中，把活蹦蹦的狗头塞进绳套里，一个个悬地吊起。眼看着一只只狗眼充血，脖筋暴鼓，气绝而死。轮到最后的三花，狼老大将它悬在半空，悠了悠，手不由得一顿，转瞬抽出腰刀，犹豫着终于一刀砍断吊绳。三花"叭哧"摔在地上，这泼皮畜生毫无怨言地就地一滚站起来，嘤嘤地喘着气。

狼老大揩揩脖子上的馊汗，瞥一眼悠荡在半空里的吊死鬼，爆出两声冷笑。

六

狼老大又一次形单影只地出没于山野。

没了忠实的卷毛,也没了不忠实的一群二串子黑狗。他手里只有一支会讲话的老沙枪。

碰见狍子打狍子,碰见狼打狼。

什么也碰不见,他就用沙枪瞄向世界。瞄没有云彩和大雁的天空,瞄没有灰狗子的大树,瞄没有沙秋鸭的甸子,甚至透过歪斜的木栅,还瞄过正在院里干活的老婆。

老婆在日影里给他吊皮裤。狍皮里子,土布面儿。细针密脚一点也不含糊。女人一抬头,看见那冷森森的疤脸和吓人的枪口,一屁股跌坐在地上。半晌又爬起来,裤里子、裤面儿一起摔到男人的疤脸上。

他就垂下枪,也垂下头。

有一天,狼老大在山根儿碰见了狼。他看见狼裹着阴风正无声地逼近一头比它大十倍的牦牛。狼如鬼火一样在牦牛脚下蹿起冒烟的土浪。牦牛扑通一下跪倒了前腿……蹲在堑壕里的狼老大看得过瘾而又仇恨。他兴奋得两膀子发抖,好半天才将沙枪端稳。他狞笑着向狼勾动了扳机,又狞笑着向牦牛勾动了扳机,野狼被崩碎了,牦牛惊惧地朝枪声张望了一刻,大眼里滚着泪,山塌一样也倒在血泊里……

人们说狼老大魔怔了。狼老大变成狼了。

七

狼老大的夜晚,一半属于大山的胳肢窝,一半属于他老婆的热炕头。

在山上,狼老大不抖开狍皮"大哈"睡觉,只抱着膀躲在背风处,眼里放出蓝幽幽的光,耳朵挖掘着风里的埋藏。他能听见半里以外的蚊子叫,能听见十里以外的孤猪和野狼喘气儿。耳扇子练得能随远处动静转动,兽耳朵一样。这样的夜晚,他觉得早已消失了自身,而自己完全就是湿漉漉的林子,窝藏蚊虫小咬的草地,挂满星子的天空,是警觉而又凶顽的兽。这是最惬意的滋味。

而倒在老婆的炕头，他就难受、就痛苦。老有脾气，老憋不住尿。于是他只好弄出百般手段，对付身边这个女人。

女人就无数遍地挣扎，无数遍地扭打，无数遍地泼骂。

狼老大在女人的对抗中，去掐她的脖子。双手在白细的脖颈外扣个环儿，那架势一使劲，女人就准没了气脉。

女人噎了一下，用指甲盖儿抠着扣在脖子上的糙手骂道："狼老大，你不得好死！我天天给你做饭补破袄，你倒要掐死我。窗外的三花你还没掐呢！掐死我，我就变成狼，喝你血，吃你肉，一根骨头都不剩！"

天亮以后，女人再骂啥，狼老大便聋子一样，全然听不见。他只顾闷头擦老沙枪。自然也将女人熬的热粥喝得呼隆隆响。

不知过了多久，狼老大从山上邋遢地回家。忽地院里又跑着一群狗崽子，花的、青的、黄的，数数整七条。狼老大一惊。

"三花下的。村里笨狗配的对儿，是三串子狼狗。"狗婶对他说。

"三串子？三串子！"狼老大哈腰拎起小花狗掂了掂，冷丁朝地上往死一摔。花狗没摔死，翻个滚儿，哀叫。他又拎青的往死一摔，青的也没死，也翻个滚儿，哀叫。他一条条拎起，朝地上往死摔，哪一条也没摔死。

狼老大迈着方步绕着哀叫的小狗走一圈。然后挂起了老沙枪，竟卖憨地拧了女人一下脸蛋。

他又开始给狗喂饽饽，又开始建立起野心。

八

当三串子杂种都成了好用的货时，狼老大已成了狼爷，他女人便成了狗奶。

狼爷狗奶的院子里，因有了一群好用的三串子狼狗，日子发达起来。

一串子狼性足，吃人。二串子忽狼忽狗，吃同类。轮到这三串子，血统更改了，秉性也就变了。不论公母，都既有它狼祖宗的凶猛，又有它狗本族的忠顺，村里最值钱的猎狗也抵不上狼爷现在身后的落渣儿狗。

那条跟它妈、它奶、它太奶一个模子扣出来似的花背儿三串子狗，狗奶喊它四花。

四花护心骨最长，腰子精细，机敏灵性透顶。在狼爷的拳脚下、喝骂与肉骨头的优待下，成了冒尖的头狗。每次上山，四花箭一样蹿在前面！六匹大狗簇拥于狼爷左右。那围在四周的一对对狗眼看着大山，也看着狼爷；那一对对狗耳辨着细语的风声，也辨着狼爷喉咙里每一声吆喝。狼爷吆五喝六地管它们叫：枪儿、弹儿、刀儿、斧儿、火儿、炮儿。狼爷迎着山野的糙风，粗重地唤着这些叮当响的名儿，心里无比充实。

狼爷从此好不威风！

枪儿、弹儿、刀儿、斧儿、火儿、炮儿和头狗四花，狗奶不分公母，早早就把它们都劁了。因此尽管年年春草发芽，蝶来蜂飞，三串子狗们再也不会风流起骚。它们和狼爷一样专心地恋着大山，专心地惦着拿兽儿，专心地奔跑，专心地吃食儿或打盹儿。

狼爷带着它们走遍了金扁山。走绿了山头，走黄了林梢，走出了满天的大雪。他带着它们，无数次围过孤猪，无数次撵走狍子，无数次斗过野狼。狗们也无数次地流血负伤，又无数次结疤愈合，无数次打蔫儿，又无数次重抖精神。

就这样，在这让人熨帖的狗吠声里，狼爷和狗奶花白了鬓角。

那是一个让山里一切生灵和草木忘不了的夏天。

那个夏天毒热，那个夏天闹了旱荒。田里不打粮，山上不起棵子。那个夏天旱风嗷嗷地刮，像狼叫。

嗷嗷的旱风老是不停，叫得癫狂，叫得瘆人。这嗷嗷声惊动了歇猎的狼爷和所有的三串儿猎狗。

狼爷的耳扇子动起来，四花的耳扇子也动起来。枪儿、弹儿、刀儿、斧儿、火儿、炮儿则激动地凝视着山垭。

荒芜的山垭骤然起了一片黄色、一片绿色。黄得茂盛，绿得冷森。黄色在扩大，绿色也在扩大，悠悠地晃动，像河里的波浪。

狼爷听着听着跳了起来，看着看着大喘一口气。他朝大山、朝天空、朝狗、朝自己大声喊道："狼群下山啦！"狼是山里的鬼，皮毛会随草色变换，说黄就黄，说绿就绿。狼爷的小眼一看就破。

狗奶慌着圈了鸡鸭，哆嗦着对老头说："你别扔下我！荒年狼吃人红眼呵！"

狼爷红着眼把狗奶掀个趔趄。

三串儿们狂叫起来，狼爷抓起了沙枪。

在嗷嗷的狼嚎声中，村里已是一片大乱。男人们披挂着枪弹，带着一群又一群猎狗，拥在村头。

狼群如洪水一样卷下了山，嗥声像怪雷一般劈着房屋和大树。人们的眼都花了，谁也说不清这漫山遍野的狼群到底有几百条。

汉子们的脸个个绷得乌紫，个个无声地举起沙枪。

狼爷嘶哑地大叫："操他个祖宗！还等个球？干呐！"他砰砰放了两枪。

随即，无数支枪口壮观地炸响！枪声、狗吠立时组成一张密不透风的大网，迅猛地向狼群压过去。无数只狼栽倒毙命。一匹驴驹样的头狼将长嘴触地，雄壮而又凄厉地叫："嗷呜——嗷呜——"片刻工夫，岗梁后面又像海潮一样卷过一群更多的狼。

沙枪没命地嘶叫！狼群没命地向前扑。狼爷回身朝天开着枪，吆喝着四花，吆喝着三串子们，吆喝着村里所有的狗："奶奶的，上呵！咬呵！开斋啦！"

四花闻声第一个冲向狼群，三串子们和众狗都兴奋地跟随而去。山坡上狗咬狼，狼咬狗，烟尘滚滚，杀气腾腾。

驴驹样的头狼又将长嘴触地，拼命地嚎叫，狼群还在扩大！

狼爷和汉子们站在土岗上，大叫着向狼群开枪，直到将所有的子弹打光，狼群仍然未散。狼爷扒下裤子，哧啦一声燃着，带着这一团火大叫着冲进狼密处。狼群迎着火团将他围住。四花疯狂地冲了过来，将群狼咬退。在这一瞬，狼爷撞折一根又一根的树枝，拨成一堆点着。旱风吹旺了火苗，烧着了山坡，烧着了干焦焦的树枝。大火亮开比风吼、比狗吠、比狼嚎更恐怖更壮阔的声音，腾起巨大的烟雾和火浪，吞没了山坡上惊心动魄的战争……

大火烧了三天三夜。

山坡上尸横遍野，恶臭冲天，人们分不清一条条焦煳的尸首哪个是狼，哪个是狗。

焦土上无比悲壮。

狼都死了，狗也都死了。

四花和三串子狼狗不知咬死了多少狼，然后它们就在大火中，在狼的疯狂中，或者在枪弹中，跟随混乱中的众多生命一起陨落。

狼爷烧焦了头发、眉毛，烧光了衣服。狼爷没受伤。狼爷活了下来。

九

从此，金扁山好几年没闹狼乱子。

从此，狗奶的小院寂寞了。狗奶的手里再也变不出肉嘟嘟的狗崽儿来。

狼爷开始犯懒，沙枪生锈。一个人咬响牙齿，望着大山发呆。

不知不觉中，金扁山的风水总算又有了起色。狗奶上山剜菜、拣蘑菇，回来时柳条筐沉得打坠儿。

狗奶这天拣了一大筐鸡腿蘑，刚下了岗子，冷丁从草窠里跳出一个什么挡了道。狗奶见是一条花脸狼，吓得早已扔了一筐蘑，颤声地对狼说："我说大兄弟，求你让开道！我不亏待你，家去给你撒开正下蛋的花抱儿鸡……"

花脸狼狞笑着垂下舌头，不让开道。

狗奶绕开狼，没命往家跑。花脸狼紧追不舍，眼看到家了，花脸狼往起一扑，按倒了狗奶，狠狠咬了一大口。狗奶身上丢了一块肉，竟没觉得疼，连滚带爬闯进家门。

狼爷见狗奶挨了狼咬，耳扇子倏忽转了转，然后大骂狗奶："倒霉的种儿！完蛋了！"

狼爷冲出门去，寻遍坡上和沟里，什么也没看见。

狗奶软软地倒在地上，血流一盆。她没来得及诉说原委，没来得及抱怨什么，没来得及嘱咐什么，心口窝那股热气就渐微渐细，化为乌有。

冰凉的狗奶，脸子像初雪那样白。

狼爷用桦木钉口棺材，将狗奶埋在了山坡。

下葬的当天夜里，山坡上就起了狼嗥。狼爷老了，筋骨发滞不爱动，外面便嗥声不止。狼爷气哼哼地推门出去，见星光下狗奶坟前蹲着一条奇大的花脸狼。狼爷拿着沙枪撵去，那狼就逃。狼爷回屋，嗥声便大作。

一连数十日，狼嗥声惊天动地，追不着，撵不跑，狼爷累个半死，嗥声充斥着狼爷的无数个梦。

狼爷终于扛起镐半夜来到山坡，来到坟前，挖出了狗奶的桦木棺。狼爷起开棺盖,就着月光,见狗奶仍如往日在他枕边睡觉一般。他抬起糙手,平生第一次轻轻地摸摸她的脸。然后站一会儿,心酸地撇下桦木棺回家睡觉。

第二天,狼爷又来到山坡。他见桦木棺材里,只剩了几根白骨。狼爷没有难过,只将骨头扔进坟坑里重又埋上。这以后,狼嗥消失了,山坡上除了风声再没别的声息。花脸狼永没再来。

村里有人说,狼爷被逼没招儿了,才这样。也有人说,狼爷压根儿不够个人。

十

多少年过去了,金扁山的狼少了。村里的狗却终于多起来。可是狼爷从此却再也没发现有抵得上三串子那样好用的狗。

他依然上山,依然挎着老沙枪。可是身后却光光的,没跟一条狗。

狗奶的坟上长满茂密的青草。狼爷驼着背从狗奶的坟前走过,偶尔会依稀想起他和三串子们往日的辉煌来。

七月鼓·八月瓮

白天光

七月鼓

　　七月，挂锄。村人心痒，急着去做该做的事情。村有百年之风，惊人之举：会做鼓。远到前清，延至今日，村人随便挑出一人来，不管妇孺，皆能打出一手好鼓，且又能说出做鼓的绝技：鼓盆的密度，鼓木的弯弧熏烤，鼓皮的裁剪。逢到七月头，县上或省城的人便来村定做皮鼓。国舅村的鼓均有名堂。从腰鼓到八人重捶的战鼓均能排出雅号。腰鼓叫仗鼓，亦做古人排仗、操练的古韵；戏鼓分堂、府、台、楼、坊五个别号，要看戏的品种、腔调来定。战鼓是鼓的大名堂所在，不仅讲究尺度，也进究皮质。从豹、虎、牛、马、猪中剔出精品，别出音类，再定雅号。此村出过虎啸方圆（虎皮），坐腚天下（熊皮）的奇鼓。重捶之下，人撩人的精神，鼓贮志气，然也。有秧歌帽编的村唱

　　一张牛皮包着天地吉祥
　　两根重捶掀动长河大江
　　三声鼓乐迎来美好时光
　　四通八达托起太阳辉煌

村人做出的鼓，没有出不了手的，有时竟供不应求，最远的购买者竟来自北京、天津。

这日，村人刚把第一批鼓送往县城销了，村中会计吴万财从县文化馆的一位同学嘴中得知，省里要开民族运动会，开幕式要有鼓乐仪式，要在我县征做大鼓。回村时，吴会计一脸凝重，找旺石："村长，这事咋看也不小啊！"村长听了，顿觉要发生一件惊天动地的事："开会，把爷们儿都叫了来！"

自然地，村中当家做主的五位人物均要到齐：小学校长刘大学问，兽医曹江，会计吴万财，村中高寿一百零六岁的祖爷谷天棣和村长旺石。

"吾村有百年遗风，千年古韵，只是太不被人知。"刘大学问一脸的沉痛。

"是呢，去年到县上贷款，问我哪村，我说国舅村，那位贷款员小丫头，竟写出锅绣村。这小黄毛丫头，竟还不知这村出国舅，出战鼓，哼！"吴会计气愤时喜欢哼一声。

"省里开这么大的会，咱不露脸要悔的。用大鼓就做大鼓，就是天大的鼓也不能让别村做了，那我们还配做国舅村的人吗！"旺石虽三十多岁，却一脸的皱纹和老练，说话时，从不看别人的脸，常是平行地直视前方。

"我看过清时李鸿章送洋人的大鼓，丈六，是一头六百公斤的牤牛做成的。这会儿要露脸就得让它惊人，拿出咱看家的手艺，还要想法找到大牛！"一百零六爷说。老寿星眼早瞎了，却总是睁得偌大，说这话，像是瞅着那丈六大鼓。

"牛是有的。也可以缝制，连接嘛。用医术，实行死前缝接，就可少了找大牛的麻烦。"兽医曹江的点子极深，村人均听不懂。

旺石似听懂了："扯犊子。那得半年时间，还得找大牛啊。"

屋中，一阵的静。

"该做多大的呢？"曹江小心地问。

"大学问，能定个谱？"旺石问大学问。

"六尺六吧。六六大顺。数字这东西也鬼灵着呢。周易的爻位亦讲究六的喜利，卜出些好前景。"

"小，不惊。九尺九寸九更吉。三九大吉啊。"一百零六爷似用那凹眼瞪大学问。

"就九尺九寸九啦。"旺石定局。

村人到四处撒目,终于有村人回来报信儿:"孟家岗村,孟可宗家有头牛,八百斤重,是头奶牛,能剔下丈九的皮子,只是怕人不卖。"

村长说:"只要有就行。"

这日,村长旺石备了重礼,开了四轮子,拉刘大学问、曹江前去孟家岗。临出村,村人皆嘱咐:"这事不小啊,得拿下。""钱的事不愁,要张嘴出价就行。"

一百零六爷将木杖搭到旺石的肩上。"得牵来!"

孟家岗人不知国舅村人来的名堂,村长识得旺石,得礼仪相接,将三人领到家中去坐。旺石虽是村长,但不善交际,言词也拙,就推刘大学问与孟家岗村长交涉:"孟村长,久仰。卑村有百年业绩,千古绝技,却为天下所不知,甚悲啊。今赋良机,不能甘忍无闻,故前来请教一二……"

孟村长没多少文化,听不得这文绉绉的东西:"啥事,咱就鸡蛋壳子揩腔。"

"想买贵村孟可宗家那头牛,做一战鼓,送省民运会……"

孟村长是小个子,亦狡狯得如狐狸,孟可宗是他二叔,就说:"孟老爷子的奶牛可是头好牛,一年能挤万八斤的奶,还生一头小牛,就是花两万元也买不去。"

"怎讲?"

"他想用这牛给儿子娶媳妇呢。"孟村长笑着,眯了眼。

三人被孟村长领着,去见孟可宗。

孟可宗正在喂牛。

孟村长与他二叔耳语一阵。孟可宗一笑,露出了一个豁牙子,说:"买牛,出价吧?"

刘大学问:"这牛多说五千元。"

曹江翻了一阵牛眼皮,说:"这牛挤奶也不会多久,老了。过年,就更不值钱。"后见孟可宗没注意他,又补一句:"国舅村有个曹兽医,知道吗?"

孟可宗又轻蔑一笑:"咋不知,他善给牛、马接难产,名气大啦,你也识他?"

曹江说:"识我吗?"

"不识。"

"我是曹兽医。"

孟可宗一怔,死也不信,又笑:"长脸。我和他吃过饭。"

气死曹江。

"你要价吧。商贾大道乃先开盘为物主,你要?"刘大学问拦住村长。

"一万二!"孟可宗拍着牛屁股。

"慢,我们不能见人所急,就索高价,这不是咱孟家人的德性,依我说,不多不少,一万!"孟村长拨着牛犄角。

旺石无语。刘大学问拉着村长:"走,回家吧,不早啦。"

曹江亦说:"就算到孟家岗看朋友,回吧。"

孟村长很窘,忽发奇想说:"何必现金交易,把国舅村的闺女领过来一个,就顶了,把牛白牵去。"

刘大学问乐了:"村长有眼力。国舅村出皇女,让你要着了,不日,就给你们领来一位。"

最后折板:牛先牵去,一月后,送一适中姑娘,给孟可宗当儿媳妇。

牛是杀了,皮也剔了,由村中的高手下剪子,腾鼓皮。村中的五巨头亲临监工,不许有差错。那皮一包鼓盆上,村人惊了:正好九尺九寸九!

村人火火地等时间,等着在省民运会上露脸。

村人的惬意,像过年,过节。

村中的五个人物欣喜之余,不免沉痛:将谁的女儿送到孟家去。

"君子一言,驷马难追,让谁去,得有谱了。"刘大学问警告旺石。

"会计,数字上来没有?"旺石喊会计。

吴万财端出账本,唱戏般地念:"村人有少女一百零九人,适龄少女四十一人,其中已定亲九人,正在恋爱十三人,正在愁嫁的十九人!"

"十九人还愁找不出一人来。"旺石即对吴万财说,"在村上广播,今晚未婚未恋女子来村办公室开会。"

是日晚,旺石将孟可宗儿子的照片,挂在村办公室的黑板上,旁边有刘大学问的蝇头小楷粉笔字:

孟家岗乃丰阜之地,然汉子亦风
骨雄峨。村中一壮男:曰孟庆国,
年三十有一,其相虽有马面之嫌,

却身高一米八六，能肩吨重步华
山，家极富，善养奶牛，曾养八百
公斤之奶牛，另有存款可购山河，
只闻国舅村出宫女而不理各路婚
问者，其婚姻之线，非系国舅村而
不结他矣……

十九个女子除七人缺席外，均来村长办公室。见黑板上的照片及文字，便知八九。国舅村的少女没让村长失望，当即就有六人相中了。而这六人在村长的主持下，立即召开由五巨头参加的选评会，立马定出人来。这女子叫吴芍药，年二十九岁，长相平平，有过十年恋爱史，月前才与最后恋人分手，这次决心决不三心二意，嫁鸡随鸡嫁狗随狗。

次日，村中开三台四轮拖拉机，由村中集资买的洗衣机和娘家带的录音机做陪嫁，在刘大学问的主持下，到孟家岗送人……

省民运会开幕式之前，旺石押车，村中十几个壮汉将大鼓用绸子蒙了，运往民运会会场。那车上有一横幅，乃刘大学问的看家本事，魏碑黑体雅句，浓黑对仗：国舅村风百年绝技，战鼓雄震千里回音。一路上，村人饱着喉，用评戏，亦美美地唱：

一鼓敲：兵阵出伐戈上肩，
二鼓敲：龙驹鬃弓上弦，
三鼓敲：风尘蔽日起狼烟，
四鼓敲：血染大地夕阳残，
……

此战鼓是刘大学问命了名并有雅号的。名为"鼓魂"，雅号为"国舅遗风"。省民运会副主任委员说，这名既旧又不雅致，便只好改叫"村魂"，蕴意民族精神。那副主任先捶为快，听了，连赞："威震山河，荡气回肠！"村人听了皆不语，眼都湿润。

那日，天极高远，风亦轻柔拂面。抖抖彩旗挑着头顶的片片彩云，各民族之精灵在此一聚，试比高低。

开幕式的第一项，即是鼓乐仪式。大会播音小姐甜甜地报了"村魂"，四个身着白色短褂的小伙子，手持鼓槌，有节奏地猛击……

观众近万人，听这震耳的重捶，也如泄了自身的烦恼，越加感到一股快意、振奋涌入，就报以长时间的掌声。小姐漂亮的解说词在掌声鼓声的浪涛中，悠悠抖动："国舅村有百年的制鼓绝技，今天国舅村奉献给大会的这只鼓，长九尺九寸九，缝制这只鼓的牛皮取自一头八百公斤的奶牛，也是我省的一大奇观！"掌声渐高，鼓声更烈。

旺石等六十多号国舅村人，在六号看台上，又美美地扯起条幅：扬我村民志气，振我民族精神！

大会正在酣时，国舅村一村民急奔六号看台，找旺石村长，气喘地说："村长快回村，孟家岗来人打架！"

"甚事？"

"吴芍药和孟庆国结婚三天，见孟家存款不过万，就挟包跑了，到外县找她旧情人，逼我村还人！"

旺石一笑："甚大不了的事，退婚！"

刘大学问说："古人云，婚姻乃地桩天之绳矣，他人何以强系，岂有此理！"就又拽村长："看赛羊啦！"

来报信的村民，先愕然，半晌也似忘了此事，嘻嘻地坐在旺石身旁看比赛。

几月后，吴芍药与孟庆国离婚，那日，从乡上扯了那纸，吴芍药就搭一便车回村。那车是县里的，司机是吴芍药中学的同学。"这多年不见，小吴长得这般漂亮。结婚了？"

吴芍药就一叹："唉，没呢。"

司机就把身后的一人介绍给她："这是县民委的何主任，也到你村去。"

"办事还是看亲友？"吴芍药对那胖子一笑。

"你村可风云喽。省开民运会，你村献一奇鼓，出了大名。我去给你村送五千元奖励。那鼓被省民族博物馆收藏了，也为咱县争了光。"何主任兴奋地说。

吴芍药无语。

这车是吉普，在山路上跑得极快。

八月瓮

八月，亦让村人好醉。鼓没做完的，亦可接着做，不愿做这营生的，就倒头睡，任庄稼脆脆地拔节，舒坦地长。村上的炊烟缠着谷花稻穗的香味，沉沉地将村埋了。村人仍兴奋得发痒。此时，便又迎来一个最过瘾的举动：找瓮。村人亦叫八月瓮。这鬼戏能抚得村人一沸关年，是说不出的乐事。八月瓮始于康熙九年，那年风调雨顺，朝中一贵妃乃本村郭家人氏，在朝中不忘乡亲父老，就向知府亲赐白银一万两，用于灌溉，抚恤孤儿寡母，又赐银瓮一尊，让村人讨运气。将这瓮在村东的佛灵山里隐处埋了，让全村人找，谁找到就归谁。往后村人总被这八月瓮撩着，年年在八月都变着法埋瓮，让村人去碰这运气，一直就往下传着，这百多年竟无空过。

现时的瓮，虽不是银铸的，瓮中却装满村人聚的钱，村人无论老幼，每人都出。埋瓮的人，要村人推出，通常是村中的主持们，定三至五人，要在半夜时进山，埋后山下，坐船过江北，三日后归。每人给一百元，叫"埋福钱"，如果被漏了密，就由埋福的人掏出与瓮中相等的钱，去抵。这八月瓮是极撩人的，村人在八月的开头日子就美美地唱——

八月花开香满山，
金瓮埋在咱身边。
瓮里的财宝用不尽，
吉祥福气装万年……

村人也管找瓮叫找福，讨的是全年的运气。于是村人把八月瓮看得极重。也有炷烟火的，香被燃了，就祈着：金瓮来，大福大德有我财。就是找不到也不悔，自以为德福不够，理不该受用。找到瓮的人，村人一年即看重他，遇到婚娶的大事，亦是要把他请到头桌席的。有的运气人，讨到瓮时，并不要，即在吃晚饭时，在场院的碌碡上唱——

瓮里能装金银，

天地能装良心。

大家福大家占，

不枉一世做善人……

一把一把地将钱飘到半天，小嘎们就生抢，在地上驴打滚般撕扯，运气人就开心一笑，村人永远不小看他。

这年的年景比往年更壮实，八月时就显得更鲜活、饱满。村人狠下了一番心思，要把八月瓮搞得更排场些，就让村人集资两千多元，花一百多元，让镇上的瓷窑烧了仿清贡品葫芦瓮。金边银座，上瓮雕出九龙盘天，下瓮凹描二十凤鸣火，请镇上的坐堂医毛六十二先生挥毫狂草"天地祥和"。出窑后，村人将它擦得锃亮，用红绸缠着，将村人聚的钱塞进瓮里，村人瞅着，如望一座金山，咝咝地吸着气，手掌心也热了，越瞅越像自个儿的财。

像往年一样，埋福的前天晚上，村长旺石又把村中五巨头聚齐：小学校长刘大学问，兽医曹江，会计吴万财，高寿一百零六祖爷。这几个人是"埋福"的，村中老小无一不对他们信任，埋福前要商讨有关大计。

"埋福的事，不小。也当作现时的头等大事来抓，今年这事要费些心思呢！"旺石平时是不吸烟的，这会儿也别扭地夹着塔山，吸一口过堂烟，弹一下烟灰，一脸的情况。

"先画了框子，把往年的规矩捋捋，就定呗。"吴万财把甚事都看得轻松。

"埋福，乃村野戏趣，找瓮也不过娱乐而已，只要埋的得法，妙在其中，可不必过于做鸿篇巨制文章……"刘大学问把找瓮没做大事对待。

"这是屁话。瓮的来历是我们郭祖姑妈的古宝，找宝是小，讨今运气是大，不得草率！"一百零六爷又用凹眼去瞪刘大学问。

旺石忽地从椅上站起，将多半支塔山扔了，又碾一脚："今儿找大伙到这儿，有大事要商量！"

主事们皆静。

旺石把门关上，探出窗子又望了望，见院中无人，复又坐在椅上。"老砣也该出院了吧？"冷丁地问一句。

三人皆惊。

吴会计以为是闲聊，就说："明儿出院。"

"那就好。"旺石将这话说得极重。

"等老砣回来？"曹兽医似乎先明白了。

"等他。"

主事们又不语了。主事们都是村中的神明，自然也悟出今晚的大事。

前几天，下了场大雨，老砣的房子塌了，他被砸伤了。老砣在公社时是大队的党支部书记，那些年蜕了皮地为村人做事，家家都欠老砣的情分。而老砣的一生未积攒多少财产，一个女儿又远嫁他乡。改建乡后，老砣就回本村了。老砣不能干大的事情，就指望在地里种西瓜得些收入。哪知，今年老砣在外地买了新产品哈密2号特种瓜籽，被骗了，生一地的冬瓜，一下子亏了三千多元。房子塌了，女儿出款修了，但住院又欠了两千多元。

几天前，旺石号召村人为老砣募捐，一天就收上两千元。旺石给老砣送去了，哪知，这比打了老砣的嘴巴还蝎虎。老砣说："村人致富，我没能力挑头，村人发了，我也没帮上啥，这钱我花了也难受……"

"我这话说得够小气。村人念你过去的功劳。过去的河坝谁挑头修的？通县城的这条官路谁领着铺的？靠东岭的九千多棵树谁领着栽的？村中的小学校那排房子谁领着盖的，那九眼井，那扯来的电……"旺石挑豆子般地拨出。

"过去没功。有功也是大家的。提着也臊人，现时好了，可我还没老，还能动弹，还能侍弄地，怎好伸手要大伙的钱……"

老砣死也不要，急时将这钱扔了。村长离开医院，生了一肚子气。

"今儿咱研究的人事就一件，这瓮必须让老砣找到，至于怎个埋法、藏法就靠大伙啦！"

屋里净是烟，像把巨头们埋了。

"天地有十位，空宇亦有机缘。自古是有意栽花花不活，无心栽柳柳成荫，怕是难呢。"刘大学问摇摇头。

"东西太大了，若是小，可以藏在老砣的驴尾巴底下，老砣喂驴时准能发现。"曹兽医的主意总是很猎奇的。

一百零六爷忍不住骂他一句:"净扯他妈的淡……"

"扯'蛋'?"吴会计吴万财被启发了,挖耳的手停了,也说,"把那瓮放在老砣家的鸡窝里不是更好吗?每天老砣是要捡鸡蛋的啊。"

"别忘了,金瓮不能进宅院,是八月找瓮的多年规矩,不能破的,村人看我们做鬼,我们怎配做村人的主持?"旺石一脸的严峻。

"瓮不进宅院?此章法甚妙,却不妨我们的大举。我倒有一主意,既不违背埋瓮的章法,也顺民意,而老砣又能找到瓮……"刘大学问总在危难时想出妙计。

一百零六爷一改往日对刘大学问的看不起,将瞎眼瞪得偌大,望着天棚:"到什么时候得通书晓理,得有学问……"

"快说!"旺石等不及了。

刘大学问慢慢地说:"诸位可曾看到,老砣家的烟囱可在院里?老砣房子修了后,又把烟囱向外伸了两米多,已到篱笆外,那烟囱谁看都是宅院外之物。我计是:将瓮塞进老砣的烟囱里,不要塞得太深,伸手触到即可。晚晚老砣回来做甚,不是烧炕就是做饭,点火冒烟,就是得登烟桥子掏烟囱,一掏就……"

"好,好妙计吧!"群人皆对此计称道。

会计吴万财将猴身一跳:"我塞。"

一百零六爷涕涕乐:"小子小时偷我家杏,我只抓过一回。"

旺石一拍桌子:"这么办啦!"

两日后的晨时。东方扑红,村人就将铜盆敲得山响。人喊:"找瓮喽!""瓮里的钱够订亲喽!"

村就这样地沸了。

人们找瓮,找得鬼精了。先是苦苦地卜算,亦有人摊出周易的爻位,然后就死命挖、刨、掏、撬。村人自知这五人无新套路,河底、马厩、坟谷,树上老鸦窝、狐洞、枯井,只要眼尖、心细,跑不出三里地的村界。

鸡鸣、狗咬,墙倒、井翻,让国舅村大换血。找时极乐,不时传出笑、骂、唱、哭。

今年的八月瓮,埋的够绝,天将暗时无人讨到运气。夜半,人均骂咧咧地回家去睡,要入梦时,忽又醒:"绝了,埋哪儿了?"

翌日晨,埋福的人就要归村了,村里躁的驴马都惊了。村人都聚了西村口,等着五个主持回来时,点出瓮的藏处。

日升三竿，埋福的人终于回来了。

埋福的人，心里也躁躁的，他们要知老砣的运气。进村时，村人潮水般漫过，将他们淹了。"谁找到了？"刘大学问急问。

"谁也没找到。"

"真的？"

"嗯哪。"

"你们埋哪疙瘩啦？"

村人一脸的惊诧。

"说吧，哪儿？"

村中五巨头正窘着，村人忽有大叫的："不好啦，出事啦！"

村人皆静。

"老砣死了！死在屋里。屋里净是煤烟子，呛人，看样是煤烟中毒死的！"

村人又涌向老砣家。

旺石等五人也去了。

老砣直挺挺地躺在炕上，已经硬了。不多时，乡卫生所的医生也来了，翻了眼皮，又闻了闻屋子："确是煤烟中毒死的。"

"咋能呢？"一村人不明白。

次日，老砣的闺女来了，哭天抹地了半天，就将老砣家唯一的一头驴牵走了。

老砣被发送后，村人又忽地想起埋瓮的事，就群起找旺石："埋哪啦？"

旺石就用嘴呶了吴万财。

吴万财脸极苦，如当年账上无钱："我塞到老砣家的烟囱里了。"

此时，村人才明白，是吴万财在作孽！就有莽汉要扯过会计揍。倒有智者拦住："吴万才不是作孽，是积德！"

"咋积德？"那汉子不明白，半晌才大悟，低声说："错怪了，该着哇，老砣，这命！"

人们把那瓮拽出来，那瓮已被烟燎得黑了，彩漆也脱落了，连"天地祥和"的字迹亦看不清了，人就又倒吸了一口气："这物哪是吉祥！"

旺石见群人不走，就说："散吧，散吧！"

刘大学问长叹："周易讲爻位通灵，只怪无阳力去祛浊生清。万事皆难矣。"

平常人的故事

庞天舒

上世纪90年代初，有一天，我爸爸在公园里看到一群老人在自发地扭大秧歌，就立刻成为这项群众活动的倡导者和编导者。爸是军队歌舞团的舞蹈编导，又常年做东北民间舞蹈的集成工作，掌握大量秧歌舞素材。他看到老人们这样喜爱秧歌，着实高兴。他们大都是离退休工人和一些生活来源不稳定的老人，还有一些身患恶疾无钱医治的人，索性将全身心投进秧歌，随着锣鼓蹦上它一阵子，几个月下来后，身子里的那股浊气竟然不知不觉地溜掉了，身子硬朗健康起来。于是秧歌成为那些贫病老人的一剂良药。而更多的穷困的又想欢乐地活一场的人亦加进秧歌阵营。那年，这座工业重镇正在改革中一路前行，一幢幢高楼耸立起来，一座现代化的城市正在飞速崛起。每个晚上，夜总会门前停放许多高档轿车，本城叫得出名字的新兴资产阶级们从容地迈上大理石台阶……但仍有无数被高楼俯视的偏僻街巷，那里，人们抢购着副食店门口的泥水地上五角钱一堆的白菜叶，八角钱一篓的干瘪茄子。人们为在棚户区买到一小间住房，拼尽了半生的气力。

爸辅导秧歌人后，我才知道我的城市竟有这么多贫困的人。

我家开始陆续有这些人拜访。

高老太

她姓高吧？我们暂且叫她高老太，虽然她的年龄也许没那么大，可那张被人生的风风雨雨侵蚀的脸使她看上去比实际年龄大上10岁。高老太第一次来我家时，我隐约听见她在客厅里同爸哭诉着她的困境，秧歌人大多是些贫穷不幸的人，尤其是秧歌老人，他们有的没有房子住，自己的住房给儿子结婚用了；失去了退休金，因为工厂濒临倒闭；是儿女的累赘，几个儿女为了每月给老爹老娘的生活费分布不均争吵打骂。我的热心肠的爸虽不是大官，但总能给他们想很多办法，或多或少地帮帮他们。高老太第二次来时，是个寒风瑟瑟的初冬，我和妈上街去买东西，她未敲开门，就蹲在我们的楼前等。她和她的老头子，两人的衣着太寒酸了，破旧的早已不属于这个时代的灰布棉袄，现在的人们是穿着色彩鲜艳的羽绒服、羊绒衣、呢大衣走进冬天。而他们那条大棉裤更显窝窝囊囊。两人把脖子缩在棉袄里，两手抄进衣袖，蹲在午后那正一点点回撤的阳光里。我们这个部队干休所好像军营一样严格，已经休息的老兵们仍然保持着高度的警惕，一位老干部踱出楼门，一眼瞥见阳光中的高老太和她的老头子。在老干部威严的一瞥下，两人更紧地缩起了脖子，面露恐惧卑怯的神色。这不能不引起老干部的怀疑，他高大的身影逼近他们，以审问的口气问他们是什么人，蹲在这里做什么。高老太语无伦次地说着，老干部绷着脸听了半天才弄明白他们是我家的客人。老干部松了一口气自顾走去。我和妈回来了，我们路过他们时，高老太肯定觉得似曾相识，但她绝不敢贸然上前问询，我和妈穿得漂漂亮亮，拎着一兜从西式饼屋买回的面包点心，欢欢乐乐地朝家去。我们也看了他们一眼，却压根没以为这是等候我们的人。我和妈正在筹划今天的晚饭，我们准备做一个红菜汤，拌一盘蔬菜沙拉，煎一盘猪排，主食就是刚买的新鲜面包。我们勾画出这顿晚餐时，嘴边就已情不自禁地露出会心的微笑，我们似乎已经闻到了那阵香甜的气息。

进家门不久，我们听到了胆怯的敲门声，高老太和她的老头子被妈让进来了，他们在书房一落座，高老太就热烈地赞颂起爸的功德，原来她此次是为感激而来。她和老头既无工作也无住房，是爸将她介绍到一个房地产公司去，那个公司的总经理也爱扭秧歌，并且在本公司成立了一个秧歌队，高老太扭得相当不错，总经理很满意，不仅给老头子找了一份看自行车的工作，还慷慨地让他们住一套三居室的平房，高老太月工资是300块，加奖金就更多（90年代初的300元工资挺高了）。高老太说住进新房的那些天，她整日抹眼泪，欢喜的泪呵，老太抽抽嗒嗒地对我和妈说，她哭得可是痛快啦，摸着雪白的墙也哭，摸暖气、自来水管也哭，这屋走进那屋哭，那屋看着这屋哭，独自哭，到儿女面前老姊妹那里去哭，更深人静，就和老头对哭。说到这，老头表情庄重地点着头，证实老太的话。今天，老头老太都领下了第一个月的工资，第一件事就是来谢庞老师，老太说着弯腰从脚边拽过一只旧筐，开始往外掏东西，各种罐头，听装果汁，雀巢咖啡。老太解释，不知这些东西啥个味道，据说都是文雅人儿爱吃的。老太在我们的推诿中坚决地站起身，扯着老头的袄袖就向门口走，我们跟着他们，我和妈口里不知喃喃地嘟囔着什么。

送走他们，我和妈再没有兴致做那顿西式晚餐，我们将中午的剩饭胡乱对付了一口，我们心下很不是滋味，看着这些花花绿绿的瓶瓶罐罐，高老太和她的老头一辈子都没有尝过，今天，在这个属于他们自己的喜庆日子里，老两口真该把没吃过的买几样来吃一吃，没喝过的买几瓶喝一喝，但他们拎着空筐走了。他们走的时候，夕阳已经落去，天黑了，他们要换乘三辆公共汽车才能回到家……

我父母属于那种不拿群众一针一线永葆革命军人本色的离休老干部，看着高老太放下的东西，两人心下特别不安，赶忙从家中收罗了一大包礼物，第二天，由爸上门送去。

以后，爸是不是和高老太联系，我不清楚，当高老太第三次来我家时，我完全认不出了。首先是敲门声就透出那么一股子赫亮来。

当当当！

好像门外站着个洒脱的小伙，但出现的是位利落的中年妇女，头发梳挽得亮亮光光，挺拔的身材穿着不太入时却剪裁合体干净漂亮的衣服，唇上淡淡涂了层口红，眉毛也轻描了描，这些都还说明不了什么，重要的是该妇女眉宇间闪射出一种主人翁的自信和自豪。当她微笑着报出姓名时，我简直惊讶得目瞪口呆，这太不可思议了！

高老太，哦，现在，叫老太无论怎样都不合适了，叫高姨吧。高姨从容坐下，开始叙述，竟然又是爸的帮助！

开封某个工厂的工会主席找到爸,请他帮着推荐个老师去他们厂教秧歌,那个厂的工人们渴望学秧歌的热情相当高。

爸就推荐了高姨。

高姨把这个消息当成天大的喜讯来迎接,当下换上一身干净衣裳往女儿家去,告诉她:妈要出差了!

出了女儿家,又奔儿子家:妈要出差去!

再往两个老姊妹家走:我要出差了!

接着,又去儿女们的亲家。

人逢喜事精神爽,高姨那天一口气走了很多路,她恨不能对路上的每个行人说她的喜讯,让他们分享她的快乐。

高姨精精神神地上路了,上路那天,老头依旧像平日一样默默无语,但看得出,老头很激动,很为自己的妻子骄傲,该收拾的行装已收拾妥了,没什么可要老头做的了,老头四下寻视着,一眼看见老伴脚上新买的皮鞋,便叫她脱下,老头找了块皮子,剪下两块,为她钉起鞋掌。老头说,教秧歌,整天蹦跳,鞋跟几天就蹦坏了。钉罢鞋,老头又摸出从书店买的中国地图,咣咣地朝墙上钉。这下好了,老头知道老伴去的地方了,他可以天天看着那地方,那地方叫开封。

高姨在开封站下了火车,工会主席亲自来接站。

"高老师!"工会主席叫得分外热情。

高姨只觉着这世界完全变了模样,活了大半辈子,谁叫过她高老师呢?接下来,众工人更是把老师喊得无比亲热,教秧歌的这三个月,每顿饭吃小灶,住着招待所的单间,有人给打洗脸水,休息日有人陪着逛商店、去公园,逢着工厂有什么重大的活动,高老师被请上主席台,与厂长书记坐在一处,面对数千工人。

厂长书记讲完了话,就问高老师还有什么指示。

大伙那么一起眼巴巴地望着她。

高姨哭着对我和妈说,她,不久前还是一个走路溜边的穷老太婆,肚子填不饱,没有房子住,和老头子借人家的地窖过夜,住过车棚,蹲过火车站候车室,躺过医院的长板凳……挖野菜去早市卖,给街道糊过火柴盒,给人做过保姆,到医院看护过重病患者……如今,她竟获得人们这样的尊敬!

她抬头看看天,天的确比以往更明亮,伸脚踩踩地,地也格外踏实。一切都不是梦。

　　离开开封时,高姨拿着三个月挣下的一笔丰厚的钱进行一次痛快的采购,给家中的每个亲人和要好的老姊妹均买了礼物……

　　我仔细地看高姨,其实她是个长相不错的女人,大眼睛,双眼皮,小巧的鼻子,嘴唇富有曲线,只是她的美从未盛开过。在她那个阶层里,很多女人从未享受过自己的青春和美丽,她们刚一懂事,背上就背了个小弟弟,跟着疲倦烦躁的母亲绕着锅台转。女孩子们在贫寒和忙碌中长大,甚至没来得及喘一口气,就剪去油黑的辫子,做了一个贫穷老实的男人的妻,接下来是一年生一个孩子,越来越多的活计。她们认为,女人来到世上就是活受罪。至于报纸电台说的女人创造的神话,和她们压根沾不上边,那些女人生活在与她们不同的世界里。

　　可她,高姨——一个社会最底层的没吃过罐头、没喝过饮料的劳动妇女今天实现了女人的神话。高姨第一次觉着在这个世界上作为人活着是多么好!

　　写了这么多年的书,编了这么多年的故事,我也第一次被来自生活的真实的故事打动了。

麻溜大姐

　　她的工友们都叫她麻利大姐,东北人把麻利常常叫成麻溜,人们喊起她来就是"麻溜大姐"。她长得瘦瘦小小,手脚却出奇地麻利,走路快,干活快,办事快,就像一阵风。以前在厂子里,姊妹们都愿意她来自己的班组,麻溜大姐一到,就把大家的精神气儿全都扇乎起来,她瘦小的身子里蕴藏着火一般的热情,她一边用铁锹和着水泥,或者一边漆着油漆,一边唱着工人们喜爱唱的歌,大家就和着她的节拍用热烈的喉咙齐声响应着,并把双手的律动也融入那节奏中去。众人觉着和麻溜大姐在一起,劳动就变为一种享受。

　　麻溜大姐的身上笼罩着一层领袖般的光环,可惜她只是不景气的工厂的一名普通工人,她没念过几年书,假如命运给她某些机遇,谁说她不会成为政坛上那种叱咤风云的女人?

　　从工厂退休后,她走进了爸辅导的老年秧歌队,不久就成了队中核心人物。那些来自社会各个角落各个阶层的秧歌队员在台下也像敲开锣鼓场,谁讲谁的坏话了，谁穿错了谁的服装了，谁怀疑谁偷了自己的胸花了，动不动就骂将起来，撕扯到一起，然后是撒泼打滚，嚎丧似的直着嗓门哭叫。麻溜大姐麻溜地穿梭于这一堆一伙中，将所有的矛盾、所有纠缠不清的绳结统统摆在自己的手心上，不慌不忙地逐一梳理开，无形中扮演了党委书记的角色。尽管她可能根本不是党员。

  我第一次见到她，是我们乘同一辆车去海城看国际民间舞艺术节，这辆面包车，爸、妈和我以及歌舞团两名作曲家被松松快快地安排在前面的座位上，而她和一伙老年秧歌队员密密实实地挤在后面。我坐在那儿心里很不是味，全车数我年轻，怎好如此大模大样占着好位置？但麻溜大姐坚决地阻止住我的谦让，她说姑娘啊，你是尊贵人儿，在爹妈的手心里长大的，你这些大娘大姨都是摔打惯了的，好孩子安心坐你的座吧。她的话里没有一丝嘲讽的味道，满脸的真诚叫人感动。一路上，车很颠簸，常常是车猛然一跳就把后面的人碰撞得歪歪倒倒，因为一条两人的座位上挤了四人，最边上的那个人往往被颠到了地上。很狼狈的场面，却叫麻溜大姐的欢声渲染成一个幽默的小品。后来，竟有人故意朝椅子下滑坠，制造出喜剧效果。后来，麻溜大姐率老姊妹们唱起了歌，尽管她们坐得是那样不舒服，尽管她们不停地东倒西歪着，可难道她们就得愁眉哭脸地苦熬着挨着这趟旅行的结束？被动地把自己交给这痛苦的三小时？不，这从来不是麻溜大姐的风格，麻溜大姐就是要在愁苦中制造欢乐，在不可能中创造可能。

  麻溜大姐她们一路高歌着欢笑着，相反，我们前面拥有舒适座位的文化人倒被旅程的漫长折磨得身心俱疲。

  我们谁比谁活得更舒坦？谁比谁更开心呢？

  听说我家要搬新房子，麻溜大姐就跟爸说，装修新房子的泥瓦油匠活儿，她带人全包了，你们都是挣工资的，攒两个钱也不容易，能省就省些。

  新房子分到手，麻溜大姐率她的工友浩浩荡荡地开来了，进门就各自奔赴岗位，麻溜大姐站在高高的跳板上，挥舞一把滚刷气派地粉刷着墙壁。麻溜大姐把这单调的动作注入了一种气势，让你觉得这项劳动同在大张宣纸上挥毫泼墨，同指挥庞大交响乐队，同开山破石一样具有一种崇高和神圣的意味。我也上了跳板，拿起滚刷。我这个学徒学得很快，这面墙壁，麻溜大姐给打了90分。我高兴自己学到了一样本事，假如今后江郎才尽，我的这项本事能叫我找到一碗饭吃。

午饭的时间到了,我和妈出去买了几十张馅饼,麻溜大姐看着这一锅油滋滋香喷喷的食物,沉下脸,花这些钱干什么,我们已经自备了午饭。麻溜大姐转身拉开她那只旧提包,捧出几个饭盒,里面装着她自己腌的各式各样的咸菜,我每样尝了一点,对其鲜美的味道赞不绝口。麻溜大姐说:过苦日子的人吃不起大鱼大肉,以前哪,每月供应的那点油多金贵,谁舍得用来煎炒烹炸,可我不信除了煎炒烹炸,用别的办法就做不出好东西吃?我偏要用大粒盐把野菜弄出滋味来。嘿,麻溜大姐得意地笑着,问题是你不能认了这个穷命。春天,我就叫上大儿子和我蹬上自行车,跑到几十里外的山上,挖它几袋子山野菜,回来腌上它几坛子。买秋菜的时候,我又去蔬菜点捡两麻袋菜叶下到坛子里,土豆最便宜时,我就买它二百斤,萝卜便宜时,我也扛回两袋子,还有辣椒、茄子、黄瓜、豆角,在论堆卖的时候我就一气包几堆。我家像开酱菜厂,到处都是大大小小的咸菜坛子。全家吃上整整一冬又满满一春,孩子们吃得可欢实了,我的几个儿子从小就吃我腌的咸菜,他们全都长成了虎背熊腰的爷们,儿子们又有了儿子,这些小狼小虎们如今又在吃奶奶的咸菜哩。我的咸菜在工厂里都腌出了名,每天午饭时,我一打开饭盒,就有十几双筷子探过来。

麻溜大姐眉开眼笑,我就是这样既把全家吃得甜嘴巴舌,又剩了不少钱。几十年下来,硬是给自己和老头子攒了一笔钱,这不,马上就派上了用场。小儿子的对象处了三年了,一直没房子结婚。三十啷当岁的人了,成天唉声叹气,要不就摔摔打打,我就跟他说,妈这辈子从来没给愁事压倒,大不了,妈搬出去,你在妈的房子里结婚。去年,我真就和老头子搬出了,让小儿子和他新媳妇住进去。我们现在虽说在打游击,但我们存折上的钱已够买一套小平房。我最近物色好了一处,正准备把它买下。

这是麻溜大姐腌咸菜腌出的胜利。这个胜利是很了不起的,想想吧,麻溜大姐完全靠自己的手在贫苦和艰难中开创出一个生存环境,打出一片通红的天来。

后来,我听爸说,麻溜大姐喜迁新居。再后来,爸沉痛地告诉我,麻溜大姐患了胃癌。老天怎么存心同她过不去呢?她腌的山蔬野菜是真正的绿色食品,养壮了她的儿孙们,怎就单单憔悴了她?她的好日子才刚刚开始呵。

爸去看她的时候,她动了手术,胃被切除三分之二,她躺在病床上,瘦小可怜的模样,医生对她活在人世的日子做了悲观的估计:半年吧。

一年以后，麻溜大姐身着扭秧歌的鲜艳彩装出现在我家门前，声音洪亮地同我打着招呼，她刚结束秧歌队的演出顺路来看看爸，听说我爸患了糖尿病，就在昨天和大儿子骑了几十里路的自行车，到远郊挖了一袋苦苦菜，据说这东西生吃治糖尿病。

麻溜大姐活着，麻溜大姐根本不会死。虽然老天处处和她找别扭，想叫她垮掉，最终，还是老天败下阵来，老天还得每日依旧用太阳和月亮为她照着挖山菜的路。

老王婆子

她有一个挺好看的名字：王桂珍。但她那条街上的人们都叫她捡破烂的老王婆子，进了秧歌队，就被喊做老王婆子，或老王太太。

老王婆子的家位于沈城最乱的北市场，那里解放前是摆摊卖艺耍把式的地方，也是流氓小偷打架斗殴的地方。解放后，那里已被严格地整治了几番，许多家政府部门的招牌在那儿竖立起来，威严地开张了。可仍旧抹不去街市的那份破败，那里的大多数居民都撑着艰辛的日子，贫苦人愿意扎堆住，形成了一个广大的阵势。那里的菜价就不会上涨，烟酒糖茶和肥皂手纸也是上不了大商场柜台的等外品，但平民们买着便宜，用着也就心里舒服。再者，大家都是穷日子，谁也就不嘲笑谁，管你是捡破烂还是收破烂呢。

老王婆子没儿没女也没有丈夫，是曾经有过还是压根就是孤独一人，谁都说不清，没谁对一个捡破烂的老婆子的身世感兴趣。王婆子很穷，常在报上看到这样的报道，说某村某人外出捡了十几年破烂，居然回村盖了栋小楼。可从老王婆子处却看不到此类迹象，她捡破烂已经捡到七十岁了，就是再捡上十年，也捡不来一栋洋楼。她每日卖的钱刚够裹饱自己的肚子。秧歌队属于民间组织，政府不给一分钱，从企业也很难拉到赞助。有些厂长经理走近一瞧这些唱跳的都是老眉老眼的老家伙们，就失去了兴致，而宁愿去歌舞厅用大把大把的票子给小姐送花篮。秧歌队员的服装得自己掏钱做。老王婆子没钱，就每日从嘴里省，一天一个饼子，或是煮一锅没有一星油水的茄子炖土豆连吃它三天。那些日子，老王婆子更勤奋地捡破烂了，白日的时间被秧歌队排练占用，这时间对王婆子来说是神圣不可侵犯的，她绝不迟到早退。因此拾捡的活儿就放到早晨和傍晚。现在，所有的商品都在涨价，唯独回收废品在跌价，罐头瓶、牙膏皮、旧报纸卖不上几个钱。王婆子就走远路花上两角钱进公园去捡易拉罐。捡破烂的人们也是有地界的，你侵犯了别人的领地就要遭到棍棒。有两次，老王婆子被她凶恶的同行推倒在公园深秋干硬的草地上，腰上狠狠挨了两脚，一晚上的辛苦所得被抢得一干二净。老王婆子挣扎着爬起来又一路捡去……

就这样，老王婆子捡出了她的服装，她的漂亮的粉绸衣，漂亮的绿绸裤，以及她的长长的红绸腰带和用来装饰头发的缤纷的头饰。

老王婆子通身上下舞扎起来了。老王婆子披上新装的那几天，在秧歌队的老姊妹们的夸耀声中，美美地走来走去，此刻，老王婆子头一回觉到她是舒心地做人，为了这一刻，她认为她遭受的所有劳累所有饥饿所有凌辱都是值得的。在欢腾的锣鼓场上老王婆子扭得酣畅淋漓，秧歌把老王婆子一生的苦难都化解了。

一天，秧歌队传出一个惊人的好消息：进京去参加民间舞大赛。

这怎么可能呢？老头老太们似信非信，我们这群老东西们，凑到一起不过是活动活动老胳膊老腿，娱乐娱乐晚年，谁还敢奢望去北京参加大赛呢？

很快，这消息得到证实。因为爸去给他们做了动员，又给他们设计出一台大型秧歌剧《八仙过海》。

紧张的排练开始了。

在排练过程中，经费的问题也提到日程上，很快，方案定下了：区政府给一部分钱，个人也需要负担一些，每个队员只拿200块钱食宿费。一般的家庭是能承受起的，有些没有退休金的老头老太，儿女们一听自己的老爹老娘要进京去比赛，这等光荣的事何惜区区200块，便大包大揽了。但老王婆子没有儿女替她包揽，也没有人与她分享荣誉。王婆实在无法在短期内捡到200块。于是，秧歌队队长客客气气地对她说，王婶呵，这几天都是排练进京的节目，你就不要来了。

这是明确告诉老王婆子进京没她的份。

她，老王婆子，被同行踢打的时候没有哭，忍饥挨饿时没有掉泪，现在，却止不住放声痛哭。老王婆子依坐在自家窗前拍手打掌地哭着念叨着，都走了，都上北京了，就剩我个孤老婆子了！老王婆子第一次唉叹起自己的命运。我怎么就这么命苦呦那个嗨呦！老王婆子唱了起来，我那个命呦，苦了七十年哟往后还得苦哟，没人疼那个嗨哟，没人理那个嗨哟……

那条小街上的人们被惊动了，他们围来，打听清楚是怎么一回事。小街上的人纷纷说话了，嘿，咱小街上最有出息的学生也才考到省里的大学，咱谁也没有被北京招呼去呀，捡破烂的老王婆子能有这等光荣的事，这是光荣了咱整个小街呀，200 块钱，咱们说啥也得给她凑齐了。

小街的人们日子都过得挺紧巴，很多也是靠拾拾捡捡为生的人。他们就你出 5 块，我出 3 块的，凑足了这 200 元钱。

那天，老王婆子身穿她那套漂亮行头被小街的人们簇拥来，爸和秧歌队的队员们感动了，爸与几位区领导和队里的头儿们一商量，当即免了她的费用，并在已排好的戏里重新为她加了个角色。

老王婆子汇入进京的秧歌潮里，老王婆子不知又洒了多少喜泪。

见到老王婆是在他们进京的火车上，我恰好去北京出差便与之同行。就听老王婆以筷击碗作歌曰：

天地那个宽哟

人心那个爽哟

大路朝天那个向北京哟

众人齐响应：

向北京那个向北京

……

后来，沈阳老年秧歌队在北京龙坛湖民间舞大赛中夺得头奖。再后来，他们又被亚运会邀请去做表演，风光地二进京城。老王婆子跟随表演团把北京那些有名的地方都看了个遍，也留了影。以后，老王婆子回到她的小街上后，每到夏夜，人们被屋内的热浪驱到屋外纳凉时，老王婆子就搬个小凳子坐到外面给大家一五一十地讲北京。

北京在这条小街上成了传说。

崔老头和杨老太

崔老头和杨老太是一对鳏夫寡妇,崔老头是个掌鞋的,杨老太是干什么的就不得而知,也可能是个退休女工,每月领取百八十元的退休金,也许厂子效益不好,分文领不到,靠儿女们来养活。他俩在秧歌队实在不起眼,矮矮的个子,满脸的褶皱,年龄都在六十五岁以上,谁也不去注意他们,两人也老实巴交的没什么更多的言语。锣鼓场上,秧歌队员们起劲儿地扭着自己的大秧歌,锣鼓场下,老太太们难免要家长里短地扯些闲事,老头子们就凑在一堆打牌、下棋,崔老头和杨老太各自在以性别组成的群落旁坐着。晚年丧偶的老人心中肯定有着一番难以形容的凄凉,两人倚靠在自己的记忆里,暮色苍茫着。

有那么一天,他们搭上了话,也许两人都注意到彼此的孤独,孤独中他们互望了一眼,就这么说开了话。

老头说:这天闷热闷热的,好几日不下雨了。

老太道:可不是嘛,这大夏天,先是旱,然后是涝,菜价又要上涨了。这日子可怎么过呢?

老头:你家师傅在哪个厂子挣钱?

老太:唉,已经做了好几年死鬼了。

老头陪着叹息了一声,无话。

半晌,老太觉得是自己将气氛变得沉重了,就挑起话茬:你家大婶为啥不来扭秧歌?

老头摇头苦笑:也是早几年前就去了。

于是两人重新落在悲哀里,寂寥着。但他们心中有什么东西正在彼此走近着。

第二天,秧歌队活动时,他们碰着面都热情地打着招呼。

老头说:他婶来了?

老太道:崔师傅来得早啊。

排练中间休息时,老头以职业敏感注意上老太的鞋。

他婶呵,你那鞋底都快磨穿了,扭秧歌最费鞋底呢。

老太道:谁说不是呢?我净捡姑娘和儿媳穿旧了的鞋子,你看,皮子是不错的皮子，只是才跳了四五天就快破了，鞋跟也松动了。

没有事，这鞋还能修，一会儿排练完，就把它交给我吧。

崔师傅，这怎么好意思？

这有啥不好意思，做掌鞋营生的，给谁不是掌？

第二天，老头交给老太一个报纸包。老太抖开，天哪！这就是自己那双磨穿了底松动了跟的旧鞋吗？跟儿已被重新换了，底儿也粘上了厚厚的胶皮，并且还给鞋面打上了鞋油，那绝对是一双专业的手打的，亮光光的简直能照出人影！让这双鞋站在那里，就好像刚从鞋店买回的一样。老太激动得语无伦次，说崔师傅，这可怎么感谢你呢？这得费多少工夫，这不行呵，我……我……老太说着从口袋里摸出个蓝布缝的钱包，拿出几张两块钱的票子，崔师傅你收着。

老头推开了，说他婶你这就见外了，都是一个秧歌队的，客气啥呀，互相帮个忙，谁的鞋坏了，我老崔头有这个手艺，就给补上，还能挣大伙的钱？

老太收起钱，说崔师傅真是好心人哪。这鞋像新的似的，倒叫我舍不得穿了。

穿吧，保你跳上三个月不坏。

过了两天，中午，秧歌队员们打开自己的午饭，有的带了一饭盒饺子；有人是米饭红烧肉；有的是可口的炒菜。崔老头从衣袋里摸出一块凉发面饼子，一块咸萝卜头，杨老太坐过来了，递上一只饭盒，里面是热气腾腾的包子。趁热吃吧，崔师傅，我自己包的，萝卜虾皮馅的。

崔老头推让着，说他婶你留着吃吧，我有饼子就足够了。

别啃那凉饼子了，包子我特意多带了几个，够咱们吃了。

崔老头伸手捏了一个热包子，咬了一口，软软的面，香喷喷的馅，勾起了他很多记忆，他想起老伴在世的日子，老伴在一只瓦盆里揉着面，在一口大锅里拌着馅，一个掌鞋的人家哪能顿顿吃得起肉馅包子，老伴也爱用萝卜虾皮做馅，多放些葱花，多淋些香油，一家人吃得热火朝天。可如今，老伴去了，孩子们成家出去单过了，这两间小平房里冰冰凉凉，瓦盆是空的，几口锅闲置着，厨房已经很长时间没有热气了，墙壁已经有些发霉。崔老头也已很久没吃过热饭热菜了。

崔老头一口口嚼着包子，心里就很有些滋味。

以后，杨老太见崔老头的衣服破了个洞，便要来补上了。

崔老头又给杨老太掌过一双鞋。秧歌队员做演出服的时候，崔老头那套是杨老太帮着他做上的。

转眼到了深秋，大批的秋菜下来了，秧歌队也停止了几天活动，好让大伙回去采买秋菜。

在那个清冷的早晨，杨老太在去蔬菜点的路上与崔老头不期而遇。

崔师傅也去买白菜呵？杨老太招呼着，两人就搭伴走着。到了地点，崔老头帮着杨老太挑拣着个大芯实的白菜，过了秤，付了钱，又帮她装上小推车。

崔师傅，别管我了，你自己也买吧。

走吧，我帮你推回家吧。崔老头说，我不买秋菜，老伴去世后，就我一个人，怎么不是对付一口饭。

杨老太明白了，今天，崔老头就是有意在路上等她，纯粹是为了帮助她。老太胸中泛起一阵甜蜜的感觉。

冬天到来时，崔老头成了杨老太家的常客。杨老太和女儿一家住在一起，崔老头就把杨老太女儿女婿的皮鞋都收拾了一番，还给杨老太的外孙女做了一双小巧漂亮的红皮鞋。

小姑娘穿着小红鞋，打着红蝴蝶结，崔爷爷长崔爷爷短的叫得分外亲热。杨老太女儿女婿对他也很热情，每次都留崔伯吃饭。数九寒天，窗外飘着大雪，街上的行人都在匆忙朝家里赶，天渐渐黑下来，但杨老太一家灯火通明，笑声阵阵，方桌上架着一口铜火锅，沸水咕嘟咕嘟地滚动着，人们从盘中夹着羊肉、酸菜、粉丝、豆腐扔进锅里涮着，一口口越吃越热乎。

夜晚，崔老头回到自己那两间冰冷的小屋里，他睡不着觉，就坐起来吧嗒吧嗒地抽着烟，他觉得干枯的心中有某种东西已在通通地蹿跳了，咸涩的眼中已在闪烁着一种光亮，可他不知道怎么办才好。

那边，杨老太也睡不着，就爬起来做针线活，可两手变得笨拙了，常常缝错。

下次两人再见面时，都挺不自在，都觉得应该说点啥，可又不知说啥好。倒是崔老头打破沉默，说他婶，我总是来你家，怕不大好吧，你寡妇门前的，别人不会有闲话吧？

杨老太爽快，说嘴长在人家脸上，爱说啥就说啥，咱也不能封了人家的口。

那你姑娘姑爷呢？

你不是瞧见了，对你多热乎。

崔老头眼睛潮乎乎的，当下鼓起勇气，说：他婶，要是……要是咱俩……咱俩真那个啥，他们还能对我这么热乎吗？

杨老太尽管有所准备，尽管渴望着他这样表达，还是脸热心跳。

要是……要是咱俩那个啥，他们都会愿意。姑娘和妈最贴心哩。

崔老头感觉自己那一双老眼有一股热流淌下来。

开春的时候，他们打算结婚了，崔老头把杨老太叫到他家，掀开床铺，在草垫子下面摸到个存折，说他婶，这些年，我也攒了两个钱，全都在这里了。

但杨老太没有去接，说你的儿女们都不富裕，小儿子的厂子开不出支，你姑娘又有病，还是给孩子们留着吧，咱们两个身体都挺硬实，往后，你出去掌鞋，我呢，街道张大妈的儿子开了家做服装的小店，张大妈早就喊我去帮忙了，说每月给我300大票。咱俩还愁过不上舒坦日子？

秧歌队终于知道了这桩婚事，那几日，平时不起眼儿的崔老头和杨老太一下子成了人们注目的中心，人们不停地围着他俩开心、打趣，逼他们招供恋爱经过，老头们围攻崔老头，老太们追问杨老太，两人嘿嘿地憨笑过，就一五一十地招来。

于是秧歌队员们就把这事拿到我家说给爸听。爸听过后产生了个想法：将这对普通老人的婚事拿到北京龙坛湖秧歌大赛中操办岂不是更有寓意？

老人们一致同意，并且欢呼起来。

于是，1991年，在北京龙坛湖公园沈阳代表队的场子上出现了一个激动人心的场面：在火爆爆的老年秧歌《八仙过海》即将结束时，唢呐突然柔缓下来，喇叭里有个女声在对观众说：今天是个欢乐的日子，但对我们秧歌队中的两位老人来说也是一个喜庆的日子，他们都是晚年失去老伴的孤独的老人，因为秧歌相识、相知到最终结为伴侣。他们愿将自己的婚礼与秧歌大赛同时进行，愿以欢腾的锣鼓声当作祝福的鞭炮，愿热情的观众朋友成为庆贺的嘉宾！

说罢，场上的众队员一抖彩袖，一把把五颜六色的糖果像一阵阵彩雨落在观众席间。

观众沸腾了，纷纷去接糖果，并高喊：我们要见新郎新娘！

崔老头拉着杨老太，两个矮小、粗糙，甚至很丑的老头老太出现在场子中央，向观众频频行礼。

人们哈哈大笑但马上收住了笑，人们突然觉得滑稽可笑的其实是自己，观众席上大多数人都衣冠楚楚相貌堂堂，他们有着很好的职业，很丰厚的收入，他们整日出入大厦大饭店，无论从各方面来讲都无数倍地优越于那两个没模没样的老人，但他们活得并不很痛快，有许多不如意、许多烦恼、许多纠缠不清的爱恨情缘……他们羡慕起两位老人来，他俩手拉着手，矮小的老头拉着矮小的老太，人们能够想象出在今后艰辛的日子里，在人世的风雨中，两人一定会筑起一个温暖结实的巢，一个幸福快乐的家。

人们不由自主地站起来，人们擦去眼角感动的泪花。他们使劲地拍着巴掌，直到锣鼓声停息，直到队员们散去，直到他们该踏上回家的路，他们还许久没法儿平静，他们所有的人都会记住今天看到的这两个普通的老人，这个平凡的故事。

几年过去了，崔老头和杨老太幸福宁静地生活着。

厨　房

徐　坤

厨房是一个女人的出发点和停泊地。

瓷器在厨房里优雅闪亮，它们以各种弯曲的弧度和洁白的形状，在傍晚的昏暗中闪出细腻的密纹瓷光。墙砖和地板平展无沿，一些美妙的联想映上去之后，顷刻之间又会反射回眸子的幽深之处，湿漉漉的。细长瓶颈的红葡萄酒和黑加仑纯酿，总是不失时机地把人的嘴唇染得通红黢紫，连呼吸也不连贯了。灶上的圆火苗在灯光下扑扑闪闪，透明瓦蓝，炖肉的香气时时扑溢到下面的铁圈上，"哧啦"一声，香气醇厚飘散，升腾出一屋子的白烟儿。莴笋和水芹菜烹炒过后它们会荡漾出满眼的浅绿，紫米粥和苞谷羹又会时时飘溢出一室的黑紫和金黄……

厨房里色香味俱全的一切，无不在悄声记叙着女人一生的漫长。女人并不知道厨房为何生来就属于阴性。她并没有去想，时候到了，她便像从前她的母亲那样，自然而然走进了厨房里。

这个夏天的傍晚，在一阵骤然而至的雷阵雨的突袭过后，燠热和喧嚣全被随风吸附而走。大地逐渐静止了。城市一枚火红的斜阳正从容地在立交桥上燃烧，一层层散漫的红光怡然飘落而下，照耀着一个在厨房里忙碌的叫作枝子的女人，女人优美的身体轮廓被夕阳镶上了一层金边，从远处望去，很是有些耀眼。女人利手利脚无比快活地忙碌，还不断在切洗烹炸的间隙，抬头向西窗外瞟上一眼。夕阳就仿佛跟她有某种默契，含情脉脉地越过一棵临窗的茂盛玉兰树枝头对她俯

首回望。

枝子的目光,也便跟着燃烧在一片红辉之中,润润的,柔柔的。

厨房并不是她自己家里的厨房,而是另一个男人的厨房。女人枝子正处心积虑的,在用她的厨房语言向这个男人表示她的真爱。

一条鳜鱼浑身被横横竖竖切了无数刀后,周身码放好了蒜片、葱丝和姜条,然后放进锅屉里热气腾腾地蒸着。卷心菜和河藕也油亮亮地沾着水珠儿洗好,与沙拉酱一起错落有致地码放在盘子里边等待搅拌,水汽正顺着不锈钢盖子的缝隙慢慢地一点点往上溢起来。枝子停下手,幽幽地喘了一口气,转头偷眼向客厅里望了一眼。透过宽大明亮的钢化玻璃厨门,她看见男人松泽正懒散地蜷坐在沙发上,一张报纸遮住了大半个脸。男人的身子、手、脚都长长大大的,T恤的短袖裸露出他筋肉结实的小臂,套在牛仔裤里的两条长腿疏懒地横斜,大腿弯的部分绷得很紧,衬出大腿内侧十分饱满,很有力度——枝子的脸突然莫名其妙地红了,浑身迸过一阵难以自抑的幸福。她赶紧收回自己潮润润的目光,慌慌转回身去放眼观望窗外斜阳。

夕阳巨大的圆轮现在只剩下半个,它正在被树梢和钢筋水泥的建筑物奋力衔住,一口一口激情地往下吞吻。枝子的脸庞转瞬间又被烧红,周身辉映起一阵盲目的幸福。

我爱这个男人。我爱。

枝子在心里这样迷乱地对自己说。在这样说着的时候她的心里充满了羞涩。

枝子是被称作"女强人"的那种已然不惑的女人。爱情到了她这个年纪并不容易那么轻易来临。经过了岁月风尘的磨洗,枝子早年的一颗多愁善感的心,早就像茧子那样硬厚,那样对一切漠然、无动于衷了。多少年过去,一番刻苦的拼搏摔打,早年柔弱、驯顺、缺乏主见、动辄就泪水长流的枝子,如今已经百炼成钢,成为商界里远近闻名的一名新秀。她这棵奇葩,将自己的社会身份和地位向上茂盛的茁茁固定之后,却偏偏不愿在那块烂泥塘里长了,一心一意想要躲回温室里,想要回被她当初毅然决然抛弃割舍在身后的家。

不知为什么,就是想回到厨房,回到家。

事业成功后的女人,在一个个孤夜难眠的时刻,真是不由自主地常要想家,怀念那个遥远的家中厨房,厨房里一团橘黄色的温暖灯光。

厨 房

家中的厨房，绝不会像她如今在外面的酒桌应酬那样累，那样虚伪，那样食不甘味。家里的饭桌上没有算计，没有强颜欢笑，没有尔虞我诈，没有或明或暗、防不掉也躲不开的性骚扰和准性骚扰，更没有讨厌的卡拉OK在耳朵边上聒噪，将人的胃口和视听都野蛮地割据强奸。家里的厨房，宁静而温馨。每到黄昏时分，厨房里就会有很大的不锈钢精锅咕嘟咕嘟冒出热气，然后是贴心贴肉的一家人聚拢在一起埋头大快朵颐。

能够与亲人围坐吃上一口家里的饭，多么的好！那才是彻底的放松和休息，可她年轻气盛的时候哪儿懂这些？离异而走的日子，她却只有一个简单的念头：她受够了！实在是受够了！她受够了简单乏味的婚姻生活。她受够了家里毫无新意的厨房。她受够了厨房里的一切摆设。那些锅碗瓢盆油盐酱醋全都让她咬牙切齿地憎恨。正是厨房里这些日复一日的无聊琐碎磨灭了她的灵性，耗损了她的才情，让她一个名牌大学毕业的女才子身手不得施展，她走。她得走。说什么她也得走。她绝不甘心做一辈子的灶下婢。无论如何她得冲出家门，她得向那冥想当中的新生活奔跑。

果真她义无反顾，抛雏别夫，逃离围城，走了。

现在她却偏偏又回来了。回来得又是这么主动，这样心甘情愿，这样急躁冒进，毫无顾虑，挺身便进了一个男人的厨房里。

真正叫人匪夷所思。

假如不是当初的出走，那么她还会有今天的想要回来吗？

她并没有想。

此时她只是很想回到厨房，回到一个与人共享的厨房。她是曾经有过婚姻生活，曾经爱和被爱过的人，比较明了单身和已婚的截然不同。一个人的家不能算家，一个人的厨房也不能叫作厨房。爱上一个人，组成一个家，共同拥有一个厨房，这就是她目前的心愿。她愿意一天天无数次地悠闲地待在自家的厨房里头，摸摸这，碰碰那，无所事事，随意将厨房里的小摆设碰得叮当乱响，她还愿意将做一顿饭的时间无限地延长，每天要去菜市场挑选最时鲜的蔬菜，回来再将它们的每一片叶子和茎秆儿都认真地洗择。做每一顿饭之前她都要参照书上的说法，不厌其烦地考虑如何将饭菜营养搭配。慢慢料理这些的时候，她的心情定会像水一样沉稳，绝对不会再以为这是在空耗生命和时间。纤纤素手被洗菜水泡得指尖红肿、关节粗大,她也不会再牢骚埋怨。她希望她的心情就那样像水一样,温吞、空泛、温吞、空泛地在厨房里消磨时光,什么外面争斗的事情都不去想。她愿意看见有一两个食客,当然是丈夫和孩子吃着她亲手烧的好菜,连好吃都顾不上说,只顾低头吃得满嘴流油,脑满肠肥。

脑满肠肥?一想到这个词,枝子就不由得偷偷地笑了。

她真的是不想再在外面应酬做事,整天神经绷紧,跟来来往往形形色色的人虚与委蛇。不知为什么,她有些厌倦人。名利场上各色各样的人:卑鄙的、龌龊的、猥琐的、工于心计的、趋利务实的人……看都看得她眼花了。整天的与人打交道也快把她的神经要折磨垮。她想返身逃逸,逃到没有人的地方去,而厨房是避难所。

厨房对她来说从来没像现在这样亲切过。她从来没有像今天这样对厨房充满了深情。

炉上的不锈钢精锅冒出袅袅热气。枝子的想象也随之袅袅,太阳就在她缥缈的想象里一点一点落到树梢下面去,落到她想象的尽头。那个长胳臂长腿的男人松泽看完了报纸,起身伸了一个懒腰,慢慢腾腾挪到厨房里来,再次问枝子需不需要帮什么忙。枝子听到男人满怀关切的问候,赶忙满心欢喜地连连说:"不用,不用。"今天是这个男人松泽的生日,她想独立完成整个操作,让他尽情品尝一番她的烹饪手艺。

她为什么要主动向这个男人献艺?献艺完了又将会是什么呢?枝子不愿意想,不情愿这样残酷地考问自己。她愿意在心里给自己的自尊留有一点余地。该是什么就是什么。枝子在心里说。枝子只希望能是她所想要达到的那个。此时她真是觉得自己对这个男人有些过分俯就,甚至有些低三下四。因为照她素常里的做人态度,以一个商界女星的身份来说,对她前呼后拥献殷勤的男人总是数不胜数。而她的鼻孔总是抬得很高,并且,暗中加着千倍的小心,很怕落入某些勾引利用的圈套。如今却这样巴巴地主动送上门来,可真是有些不好对自己的心解释了呢!

管它呢。随它去吧!反正来也是来了,还费力解释它干什么?

拖着长头发的高个男人松泽扎挱挲着两只手,在枝子身边围前围后转了两转,明白自己也实在帮不上什么。看来枝子对于今天的下厨是有过精心准备的,知道他这个单身汉的厨房里可能会七七八八的不全,所有的素菜、荤菜备料都由她亲自从外面带来。连烧菜用的油和醋等作料,也全被她准备到了。甚至枝子还带来了围裙,柔软的白细棉布套头裙,腰间勒一根细带子,自上而下撒下一捧捧勿忘我小碎花。绵软的白裙贴在她身上,正好勾勒出枝子腰条的纤细。枝子的头发本来可以戴上与围裙配套的棉布帽,以免熏进抽烟味儿。但她想了想,还是将帽子舍弃,将头发挽了几挽,然后向上用一枚鱼形的发卡松松一别,这样,她乌黑发亮的秀发就尽显在男人松泽的视野。

松泽盯着这个体态窈窕的女人,心里"怦怦怦"乱动了几动。当然,他是艺术家。艺术家面对美没有不动心的,他和她一直都算得上是很亲密的朋友,亲密的最初原因是枝子出资帮他举办个人画展的成功。从合作的愉快到亲密友好的交往,俩人的关系大致上就是走的这样一个过程。但是,再友好,他也不敢说要劳动她的大驾来给自己庆贺什么生日,尤其是没想到她还要亲自下厨。这该是出乎意料且又让他承受不起的情分。

能有一个漂亮女人主动来家里给自己过生日,真是一个求之不得的美事情。男人一方面惴惴,觉得女人枝子给他的面子太大了;一方面又稍嫌累赘,觉得整晚在自己家里吃上一顿饭,太缺乏新意。艺术家,总是爱好推陈出新。就在枝子下厨期间,就有三四个女孩子的电话打来,邀他出去派对。他不得不柔声细语轻声回绝。与待在家里传统的吃生日饭相比,当然卡拉OK包间或派对沙龙里搂搂抱抱的扭捏抚摸更能激发创造力。但若从长远的角度看,比起跟那些小女孩崇拜者玩玩白相,不如跟女老板的处理好关系对他将来的用途更大一些。男人在考虑问题时,往往从最实利的目的想。所以他决定还是死心塌地,留在家里与女老板亲近感情。

这样心里边一踏实下来,男人也就专注移情于厨房中的枝子身上,渐渐从忙而不乱的枝子身姿当中体味到另一种情致。枝子的动作,熟练而静美,如一朵栀子花儿开放在氤氲的厨房香气中。植物烹炒的香气中夹杂的成熟女人的体香,熏得男人松泽有些想入非非。在不知道该从哪儿下嘴的情况下,他便懒散地一条腿以另一条腿为重心,倚在厨房门框上,一边静待时机,一边向忙碌的枝子身上乱抛多情的眼神。

枝子意识到了男人的注视,略微有些慌乱,不等春风吹绽,便先兀自欢颜,面若桃花的有些气短。她一面竖起耳根,悉心倾听男人粗长的呼吸,一面竭力命令自己镇定,尽量掩饰住狂乱心跳,将身体动作恢复成正常。她所企望的,不就是这个男人的这样一种目光吗?如今已经等到了,那么她还紧张什么?这么想着,她手里切菜的动作就有了几分表演性质。

厨房不大,容不得俩人同时在里面转身,只要一动,就势必会发生身体上某些部位的接触。所以他们就在各自位置站着,口里还要间或说上几句哼哼哈哈应酬话,身体里却不免都暗暗生出几分紧张。主要是男主人还没有拿捏得好女老板的意图。松泽虽说已是风情老手,但在从来都很端庄的枝子面前,毕竟也是不敢造次,不知道她想要他做什么,要他做到什么程度。他时时没有忘记她是投资人。所以他只是听之任之,一边散漫无际地调着情,一边还要暂时做出温文尔雅,这种孤男寡女同一屋独处的情境,终归还是需要有一些半真半假调情意味的。不然,艺术家就显得太不艺术,太寡淡无味了些。

而女人枝子也还没想好该如何开始。她也很希望能有一些情调,并且,最好由这情调本身给她一个循序渐进、顺理成章、水到渠成的过程。她倒是很希望示爱能由松泽一方主动开始。可一旦他真的主动了,说不定她反而会变得厌恶他,拒斥他。见他站在原地兀自不动,她不禁有些既希望又失望的心理。她看上他,经营他,是看中他的画风里的野气和灵活。后来单相思瞄上他,也是因为在相处过程里发现他已将这野气和灵活全然融合、发挥殆尽,在各种场合都圆熟、灵动、洒脱,很符合她眼里真正艺术家的气质。她以为四周围到处都是被文明过分文明化了的衰人,他的画里未曾泯灭的人类远古的粗犷之气,还有与神明相通的灵性。而这一切,正是她内心所深深需要的。

在女老板的得力赞助经营下,松泽果然就大获成功且声名远扬。而她则以画推人,认为理所当然人如其画,画如其人,她便因此而爱上了自己的经营品。

两个身体持久的紧张让他们都有些承受不住。枝子在男人松泽的目光里已经汗流浃背。假如还没有进一步的动作,却还要这样无谓地僵持下去,枝子的细腰简直就要绷断了。她不停地用眼角余光扫射着身旁男人,脸蛋儿烧得厉害,肢体以一种柔和的弧度微微向他倾斜过去,那种身段中分明表示着一丝丝鼓励、期盼和犹豫不决。男人在承受温软的肉体倾斜过来的弯度同时也同样是犹疑不定、优柔寡断。他的身体不易察觉地晃了两晃,终于什么也没有能够做得出来。

厨 房

就这样又沉默了一会儿,枝子的手指在水盆里游动时漫不经心地挑起"哗哗"的水声,听起来略微显出了一点烦躁,过分的紧张和犹疑终于把松泽自己调情的兴致破坏了,松泽说了一句:"我去布置餐桌。"借机急忙把自己从厨房打发开。

枝子的身体这才有空隙松弛下来。她抬起胳膊时悄悄抹了一把头上的细汗,松泽到厅里叮哩当啷地去拿碗筷、摆酒,布置餐桌。餐桌就由一个矮脚茶几临时串演。画家的客厅里一切当然都不正规,几个绣着花儿的软垫子散乱地扔在手工绘绣的波斯地毯上,床铺比正常人的矮去半截,只由一层席梦思垫子铺在地上充当,靠墙的一圈转角水牛皮沙发无比宽大、舒适,倒仿佛画家的一切日常活动都要依靠在沙发里展开似的。

松泽把枝子买来的油蜜蜜的生日蛋糕摆在桌子中央。巧克力奶油在灯下沁出浓浓的甜色,样子极其诱人。松泽盯着蛋糕上的奶油想了几想,终究也没想出个子午卯酉来,到现在为止他的另一股情绪并没有得到完全的调动,行动中仍旧有一些惯常与枝子交往时候的应酬色彩。"另一股情绪"当然就是他每每见到来为他献身的崇拜艺术的女孩子时的,那种身体内部的骤然启动,那种非要把一个回合进行到底时的狂乱和野性。说来也怪,他这样野气狂生的时候,竟然没有一次是不得逞的。

可现在他的身体里却分明缺乏这种感觉。怎么回事?这究竟是怎么回事呢?松泽暗暗为自己的身体担忧。他并不明了,一旦有了身份和功利的意念,一切就都不好玩了,连一点点肉体的冲动都不容易发生。松泽坐下来开启酒瓶,同时也散漫地回眼向厨房里打量了一眼。玻璃厨门内的枝子似乎也已料到自己的身影会牵动男人的目光,于是,弯腰投臂的动作都尽力跟他欣赏的趣味相暗合,不慌不忙,舒缓有致。光与影当中枝子的柔媚影像,正跟厨房的轮廓形成一个妥帖的默契。那道剪影仿佛是在说:我跟这个厨房是多么鱼水交融啊!厨房因了我这样一个女人才变得生动起来啊!

而松泽眼睛里却始终是莫衷一是的虚无。

太阳这时已经完全落下去了。晚霞收起她最后一轮艳丽,渐渐沉没于幽暗之中。夜的幕布开启,一切的人与物转眼之间变得朦胧。灶台上的累累成果现在被移到了餐桌上,香气淋漓,色泽也炫目。紧张和等待了大半晌的松泽这会儿真感到体能被消耗得够呛,确实需要补充营养了,可饥饿之后见到琳琅满目的这么一大桌子，却又有了几分惴惴和惶惶，愈发不知嘴从哪里下比较合适。抬眼再望枝子，枝子这会儿已经面目一新地端坐在他对面，脉脉含情地抬头凝望他。忙完了厨房里活计的枝子没忘了到卫生间里隆重地整修了一下自己，她在眼圈周围细心加过了眼影，这样眼中就愈发布满深情，唇线也用唇笔淡描素抹而过。腮影要不要打上橘红呢？枝子思忖了一下，最后决定放弃。等到进入接吻的实质性阶段时，满腮满脸的厮磨，粉影多了容易弄成一团花脸。脸部修饰完毕，然后枝子又从手提袋里拿出一套真丝晚装，换下了身上一进门来时穿的果绿色白领丽人套服。套服太呆板、太僵硬，笨手笨脚，不太使人容易介入，而丝绸可就相对有质感，也简捷轻快得多了。这些都是为今晚的爱情特地准备的。虽然烦琐，但在她满心都是甜蜜憧憬之时，也并不觉得有什么费周折。

再从房里出来时，枝子就已经是黑色真丝长裙飘逸，身体上最值得称赞的部位——修长的脖颈和光洁的臂膊全都从领口和袖口裸露出来，它们在灯下泛起象牙色的皮肤光泽，而没有裸露出来的部位正包裹在真丝绸的内部炫耀着它们的初始神秘，诱惑着艺术家修长的手指去一点一点开启。

松泽再怎么上不来情绪，也还是不免为枝子的这一身装扮眼皮跳了几跳。饱览美景而后再将其饱尝，本来就是他作为画家的特长。这时的松泽他赶忙表示惊艳，表情夸张地一手扶杯，一手将握着倒酒的瓶子停在半空，眼含赞许地盯住枝子，仿佛喃喃自语地说，"唔，我的上帝！真漂亮，你真漂亮！"

枝子有些激动，又不好意思流露，只很含蓄地说："谢谢。"说完便用眼光四下里斜了一下，思忖着自己该落座哪儿，松泽正很舒服地陷落在沙发里，把住了桌子的一方。枝子此刻也很想陷到沙发里去坐，跟松泽并排紧挨着……那样就比较方便多了，枝子脸一红，暗中瞬时一转念：可那样是不是显得自己过分主动了呢？她又把眼光偷偷瞟向松泽，可恨松泽那家伙此时并不给她一个在身边坐下的台阶，他若是能拍拍身边的席位，再半开玩笑半正经地说上一句，"此处正虚席以待。"那么她也就顺水推舟地坐下来了，可现在他除了假装惊艳，别的一点表示都不呈现，害得她只好灰溜溜地错过他的身边，绕到对面去，隔着一张桌子，带着好大的失望装出款款落座的样子。毕竟，在一切没正式开始之前，她不愿意将身份失得太轻率。

红葡萄酒在高脚杯子里幽幽的泛情。顶灯、壁灯、落地灯都被男主人一盏一

厨　房

盏地熄掉，只留下烛台上几支红红的蜡烛闪烁灼灼。隐藏进棚顶四角的音箱放送出柔柔的软歌。那是一种从异腔送出来的哼唱，绵绵无骨地含在一管萨克斯里头。枝子姿态软软地给松泽一小块一小块切了生日蛋糕，将带有粉红色玫瑰花的那块儿送进了他的碟子，而自己只留一枚嫩绿色的奶油叶子，祝福的话语一说就落入了俗套，远没有喝酒更能展示出新意，枝子和松泽俩人就频频地碰杯，你一杯，我一杯，你再敬我一杯，我再还你一杯。看架势好像都要成心把自己灌醉。

其实枝子才没想把自己灌醉，她只想借酒壮胆，把自己灌出几分将过程进行到底的勇气来。松泽暂时还没有想到那么多，他一边不辜负枝子的手艺，大快朵颐，一边还要腾出嘴，抽空把枝子的手艺表扬，一些称赞的话语落到枝子的耳垂儿上便款款粘住不下，湿乎乎的受用动听。而枝子手中的筷子却难得一动，一来是厨师从来就吃不下经自己手做出的美味佳肴，二来嘛，枝子的心思也完全不在这上头。枝子的眼睛在酒的滋润下，酒汪汪，直勾勾的，几乎是目不转睛地盯着对面的松泽，定定地瞧着他咀嚼时腮帮肌肉的漂亮滚动，看着他对女人说赞美话的时候口吐莲花，满头的艺术家长发一甩一甩的，还有他四十多岁男人刮得铁青的有力的下巴，枝子真是看得又怜又爱，脸蛋儿烧得要起火，连眼珠儿都滋啦滋啦地要冒出火星子来。

这个时候的枝子就有些恨，有些爱，有些无奈，有些牙根儿发痒。她就只好又恨又无奈地猛往自己嗓子眼里灌酒，她不知道松泽对她是怎么感觉的，反正，是直到了这会儿他还没有动作。她想他至少应该是提议跳舞，或者是提议做点别的，发挥出这种场合他惯用的技巧和手段，他还要让我怎么样呢？枝子想。该做的我都做了，我再也越不过我这个年纪的矜持和自尊。她想自己无法保持长久期待状态，得不到满足期待是持续不下去的。

枝子就愈发独饮自斟，把自己喝得眼神和身态都酒汪汪的。

松泽没边没沿摇头晃脑夸赞了半天，稍一停顿下来时，才发觉耳朵里却只听见自己的话音，对面枝子连一点回声都没有，他赶忙伸手去给枝子斟酒，借这工夫用心往她脸上觑了一眼。却见枝子那里，正在拼命用她的眼神织网。枝子的眼神都快要不行了，温软黏稠，密密匝匝来来回回缠绕在他身上，直把他索困在情意里头，只要他一挨上，就休想再挣得脱。松泽的心一软，身体一晃，酒就有点对不准杯子口，"哆"的一下，一大半都洒到了酒杯外头。

枝子端起顺着杯沿儿滴的酒，摇摇晃晃起身，说："来，我们为今晚干杯。"

松泽说："好，为今晚干杯。"

没等松泽的杯子递过去，枝子的杯子却直伸过来，摇摇欲坠地往他的酒杯上碰。但却因为目标不准，杯子直探向他的怀中而来。松泽下意识伸手一搪，"噗"，一杯酒碰洒，全洒在他的T恤和裤子上。

枝子慌忙说声，"对不起，对不起。"松泽说："没关系，没关系。"说完回身要找东西去擦。枝子忙说："我来，我来。"说着就晃晃地伸手把他拦住，又晃晃地起身，慢慢踅到厨房里，找来抹布和纸巾，欲替他擦拭身上的酒滴。她从厨房径直过到他的身旁，倚在沙发上，不等他客气拒绝，曲下身，半蹲半跪倚下去，伸手替他在裤子上擦。他就姿势艰难地曲在沙发上承受着，她现在已经跟他靠得这样近了，她的头发已经刮着了他的下巴，他们的身体也几乎完全要贴上，她已经闻到了他身上的体香和酒香。她这时在半晕半醒的脑子里划过一瞬间的迟疑和恍惚：要不要就势投到他的怀里去？

但是就在她这样稍一迟疑的时候，那个可以自然而然投怀送抱的两秒钟已倏忽而过。过了这个时间差，再想要投入进去就显得生硬、扭曲，动作之间的衔接就不紧密、不准确。

恋爱真是不可以用脑子的，只听凭本能去行动就行了，她想。恋爱的时候脑子真是多余啊，她想。她这样想着的时候心里边说不出有多么的沮丧，沮丧得简直就要流出眼泪来了。

还好，就在这当口，一双热乎乎的大手终于伸了出来，温情地顺势将她揽了过去。再不将她揽过去，可就真有些说不过去了，松泽想。松泽就这样做了一个顺水人情，顺势揽过了枝子的腰，让她靠在他身上。枝子听到了男人有力的心跳。她将头紧紧贴在他前胸上，闭着眼，两行委屈的泪水顺着眼缝悄悄流出了一点，但她没有顾得上去擦。她的身子这会儿全软了，软得一塌糊涂，什么也动不了。直到这会儿她被男人搂进怀里，这才觉得所有的骨头立刻都酥化，所有的矜持的铠甲也都立即崩塌。这会儿她想，她只想，我爱这个男人，我爱。跟我爱的男人在一起，这就行了。行了。

男人搂着一个没有骨头的酥软肉体，自身也不免迅速膨胀，酒和本能混杂在一块儿，热辣辣地开始发酵启动。他用力抬起紧贴在他胸口的脸，急速地将嘴唇凑了上去。她那滑得像缎子一样的皮肤，嘴唇在哪儿也站不住脚。他忽然觉得有点咸，稍稍睁眼，推开了一点一看，女人流泪了，泪水顺着鼻梁两侧往下流。他忽然受了莫名的感动，重新将嘴唇贴上去，从眼睛一点一点地往下滑，先是吃干了她的泪，然后将吻落实到她的嘴唇。开始她还有几分矜持，昏昏之中还知道把嘴唇抿成一条线，不给他以进去的机会。男人见状手段更加老到，一边吻着，托在她后背上的手还在不停地抚摸，一直抚到她在他手掌里马上就要瘫成一汪水。男人见火候已到，这才缓缓将她抱到沙发上，伸出满是触角的舌头，用力压摩触探上去。果然，女人一双滚烫的红唇，立刻蚌一样张开，她不假思索，一口贪婪吸住了他的舌头。

男人立刻就被火辣辣地舔了进去，任凭怎样也抽脱不出来。这时他才晓得了她这一吸的厉害，不是温热，不是柔软，而是一股狠劲，一股不要命的劲，真是恨不能把他的整个生命都吸吮下去，恨不能立即吊在他这棵树上摇晃死。男人领受不住，慌忙将身体稍微挪开，用力摇动出舌头，只剩舌尖在她的口里到处触碰，毛茸茸撩拨，却不敢在一处固定，不再敢让她有踏实吸附的感觉。

这样在肉体上用力调度她的同时，男人脑子里还在先惊后怕地想，不得了，真不得了，这个女人，不要命的女人，简直要把我玩死了。松泽他曾跟无数个女人玩过这种把戏，十分知道吻与吻之间的区别，些微的差异都逃不过他舌尖上敏锐的触觉。好玩好散的那些女人真是没有这个样子接吻的。她们吻得非常轻飘、愉悦，吻得蜻蜓点水，心猿意马，风过水面打个呼哨就走了，接吻通常都是向床上靠拢的过门儿小调。她们哪能像现在这个女人一样玩得沉重、死命、执意、奋不顾身，吊在他的舌头上，拼命想把他抓牢贴紧，生怕他跑掉了一般。他忽然间心中一动：莫非她是很认真，真的是跟他动了真情？她今天的表现，好像有点不大对劲啊！她为他所做的一切，她的所有厨房语言，好像都在向他示意：她愿意做他这个厨房的女主人，她是做他这个房间女主人的最好人选⋯⋯

一意识到这里，男人烧着的身体"忽悠"就打了一个激灵，热度瞬间就冷了下来。原来女人是认真了。这会儿他忽然明白了女人今天不是来玩的，女人今天是来认真的。女人今天来的目的性非常明确。她想要的是结果。她可不光玩的是情调，而是想要一个实实在在的结果。从她的接吻态势上他已经就品味出来了。她的那些厨房用语的艰苦卓绝，无不在表明着一个实实在在真的心迹，直到这会

儿他才把她破译开来。

男人突然间感到懊丧。男人的这份懊丧一下子就灌满了他自己的周身，让他刚刚膨胀起来的身体很快就软化了。真不好玩，实在是不好玩。他能领受假意，却要拒绝真情。他不愿意有负担。在这个人人都趋功近利的时代，谁还想着给自己上套，给自己找负担？尤其是对于他一个艺术家来说，更不愿有任何形式的羁绊。家庭责任也好，社会义务也罢，能躲的就躲，能逃的就逃，能推托的就推托。他松泽卖画的税单，都是被逼无奈被税务部门找上门来才交的。他难道还会在他事业最火爆的时候，去选择接受她，会把一个女人当老婆娶到屋子里来养吗？那样的话他的自由和无羁还怎么体现？

谁说女人只是情感动物，比男人缺乏理性呢？女人一旦目的起来，比男人一点也不傻，也不逊色。关键是她选错了人，挑错了对象。艺术家松泽他一点都不想有什么负担，一点都不想去对别人负责。白玩可以，动真格的却不行。她想依赖上他，可他偏偏不是个愿意被依赖上的人。他不愿意有负担。男人跟女人的想法不一样，从根本上就不一样。若说假意嘛，他可是随便乱施得多了，还挺自在安全挺幸福的；若论真情的话，他画家松泽除了对他自己，对他自己的名和利以外，就再也没对谁真情过。他不怕玩，他就怕认真，以假对假的玩，玩得心情愉快，彼此没有负担，同时毫无顾忌。以真对假的玩，那就没法子玩了。以真对真就更不能玩了。

但是他又不能猝然把这一场游戏结束，装作冷冰冰的拒绝。得罪一位对他有用的女出资人，怎么说也划不来。况且他一贯以怜香惜玉著称，在一位风姿绰约的女人面前也不能显得太缺乏风度。再说，跟一个漂亮女人做一场稍微有一点危险的游戏，有什么不好？在悬崖边上玩，才会来得过瘾，比平常更刺激。再怎么说，他也不至于被她强奸成婚吧？

等到漫长的拥吻过去，女人感到心力衰竭，停止吸吮睁开眼睛时，见男人却口里噙着她的双唇在注视她，两个人的脸离得这样近，以至于一瞬间都在彼此的眼里变形。女人感到不好意思，急急避开他的打量，低下头，将脸埋在他的胸里。男人就像理顺一条小狗一样抚摸揉搓着她的后背和头发。她也就顺势连人带衣服蜷进他的怀里做小狗依人状。她闭上眼睛，默默享受着吻后余晕，觉得这心情总算有了着落，爱情也有了着落。对女人枝子来说，能够进行到这一步是多么的不容易，不容易啊！她却哪里有暇猜想，这样的逢场作戏，男人松泽他究竟经历了多少。作为一个男性艺术家，他跟周围那些崇拜他的女人滥情滥得简直都快要滥不起来了。

沉浸在自己一厢情愿爱情中的女人枝子并没心思去猜想这些。沉浸在不惑爱情中的女人可真是了不得。女人热情似火，稍微给她一点暗示就可以扑上来，又啃又咬，真正像只发情的猫。男人沉着应付，以手指的圆熟技巧来对抗她的目的性，饶有兴味地应付着这场追逐。一旦明晓了女人的目的性，男人的身体立即退了激情，但他的另一份兴致却被点燃起来。现在他虽然置身其中，但却又像抽身其外一样观看着一场情戏的上演，有点像一个把持全局的导演在陪练一个女演员。他已将她的真情当作了好玩的事情。他还很有兴致再看一看，再陪练陪练。他发现自己倒也是很能进入角色嘛！

男人松泽暗中就很有些为自己得意。

而女人千娇百媚，女人此刻正沦陷在激情里不能自拔。女人的脸蛋已经燃出了大火，非要把他和她自己焚成灰烬不可。女人将红葡萄酒跟他一口一口嘴对着嘴含喝。女人偎在他的怀里，将紫红的蛇果拦腰横切，又在每一半边上都细细刻出锯齿形的牙边，然后俩人像小老鼠般将锯齿牙边一点一点地啃啮，咬到最后就是嘴唇跟嘴唇的会合，两片肉体贴在一起狂吻热舔。女人的一切小把戏松泽都来者不拒，含情承受。但是他从不主动往下探索，他的手只是隔着衣服揉捏着她的乳房，然后再摩挲在她的细腰上，尽情挑逗撩拨，接着他就停滞不前，决不打探她那开叉很高的绸裙里面的内容，就仿佛他是真正的谦谦君子似的。

这样女人就不知是什么意思。她频频地发动却得不到最终结果，女人简直都快要对自己失去最后的信心。难道是自己的魅力不够吗？女人在焦灼之中困乏地想，只要他一暗示，一有要求，她就会给他的，毫无保留地全部给他。她太想对这场爱情有一个切切实实的体认，太想要一个他和她定情的深入纪念，但是男人却偏偏就不予以满足，让她更百倍的煎熬和难受。情急之中她就更主动、更狂烈，更以丝绸的质感攀附缠绕在他身上，让他动作松懈不得。他也就紧紧用嘴唇将她的唇吻咬住，手掌忙不迭地将她身姿把玩戏耍，极其愉快地观察着她表情的每一点变化，就像一个衔笛起舞的印度耍蛇者。

这样玩着闹着，几个大起大落下去，不知不觉，夜已经深了，当女人又一次滚倒在他的怀中，沉醉于他中音共鸣区的声情并茂时，却听得他咬着她的耳垂，以一种湿漉漉的舌音在耳边叮咛："宝贝，你看，已经两点钟了。我该送你回去了！"

女人一愣，像没听清似的，手臂从他脖子上掉下来，呆呆地仰起脸来看着他，两只盈满秋水的大眼睛里露出迷茫。回去？什么回去？为什么要回去？他这是什么意思？是在下逐客令吗？

女人的思绪半天没有回过神儿来。她的自尊与自信受了格外的打击。这是怎么回事？难道这个样子就算完了？他这个态度表明的是什么？

可是她能说不走吗？她能说主动要求留下来过夜吗？那样她成什么了？

男人却根本不顾女人情绪的空顿，不由分说，起身离开她去衣橱里取外衣。男人的这一动作果断、坚决，不容置疑，不容商量，仿佛在用他的形体语言在提示她：他并无意于接纳她。他已经玩够了，不想再继续玩下去。他对她已经够负责的了，耐心陪了她一个晚上，且还让她囫囵的样子，并没有说对她始乱终弃或者多做别的什么。

女人看着眼前的一切，巨大的失落和自尊，让她的胸脯急剧起伏着，面部表情剧烈扭曲，半句话竟也说不出来。但也就是那么简单的一刹那，她就立刻止住痉挛着的眼底肌肉，突然变得满脸盈笑，用手指撩了撩额前的长发，装作满不在乎的样子，极其大度、极其平静地说："好吧，我先来帮你收拾一下碗筷！"说话的语调，就仿佛她已是情场老手，对于这样的逢场作戏已经司空见惯，仿佛她真的纯粹是为给他过这个生日，为他做一顿生日晚餐而来，并且她还要做得善始善终。

不等男人阻拦，女人便大幅度地行动起来。她的动作幅度很大，有些不正常的难以自抑的夸张，大声问这个东西该放哪儿，那个碟子该放哪儿。她手脚麻利地将所有的东西都归拢好。然后又进卫生间补了补脸上被接吻弄乱的晚妆。接着她表情平静地出来，顺手拎起厨房地上的垃圾袋，对着厨房门口那个看得有些发怔的男人平静地说，"走吧。"

树叶在夜风中哗哗响着，冷露提醒给人以无法遮掩的幽凉。枝子不由得在风里打了一个寒战。男人讨好地上来，又殷勤地搂了搂她的肩膀。枝子不说话，任他殷勤着，浑身木木的，一点感觉都没有。进了车里，男人和她并排坐在后座上，车子一开动，他便无限温存地伸过手，将她搂靠在他的臂膊中。枝子不拒绝，也不回应，仍旧是麻木的，任他这样毫无意义地搂着。此时她才觉得一切都变得毫无意义。

车子悄无声息地在暗夜里滑行，滑得轻飘而又滞重，偶尔能见前面的车尾灯划出几抹窒息人的暗红。夜是干燥的。夜根本就没有潮声。她想。到了小区的楼门口，女人下车，男人也跟下来，假意跟她拥抱握别。握别完了，男人又返身低头钻进出租车，跟着车子往来时的路上走。女人目送着载着他的红色皇冠在夜幕中一点一点远去，毕竟，他还不是个坏人，她这样想，她愿意尽量往好的方面想。毕竟他还是有责任感的。哪怕这责任感只是在他最后护送她回家的这短短的一程。短短一程中的呵护和温暖，也足够她凭吊一生。

夜风猛劲地从楼门口吹了过来。女人的头发又乱了，几丝长发贴到脸上来，遮住了她的双眼。她抬手将发梢掠向脑后，无意间手指触到了脸上潮乎乎的东西。她转回身，扭亮了楼道里的廊灯，准备快速上楼。刚一抬脚，一大包东西碰着了她的腿。她低头一看，原来是厨房里的那一袋垃圾。直到现在她还把它紧紧地提在手里。

眼泪，这时才顺着她的腮帮，无比汹涌地流了下来。

桥

刁 斗

小时候，我曾在大哥大嫂身边生活过几年。如今想想，在我乱七八糟的童年记忆里，那段时光给予我的印象格外深刻，或者说，是大哥之死给予我的印象格外深刻。以前我不知道为了什么，现在大嫂也死了，我仿佛才似有所悟。原来那几年的生活，一直以一种微妙而潜隐的方式，在规定着我此后的生存态度。

本来爸爸死后，我一直生活在老家张集的大姐家。可大姐结婚后连续生了三个孩子，家道日衰，贫困不堪，实在无法再多养一个我，我就被送到了在沈阳工作的大哥家里。我临去大哥家时，大姐嘱咐我，到了大哥家就不能再孩子气了。因为大哥不会生小孩，所以也特别烦小孩，只有我有个大人样了，大哥才能喜欢我。大哥大嫂都要比我大出二十岁去，那时候他们临近而立之年。虽然他们一向与老家少有来往，可异母兄弟有了难处，他们还是没有含糊，责无旁贷地就把我接纳了下来。大哥大嫂分别是中小学教员，同样的忠厚老实，同样的与世无争。如果说当时在他们身上我也能找到一些悖理行为的话，那就是在那样的年头里，他们没有投身革命，而是冒着挨批判的风险，隔三岔五地和大哥大学时代的两个同学窝在家里打桥牌玩。

现在距那时已经三十年了，三十年里，桥牌的打法发生了很大变化。据我粗略估计，不论在沈阳还是在张集，即使到了现在这个时候，玩桥牌的人也为数寥寥。而当时，在张集的时候，我根本就没听说过桥牌这样一个名词；甚至当时在偌大的沈阳市里，据大哥有一次对大嫂分析，能打桥牌的人，最多也不会超过两百。

桥牌就是从扑克牌中抽除两张王牌后一种四人玩的计分牌戏，在当今的名人中，我知道邓小平、聂卫平等人对此颇有造诣。我记得，三十年前，在我从张集大姐家刚到沈阳大哥家去生活的时候，商店里尚有扑克牌出售。但不像现在那么品种繁多，好像只有一种上海产的，叫"金丝猴"还是叫"孙大圣"我已经忘了。那时候，大嫂是个过日子挺节俭的女人，可每次去商店，总会在买完别的生活必需品后，再买回一副扑克牌来。在大哥家附近的那两三家百货商店，扑克柜台前的服务员都认识了大嫂。大嫂大概是觉得一个年轻妇女总买扑克容易让人笑话，我来沈阳后，每次去商店她就都把我带上，买扑克时，便指点着我对那些半生不熟的服务员说："这孩子，都快成耍扑克牌玩的魔术师了。"后来中国社会掀起了一股革命狂潮，也不知《毛主席语录》里是否能够查到根据，反正是不许老百姓再玩扑克了，不管是用它打桥牌还是变魔术。几乎只是一夜的工夫，商店里柜台上出售的扑克牌就都下架了。这样，当大哥大嫂他们再玩桥牌时，就得像做贼那样偷偷摸摸鬼鬼祟祟。而且每次坐到桌前，大嫂还不时地要叮嘱几句："小心点用呀，储备可不多。"但是扑克牌这种东西，不论如何小心，只要使用，就得损耗。况且那扑克牌又不是铁片做的，怎么小心也经不住四双大手不断地摩挲。

终于，大嫂储备的扑克牌全被用得像鞋垫一样了，黑黢黢、黏糊糊、疲沓沓的。四个桥牌牌友望着半纸箱子被淘汰的废纸片，面面相觑，也如同那些玩烂了的扑克牌一样无精打采。

"算了吧，"大哥望望其他三人，垂头丧气地说，"正好人家也不让玩了，咱就借坡下驴，从此戒了吧。"

那三个人中，一个小个子附和着大哥，"行呀，戒了吧。"

而另一个大个子却没有吭声，他望着大嫂，眼神亮亮地充满忧郁。"你说怎么办，秀秀？"我想，那大个子如果发出声音，说的肯定是这样一句。

"不行，"想了一会儿，大嫂说，"不能戒。"大嫂是个美丽的女人，在这个三男一女的牌桌上，一向说话都占上风。"反正我是戒不了了，要是三天不玩牌，我就得憋疯憋死。你们难道跟我不一样？"大嫂眼睛亮亮地看其他三人，声音比唱歌还要好听。

"一样一样，我也是这样。"大个子说。

"那怎么办,这不也是走投无路嘛。"大哥说。

"走投无路……"大嫂十指灵巧地洗着一副旧牌,然后忽然抬头。"牌是什么?不就是纸嘛,不就是在背面相同的厚纸片上,在里面标出来不同的花色数字嘛,咱自己做,照样玩。"大嫂说得目光炯炯,神采飞扬。

大嫂话音一落,大哥之外的另两个男人就都茅塞顿开了,连声叫好。尤其是那个大个子,喜得抱住我亲了一口。当时,我正伏在床上用一把废牌摆房子。

只有大哥笑得很苦,他依然坚持自己的意见。"人家都在干革命,咱们却玩牌,这不好。要是让人发现了……"

"发现了我顶着。"大嫂一副大丈夫气概,"我告诉你呀,你要是再这么打退堂鼓,我就出去再找一个会玩牌的来顶你,到时候你可别……"

"行行行,你别敲锣打鼓的怕别人不知道了。"大哥只得举手投降。

接下来,大哥大嫂便翻箱倒柜,找出了剪刀糨糊染料黑墨汁红钢笔水和厚厚的图画纸。四人简单地计划一下比量一下,就一丝不苟地开始了分工制作。他们裁、画、写、涂、糊、裱,就像平素玩牌时那样津津有味,又比平素玩牌时多了些欢声笑语。

第二天早晨,我一从床上爬起来,就轻手轻脚地来到大哥大嫂睡觉的屋。大哥大嫂还裹在同一床被子里睡得正死,在他们脚下床头的桌子上,散晾着他们手工制作完毕的一张张扑克牌。有的背儿冲上,有的里儿冲上,花花绿绿,漂漂亮亮,比从商店买回来的还要好看。我翻来覆去地数了几遍,确认那牌一共是五十二张,看来,他们没制作那两张他们从来也用不上的、在其他牌戏规则中总要像君王那样凌驾于一切之上的大小王。我想,以后我不会再有崭新的王牌玩了。而在此之前,他们每回使用一副新扑克时,总要把那两张最花哨最威风的王牌拣出来,给我玩。

和大哥大嫂一块玩牌的,高个子叫大明,矮个子叫老成。大哥大嫂告诉我,大明老成和他俩一样,也没资格参加造反组织。我不知道大明老成和大嫂为什么没资格参加造反组织,我只知道大哥为什么。大哥他们中学里的"战犹酣""风雷激""在险峰"等几个造反组织都不要大哥,是因为爸爸。爸爸不仅是恶霸地主和历史反革命,还是杀人犯。虽然爸爸在我还不懂事的1960年就饿死了,可他犯下的罪孽没有死去。人家没让大哥去替爸爸伏法受审就不错了,是绝不能让他再舒舒服服地混入革命阵营的。

大哥是爸爸第二个妻子生的儿子，他出生不久他妈就死了。接着爸爸又有了第三个妻子，可第三个妻子生下大姐，不久之后就也死了。我是爸爸第四个妻子的儿子，我的妈妈死于爸爸饿死的前一年。以前，爸爸只是恶霸地主和历史反革命，在我妈妈死后，在爸爸被饿死之前，人们忽然从大哥的妈妈、大姐的妈妈，还有我的妈妈的死亡上面发现了问题，就又加给爸爸一条罪名叫杀人犯。人们的理由是，除了爸爸那第一个妻子，一个始终活着的、没儿没女的老太太也出身于地主家庭应该算是地主婆外，他的另三个妻子，即大哥的妈妈、大姐的妈妈和我的妈妈，其实都是贫农的女儿。而她们三个都在为老地主留下子嗣后便莫名其妙地突兀死去，显而易见是被老地主害死的。老地主手段毒辣地害死他的贫农妻子，是为了让他的儿女丧失掉贫农的那一半血统，而只当地主阶级的孝子贤孙。由此可见，爸爸的罪恶是在他死去之后才变得越来越严重的。在我尚未出生和我还不记事的时候，大哥大姐在生活和工作中，并没明显受到爸爸的株连。可现在我能记事了，爸爸也早不在人间了，爸爸那本该散去的阴魂却忽然之间凝固了一样，越积越厚地笼罩在了大哥大姐和我的头上。现在的我们已经被告知没有了那一半贫农的血统，现在的我们都成了百分之百的地主阶级的孝子贤孙。这样一来，不论在张集工作的大姐还是在沈阳工作的大哥，就都不能参加革命。连刚读小学二年级的我，也已经受到了两回批判。

大明和老成都在大学工作，大嫂在一所小学工作，我想他们虽然也不能参加革命，但他们的问题肯定不会像大哥那么严重。因为随着外边革命形势的发展，他们在牌桌上依然能感到其乐无穷，尤其是大嫂，她的说笑声永远爽朗坦诚。只有大哥，整天神不守舍唉声叹气如同惊弓之鸟。他脸色越来越灰暗，相貌越来越衰老，甚至有时还敢对大嫂发脾气了。

"你高兴点吧，别把咱小弟给吓着。"一般情况下，大嫂总是这么哄大哥。

可偶尔的，大嫂也会对大哥叫喊。"你怕什么？你爸地主你又没地主，你爸反革命你又没反，你爸杀……"

而大哥，不管大嫂哄他还是跟他喊，他脸上挂着的总是同一副表情，他像打量一个陌生人那样高深莫测地看着大嫂，看得大嫂哄也好喊也好最后只能都变成无声无息的静止缄默。"你别总这么看着我……"大嫂最后要哀求大哥。

只有在大明和老成来玩牌时，大哥才能无忧无虑地快活一阵。但我以为，大哥所表现出来的无忧无虑，有相当多的装样子成分。似乎只是出于对友谊自尊和脸面的考虑，大哥才硬撑着在牌桌上高高兴兴。当然也可以做出相反的解释，只有玩牌这件事情，才会让大哥乐而忘忧。不过我想这不是事实。但大嫂肯定愿意这样理解。所以我觉得，在革命形势如火如荼的日子里，也是大嫂格外欢迎大明和老成来我家玩牌的日子。

他们玩牌，总是大哥大嫂打对家，大明老成打对家。有时候他们玩到紧张处，就谁也不说话，也不笑，只看牌，看别人的表情。那种严肃的样子，好像如临大敌。更多的时候他们玩得不那么紧张。如果大哥和大嫂局面好些，大哥就抽烟，大嫂就谈笑风生；如果大明和老成局面好些，大明就谈笑风生，老成就抽烟。大嫂和大明反对大哥和老成抽烟，他们规定，那两个烟鬼只有自己那伙连赢两把，才可以抽一支烟。

一般情况下，他们四个是晚上玩牌，玩到半夜，大明老成同时告退，返回他们距我家不远的学校宿舍。偶尔他们白天也玩，若白天玩就是玩一下午，终局以后，由输家请客，他们四个再加上我，一块吃一顿有酒的晚饭。

有时候白天，并不是为了玩牌，大个子大明也会单独来我家待一会儿。这种时候，往往大哥并不在家。大明和大嫂，总有说不完的话，当他们两人凑在一起，不管嘻嘻哈哈还是悄声细语，脸上的表情都会比平时更好看。

小个子老成，没有单独来过我家。

我在上边做的介绍，大概容易给人一种错误的印象，好像以商店不再出售扑克牌为界，大哥大嫂他们在我目睹之下玩桥牌的时间，似乎是此前一半此后一半。打个比方说吧，如果把他们玩牌的历史跨度规定为一周，那么商店不再出售扑克那天就是星期四，而此前他们玩牌的时间则是星期一星期二星期三，此后他们玩牌的时间就为星期五星期六期日。其实时间的比例并非这样。大哥大嫂大明老成他们四人的固定牌戏，肯定早于我出现在这个家庭自不待言。即使从我到大哥家开始一直计算到商店不再出售扑克牌，那时间也足有两个整年。而从商店不再出售扑克牌到他们牌局的自行瓦解，那段时间还不到半年。也就是说，四个牌友的玩牌历史，光在我的记忆中，就跨越了两年半的时间。其中前两年是公开行为，后半年是隐蔽勾当。换一个说法即是，我没有看到他们的开始，但是我看到了他们的结束。

前边我说过，商店不再出售扑克牌时，大哥曾建议要顺势解散他们这个桥牌集体。可面对大嫂的反对，大哥的态度难以坚持下去。后来我发现，大哥放弃了对自己意见的坚持，并非因为他的念头稍纵即逝了。大哥不再与大嫂争执，其实是企图采取无赖政策中止牌局。比如说吧，有段时间，大哥常常打出游行开会等堂皇旗号来破坏一次次关于牌戏的约定。可大哥的阴谋被大嫂识破了。大嫂说你这男人怎么这么不君子，找什么由头，谁不知道你是个姥姥不亲舅舅不爱的主，有谁让你去游行开会。当时大哥的确是个没有了任何营生可干的无聊之人。在革命之前，他或许可以找出家访、判作业、备课等理由冲击牌局，可现在，连理由这种东西都拒绝与他合作。大哥尴尬而又苦恼。所以再往后，当他们玩上自制的手工纸牌时，其他几人那种别有一番滋味在心头的感觉更是让他们欲罢不能了，大哥阻止他们这个桥牌组织继续活动的念头，只好彻底灭绝。只是这时候，据我观察，如果下午玩牌的话，大哥大嫂晚饭请客的次数多了起来。用大嫂的话讲，大哥总是心不在焉，连面对最简单的牌型时，他的叫牌定约也都漏洞百出。

"你到底怎么了？"有天喝酒吃晚饭时，大明顺着大嫂的话茬，忽然这么问大哥一句。

大哥听了大明的问话，憋得满脸通红，说不出话来。但与此同时，他的目光，却像两副牙齿，死死咬在大明脸上，如同他有的时候面对大嫂。大明很窘迫，他避开大哥的眼睛，看大嫂和老成，看盘里的菜。可大哥一副豁出去的架势，目光如炬，停止了咀嚼。

酒桌上的气氛有点压抑，连伶牙俐齿的大嫂都张口结舌了。幸好一向木讷的老成打破了僵局。

"是学校里，又有什么新麻烦吧？"老成说，"你要是觉得委屈，就说说。这里没外人，秀秀是你妻子，我和大明，是你多少年的好朋友了。我们相互间的友谊，就是力量和勇气。"

大哥瞥了老成一眼，很难看地咧了咧嘴。然后他好像忽然得到了松弛，长长地舒口气，咝的一声干了一盅酒。他低着头，挤着笑，面露谦卑地喃喃说道："也没啥。就是，就是又有人写我大字报了。"

大嫂、大明和老成，也跟着大哥松弛下来，舒了口气，呷了口酒。他们草草地劝了大哥几句"挺住""没啥""都一样"之类的话，就把话题转到了别处。

如今看来，那样的情形有点古怪。谁都知道，那时候有人被贴大字报，就像现在有人被领导敲去一条香烟两瓶白酒那么不足挂齿。想想吧，连当时刚刚十岁的我这个小学生都挨过两回批判了，身为中学尖子教员的大哥被人贴几张大字报，还不就是小菜一碟呀！可事情的蹊跷之处在于，对于大哥那种自欺欺人的解释，大嫂、大明和老成，居然也就都自欺欺人地接受了下来，一致认为大哥为这事苦恼十分正常。于是一切又烟消云散了，那顿有酒的晚饭，自然也像其他回有酒的晚饭一样，以善终告终。

再后来，就到了那一天。

那一天，大嫂像她通常那样，在上班的时间回到了家里。大嫂的学校离家很近，她经常能在上班的时间溜回家来。那时候学校的学生已无课可上，所以我总是待在家里。待在家里，我看着大嫂对镜整理她因快活而显得益发美丽的白净面庞，心里感到隐隐的不安。虽然我还不谙世事，可常年寄人篱下的生活使我敏感而早熟。我当时就果断地判定，再过一会儿，大明要来了。果然，那一会儿的工夫比眨眼还快，我还没把心事想出个头绪，就听到有人敲门。我是一个勤快孩子，没用大嫂吩咐，我就抢在大嫂之前拉开了房门。

结果我的判断头一回失误，因为站在门口气喘吁吁的，不是大明而是老成。在我的印象中，老成还是头一次单独来到我家。并且在我的印象中，老成也是头一次慌慌张张而非慢慢悠悠。

大嫂也没想到来人会是老成。她和老成进到另一间屋里，表情严肃地嘀嘀咕咕，说话的声音时高时低。我隐约听到，他们断断续续地在说大明，好像是大明的什么事上大字报了，大明因此被抓了，大明不承认就挨打了，大明最后被打死了。在他们把话说到一半时，大嫂气急败坏地把我叫了过去，她让我立刻去大哥的学校找回大哥。在大嫂对我发号施令时，我能看到，大嫂的脸上挂着泪水。

我来到大哥任教的学校，一进大门就看到了大哥，大哥正站在教学楼前的领操台上。领操台上，有好几个人，他们有的脖子上挂着牌子，有的站在麦克风前慷慨陈辞。我看得出，大哥不是挨批斗的，但也不是斗别人的。大哥站在领操台上，低垂着脑袋，是在陪斗。在领操台下，在整个学校的大操场上，黑压压地坐满了学生。学生们挥舞语录高喊口号，吓得我站在一旁瑟瑟发抖。我不敢上前叫喊大哥，可我又不愿丢下大哥独自回家。我就发着抖躲在一个隐蔽的墙角，望着大哥悄悄流泪。

批斗大会结束的时候，挂牌子挨斗的那几个人是被押走的，大哥则是自己走下领操台的。大哥晃晃当当地穿过人群向校门口走，我速度很快地朝他跑去，在许多学生对他的指指戳戳中，紧紧拉住了他的右手。我的出现过于突然，把大哥和他身边的学生都吓了一跳。片刻之后，看清是我，大哥才一下子瞪圆了眼睛显得凶神恶煞。"混蛋！"大哥低声吼道，"谁让你来这玩的……"大哥不听我的解释，他一改刚才的步履蹒跚，拉着我健步如飞地向家走去。到了家门口，他才整整衣服，和气起来。"记住，你今天什么也没看到，"他捏着我的肩胛骨轻声说，"别对你大嫂说我陪斗了。"

我和大哥回到家时，老成已走了，只有大嫂在独自哭泣。见到这情形，大哥很慌乱，也感到很惊讶，他搬着大嫂的肩头问怎么了。大嫂不让大哥碰她，使劲摇晃身子躲避大哥。而且大哥越问她，她哭得越凶，最后干脆扑倒在床上。

"老成来了，"我在一旁怯怯地告诉大哥，"老成来了大嫂就哭了。"

"怎么了老成？"大哥面向大嫂，"老成出了什么事吗？"

大嫂这回开口说话了。"你也给老成……落井……下石了吗……"

"你什么意思？"大哥始终赔着笑脸，"我不明白你说的是什么。"

"你不用明知故问……这就是你的目的……"大嫂的表述异常伤心，"我真没想到——你能这么狠，你能下得了这种毒手……"

对大嫂的哭诉我听不明白，但大哥好像听明白了。"你误会了，我怎么能那样。"大哥委屈地说，"你应该了解我，秀秀，我从来都是一个诚实善良、重情义重友谊的……"

"那是你的假相！"大嫂并不听大哥解释剖白，大嫂在哭号的间歇中，不断夹进"杀人犯"这个刺耳的词汇，"你和你那地主反革命的爹一样，是心狠手辣的杀人犯……"

我看到大哥的脸色渐渐白了，他的嘴唇一个劲哆嗦，再也说不出来完整的话了。有几次，他甚至想伸手去打大嫂。可犹豫再三，他忍住了。他停止申辩，长长地叹气。在连续抽了两颗烟后，他凑向大嫂。

"算了秀秀，这件事儿，咱们需要调查研究，才能搞清是怎么回事。"大哥又一次挤出笑脸说，"你别哭了，你这么着，对孩子也不好……"

本来大嫂哭声都减弱了，可听了大哥的话，她忽然变得更加歇斯底里。"孩子？你这种人，不配有孩子……"大嫂说着侧过身来，使劲拍打自己的肚子，似乎要把里边的孩子给挤压出来。

这我倒是头一次听说，大嫂肚子里有了孩子。可我望着大嫂双手击打的那个地方，看不出来有丝毫变化。

大哥上前制止大嫂。"你这是干什么，你不要命啦！"大哥生气地说，"这孩子也有我的一份，你不能打！"

"哼！现在你来猫哭老鼠假慈悲了。"大嫂停止了哭泣，跳到地上，咬牙切齿地面向大哥。"你这阉货，怎么这回这孩子又是你的了……"

"啪！"我听到了清脆的一响，抬头看时，只见大哥一巴掌打在了大嫂的脸上。大嫂的左腮，随着那响声，立刻凸出几条紫红的手印。我愣了，大哥愣了，大嫂也忘记了哭喊，愣在那里。

"你打我？"过了一会儿，大嫂仿佛才醒过腔来，尖叫着向大哥扑了过去。"你打我，你这大地主反革命杀人犯，你也打死我吧……"

"臭——婊子！"大哥也急眼了，"我打死你……们……"大哥结结巴巴地喊，"怕脏了我的……手……"大哥粗暴地推开大嫂，冲出门去。

大哥的尸首，是第二天下午，在北陵大河下游找到的。而我离开沈阳回到张集，则是在半年以后。在我离开沈阳的前一天傍晚，在大嫂和侍奉大嫂月子的人都到另一间屋子去的几分钟里，我望着床上那个熟睡的婴儿，忽然想起了死去的大哥。于是我感到，这个刚出世不足半月的羸弱生命，是那么让人厌烦恶心。他面容丑陋，身体赤红，一张小脸抽抽巴巴的，就像一张玩烂了的扑克牌。我瞟一眼另一间屋子，恶狠狠地举起双手，拢成钳状，向婴儿的脖颈慢慢伸去……

从那时到现在这三十年里，我基本上生活在我的张集老家。读大学那四年我在北京，大嫂不知怎么打听到了我的学校，几次写信邀我假期回张集在沈阳转车时，到她家做客。可我每次在沈阳转车，都不肯迈出站台一步。我害怕重新面对我童年生活过的地方。半年前，大嫂的儿子结婚的时候，又把信给我写到了张集。他说他妈妈身体不好，很想念我，非常希望我能去沈阳参加他婚礼。我望着那个当年我没敢掐死的婴儿的来信，内心酸涩。我已不是读大学时那个倔强青年，现在我自己的孩子都十岁了，到了当年我在沈阳生活时的那个年龄。其实，当我作为一个丈夫和父亲在张集操持我的家庭生活时，我已经像老人怀旧那样，要更经常地去回忆我在沈阳度过的那几年了。我总会记起大哥和大嫂，我总会记起大明和老成，我能清晰地记起他们在一块玩牌喝酒聊天时所发生过的所有趣事。甚至就是为了怀念那一段岁月，我还专门拜师学会了打桥牌。虽然我这人一向心绪芜杂，对所有的游戏项目都只浅尝辄止，可隔些日子，我就会张张罗罗地把张集那为数有限的几个桥牌爱好者聚到一起，请吃请喝地消磨半天。我妻子对我这种劳民伤财的热情很不理解，她对我的评价是：最臭的牌技，最高的积极性。我想，我的打牌技术，差不多从来都是大哥玩牌生涯中最后几个月的那种水平。但是，尽管这样，大嫂儿子的婚礼我没有出席。在几番犹豫几番踌躇后，我给那个从我手里捡回一条小命的、从来都与我有着同样一个姓氏的小伙子，写了封言简意赅的祝贺信。只因为当时我忘了应该在那信封上贴上邮票，所以那封信在我扔进邮筒几天以后，又回到了我的手中。

于是接下来就到了一周之前。

一周之前，在我离开大嫂家三十年后，我重新又迈进了那幢熟悉的房子。三十年里，沈阳城早已改头换面，可大嫂家依然一切如故。只是房子旧了，人也老了。大嫂老了，大嫂被疾病折磨多年，此时已经骨瘦如柴，奄奄一息；我老了，我也步入了中年的门槛，时间使我成了一个心平气和的宽厚男人；至于大嫂的儿子，似乎应该也算是老了，虽然他的婚史刚刚半年，可他现在的年龄，正是当年大哥去世时的年龄，而那时的大哥，在不玩牌时，的确算得上老态龙钟⋯⋯

我来沈阳的大嫂家里，是大嫂儿子的电话把我找来的。这个年届三十小伙子，在电话里亲热地叫我老叔。他说老叔，我妈快死了，她死去之前，非常非常想见你一面，你就可怜可怜她这个要死的人，让她看你一眼吧。一个三十岁的大小伙子，把话说到了这个份上，我还有什么道理继续敷衍推托呢？我的声音也有些哽咽，我说我也正想去看看大嫂呢。

就这样我来到了大嫂的病榻之前。大嫂已进入弥留之际，可我的到来，唤起了大嫂的回光返照。大嫂望着我流出了眼泪。她已不会笑了，但我知道，这会大嫂正在心里冲我笑呢，而且她所特有的那种无忧无虑明亮真实的笑，已经把她和我重新带回了当年她在牌桌上获胜的时刻。我的泪水也流了出来。最后，大嫂的体力渐渐不支。她一边拼命地张嘴呼吸，一边顽强地举臂伸出了双手。在这边，她紧紧握住了儿子的指掌，在那边，她死死抓牢了我的手腕。"老弟……"大嫂挣扎着说话，但并不看我，而是仰脸望天。"我一直，想让你……想让你替你大哥，知道……"大嫂的声音有气无力，但大嫂的表情却庄重而骄傲，"……我从来都没有，都没有……背、叛、过、他……"

大嫂吃力地把话说完，又平静地看我一眼，就停止了呼吸，安详地死在了她儿子的怀里。直到这时，我才惊奇地发现，在我面前，大嫂这个三十岁的儿子，和当年于三十岁时溺水而亡的我的大哥，长得简直一模一样。

九月玉米地

于晓威

正午的阳光正酽，风也熏得很。林子环顾自家的庭院，一间玉米仓子，一头牛，几只鸡，一挂花轮套车，还有一个老婆。林子看着那挂闲着的花轮套车，又看看村姑，就嘿嘿地笑。

"笑什么？"村姑熟练地把剁跑的鸡食用力一抢，不抬头问。

"你记得吧？当初怀八步的时候，我用花轮套车送你去乡医院。老辈人都说你怀的是个丫头。走到一个道坎上，我说，你要生个丫头，不如我现在松手给你推下坎去，让你摔掉得了。"

"又来了，恶心样。"村姑说，"有脸说呢。"

八步是他们的儿子。当初村姑下了车，只走了八步就走不动了，他们后来给儿子起名叫八步。

林子咕叽吐了一口淡，嘿嘿地笑。他确实说过不止一遍了，总这样逗村姑。林子这样说的心态，可能还因为他们没有生丫头，是个儿子。越是豁达地回忆，越能说明林子有一种满足感和优越感。要是当初真的生个丫头，林子保险现在就蔫了，像晾晒在房檐下去年的红辣椒。

"八步也不知在外边怎样了？"村姑说着，剁鸡食的刀声有点儿软下去。

"能怎么样？"林子说，"你想他了？才走了两个月嘛。当初在乡里念初中不也是不常回来？"

"和这不一样。"村姑说,看了一眼丈夫,"怎么说那是本乡本土啊。"

林子不作声了。林子有时候也想自己的宝贝疙瘩八步。八步去年考中专只差了一分,结果没考上。很自然的结果在八步看来却不自然,因为城里有一个差两分还去念了——不是自费,人家有门路。八步要是念自费分数倒是高出一大截子,可林子供不起他。两个月前,八步在家里漫山遍野地逛了一阵子,就和邻村一个青年去了城里,在一家大商场里给人做面包。

地该蹚了。林子家门前不远有一块地,不大不小,自家的黄牛套上去横竖绕走一圈,怎么也得半个小时。地是玉米地,中间有几垄种的土豆。眼下,端午节刚过,绿黝黝的土豆叶蔓上衬出粉白粉白的花,玉米棵子离结缨还远着,可也长到齐腰身高了,中间的叶窝里卷着一圈一圈无穷尽的待发的希望,叫人看了心里抑制不住的高兴。

待了一会儿,林子和村姑两人就走在地里了。村姑刚才剁完鸡食时感觉有点乏力,现在才好一些。村姑近来经常咳嗽,眼皮也睁不起,像是没休息好。可能是前一阵子累的吧?村姑想,蹚地、播种、浇水,过了这一阵忙季可能就好了。

林子在前边牵牛,村姑在后边扶着那架简易的锄草机,两人隔着一垄齐腰深的玉米棵,错开向前蹚。端午节刚过,林子得把地松一松,草锄一锄,趁雨季来到前,把化肥喂上。远处,别人家也在地里劳作,偶尔能传来一两声铁器碰石头的声音,粗亮的吆喝,和几句类似笑骂的男女对答。太阳热起来了,宽大的玉米叶子把林子胳膊和手腕划得隐隐灼痛,被汗水一浸,难受极了。这种灼痛,因为无休止,又败坏心情,倒不如被石头或镰刀碰伤一下那样爽快。

"村姑,你说在玉米地里做那种事,得劲吗?"林子问。

村姑没理他。

"划得难受死了,要我看是遭洋罪。"

"洋罪才不那样呢,就咱们土喀掉渣的。"村姑反驳了一句,"别说啦,也不嫌牛笑话你。"

村姑一直觉得牛有闷性,别人说什么它都听在肚子里不作声。眼前这头牛,当初村姑嫁给林子那天,它还是个刚生下来的小牛犊。

"村姑你说……"

村姑把锄草机一蹾:"你再说我回去啦!"

林子不敢再说了。林子也想让村姑回去歇一歇。林子说:"我不说了,你也回去吧。"

"不。"村姑说。村姑撩一下额前汗湿的发绺。她趁林子在一边卷烟的时候,去到一边的玉米地蹲下小解。风轻轻吹动玉米叶哗哗作响的时候,村姑发现自己的尿里有一点点红的血迹。

花轮套车派不上用场了。第二天一早,林子把牛饲料、鸡食都拌足,和村姑挤了一辆地方客车去县城医院。

化验结果很快出来了,中等度蛋白尿,两个"+"号,肾炎。在医院斜对过一爿便餐店里,林子和村姑两人合计住院还是不住。说是合计,其实是劝说,林子劝说村姑。"住院是一定的。"当化验结果出来,医生建议他们住院时,林子重复的就是这句话。现在仍是。村姑犹豫着,她想,肾炎,听名字和气管炎、咽喉炎差不多,顶大是一种炎症,也许静养一段就会好。在农村,一般人生病都是歇工静养慢慢好的。顶大不济就吃点药——永远是这两种药:土霉素和止痛片。都是这样的。

林子说:"医生都让住院的。"

村姑想说:医院现在都为挣钱,他们巴不得都去住院的。但她没说,她知道这样的话没道理,是抬杠。林子知道村姑是在心疼钱,他把手里的一碗清水汤灌进肚里,说:"你要是不住院,老子就不回去了。在县城里遛街逛巷,山吃海喝,把带来的钱都造光。"

村姑犹犹豫豫地笑了。村姑想,你带的那二三百块钱,在城里能折腾个几天呢? 又一想,真是那样,还不如住院呢。先住上一段时间再说吧。

事情就这样定下来了。临住院前,村姑和林子回了一趟家。村姑把家里家外、炕头锅台都收拾好,归掇净,趁天黑去屋后溪水边冲了个澡,把多少年不舍得穿的衣服找出来,换上一双月牙口的小布鞋,这样,又轻轻在脸上扑点了几下。林子在一边看乐了,说:"你这样往卡拉OK什么的门前一站,比那里的服务员强。"

本来的,村姑就挺年轻也好看了。

到了医院,两人把600元押金交了,领了床号。路上,林子见村姑有点郁郁不乐,就说:"想啥呢? 那600元押金出院后还是咱的。"村姑说:"也不知住院一天得多少钱?"林子说:"多少钱也得住呵,别想那么多。"

临分手时，林子把家里几乎所有的积蓄、除去押金还剩的1200元钱留给村姑。村姑的眼圈有些红，村姑想：自己当初生八步时，医院给做的是剖腹产。那笔手术费是自己和林子5年后才还清的。庄稼人土里刨食，手里的这些钱来得不容易呐。

林子说："医院的食堂，下了楼往左拐就是。"

"嗯。"

"打开水的热水房，下了楼往右拐，走几步再往左拐就是。"

"嗯，你走吧。"

"要是呆腻了，出了医院往东走，那儿有一家电影院……"林子还想说什么，但太多的他也不知道了。这些都是自己走路时注意到的。

"好啦，你快走吧！"村姑催促说。

从城里到农村家里有两趟车，早一趟是普通面包，晚一趟是空调大客，前一趟能便宜两块三毛钱。村姑担心林子赶不及便宜的那趟车。

村姑等林子走了，自己也下了楼。她原想买一些挂面煮着吃，听说医院不许患者用电，她只好去批发部批了一箱低价方便面。

我知道开水房在哪里。村姑经过开水房时驻了一下脚，想：这是挺好的事。

整个病房内，数村姑的物品放得最利落、整齐。这可能是一切都太简单的缘故。村姑每天清晨把窗打开，让新鲜空气进来，她闻惯了山村洁净的空气，这里一股若隐若无、时浓时淡的药水味让她受不了。接下来拖地，把大理石地面拖得一尘不染，好让护士那双雪白的护士鞋进来时照得见影子。然后是把租来的暖壶里的存水倒掉，去楼下的热水房装上沸的，回来冲一包方便面。肾炎患者不能多吃盐，村姑就把调味包撕开撒进去一半，剩下的下回再用。再往后，村姑就站在窗前看大街上人来人往的潮流，没人注意到头上的她，她也看不清每个人的心事。这么多人，村姑想，每天急急忙忙都做什么呢？

当然，每天村姑自己少不了卧床的静脉点滴。10%氯化钾10mL，10%葡萄糖500mL，青霉素800万单位。每一次注射器针头拔出她的皮肤后，都能连带一些血迹渗出来。这些血迹凸在她白皙的胳膊上，像是家乡开满白色花蕾的豆地里落上一只紫蝴蝶。村姑晚间做梦总能梦见这个图景。醒来时，她就在邻床患者均匀的呼吸声里，想自己的家，想那片玉米地，想林子，还有远在他乡的八步。

一晃快一个月过去了。这期间林子来了两次。地里的活儿眼下不忙,这正是他忙起来的原因,林子另外找了份活儿,在乡里木材加工站给人家锯木头,一天累死累活挣八块钱。林子每次到病房来都是黑瘦黑瘦的,脖子上沾着木屑,身上散发出一股锯末星子味——急火火唠不上几句嗑,就得往回赶。

村姑坐在床上,同屋的其他患者都在午睡。村姑把兜里的钱和票据全摊在床上,细细地整理和数落。床费、药费、生活费加在一起,平均每天花销是30块往外。住了将近一个月,其实是花掉了1000块钱。村姑这样一算倒吸一口冷气,阳光从窗外照进来,暖洋洋的。地上刚刚泼湿了一小片杯里的残水,村姑的目光碰上去,就跟心贴在上面一样颤悸发冷。我怎么这样糊里糊涂,村姑想,糊里糊涂在这里就跟住旅馆一样,用掉了1000块钱。村姑感到让她心里慰藉贴实的一种什么东西渐渐远去,很长时间不会再回来了。

村姑打定主意回家去。她想,回去就跟林子这么说:没住院时没觉得哪儿难受,住了院没见得哪儿舒服。都差不离。

其实,她知道这是违心话。住院前她的眼皮有一点浮肿,眼下,已经全消下去了。

八步也回来了。八步是在村姑回家第三天回来探亲的。林子和村姑心情挺好,谁也没想到要把治病的事跟他说。林子和村姑院里院外忙活,八步却看哪也不顺眼。林子想八步这孩子气性挺大,快半年了还想着上次没上得中专的事哩。八步已经15岁了,个头蹿得又细又高,脸庞黝黑,可就是总死死地低着头,往哪块一站,像一棵阴天不见太阳的向日葵。

"八步哎,"林子说,"做面包不熊杆哟,你小子出息了。"

"嗤,那算什么?"八步对自己的活计不屑一顾,"我妈蒸的馒头又白又暄,要是把她的手艺使到市里,比我师傅强得多哩!"

"八步,咱得谦虚。你在师傅面前,别总是眼珠子搭鼻梁,牛烘烘劲,人家不教你。"

"我知道。"

"不管怎么说,"林子把一个木橛子劈细,"你要好好学,俗话说,是艺就养人嗨。"

"养什么人。"八步说,"劳心者治人,劳力者治于人。"

林子不知道这句话的意思，他顺着八步的话味来揣测，说："别管治不治人，这是规矩。"

"什么规矩，"林子的话像是一星火种，溅到八步心里的火药上，八步说："有些规矩才不规矩呢。爸，就说按劳分配，你一年苦巴苦业的劳动强度，比市里什么歌星重一百倍。你能得几个钱？人家倒比你多一百倍。这其实是按利分配。"

林子把木橛子劈得哐哐响。

"还有，要我看，"八步在院子里低着头，"这城市和农村也不公平，城市人生下就是城市人，农村人生下就是农村人，难道人生下来就有贵贱么，应该什么的……双向交流，城市里的不学无术的痞嘎子到农村种地，农村有水平的进到城市，这样才有进步，有发展，也更合理。"

"这是命呗。"林子觉得八步说得是有点理，"人字身下一口刀，这是'命子'。"

"什么命，"八步说，"解释不通是规矩，解释通了就是命，嗤。"

"你懂个屁！"林子急了，觉得受了儿子嘲笑："你什么都明白，怎么考中专还差了一分？"

"爸，"八步倒是不急不恼，像林子说过的，倒是见过世面了："你知道吗？当老师，国家规定，本科毕业教高中，专科毕业教初中，中师毕业教小学。咱这地方，整个串了一级，初中刚毕业就能代课教小学，我这几年学的水平，考试时只差一分还算不善劲了哩！"

林子闷闷地不说话了。八步在家住这两天，也不帮林子侍弄地，也不帮村姑喂鸡，整天东摇西晃，要么闷声不语，要么贫嘴贱舌，林子心想，小子，你赶紧走吧。

八步待了两天走了。村姑倚在牛圈栏上望着八步走远，心想，八步以前不是这样。

过了几天，村姑觉得自己的肾病有些加重，一天到晚浑身乏力，脸色煞白，伴着一阵阵的迷眩。林子注意到了，问："村姑，你怎么了？"

"天天没力气，头晕，我想可能又跟先前一样了。"

"村姑，你还得去住院。"林子心疼地说。

沉默了一会儿，村姑抬起头，小声说："怎么住呵？"

是啊，怎么住呢？林子蹲在地上抽了一会儿烟，把烟蒂巴踩灭："我去找村长说一下，看能不能补助咱一下。"

村姑不敢点头也不敢摇头，她怕那样会让丈夫过于失望。林子留给村姑一个背影就走了。村姑坐在角落里痴痴地想，去年村里让大伙集资搞养鸡场，上万只鸡一下子得一场怪病，全都赔光了，哪里会有钱补助？

落日衔山，谷里的空气一点点凉下来。林子去了许久还没有回来。村姑看着空荡荡的家，失落落地头一次感到有点儿害怕。窗外的庄院里，从远处坡下的庄稼地随风一点点漫上来一股清新气息，从这气息里，村姑就能嗅辨出哪一忽儿是玉米秆的气息，哪一忽儿是豆花的气息，哪一忽儿又是青杂草的气息。村姑不知不觉倚在被垛上要睡着了。不知过了多久，院落里响起了脚步声，村姑想林子总算回来了。

"村姑。"外间地传来喊声。村姑听出这是村上王会计的声音。

"村姑。"王会计走进来，笑眯眯地说："林子找过村长了，村长说……"

"林子呢？"村姑不想打断王会计的话，可话还是急忙问出来了。

"嗯？"王会计屋里屋外转了一圈儿，脸上露出和村姑迥然不同的神色，"他没回来吗？"

"没有哇？"村姑说。

"那他是有别的事情要办，怎么，走这一会儿就想啦？"王会计走到近前。

村姑准备下地给王会计倒口水，王会计急忙在炕沿拦住她："可别忙。我来给你送200块钱的。"王会计把手摊开，里面净是一些皱巴巴10元一张的票子。

"村长开始说没钱，我从旁边帮林子插说，说上面扶持文化户活动室还有一些钱，就先拿一点吧。"王会计搬开村姑的手，把钱塞进去。

村姑还想下地，王会计用手拦着她。等到她放弃这个努力时，王会计喘着粗气，一下子把村姑给搂住了。

"你干什么？"村姑惊讶地问，没反应过来。

"村姑，你知道吗？"王会计用手胡乱扯拽村姑的领口，"村长后来说，就给补助100吧，村里这事多了。我说，再加100吧……"

王会计使劲地纠缠村姑，村姑怎么也挣不脱。村姑后来腾出一只脚用力地把王会计蹬出好远，大声喊："王小崽！"

王会计愣了一下。"王小崽"是他的乳名，平日里只有王会计瘫在炕上的老娘这样叫。王会计没料到村姑也这样喝他。他本能地用手捂一下被村姑蹬过的胸口，悻悻地走了。

天完全黑下来的时候，林子回来了。林子满身满腿都是泥，看样子不知走了多少路。村姑没好气地问："你上哪啦？"

"先上村里，后上我表哥家。"林子走到外间地舀了一瓢凉水咕咚咚喝下："从村里出来就去我表哥家，那会儿王会计说他暂时拿不出钱。"

"村长说给多少钱？"

"200块钱么。"林子说。

"钱……给送来了。"停了一会儿，村姑又说："王会计知道你去你表哥家？"

"知道。我跟他们说的嘛。"

"林子，"村姑叹了口气，"你去你表哥家做什么？"

"我想去借点钱。"林子说，"不成，他家的小顺子，先前还是靠希望工程上的小学，现在考上初中，又没法念了。希望工程不供初中。"

村姑想，去这两个地方，也用不上这么长时间呀。但她不敢再追问，她怕林子意识到什么。

晚上睡觉的时候，村姑乏得很，很快就睡着了。也不知过了半夜几点，朦胧中似乎觉得林子起身出外解手，接着又好像和谁小声说话。村姑懒得醒来，就一觉睡到日头照起。

早晨起来，村姑出到院子里，一眼就看见圈栏里的牛没了。村姑想起昨晚的事，一下子意识到什么，她惊慌地找到正在屋后挑水的林子："咱家的牛哩？"

"村姑，"林子挑着一担水，不敢看村姑，歪歪晃晃地头前走："叫我卖给岭后王老五了。"

"你……"村姑心疼得说不出话来。那头牛，15年了，从村姑出嫁起就一直陪着她，村姑有时候觉得它就跟自家的亲人一样。

"没事，先治病要紧。"林子把两桶水依次倒进缸里，"咱这又不比南方，一年种两季庄稼。今年用不着使唤牛了，我跟王老五说好，等治好病，再把牛赎回来。"

村姑走到空空的牛圈前，倚在栏杆上。半夜里牛拉下的一泡屎和没吃完的草料还遗在那里，散发出新鲜的气息。闻着这熟悉的、十几年来伴着炊烟一起充斥庄户院的难忘的气味，村姑脸上悄悄滑下两行泪水。

阴历七月初六这一天，村姑和林子拿着卖牛的1100块钱，加上上次剩下了800块钱，还有村里补助的200块钱，再一次来到县医院内科住下了。村姑一踏进医院的铝合金楼厅门心里就颤了，腿也虚软得慌，想：作孽呵，我这怎么又来了？

床位好像是不够了。过了一会儿，医生把村姑安排到隔壁妇产科病房里住下了。妇产科病房里4张床，除去村姑是肾炎，有两个是子宫肌瘤，另一个是年轻的待生产女人。

林子走后，村姑仍旧去批回一箱方便面。回来后，就去取自己的化验单。尿素氮。血肌苷增高。村姑看不明白那上面的符号，她想，化验单是给大夫看的。她坐在床上，用手捏了捏自己的小腿，那里有一些浮肿，碰上去就有一个浅浅的小窝。

那个年轻的待生产的孕妇，其实也就二十二三岁吧，村姑不知怎么看上去觉得眼熟，不经意又看了几眼，心里"咚"的一响，悄然大悟：原来这个妹子长得跟自己年轻时蛮像呢。村姑知道，一个人很难认同某人跟自己相像的，都是旁观者常常这样串对。眼下村姑就能认出来，可能是她对自己年轻时的青春面庞记忆太深吧，村姑想十几年过去了。一个女人真正的金贵时间，也就是这十几年工夫啊。农村女人哩？除去农活劳作、拉扯孩子、孝奉公婆，剩下的时间可就更短了。

那个妹子长得像自己，村姑只是这样搁心里想，没有和人家说出来。人家是城里人，哪中意听跟农村人像？

村姑没事时和她唠嗑。那个妹子阵痛时额前渗汗，把床单都扯歪了，另两个女患者无动于衷——她们都是过来人了。村姑想，和她唠嗑吧，既打发时间，又缓解她的疼痛。

一唠才知道，这个妹子先前已经流下去两次，这是第三次怀孕。村姑没好意思问前两次是自然的还是人工的。看她隔一会儿疼得咬牙跺脚的，村姑不知怎么想起了自己当初生八步的情景。村姑脑海里忽然就闪出一个念头：死一个人容易，原来生一个人是多么难呵！

晚上，那个妹子疼得厉害了，她的丈夫在旁边陪她。她一会儿叫他给拿毛巾擦汗，一会儿又要他给使劲捶腰，实在忍不住了，就跪在地上呻吟着，扳着丈夫的腿，用力地拍打："都怪你，这都怪你呵！"

村姑在一边又心疼又好笑，心想，这事儿哪有只怪一方的？

后半夜两点，那个妹子终于被推上分娩室了。凌晨，曙光爬满窗棂，走廊里一声响亮的婴儿啼哭划破了黎明前的岑寂。那时候，村姑感觉自己也被注入一股崭新的血液。看着产妇被护士用车推进来，胳臂边护着新生的婴儿，脸上溢满劫痛后喜悦的泪花，村姑也禁不住潮湿了双眼。

上午，阳光挺好。病人都出去到花园里散步了，只有村姑在床上躺着眯缝双眼。她睡不着，那个年岁大一些的子宫肌瘤患者，其间悄悄进来两次。第三次进来的时候，犹豫半天，趁村姑不注意，从床头柜里抽出一个鼓囊囊礼品袋，捧着就要往外走。村姑恰好把眼睛睁开了，和那个患者看了个正着。睁开眼睛对视又不好说话，村姑问："大娘，您干什么？"

"啊……我……这……"大娘支支吾吾的，脸色慌乱。

村姑马上意识到什么。她一骨碌爬起来，贴近大娘耳边小声问："是不是给大夫的'小贡'？"

大娘见瞒不过去了，回头把门关紧，踅回来说："闺女，不瞒你说，我背着你，是看你怪俭省仔细的，怕你看见了心里有负担，也得去送，唉，现在都兴这个。"

村姑轻轻点点头："大娘，我知道了。这规矩，农村其实更兴。我不作声，您快去吧。"

第二天上午，赶巧林子又来了。村姑悄悄把这事跟林子说。两人合计来合计去，送什么都离不开一个"钱"字——不如把家里母鸡抓来两只吧。

没过几天，林子把两只母鸡串绑了拎来了，悄悄送给大夫。说实在的，他有点心疼。那是两只正下蛋的鸡。

但林子不知道，送鸡其实不如送蛋。城里人吃了鸡下的正宗当地农村蛋，该有多营养和便当。

要是硬要送鸡，不如送两只副食店里卖的白条鸡。城里人吃鸡，谁有工夫回家把活鸡撸毛放血、清肠掏肚的？

林子不知道这些。临走时，村姑留他在病房一起吃了一顿方便面。村姑怕林子饿着，特意多做了一些，结果林子吃不了。村姑舍不得倒掉，强撑着吃饱了的胃口，想把剩下的半碗一口气吃掉。刚刚吃到一半，她就再也忍不住了。"哇"一声腻吐了。林子急忙过去拍她后背，以为村姑发病了，这一拍，村姑吐得更厉害了，连眼泪都揉出来了。

林子回身拉开抽屉取手绢。他看见村姑的手绢底下盖着一个方纸药盒，里面堆了许多方便面的调味包。林子慢慢地数一数，总共42包。

林子的眼泪一下子出来了。

一晃一个多月过去了，村姑担心要来，迟早要来的事情又迫在自己眼前了。村姑狠狠心，想：这次豁出去了吧。

上午，她用心收拾一下自己，施了点粉，把床上的物品都放整齐后，一个人轻轻走到街上。穿过一片繁忙的商贸区，拐过一幢大厦，又三打听两打听，她找到自己几年未见的一个远房叔叔家里。

青石小院，夹竹桃掩映。门厅上的银白流苏静垂不动，隐现出里面华丽的家具格局。"叔——哎——"村姑轻轻喊一声。

一个中年男人应声出来："啊，是……是村姑啊？"男人把手中准备放在院内石桌上的烟具转捧回去，"来，进来吧。"

村姑看着院里的石桌石凳，犹豫了一下走进屋，在客厅沙发上坐下。她环顾四周悬挂的动感壁画，很长时间不知道该说什么。她想说：叔，我这次来也没给您带什么，但一出口，却成了这样简洁直接的话：

"叔，我想来借两千块钱。"

男人很胖，看不出是坐机关的还是经商的。他把一口烟吸着，踮了一下翘着的腿，烟和话一起从嘴里冒出："做什么？"

"我住院很长时间了，这次又花掉一千八百块钱。叔，你要是有活钱，就先借我使一下。"

男人沉吟了一会儿——其实是很长时间。村姑这样觉得。

"村姑哇，"这个语调和村姑预想的一模一样，让她心里一沉，"我的条件不太好。一家四口，你婶子放假在家，一个小钱不挣。两个孩子一个念初中，一个念大学。嗯，在省城念大学。省城的花销你也不知道嗨。"

男人的声音挺慢，显得挺有耐心，像是怕惊着村姑似的。

村姑的目光把几上的一只茶杯盯牢了。她抿了抿嘴唇，还是盯着，直到眼睛快酸了。

男人回转身，去到卧室待一会儿，拿出来200块钱："村姑。这是我们这个月剩下的生活费，你先拿去用吧？不用还了。"

男人把钱递到村姑手里。里屋传来一个怨声愠气的男孩子声音："爸，你倒是快点啊？你看这道题怎么做？"

男人赶紧又钻回卧室。村姑来到院里，院里清清爽爽的，空气澄静，村姑感到清醒不少。村姑想：叔是对自己这个穷亲戚打怵哩。

村姑抬起脚往外走，刚刚走了两步，她又暗自想：是啊，连我自己有病都舍不得花钱，别人谁会舍得给你花呢？这样一想，就觉得释然了。她回转身，悄悄走进客厅，把手里的200块钱偷偷压在几上的茶杯下，走了。

村姑再一次回到家里了。只有家让她感到真正的温暖。节气已快到秋分，这是九月，九月的玉米地早已是丰满蓊勃的一片。林子和村姑再走进去，立刻就被玉米秆淹没了身体，从高处看，只有玉米尖在轻轻地一排排摇晃，像是水上漾动的细小波纹。

林子想卖掉房子。那几间青瓦苫顶的白皮撸皮房子，怎么少也能卖出两头牛的价钱。林子不知掂量多久了，他跟村姑说，这事儿不像偷着卖牛。村姑歇在炕上身体乏软乏软的，她听林子这样说，就用力使一双纤弱的手把炕沿拍得惊心地响："林子，主八辈子大贱的，你要是卖，我现在就死给你看？"

村姑担心林子真的做出来。她不止一次这样骂林子。有时候看见林子闷声不语，低着头站在她面前，她就明白林子在想什么，泪水禁不住就流下来了。她想：卖掉房子，林子住哪儿？八步娶媳妇住哪儿？半辈子置下点儿家业要是抖搂光了，活着可有个什么意思？

林子坐在庄院墙根下的木犁上使劲抽烟。林子想，这真是命啊。他环顾自家的院落，空牛圈该打扫了，沿墙的几畦芸豆该浇水了，花轮套车还在那里，只是村姑不再在眼前哐哐剁鸡食了。林子想当初和村姑的对话：不如我现在给你推下坎去，摔掉得了，就感到心里一阵阵难受发紧。他想：一个家的衰落，其实是多么快的事情啊。

过端午时，房檐上插着的艾蒿还悬在那里，只是被阳光晒得失脱了水分。这是从古至今的风俗，没人说得清它的内蕴。有一年冬天，林子满哪找艾蒿都找不见,他身上起斑疹,艾蒿能治。艾蒿还能治许多种病,包括妇女病。最后,林子猛然抬头在村中家家户户的房檐上发现了悬插的艾蒿,他的心情为之一振。眼下,林子想,祖先传下的这个习俗,是不是就为了冬季来临,让人们寻找艾蒿驱病更方便一些?他想起八步说的那句话:解释不通是规矩,解释通了就是命。原来这个小小的节眼,也会是一种无声的命的现象。

晚上临睡觉时,月光轻轻洒进来。隔着窗户,满院的萤火虫在窗口上一闪一闪,像是远天的星光。林子给村姑轻轻揉搓双腿,那里有一点浮肿。村姑只穿了一件花边小背心,丰满的身子在月光下显出一种无声的温馨。村姑问林子:

"林子,我会死吗?"

"别瞎说。"林子说。

"我倒是想得开。"村姑握着林子的大手,"没有人死,哪来人活。一茬一茬跟收庄稼种庄稼似的,都是这个样子。"

林子不作声。

"我要是死了,八步还会娶媳妇哩,我就在那里看见了我;我要是死了,八步的媳妇还要生小孩哩,我就在那里看见了我。死不可怕。"

村姑坐起来,搂住林子的脖子,一点点把他扳倒,压在自己身上。月光很好,村姑努力地动作着,屋子里一会儿就响起两个人的呻吟声。村姑没想到自己的身子还可以做事,她好久没有这样尽情过了……

过了几天,林子和村姑第三次来到县医院。上一次出院时,医生就告诫过村姑,叫她不要中止住院。临末,见实在拗不过她,只好给她开了一个药方,要她回乡里医院继续治疗。村姑回到家里,小心翼翼地把那个方子折好,放在衣柜的最底层,再也没有拿出来过。村姑想,乡医院和县医院,其实都是一回事。一回事就别费这些周折了。

这次回来,是按原定的打算,进行一次化验的。从医院的生化实验室取出化验单,村姑乘林子没注意,悄声问那个年轻化验员:"化验单上是怎么回事?"

年轻的化验员把手上的胶皮手套摘下来,睃了一眼村姑,说:"是住院的吗?你去问大夫。"

村姑回转身,在长长的走廊里顾盼。"林子,"村姑说,"渴死我了,你下去给我买一瓶汽水。"

林子想说什么，村姑捏了一下嗓子说："你快去呀！"

林子走后，村姑急忙到一间内科医生办公室。"大夫，"她把手里攥着的单子递上去，"麻烦你给看一下。"

大夫正埋头在那里写什么，他斜了一眼单子，说："尿毒症。"

"这个病，咱医院能治好吗？"停了一会儿，村姑问。

幸亏大夫连头也懒得抬。有经验的内科大夫对尿毒症患者一眼就能看出来。

"别说咱医院治不好，市医院、省医院，满世界都治不好。"

"——啊，谢，谢谢你。"村姑觉得心"呼"地一跳，从胸腔遁失了似的，接着是出奇的慌乱，出奇的口渴。林子，林子怎么还没买汽水回来呢？她转回身，在医院楼下等林子。林子从街道那边的冰货摊跑过来，一眼看见村姑。他把汽水打开盖递给村姑，问："你问过化验的事吗？"

"问过了，上次那个刘大夫。他说还可以，同先前一样。"村姑接过汽水赶紧喝一口，只喝了一口，就觉得怎么也喝不下去了："这汽水太麻，你喝了吧。"

两个人慢慢在大街上走。医院白色的大楼在身后渐渐远了，村姑觉得无论如何那不是属于自己的地方，离开它倒有一种莫名的解脱感。街上刺耳的音响此起彼伏，伴着商贩们的吆喝。村姑把目光放得远远的，盯着街的尽头。村姑想，不屈得慌，这病满世界都治不好哩。

村姑不知道，这病开初其实是急性肾炎，不是难症。急性肾炎拖成慢性肾炎，然后又拖成尿毒症的。庄稼有成长的过程，可谁又能说疾病没有发展的过程呢？

村姑和林子朝车站走，去赶那趟便宜两块五毛钱的普通面包。在经过一片服装摊时，村姑和林子都站住了，他俩的目光几乎同时盯牢了一件琳琅满目的布卷中藕荷色布料，那面布料在风的抖动下滑润畅快，在斑驳的背景衬映下，像是乡村岩石间盛开的一朵打碗花。村姑和林子不约而同地相互看一眼，林子说："买了吧。"一种说不清的冲动促使村姑也嗫嚅一下嘴唇，说："买了呗。"林子补充一句："你穿了一定好看。"

村姑跟林子走过去，林子知道自己憨实的貌相一定唬不过那个油头滑面的商贩，林子实打实着地对那个人说："兄弟嗨，我是陪我媳妇看病来的。你这块布料便宜一点卖呗。"

商贩看了一眼林子和村姑，说："80块钱一米，便宜点儿，65块一米吧。"

林子和村姑正要掏钱，旁边另一个摊子的青年拽过同样的布料："大哥，看你也挺不容易的，我这份就照本，卖你50块一米吧。"

　　林子和村姑连连道谢。扯完布，走远了之后，刚才的那个商贩不满地捣了青年一巴掌："你小子，抢老子生意。30块钱一米的布料，你卖50还叫照本？"

　　林子和村姑没听见。林子和村姑走得很远了。

　　林子蹲在山坡上，静静地看谷里自家的玉米地。阳光下，玉米地的叶片反射出灰亮亮的光芒。林子蹲踞着，感觉时间是被脚踩凝固了。先前，林子一直就这么看：当他心里高兴时，就觉得眼前的庄稼是自己的孩子，林子怀着宽松的心情抚植它们，盼望它们成长；当他心里苦痛时，他就觉得眼前的庄稼是自己的父亲，什么委屈都靠它的大手来抚慰，痛感不知不觉烟消云散。可现在，林子心里苦痛时，他感觉广袤的玉米地原来不再是父亲，是欺骗他的，要是硬说是的话，也只是自己的没有血缘关系和血统承递的养父，而自己却是别人真正的弃子。

　　村姑是在秋分的最后一天死去了。一切都平平常常，轻轻淡淡。林子除了给八步去一封电报，没有再惊动别人。村姑的离去，本来就是一件极普通的事，就像春天里一场细细的小雨，夏天里轻轻飘荡的柳絮，秋天里疏疏斜下的落叶，冬天里默默无声的晦雪。她还像什么？林子想起她说过的一茬一茬的庄稼。那么，她就是眼前唰啦啦的玉米地了。已经到了收成的季节，林子想，我怎么舍得割倒它呢？我可怎么舍得割倒它们呢？

　　林子蹲在被阳光烘热了的山坡上，贪婪地嗅着这片庄稼成熟的芳香。河水静静地流淌，偶尔传来涌入石头罅隙里的声响。远处，"喝呼鸟"啼叫的小路上，林子看见八步一点点走近的身影。林子就又想起村姑说的话：我就在八步媳妇那里看见了我，就在他媳妇生的小孩子那里看见了我。村姑说的是一种意思，可眼下林子想起来，却有了另一种意思——他禁不住打了一个寒战。

　　八步也要老啦。看着远处蹒跚而疲惫的细高的身影越来越近，林子想。

　　只有眼前的玉米地还在活泼泼地生长着。

台 阶

孙惠芬

老钟做了三十多年刑警,办了三十多年案子,还是头一回干这种活,护送一个女孩上学下学。"518强奸案"发生后,所里开了大会,严格布置了破案措施,近一段时间桃园小区各种犯罪猖獗,开地下印刷厂,抢劫毁容,竟然还有案犯大白天蒙面入室强奸,干警个个义愤填膺,嗷嗷叫着抢着担当破案主线,恨不能马上捉拿罪犯千刀万剐。可是在分到最后一项任务,由谁来陪护受害者米米,干警突然冷了下来,没有任何人愿意干这抖不起精神的活。大家不约而同将目光投向老钟。好像这活非老钟莫属。看到大家投来的目光,老钟脸登时红了,心里恨恨地说,就看我老啦。

从米米家到职业学校可走两条路,一条是山路,不通公交车。B城是山城,许多民宅雄踞山腰,许多山腰都有捷径通向市内,从米米家到学校,走山路只需二十分钟就到。一条是公路,公路在七十二层台阶下边,503,601,709,4路,好几路公交车经这而过。这一站的站名叫民圣,从民圣到职高总共两站,一层层台阶拾级而下,然后坐601,下车走一段路,然后沿九十八层台阶拾级而上就是米米学校。

米米平素习惯上学坐601,放学走山路。老钟并不知道米米平素习惯,老钟在电话里问怎么坐车,米米说坐601,老钟问怎么坐车而不是问怎么走,米米就只有告诉了坐车的路线,就依然保持了旧时习惯。

台 阶

　　老钟第一天陪女孩，是在5点40赶到女孩家。老钟家离女孩家很远，如果把楼房全部消灭在目光里，他家在她家对着的那座远山的东面，属两个区，好在老钟有摩托车。老钟当了三十年刑警，破了不少案，立了不少功，却因为生性偏犟，只认一人干活不会协调大家，一直没被提起。当然老钟也从未想过提起，只想能有一辆属于自己的摩托车。五年前他在追捕一杀人犯时立了大功，局里就奖了一辆摩托车。老钟一早骑摩托车到所里，然后再走到桃园住宅小区女孩家。

　　老钟来到女孩家的过程是这样的，老钟敲门，女孩父亲开门，之后相互点头。有刑警专护，本来是一桩好事，却因为这好事的起因是坏事，是坏到不能再坏的坏事，至亲至爱的女儿遭到强暴，女孩父亲就在老钟来接时，点头无话。老钟心领神会这无语，就也无语等那女孩出来。因为老钟是正点到，就省去了进门的过程，只需开门，就可回身携女孩下楼。楼里的十几层阶梯是老钟在前女孩在后，到了外边，下外边的七十二层阶梯，老钟停了下来，将女孩让在前边。女孩沉着脸，什么也不说，忽拉一阵风掠过老钟，就走在了老钟的前边。

　　星期五发案，隔了双休日，无论是受害者还是知情者，都会从渐稳的惊魂中接受事实的存在，亦都从存在的事实中寻到了无奈。女孩表情看不出任何痕迹，女孩虽然下楼，却并不低头，女孩披散着直直的长发，一层一层跳跃着，像一只凭空下落的毽子。女孩穿一身水红运动衣，从石阶上往下跳跃时，就给人晃眼的感觉。老钟无意去看女孩的长相，遭了强暴的女孩老钟本能上有一种抵触，这抵触并非有什么具体原由，所里人都说女孩漂亮，还属电影演员巩俐那一种，很味儿。而老钟最看不上巩俐那一种——看上去沉稳无话，眉眼里却尽是风张。所里人还说女孩是职高学生，老钟最看不上职高学生，职高学生简直就是社会青年，两年前打击卖淫嫖娼，抓一个犯罪团伙，其中有三男两女是职高学生。职高因为没有高考的压力，没有学业的约束，自由主义横行，比社会还社会。当然这都不重要，重要的是老钟骨子里不喜欢风张女人，老钟认为好女人都应该像老伴那样，安于守家过日子，安于侍候男人，也有工作和交往，但那些工作和交往都是围着家庭生活这个主题。老伴就坚持三十年给老钟端洗脚水。当然重要的也不是能不能端洗脚水，而是看她是不是妖冶，老钟抵御的是那些妖冶的女人，她们是男人的祸水。她们怎么就能成为男人的祸水老钟说不清楚，反正许多历史故事明明的写着，楚霸王就是败在虞姬手里的。

水红色的毽子一跳一跳，老钟跟女孩来到601站前，他们相距有三步之遥，他们不说话。他们不说话，就没有人认为他们之间有什么联系，没有联系老钟觉得很好，他很不愿意让人觉得他们之间有什么联系。他甚至在心里从未叫过女孩米米。"518案件"发生之后，所里所有青年警察议起十九岁的受害人都叫米米而不说受害人。说米米提供证词时是如何如何迷人，说米米这米米那，那情形好像米米是他们亲妹子。老钟不这么叫，也不叫她受害人，他在心里坚硬地叫她女孩，女孩二字能够划清他们之间的距离。这时老钟才知道，他在心里与女孩划开距离恰恰因为他目前的状态特像女孩的父亲，他因为不能穿警服特别容易被外人看成是父亲。601车来了，他们一前一后上去，女孩很洒脱地亮了一下月票，之后站定在一个空座旁，老钟上车，女孩往后退了退让出空隙，示意老钟坐。老钟没坐，老钟警觉地把女孩按到座位上，心说坐着吧你，我是执行任务。两站路一会儿就到，老钟始终保持着职业的警惕，所有射向女孩的目光都在一双老眼的监视之下，一个梳着寸头的小伙一上车就往女孩身边挤，老钟登时两手一伸，将女孩座位的上方挡住，任怎么拥挤他都雷打不动，双脚紧紧铆住车面。其实是有惊险，下车后老钟的掌心握出一把汗。

到职业高中要途经一座高墙，墙内是新建的模特学校，模特学校为什么要有高墙谁也说不清楚，洁白的高墙却把女孩水红的身影映得光彩四溢。初夏早上的阳光有一种叫人心悸的暖意，女孩走在光影里，不时的一梗脖一甩发，甩发时下颌微扬，就像男人在酒桌上纵酒。老钟对女孩这一举动很反感，走路就走路看什么天？女孩走得很快，胳膊和腿前后摆动，形成一种水红的波动，这波动一颤一颤在前边牵引着老钟，使老钟渐渐熟悉她的个头、身材和习惯动作。老钟真是无意关心这些，关键是她一直在他的视野里，关键是他必须让她一直在他的视野里。女孩中上个头，腰身细长像一根稻秧，走起路来脚跟像门轴一样扭动，脚跟起落似风抖树叶。女孩走路的样子让老钟越来越觉得像谁，可是像谁一时又说不清，总之非常熟悉。老钟觉得像谁时，就用心地捕捉着从前的记忆，他觉得这身影好像与夜晚有什么关系。老钟认真地盯着女孩印在大墙上的影像，拼力捕捉着一闪而来的踪迹，就在这时，他感到有一个灵感闪在脑际，像一星火苗，然而就在这时，女孩走出大墙，大墙结束，袒露出一程开阔的向上去的台阶，一幢明亮的楼房就在台阶顶端。女孩从白墙上走出，就仿佛从画框里走出，让老钟兀地迷失了刚才的灵感,关键是女孩望见了学校的高楼就停了下来,女孩停下来等老钟走近,然后朝老钟点头,沉郁的目光落在了老钟脚下。老钟蓦地明白了什么,停下不动。女孩用小踮步向水白色的台阶走去,台阶上有三五成群的学生,女孩一入学生群就再没回头,一直到一抹水红消失在满天的明亮里。老钟望着,远远地望着,职业责任心刺花了他的眼睛,他终于揉揉眼睛,转回身去,将自己缓慢地印进刚才走过的白墙里。

按着来时路线,老钟又走了一遍,他把这条路线的所有建筑物都摸个清楚,之后,又去那条山道。山道无比幽静,满目苍翠中掩映着不断流的出租车,偶尔有些老人在路口晃动。老钟走着,看着,想象着女孩走在这条路上是怎样一种情景。可是不知为什么,老钟一点也设想不出女孩走在这条路上是怎样的情景,老钟发现离开女孩之后满脑子尽想一些与女孩无关的案子,比如"319杀人案","613盗车案",在那些案子里,他虽不都担任A线,却可以充分发挥自己在案子上的想象力,而现在不行,现在他面对的是一个女孩,关键是,局里规定,作为女孩的保护人单独与女孩在一起,他不得盘问任何与案子有关的事情。破案重要,保护一个女孩心理健康更重要。关键的是,他在女孩身上毫无想象力可言,老钟根本不知道他除了陪护女孩之外还该做些什么,老钟非常想像其他人那样,去实际地为案子做些什么,比如明察暗访,调卷选宗,比如蹲坑。

对于老钟来说,这是一个异常沉闷的日子,沉闷时他刀鞘一样的脸拉得挺长,像被捏握的面包。老钟很少有把不快压在心里的时候,他是在B城的第二代山东人,性格里一锛一斧子的倔强劲使他很少有委屈自己的时候,倔就倔个痛快犟就犟个明白,一句话把人撞到南墙之后,心安理得地按自己意志做事。中午回所时,年轻刑警看他拉长着脸的样子,暗中窃笑,说这把老钟可是豆腐掉进灰里,咱们多想陪米米,人家不用,用了这么个老疙瘩头,还打心眼里难受。大家于是哄笑。老钟听到哄笑,回过头,见大家目光正瞅自己,蓦地火了,说我日你们年轻!

下午五点一刻,老钟按时来到白墙后身向上的台阶底端,水红在晚霞里渐渐突现出来,这水红一印入老钟眼帘,他胸部就涌上一股压抑的气流,这气流跟中午大家的哄笑是连着的,或者说是大家的哄笑使他在看到女孩时触动了情绪。这气流随水红的飘近,一点点膨胀、散发,散成一股风样的动力向下肢漫去,老钟一刹那间启动脚步拾级而上,他擦着向下走的学生,穿过滚动的欢歌笑语。他脚步的麻利、简捷,像在练操。当老钟感到自己靠近了水红,他慢下来,他很概念地看了看女孩的脸——这是他跟她在这一天里的第一次正面对视。女孩停下来,女孩目光游移,脸色土豆皮一样难看,他在一帮学生走远之后,小声说了句,走山道!一股气闷顶得老钟没用商量的口气,说完就径直向上,女孩顿了一会儿,男人纵酒一样一梗脖一甩发,瓜子样的下颌里冲出一声长叹。不过这个老钟反感的动作没被老钟看见,她徐徐转身,向上走去,当她向上走去,老钟自信地停了下来,像早晨那样,任其水红毽子一样一跳一跳。

　　山道上的静谧遭到了短瞬的破坏,一群男学生一路踢着足球赶了过来,B城是足球城市,足球占领了学生大量的课余时间。女孩先是被涌进踢球的人堆里,一会儿就被球和踢球的人落下。镜头滤走了不相干的人群,于是,女孩跟五月山野上的花草一同清晰地印进老钟的瞳仁里。

　　老钟十分清楚他为什么要选择山路,那股压抑的气流其实是在让他由破案的配角向主角发起进攻,他要找到侦破的感觉,他要在两条路线上找到案犯作案的契机,从而打开抓捕案犯的缺口;他要证明自己是一个老警察,而绝不是只有老警察才可以做配角,老警察拥有丰富的经验。可是老钟跟女孩在花草的薰香中走了近二十分钟,终是什么感觉也没找到,倒是让女孩连续不断的习惯动作气个半死,她走一程就一梗脖一甩发,梗脖时长发飘散得很风张,胯部扭动得像一叶门板。老钟恼恨女人风张,老钟不用看脸儿就知道那时刻女孩的脸上有巩俐眼神里的东西。老钟在把女孩交到女孩父亲手里时,面包样的脸怎么也舒展不开。

　　第二天,依然是第一天的顺序、路线,老钟从女孩家接出女孩,看女孩红肿着眼皮跟自己下楼,看女孩在自己前边毽子似的一跳一跳,之后上车、下车,之后经过模特学校外面的大墙。第二天,当女孩再次印进白色大墙,扭动着臀部在老钟视野里走,老钟一瞬间捕捉到了昨天没有捕捉到的感觉:女孩像电视里的模特,女孩简直就是一个模特!老钟也更清楚地找到了他抵触女孩的原因,她像模特!老钟最反感模特的搔首弄姿,当然老钟不会用搔首弄姿这个词,用他的话,叫贱!当然他从来没把心底这些话说出来,因为他是人民警察,人民警察应该有觉悟,应该接受新生事物。重要的是,他的儿媳也属于贱的那一种,他的儿媳娟娟,第一次进家门是开春二月,却穿了条超短皮裙,冰雪未化的季节她露着个长长肉腿,就像群居时刚知遮羞的猿人,老钟见了登时火冒三丈,敲着桌子骂,妈的还知道羞耻？娟娟不但不恼，且回回穿着奇装异服登堂入室喊他爸爸，他从来没有应过，可毕竟他没有改变女孩，最终也在背后叫女孩娟娟，承认她是家里人。女孩模特一样忽闪着一抹水红消失在老钟视线里。老钟又用漫长的等待迎来了放学。觉得等待时间的漫长完全因为老钟的职业习惯，当他决定反守为攻——他真的不知为什么老了老了却不愿意见到小青年在自己眼前展示优越。他要主动寻找侦破线索，他开始盼望与女孩在一起时间的降临。当然这一天里他并没有白过，他读了一些法制报和刑侦特刊，那上面有一句话给他留下很深印象：警察必须研究罪犯的犯罪心理。这话对有三十多年警龄的老钟不该有什么特殊启发，作为一个警察，只要还想干下去，就得深入研究犯罪心理，五年前破获的那起杀人案，就是从犯罪现场用血迹写下的"成"字，判断罪犯是连续失败的商人来打开缺口的。对这样一句话老钟留有印象，完全因为他发现他无法接近一个强奸犯的犯罪心理，就像他怎么也无法从儿媳的超短裙和舞台上扭来扭去的模特身上看出美，就像他怎么也无法懂得女孩为什么走路时老梗脖甩发。这一天中午吃饭时没有人再同老钟开玩笑，小青年们都凑到南边的饭桌上，A线组长刘阳一坐下就讲米米，所里人的谈话中心总是在近期发生的案子上。刘阳说昨晚找米米取证，问她罪犯作案时有没有说什么话，她就是不说，她哭了，哭得非常伤心，这里边绝对有问章。B组大秦问，那到底说没说？刘阳说，没说。大秦说那不行，得逼她说。不说就破不了案。刘阳说，得了，叫你你也不忍心，米米哭那样子太叫人动心。这些话撞入了老钟的耳膜，胸腔里一股压抑的气体就又开始弥漫——他说不出是嫉妒刘阳他们担任了此案的主线，还是恼恨他们夸那女孩动人，且直呼米米，不过他们这些话倒给了老钟在此案跟前呈现那份木讷里注入了活泛。老钟一整下午都在想罪犯作案时到底说了什么话让女孩难以启齿，然而就好像把磨米机推进了空粮仓里，磨来磨去终是什么都没有磨出。

五点一刻，老钟准时到了学校门口，老钟不再在大墙后边停脚，他上了台阶，他在学校大门外很远的地方站着。第一天大墙外女孩看他脚下让他停住的镜头他没有忘，他懂得女孩的心思，他再木讷也懂得女孩的心思，女孩不愿同学们对她的事有丝毫察觉，事实上同学们永远不可能知道她的遭遇，派出所已做了严格的封锁，但有一个陌生人在身旁护着，会使女孩在学生群里强烈感到一种阴影。老钟尽管躲的很远，还是一眼就印进了一束水红。女孩出门直奔山道而去，老钟可以想见，在女孩的目光里，他也已经变成了一棵树桩，他相信女孩眼里的他就是一棵树桩，土黄的颜色，僵硬的躯干。水红很快与树桩和谐成一前一后，在女孩擦身而过的刹那老钟扫了一下她的眼睛，那眼皮微微有些突出，但已消除了红肿，那眼睑上翘的样子有点像老伴侍弄在阳台上的月季花瓣。老伴爱花如命大概是因为没有女儿的缘由，老钟却一点不喜欢花，花给他留下的所有印象就是山东曲阜老家月亮山上春天开花的洋奶子，那花好吃，像奶一样甜。小时候一到春天就去山上抢洋奶子吃。老伴的月季花不好吃，他就看都不看，当然再不看也还是要看，就像女孩在他的视野里，想不看都不成，那些月季灌满了家的视野。当老钟感到女孩的眼皮儿像老伴的月季花，他便发现女孩真的有些可怜。

　　一些踢球的学生涌进来又涌出去，水红一会儿在屏幕的中央一会儿又在屏幕边缘，她是为了躲避踢球的学生和球。可是一个光头学生故意把球踢向女孩，而另一个平头的学生见球冲向女孩，上去就揪住光头学生的袖子给了一拳。这细节让老钟抖了一下，老钟抖完之后好像突然之间找到一种感觉，一种侦破意识真的在体内活起来了的感觉，因为他发现他很快就进入一种心理分析，光头学生专往女孩身边踢是发贱，是故意逗弄，也许是喜欢女孩。老钟不懂得早恋是一种什么样的情感，但老钟承认早恋这种事实的存在，凡是党报党刊上揭示过的事实，他都毫无保留地承认，青春期男孩子容易发贱。可是那个平头男孩不让光头男孩发贱，是不喜欢靠近女孩吗？老钟想肯定不是，老钟尽管不记得自己有没有过青春期，但这男孩使他想起小时候，就是他在山东老家月亮山放牛时，夜晚常梦见一个女教师的情景。那女教师麻秆一样的瘦，鼻子也不怎么好看，可天天在月亮山道上走，总是牵动他的目光。重要的是，没做梦时，他会大大方方看她，有时还会远远朝她扔石头，自从梦见她，再遇到她就远远躲着，他清楚躲她时其实是最想看她。老钟想到这里脸唰一下红了，因为老钟想起他躲在苞米地里偷看女教师时被看山的抓着的情景，这情景让他一辈子感到耻辱。与老伴结婚之后，他从不去走近这段记忆的边缘，他把他那段人生的丑恶心理用老家的牛皮纸包了又包压在了老家的箱底儿里，使他后来即使接触流氓犯罪案也想不起它。老钟意想不到这个案子会让他想起自己曾经有过的短暂的丑恶，不过这只有一个人感知的事情使老钟的灵感突如其来，老钟蓦地有了感觉，案犯绝不是光头学生那种性格的人，而像这位平头学生，想走近反而躲起来，老钟寻着这个思路，就一下子找到一种感觉,这案犯躲在可以看到女孩的地方看了她好多天或者好多个季节,没准就在身边的树丛里,当老钟想到罪犯就在身边的树丛里,当老钟想到罪犯就在身边树丛里用眼盯着女孩,老钟明白自己眼下扮演的,正是罪犯的角色,每天远远地看着她,跟踪着她。这么想老钟就努力在心里调整角度,由警察到罪犯,老钟变成罪犯,老钟用罪犯的目光看着女孩,女孩在屏幕里一跳一跳,偶尔一扬脖一甩发。可是老钟发现他的感觉到这里一下卡壳,女孩还是老钟眼里的女孩,女孩甩发的毛病让他反感,反感肯定不是罪犯的心理,罪犯绝不会儿讨厌一个女孩还要跟踪。后来,走着走着,感觉又出现,老钟把女孩想成月亮山上瘦麻秆似的女教师,而老钟就是月亮山地里偷看女教师的小钟,如此换位,奇迹终于出现,老钟看到了女孩的一身水红变成了蓝制服,小钟看见那对滚动的屁股蛋儿像鹅卵石非常好看,女孩的长发变成了女教师的长辫,女教师常常走走路就把长辫拿到两边,再往后一甩。而只要看到女教师一甩长辫,他的心就不由自主涌上甜蜜。小钟看着女教师,老钟看着女孩,眼前完全是一幅全新的画面,这画面重复着记忆里的镜头,又开辟着旧时不曾延伸的一切,小钟发现这女孩也有些像模特,像巩俐,这意料之外的开辟使老钟送回女孩再回到自己家里时长久找不回自己。

老钟回到家里像一个痴迷的呆子,老伴唠叨什么他都没感觉没反应。当然平素老钟也和所里其他干警一样,常常人在家里心在案里,老伴早已习以为常。然而今天让老伴觉得反常的是老钟动作性太大,他一会儿躺下一会儿坐起,一会儿翻旧时的照片,一会儿又走到阳台在阳台上盯着月季花出神。最让老伴奇怪的是,他把电视遥控器拿在手里一个劲调台,平时他最爱看中央一台的《英雄无悔》,眼下他却绕过中央一台乱找一气,最终将频道定在大连台每晚重播多遍的服装节广告上,黑头发黄头发全世界的模特都在上边扭动,忽高忽低的音乐搞得满屋哗然。老钟呆呆地看着,广告结束,他便叭一声关掉电视,一个失恋了的少年似的一扑扑到床上,和衣躺了一夜。

谁也不知这一夜老钟究竟经历了什么,反正第二天老钟完全变了一个人,他刮了胡子换了一身西装。这套西装他一直都没穿过,国庆节局里开家属联欢会,大家都穿西装只有他面貌依旧,从不生气的老伴气得回家半天不和他说话,老伴却不知犯了什么邪他一早起来就要西服。穿上西服老钟站在镜前自然地笑了笑,好像对自己非常满意。他本是算好时间正点到女孩家的,却不知怎么搞的提前了十分钟。老钟因为提前十分钟,在女孩楼下转来转去,六点刚到,他就爬到楼上,女孩父亲正好开门。女孩依旧表情沉郁,但老钟却朝女孩也朝女孩父亲笑了笑,女孩父亲见老钟笑,开始说话,说米米拖累你了。老钟微微点头又摇头之后返身下楼,下到一楼平台,停住,将米米让到前边。老钟心里很自然地将女孩改成米米。米米不再是水红,而是学生蓝制服,米米变成一只蓝色的毽子在向下的台阶上跳动,老钟眼里的米米就完完全全彻彻底底变成了月亮山上的女教师。

米米变成乡村女教师。老钟在与乡村女教师挨近时,感到了一股特殊的气息。老钟发现这气息让他心中某个部位旋动了一下,这旋动就好像警车在坡路上急速行驶下坡时心被悬起来的感觉,这感觉老钟经历过又从未经历过。老钟放纵着这种感觉,因为老钟需要扮演罪犯,他必需彻底地体会和理解罪犯。他能在这样一个案子中找到感觉实在是太不容易,他得感谢那位不知姓名的女教师。学生蓝在大墙上不住地跳动,阳光极其透明,透明的阳光洒在人流里,好像月亮山上的阳光洒在了婆婆的庄稼里,那面洁白的墙壁就是月亮山外遥远的天空,女教师从天空中来,又走到天空中去,女教师在向上的台阶上,用宽臀扭动着无限神秘。老钟久久望着,一股山泉一样清澈的溪流顺胸腔直流而下,使他还没离开向上的台阶,就盼望米米放学时间的赶紧到来。

老钟在等米米放学的时光里满眼都是米米,满眼都是米米幻化的女教师。放学时间终于到了,罪犯早已走上向上的台阶,站在学校门口一隅,米米出门旁若无人朝山路走去。米米因为孤僻好静,常常一个人走路。米米的身条虽苗条细弱,却有成年女性的丰满,两臀河床上的卵石一样拥在外面,一走一滚一走一滚。米米最好看的是她那步态,那步态轻盈,看似着地又像蜻蜓点水,一踏一踏有一种韵律,米米走路常爱梗脖甩发,米米所有富有女性意味的青春的气息都被这习惯动作张扬极致,米米扬着下颔吸气时,便把这种青春电流一样导进了空间导进了城市的旷野,米米椭圆的下颏呈一个弧状将电流导进罪犯的体内,使罪犯日思夜想,如痴如醉,使罪犯愈想靠近愈有一种恐惧。那透过米米下颏导出的青春气流在日里夜里流动,在屋里屋外流动,侵扰着罪犯的所有青春梦想和意念。罪犯在意念里无所不做,行为里却只有默默追随。罪犯正是情窦初开的年龄,对自己所到来的一切毫无准备,因为毫无准备就一味怀疑它的正当、美好,就对自己毫无信心,就不敢去与米米当面袒露……老钟和罪犯走在一条路上,老钟和小钟走在一条路上，老钟与女教师走在一条路上。老钟因为重温并发展了小钟和女教师的过去而知道了什么叫青春，老钟因为变成小钟而知道罪犯在米米走进她的家门后无数次启动了追踪入室的动机，罪犯费尽百般周折，每次周折的艰难都被米米在向上的台阶和向下的台阶上散发的气息鼓动。米米遭遇罪犯因为她身材、相貌的与众不同，更重要的是性格的与众不同，她喜欢独处，独处和不独处对罪犯很重要。小钟在山上放牛时，如果看到一帮女教师嬉笑哗声走过月亮山，就什么念想都不会有。当然这么想老钟并不是说米米遭遇强暴是自作自受，绝对不是，老钟是说米米的独自往来一次次压抑着罪犯的信心，又一次次煽动着罪犯犯罪的勇气，最终以蒙面的方式伤害了米米并不是他的本意，伤害却是吸引他坠落的耀眼的星光，就像扑火的蚊蝇，无法自制。当那些惶乱中闻到的气息和尖叫在耳旁愈来愈远，当犯罪的感觉随日光的升起落下愈来愈远，罪犯会重新拾起对米米的神秘追逐。这时的罪犯，因为经历了从精神到肉体的转折，已经不再满足于对身影和气息的兴趣，那个富有质感的尖叫因为历史性的进入会渐渐在罪犯心中变成另一种期盼……这时老钟已经走到派出所，罪犯的另一种期盼在老钟走进派出所时形成了一个决定，老钟径直走进所长办公室。

所长见老钟进来赶紧让座，向老钟通报 A 线 B 线进展情况，所长说工作进展顺利，已缩小了范围和区域，并且排除了米米所有认识的青年和学生。老钟打断所长的话，老钟说所长我有一个非常重要的建议，老钟说我建议在米米家装录音电话。所长笑了，所长说我以为什么好主意，没那个必要，案犯阴谋得逞，不可能去自投罗网。所长说这话时，老钟在心里窃笑，心说哼你还年轻人呢，根本不懂。老钟说我们不能排除特殊情况，办案不能丢掉任何可能的线索，靠我直觉，案犯三五天之后，会打电话给米米。为什么？所长问。老钟说，就是直觉，这个案犯和一般案犯不一样。老钟这次说直觉时，脸略微有些红。所长说，案犯不是米米熟悉中人，怎么会知道她家电话。老钟说他会想方设法。年轻所长很愣，这老倔头再也不扭着脸，还有了直觉。但所长从不怀疑任何一个警察的直觉，尤其像老钟这样的老警察。所长说好，明晚受害者家长回家就上录音。

这是老钟接案之后最最兴奋的又一种日子，在这个日子里老钟已经从扮演罪犯的角色中蜕变出来，重新恢复了警察身份。老钟的兴奋一方面因为米米家装了录音电话，成了此案的主线，一方面因为他发现他有点喜欢米米。为什么会喜欢上米米呢？是因为米米像月亮山上的女教师吗？肯定不是，老钟想应该说是月亮山的女教师救了他的案子，而他是因为案子的原因与米米有了长时间的接触。人都是这样，就怕接触。

自从装上录音电话，老钟接送米米时的心情就放松下来，好像这完全是一个前奏，一个过门儿，好像他特别有把握后来的乐章是什么。看米米从七十二层台阶跳下去，看米米又走上九十八层台阶，这上下台阶的过程对老钟就像每天站在家里阳台看老伴的月季花。老钟每天晚上还要在米米家待到十点，与家里人唠嗑说话。大家都清楚这唠嗑说话其实是在等罪犯的电话，然而一段时间以来那样的电话一直没来。周五下午，区人市局又借米米学校办培训班，老钟中午接回米米。老钟接回米米就与米米拉话，以打破他们共处一屋的凝重气息。米米父母不在，老钟觉得时光难对付多了。老钟说女孩子还是应该开朗些才是，要多交些朋友，和朋友玩玩。米米眨着眼睛看着老钟，说，其实也有朋友的，我的那些朋友都不喜欢说话。米米说话的声音非常悦耳、柔和、亮丽，像山泉叮咚。我怎么很少见你和同学玩。米米看了看老钟，刚想说话又咽了回去，陷入沉思状态，眼睑低垂着，许久，她叹了口气，她说我那几个朋友都好玩儿，我们都喜欢服装设计。老钟说，你们在一起玩服装设计？米米说，什么都玩，我们用报纸剪缝各种衣服穿着在屋里走。米米说着，就露出了无比的欢欣和明亮，那明亮的表情就像突然打开了一扇窗户。米米说，我们的理想是做自己设计的服装的模特，把服装和模特一块的打到世界去，我们一到周日就狂得一塌糊涂。老钟看着米米，看着米米那出事之后从未见过的欢快表情。米米本来是非常幸福的女孩，有父爱母爱，有学业有理想，一场劫难就这么将幸福划在了另一边，就像王母娘娘把织女划在了天河的那一边。生活对米米多不公平！老钟这么想着脸上露出了一些老人的忧虑。米米敏感地捕捉了老钟的忧虑，不再说话。见米米不再说话，老钟对自己很不满意，可是已再找不到什么话题，就只有闷着。然而，就在闷着的时候，老钟接到一个传呼，老钟一看是所长的，马上往所长那挂了电话。所长说老钟呵让你言中，罪犯真的动用了电话。所长说罪犯刚才往学校打电话问米米家的电话，校方已将电话号码告诉了他，估计他就在桃园一带公用电话厅旁，我们已将一百二十四台公用电话全部监控。所长说老钟你得做好米米工作，让她配合，让她一定镇定地和对方说话，尽量把说话时间拉长。老钟在听电话时身上是颤抖的，义愤和兴奋共同激撞着他血管里的血。他放下电话转向米米，可是不等他同米米讲，米米已在椅子上哆嗦成一团。米米全部知道了电话的内容，米米眼泪豆子似的在腮上穿成串串。老钟抱住米米抖索的肩膀，连连说米米别害怕，别害怕，米米你是一个懂事的孩子你一定要配合伯伯，配合破案。米米不再抖索，可是却出声地哭了起来。安上录音电话之后，本也设想过米米接电话的情景，米米都答应过配合的，没想到事到临头，她又把持不住。又过一会儿，米米止住抽泣，抹着泪眼看着老钟，说钟伯伯，他曾在这个屋子里跟我说过，能听到我的声音就是一种享受，我怎么能再让坏蛋得逞？

老钟无言以对。

罪犯是在星期天上午第一次给米米挂电话的，米米表现非常出色，她坦然、镇定，一点也不像一个十九岁女孩，她甚至还在语言里给予了对方谈情说爱的感觉，使罪犯着了魔似的换一个电话又一个电话。罪犯起初是压抑不住激动，喘息声风一样刮着话筒，后来见自己不说话米米也不说话，就问米米心情如何，跟米米谈米米的老师，米米的父母，以至于米米家夜里熄灯的时间，大概是在换第六个电话时，被警方抓获。

米米听到对方话筒摔掉的声音，放下电话扑到老钟怀里，米米放声大哭。

罪犯是个二十岁的男孩，无业，家住民泽小区。男孩个子瘦小，属台湾小虎队男孩的气质，眉毛浓密，目光阴郁。据交代从小没有父爱母爱，父母都是戏校的老师从来不管孩子成长。男孩性格内向，没有朋友，自卑感很重。十八岁那年一个偶然的机会在向下的台阶上看见米米，一直跟到向上的台阶，就在心里喜欢上她。他因为自卑不敢向米米表达，就暗暗跟踪米米两年，后来一个电影的启发，那电影有类似的情节，一个"文革"时期无人看管的男孩因为强暴女孩最终得到女孩。那男孩跟到女孩学校配了钥匙。他如此效仿，直至犯罪。

"518案件"由老钟主审，因为老钟最终成了此案的主线。罪犯毫无保留地交代事实，罪犯一再地重复着向上的台阶和向下的台阶，在罪犯说到经模特学校到向上的台阶时，老钟说，是不是爱看她在台阶上一跳一跳的样子？案犯说是。老钟说是不是爱看她上下台阶时梗脖甩发的样子？案犯惊讶地说是。老钟蓦地站起来一拍桌子：退下！

案犯退下之后，老钟狠狠捶了自己两拳，他想不到自己会寻着罪犯的思路引出这样的话,这令他对自己发怒,老钟拍桌子其实是对自己发怒。

事过不久,"518案件"结案,可是结案后,家住桃园小区的年轻刑警刘阳,常看见老钟骑摩托到模特学校大墙外去看那些向上的台阶,刘阳不明白案已结了,米米也已转了学校,老钟还去干什么。

又过不久,从不休假的老钟提出休假,回了一趟山东老家。

谁能摩挲爱情

孙春平

二十多年前,我在红星机械厂当工人,因兼着一个车间的团支部书记,用在我那台铣床上的工夫反不如组织开会学习和带领青年工友们搞活动了。车间里的青年男女占了近一半,车间主任许殿元又一再鼓励我"很有这方面的两把操儿(能耐,本事)",我也就乐此不疲地充当起了"青年领袖"的角色,自我感觉不错。

青年人的工作可不仅仅是唱唱歌打打靶,或者是到厂外搞搞学雷锋做好事之类的活动,大量的是要做他们的思想工作,而思想工作又多是围绕着"搞对象"转。青年人嘛,爱情故事比机床上的螺丝疙瘩还多。张三和李四好了,中间又突然插进个王五,王五背后可能还有个死追着他的单相思,这样一来,师兄弟反目动了拳头,师姐妹成仇互相啐了脸皮的事便时有发生。车间里的年轻人过百呢,人一过百,便形形色色,什么样的哭哭笑笑恩恩怨怨的故事闹腾不出来?一发生这类情况,许殿元就很烦躁地对我说,"快去摩挲摩挲,这些生荒子呀!"以我的理解,这个"生荒子"含了两层比喻,一是指从未开垦耕种过的生荒土地;一是指尚未上过犁套的牤牛蛋子,所谓不怕虎的初生牛犊是也。以生牤子比未婚男性,以生荒子喻待嫁女子,都挺形象贴切。而摩挲则有开导摆平的意思。车间主任许殿元是从辽西乡下走进城里来的人,平时说话常夹带着一些这样土得掉渣的方言。见他脸上有阳光灿烂,小青年们便蹬鼻子上脸,当他面故意学说这类话,但当他脸色阴沉凶狠训人时,小青年们便背过脸去努鼻子,小声嘀咕,土老帽样儿，不信城里人改造不了你！

可有些事能摩挲，有些事就难摩挲，莫说我，就是换了古时苏秦今时基辛格，也休想摆平的。人家是铁了心的，你还摩挲个什么！比如冯新柳和杜志民的事，就闹得几乎满厂皆知，却让我干瞪眼空攥拳，弄得我在领导和青年人面前显得很没水平很没面子。

冯新柳是车间工具室的保管员，人长得清秀，为人也温和，车间里的小伙子们常拿了管钳刀具围在工具室的窗口前没话找话，她完全知道那些人的醉翁之意，却从来不烦不恼，就是听了一些很露骨的挑逗话，也只是秀眼微微一瞪，回一声"不怕我骂你呀"，算作了警告。她看中的杜志民却偏偏是个很少到工具室去的人。杜志民是车间技术员，高高挑挑的个儿，浓眉大眼的脸儿，闲时爱读书，忙时车钳铣刨都能操练上阵横拨竖挡，是当得起车间主任半拉家的一个人物。工友们私下猜测，许主任真要一提升或一调转，车间里的第一把交椅就非杜志民莫属了。冯新柳和杜志民对上了象，让车间里那些尚未有主的花季女孩很是眼气了一阵子，但也只是眼气而无力竞争。杜志民确是车间里最优秀的小伙子，冯新柳也确是车间里最出色的姑娘，早晨两人双双骑车而来，午间两人找一角落，饭盒摆在一起，你恭我让甜蜜得似一对鸳鸯。这是天设地造的一对，人们只等着吃喜糖了。

可在等待吃喜糖的日子里，事情偏就六指抠鼻子，出了岔头。先是厂门外一到下班的时候就出现一个粗粗胖胖个头不高的小伙子，穿了一身洗得发白的绿军装，倚靠在一辆锃光发亮的凤凰牌自行车后座上，一见冯新柳出了厂门就跨车追过去。那个年月，旧军装和新凤凰车都是一种身份和地位的象征，有知情的就传出话，说那胖子是冯新柳中学时的同学，刚转业回来，分在了市里的一个机关，靠的是老爹的关系，他爹是市里的一个局长。别看冯新柳和杜志民甜蜜得让车间里的姑娘小伙子们眼气，真见外人要来插杠子，眼气的人们立刻表现出了同仇敌忾的激愤。姑娘们撇嘴，呸，局长爹有啥了不起，就那半猪半熊似的德性，我都看不上眼，还想吃天鹅肉啊！小伙子们则互相撺掇，说那癞皮狗不识斤两再敢来，咱们胖捶（揍）他一顿，先叫他满地爬着找牙。这话不知怎么还传进了许殿元的耳朵，主任就叮嘱我，你眼珠子瞪大点儿，别出事。我说，小冯又不傻，这点香臭还分不出？再说，一家女，百家追，你让我狗拿耗子啊？许主任说，拿耗子就拿耗子，拿住耗子才显得出你的本事，咱车间不用另养猫了。许主任话是笑着说，神情却是极认真的。可我又有什么本事，吓得我一下班就在厂门口转，只怕事情出在眼皮底下，只要离开这一亩三分是非地，就是谁把那小子拍成肉饼子也怪不着我了。

接着就是人们发现杜志民和冯新柳开始出现摩擦。午间两人还是坐在一起共进午餐，但吃饭时已不再那么你恭我让，而是边吃边小声争辩什么，有时争得冯新柳把勺子往饭盒里一摔，叭地盖上盒盖，坐在那里生闷气。杜新民也不妥协，闷了头继续吃，只是速度明显慢下来。有了这么两三次，再见两人小声争辩时，便有好事的找了因由往跟前凑，可两人立时警觉，再不说话。于是小青年们便猜测两人究竟在为啥事费口舌，或说是为筹备结婚，小冯不满意杜家干打垒的房子和拿不上台面的彩礼吧？立刻就有人反驳，说能吗？就凭冯新柳的心气，即使心里一百个不满意，也是断不会说出口的。又有人说那就是因为那个局长的肉滚儿子，杜志民肯定对有人伸腿插杠心里不满意。又有人反驳，说不满意就学普希金，找那小子决斗去呀，跟小冯争个脸红脖子粗算什么本事，小冯又没说老太太擤大鼻涕，甩了你。有不知道普希金的就问，普希金是谁？回话的撇嘴，说普希金都不知道，那是俄国的大诗人。问的同样撇嘴，说诗人就诗人呗，你把嘴撇个瓢儿似的干啥，有本事你给我背两段普、普那啥的诗。回话的便窘住了，真的背不出来。我们那一茬青年人，基本都是初中毕业，出口能背诵的除了"四海翻腾云水怒"和几句"锄禾日当午"之类，能知道普希金的就有资格撇嘴了，要是再会背几首普希金爱情诗的可就过犹不及，那不再是学识和修养，而会被当成思想意识不健康的流氓问题，会的找犄角旮旯儿没人的地方背去，在大庭广众面前，谁敢？

接下来的情况越发严重。有一天中午，冯新柳突然端了饭盒径直回了工具室，回脚一勾，还把大铁门咣的一声重重锁死了。杜志民端了饭盒还坐在角落里原先的那个位置，孤单单没滋没味地吃，也不肯去工具室哄哄劝劝。工具室在车间的西北角，里面又潮又暗憋憋屈屈，还有非常浓重的机油味，不然午饭时两人早躲到那里去共享甜蜜了。眼前突然少了甜蜜一景的人们那顿饭也都吃得很没味道，一个个哑了嘴巴，再没了往日边吃边逗笑的兴致，眼睛却不时地往杜志民那儿溜，都觉孤雁可怜，却又不知如何是好，是往他那里凑凑呢，还是把他往大伙儿这儿叫叫呢？

两人分而食之的情景一连出现了三天，到了第四天，更严重的突发事态就越发叫众人傻眼了。那天，杜志民刚刚端回饭盒坐在自己固守的位置，就见车工林悦捧了饭盒旁若无人地走过去，去了便坐在冯新柳原先的位置上。杜志民怔住了，竟一时僵僵的不知该怎么好。林悦爽朗一笑，大声说，咋，不欢迎啊？不欢迎我滚蛋。杜志民忙点头挤笑，欢迎，欢迎。

林悦有些假小子的性格，说话做事风风火火，无遮无掩，爽快泼辣，人虽不及冯新柳清秀俊丽，却也皓齿亮眸，白皙端庄。此时，在众目睽睽之下，林悦打开饭盒盖，先夹了一块排骨往杜志民饭盒里送，杜志民忙推拒，那林悦便仍爽声朗气地说，咋，小冯的你吃，我的你就不吃，我的有毒啊？杜志民哪能再拒，只好接下了，忙又从自己饭盒里舀出一勺蛋炒瓜丝回敬。林悦也不客气，麻溜儿地端起盒盖接下了，夹进口里嚼了嚼，大声称赞，说好吃好吃，是你自个儿炒的还是你妈的手艺？杜志民小声应了一句什么，众人没听清，可听得清的是林悦的嗔怪，说那你往后可得自己下手，男人有点这方面的手艺不算丢人，过的就是日子嘛，你说是不？

车间里带午饭的人不少，眼见了这一幕的面面相觑，眼神里都流露出了无言的疑惑与忧虑。人们把目光不由得又向工具室投去，工具室的窗户正对着那个角落，冯新柳不会看不到这一幕，除非她闭上眼睛睡起了大觉。可工具室的门窗一直紧闭着，里面如同无人一般，冯新柳真的就这样心甘情愿安安静静地退出和放弃了吗？

其实人们最大的忧虑还不在冯新柳，而是车工班的班长靳勇。靳勇比林悦入厂早两年，技术在车间里屈指可数。小伙子长得虽不及杜志民高大英俊，却墩实精壮，为人少言寡语，给人一种难测深浅的感觉。大家都知他早在追林悦，林悦车床上的活计忙时，他会不声不响地把一些加工好的工件放到林悦床子旁，赶上下夜班，他则不声不响扶着自行车等在车间大门口，一直将林悦送到家才扭头蹬车而去。但林悦对靳勇却一直采取不即不离的态度。车工班吃午饭时团团围坐在一起，靳勇总是默默地坐在林悦旁边，靳勇给林悦夹菜她不拒绝，可别的男工友有同样的表示她也毫不客气地接受；靳勇悄悄塞给她一张晚上的电影票，她高高兴兴地接受下来，可转过身又会高声亮嗓地问别人是不是也去，把一切都弄得很光明正大，常弄得靳勇喜也不是，恼也不是。但工友们早就认定了靳勇和林悦必成一对，说靳勇"凿"，有韧劲，啥样的女子也怕缠郎，况且靳勇也并不是配不上林悦,也许两人会突然有一天把喜糖天女散花似的撒向满车间。所以在眼下令人抢眼的一幕前,人们除了关注工具室的动向,又在偷偷地溜望靳勇,看他此刻的神情,又猜他会有什么令人不测的动作。可此时的靳勇竟是一副稳坐钓鱼台的姜太公模样,仍是津津有味地埋头大口吃嚼,对林悦在杜志民面前的表现似乎完全不知不觉,甚至连大声说话的声音都没听到。于是便有人低声感叹,我操,这小子不是脑子有病,就是早有了老主幺子(铁定的主意),整不准要喝哪壶药啊!

如此情势竟从这一天起,每天中午如出一辙地重复下去,冯新柳仍关死了工具室自守天地,只是脸色日渐灰暗,勉强的笑意也不再那般灿烂;林悦也仍是坚持主动出击,大大方方去陪杜志民共进午餐,只是说笑声再不似第一天那般搞现场直播,而是日渐低弱,已有了秘不示人的色彩;一成不变的是靳勇,还是那个位置那个姿态大口吞嚼自得其乐,也还是主动帮助林悦加工工件和清擦车床,赶上下夜班,也还是骑车跟在后面。处于漩涡中心的杜志民也仍绷着,不主动去找冯新柳求和,也不拒绝林悦一眼见底的亲近表示,他早就是车间里的骄傲王子,像开屏的孔雀一样一如既往地展示着他的高傲姿态。许主任家离厂子不远,每天午间回家用餐,可数日之后,对这事也全然知晓了,他对我说,老天炸多大的雷都不可怕,怕的是闷起来没完没了,发大水的年头都是这么闷憋出来的。你赶快去给我摩挲,早筑堤坝备蓑衣,有屁就叫他们痛痛快快给我放出来,响屁不臭,这么死憋着的才早晚臭死个人!

其实许主任不说,我也知这事得抓紧想招找辙了。我的"摩挲"手段有限,又不好把他们四位聚在一起开民主生活会,也只能分别谈谈心了。我认认真真地权衡了一番,觉得此事的关键在林悦的乘虚而入,只要她及时拉下感情的大闸,潜在矛盾才有了不至激化从容解决的可能。我依此分析而制定的谈话顺序是:林、冯、靳、杜。

可"摩挲"在第一关口就遇到了不肯屈服的陡起峰峦。未及我拐弯抹角地把话说完,林悦已直通通地自点了主题:"不用说了,你的意思我明白。那我也明明白白地告诉你,我早就喜欢杜志民,从心里喜欢。可以前杜志民跟冯新柳好,我咋喜欢也不能往里插杠子,咱宁可在家里当一辈子老姑娘也不能干那种缺德事,你说对不?可眼下冯新柳不想跟杜志民好了,那还不许我跟他好啊?我有追求爱情的权利吧?我和杜志民一个大丫(大姑娘),一个大小(小伙子),还都没结

婚,光杆溜直的一个人,好和不好都不犯法吧?也没违背厂纪厂规吧?"

我无言以对,闷了半天,才说:"这个事……不是还牵扯进别人嘛。靳勇是多好的一个人……"

林悦立刻打断我:"我说靳勇不好了吗?世界上的好人多了,我看你也挺好的,我还能见谁好就跟谁搞对象啊?那是恋爱呀还是乱爱呀?"

我落荒而逃,再去找冯新柳。文文静静的冯新柳给我的回答却是早经过深思熟虑的绕口令:"我认为可爱的人我就去爱,我不再认为他可爱我就可以不爱,别人看他可爱尽可以去爱,他看别人可爱也尽可去爱别人,我无权干涉他,他无权干涉我,我也无权去干涉别的什么人。这就是我的态度,我不想多作解释,行吗?"

每句话都似有所针对,每句话又都显得很虚飘。我想再多谈一些,冯新柳却金口难开,再不说话。我起身离去时,她将我送到工具室门口,我忍了又忍,还是把憋在心里好久的那句话说了出来:"厂门外常来接你的那个人除了爹是官,从哪儿看也比不上小杜,你可要顾及一下你在工友们眼中的形象啊。"

冯新柳脸白了白,终于喃喃地又嘀咕了一句,"人各有志,爱无定则,谁愿咋想咋想吧。"

这是一句颇含玄而论道味道的话,竟让我琢磨了许多年。

我再找靳勇。他的深不可测无疑将是我的"摩挲"工作中最大的难点,也是重点,只要他不主动滋事扩大事端,其实一切也就可以顺其自然了。我开宗明义,强调他必须冷静,女孩不再喜欢你,或者别人争取去了你所爱女孩的芳心,都是未婚男女中很自然很平常的事情,不为恋人,还可以是好朋友好同志,只是不能成仇人;再说,天涯何处无芳草,强扭的瓜不甜,你这么优秀的青年,还愁找不到一个倾心陪伴你一生的人吗?我又进一步筑堤疏导,信誓旦旦地为他打保票,说只要你信得过我,这事包在我身上,我一定尽快帮你物色一位让你可心的人。这番话是我酝酿再三精心准备的,惜语如金的靳勇果然给我的是百慕大一样的神秘淡笑和承诺,"出水才见两脚泥呢,我又不是普希金。"

"我不是普希金"的承诺让我躁心少安,也多少给了我一点成功感。靳勇指的是不会去学普希金为恋情决斗,而绝不是普希金的吟哦爱情。剩下的最后一个谈话对象因为和我一样,都是在车间办公室常走动的人,彼此日常交往要比那几人多得多，因此说起话来就更少些顾忌。我问杜志民，到底因为什么跟小冯闹得这么僵？杜志民沉吟了一下，给我交了底儿："她让我复习功课去考大学。"

往事叙述到这里，我需要交代一下此事发生的具体时间了。这是1978年的春天。数月前的1977年秋季，国家恢复高考，我们车间近百号年轻人竟然只有冯新柳一人进了考场，是静悄悄一个人去的，也是静悄悄无波无澜的结果。我们那茬胸无点墨的年轻人缺的是自信，多的却是已捧了国营企业铁饭碗的满足，须知有多少同龄人还在山野间撸锄杠呢，扔了工资去念"知识越多越反动"的书，丢下领导阶级的高贵去当什么三孙子样的"臭老九"，没路可走的人才会作出那种傻透了腔的选择。我想了想说，你不想考，可以慢慢跟她解释，何必搞得阶级敌人似的？杜志民说，"可她非让我考，说我的底子比她厚，脑子也比她好，现在就抓紧复习，或许会有一拼的。"我说，她是好意，也不无道理，你现在当的这个技术员凭的全是摆弄床子的实践经验，缺的正是书本功底，进校门学几年，可就老虎长膀儿，没谁可比了。杜志民犹豫了一阵说，"可我……另有棋路。"我追问，什么棋路？杜志民说，"我先不跟你说，过一阵你也许会明白。"我说，你不跟我说，却总得跟小冯说，让她理解你。杜志民说，"我跟她说了，可她不光不理解，反倒越发逼我，逼到后来，就把什么话都说了出来。"我问，她说什么？杜志民说，"她说她是文盲，却不能再嫁给一个文盲，真要非嫁文盲不可，厂门外守着的还有一个能当几年势的爹呢。"我怔了一下，说这可不像冯新柳说的话。杜志民两眼逼射出愤恼的光，"可她不光说了，还做了！"我问，她做了什么？杜志民说，"她去跟那个官犊子看了电影！"我问，你不要道听途说，亲眼见了？杜志民点头，"亲眼见了。那天我去她家找她，是她妈吭吭哧哧想说又不想说地告诉我是叫人找出去看电影了。我看她妈的神色不对，就追到了电影院，买不到票，进不去，我在外面傻等，散场时，果然看到她跟在那个肉滚子后面走了出来。"

我无言了。时光倒退二十多年，北方中等城市的男女交往还有着太多的清规戒律，未婚男女双双出入影剧院，绝对是一种象征和表示。我沉默了好一阵，才说，你就这么服输了？你主动一些，以小冯对你这些年的了解，刚浇进槽子的铁水怎么就算定了型？定型了也可再回炉。要像眼下这样死绷着，我倒真担心你会把小冯推到那小子家里去。杜志民听了我的话竟冷笑："她以为她是谁？她以为没了她我杜志民就是打光棍的命了？她把自己当嫦娥，那我另找一个比嫦娥更知我爱我的人行不？哼，孔老二都说，'唯女子与小人难养，近之则不逊，远之则怨。'这种事，越上赶着（主动）越没戏！"

肚里的墨水并不比我多多少的杜志民当年能引用孔夫子如上的论述，实在是批林批孔的普及结果，青工们常挂在嘴上的还有"克己复礼，惟此为大"及"天马行空，独往独来"之类。种瓜得豆，多英明伟大的人物也始料不及啊。

杜志民的骄傲是身边众多倾慕他的女工们惯的、宠的。一群小母鸡围着一只大公鸡转，大公鸡便会高昂着头，走路都迈方步。我知道在这样的问题上很难说服他，杜志民是个很有主见也有些固执的人，在车间的年轻人中，我的影响力和号召力是远比不上他的。

这一轮谈话虽说并没摩挲熨帖什么，但也没算彻底白谈，起码我知道了靳勇不会找杜志民拼命。我把谈话的情况原原本本地汇报给许主任，许殿元闷头抽了好半天烟，最后给我的指示是，这几个人的事你还是多留心，常摩挲，千万不能给我鼓包！

杜志民说的"另有棋路"很快见了分晓。厂里开大会，宣布许殿元提升为副厂长，但还兼着车间主任职务；杜志民提升为车间副主任，协助主任工作。厂里的这个安排傻子也看得明白，这是让许殿元传帮带，待杜志民的肩膀硬了能独挑大梁时，许殿元就要专心致志地去当他的副厂长，车间主任一职也就顺理成章地落在了杜志民头上。工友们在对杜志民表示祝贺之余，也不由发出多样的感慨，其中最主要的说法是说冯新柳眼力不行，眼见杜志民要有进步，却甩了金刚钻另捡铸铁疙瘩，那个地滚子除了爹的牌硬，还有什么？又说林悦有福，敢想也敢做，冯新柳刚腾出窝儿人家就一屁股占了去，这回还不让冯新柳悔青了肠子！

但让人做梦也没想到的是，杜志民在副主任的交椅上还没坐几天，人们对他的眼神就怪怪的了。他往下分派任务，班组长们推三诿四故意找茬儿刁难，他的口气若重一点，声调高一点，班组长们便跳着脚地跟他吵，五个班组长已吵了四个，非得许殿元出面说句话，那任务才算分派得下去，困难也不再成其困难。如是三番，许殿元觉得奇怪，又对我密下旨意，"下去摸摸底，咋光溜溜的锄杠还出了杈？"我去找人聊，没想只要一提到杜志民，对方立时瞪眼，且一个个眼珠子都瞪得钢球子似的。"不就是他一个人能耐大嘛，那就让他自个儿干！操，咱窝囊废，笨，没咱地球照样转，没他地球就转不了，那咱就看他咋转！"我说，"杜志民不没说你啥吗？"对方又瞪眼，"那还想说啥？他说我连图纸都看不明白，有活只知自己傻干，调派不开人。"我说，"你别听风就是雨，他当面对你说啦？"对方说，"他要当面说还好啦，大不了我跟他指鼻子骂骂娘。"我说，"你没亲耳听到就不要轻信，同志间互相猜疑有什么好处？"对方答，"要是冯新柳告诉你，说这些话是他们俩搞对象时杜志民说的，你信不信？"我无言了。热恋中的人倒是什么话都可能信口说出来，可冯新柳能这样随意往外传吗？即使是对象黄了，也犯不上变友为敌，况且又是你主动背弃的人家。难道是看小杜有了进步，就妒意大发，这样贬损人家？文文静静的冯新柳不像是这样人啊！

可这样聊过几个人，答话竟是如出一辙，都说是听杜志民在背后讲了谁谁的什么坏话，来源也都是出自冯新柳之口，所不同的就是那些坏话各有不同，有说某某好色手脚不老实，干活时好往女工身边凑，还故意摸摸碰碰的；有说某某好贪小便宜，连车废的铜活都偷着往厂外带卖废品换零钱花的；又说某某好溜须，星期天跑到许主任家打煤坯，还把媳妇带去给人家洗衣服，活的没个爷们儿样的……但细想想，这些评说又都挺有针对性，果然都是被评说者的大毛病大忌讳，只是人们平时心里有而嘴不说罢了。人们身上的有些缺点和毛病是可以当面批评或自我批评的，有些则不能，除非彼此翻了脸急了眼，才会无所不用其极地使出夺魂棒绝命枪。杜志民的评点几乎都属后一种，且都一针见血正中要害，他的"当面不说，背后乱说"的自由主义也符合他的特定身份和场景，传出来不由人们不信。

我把了解到的这些情况和自己的分析原原本本都向许殿元讲了，许殿元气得脸发青，大手指着工具室的方向，恨恨地对我说："你去跟她说，就说是我的话，让她赶快闭上她的臭嘴，别以为攀了个有权有势的老公公，就敢胡说八道乱搅泔水缸，真要把车间搞得鸡掐狗咬的，我轻饶不了她！"

我自然不能把许主任的愤恼照本实发地都讲给冯新柳，如此狠重的斥责与批评，一个年纪轻轻脸皮薄薄的女孩子怕是很难承受得起的。没想我委委婉婉地刚把意思说出来，冯新柳先是脸色一白，旋而竟是淡淡一笑，说：

"我承认，那些话确实都是我说出去的。杜志民还说过你呢，想不想听？"

"你看你看……"我大窘，竟一时不知怎么对答。

"他说你是个传声筒跟屁虫，年轻轻的要是总没个自己的主见，怕是终难成

大事有多大的造化。"

我的脸腾地烧起来，为那一声"传声筒跟屁虫"。我稳稳神，忙顾左右而言他："小冯，搞对象或成或黄，都属正常。你这样就不好了，其实你说了大家也未必信，还显得你……很那个。"

冯新柳又一笑："哪个？哼，那个就那个呗。不信？那咱们可以当面鼓，对面锣，我不信他杜志民男子汉大丈夫敢不认账！"

我只好拿许殿元的话压她了："许厂长对这事很生气，我就是来……"

冯新柳打断我的话："许殿元多什么？他以为背后就没人敢说他呀？杜志民说他……"

我惶惶然急起身拔腿就走。冯新柳这是鬼迷心窍，疯了，认准一条道要把杜志民往屎坑里整啦！至于杜志民如何贬损许厂长的话，我可不要听，她说给我就可能再说给别人，传出去我先有了恶意传播扩散之嫌，她想说就直接跟许殿元或别人说去吧。

又过了两天，终于有人按捺不住，一马出阵冲到工具室门外为杜志民打起抱不平。直性子的林悦手抓一块铁块子，把紧闭的工具室的铁门擂鼓一样敲打得咚咚山响，可着响脆的大嗓门喊："冯新柳，你要还有张人的脸皮就把门打开！你损不损？人家杜志民咋地了你？你出来跟大伙当面说说！你不就是攀上了个狗屁局长当老公公吗？你这辈子嫁个汉子是地缸肉滚子，你生个崽子也是地缸肉滚子，还没长屁眼三条腿！恶有恶报，人不报天报，你损到家了，你损吧！"

正是清晨上班点名派工刚结束，车间里人最全的时候，冯新柳一退回工具室，林悦就紧追了过去。人们都真真切切地听到看到了这一幕，可人们都绷着脸，谁也不说什么，也没人上前劝阻。我看闹得实在不像话，要上前制止，没想被旁边的许殿元扯了一下胳膊，小声对我说，回车间办公室，有点事得抓紧合计合计。我看许殿元铁板一样阴沉的脸，只好什么也不说了。

紧接着，我发现许殿元对杜志民的态度也陡然发生了一百八十度的大转弯，杜志民再来找他诉说委屈说任务不好往下派时，他便酸溜溜地说，我个大老粗，充其量也就是农村大队书记的水平，我能有啥招儿？还是你后生可畏大有作为，你就着量办去吧！杜志民红涨着脸，低声说，许厂长，我年轻气盛不懂事，可能顺嘴瞎嘞嘞说过一些轻狂的话，你……大人别记小人过。许殿元仍不开面，拂袖转身而去，扔下个杜志民低垂着头，那神情顿觉低矮委顿了许多。我猜冯新柳还是把杜志民背后评说许殿元的话传了出来，杜志民被整成镜子前的猪八戒，里外不是人，怕是难在车间立足了。

果然不久杜志民就主动向厂里递交了辞去车间副主任的请求，厂里看他确实难以开展工作，许殿元也不再尽力保举，就把他调出车间，安排到厂材料科当了管库员，活计挺轻闲，整天跟不会说话没有思维的钢材木料打交道，也很少接触人，倒正将就了他眼下的处境。又过了不久，冯新柳也调到市里的另一家工厂当了会计，听说是那个没过门的老公公亲自做的安排。走的那天，冯新柳静静地收拾了工具室，把大铁锁悬挂在门把上，然后提着自己的那点东西孤零零地向车间大门口走去。没人话别，也没人相送，人们站在自己的机床前，远远地望着她，目光都很冷漠。我本想上前说几句道别珍重的话，可看看许殿元铸铁一样冰冷的脸色，终是没有抬起脚。冯新柳却是一副很平静坦然的样子，只是经过林悦车床旁的时候，似犹豫了一下，然后径直走向林悦。我的心陡然紧张起来，只怕她临走临走，再跟林悦吵骂上几句。没想她竟深深地对林悦鞠了一躬，然后什么话也没说，就离开了，弄得直性子的林悦也干瞪了两只枣眼不知如何是好。冯新柳直到走到车间大门口时，才猛地捂住嘴巴疾步而去，从此再没回过车间，也没找工友们玩过。那一刻，我心里酸酸的，许多女工的眼圈都红了，男工们则沉着脸，好半天谁也不说话。林悦后来说，要不是那天冯新柳当众给我行了那么大的一个礼，我真想在她走出大门时放开嗓子噢噢两声，算作送瘟神呢。

过了两月，我调到厂政工部，跟车间里的工友们虽然不再朝夕相处，但对发生在那里的事情也还是难释心中的关切与热情。听说林悦每天中午，仍是端着饭盒跑到工厂库房去陪杜志民说话吃饭；听说靳勇也仍是独行大侠，谁给他介绍对象也不应，对厂里所有的姑娘也都是铁板一块，冷冰冰的不献丝毫殷勤，却对林悦一如既往，赶上林悦下夜班，还是骑车远远跟在后面，直到林悦进了家门。听说有一次林悦返身对他说，我长的是颗贼胆子，啥也不怕，不用送，今后你不要再废这瞎劲了。靳勇答说，我谁也没送，我就爱这么走夜路。林悦说，你愿走走别的道去！靳勇说，你别这么霸道好不好，交通局长也管不了这么宽。气得林悦无话可说。

这年夏天，一纸录取通知书惊动了全厂，杜志民考取了天津大学，全国重点啊，机床自动化专业又很适合他。临去报到前，他和林悦举行了婚礼，我也去车间跟大家一块抢了喜糖吃。我逗他，忙什么嘛，像这样连蜜月都没过上几天，甜嘴巴舌的，还不如等放了寒假再办喜事呢。骄傲的杜志民说，我就让某些人看看，我杜志民还是杜志民，"打不死的吴琼花还活在人间"，不负我者我绝不负她，负我之人就让她吃后悔药去吧！谁都听得出这话里的具体指向，不少人口嚼喜糖跟着哈哈大笑。

不久，听说冯新柳和那个局长公子也成婚了，但她没邀车间里的任何领导和工友，也没人去恭贺。想来，局长大人家办喜事，本也不在乎这些满身铁锈油污的大老粗去不去捧场，还可能以无胜有呢。

再后来，我调报社工作，整日忙于采访和写稿，倏忽之间，二十余年弹指一挥。我很少再回厂里去，和工友们的接触也日渐少了，有时在街上偶尔相遇，见彼此鬓角都有了丝丝白发，不由慨叹岁月的无情。问些旧友们的情况，答说杜志民大学毕业后分配到市里的一家电子研究所，专事机床微机控制研究，"人家可了不得，眼下可是大把儿啦！听说在省里都有一号，来厂时厂长亲自远接近送，大老远的就伸胳膊！"杜志民的情况我知道，还写过他的人物专访，他现在是机床自动化方面的专家，出国参加过学术交流，研究成果在国内得过奖，奖状和奖章塞了家里好几抽屉，书橱里还摆放着享受国务院特殊津贴的大红证书。林悦自不必问，有这样丈夫的家庭主妇还能不幸福吗！再问靳勇，虽早当上了车间主任，竟仍是光棍一条，不肯娶亲成家。凡是提起他的人都立时压低了声音，挺神秘地对我说，他到现在对林悦也没死心，赶上林悦下夜班，仍是远远地跟在后面，晌午取饭盒，也总是只把林悦的带回来。我惊诧地问，那林悦是个什么态度？对话者摇头，说山高雾厚，整不明白，听说杜志民早想把她往研究所调调，干点适合她的科室工作，她却不肯去，说一辈子就愿当这工人。她当着大家的面羞臊过靳勇，靳勇不恼不急，一笑了之；她还亲自给靳勇介绍过对象，靳勇也都当了耳旁风，不应不答，弄得满车间的人都觉得这两人是个谜呢。

前些日子，突然听说杜志民和林悦离婚了，我大惊，也大惑，怎么大晴的天，也没刮风涌云的，就咔嚓一声炸了这么大的一个响雷呢？莫不是杜志民有了功名和地位，看不起了结发之妻，也赶时髦搞起了寻花问柳那一套？林悦可是个眼里揉不得一点沙子的人啊。我压抑不住职业的好奇，当然也有对老朋友的关切，急

跑到杜志民的家,想问个究竟。没想杜志民脸上有伤感,也有释然,那一声回答更是让我做梦也没想到:

"是她提出离的。唉,离就离吧,精神上都算有个解脱,也许命里注定我们是不能白头到老的。要说原因嘛,有你能够想到的,也有你可能做梦也想不到的。先说你想得到的吧,有那个靳勇至死不娶,林悦就老觉心头压块石头,而且年头越多,她越觉对不起靳勇,难免就要有些安慰的表示,那些表示有些是没背着我的,有些则是我感觉到的,甚至有时做爱时她都走神。有一次办完那件事,她突然伏在床上哭,哭得我心烦意乱,不知所以。这样一来,我心里难免对她和靳勇有些猜忌,有时遇点啥事心里不痛快,言语中也难免有所流露,弄得我们都很痛苦。离婚前,她对我说,听说冯新柳和那个肉滚子离了,我们也离吧……"

我这一惊更是非同小可,急打断他的话:"咋,冯新柳也离婚了?"

杜志民点点头,接着说下去:"是,这就是你可能不会想到的了,我也是听林悦说才知道。我当时问她,冯新柳离婚和你有什么关系?林悦说,你这个书呆子呀,心怎么这么粗!别看那个肉滚子当年仗着有权有势的爹,眼下又当了老板花钱如流水,可小冯从没爱过他。当年她那么狠了心地贬损你,连自己的脸面人性都不顾了,甚至嫁给一个自己根本看不上的人,一切还不都是为了你!没有她那么逼你,你能下了决心扔下车间主任的小官去考大学?这一点我在她走时给我行的那个大礼时就有所察觉,她是把你拜托给我了。后来你果真高考中榜,我就更坚信不疑了。我们也都四十多岁了,古人叫啥不惑之年,这点事你咋还没品出来?我一听这话就傻了,想起当年一幕幕的情景,她真的是在一步步釜底抽薪,把我往背水一战上逼啊,不然,我怎么会舍弃热恋中的卿卿我我以及让人眼热的区区官位呢。我问林悦,这话你咋不早对我说?林悦说,我爱你,可我有私心,我怕你早醒过腔来,就会丢下我再去找冯新柳。可现在我终于想明白了,比起小冯为爱你所做出的近乎一辈子的牺牲,我的这点爱又算得什么?我们分手吧,你们日后的恩爱和幸福一定会更山高海阔,刻骨铭心。你也不用不放心我,到了这个年纪,我不求大富大贵,只求个心里平和。靳勇真要当了一辈子的老孤雁,我怕至死也难除这块心病啊!你听听她的这些话,我还能再拦着不让她走出这个家门吗?"

我心里翻搅起五味的海浪,说不出是感动,还是惊罕。我的这些昔日的老友,这些粗憨爽直的工人弟兄姐妹啊，原来在他们的情感世界里还有如此丰富而复杂的内容！我当年的那些自以为是的"摩挲"可都是些啥呀？

我问："这么说，你和冯新柳重归旧好再续良缘已是指日可待，我该表示衷心的祝贺了。你去找过小冯了吗？"

杜志民摇摇头，苦笑说："可我怎么去面对她？是负荆请罪，还是深表谢意？如果小冯再问我为什么早不来晚不来，直到林悦离弃而去，我已是孤家寡人才想起去找她，我又如何解释？唉，一步既错，步步难走啊！"

我责怨他："哎呀呀，你们这些人啊，怎么书越念的多，越把事情想得复杂！你要是永远不去找她把话说开，这份遗憾岂不一辈子都要存在下去？"

杜志民说："既是老朋友们，我跟你实话实说，我也不是什么努力都没做，我已给她写过一封信，介绍了我眼下的情况，也表示了对她的关切，信上还留了我的电话号码，权且作为一种投石问路的试探吧。可信发出去，就石沉大海，她没给我一点回音。你说，可让我怎么办才好啊？"

我想了想，说："这事你就交给我好了，当年我稀里糊涂没把事情摩挲平顺，这回我就再去当一回'摩挲大将军'。你就等着我的好消息吧。"

可此番自以为会马到成功的"摩挲"并没我想象的那般顺利。我先去了冯新柳的工厂，见大门紧闭，厂区冷清，才知这个厂子早已停产放了长假。问门卫师傅，答说认识冯新柳这个人，可放假后去了哪里就说不清楚了。我不甘心，守在大门口好长时间，才又等来两位女工。女工说，你问冯新柳啊？这个人才说不好是尖是傻呢，厂里都快两年一分钱不给开了，她还闹什么离婚！就是那小子有俩臭钱在外面包养二奶，离婚的话也得让他先说出口。这可好，自个儿先挟了两件旧衣服净身出户了，气得我们都跟着肝疼肺胀心里憋屈！我问冯新柳现在住在哪里，答说净身出户还能去哪里，回娘家了呗。她娘家在哪儿住可说不准，我们只知道她原来的家是二百来平的越层楼，装修得宾馆似的，那个阔呀！哼，换了我，死了也不能给臭婊子腾出那个窝儿！

我依着多年前的记忆又去找冯新柳的娘家，可那一带早已动迁，取而代之的是一片高楼，楼房里的人关进铁门成一统，问过几个人都把脑袋摇成拨浪鼓。我这个追惯了新闻线索的人竟一时没辙了。

我和冯新柳的邂逅是在夜市上，距离我跟杜志民夸下海口已有两三个月的时间了。今夏酷热，入夜时分屋里待不住人，妻子逼我陪她去逛夜市。就是在那繁杂哄闹的人群中，妻子蹲到一个卖夏令用品的小摊前讨起价来，她看中的是一种竹编的凉枕。我本已走出好远，突然发觉身边少了人，回身去找时，才又惊又喜地发现与妻子对话的正是我已寻觅了两个多月的冯新柳。夜街昏黄的灯光下，冯新柳的模样并没有多大变化，白皙的面庞上只是多了些细密的皱纹，神态也仍是那般文静平和，面对妻子执着而认真的讨价，她并不多说什么，只是微笑地摇头或点头。刚才她要是像其他小贩那样大声招揽，也许我早就会注意到她了。

我蹲到跟前去，问："小冯，还认识我吗？"

冯新柳也现出了意外的惊喜："哟，当年的团支书，今天的名记者嘛，'摩挲'了我们好几年的人怎么会不记得！"

我说："你呀你呀，可让我找得好苦！"

冯新柳怔了怔："你找我干什么？"

我说："你还不知道啊，杜志民大梦初醒，把肠子都悔青啦，只觉没脸再面对你。我找你就是想早点喝到你们两人的喜酒，这可是耽搁了二十多年的喜事呀！"

我万没想到冯新柳竟只是苦苦地一笑："杜志民的信我收到了，他的意思我懂。有些话，我只想烂在肚里算了，多苦的后悔药也自己咽吧。可你真心实意地为他来找我，这些话我再不明明白白地告诉你，就太对不起老朋友了。其实，真觉得没有脸面面对过去的，不该是他，而应是我……"

我怔了："小冯，我……不明白，你这话是什么意思？"

冯新柳眼里渐渐漩满了泪水："林悦真是个太善良的人啦，哦对了，善良的还有杜志民和你，你们不该用自己的善良理解另一种人的无耻和自私。杜志民能有后来的一步步进步和发展，如果说有我的一点影响和作用的话，那也是客观情势使然，并不是我什么深谋远虑的本意。我这人年轻时心是挺高，可也只是盼着能过上富贵一些的日子。杜志民当工人也好，当车间主任也好，这份富贵他都不会给我，可当年死追着我不放的那位却能够给我，他带我到他家看过，那时他家就已有了三室一厅的楼房，他爸爸还许诺帮我调转一个适合女孩子的工作，可当时杜志民的家还住在干打垒的工人住宅区。我为那些虚浮却实惠的东西动心了。可我又希望这一切若是杜志民给我多好，那他只有考上大学，学而优则仕，当了官才能满足我的这份企盼。可当时杜志民又不肯答应我去考大学,在两者之间,我选择了实惠。这一辈子,许多人夸我精明高傲,可精明人却做出了人生中最大的傻事,高傲的人也做出了最没价值的选择。这一点,我除了悔,就是愧,特别是近几年,我嫁给的那个花花公子,越来越让我懂得了人生最可宝贵的东西是什么,我却把最应珍惜的丢掉了,你让我还有什么脸面去面对杜志民和林悦?他们越善良,我就越羞愧难当啊!"

我傻了,死盯着她潸潸淋落的泪水:"不,不应是这样,你还是没跟我说真话。你离开车间时还给林悦深鞠了一躬;你如果不是刻意逼杜志民考大学,也不会故意在车间里散布那些损他坏他的闲话,如果真是你负他而非他甩你,这不符合情理!"

冯新柳擦了擦脸颊上的泪水:"不错,正是因为我深觉愧对杜志民,我才在离开车间时有了那个举动,算是把我深觉愧对的杜志民拜托给林悦,以求心理的一点平衡吧。至于散布闲话,那更是让我一辈子都瞧不起自己的事,不仅愧对杜志民,连车间的所有工友都无颜再见了。我答应割断与杜志民的关系而与那个恶少建立恋爱关系后,那个恶人怕我和杜志民的旧情不断,就想出了这么一个又毒又狠的主意,我鬼迷心窍,又想取信于他,就照他的话做了。善恶有报,这是天道。我走到今天这一步,全是咎由自取,活该!这些话你可以转告给杜志民,只求他别再恨我,我就心满意足了。朋友们也不必为我担心,我现在挺好,这年月,只要肯吃苦下力,吃穿是不愁的。我不想再奢求什么富贵,如果真有上帝或佛祖,能宽恕我以前的过错,我已是很知足了。"

我怔怔地望着复又平和下来的冯新柳,好半天说不出话。她信命信佛信上帝了吗?她真就这样一辈子自虐赎罪一样地生活下去吗?她如此坦陈心境,考问自己,忏悔昔日,我是该赞扬还是责怪她呢?

冯新柳又淡淡一笑:"老朋友既有'摩挲'的热心,就再去找找杜志民和林悦,好好说和说和,帮助他们早日破镜重圆吧。靳勇并没打算和林悦结婚,他已经走了,独自去南方闯天下了。林悦还是深爱着杜志民的,再说他们还有孩子,复了婚,仍是一个很美满的家庭。"

这有点像天方夜谭!我问:"怎么可能?"

冯新柳问:"你是说什么不可能?"

"我是说靳勇……"

"男人为了赌气,可能把什么都豁出来,什么事也都做得出来。"

"车间里的事,原来你什么都知道!"

"一颗心真要扎在了那儿,自己想带走都难啊。"

"可我……怎么向杜志民说呢?"

"真心实意地祝福他吧,请他一定要好好待林悦。任何一个女人,在情感的磨难中挣扎二十年,都很不容易,杜志民应该理解她的。"

一切果然如冯新柳所言。我很快听说,靳勇得知林悦和杜志民离婚后,就在酒店里请了车间里的许多人,却独独没有请林悦。酒桌上,靳勇对大家说,南方的一家私营企业早在聘请我,我就此跟诸位告别。至于爱情,我这人早已心死。我用了二十年的时间,能和各方面都比我出色许多的杜志民打个平手,出水见了两脚泥,已是意得志满。林悦本来已有一个很美满幸福的家,我不想做破坏别人家庭的罪人,等她和杜志民复婚时,请诸位代我敬上一杯祝福的酒吧!至于二十年来我为赌这口气所做的一切,可能有人称赞,也可能有人咒骂,多数人是不会理解的,我不想多作解释了。人活一口气,佛争一炷香,仅此而已。大家举杯,喝酒吧。

那一天,靳勇大醉而归。听说很多人都喝醉了,或哭或笑,万千感叹,我不再赘述也罢。

这个爱情故事说到这里似乎应该画上一个句号了,但杜志民和林悦真的还会重新走到一起吗?林悦将怎样走回她已断然离去的家门?心高气傲的杜志民又是否能坦然地面对远走他乡的靳勇和他一比一的平局?我的这一双笨拙的手,即使能摩挲得平陡伏的山峦和汹涌的波涛,也难摩挲平这人世间高深莫测的情感沟壑啊……

上　边

王祥夫

　　外边来的人，怎么说呢？都觉得上边真是个好地方，都觉得上边的人搬到下边去住是不可思议？这么一来呢，就显出刘子瑞和他女人的与众不同，别人都搬下去了，上边，就只剩了刘家老两口，好像是，他们是留下来专门看守上边的空房的。人们都知道，房子这种东西就是要人住才行，一旦没人住就会很快破败下来。一开始，人们搬下去了，但还是舍不得上边的房子，门啦窗子啦都用石头堵了，那时候，搬下去的人们还经常回来看看，人和房子原是有感情的。后来，那房子便在人们的眼里一点点破败掉，先是房顶漏了，漏出了窟窿。但是呢，既然不再住人，漏就漏吧，结果那窟窿就越漏越大，到后来，那房顶就会慢慢塌掉。人们一开始还上来得勤一点，到了后来，下边的活计也忙，人们就很少上来了。有些人家，虽然搬下去了，但上边还有一些碎地，零零星星的碎地，一开始还上来种，到了后来，连那零零星星的碎地也不上来种了。这样一来呢，上边就更寂寞了，人们倒要奇怪老刘家怎么不搬下去？外边的人来了，就更是觉得奇怪。村子破败了，味道却出来了，好像是，上边的村子要是不破败倒没了味道，破败了才好看，而这好看的破败和荒凉之中却让人意外地发现还有户人家在这里生活着，却又是两个老人。这就让这上边的村子有了一种神秘感，好像是，老刘家真是与众不同了。这倒不单单因为老刘家的儿子在太原工作。

　　人们把这个村子叫"上边"，因为它在山上，村子的后边也就是西北边还是山，山后边呢，自然还是山。因为是在山里，房子便都是石头盖的，石头是那种白色的，给太阳晒得晃眼。村子里的道路原是曲曲弯弯的，曲曲弯弯的道路也是石头铺的，是那种圆石头，起起伏伏地铺过来铺过去，道路两边便是人家。人家的墙也是石头砌的，高高低低的石头墙里或是一株树，或是刘子瑞今年种的玉米，今年的雨水又勤，那玉米就长得比往年格外好，绿得发黑，年轻力壮的样子。既然人们都不要那院子了，老刘便在那荒败的院子里都种上了庄稼，这样可以少走一些路，村子外的地就可以少种一些。老刘的院子呢，在一进村不远的地方，一进去，左手边是三间矮房，窗台下就是鸡窝。右手边是一间牲口棚，那头驴在里边站着，嘴却在永远不停地动。驴棚的顶子上晒满了玉米，紧靠着牲口棚是一间放杂物的小房，房顶上堆满了谷草，房子里是那条狗，来人会扑出来，却给铁链子拴着。因为给铁链子拴着就更愤怒了，不停在叫，不停在叫，也不知是想咬人一口还是想让人把它给放开。而那些鸡却不怕它，照样在它的身边寻寻觅觅，有时候呢，还会感情暧昧地轻轻啄一下狗，亲昵中有些巴结的意思，又好像还有些安慰的意思在里边。老刘家养了一院子的鸡，那些鸡便在院子里到处刨食，这里刨一个坑，那里刨一个坑，坑里有什么呢？真是让人莫名其妙。有两只鸡不知是老了还是得了什么病，最近毛都脱光了，露出红红的鸡皮，好像是，鸡也知道好看难看，别的鸡也许是嫌这两只鸡太难看，便不停地去啄它们，你啄一下，我啄一下，这两只鸡身上的毛便更少了。鸡这种东西，原来都是势利眼，刘子瑞的女人把玉米往院子里一撒一撒，这就是在喂鸡了，而那些鸡却偏偏不让这两只脱了毛的鸡吃食，只要这两只鸡一表现出要吃食的欲望，别的鸡就舍弃了吃食而对这两只鸡群起而攻之。有时候，这两只鸡简直就给啄晕了，就缩在土坑里，闭着眼，像是死了，却是活着。等别的鸡吃完了，这两只鸡才敢慢慢慢慢站起来，脱了毛的鸡真是难看，红红的，腿又是出奇地长，每迈一步都很夸张的样子，啄食的时候，要比别的鸡慢好几拍，好像是，那只是一种试探，看看别的鸡是不是同意自己这么做。这也是一种日子。

日子呢，是什么意思？仔细想想，倒要让人不明白了。比如就这个刘子瑞，天亮了，出去了，去弄庄稼去了，他女人呢，踮着小脚去喂驴，然后是喂鸡，然后呢，喂那条狗。日头高起来的时候又该做饭了，刘子瑞女人便又踮着小脚去弄了柴火，把灶火点着了，然后呢，去洗山药了，洗好了山药，那锅里的水也开了，便下了米。锅里的水刚好把米埋住，这你就会明白刘子瑞女人是要做稠粥了。水开了后，那米便被煮胀了，水不见了，锅里只有"咕咕嘟嘟"的米，这时候刘子瑞的女人便把切好的山药片子一片一片放在了米上，然后盖了锅盖。然后呢，便又去捞来一块老腌菜，在那里"嚓嚓嚓嚓，嚓嚓嚓嚓"地切。然后呢，再用水淘一淘，然后呢，往老腌菜丝里倒一点点麻油。这样呢，饭就快要做好了。饭做好的时候，刘子瑞的女人便会出去一回回地看，看一回，再看一回，站在院子的门口朝东边看，因为刘子瑞总是从那边上来。她在这院门口简直就是看了一辈子，从前呢，是看儿子回来，现在呢，只有看自己的男人。有时候，连她自己都觉得自己有些奇怪，为什么不搬到下边去住？好像是，她怕这个她住了一辈子的村子寂寞，她对村子里的一草一木太熟悉了。要是自己走了呢，她常常问自己，那庄稼，那树，那鸽子该怎么办？要是儿子一下子从太原回来呢？怎么办？她这么一想的时候，就好像已经看到了院子里长了草，房顶上长了草，好像是，都已经看到了儿子站在院门口失望的样子。儿子已经有好长时间没回来过了。好像是，她现在已经习惯了。

当时，下村的刘泽祖就是从东边的那条路把儿子给他送来的。儿子当时才六岁，看上去呢，像是三四岁，太瘦太小。村里的人都说怕这孩子不好活，说不要也罢。刘泽祖呢，说这孩子也不知是哪里的，在麻镇走来走去跟个狗似的已经有一个多月了，又不是麻镇上的人。镇上的人说天也要冷了别把这孩子冻死，谁家没孩子就把他领走也算是做了件好事。刘泽祖当时正在镇里开村干会，就把这孩子给刘子瑞背了回来。这都是多会儿的事情了。人们都知道刘子瑞的女人不会生孩子，她是三十岁上抱的这孩子，这孩子来刘子瑞家的时候已经六岁，这孩子叫什么？叫刘拴柱，意思全在名字里了，是刘子瑞和他女人的意思。这孩子也真是争气，上学念书都好。在上边村住，要念书就要到下边去，多少个日子，树叶子一样，原是算不清的，刘子瑞的女人总是背了这个拴柱往下边村送，刘子瑞的女人偏又是小脚，背着孩子，那路怎么好走？下坡，叉着腿，一步一步。一年级，两年级，三年级就是这样过来的，天天都要送下去，放学的时候，还要再下去，再把拴柱背回来，一直到上四年级那年冬天，是刘子瑞女人大病了一场，山里雪又大，刘子瑞又正在修干渠，刘子瑞的女人才不再接送这个孩子。人们都说生的不如养的亲，这话什么意思呢？刘子瑞的女人再清楚不过，亲就是牵肠挂肚。比如，一到拴柱下学的时候，刘子瑞的女人就坐不住了，要到院子外去等，等过了时候，她便会朝外走，走到村巷外边去，再走，走到下边的那棵大树那边。再走，就走到村外了。那小小的影子呢，便也在远远的地方出现了，一点一点大起来也就走近了。日子呢，也就这样不知不觉地过去又过来。就是现在，天下雪了，刘子瑞女人就会想儿子那边冷不冷。刮风呢，刘子瑞女人就又会想儿子那边是不是也在刮风。儿子上中学时的笔记本子，现在还在柜顶上放着。柜顶上还有一个铁壳子闹钟，现在已经不走了，闹钟是儿子上学时买的。闹钟上边是两个镜框，里边是照片，儿子从小到大的笑都收在那里边。镜框里边还有儿子同学的照片，还有儿子老师的照片，还有儿子搞过的一个对象，后来吹了，那照片却还在那里。刘子瑞的女人有时候还会想：这姑娘现在结了婚没？还有，一张请帖，红红的，什么事？请谁呢？刘子瑞女人亦是不知道，总之是儿子拿回来的，现在，也在镜框里。

玉米是个好东西，玉米可以煮上吃的时候也就是说快到秋天了。今年上边的玉米长得出奇的好。玉米棒子，怎么说呢，用刘子瑞的话说"长得真像是驴球！"刘子瑞上县城卖了一回驴球样的玉米，他还想再去多卖几回，他发愁地里的玉米怎么收？收回来怎么放？房顶上都堆满了，总不能让玉米在地里待着。偏巧呢，天又下开了雨，而且是下个不停。屋子又开始漏了。刘子瑞上了一回房，又上了一回，用塑料布把房子苫了一回，但房子还是漏。刘子瑞女人把柴火抱到了东屋里，东屋的炕上摊了些粮食，炕着。东屋也漏，炕上便也放几个盆子。刘子瑞的女人时不时要去倒那盆里的水，端着盆，叉着腿，一下，一下，慢慢出去，院子里简直就都是稀泥。那些鸡算是倒了霉，在驴圈门口缩着发愁，半闭着眼，阴阳怪气的样子。那两只脱毛鸡好像要把头和翅子都重新缩回到肚子里去，或者是，想再缩回到一个蛋壳里去，只是，现在没那么大的蛋壳。刘子瑞的女人把盆子里的水一盆一盆都倒在院子外边去。院子外边的村道是个斜坡，朝东边下去，道上的石头都给雨淋得亮光光的，再下去就是一个小场面，刘子瑞现在就在那小场面上收拾庄稼，场面上那个黑石头小碌碡在雨里黑得发亮。雨下了几天呢？足足下了两天，地里的玉米长得实在是太高了，雨下得地里的玉米东倒西歪，像是喝醉了。玉米棒子太大了，一个一个都驴球样垂了下来。雨下了两天，然后是暴太阳，这才叫热，房顶、院子、地里和远远近近的地方都冒着腾腾的蒸汽，像是蒸锅，只不过人们都把这种汽叫作雾。太阳也许是太足了，又过了几天，地就全干了。

上边村的地是那种细泥土，那土简直要比最细的箩筛出的莜面还要细，光脚踩上去那才叫舒服。院子里，鸡又活了，又都东风压倒西风地互相啄来啄去。鸡的爪子，就像是一把把小耙子，不停地耙，不停地耙，把院子里的土耙得不能再松，土耙松了，鸡就要在土里洗澡了：土是那么的干爽，那么的细粉，热乎乎的，鸡们是高兴的，爪子把土刨起多高，然后是翅子把土扬起来，扬起来，身子一紧，接着是一抖，又一紧，又一抖。好像是，这样还不够，鸡们有时候也是有创意的，有的鸡就飞到房上去，要在房上耙。刘子瑞的女人就不依了，骂了。房顶上能让鸡耙吗？刘子瑞的女人就一遍遍地把鸡从房顶上骂下来，那鸡竟也懂，她在那里一骂，鸡就飞到了墙头上，好像是，懂得害羞了，小冠子那个红，一抖一抖的。但鸡是没有上过学的，不懂得什么是纪律，过一会儿就又飞到了房顶上。刘子瑞的女人就又出去骂，忽然呢，她愣住了，或者，简直是吓了一跳。是谁上了房？从后边，上去了，"嗫哧、嗫哧"地赶房上的鸡，房上的鸡这下子可给吓坏了，叫着从天而降：咯咯，咯咯，咯咯咯咯。好像是在说"妈呀，妈呀，妈妈妈呀！"是谁？谁上了房，刘子瑞的女人不是用眼，是凭感觉，感觉到房上是谁了。是不是拴柱？刘子瑞的女人问了一声，声音不大，像是怕把谁吓着。房顶上的塑料布给从房后边"哗啦哗啦"扯下去了，答应的声音也跟着到了房后。是不是拴柱？刘子瑞的女人知道是谁了，但她还是又问了一句，声音不大，紧张着，好像是，怕吓着了谁。房上的塑料布子，刘子瑞早就说要扯下去了，要晒晒房皮，但刘子瑞这几天让玉米累得不行，一回来就躺在那儿了。刘子瑞女人绕到房后边去了，心是那样的跳，刘子瑞女人绕到房后去了，好像是，这又是一个梦，房后边怎么会没有人？人呢？她急了。妈你站开。儿子却又在房上说话了，他又上了房，去把压塑料布的一块青砖拿开。妈你站开。儿子又在房上说，塑料布子，从房上"哗啦"一声，落下来了。刘子瑞女人看到儿子了，叉着腿，笑着，在房上站着，穿着牛仔裤，红圆领背心。房顶上有窟窿了。儿子在房上说，弯下了腰，把一只手从那窟窿里伸进去。然后呢，儿子又从房上下来，然后呢，又上去，然后呢，又下来。儿子把一块木板补在了那窟窿上，然后又弄了些泥，把那窟窿抹平了。刘子瑞女人在下边看着房上的儿子，儿子每直一下身，每弯一下身，刘子瑞女人的嘴都要随着一张一合。儿子弄好了房上的窟窿，要从房上下来了，先探下一条腿，踩在了墙上，刘子瑞女人的嘴张开了，儿子站稳了，她的嘴就合上了。儿子又在墙上弯下身子，从墙上又探下一条腿，刘子瑞女人的嘴又张开了。刘子瑞女人站在那里给儿子使劲儿，嘴一张一合一张一合地给儿子使劲。忽然，她想起做饭了。她慌慌地去地里掰了几棒玉米，想了想，又慌慌地弄了一个倭瓜来。倭瓜硬得简直就像是一块石头，这是多么好的倭瓜，但还是给切开了，她一下一下把籽掏尽了，锅里的水也要开了。她把玉米先放在锅里，倭瓜再放在玉米的上边。锅烧开后，她又去打了一碗鸡蛋。她站在那里想了想，想哪只鸡哪只鸡该杀？鸡都在下蛋，哪只都不该杀。公鸡呢，更不该杀。刘子瑞的女人就出去了，先是去了小场面那边，探探头，那边没有刘子瑞的人影。她站在那里喊了：嘿——她喊了一声还不行，又喊了一声：嘿——她这么一喊呢，刘子瑞就从玉米地里探出头来了，他不知道自己女人喊自己做什么。嘿——刘子瑞也嘿了一声，对他女人说自己在这儿呢，有什么事，这下子，刘子瑞才知道儿子回来了，并且知道自己女人是要让自己到下边去买只鸡来，家里的鸡都下蛋呢。

　　刘子瑞便马上下去了，去了下边的村子，去买鸡，下边村子有不下蛋的鸡，他走得很急，出汗了，脸简直比下蛋鸡的脸还红，这是庄户人的脸，很好看的脸，脸上还汪着汗，在额头上的皱纹里。酒呢，还有两瓶，就不用买了。刘子瑞在心里想，还是儿子上回回来时买的。烟呢，该买一盒儿好一点的，买什么牌子的呢？刘子瑞在心里想。刘子瑞忽然觉得脚下不对劲儿了，下去的路和地里不一样，都是石头，不像地里的细土是那么让人舒服。鞋还在玉米地里呢。刘子瑞想想，还是没回去，就那么光脚去了下边。路边的玉米长得真壮，绿得发黑，一棵挨着一棵，每一棵上都吊着一两穗大得让人吃惊的棒子，真像是好后生，一伙一伙地站在那里炫耀他们的大玉米棒子。过了玉米地，又是一片高粱地，高粱也长得好，穗子头都红了，红扑扑的，好像是姑娘，挤在一起在那里站着，好像是因为她们看到了玉米地那边的大棒子，害羞了，脸红了。这他妈的真是一个好秋天。

　　雨水这东西是个怪东西，如果下足了，那简直就是对地里的庄稼的一种恩惠，长吧，长吧，使劲长吧。而且呢，雨水一足，季节也好像是给恁惠的放慢了脚步，没有那么足的雨水，地里的庄稼就会早早地黄了，没信心了，秋天也会跟上来了。

　　儿子回来了，先是在地里忙了一天，把收下的玉米十字掰开搭在树上。然后去了一趟下边，去看了看他的同学。隔一天，又把同学招了上来，来做什么？来给房子上一层泥，这么一来呢，刘子瑞这里就一下子热闹了。和刘拴柱现在是个能干的城里人一样，他的同学现在都是能干的庄稼人。以前还看不出来，现在在一起一干活就看出来了，刘子瑞的儿子干活就有些吃力了。他先是去和泥，先和大菜泥，也就是，把切成寸把长的莜麦秸和到泥里去，莜麦秸先在头天晚上用水泡软了，土也拉回来了，都堆在院子外窄窄的村道上，反正现在也没人在那村道上走来走去。刘子瑞的儿子把莜麦秸先散在土堆上，然后用耙把莜麦秸和土合起来，这是个力气活儿，规矩的做法是用脚去踩，"咕吱咕吱"地把泥和草秸硬是踩在一起。刘子瑞女人烧了水，出去看了一回儿子在那里和泥，出去看了一回还不行，又出去看了一回，好像是不放心。儿子踩泥的时候，她站在那里嘴一动一动地给儿子使劲。她看着儿子踩一回，又用耙子把泥再耙一回，把踩在下边的草秸再耙上来，然后再踩。儿子用耙子耙泥的时候，先是把耙子往泥里用力一抓，身子也就朝前弯过去，往起耙的时候，儿子的肩上的肩胛骨就一下子上去，上去，那是在使力气，肩胛骨快要并到一起的时候，耙子终于把一大团泥草耙了起来。儿子在那里每耙一下，刘子瑞的女人的嘴就要张开一回，泥草耙好一堆，她的嘴也就合上一回。她在那里看了一会儿子耙泥，然后又慌慌地回去，去端开水了。拴柱，喝口水。刘子瑞女人对儿子说。儿子呢，却说不喝不喝，现在喝什么水？我给你把水放这儿，你咋不喝点儿水？刘子瑞女人又对儿子说。不喝不喝。儿子又耙好了一堆，直了一下腰，接着又耙。你不喝一会儿又要上火了。刘子瑞女人对儿子说。不喝不喝。儿子还是说。刘子瑞的女人闻到儿子身上的汗味儿了，她对这种汗味儿是太熟悉了，这让她觉得自己又像是回到了从前的日子，这让她有些恍惚，又有些说不出的兴奋。她站在那里又看了一会儿儿子和泥。这时候有人从院子里出来了，说房上要泥呢，拴柱你和好了没？行了行了，拴柱说，连说和好了和好了，我这就来。从院子里出来的人又对刘子瑞女人说，婶子您在这儿站着做什么？待会儿小心弄您一身泥。刘子瑞女人便又慌慌地回到了院里。刘子瑞的院子里，好像是忽然有了某种欢快的气氛，这种欢快挺让刘子瑞女人激动的。那两个人在房上，是刘子瑞儿子的同学，其中一个会吹笛子，叫刘心亮。小的时候就总是和刘子瑞的儿子一起吹笛子。另一个早早结了婚，叫黄泉瑞，人就好像一下子老了许多，现在呢，好像是因为和过去的同学一起劳动又欢快了起来。刘子瑞的儿子这时拖了泥斗子过来，要在下边当小工，要一下一下把泥搭到房上去，这其实是最累的活儿。刘子瑞的女人站在那里，心疼地看着儿子。她忽然冲进屋去，手和脚都是急慌慌的样子，她去给儿子涮了一条毛巾，儿子却说现在干活儿呢，擦什么擦？儿子把一勺泥，一下子，甩到房顶上去了。给，给，刘子瑞女人要把手巾递给儿子。不擦不擦。儿子说，又把一勺泥，一下子，甩到房顶上去了。要不就喝口水？刘子瑞女人说。不喝不喝。儿子说，声音好像有些不满，又好像是不这样说话就不像是她的儿子。仔细想想，当儿子的都是这种口气，客气是对外人的，客气有时候便是一种距离。刘子瑞女人的心里呢，是欢快的，人好像也一下子年轻了。她又站在那里看了一会儿，然后，绕到后边去，看了一会儿刘子瑞在后边一点一点补墙洞。然后她合计她的饭去了。她合计好了，要炒一个鸡蛋韭菜，韭菜就在地里，还有一个拌豆腐，还有一样就是烩宽粉。肉昨天已经下去割好了，晚上已经在锅里用八角和花椒炖好了。乡下做菜总是简单，一是没那么多菜，二是为了节省些柴火。总是先炖肉，肉炖好了，别的菜就好做了，和豆腐在一起再炖就是一个肉炖豆腐，和粉条一起做就又是一个肉烩粉条子，还要有一个山药胡萝卜，也要和肉在一起炖。刘子瑞的女人在心里合计好了，再弄一大锅稀粥，等人们干完活儿就让他们先喝两盅，酒喝得差不多的时候就蒸糕。刘子瑞女人先用大锅熬粥，儿子从小就喜欢喝豆粥，她在锅里下了两种豆子：小红豆和绿豆，想了想，好像觉得这还不够，又加了一些羊眼豆，想了想，又加了些小扁豆。

给房子上泥的活不算是什么大活儿，但吃饭却晚了。好像是，这顿中午饭都快要和晚上饭挨上了。人们上完了第一层大荄泥，要等它干干，到了明天就再上一层小荄泥，等它再干干，然后还要上去再压，把半干的泥压平实了。人们现在都忙，第一天，刘子瑞儿子的那些同学帮着刘子瑞家干了一天。第二天，又上来，又帮着干了一天。晚上吃过饭，刘子瑞儿子的同学就都又下去了。第三天，是拴柱，一个人上了房，在上边仔细地压房皮，先从房顶后边，一点点一点点往前赶。头顶上的太阳真是毒，刘子瑞的女人不知什么时候，又从后边上了房，要给儿子身上披一件单布衫子。不要不要不要。儿子光着膀子说，好像有些怪她从下边上来。我要我不会下去取？谁让您爬梯子？儿子说。过不一会儿，刘子瑞女人又从后边踩梯子上来了。给你水。她给儿子端上来一缸子水。不要不要，我不渴。儿子一下一下地压着房皮。你不喝你小心上火。刘子瑞女人说。我渴我不会下去喝？谁让您爬梯子。儿子说，好像是，不高兴了。刘子瑞女人这边呢，好像是在下边怕看不清楚儿子，所以，她偏要爬那个梯子，下去了，但她马上又扒在了梯子上。

这会儿，她就站在梯子上看儿子在那里压房顶。儿子把泥铲探出去，压住，又慢慢使劲拉回来，再把泥铲探出去压住，再慢慢慢慢使劲拉回来。儿子每一使劲儿，刘子瑞的女人便把嘴张开了，到儿子把泥铲拉回来，松了劲，她也就松了劲，嘴又合上了。你喝点儿水，你不喝水上了火咋办？刘子瑞的女人又对儿子说。您下去吧，下去吧。儿子说。你喝了水我就下。刘子瑞女人说。儿子只好喝了水，然后继续压他的房皮，压过的地方简直就像是上了一道油，亮光光的。刘子瑞的女人就那么在梯子上站着，看儿子，怎么就看不够呢？

  儿子压完了房顶，又去把驴圈补了补。鸡窝呢，也给加了一层泥。儿子说，做完了这些，再把厕所修修，下午就要往回赶了。他这么一说，刘子瑞女人就又急了。急什么？她自己也说不清，其实她昨天晚上就知道儿子今天下午就要回去了。她迈出院子去，跟着儿子，好像是，怕儿子现在就走。儿子呢，昨天和黄泉瑞说好了的，要去他那里先弄一袋子水泥上来，要修修厕所了。家里的厕所不修不行了。儿子说要在走之前把厕所给再修一修。这会儿，儿子下去取水泥了。刘子瑞女人已经把鸡都圈了起来，怕它们上房，怕它们到处刨。儿子去了没有多大工夫就把水泥从下边扛了回来。沙子是早备下的，儿子现在做活儿就是麻利，很快，就把厕所给弄好了，弄了两个台，还抹得光光的。正好可以蹲在上边。儿子说可千万等干了再用，又嘱咐他妈千万要把鸡和狗都拴好了，别把刚刚弄好的水泥弄糟了。儿子又看看天，说最好是别下雨。刘子瑞女人跟在儿子后边就也看看天，也说是最好别下雨。儿子进屋去了，刘子瑞女人也忙跟着进屋。儿子说下午就要走了，再在炕上躺躺吧，城里可没有炕。儿子用手巾把脸擦了擦，又把脚擦了擦，就上了炕。刘子瑞女人知道儿子是累了，儿子上了炕，先是躺在炕头那边，躺了一会儿说是热，又挪了挪，躺到了炕尾。不一会儿，儿子就睡着了，天也是太热，和小时候一样，儿子一睡着就出了一头的汗，人呢，也就躺成个"大"字了。刘子瑞女人想好了，中午就给儿子吃擀面条，接风的饺子送风的面。她一边揉着面，一边看着儿子。刘子瑞这时候去了地里，说是要让儿子带些玉米去给那些城里人吃，他去掰玉米去了。屋里院外这时又静了下来，鸡和狗都让关在圈里，它们不知道这个世界上出了什么事，怎么会大白天把它们关了起来？它们的意见这会儿可大了，简直是怨气冲天，便在窝里拼命地叫。"咕咕咕咕，咕咕咕咕"叫一气，忽然又停了，好像要听听外边的反应，然后再叫。

上 边

坐在那里，慢慢慢慢揉着面，刘子瑞女人忽然伤起心来。什么是梦呢？人活着就像个梦。儿子现在躺在炕上，忽然呢，马上就要走了，那么点儿，那么点儿，当时他是那么点儿，在自己的背上，让他下来多走半步他都不肯，有时候要背他他偏又不让。两个人都在地上走就都费鞋！妈背着你就省下一个人的鞋！刘子瑞女人还记着当年自己对儿子这么说。刘子瑞女人也不知道自己给儿子做过多少双鞋，总是一双比一双大。那个猪槽子呢，刘子瑞女人忽然想起了那个熄猪的大木槽。以前总是她，把儿子按在那个猪槽子里洗澡，左手按着右手洗，右手按着左手洗，按住上边洗下边，按住下边洗上边。以前，她还把儿子搂在一起睡，冬天的晚上，睡着睡着，儿子就会拱到自己的被子里来了。好像是，不知出了什么怪事，儿子怎么就一下子这么大了。刘子瑞女人忽然抹起眼泪来。面揉好了，她用一块湿布子把面团蒙了，让它慢慢醒。然后，她慌慌张张去了东屋，去了东屋，又忘了自己要做什么。站了一下，又去了院子里，儿子穿回来的衣服她都给洗了一过，都干了。她把衣服取了下来，放在鼻子下闻闻，是儿子的味儿。儿子穿回来的那双球鞋，她也已经给洗了一过，放在窗台上，也已经干了。她把鞋放在鼻子下闻了闻，是儿子的味儿。还有那双白袜子，她也洗过了，她把它从晾衣服绳上取了下来，也放在鼻子下，闻了闻，是儿子的味儿。儿子的味道让她有说不出的难过。她把儿子的衣服和袜子闻了又闻。

刘子瑞的儿子是下午两点多走的，吃过了他妈给他擀的面，面是用井水过了一下，这就让人吃着舒服。吃过了饭，刘子瑞女人心里就有点受不住了，她已经，把儿子要带的东西都收拾好了。那么大一个蛇皮袋子，里边几乎全是玉米。刘子瑞要送一送儿子，好像是，习惯了，儿子每次回来他都要送一送，送到下边的站上去。东西都收拾好了，刘子瑞也下了地。刘子瑞女人一下子受不了啦，好像是，这父子两个要扔下她不管了，每逢这种时候，她总是这种心情，想哭，又不敢哭泣。这时候，儿子出去了，她在屋里看着儿子，她的眼睛现在像是中了魔道，只会跟着儿子转来转去，儿子去了院子西南角的厕所，但儿子马上又出来了，然后，就像小时候那样，叉腿站在院子里，脸冲着厕所那边，做什么？在撒尿。原来厕所的水泥还没干呢。儿子像小时候一样把尿撒在院子里了。院子里的地都让鸡给刨松了，又干又松，脚踩上去真舒服。刘子瑞女人在屋里看着儿子叉着腿在院里撒尿。刘子瑞也朝外看着，他心里也酸酸的。等干了再用，现在一用就坏了。儿子撒完了尿，又从外边进来了，说水泥还要干半天，别让鸡刨了。是是是，放出来就刨了，我一辈子不放它们。刘子瑞女人说。该走了该走了，再迟就赶不上车了。儿子又说，故意看着别处。刘子瑞女人心就"怦怦"跳开了。玉米也太多了吧？儿子说，拍拍那一大袋玉米。不多不多，要不，再掰些？刘子瑞说。儿子笑了，说又不是去卖玉米，这么多。不重吧？刘子瑞女人对儿子说。不重不重。儿子说，把那一袋子玉米就势上了肩，这一上，就再不往下放了。那我就走了。儿子说，故意不看他妈，看别处。

刘子瑞女人跟在刘子瑞和儿子的后边，踮着小脚，一直把儿子送到了村子边，然后就站在那里看儿子和自己男人往下走，一点一点变小，天那么热，日头把周围的白石头照得让人睁不开眼。儿子和自己男人一点一点变小的时候，刘子瑞女人就开始哭，眼泪简直是"哗哗哗哗"地流。她一直站着，直到儿子和自己男人的人影儿小到一下子不见了。她再看，就只能看到庄稼，远远近近的庄稼。石头，远远近近的石头。还有，再远处蓝汪汪的山。这一切，原本就是寂寞的，再加上那远远近近蚂蚱的叫声，它们要是不叫还好，它们一叫呢，就显得天地都寂寞而旷远了。

刘子瑞的女人回去了，慢慢慢慢回去了。一进院子，就好像，一个人忽然梦醒了，才明白过来房子是重新抹过一层泥了，那泥还没怎么干，湿湿的好闻。驴圈也抹过了，也还没干，湿湿的好闻。鸡都给关在圈里，院子里静静的，这就让刘子瑞的女人有些不习惯。好像是，自己一下子和自己的家有些生分了。她进了屋，心里好像一下子空落落的。儿子昨天还在炕上躺着，坐着，说着，笑着，还有儿子的同学，这个在这边，那个在那边，现在是什么也没有。儿子一回来，这个家就活了，其实呢，是她这个做妈的心活了。刚才还是，儿子的鞋在炕下，儿子的衣服在绳上搭着，儿子的气味在屋里弥漫着。现在，一下子，什么也没了。刘子瑞的女人又出了院子。好像是，屋子里再也不能待了，不能待了！不能待了！刘子瑞的女人站在了院子里，院子现在静了。昨天，儿子就在房檐下给房上上泥，上累了，还蹲在那块儿地方抽了一支烟。昨天，儿子的同学在这院里走来走去。现在呢，院子里静得不能再静。刘子瑞女人一下子看到了什么？嘴角抽了抽，像是要哭了，她慌慌张张地过去了，靠厕所那边的地上，湿湿的，一小片，但已经翘翘的，是儿子临走时撒的尿。刘子瑞女人在那湿湿翘翘的地方站定了，蹲下了，再后来呢,她把手边的一个盆子拖过来,把那地方牢牢盖住了,又哭起来了。

第二天呢,原来的生活又好像是一下子变回来了。刘子瑞早上起来又去了地里,弄他的庄稼。刘子瑞女人,起来,先喂驴,然后喂那些鸡。鸡给关了整整一天,都好像疯了,又是抖,又是跳,又是叫。那只公鸡,精力怎么就会那么旺?一个挨一个往母鸡身上跳,那两只脱毛鸡,受宠若惊了,半闭上眼睛,欲仙欲死的样子,接受那公鸡的降临。又好像是给关了一天关好了,红红的鸡皮上顶出了尖尖白白的毛根儿,但还是一样的难看。刘子瑞的女人做完了这一切,便又在那倒扣的盆子边站定了,她弯下身子去,把盆子,慢慢慢慢,掀开了,盆子下边是一个干干的翘起来的泥碗样的东西,是儿子给她留下的。没有人能够听到刘子瑞女人的哭声,因为上边的村子里再没别人了。那些鸡,它们怎么会懂得主人的心事?它们吃惊地看着刘子瑞的女人,蹲在那里,用手掀着盆子,看着被盆子扣住的那块地方,呜呜咽咽……

隔了半个多月,又下过几场雨,刘子瑞儿子山下的同学黄泉瑞这天忽然上来了。来取泥铲子,说也要把家里的房顶抹一抹,今年好像是到了秋后雨水要多一些。黄泉瑞坐了一会儿,抽了一支烟,然后下去了。走的时候,黄泉瑞站在院子里看看,说这下子收拾得好多了,鸡窝像个鸡窝,驴圈像个驴圈。黄泉瑞还看到了院子里地上扣的那个盆子,他不知道地上扣个盆子做什么?他对刘子瑞女人说拴柱过年回来的时候他一定会再上来,来好好喝几口。他还说:还是拴柱好,现在是城里人了。他还说:城里就是比乡下好,过几年拴柱要把婶子接到城里去住。他还说:回去吧,我一个晚辈还让您送,您看看您都送到村口了,您不能再送了。他还说:过几天,也许,拴柱就又要回来了……

山上是寂寞的,远远近近,蚂蚱在叫着,它们为什么不停地在那里叫?也许,它们是嫌山里太寂寞?但它们不知道,它们这么一叫,人的心里就更寂寞了。

马凯的钥匙

津子围

马凯回家时发现自己的钥匙不见了,在漆黑的防撬门前,马凯紧张了一阵子,不过,等妻子开门之后,马凯的紧张感又减轻了不少。

马凯的钥匙一般是不离身的,一个发条弹簧链将一大串钥匙紧紧地拴在裤腰带上。那串钥匙除自家房门的外,还有单位房门的钥匙、金柜的钥匙以及装重要文件和公章的防盗文件柜的钥匙,这样的钥匙丢了当然令他紧张。进了屋之后,马凯找了一会儿没找到,他想,也许是一时疏忽落在单位里了。

晚间的电视没有他希望看到的球赛,他也觉得挺疲劳,所以,过了10点钟,马凯就躺在床上。

躺在床上睡不着,他又想起了钥匙。

马凯仔细回忆着一天的经历,上午,处室开欢迎会迎接新处长老彭,其实老彭也不是新面孔,老处长到点儿(退休)了,他是从别的处调来接替老处长。中午饭之后,他本应该与处室的同事们打扑克,大家喝了点酒,嗓门儿都挺高,玩扑克也会十分热闹。只是,昨天他已经同妹妹讲定了,今天下午和她一起去跑手续,这件事已经拖了半个月,提起来,妹妹有不少怨气。

妹妹天性活跃,不像他那么死板。不过,妹妹对新事物过于敏感了也导致她工作上的不安定,几年间,妹妹换了好几个单位。年初,她找到一个推销保健品的差事,可干了不到三个月,那个代理商嫌效益不好,就撤了摊儿,转移到另外

马凯的钥匙

一个城市去了，这样，妹妹又面临着选择。那天晚上，妹妹一家人到他家串门，妹妹说她想了很久，决定自己找点事儿干，不然，折腾来折腾去就老了，趁现在年轻还可以干点事儿。他们讨论了半天，决定在自己家的楼下搞一个粮油商店，投资不大，他们凑凑钱还可以应付。粮油商店的手续可能比一般的食杂店的手续复杂一些，不过，他们认为马凯在机关工作，找人总方便一些。

那天下午，马凯就和妹妹一起跑粮油商店的手续，他们先后跑了四个部门，该找的人没找到，找到的人又推托改日再来，比他们想得还麻烦。办手续的事先不说它，现在马凯主要是想钥匙，下午他走的地方挺多，他到这些地方都没动过钥匙，也就是说，没动钥匙就不会丢钥匙，虽然没动钥匙，但钥匙它的确不见了，这说明每个地方都不排除丢钥匙的可能……这样说来，他最后使用钥匙是昨天晚上，昨天他在外面应酬，喝了不少酒，但回家开门时用了钥匙，钥匙失踪时间主要还是今天白天，马凯翻来覆去地想，睡觉前他想，最大的可能还是落在单位了，比如自己忘在办公桌上了，或者钥匙插在文件柜上。即便没在办公室也没关系，还有一套备用的钥匙呢。这样一想，马凯觉得自己应该赶快入睡，似乎早入睡就可以早一点天亮了。

第二天一早，马凯第一个到了单位。如果那串钥匙真的挂在文件柜上，同事们看见了不好，新来的处长看见了更不好。到了单位门口儿，马凯才知道问题出在自己身上，一急了就没了脑子：没有了钥匙，来的再早也没用，进不去门。按此方式推断下来，马凯的心缩紧了，他的备用钥匙恐怕也存在一样的问题，也就是说，如果找不到钥匙就打不开文件柜或者金柜的门，而打不开这两个柜的门，就拿不到备用钥匙，马凯是这样放备用钥匙的，金柜的备用钥匙放在文件柜里，而文件柜的备用钥匙放在金柜里，这样放已经两年多了，如果不是钥匙串儿不见了，他根本没有意识到这样放备用钥匙的问题。

马凯在办公室的门口徘徊着，在心里默默地祷告着。如果这串钥匙真的丢了，自己遇到的麻烦可就大了。

马凯到单位提前了40多分钟，那段时间里他觉得自己像在密不透风的闷罐子里挨着时间，而且，时间的钟摆越往后越慢。马凯开始冒汗了，额头上的不说，衬衣都贴到后背上。

到了上班时间，打字员小吴第一个出现在走廊里，他们相互点了一下头。小吴刚掏出房门的钥匙，马凯就迎了过去，接过小吴手里的钥匙，先开门了。小吴似乎觉得马凯的行为有些古怪，她愣愣地看着动作急促的马凯，以前，马凯从不向自己献殷勤的。

马凯进到办公室之后，在很短的时间内对金柜、文件柜和自己的办公桌进行了"扫描"，没有看到钥匙。马凯的心提了上来，他走到办公桌前，上上下下找开了，找了一遍不放心，又找了一遍。找了三遍，马凯还是没看到那串本来十分显眼的钥匙。

马凯傻了，呆呆地坐在椅子上。

上午9点，就有人来机关办事，办事中很重要的一个环节就是盖公章，公章是一种标志，尽管审批不在他这个环节，盖公章必须看到相关的签字，马凯不过是履行程序，也就是说，权力不在掌管公章的人手里，但对于整个社会来说，公章才被正式承认，才有效力。

尽管审批权力不在马凯手里，推托一下马凯还是可以做到的，比如他说他正要出去开会，当然，这个会议得比盖公章重要。"你明天再来吧。"就推过去了。一开始，马凯不想推托，他觉得自己的一时疏忽可能产生连锁反应，比如，对方是从老远的地方来的，跑一趟不容易，如果由于他的推托真的误了人家的事，这种不良影响就有可能传导下去。

马凯想起自己大学毕业时，恭恭敬敬地站在管毕业生分配那人的办公桌前，那个干部正在讲电话，讲得有滋有味。马凯还算通事理，他并没有打扰那个干部讲电话，他只是静静地等候着。管分配的干部发现马凯一声不响地站在那儿，一只手捂住话筒，抬头问："有事吗？"

马凯脸有些红，说我是来报到的。

"你先等一会儿。"那人说完，又继续讲电话。"简直烦死了，连喘气的工夫都有人来……"

管毕业生分配的干部打完电话，脸色难看地接过了马凯的报到证，又翻了翻接收单位名册，用蘸水笔在分配介绍信上唰唰写了一行字。马凯的心脏都快停止跳动了，他被分配到废品回收公司。

那个时候，机关的权力很大，把你分配到什么地方就是一念之差，笔一落就决定你的命运。就是那个极其简单的动作，让马凯在冬天透风、夏天生虫子的砖

马凯的钥匙

房里写了6年的材料，因此，他对那个管毕业生分配的人恨之入骨。他们班的同学分到这个城市的仅6个人，他的学习成绩最好，而另外5个人进了大机关，只有他到了办公在郊区，整天和一些破烂王打交道的企业里。事后，马凯反复想过，他与那个管分配的干部无仇无怨，那人未必是成心整他，也许，那天正赶上那个干部心情不好，也许他去的不是时候，打电话之前心情还好，打过电话心情就不好了。也许真的有自己的原因，他不该站在他面前妨碍他打电话。然而，木已成舟，后悔也没用了，那几分钟的决定让他付出了6年的代价。

经过6年的奋斗，马凯从废品回收公司熬到了总公司，经过4年他又从总公司熬到现在这个真正的机关。马凯从下往上熬的时候，他的几个同学有的已经当了处长，或者下派当了总公司那一级的领导。

到了机关之后，马凯在第一年还是挺有责任心的，后来也疲沓了，动作迟缓办事拖拉，管了处里的公章之后，马凯也在心情不好的时候，或者有意无意之间推托起来。令马凯感到奇怪的是，老处长不仅没有对他的做法指责，反而认为他比较"稳"，处里的小金库也交给他管了。

马凯发现钥匙丢了的第二天上午，所有来盖章的人都白跑了一趟，心里不愿意也只能赔着说小话，谁也不敢质问马凯。多年来，人们已经形成了在权力面前低头的习惯，实在不满意了，也就在背后发发牢骚，或者偷偷摸摸越级告状。像马凯这样，你告状都没法儿告，他又没说不给你盖章，他说他今天统计报表，急着要，让你明天来，你有什么好告的。

马凯反复说他统计报表，事实上他只是把报表平铺在办公桌上，一个字也没填，外来办事的人都来去匆匆，当然不知道怎么回事儿。打字员小吴心里明白，小吴看马凯心神不定的样子，趁没人的时候，问他："是不是又让嫂子欺负啦？"

马凯的眼睛圆溜溜的，连忙站起来说："她可不敢欺负我，都是我欺负她。"

"吹牛吧？"

"真的，不信你去问你嫂子……"

说到这儿，马凯止住了话题，他觉得小吴的表情已经给出了答案。

马凯又坐到椅子上，他知道小吴对他的反常行为有所观察，一时也无法解释。马凯之所以往明天推托，他又把找钥匙的希望寄托到家里。昨天晚上，他在家里也找过钥匙，不过找得浮皮潦草的。之所以找得不够细心，主要是因为，他觉得钥匙在单位的可能性更大一些。现在，可以肯定单位里没有钥匙了，家里有钥匙的可能性就增大了。

午饭之后，单位的同事相约打扑克，马凯照样去了，他还提议谁输了谁请晚饭。同事说，"饭局就饭局，谁怕谁？"办公室的人知道马凯的博技水平不高，况且，他们的输赢不过是次数统计上的增加和减少，如果认真清查一下，马凯起码欠了十次饭局没请。

马凯刚摸了一把牌，小吴就过来喊他。马凯叼着烟说："现在是休息时间。"小吴说："彭处长找你……反正我传达到了，去不去是你的事儿！"

马凯一愣，想了想还是让小吴替他打牌，自己站了起来，说："输了算我的，赢了算你的，过一会儿我就回来。"

马凯去了处长的办公室，在走廊里，他想，大概是盖章的事，有人反映到老彭那里。尽管他心里不太痛快，可还是有些小心地敲了处长办公室的门，毕竟，他对老彭缺乏了解。

见马凯进来，处长老彭笑眯眯地说："坐吧！"

马凯坐在老彭办公桌对面，等待老彭的询问。老彭不说话，马凯也不先开口，眼睛直盯盯地瞅着老彭。

"知道我找你来干什么吗？"老彭终于发问。

马凯猜想是盖章的事，不过他不能说。他摇了摇头。

"是这样，"老彭说："咱处的小金库在你那儿吧？"

马凯明白了，不是盖章的事，他多少有点紧张的心松弛了一些。"在我这儿。"马凯恭敬地回答。老彭刚来就问小金库，马凯觉得他能理解，小金库是处里的活钱儿，谁当处长都得重视。

"还有多少钱？"

"大概，大概1万来块吧。"

老彭似乎犹豫了一下，接着问："有账吧？"

"有。"

"可以给我看看吗？"

"当然。我这就拿给你。"说着，马凯就站了起来，可走到门口儿，又折回了身子。他想起了钥匙，没有钥匙他就打不开金库，而那些"账"全在金库里。

马凯的钥匙

"真不巧,我的钥匙忘家里了!"

老彭认真地观察着马凯的表情,这样一观察,马凯的脸有点发热,不自然起来。

"那,就明天吧!" 老彭拉着长音儿。

马凯也注意到老彭的表情,那个表情显得意味深长。

出了老彭的办公室,马凯觉得老彭可能不相信他的话,怎么平时不忘钥匙,偏偏新处长上班第一天就忘了带钥匙呢,况且,他自己的表情也不好,暴露出破绽给人家看,人家当然不相信了。其实,老处长退休的时候,他和老处长已经对小金库的账目进行了处理,他们不会等到新处长上任了再处理的,这是一般的常识。问题是,钥匙在这个节骨眼儿上不见了,好像他马凯在搞鬼似的。

马凯垂头丧气地回到办公室,同事们还在吵吵嚷嚷地玩扑克。小吴说马凯呀,眼看着就输了你快来吧。另一个同事说这个时候你让他上,他才不上呢,你也不是不知道他的秉性。这明摆着是激将法,要放在平时马凯早就过去了,今天不同,马凯咧嘴笑了笑,甘拜下风。

快下班时,妹妹给马凯来了电话,催促他把她的事放在心上,最好明天上午再跑一跑。"明天不行。"马凯肯定地说。

"后天呢?"

"后天也不行。"

"……怎么答应得好好的说变就变了呢?"妹妹不高兴了。

马凯有些急头白脸,大声说:"你愿意怎么想就怎么想。"说着就把电话放下了。

晚上,本来有个饭局需要他应酬,可他找钥匙心切,没到下班时间就回了家。到家之后,马凯把可能掉钥匙的地方全翻了个遍,一会儿趴在地上,用拖把勾床底,一会儿搬桌子,没多久就忙了一头汗,还是一无所获。

一夜,马凯似睡非睡,他做了很多梦,在梦中他一会儿梦见自己在办公室里找到了钥匙,一会儿在家里找到了钥匙,无论在办公室还是在家里,那串钥匙都十分显眼。马凯对自己十分恼火,钥匙本来就没丢,干吗还费那么大的心思呢?后来,马凯做的梦就不是找钥匙的事了,他梦见自己在一个岩石裸露的雪山上跋涉着,他觉得自己非常吃力,就在他艰难地跋涉到山顶时,突然有几个人围上了他,不由分说,把他五花大绑,在绑结处锁了一把锁,然后,将钥匙扔进了万丈深渊。那个钥匙向下落的时候还带着呼啸的声音……马凯从梦中惊醒，他在床上坐了起来，打开房灯，是凌晨3点。马凯觉得自己的汗已经洇湿了褥子，他的心怦怦直跳，仿佛有人在一个空房子外用锤子砸墙一样。

早晨，也就是马凯丢钥匙的第三天，马凯心事重重地走在机关大楼的台阶上，他低头走在上班的人流之中，他在想如何对处长老彭解释，同时，他也抱着这样的希望，也许钥匙还在单位里，不小心在什么地方就出现了。

马凯一进办公室，就有一些人等在那里，他们都是来盖章的。马凯去找老彭，小吴告诉他，老彭去宾馆开会，大概要一个上午的时间。马凯知道上午恐怕不能为他们盖章了，见不到老彭，他不能做任何决定。奇怪的是马凯现在还有了些许轻松的感觉，他几乎觉得自己又争取了一个上午的时间。

马凯以"钥匙忘带了"为借口，推托所有来办事的人，那些人中有的昨天就来过，他们说昨天你报表，今天忘带钥匙，我们还得跑几趟呢？马凯的脸色不太好看，不过他还是解释说："本来今天是不想忘带钥匙的，不想，越是怕忘带了结果越容易出麻烦。"马凯觉得自己的解释挺有特点，也容易让人家相信。那一拨人陆续走了，反正满不满意都得走。人走了之后，马凯想，自己的解释可以给他找钥匙提供了一个新的思考方法，自己真该平静地想一想而不是匆匆忙忙地寻找，也许越是想找到钥匙反而越是找不到钥匙，或者换句话说，钥匙并没有丢，就在一个明显的地方，出问题的是自己，自己觉得它丢了，并往复杂的地方去想去找，结果，想得越复杂找得越复杂离钥匙所在的位置越远。

想到这儿，马凯开始宏观地找开了，他在办公室里转来转去，小吴的眼睛也随着他转来转去，后来，小吴还是忍不住问他："你有什么心事吗？"

马凯想了想，说："有点，但是不大。"

上午9点左右，楼下办公室常和马凯下围棋的小刘来电话，说："听说你现在挺难说话的，我家邻居孙婶找你两次了，什么程序都走了就差你盖章了……看在我的面子上，给通融一下。"马凯解释说他不是故意难为她，他只是忘了带钥匙。小刘笑了笑，笑得十分诡秘，"我知道，我知道，你就给盖了吧，别的以后再说。"放下电话，马凯的心情十分复杂。

放下电话不久，老婆也来了电话，老婆说他们单位的领导让她找马凯说情。说领导爱人的弟弟已经找过马凯了，就差马凯那个公章了，而且人家急得不得了。

"你就给盖了呗！"马凯老婆说。

"他怎么这么快就找到你？"马凯问。

"在机关这么多年你还不知道，现在别的效率不一定高，找关系是最快的。"

"我没盖自然有我没盖的原因。"马凯不太高兴地说。

"算了吧，从来也没听说你有什么权，就盖一个破章呗。……再说，我们头儿还给你捎了一条烟，是'红塔山'。"

"你净跟着乱！"马凯气呼呼地放下了电话。

10点多钟，马凯的同学大方也来找他了，大方在另一个局当处长，办公离马凯不远，马凯在5楼，大方在7楼。他们并不是总见面的，所以见面之后难免寒暄了几句闲话。寒暄之后，马凯问大方，"说句老话，无事不登三宝殿，说吧，什么事儿？"

大方笑了笑，说："马凯啊，想不到你也俗起来了。"

"怎么啦？"

"没什么，俗不一定不好。不过，俗也有俗的原则。"

"什么原则？"

"马凯，你记得老刘吧？……原来是人事局的。"

马凯茫然地点了点头。

"他死了！"

"死啦？"

"心肌梗塞，昨天死的。"

马凯的目光有些暗淡。大方说的老刘在十几天以前还找过他，当时马凯一见到老刘，他的心突突地直跳。他认出了老刘，老刘却没认出他来。老刘就是当年负责毕业生分配的人，他的笔唰唰一挥，马凯就受了那么多年的罪。现在他找马凯盖章来了，马凯当然不能放过他，马凯不能放过他也不是别的什么，无非是态度上生硬了一些，找各种理由推托他。令马凯觉得意外的是，原来趾高气扬的老刘居然在他的"房檐"下也低头，说了不少小话儿央求他。他不说这些话还好，他这样一说，马凯就更加气愤。他用一种敌视的目光瞅着老刘，一定把老刘瞅得一身寒战。

"前几天我看了一个材料，"大方说，"很多人过不了退休这一关，有百分之三十七的人退休第一年就出了问题，老刘就是这样。……你大概不知道，老刘在死之前还有一个心思，就是他女儿，他没退之前把女儿安排在热点岗位上，不想，热点转换得比人们想象的还快，女儿被竞争下来，他女儿又没多少文化，所以，他想在自己家一楼临街的位置上新开个门，给女儿做点小买卖。……据说申报材料在你手里，你不给盖章。"

马凯沉默着，他脸色很不好看，呼吸也不均匀。

"我相信你不一定是故意难为老刘的，肯定有客观的原因。老同学吗，谁不了解谁！……说到这儿就不说了，怎么样，我的面子总还得给吧？"说着，大方拿出一个审批表。

马凯明白了，他连忙对大方说："我可不是故意刁难你，今天真盖不成了……"马凯小声对大方说："我的钥匙丢了。"

大方愣了一下，他的表情传递给马凯这样的信息：平白无故怎么可能把钥匙丢了呢，他显然是不相信的。大方在确信马凯的不"诚实"之后，他有些恼怒了，论职务、论在机关的资历马凯都没资格同他比，所以，大方足以理直气壮地对马凯表示他的不满。"凯子（马凯在大学时的外号），我承认我这几年变了不少，也有'黑'的时候，可我觉得，怎么黑也不能黑到死人头上……"

"你误会了！"马凯眼睛圆溜溜地说。

大方冷笑一声，把没盖章的材料摔在马凯桌子上，声音清楚地说："想要多少开个价，别拿钥匙丢了当借口！"

大方扔下材料的同时也扔下了话，他转身就走了。马凯呆呆地坐在椅子上，他觉得天旋地转。马凯沉默了好半天，回味着大方的话，也回忆着自己的当年，回忆老刘来找他的情形，他不清楚这里面为什么出了那么多的差头儿。

现在，即使马凯想立即给老刘的那个审批表盖章，恐怕也挽不回大方对他的看法，况且他现在想盖也盖不成啊。

马凯又在办公室里转开了，他知道他无法把两个锁打开，倒不是它们坚固得如何不得了，关键是他不能不经容许就破坏那两个锁。他知道必须经过相关领导批准，并且请有关部门负责开锁的人来开锁，而且，只能是这样的程序。

中午，马凯一直在机关大楼外转悠着，熟人同他打招呼，他就说散散步。马凯内心里有一个期望，他期望处长这时候回来，他将如实向他坦白。小吴说彭处长只开一个上午的会。

到了上班时间,马凯才慢腾腾地回到了办公室。小吴对他说:"老彭来过电话了,他本来找你,你不在,他让我转告你,一会儿有个姓黄的人来找你盖公章,那人上午大概来过一趟了。……老彭说是那人向他告你的状!"

马凯说:"现在,天王老子找我,我也没办法了。"

小吴发愣地瞅了瞅马凯,马凯无奈地摇了摇头。

马凯决定立即和老彭联系,他要把丢钥匙的实情告诉老彭,丢钥匙也是有责任的,他并不希望把这样的结果告诉老彭,哪怕有一点找到钥匙的希望,他都不会告诉新来的处长,眼下就不同了,眼下还有比丢钥匙更令他难堪和棘手的事,况且,按照目前的情况看,找到钥匙的希望已经越来越渺茫了。

马凯给老彭挂了传呼,他等了一个多小时,老彭才回了电话。"你怎么才回电话?"马凯问。问了之后马凯才意识到自己的口气不对,他怎么能这样问新来的处长呢?即便是自己急了点儿,也不该这样问,使用这种口气的应该是人家而不是自己。

不想,老彭似乎没在意马凯的口气。说:"我正在开会,会场不方便回电话。……没什么急事吧?"

"急事倒没什么……只是,我的钥匙,丢了。"

"我当是什么事呢?钥匙丢了再配呗。"

"……是金柜和文件柜的钥匙。"

"是吗?"老彭在电话的另一端沉默了。

"……该找的地方我全找遍了,看来只能撬文件柜了。"

"也只好如此了,你先写个报告吧,等明天我上班再处理。"说完,老彭就把电话挂掉了。

放下电话,马凯愣了一会儿,不过,他还是觉得自己轻松了不少。那天下午,马凯也提前离开了单位,他似乎觉得自己把丢钥匙的事告诉了领导,丢钥匙这个压在他头上的负担就卸了下去,他就可以解脱了。这样,他就像没有任何责任一样,又哼着含混不清的曲子,收拾东西准备回家,临出门他还问小吴,昨天中午(玩扑克)谁输了。小吴说你不是知道了吗?马凯笑了笑,说:"哪天我请你饭局,只请你自己,你出来吗?"

小吴立刻笑了笑，说："可以，但必须上档次，大餐。"

马凯回家坐22路有轨电车，在咣咣当当摇晃的车厢里，马凯又想起了钥匙，按照物质不灭原理，那串钥匙是不会丢的，最多是从他的手里转移到另外一个地方，比如在一个谁也不注意的角落里，比如让另一个毫不相关的人捡去了，而关键是，这串钥匙只有在有关的人手里才有用，才可以发挥它的"权力"作用，别人捡去了一点用都没有，不过是一串废钥匙，并且，他们也不会发现，在他们看来威严而高高在上的权力其实很普通、很平凡的，就在这串普通的钥匙背后，只是，这串钥匙对他们并没有什么价值……

马凯回家之后，妹妹就来了，马凯对妹妹和颜悦色，他说："你的事你不用着急，会有人主动给你办的。"妹妹问为什么，马凯神秘地笑了笑，他说现在我找到途径了，我们单位管公建房商用改造的审批，最后由我盖章。工商局管营业执照的审批，你想一想，有的人同时需要我们这两个部门，这样，他们就会主动来协调了。

妹妹想了想，她似乎明白了，可她还是说："关键，我不能等太久了。"

马凯说："以我的经验来说，心急吃不到热馒头。"

有求于他的妹妹眨了眨眼睛，没再说什么。

第二天上班，马凯请来了撬锁的专业人员，在处室里指定人员的见证下，不消几分钟，那个防盗文件柜的门就被打开了，里面一串备用钥匙哗地掉了出来，几把黄铜钥匙正好落到马凯的脚上。马凯眼前一亮，突然想起钥匙，痛心疾首地拍了一下大腿——

原来，钥匙失踪的头一天晚上，马凯喝了酒，回家后洗了澡，洗澡时他把钥匙从腰带上解下来，用钥匙串儿上的指甲刀剪了脚指甲……钥匙一定安静地躺在卫生间的浴具盒里。

老头老太太之歌

皮 皮

我领着一个老头和一个老太太出去,去什么地方,待一会儿再告诉你。我还不是老头,也不是老太太,所以我领着他们,不是他们领着我。至于我是谁,这不重要,你说呐?

我们先去一个叫家乐福的超市,如果你是中国人碰巧又生活在大城市里,你肯定知道这个超市;如果你是法国人,你当然也知道,因为这个超市的名字是从法国进口的,虽然卖的东西大部分是中国的。

当时还是冬天,北方的冬天是南方人不能想象的,而今年的冬天就连北方人自己也难以想象,太冷了。我们站在家门口不远的地方,碰到的问题是:打出租车去家乐福,或者坐公共汽车去。

"我们打车去吧。"在北方,我这么说意味着我请客。老太太没说话,我可以把这当成是同意,因为我了解老太太。

"打什么车!"老头立刻反对。在他表示反对之前,我就知道他会反对,因为我也了解他。"我有老年证,坐车一律五毛钱,我打车干什么?!"

"天太冷了,还是打车吧。"我说。

"冷什么冷,再冷还有小日本那时候冷?那时候冬天的小风都能把肉切开。"他说的小日本时候就是日本人占领东北的时候,尽管那时候他还小,苦还是没少受。

"你净胡说，那时候你光着屁股没啥好穿的，那可不冷，现在你穿的啥？羽绒服！"老太太说。

最后我们打车了。老头坐前面，老太太和我坐在后面。老头响亮地告诉司机，去家乐福，那理直气壮的劲儿，就好像我们正要去天安门广场似的。

"现在生活还是好了，你说呐？"老太太在我旁边轻声说，"你想那过去拉洋车的，这天儿不也得满街跑，多冷啊！现在不管怎么样你坐在里面，也不用跑了，用脚一踹，钱就挣了。"老太太虽没大声嚷嚷，车里的人也都听到了。司机笑笑说："老太太，挣钱像你说得那么容易就好了。"

"这还不是明摆着的事儿，天越冷，你生意越好。"

"还行吧，马马虎虎。"司机说。

"马马虎虎，一天你也能扯两篇吧。"老头说。

"两篇？"司机不高兴地说，"那时候早就过去了。"

"现在全城市有多少出租车？"老头问。

"一万六千多辆？"司机说。

"就是，这就是你生意不好的原因。"老头说，"什么都是一样，一多就完，人车都一样。人一多也不行。"

"那咱也不能不让别人活着啊。"司机说。

"这话你说哪儿去了，别人让咱们活着就不错了。"老头说。

"别净说没用的，说点别的。"老太太小声说。她总是担心老头说什么敏感一点的话，所以她听到的任何谈论形势的话，都不告诉老头，可老头看报纸，尤其爱看那些喜欢胡说八道的小报纸，这些报纸总是先犯错误，回头再道歉。而这两样都让老头高兴。

我们终于到了家乐福，由入口进去之前，老头和老太太又发生了小小的争执。

老头要推车进去，老太太说："你买什么啊，推那么大个破车！"

"花这么多打车钱来了，你不买东西？那你来干什么？"

"来看看呗。"老太太怕我听见，所以小声说。我听见了，但装成没听见的样子。

"看看？"老头激动地说，"这儿有什么好看的？！有那时间我看电视多好。"

我们终于开始买东西了。老太太跟我走在一起，起先光跟我说话，慢慢地就对身边架子上的商品感兴趣了。她过去一直在小商店买东西，看见一溜二十几种钢精锅摆在那儿，大小不同价格不同，也很开眼界。

"需要的东西你就买呗，反正我们这么远打车来了。"我刚说完这话就觉得有点傻，但已经说出口了。

老太太拿了一个最小号的钢精锅放到推车里，她说，热牛奶用。她又拿了一个热水瓶。说家里的那个外皮太破了，最后她说，她就是怕冷，所以喜欢把什么都弄热。

我们推车慢慢往前走，同时也在找老头。

"这老东西顶烦人了，你要是跟他一起上街，除了生气就干不了别的，今天要不是你说，我才不跟他出来呐。"

这时，我看见老头过来了，他手里拿着一个东西。

"你拿的是什么破玩意儿？"老太太说时，我已经看见他拿的是一个加热器，可以插在暖瓶里。

"什么叫破玩意，你懂什么！这东西放暖瓶里，四分钟就烧一壶开水，多省煤气！"

"你把那东西送回去，省什么煤气，拿回家用两次就坏了，就是浪费钱。"老太太说。

"怎么我一买什么东西就是浪费钱呢？"老头不满地说。

"怎么不是，上回他买那地板擦子，"老太太是想揭露老头，所以对我说，"大商店卖九十多块钱一把，他可倒好，在哪个破烂市上也弄了一把，外表看都一样，才十块钱，回家还没等擦地呐，刚放水里就化了。"

"行了，你别胡说了，还化了，你家地板擦子能化啊？！"老头想息事宁人。

"可不是化了吗！"老太太不依不饶，"人家的地板擦子是布做的，他买的那个倒好，是棉花纸做的。"

老头嘟嘟囔囔地让老太太闭嘴，然后离开我们，手里还拿着那个加热器。我偷偷地看着老头，他没有把那个加热器马上送回去，而是拿着它东看看西看看，不知情的人肯定以为这是老头唯一要买的东西。

我和老太太到了卖食品的地方，她拿了一个俄罗斯面包放到了车里。老头走过来，手里的加热器没了。

"都买什么了？"他一边看推车一边问，"买暖瓶干吗？咱家不是有吗？"

"这事你就别管了。"老太太又把暖瓶放回车里。

"你说我浪费,你这不是浪费?"老头终于找到了理由。

"什么浪费?家里的那个皮都破了。"老太太说完挥手让老头离去,意思好像在说,你该干啥就干啥去吧。

老头又到处转去了。我和老太太继续买食品。老太太选了一只烤鸡,又选了一盒卤鹌鹑蛋。她跟我解释她的日常理论:他们都老了,即使使劲儿吃,也吃不了多少,所以可以少买,但买好的。她还说,她这一辈子明白了一个道理:吃是最实在的,吃是不会骗你的,肚子满意了,别的就没问题了。说完她又拿了一盒熏里脊。

老头拿着两根捆在一起的香肠回来了,上面的红色标记让我们马上明白,这是减价的。

"你说这死老头,你拿他还能有啥办法?"更加失望的老太太对着我说,"他一看见便宜的东西就红眼。"

"什么叫红眼?!人家都买,刚才那个老太太说,她买过好几次了,味道特别好。"

"你别在那儿瞎说了,味道好它减什么价?!"

"跟你说不明白。"老头说着把香肠放进了推车,但没有马上离开。

"跟我说不明白,我跟你说,"老太太有些激动地对我说,"跟他才说不明白呐。上一回,他不知道从哪儿买来的处理月饼,减价啊,便宜啊!他买了好几斤,那月饼……"老太太说到这儿看看老头,老头扭头忍住不笑出来,老太太也想笑,但忍着,她接着说完,"那月饼,你问他自己,扔出去能当手榴弹用,撂倒几个没问题。"老头还在忍着不笑,但这已经不太可能,他抿着嘴,对老太太说:

"你胡说什么,还撂倒几个,你当人都是纸儿做的呐。"

"我胡说?那月饼要是砸在一个老太太头上,肯定就过去了。"

"行了,行了,你整天就是一个胡说八道。"老头又想息事宁人,可惜方式用错了,这方式某种程度否定了老太太的生活,老太太火了:"我整天胡说?"她看着我,然后指着老头说,"他吃那月饼硌掉了一个门牙!"老太太说完,我立刻笑弯了腰。

"我说,你行了吧。"老头低声说,非常不高兴,我看见他从推车里拿出那两根减价的香肠走了。老太太看看我，没说什么，我知道她后悔说出了门牙的事儿，我想老头一定嘱咐过她，千万别把门牙的事说出去。

老头离开了，我们也得往前走，经过干果的时候，老太太看得格外仔细但她一样东西也没选，也没对我解释什么，她心思一定还在刚才那件事上。她看这么久干果，我想，是因为她喜欢，一样没选，是因为牙不行了。

老头回来了，手里拎着一个小塑料口袋，里面也是果仁。老太太没有马上发表评论，老头一下就把这袋子果仁扔进了推车里。

老太太又把它拿出来看看。老头说："看什么看，你能吃，松子仁，软的。"

老太太又把口袋放回去，小声说了一句："就是挺软的。"

"她，脑子有毛病，"老头情绪立刻好了起来，对我说，"你想找到她爱吃的东西难着呐！什么东西好不好吃，得看它是不是烂糊（东北话，特别熟的意思），隔路（东北话，跟别人不一样，有毛病）！"

"不烂糊吃了胃能受得了吗？"老太太说，"你当你还十八呐？！"

"她蒸饺子，韭菜馅的，你猜她得蒸多长时间？"老头不理睬老太太，自顾自地说下去。

"我不知道。"我说，我不会做饭。

"怎么不知道呢，韭菜馅的，韭菜你知道吧，嫩的，别人蒸十分钟都是长的，她，她蒸二十分钟！"

"二十分钟怎么的？我愿意！"

"你听见了，"老头说，"人家愿意咱就没办法了。"

不过松子仁留在了推车里，这对谁都很重要，甚至对这个世界，你不这么认为吗？

我们终于走在一起了，老太太老头和我，这是从我们进超市后的第一次。我们东看看西看看，碰到了一件新鲜事儿，手绢称着卖。老头觉得这太不可思议了，就问了多少钱一斤，那人说二十块钱一斤，我们还是觉得不可思议。最后老头说："给我称二两。"在松子放进车里之后，老头变得更加理直气壮，尽管没什么事需要这样。

"哦，二两！别看是二两，那么一点钱，能出好几块儿，便宜，还犹豫什么！"卖手绢的人一边给老头称，一边说。

拿着六块手绢，我们不再觉得不可思议了。手绢马马虎虎，称着买的，这就足够了。我们朝收款的地方走去，排队，老太太把刚穿上的外衣又脱下来拿在手上，排队的人不少。

"你说，人都从哪儿弄来那么多钱的？！"老头好像在问我，又好像自己说话。可以肯定的是他没把自己包括到这些"人"里。老头有点钱，但不像他希望的那么多，钱，永远是他能谈起来没完的话题。比如他对爱花钱的晚辈常说的一句话是：天上下不下雨你不知道，兜里有没有钱你也不知道？！

我们排在那儿。老太太和我说了一会儿话，我们依然没得出结论，在哪儿买东西合算，在家门口还是在离家很远的超市？快轮到我们了，老太太发现老头又不见了，顿时火了："你说这个老不死的，又没了。"

我伸长脖子翘起脚，尽量发挥高个的优势，想把老头的古铜色羽绒服从人群中找出来。当我又把脖子缩回来时，没看见老头，但吃了一惊，古铜色的羽绒服比我想的至少多五十倍。

"这死老头儿，你拿他没办法。"老太太对我说，"这也是我这辈子不跟他一起上街的原因。你跟他上街不行，没等你开始买东西，他人就没了。你就找吧，找到算幸运。有一次，我找了他一个多小时也没找到，等我回家，他坐那儿抽烟呐。差一点没把我气死，我说，你回家倒是告诉我一声啊。你猜他说什么？他说，我要是能找到你，可不就告诉你了。这死老头，我跟你说，我没让他给气死，是我命硬。"

这时，我看见老头走过来，怀里抱着一个不小的东西。他走近。我们才看清楚他抱着三袋捆在一起的饼干。

"三袋才卖一袋半的价钱。"他说。

"你买那么多谁吃？"老太太不管价钱，看见老头买东西就生气。

"我吃。"老头高声说，好像这是放到五湖四海都好用的真理。

老太太气愤地用手指点着老头，吐字清晰地说："你这死老头儿，你说你活这一辈子冤不冤，便宜便宜，除了便宜你就没见过别的。你说你活得有啥意思啊，一辈子到头，吃了一肚子便宜货，死了都不值，你说你让我说你啥好？！"

"就你好，就你好，韭菜馅饺子蒸二十分钟！"老头说完把饼干扔进了车里。

我再也忍不住了，对着收款的姑娘大笑起来。老太太也笑了。姑娘前后左右看看自己，不相信自己会这么可笑。我连忙对她摆手，告诉她这次大笑跟她无关。

等我们付过钱，把东西装进口袋，老头又走过来，他管我要打印的收据，看完之后大声说："这么贵，下次我再也不来了，什么鬼地方。"

这个晚上，我们三个人一起吃了晚饭，是不用蒸的东西，所以老头也没机会再次攻击老太太。晚饭后，老头问我是不是还认识刘道术。我觉得这个名字耳熟，但一时又想不起来了。

"五官科的，'文革'时候被游行，最后自杀没死成的那个，想起来了？小个，戴眼镜。"老头过去在医院工作，所以经常直接提医院某个科室的名字，好像全世界的人都能立刻明白。

我想起了这个人，三十多年前，他从我的嗓子里拔出过一根鱼刺儿。莫名其妙的是我还记得他那时候对我说的一句话："吃墨斗鱼能让你成为歌唱家。"

我一直都想成为一个歌唱家。为了这个也吃了很多墨斗鱼，结果是我一唱歌我丈夫就要离婚。当然这不过是他的借口，最后我不唱歌了，我们还是离婚了。

"想起来了？"老头在等我的回答。

"想起来了，他怎么了？"我说。

"死了。"老头声音很大地说，好像这个人终于死了。我知道，实际上老头不是这个意思。

"那是个好人。"老头说完抽了口烟，"可惜好人活不长，才六十五岁。"

"六十五岁也行了。"老太太小声说。

"行什么行，我今年都六十八了。"

老头看见我笑了，有点不好意思。老太太替他解围："你不就是那好人吗！所以活得长呗。"

"活得长，哼，都是命。"老头换了话题，"过去住街口的那个土八路，还记得不？"

我马上就想起一个脸色黑黑的返城知青，他的外号就是这么来的。

"四个孩子，三个丫头，他老婆是个胖子，记得不？"

"记得。"我说。

"死了。"老头又大喊了一声。

"你小点儿声儿，想把死人喊活啊！"老太太说。

"才四十六岁。"老头压低了声音说,"扔下了一个老婆四个孩子。"

"谁说一个老婆?听说他还有个小老婆呐!"老太太说。

"有什么用?他就是有十个小老婆又有什么用,还不是死了?!"

我慢慢地进入了老头老太太的思维系统,总想笑。可老头不给我机会笑,他认识的死人太多了。

"八号楼的老范太太认识不?跟我们一块打麻将那个?一打麻将就不要命那个,认识不?"

"死了?"我说。

"那可不死了!坐在那儿看电视一歪头就死了。"

"老范太太死,可没遭罪。"老太太说。

"没遭罪也是死了,这回她就不用打麻将了。"

"那个老院长呐?"我问的时候眼前出现一个高个子有些驼背的老头,在我认识他的时候,他已经是个老头了,至少在我的眼睛里是这样。他是我见过的最慈祥的外科医生。

"哪个院长?"老头问我。

"就是你救过的那个。"

"啊,鲁院长,死了。"老头声音还是很高,老太太立刻抱怨他不听劝。

"他可是好人。"老头放低了声音,不仅仅是表示自己听劝,还有伤感。

"那时候搞水暖的老张,媳妇刚从农村进城,没住的地方,就住楼梯底下间壁的小黑屋里。这我可知道,讨论分房的时候,谁都不同意给老张房子,我差点跟他们打起来,拿工人不当人吗?!我问他们,谁见过一个大夫住楼梯底下的?都是一个单位的,凭什么啊!最后是人家老鲁批的,给老张一间房子。"

老头的话也让我伤感起来。认识他很久了,这是唯一一次听他赞扬一个领导。他总是跟领导对着干,很多次是为别人。我从没问过他为什么,只是感觉到他为此挺自豪的。用今天的理论,我还可以问他,这样做是不是想显示自己有个性?不管为什么,他为此都付出了代价,可他从来不提这回事。

"哼,这世道有时候就是不公平,像鲁院长那么好的人,'文化大革命'的时候差点没给斗死。最后挺不了,想吞钉子自杀,真惨。"老头停了一会儿说,"不过,老天也睁眼,打他的那个赵瘸子还不是得癌死了。"

"就是他把你报告上去的,是不是?"我问。

"就是他。他看见我给老鲁送饭,就报告了头头,头头让我写检查,我检查个屁,我早就想退出了,净打好人,什么他妈的造反派儿,我才不稀罕呢!"

"亏了你退出了,那些造反的人,粉碎'四人帮'以后,也倒霉了。"老太太说。

"他们活该倒霉,都不是好东西。好人谁能往死里打人啊?!"老头气愤地说。

"你这老头啊,心眼儿不坏,就是有时候糊涂。"老太太说。

"糊涂?我还能比你更糊涂?!"

"那可说不准。"老太太有把握地说。

"要说比糊涂,这世界上谁都比不过你。在这城里住快四十年了,一出门就能把自己丢了,这也不容易,也算天赋。"

"别胡说八道,我什么时候一出门就丢了?"

"说得对,不是一出门就丢,是出门走出二里地之后,准丢。"

老头和老太太互相攻击了一阵儿,我们的话题又回到了死人那儿。老头再次以提问方式说出了好几个我过去认识的死人。他可能觉得我回答得太慢,所以不等我回答就高声喊出结果,死了。

"老朱头儿,过去法院的,死了……"

"大木头,记得吧,铁路的,死了……"

"小阳他爸,蒙古人,爱打孩子,记得吧,死了……"

接着我们突然都沉默了。我不知道他们沉默的原因,我心里想的是,每天走在大街上看见无数的人,却没想过已经有那么多人死去了,你熟悉或不熟悉的,有一天会轮到自己。也许死还在远处,但它是在尽头。这总是让人瞬间里很悲哀,好在转念又会高兴起来,乐观起来。就像老头说的那样:"这么一看,我满意了,不然你还能怎么样?!"

不这么看我也满足了。还能走能动,能自己照顾自己,想吃啥就做点啥,这就行了。

我还记得他们年轻时有很多生活目标,我忘了那都是些什么,但没一个跟他们现在说的有关。我还没像他们那么老,可也不年轻了,我知道我的某些生活目标实现不了了,比如学钢琴,真正地去爱一次,去一趟南美;但我还是让它们高悬在我的生活中,像装饰,起一点安慰作用。随着时间的流逝,我觉得越来越迫近的一种压力,正按住我的头,让我有一天自愿地说出一些听上去很像真理的话,人活着并不是往高处走,你可以永远拥有的权利就是妥协。

在我二十六岁那年,有天夜里我流着眼泪在日记中写下了一句话,我说长大的过程就是妥协的过程。那天夜里我伤感得要死,可我现在回想那伤感却带着某种诗意,我是因为跟丈夫吵架才发这感慨的,这感慨是一种发现,和我的聪明有关,和生活本身无关。那以后,我并没有真的向生活做出妥协,活的依然很昂扬。

如今,我在经历了无数妥协之后,再说这样的话,就不再有水分,更没有诗意。它既苦涩又干燥,只是你对事实的承认。我得建议老头和老太太换个话题了,不然我们现有的谈话气氛就会被破坏,而气氛对我们两代人又是那么重要。

"别老说死死的,多不吉利。"我说。

"不说就不死了?"老头说,"说不说都一样。最后谁都得死。"

"那就不说了呗。"既然已经没有悬念了。

"说点别的。"老太太建议。

"说吧。"老头说完就去阳台上抽烟了,好像再也没有话题能让他如此尽兴。老太太不抽烟,所以禁止老头在房间里抽烟。老头对此并没有抱怨,原因我和老太太都知道。

"你们现在也不吵架了。"我对老太太说。

"多大岁数了,还吵?!"老太太说得干脆,好像他们已经有把握,从今往后再也不吵了。但是老天爷和我都知道他们曾经吵得天翻地覆。

老头从阳台上抽完烟回来了,我们还没找到另一个重要的话题,他和老太太商量第二天吃什么,我想起了他们当年吵架的原因,这也是老头很多时候得服从老太太的原因,是他现在得去阳台抽烟的原因,是……

那个女人是他的同事,如果她和老太太站在一起,谁都会说老太太比她好看几十倍,可我明白老头喜欢那个女人的原因,她像男人一样抽烟喝酒下棋打牌,这些都是老太太不擅长的。老太太年轻的时候也喜欢打牌,但她的头脑不灵,不会算计,也许是因为这个她画画儿很好,尽管她从没学过画画儿。她有时随手画的小东西叫那些真正懂画儿的人惊奇。曾经有个画画儿的,想把老太太作为民间艺人挖掘出去。他让老太太画这画那,很快老太太就烦了,她画不了很多。那以后她再也不想被挖掘出去了,她更喜欢打牌。

老头老太太之歌

在很多场合老头得和老太太打对家,因为别人都知道老太太牌打得不好。有一次,我看见老头生气地摔了扑克,他说:"你是木头脑袋啊!不玩了,没见过你这么臭的扑克。"

据我所知,每一次他都接着玩了。在他喜欢那个女同事之后,在老太太向他摊牌之后,他懂了他不能没有这个老太太。懂了这个之后他就再也不能占老太太的上风了。他懂得太早还是太晚,没人知道,但是懂了本身就很重要。他不能占老太太上风之后,他们和气多了,几乎不再真正地吵架,老头肯定觉得自己赚了,退了一步而已,老太太却比从前可爱无数倍,即使老头不承认这个,大家也都看到了。

如果我说太极拳很好地描绘了生活的面貌,你又会说我俗气,你已经不止一次这样说过我。为了让我们还能保有最后的机会,像老头和老太太那样,我就不正式说这句话了,生活的面貌爱是什么样就什么样吧,反正每个人看见的都不同。

因为我还没真正地老,所以不能总和老头老太太待在一起。我很快就要离开他们,回到我自己的地方,那是和这里不同的地方,如果我和与我共同生活的人在老头老太太面前吵起来,他们会很茫然,因为没看见也没听见为什么。

坦率地说,我越来越喜欢待在这儿。最后几天,我尽量留在他们家里,不出去。按谁的标准来说,这都是一个简陋的家,但是很整洁。我不想让自己的家也这么简陋,我的家也不这么简陋,可我只是在这儿感到了亲切和放松。我应该因此怀疑自己的生活吗?

我宁愿在老头老太太家看电视,什么都不想。

白天,他们常常一起出去玩麻将,老范太太死了,又有别人顶上,麻将终于变成了前仆后继的事业。

"我们玩得不专业,那麻将社的,中午还供饭呐。从早八点到晚五点,跟上班一样。"老头曾经对我说。

他们不在的时候,我一本书也没看,尽管每次躺在沙发上时,手边都放着一本书。这本书我已经看了三个月了,还是没有看完,但我下决心看完它,不管用多长时间。它是名著啊,歌德的《浮士德》啊!

白天的电视节目,上午的或是下午的,总能发现一点可看的东西。在这一点可看的东西里,我爱看《神探亨特》还有《动物世界》。虽然老头和老太太总是一起出去，但却从不一起回来。他们回来的时候，几乎每次都是我看《动物世界》的时间，下午四点多一点。

有时是老太太先回来，她进来的第一句话是："你爸呐？"

我撇撇嘴儿，摇摇头，或者哼一声，表示了不知道以后，老太太会说："这死老头，不知道又去哪儿瞎逛去了，他比我先出来的。"

有时候是老头先回来，他先不进来，先推开门问我："你妈呐？"

我说不知道后，他就再出去。等他再回来时，后面就跟着老太太了。

"你看什么？"老太太进厨房之后，老头跟我说话，心情很好。他知道老太太过一会儿会端着一杯热水进来，顺便告诉他，他的茶杯里也添了热水。然后老头也会去厨房，把他的茶杯端进来。我脑袋里光想这些，就没回答老头。他看了一眼电视，又对我说："猴子有什么好看的？"

"等有一天，再也没有猴子的时候，你想看也来不及了。"我说。

"没有猴子？"老头大声对我说，"这你用不着担心，如果有一天，没有猴子了，肯定也没人了，谁都不用看谁了。"

老太太进来对老头说："哎，给你添水了。"

老头站起来，朝门口走去，临出门前，好像是对我说，又好像自言自语，他说："还没有猴子了，亏你想得出来。"

"我要走了。"我对老太太说。

"什么时候再来？"老太太问我。

老头进来了。老太太对他说："小丽要走了。"

"什么时候再来啊？"老头问我。

"一两个月吧，反正有时间我就来了。"

"买票了？"老头问我，每次他都这样问我。

我摇摇头。

"那我赶紧做饭，今天晚上有那个连续剧呐。"老太太说。

接着他们就一起去做饭了。我知道他们希望这样，不用再继续谈我是不是买车票的事。他们知道，我已经是大人，什么事都能自己做了，不再用他们操心。

晚饭做好了，很丰盛，我们都很有胃口。等我们快吃完的时候，他们的电视剧开始了。我把碗筷收拾过去，他们坐在沙发上看电视。我瞟了一眼电视，差一点笑出来。这电视剧是我用笔名写的，属于比较臭的那种，可是老头和老太太正看得津津有味。

我好像突然明白了，为什么我写的电视剧这么臭。但我多么爱这对沙发上的老观众！

魔鬼超市

白小易

松鸿超市不大，货品倒还齐全，设备更是一流。经理萧松是个有头脑的商人，又喜欢自己的这份"事业"，挖空心思要做到更好。

说到喜欢，不妨具体些，一是有大量的钱财源源不断地流进流出，二是有一大群年轻貌美的女孩子终日围着他转，靠他养活，受他指使。这两件事使他觉得生活无比美好。虽然流动的财富并不都是他的利润，如云的服务员美女也并非供他逍遥的酒池肉林，可只要能让他如此贴切地"感受"它们，就足以令他神魂颠倒了。

女服务员都是他亲自选入的。标准是漂亮加伶俐。尽管条件所限，使他不可能完成一次完全称心如意的"选美"活动，但平心而论，他招到的女孩儿真称得上是流光溢彩了。其中两个，他私下以为绝对是模特儿级美女，一个叫金彤，一个叫毛翎。萧松让她俩身披彩带，在超市里做"导购小姐"。

萧松像个快乐的土皇帝，一天到晚琢磨着怎么赚更多的钱，以及如何把身边的"芳心"更紧密地团结在自己周围。可萧松也不是没烦恼，从开业那天起他就发现店里总有小偷小摸行为。为此他不惜血本安装了一套监视系统，主控设备就装在自己的经理室里。他遥控着隐蔽镜头，营业大厅里顾客的一举一动尽收眼底，而顾客们却浑然不觉。萧松当时心里一阵激动，这让他想起小时候的游戏，又增添了新的乐趣。

被他抓获的第一个扒手是个大嗓门的妇女。那女人很胖，脸上全是标准的"横肉"。萧松在门口截住她时，反倒被她骂了个狗血喷头。她大喊大叫："你敢诬赖老娘！搜吧！不过我把丑话说在前头，要是搜不着怎么办？赔我精神损失费！最少赔我两万！"萧松心里有谱，自己在监视器里看得真真切切，她把一块香皂揣进了右裤兜里，那儿一看就是鼓鼓囊囊的。可他也知道自己没有搜身的权利，让她自己拿出来，她就是不理。萧松一时反倒进也不是退也不是。身披彩带的毛翎就在一旁"亭亭玉立"地站着。萧松这会儿看她一点儿也不美。他在想，她怎么不来帮我……她也是女的，她来对付这泼妇总比我好些吧？

好在这时派出所的民警来了，胖女人才算是认了错。

问了警察才知道，是毛翎给他们打了电话。现在她站在那儿更漂亮了。

此后接二连三不断抓到"扒客"，尽管个个自称无辜，但准确率百分之百。只是扒窃之物大多是些值不了几个钱的小商品，兴师动众地折腾半天，也不过是补交几块钱而已。

重要的是，萧松发现，那些被抓到的顾客从此就不会再来了。往深处一想，萧松不禁出了一身的冷汗——这样下去，不是要把所有的顾客都抓光了吗？他想象他的超市空空的一个人都没有……

这天他在监视器里盯住了一个老头儿。老头儿在文具用品区转悠着，神情很严峻，显然是在下决心。萧松知道他要干什么。这人不是第一次来，也算个老顾客了。萧松冷静地注视着老人的一举一动。老人看来按捺不住了，他把一支装在盒子里的圆珠笔拿起放下，拿起放下折腾个没完。同时还在东张西望。萧松的心跳加速了，这已经成了他近来的习惯性反应。老人终于把东西放进了黑呢子大衣的内侧口袋。萧松跳了起来，快步冲出控制室。这一连串动作依然是条件反射，就像蹲伏在非洲丛林中的猎豹扑向贪吃的羚羊。但在走向猎物的时候，萧松从猎豹的躯壳中挣了出来，表现出了"人"的智慧——他放慢了脚步，和缓了表情，因为他看见老人正把大量的货品放进购物筐里。老人的手有些抖，所以他为了掩饰必须不停地"购物"。

老人看见了向他走来的萧松。老人的动作突然停下来，一动不动地站着。萧松清清楚楚地看到了老人的表情。那是一种绝望。萧松想到，自己将不仅仅只是终止老人的"购物"……

萧松在老人跟前站住。

毛翎这时也突然从货架后面闪出身来。

老人下意识地闭上了眼睛。

"感谢光临。"萧松毕恭毕敬地对老人说，然后他就走开，并且悄悄地拉了毛翎一下。

毛翎跟着萧松默默地走。

"你看到什么啦？"萧松忍不住。

"我正想抓他。"毛翎挺坦率，"只是看他那把年岁，有点不太忍心……"

"他拿的那支笔多少钱？"

"3元2角。"

"可你看他买走了那么多东西。"他远远地看着正在收银台前结账的老人。

"这我可没想过。"毛翎说。

"就当给他打折了吧。"萧松笑了笑。

小毛显得很惊讶。

从此，萧松来了个大转弯，眼瞅着顾客偷拿货架上的东西却暗自欢喜。他总结出这样的经验：与其明面打折，不如暗暗"奉送"。偷东西的人每次偷拿有限，为了掩盖偷窃举动，同时都要买走一大堆货物。而且这次让他得了手，下次还会乐颠颠地来。这是任何促销手段都达不到的效果呀。

萧松为自己思想的飞跃而兴奋不已。不过"经营策略"的改变并没使他那套昂贵的电视监视系统作废。他需要观察实施的效果，以及顾客们的新动向。为了保证操作顺利，他私下分别对两个小头目——也就是金彤和毛翎进行了"培训"。金彤一点就透，对他的"头脑"佩服得五体投地，发誓照萧松的"指示"办，萧松说抓，她就冲锋陷阵；萧松说放，她就大开方便之门。可毛翎却"死性"得多，她公然表示不理解、不配合，声言只要她发现偷窃者就一定要制止。

这两个女孩儿同样让他动心，但说实话，毛翎在他心目中总是稍稍重于金彤。而对这件事的态度又把她们拉平了。他用玩笑的方式警告毛翎，要是不听他的话，就让她"负责"扫地。毛翎当时嫣然一笑，说给他扫地正是她求之不得的。萧松听了怦然心动，一个劲儿揣摩这是她借机吐露心声，还是仅仅反唇相讥……

萧松的超市越来越火，用金彤的话说，这叫"新观念显奇效"。说法并不新奇，可萧松听了就是舒服。

毛翎仍然是不妥协，执着地保卫那一排排货架子。开始萧松有点儿生她的气，可经过观察发现彻底"开放"反而不美，人家偷得太容易便没有兴致再来。倒是毛翎一上班，在货架间那么一溜达，就像一场比赛开了哨，偷的用心偷，捉的刻意捉。水灵灵的那么一个小美人儿，就是被她捉了也是一段甜不滋的记忆。这样的游戏，玩上一把又如何？

不过事态的发展也并非全如人意。萧松成天用监视器观察世界与人生，对人性的弱点不能不有更深刻的认识。如果一位顾客真的能做到每次购物时"取"10%而买90%，那么萧松绝对是会永远欢迎他（她）的。可惜的是，大多数有此癖好的顾客都不能长期"遵守"这一"互利"标准，他们往往越"拿"越多，越买越少，有的人乃至发展到只"取"而不买的地步。贪婪，毕竟是人的天性。到了这份，"生意"自然做不下去，游戏也就需要终止了。萧松于是需要出场，将其逐出。

经验丰富的萧松努力地想要总结规律。大多数的顾客是永远只买不"取"的，他们自然是不变的。而那些起初连买带"拿"的顾客究竟经历多久会变成一个只"拿"不买的扒手，却是差异巨大的，短的是几天，但数量极少；长的至今还在平缓发展，可能会持续几年也说不定。譬如被萧松放过的那位老先生，现在至少每周来一次，3个多月过去了，老人家"拿"与买的比例才发展到1.5比8.5左右。这仍然是萧松可以接受的范围。萧松简直恨不得要给老人家发一个"模范顾客"的奖状。

所谓"盛极而衰"，生意正红火，内部却出了问题。超市里的小姐们渐渐都摸清了萧经理"独特"的经营韬略，有的看不惯，有的不平衡，甚至有人扬言：顾客可以随便拿，凭什么不给我们一份？金彤和毛翎的较劲也日渐公开化。金彤捞到机会就来萧松这儿说毛翎的坏话，说毛翎在超市里颐指气使，以"老板娘"自居。毛翎呢，也不肯饶了金彤，竟说金彤带头偷货架上的东西。她们之间的相互攻击只让萧松觉得好玩儿，毛翎想做老板娘有什么不好？金彤也是要争做老板娘的，怎么会偷"自家"的东西？

但他还是留了点心，并且终于在一个傍晚现场抓获了偷窃的金彤。萧松当时伤心得说不出话来。他只是狠狠地冲她挥了一下手，不再搭理她的眼泪和哀求。

当夜打烊之后，萧松在超市里最后巡查时，被埋伏在货架间的金彤"捕获"了。她使用了最后的也是最有威力的"武器"——她的那具几近完美的躯体。萧松只是做了一下象征性的抵抗就束手被擒。手足无措的他被那个为生存而疯狂的女孩儿扑倒在地，抽去了皮带。萧松的人性在那一瞬也全变成了兽性。他把那曾让他朝思暮想而又不敢亵渎的肉体紧紧抱住。

女孩儿喘息着，叫道："来吧来吧，我把我赔给你！"

萧松已经不管不顾了，他翻身跃起，把金彤压在身下，双手胡乱撕扯她的衣服……就在这个时刻，另一个女孩儿又出场了——当然，是毛翎。

"老板侮辱雇员。金彤姐姐，要我报警吗？"毛翎抱着双臂，显得既从容又威严。

金彤哼了一声，推开萧松，悻悻地跑掉了。

萧松怅惘地提上裤子，脑袋还发着昏，神色有些恍惚，忍不住责怪毛翎："她那样的，值得你搭救吗？"

"我是在搭救你呀。"毛翎冷冷地说。

毛翎现在成了松鸿超市唯一的老板娘候选人。这是萧松和几乎所有雇员小姐的想法，毛翎本人倒看不出急于把这变为现实。但她一如既往地精心看护着这个"家"，而且好像已经有"老板娘"的脾气，并且开始履行"老板娘"的另一项职责，那就是和老板吵架。吵架的起因仍然是因为超市里的扒客。

萧松当然希望毛翎能够对他心领神会，简单地说，他渴望着与毛翎的进一步"沟通"。他为毛翎提供了许多机会，包括下班后把她单独留下和自己一起盘点货品。毛翎从一开始就是一个"特殊的"雇员，她没有理由不听老板的话，但她所做的也就仅限于一个雇员应该做的。她竭力避免与老板肌肤相亲，哪怕是看起来的无意接触。有一个仲夏之夜，商场里的气温足有35度，萧松汗流浃背，脱得只剩下一条短裤。他似乎在提示毛翎也可以照着做，他看到毛翎身上的鲜红的旗袍已经被汗浸成了绛色。可是毛翎连领口上的小扣子都不肯解开。

自从"错过"与金彤的那次欢好之后，萧松经常感到遗憾。他内心里便把这笔账算到了毛翎身上，总想着有一天在毛翎那里讨回来。无奈毛翎并不认账，她只觉着自己救过老板的命，萧松该把她当恩人才对。她对萧松的表现很不理解。她早就掌握了有关"男人没良心"之类的常识，所以没有过分伤心。毛翎是一个意志坚定的女孩儿,她有信心要为自己塑造一个男子汉。她的不妥协正因为此。可是萧松并不甘心让她摆布,他也很执着,执意不放过一切"属于"他的东西。既然毛翎不肯俯就,他就去别处实现理想。

这一天又一位女雇员被他录到了偷东西的镜头。他把她留到了下班,请她进办公室看录像。这一次他特别留意没让毛翎悄悄藏在货架间。女孩儿跪在他的膝下求他原谅。他平生第一次给自己点燃了一支香烟,手指在微微颤抖。抖得更厉害的女孩儿并没有发现这一点。为了保全自己的名誉,她什么都做得出来。她双手抓住萧松的膝盖,她发现自己没有被踢开,她才敢看了看萧松的表情……她很意外地在萧经理的脸上看到了一种期待,她循着本能的驱使竭力去迎合面前的"上帝"。她的纤手试探着……这又是一个未被阻止的动作。她终于明白她"可以"或者说"应当"做什么了……

像上帝一样舒坦的萧松心里泛起一丝愧疚,但是他马上就使自己得到了解脱:谁让她去偷了……

这样的故事随后又在另外几个女孩儿身上重演了几遍。萧松有一天突然发现自己的笑声和以前不同了。他觉得是"人生的阅历"在自己身上起了作用。他现在最大的心愿就是把毛翎搞到手。以任何方式都可以,结婚,或者哪怕像其他女孩儿那样被他捉住手腕儿。他甚至想过,即使毛翎真的偷他的东西也不会动摇她在他心中的位置。事实上,在萧松的潜意识里,偷盗简直就是"财富"和"快乐"的代名词——他从别人的偷盗中获得的东西太多了。

毛翎在超市里分明感受到了一种"不对劲"。她的情绪近来变得很坏。她觉得这个曾让她舒心的超市正弥漫着一股"鬼气"。她为此而越来越敏感。她是在做最后的挣扎。

那个喜欢穿黑衣服的老头儿又来了。

萧松在经理控制室也把摄像机镜头对准了他。萧松仅仅是为了"检验"这位"模范顾客"是否遵守"规则"。

萧松的心忽然提了起来——他发现毛翎正在货架间悄悄监视老人。他已经多次明确关照过她,不准她"打扰"这位常客。

老人一如既往,"自觉"地只给自己打了大约10%的"折扣"。可是萧松看到毛翎的神色却不正常。他感到她要"犯规"了。

萧松从监视器后跳起来，奔进营业大厅。他看见毛翎正在走向老人。

"小毛！"萧松喊，"你快去经理室，接电话！"

毛翎看了萧松一眼，一步冲到老人面前，把他掖在腰间的一双袜子拽了出来。

"老人家，买东西请放在购物筐里！"毛翎大声说。

超市里所有的目光都会聚到这里。老人窘得满面通红，诺诺连声，无地自容。

毛翎与萧松远远地对峙着。萧松的眼里要冒出火来。毛翎也毫不相让，怒目而视。好在大家的眼睛都盯着默默离去的老人，没有理会他们。

萧松从毛翎身边走过，很习惯地扔下一句话："下班到我办公室来！"

听到毛翎进了门，萧松连同那把转椅一起转过身来。他的嘴上叼着一支烟，眼睛眯缝着，身子在椅子里躺得很平，双腿放肆地大张着。

毛翎远远地站住。

萧松好像刚刚想起毛翎是不会给他下跪的，他耸了耸身子，稍微坐起来一点。

"怎么回事？你不听我的话。"

"看看你自己那副样子——你已经成了个无赖！"

"我无赖？我怎么啦？我是偷了还是抢了？我只不过是靠自己的聪明才智赚点钱而已。你说我怎么无赖了？"

"为了赚钱你什么都做得出来。你简直都不把人当人啦。"

"这是怎么说的？别人拿我东西我都让他拿。你见过我这么宽怀大度的无赖吗？"

"这就是无赖。"

萧松笑了一下，"你这么说我太不公平。你知道我是一直喜欢你的。"

"在看清你之前，我也以为曾经喜欢你。"

"现在不喜欢啦？"

毛翎哼了一声。

"过来。"萧松命令道。他没别的招儿了。

"我来就是要告诉你：我不干了。"

"不行！你走不了！"萧松腾地站了起来，异常冲动地扑向毛翎。

毛翎闪身避开，一直放在身后的右手亮了出来——手中握着一把明晃晃的尖刀。

"老实点！我可早有防备了。"她把刀子顶在萧松肋下。

萧松看着那把簇新的刀子，忽然兴奋地大叫起来："这是店里的！你也偷了！哈哈！你偷了东西！你还有什么可说的？"

毛翎张开左手，把一张收据展现出来。

"老板，我结过账了。"毛翎笑着，"不过还没试过是不是好用。"

萧松苦笑："你真让我爱死你啦。你就看不出，我做的一切都是为了你啊！"

毛翎反感地一声断喝："少来！别往我这儿赖。我算把你看透了，你总是利用别人的贪心满足你自己的贪婪。你可以随便摆布别人吗？你以为你是上帝？贪婪早把你变成了畜生！"

这话像一记闷棍将萧松击中了。他昏头涨脸地站在那儿，什么也说不出来。

"就这样吧。"毛翎把披在身上的彩带摘下，扔在桌上，很平静地向外走。她在门口转回身，晃了晃手里的刀子，"一件多好的纪念品，这是我在这个店里买的最后一样东西。"

像飞一样

王伏焱

丁一龙要活埋丁一凤的那天上午，看到一个老人正在放一只八卦风筝。江边的风钢硬钢硬的，那只八卦风筝被高高地顶到云端里。因为高，风筝就像脱离了线绳的羁绊，怪鸟一样独自在天上盘旋飘荡。

许多年以前，丁一龙也有过一只风筝，那是丁成儒从城里给他买的。那时，他们家还住在乡村。丁一龙放着父亲给买的风筝，在小伙伴们面前挣足了光彩，每次拿出去放，前前后后都围着一堆小孩子。风筝被高高地放到天上，满天空只有他的风筝在飘，在摆，在飞。线扯在他的手里，他的双脚结结实实地踩在地上，他觉得天是丁一龙的，地是丁一龙的。收线的时候，天和地在朝一块磨磨蹭蹭地靠拢，风筝收回来，天和地就都让他抱在怀里了。

丁一龙七岁那年，母亲姜彩琴生下了丁一凤。丁一凤的出生，给全家带来了慌乱。三天后，姜彩琴抱着超生的丁一凤躲到了外村的亲戚家。于是，自这一天开始，好像一切都变了。

这年玉米封浆的时候，丁成儒牵着丁一龙，姜彩琴抱着丁一凤，黄鼠狼搬家一样，游荡到了这座城市的边缘，干起了拾荒的营生。拾荒者依靠垃圾场过活，因此，他们不能住到城市的深处。他们的家就在离垃圾场不远的一座平房里。房子是租的，一个月七十块钱。房子很破旧，冬天，西北风从窗缝、门缝里钻进来，深夜里发出受了枪伤的野猫一样的叫声。好在夏天屋顶不再漏雨，原因是丁成儒不知从哪倒腾来一块锌铁皮，码着房顶盖了一层。这样一来，他家的房顶就在这一带就很显眼，老远一片通亮。丁一龙上的是郊区的小学，学校离家不远。每天放学，家里的房顶在眼前一亮，丁一龙禁不住就想，锌铁皮那么老贵，丁成儒是在哪里弄到的呢？

星期六的晚上，丁一龙悄悄对丁一凤说：

"星期天咱们去踏青！"丁一龙叮嘱丁一凤，"不能让别人知道，也不能让爸和妈知道！你给我听好了，谁要是知道，我就再也不带你出去玩了！"

丁一凤连连点着头。她不敢不点头，丁一龙从来不带她出去玩，怎么央求也不好使，这次真是太阳打西边出来了。

今天的天气好晴朗，空气中能看得见阳光丝丝缕缕的跳跃和迷乱。从家门口出来，他们看见星星点点的水稗子草，在墙根和道牙子的缝隙探出了绿莹莹的小脑袋。几只长脖子长腿的水鸟从他们的头顶翩翩飞过。

丁一龙的目光让那几只水鸟牵扯得老长老长。他仰着头说：

"咱们到江边去玩！"

丁一龙手里拎着一把铁锹，丁一凤提着一只红通通的小塑料桶。他们的家距离松花江不远。今天是星期天，拾荒者是没有星期天的。一大早，丁成儒就蹬上三轮车准备上路。姜彩琴也换了一套新衣服，准备出门，她要到事先约定好的人家去做钟点工。

丁一凤围着姜彩琴转圈："妈妈真漂亮，像个新娘子！"

姜彩琴对着镜子描着眉："那是上一辈子的事啦。都成了咸菜条子了，还漂亮哪！"姜彩琴说着，斜了丁成儒一眼。他俩昨天中午刚吵了一盘，现在还没顺过架子。

丁成儒撇着嘴说："干个钟点工，又不是登什么大堂，捯饬个什么劲！"

姜彩琴说："一听这话就是个土老帽。埋埋汰汰的，怎么登人家的门槛子？"

丁成儒梗着脖子："埋汰怎么了？埋汰是咱们的本色！干净，那是给人看的，不是自己用的！"

姜彩琴啪地把眉笔摔在桌上，生气了。

"你说我给谁看？"

丁一凤上来推着姜彩琴："妈，你快走吧，走吧！"

姜彩琴对丁一龙和丁一凤说:"午饭在锅里热着。你们做完作业再出去玩!"

丁成儒说:"丁一龙你不准欺负小凤!你要欺负她,看我回来熟你的皮子!"

丁成儒一边恶狠狠地说,一边往车上放钉耙和蛇皮袋。他从来都是叫丁一龙的大号,不提他的小名。在丁一龙的印象里,父亲呼唤他总是"丁一龙、丁一龙"的,他模模糊糊地记得,自打他七岁以后,丁成儒就这样叫他了,就是说,从丁一凤出世就这样了,丁成儒就不愿意把丁一龙当作小孩子看待了,或者不是当作一般意义的小孩子看待了。他认为这很糟糕,觉得丁成儒真的是离他丁一龙越来越远,丁成儒越来越不像丁一龙的父亲。

从前,丁成儒可不是这个样子。那时的丁成儒是可以的。他们家还在农村老家的时候,丁成儒每次进城,都给丁一龙买回一些好玩的和好吃的东西。再小一些的时候,丁成儒和姜彩琴下地锄草,开始是用一条布带子把他拴在炕上,怕他哭狠了把身子哭坏,就干脆抱到了地里。他们往前边锄一会儿,再回来把他抱过去,然后接着干活。通常,抱他来来去去的任务都是由丁成儒来完成。在丁成儒汗气蒸腾的怀抱里,他总是在笑,笑的时候,嘴咧得像一朵清晨顶着露水开放的喇叭花。

丁成儒还给他逮蚂蚱,大大小小青青黄黄哭哭叫叫的,用一根草茎穿成一串,拎回家喂老母鸡。

这一切,已经是很久远的往事了。如今,他们一家住在城市的边缘,靠着那个大垃圾场生活。再没有了葱绿的田园,听不见虫儿的叫声,闻不到田土的鲜腥。鸟儿倒是有的,但只是麻雀,可惜都是灰突突的,像一团洒在草纸上的墨水,脏兮兮地洇在那儿,看一眼,心里乱乎乎的。

可是,也有例外。一年前的夏天,他一个人到江边玩,听到头顶悬着一串鸟叫。他一听就知道那是一只叫天子,老家的草甸子里这种鸟很多。这种鸟乍翅就一飞冲天,边飞边唱,一直唱到云端。他知道,这种鸟的学名叫云雀。这只云雀的巢一定就在江滩上的草窠子里,不然,它不会只在这一带的天空上叫。丁一龙没费多大劲就找到了云雀的巢。那是一个多么精美的鸟巢啊!又长又韧的干草叶和几根马尾,在地上旋出一个丁一龙拳头那么大的小窝,窝的底部躺着五粒淡绿色的鸟蛋。丁一龙把鸟蛋一粒一粒拈到手心里。鸟蛋有点烫手。他把鸟蛋又一粒一粒放入鸟巢。丁一龙在鸟巢周围转了半天,觉得记牢了这个位置,才从这里走开。

这以后，只要有空，丁一龙就朝江边跑。每次来到鸟巢附近，他都先悄悄蹲着，蹲累了就坐在地上，等到云雀晾蛋飞开，他才跑到鸟巢旁边看一会儿，再伸出手用手指肚在鸟蛋上贴一贴。鸟蛋光滑无比，他的手指肚已经感受到了蛋体内雏儿的胎动。一想到一窝红润润光溜溜的小鸟就要破开蛋壳，叽叽哇哇扑扑棱棱地争相朝雌鸟的翼羽下钻，不知怎么，他的眼泪就下来了。

自从发现了云雀的巢，白天上课的时候，丁一龙经常走神。当然，王俊欣的课例外。

王俊欣是丁一龙的语文老师，刚从师范学院毕业。王俊欣的课讲得并不怎么好，嗓音还有点哑，可不知为什么，丁一龙就是喜欢听她上课。所以他上语文课从来都是尽心尽力的，全心全意的。一天，王俊欣布置了一篇作文，她要求同学们写一件让自己最感动的事。大家差不多都写了自己的母亲。丁一龙的作文题目是《小鸟的家园》。他在作文的结尾写道：

……那窝小鸟在我的注视下终于顶破了蛋壳，出生了。它们拼命地吃着云雀妈妈和云雀爸爸捉来的虫子，幸福地成长着，一天一个样子，羽毛一天比一天密，身体一天比一天大，叫声一天比一天嘹亮。后来有一天，我发现鸟窝空了，原来小鸟已经长大了，飞到天上去了。可是，我好像还能听到它们的叫声，看到它们漂亮的羽毛。我明白，这是不可能的。可我知道，它们离开了这个窝，离开了这片草地，飞得再远，就是飞到天边上去，也忘不了自己的家园。

王俊欣让丁一龙在班里朗读自己的这篇作文，丁一龙的脸通红着，死活不肯。王俊欣只好自己来朗读。丁一龙觉得王俊欣的声音从来没有那么好听，嗓子那一点哑，正好烘托着这篇作文的情调，像丁成儒的一双粗手卡着幼时丁一龙的腰，去够树枝上的沙果。

丁一龙计算着他的小鸟该像自己的作文里写的那样，破壳而出了。他打算等小鸟出生，把王俊欣请来观看。这是他一个人的秘密，他没有告诉任何人，可是他要告诉王俊欣，他要跟她一块分享这个秘密。待他赶到江边去看新生的小鸟，却被眼前的景象惊呆了——

滩地上耸立着一堆新挖出来的江沙，草地一片狼藉，零落得不成样子。几个挖掘机掘出来的深坑,像滩地上烂透的伤口,随意点布在沙堆的边缘。鸟巢的位置应该就在那几个深坑的旁边。也许就在哪个坑的位置。

那天,丁一龙一直在坑边呆呆地坐到晚上,回家后饭也不吃,摊开作业本,在灯下枯坐到深夜。第二天上学,他头一回一本作业也没有交上去。晚上放学,王俊欣把他留下了。她问了他好多话,可他一句话也不回答。气得王俊欣想扇他的耳刮子。最后,王俊欣只好放他回家。

出门的时候,王俊欣嘴里打了个咳声,伸手拍了拍他的后脑勺。

丁一龙的眼窝突然又酸又胀,嗓子眼里像堵了个棉团。他真想一头扑在王俊欣怀里,放开嗓子大哭一场。可他没有这样做,而是使劲咬住自己的嘴唇,低着头,慢腾腾地走了。

自从这件事发生以后,丁一龙再也不去江边玩了。有一回,丁一凤让丁一龙到江里摸蛤蜊,要用蛤蜊肉喂她养的小鸭子。丁一龙横了她一眼。丁一凤到丁成儒那儿告状,说丁一龙要揍她。

丁成儒对丁一龙说:"你现在就去给我捞几个蛤蜊回来!"

丁一龙说:"自己的事自己管。我作业还没做完哪!"

丁成儒说:"你让她打水漂啊?丁一龙你是不是皮子紧了?"

姜彩琴说:"捞几个蛤蜊,屁大的工夫,快去吧!"

丁一龙抓起一个塑料袋,气哼哼地出了门,向江边走,回头见丁一凤也跟了上来。

"你跟我腚后干啥?"

"你管不着!"

"就你事多。没有你,啥事都没啦。多余!"

一听这话,丁一凤就不跟他走了,使劲剜他一眼,转身跑回屋里去了。丁一龙知道,她又去丁成儒那儿告他的状了。丁一凤就怕说她是个超生的黑孩子,因为全家背井离乡,主要是因为她的出生,为了躲超生罚款。她怕人家说这件事,也最恨有人说她是个"多余"。所以,丁一龙今天就是给她摸回一百个瓢大的蛤蜊,她也不会放过丁一龙的。每次他俩打闹时,最后吃亏的总是丁一龙。赶上丁成儒心情不好,丁一龙就要受到喝斥和责骂。这时候,姜彩琴就说,你们俩真是前世的冤家呀!丁一龙一直有这样的想法,丁一凤从丁成儒和姜彩琴那儿霸去的爱,原本是属于他一个人的。而最差劲的是家里添了这个丁一凤，日子才一落千丈地水下来，丁成儒才不得不带领他们抛家舍业，流浪到这里，依靠城市垃圾生活。

那是一种什么样的生活呀——

垃圾场很大，甩手无边。这是这个城市最大的垃圾场。每天天不亮，环卫部门盖着篷布的大翻斗车就呼呼地开来了。这时，拾荒者就像等待舍粥的饥民，轰轰隆隆地围上来。一日之计在于晨，能不能赶到活儿，关键就在这个关口。

拾荒者都是一伙一伙的，有着严格的区域观念，谁的地盘就是谁的地盘，不容侵入半步，他们像森林里的猴群看护自己的领地一样，认真地照顾着自己的家园。丁成儒刚来，不懂这些。头一天上垃圾场，他让垃圾场的大吓住了。垃圾场太大了，破破烂烂的一眼望不到边际。丁成儒感觉这个垃圾场就像一个没有围墙的大厕所。垃圾多，说明城市就大，靠上这个大，也就挨上了一个大城市，机会就会多——牙缝里剔下的一粒肉末就够喂俩蚂蚁的。丁成儒认为到这里真是来对了，感到自己率领全家进驻垃圾场，如同一小窝蚂蚁爬到了一堆骨头上。头一天上工，不懂路数，挥着钉耙东刨一下，西搭一把，捡了不到一蛇皮袋废纸，有几个人就过来找他的茬了。那几个人像看家护院的。他们每个人都在他的蛇皮袋上踢了一脚，嘴里像咬了一颗酸枣，歪鼻子酸脸地撵他：

"走，走！换个卧子！"

丁成儒把他们看成了垃圾场的管理人员，以为这一块不让随便翻弄，就什么也没说，远远地走开了。第二天他换了地方，又有几个人来撵他。这回他说话了：

"这么大个地方，也不是就我一个人干活，干啥偏撵我？"

听了他的话，其中一个哧溜一下笑了：

"一看就是个屯迷糊。"

丁成儒不乐意听这话："你们别在我这儿装蛋。我知道你们也是拾荒的，别拿鸡毛当掸子！"

这几个人态度还是可以的。一个说：

"兄弟，一看你就是个新人，不懂这里的规矩。猫有猫招，狗有狗道，事儿有先来后到。这块场地是我们哥几个占下的，在这儿务了好几年了。你现在这是在咱们碗边挠食儿，明白吧？"

丁成儒看这几个人也不是省油的灯，说不定还是小地头蛇，自己身后拖着一大家子人，使横的赔不起，先忍了吧。他现在才闹明白，垃圾场虽大，可没他下耙子的地方。再到垃圾场的时候，他干脆不往里边走了，拖着车子在周边转悠，专等运输垃圾的翻斗车过来。他想，我谁的地盘也不占，我劫飞车，打游击。他的双眼只瞄着垃圾车，看见垃圾车开过来，拖上车子就跟着跑。新到的垃圾，干货多，油水大，翻捡起来也省力气，一会儿就把推车装满了。城里的垃圾一般是在晚上收集装车，第二天起早出城进场。这样，丁成儒基本就只有一个早晨的活儿好干。

干到第四天，出事了。

一大早，丁成儒拖着车子挨近垃圾场，见垃圾车还没来，就把自己整个放倒在车斗子里，脸上扣了个草帽，睡起了迷糊觉。迷糊了不到十分钟，睁开眼朝上瞧，发现眼前悬着一圈人头。细一看，这些都是前几天撵他的那几个人。他刚要起身，那几个人就把他摁住了，一点也动弹不得。他使劲地挣扎，身上就挨了一通雨点般的拳头。他是一个有膀子力气的人，挣扎得很积极，全身和四肢都在努力地动。他的挣扎让那些人感到厌烦，也有些兴奋。他越来越难对付，其中一个的拳头还捅到了车斗的木板上，硌得破皮流了血。这时就听有人说，废了他！紧接着，丁成儒的头就让砖头拍了一下，一股温热黏稠的液体就糊住了眼睛。他的手用力在眼睛上抹了一把，眼前挂起了一块玫瑰色布帘。他的血流得太旺盛了，头整个成了一个血葫芦。那些人害怕了，一溜烟地散开。

丁成儒从车上爬起来。那些人正猫着腰往垃圾场深处跑，像一群散了脚的兔子一样乱窜。他头上的血也不擦，拖起车往家走。他觉得车子很沉，一看，车胎瘪了。他放下，大口大口喘着，然后对着整个垃圾场吐了两口带血的唾沫，大声地喊：

"我操！操——"

姜彩琴要去派出所报警，丁成儒不让。

丁成儒在炕上躺了三天，一言不发。第四天，起来了。他头上缠着一层白花花的纱布，拉上车，让姜彩琴抱着丁一凤坐上去，让丁一龙跟在车后，去了垃圾场。他找到打他的那伙人，说，就在这儿干了，咋的都行。我没得罪你们，我不怕你们，不怕你们打我。我一个人打不过你们一帮，可是我不怕。你们要是再打我，就把我打死，打瘫也可以，我不会报警，我家里的人也不报警。但你们得把我的两个孩子养大成人。

说完这话，丁成儒就让姜彩琴抱着丁一凤领着丁一龙回去了。

丁成儒在垃圾场站住了脚。后来，丁一凤大了，姜彩琴抽出了身子，到城里去做钟点工。

丁成儒对丁一龙的学业抓得死紧，每天都翻丁一龙的作业本。每次开家长会都不许姜彩琴去，无论怎么忙也歇了工自己去。他给丁一龙规定，每回考试不能低于前三名。有一年一次期中考试，丁一龙的成绩在班里排了第五名。那天丁成儒回来得很晚，也很累。他进屋就要了丁一龙的成绩单看，看完了，也不说话。丁一龙眼瞅着一团黑气在丁成儒的脸上盘旋，慢慢定了型，铸成了一块铁。丁一龙猜测丁成儒可能要打人。这应该是丁成儒要打人的迹象。果然，他抽出了皮带。丁一龙挨了打，还不能睡觉，面朝墙壁站着。丁成儒打完了丁一龙，饭也不吃，一头倒在床上，呼呼睡死过去。

姜彩琴见丁成儒睡了，就让丁一龙睡觉。丁一龙不睡。

姜彩琴哭了："丁一龙你得争气呀，咱们家可全都指望你啦！丁一凤是女孩，我们靠也靠不上。"

丁一龙抹了一把眼泪，恨恨地说：

"靠不上你们还要她！"

姜彩琴抬手给了他一巴掌，骂道：

"你这孩子怎么说话呢？狼心狗肺的东西！"

这一夜，丁一龙就这么站着，站了一夜。天亮以后，他饭也不吃，背起书包就走，一直到了晚上也没回来。直到第三天，丁一龙的爷爷打来电话，说丁一龙坐火车跑回了老家。这是丁一龙第二次挨丁成儒的打。那一年，丁一龙九岁。

丁一龙七岁那年，丁成儒第一次打了他。

那是他们来到这里的头一个冬天。有一天学校放学早，丁一龙回到家做完了老师留的作业，跑到外面去玩。独自一个也玩不出什么滋味，冬天又没有什么好玩的去处，就想到垃圾场去看看。他到了垃圾场，没有往深处走，而是绕着垃圾场一边转，一边拿眼睛找丁成儒。垃圾场给他印象最深的不是垃圾的多和杂，而是那些白色的塑料袋。垃圾场上几乎浮着一层塑料袋。在冬天的小风中，它们忽忽悠悠磕磕绊绊地移动。风大一点儿它们就飘，有些还飘到了空中。那些飘不起来的，是让别的有重量的垃圾压住了，它们无法飘动，飘不动它们就发声，发出籔籔啦啦的怪叫，像有一肚子永远排泄不完的怨气。那些飞到空中的塑料袋接触到了高空的罡风，越飞越高，越飞越远了。它们可能以为自己这次上天就下不来了，可以飘到了更远的地方，所以，它们飘飞的姿式都很潇洒，慢悠悠的，随着风做着扭动翻转之状。丁一龙歪着头，目光追踪望着它们的飞行，想，什么东西飞起来都是好看的，不知道人飞起来会是什么样子。有一点丁一龙不会去想，这些塑料袋是不能离开垃圾场的，不管飞得多高，飞出去多远，夜晚刹了风，它们就要落下来，会被重新收拢，跟别的垃圾一起，再回到这个垃圾场。

再进一步去看的时候，丁一龙的心里就起了一些害怕。那些动着飘着的白色的塑料袋，姿式都尽量不同着，可有一点却完全一样：它们都让风把身体撑得圆溜溜的，发着暗白的光。这让丁一龙联想起了爷爷讲的夜间坟地里鬼打的灯笼。丁一龙决定不再看这些鬼灯笼。

丁一龙看到了丁成儒。

丁成儒正在干活。他的背弓成括号扣在垃圾堆上，手里的钉耙像土拨鼠的爪子一样灵巧而有力，向着垃圾堆的每个可疑之处开掘。丁一龙见丁成儒掘了半天，也没翻捡到几样有用的东西，他的一整套熟练动作，就像一个碎嘴的婆娘，憋了一肚子的隔夜话，走东家串西家，喋喋不休地说个没完没了。

这太没意思了。

丁成儒一心一意地干活，根本就没发现丁一龙。丁一龙想跟丁成儒藏个猫猫，给他一个惊喜，就走远一点儿，在垃圾堆上寻找能卖钱的东西。他手里没有工具，只能像小鸟寻食一样，蹦来跳去，尽量发挥双眼的威力去找。他找到了十几个装矿泉水的塑料瓶，三个罐头瓶，一个玩具狗。捡到玩具狗的时候，他明白了，丁一凤的玩具熊就是丁成儒在这里捡的，原来家里好多用的东西都从这里来的，真是靠啥吃啥呀。有一些废报纸他也想捡，觉得可疑，就放弃了。捡这些东西让他用了一个多小时的时间。待他把自己的成果哗啦一下丢在丁成儒身边的时候，腌透的鸭蛋黄一样的夕阳，正好哐当一声坐在了垃圾场的尽头，整个垃圾场上笼罩了咸滋滋盐味儿。

丁成儒好像早就知道丁一龙来了，他的脸上一点也没出现丁一龙期待的惊喜的神情。相反，一股怒气盐卤一般腌了脸，显得他的脸又干又硬，抽抽巴巴的。

他默默地整理着一天的战果，装了车。丁一龙也把自己捡的东西朝车上装。

丁成儒说："放下！"

丁一龙看了看丁成儒的脸，没有按他的命令去做，没听明白似的，抱着东西呆站着。

丁一龙怎么也没料到丁成儒会打他，而且在这儿打他。丁成儒打丁一龙事先没有任何征兆，扯起一条胳膊，一巴掌拍在屁股上。他的脚底踩了一块冰似的，平地移动了三米多。他让丁成儒这一掌拍蒙了，可屁股上的疼痛却非常明确地与泪腺达成了共识，泪水在眼窝里转着圈，一拱一拱地直撞眼皮。只是他还没决定，是不是让它流出来。

丁成儒没有再打丁一龙。他让丁一龙面朝着又圆又大的夕阳跪下。

"谁让你来的？"丁成儒的声音里像灌了铅。

丁一龙心里正委屈着，可是委屈得没有着落。他还是不让自己的眼泪掉下来。

"谁让你到这里捡这个？"

丁一龙顺着丁成儒的手指去望，见丁成儒的手指擀面杖似的杵向一堆灰蒙蒙的白色，他知道，那是他今天来垃圾场的全部收获。可是，这怎么可以构成他挨打的理由呢？思想的车轮一转到这儿，他的心胸豁然一片空阔，眼看就冒漾的泪水一泄而出，顺着脸腮流淌，滴落到了衣襟上，很快，胸前的衣襟上结出了两条亮晶晶的冰溜。

丁成儒不再问话了，好像在沉思默想着一件无比重大的事情。过了一会儿，他挥起手臂，指着垃圾场：

"丁一龙你说，垃圾场是什么？"

丁一龙说："不知道。"

"垃圾是什么？"

丁一龙说："不知道。"

丁成儒用脚把丁一龙捡的瓶子一个一个踢出去，然后说：

"垃圾场是个大厕所。垃圾是城市拉的屎。我们拾荒的是什么？我们是靠吃城市拉的屎生活的人。我们不是农村人，也不是城市人。丁一龙你不能像我这样。你长大了不能让你的后代再吃城市的屎。你不能。你以后不能再到这儿来，更不能来这里干活！"

丁成儒看着丁一龙的脸说:"你来了要是让我看见,我打折你的腿!"

丁成儒说完这些话,把他踢出去的瓶子一个一个捡回来,丢上车,然后让丁一龙站起来,跟他回家。

丁一龙从老家回来以后,丁成儒再也没有打他,可作业每天还是要检查的,不论回来得多晚,也要查看。丁成儒也翻看丁一凤的作业,但每次都是软着脸,草草地翻,有时一边翻,一边把他看出来的毛病当笑话跟姜彩琴说。丁一龙觉得丁成儒翻他的作业,像是从捡回来的破烂儿里剔除废物。看丁一凤的作业是从破烂儿里找出更好的破烂儿,那是绝对不一样的。

那怎么能一样呢?

丁一龙觉得丁成儒是喜欢女孩的。丁一凤在六岁以前,夜里基本是跟着丁成儒睡。他从来没有打过丁一凤,也没骂过。丁一凤考试考了第三十名他也不骂。丁成儒喜欢女孩,丁一龙也没办法,问题是丁一凤太过分,整个一个小狐狸精,丁成儒回到家,她就像片嫩树叶那样飘过去,吊在丁成儒脖子上不下来,扁着薄嘴唇,鸭崽子似的在丁成儒的脸腮耳边嘟嘟起来没个完。而其中的内容有的还跟丁一龙有关联。丁一龙一见她那副狐相就有气。她的身体还不太好,说不上什么时候就来场病,吓家里人一大跳。

说起来可能没人会相信,自从他们家搬到这里,丁一龙只进过两次城。一次是姜彩琴带他们到动物园,因为丁一凤突然闹病,走了一半的路又回来了,所以那次只能算作半次,其实是零次。再有一次就是去年七月一日王俊欣带他们去市少年宫参加合唱比赛。那次应该是丁一龙头一次进城,也是真正的进城。城市给他留下的印象太深了。

傍晚,他们唱完了歌从少年宫出来,同学们都分散开各自坐车回家了。王俊欣把丁一龙送到车站,告诉他到哪里换车。本来她是想把丁一龙送上车再走,这时她的传呼机响了。王俊欣看了一眼传呼,又叮嘱了一遍丁一龙换哪路车,就匆匆走了。车来了。女售票员一条嫩藕般的手臂从车窗伸出来,手在车厢的铁皮上啪啪地拍得山响,嘴里吵架似的嚷,靠边、靠边!车咔哧刹住。女售票员又嚷,先下后上!先下后上!车上的人还没有下完,下边的人就往上挤,于是,下车的和上车的就有人骂起来了。

丁一龙本来正好站在车门处,可不知怎么就让人挤到一边去了。他试着想加入到上车的人流。他看到只能从人缝中进去才有希望，就瞄住一个缝隙朝里钻。身子刚插进去一半，就被一个大汉一胳膊肘拐了出来。他正研究着怎样才能挤上去，车呜地开了。这是一趟联运车，车少人多。好半天又来了一辆，他又没挤上去。他想，反正也是等，干脆到下站上车。他走到了下一站，发现车上的人更多。他就沿着大街又朝下站走。走着走着胆大了，想，走着回去得了。做出了这个决定，心就稳下来了，边走边看边琢磨，觉得什么都新鲜。他发现，在城市，用"吃"和"拉"的概念好像什么都可以解释，比如商店，吃进去是钱，拉出来商品，那么商品就是商店倒出来的垃圾。还有公共汽车，喝了柴油，从排汽管子里喷出来黑烟，排汽管子就是汽车的屁眼。那么乘客挤上车，就是把"回家"稳稳当当吃进了肚子里，可他们挤车时那些骂人的脏话和难看的行为，就是他们拉出来的屎。可见人是边吃边拉的动物，尤其是城市人，别看一个一个穿得溜光水滑的，可身上都带着一股屎味儿。地方越大，人越不干净。丁一龙做出了这样的总结。他又走。走着走着，他觉得城里的街道就像一盘肠子，大肠套着小肠，小肠叠着大肠，出城拐向垃圾场的那段路是直肠，道口是肛门。每天早晨，城市的垃圾一车一车从那儿被拉出来，然后，拾荒者像苍蝇一样嗡地围过来。想到这儿，他的胃里一阵翻搅，恶心得要吐。

从这以后，丁一龙再也没有去过城里，也没坐过公共汽车。

王俊欣第一天出现在课堂上，丁一龙就觉得眼前一亮。其实王俊欣一点都不白，个子不高，也说不上漂亮，衣服穿得很随意，而且不像别的年轻女老师那样一套一套地总换。她头上扎着个马尾巴，走起路来一跳一跳的。跟学生站在一起，看不出她大多少。可是她的眉眼生得好，眉毛又黑又长，眼睛不是很大，但圆，眼仁儿漆黑，看人时似有一团蛛丝朝你抛过来，悄悄结成网，罩着你。丁一龙就是被这张"网"网住的虫儿。他是主动上的"网"，他喜欢上了他的王老师。因为喜欢，王俊欣教的语文课他就学得特别卖力，还当上了语文课代表。

丁一龙最愿意上的并不是语文课，而是自习课。上自习的时候，王俊欣就得到班里看着。她怕有的学生调皮捣蛋，影响大家学习。上课时，王俊欣通常在前边坐一会儿，然后前后窜着趟走，一个一个看大家自习。有时看着看着就在某一个同学身边停下来。而丁一龙最希望那个幸运的同学是自己。

王俊欣的身上有一股淡淡的很暖和的香味儿。那香味儿有点黏，她人离开了香味儿也不去，不散，网一样。这香味儿让丁一龙有些恍惚，心里还有点疼。他真希望每天都上自习课，每堂自习课王俊欣都在自己的身旁站住不走开。他还希望王俊欣能拍拍他的后脑勺，像他的鸟巢被毁的那次一样。一想起那次王俊欣拍他的后脑勺，他的身上就会发出一阵热，鼻窝里拱出一片小米大的汗粒。

在学校，丁一龙还有一件他最愿意做的事情，那就是把全班的语文作业收拢齐，送到王俊欣的办公桌上。每当他把一摞本子放在王俊欣的眼前，王俊欣总是朝他一笑。她的笑是从眉毛开始的。她的眉由斜逼发际一下子平顺开，笑容便开始一汪春水那样在脸上泛滥了。同时，她的光洁而有些鼓凸的额头也让两条长眉托了一下，因而显得饱满生动。她先是让自己笑，然后说上几句话，不外乎"挺好，放这吧"，或"没有哪个同学不交作业吧"之类。一边听王俊欣说话，丁一龙一边希望王俊欣能再给他派个活儿，或者伸了手，拍拍他的头。

最近，王俊欣收到的传呼比以往多了，有时低头看传呼内容的时候，脸还莫名其妙地红一下，看完了传呼，还拿眼睛看看旁人，跟做了亏心事似的。这天，丁一龙给她送作业本。丁一龙放本子的时候把她吓了一跳。丁一龙见她在一张白纸上写满了字。可那些字都是乱写的，看都看不清。她看了丁一龙一眼，只是说，好。然后就接着在纸上乱写乱画。丁一龙放下作业转身就走。走出几步，他真希望这时能听到王俊欣在背后叫他停下。他有意放慢脚步。可是，一直走到门口，出了办公室，他希望听到的声音也没有响起来。接下来的几天，他的心里都怅怅的。

班里的一个女生说，王老师谈恋爱了。

丁一龙留意了这件事。晚上放学，他果然看见校门外有个骑摩托车的小伙子在等人。他磨磨蹭蹭故意慢走，边走边回头看，生怕一不留神，那个小伙子从眼前消失掉。走了好远，回头望，人还在。他窝头朝回走。仍然走得很慢，一边走，一边伸开手臂，去抚弄一下路边丁香日渐柔软起来的枝条。同时，用眼睛去研究那个小伙子。那人跨坐在摩托上，从他支在地上的两条腿可以判断出他不是个高个儿。他的身材像一根麻秆儿又干又平，浑身上下找不出一个鼓凸的部位。脸倒是白，头发挺长。这时他挥起了手臂。

王俊欣从门口走了出来。

那个女生果然说得不错。

王俊欣坐上了摩托车的后座，让麻秆儿载着跑了，可那车的样式和颜色却挥之不去，尤其是上自习课的时候，老在他的眼前放电影。他的头脑里无法再装进功课的内容，里面全是摩托车轰隆隆的鸣响。手里的笔不知在本子上写了些什么，乱乎乎的。他希望王俊欣能够发现他的乱写乱画。他希望下课的时候，王俊欣把他叫到走廊的尽头，问他为什么在本子上乱画。他就在心里说，你还乱画呢。王俊欣就说，你这孩子呀……

但是，什么都没有发生。

他的心里委屈极了。

晚上放学回到家里，他没有着急做作业，而是翻出了一个小木匣子。这个小木匣是丁成儒小时候用来装小人书的。现在，丁一龙用它装自己的语文作业本和作文本，确切地说，是装王俊欣批改过的作业本和作文本。丁一龙打开了小木匣，拿出了里面的本子，一页一页地翻着、看着。他用手和眼睛对那些纸页做着无声地骚扰。本子上他自己用纯蓝墨水写下的每个字，在跟王俊欣用红墨水批下的字迹交谈着。他的手和眼不停地打断着它们，也融入了它们。这是他和王俊欣之间的对话，没有白天黑夜的，永无止息的。这里没有麻秆儿的事。

他在心里恨上了那个麻秆儿。

连着几天放学，麻秆儿都来接王俊欣。其实麻秆儿的摩托车并没有把王俊欣载出去多远。他们通常在离学校不远的快餐店里吃了饭，然后到旁边的一个街心公园里去。麻秆儿的摩托车就锁在外面。

一开始，丁一龙不敢走到公园的深外，怕让王俊欣发现。后来，他见公园里一对儿一对儿的多了，又都跟鸽子似的旁若无人地在一块磨蹭，胆就大了，在离麻秆儿和王俊欣不远的樱花树后影着。

王俊欣柔着腰肢，让麻秆儿的一条细胳膊揽着，款款地朝着树丛的深处走。丁一龙发现麻秆儿的手很不老实，手指头在王俊欣的腰上像五个下山的小猴子似的乱蹦。这让丁一龙感到气愤，心里更加恨麻秆儿了。

他们走到一条长椅前坐了下来。麻秆儿揽在王俊欣腰上的手看不见了，他的另一只手同样不老实，像蜗牛的吸盘一样搭在王俊欣肩上。这个吸盘劲太大，太厉害了，不但吸住了让王俊欣不能动一动，她的脖子、上肢一下子就软了，眼见瘫在了麻秆儿的怀里。麻秆儿得寸进尺，头又动了，头低下了，脸贴在了王俊欣的头发上，嘴在头发上乱拱，还咬，咬着咬着不过瘾，慢慢就磨蹭到了王俊欣的

嘴唇那儿，咬住了，一时看不出松口的意思。

丁一龙呼吸越来越急促，血管里的血哗哗朝头上涌，冲得他浑身战栗，要不是树枝的支撑，他早就摔倒了。他恨死麻秆儿了，也恨王俊欣。一股愤恨的泪水冲决了眼眶的束缚，涌流了出来。

丁一龙跑出了公园。

丁一龙找到了麻秆儿的摩托车，狠狠地踹了一脚。又擤了一把鼻涕，原想擦在车座垫上，半道却改了主意，抹在了倒车镜上。干完了这些，他就跑了。跑出去十多米，瞧瞧周围，见没人注意他，就走了回来，从地上捡了一根冰棍杆，用牙嗑了一下，插进摩托车的钥匙孔里，然后掰断。看看钥匙孔还有一点缝隙，再到树根底下捏一撮湿土，放在手心里，用唾沫和成泥，填抹到钥匙孔里，这才一步一步地离开了。

"丁一龙，你走慢一点，我跟不上。"丁一凤边说边蹲下身来，去捏一棵蒲公英的脑袋。

丁一龙不耐烦地停下，等她赶上来。前面的房屋越来越少，树木也稀疏了许多，目光放出去，再没碰到什么障碍，眼前现出一片空阔。一股呛鼻子的水腥气迎面扑过来。

丁一凤拎着她的小红桶撒腿就跑，边跑边叫：

"松花江到喽！松花江到喽！"

那个去年毁了鸟巢的沙堆依然在，这堆沙子不知道为什么没被运走。那几个坑有些淤了，可旁边又出现了一溜新挖的坑，依然起到了给沙堆划定边界的作用。丁一龙望了一眼天空，天空有些灰，显然晴得不够透彻。空中早已没了云雀的鸣啭。几只麻雀飞过来，叽叽喳喳地互相追逐着。有两只落在离他十几米远的沙滩上踩蛋，一只踩到另一只的背上，看不出来公的给母的怎么注射种子，上边的只是踩了一下，就蹦下来，在沙地上兴奋地喳喳叫。丁一龙撮起一锹沙子，泼了过去。麻雀受了惊吓，箭一般飞去了。

麻雀的行为让他感到恶心。城市的麻雀真是肮脏透了。丁一龙有时觉得丁成儒和姜彩琴就像这麻雀，整天身上乌突突的，夜里还要做麻雀做的事情。

一天深夜，丁一龙让一泡尿憋醒了。他正要爬起来，忽然听到一种奇怪的声音。那是丁成儒和姜彩琴共同制造出来的声音。姜彩琴的声音分明在告诉丁一龙，她在忍受着怎样的一种痛楚啊，但是，她又是多么心甘情愿地忍受着那种痛楚啊！丁成儒趴在姜彩琴身上，显然在使蛮力，累得呼哧呼哧喘粗气。他们全家都在一铺炕上睡，声音是无法控制的，漂白布做的窗帘也难以彻底遮挡住月光。在以后的日子里，丁成儒每次在姜彩琴身上动用力气，丁一龙差不多都能醒过来，这让他又惊又怕，非常懊恼，他觉得自己也快成了一只肮脏的城市麻雀了。

近一年，丁成儒和姜彩琴夜间的功课明显减少，内容也显得空洞，好像在应付对方，又在应付自己，草草了事。有时完事了，他们还打嘴仗，一般都是丁成儒挑起来战争，他的话也说得多。尽管他们的声音压得很低，可丁一龙还是断断续续听到丁成儒的话里总提到一个什么"赵科长"。丁一龙知道姜彩琴就在这个赵科长家里做钟点工。他不明白丁成儒为什么在这个时候说起这个人。

丁一龙在家里碰到过这个赵科长。有一个礼拜六下午，姜彩琴让一辆红色的小轿车送了回来。这个时候，丁成儒一般还没有收工。赵科长是个五十多岁的小老头儿，圆胖，秃顶，不多的头发像个掉了底的鸟窝，倒扣在头上。他是自己开车。赵科长进到屋里，东看西看，各处都看得很仔细。仔细看过以后，他说，可以。又说，五袋水泥打个地面，再抹一个墙裙，可以了。第二天，红轿车又开来了，轿车的后备厢因为装了过多的东西，扣不死，半开着，像一条大鱼的嘴。鱼嘴是来吐东西的。赵科长从后备厢里扯出来五袋水泥，丢在了他们家的门口，然后气喘吁吁地盯着姜彩琴的脸说，可以了。

赵科长还给了他们家好多衣服。姜彩琴把这些衣服一件一件摆在炕上，又一件一件拿起来，在自己和丁一龙、丁一凤的身上比量着。丁一龙身子一抖，撞掉了姜彩琴手里的衣服，跑出去了。他讨厌这些衣服，也讨厌姜彩琴和丁一凤试衣服时满身喜悦的样子。

赵科长还送给丁成儒一套西服，可按丁成儒的身材根本无法穿。姜彩琴说，这套西服赵科长根本没上过几回身，丁一龙长两年就可以穿了。丁一龙说，王八犊子才穿。姜彩琴变了脸，捞过笤帚疙瘩朝丁一龙甩过去。丁一龙马猴子一样蹿到外屋，笤帚疙瘩哐当砸在了门框上。丁一龙在外屋蹦着高儿喊，就不穿，就不穿。

春分第四天，老家来电话，爷爷要死了。

他们一家人赶回了老家。爷爷正一口一口倒气，可这口气就是咽不下去。两天以后，姜彩琴有些耐不住了，带着丁一龙和丁一凤挨家挨户串门子。村子里的人见他们都夸,可以说是一路夸赞之声伴随着他们。女人们都夸姜彩琴白了、胖了,比离开村子那会儿还年轻,衣服也穿得好,跟城里人没什么分别。夸丁一龙和丁一凤也有城市小孩的文明样子,不像他们的丫头小子,猪羔子似的。那些婶子大娘说话的时候,还揪起丁一龙和丁一凤的衣服看,嘴里发出啧啧的赞叹。丁一凤完全是一副舞台小明星的模样,眼神内容丰富,一会儿火一会儿水的,真是要风有风,要雨得雨,还一飘一飘的。丁一龙看她心里就有气。她那么小就会使眼风,这么狐狸精,大了裤腰带准系不紧。也说不准她像谁,像谁呢?

大人夸赞的时候,丁一龙的身上像爬了一群虱子,骚扰得他坐也不是,站也不是。他盼望姜彩琴能早点儿结束这种流动展览。他讨厌大人的夸奖,他认为他们夸他,其实是夸他穿的衣服,除去这套衣裳,他和他们的孩子还有什么区别呢?他讨厌自己身上的衣服。他们这次回来穿的衣服,都是姜彩琴在城里做钟点工的人家给的,有的还是丁成儒在垃圾堆上拾的。他觉得这些衣服都有一股很复杂的味道,主要是别人的人味儿,穿上了,别人的人味儿就糨糊一样刷在自己的身上了,跟蒙了别人的皮差不多。

他们继续流动着。在一个论起来丁一龙叫二姑的家里,丁一龙坐下的时候,屁股让一个硬东西硌了一下。二姑家的炕沿做工毛糙,木料接茬的地方是用一个钉子固定的。钉子是个寸钉,不能贯穿炕沿,年头多了,可能自己拱了起来,就拱出了那么一点儿。一点儿就足够了。丁一龙装做无限怀念家乡炕沿的样子,伸出手,让掌心贴在炕沿上来回摩擦,抚摸的样子,渐渐挨上了那个硌了他屁股的钉子。他的手指肚像吮糖时的舌尖一样,舔着钉子。钉子的钉帽有半边翻卷了,划手,判断了这一点他心中一阵窃喜。他让钉子慢慢对正了自己屁股的中间部位,让它一点一点一分一分挂住了裤子的布,再稍稍挪一下,让它挂牢、咬死。一切都准备就绪,剩下的只有耐心等待。等待是漫长难熬的,又是兴味无穷的。他像等着鸟崽破壳一样,等待姜彩琴那一声"走"的破口而出。

姜彩琴的屁股一挨上二姑家的炕沿,就沉重得不得了,一肚子说不完的话,把她的屁股牢牢地摁住了。她说呀笑呀,就是不走,屁股长了牙似的。丁一龙眼睁睁地看着姜彩琴让自己的屁股把二姑家的炕沿咬进了肉里。他在心里焦急地喊道:妈,走啊!

姜彩琴的屁股终于有了抬起的迹象。她只是挪动了一下。丁一龙把这次挪动理解为要走了,要流动到下一家展览了,他也是等急了,像憋了个屁。他双臂支住炕沿,身体大幅度前倾,一只脚还在炕墙上蹬了一下。哧啦——丁一龙觉得自己的身体在燕子掠水一般平飞出去的同时,屁股那儿让一只有力的手揪了一把,紧接着是油饼那么大的一块凉呱叽拍在屁股上。

姜彩琴这回可坐不住了。她妈呀一声跳将起来,奔丁一龙的屁股扑上去。她蹲下身子捏着丁一龙剐破的裤子,心疼得口中连连打着咳声。二姑急忙找针线。丁一龙推开姜彩琴的手说,我先回去了。他也不等姜彩琴同意,屁股上的破绽也不缝了,蹿出屋,跑了。他跑得很轻快,觉得屁股上被剐下来的布片忽嗒忽嗒像个小翅膀,推动着他向前快乐地奔跑,如果这时再张开双臂扇动那么三两下,人就飞起来了。

爷爷咽气了。一家人也长出了一口气。接着是出殡。打墓的时候丁一龙跟着去了。他家的坟茔地是在一片荒甸子里。记得在家的时候,这个荒甸子还很大,不使劲望,是望不着边际的。如今,地都开到坟头旁边了,甸子像一汪水似的蒸发了。打墓是很有说道的,年轻人不明白。爷爷的墓穴由家族里的五爷和七爷来定。七爷定了一个位置,五爷说不对,迎了门,得挪开七尺。穴位如定在这儿,下一辈的老大不能出息。五爷强调说,坟地就是阴宅,有进有出,正房偏屋,长幼有序。

丁一龙听他们争论得挺有意思,就对丁成儒说:

"那边地方挺大,把我爷埋在那儿不行吗?"

丁成儒说:"那是我和你妈这一辈的地方。"

丁一龙问:"那,我的呢?"

丁成儒甩手一指:"那边。"

丁一龙按照丁成儒的指点,走过去。他在属于自己的地块上走来走去,心里感到怪怪的。这时,一只非常漂亮头顶带着冠子的鸟,从不远处的另一片坟地里飞起来。丁一龙认识,这种鸟叫戴胜鸟,专钻坟窟窿,在墓穴里边筑巢繁殖。若是谁家的坟地管理不善,让狐狸或是黄鼠狼打了洞,戴胜鸟就把家搬来了。

有戴胜鸟陪伴着,躺在坟里一定不会寂寞。丁一龙想。

爷爷的去世,丁一龙并不怎么难过,只是分外伤感。爷爷是他与故乡联接的最后一节链条。爷爷不在了,故乡也就不在了。从老家回来,他觉得城市和他近了一些，可他对城市的反感依然没有消失。看到了城市就看到了垃圾，接近了城市就等于站在垃圾堆上。这个影像太逼真了，太深刻了，已经在他的心里烙下了印记，这个印记将伴随他整个的成长岁月。

生活恢复了原来的样子。丁成儒每天早早地起来去垃圾场。姜彩琴做了早饭，等丁一龙和丁一凤吃完上了学，就到城里做钟点工。她到城里做钟点工一般下午就回来了。

这天，她回来得很晚。她说，赵科长今天过生日。原想在饭店摆几桌，怕有影响，就改在了家里，所以忙到现在。

丁成儒没有吭声，哗哗翻丁一龙的作业本。

丁一龙看到作业本上的纸，在丁成儒的手里哆嗦成一片片秋天的树叶。夜里十二点多的时候，丁一龙发现丁成儒和姜彩琴没有在炕上睡觉，也没在屋里。早晨，丁一龙醒的时候，丁成儒已经上垃圾场了，姜彩琴在做饭。丁一龙见姜彩琴的一边脸好像胖了，眼睛也肿了。

这天，姜彩琴没有到城里去，第二天，姜彩琴才去城里，晚上回来得更晚。这次，她进屋什么也没说。

从老家回来，丁一龙一到学校，他就听说王俊欣要结婚了，同时还听说王俊欣结了婚以后就调到市里的学校了，因为她未来的婆婆是教育厅管招生的副主任。

丁一龙发现王俊欣瘦了，可能是忙着结婚，有大量的准备工作要做，劳心费神。上自习课的时候，她很少再窜趟前后走了，往往是找个位置坐下就不愿动弹。上课倒认认真真，讲课的声音却有点儿柴，更哑一些，像散失了一部分水分。她还悄悄改变了发型，原先吊在后脑勺的马尾巴垂直下移，在脖子后变成了麻雀尾巴，显得她一下子长大了好多岁。要命的是这种发式不仅土，还显得疲，家庭妇女的汤汤水水都在里头了。王俊欣已经让自己的头发先行一步，提前进入了妇人的行列了。这一切的变化都让丁一龙恼火不已。他想哭，想骂人，想摔作业本，想撕坏一块布，哧啦听个响。最后，他选择了唱。他唱歌了。他唱：

九九那个艳阳天喽噢喂，
十八岁那个哥哥想着那小英莲。
哪怕那山高呀路又远哪，

我盼着我的哥哥呀早也么早回还……

妹妹你大胆地往前走啊，

往前走，

别回呀头，

朝天的大路九万九千九百九十九呀！

小白菜地里黄，

两三岁没有了娘，

小白菜眼泪汪汪，

穿上婚纱去拜堂……

丁一龙的歌是在自习课上唱的。那天王俊欣有事，来班级点了个卯就出去了。丁一龙是从不在班级闹事的，也从来没闹过事。那天是孙源挑的事端。孙源和邻座的裴珊珊捏着男女歌星的腔调编歌词臭对方，孙源的声音像他的身材一样越来越肥，又勾来几个帮腔的，教室里就有点儿乱了。班长栾冉的小细嗓挠痒痒似的压制了几声，根本不管用。丁一龙的歌声就在这时横空出世了。他一上来就动真格的，声音大得邪乎，一家伙把教室里的乱声全灭了。谁也没想到他会加入这种乱，还把歌儿唱得那么邪。教室里先是丁一龙一个人在唱，后来就有人帮腔了，接下来就全乱了，整个教室变成了歌舞厅，这时候就是消防队来也不好使了。

王俊欣脸都气白了，把全班都扣住不让放学。

"你们，谁挑的头？给我站出来！"

孙源和裴珊珊的头使劲朝桌面上贴，又不敢贴太近。

丁一龙站起来了。

王俊欣说："你——？你？"

丁一龙直视着王俊欣，用眼睛说：

"是我。"

"丁一龙留下！你们放学吧！"

教室里只有王俊欣和丁一龙了。

王俊欣说："丁一龙，你怎么啦？"

丁一龙不吭声。

"谁让你闹的?又不说话。哑巴啦?你这不是在学坏吗?"

丁一龙在嗓子眼儿里说:"你管不着。"

王俊欣没听清:"你说什么?大点儿声!唱歌的劲头哪去啦?"

"你管不着。反正你也要走了……"丁一龙说出这话,眼泪流了出来。

王俊欣不说话,看着丁一龙哭,一直到丁一龙不哭了,她才拍拍他的头说,回家吧。

王俊欣是星期六结的婚。

星期六上午,丁一龙到了江边。他来到那堆沙子旁边,向沙堆顶上攀爬,爬到了顶,闲望了一会儿江上的风景,又走下来,然后躺在沙子上。一阵风刮过来,卷起的沙子扑了他一脸。嘴里也进了沙子。他噗噗地吐了半天。他站起来,在沙堆的边缘漫无目的地走,见跟前有一个沙坑,就跳了下去。丁一龙斜躺在沙坑里,闭上了眼睛。这会儿,应该是王俊欣让一大串挂着红气球的轿车接走的时候。从今天起,她就要离开她的爸爸妈妈,永远也回不了家了。她会哭吗?

丁一龙哭了。他哭得伤心极了。哭的时候,他想了王俊欣的结婚,想了爷爷,想了他家的坟茔地,想了拥有一串串云雀和蝈蝈叫声的家乡,想到了家乡就自然想到了他的家,想到城市和垃圾。还想了跟前被沙堆掩埋的草地,草地上的鸟巢,鸟巢里准备破壳的小鸟……他流了很多眼泪,他流出的眼泪成了河了,赶上身边这条松花江了,江水滔滔,推平了沙滩,灌满了所有的沙坑,也把沙坑里的他泡了起来……

丁一龙回到家,见丁一凤在做午饭。丁一凤做饭可是破天荒的事。她好显摆,平日姜彩琴做饭时,她也脚前脚后跟着忙活,单独做饭却是从来也没有的事。丁一凤在馇粥,实际是把昨晚吃剩下的饭用水煮一煮。这也叫做饭?丁一龙鼻子哼了一声。

姜彩琴没有去做工,丁成儒也回来了,两个人在屋里什么都没做。好像在说话,又像什么也没说,但可以看出他们怄了气。这时,丁一凤在外屋喊:

"丁一龙,过来帮我做饭!"

丁一龙看看丁成儒和姜彩琴,去了外屋。丁一凤已经馇好了粥。菜是一碟咸萝卜条。

丁一龙说:"你这不是做好了吗?喊我干啥?"

丁一凤晃着胳膊，用勺子在粥锅里搅着，勺子刮了锅底，嘎嘎响。

丁一凤说："我干活，你待着，美得你！"

丁一龙见没什么活可干，就端起一摞饭碗往屋里走。丁一凤见他端碗，就过来抢，说你去端粥，我端不动。丁一凤一抢，就把一摞碗抢散了，碗掉在地上，摔碎了，噼里啪啦炸出一地白花花的瓷片。丁成儒闻声进来，也不说话，看看满地的碎瓷，一脚把丁一龙踢了出去。丁一龙没有哭，丁一凤却哭了。丁一凤边哭边用脚跺着地：

"都是你，这么硬！破水泥地！破水泥地！破水泥地！"

丁一凤一连三个"破水泥地"，使丁成儒刚刚踢了人的脚更增添了威风，他抬起脚又朝水泥地上的瓷片踢了两脚。这两脚好像也没解痛痒，他又转着眼珠子寻找新的进攻目标。好了，粥锅。粥锅正咕嘟咕嘟冒着泡儿哪，咕嘟咕嘟冒着泡的粥锅好像在咕嘟咕嘟嘲笑他，激起他怒火三千丈。他伸手抄起锅，顺着敞开的房门，用力丢到了院子里。就听屋里姜彩琴嗷地哭出了声：

"这日子没法过了……"

丁一凤从江里提了一桶水。丁一凤的衣服上沾了水，鞋也湿了。她看见了沙坑。

"丁一龙，你站在沙坑那儿干什么？"

"埋人。"

"埋人？埋谁？"

"埋你。咱们玩一个活埋人的游戏。好不好？"

"好呀好呀！像电影里演的那样！"

丁一龙指着沙坑："丁一凤，你跳下去，我来埋你！"

丁一凤瞧了瞧那个沙坑："这个坑太深了，我下不去。"

"我把你竖进去！"

丁一凤下到坑里，丁一龙就一锹一锹往里填沙子。开始是一锹一锹地填，后来是一锹一锹往里推。沙子像流水一样大量地朝坑里涌入。

丁一凤突然哭起来了。铁锹切入沙子的声音像刀子一样锐利，把丁一凤的哭声切割得沙子一样又细又碎。

丁一凤细碎的哭叫在丁一龙的耳边渐渐地变得若有若无。丁一龙停歇了一会儿，他累得呼呼喘着粗气。他这一停，丁一凤的哭声又响起来。

丁一龙彻底停住了手。

丁一龙的耳朵里立刻灌满了丁一凤的哭声。

丁一凤的哭声像一个烧红的铁炉子，一会儿就把丁一龙活埋丁一凤的计划烤化了。

丁一龙把丁一凤从沙坑里拉了出来。丁一凤的头发上沾满了黄乎乎的沙子，脸上也沾了一些，成了花脸猫，浑儿画的。她本来是在哭，当丁一龙把她拉上来以后，她又不哭了，乖乖地站在那，两只眼睛怯怯地望着丁一龙，像是一只等着下汤锅的小羊。

丁一龙对丁一凤说："你先回去吧！"

丁一凤跟没听见似的。

丁一龙不打算理她了。他把她小桶里的水泼掉，走到江边，甩手把桶丢到了水里。桶让江水浮着，忽忽悠悠漂了一程，然后沉下去了。他觉得肚子有点儿饿了，仰了脸看太阳，心想，该回家吃午饭了。可他这时一点儿也不想吃。

丁一凤还站在原地没动。丁一龙不耐烦地朝她摆手，那意思是让她先回去。丁一凤很听他的话，朝回家的方向走了，一边走，一边回头向丁一龙这边张望。丁一龙又朝她摆了摆手，是催促的意思。然后，他沿着江边向江的上游走，一直走到江桥，踏着上桥的石阶上了桥。丁一龙开始顺着大桥走。汽车一辆接一辆从他的身边轰轰隆隆驶过。他已经走到了江桥的中心地带，桥下就是松花江的江心。他想，就这儿吧。

丁一龙在大桥的中心地带停了下来。他扶着桥的栏杆朝桥下望着。这儿离江面足有六层楼高，江水是灰黑色的，江水几乎是看不出流动的。几只江鸥在桥下贴着江面翩翩地飞。丁一龙想，从这里下去一定像飞一样。

阳光灿烂照耀谁

谢竞远

1

有些好事,一大早起来,就让你找不着北了。我刚进教室,班长肖杰凑过来,很领导地拍拍我的肩膀,一努嘴,说:"导员宣你。"

我把肖杰的爪子从肩膀上胡撸开,问道:"吗事?"

肖杰一眯眼,不置可否地摇摇头。

导员见我来了,很有内容地盯我一眼,说:"大四这学期,你和肖杰、齐手手,去顺达房地产公司实习。"

我咧嘴乐了,顺达是本城房产界的怪胎,能进去操练一把,多少同学眼热呀。肖杰是学生头儿,齐手手是妩媚的女生,我算个啥?谁说导员只认好处不认好人,谁说导员只认城里人不认乡下人,谁说导员只青睐女生不搭理男性,在涉及毕业去向的关头,导员对我这个乡下小子,不也网开一面了。

第二天,导员、肖杰、齐手手和我来到顺达公司霍总办公室,依次坐在沙发上。导员跟霍总最近,我距霍总最远。导员和霍总挺熟,彼此敬烟,聊起国际大事本埠新闻。肖杰不失时机地插科打诨,表现出高超的捧哏儿技巧。齐手手低眉垂眼,装着用心听,我一本正经地端坐着,双手搭在波棱盖上,盯住墙上的简介:顺达房地产公司,具有房产开发一级资质,年开发能力五十万平方米……

到晌午了,霍总笑着起身:"一起吃顿饭。"

导员客气道:"不打搅!"

霍总一摆手,说:"走。"

霍总举手投足,带出不容抗拒的气势。

饭店既有情调又很雅致。霍总居中而坐,导员、齐手手分列两厢,肖杰挨导员,我叨末席。

点完菜,霍总问:"喝什么,王朝白?"

导员笑道:"大晌午头喝白酒,猛了吧?"

霍总不动声色,说:"王朝白,葡萄酒。"

导员讪笑一下。

第一轮酒下去,导员开始推销产品。他一指齐手手,对霍总介绍:"我们系的才女,专业课成绩顶呱呱,计算机国家三级,英语六级。"

霍总盯齐手手一眼,夸奖:"人才!"

齐手手娇羞道:"我还差得远。"

导员拍拍肖杰的肩膀,说:"这是个难得的组织人才……"

肖杰"腾"地站起,躬身道:"肖杰,滨海大学房产专业应届毕业生,中共党员,班长,连续四年被评为校三好学生。实习期间,我一定殚精竭虑,为公司做出贡献,请霍总多多教导。"

霍总点点头,示意他坐下。

导员瞥我一眼,说:"谢一民同学。"导员觉得话有点薄,补充道:"人老实。"

霍总见我距他最远,朝我抬抬酒杯。

我有些窘,不知说啥好,喃喃道:"普通同学。"

一桌人开心地笑了。

霍总说:"几年来,贵校为公司输送了一些房产专业人才。我代表公司,欢迎你们来实习。好,为双方又一次愉快合作,干杯!"

导员率领我们仨,一饮而尽。

我们开始"服役"。

2

霍总对我们三名准白领,一一做了安排:齐手手搞工程预算;肖杰任总经理助理,鞍前马后服侍霍总;我专接三部业务电话,兼做杂务。

霍总问:"有什么问题?"

肖杰和齐手手同时瞅我,似乎我应该有意见。我不自然地摇摇头。

我和齐手手的办公桌,在总经理室外间,就我们俩,挺肃静。齐手手埋头查阅资料,核对数据,跟在学校时一样用功。我就闲了,早晨打水扫地抹桌子,晚上关窗锁门,白天守着三部乳白色话机发呆。

霍总并不常到办公室,他一来,肖杰肯定屁颠屁颠跟着。肖杰比霍总高半个脑袋,若挺胸抬头,难免主仆不分。肖杰难受地弓着腰,变形了。趁霍总不注意,肖杰冲我们俩做个鬼脸。霍总看看齐手手的工作进度,翻翻我的电话记事簿,和肖杰走进办公室。

时间一长,摸透霍总出没规律,我开始懈怠了。大白天,我敢把脑袋枕在转椅背上,两只脚架在办公桌上,找找老总的感觉。正舒服地仰着,电话铃炸响,我手撑转椅,俯身去抓话筒,转椅反向受力,突然骨碌碌后撤,我一屁股坐在地上。齐手手一口茶喷在图纸上,乐呛了!

齐手手仍一天天算账,但工作进度明显放慢。我们有时闲聊,她主要想了解肖杰行踪,我和肖杰住一个寝室。

一天下午,齐手手提前完活,抻个懒腰,笑道:"你这么闲着,人都糠了!看看书,也是挨点呀。"我从图书馆借书回来后,收到家信。信上说,爸的风湿腿能下地了,妈还是忙里忙外,小妹学习好,成绩特棒。鸡今春没遭瘟,猪挺肥,庄稼绿汪汪的招人疼。家里对我毕业后咋办,特关心,叫我争取留在城里,全家也没白勒裤带供我一场。如果不行,路绕着走,能不能在女同学里,找个家有势力的。我用铅笔批注:倒插门。信封内,夹根红绒绳,绳上拴只老铜钱。爸妈说,今年是我的本命年,避邪,要我系在左脚踝上,人总是先迈左脚走出第一步,往后的路就好走了。我当即把红线铜钱系在左脚上。

现在,我的办公桌上摆满建筑、医学、农业种植书籍。我看书有个习惯,一

本书翻几页,搁一边,再换本,很难从一而终。当我估摸霍总快来时,把书摞成一摞,最上面放本建筑专业书,就没得说了。

这天,我正摆摊看书,霍总急匆匆推门进来,肖杰影子似的跟着。我一着急,僵住了。霍总掠过我手中的《塑料大棚种植技术》,脸露愠色,问:"富华房产公司是不是有个电话,我看看记录。"

"是有电话。"我一边找,一边解释,"看书归看书,工作没敢耽误。"

霍总看过电话记录,吁口气,交给肖杰。霍总坐在我的办公桌上,抓起本医学书。

我忙说:"我爸风湿挺厉害,想淘换个偏方。"汗珠顺着我的鼻洼往下淌。齐手手盯住我,目光中露出焦虑。肖杰不动声色,捧着包躬身站在霍总身后。

霍总拿起《建筑的空间与艺术》,问:"有什么收获?"

我脑筋急转弯,现炒现卖道:"霍总,咱们的写字间是上明下暗,高明度色彩容易形成紧张、兴奋的气氛,低明度色彩幽雅、宁静。但时间一长,受视觉单调、情绪回落影响,员工容易疲劳,工作效率降低。"

霍总似听非听,光洁的食指在书脊上滑来滑去。

我说:"我建议,今后写字间的色彩搭配,颠倒过来,下明上暗。上部暗色调,可以平静员工情绪,缩小员工距离感。明暗倒个儿,产生视觉失重,利用这种失重感,强化写字间的独特功用,使员工来到这个环境,迅速进入角色,提高工作效率。"

霍总盯我一眼,将书不轻不重地摞在桌子上,向他的办公室走去。肖杰颠颠跟着,把右手伸到背后,冲我竖起大拇指。

我瘫在转椅上,抹汗,心"怦怦"跳,顺手摸摸左脚踝,老铜钱冰凉沁骨。

两天后,霍总把我们仨叫进办公室。霍总坐在阔大的老板桌前,望着并肩站立的三个学生打工仔,说:"这段时间,你们表现不错。"

我们仨鸡啄米似的点头。

霍总话锋一转:"有件事,跟你们商量一下。公司在闵大镇有个工程,给商场装修。工程设计、预算、人工、材料筹备完毕,工程监理方已经到位。咱们这头,由韩总工程师领队,韩工最近身体不好,不能整天耗在闵大镇。我想,你们仨去一个,条件艰苦点,和民工一起吃住,全权代表公司。怎么样?"

说完，霍总低下头，翻阅几份文件。

我心里嘀咕，齐手手一个女生，跟民工一起吃住，不方便，她肯定不能去；肖杰也是一百二十个不愿意，闵大镇离公司七十多里，去了就不能天天朝觐霍总，而且那圪崂山高皇帝远，就是天天干出成绩，霍总能天天看得见？我去，唯一的好处是，自由自在了。各揣心腹事的齐手手和肖杰，盯住我。肖杰冲我努嘴，示意我赶快请缨。我明白，赶鸭子上架，内定好了。陡然，一股苍凉直冲脑门，我像被叛徒出卖一样，上身前倾，说："霍总，我去。"

霍总抬起头，说："好！我马上派车，把你的行李拉过去。明早八点，闵大镇，向韩工报到。"

3

没想到，闵大镇的日子，过得蛮有滋味。我的任务是按时组织民工开工、收工。韩工隔三岔五来一趟，看看施工情况、工程进度。白天余暇时间，我在工棚里看书。晚上，和民工盘腿坐在板铺上，玩玩牌，喝点小酒，听他们吹牛。民工讲，霍总就是从瓦工起家，但他胆子大，脑筋活络，三五年下来，手下拉起几百号人，白道黑道都玩得转，买卖越轱辘越大。

有个四十多岁的民工，小眼睛贼亮，留着山羊胡，神神道道，非要给我看手相。他捧住我的手，说："你爹肾不好。"

我说："他总腰疼。"

"肾为水，春天晚儿要特别注意。"山羊胡殷勤地叮嘱。

我点点头。

"你母亲命硬，长寿。"

我苦笑道："忙的命，整天干不完的活儿。"

"你掌纹主脉清晰，玉峰连续，日后定有作为！"

我笑道："江湖味出来了！"

山羊胡抬起头，端详我的面相，让我报生辰八字，掐掐算会儿，低声道："你生在八卦坎门，命中注定缺金，土生金，今年是你的本命年，土行不旺，许多事可能一波三折。从面相看，你属白虎相，当先苦后甜。"

我笑了。

山羊胡得寸进尺，蹬掉胶鞋，坐在公司为我配的铁床上，一双汗脚，冒出股烂鱼腥味。通铺上的民工都躺下了。

我说："我这床，有地儿，你过来吧。"

山羊胡乐颠颠把行李搬过来。我俩并排躺下，简易工棚，房顶漏进淡蓝的星光，和着民工们渐起的鼾声。

山羊胡说："我这辈子，还没跟有学问的领工睡过一张床呢。"

我跟山羊胡近便了，简直有了感情。我吩咐山羊胡去看混凝土搅拌机，轻巧活儿。这是我的权力，掌握权力，管人，真是一桩愉快的事情。

这天，齐手手偷偷打来电话，告诉我，霍总要来，让我有所准备。我们又通报了各自的情况。撂下电话，我忍不住骂道："狗日的肖杰，屁也不放一个。"

霍总到的时候，正下雨。肖杰给霍总打伞，自己半个身子淋在雨里。我早让民工们将工地拾掇得利利索索，我也没有躲在工棚内看书。霍总视察完，用力和我握握手，拍拍我的肩膀，没说什么。肖杰一手打伞，一手护住车门顶沿，霍总很首长地躬身上车。我拍拍肖杰湿叽叽的后背，说："辛苦！"

肖杰小眼睛一眯，钻进车里。

轿车无声地从我身边驶过，霍总隔车窗向我挥手。

我笑了。

山羊胡凑上来，说："霍总有佛相，慧根不浅。霍总身边的打伞人，看面相，机心重。撑伞时，我发现他左手有横纹贯穿，是断掌，这号人，心残！你得防着点。"

轿车在泥泞的路上，缓缓驶远，红黄交替的车尾灯光，溅起一路雨雾。

我不耐烦地一摆手，说"别在我跟前磨磨叽叽，干你的去！"

晚上，我给齐手手打电话，告诉她霍总来了，感谢她的事先关照。我说："肖杰以为我准遭突然袭击……"

齐手手打断我，说："得得，我可不是蹚浑水，给你们俩拴对儿！"

一个月后，商场装修完毕。这次出来，我独当一面，挺有收获。

这期间，齐手手和肖杰也成绩斐然。齐手手根据工程预算账面对比，就原材料选择提出建议，给公司节省十万余元，公司通报表扬，霍总还亲自宴请了齐手手。肖杰如鱼得水如日中天,一般交际场合,霍总就委派他全权代表。

紧接着,公司布置我们实习的核心任务:给市医院建座大型水房,十五天内务必竣工。

霍总交代,肖杰总负责。

工程不大,但我们明白,真正的考验到了!

我们仨开碰头会,肖杰踌躇满志,说:"现在咱们是一根绳上的蚂蚱,一损俱损,一荣俱荣。"

肖杰嘬嘬牙花,端出方案:工程勘测、图纸核对、各方协调,由他负责。预算、选材、决算,由齐手手做。施工、进度把握,归我管理。施工期间,三人必须同时到场,有事大家商量,意见不统一,举手表决,少数服从多数。

我笑道:"挺民主呀!"

齐手手沉吟一下,细声慢语道:"一定责权分明,谁出事,谁负责!"

这个预防针,打得好!

施工后,三人各依所长,尽职尽责尽心尽力,工程按计划展开。

万万没想到,还是出事了!水房建在山脚下,图纸上的承重墙没标明坡度,承重墙砌到一半,校对水平水准时,发现承重墙竟有七度坡角!这么干下去,非弄个房倒屋塌!

紧急停工,查找原因,商量对策。我们先校对图纸,肖杰驴拉磨似的围着图纸转,嘴里"咝咝嘀嘀",像牙疼,叨咕:"差哪儿?差哪了?"

齐手手咬着铅笔,瞪大眼睛瞧图纸,入定一般。

这张施工图,是肖杰绘制,韩工校对,我们仨几乎烂熟于心,就是看穿了,也没毛病。

我说:"别纸上谈兵了,去现场看看。"

垒到一半的承重墙,岌岌可危地戳地那儿。我沿墙体立稳标尺,肖杰支好水准仪,齐手手测量、计算、校对。这项工作,原本是肖杰带人搞的。肖杰紧张地盯住齐手手,小眼睛直眨巴。

齐手手测量结果:水平地面倾角4.5度。

肖杰闪过一丝侥幸的笑,说:"水平地面倾角,最大允许值5度,实测结果4.5度,在工程允许范围内,我没有任何责任。"

我心里蹿起股恶火,他先论起责任,就是我和齐手手的过错,你就高兴?

齐手手白肖杰一眼,用笔"嗵嗵"戳着本子,说:"肖杰,你真不懂,还是装不懂?最大允许角5度,指普通墙体,这是承重墙,多出半度都是隐患。砌墙时,稍不注意,就能突破5度。你为什么不在图纸上标明?"

肖杰脸一红,恼羞成怒道:"瓦工技术都过硬。"

我说:"测量墙体。"

检查结果:承重墙从左到右均为二十五块砖,但愣是砌得一头高一头低!

怪了?

我们仨回屋,闷头半晌。我说:"肖杰,你是头儿,你拿章程吧。"

肖杰叹口气,说:"齐手手回学校,找系里专业老师,看有没有补救办法。我和一民去请教韩工。咱们晚上碰头。"

我和肖杰离开工地,山羊胡在工棚前朝我招手。我让肖杰等一下,走过去,问:"什么事?"

"是不是承重墙闹鬼了?"

我惊警道:"别胡扯!"

"砌墙时,我看就不对劲;工期紧,三个瓦工同时砌,根本找不平。再说,砌墙的砖,经手人吃回扣,质量太次,厚薄不一样。"

齐手手能干这种缺德事?我低声道:"伙计,这话千万别乱传!"

山羊胡狡黠地笑道:"咱俩好歹在一堆儿睡过,我不能坑你。"

回来后,肖杰问我:"什么事?"

我一笑,说:"他问我明天开不开工?"

韩工听我和肖杰汇报后,蹙紧眉头,点支烟,看图纸。半晌,韩工抬起头,说:"这样吧,原墙体不动,加厚墙体,在上部找平。"

肖杰问:"韩工,霍总不在家?"

"飞广州了。"

我凭着在闵大镇跟韩工的交情,厚起脸皮说:"韩工,活做砸了,霍总若知道,实习鉴定不合格,我们就要毕业……"

韩工面无表情,"嗯"一声,说把图纸留下,他要再看看。

我和肖杰垂头丧气,走出韩工办公室。

刚走几步,肖杰说:"我有件东西落韩工那儿了,你等一下。"

过会儿,肖杰跑出来,我们回去了。

晚上碰头,齐手手气愤地说:"这些老师,课堂上讲起来,一套一套,遇到实际问题,都麻爪!"

我讥讽道:"学院派嘛。"

我仍按照韩工方案,把天大的窟窿堵上了。但工期延误三天,超出预算两万元。

霍总回来后,传我们仨。肖杰不抢先进屋了,总不能让一个女同胞冲锋陷阵吧,我硬着头皮,推开霍总办公室的门。

霍总阴沉着脸,手指敲打金质烟盒,问:"市医院水房工程,搞得怎么样?"我瞥见肖杰身子一颤!

霍总道:"肖杰,你说说。"

肖杰涨红脸,说:"我率先把工作分配得清清楚楚。承重墙先期勘测,图纸校对,是我搞的。我在图纸上标明水平倾角4.5度,提醒施工时注意。可齐手手贪图便宜,进的砖厚薄悬殊。谢一民赶工期太急。当然,我总负责,主要责任在我。"

我气坏了!肖杰简直是一只狼!

齐手手一跺脚,叫道:"肖杰,图纸上的水平倾角4.5度,你先标注了吗?你说我贪便宜,进次砖,难道我吃回扣了?"齐手手眼泪打转。

霍总撩起大眼皮,问我:"谢一民,你说,我听谁的?"

这不是将我吗!我鄙视肖杰,肖杰这鸟人,节骨眼连亲爹都能卖。但我和肖杰一个寝室住着,抬头不见低头见,不能撕破脸。不能为一红颜,一时仗义,毁了我俩四年的酒肉交情。齐手手这边,也不能说不过去,毕竟她帮过咱。但我不能太倾向齐手手,以免霍总怀疑我和齐手手攻守同盟,反倒对齐手手不利。

齐手手、肖杰瞪大眼睛,直勾勾盯住我。我清清嗓子,说:"霍总,出事后,我们立马返校找老师,请教韩工,千方百计想办法,将隐患消除了。"

霍总用手一指我,冷笑道:"你做个小工蛮合适,能和稀泥。"

我身子僵直,咬住嘴唇,豁出去了!反正我在顺达混不出啥名堂。

霍总说:"你们以为歪打歪闹,把窟窿堵住,就没事了!市医院水房只是个试探工程,门诊、住院部大楼都要翻盖重建,现在全被你们搞砸了!富华房产公

司乘虚而入，上千万元工程，煮熟的鸭子飞掉，你们扛得起？"

我们仨蒙了！

4

从办公室逃出来，天黑了。肖杰满脸通红，一个人气鼓鼓走了。他跟谁生气？霍总，齐手手，我？我又没临阵变节，当场出卖别人。

齐手手对我说："撤吧！"

我和齐手手回学校。马路上车流滚滚，光河熠熠，沿街练歌房内，传出声嘶力竭的嚎叫。齐手手高跟鞋凄清地响着。"你这人，挺世故呀！"齐手手说。

"谁也得罪不起。"我自嘲道。

齐手手拢一下头发，说："我可没亏待过你。"

我心里想：到底是女生，头发长，见识短。

我说："我家祖祖辈辈都是农民，我爷一辈子没进过县城，我爸没看见过火车。每次离家返校时，我妈都眼泪汪汪地拉住我的手，说：咱乡下人，在外面，要多吃亏，别占便宜，吃亏是福。我不比班长肖杰，城市人，干部子弟。我想油，凭啥呀！"

齐手手无语。

我把双手插进大衣兜内，吸口鲜凉的夜气，说："捅这么大娄子，霍总能不调查吗！他肯定了解各方面情况后，才传唤咱们的。我估计，他是在试探咱们！肖杰啥人性，这么长时间，霍总心里能没数吗！你当霍总是导员呀，几句好话，虚乎虚乎，就能把他蒙住。肖杰今天的话，霍总不可能全信。我表态时，要是和你口径完全一致，霍总会怀疑咱俩攻守同盟，跟肖杰作对。我无所谓了，也不指望啥，只想别耽误你。"

齐手手低头走着。

我问："砖的质量，究竟是怎么回事？"

齐手手满心委屈，道："为这事，肖杰咬我一口，当时我气蒙了，只顾哭！我本想降低预算，同档的砖，选了价格便宜、小窑烧的，谁承想质量这次。再说，我只管账面，根本见不着现钱，上哪儿吃回扣！"

我点点头，两人默默地并肩前行，不时有出租车在我们身边减速。我望着远去的出租车，感叹道："都为一口食呀！"

齐手手凄然地笑了，说："我们家四口，我在外念书，小妹随爸出海。我们家包条小船，捞海蟹、虾爬子，乱七八糟的海货。一个鱼汛下来，交船主七千，自己能赚两千多。"

我说："不够一年学费。"

"那干的是什么活儿呀？后半夜山海，就附近几盏渔灯，鬼火似的，剩下的是没边没沿的黑，一网下去，自个儿心都没底。我小妹白嫩的脸，被海风刮得黑红。我爸从脑门到胸脯一个色儿，黝黑黝黑。他们摇橹撒网，胳膊比大腿都粗。苦是苦，好歹有奔头！见天晚上卖完海货，我爸在船头一蹲，叼着烟袋锅，瞅小妹做饭。有时，邻船挨过来，唠唠嗑儿，日子还算惬意。"

我问："小妹没上学？"

齐手手叹口气："都出去念书，还过不过日子。"

我觉得寒意逼人，裹紧大衣。

"去年腊月二十，我爸寻思贪黑多捞点，宽绰回家过年。摇着摇着，挺远了，渔网不知被什么缠住，我爸下去弄，好半天没上来！小妹没命地哭叫，幸好邻船赶来，小妹跪在船板上，求船老大救我爸。黑灯瞎火，谁不怕呀！船老大叼着刀，下去了，把被翻缰网裹住的我爸拖上来。我爸现在，才能拖拉拖拉在院子里走。"齐手手呜咽起来。

我眼睛湿了。同学四年，我只知道齐手手是渔民的女儿。

沉默会儿，齐手手突然问："顺达公司朝咱们系要人，你知道吗？"

我点点头。

"听说只有一个名额。"齐手手盯住我，"你看咱仨谁有希望？"

我说："这不是咱仨的竞争，是你和肖杰的较量。我和你们俩，不属于一个重量级。这次来顺达实习，我是配角儿。结果怎么样，我肉眼凡胎看不出。不过我希望，以后我回家了，盘腿坐在火炕上，跟乡亲们白话时，说有个和我一样出身的女同学，住在挺大挺大的城市里，坐在挺大挺大的办公室里，做着挺大挺大的房产买卖，我也沾挺大挺大的光呀！"

齐手手笑了，仰起头，说："不管怎样，我决不离开这座城市！"

5

快毕业,人心都毛了。这天,肖杰问我:"人才市场有个毕业生洽谈会,你去不去?"我说去。我把消息告诉齐手手,她点点头,说:"知道了。"

毕业生洽谈会人山人海,大家捏着自荐材料,向一排排招聘单位的展台挤去,比农村大集还乱哄。人群中,竟有大二、大三的学生,真是看热闹的不怕事大!肖杰盯住每一家房产公司展台,发现条件合适的,就上前搭讪,递份自荐材料。肖杰的自荐材料电脑打印,封面图案是肖杰求美术同学设计的,挺酷。

我们发现,顺达房产公司没来人。

富华房产公司台面最大,诚聘条件最优越。肖杰挤上去,和主管嘀咕半天,留下份特殊装订的自荐材料。

肖杰离开富华展台后,一副志在必得的样儿,问我:"谢一民,有主了吗?"

我拣了两家规模较小、条件稍差的房产公司,递上自荐材料。咱不是党员,不是干部,成绩一般,凑合吧。

洽谈会上,我俩遇见不少熟头巴脑的同学,大家表情严肃,彼此点头示意,匆匆擦肩而过。

第二天,我见到齐手手,向她白话洽谈会的热闹。齐手手注意听着。

我忽然一拍脑门,问:"你去了吗?"

齐手手笑笑,说:"那种交易会,我觉得像演戏。"

我们在顺达的实习,宣布正式结束。公司请导员和我们仨吃饭。酒桌上,霍总夸肖杰精明,齐手手认真,我诚实,祝我们事业有成!导员红光满面地率领我们仨,向霍总敬酒。杯盘狼藉,笑语欢声,我们和霍总握手告别。

霍总没提留人的事。

毕业前几天,导员突然召见我。一进办公室,导员笑眯眯地说:"坐,坐,喝不喝水?"四年了,导员第一次在办公室问我喝不喝水。我忙摇头。导员说:"好事,好事!祝贺你!"

我愣住。

"刚才霍总来电话,经董事会研究,顺达房产公司决定录用你。"

"我？"

"嗯。"

"就我自己？"

"对，就你自己。"导员说，"我以为能多要几个呢。没想到，肖杰、齐手手，他们都没相中。"

导员摇了摇头，说："霍总让你马上去他那儿，取应聘协议书。"

我又惊又喜，心"怦怦"跳。

我赶到顺达公司，霍总拍拍沙发，笑道："谢一民，坐。"

还是这间办公室，还是这些摆设，还是霍总这个人，但我今天的感受，大不相同！

霍总将协议书推到我面前，说："一式三份，回去填好后，你报学校一份，送公司一份，自己留一份。档案、户口事宜，由公司和学校协调办理，不用你操心。"

我屏住气，睁大眼睛，接过三张飘轻的表格纸。这几纸张，可以使你从农村户口变为城市户口，可以改变你的生活方式，可以决定一个人一生的命运！

我眼前闪过肖杰躬身尾随霍总，在雨中为霍总打伞的身影，齐手手埋头办公的身影……

霍总点燃一支烟，说："你是不是奇怪，公司为什么最后留你？"

我诚惶诚恐地点头。

霍总站起身，踱到窗前，望着车水马龙的街市，说："你们三位在公司实习半年，我对你们有相当的了解。肖杰的精明处事、齐手手的专业，都在你之上。你的特点是诚实，还特别会搞群众关系。"

我挺直上身，朝霍总望去。阔大明亮的玻璃窗，晃得我眼花，霍总背影模糊。

霍总转过身，说："医院水房承重墙的事，我事先已经调查清楚。那天，我只想看看你们各自的态度。结果证实，我没有把人看错。你们没有实际经验，出差儿在所难免，公司并不苛求你们。"

霍总吸口烟，说："当时，我向董事会打报告，建议留下肖杰，营销环节，公司需要加强，应该要个活络点的人才。齐手手的情况，我也向董事会做了汇报。由他们定。"

我睁大眼睛！

"就在董事会做出决定的第二天，富华老总给我打电话，问是不是有个叫肖杰的年轻人在我这儿实习？我说有。富华老总告诉我，他们在人才市场招聘，肖杰应聘时，不仅递交了自荐材料，还出卖了顺达公司近期的商务信息和业务秘密！"

我猛地想起，在毕业生洽谈会上，肖杰向富华展台主管，递上那份特制的"自荐材料"。

霍总说："公司相当重视这件事，立即着手调查。不仅肖杰，齐手手也把自荐材料递到富华门下，她的材料倒干净，没有涉及顺达。"

我马上接道："霍总，我也向两家房产公司，递了自荐材料。"

霍总点点头，说："你交宏大房产公司一份，海源房产公司一份。"

厉害！

霍总冷笑道："肖杰真是喝狼奶长大的！他以为出卖顺达，就能取悦富华！他太不了解房产业的行规了。两家公司在业务上是竞争对手，但不是敌人。触犯我们的共同利益，谁都别想混下去！"

我心头一震！社会远比校园严峻残酷啊！

"董事会要求我重新提名，我想到你。你专业技能弱一点，可以培养。你稳重、诚实，做人是立身行世的根本！"

我走出顺达公司后，浑身湿透了。

6

下午回寝室，接到个电话，山羊胡打来的："祝贺你，谢工！"

我笑了，问："你怎么知道这个号码？"

"在闵大镇，我看你打过。"

这货，真不能小觑！

"怎么样，我给你算得挺准吧！"他得意道。

我没作声。一只蟑螂，在乳白色话机上簌簌爬。

"谢工，不是我跟你买好，你得好好谢谢我！霍总两次到我们那儿，问大伙对你的印象。我是擂着胸脯替你说好话，这帮兄弟，我事先搞定了，都白话你有能耐！"

难怪霍总说我会搞群众关系！

山羊胡喋喋不休道："谢工，我和弟兄们，以后就靠你了！"

撂下电话，蟑螂爬到床头书架上，我抄起本书，"啪"，蟑螂标本似的定在那儿。

毕业了，肖杰坐火车回家。我送他。火车站乱哄哄的，买票的、倒票的、旅馆拉客的，搅成一锅粥。肖杰给我买张站台票，我们俩进站。月台上，送行的同学扎成堆儿，有的抱在一起，呜呜哭。

肖杰掏出支烟，点燃，吸两口，递给我。在寝室，都是先点一支，大伙轮着抽。我把烟叼在嘴上。

肖杰感叹说："这一走，天各一方了！"

我吐出口烟，烟雾渺茫。

肖杰接过我的烟，狠吸一口，说："一民，说心里话，怎么也没想到，顺达最后相中了你！"

"霍总说什么了？"肖杰声音沙哑。

我避开肖杰疑惑的目光，望着幽蓝闪烁的信号灯，说："其实，我应该出局，你才是最后的守望者。可你太意气用事，太沉不住气，最致命的是，你太不遵守游戏规则！"

肖杰眼皮神经质地一跳，使劲掐灭烟头，吐出两个字："富华？"

火车进站了。

匆忙慌乱中，肖杰挤上车。有人拽我一下，说："送肖杰？"

我扭头，是齐手手，她来送本寝室的同学。

齐手手说："肖杰回去，大树底下好乘凉。"

我摇摇头。

汽笛长鸣，我和齐手手挥手，火车缓缓驶出站台。

我转身，瞧齐手手一眼，问："你怎么打算？"

齐手手扬起头，说："我决不回去，在这座城市打工。"

送行的人走光，我和齐手手离开空荡荡的站台，检票口铁栅门，在我们俩身后"砰"地关上了。

巴甘的蝴蝶

鲍尔吉·原野

1

人说巴甘长得像女孩,粉红的脸蛋一层黄绒毛,一笑,眼睛像弓弯着。

他家在内蒙古东科尔沁的赫热塔拉村,春冬萧瑟,夏天才像草原。大片绿草上,黄花先开,六个小花瓣贴地皮上,马都踩不死。铃兰花等到矢车菊开败才绽放。每到这个时候,巴甘比大人还忙,那时他三四岁。他采一朵铃兰花,跑几步蹲下,采红火苗似的萨日朗花,开裆裤鼓出两瓣屁股。

妈妈说:"老天爷弄错了,巴甘怎么成了男孩儿呢?他是闺女。"

妈妈告诉巴甘不要揪花,"奥布德简休"——蒙古语,疼呢。他把花带土挖出来,浇点水,栽到什么地方。这些地方是箱子里、大舅江其布的烟荷包里、收音机后面,还有西屋的皮靴里。即便到了冬天,屋里也能发现干燥裂缝的泥蛋蛋,上面有指痕和干得像烟叶一样的小花。

巴甘的父亲敏山被火车撞死了。他和妈妈乌银花一起生活,庄稼活——比如割玉米,由大舅江其布帮助。大舅独身,只有一匹三岁的雪青毛骟马。妈妈死后,大舅搬过来和巴甘过。

妈妈得的不知什么病。其实巴甘不知什么叫"病"。妈妈躺在炕上,什么活都不干,天天如此,额头上蒙一块折叠的蓝色湿毛巾。许多人陆陆续续看望她,包括从来没见过的，穿一件可笑的红风衣的80岁的老太太，穿旧铁路制服的人，手指肚裂口贴满白色胶布的人。这些人拿来点心匣子，自己家种的西红柿，拿来斯琴毕力格的歌唱磁带。妈妈像看不见，平时别说点心，就是塑料的绿发夹，她也惊喜地捧在手里。

"巴甘，拿过去吃吧。"妈妈指着嫦娥图案的点心盒子，说罢阖目。不管这些人什么时间进来，什么时间走，也不管他们临走时久久凝视的目光。巴甘坐在红堂柜下面的小板凳上，用草茎编辫子。耳听大人说话，听不懂。有时妈妈和大舅说话，把巴甘撵出屋。他偷听，妈妈哭，一声盖过一声，舅舅无语。这就是"病"？

晚上，巴甘躺在妈妈身边。妈妈摸他头顶的两个旋儿，看他耳朵、鼻子，捏他的小胖手指。

"巴甘，妈妈要走了。"

"到哪里？"

"妈妈到了那个地方，就不再回来了。"

巴甘警惕地坐起身。

"巴甘，每个人有一天都要出远门，去一个地方。爸爸不是这样的吗？"

巴甘问："那么，我要去哪里？"

"你哪里也不去，和大舅在一起。我走了之后，每年夏天变成蝴蝶，来看你。"

变成蝴蝶？妈妈这么神奇，她原来为什么不说呢？

"我可以告诉别人吗？"巴甘问。

妈妈摇头。过一会儿，说："有一天，村里人来咱们家，把我抬走。那时候我已经不说话了，也不睁眼睛。你不要哭，也不要喊我。我不是能变成蝴蝶吗？"

"变成蝴蝶就说不出话？"

妈妈躺着点头，泪从眼角拉成长条流进耳朵。

她说得真准，有一天，家里来了很多人，邻居桑杰的奶奶带巴甘到西屋，抱着他。他们把妈妈抬出去，在外面，有人掀开她脸上的纱巾。妈妈的脸太白了。人们忙乱，雨靴踩得到处是泥，江其布舅舅蹲着，用手捏巴甘颤抖的肩头。

2

从那个时候起,赫热塔拉开始旱。牧民们觉得今年旱了,明年一定不旱,但年年都旱。种地的时候,撒不上种子,没雨。草长得不好,放羊的人把羊赶了很远,还吃不饱,反把膘走丢了。草少了,沙子多起来。沙堆像开玩笑一样突然出现在公路上,或者堆在桑杰家的房后。小孩子高兴,光着腚从上面滑下来,用胳膊掏洞。里边的沙子湿润深黄,可以攥成团。村里有好几家搬走了,到草场好的地方。

巴甘看不到那么多的花了。过去,洼地要么有深绿的草,要么在雨后长蘑菇,一定有花。现在全是沙子,也看不到蝴蝶。原来,它们在夏季的早晨飘过来、飘过去,像纸屑被鼓风机吹得摇晃。妈妈变成蝴蝶之后,要用多长时间才飞回赫热塔拉呢?中途累了,也许要歇一歇,在通辽或郑家屯。也许它见到河里的云彩,以为是真云彩,钻进去睡一会儿,结果被水冲走了。

那年敖包节过后,巴甘坐舅舅的马车拉化肥,在老哈河泵站边上看见蝴蝶。他已经十多岁了,跳下马车,追那只紫色的蝴蝶。舅舅喊:

"巴甘!巴甘!"

喊声越来越远,蝴蝶在沙丘上飞,然后穿过一片蓬蓬柳。它好像在远方,一会儿又出现在眼前。巴甘不动了,看见它往远处飞,一闪一闪,像树叶子。

后来,他们俩把家搬到奈曼塔拉,舅舅给一个朝鲜人种水稻,他读小学三年级。这里的学校全是红砖大瓦房,有升国旗的旗杆,玻璃完好,冬天也不冷。学校有一位青年志愿者,女的,金发黄皮靴,叫文小山,香港人。文老师领他们班的孩子到野外唱歌,夜晚点着篝火讲故事。大家都喜欢她,和她包里无穷无尽的好东西:塑料的扛机枪的小人、指甲油、米老鼠形的圆珠笔、口香糖、闪光眼影、藏羚羊画片。每样东西文老师都有好多个,放在一个牛仔背包里。她时刻背着这个包,遇到谁表现好——比如敢大声念英语单词,她拉开包,拿一样东西奖励他。

有一天下午,文老师拿来一卷挂图,用摁钉钉在黑板上。

"同学们,"文老师指着图:"这是什么?"

"蝴蝶。"众声说。

图上的蝴蝶铺翅,黄翅带黑边儿,两个触须也是黑的。

"这是什么?"

"蛆虫。"

"对。这个呢?"她指一个像栗子带尖的东西。"这是蛹。同学们,我们看到的美丽的蝴蝶,其实是由蛹变的。你别看蛆虫和蛹很丑,但变成了蝴蝶之后……"

"你胡说!"巴甘站起来,愤怒地指文老师。

文老师一愣,说:"巴甘,发言请举手。坐下。"

巴甘坐下,咬下嘴唇。

"蛹在什么时候会变成蝴蝶呢?春天,大地复苏……"

巴甘冲上讲台,一口咬住文老师胳膊。

"哎哟!"文教师大叫,教室乱了。巴甘在区嘉布的耳光下松开嘴,文老师捧胳膊看带血的牙痕,哭了。巴甘把挂图扯下,撕烂,在脚下踩,鼻子淌着血。区嘉布的衣裳扣子被扯掉,几个女生惊恐地抱在一起。

"索耶略铁米?(疯了吗?)"校长来到,他用手戳巴甘额头。巴甘后仰坐地。他把巴甘拎起来,再戳。"索耶略铁介(疯了)!"巴甘坐地。

校长向文老师赔笑,用嘴吹她胳膊上的牙痕。向文老师赔笑的还有江其布舅舅,他把一只羊牵来送给了文老师。校长经过调查,巴甘并没有被疯狗咬过,告诉文老师不用害怕。巴甘被开除了。

一天晚上,文老师来到巴甘家,背着那个包。她让江其布舅舅和黄狗出去待一会儿,和巴甘单独谈一谈。

"孩子,你一定有心结。"文老师蹲下,伸出绑着绷带的手摸巴甘的脸。"告诉老师,蝴蝶怎么了?"

蝴蝶?蝴蝶从很远的地方飞过来,也许是锡林郭勒草原,姥姥家就在那里。蝴蝶在萨日朗的花瓣里喝水,然后洗脸,接着飞。太阳晒的时候,它躲在白桦树的叶子下面凉快一下,太阳落山之后再飞。在满天星光之下,蝴蝶像一个精灵,它要么是玉白色,也许是紫色水晶……

"蝴蝶让你想起了什么?孩子。"

巴甘摇头。

文老师叹口气,她从包里拿出一双白球鞋,皮的,蓝鞋带儿,给巴甘。

巴甘摇头。他的黄胶鞋已经烂了,胶皮没烂,帆布的帮露出肉来。他没鞋带儿，麻绳从脚底板系到脚背。

文老师把新鞋放炕上，巴甘抓起来塞进她包里。

文老师走出门，见江其布纯朴可怜的笑脸，再看巴甘。她说："蝴蝶是美丽的。巴甘，但愿我没有伤害你，上学去吧。"

巴甘回到学校。

3

巴甘到了初一年级的时候，成了旗一中的名人。在自治区中学生数学竞赛中，他获得了第三名，成为邵逸夫奖学金获得者。

暑假时，盟里组织一个优秀学生夏令营去青岛，包括巴甘。青岛好，房子从山上盖到山下，屋顶红色，而沙滩白得像倒满了面粉，海水冲过来上岸，又退回去。

夏令营最后一天的活动是参观黄海大学。楼房外墙爬满了常春藤，除了路，地上全有草，比草原的绿色还多。食堂的椅子都是固定的，用屁股蹭，椅子也不会发出声响。吃什么自己拿盘子盛，把鸡翅、烧油菜和烧大虾端到座位上吃。吃完，铁盘子扔进一个红塑料大桶。

吃完饭，他们参观生物馆。

像一艘船似的鲸鱼骨架、猛玛的牙齿、猫头鹰和狐狸的标本，巴甘觉得这其实是一个动物园，但动物不动。当然，鱼在动，像化了彩妆的鱼不知疲倦地游过来游过去，背景有灯。最后，他们来到昆虫标本室。

蝴蝶！大玻璃柜子里粘满了蝴蝶。大的像豆角叶子那样，小的像纽扣，有的蝴蝶翅膀上长出一对圆溜溜的眼睛。巴甘心里咚咚跳。讲解的女老师拿一根木棍，讲西双版纳小灰蝶，墨西哥君主斑蝶，凤眼蛱蝶……巴甘走出屋，靠在墙上。

蝴蝶什么时候到了这里？是因为青岛有海么？赫热塔拉和奈曼塔拉已经好多年没有蝴蝶了。蝴蝶迷路了，它们飞到海边，往前飞不过去了，落在礁石上，像海礁开的花。

夏令营的人走出来，没人发现他。巴甘看见拿木棍的女老师。他走过去，鞠一躬。老师点头，看这个戴着"哲里木盟"字样红帽的孩子。

巴甘把兜里的钱掏出来，有纸币和用手绢包的硬币，捧给她。"老师，求您一件事，请把它们放了吧！"

"什么？你是内蒙古的孩子吧？"

"放了吧！让它们飞回草原去。"

"放什么？"

"蝴蝶。"

女老师意外，笑了，看巴甘脸涨得通红，脸有怒意并有泪水，止笑，拉起他的手进屋，一言不发看着他。

巴甘沉默了一阵儿，一古脑把话说了出来。妈妈被抬出去，外面下着雨，桑杰的奶奶用手捂着他的眼睛。每个人最终都要去一个地方吗？要变成一样东西吗？

女老师用手绢揩拭泪水。等巴甘说完，她从柜里拿出一个木盒。"你叫什么名字？"

"巴甘。"

"这个送你。"女教师手里的水晶嵌着一只美丽的蝴蝶，紫色镶金纹。

"是昆山紫凤蝶。"她把水晶蝶放进木盒给巴甘，眼睛红着，鼻尖也有点红。她说："美好的事物永远不会消失，今生是一样，来生还是一样。我们相信它，还要接受它。这是一只巴甘的蝴蝶。"

窗外人喊："巴甘，你在哪儿？车要开了……"

理直气壮就好

徐 铎

什么人，才会选择城市的街心公园当作埋葬亲娘骨灰的墓地。脑子缺根弦的郭有理偏偏盯上了这块绿地毯一样的草坪，他还是不忍心在这鲜花与绿地上烧香烧纸，到乡下烧去，乡下没人管。娘曾经说过多次，给她烧纸，一定要用从前那种天圆地方的钱模子打出来的香纸，在阴间，阎王小鬼不认人民币，阴间不比阳间，花的就是这种老钱。尽管郭有理在这街心公园挖坑，那些满大街晃悠的城管执法人员把他当成了城市绿化或者是市政维修人员。这个不是秘密，而是光明正大做的，在这个城市美丽的街心公园，就是在这个城市雕塑、也是这个城市象征的那尊青铜铸成的拓荒牛的基座下面，郭有理埋葬了他并非亲生的娘……

几天前，郭有理在母亲死后每五个七天祭日来这里，为娘献过鲜花。他念叨着，娘啊，俺在老家给你烧过纸，今儿，俺来给你献花。娘如今是城市人啦，城市人讲究献一束鲜花，祭祀亲人……娘今年八十四岁了，她总是念叨，七十三，八十四，阎王不请自己去。在八十四岁这道人生的坎，娘好像给自己也算计好了去世的时辰。她属牛，用她自己的话说，属牛的，天生耕地拉车出力的命。好在中国人民身上流淌的都是种地农民血水，因为牛吃的是草，挤出来的是奶，牛就成了人们崇拜和喜爱的动物。在乡下，拉犁耕田的牛也越来越少，因为四个现代化，"铁牛"替代了老黄牛。老黄牛它们到了什么地方？一直走到了街心公园，走到了那尊青铜雕塑拓荒牛的跟前，郭有理才恍然大悟，闹了半天，你们都跑到了这儿！怪不得呢，这儿有绿草地，有花坛，大理石砌成的一个大圆圈，那么多的大小汽车绕着大圆圈转动，远处矗立的高楼大厦，就像地里的庄稼一样多。大街上有那么多的人，人们的身上穿着花花绿绿的衣服，一点也不比那五颜六色的野花逊色。还有那些姑娘们，多得就像成群的鸡鸭鹅狗，她们一个长得比一个好看，叫起来像一群喜鹊。用娘的话说，是仙女下凡了。多少好看的光景，他的眼神已经不够用了……就这儿了，娘啊，干部们让咱们进城当市民，庄稼地都成了开发区了。活着的时候，你没当成市民，死了当市民也成啊。俺知道娘惦记着老家的那捧土，你总说，金窝银窝，不如自己家的土窝。不过，城里也只有街心公园有土，娘入土了，也能心安了，魂儿也安了。有些顶眼的，就是那头铜牛，看不出它是公牛还是母牛。模样也不善良，眼珠子里面有杀气，不像耕田种地的牛，有点像斗牛。娘不喜欢就不瞧这畜生。

郭有理用铁锹小心地把表层的那块草皮铲了下来，放在一边。然后才挖坑。一个骨灰盒大小的坑，一会儿工夫就挖掘好了。

所有的城里人都不会想到，光天化日之下，众目睽睽之下，一个脑子缺了一根弦的人会在最美丽的街心公园雕塑下面埋葬一个死人的骨灰。所有看到郭有理的人都把他看成了市政设施的维修人员，或者是城市绿化工作者，而且向他投来的都是尊敬的目光。聚焦的目光产生了温度，郭有理的心里仿佛升起了太阳，暖洋洋的。

在郭有理的记忆里，老人去世了，下葬的时候，亲人们总要念叨着，娘啊，住进新房子了，别害怕啊。那是在乡下，那是从前的荒山野岭的乱葬岗子。咱们这是在城里，也不用长明灯，一夜到天亮都是灯火辉煌。那草坪灯亮着的时候，还有调儿悠扬的音乐声，比喇叭匠吹的"哭长城"好听多了。娘啊，俺知道你心里会咯咯碌碌的，你不知道，咱们老家那荒山野岭早就不让埋死人了。有人在咱们老家建起了陵墓园，一个墓穴要卖几万块钱。说是阳间搞房地产，阴间也有房地产，而且阴间的房地产跟阳间的房地产一样疯狂，贵得吓死人，俺没有那么多的钱，买不起……他不想告诉娘，他那几个哥哥都不肯掏钱买墓地。娘知道了这事，她会伤心的。要知道，他们弟兄几个才是从娘身上掉下来的肉。俺是娘在道边捡来的，俺知道，生身的爹娘不要俺了，把俺给扔了。娘不捡俺，俺也就给野狗叼去吃了。娘啊，谁都看着俺傻，谁也都不把俺当成人看，只有你，你像俺的亲娘一样，一把屎，一把尿地把俺给养大了。这养育之恩，比天高，比海深，你就是俺的亲娘。是你说的，对爹娘，要尽孝道；对庄稼，要勤劳。一个不懂得孝道的人，他肯定不是一个好人；一个不会种庄稼的人，他也不是一个好农民。

从小到大，人人都说俺缺心眼。只有娘说俺可不缺心眼，说俺从小就会侍弄庄稼摆弄地。娘说俺缺的是坏心眼，人人都像俺没有坏心眼，天下可就安宁了。这辈子，俺就会种地，种高粱，种玉米。娘说，古时候，讲的是士农工商，种地的农民排在老二；新社会，是工农兵学商，农民依然排在老二。农民有什么不好，人们吃的粮食，穿的衣服，没有农民，那些粮食和棉花能长出来吗。

娘啊，你说过，人过世了，要入土为安。小时候，俺问过你，人是从哪里来的？娘说，最早没有娘的时候，人是从土里生出来。有了娘以后，孩子们就是从娘的肚子生出来的。娘啊，俺把你埋进了土里。这是娘说的，人从哪里来，再回到哪里去⋯⋯

拍了拍手上的泥土，郭有理努力地想着，对于娘，还有什么遗漏，或者没有做到的地方⋯⋯记得娘好像说过，她这辈子，能坐上飞机，飞到天空去转一转，娘死也能闭上眼睛了。

母亲入土为安的第三天，郭有理鬼使神差回到了老家。他是一时糊涂，一时清醒。在他的意识之中，娘似乎还活着，娘一个人在家里，他真的有些放心不下。走进家门，他要做的第一件事，就是拿起门后的扁担，把水缸挑满水。娘说过，不管家穷还是家富，是不是正儿八经的过日子的人家，进门要看水缸满不满。要看这户人家的媳妇勤快不勤快，进门就看锅灶上下干净不干净。要看一个人正派不正派，就要看他的头上的帽子和脚上的鞋子。郭有理脑子缺弦是不假，但是他从小到大，从头到脚，总是干净利索。别说走在这个城市的街心公园，没有人把他当成乡下人。就是走在北京的长安街上，也不会有人说他是乡巴佬二哥。一身西装，偏偏要在头上扣了顶军帽。

水缸挑满了水，家里的那口大缸曾经是娘的骄傲，老郭家的大缸是全村子最大的一口缸，能装六担水。从前这口缸是地主家的，土改时，分地主家的财产，娘别的没看上，她看中的就是这口大缸。俗话说，水就是财，满满挑上一大缸水，这是多少财啊！挑水的时候，在郭有理混沌朦胧的意识里，娘还活着。是啊，是活着，他要带着娘去飞机场乘坐一回飞机。活着的儿女们如果满足不了老人的愿

理直气壮就好

望，那可是对娘的不孝啊……

掩上门，郭有理背着娘的大照片走了。不是他脑子缺弦，娘活着的时候，他们家从来就不锁门。娘说了，只要不把人当贼，贼就会当人。他们老辈子人就没锁过门……离开家，至于后来怎么去的飞机场，郭有理已经记不清了。

郭有理这个名字，邓智慧端详了半天，有点似曾相识的感觉。今天上午，市里转来了日本领事馆发来的传真件，说是邓智慧主政的莲花乡有一个名叫郭有理的农民，搭乘全日空过境飞机飞到了日本东京，让临海市方面派人去东京，把这个偷渡到日本的人给领回来。传真件转到了莲花乡，乡党委的齐书记已经做出了批示，尽快处理此事，以免造成重大国际影响。

看着传真件上郭有理的照片，邓智慧一下子想起了他来，他与郭有理不是一个屯子的人，却在同一个小学校一起读过半年书。人的相貌很难改变，郭有理的相貌十分简单，目光平直，方鼻大口，厚厚的嘴唇紧紧地抿着，固执得有些夸张。虽然过去了那么多年，邓智慧还是一下子就从记忆里面找到了郭有理这个人……

想当年，邓智慧还是回乡知识青年的时候，有一年，他替代生产队长到县里参加了三级干部会。三级干部会，就是县里最高级别最重要的会议。对于会议，三级干部没有多大的兴趣。但是，参加会议能吃大盘子。一天交一斤粮票，三毛钱，可以敞开肚皮吃，能吃多少就吃多少。那桌子上面四菜一汤，菜是炒黄菜（炒鸡蛋）、肉是猪头肉、鱼是大头鱼、外加一个大肠头。头一天，到会的人们吃得天昏地暗，桌上的四个大盘子空空如也。到了第二天，三级干部们的食欲便不如第一天，盘中餐有了剩余。到了第三天，便有了浪费迹象。让邓智慧纳闷的，开会的时候看不见郭有理的身影，到了饭口时，郭有理就出现在饭桌之上。参加三级干部会议的干部吃了三天的大盘子，渐渐地吃不动了。而郭有理上了饭桌，闷着头，慢条斯理地吃。主食一个人馒头，一大碗米饭。他吃过的饭桌上从来也没有剩菜，有多少吃多少，别人剩下的，他一个人包圆。邓智慧没说出郭有理的真实身份，一个缺心眼的人也难得吃一肚子好油水，再说，那桌上的剩饭剩菜扔了也是浪费。五天的干部会议结束了，大家才知道，这个食欲极强的人名叫郭有理，是莲花乡小莲泡村人。人家问他，你是谁呀？他说，俺是俺呀。你是个什么干部？他说，社员们都说俺是苞米饼子干部。人家问他，那你凭什么吃大盘子？他说，俺走到招待所门口，是招待所的小姑娘说俺是会议代表，把俺请进来的。你们开

会的人说,不吃白不吃,吃了也白吃。

那次三级干部会议的内容邓智慧没有记住,但是,他记住了郭有理那副理直气壮的表情。是啊,凭什么你们吃的,容不得俺们吃的。人家拍拍肚皮,大摇大摆地走了。县招待所长让派出所所长给这个傻瓜关起来。派出所所长才不干呢,关起他来,把别的老犯们的伙食统统装进了他一个人的肚子里,饿出人命来,我这个派出所所长别干了。

这么多年过去了,时代发展了,人也进步了。这下可倒是向前进了一大步,从乡下一下子飞到了日本国。此人到底怎样通过的机场安全检查,怎样登上了这架过境的国际航班?老百姓遇到什么事情都找政府,这下可是好了,连日本人也懂了来找咱们政府。

文书小程走进了邓智慧的办公室,他问,邓乡长,咱们什么时候到东京去领人?

领什么人?

那个偷渡的人哪。

噢……你想去日本?

如果没有别的人选,我想去。

那你就去吧。

我要去的话,出国的费用呢?

你自己去办理申领吧。

再过两天,这个城市的槐花节就要开幕了,莲花乡也是一个分会场,因为今年的气候反常,气温一直很低,早就应该开花的槐树一直像个难产的孕妇,憋着夹着,硬是不开花。有人建议用塑料花,也有人说可以用绢花替代。可是,政府这样一个重大节日,涉及的是形象问题,不可能弄虚作假。刚刚才与山东方面联系好了,隔着一条海峡,人家山东的槐花已经含苞待放了。山东方面也答应了,同意从他们的槐树上折一批槐花运送过来,以解槐花节无槐花之尴尬。只要开幕式上,到处能点缀着盛开的鲜花,国内外贵宾们手里能够有一枝槐花摇动,也算成功。记住,运输的过程当中,一定要用保鲜膜。还有,少请那些跟中国人没有什么两样的日本人和韩国人,要多请蓝眼睛黄头发大鼻子的欧洲人。让参加开幕式的各级领导有国际化的感觉。这也不难解决,外国语学院有的是来自欧美的留学生，有吃的，有纪念品，还能参加中国人的节日，他们何乐而不为呀。

小程又走进了邓智慧的办公室。

你怎么还没去订去日本的飞机票？

小程嗫嚅着，乡财政的人说，没有预算，也没有这笔经费。

那你就打个预算去吧。

邓智慧心里有数，再有两年时间，他也就告老还乡了。文书小程，就是想惦记着借着领人的机会，到日本玩玩。这些年轻人的小尾巴一翘，他们想拉屎，还是想撒尿，他心里如同明镜一样。小程是县委程副书记的公子，读过大学，手里也有硕士博士的证书。屈尊来到了莲花乡，其实就是把这儿当成一块跳板。老天爷刮风下雨不知道，谁的官大官小可要知道。小程文书这些年轻人，时常借着向有关部门报送信息的机会，把乡里的一些鲜为人知的事情向外泄露。郭有理的事情由市里外事部门转来的，这样一个涉外事件，他也惦记着出国旅游。槐花节开幕式即将到来，这是重中之重，别的事情可以往后拖一拖。

晚上有个记者招待会，就是请各新闻媒体的记者们好好地宣传一下这次槐花节。邓智慧也是搞文字出身的，这么多年与记者们打交道，他也是得心应手。记者们属于小资，尽管对金钱也渴望，吃顿饭喝喝酒，再有几百块钱的车马费也就打发了。槐花节开幕在即，因为解决了槐花节无槐花的难题，也解决了与会人员国际化的问题，邓智慧的心情也舒朗多了。酒桌上的记者们都众星捧月，沿着邓智慧的思路，酒话的一个议题就是关于傻瓜的称谓。当地人把这类人称为"彪"，这个"彪"字究竟正确不正确，记者都是有文化的人，不表现一下也显得自己太没有水平。有人也使用另一个"膘"字，因为这类人用脑子极少，只要有吃的，他们才膘肥体壮。记者们认为邓智慧的那个"彪"正确，原因很简单，人们也管这类人叫二虎，那"彪"字正好是三虎。不管是"彪"还是"膘"，其实这类人，甚至表现这类人的字眼都十分的强悍。人们新近时兴使用的那个飙车的"飙"字也可以用在这类人的头上。

讨论得正热闹，酒喝得也酣畅淋漓时，乡党委书记齐仲秋走到了记者席，来敬这些无冕皇帝们一杯酒。走到邓智慧身边时，他悄声地问，市里转来的日本领事馆那个函件，处理得怎么样了？

邓智慧说，其实是日本全日空的函件，现在哪里顾得上，等槐花节这台戏唱

下来再说。

在乡村,不成文的规矩,书记是一把手。齐仲秋总是说他抓大事,可他从来也没有放过鸡毛蒜皮的小事。他自己也经常自诩诸葛孔明,事无巨细,事必躬亲。

尽管没有盛开的槐花,槐花节依然搞得春意盎然。迎来送往,形形色色的各种人等。不管是什么文化搭台经济唱戏,反正都是政府掏钱。你乐我乐大家乐,乐而忘忧。整整一个礼拜,邓智慧都沉浸在了节日的欢乐氛围之中。要不是日本方面接二连三地发来传真,他都把有人偷渡的事件忘记了。那张传真也就是一张纸,什么函件,顺手也就扔在了抽屉里。

闭幕式结束以后,小程拿着申请单走进了邓智慧的办公室。

有事?

财政那边说,特事特办,预算申请单上要乡长签字。

邓智慧看了看申请单,这是你个人出国的经费?

是。

你有没有想过,你去日本要带回来的那个人,他的经费,你计算进去了吗?

小程哦了一声,那人的费用也要我们乡里付?

我们不付,那由谁来付?日本鬼子就等着我们去给他付钱呢。

小程想拿回申请单。

邓智慧说,放那儿吧,你回去计算一下那偷渡人在日本滞留这些天需要多少经费。

小程小心翼翼地退了出去。

邓智慧把申请单也扔进了抽屉,与那几张来自日本的传真件放在了一起。

派出所的人把郭有理的户籍情况也送到邓智慧的面前,此人确实是咱们市大莲花乡小莲泡村人。一个农民,偷渡日本,不知有无政治目的,可能是想到日本打工挣钱?

槐花节结束了,邓智慧可以静下心来,认真地处理郭有理这件事。随着年龄的增长,发生在眼前的事情可能容易忘记,但是,发生在从前的事情,却不那么容易忘记。在他的记忆里,小莲泡村有个名叫郭有理的人,他们还是小学的同学。他记得那是一九六一年,他们正读小学一年级。因为粮食不够吃,为了填饱肚子,家里顿顿喝稀饭。上课的时候,郭有理憋着尿,为了遵守课堂纪律,他硬是憋着。

理直气壮就好

后来，他实在憋不住了，把尿撒在了裤子里。老师看见了，挺心疼，让郭有理回家去换条干裤子再来上课。郭有理没有回家，走出教室后，他钻进了厕所，把尿湿的裤子翻过来，重新穿上，又回到了教室。老师看见他还穿着湿漉漉的裤子，我不是让你回家换条干裤子吗？郭有理理直气壮地说，是啊，我换过裤子了。老师哭笑不得，你这是自欺欺人，还是掩耳盗铃？郭有理说，裤子是俺的，俺不欺负别人，俺也没盗铃铛。俺娘说了，偷东西烂手爪子。

回想起这件往事，邓智慧也忍不住自己笑了起来。

只读了半年小学，因为智商不行，郭有理就辍学了。都说山不转水转，两座山碰不到一块儿，两个人肯定会见面的。邓智慧一直没有离开过莲花乡，从生产队长一直干到了乡长，他再也没有见到过郭有理。不过，人活在世上，就有名声。他经常听到乡亲们的口口相传，说郭有理是个种地的好手，脑子虽然缺根弦，但是种地需要的是勤恳。如今勤劳已经不再是美德了，但是，郭有理还有一个孝子的美名。乡里村里，都知道郭有理是个孝子。守着一个八十多岁的老娘，一直也没有哪个姑娘肯嫁给他，他一直打着光棍，直到把老娘养老送终，也无怨无悔。

市里的外事部门又把电话打到了邓智慧的办公室，没别的意思，赶快派人去日本领人。

邓智慧说，我们查过了，查无此人。

这怎么可能，人家也多次询问偷渡人，此人就是你们莲花乡小莲泡村人。

确实查无此人，我当了二十多年的乡长，莲花乡有没有这个人，我清楚，还是你们清楚？

我们怎么回复人家？

查无此人，你们怎样回复，那是你们的事。

郭有理住在日航大酒店里，他不知道楼有多高，他住的有多高，反正从窗户向外望去，就像坐在飞机上一样。外面的景色比临海市要好看多了，他把娘的大照片拿到了窗户跟前，让娘也看一看，活着不能出国，死了以后，坐了飞机，还到了日本国。娘说了，她这辈子，三门不出四户，没见过什么世面。死以后，把她的照片挂到一个眼亮的地方，让她好好地瞧瞧光景。瞧吧，娘，这可是日本鬼子国家的光景。瞧啊，这儿有多干净。

那天在机场，郭有理遇到了一个与娘一样年纪的老婆婆，她真的不简单，八十多岁了，居然还能满世界到处旅游。但她毕竟年龄大了，腿弯曲着，走路蹒跚。看见老婆婆，郭有理想起了自己的娘……他情不自禁地走上前去，他让老婆婆替他拿着娘的大照片，他背起了老婆婆，径直上了那辆机场大巴车，也径直走上了飞机。上飞机时，舷梯旁的那个日本空姐还直给他鞠躬。嘴里还甜甜地念叨着类似"骚嘎斯奶"之类的日语。飞机起飞之后，那个空姐给郭有理一份餐点。他没敢接，因为他的口袋比脸干净多了。老婆婆告诉他，这是免费的。他听不懂日语，但他看到每个人都有一份，都没有从口袋里往外掏钱，他这才接了过来，也吃了起来。看他吃得那个香啊，老婆婆把自己的那份餐点也让他吃了。

到了日本国入境的时候，全日空的人才发现，航班上多了一个人。这个人身上什么证件也没有，肯定是个偷渡分子。

那个老婆婆是伊滕家有辈分的人，听说背她上飞机的小伙子是偷渡的，她一再关照全日空的人，一定要善待他。他是一个善良的人，要让他住得好，让他吃得好。老婆婆有时候也来看望他，还给他买了一件真正的日本制造的T恤。

全日空的人让郭有理努力回忆自己的真实家庭住址，郭有理说，不用努力回忆，我也能说出我是临海市曲河县莲花乡小莲泡村的人。

可当地政府部门回复，查无此人。

郭有理生气了，谁说的？俺回去找他们。

对不起，你可不能离开这里。

不离开就不离开。住在日航酒店的这些天，郭有理已经习惯了日餐。多么精美，多么细腻，光说那些盛食物的小碟子，方的圆的扁的，要多好看就多好看。娘说了，留得青山在，不怕没柴烧。人是铁，饭是钢，一时不吃饿得慌。不管到了什么地方，不管到了什么时候，即便遇到了天大的事情，千万不能饿肚子。

全日空的人想起来了，偷渡的人都有一个去处，也就是偷渡分子要投奔的地方投奔的人。要不然，到了日本的中国人，他两眼一抹黑，这日本国可不是中国，没政府可找。

你到了日本，打算与谁联系？

俺不知道跟谁联系。

是谁来联系你呢？

也没谁联系俺。这么多天了，俺要回家了。俺娘要烧五七了，五七三周年，儿女要周全。俺的那几个哥哥，都害怕俺嫂子，好像嫂子才是他们的亲娘。俺要不在跟前，他们才不管娘烧几七。所以，俺要回家了。

你回家可以，可是我们的损失怎么办？

俺一分钱也没有，实在不行，俺可以打工，打工挣钱还你们。

你要到什么地方打工？

俺不知道。

日本人也看出来了，此人有点莫名其妙的神经不正常。

小程再也没有走进邓智慧的办公室，在走廊里遇到过一两次，邓智慧像是什么事情也没有，小程心里十分不自在。去日本的事，一点下文也没有。机关的人都说，邓乡长深不可测，他有点领教了。他私下里计算过了，那个偷渡日本的人至少要三十万元人民币，才能补偿人家的损失。

三十天过去了，日本方面再也忍耐不住了，怪不得中国方面死不认账就不肯往回领人，这个人一天三顿饭，食欲都是那么旺盛，能吃而且能睡，所以，他们主动要求把那个偷渡的人遣送回来。

愿意送就送吧，还是那个航班，还是那架飞机，郭有理背着他娘的大照片回到了中国，穿着日本T恤。他挺高兴的，因为没有耽误给娘烧五七。

公安局派人到机场接的人，给郭有理定一个什么罪名？脑子少根弦，心里只有一个心眼的人还定什么罪名。人家又没给国家造成什么经济损失，也没有造成什么国际影响，日本能留下他，中国还少了累赘。

公安局外事处打来了电话，对于遣返回来的郭有理，是羁押，还是释放？

邓智慧说，连日本人都收容他不起，难道你们想养着他？

放下电话，邓智慧闪过一个念头，应该去见一见这个当年的同窗和同乡。这件事，说起来就像一个笑话。

这件事情的尘埃落定，齐书记暗暗地佩服邓乡长。如果按他的批示，派人去日本往国内领人，按惯例，至少要拿出三十万元包赔给人家。真的是高人高招，日本方面挺不住了，你们自己送回来的，倒霉自己认吧。在一次办公会上，齐仲秋特地说起了这件事，不仅你们要向邓乡长学习，我也要向他学习。处事要有定力，要沉着镇静，不能听风就是雨。如果为了一个脑子有病的人，花了财政三十万的经费，你说我们冤不冤，到头来，"彪"的不是郭有理，而是我们才真正的"彪"

啊。

事件自行了结，邓智慧挺开心的。机关的助理文书们也在私下赞许他邓乡长，姜还是老的辣，这下看出来了。就说查无此人，犯什么错吗，什么毛病也没有。邓智慧也挺得意，前些天，他还与妻子开玩笑，要从工作岗位上退下来了，冷不丁地不再忙碌了，也不起草转发文件了，会不会有失落感。

妻子比他还幽默，那还不好办吗，我有事，就给你写个报告，比方说，我要到市场去买棵白菜，就给你打个请示报告，拟购买白菜一棵，当否，请批示。你就写上，拟同意。退休以后咱们自娱自乐，照样能体验到当干部感觉。

这两天，因为拆迁动迁还有占地的事，上访的农民闯乡政府闹事发生过几例。齐仲秋和邓智慧真有些焦头烂额，市里要全域城市化，就是要把农村变成城市。要维持稳定，要保证正常的办公环境。邓智慧才不与到政府上访的群众直接对话，他要找的是开发商们，你们伙同政府，发动了第二次土地革命，把分给农民的土地又从农民的手里夺回来了。你们把种庄稼的土地盖了大楼，你们发大财，农民吃不上饭，农民们找政府，我政府就要找你们。要安抚不了群众，再发生上访事件，你们就不要干了。上级领导将我撤职之前，我把你们先干倒。真的，要是有地种，谁不好好种地，咱们乡里的人能偷渡到日本去吗？

接下来的那几天，乡政府大楼前果然平静祥和了许多，聚集在大广场上的人不是晨练，就是玩耍放风筝的。老百姓要求也不高，有白菜炖豆腐和大米饭吃，有房子住，再有个大秧歌扭的好心情就可以了。

那天早晨上班，在走廊上，邓智慧与小程相遇了，这个小秘书有些挺难为情的，他却像没事一样，先朝程秘书点了一下头。然后想起了一件事，前两天，我安排在大楼墙体上悬挂标语的事情办得怎么样了？

小程说，已经布置完了，今天就有人来悬挂标语。

临近中午时分，走出办公室的邓智慧迎面碰上了一个似曾相识的人，他肯定不是乡政府机关的人，邓智慧一下子没能想起他来，只是有些似曾相识。一乡之长天天相逢相识的人也太多了，人家冲他点了头，他也不由自主地冲他点下头。那人背着一个大相框，问他，到顶楼怎么走？

邓智慧说，坐电梯就完了。

那人说，我是说到大楼的平台上面？

邓智慧说，顶楼左侧有个旋转小楼梯，可以直通到平台上面。

第二天临近中午的时候，政府大楼前面的广场上放风筝的人发现，乡政府大楼上面，高高地悬挂着一个相框，相框里镶着一幅黑白大照片。照片上的人是谁，大家都十分的好奇，扬着脖子一齐看。照片上的人不是什么伟人名人，就是一个老太太的黑白色遗像。人人都莫名其妙，不知道照片上的老太太是谁。一大早，那么多的机关工作人员在大楼前面做广播体操，就没有一个人发现高高的大楼上面挂着一幅照片。

通过监控录像的画面，乡派出所的人发现，照片是郭有理挂到大楼上面去的，而且在画面能看到。指点郭有理上到大楼平台上的，就是乡长邓智慧。看了这段画面，邓智慧说，我还以为他背的是宣传标语呢，这只苍蝇吃得……幸好挂的是他娘的照片，他要挂上一个什么人物的照片，我这辈子可就栽到这个"彪子"的手里去了。

民警没费事，就在市里的街心公园找到了郭有理。把他带到乡里，询问起他到政府大楼悬挂照片的动机时，郭有理说，俺娘说了，她这辈子没见过世面，死了以后，把她的照片挂到一个眼亮的地方，她喜欢瞧光景。俺看着没有比乡政府大楼再眼亮的地方，于是，俺就把俺娘的照片挂到了大楼上面。

你知道不知道你违反了治安管理条例？

治安条例是什么东西？

治安条例就是地方行政的法律。

俺不知道，俺娘说了，有毒的不吃，犯法的不做。挂个照片，又不是反动标语，真就犯法了？再说，大楼大门上不是挂着为人民服务吗？俺娘也是人民，活着的时候也没人为她服务过。她死了，让她瞧瞧光景不行啊？

小民警问所长，要不要行政拘留这个郭有理？

所长说，拘留他干吗，没事找事，他不就挂他娘的照片了吗。

郭有理火了，你他娘的。

敢骂我们所长，小警察唰地拿出了手铐子。

派出所所长阻止了小警察的举动，你没看他脑子不正常，他"彪"你也"彪"吗？

郭有理火气更大了，你们才"彪"呢。

邓智慧在一旁笑了，他没说错，我们才"彪"呢。

彩 票

刘 庆

经验告诉我们，发财的机会几乎比比皆是，比如最快捷的现在就有一种，街头不是卖彩票吗？你怎么知道你就肯定不会中个头奖？拥有别墅或者汽车呢？

马长青就是这样想的。他是市里一家经济类干校的食堂管理员，长相没有什么特别的，拥有你认识的那些厨师朋友的共同特点，面色白里透红，喜欢袒露前胸，眼睛略有红肿，体态肥胖。他尤其具有务实的精神，热衷于参加各种媒体举办的竞猜活动和幸运抽奖。并且尝到过甜头。就在年初，南京的一家方便食品公司还寄给他一对枕巾和一张荣誉卡，从哈尔滨一家啤酒厂的代理商那里搬回了两箱啤酒。他的运气真是没的说，只是缺少更有说服力的事例来给予证实。

这一天傍晚下班，他和平常一样，骑着自行车穿过操场。操场上十分嘈杂，正在同时进行三场排球比赛，欢呼声此起彼伏。学校建在郊区，铁栅外面便是农民的菜地。菜农们在日落之前给西红柿和香瓜浇最后一遍水，傍晚的火烧云让他们对气象预报中的雨水已经彻底失望。他们一边卖力地干活，一边火气很大地斥责出去疯跑的孩子，抱怨妻子没有严加管束。风还送来闷热的农家肥的气味。这种情形要持续两个小时，月亮升起的时候，校园里会静到只剩下一片蛙声。

一向喜欢热闹的马长青这晚却没什么好心情。他租住的房子租期快要结束了，而他和校方的交涉却毫无结果。总务处答复他也许会分配给他一间房子，可那要等到房改完毕之后。房改的方案从出台到可行性研究，再到具体操作实施，差不多需要三年的时间。这就等于告诉他不要再对学校抱什么指望。骑到校门口,马长青也没有想好怎样劝慰妻子。林迟是小学数学教师,活到三十岁,最大的梦想是能在海边生活,可她嫁给了一位厨师。如果生活条件好转,她可以吃到烹调讲究的海鲜,但这和大海毕竟相差万里,是两回事。两年前,他们有了一个可爱的女儿,林迟不得不请长假在家里照顾孩子,心情经常变得很坏,她不愿意离开讲台,又无可奈何,每月除了房租水电,他们没有多余的钱请保姆。

在校门口,马长青被赵燕拦住了,她在厨房做饭。晚饭串烟,她挨了马长青的批评,她特地等他要解释一下心不在焉的原因。这原因她讲过一百遍了,她的丈夫在外面有了外遇。她不给马长青插话的机会,免得他借故溜走。马长青心里焦躁起来,就在这时,一颗黄豆大的雨点砸在他的脑门上。赵燕也愣了,因为她亲眼看见天上掉下了那颗雨点,还有马长青用手擦下的水珠为证。

"咱们明天再说,下雨了。"马长青跨上自行车。他又下来了,这是一个晴朗的夏日傍晚,夕阳给天空镀了一层火红的云霞,一个晴朗得不能再晴朗的傍晚。

赵燕发出刺耳的笑声,她用手绞着皮包带,几乎笑岔了气。好容易停下来,"小马,"她说,"你去抓彩票吧,这可是天上掉下来的运气。"

马长青仰天四顾,他们站在校门口的空旷处,只有马路对面的建筑工地有一只脚手架,距离也在四十米左右。这颗雨点来得确实怪异。

二十分钟以后,马长青来到了工人文化宫门前。骑过省宾馆的时候,他听见彩票发售中心通知服务人员打扫场地,他加快速度赶到那里,服务人员正在往车上搬冰箱和彩电,那辆奖品轿车仍在展台上,反射着灯光,愈发乌亮。场地里人已经不多了,大声说话的只有门口那几个假借抓奖名义卖鞋的小贩,他们的鞋摊旁边摆着朱古力豆和洗衣粉。还好,马长青终于找到了一个举着盒子的妇女。

"还剩下 16 张,"妇女说,"不买就没有机会了。明天这里要开辟下岗人员再就业市场,半月以后彩票才允许再次开市。怎么样,不碰碰运气?5 元钱一张。"

马长青有些犹豫,对于他,80 元相当于女儿的 5 袋奶粉,相当于妻子的一件衬衣,相当于,他用不着再换算了,卖彩票的已经走开了。她是中心临时招募的人员,工资从发售的彩票中提成,在这里工作了几天,人多少已有些势利。马长青被她最后的眼神激得冲动起来,"你站住,"他喊道,"还有多少张彩票?

我全买了。"

那个妇女走回来,低声说:"兄弟,你可不要生气呀,我就是讨厌那个人,他跟着我半天了,想买彩票又舍不得花钱。"

确实,那个外地民工一直手插在衣袋里,盯着彩票盒子。这会儿,他终于下了决心,凑了上来。

"还有吗? 我买1张。"他操着胆怯的南方口音。

"没有了,刚才你干什么了? 人家这位先生16张都买了。"妇女呵斥道。

"你能让给我1张吗? 就1张。"小伙子期待地问马长青。

"要买就买8张,我替这位先生做主了,买不起你就躲开。"妇女抢先回答。

小伙子愣了一下,见马长青已开始用指甲刮彩票上开奖的铅粉,他咬咬牙,脸涨得通红。"8张就8张。"他拿出40元钱递上来。

"让给他8张吧。"妇女和马长青商量说。

本来马长青全部买下就有些后悔,乐得做个人情,他从盒子里数出8张递给南方小伙子。

都刮开了,什么也没有。马长青唾了一口,有些扫兴。他抬头,看见那个小伙子正向开奖台跌跌撞撞地跑去。

"他真中大奖了?"妇女诧异地嘟囔。

他们正看着,台上的麦克风已经喊了起来。

"朋友们,朋友们,大奖啊,大奖终于出现了。本次发售彩票中的最后一辆红旗轿车有了幸运的得主。朋友们……"

台上说什么马长青一句也听不清了。大脑一片空白。他只知道他和幸运女神失之交臂。他的面色苍白,双膝酸软,眼前渐渐模糊,流出了泪水。他跳上自行车,飞快地逃离了那里。骑过儿童公园,确信已经听不见彩票发售中心煽情的宣传,他下了车子,绵软地跌坐在路边的水泥地上。

最先填补大脑空白的是懊悔,他已经将那张幸运之门的通行证拿到了,又愚蠢地给了别人,一念之差,还没来得及反应,一切都变了样。他努力地回忆,认定不该擦抹半小时以前掉在头上的那个雨点,现在说什么也没有用了,脑袋里嗡嗡作响,他恨不得回去找到那个替他做主将彩票送出去的妇女打上两个耳光。就是打十个耳光也于事无补了。他的心堵得发慌,憋闷得发痛,他想大喊几声,最后他从地上捡起一只谁扔掉的半截烟蒂。空气中波动的烟圈让他冷静下来，他想，该回家了。

回家的路上，虽然他极力想从那张该死的彩票中挣脱出来，可这怎么能做得到呢？那个长头发的民工怯懦和略带口吃的声音在耳边萦绕不去，跑向开奖台时笨拙的脚步和可耻地摇晃着的身形在眼前晃动，马长青真真切切地明白了什么是嫉妒。他恨不得……有什么用呢？那个抢了他的幸运的家伙没准正在犯愁怎么对付那辆轿车呢！要是他中了奖，他会首先给妻子打个电话，让她来看一眼，再将车开回来在学校里兜上一圈，然后，卖掉。也许不该这样张扬，那就将车直接卖给彩票发售中心，拿回属于自己的钱，怎么也有十几万吧！直接取钱可能不安全，那就让他们写下一张欠据，第二天再去领奖。

他无法想象他将十万块扔到妻子跟前她会怎么样，别说真的看到钱，就是他中了大奖的消息也会让她惊喜若狂。他会拿上家里所有的存款带上妻子和女儿去市里最好的酒店消费一次。那他只会在香格里拉和名门饭店中间做出选择。十万块毕竟不是一笔太大的数目，还不能圆妻子在海边生活的梦想，但至少可以带她到大连或者青岛这样的海滨城市住上一段时间。如果他做了这样的决定，林迟一定表示反对，心里却会感激不尽。林迟会用这笔钱买房子。在这种时候，女人狂热是狂热，但是她们也许会比男人更早地冷静下来。女人的浪漫总显得很矫情，务实才更近于她们的天性。种种天真的假设只能让他更难受，更痛恨自己。他觉得这是一场梦，而且是梦魇。生活无来由地捉弄了他一番。

距住处越近，双腿越没力量，踏进家门的时候，怨恨已经填满了胸膛，他一遍一遍地吞咽，咽下看见妻子早晨在尿盆里便溺的晦气，咽下她无休无止的抱怨。咽下他们对未来的种种美好的设想，咽下女儿整天看着墙角白霜的哭泣，咽下她吃荔枝和芒果时的贪婪，咽下他和妻子对女儿将来种种美好的憧憬。他什么也咽不下，难过就在舌头底下，苦涩，酸楚，只是没有甜蜜。

他倚着门框目光飘忽的形象一定把林迟吓坏了，她扔下孩子便跑上前来，"长青，你怎么了？你是不是病了？"

他摇摇头，林迟嘘了一口气："你可吓死我了，我还以为发生了什么事。"

"我丢了十万块钱！"他艰难地说。

"你把单位的钱丢了？天啊！"

"不,不是单位的,是我们的,是咱们家的。"

"我们的,咱们家的?十万块?"林迟哧地笑了,"马长青你可真会哄我开心,自从嫁给你,我都快忘记钱长什么样了。要是没什么事,你赶快到厨房里给我做饭。这一天忙里忙外给你带女儿,都快把我累死了。"

"林迟,我没跟你开玩笑,就差那么一点,那么一点。"他狠狠地砸了一下门框。

这天晚上,林迟极尽温柔。早早地哄睡了女儿,在床上也表现得十分主动。她想以这种方式来安慰身边这个受了创伤的男人。取得的效果却恰恰相反,这加重了男人的自怨自艾,使他更加懊悔和内疚,联想到当下的生活,马长青怎么也无法从那张彩票中解脱出来。林迟说,"该是你的就是你的,不是你的就不是你的,别想了,徒增烦恼。"他当然明白这个道理,可就是转不过弯来。

第二天,马长青明显消瘦了一圈,他租住的地方是城郊一片狭窄混乱的棚户区,虽然不断地传来小区改造的好消息,可这和马长青没有关系,他不过是一个看房东脸色的临时住户。在学校的工作间,他第一次发现周围的环境如此不堪。洗手池堵了,哪个学生在下水管塞了块吃剩的馒头。炊事员的帽子和锅台一样油腻,让他想起街头小吃部老板娘擦桌子的抹布。食堂前面是一排高大的杨树,除了扬起漫天恼人的叫作"六月雪"的杨花,再就是遮掉了办公室的阳光。存放白菜和粮食的仓库阴凉,散发着霉味,地当中有一小堆的老鼠屎,代替了撒放的老鼠药。没见到老鼠的尸体,显然伪劣的鼠药成了小动物的美味。他下决心压住火气,不去想类似糟糕的事,恨不得塞上耳朵,免受抽烟机和鼓风机刺耳的轰鸣。

于是他拿起了报纸。报纸的编辑们也仿佛和他作对,一块社会新闻版上竟刊登了一组和彩票有关的消息。其中的一则是这样的,一个老人买彩票中了一辆自行车。一个小伙子借口请他帮忙,他给了老人十块钱,乘他专心抽奖将自行车偷走了。老人并没有吃亏,他用小伙子的钱又摸到了一辆摩托车。接下来的一则消息和他有关。就在昨天,某建筑工地的来自南方的一位民工,只花了四十元钱买彩票就摸到了一辆轿车。

有关彩票的报道刺激了马长青,他站起身来,恰好食堂的出纳员从他身边走过。他咳了一声,昨天傍晚的经历就像一个嗝,一下便涌了上来。他艰难地指着报纸上的报道:"你知道吗?昨天晚上我损失了十万块。这辆车本来是我的。"他这样开了头。

女出纳员听完，认真地看了他几眼，见对方不是在开玩笑，她爆发出尖细的笑声，"你们大家都来听一听马管理员的故事。"她夸张地捂着肚子招呼大家。

很快他便发现，他成了同事取笑和私下谈论的对象，普遍的看法是他想发财想疯了，这样说的人是对他的故事表示怀疑。而相信的也没有表现出同情，他们的态度更近于嫉妒和幸灾乐祸。他们装出一副关心他的样子跑来打听昨晚的事，当他讲完，他们或笑或叹，眼角和嘴角掩饰不住戏谑，不知不觉地流露出来。再好的故事讲上十遍也会索然无味，奇怪的是他明知道对方不怀好意，可就是压抑不住还要倾诉的欲望。

这种现象在下午三点彻底走向了反面。院长召集后勤有关部门的负责人研究食堂改革方案，往常，这种场合马长青一般是不发言的，除非领导问到他。当处长将学生写给院长的反映食堂伙食不好的信转到他手里，他忽然听见一个奇怪的声音："你们知道吗？昨天晚上我损失了十万块。"他一愣，发现包括院长，所有的目光都盯着他。

处长不满地说："小马，院长正在和我们谈工作，你的事会后再说。"

可是马长青已经无法控制住嘴巴，他几次想要缄口不言，舌头却不自觉地自己翻动。舌头背叛了他，嘴唇成了同谋，口腔成了共鸣箱。甚至舌头任意添加的细节，包括他自己也是第一次听说。他恐惧地捂住嘴巴，嘴里发出唔唔的声音，嘴唇剧烈地抖动。他冷汗淋漓，手一移开，故事就会自己流出来。他瞪大的眼睛把大家吓坏了，他好容易腾出右手来，艰难地写下一张纸条，扔给了目瞪口呆的院长，然后跑出了院长室。

"我不想说，可我控制不住。"这就是纸条上写下的话。

马长青捂紧嘴巴跑回自己的办公室，将门锁死。他试着将手放下，他又听见了自己的声音。他恐惧极了，汗湿透了衣服。他将毛巾塞进嘴里，用牙咬住。他感到口干舌燥，喉咙如针刺一般。他的眼前不停地闪动院长的眼睛，耳边的声音渐渐变成了处长恼怒的提醒。"院长一定以为我疯了！"他悲哀地想。

确信情况有了好转，他走去校医室。他一进门，几位医生立刻停止了说笑，互相交换着目光。显然马长青是他们说笑的对象，并且他们已听说了他在院长室的表现。

"我正要去看你，"张医生说，"这种病例我还是头一次遇见。"

"都是那张彩票害的。"马长青喘息着说。他的声音沙哑了,眼睛布满了血丝,"你知道吗,昨天晚上我损失了十万块。"像是小水坝决了堤,故事又流了出来。他慌忙捂住嘴。几个医生饶有兴趣地听着,见他停下,张医生提醒说:"你讲到那个民工花了40元钱,可你干吗要给他那几张彩票呢?"他边说边向同事使着眼色。他看见马长青的脸色憋成了绛紫色,他这才重视起来,"看来我应该给你打一针镇静剂。"他站起来,他没躲过对方抡起的拳头,马长青一拳打在他的鼻梁上,打飞了他的眼镜,打出了他的鼻血。

马长青知道他再也无法忍受人们的奚落,如果他在医务室待下去,他不知自己还会干出什么事来。走出楼门口,他忽然发现,他忘了捂嘴,而"故事"并没有流出来。他试着张了张嘴,舌头确实控制住了,只是嘴唇在轻微地痉挛。

回家的路从来没有像今天这样凸凹不平,这样漫长难行,往日10分钟的路程,这晚他走了足有半个小时,看见家门的一刻,他双腿发麻,觉得将全身的力气都耗尽了。

晚饭时马长青的嘴唇再次发生了痉挛,并且抽搐的面积扩大到了左腮。他强忍着没有把哭闹的女儿扔到门外去。林迟识相地搂着女儿先睡了,破例没有催他洗脚。本来他已经想好了踢翻洗脚盆作为发泄。林迟像是看透了他,就是不给他发作的机会。

马长青独自来到户外,夜露打湿了野玫瑰的花瓣,风轻轻地送来火车冷清的汽笛,城市的暑气刚刚消散,灯光却在搅扰月亮的清辉。浊气冲天的城市早已没有真正的夜晚了。他想,这个城市里这会儿也许只有他一个人在为生活发愁。在此之前,他一直觉得充满希望。他从来没有像今晚这样跳出原来的生活冷静地想一想。他一向引以为自豪的工作环境和好人缘一个白天彻底颠覆了。而妻子不加修饰的脸上的皱纹,衬衫上的两块泛黄的奶渍也变得触目惊心。生活原来竟是这样的冗长无望。城市不属于他,就像一片墓地碑林,隔膜而巨大。身边的一切又让人窒息,感到压迫。从那张彩票开始,生活就变成了一个越束越紧的圈套,不但戏弄他,戏弄过后又将他抛弃了。现在他真正认清了周围的一切,他和这样的世界隔膜着,此前之所以觉得满足,原因是受了生活假象的欺骗。

房东的屋子里传出连串的咳声,他是一个脾气暴躁的鳏夫,酒精泡硬了他的肝,对消除口臭却没什么帮助,林迟最怕的就是他逗弄她的女儿。在十天以前醉酒之后,他点燃被子烧坏了双腿。想起房东贴糊膏药的双腿,他压抑不住一阵恶心。这时,他的舌头跳动了一次,他恐惧地捂着嘴逃进了屋子。

作为在校医室的鲁莽付出的代价,马长青被校方停止了工作。一周时间,他的生活已经变得一塌糊涂。尝试了十几种安眠药和镇静剂之后,他开始酗酒。由于他的自暴自弃,夫妻关系也出现了裂痕。忍受不住舌头跳动和面部痉挛引发的烦躁,他对林迟大打出手。可是用不了一会儿,或是妻子弯腰时让他看见了乳房,或是给女儿冲奶时晃动了臀部,都可能让他想入非非,身体产生冲动。生出了怜惜的温情,他恬不知耻地道歉。为了博得妻子的强颜欢笑,他跳在地上学狗叫。一旦两人和好,他又故态复萌,心中充满了恶意。

夜里,他梦见自己的胸部涨满了,郁积的闷气膨胀开来,涨到了腹部,他看见了肚皮上的毛细血管。他绝望地想坐起来,结果发现他已无法移动。一种撕裂般的痛楚向他袭来,然后砰的一声。他清楚地听见了肚皮爆炸的声音。醒来,他大汗淋漓。点燃一支烟,定定心神。他想,如果在这屋子里再待下去,他也许真的会像一只气球一样炸掉了。

恐怕在家里闷下去会丧失理智,他清晨起来便走上街头,漫无目的地走去。有两次横穿马路,他险些给飞驰而来的车撞到,奇怪的是他对那些斥骂声充耳不闻。他想,他应该想清楚导致他陷入目前这种境遇的原因。

后来他在一处地方停了下来,看了那么久,眼前的一切终于有了印象,他驻足的是一家繁忙的建筑工地。搅拌机的轰鸣和荡在空中的脚手架突出了工地的忙碌和嘈杂。光着脊梁的短小的南方人紧张地推着运料车,在跳板上跑来跑去,落着水泥灰尘的黑红的后背隆着结实的肌肉。一粒小石子穿透屏障掉在他的脚下,他忽然想清楚了。有一个人应该为他现在的一切负责,就是那个从他手里买了彩票的南方人。

为什么先前没有想到呢?他的五脏六腑像一堆旧棉絮一样给抽打着,腾起的怒气弄昏了他的头。就是那个家伙夺走了他的钱财,夺走了他几乎触手可及的幸福生活。夺走的还不仅仅是这些,甚至连他过去的一切也剥夺了。既然如此,他就有理由报复那个家伙。那张乞求的脸可怜巴巴地看着他——他至少要让他看看那张中了大奖的彩票是什么样子,可他没有——跑向领奖台时的动作分明就像一只鸭子。他越想越难以忍受,怒火仿佛把头发点燃了,他一遍一遍地叮嘱自己,

要保持冷静,要保持理智。

　　这个理智的人想起了几天前在报纸上看到的报道。辨明了一下方位,那个伤害了他的人就在距他三站远的地方打工。他立刻迈开了脚步,他恨不得现在就用拳头捣碎那张被兴奋扭曲的丑脸。他毫不担心是否能够找到那个南方民工,即使一万人站在他的面前,他也可以一眼把他从人堆里挑出来。他大踏步走着,感到丧失的力量和信心又回到了他的体内。

　　他穿过了五条街道和一个农贸市场。在农贸市场的一个摊位,他想也没想便买下了两包鼠药。他高兴的是他现在非常理智。对,他耳聪目明,应付眼前的事就像烧一锅豆腐泡那样简单,那样有把握。

　　现在,马长青站在一片庞大的建筑工地前面,他的对面,一座旧楼在定向爆破的烟尘和轰响中正在慢慢地塌落,他站在看热闹的人群中被推来搡去,他的手心湿湿的,塑料袋里的鼠药却很爽脆,稍一用力就可以捻成碎末。身边的人都指指点点,微笑着,有的还把孩子举过头顶。马路堵塞了,出租车司机烦躁地按着喇叭。这个时候,马长青才发觉人群的庞大,而且这处建筑工地有十几座楼正在兴建,要找一个不知姓名的人是何等的艰难。

　　正像他想的一样,一开始他就碰了钉子。"你躲开点,工地危险你知不知道?"一个工头模样的人怒气冲冲地向他喊道,"你到别处找,我们这没有,你站在这干什么?还不快走?"

　　他在建筑工地转了一天,没有找到任何线索。但也不是没有一点突破,至少有三个问到的人告诉他知道有这回事,两个人说报纸报了这件事,一个人听别人谈起过。他们异口同声地说:"要是我有这么好的运气,你想我会怎么办?早拿钱回老家了。"

　　这让他十分沮丧,这些人说的没错,换了他,也不会再干下去了。也许那个幸运的家伙这会儿正在老家晒太阳呢!他倚着一排砖垛坐下来,一直坐到太阳消失在海关大楼的后面。

　　接下来的事情就变得有些不妙了,先是有一个人走来坐在他的身边,凭直觉,马长青也知道他不是这个工地上的人。果然,对方故作轻松地盘问起来:"你找那个民工干什么?你们认识吗?"

　　周围的人多起来,立定了看,交头接耳。那个人很不满,示意人们散开,工地上的人慢慢地挪动脚步，距离稍远一点便又站下转回头。

马长青警觉地东张西望，含混地说："我看了报纸，想看看中了大奖的人是什么样。"坐着的人显然不信，继续审视他。

什么东西咔咔作响。响声发自他的口袋，是那两包鼠药，这会儿却像两只老鼠一样活动起来。

马长青惶恐地站起，把手伸进口袋，结果响声更大了。"镇静，镇静，只有镇静才能理智，只有保持理智才不会出错。"他在心里不断地告诫自己，故意放慢脚步，留心不被砖头绊倒。来到马路上，他差不多虚脱了。还好，并没有人追来。

马长青病了，高烧不退，浑身酸软。肉体的痛苦加剧了心头的痛楚。后来，他忽然恐惧自己再也站不起来了，才慌张地爬起。

这天早晨，他猛然想起租房的期限已过去了三天，房东并没有赶他，也没有找他提高房租。在他凝神细想的时候，他听见了房东的咳声，他的舌头应和着那咳声也开始一下一下地跳动。然后嘴唇又开始了新的一轮痉挛。"叫他闭嘴，叫他闭嘴。"他顾不得吵醒孩子，含混不清地招呼妻子。他大口大口地喝水，力图使自己镇静下来。结果他发现了扔在墙角的老鼠药，他的眼睛被刺痛了。他想，乘他还能保持理智，他得给这两包鼠药派个用场。

林迟听见了丈夫的喊声，她没有答应。连日来，她已被丈夫的神经质折磨得狼狈不堪。她正在炉子上帮房东熬药。多种气味混合在一起，看着闪动的火苗，她默默地流着眼泪。看上去，丈夫对于窘迫的生活失去了信心，在学院里，第一次发现同事们彼此充满了敌意，震惊之余，他被这一发现压垮了。她想不出怎样做才能帮助丈夫渡过难关，拿不定主意是否应该送他去看心理医生。一想到丈夫没准会精神失常，她不寒而栗。她一刻不停地忙这忙那，害怕闲下来就会想象未来生活的黯淡。

她主动帮助房东熬药，帮他打扫房间，耐着性子听他回忆他在"文革"中间吊死的妻子，和某一次与朋友斗酒，或者一次杜撰的艳遇。那个老鳏夫终于被她感动了，答应让她们一家免费再住上半年。

药熬好了，林迟起身将火关掉。马长青就站在她的身后，手背在后面，似笑非笑地看着她。

"你进屋去看看女儿,我来帮你送药。"马长青温和地说。

林迟吃惊地打量丈夫,疑疑惑惑地向里屋走去。走到门口,她猛然发现,丈夫正在往药里投放着粉色的颗粒。天哪,他在给房东的药里投毒,投放老鼠药。她尖叫一声,冲过去一掌将丈夫手里的药粉打落。马长青一愣,眼露凶光,林迟以为他又要行凶了,没想到,马长青身子一下矮了半截,他猫着腰飞快地跑出了房门。

林迟手忙脚乱地将药倒掉,把药壶涮了又涮,然后跑回屋里,抱着女儿嗦嗦发抖。她怎么也想不通,丈夫竟会产生杀人的念头。原来她只以为马长青是忍受不住失意,万没有想到那张彩票给他带来的伤害如此之大,竟然让他发疯了。一时间她感到六神无主,恐惧非常。

马长青确信面部的痉挛和舌头的跳动与房东的咳声有关。而他已没有耐心把这种折磨忍受下去,报复的对象在不知不觉中已经改变了。他决定尽快采取行动,将房东干掉。既然投毒不成,他便准备瞅准机会将那个坏脾气的家伙勒死。如何摆脱林迟的监视是他最伤脑筋的事。林迟的目光一刻也不肯离开他,他从其中得到了乐趣,有几次他假装进入了梦乡,林迟哭了一通之后也感到了疲倦,他忽然跳起来,林迟吓了一跳,条件反射地攀住他的肩膀,脸色苍白。"我只是想上趟厕所。"他开心地说。

类似的恶作剧也开始让他感到厌烦了,痉挛的部位由面部扩大到了脖子。他想,再这样耗下去,没准明天他就会像秋风中的树叶一样,全身都抖个不停,会像食堂抽油烟机一样,在轰鸣中最后抖到全部坏损。房东仿佛故意和他作对,咳声越来越大,次数也越来越频繁。现在林迟也对那咳声变得极其敏感,一听见咳声她就脸色苍白,紧紧地抱住丈夫,浑身发抖。有时睡着睡着,她猛地惊觉坐起来。她听见了丈夫的鼾声,房东的屋子里没有声音,知道自己是在做梦,她惊魂甫定,不禁悲从心来,咬着嘴唇低声哭泣。

马长青计划中的最后期限终于到了。为了让林迟相信他已经改变了杀人的念头,星期一的早晨,他早早地起来,帮助妻子做饭,给女儿穿衣,并且征得妻子的同意,在她的监视下给房东送去了一碗鸡蛋汤。房东剧烈地咳嗽,唾沫星喷了他一脸,老人歉意地解释说自己患了严重的伤风感冒。他则强忍着痉挛,舌头都给咬出了血,艰难地向那个不知厄运就要降临的老头露出了微笑。

马长青破天荒地提议陪妻子和女儿去逛逛南湖公园。自从他们有了女儿,他们好久没有出去走走了。林迟问了丈夫几个恋爱时他们在公园的树林里的几个细节,然后她终于相信,丈夫的确已经恢复了正常。她长出一口气,偎在马长青的怀里,流下了欣喜的泪水。

公园里的杏花开了,草地绿意正浓,林迟被女儿趔趔趄趄的脚步吸引了,渐渐地放松了警惕。马长青借口上厕所,他轻松地走去林间,乘林迟没注意,他撒开脚步,飞快地跑出了公园。

在出租车上,他想好了下手的办法。他准备使用女儿的背带,假装去给房东送水,乘他不备勒死他。他只是模模糊糊地想了一想如何处理尸体,是等到晚上移尸郊外,还是伪装自杀的假现场,他可没想好。现在关键的问题是行动。他被这念头疯狂地扼住了,甚至忘记了痉挛的烦躁。其实他的手脚冰凉,点烟时打火机掉进出租车里竟都浑然不觉。

他太紧张了,心跳和痉挛使他双手无力。到家之后,他先喝了一缸凉水,然后打开了电视机。这也是他的行动步骤之一。电视的声音一方面使他平静情绪,缓解紧张,另一方面也可以不让邻居感到异常。他没有找到女儿的背带,才想起刚才去公园时被林迟带走了。这是个小小的意外,他出了一头汗,一时间有点惊慌失措。在他的计划中,这条背带可是一个重要的组成部分,决定了计划的成败。他眼睛盯着电视,脑子里一团混乱,他想,他得用最快的时间找到替代的绳子。

就在这时,电视画面将他吸引了。画面出现了一张照片,那是一张他印象极深的脸。

"是他,没错,就是他。"他跳起来,冲到电视前面,瞪大了眼睛。接下来,电视里播发的是该凶杀事件的现场。那个幸运的南方小伙的尸体躺在农民的水田里,一只手捂着胸口,一只手搭在田埂上,仿佛愤怒地指着天空。凶手在审讯室里交代作案过程,讲他如何见财起意,他是遇害民工的同乡,得知他摸彩票中了一辆轿车,便以买车的名义将死者骗到郊外,一共刺了九刀。马长青的眼前模糊了,他瘫软下去。捂住胸口,感到疼痛。他好容易爬到床上,大汗淋漓。

林迟奔回家中的时候,她看见丈夫泪流满面,向她张开了双臂。什么都没有发生,灾难的阴霾已经散去,丈夫的脸上绽着消失多日的光彩。从他的眼神中,林迟看见了重新点燃的生活的火苗,缭绕,升腾,烧掉了生活中的荒诞和芥蒂,烧掉了污秽和痉挛，照亮了天空，春光比平日更加明媚，树枝发芽，小草变绿。林迟投入丈夫的怀抱。马长青紧紧地抱住她，连日来的烦躁和激愤统统消失了，他感到了从未有过的安全和幸福，像十层楼房那样高的、巨大的幸福。

北京的藕

李 铭

在北方，三九天的空气里像是藏着一只厉害的猫。稍不注意，露出的脸就会被这只猫"挠"一下。方圆几十里，都是一望无际的藕塘。除了亮闪闪的冰，就是冰上那些残荷。

这个季节，很多城市的人家都要吃"炸藕合"。挖藕要选好时机，能够卖上一个好价钱。为了挖藕方便些，老板在藕塘边上建了两间简易的小房子。老何和媳妇就住在这。媳妇叫翠喜，长得一般人，老何却当成了宝。老何醉酒，跟挖藕工们吹嘘，说翠喜就像藕塘里的藕，外面看着疙疙瘩瘩，里面实惠着呢。

挖藕工们哄笑，老何也不难为情。

老何在北京郊区挖藕已经十个年头了，积攒了一点钱。去年回老家相亲。老何说在北京上班，一年钱不少挣。翠喜看他人老实，就信以为真。匆忙跟老何办了结婚证，老何说不用在老家收拾房子，干脆去北京旅游结婚。然后去工作的地方安家过日子，过些年就在北京买大房子住。

翠喜憧憬着这样幸福的生活，从遥远的山村到首都北京，像是做梦一样。到北京，翠喜要老何带着她出去玩。去天安门，去故宫，去长城，去很多很多的地方。谁想到老何不着急，一直拖着不带她去。说以后住在北京，这些地方想看就能够看。为了不叫翠喜怀疑，老何咬牙在宾馆开了房。虽然心疼，但老何也有重大收获。翠喜脸蛋是长得不够遵守纪律，但是剥去衣服，皮白肉嫩，错落有致，这叫老何很是惊喜。

翠喜在老家结婚半个月，丈夫车祸去世。从此村里就有闲话，说翠喜"方"男人。没有男人敢再娶她，这就叫老何捡了漏。老何虽然外表丑陋，但是心地善良，看在北京天安门的面子上，翠喜就彻底放下羞涩，他们的新婚生活过得大呼小叫酣畅淋漓。

生米做成熟饭，老何就恢复了原形。他把宾馆里发的免费牙刷和香皂以及脱鞋、茶叶全部带走，说是五年之内不用再买牙刷了。老板的司机开车来接老何，老何特别叫绕道长安街。翠喜第一次在车里看到了天安门，她激动万分，觉得老何真是一个有本事的男人。老何说，翠喜，跟我好好过，以后就在天安门附近买房子。咱们生一大堆孩子，往天安门那一放，多宽敞！翠喜感觉无限幸福，她善解人意地对老何说，我也闲不住啊，能不能做点小买卖？老何满不在乎地说，没有问题，你不是会摊煎饼吗，愿意干就在天安门那支盘鏊子摊煎饼，一天听说能卖二百多块钱呢。

天黑的时候，老板的车把老何一家送到了藕塘边上的小屋里。沉浸在幸福之中的翠喜没有缓过神来，老板的车就开走了。老何说，先在这凑合一冬，明年再去天安门那养孩子摊煎饼。

翠喜不是傻子。翠喜之所以被老何骗了，是因为翠喜住的地方太偏僻，她不知道外面的世界。那个村子里没有说假话的人，翠喜就以为老何也不能说假话骗自己。在藕塘边上的小屋里翠喜只有做饭陪老何睡觉两件事。时间长了，就从别的挖藕工嘴巴里知道了老何的底。再时间长点，老何狐狸的尾巴就彻底露了出来。在天安门前哄孩子和摊煎饼的事情变成了挖藕工们嘴巴里的笑料。

入冬，藕塘边上的屋子里冷了起来。老板迟迟不给拉煤过来，墙上都已经结了冰霜。晚上一开灯，满屋子都是亮晶晶的。藕塘中间那有个浅坑，老何去附近的市场买肉回来就放在那保存。老何从藕塘里抠出条新鲜的藕来，叫翠喜晚上炖肉吃。老何拿进屋子里的肉冻成了一个坨，翠喜切了几次都只能削下薄薄的一层肉片下来。老何发了脾气，说都喊了附近的挖藕工一起喝酒，叫翠喜动作麻利些。翠喜这些天心情烦躁，过够了这样的枯燥日子。老何除了干活就是喝酒，喝完酒跟翠喜干那事。自从知道天安门前不能摊煎饼以后，翠喜有点厌倦被窝里的事来。

翠喜扔了菜刀罢工，说总吃这见鬼的藕，打饱嗝都一股藕味了。老何面子上挂不住，骂了翠喜。怪翠喜不知足，这藕怎么了，这藕可是北京的藕。翠喜哪受得了这个，回骂，去你妈的北京的藕吧，北京的屁在你嘴里都是香的。老娘信了你的鬼话，被你骗到这里挖藕。不伺候你了，我要离婚，我要回家。

翠喜背上自己的包沿着藕塘边上出走，边走边骂，引来一群挖藕工的注意。都打招呼，问翠喜干吗去。翠喜就边骂边讲述老何这个骗子，反响很一般，只有两个挖藕工说，要不，你跟我过吧。生完孩子就在这藕塘冰上放养。翠喜啐一口吐沫给他们，大步流星地往前走。

到天黑的时候，老何才真正的着急。他开始动员所有的挖藕工四处寻找翠喜。腿快的挖藕工追到了北京火车站，打电话回来说寻找无果。老何彻底绝望，在藕塘边上要跳塘自杀。一群挖藕工拉扯着，老何说花了好几万块钱呢，眼看着打水漂没听到响啊。

没有想到第三天中午，翠喜沿着藕塘冻得哆哆嗦嗦回来了。瞅一眼老何就哭了，说，你个死老何，我肚子里怀了你的娃了。

翠喜赌气想回老家，结果出了藕塘的地界找不着北了。打听北京在哪，被问的人都说这就是北京。翠喜急眼了，说这哪里有北京的影子，北京应该有天安门。这都是灰突突的土，白花花的冰。听的人就笑了，说北京可老大了。你说的是北京市里，我们这是北京郊区，都叫北京。

翠喜这才想起来老何的话，在这挖的藕还真是北京的藕。可是翠喜还是搞不懂北京到底有多大，反正是铁了心不想继续跟老何过了。翠喜就沿着马路往她心里认可的北京走，饿了就去路边的商店买个面包吃，渴了舍不得买矿泉水喝，就去路过的人家讨水喝。好在好心的人很多，又第一次见到还有讨水喝的人，对翠喜都很热情。翠喜一路走，后来不知道怎么就感觉头晕眼花，栽倒在路边不省人事了。

翠喜醒来以后，发现在一家医院里面躺着。护士告诉她，孩子没有问题。翠喜就傻呵呵地问什么孩子，护士说你晕倒了，好心人把你送到医院的，你怀孕了，有点低血糖，不过没有关系的，不会影响到孩子的健康。对了，你赶紧给家里人打电话，叫家属过来把医疗费交上。翠喜晚上睡不着觉，心想自己这样回到老家有点莽撞。回去怎么说呢？说老何撒谎，可是老何明明在北京工作啊。最关键的是自己肚子里可是有了老何的孩子。越想翠喜心里越着急，半夜从病房溜出来了，她决心回到藕塘找老何去。

老何和翠喜这次风波以后变得和谐了,翠喜一年来的情绪得到了释放。闹也闹了,走也走了,对于老何不算诚实的行为应该一笔勾销。老何本来是要教训翠喜一顿的,可是翠喜的肚子里有了老何的骨肉,将功补过,二人既往不咎,重打旗鼓另开张。这三九天一到,老何挖藕的好时候又到了。老何叫翠喜安心保胎,翠喜却坚持着去藕塘搭把手。老何人也实在,称量藕重量的时候马马虎虎,不像翠喜心细。虽然认识字不多,但是每笔账都拿半截铅笔记在一个小本子上。

挖藕工们得知翠喜回来了,都替老何高兴。开玩笑的都亲切地管老何和翠喜没有出世的孩子叫天安门。

天没有一丝风,干巴冷。老何感觉嘴巴都冻得有点发瓢,使劲嘎巴嘴,以免两片嘴唇被冻上。翠喜给烫了酒,老何一口喝了二两。下藕塘前的烧酒不能像平时那样慢饮,不用品味,全灌下去,后返劲,暖胃,暖身子。

翠喜说,老何,天安门在肚子里踢了我一下。老何咧嘴说,今年的藕卖个好价,咱就到好医院生孩子。我们老板那小媳妇,生孩子的地方老好了。她生的时候,不少人站边上帮着使劲。翠喜扑哧一声笑了,说,老何你就能扯。生孩子是女人自己的事,别人还能够使上劲。老何就叹息一声,说翠喜啊翠喜,你要是不嫁给我,你都不知道北京的事。咱老家那地儿,就是井底那样大,北京这是首都,大着去了。老板的小媳妇,生孩子花了十几万。翠喜听了张大了嘴巴,说,我的天娘啊,啥老娘们啊,那么金贵?老何说,老娘们是一样的老娘们,但是有钱和没钱,就是不一样了。你都不知道,老板家里有媳妇,前窝的生俩丫头,这个小媳妇是个大学生,跟老板差了二十岁呢。

翠喜啧啧惊叹着,图希个啥呢?

翠喜这话没头没脑的,不知道是说大学生还是老板。

老何把电线铺开,检查很仔细。电线连着切冰机,马虎不得。前年有个挖藕工,因为电线被磨破了皮没有发现,结果一通电的时候被电打倒。冒一股烟,人就不行了。老何赶去扒开挖藕工的鞋子,发现脚底被打出了一个洞洞,就知道电流过去,人没救了。

冰面上有些残荷的花梗,清理掉,切冰机开始工作。沿着冰面滋啦啦开始拉起来。天冷,冰层冻得厚。在老何的眼里,这冰层像一扇猪肉。切割开,里面都是好东西。老何在切冰，翠喜举着电线在边上跟着。围脖上是白蒙蒙的哈气。

翠喜问，老何，你们老板到底几个媳妇？

冰被切开，里面的肌理还是白色的冰。冰屑纷飞着在面前扬起薄瀑，有些凉的水点溅落下来。

老何说，大媳妇一直还是那个，后来的就总换。记不清楚几个了。

翠喜打个冷战说，老何，你可不能乱来。

老何把切冰机挪到冰的另一侧，继续切割。

翠喜说，老何，你听到没有？

老何说，翠喜，你放心吧，我就叫你生个北京的娃。回到老家，一看就跟他们的娃不一样，连脸色都不一样。北京的娃，脸红扑扑的，像个苹果。

翠喜无限幸福地看着老何，说，把你能的，我走了三天，你都没找我。老何反驳说，咋没找，天安门那都派人了，谁想到你去医院了。

翠喜听到医院俩字，有点不好意思。说，老何，卖了藕，能不能先去把欠医院的钱还上。就那么跑了，我咋感觉老也心不踏实呢。我就怕警车，怕警察来抓我。

老何说，你也说不出哪个医院，我咋还？等等吧，现在这藕抓紧出塘，老板说，这段时间出塘，能卖好价钱。下一拨就得等过年了。别瞅我，咱是有孩子的人了，注意形象和素质了，要不天安门在肚子里都学咱。不会赖账的，头年，我肯定去找着医院。

藕塘被老何划开了两铺炕大小的地方，伤口像是一条拉锁，里面有水汽冒出来。老何麻利地把切冰机推到边上。用撬棍把冰翘起来，搬走。一池塘水就明晃晃地浮现在眼前了。老何拿了高压水枪，换上下水穿的"水鬼服"。"水鬼服"其实就是胶皮的衣裤，虽然隔水，但是不能隔断温度。水里的温度在零下十几摄氏度，最多也不能超过四十分钟，老何就得上岸来缓一缓。

远处开来辆警车，闪着警灯，偶尔响了两声。岸上的翠喜正在摆弄捞藕的网，一会儿老何挖出新鲜的藕，翠喜就用网把藕兜上岸来。翠喜听到警笛声音，吓得一屁股坐在地上。喊老何，快点，警察来抓我了。

老何咧嘴笑了，说不可能。你别害怕，这警车经常来抓人。不是抓你的。咱们挖藕的工人，干啥的都有。准是哪个又犯事了。

翠喜还不放心，老何点根烟，狠吸。说，我抽完这根烟，下塘挖藕。你别害怕，你细想，你在医院你都没说你叫啥名，医院咋能告诉警察。再说，北京这样大，警察的事可多了。你这不算事。跟我一起挖藕的那小孙，找不着活干，天天去超市专捏人家方便面，一个月，捏碎了好多方便面。电视上后来都播了，到现在也没有人来抓小孙。

翠喜听着老何的解劝，眼睛却始终没有离开警车。警车在藕塘边上停下来，有个警察下来，朝翠喜和老何喊话。你叫何长远？老何嗯了声。警察就开车门，带下来一个红毛的小伙子。警察说，何长远，你儿子何远大，因为聚众斗殴，被警方处理。破坏公物了，得赔三千块钱，这几天到公安局补交。

三个人都没说话，老何盯着水面，那下面就是鲜活的藕。他想着要把藕给抠出来。翠喜盯着老何看，她搞不明白老何到底是个啥样的男人。不是说没有结婚吗，咋就突然冒出一个满脸疙瘩的小子来？红毛小伙子一副无所谓的样子，不看翠喜和老何，也不看警察，梗着脖子看天。天上连只鸟都没有，不知道看啥。直到警车开远，红毛还是看天。

藕塘边上翠喜一声凄惨的号哭，吸引了远近挖藕的工人。

有挖藕的工人老远劝一句，翠喜，不为老何想，还不想想肚子里的天安门！

老板晚上过来收藕，发现老何压根儿就没有下塘。打听明白老何家的状况，知道心急也不成。老板跟老何的关系处得那是没的说，老何冬天挖藕，其他季节管理老板承包的藕塘。老板从车上卸下来米面油肉，还搬下来一个电暖风。在藕塘干活，老何的电费都是老板结算。有了电暖风，屋子里暖和一些。

老板说了，再不行，就得从别处调人了。老何说，家里的事，慢慢解决，明天准保下塘挖藕。时机不等人，这个道理懂。老板有肉吃，我们才有汤喝。这事必须要在晚上解决掉，明天必须要干活。

翠喜说，你瞪眼说瞎话，不是说没乱来吗，咋就冒出来一个儿子？

老何说，都是多少年的事了。再说他是不是我儿子，还另说。

翠喜说，你看你个熊样，跟这小子有多像。除了毛不是红的，你这鼻子你这脸，还有你那脑袋瓜子，都不用做鉴定，一看就是你的种。这都有现成的模子，要是天安门是丫头可就毁了，这猪腰子一样的脸，咋找婆家？

老何说，好了，你干号有啥用。事情出了，慢慢解决。

翠喜说，人家堵在家里要钱呢，能慢得了吗？本来你就赚钱不多，这下倒好，还来跟着争嘴的了。

红毛说，老何，你是个骗子。我长这么大，你管过我吗？

老何瞅红毛，闷头抽旱烟，半天问一句，咋惹的娄子？

红毛舌头伸出来，舔嘴唇，漫不经心地说，不爱念书，跟我老舅出来学手艺。工程队的活，泥瓦匠干不动。就去歌厅当服务生。老板叫干啥就干啥。

老何说，叫你打架你就打架了？

红毛点头。

老何说，叫你赔三千？他们没事？城里人就知道欺负咱乡下来的。

红毛反驳说，他们判刑了。

老何叹息，你老舅还在工程队干活？

红毛摇头，不干了，从脚手架上掉下来，腿摔断了。

老何看翠喜，说，都不易。远大他妈为了给她弟弟娶媳妇，嫁到我们村，跟我过了一年。我们村买了不少外面的女人当媳妇，不知道怎么就犯事了。警察调查，远大他妈结婚的时候心里不乐意，当着民警的面就说她也是买卖过来的。我在外面打工，不知道这事，糊涂着远大他妈被解救了。走的时候肚子里带着远大呢。头几年，我还给他们寄钱。后来远大他妈改嫁了，断了音信。远大，你是咋找到我的？

红毛说，我老舅说的。

老何问，你老舅不是腿断了吗？

红毛说，我老舅腿断了，是自己跳下去的，这样好跟老板多要钱。

翠喜一直听着爷俩的对话。听一会儿，瞅瞅灰暗灯光下的这爷俩的大长脸，摸自己的肚子，委屈得"哇"一声哭了起来。

老何站起来，低吼一声，憋回去。在这等儿大，卖了藕就折腾出钱来了。

翠喜怯怯地问，死老何，你是个骗子。你跟我说实话，你外面还有女人和娃吗？

老何吐了口吐沫，说，我一个挖藕的，哪来那么多女人和娃。

红毛扑哧一声笑了，看到老何瞪眼，咯噔一下把笑声吞咽了回去。

晚上的冷风拽着窗户框撕心裂肺地响。翠喜本来想继续酝酿悲伤的情绪，打算边哭边数落一顿老何。无奈的是努力半天没有成功。

雪落无声，外面其实已经是一个洁白的世界了。

早上推开屋门，天地间还飘着大朵的雪花。翠喜在灶间点火做饭，老何紧紧裤腰，看见漫无边际的藕塘，已经被白雪覆盖。昨天切割开的藕塘经过一晚上的冰冻还没有愈合，在天地间像一块醒目的帷幕，冒着水汽铺在那。老何好像看到了那块帷幕之下新鲜的藕。

老何准备先挖藕了。朝屋子里喊一声，饭好了喊我。

红毛懒懒地出来，显然是被尿憋醒了。趿拉着鞋子奔房后的茅房。老何已经麻利地穿上了"水鬼服"，试探着下到了藕塘里。翠喜忙里偷闲地跑出来，把高压水枪递给了藕塘冰水里的老何。下雪的天，藕塘下的温度相对高一些。还有这满天的雪花，给这个空旷的冰雪世界增添了一份情趣。走到茅房边上却没有进茅房的红毛就站在雪地里撒尿。尿液呈一条抛物线一样挥洒着，在雪地上舞出了一片图案。

老何的脚底踩到了淤泥里，水下的凉意瞬间在下身弥漫开来。裆下都跟着一紧。老何努力调整一下站姿，弯下腰，脸就快贴到了水面上。凭感觉，脚下就有一根新鲜的藕。老何的高压水枪一按，强大的水流瞬间在水下翻花。那藕被滋出了淤泥，乖乖地触碰到了老何的身体。那是一截不错的藕，老何的裆下感觉到了触碰。伸手一捞，藕抓在手里，顺着水流的劲头抠一下，水面上就腾地浮现了一大截生动的藕来。

红毛的眼睛被吸引了，系了裤腰带跑过来，好奇地看着藕塘下面的老何。老何不抬头，继续在藕塘里忙活。忙活的成果都在水面上漂着。好奇的红毛伸手试一下水温，猫咬一样抽回了手。红毛嘴巴里夸张地嘶呵着跑回了小屋。

风在雪小以后悄悄来了，没有征兆，在空旷的藕塘上空掠过。藕塘冰面上招风的地方，积雪被吹走了不少。

四十分钟不到，老何急急地上岸。翠喜噘着嘴巴，手脚却也麻利做好了饭菜。老何猫挠一样脱了胶皮"水鬼服"，脚底不知道被什么硬物硌出一个洞，有冰水灌进了鞋里。老何脱了湿袜子，脚已经冻成了红萝卜一样。翠喜把电暖风调到最热，帮助老何烤脚。老何顺手抄起饭桌上的小烧酒，猛灌了一大口。

皮靴子破了一个洞，老何吃完饭以后去附近找挖藕工要502胶水。老何急急地下桌，没有交代就推门出去。

红毛斜躺在炕上不下地，翠喜看不惯，却也找不到吵架的借口。翠喜感觉特别大的委屈，却又不知道委屈什么。老何在自己面前说了很多谎，当这些谎言戳破的时候，翠喜却无力去还击。

翠喜出去在藕塘边上看了两次，还是不见老何的身影。翠喜返回来，不愿意看红毛的懒相，一个人到藕塘冰面上，抄起网兜，把老何刚才的劳动成果捞上来。新鲜的藕出了水面，防止冻伤，有现成的塑料布要遮盖上。

翠喜怀了身孕，身子笨，苫好了一边的塑料布，往另外一边去的时候，脚下一绊，翠喜顺着冰面摔进了藕塘里。身子是躺着下去的，翠喜第一感觉是凉迅速转为冷，然后就是冰水呛进了嘴巴里。翠喜一下子就蒙了，喝了两大口冰水以后明白过来：再这样喝几口，就彻底沉在这了。

翠喜本能地挣扎一下，手里攥住了一个硬物，那硬物是一大截鲜藕。翠喜站了起来，脚下却陷入了淤泥当中，拔不出来。

翠喜绝望地嘶喊一声。

红毛在炕上斜躺着，知道翠喜厌恶自己，俩人也不说话。刚才翠喜拿塑料布的时候，红毛看见了。一转身的工夫，翠喜不见了。正纳闷的时候，红毛看到了藕塘里湿漉漉挣扎起来的翠喜。红毛惊呆了，下意识地身子就弹下了地，扑向藕塘里的翠喜。

翠喜喊，拉……拉我一把！

红毛不知所措，手够不到，慌乱中看到了网兜，伸过去。翠喜像是抓住了救命稻草，拼命拽住。想不到红毛的力气不大，慌乱中被翠喜一下子拉下了藕塘。

红毛比翠喜还狼狈，接连灌了几大口冰水以后，也不管翠喜的死活了，拼命爬到了岸边。回头哆嗦着看翠喜。翠喜也哆嗦着看他。

翠喜把手里的一大截鲜藕递向红毛。红毛会意，抓住一头，这次小心地用力，像拔萝卜一样把翠喜拔了出来。

红毛说，狗日的老何！

翠喜也说，狗日的老何！

两个人心里其实想的事情是一样的，这个骗子老何，在这样的冰水里泡了十年！十年啊！骂完，俩人不知道为什么，莫名其妙地笑起来。

他们的身边是北京的鲜藕，在雪后的藕塘里安静地躺着。

老何拎着补好的"水鬼服"回来，揉着眼睛，不知道刚才到底发生了什么。

纸　窗

张　涛

　　一辆胶轮马车，悄然地疾行在公元 1942 年辽东的官道上，疾行在黎明的曙色中。没有赶车人的吆喝声，也没有惯常的马铃声，连那根平日里总要甩出脆响的长皮鞭，也被缠到了鞭竿儿上，赶车人只是一次又一次重重地用鞭竿儿后座捅驾辕马的屁股，用鞭竿儿前梢抽打拉套马的背腹，以催促马拉着胶轮大车跑得快些再快些。衬着东方天际渐渐的白亮起来的光，那车那马那人，就成了一个轮廓分明的影子，好像乡间常见的皮影戏的戏具。

　　那么，马蹄声就显得格外响亮了。

　　隔着几十年的时光，那辆影子一样的胶轮马车从黎明的曙色中遥遥地飘到了我的面前，我不但看到了三江商行大掌柜梁从正一家三口蜷缩在车厢里的身影，我甚至还能看得清梁从正黑色的呢礼帽下弥漫着的那两团不安的目光。在胶轮飞快转动的马车上，他不时回过头去朝车后怯怯望一眼，似乎，车的后面尾追着一群狼或是一群虎，又随时都会扑上来。

　　"快！"在纷乱的马蹄声里，我清晰地听到梁从正压低嗓音对赶车人说。于是，赶车人又一次重重用鞭竿儿后座捅驾辕马的屁股，用鞭竿儿前梢抽打拉套马的背腹。

　　马车跑得更快了。

　　三江商行大掌柜梁从正是半夜时分携着妻子与儿子坐上胶轮马车潜出九连城

的。他要回百里外的乡间老家躲胡子,具体地说,是去躲"老北风",他怕老北风说不定什么时候也给他下一个帖子。或者,干脆撕了他的"肉票"。

也难怪梁从正害怕,自从半年前老北风拉起杆子以后,九连城的商界就不得安宁了。老北风的绺子和别的绺子不一样,从不去乡间干活儿,只把眼睛盯着九连城商家的钱柜,而且又专盯那些大商家老商号,一个帖子投下,一根绳子掷去,狮子大开口,开口无二价,想要命拿钱换,不舍钱以命抵。

老北风的头一个猎物,是九连城最大的钱庄玉成号。

那天一大早,更夫像每天一样,照例打开大门,见门扇上赫然用一把巴掌长的短刀扎着一张写着几行字的纸,字是红色的,短刀的刃口上还凝着斑斑点点的红。更夫不识字,却分明感到了一股杀气,赶忙拔下刀,连同那张纸一起送给了大掌柜的。那便是老北风下的帖子了,要玉成号三日后日落时将两千洋钱送到城西一座废窑里,到时不送,白刀子进红刀子出。看过后,大掌柜微微一笑,将帖子团成球掷到地上。难怪大掌柜的不屑,辽东地面,向以胡子的众多著称,人们都知道一杆旗、压倒山、草上飞,从哪里又冒出一个什么老北风,谁听说过?顶多是一伙嫩兔子,或者,是一两个地痞拉个大旗作虎皮,讹诈一点碎银子罢了。再则,玉成号养着炮手,还从未有哪个绺子下过帖子,逢年过节,客客气气上门,玉成号从不会让他们白来,如今,倒冒出了一个老北风,唬谁?

然而,三天后,玉成号大掌柜的去温泉山庄泡澡,没等下池子,就被蒙上头脸绑走了,接着,一只血淋淋的耳朵就到了二掌柜的手上,包耳朵的是一封信,说要大掌柜的命,两千洋钱已不行了,得四千。如此,二掌柜乖乖将四千洋钱送到了指定地点,才换回少了一只耳朵的大掌柜。

此后,老北风干脆不再下帖子了,在几个月里,连续绑了九连城的三个大掌柜的,其中两个按时送了钱,放了回来,一个仅仅不知怎么晚了小半个时辰,第二天,断了头的尸体就被放到了店门前。九连城商界,人心惶惶,这个老北风,手狠,又专和买卖人作对,怎么回事?

就有了传言。先时,有人说老北风是一杆旗的拜把子兄弟,两人不知怎么闹翻了,被一杆旗轰出了绺子,只好又招了一帮人立了山头,因为要买枪,才专绑大买卖人榨油;也有人说,老北风早先是九连城一家买卖的学徒的,因为和掌柜的二房少奶奶有了一腿,被撵出了大门,才拉起了杆子专和商家作对。这后一种传言，更令九连城的买卖家恐惧，学徒的被打发了的，哪年都有，这些人知根知底，要老北风真是这样一个人，商家还有好日子过吗？于是，许多大掌柜的就开始离开九连城找地方躲风头去了。梁从正虽非九连城的大商家，可从二十多一点支起了一家铺面，凭着独特的眼光和胆识，十年不到，在商界就引人注目了，同行断言，用不了三五年，梁从正的三江商行就会坐上九连城的头把交椅。鉴于这样的名声，梁从正自然就有些怕了，不敢再待在九连城了，把生意场上的事情交代给二掌柜的，就雇了一辆马车，带上多年的积蓄和一些贵重物品，领着妻子和儿子上了马车，一路出了九连城直奔乡下老家。虽然，早已嘱咐车夫摘去了马铃，又不让有鞭子声，可梁从正仍是心神不安，一路上要车夫频频打马快走，又时时回头，生怕老北风出现在面前。

　　马蹄声中，天一点点亮了，官道两侧的树木、村落，渐次显出了轮廓；再接着，太阳从远方淡蓝的山影后跳了出来，梁从正这才长长嘘出一口气，喃喃自语："乱世人不如太平犬啊！"

　　经过大半夜的奔跑，三匹马的身子是湿的，梁从正的两个手心也是湿的。

　　那么，老家也就到了，平平安安地到了。这是一次成功的出逃。只是，那时候谁也没有想到，当然梁从正也没有想到，正是这次躲避老北风的出逃，彻底改变了他的命运，改变得连他自己都觉得不敢相信。

　　而更令他没有想到的是，这令他自己都不敢相信的改变，竟是因为一扇乡间平常的纸窗和他的本家兄弟梁从远。

　　"命！"好多年后，梁从正说。

　　梁从正自幼父母双亡，跟着爷爷奶奶住在村里的三间草屋，十五岁时，被舅舅领到九连城店铺当学徒的，爷爷奶奶们仍住在那里，后来爷爷奶奶先后去世了，那三间草屋也没有卖，让隔着一道院墙的本家兄弟梁从远给照看着。梁从远家人口不多，就把那三间草屋当了厦子，放些家具、柴火一类的物件。当梁从正一家三口坐着马车进了村子的时候，梁从远正在大门口垛苞米秸子。同姓一个梁字，同岁，梁从远只比梁从正小一个月，住的又只隔一道墙头，两个人一起光着屁股长大，一起上树掏鸟蛋，一起下河捉鱼摸蟹，好得像一个人。梁从正到九连城学徒以后，逢年过节回来，两个人更是缠在一起厮混。后来，爷爷奶奶去世了，梁从正回老家的时候少了，但每年的正月十五，三月清明，梁从正一定赶回老家送灯、上坟,也一定住在梁从远家里。往常,梁从正回来,多是一个人,这一次,倒是一家三口一起回来了,梁从远格外高兴,未等马车停稳,就从苞米秸子垛上跳下来。

"五哥,这时候就赶回来了,可起了大早了!五嫂,虎子,都回来了,快下车,到屋到屋。"梁从远一脸喜气地招呼着,又回头朝屋子吆喝一声,"龙子,你看谁回来了,九连城你五伯回来了,还带着虎子呢!"

立刻,一个十来岁的秃小子从院子里弹子一样飞了过来。

其时,梁从正拎着一只大皮箱从马车上站起来,坐了大半夜的车,腿有些麻,扶着车厢板要下车,不由得趔趄了一下。

"来,给我。"梁从远伸手去接箱子,梁从正抓着皮箱的提带不放。

"我行,没事儿。"梁从正摇摇头,"虎子的腿怕也麻了,你把他弄下车。"梁从正说着,从车耳板蹭下车来。虎子呢,早一个虎跳蹦下了车,直奔龙子去了。

一脚才迈进屋门槛,梁从远又扯着大嗓门喊起来:"做饭的,五哥五嫂,可是大稀客,杀只鸡,杀那只最大的芦花公鸡。"

"自家人,杀什么鸡!"梁从正说。

"咳!你以为给你杀鸡呀?给五嫂,给虎子,你呀,顶多给你一个鸡爪子,两个都不行,那一个鸡爪子,归我,没有鸡爪子啃,咱哥俩拿什么下酒!"

说着,哈哈大笑,满屋子轰响。

两个人坐下来了,梁从远才知道,他的这个当大掌柜的五哥,不是串门而是来躲老北风的。

"好哩!"梁从远高兴地在炕沿上拍了一巴掌,"自打老人过世了,一年里,就正月十五送灯三月清明上坟回来那么两次,可老北风这么一闹腾,咱哥俩又可以坐在炕头上喝一壶了。你就住在我这儿,咱哥们好好唠唠嗑儿。"

说着,又哈哈大笑。

"这一回可不能住你家了。"梁从正摇摇头,"躲老北风,不是一天两天的事,个把月几个月都说不定,再说……"

"没关系,"梁从远抢过话来,"庄户人家,没什么好吃好喝的,只要你和五嫂不嫌弃,加三双筷子三个饭碗就成,别说住几个月,再长些时候,我也管得起。"

"那太麻烦了。"梁从正又摇摇头,"再说,从出去到在九连城这些年,忙着货进货出的,就没睡个安稳觉,这一回,我要好好睡睡老家的热炕头儿。咱哥俩儿就隔着一道院墙,喝酒唠嗑儿,一抬脚就见面了,什么也耽误不了。"

"也是。"梁从远连连点头,"吃过晌饭,咱就收拾房子。"

梁从正把龙子拽到跟前,从兜里摸出两枚洋钱放到一只小手上,说:"你五伯走得匆忙,没给你带什么,这点钱给你,来货郎时买糖豆豆吃。"

"看看,看看,又破费!"梁从远嚷道,"不过年不过节的,给他什么钱!两块洋钱,能买一草包糖豆豆了!龙子,还给你五伯。"

龙子果然就把洋钱递给梁从正,梁从正轻轻拍了一下龙子的头顶,说:"拿去吧,别听你爸的。"

龙子迟疑了一下,梁从正又摆摆手,龙子才一溜烟儿地奔去了。

"咳!"梁从远一拍大腿。

当日中午,两个人就端起了酒杯,热乎炕头热乎酒,话题也热乎起来了。梁从远讲多收了三五斗的喜悦,讲庄稼院人家的艰辛;梁从正讲生意场上的无常,讲看大戏的快活。一桌子酒菜都堵不住两个人的嘴巴。"要说,没有老北风,哪有咱哥俩这顿酒?就这,就得感谢老北风!"梁从远端着酒杯感叹,滋儿一口。"是,是该感谢老北风。"梁从正也滋儿一口。

喝着,说着,说着,喝着,不知怎么就唠起了儿时的往事,两个人都又变成了当年形影不离的孩子,骑狗撕破了裤裆,掏雀窝蹭破了肚皮,过大年放爆竹差点儿崩瞎了眼睛,讲一眨眼工夫,孩子都比他们当年那时候大了。

"喝!"梁从远举起了杯。

"喝!"梁从正也举起了杯。

一声脆响,两杯酒就入了腹中。要不是惦记着收拾房子,这顿酒真不知能喝到什么时候。

放下了酒杯,梁从远就来到梁从正的老房子,绾起衣袖,把搁置在屋里的犁杖、镢头、铁锹、二齿子一类的农具和杂物搬出来,梁从正也要脱去长衫一起搬,却被梁从远拦住了:"算了,算了,你一个当大掌柜的,只能拨拉算盘珠子,哪能干这些粗活?我一个人动手,保证不耽误你和嫂子今晚上钻热被窝。"

一屯人都知道梁从正来了,为躲老北风,要在自家的老屋住一些时日,本家

纸 窗

的、邻居也都来帮忙，有的拖着大扫帚扫灰，有的拿起抹布擦门擦窗，有的操起水桶挑水。梁从远呢，又把自家的一张新席子铺到梁从正老屋的炕上，说："原来打算过年铺的，你回来了，赶上巧了，正好铺上。"梁从正说："我这一趟回来，给你添麻烦了。"梁从远笑了，说："麻烦什么，一起光着腚蛋子长大的，应该的，应该的！"

大家七手八脚地忙活着，梁从正插不上手，就只好在旁边看着，那么，就注意到了木格子窗。那是两扇上下开的普通的木格子窗，同村里许多家的木格子窗大同小异，横横竖竖的木棱，上面糊着白纸。不同的是，由于屋子许久没有住人，窗纸不但旧了，还破了一个个窟窿，梁从正的妻子正在撕去窗上的破纸，准备糊上新纸。

"去买块玻璃镶上吧，纸窗，太暗。"梁从正走过去对妻子说。

虽然，梁从正老家和当时中国的农村一样，仍旧延续着几千年的木格子窗，仍旧在木格子窗上糊纸，过着一种纸窗时代的日子，但在九连城里，那些有钱人家，早已享用玻璃带来的光明了。梁从正在九连城的家，不但窗上镶着玻璃，门上也都镶着玻璃。

"雇个车，明天去九连城买块玻璃。"梁从正又说。

妻子的手不动了，抬起头，望了望梁从正，又望了望木格子窗，说："要我说，别买玻璃了，还是糊纸的吧。"

"糊纸不亮堂。"

"不亮堂就不亮堂，糊纸好。"梁从正不由得直直瞅着妻子。成亲这些年了，家里的事家外的事，只要他开了口，妻子从未说一个不字，今儿个怎么了？纸窗好，纸窗有什么好的？

看着丈夫疑惑的样子，妻子压低了声音说："乡下，都是纸窗，咱要镶上玻璃窗，就是挂了幌子了，招风。"

梁从正怔了一下。是的，从九连城回到老家，为的就是躲躲老北风的风头，家家户户都是纸窗，要有一家玻璃窗，真是太显眼了。可是，妻子想到了，自己却没有想到，心想，这屋里人，还真有心计啊！

"那好吧，就糊纸窗。"梁从正说。

于是，一方白纸就糊上了那两扇木格子窗。

屋子收拾好了，太阳就快落山了，梁从远从家里拿来高粱米，拿来了白菜萝卜几方咸肉，还扛来了苞米秸子做烧柴。当天晚上，梁从正招待他的本家兄弟梁从远一家及来帮忙的左邻右舍吃了一顿饭，送走了喝毕吃罢的人以后，梁从正立在院子里，看着自家的窗上，和村子里许多人家一样，亮着一方橘黄的灯光，就从心里感谢妻子，糊了纸窗，自己家和村里所有人家一样了，不显山不露水了。望着自家窗口，他的胸中悄然浮出一缕暖意，有了这幢老屋，有了这方纸窗，再也不用提心吊胆过日子了。

然而，梁从正万万没有想到，正是这纸窗，引出了令他目瞪口呆的故事。

刚从九连城回到了乡间老家，梁从正有一种挣脱的放松感，自从成了生意人，当了掌柜的，一日日一年年地忙，即使偶尔回家，也多是匆匆忙忙的，而这一次呢，不须急着回九连城了，也就有了闲，于是，东家串串门儿，西家唠唠嗑儿，倒也逍遥自在。然而，七八天过去以后，要串的门串过了，要唠的嗑儿唠完了，而九连城那边又有消息传来，说老北风还在闹腾，梁从正就有些焦躁不安了，看日影在纸窗上一点点地移动，就觉得日子漫长难熬。那么，心里就格外盼望和本家兄弟梁从远见面了。要说，两家只隔着一道院墙，房连房门挨门，可秋冬相交时节，场院上的活儿多，扦高粱，打豆子，撸棒子，梁从远忙得两头不见太阳，梁从正有时去场院，活儿插不上手，牛叫碌子响，哪有说话的工夫。哥俩能多说几句话的时候，只有梁从远到他家挑泔水的时候。在辽东乡间，几乎家家都有一口泔水缸，洗菜水、刷碗水，统统倒到泔水缸里，用来喂猪。梁从正虽然没养猪，但梁从远养猪，梁从正的灶间里也就有了一口泔水缸，隔三四日，吃过了晚饭，梁从远就提着铁勺挑着水筲来到梁从正家，先坐在炕沿上闲唠上一阵子，唠过了，梁从远就用铁勺将泔水缸里面的泔水舀到筲里，一边舀一边说："我这一口猪吃两家的泔水，瞧吧，准肥得没了边，杀年猪，能香掉了牙！"

"有时间，多来坐一会儿。"当梁从远挑着泔水出门的时候，梁从正总是这样说。

"你等着，等打完了场猫冬的时候，我天天来坐，你准备好酒吧。"梁从远担着泔水一路走一路说，大嗓门满院子响。

然而，没等到猫冬的时候，兄弟俩就闹出了事。

那天，梁从远牵着牛拉的石碌子在场院上打黄豆。本来，黄豆早就该打了，

纸 窗

可那些日子没有风，豆荚不脆，不好打，好容易盼得起了风，梁从远赶忙放了场，可半下晌的时候，风又停了，豆场子打了一半，若是停下，来一场雪，就糟了。于是，只好吆喝着老牛拉着石磙子轧个不停，黑天好一会儿，才卸了牛，又起场，起过了场，才拖着一身的疲惫回家。吃过了饭，妻子说几天没去梁从正屋挑泔水了，猪没泔水吃，梁从远就提着铁勺子挑起两只水筲进了梁从正的院子。其时，村里的许多人家都吹灯睡觉了，梁从正家的那一方纸窗，却还亮着，而且，窗纸上还映出两个搂抱的身影。别人累得要拽猫尾巴上炕，你老哥倒在这干好事！梁从远在心里骂了声，放轻脚步悄然来到窗前，悄然放下水筲，他要看炕头上的热闹。有个《关东山三大怪》的民谣："窗户纸，糊在外"是头一怪。这糊在外的窗户纸，对于看炕头上的热闹，再方便不过了，梁从远伸出舌尖，轻轻一舔，窗纸上就被舔出一个铜钱大的洞，他呢，就把一只眼对准了那个洞。其时，两个人已经钻进了被窝，被窝的一边，是已经睡着了的虎子，被窝的另一边，是一盏亮着的油灯，梁从正的一只手，在被窝下动个正欢。瞅着，梁从远差一点笑出声来，点着灯干好事，看孩子醒了你怎么办！

然而，虎子没有醒，被窝里那只手动得更欢了。梁从远决定吓他一下，就移开眼睛，将那个铁勺子把儿从纸窗的洞眼里伸了进去，用手指捏着鼻子冷丁怪叫一声："不许动！"

听到这一声喊，屋里的梁从正吃了一惊，手自然就老实了，见纸窗上伸进一个黑洞洞的铁家伙，那铁家伙的头上还带着一个圆圆的眼儿，梁从正也自然把它当成一个枪口了。

"千……千万别开枪！"梁从正颤声说。

也难怪梁从正害怕，那铁勺子把儿太像一个枪口了。

纸窗外的梁从远暗暗地笑了，这个大掌柜的，长了一个耗子胆儿。

"梁大掌柜的，你躲过了初一，躲不过十五，你认为到了乡下，我老北风就找不到你了？快交出买命钱！"梁从远捏着鼻子，继续吓唬梁从正。

"好汉……好说，好说……"梁从正哆嗦着身子说。

"快！"梁从远又捏着鼻子吼了一声。

屋里，传出梁从正爬出被窝的声音，打开箱柜的声音，梁从远真想再舔开一个窗纸洞看看他的本家哥的慌张模样，又怕露了馅儿，也就没动。

少顷，一只手顶破窗纸从木格间伸了出来。

"好，好汉，请，请……收，收下……"纸窗内，是梁从正低声下气的声音。

梁从远笑了。借着星光，他见梁从正手上握着一些方方正正的黄黄的物件，金砖！他的脑子里立时冒出这两个字。他从未见过金砖，可是，他不知多少次听说过这种物件，一个大掌柜的手上的东西，又方又黄，不是金砖是什么。

这一瞬间，梁从远才觉出，玩笑开大了。听说，一块金砖，就够一个庄户人家过一辈子了，这一只手里握的，少说也有四五块，只要他接过来，四五辈的儿孙就都不用再愁吃喝了！天哪，梁从远觉得脑袋顿时涨大了，大得像个柳斗。

静寂。借着星光，梁从远看见那只伸出纸窗握着金砖的手，在瑟瑟发抖，自己的一颗心，也怦怦怦怦跳个不止。他悄然地咬咬牙，伸出手，把金砖接了过来塞到衣兜里，又低低喝了一声："还有！"

梁从正的手，又一次从纸窗里伸出来，梁从远不再用手接了，他顺手提起了一只水筲，送到纸窗前，让梁从正松手，那么，一大把沉甸甸的物件，就落进了水筲里。

"还有！"梁从远又压低嗓音说。

梁从正的手，一次又一次从纸窗里伸出，金砖、金条、元宝、洋钱，在水筲里一点点增高。十几次？二十几次？不知道。直到梁从正隔着纸窗苦苦哀求说再也没有了的时候，梁从远才把水筲放到了地上。

"没有了？好，你把灯吹了！"梁从远低声说。

梁从正顺从地吹灭了灯。

"告诉你，天亮前你要敢出屋，我老北风就点了你的鳖窗子！"梁从远在纸窗外粗着嗓子说着。

"弟兄们，把好门，看好窗，胆敢露头的，毙了！"对着空荡荡的院子，梁从远又说。

屋里静悄悄，院子里静悄悄，整个村子都一点儿声息没有，梁从远拾起扁担，上肩，两只水筲一只沉一只轻，便将扁担在肩上移了移，悄然出了院子。

隔着纸窗，完成了一次财富的神秘转移。

这是一个难熬的夜晚，鸡终于叫了，纸窗一点点白亮了，梁从正仍旧和妻子一起蜷缩在炕头上，不敢动也不敢说话。直到太阳照到了纸窗上，村街上有了人声,梁从正才怯怯地从纸窗上的洞眼朝外望去,见院子里空无一人,才凑到炕边下了地,可一双腿却木木地不听使唤,扶着炕沿立了好一会儿,两条腿才似乎有了些知觉,他小心翼翼来到灶间小心翼翼地拉开外屋的门,又一次扫视了院子,确信没有人的时候,就隔着墙头大声吆喝:"从远,从远!"

没有人应声。

"兄弟,兄弟!"梁从正又喊。仍然没有人应声。

于是,梁从正就快步出了院门走进了隔着一道院墙的那个小院,猪在圈里躺着,鸡鸭在窝里趴着,进了屋子,锅碗瓢盆,箱子柜子,被子凳子,都安安静静呆在原来的地方。只是,他的本家兄弟梁从远一家三口不见了踪影。

"从远,从远,兄弟,兄弟!"梁从正又喊。

仍然没有人应声。

怪了!梁从正疑惑地回到了自家小院,在纸窗前的墙根下,就见到了地上的一把铁勺子,他拾了起来,望望纸窗上那个被舔破的洞眼,又瞅瞅铁勺子把儿,眼前不觉一黑,身子一软,瘫到了地上。

好一会儿,梁从正才趔趄着站起身来。

"梁从远,我操你妈!"望着隔壁空荡荡的院子,梁从正喊。

"梁从远,我操你祖宗!"梁从正又喊。

满院子嗡嗡作响。

妻子把梁从正扶到家里,说:"都怨我,说是糊纸窗,要照你说,镶上玻璃,就不会有今天了,我真后悔死了。"

梁从正摇摇头:"什么是人心?人心哪,就隔着这么一层窗户纸。"

几天后,九连城来人了,梁从正虽然躲到了乡下,可二掌柜还是被老北风绑了票,变卖了商行的一切,才赎出人来。

"劫数……劫数……"梁从正喃喃自语。

梁从正一下子病倒了,一病就是三年,渐渐能够走动了,可瘦得像一把干柴棒子。不能回九连城了,为了养家糊口,开始给人当长工,体格弱,又没干过庄稼活儿,一年只能挣半个人的劳金。

又是两年过去了,土改了,他扛活的那家地主被斗了,他呢,成了贫农。

土改后的第十个年头,梁从正从农业合作社干活儿收工了,见对面走过一个人来，竟那么像他的本家兄弟梁从远，赶忙立住了脚，待那人走到跟前，原来是梁从远的儿子龙子，背后，吊着一个木头匣子。

"这就是俺爹。"龙子把木匣子放到地上说。

原来，梁从远那天晚上回到家里，带上水笤里梁从正从木格子纸窗里送出的物件，领着老婆孩子去了北大荒，改姓了牛，当年就盖起一个四合大院，人称"牛家大院"，并开始大片大片地买地。土改时，刚好四十八岁的梁从远被民兵队砸死了，家里被划成地主成分，龙子只好搭一个马架子过日子，那座牛家大院，成了乡政府。

梁从远葬到了梁家的老坟地。下葬的时候，梁从正特地去供销社买了香纸，跪在他光着屁股一起长大的本家兄弟墓前，望着缭绕的香烟，飘飞的纸灰，望着那一丘新土，突然放声大哭："兄弟，你是替我死的呀！"

哭号声经久不息。

后来，乡间也渐渐兴起了玻璃窗，左邻右舍，或是将老式的窗去掉一些木格子镶上玻璃，或是干脆请来木匠做新式样的玻璃窗。整个村子，只有梁从正的家，一年又一年，窗上仍然糊着纸。

"纸窗好。"梁从正说。

"纸窗就是好。"梁从正一次又一次地说。

公元2002年秋，一个阳光灿烂的日子，梁从正无疾而终，高寿九十三岁。直到故去，梁从正老人住的那间屋子，仍然还是纸窗。

喝口酒暖暖身子

杨家强

北风卷着大片雪花斜飘下来。扑面而来的雪片让我打了个寒战,我赶紧转到坑的另一边,脸朝向南面,立起大衣领,把脖子埋进去,这样就暖和多了。

我看了一眼坑下的赵山。他光着膀子,吭哧吭哧地抡着尖镐。弓伸之间,我看到他突起的肌肉块在后背上滚动着。偶尔有些雪花飘落到他满是汗水的脊背上,眨眼就化了。赵山似乎没有觉察,他的镐尖刨到硬石块上,不时地撞出火花,给昏暗的深坑带来了一丝光亮。

刨了一阵子,他把手里的镐放下,又抓起了铁锹。等他猛地直起腰,一铁锹沙石正好甩到了我的脸上。我把嘴里的沙子朝赵山吐去:眼睛长屁股上啦?!赵山听到我的叫声才仰起头,他带着一脸的惊喜说,下雪啦?真下雪啦!我不知道他为何对这凉冰冰的雪花竟有如此热情,就又朝他吐一口唾沫提醒道:你甩了我一脸沙子!赵山又哈下腰,边撮沙石边说,谁让你不在原地好好待着。说着又甩上来一铁锹沙石,不过这次甩到了我原来站着的地方。我指着坑里的大石头说,我又不是石头,老在一个地方待着。赵山说,它也快有活动气儿了,等它下山我也该歇几天了。我说,你不想干现在就可以歇,大不了再重新雇一个人给我挖。他说,我倒是想歇歇,可家里还有两张嘴不能歇。我歇了,她俩就得拿绳子把脖子扎上。我跺了跺脚下的沙土,开始揭他的老底:少和我装穷!等这块石头挖下来你就能挣三千多块,还愁没吃的?他张张嘴只字不提钱字,竟来了个一百八十度大转弯，埋怨我把坑上的沙石给踩下去了，还说要是再踩让我另加工钱。我说一共也没踩下去五粒沙子，想讹人咋的？他说不会！我让他再使点劲儿甩，沙石就不会落到坑边了，也就不会掉下去了。他说那么深的坑，要是能把沙石甩到南天门上就不给我干了。我说那给谁干哪，他说给如来佛祖干哪！我说上那么高的地方干活儿也不怕摔断腿！他瞪着一双牛眼冲我喊，放屁！好在他是在坑里喊的，声音像从坛子里发出来的，闷声闷气的。他要是站在我的位置上喊，全村人都得听见。他敢用尽吃奶的劲头冲我喊出这两个字还是头一回。我俩呆愣愣地对视了一会儿。他首先妥协了，避开我的目光，把镐举得高高的，解恨似的刨了起来。我猜他一定把山石当成我了，但我不知道我哪句话说错了，让他如此生气。

赵山的镐越抡越慢，他的能量大概消耗得差不多了。我掏出一支烟，和往常一样扔到坑下的大石头面上。和往常不一样的是，这次赵山没有急着点上烟。不过他还是停下了手里的活儿。我和每次一样，冲坑下喊，抽支烟歇会儿！

赵山从坑下爬了上来。那支烟孤零零地躺在坑下的大石头上，像祭奠故人的供烟无人问津。赵山从腰里掏出烟口袋，自己卷了一支"大炮筒"津津有味地抽了起来。不一会儿，刺鼻的"硝烟"就把我和赵山包围了。我被呛得一个劲儿地干咳。赵山抬头撩了我一眼，他身上的热气，和那支"大炮筒"发出的"硝烟"一起向上升腾着。我只得点着一支烟，以冲淡他那股呛人的怪味儿。我的"人民大会堂"对赵山失效这还是头一回。记得他第一次给我干活儿时，抽的也是这种自家园子产的劣质的"蛤蟆癞"。当我把"人民大会堂"递给他时，他把"人民大会堂"放到鼻子底下一个劲儿地嗅，就是舍不得点着。我说你抽吧，只要把活儿干好，嘴巴别乱说，别说是抽"人民大会堂"，高兴了带你去北京看看大会堂也没问题。他半信半疑地看着我把烟点着，一个劲儿地说，老板真够意思！老板真够意思！我说以后别叫老板，叫表哥，村里有人问，就说我是你表哥。他说老板放心！这年头除了当官的谁不缺钱？你挣你的风险钱，我给你干活儿挣我的辛苦钱。能把钱挣到手，我啥也不说。我当然明白他的意思，我告诉他放心，一天给他五十块钱，等石头下山就结账。

要说我和赵山也算有点缘分。我因为化石生意上的事和老婆吵了一架，一气之下我自己开着"跃进"货车从北京一路摸到这个辽西的小村子时，正赶上赵山拎着棒子要上山追野兔。我问他山上有没有像树一样的石头。他先是一愣，而后，

喝口酒暖暖身子

拽开车门屁股还没坐稳就说，加大油门上山！他带我沿着盘山道爬了差不多一个多小时才来到现在的山顶上。车开到半道时我才知道上当了，我缓了一下油门说，找个能掉头的地方把车开回去。他说，加油！加油！不要命了？我只得咬牙开了上来。等到了山上，我吓得浑身都被汗湿透了。赵山却一屁股坐到地上满不在乎地说，上山容易下山难，看你这耗子胆儿咋下山啊？我说，反正也上来了，不弄到石头我就不下去了。赵山不吱声儿。我说石头呢？看你像个老实巴交的人才和你上山的，怎么骗我？赵山拍拍身边的地面示意我坐下。我问他是不是想上山又懒得走才把我骗上来的，他晃晃手里的棒子说，还真说对了，我就是上山追兔子的。大概是见我有些生气了，他又指着山边的一条毛毛道儿说，要是我自己来就走这儿，早到了。他又拍拍身边的地面示意我坐下，我站着没动。他就屁股朝天用嘴不停地吹刚刚坐过的地面。我的眼前就出现了这个碾盘一样的石头。当然那时看到的只是冰山一角，经过赵山这些天的挖掘，几截树干已经上车了，只剩下根部这截还没有挖下来。估计今晚差不多就能下来了，最迟也就是明早它就要离开老窝了。这对于我和赵山都是件兴奋的事。我想对赵山来说两个月能挣到三千块钱无疑是个天文数字。而这棵罕见的古树化石的价值对我来说更是个天文数字。它的直径超过了两米，尤其是这最后一段，它几乎完整地保持了原始树根的结构。守着这个大宝贝，我在山上一待就是两个月也算不上什么奇怪的事了。多亏我事先有准备，来时带了几箱面包、方便面和纯净水。这期间我也去赵山家吃过几次饭，都是晚上干完活儿趁天黑赵山带我去的。

赵山家的土屋低矮昏暗，我每次去，赵山的女人都一动不动地躺在炕上，菜饭却摆上了桌子。我让她和我们一起吃饭，她苦笑着说，你们先吃吧。说完就把脸埋在了枕头里。我觉得赵山对闺女比对老婆好多了，那天他不停地往闺女碗里夹菜。就是不说让老婆和我们一起吃饭。但我觉得赵山的闺女一点也不像他。赵山是双眼皮大眼睛，她是单眼皮小眼睛。赵山是四方大脸，她是小圆脸。后来证明我的怀疑是正确的。因为赵山的老婆没吃饭，我觉得人家女主人没吃饭，我要是吃完饭嘴巴子一抹就走人不太好，就多坐了一会儿。我三番两次地劝她快吃饭，我打算等她吃完饭再走。其实那晚赵山没喝多少酒却醉了。赵山的老婆看着醉后睡成烂泥也一脸郁闷的赵山，就对我说她自己是个贱女人。在山里，贱女人是不能和男人同桌吃饭的，那样会给男人带去背运的。我说都什么时代了还信这个。

她说她也不是信这些，主要是她的腿不小心摔断了，不能坐到桌边吃饭。大概是我去的次数多了，看我不像是乱说话的人。也可能是她憋闷太久了，想找个人说说心里话，而我恰好又是远隔千里的外乡人，和我说了也不会造成什么不良的后果。她对我说，赵山下井刨煤的日子，她总是做噩梦。井下出事的那天晚上，她就劝赵山不要再下井干活儿了，赵山却不听。赵山一心想让她住上好房子，就下井去刨煤，因为刨煤挣得多。没办法她只得答应了矿主一次，条件是把赵山调到井上干活儿，工钱要和井下刨煤一样，不然赵山不能同意。她流着泪对我说，作孽呀！谁承想一回就……说到这儿，她看了一眼身边的闺女就说不下去了。过了好一会儿，她又说，原以为这些憋在心里多年的话说出来会痛快些，可说了却让人翻肠子一样难受。不说了，再也不说了。天太晚了，大哥你走吧。我刚起身，她有些不好意思地说，大哥，赵山是个要强的人，他心里苦啊！你们城里人脑子灵，他给你干活儿不容易，可别让他过不去呀。

赵山又瞭了我一眼，然后把手里的"大炮筒"插进沙石堆里，转身就往坑下走。我拽住他的后衣襟说，怎么也得把烟抽透哇。他没有执意下去，但也没理我。我掏出一支"人民大会堂"递过去。他犹豫了一下接过烟，转身又坐回了沙石堆上。

赵山嘴里叼着烟，手里拿着一块片状石头，像剁饺馅似的剁着身边的积雪。赵山的头一直歪着，这支烟燃尽了，他身上的热气也就像黄昏的最后一缕炊烟被雪花覆盖了。我说要不要再来一支，他说不了，就下到坑里抡起了镐。

赵山上来抽第二支烟时，终于开口了，他低着头说，老板。我"嗯"了一声。反正山上就我和他，没有人能听见他叫我老板，再说我也快凯旋了。赵山说对不住了。我问什么对不住，他说，刚才是我不好，都怪我那个贱女人，她是个瘫子。我说瘫子怎么了，瘫子也是你的女人哪。他摇摇头说，其实……其实她长得挺好看的。我说，是呀，我看她不像一般的山里人。赵山的脸上有了一丝慰藉，声音也稍微高了一点：她原来是个民办老师呢！我不解，瘫子？民办老师？赵山狠狠吸了一大口烟，他像那天晚上喝鸡汤一样，粗大的喉管上下动着竟把一口烟全咽进了肚子里。只是在我看来，他的表情已远不是咽鸡汤那种美好享受了，倒像是被鸡骨卡住了嗓子眼儿。他干咳了几声，咽下去的烟就趁机从他的鼻孔和嘴里喷了出来。但经过他内脏的过滤已淡了许多，像初夏的薄雾，更像此时他身上若有若无的热气，与这沉甸甸的雪花搅在一起，也就分不清哪缕是烟哪缕是气了。他又捡起那个石片，边剁"饺馅"边对我说，她的两条腿都是我打断的。这次轮到我瞪眼了，你？！是你把自己女人的一双好腿打断的？他点点头没言语。我感到一股刺骨的冷风像刀片一样沿着后背一直撞到了心窝上。我连忙站起身，把大衣使劲裹了裹。但我还是不由自主地晃着头打了个寒战。原来我在千里之外的深山里是和这么狠心的人单独打了多天交道。要是他半夜上山把我从车里拽出去打蒙，推到山崖下，然后再想办法把车也弄到山崖下，我兜里的钱就全是他的了。我兜里有钱他是知道的，因为我不亮底，他就不信任我，不给我干活儿。第一天到山上，当他看到我把一捆百元钞票从兜里掏出来在他眼前晃动时，他就一路小跑回家拿来了短把儿的尖镐和一长一短两把尖锹。他跑回来二话没说就抡起了手中的尖镐。看着镐尖在他的身子前后闪着耀眼的白光，我就知道这个人找对了。可现在我才知道，危险！

"谁让她和那个王八蛋睡呢？！"赵山把手里的石片狠狠地扔到山崖下，同时也不知是冲我还是冲自己或是冲深不见底的山涧喊出了这句话。能听得出他用了挺大的劲儿，但发出的声音却并不大，就像他随着喊声扔出去的那片石头，在山涧里撞了几下就碎得没影了。

一支烟抽透，赵山把短得不能再短的烟屁股弹出去。他身上的汗水也就被雪水替代了。通常他就要下到坑里干活儿了。但这次，他没有急着下去。他双手抱着胛儿，愣愣地看着我。我又掏出一支烟递给他，说，要是累了就多歇会儿。他摆摆手说，不抽了，挺贵的。然后，从腰里掏出他自带的酒瓶，嘴对瓶嘴儿喝了一大口。我看酒对他来说和命差不多，他可以一天不吃饭，但一顿也不能没酒。事实上，他很少吃饭，一天却要喝上满满一瓶酒。他说，饭吃多了在坑里干活儿弯不下腰去。

赵山喝完酒又开始用那种异样的目光愣愣地看着我。从他的目光里，能看出他好像有话对我说。我估计可能是工钱的事。这时他的目光突然被我身后的什么东西吸引过去了。怕他趁我回头对我下手，我向后退了几步，才敢回过头看，原来身后有一只野兔在雪地里有些吃力地跑着。他双手不停地搓着，有些兴奋地说，哈哈！我看你还能跑几天？紧接着我看见他的喉管又动了一下，不用说那是在往下送口水呢。他边看着野兔跑远边快速地下到坑里抡起了尖镐。我知道，他肯定有话要和我说，但要说的话被突然到来的野兔暂时给带跑了。

赵山再上来时,就快晌午了。他抽完一支烟,依然没有接我递过去的另一支烟,他的理由还是挺贵的,给我省着点抽。我为了让他快点把活儿干完就说,别怕,抽我多少烟也不会从你的工钱里扣。他喝口酒,又瞪起了那双牛眼说,敢扣!?说心里话,我不但不敢扣,就是他让我把工钱加倍我也不敢不答应他。只要我能安全出山,就有大钱赚,还在乎他的几个工钱?

赵山又喝了一大口酒,冲我说,想不想早点回家搂老婆?我说当然。他有些不好意思地低下头说,我也想了。我说,你?你不是天天夜里搂着吗?他说,打给你干活儿就没搂过,都两个月了。接着他又说,老板,你看我干活儿实在不?我说实在,一个能顶两个。这是我的心里话,却让他钻了空子。他说,那就给加点工钱吧,我争取让你今晚下山。我说,真的!?这次轮到他说"当然"了。我试探地问,加多少?他说,就按你说的,我一个人顶两个人干活儿,工钱也再加一个人的。我说,真想讹人啊?他说不会。我举起一只手说,好吧。我再给你加两千,凑上一把手(五千)。他搓着手有些激动地说,老板真够意思!反正你也不差那一千块钱,就给加上吧。要不我干活儿都没劲儿了。我假装犹豫了一下说,好吧,但你今天必须把石头弄到车上。他又喝了一大口酒,说,当然!

赵山的饭盒里面是几截大葱和一点鸡蛋酱。在饭盒的一角挤了少许的高粱米饭。他晃着头,一口大葱一口酒,哈哧哈哧地吃开了。我看了一下表说,才十一点,还能干一个回合。他连看也不看我一眼就说,喝透了再干有劲儿。我摇摇头,没敢言语。对付他这头犟驴只能把毛理顺才能出活儿。反正他答应天黑前送我下山。

眨眼间,一瓶酒就被赵山喝下去了一半。他光着大红萝卜似的半截身子坐在沙石堆上。这时,他又用那种愣愣的眼神儿盯上了我。这下我的心可没底了。工钱按他说的加完了,他还想怎样?我盼着我的身后快有野兔出现。可是以他盯我的时间和态度来看,我的身后别说没野兔,就是有,他的眼睛也不会再移开了。我故作镇静地和他对视着,其实是等待他下面提出更苛刻的条件。这时,他把目光移开,又莫名其妙地说了句"老板真够意思"。我不知道他下面要提什么条件,没言语。他又说,老板是个敞亮人,有心里话就和你这样的人说。我苦笑了一下,还是不知道接什么话好。他突然问我,你这些天没回家老婆要是和别人睡了,咋办?我有些生气了,我说你哪能打这种比方呢?!他说,就和别人睡一回,你咋办?我一甩手说,我老婆不是那种人!他说,要是那种人呢?咋办?我说我辛辛

喝口酒暖暖身子

苦苦在外面挣钱她要是敢的话，我就宰了她。其实我只是不得不回答他才这么说的。可话一出口我就后悔了，我把他老婆和别人睡的茬儿给忘了。他点点头说，哦。这么说我把她的双腿打断没有错了？我实在不知说什么好。我想告诉他，他老婆和别人睡完全是为了他。可怕他多心，话到嘴边又咽下去了，因为那天他醉了，他老婆只对我一个人讲了那番话。现在我才明白，他用异样的目光看我，就是要和我说这件事。但我身为男人实在不知怎么劝他才好。我只得借去车上取面包和纯净水为由走开了。为了不让山下村子里的人注意，我把车停在了山背后的槐树林里。等我磨磨蹭蹭地走回来，原以为他会吃饱喝足下去干活儿了。可他却抱着胛儿在那儿等我呢。我说你要是冷就把我的大衣先穿上，他说不冷，喝了酒浑身热呢。就是……就是有点冻脚。说着他在原地不停地跺起了脚。我想说下到坑里干活儿就不冻脚了，可怕他摔耙子，就说，等干完活儿下来钱买双像样的棉鞋，这大冷的天还穿双胶鞋。他低头看了一眼自己的胶鞋说，高装的，不冷。他又小声补充说，是小舅子从部队邮来的。这鞋上下山灵便。说到这儿他有些兴奋了，说，穿这鞋追野兔那才跟脚呢！我说，你两条腿真能追上四条腿的野兔？他伸出四个手指头说，一天我追到过四只！像这样的雪天贼好追，不信你晚走一天，我请你吃野兔肉，贼香！我说，就是龙肉我也没空儿吃。我的意思是让他快下去干活儿。可他的心里话似乎没说透，只得由他说下去。令我尴尬的是，他又提到了他老婆。他说，老板你是见过世面的人，你说她只和别人睡了一回算事儿吗？我说，现在这算什么？你还不快把她的腿接上？他说，接两回了，都没接上。我说，没接上？是哪个医院？告他们去！连神经都能接上，腿接不上？他说，是乡医院，还说也不能全怪人家医院，是他的老婆刚见好就闲不住去做活，再加上时间也长了点。我说时间越长就越不好接。他叹了口气说，都好几年了。她的腿把我刨煤挣的钱全搭进去了，也没接好，那是我打算翻盖新房子的钱。以后我没去刨煤，也就没钱给她接了，她自作自受，活该！我问，刨煤的活儿不好干吧？他说，别提了，提起就上火。该着我命大，那天我去的稍微晚了点，矿主骂骂咧咧的，把我骂来气了。我一扭头说，大不了少挣一天钱。可我还没走出几步呢，井下就出事了。下去的那几个兄弟一个没剩全砸里了。你想想整天在一起干活儿，不分你我的说笑打闹，突然都没了，是个啥心情。赵山说着抱头蹲下了。过了好一会儿，他抬起头，一双泥手在脸上胡乱地抹了一把。他的脸顿时变得花里胡哨的，怎么看都很滑稽，可我却无论如何也没笑出来。他使劲捏着鼻子把两条清水一样的鼻涕喷到雪地上，又说，可是，可是就在我第三天给几个兄弟送完葬回到家……赵山用手背抹了一下眼睛，我回到家，她竟和矿主睡到了一起。这个王八蛋欺负完死人还不放过活人！可怜我那三个兄弟尸骨未寒，这个王八蛋用几个臭钱，上下一打点就像啥事也没发生一样。我当时一心想剁了他！算那个王八蛋腿快，我的尖镐正好贴着他的后脚跟落下去了。要是慢一步，我非把他剁成肉馅不可。更可气的是，等我第二回举起镐，再去追他时，我的腿却被我老婆抱住了。我拖着她跑出院子，那个王八蛋早跑没影了。我只得掉转镐头，抡起镐把不知道打了她多半天。她自始至终没吭一声。后来镐把打断了，她的手也松开了。我拎着半截镐把的尖镐追到矿上，可那个王八蛋早钻到耗子洞里去了，他的两个保镖想在我身上耍耍威风，给他的主子看。你说我的镐能答应吗？我三抡两抡就抡趴下一个，另一个看情况不妙撒腿就跑。还没等我把那个王八蛋找到，派出所的警察先把我找到了……赵山打了个酒嗝又说，后来我才知道，那个保镖被我砍掉了一只胳膊。我在监狱里就想，她还是我老婆吗？几年里也不来看我一眼，肯定是嫁给了那个王八蛋。那个王八蛋老婆死了，我知道那个王八蛋惦记我老婆好几年了。赵山把头扭向山下，他看着自家的土屋说，可我从里边出来那天，回到家就愣住了，烟囱和我往常从井下回来时一样，冒着呛人的浓烟。更让我想不到的是，院子里还多了个小孩子。她也不问我是谁，见我进院子就喊我爸，真是招人稀罕。我几步跑进屋子，我老婆正趴在灶坑门儿那吹火呢。火着起来了，她就一点一点地爬到了炕上。我掀开箱子，翻出临走时给她扔下的小布包。布包里是我刨煤挣的钱，她一分没动！我把布包揣到兜里，背起她就往乡医院走。她搂着我的脖子不停地说，锅里给你蒸的饺子快熟了，吃完饺子再说，吃完饺子再说……赵山又喝了一大口酒，然后，打着酒嗝摇摇晃晃地下到坑里抡起了尖镐。看得出，他有些醉了。刚才这一番话算不算酒后吐真言呢？

往日的酒，赵山是分着喝的，一瓶酒喝没了，天也黑了。今儿他喝的有些反常。眼下才中午，就喝掉了多半瓶。照这样喝下去，再有一个回合就喝光了，整整一下午要是没酒，活儿也就甭想干了。

令我想不到的是，赵山一下午竟没有上来抽一支烟，更没喝一口酒。他就像一架机器人，一句话也不说，在坑里一会儿抡镐，一会儿抄铁锹。直到太阳快偏西了，他猛地冲我喊，来根烟！他把我扔下去的烟叼到嘴里点着，吸了一大口。前后左右端详起了大石头。我又想起了躺在石面上的那支烟，它现在已被雪盖上了。但我想赵山要是想拿到它，比喊我要烟更容易。这头犟驴，口口声声说给我省点，可就在他眼前的烟他不抽。不知这个家伙把那支烟忘了还是压根儿就不想动它。

我正在纳闷儿，这次他怎么没上来抽烟呢？这时他把刚抽了一半的烟掐死夹在了耳丫上，冲我喊，还不快把车提过来？不想搂老婆了？在山上让兔子精迷上了吧？我不大相信地问，这么快就挖下来了？他说，你在山上和兔子精没待够就再待一宿！我一路小跑，来到了槐树林，然后把车倒到了坑边。

我半信半疑地放下钢丝绳。赵山在坑里把钢丝绳绑到石头上，然后才上来和我一起架三脚架。架完三脚架，他像猴子似的爬到三脚架的顶上，我站在车厢的石头上，把手拉葫芦递给他。他把手拉葫芦挂在三脚架的钩子上。我把车从架下面开出去。

赵山站在三脚架下，不停地拉着手拉葫芦。随着手拉葫芦哗哗啦啦的响声，坑里的大石头渐渐的就离开了地面。看来赵山没撒谎。

石头重，赵山拉得挺吃力。眨眼间他的上身又冒起了热气，雪片刚落到肩膀上就融化了，雪水和汗水一起顺着他突起的肌肉流向腰间。我脱下大衣披到他身上说，一凉一热小心感冒。他一抖肩膀，大衣落到了地上。我捡起大衣再次给他披上说，外边不比坑里，风硬雪也大。他又抖掉大衣说，你想热死我呀？他这种拼命的干法，我实在有点不忍心，就把大衣裹到他身上说，你歇会儿，我替你拉几下，也好暖暖身子。他放下手里的链子，可嘴还是不让人的：我在替你卖命，你还说替我拉！我说，反正你先歇会儿吧。可我拉了一会儿，速度就明显的慢了下来。赵山从背后把大衣披到我身上说，一边歇菜去吧！冷了就喝口酒，那玩意儿才暖身子呢，从里往外热。我把链子递到他手上，找了句下台阶的话说，这天气越来越冷了。他甩开膀子猛拉了一阵子，石头就像一只巨大的青蛙，慢慢的从坑里钻上来了。随着赵山不停的拉动，它也越来越高，底部快超过赵山的胸口时，他头也不回地冲我喊，还发啥兔子愣？说实话，我看呆了。如果不是亲眼看着赵山一锹一镐的从山石中把它挖出来，我一定会把它当成一个罕见的大树根子。赵山又冲我喊：快倒车呀！冻僵了？我跑到驾驶室里，打着火、挂上倒挡……车厢慢慢地钻到石头下。赵山开始向反方向拉手拉葫芦。石头稳稳当当地落到了车厢里。我一直悬着的心也落下了一半。宝贝毕竟全上到我的车厢里了。接下来就是看能不能顺利出山了。要是一切顺利，我的后半辈子就再也不用东奔西跑了，更不会因为挣不到钱让老婆瞧不起了。

把手拉葫芦和三脚架放到车上，我冲车厢上的赵山喊：下车吧！还发啥兔子愣？驾驶室又不是没地方坐。他大概是听出了我在学他的腔调喊他，就冲我一挤眼睛说，这么猴急，想老婆了吧？我说，再想也得几天才能到家，你今晚就能搂了，我是替你着急呀！他说，再急也不行，准备工作做不好半道儿要掉下来的。我说，想不到你不光干力气活儿有窍门儿，那方面也挺内行的。他说，少扯，快把地上斧刃形的石头递我几块。这个不难，不一会儿，我就在他甩上来的沙石堆里捡了一堆。想不到，这个虎背熊腰的家伙，心竟然挺细，他用这些斧刃形的小石头，把车上的几块大石头全垫得严严实实的。这才跳下车，把锹和镐放到车厢上，然后冲我一摆手说，走吧，步步是下坡，慢点开。我说，你不上来我怎能开车？你不怕我半道把车开跑？他说，跑？能顺顺当当下山就念阿弥陀佛了。按咱俩第一天讲的，我送你安全下山，你我算工钱。这工钱虽说是让你加了一个人的，可我也付出了。你凭良心说，我一个人是不是顶两个人？我说，我都答应给你加一个人的工钱了，你还磨叽啥？他说，我不是磨叽人，你知道这荒山是谁家买去了吗？我说，不是村里的吗？他说，现在村里还有啥？除了一屁股债，还有几只养得肥胖的蛆。告诉你吧，这山就是那个矿主家买的，他就是村长。这些天我比你还急呢！要是让他知道，这石头你不但一块也拉不走，说不定还闹出别的事来。那样我这六千块钱上哪儿挣去？这村子里就我敢和他对付。可咋说也是在人家的山上挖东西，理亏呀。跟你说实话，我睡女人也没有给你干这活儿卖力气！我说，那你快上车吧，等下了山我就把钱给你，我一脚油门就没影了。他说，说得轻巧。你以为这大雪天的山道是自个儿的老婆呀？说上就上说下就下。我说那也得往下走哇。他说，你这就慢慢往下放，我抄近道儿上万丈崖那儿等你。我不想让他单独走，怕他万一在半道上会起歪心，就坚持说，工钱还没算，你真不怕我把车开跑？他又瞪起了牛眼，冲我喊道，跑？借你八个胆儿！别看你四个轮，就是在平道上我放你一里地也照样能追上你，你信不信？我说信，快上车一起走吧，我的刹车好使，不会有事的。他从地上抱起一块大石头对我说，刹车？这雪天的陡山道比女人的肚皮还光,刹车管屁用!他说完抱着那块大石头,头也不回地抄他的所谓近道儿走了。我既不能追他,更不能把车停在山上,只得一个人开车往下放。

越往下坡越陡,道也越窄。我挂的是一挡,刹车踩到了底。但雪中的山道就像赵山说的一样光,我的车由不得我的控制了,它成了一架大雪橇,疯了似的向下滑着。车快到万丈崖边上的胳膊肘弯道时,我看见坐在崖边的赵山抱起那块大石头站了起来。这家伙胆子可真大,没看到我的车控制不住了吗?这时我才知道,人的生与死原来离得这么近。不过我上山那天就想好了,拼这一把够我花后半辈子了,实在不行,就跳车,大不了搭台车。

现在最可气的是赵山,他还不快闪开!我明白他的用意了,但那简直就是胡闹!只能给我添乱!我的车只要稍稍一斜,就得把他刮到崖下边。我不但要拐好这个直角弯,还要躲着他。我趁车还在道中间跑,探出半截身子冲他喊:快跑!快跑!可他不但没跑,还抱着那块大石头迎了上来。我急了:快滚!快滚!车眨眼就到了万丈崖,我顾不了那么多了。我左手推开车门,把身子探到外边,以保证随时能跳车。当然,我也不能轻易放弃努力,我的右手把方向盘向里边打死。左脚蹬在车门边,右脚死死地踩住刹车。车眼看着就直奔崖下冲过去了,这时,赵山的大石头!赵山把那块大石头垫到了我的外轮胎下。车身向里边一栽,车门撞到里边的石壁上把我挤回了车里。我知道,车从大石头上轧过去了,我的心咯噔一下!这回想跳车都来不及了。但车身已明显向里边靠过来了,我听到车身和里边的石壁相撞发出咣当咣当的响声,同时车速也慢了许多。不幸的是,撞来撞去,车还是被石壁撞了出来。车速突然又快了,而且又奔崖下冲过去了。车门已被石壁撞得打不开了。现在我唯一能做的就是把方向盘向里握死,把刹车踩死,还有就是坐在车上等死。我看见赵山的身影疯了似的在车边晃动着,车身再次向里栽了一下,车又一次从大石头上轧过去了。可不幸的是,这次没能撞到石壁上。车稍稍减了点速又奔崖边跑去了。我在车里一个劲儿地喊:赵山!石头!可赵山毕竟是人不是机器,我喊了半天也没见他的身影。车载着我连同我的宝贝就要去万丈崖下面报到了……可是赵山他不答应。这次赵山抱着大石头竟跑到了我的车前。我这才发现这家伙的腿真是够快了。大概是太着急了,赵山脚下一滑,连同大石头一起摔倒了。我看见赵山倒在地上用双脚把大石头蹬到了前车胎里。车身向里边一栽又靠近了石壁,等后轮胎轧过大石头时,车就贴到了里边的石壁上。

车就这样一路贴着石壁咣咣当当地把我带到了山下的岔道边。前面几十米就是大道了，我打开外车门，下车检查了一遍，车只是外表撞坏了，开回家一点问题也没有。

这时我才想起赵山来，他怎么还没下来？以他的速度和我不会差多远的。我一口气跑回万丈崖，见赵山躺在雪地里像剁饺馅似的，用手掌一下一下地剁着地上的积雪。他的双脚血乎乎的，有的地方还露出了冰一样的骨茬儿。双脚之间的大石头也血乎乎的，周围的雪也血乎乎的。我说，赵……赵山，我送你去医院。赵山指着不远处躺在雪堆里的酒瓶子说，快，快把酒递我，这雪地真他妈的凉，快冻死我了！我把酒瓶子递给他时，却见他的脑门儿上有大颗的汗珠淌了下来。他喝了一大口酒，然后冲我说，表……哥，没想到你真回来了。这是他头一回叫我表哥，尽管叫得有些卡，但我还是觉得心口儿一热。他说，刚才吓坏了吧？我说我福大命大造化大，有啥可怕的？他把酒瓶子递给我说，拉倒吧！你的裤裆都湿了，快喝口酒暖暖身子吧。我接过酒瓶抿了一小口酒，身子顿时热了许多。我说，不回来怕你这个傻家伙追我。他嘿嘿嘿傻笑着说，那是骗你的，人哪能追上车呢？我说，你也会骗人？他说，那你是把我当傻子了？傻子才不会骗人呢。我说，我把你当表弟。他说，少套近乎，别看我救你，那是为了六千块的工钱。我说，你不救我，我兜里的钱就全是你的了。他说，那不一样，活人哪能拿死人的钱呢？我说我还有一千多里路呢，说点吉利话好不好。他说，表哥，我知道你心急，那你今晚也别走了，你吓成这样再开车是要出事的。见我没说话，他又说，你别担心，这是三不管的地方，车和石头到了岔道就没事了。我蹲下身子拍拍他的肩膀说，先不说这个，我先背你去医院。他说，表哥，我的脚没啥大事，乡医院就能解决，只是再也不能追野兔了。

赵山的两只脚像两只铁锤似的，均匀地敲打着我的后腿肚。我背着他走了一会儿，他腾出一只手把酒瓶送到我嘴边说，表哥，乡医院离这儿挺远呢，喝口酒吧，走路有劲儿。我说，酒能止疼，你留着一路上喝吧。又走了一会儿，他问我，表哥，到城里大医院接两条腿要多少钱？

走，逃学去

鲍尔金娜

不久不久以前，有两个男孩名叫小山和小丘。他们家住一个筒子楼，上学坐前后。小山左腮帮子上有个黑痦子，小丘头顶正中有一撮白头发。小山是初三一班学习最差的，小丘第二差。他们是最好的朋友，他们是彼此仅有的朋友。

这天早晨一起骑车上学的路上，小丘指着路边草丛里一只表情茫然的喜鹊对小山说："看，喜鹊！今天咱哥俩必有好事！"

小山说："嗯。喜鹊报喜，你怀孕了吧？"

"你才怀孕了呢！"小丘伸出手给了小山一拳。

小山腾起右脚去踹小丘的前车胎，没踹着，又奋不顾身地接连踹了三五脚，就踹到学校了。

哥俩果然有喜事。下午一点钟，侧黑板上贴出了上个月月考成绩的班级总排名。小山小丘的大名亲亲热热挤在倒第一和倒第二。

小山摸了摸脸上的黑痦子。他的痦子上今年长了一根毛，他一直犹豫该不该拔下来，因为他妈说拔一根长十根。他一烦躁不安的时候就上手摸个不停。

"我这回总分就比你低两分。要是考语文的时候我不去撒尿，作文肯定能多拿两分，至少。"他撇撇嘴，对小丘说。

"咱俩还比个啥劲儿。"小丘嘴上这么说，心里却也在想，这回自己是发挥失常了。平时每次考试他都比小山高出十分，至少。

倒数也有倒数的气节。两个人对视几眼，同时意识到这一点，所以就一前一后目不斜视地迈着经典的小痞子步伐，走回各自座位。每次看完成绩，他们都遵循这个风格。

小丘坐稳之后，把脑袋搁在桌子上，准备打个盹儿。坐在他前面的小山转过身来，在他后脑勺拍了一下。

"别睡了，哥们儿马上要死了。"

"哦？"小丘迷迷糊糊地抬起头看着小山。

小山摇摇头，眼神苍凉："大势已去啊！"

"怎的呢？"

"我爸说了，要是连续三次月考都是倒数第一，就把我手筋挑断。算上这次已经是第三次了……"

"得啦，要废早废了。你爸总那么说！"小丘不以为然地哼了一声。

"这次好像要来真的了，最近家里总有杀气。"小山把脑袋缩进校服领子里。

"可是今天也不一定发成绩单吧？到现在还没动静呢。"小丘说完自己也觉得心虚，一摞崭新的成绩单就堆在前面讲台上，不过他决定继续安慰自己和小山，"就算发了，也不一定今晚得一定拿回去给家长签字……"

"那你也得提前帮我想想办法！今天不用签字明天也得签。你明早得替我收尸！敢情你奶奶打不动你！"小山嫉妒地咬着牙说。

嗯，这句话的背景是这样的——小山跟爸妈一起过；小丘的爸妈不过了，他就跟奶奶一起过。每次把成绩单拿回家小山和小丘都挨打。但小山挨耳光，他老子的手掌能扇出立体声来。小丘挨奶奶的拐棍戳，不过总是戳两下意思意思就完事了。所以小山每次一考完试就想认小丘的奶奶当奶奶。他没见过自己的奶奶。

"可是她最近也开始用损招了。唉……"小丘托着腮帮子吹出长长的一口气，"考不好就不给我零花钱！"

"哈，那还是这招损。"小山心里舒服点了，下意识地去摸裤兜。今早他妈还又给了他六十块钱，他一分没动，让它们蜷成宽松的一团躺在裤兜里，摸上去感觉富裕得很。

可是，有钱又有屁用呢，今晚即将被打得死去活来。小山一想到这就又急剧忧愁起来，去摸脸上的痞子。

"别摸了别摸了，摸也摸不出主意来。"小丘想着自己这星期又没钱去网吧打游戏了，心里的郁闷不在小山之下。

俩人一前一后各自倒在桌子上。

下课铃总算响了。小山觉得这节语文课上了至少有五百个小时。

"我受不了了！她一直看我。"他捶了自己大腿一拳，把睡着的小丘摇醒。

"谁，谁一直看你？"

"老王太太！"小山目送着满头银发的王老师走出教室。临走前王老师还真回头往教室里看了一眼。但是目光飘渺，很难讲她在看谁。

可是小山说："你看看！我就知道！她看了我一节课了！"

小丘不解地问："那是为什么？她爱上你了？"

"因为她恨我。"小山信誓旦旦地低声说，"我这回语文只考了四十分。她恨我！"

"哦，可是你又不是第一次不及格。她一直都恨我们吧。"

"不及格和四十分的区别你还不知道吗？"小山翻了极广阔的一个白眼，扶着桌沿噌一下站起身，"士可杀，不可辱。我在这个地方一分钟也不想待了！"

"小点声小点声……"小丘拽住小山的胳膊，"越是这种时候，咱们越得镇静。要知道别人可都暗中看着我们呢。"

小山警觉地环顾四周。"嗯，你的分析有道理。"他觉得坐在第一排的王洲、第三排的李小奇，坐自己斜对面的赵深深和正在垃圾箱旁边削铅笔的丁玲玲此时此刻都在鬼鬼祟祟地看自己。

"犊子。"小山在心里暗骂，一屁股坐下。

这回突然轮到小丘变了脸色。他看着自己桌角贴着的课程表，一拍脑门："下节课数学！"

"今天下午怎么还有数学？完了！那是完了！"小山一下子又激动了，想到今天下午竟然还有数学课——班主任的课，再看看前面讲桌上摞着的成绩单，他这一次蹦起来的幅度比刚才还猛烈。桌上的钢笔圆珠笔噼里啪啦掉了一地。这回，还没削完铅笔的丁玲玲是真的在看他了。小山警惕地回瞪了丁玲玲一眼，把面如土色的小丘从座位上揪起来，嘴巴拱到他耳边低声而迅速地说：

"爷们儿，看形势，咱俩要是不趁现在这个机会跑，就真的没机会了！"

"跑？往哪跑？"小丘看看墙上的时钟，看看窗外的大树，再看看桌上的课程表，脑门上渗出了细细的汗珠。

"往哪跑？跑了再说！总之要趁成绩单发下来之前跑！"小山义正辞严地屹立在小丘面前，一脸大义凛然。小丘费劲地咽了一口唾沫，点点头。桌上的东西也不收拾了，跟在小山身后做漫不经心状离开教室。上课铃一响，俩人撒丫子就往教学楼外跑。

小丘边跑边跟自己说：跑得对，跑得对，跑得对。他确实觉得待不下去了。当然，自打上初中以来，他感到在学校待不下去的时间累计起来应该已经有一万多小时了。这初中念起来真是没完没了，考试也就跟着没完没了，"倒第一"或"倒第二"的名次也就没完没了。什么都没完没了。

但是光靠他自己的力量，他永远都不敢把这个"没完没了"给怎么着。而且逃课一直是他挺犯怵的事。上次逃课还是半年前了。被抓着之后全校点名批评不说，那时候他奶奶用拐棍打起人来可还相当雄浑有力呢。

所以他崇拜小山，虽然嘴上从不承认。"爷们儿的心思是靠嘴说的吗！"小山总这么说，所以小丘也不打算说了。他就最欣赏小山这样。这样是哪样，他也总结不好，可是刚才触动他跟小山跑的原因就是小山眼睛里那非同寻常的火光。小丘平常没事就总爱在心里嘀咕：同样是差生，人家就是经典的差生样。不管真的假的吧，总能做出天不怕地不怕的模样，挨打挨骂的时候也充满英雄气概，怎么说也没枉担了这臭名声，倒还惹一部分女生喜欢。自己也是学习差，可别的啥出格的事都没干过。天天蔫了吧唧守规矩，倒更被人看不起，好像自己连差生的名头都担不起，直接就快跟弱智画等号了。

所以他乐意跟着小山混。至少陶冶出一点匪气，在女生面前腰杆咋也能直溜两厘米。

俩人在下午两点钟的大太阳底下眯着眼睛溜达。

"我有必要买一副墨镜，黑的，那种形状的，贼酷那种。等我下回考好了，就让我爸给我买。"小山一边比画一边说。

小丘看看他，又闭上眼睛想象一下香港黑帮片里大佬们戴的那种黑墨镜，点点头："嗯。能挺有样儿。"

路过冷饮店，小山请小丘吃了一根无比豪华的巧克力果仁脆皮夹心雪糕。小丘专心致志地用舌头转着圈把脆皮和果仁一点点舔下来，导致最后三分之一的雪糕都化成了汤，顺着他的领口往下淌。小丘用手指头使劲蹭了蹭领子，然后从手指头上闻到一股馊味。是衣服馊了。

"又馊了。才两星期没洗。"小丘叹了一口气。

"我们去堕落吧！"小山盯着小丘的衣服看了看，叹了口气，然后突然大声说。小丘不知道他自己的衣服馊了为什么会让小山陡然愤怒然后想到堕落。但他觉得"堕落"这两个字真让人兴奋。

"行！可是，怎么堕落？"

小山不屑地大哼一声："哼！！！堕落还不懂？堕落就是堕落呗！"

小丘讪讪地低下头沉思了几秒："那……去网吧打CS吧！"

"那算个屁啊！"小山伸出手在小丘脑袋上狠拍一下。"不过……"他又一转眼睛，点点头，"可以去玩一局，然后咱们一边玩一边想下一步干什么。"

就这样，小山小丘继续在大太阳底下溜达，溜达到一家叫龙门镖局的网吧门口，就一头扎了进去。

玩电脑游戏的人都有这感觉——玩游戏的时候，时间总是过得疯快，快得简直不要脸。小山和小丘觉得屁股刚坐热乎，刚玩出一点手感的时候，往窗外一瞥，天已经跟世界末日一样深蓝了。世界末日的时候天空是深蓝还是淡绿还是大红，尚无定论。但小丘此时此刻望着窗外这深蓝，就联想到了世界末日。一股湿湿的凉气从他后脊梁骨慢慢往上爬，爬进他馊掉的衣领里。

小丘把键盘推进抽屉，摘掉耳机，一脸绝望地托着下巴看小山玩《帝国时代》。

小山最讨厌自己玩游戏的时候旁边有人看，尤其还是这么死盯着。没坚持多大一会儿，他就没好气地摔掉耳机，扭头对小丘说：

"你这熊样的还是最适合在学校待着！"

这话一脚踩到小丘的心坎里去了。在刚才那寂静的沉默里，他持续想象着他们逃学后班级里有可能上演的针对他俩失踪的种种情景。

"你说……"小丘皱着眉头问小山，"他们能发现咱俩逃学不？"

小山鄙夷地一笑，耸耸肩："发现能咋的，没发现能咋的？"

"发现了就惨了，没发现就没事呗。不过我觉得不被发现是不太可能……"小丘沮丧地说。

"别想啦别想啦。"小山不耐烦地一挥手,"现在想啥也没用!反正我们没拿到成绩单对不对?那今晚反正就不用签字了!明天上学时咱俩就统一口径。就说你突然肚子疼,我陪你去医院了。他们爱信就信,不信拉倒。大不了又是找家长呗。杀一次也是杀,杀一百次也是杀。能逃一晚算一晚呗!我们现在啥也别想!就是享受!"

小丘撇撇嘴:"不说肚子疼行不行?听着像女生……"

"行行行,那就说发烧啦,胃疼啦。编瞎话还不容易。"

小丘叹了口气,咬着大拇指点点头:"那好吧。可是……玩电脑也不算啥享受吧?咱们平常也玩啊。你刚才说要堕落,都天黑了还没堕呢……"

小山这回没吹胡子瞪眼睛。他若有所思地点点头,说:"嗯,多亏你提醒。哥们儿我光顾着玩电脑,把这事都忘了!好,你说吧,你想去哪?"

"我?"小丘为难地挠挠他脑袋上那撮白里泛金的头发,"我不知道啊……我没经验。"

听到"经验"二字,小山的脖颈子微妙地往上蹿了蹿。他在小丘面前素以有各种经验自居。一种骄傲的责任感促使他决定要立即想出好计划。

"哼。"小山一边迅速思考着,一边冷笑着哼哼。小丘在一旁看着,觉得他的冷笑里充满男人味。

"有了!"小山兴奋地打了个响指。

"什么?"小丘兴奋地问。

"出来说出来说!"小山一把搂住小丘,把他拥出网吧,看看四下没人,小山盯着小丘的眼睛低声问,"你说,咱们要享受,最重要的条件是什么?"

"最重要的条件……我不知道。我连咋享受都不知道……"小丘老实地摇头。

"笨!就是要有钱呗!这还想不出来!"

"啊!对啊!"小丘佩服得连忙点头,"得有钱!"

"那你现在还有多少钱?"小山一边说一边把自己裤兜里那一大团钞票掏出来查了查,"我还剩四十二块零五毛。"

听到这个数字,小丘羞愧地摇摇头:"我不用数了,我还剩八块钱。"

"所以你看,五十块钱哪够咱们潇洒啊!"小山叹了一口气,"所以!听我说我们的计划!"

"嗯。说！"

"咱们去劫钱！"

"啥？"听完这话，小丘的两条浓眉一下子弹到额头上，嘴角也向四面八方咧去，"你疯啦？劫钱？"

"冷静！冷静！"小山烦躁地揪住小丘的领子来回抻了两下，"你听我给你讲啊。咱们不去马路上抢，咱们也不去抢大人，那风险太大。咱们就去劫小学生，挑个小的。咱们也不打他们，就吓唬吓唬，啥事都出不了。"

小丘稍微镇静了点，可还是犹豫："你……确定？"

"哎呀，我确定啊！你忘了我们上小学那时候了，谁还没挨初中生劫过两回钱啊！你被劫完你报警了，还是告诉你奶奶了？不是啥事都没有嘛！"

小丘很不乐意小山提起他小时候被欺负的历史。不过换位思考一下，他又乐观起来了。小山说的确实就是那么一回事。跟小孩要两个钱，不算什么。

"得啦，你就跟我走吧，等你下决心黄花菜都凉了。"小山见小丘不吱声了，一把拉住他的胳膊，往马路对面的小胡同走去，他隐约记得那里面有个小学。虽然现在已经过了放学时间，不过总还能有一些倒霉的小崽子被老师留下罚写作业吧。

五分钟后，小山和小丘蹲在这所小学校门外的花坛沿上，伸着手指头去数教学楼还亮着的窗户数。还有十二个！而且都是三个三个连着的，证明那是四个教室。看起来他们的计划充满希望。

但是，障碍也是有的。此时此刻在校园外待着的可不光是他们哥俩儿。这儿有三五个一看就是家长的大人戳在各自的自行车旁边相互有一搭没一搭地聊着天。那儿有一个虎背熊腰的中年汉子懒洋洋地摊着煎饼果子。还有一撮精神矍铄的老奶奶，围在花坛的另一边练唱歌："北啊京的金山上光芒啊照四方啊啊啊啊……"

综合分析起来，小山小丘所盘踞的花坛是相当不利的作战地形。这导致他们隔上几分钟就紧张地交换一下眼神。同时他们也都饿了，交换眼神之后总是不约而同地望向煎饼果子摊。看着一个一个鸡蛋啪啪地摔在面饼上，然后被小木推子刮扁砸匀，再看到一阵葱花从天而降盖到鸡蛋上面，小丘的眼睛都快湿润了。连小山在心里也觉得有点后悔，而且突然为自己的主意感到困惑。四十块钱能买多少个煎饼果子啊！他要劫钱干吗，其实还真没想好……

可是，事已至此，打退堂鼓就太孬了，就算饿死也要把这帮小崽子们等出来。等老奶奶合唱团练完她们的最后一首《翻身农奴把歌唱》，小山和小丘总算在清静中盼到了教学楼的灯光一盏盏灭掉，叽叽喳喳的小崽子们一个个走出校园——走进各自家长的怀抱。一个萝卜对一个坑，这事看起来还真是不好办了。小山小丘焦急地蹲在花坛上一边看一边抱怨：

"怎么就没有自己回家的呢？"

"就是！我们那时候多晚都是自己回家啊。"

"现在小孩都娇生惯养。"

"嗯。可能我们小时候治安也好吧，可能。"

"嗯。"

兄弟俩有一句没一句地探讨着当下的治安问题。突然，小丘激动地指着前方说："小山！看！那个小女孩好像没家长接！"

小山看也没看，打了小丘一脑瓢："劫男不劫女！这点原则还不知道？"

"哦，对……"

过了一分钟，小丘再次发现目标："那个那个！男孩，一个人！"

小山伸长脖子看了一眼，摇摇头："这个不行。"

"咋不行？"

"你看他书包破的，兜里肯定超不过五毛钱。"

"这也不行那也不行，那我们得等到啥时候啊！我都饿死了！"小丘不耐烦地一甩手，一屁股把身后一株月季坐瘪了。

"看你那点出息！急啥？马上就能逮到合适的了，我保证！"

话音刚落，眼尖的小丘就指着校门说："那快看这个，看这个行不行？"

被盯上的小男孩大概也就三年级，小小的个子，大大的脑袋，背着两个脑袋那么大的书包，正一脸委屈地走出校门，穿越过仅剩的两位等候的家长，独自慢吞吞地行进。

小山喜悦地从花坛上蹦下来："就是他了！他的书包看着挺高级，估计能有点零花钱。走！"

小丘跟在小山屁股后面蹦下花坛，缓缓朝小男孩走去。他觉得自己走得有点顺拐，小山看起来也有点。

两个人离小男孩越来越近了。不错不错，除了他们仨，周围再没别人了。该下手了。

小丘捂住自己的太阳穴，那里扑腾扑腾跳得厉害。他怕跳的声音太大了让小孩听见。

小山看了小丘一眼，再看看前面小男孩硕大的脑袋，然后做了个深呼吸，艰难地张开嘴：

"哎，你！"

小男孩没回头。

"哎，就说你呢，小孩儿！背蓝书包那个！"小山有点尴尬，生气地大声说。

小男孩回过头来，大大的黑眼睛里兜满泪水："干吗？"

小山被男孩的泪水吓得往后退了一步："你、你……你哭啥？"

小丘觉得小山这话问得太不酷了。可是要是换成他，他也会问这个。

"你管呢！"小男孩不高兴地瞪了小山一眼，转过身继续走路。

"嘿！我让你走了吗你就走！"小山没想到这个刚到自己胸脯高的小崽子竟有如此胆量，气得他黑痣子上的毛都飞起来了。他一把揪住小男孩的书包带，把他拽了回来。

"你想干吗？"小男孩总算如小山期待的那样紧张起来了，但依然泪眼婆娑。

小山一时语塞，抱起胳膊，勉强装出一脸傲慢："我想干吗？你问他！"鼻子扭向身旁的小丘。

小丘错愕地看了看小山："啊？问我？那个……那个……"

小男孩困惑地仰起头看看小山，又看看小丘，然后小心翼翼地问："你们是要打劫吗？"

小山和小丘的脸像两个突然被插进热馒头的温度计，以惊人之速被灌成大红。幸亏天黑了看不清楚，不然他俩真会在脚底下找个井盖子扒开跳进去。真是丢脸丢到家了。

小男孩倒是十分冷静，但仍然忧伤。他用胖胖的小手擦擦眼泪，把沉重的书包解下来放在地上，然后从书包侧兜里掏出里面仅有的一张五元钞票。

"给你们吧。反正我要多少钱也没用了。"

"怎么的呢？"小山忘记了自己的尴尬，不解地问。

"我今天数学才考了八十分，明天老师要找我家长，今晚回家我爸肯定得揍我。我不想没回家就先挨你们揍。不过我只有五块，不信你们可以搜。"

小山觉得自己脑袋嗡的一声响，鼻子里面呼哧呼哧喷着气，却一句话也说不上来。在他左边傻站着的小丘看上去则又要流眼泪了。

神情低落的小男孩显然没有心思猜测这两个劫匪行为怎么如此奇怪，他默默地把钞票塞进小山手里，自己艰难地重新背上大书包，转身离开。

小山低头看了看手里的五块钱，突然缓过神来，追到小男孩前面，气急败坏地把钱塞回他的小手里，然后按住他的肩膀说："谁告诉你我们是抢劫的？胡扯！我们是要问路！你知道这附近有个网吧叫龙门镖局吗？"

"不知道。"小男孩疑惑地摇头。

"哦，那没事，我们自己找吧。"小山点点头，"那行，那个……你赶紧回家吧。回家你爸要是想打你，你就这么跟你爸说：你现在打我，我小，我就忍了。等我像你这么大，你就老了，到时候我要是打你，你可别后悔今天干的事！"

这一回小男孩倒是真的被小山的表情和语气吓到了。他慌张地点了点头，扛起书包撒腿就跑。

小山在原地傻站了五分钟。他也不知道自己脑袋里面在想什么。然后，他闻到了一阵无法抵挡的香味从背后飘来。转过身去，小丘捧着两个热腾腾的鸡蛋灌饼，伸手递给他一个："趁热吃吧。"

小山看着鸡蛋灌饼，眼神有点恍惚，半天才说出一句话："里面搁火腿肠没？"

"搁了。"

于是两个人回到花坛上蹲着，一言不发地把鸡蛋灌饼吃完。

"太他妈好吃了。"小山吃完，由衷地感叹，然后又去买了两个。

吃完第二轮，小丘擦擦嘴，迷惘地问："现在我们怎么办？回家？"

"回什么家！"小山经过鸡蛋灌饼的滋润，恢复了一些元气，竖起眉毛瓮声瓮气地说，"现在还没到晚自习放学的时候呢！我们现在回家，岂不是露馅了？怎么也得在外面再待一小时！"

听到还要在外面待一小时，小丘的脑袋泄气地耷拉到胸口去了："哎哟……

还要待一小时,我们可干吗去啊?又没搞到钱……"

还没从刚才的失败里走出来的小山,听到这话,心里的火腾地就拱上来了。可是再一想,从前到后的主意都是自己出的,现在面对小丘的抱怨也无话可说。他气呼呼地抱着自己的脑袋,思索半天之后说:"咱们走!此处不留爷,自有留爷处!咱们溜达溜达就知道去哪了!再说也不是干啥都需要钱,五十块钱也能干不少事呢!"

"现在还剩四十多了……"小丘黯然补充。

"四十多跟五十没区别!"小山烦躁地打断小丘,"走走走。"

此时的天空已经从深蓝变成了深黑,几条灰色的云彩像抹布一样邋邋遢遢地挂在上面。小山和小丘在昏黄的路灯下并排走着。

"你想过以后干吗没?"小山问小丘。

"我啊?我想考驾照,然后去婚车公司开车,这样一辈子都能开奔驰。"小丘神往地看着马路上刚刚呼啸而过的一辆奔驰房车,幸福地说。

"看你那样!好像已经开上了似的!"小山拱了小丘一下,也咧开嘴笑了,"不过这主意听起来还凑合。"

"那你呢?"

"我啊,我想当总统。"

"当哪国的?"

"嗯……美国的吧!"

"做梦去吧!"

"那咋的,做梦还不让啊。"

俩人你推我搡地在马路牙子上打闹了一会儿,小山突然停下脚步,双眼发光地说:"哎!我又突然有了一个好主意。"

"我不信。"小丘哼了一声。

"咱们去做按摩吧!"

"啊?你要找小姐?"小丘这回又被惊吓了,难以置信地盯着小山的眼睛。

"找小姐?想得美!就四十多块钱咱俩上哪找小姐去啊!唉!"小山悲凉地叹了口气。

"哦……那是你之前的计划吧!哈哈哈!"小丘觉得猜到了小山的心思,搂着他的肩膀坏笑起来。

"放屁！"小山有点不好意思地甩开小丘，"我是看到那家按摩院才想到这的。"说完指着不远处的一家门脸小小的按摩院说。

小丘好奇而困惑地盯着那几扇被粉色窗帘挡得严严实实的玻璃窗："那你以前按过摩吗？"

"没有。"其实小山很想说按过，可是他此时此刻有点吹不动牛了，"按了不就知道了！"

"可我不咋想按……"小丘扭扭捏捏地说，"谁知道那里面都干啥啊。"

"你管他干啥，咱们就按照四十块钱消费呗。本来我还说今天要带你出来享受，结果啥都没享受成！按个摩总行吧！"小山的语气里有着真诚的歉意。小丘听出来了。

"可是……"

"别可是了。她们还能吃了你啊，你寻思你多好吃呢？一身馊了吧唧的味儿！"小山说完就拉起小丘的胳膊，朝着粉色大窗帘走去。

小丘觉得自己走路又开始顺拐了。这一晚上让人顺拐的事怎么一个接一个呢。

推门走进美容院的前一秒钟，小山小丘各自对即将看到的景观之想象是很类似的：水晶帘子，绣花地毯，香喷喷的瓶瓶罐罐和水汪汪的大美儿。然而后一秒钟映入他们眼帘的却是：一只大概半年没洗澡的臭狗，一张破了四个洞还瘸腿的沙发，一个肥胖的中年女人坐在小马扎上一边看电视一边吃瓜子。她身后有一道窄窄的小门，里面是无尽的漆黑。

小山和小丘都愣住了。女人也愣住了。狗也愣了一下，然后就亲热地去蹭小丘的腿。

胖女人上下打量了这两个男孩一阵，不冷不热地问："想要什么？"

小山没吱声，额头开始渗冷汗。如果说一分钟前他脑子里还有一些有关堕落的小念头，那么现在剩下的大部分是防身的戒备了。

小丘也没说话。他看着胖女人那张还沾着瓜子皮的嚅动的嘴，觉得她长得还不如他奶奶好看。还有这条一身臭味的狗，在自己腿上蹭啊蹭啊，肯定有皮肤病。

胖女人眨了眨眼睛，左看看右看看，很快在这尴尬的空气中嗅出了某些微妙的味道。

"那，小兄弟，你俩有多少钱啊？"

小山看看小丘，小丘看看小山。然后小山有点紧张地回答："四、四十。"

"啥？就四十？"胖女人浑身上下充满轻蔑地一抖，小马扎差点劈开："四十够干啥的！"

小丘不知所措地看着小山，小山羞赧地看着地板，然后两个人同时转身准备离开。

"哎，等会儿！"胖女人喊住他俩，然后把嗓音提高一个八度朝里屋喊，"丽丽！出来！"

小山和小丘惊诧地彼此交换了一个眼神，然后把目光齐刷刷投向那扇阴暗的小门。

一分钟后，一个穿着红围裙的年轻女孩懒洋洋地走了出来。实事求是地说，这个丽丽长得还可以，虽然面颊有两坨鲜艳的高原红，但比起胖女人要强出一百倍。

"给他们鼻子去一下黑头！"

丽丽打了个哈欠，用手指了指沙发，示意小丘坐过去。小丘惊恐地向小山投去求助的眼神。他可从没听说过黑头是什么东西。

"没事，没事，坐。"小山从容地指挥小丘，举手投足散发着大哥的光辉，同时在心里想，黑头是什么？先看看再说。

丽丽从围裙里掏出一个精巧的小镊子，镊子底端有一个小铁圈。她把铁圈往小丘鼻子上随处一按，然后稍微使劲一夹，一个接一个的黑头就蹦出来了。小山在边上观战，觉得很是神奇。小丘则满头大汗，眼睛一眨不眨地盯着丽丽手里的奇怪微型武器。

五分钟后，轮到小山坐下来，小丘站起来。他摸着自己红通通的鼻子，怯怯地问丽丽："为什么要去掉这些个黑……黑头啊？"

敬业的丽丽没搭理他。胖女人翻了个白眼，问："你没觉得鼻子轻快多了啊？"

小丘使劲扭了扭鼻子。好像是比以前轻一点了。

又过了五分钟。小山的鼻子减肥工程也结束了。

"拿钱吧，一共四十，一人二十。"胖女人伸出手。

小山乖乖掏出四十块钱，两人一前一后离开按摩院。

"感觉怎么样,还挺舒服的吧?"小山盯着小丘的红鼻子问。他自己刚才可是疼得够呛,不过他希望听到小丘说舒服。

"嗯,挺舒服的,鼻子真轻快不少。"小丘用力地点点头,心里想,他这辈子都不想让别人再碰他的鼻子了。我长我的黑头白头,碍你们啥事了!

"所以我觉得四十还挺值,不贵。"小山听小丘这么说,心里好受多了。

"嗯。真不贵。"小丘附和。

小山咧嘴笑了,忘记了鼻子的疼痛。"等咱以后有钱了,请你做全套的!"

全套的是啥,小山不知道,小丘也不知道。小山就是一说,小丘也就是一听。他俩心里可都不想再踏进什么美容院按摩院半步了。

又在街头徘徊了一会儿,小山看看表,终于到了该回家的时间。想到这里他不知为什么竟然有种高兴的感觉,而这种感觉在眼下的境地本是不该有的。而小丘,则更是动容地久久眺望着他们家方向的楼群。

"做好心理准备了?"走到离家只剩三百米的胡同里,小山放慢脚步,问身边一路沉默的小丘。

小丘不置可否,却突然一屁股坐在地上:"我有预感,下午老师肯定发现咱俩逃课了,然后肯定往咱俩家里打电话了。成绩肯定也顺便说了。我有这预感,你信不信?"

听了这番话小山突然觉得心慌气短。本来已经用一下午时间来抚慰自己了,连奢侈的二十块钱一次的除黑头都做了,可临到家门口,竟然还是紧张得想撒尿。

"你真有预感?"

"嗯。"小丘仰天长叹。

小山也失魂落魄地坐到地上,盘起腿:"我真不想回家……"

"我也是……"

"可是不回家也没地方可去啊……"

"说的就是……"

"该死的学校……"

"没错……"

"唉……"

"哎哟……"

两个人靠在墙根底下你一句我一句地低声嘀咕着，渐渐竟都合上了眼睛。

正在这时候，一阵自行车铃的丁零声把他俩震回了人间。

"哎哎，你俩咋在这睡觉呢？"一个年轻女孩跳下车，把他俩摇晃起来。

原来是同班同学苏苓，和他们住一个家属院。小山小丘看到是她，同时叹了口气："放学啦？"

"放学？我刚游泳回来。"苏苓纳闷地说。

"游泳？你没上晚自习？"小山睁大眼睛。

"上什么晚自习！今天没有晚自习！老张头下午不是没来上班嘛。"

"老张头没来上班？"小山和小丘从地上一跃而起，抓住苏苓的车把，"那就是说，没上数学课？！"

"对啊。"苏苓莫名其妙地点头，"你俩下午没在啊？"

"哈！那证明没人发现我们不在啊！那、那、那，也没发成绩单呗？"小丘激动得结巴了，瞪着眼珠子问。

苏苓点点头："嗯，一时半会儿都发不了了。据说老张头家里有事，请了一星期假。明天开始代课老师上数学。"

以上这个句子，在此时的小山和小丘听来，无疑是来自天堂的歌声。伴随着每一个美妙的音符从苏苓嘴里蹦出，小山和小丘都看到了五颜六色的花朵在夜空中绽放。后来苏苓还说了什么，他们就没再听见了。他们只看见一扇金光闪闪的大门在他们面前缓缓打开——里面堆满了可供一周享用的笑脸、零花钱、武侠小说、新衣服、油焖大虾、充足的睡眠和蓝蓝的天……

不知过了多久，沉浸在狂喜中的小山和小丘才缓过神来，在黑暗中激动万分地互相看了又看。

"行啦行啦！咱俩别在这愣着了！赶紧回家吧！"现在再说到"回家"，小山简直已经在用诗歌朗诵的音调了。

两个人迈开腿往胡同尽头跑去。

小丘摇头摆脑地喊："我猜我奶奶给我做酱牛肉了！我有预感！"

"你那些预感全是放屁！"小山欢快地在小丘后背拍了一下，"有线二台晚上十点重播《圣斗士星矢》了你知道不？"

"不知道啊！"

"现在不就知道了？一会儿还能赶上看！"

"牛！"

"我觉得今天那个煎饼果子挺好吃！"小山边跑边咂摸着嘴说。

"嗯！不过我还是爱吃我奶奶做的葱油饼！"

"煎饼果子和葱油饼是两码事！你傻呀！你是不是刚才拔黑头拔傻了？"

"你才傻了！我看你像个黑头！"

"你是黑头！"

"你！"

"你！"

"你你你你你……"

"你你你你你的平方！"

"你你你你你的立方！"

"……"

两个一高一低的快乐声音渐渐消失在了楼洞里。夜空中那几缕抹布一样的灰云彩也不知何时静悄悄地掉下去了，露出天上圆嫩的大黄月亮，极像一个刚裹上鸡蛋的煎饼，摊在巨大无比的蓝色锅台上。

动 辇

尹守国

爷爷眯着眼睛斜依在炕头墙角上,被窗外的爆竹声吓得一惊一乍的。他开始埋怨儿子:没你这么惯孩子的!吉宝都十四岁了,还给他买爆竹玩,好几十块钱一圈的双响,这一晚上蹦出去有两三圈了,这不是活活地糟蹋钱吗?不就是过个年吗?年年都过的事,还用得着这么兴师动众,买一挂鞭炮留着祭神时放就行了。

吉宝爹没去理会,可能是在意料之中吧。他还是坐在炕梢,只顾低着头叠他的金元宝。

吉宝爹是合庄小学的校长,虽然打小生活在农村,却没下过一天庄稼地。初中毕业后,就进学校当民办教师,没用两年就考试转正了,成了合庄第一个吃国家粮的。从打吉宝出生那年,他开始当校长,一直平平稳稳地干到现在。走在合庄的当街上,他和其他的农民没啥区别,穿粗布衣,唠家常嗑。只有庄上有了红白喜事、邻里纠纷,他坐在炕头给人家解决时,才能看出他的身份和地位来。四平八稳这个词,完全可以用来形容他走路、说话、办事,甚至他的人生。

爷爷见儿子没理他,他首先不耐烦了。他说,我知道你们大人孩子都嫌我絮叨,都不待见我,变着法地和我找别扭,你们是想气死我,是想让我死了都闭不上眼。

吉宝爹抬头瞅了爹一眼,向正在外屋包饺子的吉宝娘喊道,别让吉宝放爆竹了,爹都生气了。

吉宝娘放下手中的擀面杖,站在门口高喊,吉宝,吉宝,别放了,都吓着爷爷了,快回来吧。

爷爷听到吉宝娘的喊声,噌地坐起来,用手遥指着儿子的脑门说,你招呼孩子干啥?这能怨孩子吗?爆竹都买回来了,过年不放,还想留到年后放是咋地?

吉宝爹又抬头瞅了爹一眼,他心里想,老爷子今个咋的了?这是成心和我找别扭。大过年的,我可千万别惹他不痛快。想到这儿,他赶紧拎起叠完的元宝去了外屋,嘴里小声地叨咕,我惹不起你,还躲不起你。

来到外屋,吉宝爹小声地问吉宝娘,今天谁惹着老爷子了?

吉宝娘说,没有啊!上午还挺好的,把当院前前后后地打扫一遍,说晚上黑灯瞎火的抱柴火不得劲,把晚上煮饺子用的柴火给我抱到窗下。晌午吃饭时你不也看到了,喝了半杯白酒,还说晚上要跟吉宝哥俩掷色子赢钱呢。下午也没有谁惹他,突然就不高兴了,无缘无故地把吉东骂了一顿。

吉宝爹又问,我都一下午没看着吉东了,大过年的,他又跑到哪野去了?

吉宝娘说,吉东让爷爷骂了一顿,满肚子的委屈,又不知道因为啥,怕在家里待着再惹爷爷生气,就躲到东头大姐家去了。

这时,吉宝带着一股凉风跑进屋来,他说咋了,爷爷不让放爆竹了?

吉宝爹瞪了小儿子一眼,说去去去,净给我添乱,上大门口外放去,快放尽了省心,省得我跟着挨骂。

吉宝走后,吉宝爹接着问吉宝娘,这是啥时候的事,我咋不知道呢?

吉宝娘说,就是你出去找老王头剪头那会儿。你刚走,和平媳妇抱着孩子来了,说找一条红线绳。和平娘用桃木给孙子削了个小棒槌,和平媳妇想找条好看的红线绳拴上,给孩子戴到脖子上。她来的时候,爹还好好的,还逗人家孩子玩呢。打她走后,爹就不高兴了。

吉宝爹问,爹骂吉东总得有个理由,因为啥骂他?

吉宝娘说,爹骂人还能没有理由!他刚才骂你时,不也给你理由了?爹的理由有的是,随便一划拉,就可以骂你三天三宿。这不是下午两个孩子把录音机拿过来了,鼓捣着往电视上接,想把春节联欢晚会的节目录下来,留着以后听。每年不都接过吗?这有啥犯隙的。还没等接呢,爹就骂开了,说吉东不务正业,不干正事,明天就二十五岁了,也不长个出息,录那个东西干啥,又不当吃,又不当喝的,还要把录音机给他们砸了。爹这么一闹腾,把吉东吓跑了。后来还是吉宝把录音机拿走的，爹倒是没骂吉宝。

吉宝爹想了想，用一副观察家的口气说，问题可能还是出在吉东那儿。上个月吉东拿了全国书法比赛的银奖，拿着奖杯乐颠颠地回来，爹都没瞅一眼。以前爹是很关心吉东练书法的，也不知道这小子咋把老爷子得罪了。

吉宝娘说，这老小孩儿还不如这小小孩儿好伺候呢，他使起性子来，你急不得，恼不得，说深了不是，说浅了也不是。下午我寻思劝劝爹，大过年的，别跟孩子一般见识，刚开个头，我就没敢往下说……

吉宝爹急忙地问，爹骂你了？

吉宝娘说，爹倒是没骂我，可瞪了我一眼。

吉宝爹搓搓手说，这个家，还顶数你的面子大，以后要是爹再发脾气，还真得你出面，瞪一眼总比骂一顿强得多。

吉宝爹在吉宝娘的肩上轻拍了两下，去了当院。他到后院墙角找来一根小孩子胳膊粗细的木棍，准备做拦门棍。进屋后，他先来到东屋门口，侧耳听了听动静，才去了西屋。

合庄人过年时说道多。因为家家都供着神仙，祭祀是各家各户的头等大事。从三十这天早上开始，每天三次给神仙烧香。到了大年夜的晚上，香火要连续不断，一直持续到祭祀完毕。这里所谓的年前年后，并不按钟点说，而是以祭祀仪式为界。家里没有小孩子的，都是等到夜里十二点左右才煮饺子。孩子稍小的人家，大人怕孩子困，吃不好新年的第一顿饭，十点后就把饺子煮了。煮了饺子，就表示祭祀开始，在神仙的牌位前摆好供桌，把煮好的饺子先端到供桌上，点上香烛，全家人都要跪到牌位前，祈祷，再把叠好的金元宝烧了。磕过头后，放一挂鞭炮，去年就算过去了，今年也就开始了。不过，在祭祀之前，家家都要先做好一个拦门棍。就是在一根与门口一样长的木棍的中间先用黄纸糊上一段，在黄纸上面，再用红纸糊上一个箍，样子和电视里孙悟空拿的那根金箍棒差不多，祭祀时横放在大门口上。目的是为了把那些不是自己家供奉的穷神恶鬼拦在门外，不让他们进院来分享供品和钱财。

吉宝爹刚从西屋出来，吉宝娘在厨房里问几点了，吉宝爹推开东屋门，看了一眼墙上的时英钟，同时也看了一眼斜依在炕上的爷爷，见他好像是睡着了，就小心地把门带上，走到厨房门口对吉宝娘说，快六点了。

吉宝娘说，你快去打个电话，让吉东赶紧回来。今年是他的本命年，一会儿出星星了，他还得避星呢。

本命年避星，也是合庄人过年时众多说道之一。他们都认为在本命年里，人的火力弱，时运差。如果再让扫帚星给扫了，新的一年做什么事情都不会顺利，严重时还会带来各种灾祸，殃及生命。因此，大年夜，不管有多重要的事，本命年的人都不能出屋，屋里还要拉好窗帘。

吉宝爹又返回到东屋去给吉东打电话。

吉宝爹进屋后，爷爷坐起来。他问吉东上哪去了，吉宝爹说好像在东头他大姑家。爷爷说，你还不把他叫回来，都几点了，一会儿出星星了。吉宝爹说，我这不是正想打电话叫吗。爷爷说，哪儿有你这样当爹的，对孩子的事，一点也不放在心上，白管你叫一回爹了。

吉宝爹苦笑一下，没吱声。他心里说，要不是你骂他，孩子也不会吓得躲出去。你把他吓跑了，反来教训我了，这真是越老越不讲道理了。但他只是想想而已，真让他把这话说出来，别说今天是大年夜，就是平常日子，也得借给他一个胆子。他不知道跟爹说这样的话会是一个什么后果，他从来也没试验过，他也不打算去做这种尝试。也许说了也就说了，爹只是以后不再磨叽他了。但他怕的就是这点，爹要是这天不说话，不去经管这个家，或者说，这天不骂他了，他反觉得不得劲儿，感觉日子中少了些什么。

不一会儿，院子里铁门响动，吉东回来了。

吉东是前年从师范学校毕业后分到黑龙镇中心校的，在那里当体育老师。合庄是黑龙镇的一个自然村，离黑龙镇十来里地，吉东每天骑自行车上班，也就是二十分钟就到了。吉东的体格好，五大三粗的，办事也有些粗枝大叶。这点不像他的父亲。他们爷俩唯一能说到一起的是书法。吉东的父亲就写得一手好毛笔字，合庄各家各户的对联，年年都是他写。吉东打小就跟着父亲练习写字，上初中时，功力就超过父亲。几次在县市获奖之后，又拜市书协的王主席当老师，苦练几年后，就开始冲击省和国家的奖项。在当地的书法界，也算是个小小的名人。

吉东进屋时，娘把他叫进西屋。娘告诉他，爷爷还在气头上，大过年的，谁也不行招惹他。他骂你，你听着；他打你，你都得笑。娘还给吉东下达了任务，要是不把爷爷哄笑了，今年的压岁钱就没你的份了。

吉东回到东屋,见爷爷直溜地在炕头坐着,耷拉着眼皮,烟袋里的烟已经抽透了很久,早就灭了,还是不住地吧嗒着。

吉东趴在炕沿上,把脸凑到爷爷跟前说,爷爷,你累了吧,我给你找个枕头,你躺一会儿,等演联欢晚会的时候,我再叫你。

爷爷没理他,好像没听见,只是把烟袋从嘴里拔出来,在跟前的烟灰缸里敲几下。这个烟灰缸是用一个铁罐头盒改装的,敲起来响动特别大。爷爷敲得又急,听起来就有点儿不耐烦的感觉。

吉东在地上转了两圈,随手把电视机打开,调了几下频道。他问爷爷看啥,爷爷没吱声,也没抬眼看电视。

吉东顺着爷爷的面前爬到炕里,紧挨着爷爷坐下来,身子向外倾斜着,头挨着爷爷的肩膀。他知道爷爷爱听戏,他与爷爷唯一能沟通的地方就是谈戏。他打开的这个频道就是戏曲频道,里面正唱着呢。他想听一会儿,假装听不懂,求爷爷给他讲讲,爷爷这么一讲,不开心的事就忘了。

刚看不到五分钟,还没等吉东实施他的打算,爷爷就挪动身子下地了。

吉东问,爷爷,你干啥去?是上厕所吗,用不用我拿手电?

爷爷还是没理他,从墙角拿起拐棍,走出东屋。

爷爷这条拐杖,是三年前吉东第一次去省城时给爷爷买回来的。那次吉东获省青年书法大赛的二等奖。一千元的奖金,没等拿回家,就让他花去一半。他给家里的每个人都买了礼物。给母亲买了花镜,给父亲买了电动剃须刀,给吉宝买了复读机,给爷爷买了这条拐杖。

庄上和爷爷年纪差不多的老人,早都拄上拐杖了,不过,他们拄的只是随手在山上砍来的木棍。当时全村子里最好的拐杖,当数王成他爹的那条,是用枣木刨出来的,上面又涂了亮油。王成是合庄的木匠,这条拐杖,是他爹过六十六大寿时,王成用一天的时间做成的。爷爷看后,便与人家商量,也想求王成给他做一条。王成爹说那可不成,这条拐杖他儿子做了一天,不算材料费也得三十块钱,他儿子给别人干活,每天的工钱就是三十块。爷爷听后,吓得没敢再提起过。

吉东给爷爷买回来的这条拐杖也是实木的,但到底是啥木种,全村的老头都鉴定后,也没达成共识。但大伙一致认为,王成他爹也认为,这个木种要比枣木好。不然的话,是雕不出来那么精细的盘龙的。庄上的那些老头说,这种样式的拐杖叫龙头拐杖，《杨家将》里的佘老太君和《红楼梦》里史老太君拄的都是这种。这种拐杖在早先是上讲的，得是官宦人家才准许使用的物件，平民百姓随便使用是犯王法的。他们说在合庄，也只有吉东的爷爷可以用这种东西，他儿子和孙子都是国家干部，他们这个家，在早先年间就相当于官宦人家。

爷爷从有了这条拐杖，走道时就离不开它了。即便不拄着，也总拎着或放在腋下夹着。

吉东在炕上听着，爷爷先是去厨房，从厨房里出来，又去了西屋。不一会儿，爷爷在西屋里喊，吉东，吉东，你下地，把锅台上的那个油坛子给我抱进来。

吉东听爷爷在喊他，挺高兴，爷爷终于肯跟他说话了，他紧溜地下地穿鞋。

吉东才穿上一只鞋，刚好吉宝放完爆竹进屋。他听到爷爷的喊声，看到那个油坛子就放在锅台上，顺手抱起来，边走边冲着东屋喊，哥，不用你了，我给爷爷送去得了。

吉东听了吉宝的话，把刚穿好的鞋又脱下来，重新爬到炕上听戏。

吉东刚爬上炕，就听爷爷在骂吉宝，说你个小兔崽子，谁让你把油坛子抱进来的，我是让你哥抱的。

吉宝在跟爷爷犟嘴，他说你不就是要油坛子吗？谁给你抱进来还不一样？

在这个家中，唯独吉宝可以偶尔跟爷爷犟嘴。并不是因为吉宝小的原因，吉东和吉宝这么大时，也不敢跟爷爷犟嘴。爷爷即便是不怪罪他，父亲也饶不了他。吉宝所以敢跟爷爷犟嘴，是因为爷爷和父亲都一直认为，是吉宝的到来，给这个家带来了福音。爷爷原来眼睛有毛病，看了很多大夫，吃了很多药，都不管用，眼看着就要变成瞎子了。吉宝出生几天后，他的眼睛突然就好了，而且这些年来，好像一天比一天还好，现在就连电视底下出的小字，都能看得到。父亲也是在吉宝出生那年当上校长的，而且一干就是十五年，从没出现过危机和差错。爷爷有时候也骂吉宝，但骂的语气不一样。骂别人时，沉着脸子，骂吉宝时，总是笑着。

这次爷爷是沉着脸子骂吉宝的。爷爷说，你这么点儿个小屁孩，抱油坛子有个屁用？你是成心想气死我？

吉宝还在争辩，他说谁想气你？是你叫抱进来的，我又没弄打，咋又气你了？

爷爷顺手抄起身边的拐杖要打吉宝，吓得吉宝大叫着跑到了外屋。

吉宝爹正在当院挂灯笼，听到屋里有吵闹声，赶紧跑进屋。吉宝娘也赶紧放下手中的活计，从后屋赶过来。吉东下地穿鞋，也来到外屋。

爷爷用拐杖敲打着炕沿说，你们小的不懂事也就罢了，大的也不懂事。孩子不懂事我不怪他，大人也不懂事，没见过你们这样当爹妈的，啥事都由着孩子使性子，你们满庄子看看，谁家像咱们家这么过日子。

吉宝满脸委屈地站在外屋地上，就快哭了。

吉宝爹不知道是咋回事，站在地当中听了一会儿，摇着头进了西屋。吉宝娘牵着吉宝的手，把他领进东屋。

吉宝问，娘，我咋的了？爷爷让我哥把油坛子搬到东屋去，正好我路过，我就替我哥搬了，我哪点儿做得不对了？

吉宝娘微笑地摸着吉宝的头说，我的傻儿子，是你不对，你就不该管那闲事。

吉宝问娘为啥？

吉宝娘说，我也是刚想明白，爷爷是看你哥这么大还没动婚，他着急了，是想让他搬搬油坛子动动荤，爷爷着急抱重孙子呗。你没听见吗？这不把我和你爹都稍带骂了，怪我俩啥事都依着你哥的，不早点儿给你哥说媳妇。

吉宝听了娘的话，满脸的委屈一下子没了。他扑哧一下子笑了，说，这下可崴了，我动荤了。

这两年来，吉东的婚事都成了爷爷的心病。以吉东和他的家庭条件，登门说媒的人不少。吉东也走形式，赶过场地相看了几个，都是吉东没相中女方。每次去相亲时，爷爷都表现得异常积极，头两天就经营着吉东剪头、洗衣服，连吉东的皮鞋，他都给打得溜光锃亮。吉东相亲一般都在星期天进行，到了相亲那天，吉东头脚刚走，爷爷后脚就到大门口的石台上等着。要是吉东去的时间短，一会儿的工夫就回来了，吉东刚出现在庄口，爷爷就知道了，说这个准是又不成了，要么这么屁大工夫就回来了。说完，他也不问吉东，拎着小垫子就上屋去了。

有一次，也是星期天，吉东相完亲后没回来，跟几个同事喝酒去了。爷爷坐在门口等了整整一上午，他见人就说，这回可能差不多。晌午吃完饭后，又忙不迭去门口坐着，下午三点多，吉东醉醺醺地回来时，气得爷爷的胡子都撅到鼻子上去了。

吉东也明白了爷爷让他抱油坛子的用意，明白了爷爷这几天为啥跟他莫名其妙地生气。他噌的一下子蹿到西屋，进屋后就把那个油坛子抱在怀里，冲着坐在炕上的爷爷嘿嘿地笑两声,对爷爷说,正好我爸也在这儿,让我爸当个证人,今天我表个态,明年我一定动婚,争取明年过年时,咱们家六口人,转年再过年时,咱家就七口人。

吉东刚在爷爷跟前做完保证,吉宝就跑了进来,站在哥哥的身边,也跟着凑热闹。他说,爷爷,我也抱过油坛子了,比我哥抱得还早,我也向你保证,我一定比哥哥早动婚,等明年过年时,咱们家里就七口人,转年过年时……还没等说完,他先自己大笑起来。

爷爷看着两个孙子站在地上一唱一和地表演,他也笑了。不过,马上又沉下脸子指着吉宝爹说,你看看,这就是你这个当校长的教育出来的孩子,没大没小、没老没少的。尤其是这个吉宝,早就欠揍了。

窗外传来阵阵的鞭炮声,一些人家开始祭祀了。吉宝爹走到吉宝的跟前,在吉宝的头上轻拍了一巴掌,说你个小崽子,跟着起啥哄!走,跟我上当院生一堆火,让你妈煮饺子,今年咱们也早点儿过年。

走到门口,吉宝爹又回头瞅吉东一眼,说明年就看你的了,你可要说话算数。

吉东把油坛子送回到厨房,他跟娘说,今年我不要压岁钱了,留着那钱准备说媳妇吧。

娘说,那点钱好干啥,给你说媳妇的钱,娘早就攒好了。

街灯不语

周建新

辽西走廊有座古城，叫兴城，城西有个堡子，叫羊安堡。一九六三年冬月，那个奇寒的凌晨，冷得风能把脸上的肉割下来，天上的星星都冻住了，不再闪烁。我们家的炕却烧得火炭一样，满屋子里升腾着水汽，村里最好的接生婆守在母亲的身旁，把我领到了这个世界。许多年过后，奶奶依然拎着我耳朵告诫我，你的小命是你三爷周不语给捡回来的。

听母亲讲，我把母亲折腾了小半夜，还没生出来，奶奶大呼小叫着，把三爷从暖被窝里轰出来，三爷便马不停蹄地去了三里外的接生婆家。那段日子下了好几场大雪，雪深得没了膝，三爷跋涉得很艰难。灌进三爷棉靰鞡里的雪化了，又结成了冰，三爷的脚指头冻木了，脚掌心冻麻了，可三爷还是满头大汗地把接生婆背进我们家，让我的第一声啼哭响彻在我们老周家的院子里。

母亲说过我不会心疼人，大概与我生在三九天有关。那个冷得鬼都不敢出门的凌晨，三爷为了我的小命，奋不顾身地蹚入漫天大雪。三爷脚上的冻疮流脓淌水了好久，直到过夏才好。腿脚落下了不利落的毛病，走路像个鸭子。村里人白话三爷，侄儿媳妇生孩子，把周老三累得够呛。三爷是个要脸面的人，虽是玩笑，也气得直眉瞪眼。

也许我天生就是舞文弄墨的料，耳朵特别留意大人们闲侃村里的往事，很早就知道了村里有过两个大老爷，一个是李大老爷，另一个是刘大老爷。李大老爷是李大钊的堂弟。李大钊在北平入狱，李大老爷说啥也舍不得出钱去赎，所以，李大老爷名声不很好。我三岁的时候见过李大老爷，他拖着长长的白胡子，站在村里的大庙台上，挂着"反革命"的大牌子挨批斗。刘大老爷呢，得过功名，做过买卖，几乎没回过村子，只留下小老婆守着家园，据说儿子刘西尧当了很大的官儿。那个小老婆陪着李大老爷上过一次大庙台，被贫下中农狠狠地控诉了一番，三寸金莲站得没过半晌，人就瘫了，不久，北京来了辆小卧车，把她接走了。

村里还有许多事儿源源不断地灌进我耳朵，大庙台后面的大庙怎么被人扒的，这个派那个派怎样把村里搅乱的，这个人因为啥死的，那个人因为啥喝了卤水，人咋为啥像死猫死狗一样不值钱。那时，我的小知识分子的父母都被圈到城里搞运动，我跟了孤身一人的三爷。这些乱糟糟的事儿，都是三爷讲给我的。三爷在村里做文书，事情知道得特别多。

也许是我的出生与三爷有缘，也许是三爷与我父亲穿开裆裤时就在一块儿玩儿，所以三爷特别喜欢我，每天晚上总能把每家每户的故事讲给我听。三爷特别爱说话，也特别注重别人是否听他说话，自然，那时候的三爷不可能是周不语。

我五岁那年冬天，三爷才真正地让人叫成了周不语。

那天，三爷被村里委派为铁姑娘们的"洪常青"，上山开炮采石，导火索点燃了许久，炮却迟迟不响，姑娘们着急了。三爷是唯一的男子汉，排哑炮的重任就责无旁贷了。三爷走到近前，突然看到导火索还红红地闪烁着，眼瞅着要燃进炮眼儿了。三爷呆了片刻，猛然醒悟过来，吓得妈呀妈呀地往回跑。可是，腿脚不灵便的三爷已经迈不开步了，他连滚带爬地躲到一块巨石的后面。

开山炮震天动地地响了，被炸飞的石块雨一样落下，幸亏有那块巨石的遮挡，三爷才没被从天而降的石头砸中。三爷站起来，拍拍身上的尘土，搬开身旁那些刚刚落稳的石块，忽然觉得两个耳孔黏糊糊的，摸一摸，流出来的是血。开始的时候，三爷满脑袋都是爆炸声，还没怎么在乎。后来，他光看到铁姑娘们的嘴焦急地一张一合，听不到她们一丝声音，才突然明白，世界在他耳中万籁俱寂了。

三爷的耳膜震碎了。

回到村里，三爷逢人就讲他不幸中的万幸，讲他最后一次听到的声音，那个天崩地裂的炮声，讲石头撞着石头，就在他脑袋前撞碎。村里人已经知道他聋了，说着安慰他的话，他的回答与村里人风马牛不相及。时间一久，人们听得烦了，就嘲笑起了他。三爷惊愕地望着人们脸上的表情，看着人们的嘴唇，突然间明白了，自己的话是那样的多余，那样的与人格格不入，从此，彻底地关闭了嘴巴。

不说话的三爷被列为了残疾人。

村里还算讲理，不管怎么说，三爷周不语属于工伤，应该给一份合适的差事。至于什么差事，村里的头头一时还拿不定主意。恰巧有人到村部闹，说晚上一过大庙台，心里就瘆得慌。也难怪，大庙本身就让人发惧，又有人说扒了大庙，鬼神压不住了，都蹦到村里来作妖。还有，大庙台前两株几百岁的老家槐，树心空得能钻进大狗熊，风一吹，里面就发出奇怪的声音，如同无数个冤屈的怪物在里面鬼哭狼嚎，更是让人害怕。好多活得没有滋味的人，像是被索命鬼催着，又像是被古槐召唤，迷迷瞪瞪地从家里出来，到古槐这儿寻死上吊。每逢这时，猫头鹰准来凑热闹，发出瘆人的笑声。

大庙台这个地方，谁都觉得邪性，得拿个东西镇它。

于是，三爷周不语就被派上了用场，因为三爷七窍不全，妖鬼不进。三爷没受伤的时候，村里晚上开批斗会，搞演出，都要在大庙台两侧的大旗杆上挂两盏硕大的街灯，现在，这两盏街灯要天天晚上挂在旗杆上，让妖魔鬼怪无法现身，给胆儿小的人壮个腰眼子。

三爷的耳朵关闭了尘世，尘世也把三爷拒之门外，三爷完全变成另外一个人，由热情爽朗，变成孤僻沉静，一门心思只做一件事——挂那两盏街灯。我的耳朵也因三爷的失聪而清净起来，背上小书包去学校，除了背语录，几乎听不到其他杂音。村子里的事情立刻在我的脑子里变得清净和单纯了。

我和三爷亲密无间的关系从此变淡了。

最初的几天，三爷挂的是村里点洋蜡的灯。那是最普通的灯，几支洋蜡齐坐在灯座上，挂出去，只燃一个多时辰，便蜡尽烛灭，况且柔弱的烛光被空旷的大庙台吞噬得昏昏欲睡。于是，猫头鹰照例飞来，栖在古槐上，瞪着两只灯泡一样的圆眼睛，只等烛光熄灭，再发出瘆人的笑声。村里老早就流传一句话，不怕夜猫子叫，就怕夜猫子笑。夜猫子就是栖在古槐上的猫头鹰，猫头鹰一笑，又有一条小命被阎王爷的判笔勾掉了。

苍天自有公道，失聪了的三爷获得了常人不具备的功能，他的第六感觉出乎寻常地灵敏，灵得通了神一般。烛光燃尽那一刻，天黑得伸手不见五指，此时的三爷，应该是又瞎又聋，被抛在人世之外了，可是，三爷却奇迹般地卸下一个寻死上吊的人。那个从阎罗殿里走过一圈又回来的人，面对着新一轮红日，居然否认自己有自杀的想法，说是梦中被人唤出，糊迷颠倒地来到古槐树下，稀里糊涂地把脖子伸进绳套里。

三爷觉得自己责任重大了，他岂止是挂灯啊，那是挂生命之灯，是挂射穿黑暗的招魂灯。三爷把全村的羊脂油都收集到自己家，在锅里熬化了，灌进模具里，中间留出个拇指粗的捻子，羊脂油凝固后，形成了两支硕大的"蜡"。三爷在蜡的外面罩上红纱，晚上点燃灯芯，挂在大庙台两个大旗杆上，亮堂堂的，照出一大片光明。

两盏街灯相互呼应，把两株古槐的影子都照淡了，时常光顾古槐树的几只猫头鹰，也不再栖在树枝上了，灯光让它们的两只圆眼睛黯然失色。

可是，春天来到的时候，麻烦也来了，随着气温的升高，羊油凝不住了，加上浩荡的春风不停地摇晃街灯，羊油被摇得四处飞溅，溅得灯罩腻渍渍的脏。很多的时候，街灯会被风摇灭，甚至，火苗会被摇得飘出灯芯，摔到灯罩上。于是，油腻腻的灯罩便腾起一个大火球子，把三爷辛辛苦苦扎出来的街灯烧个精光。

三爷很失落，坐在大庙台上，闷闷地吧嗒着他那支旱烟袋。他睁眼看着街灯变成了独眼龙，却无可奈何，有时，干脆两盏灯全瞎了。伸手不见五指的夜晚，三爷便像掉进了无底洞，世界上什么都没有了。在三爷的感知中，猫头鹰重新扑扇着翅膀，飞回古槐，发出瘆人的笑声，有人又来到古槐树下寻死上吊，路过大庙台的人照样发出恐怖的尖叫。

尽管这一切三爷听不到，可三爷却清晰地感受得到，一盏天灯照射在三爷心里呢。三爷警惕地睁大一双眼睛，充当起了大庙台前救命的活菩萨。

三爷改良了街灯，纱罩里装上了不怕风吹的马灯，灯下坠着个铁块，羊油换成了煤油。遗憾的是，这样的街灯不很亮，暗淡得照不透古槐。猫头鹰不再害怕，飞回来，无拘无束地发出瘆人的叫声，那些活得没滋味的人依旧踅摸到树下，往垂下的树干上扔绳子，企图与孤魂野鬼为伴。

虽然灯光昏暗，三爷还是看得见的，他不忍心看到人们不敢行走在这条必经之路上，便像值更人一样，厮守在大庙台前。一旦发现人们的行动有异样，他便挥舞起一根大鞭子，甩出个震天动地的脆响，吓跑附在寻短见人身上的鬼魂，吓跑专门追寻死亡气息的猫头鹰，给胆小的人划开一条理直气壮的道路。

当然，心地纯净的三爷不会想到，他的鞭声起到另一种意想不到的效果，鞭子的炸裂声居然能砸进人们的心灵。野鸳鸯在三爷的鞭声中恐怕败露，悄然分手。手脚不干净的人走不动道了，把偷盗出来的东西丢在了路上。有人议论三爷，耳朵听不见，心里明镜似的。

自然，三爷听不到手中大鞭子甩出的脆响，可他的手感觉得到鞭梢劈开空气时的震颤，他看得到寻短见的人从懵懂中惊醒过来，瞅得清楚胆小的人怎样迈开了坚定的步子，还有猫头鹰惊慌失措飞走了的淡影。

尝试着做过的几种街灯，不过是三爷的暂时替代品，三爷的梦想是把大庙台前弄得如同白昼。三爷反复研究了好几年，终于发明了一种既鲜艳又明亮还特别牢固的街灯，那就是汽灯。那灯比汽车的灯还亮，亮得大庙台下，古槐树旁，一只老鼠都藏不住，猫头鹰更是"望而怯飞"了。

那灯没有捻子，灯芯不过是针尖大的小孔，灯座却奇大无比。里面仅仅装着几两煤油，剩下偌大的空间被三爷用气管子强行打进了空气。拧开气阀：一股又细又强的气流携带着雾化了的煤油喷涌而出。用火柴点燃，那火苗又粗又高，白炽耀眼。

两个灯罩，三爷也是重新做的，用的是公羊的羊皮。两张羊皮足足用了三爷半年的时光，才做成后来的样子。三爷把熟透了的羊皮绷在撑子上，没完没了地刮上面的赘肉和油脂。刮到最后，刮得透过皮子能看到人，薄得蝉翼一样，再刮下去就漏了。三爷将撑子上的羊皮刷上一层桐油，养了起来，待油干了，那羊皮变得塑料布一样柔软通透，鼓面一样坚韧结实。

做出这么好的灯，三爷本应该很满意，可三爷却迟迟没把这两盏街灯挂出去，他觉得炽白的灯光，发黄的灯罩，让人感到死气沉沉的，不活泛，也不灵动，像缺少点儿什么。后来，三爷终于想明白了，这灯缺魂哪。没有魂的灯，就像没有魂的人，即使亮了，也死了一般。可是啥才是灯的魂呢？

三爷走遍全村，开始给灯找魂。三爷走到屠户的门前，突然停住了脚步，猪脖子处喷射而出的鲜血不就是魂吗？猪的魂随着奔涌的血，逃离出猪身，让街灯接住，不就是魂了吗？于是，三爷拿过碗，接住猪血，涂到灯罩上。那街灯立刻变得鲜亮亮的，鲜得喜庆，红艳艳的，红得避邪。有着新鲜生命的附着，有着鲜血的滋润，羊皮承受得起寒来暑往，禁受得住风吹雨打，不会在流逝的岁月中龟裂。

往大庙台旗杆上挂羊皮街灯那天，村里来了皮影剧团，三爷突发奇想，从皮影匠人那儿求来了一条龙一只凤的两个彩色驴皮影，把皮影上的几个轴心固定在羊皮灯罩里。

一想到那一天，我总是觉得，那该是我们全村的节日。夜幕刚一降临，全村人都聚集在两棵古槐的下面。庙台上，锣鼓嚓咚咚地敲响，影匠在白幕后面，不可开交地忙活着"孙悟空三打白骨精"。旗杆下，三爷的街灯徐徐而升，红彤彤的，照得人心好熨帖，风一吹，灯芯一摇，或龙飞凤舞，或龙凤呈祥，活灵活现地像演戏，让人看不够，品不厌。

皮影戏散了，村里人却没有散，他们还在仰首望着街灯，夸着三爷心灵手巧。那街灯像走马灯一样，让你随着自然的天风，随着你的心中所想，随意地发挥着心灵中的故事。

尽管后来村里通了电，尽管后来有许多花样翻新的灯，都无法替代那两盏街灯，它一直在大庙台上挂着，一挂就是三十多年。三十年间，羊安堡是人安畜旺，无灾无难。人们传言，这得益于三爷那两盏街灯，那灯消灾避难祛邪，好似天上的宝莲灯了。

三十年间，只是三爷患病那三个月，村里用电灯替代过一段日子，因为别人不会三爷点灯的技巧和挂灯的办法。没有三爷的街灯，村子变得索然无味。两盏电灯，白得像两个吊死鬼，没有血色，没有气势，看得让人心烦。那段日子，树洞里又发出了奇怪的声音，猫头鹰跃跃欲试地飞回来，有些人莫名其妙地得了癔病，连哭带笑地想去寻死。村里人好生紧张，有人搬来扩音器，摆在大庙台下，成夜哇哇地唱；也有人拿出录音机，靠在古槐树下，"南无阿弥陀佛"一唱就是一夜。一直闹腾到三爷出院，重新挂起街灯，一切奇怪的事情都消停了下去。村里人这才舒一口气，让大庙台恢复到了从前。

三爷本来不该得上那种病，是村里人多事，嫌三爷是光棍，高低要消灭光棍村，硬是给三爷撮合成了这桩婚事。医生说，三爷的病叫乙型肝炎，必须和人群隔开治疗。

已经是一大把年纪了，不可能有像模像样的姑娘了。给三爷介绍的对象是个瞎子，瞎得和三爷的耳朵一样，一点儿也不通窍。一个瞎子和一个聋子配在一起，还不如瘸驴配破磨呢，两个人过得特别别扭，谁也弄不明白谁，谁也不肯原谅谁。那个瞎女人跑了，跑得很彻底，尽管瞎女人跑出家门时碰得头破血流，却誓死不回三爷家的门。

有人说三爷上火得了这种病，也有人说那女人带来的病毒，传染给了三爷。不管什么原因，三爷一病就是三个月。

病好了的三爷，又黑又瘦，除了挂灯，三爷的脸上没有任何表情，谁也摸不清三爷心里到底想的是啥。

三爷的脸色养了好几年，才养了过来。那两盏街灯，三爷却养着婴儿一般，天天都在精心呵护。每个夜晚，大庙台上挂出的街灯，都像是崭新的。

时间就像海里的浪头，似乎很缓慢地涌着，等到涌到岸边，轰然一下，全都摔碎，一生也就没了。不知不觉，我生命的浪头已经涌过不惑，涌向天命。

很久没有村里的消息，忽然接到村里打来的电话，恍若隔世一般。新任的村支书，血气方刚，来了建设新农村的劲头，把村里有出息的人都请了回去，大摆"百鸡宴"，让这些有出息的人给村里提供一百个发展的机会。

我也被列为有出息的人，可在酒宴上，我却很尴尬，我虽然因为写作弄上了市文联副主席这个位置，按村里人的说法，也是县太爷的级别，可我的能力还不及财政局的科员，最大的能力是把市里自费出的文学书收集起来送给村里。

我们村确实是卧虎藏龙，酒至半酣，竟成了砸钱竞赛，有人给村里修路，有人帮村里建学校，有人给村里捐汽车，也有人给村里送高科技，建若干个太阳能路灯。我满脸羞愧，我顶多捐出一部中篇小说的稿费，还不值一头猪崽的钱，趁着纷乱，我悄悄地溜出来。

夕阳懒懒地挂着，我迎着那轮大日，踏着吱吱作响的薄雪，向大庙台走去，等待三爷。

整个村子，已经和我的记忆大相径庭，只有大庙台一如从前。两株古槐依旧遮蔽广场，人们照样集聚于此，只不过集聚的方式比从前更自由、更从容，白天摆摊卖货，傍晚自寻娱乐，各求各的活法。

锣鼓唢呐响了，一群我似曾相识的老面孔，腰里扎着红绸带，扭扭搭搭聚过来。离开村子的时候，我还是个少年，三十年弹指一挥间，除了家族成员和至爱亲朋，我和村里的许多人都没再谋面，陌生也就难免。

很久很久没有看三爷挂街灯了,三爷把挂街灯当成了一种仪式,类似于天安门升国旗的仪式,准时庄重而又威严。我望眼欲穿地看着,看着那条破烂的街巷,终于盼出了三爷的身影。三爷是佝偻着走出来的,他的身子又瘦又小,脚下是一步一挪,远不似前些年我们相见时那样高大魁梧,健步如飞。

我不顾脚下冰雪的光滑,飞奔过去,想帮三爷拎灯。三爷看了我一眼,露出了一些久违的亲切,也露出了无法掩饰的疲倦。可是,当我把眼光全部集中到街灯上时,三爷的眼神便释放出了一种警惕,似乎我去抢他心爱的孩子,反倒把街灯藏到身后。也难怪,自打三爷做成这两盏灯,从来没让别人碰过,好像别人一碰灯就坏了,谁拿他的灯,他都不放心。

我只好尾随着三爷,一步一步地向前挪。走到旗杆下三爷放下街灯,歇了一会儿,才哆哆嗦嗦地点燃了街灯。鲜亮的灯光喷射着青春的火焰,势不可挡地炫耀着夺目的光芒,与三爷衰老而又蜡黄的脸色形成了鲜明的对比。

三爷把灯牢牢地固定在三根绳子上,深深地埋下腰身,艰难地把头扭过来,把脸扬向旗杆的顶端,伸出两只鹰爪般的手,牢牢地抓住绳索,均匀地用着力,将那街灯舒缓地升了上去。

升罢第一盏灯,三爷有些喘息,升第二盏灯时,我用恳求的眼光盯着三爷,用手比画着,想替三爷完成最后的挂灯仪式。也许是三爷疲倦了,也许是我的真诚感动了三爷,或许是三爷想看看我是否具有挂灯的能力,默许了我的恳求,把三根绳索递进我的手中。我尝试了好几次,那三根绳子根本不听我的话,我越是用力拽,那三根绳子越是相互别着劲儿,把那街灯弄得七扭八歪。

三爷笑了,笑得嘴唇上龟裂出的白屑都翘了起来,黄黄的板牙透露着三爷的坦率与真诚,似乎在说,这是我的孩子,你们谁也摆弄不了他。

我无奈地放下绳子。我只有两只手,没有能力掌握三根绳子的平衡,只好委屈三爷重新埋下腰身,升第二盏街灯。三爷拉拽绳索的速度比升第一盏灯时慢了许多,我是干着急,帮不上忙。三爷做完最后一个动作,额头已经沁满汗珠。他把绳索固定住,抬眼仰望街灯时,脸上露出了幸福的微笑,好像看到长大成人的儿女们给他带来了无限的荣光。

两只龙飞凤舞的街灯相互呼应,村子里立刻腾起一团红色的祥光。

离开老家没过多久,就有坏消息传来,三爷去世了。我握着手机,呆愣愣地站着,心里是又酸又疼。几天前,干瘦佝偻着的三爷,伸出鹰爪一般的手,那样坚定而又流畅地升起街灯,没有一点儿人之将死的迹象,咋说没就没了呢?

我立在窗前,望着外面鹅毛大雪,心也浮起了茫然的苍白,覆盖原野的大雪成了我眼前的背景,窗玻璃成了屏幕,我在上面看到了三爷的一生,那是简单的一生,也是虚无飘渺的一生,唯一真切的,除了挂灯还是挂灯。我决定马不停蹄地赶回老家,哪怕大雪封了路,也不能动摇我的决心。

从市里到县里再到村里,平时仅仅一个小时的车程,出租车折腾了大半天,一直折腾到天黑,才把我送到村里的大庙台前。奇怪的是,漫天漫地的雪却越下越亮,亮得每一片雪花都是晶莹剔透。下了出租车,我才看明白,平时三爷挂灯的旗杆不见了,替代它的是两根桅杆似的现代灯架,两轮小圆月亮,高高地悬在上面,"圆月"的上方横着两片太阳能硅光板。

这两片小东西好像把我们村子一下子从远古推到现代。然而,奇怪的是,灯下不见了扭秧歌的人影,没有了热闹的唢呐声,一片死寂。我若不是彻头彻尾的无神论者,也会怀疑太阳能光板下白森森的小月亮,照射出来的是另一个世界的光明。

哀乐渐渐地冲进我的耳鼓,我追寻着声音,一步一个雪窝地往前走,一直走到三爷的家。三爷的家门立着一盏白灯笼和半盏红灯笼,没等我询问灯笼上咋能有块红斑,就有人给我扎孝带,领我到三爷的灵前磕头跪拜。

礼仪过后,我才从人们七嘴八舌的言谈中,理出三爷的死因。

三爷是在太阳能街灯立起来那天发的病。听不到声音的三爷,没有意识到现代科技已经替代了他的街灯,依然生活在三十年如一日的生活里。拎着两盏街灯走到大庙台时,他立刻呆若木鸡了,那个他熟悉的旗杆突然不见了。

村支书一拍脑门,忘了三爷是个聋子,听不到安装太阳能街灯震耳欲聋的施工声。他指着沉降下去的太阳,意思是说,太阳生了俩孩崽子,替你值夜班了。

三爷的眼前和天一样,立刻黑了,佝偻的身子直挺挺地向前跌去……

此后,三爷整天不出屋,嘴嘴着嘴,闷闷不乐地坐在炕上,一步也不肯往外走。三爷觉得,他的生命和挂不出去的街灯一样,没有了意义。他开始为自己扎灯笼,扎两个白灯笼。

昨天夜里,三爷觉得自己真的不行了,胸口胀得难受,嗓子咸咸地含着一股腥味,医生对他死于肝硬化的预言已经迫在眉睫。三爷含住一口气儿,撑着力气挂出了第一盏白灯笼。第二盏白灯笼还未挂起,三爷再也忍不住了,一口鲜血全喷了上去。

两盏灯笼悄然而亮的时候,三爷用尽最后的力量,爬上自己搭设的冥床,衔住一枚铜钱之后,将自己的嘴用胶带封上。三爷不想让鲜血弄污了自己,不愿意麻烦别人收拾他的冥床,他干干净净地跟随黑白无常走了。

最先给村里人报信的是一只猫头鹰,猫头鹰落在三爷家的树上,笑了小半宿。三十几年了,猫头鹰几乎没在村里笑过,年轻的人根本听不懂猫头鹰的笑声,上了年纪的人跑到两株古槐下,去轰猫头鹰,可是轰了好半天,却没有轰出猫头鹰。后来,他们才听明白,猫头鹰没在古槐上,笑声是从三爷家的方向传来的。后来人们才明白,猫头鹰提醒着村里人,赶快给三爷点长明灯。

三爷安详地躺着,似乎安慰所有来看他的人,不要悲伤,他在那边耳聪目明,逍遥自在。

三爷的遗物,简单得不能再简单,除了生活的必需品,没有一件多余的东西。唯一让大家不解的是,三爷的那对街灯不知放到哪儿了。人们想了好久,忽然想明白了,那是三爷的心肝宝贝,三爷的一双儿女,三爷的眼珠子,三爷的魂灵,三爷自然要放到离他最近的地方。人们掀开冥床,果然看到了那两盏街灯。

我惊讶地发现,三十几年一直崭新着的街灯,突然间陈旧不堪了,羊皮灯罩迸出了无数道裂纹,灯座也是锈迹斑斑,还有那两个活灵活现的龙凤,死掉了一般,垂落下来。有人试图取出街灯,用手一碰,居然散了架子。

三爷去了,街灯也追随他去了。

天亮了,天也晴了,天是湛蓝,地是洁白。白灯笼熄了,大雪覆盖住了灯笼上三爷的鲜血,还给三爷一个清清白白。借着明媚的阳光,我看到了晚上没有看清的白对联,对联是村里一位语文老师写的。

上联:大言不语包容纷繁世界
下联:小灯有情点亮冷暖人生
横批:沉默是金

街灯不语

我选择了三爷的选择，沉默是金，一句话不说地跟随着送葬的队伍，送三爷去祖坟。

许多许多年没下这么大的雪了，大得积雪没了膝盖。我跋涉在雪野里，眼睛迷离了，似乎看到了四十几年前的三爷，顶着凛冽的寒风，背着接生婆，一步一挪地走向我的家。猛然间，我的耳中炸响起一个婴儿的啼哭，声音是那样的嘹亮，那样的有力。我觉得，这似乎是我的第一声啼哭，也似乎是村里一个刚刚诞生的婴儿在啼哭。

百日之后，我又回到村里，祭奠三爷。村里有个习俗，百日是逝者最隆重的日子，这一天逝者的灵魂才真正地离开。

这本是春暖花开的日子，可我并没有感觉到春天的温暖。大庙台上的太阳能街灯被人盗走了，两株古槐的树洞突然轰的一声炸裂，所有的枝干摔落在地，摊满了广场，勤快的人把它们捡回家去，当了柴烧。我忽然觉得，村子空落得像没了魂。

三爷死了，街灯死了，古槐也死了，没有街灯照耀的村子，变得生硬，变得苍白，变得孤寂。

来到三爷的坟上，我看到了惊人的一幕，光天化日之下，一只猫头鹰雕塑般立在三爷的墓碑上，任凭风吹掀它的羽毛，依然纹丝不动。我碰了它好几下，感觉到它是那样的坚硬，硬得如同一块石头。

这是一只死掉了却依然栩栩如生的猫头鹰，我尝试着把它从三爷的墓碑上拿下来，可它的爪子已经深深地嵌入了石头里，不管我怎样用力，仍旧无济于事，似乎是坚定不移地要为三爷守墓。

卡尔里海的女人

鬼 金

男孩正蹲在海边的一棵树下看着一群蚂蚁搬家。他听到了吵吵嚷嚷的声音。他的目光飞过去,他看见二朵和三朵,还有村子里的孩子领着一个女人走过来。他们距离那个女人很远。男孩站了起来,向人群跑去。那是一个美丽的女人,长长的头发,苗条的身体,一条黑色的连衣裙被海风拂起裙角。男孩在村子里从来没看到过这么美丽的女人。他的目光蝴蝶般围着女人飞舞。

男孩凑近二朵问:"这女人是谁啊?从哪来的?"

二朵说:"我老姨,从城里来的。"

男孩问:"她干什么来了?"

二朵说:"她来我家住一段时间,我妈说,她有病,是来养病的。"

男孩问:"她有什么病?"

三朵抢着说:"我妈没说,我妈只是叫我们离她远点,我妈说,老姨的病传染。"

二朵和三朵这么一说,男孩下意识地退后了一步,又一次看了看女人的脸。除了苍白,还是苍白。女人的两瓣嘴唇像两条虫子。

女人对跟她保持距离的三朵妈说:"姐,这就是卡尔里海吧?我记得我还是在你嫁到这个村子的时候,来过一次,以后就没有再来。你也知道,是妈……她还是不肯原谅你,她不同意你嫁给一个渔村的男人。"

女人看到大海的时候,眼睛睁得大大的,闪出一道亮光,接着,她闭上眼睛,深深地呼吸了一口咸咸的海风,仿佛要把整个大海吸进身体里似的。

三朵妈说:"妈就是那个脾气,不原谅就不原谅吧,再说了,现在我都有了二朵和三朵了。"

女人说:"其实,妈是心疼你的,常常念叨你的。"

三朵妈眼泪汪汪的。

男孩几乎是尖叫着喊道:"你们看,她的脚指甲还闪闪发亮!"

男孩的尖叫吸引了女人的目光,女人对着男孩笑了笑。她的笑是那么的甜美、柔和,就像男孩吃过的棉花糖。女人的脸上荡动着两朵绯红的云。

人群领着女人来到三朵家海边的一个灰色的水泥房子跟前。

人群停住了脚步。女人绕过人群走到水泥房子的门前,她冲着人群笑了笑。她的笑从脸上溢出来,像泛起的浪花。

三朵妈说:"都给你准备好了,粮食还有蔬菜什么的,你如果需要什么,再说,我们就不跟你进去了。"

女人笑着说:"这已经很感谢你了,姐。"

三朵妈说:"只是苦了你一个人……"

女人说:"我习惯了,我喜欢安静,再说了,有这片海就够了。"

三朵妈说:"那我们先回了,他爸出海就要回来了。"

女人说:"回吧,替我问姐夫好。"

三朵妈叫过二朵和三朵说:"和你老姨说再见。"

二朵冲着女人摆了摆手说:"老姨,再见。"

三朵说:"老姨,那房子里有老鼠,你不要害怕,在屋子的墙角有我和二朵做的一个鼠夹子,你放上诱饵,说不定就能逮到一只大老鼠。"

女人说:"谢谢你,三朵,老姨是大人,不害怕老鼠。"

三朵笑了。

女人向人群招了招手,一个人拿着她的提包,走进那座灰色的水泥房子里。她走进水泥房子后,打开窗户,继续向人们摆手。男孩看着女人,感觉女人是特意向他摆手似的。女人关上了窗户,站在窗户后面,看着外面的人群。

三朵妈厉声告诫人群说:"你们谁都不许走进这个房子,要是叫我知道了,我非打死你们。她是一个有病的人，那种病很厉害的，传染，你们要是不怕死的话，你们就……"

男孩听到三朵妈说到"死"字，他哆嗦了一下。

其他的孩子被三朵妈这么一吓唬，就像听到野兽来了似的，风一般地跑远了。

男孩和三朵，还有二朵，站在那里看着灰色的水泥房子。

二朵突然问："妈，你说老姨的病传染了就会死吗？可老姨怎么没死？"

三朵妈哽咽着，悲伤地说："可能活不长了……"

三朵说："老姨要是死在我们家的房子里怎么办？爸爸回来时会把她赶出我们家的房子的。"

三朵妈说："大人的事，小孩别管。"

"只是可怜我这个妹妹了……"三朵妈自言自语着，泪盈盈地看着水泥房子。

最后，三朵妈再次严厉地告诉他们："你们谁也不许进到房子里去，知道吗？要是被我知道了，我非把你们的屁股打开花不可。"

二朵噘着嘴，不情愿地说："知道了。"

三朵说："我不会去，我怕传染。"

二朵和三朵，还有男孩，在海边玩着堆沙堡的游戏。男孩堆了一个很大的沙堡，他炫耀地说，你们看，我的沙堡多大。二朵说，再好的沙堡也会塌的。还没等二朵的话说完，果然，男孩的沙堡塌了。二朵哈哈地笑起来，看看，看看，我说什么了，塌了吧，塌了吧。后来，三朵建议他们玩"埋人"的游戏。三朵先用沙子把自己的身体埋起来，她慢慢地躺下来，把沙子一点点埋到脸上，直到只露出两个眼睛。三朵说，你们快点埋啊。男孩没动，怔怔地看着三朵说，我不玩了，像个死人。但男孩在弯腰挖着沙子。

三朵突然从沙子里站起来对二朵说："姐，你说老姨会死吗？会死在我家的那个房子里吗？她要是死在那个房子里，会不会有鬼……鬼……一个女鬼……"

二朵说："瞎说什么，像老姨那么好看的人，不会死的，不会。"

男孩一边挖着沙子，一边静静地听着她们说话。

后来，二朵和三朵走了。

男孩一个人静静地在挖着沙子，继续堆他的沙堡。他挖到了一个海星，举着海星看。对于一个海边的孩子，海星对于他并不陌生。那是一个已经干死的海星，肢体僵硬。男孩转过身看着那栋水泥房子。他看了一会儿，又蹲下身子，继续挖着，他希望挖到一只海螺壳。可是，他没有挖到。他知道一个地方有海螺壳。那就是在海边的悬崖。要从悬崖爬下去，在悬崖下面的海滩上，遍地都是海螺壳。有一年，一个孩子跑到那去找海螺壳，被海水卷走了。

远处是波澜壮阔的卡尔里海。

男孩躺在沙滩上，对着阳光看着手里的海星。阳光照在他的手上，照在他的脸上，照在海星上。

远处是卡尔里海咆哮的海潮声。

男孩爬起来，静静地看着海。回家路过那栋水泥房子的时候，他站住了，远远地看着。透过那个窗户，他没看到那个女人。他蹑手蹑脚地靠近那栋房子，他把海星放到窗台上，连忙就跑了。他气喘吁吁地跑着，咸腥味的海风灌进他的嘴里。男孩跑出几百米远，站住了，他转身看着那栋房子，就像一幅画，在大海的背景里。他跑回到一棵树下，躲在后面，看着房子的方向，那扇窗户紧紧地关闭着。

第二天放学，男孩路过女人的房子，看了看窗台，他发现，那个海星不见了。也许是被风刮走了。但，他的眼睛定住了，他看见那个海星被穿了一根线挂在窗户上。他笑了笑。这个时候，那个女人打开窗户，站在窗边，看着他。

一股药味飘过来，在男孩的鼻腔里盘旋上升着。

女人问："是你给我的礼物吗？"

男孩点了点头。

女人说："谢谢你，你看，我挂起来了，好看吗？"

男孩说："好看。"

男孩好像忘记了二朵妈的告诫，他在靠近那栋房子，十米，九米，八米，七米，六米，五米，四米，三米……

女人温柔地说："你别过来，我会传染你的。"

男孩站住了。

男孩有些忧伤地看着女人问："你的病真的那么厉害吗？你会死吗？"

女人笑了笑，没有回答。

男孩又问了一句："你怕死吗？"

女人说："不怕。"

风吹动着那只悬挂的海星，晃来晃去。它的阴影投射在女人的脸上，就像一个文身。

男孩突然想起三朵的话，连忙问道："你抓到老鼠了吗？"

女人说："我看到了，但我没抓它，我给了它吃的，它现在是我的朋友了。"

男孩笑了笑。

男孩没话找话说："你喜欢我送给你的海星吗？"女人说："喜欢。"

男孩说："你喜欢海螺吗？"

女人说："喜欢，据说把海螺放到耳朵旁边，可以听到大海的声音。"

男孩说："你知道吗，去年，有一个小孩在悬崖那边找海螺，被海水卷走了。"

女人"哦"了一声说："那你可不要去。"

男孩说："我不会去的。"

男孩听到远处阵阵的海潮声问："你能出来走走吗？到海边。"

女人犹豫了一会儿说："白天有人的时候，我不敢，我怕把我的病传染给他们，不过，晚上，没人的时候，我想我可以到海边去走走。这只是我的想法，我想要是真的去海边的话，我会穿一件大衣，很厚的那种，像棉袄，可惜我这次没带来，我怕海风把我吹感冒了，如果感冒了，我的病可能就……"

男孩"哦"了一声说："原来是这样。你知道吗？我们老师都知道我们这里来了一个女人，他们说要来看看你呢……你知道，他们叫你什么吗？"

女人问："什么？"

男孩说："他们叫你卡尔里海的女人。"

女人说："是吗？我喜欢这个名字，我希望我属于这一片大海。"

男孩喊着："卡尔里海的女人。"

女人说："是在喊我吗？"

男孩点了点头。

女人答应了一声。

两个人都笑了。女人的声音听上去是那么的清脆、悦耳。

海风很大，吹得男孩的头发都乱了。

女人说："我要关窗户了，海风很大。"

男孩关切地说："那就赶快关上吧！"

卡尔里海的女人

女人向男孩摆了摆手,关上了窗户。男孩看着女人静静地站在窗户里面,她在抚摸着那个海星。男孩这才注意到女人没有披着头发,而是把头发在头上绾了一个髻。她的脖子细长、白皙。男孩害羞地跑了。他奔跑着,他跑到了海边,两手呈喇叭的形状,对着大海喊叫着,他的声音相对于大海的咆哮是那么微小。他栽倒在沙滩上。他仰面看着天空。天空是清澈的,一群海鸟从他的头上飞过,一片羽毛轻盈地飘落在他的脸上,毛茸茸的。他抓在手里,仔细地看着,然后用嘴轻轻地吹拂。他突然蹲下来,把羽毛插在沙子里,看上去像一面白色的小旗。他围绕着小旗,开始挖着沙子。他希望能挖到一个海螺。他就像一只鼹鼠,不停地挖着。手指都挖疼了,连海螺的影子都没看到。他失望地看着茫茫的沙滩,目光延伸着,翩翩地落在那座陡立的悬崖上。另一个他,仿佛站在悬崖上,看着悬崖下面的沙滩上一个个的海螺闪闪发亮。他竖起耳朵,仿佛听到那些海螺在呼喊着,仿佛看到那个被海水卷走的孩子的身影。那个幼小的鬼魅,抬起手臂,做出招手的姿态。男孩哆嗦了一下。他的目光也哆嗦了一下,就像遇到了寒流,连忙从悬崖那边跑回来。他的目光再一次跑出去,跑到那栋灰色的水泥房子上,他的目光在拉伸,从屋檐上,爬到窗户上,倒挂在屋檐上,向屋子里观看着。女人躺在床上,一身黑色的连衣裙裹着她的身体,细长的腿裸露着。她闭着眼睛,静静地躺在那里。穿着黑色连衣裙的她,让整个房间一片静穆,仿佛没有呼吸一样。她猛地睁开眼睛,睫毛间划过一道闪电,射向窗口。男孩连忙从窗户上跳下来,跑走了。

男孩坐在沙滩上,用沙子慢慢地埋着那根羽毛的旗。沙子落在羽毛上,发出哗哗的声音,直到羽毛的旗被沙子淹没。他站起来,慢慢地,脚不时地踢着地上的沙子,向悬崖走去。他听见一个奇怪的声音,就像金属钟嘀嗒嘀嗒的声音,在他的身体里。海风很大,刮起的沙子几乎迷了他的眼睛。他不时用手遮挡着眼睛。海风吹在他的身上,几乎要把他的身体吹弯了。他躬着身,向前艰难地走着。他体内嘀嗒嘀嗒的声音变得猛烈起来。他来到悬崖底下。海风因为悬崖的阻挡,吹向别的方向了。他在悬崖下面,停了下来。几棵松树就像几个老人站在悬崖上。一只松鼠,是的,还有一只松鼠,是两只松鼠。它们在追逐着,爬上松树,在树枝上嬉戏着。茂密的松针,向上延伸着,几乎延伸到了天空里。他看见一只松鼠捧着一个金黄色的松果,啃着。也许是松鼠看到了他,惊慌地扔下松果,跑到更高的树枝上。只见那个松果从树上滚落,顺着岩石滚下来,正好落在男孩的跟前。

男孩捡起松果，看了看。那上面有松鼠啃过的痕迹。几颗松子裸露出来。他狠狠地吸了几下鼻子，仿佛要把松果的香味储藏在身体里。这个时候，他体内嘀嗒嘀嗒的声音消失了。

一片寂静。

男孩的手紧紧地握着松果，他能听见松果在他的手心里碎裂的声音。甚至有一些碎末从他的手指缝里落下来。

还是，一片寂静。

男孩张开手掌，看着扭曲变形的松果。他扔掉松果，抬头看了看陡峭的悬崖。他像一只灵敏的猴子，飞快地爬上去。他听到海潮声几乎透过悬崖的岩石墙壁进入他的身体里。他身体里的某种东西在抵抗着海潮的声音，抵抗着。他身上的力分布在脚上和手上。只觉得脚下一滑，一块石头从他的脚下滑落，滚了下去，发出轰隆轰隆的声音。他的手连忙抓住一丛灌木，向上移动了一下身体。男孩出了一身的冷汗，像一只壁虎，紧紧地贴在悬崖上。滚落的石头，惊起树上的一群乌鸦。一片巨大的黑色，在天空上飞翔着。男孩惊恐地贴着悬崖，贴着，他的心脏怦怦地跳着。

整座悬崖被他的心跳声震颤着，怦……怦……

整座悬崖仿佛晃动起来。

男孩内心的惊慌并没有因为悬崖的坚实而变得稳定下来。他咬了咬牙，继续爬着。一条从石缝里爬出来的蛇，看着他。他看着蛇，蛇看着他。他几乎在等待蛇的出击了。还好，那蛇只是看了看他，然后，顺着石缝爬到一块日光充足的石头上，静静地在那里，晒着日光。他继续爬。爬到悬崖顶部的时候，他才长长出了一口气。他坐在悬崖顶部，看着远处的灯塔，看着没有彼岸的无限延伸的深蓝色大海，看着大海上漂泊的船只。他甚至转身看了看海边那栋灰色的水泥房子。

"卡尔里海的女人。"男孩喃喃了一句。

男孩想到了女人的病。男孩突然有一种流泪的欲望。但，他的眼泪没有流出来。男孩看到了悬崖下面的海滩，看到了海滩上闪闪发光的海螺壳，像海滩的眼睛。海水轻轻地冲刷着它们，哗哗的声音，脆脆地响了一世界。他站起来，顺着悬崖，向下面爬去。距离海滩还有三五米，他一下子跳了下去，张开双臂的样子就像一只飞翔的大鸟，落在海滩的柔软里。他从海滩的柔软里爬起来，开始捡那些海螺壳和贝壳。一会儿就抱了满满一捧。他坐在地上，开始挑选着。一个个儿，按颜色、大小，还有形状，挑选着。这一捧里没有几个是他满意的，他开始又一轮疯狂的捡拾，然后再挑选。在挑选的过程中，他甚至把一个巨大的海螺壳放到耳朵上听着，他没有听到海的声音。也许，海就在他的身边，他根本无法听到。或者，这是一个错误的说法。但，这个巨大的海螺壳是让他满意的。他把海螺装满书包，打算爬上悬崖回去。突然，他看见一个美丽的粉红色的扇贝壳，夹在一个石头缝里。他跑过去。那石头缝里还有水，可以看见几条小鱼囚禁在那汪水里，游来游去。还有两只小螃蟹，在爬来爬去的。他把扇贝壳拿到手里，蹲在那汪水旁边，看了一会儿。他把鱼儿用手捧着，放到了海里。然后顺着来路，继续攀登。在回来的悬崖上，他再一次看到那条蛇。那条蛇还在那个地方晒着太阳。他小心翼翼的，不敢打扰那条蛇。他翻越悬崖，回来了。他并没有听到，也没有看到，那个被海水卷走的孩子的声音和身影。

男孩背着书包，书包里的贝壳还有海螺壳哗啦哗啦地响着，像一曲美丽的音乐。它们碰撞着，发出海潮的声音，轮船的声音，海鸟的声音……

还没有跑到那栋水泥房子，男孩看见一群人拥向水泥房子。

男孩追上三朵问："三朵，怎么了？"

三朵哭唧唧地说："二朵病了。"

男孩问："二朵怎么病了？是被你老姨传染的吗？"

三朵说："我爸说是，我妈说不是。我爸带着人，要把我老姨从这里赶走。"

三朵哭了，眼泪吧嗒吧嗒地落下来。

男孩问："二朵呢？她没去医院吗？医生怎么说。"

三朵说："二朵在家里躺着呢，浑身烧得像火炭似的。我爸说我妈领回来一个魔鬼，现在把二朵传染了。我爸还给了我妈一个耳光……我妈说，不可能是老姨传染的，我们一直距离她很远。可，我爸不信。我爸非说是我老姨传染的。我爸还说，要是二朵不好起来，他就杀了我老姨……"

男孩眼巴巴地看着人群愤怒地拥到水泥房子跟前。

三朵说："你说，我爸真的会把我老姨杀了吗？"

男孩看着愤怒的人群，心不在焉地问："你说什么？"

三朵说："我说，我爸真的会把我老姨杀了吗？"

男孩大声说:"那他就是杀人犯,要枪毙的,要枪毙的。"

三朵吓坏了,哭着说:"我不希望爸爸是一个杀人犯,不希望。"

三朵的爸爸是一个高大的男人,一脸的络腮胡子,两只眼睛瞪起来,像牛眼。他对自己的女人说:"你喊她出来,让她收拾她的东西,回她的城里去。"

三朵妈看看自己的男人,哀求着说:"孩他爸,还是不要……"

三朵爸吼叫着说:"难道她把病传染给了二朵还不够吗?你想让我们全村的人都传染她的病吗?"

人群里有人应和着说:"是啊!她是一个魔鬼,必须把她赶走,从哪来叫她回到哪去。"

人群的愤怒沸腾了。

男孩的目光咣当咣当地砸向那些人的脸,砸在三朵爸的脸上。他的目光想堵住三朵爸那张愤怒的嘴。但,他的目光是羸弱的。还没等他的目光钻进三朵爸的嘴里,就被三朵爸一句恶毒的话喷了出来。

三朵爸对三朵妈说:"你要是真的不把她叫出来,后果自负。我已经有了一个想法……"

三朵妈继续哀求着:"孩他爸,我看二朵也就是夜里受凉感冒了,与我妹子无关的,无关的。你看,是我领着她来的,我都没被传染,还有三朵,还有村里的一些人。我们把二朵送到镇上的医院看看,也许就是一点小病,跟我妹子无关的,我妹子是无辜的。其实,我让她来卡尔里海,也就是知道她活不了几天了,对一个将死的人,我们能不能宽容一些……"

三朵爸说:"你让她来干什么?既然是要死的人了,就让她死在城里好了,干什么非要弄到我们这卡尔里海来呢?"

三朵妈哭了。

三朵爸说:"你快点把她叫出来,叫她滚蛋,要不……我就要……还有这栋房子……他妈的,你再不叫她出来,我就连人和房子一起烧了……"

人群吵吵嚷嚷地喊着:"让她出来……"

……

尽管人们这样嚣张地喊叫着,可是他们的目光是胆怯的,他们不敢靠近房子。他们心里惧怕某种东西,这种东西就是女人会传染的病。

他们惧怕。他们恐慌。

男孩的目光像一张大网，企图拦截那些恶毒的声音，不让它们飞到女人的耳朵里去。可是，那些声音是尖锐的，带有腐蚀性的，像火焰，烧穿了他的大网，向女人的房子扑过去。男孩的目光又竖起一道墙，但那些声音就像凿子，咣咣几下，就把墙凿穿了，飞了过去。

三朵爸对三朵妈说："我最后说一次，你喊还是不喊？你要是真的不喊的话，你就等着给她收尸吧，反正她也快要死了，我们提前给她……"

三朵爸的话让男孩一阵的毛骨悚然。

三朵妈说："那你先把我烧死吧！"

三朵爸愣了，看着自己的女人，突然，他抬起一只脚，把女人踢倒在地上，招呼着大家说："去船上，把柴油拿来……"

水泥房子那边一直很安静。

"难道女人没有听见吗？还是女人已经……"男孩这样想着，心情一下子伤感起来。他想让他的目光飞起来，去打探一下女人的动静，可是，他的目光已筋疲力尽。

三朵妈抱着三朵爸的大腿哭求着："你们不能……你们不能……你们不能啊……"

三朵爸又一次抬起他的大脚，踹在三朵妈的胸脯上。三朵妈倒在地上，一动不动，像一个死人。

这时候，女人的窗户推开了。

女人穿着黑色的连衣裙，披着头发，站在那里。

所有的人都惊呆了。他们有的用手捂住了鼻子和嘴；有的用衣服捂着；有的甚至拿出一个口罩戴在脸上；有的往后退着；有的转身溜走了。

此刻，除了寂静，还是寂静。

一个老女人的声音打破了寂静。老女人气喘吁吁地跑过来，满头大汗，还没跑到三朵爸的跟前就喊叫着："朵朵爸，二朵快要不行了，你们快回去看看吧。"

三朵爸愣了一下神说："二朵……"

他没说完就转身向家跑去。

老女人看见倒在地上的三朵妈说："这是咋的了，你怎么还躺在地上了，快

起来，二朵可能快不行了，一个劲说胡话呢。"

老女人说着，把三朵妈搀扶起来。三朵妈的身体是虚弱的，软软的。但，她还是坚强地站起来，跟着老女人向家走去。她不时地回头看着她的妹子，眼泪忍不住就掉了下来。

人群怔怔地站在那里，看到三朵她爸跑了，他们也风一样，散了。水泥房前的巨大空地闪着白光。

男孩跑过去，在他就要靠近水泥房子的时候，女人说："你别过来。"

女人的话就像一堵墙。

男孩停住了。

女人站在那里，脸色苍白。

女人瑟瑟发抖，两臂抱在一起。

眼泪挂在她的脸上。

男孩说："他们……"

女人说："我都知道了，这个结果在我的意料之中。"

男孩问："二朵真的是你传染的吗？"

女人说："我不能确定。"

男孩说："如果……他们会……你怎么办？你还是走吧，趁早离开。"

女人沉默，擦了一下脸上的眼泪。

男孩说："你哭了。"

女人说："风吹的。"

男孩打开书包，说："你看我给你带什么来了？"

男孩说着，从书包里拿出那个巨大的海螺壳，还有那个粉色的扇贝壳。

男孩说："给你。"

他们之间能有两到三米的距离。男孩的手停在那里。

女人眼前一亮，说："真好看，谢谢你，你不是说那个地方很危险吗？你怎么还去了？"

男孩沉默，脸上笑了笑。

女人说："你别过来，你就放在那地上，你走远点，我一会儿过去取。"

男孩把海螺壳和扇贝壳放到地上，慢慢地后退着。

女人说:"再远一点儿。"

男孩继续后退。

女人说:"再远一点儿。"

男孩只好继续后退。男孩有些不耐烦地说:"够远了,你过来拿吧,我不怕的。"

女人笑了笑,打开门,从里面走出来。女人轻飘飘的脚步,就仿佛走在风中。她走到那个地方,蹲下身,捡起地上的海螺壳和扇贝壳。女人慢慢地站起来,一只手把海螺壳放到耳朵上。

她对男孩说:"我听到大海的声音了……"

男孩说:"是吗?我刚才捡它的时候,我也听了听,可我什么都没听见,你拿过来,让我再听听。"

女人下意识地向男孩走近,但突然停住了,说:"不行,我摸过的东西,你是不能摸的,说不定会传染你的。"

男孩有些倔强地说:"我要听听。"

女人温柔地说:"听话,我听到了,就当你也听到了,行吗?"

女人的声音让男孩一下子柔软下来。

男孩期期艾艾地说:"好吧。"

女人转身走回水泥房子,关上门,站在窗口。女人的背影,还有女人的脚踩在沙地上发出的声音,填满了男孩的眼睛和耳朵。

女人看着那海螺壳和扇贝壳,她甚至把海螺壳放到嘴唇上,呜呜地吹着。女人坐在了窗台上,双脚抵着窗框,慢慢地把海螺壳从嘴上拿下来,放到一边,开始把玩着那个美丽的扇贝壳。不知道她怎么弄的,竟然把扇贝壳别在了头发上,像一个美丽的发卡。

她看着男孩问:"好看吗?"

男孩恍惚中缓过神来说:"好看。"

男孩的目光落在那个粉红色的扇贝壳上,从女人的头发上滑落到脸上。他的目光轻柔地抚摸着她的脸,在女人的嘴唇上停留。他的目光甚至感觉到女人苍白嘴唇的温度。

这时候,三朵跑过来喊叫着:"老姨,老姨,没事了,没事了……"

三朵高兴地喊着:"老姨,没事了,二朵从镇上回来了,大夫说只是感冒了,吃点药就没事了。"

女人平静地说:"那就好,那就好。"

几天后,男孩路过水泥房子的时候,看见水泥房子被铁丝网拦了起来。在铁丝网的旁边还竖了一块木牌,上面写着:"此处危险 禁止入内"。男孩看了看四周,发现没有人,紧张地喊着:"卡尔里海的女人,卡尔里海的女人,你还在吗?"

女人来到窗边,打开窗户。

男孩气愤地说:"他们也太过分了。"

女人说:"没什么,只要我还能呼吸到卡尔里海的空气就够了。"

女人看上去一点都不伤感。

女人说:"你看,我把你给我的海螺壳做成一个项链,挂在脖子上了,你看。"

男孩看过去,只见那个海螺壳悬挂在女人胸前耸立的山峰之间。

男孩笑了笑。

男孩几乎天天都来看看她。男孩发现女人竟然可以在铁丝网围成的院子里走了。有一天,男孩看见女人在水泥房子的墙上画起了画。整面墙上都是鱼,一种男孩从来没有见过的奇怪的鱼,它们仿佛长了翅膀,在飞,是的,在飞。

一个傍晚,一个男人把男孩带走了。男孩不时扭头看着那铁丝网内的水泥房子。天突然下起了雨。先是一滴一滴的,后来是一丝一丝的,再后来便是一条一条的。他看到女人静静地站在窗口,就仿佛在另一个世界。男孩是被他的父亲领走的,回到了省城。男孩学习一般,只考上了技校,成了男人。技校毕业分配到轧钢厂当工人,后来辞职,开始画画。在这期间,他一直没有回到那个村子。他奶奶死的时候,他回去了一次,可是,那个村子已经搬迁了。他结婚,离婚,再结婚,并且有了一个儿子。他出国办画展,去过很多有海的地方。他对他的妻子说过卡尔里海的女人。妻子问他后来那个女人怎么了,死了吗?他说也许死了,也许病好了,现在生活在某一座城市里。男人的儿子学习也不好,他找了关系,花钱把儿子办到部队去了。他希望儿子能在部队锻炼锻炼。他和妻子开始了自己的生活,他们也老了。男人中风了一次,病了,一病就再没起来过,后来又查出来,身体里的某个器官癌变了。几年他都躺在床上,他等着死神。在生命的最后几天里，他感觉到浑身都是疼痛的，仿佛身体里的器官在腐烂。他对妻子说死神就在路上。他疼，几乎说不出话来。医生说，用杜冷丁吧。一支不行，就两支。杜冷丁虽然止住了他的疼痛，但让他的精神变得恍惚，他常常看到那些过去的人在他的面前走动，他招手向他们打招呼，可是他们都不理他。他还看见卡尔里海的女人也从他的身边走过，还冲着他微笑。男人喊着她，卡尔里海的女人，卡尔里海的女人，你不认识我了吗？卡尔里海的女人没有说话，转身走了。男人伤心地流下眼泪。他的妻子看到了，擦掉他的眼泪，问他，怎么了？他没有吭声。在海潮的声音中，一切都是恍惚缥缈的。

男孩看着三朵她爸。去拿柴油的人来了，他们开始往房子上泼着。只见三朵她爸点着了火。那火腾地一下蹿了起来，蔓延在房子上，冲进屋子里。

男孩喊着说："你们不能！你们不能！"

男孩冲开人群，跑到了水泥房子里。他拉着女人说："我们快逃吧，他们要烧……你……他们……"

女人诡异地笑了笑说："我不会逃的，我知道死神已经来了……你出去，我想一个人静静地……"

男孩带着哭腔说："你不能……不能……"

女人说："谢谢你，你是我唯一的朋友，也是永远的朋友。"

男孩看着女人静静地躺在床上。这时候，火已经扑过来了。还有外面的叫嚣声。

男孩扑打着冲过来的火焰，掩护着女人。

女人看着男孩的衣服烧着了。

火呼啸着，舔着男孩的皮肤和头发。

女人哭了。

女人爬起来，把男孩推出门去，紧紧地关上了门。

男孩敲打着门。男孩踢着门。男孩喊着："你开门！你开门！……"

男孩冲到窗户跟前，踢碎玻璃，闯了进去。女人紧紧地抱着他，说："你不该进来的，这样你也会死的……"

男孩说："不……不……我们都不死……"

男孩站在铁丝网的外面。月明星稀。月光像水似的流淌着，落在沙滩上，落在铁丝的尖刺上。女人从屋子里走出来。

女人说："我们走，我们去海边。"

女人赤脚走在海边的沙滩上，她深邃的目光望向黑暗中的海。

男孩从后面拉住了女人的手，女人就像牵着一个孩子。

他们坐在海边，女人问："你是在这个地方给我捡的海螺壳吗？"

男孩摇了摇头说："不，在那边。"

男孩用下巴指了指远处的悬崖。

女人说："我想过去看看。"

男孩说："那里很危险的，要爬到悬崖上，才能到那个地方。"

女人说："我想去。"

男孩看了看女人说："那好吧，我带你去。"

男孩没有想到，这次，他竟然是那么轻盈地，把女人带到了那个地方，爬悬崖的时候，也没费什么力气。他们来到了那个悬崖的后面。

女人说："我喜欢这个地方，要是能一辈子在这个地方该多好……"

四周一片寂静。

男孩说："那我们就不回去了，我们就在这待着……"

女人笑了笑说："傻孩子……怎么可能呢？"

男孩说："怎么不可能？"

女人说："傻瓜。"

女人抱住了男孩，眼泪从眼睛里流出来，挂在脸上。

突然男孩说："你看见远处的那个灯塔了吗？只要你对它许愿，它很灵的。"

男孩像模像样地低着头，嘴里喃喃着什么。

女人摸着男孩的头说："我们回去吧。"

男孩大声地说："不……不……我已经许愿了……"

女人笑了笑说："小傻瓜。"

男孩站在铁丝网的外面看见女人在水泥墙上画鱼。男孩从铁丝网钻进去。只见女人画了很多鱼，还画了一个小女孩，牵着一条大鱼在走。

男孩问："这个小女孩是你吗？"

女人没说话，继续画着。

那画满鱼的水泥墙上就像一个梦境。

男孩说:"把我也画上去好吗?"

女人说:"不行。"

男孩说:"怎么就不行?"

女人说:"你还不能进入我的世界……还不能……"

男孩说:"为什么不能?"

女人说:"你还小,等你长大你就明白了……"

男孩拿起画笔,在水泥墙的角落里,轻轻地画上一个小孩。他霸道地说:"这个就是我,我要跟着你。"

……

这个男人临死的时候,对他的妻子说,我要走了,我希望你能把我的骨灰撒到卡尔里海里。妻子问,为什么?难道你不想将来我们两个在一起吗?我已经在公墓看好了一块墓地,我们将来……男人没有说话。男人就这么自私地走了。女人把儿子叫了回来,她吩咐儿子把男人的骨灰撒到卡尔里海里去。儿子问,为什么?妻子呜咽着,没有说话。儿子雇了一艘船,捧着男人的骨灰,在茫茫的海面上,一把一把地,把混合着花瓣的骨灰,撒落到海水中。它们在白色的浪尖上,被另一个浪尖淹没。儿子悲伤地看着,他从来没有感觉到父亲在他心里的位置是这么的重要。现在,他走了。儿子撒完了骨灰,跪在甲板上,冲着海面,磕了三个响头。在儿子抬起头的那一瞬间……

儿子看见父亲和一个女人拉着手,女人看上去比父亲高大。父亲看上去像一个小孩,他们在海面上缓缓地走着,踩在花瓣上,踩在浪尖上,直到消失。

儿子回来后对母亲说了这件事情。

母亲含泪对儿子讲了那个叫卡尔里海的女人的故事。儿子还不懂父亲的故事,但那个画面,那个女人拉着父亲的画面,常常在他的脑海里浮现。

西伯利亚寒流

李 厘

1

陶乐乐住在红砖墙面的苏式房子里。苏式房子一共十栋,一栋一栋火柴杆儿似的头尾相连,围成一个老大天井的四合院儿。每栋楼屋顶中央冒出个尖儿,一个人字形山墙,山墙立面雕一只石刻的盘龙,盘龙下面一行石刻的数字就是这个大四合院儿建立的时间,1953。陶乐乐出生的时候,四合院儿还空落落的,天井里走路的大人比孩子多得多。到陶乐乐记事以后,各个楼门已经住得满满当当。

第一次见到蒙古大叔,陶乐乐正在放寒假。这是陶乐乐的第二个寒假。那天,她一个人在家里,趴在一本看上去跟她半个身子差不多大的画报上。外面的雪紧一会儿慢一会儿停一会儿,下了快一天了。中午出去的时候,满院子白花花一片,晃得眼睛都睁不开了,脚底下的新雪嘎嗞嘎嗞响了一路。眼前的画报上,瓦蓝瓦蓝的天,大朵大朵的白云,油汪汪的绿草地像望不到边的大海。陶乐乐知道天堂是最好的地方,她想,草原就是天堂吧。

先是听见乱哄哄的脚步声嚷嚷声,好像一队人马闯进来。是在做梦吗,那些威猛的骑马人进梦里来了?

二楼住三户人家,各家的门都不在一个方向,一东一南一北,陶乐乐在东。她熟悉楼里每个人的脚步声说话声,大人的、小孩的能猜个八九不离十。没有一个熟悉的人，全是外人，脚步杂乱，走的不快，简直慢得像蜗牛。要是陶乐乐，这会儿工夫都跑楼上去了。嘈杂声近了，已经到外面走廊，吵嚷声就在耳朵边了。陶乐乐起身坐起来，想出去看看。吵嚷声突然变小了，几乎要静下来的时候，一声巨响在耳朵里炸开，跟着"哐"的那一声，门窗还有桌上瓷的铁的零零碎碎也一起哐啷哐啷叮叮当当响起来。陶乐乐趴在地上，以为房子要塌了。

你们先站站，等我进屋看看。一个粗门大嗓的外地口音在家门外说。有人破门而入了。

苏式房子的格局都是一门两室，两室的房门脸对脸。一室一户，三五个孩子，四个大人，是楼道里每扇门里面通常的情况。山东奶奶搬走以后，对面门贴上了封条。除了自家人，没人能开门进来。钥匙轻轻一转，再轻轻一推，人就进来了。自家人对门锁的性能十分了解，不会这样老虎夺食一般撞门进来。

陶乐乐心上一惊，为什么钥匙在外人手里？为什么来了这么多人？出什么事了？踮起脚，贴着自家门板听外面的动静。小心挪开钥匙孔，见一大汉抱着行李走过来。这大汉皮帽子上挂着亮闪闪的水珠，一股股热气从敞怀的棉大衣里冒出来，黑黑的四方大脸满面放光，黑得像画报上放羊的老羊倌儿。陶乐乐笑起来，收紧的心一下回落了，想也没想打开了自家门。

大汉站在对面门口，扭过身，一边转钥匙，一边用肩膀使劲撞门。又是"哐"的一声大响，没有前面那么震天动地，门开了，撕裂的封条发出嗞啦啦脆响。大汉扭过头笑眯眯地朝陶乐乐看了看，扔下手中的行李，指挥起后面抬箱子扛床板拎包袱的队伍。

是新邻居来了。山东奶奶热气腾腾的大馒头和香味扑鼻的葱油饼在厨房消失一个多礼拜了，家里变得冷冷清清。虽然知道新邻居早晚要来，也没为新邻居做过什么设想，陶乐乐还是觉得新邻居来早了。

悄悄关上家门，陶乐乐继续翻画报，找到蓝天白云那一页。翠绿的草原大海洋。赛马。摔跤。那达慕上的歌舞表演。镶金边的翠蓝翠绿大红的袍子。一对摔跤手脸对脸，额头抵额头，腰背粗壮，好像两个大力士在嬉闹。看着看着，陶乐乐笑出了声。正好不知对门黑脸大汉的名姓，就叫他蒙古大叔吧。

听说蒙古大叔是陕西人，那几天，陶乐乐时不时哼起山丹丹开花红艳艳，看蒙古大叔的眼神充满敬意。终于碰见蒙古大叔在厨房灌暖瓶，陶乐乐等在一边，等蒙古大叔把竹皮水壶放到炉子上，她向蒙古大叔提了一个问题：小时候你见过毛主席吧？蒙古大叔提起竹皮暖瓶，笑眯眯地看着陶乐乐。我哪有这福气，我老家咸阳离延安六百多里地呢。

陶乐乐站在桌子上，整个身体壁虎一样贴在墙上，她在地图上查找蒙古大叔老家。公鸡的嘴巴是陶乐乐的家，背部凹下去的地方是内蒙古草原，紧挨着内蒙古在翅膀根上，她找到了陕西，在那个小狗儿形状的图块上，又找到了延安。把粗大的食指在粉色小狗上移动着，在延安的下面，再下面往左一点，找到了蒙古大叔的老家。六百多里地差不多有乐乐的手指长，可跟乐乐这里比，蒙古大叔的老家离延安还是很近很近的。陶乐乐对蒙古大叔的敬仰之情一点没减少。

那时，陶乐乐这边还是父母尚在的三口之家，蒙古大叔那边，男孩儿大头和小脚奶奶还没有过来，那一老一小在这儿没待多长时间就流星一样消失了。

大头在的时候，两家还在别扭中。别扭只是心里的事，看表面，各家平时房门紧锁，房间里的事互不通气，密不透风。遇见了，客气地点头而过，从来没发生过口角之类过火的事。问题出在外面还有一道门，关上这道门，两家如同一家。在两家的公共区域里，至少对于陶家人来说，曾经一段时间，被一件心里明明白白绕不过去的事情，折磨得心力交瘁，而对面的蒙古大叔也许到最后也不知道陶家人的这段磨难。

2

蒙古大叔喜欢面食，尤其爱吃汤面。蒙古大叔吃的汤面被陶家人称作辣椒炸弹。辣椒炸弹让两家人的关系变得像一个笼子里的猫和老鼠，躲躲藏藏，又无法逃避。

蒙古大叔吃的汤面是手擀面，跟陶乐乐的格尺差不多宽。白水煮熟，盛在一个奇大的粗瓷碗里。白里泛黄的黑边大碗，滚热的油浇在厚厚一层红辣椒上，下面刚从清汤里捞出的宽面条顿时浸在红亮亮的油汤里。

厨房是两家公用的，热爱厨房的蒙古大叔做面的时候，场面极其热闹。他一边哼着高一声低一嗓的家乡小调，一边传出菜刀、瓶子、瓷碗、铁锅发出的各种响动。擀面，煮面，调配材料，最后拿起炒勺，把滚烫的油泼在瓷碗里，是他的拿手厨艺。调料碗里的食材以干辣椒面为主，除了一半是辣椒籽的红黄色干面面，碗里还有白的蒜绿的葱黄的姜黑色的花椒。那嗞啦啦一声炸响，就是陶家人的恐怖时刻：一股能将所有味蕾细胞刺激起来的味道，好像引爆的炸药，呛得陶家人喷嚏不止。第一次炸响之后，厨房和过道弥漫起刺鼻的气味。陶家人闷在屋里，直到傍黑时，想气味已散，得出去做晚饭了。

两家的炉台隔道相对，两家的掌勺人通常背对着背。这边刚把炉子点着，蒙古大叔也进到厨房。陶家人专心忙活自己的饭菜，根本没留意身后炉台的面板上，盖了一张报纸，报纸下面是早上留下的面。当锅底的热油再一次炸响时，已经跑到角落的上午爆响的炸弹碎末，瞬间又集合起来，发起更大规模的进攻。这时间，不光炉台对面的人打喷嚏，楼道外面也传来咳嗽声。

那时间，中国第一颗原子弹刚刚爆炸不久，收音机里每天用高八度的声音，播报这大长中国人民志气的特大喜讯。乐乐爸从厨房进来，一边关上家门，一边抹着眼泪说，国家制造原子弹，咱家生产辣椒炸弹。

蒙古大叔一般在星期天早上制作辣椒炸弹。面板上擀好的面条，是一天的伙食。这一天他吃两顿饭，这一天，辣椒炸弹会炸响两次。直到下一个礼拜日，一些生命力强大的辣椒分子还飘浮在厨房里，在周而复始的炸响中，势力不断壮大，成为空气的组成部分，陶家人每天都能呼吸到，感觉到。

一般来说，一个人长久生活在一个环境里，慢慢会对周围的一切熟视无睹，嗅而不觉。陶乐乐的父母却不幸之极。蒙古大叔没出现之前，他们不知道，一种气味会让自己敏感到如临大敌的地步。

开始只是对刺激性气味应激式的反应，打喷嚏即是不适应辛辣气味的神经性的反抗。如果打喷嚏能够抵挡辣椒炸弹的袭击，陶家人不至于像老鼠遇见了猫，发展到紧闭家门。

每次热油炸响之后，刺鼻的气味经久不散，喷嚏便如流感病毒侵入到上呼吸道，一个接一个，不由人控制。反复刺激下，整个人似乎长期处于感冒状态，总是鼻子酸痒，眼泪涟涟，鼻腔神经越发脆弱得不堪一击。在平日，呼吸之间似乎就有气味钻进来。有时安慰自己，都是神经作用，其实什么都没有，不用紧张，就当什么都没有吧。使劲吸一口气，真的没什么了。再吸一口，不好，一些个小分子涌进来，鼻子又酸了，像拧开了龙头，立刻水一样流淌起来。开始，只是乐乐爸这样，乐乐妈跟着也发作起来，情况更加严重，根本不能进厨房。后来看到辣字，也会跟上来一串喷嚏。整日昏昏沉沉，脑袋涨得像堆满杂草的大筐，疼痛难忍。

医生说，上呼吸道肿胀，大脑供氧不足，除掉病灶，只有离开过敏源，此外没有更好的治疗方法。怎么可能离开过敏源呢？把诊断书塞在蒙古大叔家的门缝里，附上一个字条：经诊断，辣椒乃为过敏源，反复发作，实在痛苦难忍，请不要再制造辣椒炸弹了。人家喜欢吃的，你想让人家不吃。陶家人觉得这事不地道。为这伤了两家的和气，每天打开家门，即使脸不看脸，后脚也得跟着前脚，哪有能藏身的地方？这样别扭的日子，一天天一年年地过下来，比头疼打喷嚏还要难受百倍。想到蒙古大叔运动员一样的体格，可以把陶乐乐抓铅球一样抓在手里，陶家人更加不想做出什么举动了。胆小怕事的陶家人，决定把辣椒炸弹当成一个秘密，不与人说，包括陶乐乐。

陶家人采取的是最古老的对策：走。

大饥荒前，陶家人一直保持单身时的习惯，吃食堂。饥荒来临之后，食堂伙食急速下降，掺了米糠硬得跟核桃似的窝头，见不到几个米粒儿菜叶儿的米汤白菜汤，让陶家人对食堂不再鱼水般依恋了。老家寄来的食品包，开始还有点腊鱼腊肉，后来只有零星的咸鱼干儿、干蚕豆、萝卜干儿。包裹里附带的信纸，将制作和食用方法一二三四各个步骤写得详详细细，清清楚楚。肚子里的油水和粮食越来越少，饿急之下，陶家走进厨房，按照信纸操练起来。这时候他们才知道，过去随意给人的粮本、供应票，是多金贵的食物储藏箱啊。大饥荒让陶家人迷恋上厨房，他们还总结出一条生活法则：做饭是本能，饿了，无师自通。

做饭对于陶家来说，还是一个极其复杂、手忙脚乱、稍不留神就前功尽弃的工程。他们只能用星期天的空闲琢磨烹饪技法。星期天要是准备好好吃一顿的话，几乎要在厨房忙活大半天。第一次买来活鱼时，看着鳞片整齐、线条流畅、色泽均匀的鲤鱼，似乎还没停止呼吸。他们拿着剪子等在边上，像守候一个临终的病人，既害怕鱼还没死，也不知道从哪儿下剪子破膛收拾。现在，陶家记下了半本烹饪笔记，萝卜排骨汤和星期天早上的固定食谱：煎馒头片儿，蒸鸡蛋羹是陶乐乐最喜欢吃的自家美食。陶家也不是每个星期天都买鱼买肉，大动灶火。没那个精力，也没那个财力，更没有那么多鱼票肉票。平衡下来，差不多一个月能做上一次鱼一次肉。现在，他们只好放下正在兴头上的烹调热情，早上，当蒙古大叔在厨房端起面盆的时候，陶家人穿戴起来，准备外出。

3

四合院儿在市区的边缘，外面是菜田。院门口的一条马路，是从郊区进市区唯一的一条通路。公交车每天上午两趟、下午两趟，在基本固定的时间经过这里。只有夏天的时候，晚上还会加一趟车。因为出行不方便，陶家人只有夏天才会全家出动。

全家出动的时候，上公园是必不可少的内容。对于陶乐乐来说，上街就是去公园。新邻居到来打破了夏天上街的惯例，陶乐乐高兴得心花怒放。

出发的时候陶乐乐问：

是去动物园吗？

动物园太远了，和圈儿楼不是一个方向，回来就赶不上车了。再说，现在白天短，外面风这么大，到了公园，也不能保证看见老虎狗熊，它们冬天都懒得要命，猫在洞里不出来。没人冬天去公园，动物在窝里睡觉，外面光秃秃的，没什么好看的。

那去公园看马戏吧。

这么冷的天可没有演马戏的。忘了，咱们不是都在大篷子里看马戏，那演马戏的穿的都是大红大绿的绸衣服对吧？帆布的大篷子，像你书包那么薄的一层帆布，待在里面，不是要冻死人？穿棉袄都冷，演马戏的能穿绸衣服吗？不穿绸衣服，怎么演马戏呀。

陶乐乐高涨的热情低落下来。动物园和公园是她最喜欢的两个地方，她不知道除此之外，还有什么可去的地方。

陶乐乐跟着爸妈在副食店、书店里消磨时间。书店是小书店，门脸开在最繁华的商业街上，书店的身后是那家大副食店。去副食店要经过书店。陶乐乐不知道是逛书店顺便去的副食店，还是逛副食店顺道去的书店，反正每次上街陶家人都要进书店看一看。

陶乐乐在书店大有收获，攒下三本图画书。书摆在柜台里面，想买哪本书就让柜台里的店员拿。不能拿在手里看上半天不买，店员不让你这样。每样书就一两本，书少，你不买，总有人要买。所以不能让每个想看的人都翻一遍，翻成了旧书，想买的人也不买了。还是因为书少，别人买了，这本书可能就断货了，就不知道什么时候才能再有。陶乐乐第一个想买的《孙悟空三打白骨精》就是等了挺长时间才拿到手的。进到书店里，有时候就是一问一答。有新书吗？没有。我要的书到了吗？快了。所以，逛书店不会消磨太长时间，时间都花在圈儿楼里。

每次从街上回来，兜里总会有一根香肠，几个水果，一包糖块或一包饼干。都是在副食店买的，是买给陶乐乐吃的。陶乐乐不喜欢副食店。副食店，就是圈儿楼，形状像面包圈。生食、熟食、干货、鲜货，各种食品一类一个柜台，一个柜台挨着一个柜台，没头没尾，连成一个圆圈。圈楼里面人多，跟火车站的候车室差不多，但不像候车室那样乌烟瘴气乱糟糟的，检票队伍没个队形。圈楼里面虽说到处都是排队长龙，却井然有序，赛龙舟一样，一个柜台一个队伍，一个队伍延伸出几个柜台。见到排尾，一定要问清楚是买面包的还是买白糖的。排尾要买的和眼前柜台里卖的通常不是一个品种。陶乐乐不喜欢副食店里的气味。桶装的酱油，盛在瓷盆里的咸菜腐乳，不新鲜的杂鱼生肉，蔫了的洋葱萝卜。这些乌糟的气味在环形的副食店里窜来窜去，浑浊不堪。面对无休无止的长龙，除了等待，只有等待。陶乐乐感觉好像闷在发酵了上百年的酱窖里，只好呼吸得尽量慢一些，轻一些。等待里，她回忆起空气新鲜的公园，想起坐在小木马上，电钮开动时，风车一样旋转起来。开始有点快，速度平稳之后，木马一起一伏，就不像骑马了，好像飞在天上的大鸟；想起长颈鹿走道，矜持地迈动细长的腿，晃动着细长的脖子，贵妇一样左顾右盼的神情……她笑得咧开嘴，脑筋忽然开窍：老虎狗熊都长在深山老林，那么厚的皮毛，多冷的天也冻不着它们呀。就算天冷变懒了，可以去笼子里看它们呀，她正好看看老虎睡觉。公园里没有马戏表演了，不是还有电动木马吗？就算什么都没有了，看看假山假景也比待在这个乌糟糟闷人的地方好啊。

回家的路上，陶乐乐再一次提出自己的要求，不但恳切，而且有理有据。她得到的回答也直言不讳。圈儿楼里的东西多，在家门口的供应社，就是排队也买不到这些好吃的。饭是每天要吃的，公园一年去一两次就行了。

原来不去公园，是因为买吃的，为了挨时间排长队。陶乐乐不明白，大人为什么把吃看得那么重要。

4

陶乐乐长得瘦弱,从来不知道饿是怎么回事。每次去医院,医生都给她开两盒山楂丸。陶乐乐把酸酸甜甜的山楂丸当零食吃,不苦怎么会是药呢?不知道吃了多少盒,陶乐乐对食物还是亲近不起来。规规矩矩的陶家人,永远规规矩矩地做事。比如吃饭。喜欢吃的不能多吃,不喜欢吃的一定要吃。一家人默默地吃饭,没有声音,桌面上几乎没有残汤碎屑。脸上的表情和平时一样严肃,吃饭是工作,是日程表里的一个日程。吃饭时陶乐乐肌肉紧绷,跟上课时一样不得松弛,吃几口就不想吃了。

辣椒炸弹的生产时间如果用一条曲线表示的话,开始是间隔不很整齐的波浪状。蒙古大叔有时中午才睡眼惺忪地走出来。也许是贪睡,也许是面粉和炸弹材料供应不足,有时个把月才吃一次红辣汤面。陶家人星期天出走,蒙古大叔挺看不惯:解放这么多年,还没改掉剥削阶级贪图享乐的恶习。他哪知道陶家人正经受的这场身心俱痛的磨难,肇事者就是他这个蒙古大叔。

星期天的厨房属于蒙古大叔,这给了他钻研厨艺的热情。每个月供应的白面总是不够,到最后一个星期,就得改吃多玉米面少白面的两掺馒头。不管吃白馒头黄馒头,还是最中意的手擀面,开胃的辣椒是不能少的。不吃红汤面,他也会做上一大碗油泼辣子,吃饭时拨出一些。如果有肉,有鸡蛋,或者花生豆腐,他更加不吝惜罐子里火红的粉面面,会制造出和红辣汤面一样热烈的气氛。嗜辣如命的蒙古大叔把厨房变成辣椒炸弹的生产车间,陶家人越不敢进去,辣椒炸弹生产得就越是畅快。当生产速度趋于平稳之后,陶家人也将厨房彻底让给了蒙古大叔。

四合院儿里大多是双职工。食堂离得近,十来分钟的路。上班的日子,早上中午在食堂买些主食,一份菜,打回家来,配个简单的菜,做个汤。这样既能省一些,也能吃得好一些,还有家庭气氛。春暖花开的时候,陶家恢复起单身时的习惯,一家人早中晚都集合在食堂,吃起集体伙食。晚上回家的时候,在开水房打两壶热水,就不需要进厨房了。

单身时离食堂老远，胃里基本没东西了。肚子叫唤着走进食堂，不光见饭亲切，见到坐在饭桌上的人也亲切。饭香加上笑脸，带出一股家的气氛。如今，一家子在这里吃饭，完全没有了当初的感受。刚去的时候，陶家不知道该怎么跟人解释。在食堂吃饭的都是住集体宿舍的，除了陶家人，再没有谁家整天价儿在这里吃饭。自己都觉得灰溜溜的不自在，好像无家可归的流浪汉，别人怎么会不问呢？不问就怪了，不问就有问题了。不是成了人见人嫌，唯恐避之不及的过街老鼠，和"右派"坏分子成一伙儿了。于是，当有人问：

不回家吃了？

哦，哦。

就在这吃了？

是呀，是呀。

又去食堂吃饭啊。

啊，是啊。

想得开啊，在食堂吃多好，张嘴就有。

哦，哦。

辣椒炸弹的事断断不能说，这是陶家人立下的攻守同盟。好在问的人并不刨根问底，问过几次，得到的总是模糊的回答。想人家不说，自有不说的原因，就不再问了。时间一长，见怪不怪，当成了平常事。但陶家人心里一直沉甸甸的。去食堂吃饭实属迫不得已，该解释的事没有解释，别人虽然不问了，一定有想法。包括蒙古大叔，也一定有想法。不知道他们是怎么想的。该不会以为是陶家不愿意和人家做邻居吧。如果是这样的话，不如当初直截了当说出实情……不如……不如……陶家人实在想不出一个更好的假设。

决定到食堂吃饭是把事情往坏处想了，如果往好里想又会怎样呢。蒙古大叔知道了实情，他会为了陶家不再制造辣椒炸弹吗？好比让一个人改变自己的信仰，自己的习惯，自己的嗜好。好比强行让陶家人接受辣椒炸弹。明明是夺人所爱的法西斯行为。假如蒙古大叔真的为了陶家不再食辣（这似乎没有可能性吧），这样的结果其实比如今的处境更让陶家承受不起。思来想去，陶家还是选择了沉默。

这时，出现了一件不可思议的事儿，好像节外生出的枝杈，让事情变得柳暗花明。

5

  厨房的辛辣气味把大人折磨得心力交瘁，陶乐乐却像没事人似的，闻到辣味儿，还练本事似的使劲闻一闻。家里虽然熄灭了灶火，当蒙古大叔快意享用厨房的时候，陶乐乐也会出现在那里。她喜欢看蒙古大叔做饭时的表情，甜滋滋的，从心里往外的高兴。蒙古大叔的厨房比山东奶奶的热闹，不光有响动，还有表演。蒙古大叔做面条像演魔术，精彩程度跟马戏团的杂耍不差上下。他揉按着一个大面团儿，那不是圆也不是方的面团开始疙疙瘩瘩的，像块表皮干裂的木头。不多会儿，陶乐乐把暖瓶拿回家这会儿工夫，一条光滑圆润的大鱼在蒙古大叔手里翻飞跳跃。大鱼又被切成几个小块，蒙古大叔拿出大勺开始烧水。一边等着水开，一边将一个小面团用擀面杖推擀成长条。大勺里的水滚起来，陶乐乐百看不厌的神奇场面开演了：蒙古大叔两手抓起小面团儿，抖搂绒布一样往两边一伸，又在面板上摔一下，边摔边抻，边抻边摔。那时间，蒙古大叔手里的面团分明就是一条牛皮筋，越拉越长，越拉越有劲道。牛皮筋最后一次回弹到面板上，又反弹上去时，陶乐乐觉得那已经不是牛皮筋了，又变成一根在不停翻卷的长绸带。长绸带从高位落下，蒙古大叔腾出一只手在中间接住，扯断，就是眨眼之间，一条绸带变两条绸带，然后，落进滚水之中，上下漂浮。

  一米远的距离，陶乐乐看了一场最好看的魔术表演。

  多亏你没随我们，天天陪着我们在外面跑苦了你了。听到妈表达歉意的话，陶乐乐很愧疚，心里有很多的愧疚。

  作为女儿，她很想知道，脑袋堵得像长了堆乱草，头涨得像个大筐，这样的感觉有多难受。可看到他们比赛似的打喷嚏，鼻涕一把眼泪一把，眼睛红红的像个兔子，她又忍不住想笑。爸妈以为去食堂吃饭让陶乐乐成了无辜受难的羊羔，其实，她太喜欢在食堂吃饭了。坐在食堂的长条凳子上，陶乐乐的眼睛寻找着那几个单身汉。看他们捧着饭盒，刚从打饭窗口转身出来，就饿狗一样吃起来。吃得热情高涨，脸上淌汗，两脚向前挪动着，嘴里急切地咀嚼吞咽着，好像胃口在迫不及待地等着填满，口腔和食道成了多余的障碍。这样的吃相陶乐乐过去也见过。山东奶奶在的时候，当热气腾腾的大馒头和香味扑鼻的葱油饼出锅之后，对面房的父子俩就是这样端着滚烫的小米粥，脑门上冒着汗珠，来来回回地穿梭。食堂的菜味是盐和味精的混合体，和家里的做法不一样，吃起来别有味道。食堂里的人来自天南海北。山东山西，湖南湖北，江苏江西，四川福建……各种方言各种口音，陶乐乐眼睛耳朵忙个不停，心里快活，嘴里吃出了香味，不觉中碗里的饭吃得精光。

知道了什么是饭香，很快陶乐乐也知道了什么叫饥饿。有一天，她听到一阵金属撞击发出的当当脆响，发现声源来自蒙古大叔的蒸锅，是蒸汽顶得锅盖当当响。蒸锅里也许是刚做好的黄馒头，也许热的剩馒头。麦粉甜甜的香气在厨房弥漫着，陶乐乐看到山东奶奶家刚出锅的暄腾腾的大馒头。胃口异乎寻常地收缩起来，接着有气泡冒上来，快速通过食道，窜到嗓子眼儿。如果那热乎乎的大馒头就在眼前，她能一口吞下去。那以后陶乐乐明白了，那些单身汉捧着手上冒热气的饭盒时，为什么眼睛放光，像见到最亲的亲人。原来饿的时候，会产生一种冲动，会变得不由自主，会变成另一个不认识的自己。蒙古大叔跋拉着黑布鞋走过来。掀开蒸锅，用筷子捅了一下，挑起屉布，猛地一拉，黄馒头散落在笸箩里。从橱柜拿出一个小瓷坛子，一个小碗，从水杯大的坛子里拨了一些红油油的东西，听大人说，那叫辣子。他掰了块馒头，夹了一筷子辣子在里面。一手托起笸箩，一手拿着小碗，嘴里大口嚼着馒头，转过身来。

看到站在一边的陶乐乐，放下笸箩和碗，掰了半个馒头给乐乐。陶乐乐接过去的时候，他问了一句：

你们家怎么不做饭了？

我爸我妈得了头疼病，做不了饭了。

听你阿姨说了，还治不了，可遭罪了。

去外面就好了，有新鲜空气头就不疼了。

哦，这样啊。

陶乐乐让蒙古大叔也给她放点辣子。等蒙古大叔进了房间，陶乐乐轻轻咬了一口馒头。馒头软的像棉花糖，不用嚼就咽下去了。她小心翼翼舔了一下手指盖大的红油油的辣子，含在嘴里，有点火辣辣的，终于没敢咽下去。

6

陶乐乐长胖了,脸蛋光滑丰润,像刚煮好就剥了皮的鸡蛋。陶家人高兴极了。

孩子的厌食症好了,这是人人看得见的事实。他们应该可以说点什么了。比如,说孩子厌食,看了几个医院,终于碰到一个好大夫。大夫建议到神经科看看。神经科大夫说,改变一下吃饭的环境也许能好一些。我们就想到了这个办法。在食堂吃饭是省心省力,可花费太大了。这段时间,工资月月不够花。要不是为了乐乐,坚持不到现在。

看病是事实,医生的建议是事实,想办法是事实,工资月月不够花是事实,乐乐喜欢在食堂吃饭是事实。每句话都是事实,但联在一起,构成因果关系,就是花言巧语了。陶家人不想用花言巧语掩盖真相,把自己描述成让人同情让人理解的好人。当有人说:

乐乐长胖了,长结实了。

是呀,是呀。

你们这阵在食堂吃饭,吃出成绩了。

呵呵,是呀。

陶家人本来不善言谈,回答得这样简单,问的人听着却顺耳。陶家人感到迎面而来的眼光是友善的,心里的沉重顿时减轻了。一直以来的沉默对外人来说有了答案,也算是给了人一个交代。

陶家忍辱负重的出走,换来皆大欢喜的结果。两家似乎打了个平局。平局给了陶家一些安慰,减轻了压力,内心还是忧心忡忡。就这样一直流浪下去吗?这是唯一的出路吗?

夏天结束的时候,单元里多了一老一小。是蒙古大叔从老家接过来的。小的是个男孩,老的是小脚奶奶。先是一老一小被人推进来,随后,蒙古大叔拽进来两个大行李卷儿。

男孩长得像木偶人,细长的脖子上,顶个冬瓜形的大脑袋,陶乐乐管他叫大头。大头和蒙古大叔说话的口音听上去差不多,好像速度快了十倍,陶乐乐一句也听不懂。每天吃面,每天做面。小脚奶奶在厨房时,总叫大头在身边和她说话。

他们说话的时候，陶乐乐就感觉不知道自己身在何方了。小脚奶奶的动作慢吞吞的，面煮好了让大头先吃，大头吃完了她接着做。大概看陶家人基本不用厨房，蒙古大叔摆了个小木桌在灶台边，放了学大头就在那写作业。大头捧着大瓷碗，在小木桌上吃面条，吃得哧溜哧溜有声有响。那大瓷碗跟他的头差不多大，不敢相信，干柴棒一样扁扁的小身板儿，怎么装得下那么大一碗东西。

陶家人是自愿让出厨房的。看见邻居把厨房开辟成自习室，也说不出什么来。他们此时最忧虑的，不是从厨房飘散过来的密度翻倍的过敏源，不是整日糨糊一样昏沉沉的脑袋，而是天气。上街也好，在食堂吃饭也好，刮风下雨可以做到风雨无阻，冬天来了怎么办？上一个冬天，老天照顾，没经历到极端天气，出走了几次就到了3月初。3月初的白天，下午太阳高照时，有点暖洋洋的感觉。4个月漫长的冬天，当气温降到零下10摄氏度，零下20摄氏度，甚至零下30摄氏度，真正冰天雪地的时候，还能往外走吗？路上踩得坑坑洼洼的积雪硬得像冰凌子，在外面走路都歪歪斜斜的走不出直道，这个时候，各家各户的外层玻璃窗被厚厚一层冰霜覆盖着，白日里才敢将一尺见方的小窗户打开几分钟，让新鲜空气吹进来，稀释一些浊气。不能想象星期天一家人紧关房门，在昏暗的屋子里闷上一天，不时看着窗外灰蒙蒙的天空一阵发呆。那和关在笼子里的困兽还有区别吗？即使这样，也不能再去二十公里外的书店圈儿楼里避寒了。否则，不冻出关节炎，也得冻出感冒。三九天里，等上二十分钟半个小时，也许一个小时，汽车慢慢悠悠咣咣当当开过来，半道不出毛病就算运气好。

陶家人决定，拿出紧要关头才能动用的积蓄，每人添置一套最厚实的冬装，再添两个保温筒，不管多冷的天气，都要去食堂。即使遇到暴风雪，也得有一个人把饭打回来。

这是大人的决定，如果让陶乐乐决定，是不用花费这么多心思的，当然要出去。地上冰雪覆盖一片白茫茫的时候，打跐溜滑转陀螺堆雪人儿，冬天里各种好玩儿的事就来了。

对抗严寒的冬装刚刚买回来，一个下午，陶乐乐放学回家，推开单元门，一股寒气迎面扑来。寒气是从厨房吹过来的，厨房的换气窗敞开着。小脚奶奶不在厨房，大头不在厨房，小饭桌和锅台上的面板也不见了。看着空空荡荡的厨房，陶乐乐连喊了三声妈，喊声带着颤音，和辣椒炸弹的碎片飘浮在单元房里。

西伯利亚寒流

蒙古大叔和大头小脚奶奶一起消失了。听说他偷了二十斤面票，还听说如果他老老实实承认，顶多送到北边山里的农场劳动几年。但他偏说自己没偷，是在地上捡的，是老天开眼，让他儿子老娘有面吃。后面这话暴露了隐藏在骨子里的封建思想。看他根红苗正，本打算派他下去搞"四清"的，谁想闹出这么一档子影响恶劣的事，还说出这么反动的话。坏分子蒙古大叔被遣送原籍。

第二天早上飘起雪花，陶乐乐走在上学的路上，落在脸上的雪花有些扎人，转过脸，顺着刮得呜呜叫的北风。广播里说，预计西伯利亚寒流两天后到达，是从新疆经河西走廊过来的，寒流到来时，气温最低可能降到零下 22 摄氏度。西伯利亚一定是世界上最冷的地方，冬天的寒流都是从那儿吹过来的，来一次气温下降一次。如果没有西伯利亚，这儿的冬天不会这么冷吧。蒙古大叔要坐两天两夜的火车，下了火车，听说还要搭马车或者毛驴往老家赶路。陶乐乐想，大头他们下火车的时候，正好赶上这场寒流。蒙古大叔的老家没有这么多树，这么多高楼，一年到头地刮风，风刮起了漫天的沙子。寒流来的时候，风声比现在这样呜呜的叫声得大多少倍吧，会像救火车那样，叫得人心里发瘆吗。蒙古大叔戴着那顶狗皮帽子，穿着那件蓝布绒领子的棉大衣，背着从老家带来的那些行李，大头和小脚奶奶一边一个拉着他的胳膊。他像被捆住手脚的巨人，给大头和小脚奶奶挡着风沙，慢吞吞地在干巴巴的黄土坡上走一步挪一步。

陶家结束了浪迹家外的日子，但还是不能随心所愿地出入厨房。蒙古大叔的女人虽然坚决留下来，却变得神经兮兮的，好像怕光的老鼠，不敢见人。迎面碰到了，立刻慌张起来，视线快速移到地上。她总是躲在自家门后听声音，等陶家关上门，才小心翼翼地走出来。如果说过去，蒙古大叔是大摇大摆行进的猫，陶家人是地洞里的老鼠。两家现在似乎互换了角色，陶家由弱变强。但陶家扮演的这个猫，是躲避老鼠的猫，两家签了协议似的，很难碰面。

厨房里的辣椒分子慢慢消失了，蒙古大叔似乎也彻底消失了，再没听到任何消息。又过了一年，深秋的一个凌晨，陶家大人去了他们不想去的地方，单元房里剩下两个人，陶乐乐和蒙古大叔的女人。

寻找艾薇儿

苏兰朵

1

我贩狗为生,今年26岁,叫张顺飞。

我有两个哥哥,所以贩狗的那帮哥们儿也叫我张三。张三不像一个具体人的名字,容易被人不信任。所以在我贩狗比较辉煌那几年,名片上都是规规整整印着张顺飞。别人不像我这么规整,东北话叫"整景"。比如二毛的名片上就直接印着大大的"二毛"两个字,下面用小字标明专销博美、松狮、萨摩,然后是手机号。二毛说,其实只有卖什么狗和手机号是买狗的人需要的。至于名字,有两个功能,一个是给你打电话时的称呼,不能一打电话就说"那什么,我要买狗",得说,"你是二毛吗?我要买条松狮啊"。第二个功能是让人家容易记住。所以得简单特别一点,就像"老王太太糖葫芦""黄瘸子驴肉馆"之类的。二毛一直坚持叫我张三,后来简称三儿。

二毛是个黑胖子,有点像他的松狮种犬阿里,脸鼓得像个包子。一头羊毛卷,总是忘了剪也忘了洗,蓬松着,像顶着一朵大菊花,脏兮兮的。他一年四季都穿耐克,我鉴别了一下,春秋穿的那套防雨绸面料、挂绒里子的是真的,其余基本都是假货。二毛现在都买真的也买得起了,但是二毛舍不得。不熟悉他的人容易被种犬阿里一俊遮百丑地唬住,以为二毛的耐克都是真的。但是我知道,二毛即使有10条价值16万的种犬阿里,也只舍得买一套真的耐克。话说回来,贩狗的人,天天一身狗毛、狗臊、狗臭气,穿什么都白穿。像我这样一回到家就洗澡然后马上换一身行头的,基本属于异类。二毛翻了翻他的水泡眼,"没准儿你真是投错了行"。我那条血统纯正,来自俄罗斯,出生证明和获奖证书摞起来足有一尺高的萨摩种犬普京被人毒死的那天晚上,他就站在我家的门厅,翻了翻他红肿的水泡眼,说:"没准儿你真是投错了行。"我没好气地说:"滚一边去!"二毛是个讲义气的人,或者他在心里一直希望自己能成为一个讲义气的人,像关二爷那样,所以他站在那儿没动。一把推开他摔门滚蛋的是小红——与我同居了两年的一个吉林女人。摔门之前,我当着二毛的面踹了她一脚,谁让她不停唠叨,事后诸葛亮!我免不了又要说说小红,像我喝醉了酒经常和二毛絮叨那样,说说小红。

小红挺不一般的。我是这么觉得。她长得漂亮,家里穷。大老远地来辽宁打工,孤身一人。按说应该做鸡。到洗头房,或者洗浴中心。只要她肯做,两三年就能衣锦还乡,或者碰着个贪恋她的有钱人,做个妾,日子也能过得不错。但是小红没有。她宁愿跟我一起贩狗。"你就知足吧。小红不做鸡,比做鸡可厉害多了。人家那是要留着身子傍个有钱的。你没钱了,扯你?"二毛喝得眼睛红红的,冲我扔过来这句话,像扔过来一碗醒酒汤。

普京去世小红跑了之后,我的生意一落千丈。为了买这条贵族种犬,我折腾进去十几万,以为从此以后一本万利,可以坐收渔利了。配种的钱,五千六千的,到手就和小红一起挥霍了。到现在,房子还是租的,车的贷款还不上,转给别人了。我那辆九成新的红色马自达6啊!

不说这些了。我还得活着。

我19岁开始贩狗。即便如二毛所说,真是入错了行,也只能错下去了。不贩狗,我干什么去呢?不在贩狗时间赚点钱,我在贩狗以外的时间拿什么去消费呢?我那么喜欢和二毛泡小酒馆,吃肉串、鸡脆骨、牛板筋、烤馒头,喝雪花啤酒。那么喜欢逛超市,买薯片、口香糖、长白山香烟、火鸡腿、枣糕和大枣口味的酸奶。那么爱看报纸——晨报、晚报、日报、《参考消息》、《北京青年报》、《法制日报》。按说这些也花不了多少钱,可总归是要花钱的。一个大男人怎么能被钱憋住呢?这不,看着报纸,赚钱的机会就来了。

晚报有一版叫《天天快讯》,其实就是广告。我特喜欢这一版。这个版面设计有特色，横平竖直切割成若干豆腐块，每个豆腐块里是一条信息，五花八门。比如，电子琴（加黑加大），下面小字是电话。这是招学员的。比如，歪脖老母（加黑加大），下面小字是电话、发团时间。这是组团去烧香拜佛的，据说很灵验。普京被害之后的若干天，二毛天天怂恿我去拜拜。当然了，我是不会去的。供在中国东北农村的歪脖老太太能保得了贵族血统的俄罗斯狗吗？比如，潘世江（加黑加大），下面小字是离婚、合同、债务，还有电话。这人是律师。我打电话证实了。因为二毛不同意我的判断，非说是私人侦探或者黑社会之类的。比如，二毛（加黑加大），下面小字是纯种松狮配，手机号。很像他的名片。那天我陪他到晚报广告部，措辞的时候，我说，你把二毛拿下去，换成阿里。二毛不听，说，凭什么换成阿里？我打的就是"二毛配种"这块牌子。我说只有卖狗的哥们儿知道二毛是人，不是纯种松狮。二毛还是不听，说，我愿意！再比如，寻爱犬艾薇儿（加黑加大），5000元（加黑加大），下面小字是电话。我的目光一下子定住了。我不可能错过这条信息。我连潘世江都不会错过，我怎么会错过艾薇儿？我兴冲冲地奔到二毛的店里。

我说，二毛，发财了！二毛的小眼睛在肿眼泡里瞥了我一眼，你想发财想疯了吧？阿里这几天正拉肚子。他起早贪黑地伺候。晚上与狗同床，还插电褥子。"操！我爹都没让我这么孝敬过。""你就当它是你爹吧。伺候不好就得送终了。""送终？死了它就一钱不值！"阿里看看二毛，又看看我，突然叫了一声。"它还有精神头生气？估计问题不大。"我把报纸举给二毛看。二毛的眼中亮光一闪："5000？"

我说："老规矩，你先领条蒙事的狗去打探消息，把狗的情况摸清楚了，我再去骗钱。"二毛眼中的光忽地灭了。"还老规矩啊？一次都没得手。""5000块啊！从来没这么多过。总得试试。"

对，总得试试。二毛最终同意了我的想法。反正闲着也是闲着，我们不去骗，也自有别人去骗。

2

我和艾小姐约在红旗广场。艾小姐就是艾薇儿的妈。她在电话里说，我家就在红旗广场附近，你方便吗？我说方便方便。我家离那也不远。（我家离那不是一般的远。）她说就是，薇儿也跑不太远。

临出门前，我拍拍艾薇儿的头，对她说，艾薇儿，现在你有名字了，记住了，艾薇儿。我又重复了一遍，艾薇儿。这次她抬头看了我一眼，似乎明白了这个古怪的发音与她有关。对了，艾薇儿就是你，我就知道，唯有你可担此重任，二毛所有的萨摩当中，就顶数你最聪明了，性情还好。她把脸转向一边，不再听我唠叨。可我还是控制不住唠叨下去。自从小红走后，我就经常在家里自言自语。二毛说，你领条狗回家里去，管它懂不懂的，也有个说话的对象，别一天到晚像大街上那帮对着耳机讲电话的傻逼似的。我说小红不喜欢家里有狗味。他的小眼睛"啪"地一瞪，我操！你还当她能回来哪？我懒得跟他理论，小红走的时候，本来就没说不回来。

我说，艾薇儿，根据你二毛爹打探来的情报，从各方面来看，现在你都和你妈说的一个样了。母狗（从名字上就猜到了），全白（有三处精心染过），四岁（谁能看出你三岁还是四岁呢），少一颗门牙。幸好是少一颗门牙，要是身上有块疤，一时半会儿的还做不好呢。对了，一会儿就见到你妈了。听声音，年纪应该不大，普通话说那么好听，没准儿挺漂亮的，她出了5000块钱找你，不用说，一定很有钱，你也算有福气。别人买你的话，2000块钱顶天了。所以，见了面，最好能跟她亲热点，她把你弄丢一个礼拜了，估计也记不大清楚你长什么样了。但愿如此吧。我对这事的把握并不大，以往的经验告诉我，那些丢了宝贝的狗妈狗爸们，总是一眼就看出来这个"孩子"是冒充的。说狗受了惊吓或者被自行车撞成了脑震荡也不行。

为什么我和二毛还坚持不懈地做这件事呢？因为，确实有人成功过。虽然没过几天就被失主识破，但钱还是骗到了，大不了废一个手机号。二毛其实对这事早就没开始那么上心了，他认为成功的几率比中彩票还低。但是他不愿意背弃我，尤其是小红背弃我之后，他觉得更有责任向我证明"兄弟如手足，女人如衣服"。

我说，艾薇儿，希望这次我们能成功，希望你妈妈是个弱智。我锁上门，跟隔壁的二毛打了招呼，带着她准备离开狗市。二毛头也没抬，对我说，阿里刚拉了泡屎，你要不要踩一下再走？我说，今天穿的是帆布鞋，弄上屎回头还得刷。我真不应该过来跟他打招呼，好像赚了钱不给他似的，每次都这么充满嘲讽地送我上战场。还是跟艾薇儿说话比较好。我边走边对艾薇儿说，按说，这次我们也不算黑你妈妈，因为你本来就是只公主一般的萨摩犬，虽然血统不怎么纯正，赶上好年景，把毛色好好染一染，你也能蒙5000块钱。可现在不是那什么CIP吗？到底是CIP还是CPI呢？我也弄不明白了。反正啊，就是钱毛了，买菜买房子还顾不过来呢，谁还花大价钱买你呀是不是？所以你就蒙不了那么多钱了。要说以前骗别人家长那会儿，那才叫惊心动魄呢。我和你二毛爹爹曾经把一只笨狗改装成了雪橇犬，雪橇犬的奶奶——一个患白内障的70多岁老太太马上都要点钱了，结果天突然下起了雨，她"大孙子"身上的毛开始掉色，摸了她一手黑乎乎的，气得她直哆嗦，抡起拐杖就打我们，说我们丧尽天良。幸亏我和你爹跑得快，要是胳膊挨上那么一下子，一准瘀青。你瞧你，多漂亮！你妈妈一准会喜欢你的……我发现，手里牵着一只狗在大街上唠唠叨叨，确实比对着耳机讲电话的那些傻逼们正常多了。没人奇怪我和一条狗说话，二毛的话是有道理的。虽然艾薇儿并不搭理我，只顾着在人行道树的脚跟底下嗅来嗅去。

  走到我眼冒金星，又打了15块钱的车，终于到了红旗广场。我一瞧手表，晚了5分钟，心说正点，就是要晚那么一点点，才像个拾金不昧的正人君子。

  艾小姐是个苍白的女人，当我握她的手时，瞬间冰冷的感觉，让我想到了吸血鬼。《暮光之城》那部片子就是这么说的，面色惨白，皮肤冰冷，吸血鬼都这德行。小红很喜欢那个男主角，脸像搽了白粉，唇色猩红，一副欠揍的模样。我说，你是不是犯贱？她一脚踹我屁股上，说，对，你变个吸血鬼给我看看。我才懒得那么变态，不过此刻我想，如果小红和艾小姐都变成狗的话，小红一准是满市场最欢实的，艾小姐嘛，蔫头耷脑，脱手之前得经常喂去痛片。但是她身上有一种特殊的气息，说不清是什么，却很吸引人，是小红身上没有的。

  我说，你这条狗，可把我累坏了，快给钱吧。然后尽量使劲喘粗气。

  她不看我，盯着狗。脸上是一种模糊的表情。

  我的心提了起来。

  她死死地盯着狗，突然说，艾薇儿，过来，让妈妈看看。

  我的大脑迅速开始旋转，如果艾薇儿不听话，怎么办？

  然而奇迹发生了，艾薇儿上前两步，开始舔她的手，还拼命地摇了两下尾巴。这个叛徒，选她真是选对了。

  艾小姐蹲下身，手从狗的头上轻轻抚过，眼神像子弹一般，密集地扫过艾薇儿的全身。我屏住呼吸，准备随时应对。我看到她试探地摸了摸狗的嘴，意识到她想看牙齿。果然，在艾薇儿温驯神态的鼓励下，她用拇指翻开了艾薇儿的上唇，一个完美的豁口呈现在眼前。艾小姐轻轻地皱了皱眉。难道拔错了？不是这颗？我的心再一次悬起来。

就在这时候我听到她说，果然是你。同时脸上现出了笑容。

我不敢相信这一切，尽量把声音放镇静，催促道，好了，母女重逢了，快点给钱吧。

艾小姐站起身的时候，脸色比刚才红润了些。她说，前面有个超市，门口有个提款机，你跟我过去取吧。她把艾薇儿牵在手里，向前走去。浅灰色风衣，白色长裤，白的帆布鞋，和艾薇儿还真般配，情侣装似的。

我在原地站了好一会儿，直到她回头唤我，怎么不走呢？我将脚向广场的一个大人物雕像踢去，疼。这一切都是真的。我对自己说，有时候，真的东西也可以像梦一样不真实。对了，这就叫梦想成真吧？但我随即告诉自己不能高兴得太早，这女人会不会是个反骗高手？一会儿取钱的时候不会要什么花样吧？还是跟紧点好。我快走了两步，并且不停观察着周围，会不会有同伙过来接应？突然有点害怕了，真应该让二毛跟着一起来，虽然他为了打探艾薇儿的详细消息已经牵着另一条蒙事的萨摩和艾小姐见过一面了，但此刻躲在暗处，总有个照应不是？

事实上一切顺利，电影中常见的打斗场面没有出现。艾小姐将分三次取出的百元钞票交给我，没有一点犹豫，她的心思，此刻都在艾薇儿身上，不停地胡言乱语。她说，薇儿，我们给爸爸发个短信，他听说你来了，说不定会回来看你……你哥哥偏不肯陪我，再也不回来了，还是你好，喜欢我……薇儿，你就住在哥哥的房间怎么样？睡我的床也可以，只要你爸爸没看见……超市的广播里放着一首钢琴曲，她断断续续地说着，声音无比动听。可我听了一会儿，还是决定迅速离开。不是怕她反悔。我现在可以肯定，她绝不会反悔。因为我强烈地感觉到，这个女人，脑子有点问题，就是说，我可能碰见了一个精神病。我用小得她几乎听不见的声音说，那好，我们再见吧。然后侧身迈步，准备离开。可只走了两步，她把我叫住了，张先生，你有急事吗？我吓了一跳，无奈地回过头，啊，是啊，有事，有事。哦，她又用刚才那种模糊的表情看着我，你能不能帮我个忙？帮忙？帮什么忙？我想进去买点狗粮，你在这里帮我照看一下艾薇儿，可以吗？啊，可以可以。我马上接过皮绳，做微笑状，愿意为美女效劳。她似乎苦笑了一下，转身进了超市。

不多时候，艾小姐面含微笑，满载而归。购物袋撑得鼓鼓的，依稀可见有罐装的狗粮、火腿肠、牛奶、冰激凌、德芙巧克力、大白兔奶糖……还有半个红灿灿的西瓜。她说，这些，都是艾薇儿喜欢的。My god！我在心里对着艾薇儿说，你这回可真是进了天堂。她将袋子放到地上，甩了甩手腕，对着艾薇儿说，可把妈妈累着了。我假装看手表，不看她。她也不接我手里的皮绳，继续念叨，要是薇儿能自己拿这些东西就好了。我靠！我在心里骂道，这到底是个什么女人啊？脸皮不是一般的厚。我还就不惯你毛病，我连小红的毛病都不惯，我惯你？你好看你自个儿的，我又没得着什么便宜。我把手机掏出来，低头假装看短信，拿狗绳子的手冲着她伸去。她无奈接过皮绳，站了一会儿，另一只手缓缓提起地上的大袋子，然后低低地说了声，张先生，再见！说完，步履有点艰难地向着广场北边走去了。我摸摸兜里的钱，心说，对不起了。

3

当我揣着5000块钱返回到二毛面前时，他像不认识我一样盯着我，老半天才憋出一句，这世界上真有这样的傻逼？我确定地点点头。钱不是假的吧？我又确定地摇摇头。他咧开嘴，发出周星驰般恣肆的笑声，一拳砸在我肩膀上，水泡眼像两朵小花般绽放。

看来瞎猫还真能逮着死耗子啊？这就是传说中的梦想成真吗？他当即宣布从这个礼拜开始买彩票，并兴奋地在地上走来走去。大菊花一颤一颤的，包子脸更大了。过了一会儿，他忽然停下来，问道，三儿，你说，如果我每天都不停梳头发，羊毛卷是不是最后也会开？他一直为他的羊毛卷苦恼，从我认识他起，这就是他一块心病，为此他还留过一阵子光头，可是他的头上有块暗红的胎记，像俄罗斯一位大人物似的，不过长在后脑勺上，剃光了头发才发现，可是已经来不及了。他和他妈大吵了一架，说这么大个事，你怎么不告诉我。他妈反驳他，多大个事？早都忘了。我记得那天他气呼呼地叫我出去喝酒，非说自己不是他妈亲生的，要不怎么姥姥家奶奶家往上数三代，就他一个人是羊毛卷？然后又问我，你知道二毛子是什么意思吧？我说我知道，别胡思乱想了，你的小名叫二毛，不是二毛子。而且就你那双水泡眼，典型的亚洲人眼睛，和西伯利亚普京海参崴啥的，都扯不上关系。此刻，我望着他头上盛放的大菊花，不忍心打击他。我说，兴许能行，要不你逮两根先梳着试试。他点点头，忽然又醒悟了似的，说，试个屁，烫都烫不直。我哈哈大笑起来。他说行了行了别傻笑了，走。干吗去啊？喝酒！这还没到饭口，喝什么酒？中了这么大彩头还不庆祝一下，什么饭口不饭口的，二爷我现在就想喝！我一想，也是，晦气总算到头了，走！

我和二毛迅速收了生意，打车直奔韩国烧烤街，进了一家平日舍不得去的店，二毛把手往桌子上一拍，啤酒！先来一箱！

不一会儿，牛肉、鱿鱼、明太鱼、烤串、板筋、鸡脆骨……摆了一桌子，都是我俩爱吃的。二毛用筷子"嘭嘭"撬开两瓶雪花，泡沫飞溅，我们一人抄起一瓶撞在一起，高呼"Cheers！"。

就在庆祝酒会进行到正酣之时，我的手机响了。我拿起来看了一眼，名字显示"爱犬艾薇儿"，这是寻狗广告上的词，看见广告的当时就被我存上了。我说，糟了，受害者找上来了。二毛一惊，抢过我的手机看了看，不接，听见没？千万不能接，准没好事。我没接，再响，还是没接。过了一会儿，过来一条短信：艾薇儿很好，真是多谢你了！我举着手机大笑起来，二毛，我现在是雷锋了，你赶紧敬我一杯，哈哈哈。二毛把手机抓过去看。看罢，一脸困惑，苍天啊！她到底是不是人类？怎么会这么弱智？然后转过头对着我，哎，这女的是不是长得脸惨白惨白的，身子骨精瘦精瘦的，说话不是本地口音？我说那叫普通话懂不懂？本地人谁没事闲的说普通话？我就问你，咱俩前后脚见的是同一个人吧？我说对呀，你不就是大前天领条笨狗假装艾薇儿去打探的消息吗？回来告诉我，母狗，全白，四岁，缺一颗门牙，然后咱俩就染毛，拔牙，今天我隆重出场的吗？别犯贫，我再问你，那女的是不是二十七八岁三十来岁？对呀。你觉得她有什么不正常吗？二毛用手指敲敲我的脑袋，这。我说，还行啊，虽然说话有点莫名其妙的，总体来说还算行啊，5000块钱都没数错。二毛不解地皱起眉，是啊，跟我说话的时候也挺好个人啊。你说，我领条笨狗去蒙她，她都没生气，对我特有礼貌，一看就很有教养。我说，对，就这样有教养的人才好蒙呢，她觉得别人啊，都有教养，哈哈。二毛瞥了我一眼，就你？有教养？我呸！我怎么了？我这模样，一看就是好人家的孩子，就你那贼眉鼠眼的，人家还未必把5000块钱给你呢！二毛并不生气,喝了口酒,摇摇头说,你说这要是蒙个傻老娘们吧,我觉得蒙也就蒙了,可是骗一个这么高级的漂亮妹妹,我这心还真有点不落忍。我看着满桌狼藉,心说,吃都吃了,还说这种屁话。

又喝了一会儿,我实在喝不动了。对二毛说,剩那4瓶别喝了,一会儿退了吧。二毛不同意,退什么退?我都能喝了。他看了一眼我的手机,接着说,三儿,听我话把号换了,一了百了。现在没看出来狗是假的,不等于明天看不出来,以后看不出来。染的那毛啊,顶多半个月,就得露黑茬。我没吭声。二毛不屑地看着我,瞧你那倒霉德行!你留着它干吗?你真以为她还能回来呢?说不定现在正躺在别人床上呢!我一把抓过手机揣进怀里,面无表情站起身,咕哝一句,我喝不动了,先走。酒宴的欢乐气氛被小红是否已经睡在别人床上的臆想打碎,我和二毛不欢而散。

二毛说得没错,我留着这个手机号,等小红。小红走后,我从未给她打过一个电话,但是,我总是感觉有一天,她会顺着电话线,回来。这个念头我不想告诉二毛。二毛的情谊深似海,但是二毛代替不了小红。

第二天下午收了市,二毛来到我的店,说要带我去游戏厅,玩"半条命"。那是道歉的表示。我说我不去。他说,操!跟你做朋友真他妈累。推门走了。

我在店里坐了一会儿,吸了一支烟,想不出来去干什么,于是决定回家。沿途在一个报刊亭买了几份报纸,天还大亮着,离晚上还漫长着。我很无聊,于是我拐进了超市。

超市是个很好的去处。明亮、热闹,最适合寂寞的人前往。每个货架前转一会儿,时间就迅速消失了。除了丰富的货品,还可以看人,各色的人。老太太带着小孙子,假装生气又溺爱地看着他把一个又一个袋装小食品扔进购物车里。中年夫妇漠然地互不搭理地往前走,从容选购高档货,显示他们物质的富有。年轻人,是的,每时每刻,每个超市里,都会有那么几对年轻人,热恋中的样子,黏黏糊糊地贴在一起,从我面前走过,像我和小红曾经做的那样,从我面前走过。

回到家,天终于黑了。

我把从超市买的土豆丝卷饼在微波炉里热了一下,又开了一瓶啤酒,打开电视。

刚要吃,手机响了。"爱犬艾薇儿",吓了我一大跳,我操,阴魂不散啊。发现是假的了?我一边吃饼,一边看着它响。也许,真应该把这个手机号扔了。

小红不会回来了。都走了半年了，要回来早就回来了。再说，她又不是找不到家。可是……她要是先打个电话，发现这个号码已经不是我的了，还会回来吗？我忽然有点烦躁，屋里到处都是小红的气息，越到晚上越鲜明，我拿起沙发垫子盖住那恼人的铃声。

艾薇儿她妈，那个姓艾的女人，那个和小红迥然不同的高级女人，她不让我安静地想一会儿小红，她的短信过来了。她说，艾薇儿突然拉肚子，好像要死了，求求你帮帮我。拉肚子？怎么会？没听二毛说这是条病狗啊？我看着短信，思量着，兴许是真的，那一大袋子乱七八糟的食物，人吃了也得拉。可是她为什么要找我帮忙呢？因为我认识艾薇儿？真把我当成艾薇儿的恩人了？若是不接电话也不回短信，她会不会反倒怀疑我呢？

我回，傻子，你带她去宠物医院啊。

她又回，我不知道哪里有啊。

我想告诉她狗市附近有一家，但是没敢。万一她在那一带发现我和二毛可怎么办？我回，我也不知道。

那边不再说话了。我想继续帮她想点办法，可是，忍住了。我有资格帮她吗？我不过是个骗子。我最好从她的意识中消失。她为什么要找我呢？如果不是发现这是个骗局，她的狗出了毛病，轮得着我帮忙吗？我是她什么人啊？真是莫名其妙。

隔天早上，我被手机短信的铃声惊醒。艾小姐：艾薇儿没事了，我求了一个诊所的大夫帮忙，呵呵。没事了？没事就好。没死就好。我回：祝艾薇儿健康长寿！她还用了个"呵呵"，是在为找了个大夫得意吗？据我所知，一般的大夫都不愿意给狗打针，但是只要给的钱多，请他们出山也不是多了不起的事。

我躺在床上，睁大眼睛回想着艾小姐的短信，难道说她还没发现艾薇儿是假的吗？

4

接下来的两天相安无事，我以为这件事就这么过去了。像列车驶过站台。但是她又在下一个站台出现了。

这天晚上，我正靠在沙发上百无聊赖地看电视。手机里飘过来艾小姐一条短信：你在干吗呢？我愣愣地看着这几个字，人仿佛一下子被卡住了。

眼前浮现出艾小姐的形象来：苍白，瘦弱，着灰衣，说普通话。身上有一种吸引人的气息，对了，这气息就是二毛说的，有教养。她为什么要问我这句话呢？想跟我聊天？还是发错了？我的手指在手机键上犹豫着……

我回：一个人，在家。鬼使神差般按出这几个字以后，我感到浑身有些发热。

我把电视音量收小，屏息看着手机。过了好一会儿，短信过来：哦，我也一个人。

我惊得从沙发上站起来，抬手关了电视机。不会吧？她真的想跟我聊天？我走到洗手间，站在镜子前，一张胡子拉碴的平庸面孔出现在眼前。马上泄了气。她那样的女人怎么会看上我呢？再说，她好像有男人啊。我想起她那天的胡言乱语，对着狗说什么你爸爸，你哥哥的。我记得有一句是"说不定你爸爸会回来看你"之类的。莫不是离婚了？

回到沙发里，我拿起手机：艾薇儿的爸爸不在家？

艾小姐：他们还没见面呢。

还没见过？出差了？还是两地分居？我琢磨着，忽然对这位艾小姐产生了好奇心。

接下来的几天，艾小姐都在晚上九点多发短信来。话题五花八门，只是不再提艾薇儿爸爸的茬。她问我现在看什么电视剧，我说《雪豹突击队》，挺好看的。她说国产剧没什么好看的，你看美剧吧。最近有一部叫《别对我撒谎》，讲一个心理学博士通过人的表情来识别谎言，帮警察破案，很有意思。说得我心里一惊。又问我读什么书，我有点窘，回说工作太忙，没时间看书，就看看报纸。她说时下流行侦探小说，你若有时间，可以看看东野圭吾，写得很好，推理好，文笔也好。我说好。她又问，你喜欢听音乐吗？这次我考虑了很久，慎重地说，我喜欢听陶喆和雅尼（其实我更喜欢周杰伦，雅尼只知道一首曲子，站前广场以前在晚上总放，很雄壮，好像有多大事似的）。但是艾小姐告诉我，雅尼近年没有好作品，班得瑞也不禁听，还是肖邦百听不厌。我的手心出汗了，脸涨得通红。幸亏她看不见。每次跟她聊完，都觉得自己要虚脱了。她问我做什么工作呀？我踌躇了一会儿，说是做电脑工程的。她问，开发软件吗？我含糊地说，负责一点管理。

然后忙问她干什么工作。她说，我以前在出版社工作，现在辞职了。我说为什么辞职？是不是嫁了个有钱的老公啊？她说，想自己做点事情，还没想好。我问是想做生意吧？她回说，不知道。我说你好像不是东北人吧？她说你看出来了，我是安徽人。一个人在东北？她说，不完全是。有时候她会跟我谈星座，像个很迷信的小女孩，但是说着说着就会把人分析得深入骨髓，让我心生敬畏。有时候她又跟我讲小时候，说我们这代人很幸福，尤其是小时候，物质虽不那么富有但大家都很快乐。但是大学毕业后就开始不幸。社会变了，人也跟着变了。我说你有什么不幸？那么有钱。她说，我原也以为有钱会很幸福，但是现在发现，不是那么回事。我心里不舒服，酸酸地说，你是饱汉子不知饿汉子饥。她说，你若像我一样，也会觉得没意思。我问，你什么样？她又不说了，转移话题，说，我们谈谈小时候的动画片吧。这个我感兴趣，有说不完的话，那天晚上，我们聊到了后半夜，意犹未尽。我和小红在一起两年好像也没说过这么多话，谈话内容从来没有这么丰富过。

我一下子爱上了晚上的这段时光。我开始在白天没事的时候泡网吧，去搜索那些艾小姐提到过的内容，然后把牛逼的句子编辑成短信存在手机里，等着与她交流的时候装作很随意的样子发出去。我甚至在周围闹哄哄的视频话聊背景中一个人插上耳机听肖邦。

二毛觉得我不对劲，问我，最近你怎么神秘兮兮的，泡妞呢？我不愿意跟他讲，含糊地点点头。他说这就对了，别一棵树上吊死。三儿，虽说你长得不算好看，可是你这身材，在男人里那得算一流的，色女看到要流口水那种，小红根本配不上你。我说行了，别忽悠我了，八字还没一撇呢。说完这句话，我被自己吓了一跳。

回到家里，我再次来到镜子前打量自己，真的像二毛说的，身材让人流口水吗？那么她呢？我笑了，怎么可能呢？我这档次，和人家差得太多了。可是，她为什么这么喜欢和我聊天呢？她没有别人可聊吗？她的男人晚上一直都不在家吗？

这天晚上，我一直在等艾小姐的短信。我甚至预先编好了一个笑话存在手机里，准备她一来信息，我就发过去。但是，没有。有几次我想先给她发，又担心她家里有人，比如艾薇儿的爸爸回来了，那样就不好了。想到这里，我忽然感到有点落寞。我觉得这个晚上无比漫长。当电视屏幕出现零点的时间时，我起身准备睡觉。可是睡意全无。我站在洗手间的镜子前,问我自己,张三,你这是怎么了?

漫长的两天过去后,我又等来了艾小姐的短信。这一天,她好像心情不大好,问我一般不开心的时候会干什么。我说喝酒啊,喝酒最管用了。她说对呀,我怎么没想到呢?然后过了半天,她过来一条信息,你一般喝什么酒?我说最喜欢雪花啤酒。她说,哦,那我这红酒就不请你喝了,呵呵。我好像看到了她的样子,脸红红的,端着玻璃杯,像电视剧中的女子。我问,你老公还没回来吗?"老公"这个词,我早就想用了。我越来越想知道答案。没想到她马上回复道,谁跟你说我结婚了?我看着这条信息,手抖了一下,心竟然怦怦跳起来。我迅速把那个笑话发给她。然后问,现在心情好些吗?她说,有意思。你这人心肠还挺好的嘛。这句话有点像针,刺了我一下。我能算心肠好吗?我难道不是个骗子吗?仿佛从云雾里一下子跌回到地面。

与艾小姐互道晚安后,我陷入了一种难言的空虚。我算了算,十天了。从红旗广场见面到今天晚上,这十天像梦一样不真实,也像梦一样奇妙。这一切都是真的吗?二毛的话在我耳畔响起,顶多半个月染过的毛就得露黑茬。再过五天,她就会知道我的真实身份。我看着手机,确切地说,我穿过手机的壳看着那张SIM卡,五天之后,就要把它丢掉吗?我现在比从前更舍不得丢掉它。

5

这一天,我正在二毛的店里帮他忽悠一个大胖子女老板,她看上一条松狮,二毛唱白脸我唱红脸正在谈价钱呢。艾小姐忽然来了一条短信:昨晚上忘了问你,艾薇儿这几天怎么在屋里到处尿尿啊?以前不是这样的。

尿尿?不应该啊。就算这条狗不纯,也是成年狗,怎么说也不会像小狗一样到处尿尿啊。我问二毛是怎么回事。他头也没回,还用问,发情了。我一想,是了。艾薇儿也该发情了。我告诉艾小姐,你家公主想找对象了。

短信的事我一直没告诉二毛。如果对他讲了,说不定他会把我的手机扔了。因为,很显然,这是一件很危险的事。打发走了女老板,二毛想起来问我,谁的狗发情了?什么狗啊?要是想配,让他找我啊。我只好说行。恰巧这时候,艾小姐的短信又过来了。二毛眼尖,一眼扫到屏幕上"爱犬艾薇儿"几个字。我操!

她怎么还给你发短信呢？啊？然后一脸疑问地看着我。我拿着手机不知说什么好。二毛一把夺过我的手机，按开短信：那你帮艾薇儿找个对象吧。敢情是她的狗发情了？二毛的水泡眼一瞪，三儿，你这段时间一直都跟她有联系吧？我说你想哪去了，这不是狗有事吗，大概想起我来了。三儿，不是我说你，你可得离她远点，耗子可不能给猫当三陪呀！我说，她好像没觉得狗有什么问题。那可难说，这都十来天了，也快露馅了。你说她的狗想配种是真的吗？该不会钓你上钩，再找警察把你逮起来吧？我说不会吧？

　　回到家里我一直思量这事，怎么回答艾小姐？那条给艾薇儿找对象的短信还没回复呢。找个托辞拒绝吗？也不是不行，然后就等着大限一到，扔掉手机卡，让一切都消失？那剩下的这几天也毫无意义了。我从现在开始就已经不是她心中的正人君子了。忽然间，觉得心里很不好受。

　　这时二毛的电话进来。他冲口就说，三儿，我合计了一下，这个赚钱的机会咱们可不能错过。我说，你说啥呢？莫名其妙的。少装糊涂！他有点不耐烦，说啥你不知道？给艾薇儿配种啊！说什么呢你，不怕给猫当三陪？动动脑子啊——二毛拉了个长音，这事啊，我仔细合计了一下，可以办。怎么办？咱俩都不用出面，这么着，叫你二哥去。我找条狗交给你二哥，让艾小姐和你二哥联系，他们自己定时间地点。配狗总不犯法吧？就算警察去了，也不会抓你二哥的。赚了钱，咱们仨分。你看怎么样？我从心里佩服二毛这个主意，我说，二毛，你真是块做生意的料。二毛有点得意，总不能有钱不赚吧？何况咱们还是干这个的，你说是不是？我看那女的有的是钱，趁着艾薇儿身上的黑毛露出来之前，咱们再宰她一笔，然后就彻底消失，你听我的，干完了这次，就把你那手机号换了。我沉吟了一会儿，说，二毛，这次给她配不是不行，只是咱能不能正常给她配？二毛犹豫了一下，三儿，过了这村可就没这店了。你该不是惦记上这女的了吧？我告诉你，一点戏都没有，她跟我们不是一路人。再说，你还骗过人家。我说你别瞎猜，没那事。正常配你也是赚，再说，我们都黑过她一次了，这心里……行行行，二毛打断我，就按你说的，给她找条好狗，但是价钱得要多一点，6000，一分不能少。

　　事情就这样说定了。我马上跟艾小姐联系，在短信里说完价钱，她没有表示任何异议。我说那就等我和那边定好时间再通知你。她说，好。

晚上躺在床上，我翻来覆去无论如何睡不着了。习惯性地拿起手机，已经后半夜了。我打开信息箱，艾小姐的短信都整齐地躺在里面。我翻开，一个一个地看，想象着她的样子，想象着那些夜晚。她的面容已经开始模糊，身体却越来越鲜活……这一切都要结束了吗？或许还要结束得更早。

早上起来，我做了一个决定：去见艾小姐最后一面。

两天以后，我早早来到狗市，牵上那条即将与艾薇儿做爱的公狗，迅速返回家。我没有告诉二毛我的决定，只对他说把狗给我哥送去。

在回家的路上，我拐到干洗店，取回两天前送来的西装。进门后，我把狗关进阳台，然后冲到卫生间。我要洗个澡，还要仔细地刮一下脸，再吹一下头发，打一点定型膏。我用了阿迪达斯沐浴露，这是我昨天晚上特意去超市买的，它有一种淡淡的男士香水的味道，能遮住我身上的狗味。衬衫也准备好了，是条纹的休闲款，这样就可以不用打领带，显得随意一些，洒脱一些。还有鞋，很久不穿的皮鞋，一会儿需要仔细擦一下。还有什么呢？对了，还有口香糖，出门的时候要嚼两块，再带上银行卡，或许能吃顿饭吧？希望如此。我也不知道。

当我忙活完这一切，离与艾小姐约定的时间还有两个小时。我站在镜子前，打量着张三，我很满意。张三没法更帅了，配得上与艾小姐站在一起了。

我牵着狗走出家门，天气很好。树很好，草也很好。街道很好，行人也都很好。我慢慢地走，慢慢地被风吹，头发要稍微乱一点才自然，还有足够的时间。

如约抵达红旗广场，艾小姐还没来。

我点了一支烟，边吸边等。记得她上次是从北面过来的，那有一片高档住宅区。我看着那个方向，想象着她会穿什么衣服，我能远远地认出她来吗？我希望她来得晚些，再晚些。

然而最终艾小姐没能来。我等到的是她的一个电话。

6

艾小姐住院了，严格讲，叫住院观察。因为突然昏倒这种事，以前从未发生过。医生建议她做一个全面的检查。

那天她在家里给艾薇儿洗澡，准备带它出来会男朋友。可能是蹲的时间过长，站起来的时候突然就昏倒在洗手间。一个小时之后她苏醒过来,感到心脏十分难受,已经站不起来了,勉强够到电话,打给了我。

我按照她微弱声音的指引,迅速赶到她家。看到她的样子吓坏了,背起来就往医院跑,中途她又昏了过去。抢救过来之后,她的心率一直不稳,医生说暂时不能和家属说话。我就在重症监护室外边等着,表现得很焦急,大概是那样的表情吧。他们自然而然就拿我当家属了,理所当然地要我去办住院手续,并严肃地告诉我,遇到这种情况要让病人平躺,然后打120,不能没头没脑地背。

晚上七点多,艾小姐被推回病房。看到我,她歉意地笑了笑,然后似乎想说什么。我示意她别说话。她还是努力把嘴唇拢成一个喇叭形,半天,发出一个音,狗。我这才想起来,因为情况紧急,没顾上两条狗,它们现在都在艾小姐家里。艾小姐这一住院,没人管它们了。现在我基本可以断定,艾小姐是一个人住,即便有亲密的人,也不在身边。否则,她不会在苏醒过来之后第一个想到给我打电话,而且在再次苏醒过来之后只想到狗。想到这些,我说,你放心,我会照顾好狗的,一会儿就把它们接到我家去,你看行吗?她笑了,指指裤兜,示意我拿钥匙,然后疲惫地闭上眼睛。这笑容让我欣慰。

我打车回到艾小姐家。这次我仔细打量了一下房间,这个神秘女人的家让我好奇。两居室,面积并不大,装修也没有我想象中豪华,只是客厅中有一架白色钢琴让我印象特别深刻。她就是经常坐在钢琴旁给我发短信的吗?等待我回复的时候就弹一会儿?我注意看了一下,屋里没有男人的照片,也看不出有小孩子的痕迹。证实了我的猜测。两条狗已经将屋子弄得凌乱不堪,不知是不是已经做过该做的事了。我把艾薇儿叫到跟前,用手指翻开它的毛——这是我来此的路上一直惦记的一件事。谢天谢地!她依然是一只白雪公主。

带着两条狗回到二毛处,我只跟他说没配成,艾小姐突然住院了,狗先放咱们这给照看一下。二毛当然很惊奇,一连串问了我好几个"怎么回事"。我简单解释了一下,并不顾他的强烈反对,马上要折回医院。二毛是有足够理由惊奇的,明明出去的时候是为配狗的,怎么突然间管起人住院来了?他打量着我,三儿,你怎么弄得像新郎官似的?不是你哥去的吗?你怎么知道她住院的?回头我再和你细说。三儿,你到底在搞什么鬼?这一阵子就觉得你不对劲。我说我得走了,对不对劲的,两条狗现在不是都在你手里吗?二毛看看狗,可也是。又一把拉住我,我看你还是别去了,要是她摸清你底细就不好了,随时都能把警察招来。我说她现在人事不省,报不了案。二毛有点急了,那你更不能去了,回头再死你手里,咱说不清楚。我说那怎么行啊?住院押金都是我掏的。二毛听了一跺脚,在我后面骂,你个傻逼!

回到病房,夜已经深了,艾小姐躺在床上,安详地睡着。值班医生说,病人现在情况稳定,你可以休息了。

我端详着艾薇儿,这个名字是我在办住院手续时脱口而出的,我不想让人知道我连她的名字都不晓得,那样我要多说很多话。艾薇儿的脸色比原来更加苍白了,除此之外,她呼吸均匀,表情舒展,完全不像个病人。白色外套和牛仔裤被整齐地叠过,平放在椅子上。应该是护士整理的。手机被放在床头。

她的一只手放在被子外面。那是一只漂亮的手,白嫩,纤长。我似乎看到它在白色钢琴上跳舞,自信而娴熟。这瘦弱的身体里,原来埋藏着那么多令人神往的秘密。我看得出了神。

手机在此时震动了一下。我犹豫了片刻,决定看看,毕竟现在是非常时期。

小巧的白色手机是触摸屏的。我用手指敲了一下屏幕,屏幕亮起来,显示是一条短信,下面是来电人:老公。这两个字让我吃了一惊。她不是说没结婚吗?短信里说了什么呢?我被一股强大的力量攥住,忍不住打开了那条短信。

只有一行字:明晚我过去。

过去?我推敲着这个词,一个被称作"老公"的男人对"老婆"的家只是有时候"过去"?这意味着什么呢?我看着艾薇儿,她一动不动地安睡着,那么美,尤其是这种放松的状态。可这么美的女人,在病中的夜里,除了一条只有传达意味的短信之外,怎么就没有人惦念她呢?现在似乎能理解她为什么会出5000块钱找一条狗了。我把那只漂亮的手抬起,放到被子里。呆坐在她床前,不知过了多久……

第二天早晨,当我被强烈的阳光刺醒,艾薇儿已经在地上走动。

她面颊红润了些,冲我笑一下:"你醒了?帮我办一下出院手续吧。"

"出院?"我一愣,"不是说要观察两天吗?"

"我和医生咨询过了,他们说一会儿量一下血压,做个心电图,如果没有问题,就可以出院。"

"哦。"我注意到她手里拿着手机,有点尴尬。她却没提短信的事,转过身,对着窗玻璃理了理头发:"我看起来还挺精神的吧?"

"是啊!挺好的。"我站起身,披上衣服往外走。心中莫名的有点恼火。

到了住院处收费室,艾小姐的主治医生也在,正给一个办出院的病人家属解释收费情况。他有些疑惑地看着我,问道:"真要出院?""是。"我很肯定。他摇摇头:"我建议还是再观察两天,弄清楚病因。最好验一下血,再到精神科做一下心理咨询。""心理咨询?为什么?""我怀疑她有抑郁症,这可能是病因。""你为什么这么怀疑?"我的好奇心又蠢蠢欲动。"别误会。"他摆了一下手,"是因为查不出器质性问题。"他显然以为我的质问表达着身为家属的不满。又补充道:"现在这个社会,谁没有压力呢?但是每个人的承受能力是不同的,释放的方式也不同。"我回味着他的话,想着艾薇儿神秘莫测的生活和反常的言谈举止,觉得他的猜测很有道理。医生以为我在担心,拍拍我的肩膀说,出院后找个机会去做下心理治疗也好,现在好多人都做,不是什么大不了的事。我接过退还给我的几百块钱,心说我担什么心,又不是我把她弄成这样的。

回到病房,艾薇儿却不见了,连同她的衣服、钥匙、手机,全都不见了。保洁员大姐正在打扫房间。我问:"人呢?""不是出院了吗?"她奇怪地看着我,似乎想探究什么。我操!忽然有种被涮的感觉,看着手里的医疗费收据,愤怒从心底油然而生。爱犬艾薇儿,你个骚货!一分钟都等不及,怎么不抑郁死你!

7

艾小姐仿佛蒸发了一般,消失了。"爱犬艾薇儿"这个名字再也没有从我手机的电话簿里蹦到屏幕上来。每次有短信的铃声响起,我都非常紧张。我设想着,如果是她的短信,我第一句话对她说什么?但打开信息,十回有九回都是垃圾广告。时间一点点流逝着。有几次我想给她打个电话,或者发个短信。可说的其实很多,比如身体怎么样了,艾薇儿挺好的,你什么时候来领回去?但是,如果我还是她心中那个艾薇儿的恩人,那个在夜晚与她聊天的电脑工程师,那个背着她去医院并为她垫付医药费的男人,她难道不应该先跟我说句谢谢吗?

离我原定扔手机卡的日子已经过去一周了,艾薇儿身上的黑毛如期露出来了,我想，也许留着这张卡已经真的没什么意义了。

二毛感觉到了我情绪的变化，几次想拉我出去喝酒，都被我拒绝了。到底发生了什么呀？他小心地探问我。换来的是我的沉默。我从来没用过沉默的方式来表达不高兴，即便是小红跑了之后的那段灰暗日子，我也是通过喝酒来解决心中的郁闷。这让他很吃惊。他转而安慰我，住院费不就是1000多块钱吗？艾薇儿咱俩一人宰了她2000多，你还是赚。我不吭声。他又接着说，狗不是还在我们手里吗？不赔！我还是不吭声。不过说到艾薇儿，这阵子我倒一直惦记着一件事，就是把狗毛再染一染。那天，在艾小姐家见到艾薇儿时，我就有了这个念头，等黑毛露出来之后，一定要再染一染。不过现在，也许没有必要了。

又过了些日子，我终于决定弃用这个手机号，包括已经破烂不堪的手机。我和二毛到手机市场溜达了两回，已经看好了一款新的，手机号也准备买个189的新号段，与139的日子彻底拜拜。

一切仿佛又回到了从前，我准备全身心投入到贩狗的事业中，游说我两个哥哥一人拿出10万块钱，准备再买条差不多的种犬，正经做生意，希望能再创事业的高峰。只是我不再喜欢玩"半条命"，而是迷上了肖邦。我把MP3里的周杰伦删除干净，都换成了肖邦。在回家的路上，我沉浸在音乐中，常常忘了自己是谁。

这天，我正和二毛在店里热聊着美国的狗选美大赛的事，手机响了。是"爱犬艾薇儿"，而且是一个电话。我呆住了，我没想到这个名字有一天还会从电话簿里跳出来。二毛也愣愣地看着我。良久，我按开通话键。我不知道我会说什么，我听到我说，你还活着呢？

那边没有生气，有笑声，说，还行，没死。

沉默。我等她说。

她说，那天……真是谢谢你了！

一丝安慰狂喜着从心底涌上来……

她说，后来有点急事，先走了。你别介意。

我依然沉默，听她说。我知道，她要说的还有很多。比如关于艾薇儿。

果然。她问，我的艾薇儿还好吧？

我说，好得不得了，就快管我叫爸了。

她笑了一下，这就好。然后问我，你什么时候方便？我请你吃顿饭，表达一下感谢。另外，医疗费得还你。

吃饭？这事我可没料到，有点不好意思了。我说，那啥……不用……

她说，要的，我要离开这儿了。以后……恐怕再也见不到了。

这样啊？我又吃了一惊。

我们于是约好明天晚上。

放下电话，我冲二毛说，赶紧的，把艾薇儿领过来，明天得还人家。

二毛翻了翻眼珠，手抚了抚乱蓬蓬的头发，突然一捂肚子，哎哟！不行了不行了，我先上趟厕所。说着，往门边挪。

我一把拎住他的衣领子，上厕所？骗谁呢你？我太了解二毛了，他在撒谎之前总是动作过多。

二毛的包子脸憋得通红，用水泡眼可怜地看着我，三儿，你别生气。

我生什么气？啊？怎么回事？

二毛用手抓着脑袋上的大菊花，狠了狠心，三儿，实话告诉你吧，卖了。

卖了？我抓住他的肩膀，不敢相信。卖了？你竟然瞒着我卖了？啊？前两天我还看见它在你那边呢。什么时候卖的？

就昨天，一早来了个老板，一眼就看中了，当时就甩出2000块，2000还不卖？那不是傻吗？我这还没来得及染呢，要是染染，估计3000也卖了。二毛说完咧了咧嘴，三儿，手轻点，疼。

我一把将他推出去，真不是东西！我怎么跟人交代？

交代什么呀？二毛一脸不屑，要不说你这人傻，把电话号一换，不就全解决了吗？反正你也要换了。这都这么长时间了，谁知道她还要不要啊？一条萨摩前前后后卖了7000，就现在这行情，偷着乐去吧你！他整理着衣服，继续嘟囔，平白地得3500块钱，还想怎么样？

我已无话可说。因为，我是这场骗局的一部分。

钱呢？我没好气，把钱给我！

8

第二天晚上，我比约定的时间提前到达饭店。

坐在包房里，我点了一支烟。我要趁艾小姐到来之前的空当，想想一会儿该说什么。我是个不善言辞的人。对一个不善言辞的人来说，要表达这么复杂的事情，有点难度。我摸了摸揣在裤兜里的5000块钱，好在钱能说明一切，它能帮我省掉很多话。

昨晚，我想了半宿，最后弄清了一件事，如果我还想继续撒谎的话，那么今天就不必坐在这里。像二毛说的，把手机里的卡拔掉，扔进厕所，按一下水箱的冲水按钮，就行了。非常简单，一了百了。她不是要离开这里了吗？再也见不着了吗？那还见这多余的一面干什么呢？但是，我总觉得哪里不对劲，说服不了自己。拜拜了，亲爱的5000块钱。二毛若是知道我又搭进去1500，一准还会大骂我傻逼！卡棱子！……我是不会告诉他的。这是我张顺飞自己的事情。

艾小姐在服务员的引领下进来了，我停止了臆想。

她缓缓在我对面坐定，抬头笑了一下，你能来，我真高兴。这一笑，不知为什么，很苦涩。这段日子没见，她看上去憔悴了很多。

我问，你身体怎么样了？

她说，没什么大碍。

她叫服务员拿来酒水单，两人点菜。出乎我意料，她竟然要了白酒。

不一会儿，酒菜齐备。她亲自倒了酒，然后举起杯，张先生，那天晚上，真谢谢你！真的，非常感谢！说完，干了。

我被她的诚恳感动了，什么也没说，一饮而尽。

气氛马上变得很融洽，我不忍心破坏。她也没有马上问到艾薇儿，让我很释然。

大厅飘过来轻柔的音乐，她的脸红润起来，把玩着小巧的玻璃杯，显得分外迷人。我一定傻愣愣地盯着她瞧了半天。瞧到她有点受不了，放下酒杯，低头夹菜吃。过了一会儿，她忽然想起什么来，拿过皮包，从里面取出一个信封，推到我面前，张先生，这是那天的医疗费……我后来又回医院了，可你已经走了。

我接过钱，有点疑惑，又回医院了？一大早你急三火四地干吗去了？

她整理了一下头发，缓缓说道，我给美容院打电话，问那天有没有时间给我做美容，一向都是需要提前一天预约的，我也拿不准，没想到美容师告诉我早上恰巧没订出去，我就赶紧去美容院了。真是不好意思，也忘了跟你打声招呼。说完，她歉意地笑了笑。

原来是这样！我想起那条短信来。她就是为了它急着出院，急着去做美容的吧？

她似乎看出了我的疑问，却没有顺着答案的方向说，而是转移了话题。她问，张先生，你有女朋友吗？

我说，已经分手了。

哦，她若有所思，举起酒杯，张先生，你人这么好，一定会找到一个好女人的。来，为你的美好未来，干一杯。

我看着她，也为你的美好未来吗？

对，也为了我的。她干了。

我看着她又变得模糊的目光，不知说什么。

真好，你能来。好长时间没人陪我喝酒了。她给自己倒了满满一杯，一仰头，又干了。

我将酒瓶拿到自己身边。艾小姐，不急，慢慢喝。对了，我想起来问她，还不知道你叫什么名字呢？

她一愣，随即笑了，是啊，名字。也许以后，我就叫艾薇儿了……

我讪讪地笑着，表面上有点不好意思，心里却对自己说，张三，你个傻逼。聊过几次天，以为她就信任你了吗？

我的眼神泄露了内心的信息，她收起笑脸，对我说，张先生，你别误会，我的意思是说，我真的准备以后就用艾薇儿这个名字了。

我不解地看着她。

她低下头抚摸着酒杯，自语般地，薇儿是我小时候的名字。

这样啊，明白了。我想起了那些夜晚，她无数次地在短信中提到"我们小时候……"，心底涌起一股暖意。

我抬手将两个杯子斟满。举起自己的，来，干杯！为了小时候！

她也端起自己的。两个杯子撞在一起，发出清脆的响声。我看到她脸上浮起一片温暖的光。

大厅里的音乐此时转成了钢琴曲，我们都停止了吃菜，聆听着……一曲终了，我说，多好啊，肖邦。她吃惊地看了我一眼，随即会心地笑了。

接下来的谈话很舒服，在肖邦的映衬下，我放低了声音，学着她的样子说话，夹菜时手活动的幅度也不知不觉小下来。这种感觉很奇妙。让我享受。

聊了一会儿，她忽然有些伤感，盯着空杯看了半天，然后说道，你看到的我手机里那个叫"老公"的电话号码，已经被我删除了。说着，一滴泪掉进菜里。

我一下子不知所措，慌忙给她倒酒。

她端起来一口喝干净。

分手了？婚外情吗？她的事情我依然那么好奇，渴望探听。忍不住小心问道，为什么呀？

不明白是吧？她看着我，突然充满嘲讽地说道，我就是传说中叫"二奶"的那种女人啊！我吃惊地张大了嘴。她看着我，继续说道，看到了吧？不是美若天仙像狐狸精，也没有三头六臂像母夜叉。我回过神来，呷了一口酒。她似乎还不过瘾，发泄似的继续说着，我被人秘密包养，不用上班，有钱花，随便买漂亮衣服、名牌手袋。说着敲了敲她的皮包。我这才注意到包是香奈儿的。她的情绪明显有点失控了，手有点抖。我想打断她，举起酒杯。但是她不理我，沉浸在自己的情绪中。可是我寂寞，太寂寞了！他只有想要我的时候才来，要完了扔下钱马上就走。你知道那种日子吗？你当然不知道！你又不是女的。我无可奈何，只好自己喝酒。她并不想让我参与进来，只自说自话，我后来想生个孩子，但是没有成功。我瞒着他，死撑到六个月，最后还是做掉了。是个男孩，你知道吗？她嘴一咧，突然大放悲声。服务小姐马上推门进来，我尴尬地连说不好意思，没事没事。她看了看她，又看了看我，似乎明白了什么的样子，什么也没说又出去了，将门严严实实地关上。

一个优雅的女人瞬间就变成了一个泼妇，如果不是亲眼看见，我无论如何不会相信。长期以来承受压力的结果，大概就是这样吧？太可怕了。这还是那个与我短信聊天的有教养的女人吗？我感到心有点难受，忽然想早点离开这里。

她哭了一气，心情似乎好了些，又给两个杯子斟了酒。来，喝，今天真痛快！真应该早点儿找你出来。

我喝了一口，进入话题，这么说，你要离开这儿了？

是啊，再也不想回来了。

哦，那要去哪里呢？

回老家。

回家挺好，家里亲戚朋友多，就不孤单了。准备做什么呢？

还没想好。不过，肯定不用再养狗打发日子了。

说到正题了。我清了清嗓子，艾小姐，艾薇儿它……

她打断了我，对了，我正要说这个事呢。她整理了一下头发，双手在脸上搓了搓，我这一走，也不能带着它，张先生你人这么好，艾薇儿……就托付给你吧！

我一惊，险些碰掉了筷子，这个变化，完全在我的意料之外。我不知说什么好，愣愣地看着她。

她仿佛表达完了所有想表达的（可能也包括大哭），显得很轻松。

我在柔和的灯光中注视着她，陷入想象。就是那个男人，那个被她称作"老公"的男人，将她消磨成现在这个样子吗？苍白，瘦弱，神经质，歇斯底里？

我问，你爱他？

她将目光放远，仿佛看着那个男人在说，他是我见过的，最成功的男人，又懂得哄女人。他和一般的男人，不在一个层面上。任何一个女人爱上他都很正常。

我操！这话让我自惭形秽。

我错就错在，高估了他对我的爱，以为他总有一天会变成我的老公。现在，我终于明白了。她神色黯然，将我面前的长白山香烟盒拿起来看了看，又闻了闻。我以为她想抽，忙举起打火机。她摆摆手，怀孕那会儿就戒了，后来就再也没抽。可是，经过了这么优秀的男人，我还能爱上谁呢？

我无声地端起酒杯，喝了一大口。我不想吹牛，真的觉得，她眼中此刻的悲哀，能杀死人。我问她，他是做什么的？这男人让我好奇。

她没有回答我。沉默了一会儿，看着酒杯，我答应过他，要保守秘密。

哦！我张了张嘴，心里骂自己嘴贱。

谈话陷入僵局之后，我重新开始焦虑。

我知道，该面对狗的问题了。来此之前，我只知道这次会面不能告诉二毛，尤其是我想坦白真相，把5000块钱还给艾小姐这件事，打死都不能说。我很不自信。在未来那么多个和二毛吃肉串喝啤酒的晚上，要守住这个秘密，不知自己能不能做到。坐到这里之后，我一直在试着找机会开口，但我发现，开口比我想象的难多了。可是刚才，艾小姐突然说回老家，要把艾薇儿托付给我，一下子打乱了我的计划，一个新的方向出现了。这5000块钱还要不要拿出来？要不要将我和二毛合伙骗她这个秘密就此守住？也许，顺势替她照管艾薇儿，什么也不说，就当什么都没发生，也未尝不是个好的选择。我被这些思虑推来压去，快要爆炸了。

酒已经没有了，我开始抽烟，以缓解心中的纠结。我不明白，老天为什么要这样折磨我的心？我只是个落魄的狗贩子，不是天将降大任的那个人。难道就因为用假艾薇儿骗了她吗？我看着她叫服务员进来，掏出红色的钱包，拿出钞票，买单。可它为什么不去惩罚二毛呢？他那么胖，比我禁折腾。

我听到艾小姐说，张先生，艾薇儿就拜托你了。我们认识，也算缘分。后会有期吧。再见了！说完，她站起身，向门口走。

在她的手够到门把手的瞬间，我终于决定了。

我将5000块钱掏出来，放到桌上。我说，等一下，把这钱，拿回去吧。话一出口，顿时轻松多了。

她回过头，吃惊地看着我，又看看钱。张先生，我不是要把艾薇儿卖给你。

我知道。我将烟捻灭，沉吟了片刻，吃力地说，这个艾薇儿……是假的。我是个狗贩子，我骗了你。……对不起！

沉默。所有的声音都消失了。

艾小姐站在门口，良久，移动步伐，走到我身边。又是一阵难堪的沉默。然后，有颤抖的声音传过来："应该道歉的是我！张先生，从来就没有报纸上的那个艾薇儿。那条狗，是我凭空想象出来的。是我……用来打发寂寞的……一个游戏。"

我张大嘴巴，呆住了。老半天才回过神来。我寻找着她的目光，发出结结巴巴而奇怪的声音："那……那些短信呢？"

她的身体一抖，手扶住了餐桌，咬了咬嘴唇，却什么也没说出来。我逼迫着她的目光，她躲闪了几次，最终还是迎了过来。可那里面的内容太复杂，我还没来得及找到我想要的部分，她已经低下头，深深地向我鞠了一躬："对不起！"

"啪！"手机从我手上滑落，在触到大理石地面的瞬间，碎片纷飞……

俄罗斯陆军腰带

马晓丽

秦冲没想到这辈子还能见到鲍里斯,更没想到会在远离中俄边境的地方见到鲍里斯。

秦冲迅速地瞥了一眼鲍里斯的肩章,心当即就被狠狠地抓挠了一下,妈的,这家伙都上校了!

秦冲中校,虽然看上去只比上校差一级,但中俄两军编制不同,鲍里斯的上校上一级就是准将了,秦冲的中校上面还有上校、大校,然后才是将军,这中间差了不止三级呢。秦冲立刻觉得两个臂弯同时发痒,心想这回神经性皮炎指定是要犯大发了。

你好,秦!鲍里斯离老远就大叫。秦冲赶紧迎上去,一边喊,老鲍,你好!一边瞄住鲍里斯的手臂动作,恰到好处地跟他同时抬手敬礼,既避免了低一级先敬礼的尴尬,又不失热情和礼节。

直到跟鲍里斯的手握在一起之后,秦冲才正式开始兴奋。鲍里斯的手仍旧很不军人,厚软且潮热。从前秦冲每次跟鲍里斯握手都会有一种怪异的感觉,觉得自己握的不是鲍里斯的手。换句话说,就是秦冲认为凭鲍里斯这家伙的手不该这么温厚,因为秦冲尝过这只手出拳的滋味。但今天,鲍里斯那多毛而温厚的手却让秦冲倍感熟悉和亲切。毕竟,他们是老相识了,不管当年秦冲多么烦这个倒霉的鲍里斯,但多年之后意外相见,特别是在中俄联合军事演习的野营村相见,还

是令秦冲十分高兴的。

秦冲和鲍里斯是名符其实的老对手了,当年他俩都是边防连长时,曾守过同一段国境线,只是他们各为其主,一个在国境线这边,一个在国境线那边。一般情况下,国境线两边的边防军人是难得互相照面的,因为两国的哨所之间有固定的距离,巡逻线路也大多只并行不交。但他们这里不同,秦冲和鲍里斯守的是一段黑龙江,这江冬天封冻,夏天开化,所以哨所和巡逻线路就总得随着季节不断变化。夏天的情况比较简单,宽阔的江面把他们分别隔在两岸,两个边防连只隔江对峙着就是了。偶尔会发生一些行船偏离江心进入对方国界的情况,但大多不用你管他就会自行调整回来,不会有太大的麻烦。麻烦的是冬季。冬季黑龙江会封冻,封冻之后江面上不仅能走人,跑载重车都没问题。所以一到了这个季节,方方面面就都活泛起来了,偷越国境的想趁这个时候跑人,偷关的想趁这个时候倒腾货,还有那些在江面上凿冰捕鱼的,你一眼看不住他就可能凿到外国领土上了,稍不留神就会给你凿出个边境纠纷来。所以,每当进入冬季,两岸的哨位就开始跟着冰冻的江面,从岸边一点点地向江心推进。也就是在这个时候,秦冲的神经性皮炎开始准时发作。随着哨位不断地向江心的国境线推进,秦冲的两个臂弯内侧的皮肤就会越来越红越来越痒。直到哨位推到了江心,直到两国哨兵鼻子碰上了鼻子,直到秦冲跟鲍里斯两个眼儿对上了眼儿,秦冲的神经性皮炎就彻底大发起来了,痒得那叫一个抓心挠肝,扛不住劲儿时真恨不得拿刀把整块皮给片了去。

起初秦冲并不怎么烦鲍里斯。鲍里斯会讲汉语,是莫斯科大学汉语专业的,比较好沟通。但这还不是主要的,主要是秦冲觉得鲍里斯虽说不是陆军专业,没有伏龙芝那样令人信服的背景,但看上去很军人,身姿挺拔,着装严谨。俄军那时的服装比咱讲究,鲍里斯即便外面套着迷彩短大衣,也会束紧腰带,领口处露出一截体面的领带,而且无论什么时候出现,鲍里斯脚下的皮靴都擦得锃明瓦亮。尽管后来秦冲知道鲍里斯的皮靴并不是他自己擦的,但秦冲还是很欣赏鲍里斯的军容军姿。军人嘛,秦冲说,就得有军人气质。秦冲是很在意军人气质的,可惜那时咱的军装不给撑腰,想御寒就得把自己穿成个棉花包。秦冲是坚决鄙视棉花包的,所以在棉花包和气质中间他当然地选择了气质,也就是说在保暖和挨冻之间他当然地选择了挨冻。这就把秦冲弄得很悲壮,无论是巡岗查哨还是处理边境问题，只要是出现在俄军面前，特别是出现在鲍里斯连长面前时，秦冲准穿得周吴郑王的，而且冻死不服软，嘴都瓢了还叫硬，声称自己是耐高寒优良品种。其实，连刚下连的新兵蛋子都看得出，秦连长是在跟对面的鲍连长较劲儿，比的是军人气质。

秦冲开始烦鲍里斯是因为菜地的事。秦冲的连队有一块著名的菜地，之所以著名是因为在高寒地区开出这么一片菜地不容易。要知道，这里一年只有三个月的无霜期，只能抢在这三个月里种菜，而且还不是什么菜都能长，什么菜都能长得好。秦冲的连队不仅在这里种出了菜，而且还把菜种得瓜有瓜样果有果样，很给连队争脸面。这菜地自然就成了秦冲的宝贝，只要有人来连队，秦冲准会领着人家去菜地参观。

边境气氛趋于缓和之后，两边的连队有了较多的接触，时不时就在一起搞个联欢。有一次联欢后，秦冲为了表达热情，当然也是为了在鲍里斯面前显摆，就把他们领到菜地参观。而且当场发给俄军官兵每人一个塑料袋，让他们进菜地自己摘点黄瓜西红柿带回去。这下可把俄罗斯兵们乐疯了，他们争先恐后地冲进菜地，不一会儿一人就摘了满满一袋子黄瓜西红柿。秦冲注意到鲍里斯没进菜地，但当时没往心里去，以为鲍里斯是端着，或是不想弄脏了自己的皮靴。

不久后，他们又搞了一次联欢活动，联欢活动的最后一项仍旧是安排俄军去菜地里摘菜。令秦冲万万没有想到的是，刚要给他们发塑料袋，他们就一人从腰间拽出了一个大编织袋，人家自己早就准备好了。一看这架势，秦冲就知道坏了，地里哪有那么多黄瓜西红柿呀，要是把那些大编织袋都装满，这菜地立马就得罢园了。可既然把人家领来了，就不能不让人家把口袋装满。秦冲翻眼去看鲍里斯，见鲍里斯竟像没事人儿似的，兴致勃勃地看着眼前的热闹场面。秦冲心下一沉，立刻稳住神儿，命战士们赶紧抢在俄军前面砍大头菜往里装，尽量减少我军的损失。

送鲍里斯走之前，秦冲意味深长地问鲍里斯，老鲍，看来你们很喜欢我们的菜地呀。

鲍里斯说，是的是的你们的菜地很有趣。

秦冲立刻跟上一句，你们也可以种菜嘛。

不不，鲍里斯连连摇头。

不会种不要紧，秦冲说，我们可以给你们提供技术帮助。

不不，鲍里斯还是摇头。

菜种菜苗也没问题，秦冲又说，我们育苗时给你们带出来就是了。

不不，鲍里斯更加坚决地说，不是这个问题。

那还有什么问题？秦冲问。

鲍里斯说，问题是，我们不是农庄，是军队。

秦冲当时就卡壳了。

秦冲怎么也没想到鲍里斯竟能连骨头带筋地扔出这么难啃的一句话。这句话让秦冲在暗地里悄悄地啃了好长时间。啃没啃出名堂不知道，反正打那以后秦冲对菜地的热情明显不如从前那么高涨了。也就是从那时起，秦冲开始越来越烦鲍里斯了。只是那时秦冲的烦基本上还控制在正常范围之内，没达到后来那种剑拔弩张的地步。

眼前的鲍里斯仍旧身姿挺拔，皮靴锃亮。这么多年过去了，老鲍除了军阶有变化，其余方面似乎毫无变化，连神情都跟原来一样。见鲍里斯也在打量自己，秦冲下意识地挺了挺胸脯子。

秦冲今天穿的是作训服，脚蹬一双高勒作战靴，裤脚松松地塞在靴勒里，头戴一顶特种兵的贝雷帽，帽舌斜斜地压在眉峰处。秦冲知道自己身上这套装束野战味十足，更知道这种粗野的美很适合自己。好好看看吧，秦冲不无得意地想，今非昔比，现如今该轮到你老鲍眼馋我了吧？

果然，秦冲如愿以偿地在鲍里斯的眼里看到了赞许羡慕的亮光。

秦冲对鲍里斯他们这支部队印象一般化。

秦冲的特战营一进野营村就开始清理营区环境，整理内务。秦冲检查了一圈，以他的严苛都没挑出什么毛病。鲍里斯那边的俄罗斯兵可倒好，背包都没拆就撒丫子放了羊，眨眼间就把七个球场全占满了。秦冲过去看了一眼，简直没个样，光大膀子的光大膀子，穿大裤衩子的穿大裤衩子，满场呜嗷乱叫不说，没过多大一会儿就当场打断了一条胳膊。

这事要发生在我军这边就完了，还没上战场就自损战斗力，从上到下谁也别想躲过这个处分了。秦冲想到鲍里斯情绪不会好，丢人丢到外军面前，把人丢大发了。所以秦冲趁午后的空隙时间，特地整了两瓶好白酒去看望鲍里斯。鲍里斯喜欢喝白酒，大多数俄罗斯人都喜欢喝烈性酒，而且特别喜欢喝中国的白酒。从前他俩每次在一起喝酒，鲍里斯都会喝得酩酊大醉。秦冲却从来不醉，秦冲的酒量一般人都比不了。其实鲍里斯的酒量也不小，只是他太贪恋酒，鲍里斯喝酒那架势活像是在讨便宜，多讨一杯是一杯。秦冲挺瞧不起鲍里斯上酒桌的那副德行，但这并不妨碍秦冲每次喝完酒都张罗着给鲍里斯带两瓶好酒回去。一码是一码，秦冲说，我跟鲍里斯之间是国际关系，都国际了咱就得表现得大气。

跨过野营村中间那条象征国境线的小路，穿过俄军野战帐篷群，秦冲注意到每个俄军帐篷门口都有一个擦皮靴的搭脚架，心想，看来前苏联军队的传统一直没丢弃。秦冲听说五几年我军向苏军学习时，学的第一课就是擦皮靴，想到鲍里斯脚上那双永远锃明瓦亮的皮靴，秦冲不由笑了。

俄军军官公寓在野战帐篷群的后面，是几排专门为他们搭建的轻体房。在这一点上，俄军跟我军完全不同，他们可不搞什么官兵一致，他们官就是官，兵就是兵，等级森严得很。秦冲这个营长可以和士兵一样住野战帐篷，但他们一个小排长都得住在军官公寓。

秦冲挺不屑地走进俄军军官公寓，发现这里的设施真他妈的全，不仅有洗衣间、淋浴间，甚至还有个台球室。秦冲站在连接几排轻体房的回廊中间，一时竟不知该向哪里去寻鲍里斯了。左面那排房间有声音，秦冲转向左面，却猛然撞见了一个肥胖的俄罗斯女人。那女人只穿了短裤和胸罩，正在用一条大毛巾擦湿漉漉的头发，见一个中国军人闯了进来，胖女人尖叫了一声跑回屋去，随着房门嘭的一声碰死，里面传出一阵哈哈大笑。

秦冲十分尴尬，知道自己误闯了厨娘们的住处，赶紧退了回来。秦冲知道俄军士兵不做饭，部队走到哪都得带着这些厨娘。今天秦冲还特地安排分管伙食的副营长去俄军食堂参观，让他了解外军的配餐方式。结果副营长一回来就乐不可支地向秦冲学，说那些厨娘做饭像配药，土豆削了皮再称重，最可笑的是一锅下好几十斤土豆，多一个也得从秤上拿下来……这有什么可笑的？秦冲没好气地瞪了副营长一眼，这叫科学配餐懂不懂？这叫严格按体能需要控制卡路里懂不懂？不懂就向人家学！

秦冲让副营长去跟人家学是有缘由的。俄军刚进驻当天后勤来不及展开，所以第一顿饭是联合指挥部安排的。我们中国人热情啊，而且我们表达热情最重要的方式就是让客人多吃，吃得越多越说明我们心诚，越显得我们大方好客。负责分餐的那几个兵也不知是得了谁的令，铆足了劲儿抡大勺子，个个餐盘都装得溜满。秦冲在一旁冷眼观看，发现许多俄罗斯兵看到面前那一大盘食物都面露难色，心里真替他们愁得慌。秦冲毕竟跟俄军有过接触，知道人家俄军的食物都是经过计算配比的，吃饭不允许剩，分给你多少就得吃进去多少，不像我们剩了可以随便倒掉，心想这吃又吃不进，剩又不能剩，倒又不让倒，还不把人撑出毛病啊？果然，没过一会儿那边就出毛病了。原来一个列兵实在吃不下去了想偷偷倒掉，结果被鲍里斯当场抓住。鲍里斯把那个列兵按在墙上足足地训了半个小时，最后到底逼着列兵把半盘子剩菜全部塞进了嘴里。秦冲知道鲍里斯这是在杀鸡给猴看，更知道鲍里斯这是故意做给中国军人看，否则他犯不上在大庭广众之下足足训上半个小时。秦冲看出鲍里斯做得很成功，那个列兵被逼着往嘴里塞食物的痛苦模样，的确把在场的所有中国军人都镇住了。秦冲也看出在场的中国军人普遍对鲍里斯产生了不满，但秦冲心里没有不满，因为秦冲一直很赞赏外军的配餐制度。当年秦冲在土耳其接受魔鬼训练时，就曾得益于那里的配餐制度。SAT特训营严格按照体能配餐，学员给什么就得吃什么，给多少就得吃多少，那时秦冲被逼得连生牛肉都能吃了。回想SAT的训练那么艰苦，如果没有严格的配餐制度，身体恐怕是很难支撑下来的。

秦冲终于找到了鲍里斯。鲍里斯正在轻体房围成的院落中间晒太阳，他看上去似乎心情不错，闭目仰靠在躺椅上，只穿着一条短裤，全身都沐浴在阳光里。午后的阳光流金一样从鲍里斯那多毛的身体上流淌下来，漫过青草地，漫过矮树丛，在鲍里斯的周围蔓延出一片金黄色的宁静。

秦冲刚想招呼鲍里斯，突然看见了鲍里斯脱在旁边的衣服，目光一下子定在了搭在衣服上的那条腰带上。那是一条皮质优良的俄罗斯陆军腰带，棕黄色的皮带条上用明线扎出规则的菱形图案，纯铜卡头在阳光下闪着油亮的光。秦冲熟悉这种腰带，这腰带最独特的地方就在卡头，一般的腰带卡头上只有一个钉，这种腰带的卡头上却有两个钉，腰带上的钉眼也相应地有两排。秦冲曾在身上比量过这种腰带，说实话他很喜欢，他觉得这种双钉的腰带比单钉的扎在腰上更牢靠。秦冲觉得最不牢靠的就是我军现在用的这种腰带，卡头太民用化，时尚但不踏实。

默默地盯着那条俄罗斯陆军腰带，秦冲忽然间就没了兴致，连招呼都没跟鲍里斯打,就扭头匆匆离开了。

正式演习之前的两军合练进行得很顺利。这次演习主要是为加强中俄两军的联合反恐能力,要求多兵种配合,运用多种手段打击恐怖分子。所以秦冲的特战营在演练中就显得十分抢眼,他们一会儿出现在空中,跳伞在指定地点降落,一会儿从超低飞行的直升机中直接跃向地面,一会儿又沿着立陡立崖的墙壁向上攀爬……俄军的表现也相当不错,他们对陌生环境的适应能力极强,很快就进入了状态。特别是他们的空降兵部队,虽然没展示他们的伞兵战车,但空降兵天女散花般突然密集地出现在空中,然后迅速落地集结,眨眼间就能投入战斗,还是很令人赞叹的。

一切正常,只需再预演一次,就开始正式演习了。但秦冲的神经性皮炎此时却莫名其妙地发作了。秦冲总觉得心里不踏实,但又想不出为什么不踏实。演习前的各项准备工作检查过无数次了,各个关键环节也交代过无数次了,问题到底出在哪呢?

近两天野营村的空气明显轻松了许多,我军的北方军区歌舞团来慰问过了,俄军的远东军区歌舞团也来演出了,演习前的紧张气氛因此掺进了一些类似年节的喜庆味道。但这都不是问题,秦冲挠着臂弯想,而且按照我们通常的说法,这还有鼓舞士气、提高部队战斗力的作用,所以问题应该不在这。

秦冲的神经性皮炎果然不是白犯的,他很快就追本溯源嗅出了野营村里的异样味道。秦冲发现有士兵在暗地里悄悄地跟俄罗斯士兵交换物品,而且这种情况大有愈演愈烈之势,最令秦冲担心的情况终于还是发生了。

按说,两个不同国家的军人整天碰鼻子碰脸地在一起厮磨,互相赠送点小礼物算不得什么。但以秦冲的边防工作经验来看,外事无小事,只要沾了外事的边,即便是小事也能演化成大事。所以从打一进野营村,秦冲就在特战营里多次强调不许私自与外军交往,不许与外军交换物品。但在野营村里住着的可不只是秦冲一个特战营,眼巴巴地看着人家与俄军你来我往弄得挺热乎,兵们自然就会好奇眼馋,自然就会心头发痒。何况那些俄军士兵又经常主动出击,说不定什么时候就从兜里掏出个领花、帽徽、兵种符号什么的,强烈要求跟你换东西。天下的军人没有不喜欢军品的,这些东西谁看见谁动心,谁摸着了都不想撒手。如果只是偶尔换个一两次倒也罢了,小来小去的换换也就罢了,可你想,士兵身上能有多少东西可换，换来换去不就开始动用下发给个人的装备了嘛，一动装备问题不就大了嘛。在秦冲看来，装备是军人躯体的一部分，是军人战斗力的一部分，躯体和战斗力怎么能随便拿去交换呢？要论喜欢，恐怕秦冲比谁都喜欢这些东西，但喜欢归喜欢，规矩归规矩，不能因为喜欢就坏了规矩。

秦冲决定今天晚上亲自蹲坑，看看到底是个什么情况。

月亮白亮白亮地顶在头上，连眼都不眨一下。这样的夜晚不适合隐蔽，却很利于观察。好在对秦冲来说根本不存在适合不适合的问题，什么样的环境下隐蔽都不成问题。秦冲选的地方不仅能藏身，还能清楚地观察到中俄两军联合岗哨的位置，甚至能借助远红外夜视望远镜看到临时国境线附近的大部分活动区域。

秦冲很快就发现，其实进入这个区域活动的大多是军官而不是士兵。他看到几个中俄军官在一起比比画画地交谈着什么。大概是我方的一个军官在跟一个俄军少校商量换个徽章，只见我方军官准备充分地掏出两条丝巾递到俄军少校手中，俄军少校马上痛痛快快地把一枚徽章递了过来。我方军官立刻拿出一面中俄联合军演的旗标，当场就把徽章别在了上面。中俄军官们个个伸长了脖子看着那旗标，嘴里不停地发出阵阵惊叹。秦冲好奇地把望远镜聚焦过去，看见那面旗标上面竟然别满了各式各样的徽章。还真有有心人啊，秦冲的馋虫顿时被勾了出来，一拱一拱地直往上顶，在心里把人家羡慕得一塌糊涂。没办法，秦冲咬住牙根想，眼馋也没鸟用，人家机关干部这么干行，咱不行，谁让咱屁股后面跟着一大群兵呢。

晚些时候兵们才开始活动。兵们显然不像军官那么张扬，但似乎更加默契。联合岗哨设在临时国境线的两边，之间相距只有几米。秦冲看见刚换下岗的两国哨兵会意地相视一笑，就向对方走去，站在临时国境线两边比比画画地交流起来……

月光洒在地上，地面泛起一层亮白色的光。秦冲心中不由得一动，这情景太熟悉了，仿佛是在那个冰封的江上，白亮的月光照着宽阔的江面，照着江心的国境线，也照着竖立在国境线两边的哨所。秦冲隐蔽在一个雪堆后面蹲坑，看见那个大个子俄罗斯兵比比画画地做出喝酒的样子，中国兵会意地一笑，从怀里掏出了一瓶酒。俄罗斯兵的眼睛立刻红了，不顾一切地冲了过来。中国兵却笑着把酒瓶揣进了怀里。俄罗斯兵急切地伸出手去要，中国兵指了指他的腰，意思是让他用腰带来换。大个子俄罗斯兵明白了，马上毫不犹豫地抽出了腰间的皮带……

不，秦冲晃了晃脑袋，赶紧把思绪从江边上拉回来，这才看到眼前竟是俄罗斯兵指着中国兵的腰，向中国兵要腰带。中国兵掏出一样东西给他看，但俄罗斯兵显然不满意，坚持要腰带。中国兵又比画了几下，俄罗斯兵就有些急了，一把抽出了自己腰间的皮带……

就在这个时候，秦冲突然从暗处跳了出来。令秦冲没有想到的是，几乎就在同时，鲍里斯也出现在这里。

秦冲和鲍里斯惊讶地互相对视着，这情景竟然与多年前一模一样，他们谁也没想到多年前曾经发生过的一幕，会在这里重新上演！

接下来应该是什么呢？接下来应该是他俩同时发出野狍子般的吼声，顿时把那两个兵吓傻了。中国兵虽然还站得住，但脸却已经贴到了胸脯上。大个子俄罗斯兵则面孔煞白浑身发抖，像个被卡住了脖子的小动物。

再接下来就是那条俄罗斯陆军腰带了，是鲍里斯抢过腰带狠命地抽打大个子俄罗斯兵，又扒掉俄罗斯兵身上的衣服抽打，后来干脆就把腰带调过来，用那个带双钉的铜制卡头抽打，直打得大个子俄罗斯兵在雪地上不停地翻滚号叫。

后来就该是秦冲上场了。秦冲本想拔腿就走的，妈的丢人还来不及呢，凭什么看上人家的腰带？人家的腰带就那么好？就值得你转磨磨想辙整瓶白酒跟人家换？亏这损兵做得出来，回去看我怎么收拾你！见鲍里斯上来就开打，秦冲心里极其不屑，心想自家的孩子自家领回去关上门管教就是了，犯不上在这撒野打给外人看。说老实话，秦冲急眼了也打兵，此刻他就恨不得照自己那兵的后屁股上狠狠地踹上一脚。但打也不是鲍里斯那么个打法。首先你得爱兵，得做他的家长，待你和他都认可了这种关系，即使急眼时打他几下子，下手也会带着亲情，双方都能接受。鲍里斯下手没有情，只有暴虐，但这不关他秦冲的事，秦冲只想赶紧把自己的兵带回去处理这事。但就在秦冲转身要离开的时候，却偏巧看见了血——大个子俄罗斯兵的头被鲍里斯打出血了。血汩汩地从那兵的头顶流出，流过眼眶，流过嘴角，顺着稚嫩的下巴滴答滴答地落在坚硬的冰面上。鲍里斯是不该让秦冲看见血的，看见血秦冲就管不了那么多了，在血滴落冰面上的那一瞬间，秦冲突然凌空弹射出去，一把夺下了鲍里斯手中的腰带。鲍里斯迅速回转身毫不含糊地当胸就给了秦冲一拳，两个人就势就扭打在一起了……

按秦冲后来的说法，这是他这辈子打得最具有国际影响的，也是最没名堂、最不讲章法、最有失军人气质的一场架。根本就谈不上打，秦冲说，脚下溜滑净摔跟头了，那也能算是打架？

秦冲和鲍里斯默默地对视着，这一次他们谁都没朝自己的兵吼叫。月光投射在他们的眼中，悄无声息地修改着从前的脚本——

鲍里斯不仅没发火，还微微地笑了一下。秦，鲍里斯说，你们的腰带很好，我们的士兵都很喜欢。

秦冲有些意外地看着鲍里斯，一时竟不知说什么是好了。

鲍里斯说，他只是想交换一下留个纪念，可以吗？

秦冲没说话，狐疑地望着鲍里斯。

好吧，鲍里斯耸了耸肩说，没关系。

直到鲍里斯的背影在黑暗中消失很久了，秦冲依然站在白亮的月光下一动没动。

下午突然下了一场暴雨。这雨下得毫无来由，中午还响晴薄日的，转眼间就狂风大作暴雨倾盆了。很少见这么大的雨，就像头顶上决了口似的，大水倾泻而下，没几分钟野营村的大小排水沟就都爆满了。眼看帐篷就要进水了，官兵们立刻冲出去冒雨排水。紧急情况下最能看出一支部队的素质，根本不用秦冲多说，官兵们就挖沟的挖沟，培土的培土，舀水的舀水，紧张而有序地干了起来。

对面的俄军帐篷也进水了，秦冲跑过去看了一眼，差点没笑喷，水漫进帐篷把盆都漂起来了，俄罗斯兵却什么都不顾只顾皮靴，光脚站在水里把皮靴提得高高的，好像只要把皮靴保住就什么都有了。秦冲赶紧派人去帮他们排水，俄罗斯兵这才纷纷跑出来，学着我们士兵的样子用盆往外淘水。

像来时一样突然，大雨说停眨眼间就停了。秦冲把俄军的帐篷挨个检查了一遍才放心。在检查俄军帐篷时，秦冲有了个意外的发现，他发现俄军竟然在悄悄地学我们的内务，他们也开始追求整齐划一，把牙缸摆成了一排，而且牙刷都朝一个方向倾斜。只是他们学得还不够地道，新牙刷都没开封，一看就是摆样子给人看的。秦冲心里暗自发笑，心想这形式主义真是害死人啊，一不留神把老毛子都给拐带坏了。尽管秦冲很赞成两军间应该互相学习，但毕竟文化背景不同，有些东西学得来，有些东西是学不来的，硬学恐怕也只是学个皮毛而已。别的不说，俄军光膀子这一手我们就学不来。俄军喜欢光膀子，不光休息光膀子，打球光膀子，连出操都个个光着个大膀子。开始秦冲看了很兴奋，心想这招好啊，光膀子出操多痛快多酷，而且还低碳环保，出身臭汗回来冲冲就行，连衣服都不用换洗了。但细想想还真就不能跟人家学。人家俄罗斯民族就是那文化，讲究的是个"放"。咱中国人不行，咱们讲究的是"收"，凡事都得收着点，捂着点。真要是突然间拉出一个营的光膀子兵，别说老百姓会吓一跳，连自己都觉得不对劲儿。

一个俄罗斯士兵引起了秦冲的注意，这兵年龄很小，脸上泛着一层淡黄色的茸毛，一副胎毛还没褪尽的模样。秦冲经过他身边时，把他手里的毛巾碰掉了。捡起毛巾递给他之后，秦冲随手亲热地拍了拍他的后脑勺，就像平常对待自己的兵那样。后来秦冲就发现自己挨个帐篷检查时，小俄罗斯兵一直跟在他身后。说不清这个小俄罗斯兵怎么会让秦冲心里忽悠一下，猛地想起了那个大个子俄罗斯兵。秦冲站住脚回过头，认真地打量了小俄罗斯兵一眼，发现他跟大个子俄罗斯兵一点都不像。但是，他的目光让秦冲觉得很熟悉。秦冲忽然明白了，正是他的目光让自己想起了大个子俄罗斯兵。秦冲其实很不愿意想到他，他是秦冲心中的一个痛。

秦冲和鲍里斯打架之后，秦冲顺理成章地获得了个处分。之后不久，那个被鲍里斯痛揍的大个子俄罗斯兵就偷越国境跑过来了。令秦冲哭笑不得的是，当哨兵把大个子俄罗斯兵抓住带到秦冲面前时，他竟高兴得扑过来想拥抱秦冲。秦冲这会儿躲还躲不及呢，哪能还跟他往一块儿搅和，赶紧打发人把他送给边境代表去处理。

后来边境代表来找秦冲，说大个子俄罗斯兵是因为实在受不了军队的体罚才跑过来的，他说自己如果再不跑就会被打死。还说他喜欢中国，愿意到中国来生活，表示他可以在中国做点生意养活自己。后来听说要把他遣送回去就号啕大哭，强烈要求见秦冲。

秦冲连连摆手，说不见不见。

见边境代表一脸内容地盯着他不吭气，又负气地说，别这么看着我好不好，好像他是我什么人似的，我跟他什么关系都没有，为他背个处分就已经够傻逼的了。

边境代表说，大个子俄罗斯兵说不见到秦冲就绝食，他现在已经好几顿没吃饭了。

秦冲这才没了辙，只好答应去见面。路上秦冲还想，见面非得狠训这家伙一顿，但一看到大个子俄罗斯兵的眼神儿，秦冲立刻半句狠话都说不出来了。那大个子俄罗斯兵的眼神儿是那么的单纯，那么的无助。在见到秦冲的那一刻，他的眼睛像焰火般忽地亮了起来，就像看到了亲人一样，目光中充满了希望。秦冲让他坐下，他立刻就坐下。秦冲让他吃饭，他二话不说端起来就吃。他那充满了无条件的信任和依赖的眼神儿，把秦冲的心弄得乱七八糟的。秦冲知道自己承受不起他这样的信任和依赖，自己没有办法帮助他留下来，也没有办法保证他不回到那个令他恐惧的军队。最让秦冲受不了的是，自己不仅得劝说他回去，还得亲自押送他回去。

秦冲永远也忘不了那个寒风凛冽的冬日，他亲手把大个子俄罗斯兵交给了鲍里斯。

一看到鲍里斯，大个子俄罗斯兵的眼里立刻充满了恐惧。他扭过头来眼巴巴地望着秦冲，似乎在乞求秦冲的保护。但秦冲无法保护他，只能硬着心肠，做出一副无动于衷的样子。大个子俄罗斯兵被鲍里斯从秦冲身边带走的时候，像个无助的孩子一样，目光中充满了不解、悲伤和失望。那目光真让秦冲心里受不了，这感觉就像是把自家孩子往狼窝里送一样。秦冲咬紧牙根，目送着鲍里斯往回押送那个兵。在跨过国境线之前，大个子俄罗斯兵的脚步踉跄了一下，然后突然站住了，转过身来定定地看了秦冲一眼。这一眼，看得秦冲心里悚然一惊，那张稚嫩的脸仿佛顷刻间就荒芜了，苍老了，目光中所有的光亮似乎都熄灭掉了，像无月的夜一样没了一点生机，里面只有一种令人不安的濒死的绝望。

秦冲的牙根终于咬不住了，他一脚踢飞了脚下的积雪，头也不回地离开了现场。

秦冲的感觉没错，不久之后就得到消息，说大个子俄罗斯兵自杀了。

从听到这个消息的那一刻起，秦冲就再也没能摆脱过负疚心理。秦冲做过很多努力，想要把自己从这件事里摘出来。他无数次地告诉自己，那个大个子俄罗斯兵的死跟自己没关系，自己在这件事情上无能为力。他也无数次地告诉自己，造成这个兵自杀的是鲍里斯，鲍里斯当然不会饶过一个偷渡的兵，当然要对这个兵施暴，这个兵实在受不了就只好自杀了。可是无论秦冲怎样说服自己，只要一想到那个兵的目光，秦冲就无法安放自己的内心，无法摆脱是自己跟鲍里斯合谋把那个兵逼上了死路的念头。

秦冲坚决地躲开了小俄罗斯兵的目光，他不想回忆过去，不想在回忆中败坏心境。

待到秦冲检查完俄军帐篷往回走的时候，鲍里斯才在远处出现。看着鲍里斯一身光鲜地朝这边走来，秦冲突然感到鼻子眼里一阵难耐的巨痒，冷不防打了一个响亮的大喷嚏。

演习进行得很成功，秦冲的特战营在演习中表现得极为突出，最后在解救恐怖分子扣押的人质时，特种兵在人们最意想不到的方向突然出现，迅速制伏了恐怖分子，成功地解救出人质，表现出了极强的机动能力和极高的特战素质，获得了联合军演指挥部的高度评价。一切都很完美，只是演习过程中我军后勤部队出了点事，一辆保障车在完成夜间无照明快速机动科目时发生侧翻，驾驶员当场死亡了。

秦冲是从联合军演指挥部下发的通报中得知这件事的，通报要求各参演部队认真做好各项安全检查，保证演习结束后部队回撤的安全。说实在的，秦冲没太把这件事放在心上。在秦冲看来这么大规模的军事演习，上天入地地动用那么多飞机坦克、武器弹药、车辆人员，不出事是侥幸，出个把事实属正常。所以秦冲只按惯例把通报精神传达了，让各分队按要求进行安全检查，这事在他这就算过去了。

但很快，秦冲就发现这件事过不去了。

清晨，俄罗斯士兵一出来，秦冲就觉得哪地方不对劲儿，仔细看过才恍然大悟，原来是没光膀子。真新鲜，自从入住野营村以来，这些俄罗斯士兵还是第一次在早上出操的时间没光膀子。不仅没光，而且个个还穿戴得十分整齐。秦冲心想，看架势今天早上俄军是不准备出操了。

果然，秦冲见鲍里斯把部队带到了野营村的小广场上。小广场中间并排竖立着两根旗杆，上面分别悬挂着中俄两国的国旗。鲍里斯就在国旗下面整队，像是要搞什么仪式。秦冲的好奇心骤起，决定在一旁看个究竟。

只见鲍里斯在队伍前面讲了一番话，秦冲虽然听不懂，但看得出鲍里斯的神情很严肃，所有俄军官兵的神情都很严肃。讲完话之后，鲍里斯发出了一连串的口令，只见全体俄军官兵一起摘下了帽子，低头默哀。与此同时，旗杆上的那面俄罗斯国旗开始缓缓下降，直降到半旗的位置停了下来。

秦冲心头一震，原来俄军是在为在演习中死去的中国军人举行哀悼仪式！

就像当年被鲍里斯当胸打了一拳一样，秦冲突然觉得心口发紧，好半天都喘不过气来。内心里沉睡了很久的一些东西似乎在这突然的重击下猛然惊醒了，用力地牵动着那些久已麻木了的神经，秦冲竟然感到了痛，而且是那种直抵内心的痛。秦冲依稀记起，自己已经很久都没有过这种真切的痛感了。

野营村里所有的中国军人，在那天的清晨过后都显得格外的沉闷。没有人去小广场，即使经过那里也尽量绕开中间的旗杆走，而且尽量不去看广场上空那两面一升一降的国旗。有一种暗暗的期待在军人们的心中蔓延，希望上面会通知我军也举行一个哀悼仪式。尽管过去从来没有过这样的哀悼，但过去与今天不同，因为过去军人们一直把这种情况叫作事故，今天他们才幡然醒悟这其实是牺牲，是与在战场上阵亡同样的一种牺牲。在心中同时蔓延开来的还有对降半旗的期待，军人们忽然觉得这很重要，在他国的国旗为我军的士兵降了半旗之后，他们希望我们的国旗也会为一个在演习中牺牲的士兵降下。

秦冲很清醒，他知道这两个期待一个都不可能实现。首先，在演习中举行哀悼仪式我军没有先例，其次降半旗需按死者级别报请有关部门批准。但清醒归清醒，却并不妨碍秦冲的两个臂弯越来越瘙痒难忍。果然，一整天也没有得到一点关于这方面的消息。

晚饭前秦冲再次提着没送出去的那两瓶酒去找鲍里斯。演习结束了，俄军明天就开始撤了，今晚他怎么也得跟鲍里斯单独喝上一顿，给鲍里斯送个行。别说，今天请鲍里斯喝酒，秦冲还真有点心甘情愿的意思，秦冲特地在我军餐厅定了一个小单间，还点了几个记忆中鲍里斯爱吃的菜。

鲍里斯的精神头都在酒上，还没坐稳就开喝，没等动筷子呢两杯已经干进去了。还是那副讨便宜没够的德行，一点没长进。但今天秦冲愿意，喝多少不吝，结果不大一会儿，鲍里斯就没形了。

鲍里斯举着酒杯说，秦，你和我喝一杯。

秦冲问为什么？

鲍里斯说，不为什么，就是喝一杯。

秦冲说不行，你得说出个道，我不喝没名堂的酒。

鲍里斯问什么是道？

秦冲说，就是说出喝这杯酒的道理。

鲍里斯想了想说，道理是我爱你，可以吗？

秦冲乐得不行，说不可以，我又不是女人。

鲍里斯问，那怎么说？

秦冲说，对男人只能用喜欢、尊敬这类的词。

鲍里斯说，那就是我尊敬你。

老鲍你搞错了吧，秦冲笑着指了指自己的肩章，又指了指鲍里斯的肩章，说我有什么可尊敬的？

不，鲍里斯摇着头说，你是个好军人。

秦冲认真地看着鲍里斯，问，老鲍，你真是这么想？

鲍里斯把手放在心的位置上说，是，你是好军人，从前到现在，都是。

好，秦冲说，就冲你这句话，我跟你连喝三杯！

喝完这三杯，鲍里斯突然问秦冲，秦，你看我是不是好军人？

秦冲迟疑了一下说，你让我想一想。你知道，我一直不喜欢你……

为什么？鲍里斯惊讶地问，我不知道。

这下倒轮上秦冲惊讶了，你不知道？

不知道。鲍里斯说，你等等，我知道了，是为了那次你和我打架？可那是你的问题，是你先动手打的我。

那我问你，那个兵，就是我交回给你的那个兵是不是死了？秦冲问。

鲍里斯点点头说，是。

秦冲一下子站了起来，逼视着鲍里斯问，他是怎么死的？

在车臣，我们去车臣参战的时候，鲍里斯耸了耸肩摊开手说，他运气不好。

秦冲一屁股跌坐在椅子上，半天没说话。

别难过，鲍里斯拍了拍秦冲的肩膀安慰说，他战斗很英勇，还被授予了总统签发的"勇敢"勋章。

秦冲忽然觉得小房间里烦闷得要死，两个臂弯奇痒，便起身对鲍里斯说，老鲍，我们出去走走吧。

鲍里斯莫名其妙地看着秦冲，焦急地说，不不，我们喝酒……

秦冲一把抓起酒瓶子塞到鲍里斯手里，说走吧，咱们出去喝。

秦冲和鲍里斯两人一人拎着半瓶酒，穿过小广场，向野营村后面的小树林走去。

老鲍……秦冲刚张嘴，鲍里斯就把他制止了。秦，鲍里斯认真地问，你为什么总叫我老鲍？

秦冲一愣，说不为什么，中国人就这习惯。

鲍里斯摇了摇头说，不好。

秦冲问为什么不好，叫老鲍是对你尊重。

不不，鲍里斯说，我叫鲍里斯不叫老鲍，秦，你知道鲍里斯是什么意思吗？

什么意思？

为荣誉而战。

为荣誉而战，秦冲沉吟了一下说，老鲍，你这名字……

不是老鲍，是鲍里斯，鲍里斯坚持道。

秦冲笑了，说好，鲍里斯，你这名字很军人，真不错。见鲍里斯高兴地咧开了嘴巴，又不无醋意地点着鲍里斯的肩章说，为荣誉而战，鲍里斯，你下一步该升准将了吧？

不，鲍里斯说，这是我最后一次参加军事演习了，演习回去之后，我们部队就撤编了。

秦冲一愣，那你要离开部队了？

鲍里斯说，是的。

部队知道吗？秦冲问。

已经宣布过命令了，鲍里斯说。

你们是在宣布命令之后来参加演习的？秦冲问。

是的，鲍里斯说，因为是最后一次，所以大家都很努力。秦，鲍里斯问，我们部队的表现可以吗？

当然，秦冲充满敬意地对鲍里斯说，不是可以，是很好，是非常非常的好。

谢谢，秦！鲍里斯高兴地说，可你还没回答我，我是不是好军人？

你是好军人，鲍里斯，秦冲毫不迟疑地回答，从前到现在，都是！

小树林里凉风习习，果然清爽得很，秦冲觉得好受多了。两人坐在草地上，举起瓶子狠狠地撞了一下，咕咚咕咚地一口气连喝了好几口。

鲍里斯，秦冲问，你去车臣了？

两年，鲍里斯竖起两个指头说，在车臣打了两年仗。

我真羡慕你，秦冲说，当了这么多年兵，我还没上过战场呢。

鲍里斯看着秦冲说，秦，没上战场之前我也像你这样想。

秦冲有些意外地看了鲍里斯一眼，问，那现在呢？现在你怎么想？

现在？鲍里斯迟疑着把目光转向一边，忽然又狡黠地笑了，现在我想，应该让你去上战场。

秦冲审视着鲍里斯说，鲍里斯，你没说实话。

鲍里斯拍了拍秦冲的肩膀说，秦，说实话你是好军人，你们是好军队，上战场，鲍里斯做了个坚决的手势说，没问题。

秦冲笑了笑，默默地用酒瓶子撞了一下鲍里斯的酒瓶子，两个人一起仰头对着瓶嘴又喝了几口。

小树林里看不到月亮，但有月光。月光被切成碎末洒在地上，洒出了满目的斑驳，眼前的一切就显得不那么清晰了。秦冲和鲍里斯抬眼向远处望去，远处天空中飘扬着的两国国旗，在月夜里却显得分外清晰。

秦，鲍里斯指着那两面一高一低的国旗问，这是为什么？

怎么说呢？秦冲想了想说，这么说吧，我在土耳其接受训练时有个体会，两个军队就像两个完全不同的家庭，各家有各家的生活方式，习惯了就只觉得自己的好，就算发觉了人家的好，也不会轻易就学，因为不习惯，还因为没有积累一时学不来。你能明白我说的意思吗？

不，鲍里斯说，我不明白。

原来我也不明白，秦冲说，后来到了土耳其才深有体会，等到学习回来以后，我想把从外面学到的东西移植到我们军队时，这种体会就更加深刻了。

鲍里斯说我明白了，就是我们的腰带好，你们的腰带也好，但不可以换？

秦冲大笑，说胡扯，这哪跟哪呀？腰带有什么不能换的？

鲍里斯立刻跳将起来，大叫了一声，好，那我和你换腰带。

换就换，秦冲也跳了起来。其实秦冲一直希望能得到一条俄罗斯陆军腰带，只是没有机会。在边防当连长时他得在战士面前绷着，离开边防后就再没这种可能性了。现在鲍里斯主动送上门了，他心里正巴不得呢。

秦冲抽下自己的腰带在手里掂了一下，腰带很打手，皮质厚实，卡头漂亮。要离手了，秦冲才发现这腰带真的很好，难怪俄罗斯兵红着眼到处寻摸着换呢。可自己为什么一直没觉出好呢？是因为自己的东西不新鲜，整天系在腰上没感觉，就把好给忽略掉了吗？

秦冲接过鲍里斯的腰带仔细地端详着。没错，正是他喜欢的那种俄罗斯陆军腰带，纯铜的卡头上面并排有两个钉，棕黄色的皮带条上也相应地打了两排孔，整条皮带都用明线扎出了规则的菱形图案。往腰上扎的时候，秦冲才觉出有些不方便，两个钉眼不是一下就能找准，皮质也显得过于粗硬了些。但这腰带系在身上真的很妥帖，很紧实，很有束缚感。

换完腰带，两人笑看着对方。

干了怎么样？秦冲举着酒瓶子问。

没问题！鲍里斯也举起酒瓶子回答。

为什么干呢？秦冲问。

为了……鲍里斯在腰上拍了拍说，为了腰带。

对，秦冲说，就为了腰带。

两个瓶子重重地撞在一起，撞出了一声清脆的响声。一仰头，两人把瓶里的酒全干了。

痛快，秦冲说，鲍里斯，我那还有两瓶好酒，明天给你带上，回去……话音未落，就见鲍里斯站不住脚地开始往下出溜。秦冲赶紧伸手去拉，一把没拉住，竟和鲍里斯一起摔倒在地上了。

醉中的鲍里斯把秦冲抓得很紧，他们像当年打架似的在地上打起了滚，秦冲好不容易才把压在身上的鲍里斯掀掉，两个人就那样摊手摊脚地并排躺在了草地上。

斑驳的月光从林间洒落下来，迷彩一样涂满了他们的全身。

借着月光，秦冲惊讶地发现，自己的胳膊平整光滑，神经性皮炎竟奇迹般地好了……

青 苔

安 勇

莫丽雅和儿子是冬天搬进的望湖小区。那时候，小顾还没开始在门口摆摊子。搬家的汽车拐上四马路时，天上飘起了清雪，小蠓虫似的雪粒子扑到风挡玻璃上，撞得噼里啪啦响。莫丽雅心里乱糟糟的，自己的婚姻了结掉了，但老秦那边还迟迟不见动静，等待她的未来不知是什么。她有些期待，也有些茫然。汽车在小区门口站住了，被地面上竖起的两段铁管拦下来。司机从座位上欠起身，抻长脖子向前看，又把脑袋探出车窗往两边看，还是不敢向前开，扭头求莫丽雅下去照应一眼。她正想下车，有人已经站在了车头前面，正打着手势做指挥。有了向导，司机顺利把车开进了大门里。经过那人身边时，莫丽雅把车窗摇下来，说了声谢谢。对方摆摆手，含混不清地说了句什么。那是她第一次见到小顾，当时没看清模样长相，也没发现他有什么不对劲儿。

离婚时莫丽雅把房子留给了前夫，那个男人虽说一无是处，脾气比本事大，但毕竟夫妻一场，她不想把事情做得那么绝。望湖小区的房子是老秦买的，产权证上写的是莫丽雅的名字。两室一大厅，一百多平方米，虽是二手房，加上装修也花了小八十万。在这座小型城市里，算是高档房屋了。莫丽雅喜欢的是窗外那个小院子。"正好可以种些蔬菜瓜果。"当初看房子时她暗自想。小区大门外是四马路，穿过去再走百十米，就是一座古老的人工湖，叫作北湖。搬家当天，儿子就张罗去湖上滑冰，她害怕出危险，没有同意。

搬家后第三天的下午，老秦来了一趟。这是她的意思。在电话里她说："亲爱的，我打算给你个名分，丑媳妇可以见公婆了。"她知道老秦会答应，男人有时候要当宠物养，有时候要当儿子养，有时候还需要把他训练成儿子的宠物，其中的分寸她都拿捏得很准。这是儿子第一次和老秦见面，应该说，整个过程还是很愉快的。老秦对儿子不错，儿子和老秦也很亲近，见面不到十分钟，就缠着人家去滑冰。老秦爽快地答应了，两个人拉着手出了门。莫丽雅没有去，留在家里准备晚饭。她已经和老秦说好了，要让他尝尝自己的手艺。

莫丽雅把饭菜端上餐桌时，一大一小两个男人刚好笑着闯进门，都裹着一团冷气，脸冻得红扑扑的。看样子他们已经成了朋友。老秦对她的手艺赞不绝口，儿子也学他的样子，点着头说："不错，不错。"唯一的遗憾是老秦到底没有留下来过夜。她在厨房里洗碗时，老秦像个犯错的小学生似的搓着手，向她说对不起。她心里不高兴，但知道该怎么做，瞄一眼坐在客厅沙发上看动画片的儿子，她把老秦挤到橱柜上，吻得他喘不过气来。男人是不能逼的，但需要让男人知道他很重要。"下次一定要留下来。"莫丽雅说着，抬手擦去老秦嘴上的口红印。

老秦走了以后，莫丽雅问儿子对他印象如何。儿子像夸奖她的饭菜似的点着头说："不错，不错。"她就进一步问："给你当爸爸行不行？"儿子想了想说："妈妈，能不能不当爸爸当爷爷？"她的心就一紧。老秦今年五十六岁，看上去是有些老了，但自己也已经三十出头，比不了那些十几二十岁的小姑娘了。人生就是这样啊，承认现实远比空怀幻想重要得多。

春天时，老秦出了一笔钱，在中央大街上给莫丽雅兑了家茶馆。莫丽雅就不再去单位上班，像模像样当起了老板。四马路离中央大街有一段距离，来去不太方便，老秦又给莫丽雅买了车——尼桑蓝鸟至尊，二十万多一点儿。莫丽雅没觉得这车有多好，但拿到钥匙时，她还是搂着老秦的脖子撒了半天娇。男人有时候需要拿他当爸爸待。

莫丽雅的茶馆营业不久，小顾的生意也开了张。小顾的摊子摆在望湖小区门口。出大门左手边有一棵好大的银杏树，小顾的买卖就开在树荫里。柜台是一张破旧的学生课桌，货品只有十来种，精盐、酱油、味精、陈醋、腐乳、臭豆腐、韭菜花、蒜蓉辣酱，都装在一只纸箱里。小顾家离莫丽雅家不远，隔着座喷水池，也是一楼。每天早午晚三次，小顾把纸箱从家里搬出来，把东西一样样摆在桌子上，自己在破木椅上坐好，就开始吆喝了，并不理会是否有人经过。

"精盐、老抽、陈醋啊！"小顾冲着四马路喊。

"韭菜花、腐乳、臭豆腐啊！"小顾冲着小区里面喊。

"全部保真，假一赔十啊！"小顾冲着银杏树上的几只鸟喊。

"走过路过不要错过啊！"小顾冲着脚下的一群蚂蚁喊。

不大有人能听清小顾吆喝什么，他有些口齿不清，话像葡萄似的扯成一串。每天中午和晚上，城郊的菜农也会把摊子摆在大门口，他们一来，小顾就顾不得自己的生意了，扯起嗓子帮着别人吆喝。

"白菜、豆角、西红柿啊！"小顾喊。

"土豆子、倭瓜、大萝卜啊！"小顾又喊。

"不要钱，大伙随便拿啊！"小顾再喊。

旁边的菜农赶忙双手把菜护住，紧张地声明："他喊的不算数啊，菜是我卖的。"

除了小区里的住户外，没有什么人在小顾那里买东西。这其实不奇怪，谁愿意和一个弱智打交道呢？小顾的父母也没指望他挣钱，这个摊子起到的是绳子的作用，是为了把小顾捆住，防止他四处闲逛惹是非。小区里的住户，有不少和小顾家一样，原本是这一片的老住户，拆迁后上了楼，在一起住几十年了，低头不见抬头见，不买就有些不太好，但买了心里又不是很舒服。小顾的东西没有统一价格，今天卖一块钱的，明天可能卖两块钱或者三块钱五块钱。有时候小顾心情不好，还可能要一百块钱，你和他怎么能说得清楚呢？隔三岔五就会有人拿着陈醋、臭豆腐之类的来找老顾，说又让你儿子抢劫了一把。老顾赶忙把烟递过去，赔着笑脸掏腰包，给人家退回多收的钱。

"大家多帮忙，哄着他玩吧！"老顾说，"当年不时兴产前检查，下生时没瞧出有啥不对劲儿，快一岁了才知道是这么个货，可已经来不及了。"

生活压力这么大，烦恼的事一大堆，谁有闲心哄一个傻子玩呢，所以，小区里的住户也很少捧小顾的场。但大家有一点共识，在别处买了东西，经过门口要遮掩一下，尽可能不让小顾看到。小顾是个不懂好歹的人，看到了就会直截了当地问你，干吗不在我这里买？

一天中午，莫丽雅在门口的超市买了瓶酱油，走进大门时就被小顾拦住了。

开始，她没搞清楚状况，还以为自己违反了小区管理的什么条例。小顾人样子长得不错，黄白净子，身材瘦高，大眼睛双眼皮，头戴一顶鸭舌帽。只是眼神有些直，盯住人就不会拐弯，好像要把你抓进眼睛里去。小顾一开口，莫丽雅就明白了，爽快地掏钱又买了一瓶酱油。小顾收了钱，摘掉帽子给莫丽雅鞠了一躬。莫丽雅就有些不好意思，又买了两袋精盐。这东西反正不会坏，多备一些无所谓的。小顾又要鞠躬，被莫丽雅拦住了，"不要客气啊！"她拍拍小顾的肩膀说。小顾抬起手，也拍拍她的肩膀说："不要客气啊！"

往家里走的一路上，莫丽雅心里酸酸的，她觉得小顾真可怜，这样的情况还要自己挣饭吃，也不知他的父母是怎么想的，咋会狠得下心来呢？但不大一会儿，她也就把这件事忘记了。

茶馆白天是不营业的，每天莫丽雅都是晚饭后出门。她把车开到小区大门口时，就紧张起来了，她还是不折不扣的新手上路，门口地上的那两根铁管总让她提心吊胆的。就在她犯愁时，小顾出现在了车头前面，比着手势给她做指挥。前进停止向左向右，小顾比画得很专业，莫丽雅顺利把车开了出去。她把脑袋探出车窗，冲小顾笑着摆摆手。小顾也笑，也冲她摆手，嘴里哇里哇啦说了句什么。起初莫丽雅不明所以，听的次数多了，她知道小顾是在喊她姐，问她是不是去上班。莫丽雅就笑着说："是啊，我去上班，你该下班了，今天卖得怎么样？"小顾似乎做着好大的买卖，很正式地摇摇头答："不好啊！"

今天不好，明天不好，小顾的回答每天都是不好。这让莫丽雅心里很不是滋味，照顾下他的生意又不会损失什么，大家怎么没有一点同情心呢？从这以后，她就有意去小顾的摊子上消费，隔三岔五就买瓶陈醋腐乳啥的。但她不会每天都去买东西，她提醒自己，不能做得太露痕迹，即便是小顾这样的人也有尊严啊！

通常情况下，老秦每周来一次。大多都是中午，老秦的沙漠风暴就停在了楼前的人行道上。上午莫丽雅是要补觉的，傍晚儿子就从幼儿园回来了，不是很方便，午后就成了他们相聚的好时光。吃过午饭，两个人一起洗了澡，就相拥着走进卧室里。对于床上的事情，莫丽雅是很懂分寸的，既不能让男人有挫败感，更不能让他感觉受到了愚弄。她知道自己做得不错，这从老秦的表情上就能看得出来。事情结束后，莫丽雅会坐在老秦身后，给他来一套按摩。从头到脚按完了，她从背后抱住老秦，把头靠在他肩膀上，用脑门拱他的脖子窝。

"告诉你一个秘密啊，"莫丽雅笑着说，"这阵子我认识了一个美男子，天天都和他见面。"

老秦扭过身子扳她的肩膀，半真半假地问那人是谁。

莫丽雅不说，蛇似的缠到老秦身前，仰躺在他大腿上，抬起一只手摸他的下巴颏儿，又突然伸向脖子，弄得老秦哈哈笑起来。老秦把她那只手捉住，她又抬起另一只手，袭击他的腋下。两个人在床上滚来滚去，笑成了一团。莫丽雅喜欢搞一些小小的恶作剧。生活是很无聊的，没有什么快乐，那就只能自己制造些快乐。莫丽雅常常会这样想。

"他呀，也是个经商的，买卖就开在小区门口。"老秦把她两只手都捉住时，她才喘着气说，"一会儿你出门时就看见了。"老秦走后不大一会儿，电话就打了回来："你眼光不错，果然是个美男子，生意做得也不小。"

小顾每天给莫丽雅当指挥，莫丽雅却不能每天买他的东西，这让她有些不好意思。再出门时，她就在车上准备些吃的东西，无非是开心果、大杏仁、腰果、山核桃之类的，都是她茶馆里销售的，放在副驾驶位上，经过小顾身边时，就从车窗里递出去。有时候下午没什么事情，莫丽雅也会拎着一袋子吃食从家里出来，站在小顾身旁，有一搭无一搭地说几句话，随手把东西扔到桌子上。小顾总是很高兴地接受，口齿不清地说："姐，你真漂亮。"或者是："姐，你真香。"开始，莫丽雅不清楚小顾说的是什么，后来听清楚了，心里就有种小小的满足感。傻子是不懂得撒谎的，他们的话更可信。小顾也常会送给莫丽雅一些东西，苞米花啊，吊炉饼啊，烤地瓜啥的，不管是什么，都是直直地伸过来，捅到莫丽雅的嘴巴边。开始的几次，弄得她有些措手不及，慌乱地把嘴巴躲闪开。后来有了经验，她提早就做好准备，抢先伸出手把东西接过来。她心里很清楚，虽然不会吃，但小顾的东西却一定要接受。

湖上的冰化了，湖就活了过来。桃花红了，柳树绿了，北湖就成了休闲的好去处。莫丽雅都是午饭后出门，这时湖边的人比较少，她不太喜欢凑热闹。湖是椭圆形的，南北长，东西窄，一座拱桥把湖面分割成两部分。北湖是座老湖，汉白玉的桥栏杆已经透出了古铜色，红砖垒成的湖岸铺满厚厚的青苔，莫丽雅听说，靠近岸边的地方水也有几人深。莫丽雅先绕着外围走一圈，然后穿过拱桥，再走一个"8"字形。这时候，身上已经微微地冒汗了，在椅子上歇一会儿，她就穿过马路回家去。除了散步外，莫丽雅有时候还会去湖边弄一些土，她已经着手侍弄园子了，打算先种些时令蔬菜。莫丽雅想："等它们下来时，就又有了一个让老秦过来的理由。"

一天午后，莫丽雅正用铲子在一棵柳树下挖土，小顾从一株桃树后跳了出来。

"姐，香啊！"小顾把一枝桃花伸到莫丽雅的鼻子底下说。

莫丽雅把花接过去闻了闻，她不太喜欢桃花的香味，总觉得里面有一股轻浮的妖冶，但她还是笑着点头说："香啊，小顾，真香。"小顾笑得像花一样，蹲下身子，抢过铲子往袋子里挖土。袋子装满了，小顾就拎到院子里，倒在她指定的地方。莫丽雅正想找点东西给他，小顾已经推开院门跑开了。这以后，小顾不时帮她干些活，莫丽雅就想给他些报酬。但小顾并不要报酬，几次把她的钱扔回来。没有什么活时，他也会往她的身边凑，给她一朵花、一棵草、一点吃的东西，有一次抓了只好大的蝴蝶送给她。这些，莫丽雅都高高兴兴接受了。她不讨厌小顾，她也知道小顾有些喜欢她，但她没太往心里去，从小到大，喜欢她的人实在太多了，暗恋的、明恋的、死皮赖脸追求的，加在一起恐怕上百人也不止，多一个小顾又有什么呢？主动权在她手里，就看如何掌握了。

春天要结束时，老秦终于留下过了夜。儿子比莫丽雅还兴奋，拿老秦当玩具似的摆弄来摆弄去。一会儿拉他看动画片，一会儿又带他看变形金刚，蹲在厕所里也不消停，还喊老秦拿卫生纸。这些事莫丽雅都听之任之不去干涉，她知道老秦愿意陪儿子，男人是很奇怪的动物，有时候偏喜欢在孩子面前表现绅士风度，大概借此缅怀自己逝去的童年吧！莫丽雅想。

睡觉时，儿子拉着老秦的手不放，非要听故事。莫丽雅看老秦一眼，把头低下去，并不制止儿子的胡作非为。她知道，男人有时候需要一些障碍，没有障碍时，也可以制造些障碍。老秦冲她笑笑，随儿子进了小卧室。莫丽雅梳洗完毕，化了淡妆，换上一件蕾丝内衣，就安安静静坐在客厅的沙发上。老秦讲故事的声音传过来，儿子开始还搭腔，后来就不再有动静了。莫丽雅踮着脚走过去，比着手势问老秦，儿子是不是已经睡了。老秦冲她点点头，随手拉灭电灯，两个人轻手轻脚走出来。老秦一把将莫丽雅搂在怀里，忽然看见她脸颊上的眼泪，吓得停下手，问怎么了。莫丽雅把老秦搂住，头依偎在他胸前摇着说："没什么，我是高兴的，刚才听你给儿子讲故事，突然觉得自己是世界上最幸福的女人。"老秦把她搂进怀里，好一会儿没开口。莫丽雅知道老秦听进了自己的话，男人说得越多越不算数，沉默不语却往往已经打定了主意。

夏天到来时，莫丽雅在院子里栽上了葡萄苗，随后又动手搭葡萄架。葡萄虽然还小，但架子可以给豆角和丝瓜爬，搭了也不算浪费。小顾看见她干活，又兴高采烈地来凑热闹。小顾智力差，但力气不小，有了他帮忙架子很快搭好了。莫丽雅把小顾带进屋子里，拿了几样干果，又给他倒了一杯茶。

"姐，真香啊，像你一样香。"小顾喝一口茶说。

茶是铁观音，莫丽雅喜欢它的清香味，特意从茶馆里带回几包，有时候自己喝，老秦来了也会给他泡一杯。

"香就多喝几杯。"莫丽雅说。

她给小顾倒满，见他一只衣领窝在里面，就放下茶壶帮他整理一下。她站在小顾面前翻衣领，小顾抓住她衣服上的一枚镶钻纽扣，歪着脑袋研究来研究去。莫丽雅把小顾的手拿开，摇摇头轻叹一口气。她发现，小顾穿的衣服已经破了。衬衣领子起了毛，夹克的袖子散了边，裤子膝盖也漏了小窟窿。

第二天下午，莫丽雅没去湖边散步，开车带小顾去了购物中心。

"小顾太可怜了，几件衣服就当是给他干活的报酬吧！"莫丽雅想。

小顾不知道莫丽雅要干什么，但一进商场就高兴得乱叫，在她身边一蹦一跳地走。试衣服时小顾更兴奋，穿上一件就对着镜子嘿嘿地笑，扭着身子照来照去。"连小顾也知道爱美啊！"莫丽雅抿嘴笑着想。试裤子时出了点小差错，小顾没把裤子提上去，就从试衣间里走出来，露出里面花花绿绿的裤头。这反倒提醒了莫丽雅，买完外衣外裤，她又带小顾去买内衣裤。在一个柜台上，莫丽雅选好样式问小顾怎么样，小顾却一直不搭腔。莫丽雅抬起头，看见小顾正直勾勾地盯着一个穿胸罩的塑料模特儿。莫丽雅拉小顾的袖子，小顾抬起手指着模特儿，嘴里说了句什么。莫丽雅开始没听清，在收银台付款时忽然一下想明白了，小顾说的是"媳妇"两个字。

两个人走出商场时，拎了一大堆购物袋。莫丽雅买的都是双份的。一身休闲装，米色夹克配浅白色牛仔裤，里面是一件黑色T恤衫；一套正装，浅灰色西服，配一件红斜条衬衫；两套内衣裤，一双黑色皮鞋，一双棕色皮鞋，外加两条裤带两双袜子。莫丽雅带着小顾向停车场走时，心里有一种痒痒的冲动，东西是按她的心意买的,但不知搭配在一起效果如何,她有些等不及想看小顾穿上新衣服的样子了。

"小顾,想不想穿上新衣服啊?"车上路后莫丽雅问。

小顾自然是想的,乐得在座位上拍着手蹦高,脑袋咣当撞在车顶上。莫丽雅把车停在一个浴室门前。浴室旁边是家发型店,莫丽雅看看小顾的头发,也到了该理的时候,就先带小顾走了进去。理过发后的小顾,已经有些焕然一新的感觉了。莫丽雅在浴室里雇了一个人,专门照顾小顾,把新买的衣服给他,嘱咐洗过澡后给小顾换上。小顾跟着那人往男浴室走,发现莫丽雅没在身边,就回过头喊姐。莫丽雅冲他摆摆手,示意自己不能进去。看着小顾进了男浴室,她想:"到底还是个傻子啊!不懂得男女有别。"

尽管做好了心理准备,但看到从浴室里走出来的小顾,莫丽雅还是有些惊呆了。果然人靠衣服马靠鞍啊,洗过澡换了衣服的小顾简直变了一个人,冷眼一看竟然很像一位当红的男影星。如果不是眼神发直,他就是个标准的帅哥。小顾换上的是夹克和牛仔裤,莫丽雅有些兴奋地想:"他穿上西装会是什么样子啊?"

回到望湖小区,车停在人行道上后,莫丽雅没让小顾回家,把他带到了自己家里。

"把这套衣服换上,让姐看看。"莫丽雅把西服扔给他说。

说完她走进卧室,换上家常穿的衣服,回到客厅里,见小顾还穿着夹克和牛仔裤。

"把身上的衣服脱掉。"莫丽雅说。

小顾站在屋地上,扭着身子喊了声姐,抬起手捂住自己的脸。

"小顾竟然会不好意思啊!"莫丽雅有些惊奇,也有些好笑。

"脱吧,姐不看。"莫丽雅背过身去,低头给皮鞋穿鞋带。

小顾好一会儿没动静,莫丽雅以为他换好了,就把身子转过来。突然她就过电似的,直愣愣地呆住了。电到莫丽雅的是小顾的身体。小顾显然领会错了她的意思,已经把衣服全脱掉,正一丝不挂站在屋地上。谁能想象得到呢,小顾的身体竟然美得像一尊雕塑——宽宽的肩膀,饱满的胸肌,紧绷的小腹,细长的双腿……而他的男性器官,也已经在胯下傲然屹立。莫丽雅的脑袋一晕,她突然意识到,已经好久没见过年轻男人的身体了。一股热流从她脚底蹿起来,汇聚在小腹部,又渐渐蔓延到五脏六腑四肢百骸。莫丽雅感觉身体轻飘飘的,像一只气球似的，被热流托了起来。她从沙发上站起身，梦游一般向小顾飘过去。小顾的身体裹在一团白光中，光的中心有个声音，轻轻喊着莫丽雅的名字。那团光炽热无比，像一个漩涡不停地旋转着，莫丽雅试图抵挡，但最后还是被吸进去，融化在了里边……

事情结束时，她懊悔不已。

"我这是在干什么啊？"离开小顾的身体时，莫丽雅在心里对自己说，"你是想毁掉来之不易的生活，葬送自己和儿子的未来吗？"

莫丽雅帮小顾穿好了西服，但已经没心思欣赏了，随口夸了几句，就慌乱地把小顾送出门。小顾有些不愿走，到了门口还回过头来，一声声喊姐。

吃晚饭时，老顾上了门，向莫丽雅表示感谢。

"这几天正打算带他去买呢，妹子倒想到头里了。"老顾脸涨得通红搓着手说，"不能让你搭钱，花了多少我得给你。"

莫丽雅知道老顾的经济条件，话她早想好了。小顾常帮自己干活，几件衣服不值什么钱，真要仔细算下来，恐怕自己还欠着小顾的人情呢！老顾听她这么讲，又连着说了几声谢谢，就起身告辞，边走边自言自语："这世上还是好人多啊！"

这以后，莫丽雅就开始有意和小顾拉开些距离。暗地里，她对自己是有些气愤的："不要脸的东西，还总说能控制住局面呢，竟然连自己都控制不住，栽在一个傻子的手上。"但莫丽雅没有一下断绝和小顾的往来，做事情是要讲究分寸的，循序渐进才让人容易接受。她还会给小顾送些吃的东西，小顾给她的东西，她也依旧会接受，只是次数慢慢减少了。有几次在湖边远远地看见小顾，她就紧走几步，绕到另一条道上去。

老秦正式和老婆提出了离婚。听到这个消息时，莫丽雅表现得很低调，一点都没有欢呼雀跃的意思。老秦把她的头搂进怀里问："宝贝儿，你难道不高兴吗？"莫丽雅说："高兴自然是高兴，但大家都是女人，我知道她也很不容易。"莫丽雅说得很真诚，半点都不矫揉造作。

"你放心吧，我会给她个妥善交代的。"沉默一会儿老秦又说，"你这人真的太善良了。"

老秦留下过夜的次数增多了，莫丽雅招聘了一个助手，打理茶馆的生意，全心全意扮演起相夫教子的角色。有人不是说过吗，通向男人心中的路是胃，一日三餐她都要精心准备。青菜是她亲手栽种的，用老秦的话说，纯粹的绿色食品。菜的样式她也下足了功夫，不仅考虑色香味，还兼顾营养均衡，等等。她知道自己做得不错，老秦的饭量就是证明。莫丽雅不再午后去湖边了，像大家一样晚饭后出门，挎着老秦的胳膊，汇入休闲的人群中。他们已经很像夫妻了。有几次，在湖边碰到了小顾，小顾像从前一样，喊她姐，把一件什么东西递到她鼻子底下。莫丽雅也像从前一样，亲热地和他打招呼，把东西接过来。小顾如果跟在他们身边不走，她就找个借口把他支开。小顾走远后，她随手把东西扔进垃圾箱里。

老秦的沙漠风暴被人动了手脚，早晨起来，挡风玻璃上多了一个大大的红叉。两道锯齿状的红印子，把玻璃斜着切割成四块，好像对老秦的爱车宣判了死刑。红印子颜色怪异，散发着浓烈的腐乳味。莫丽雅一下想到了小顾，心就一沉，好像坠了块石头。"小顾这是在报复啊！"莫丽雅想，大概小顾认为，是老秦的出现让她疏远了自己，所以对他的车下了手。也许，小顾想把老秦吓走，那么他和莫丽雅就又能像从前那样常在一起了。莫丽雅虽然把事情想明白了，但却不打算对老秦挑明，挑明了就会有很多麻烦，还可能越描越黑。

"不知道是谁家的孩子这么淘气？"莫丽雅端了盆水，边擦车边说。

老秦倒是一点没生气，更没有往别处想，还开玩笑说看来自己是要鸿运当头了。

事情就这样遮掩了过去。当天上午，莫丽雅有意接近小顾，她发觉小顾对自己的态度倒没有什么变化，还是亲热地喊姐，把一块烤地瓜捅到她嘴巴边。莫丽雅试探了一下，对小顾说想要一枝桃花。小顾转身就向湖边跑，不大一会儿就气喘吁吁地回来，把桃花递给她。莫丽雅想，看来事情还没到无法收拾的地步，小顾依然在自己的掌握之中。

莫丽雅有些过于乐观了，没过几天，小顾又一次下了手。遭殃的还是老秦的沙漠风暴。这次轮胎成了攻击目标。老秦早晨走到车前时，发现左前胎和右后胎像两条死蛇似的软塌塌地盘在地上。老秦从两条死轮胎上各找到一枚钉子。显然是有人故意破坏，而且不太可能是小孩淘气，小孩哪会有这样的胆量？这次，老秦真有些生气了。本来上午要去市政府开会呢，没想到车却遭了暗算。莫丽雅劝老秦别着急，说可以当司机，送他到市政府。

"我看这事可能是她干的。"坐在莫丽雅的车上后老秦说，"没准儿她找人跟踪了我。"

莫丽雅明白老秦的意思，他是在怀疑自己的老婆，离婚正闹得热火朝天，所以老秦才会这么想。"不太可能吧，大姐咋会干这么幼稚的事？"莫丽雅不动声色地说，心里觉得有些好笑。

"怎么不可能，她是什么人我还不清楚？你就是太善良了，所以才不把人往坏处想。"老秦愤愤不平地说，"今后你也要小心点，提防她对你下手。"

莫丽雅觉得，自己是该找小顾谈谈了，让他以后不要再干这种傻事，但怎么谈她却没有想好。如果是一个正常的男人，莫丽雅有很多办法让他知趣地走开，但她的办法对小顾却不适用，和小顾没理可讲，他根本不会懂你在说什么。

莫丽雅犹豫不决时，小顾自己却出了事，他在一家商场被保安打了。莫丽雅中午出门买肉，见银杏树下没有小顾，小区里的几个闲人正聚在那议论纷纷。一个人说，小顾之所以挨打是因为在商场里耍了流氓。另一个人说，小顾其实算不上耍流氓，他只是用手摸着一个塑料模特喊媳妇。第三个人反驳他，还不算耍流氓？他把模特身上的乳罩脱了，还把手伸进了人家的裤衩里，用手指头……他们看到莫丽雅站在旁边，说得越发猥亵，莫丽雅心里泛起一股厌恶，快走几步离开。

莫丽雅能想象到小顾在商场里的表现，那天买内衣裤时，她就已经看出了苗头。如今被保安打了，也不是什么意外啊！买了肉往家里走时，莫丽雅忽然变得轻松起来，似乎去了块心病一样。开始她不明所以，走到家门口时，她猛然反应过来，自己是因为小顾被打而高兴，"没准儿从这以后他吸取了教训，就再不会对老秦下手了。"

但没过几天，小顾又在银杏树下摆摊了。莫丽雅远远地看见他时，心里有些惊讶，还有些不舒服，听说小顾被打得很重，还住进了医院，咋会这么快就恢复正常了？她不太想和小顾见面，越少接触，才能越快把事情了结掉。但在她犹豫时，小顾已经看见了她，奔着她跑了过来。小顾的一条腿有些不利落，脸颊上有一道伤，蜈蚣似的从眼角爬到下巴颏儿。

"小顾，你怎么受伤了？"莫丽雅不知道自己该说什么。

"姐，你看，媳妇。"小顾不回答，把一张纸捅到莫丽雅眼前。

莫丽雅接过来展开，纸上印着一个裸体的外国女人，肩膀上扛着水罐，正站在溪水旁。一股恶心的感觉从莫丽雅心底泛起来。"小顾真是太不像话了，竟敢拿这样的东西给我看？"但她竭力控制住情绪，一旦撕破脸皮，事情可能会变得不可收拾。

"真好看，小顾，你自己留着，姐不要。"莫丽雅说。

小顾也不打算送给她，只是让她看看罢了，那张纸显然是他的宝贝，他主动收回去叠好装进了贴身的口袋里。莫丽雅看周围没人，就和小顾说了老秦车的事。她说得很费劲，尽量找那些小顾能懂的词，打着手势说了两遍。小顾不住地点头，嘿嘿地傻笑，莫丽雅也不知道他究竟听没听懂。两天后发生的事证明，小顾是没有听懂。

小顾这次干得直截了当，老秦开车正要进小区大门时，他把一块石头砸在了汽车的风挡玻璃上。玻璃是钢化的，碎成了无数小颗粒，像雨点似的溅了老秦一身一脸。老秦没受什么伤，但是吃惊不小，用胳膊护住脑袋缩在方向盘下面，半天没敢出来。等他缓过神来时，小顾已经跑得无影无踪了。

"这个小顾是打算要我的命啊！我又没招惹过他，他干吗要这么干？"回到家时老秦还惊魂未定，喘着粗气对莫丽雅说。"他可能犯病了。"莫丽雅不知该说什么，怎么说似乎都不合适，难道她能告诉老秦，小顾是把他当成情敌来对待了吗？这天晚上老秦没有留下过夜，说是去装风挡玻璃，就再没有回来。

老秦走后不久，老顾上门来道歉，鞠躬作揖地赔不是，说要掏风挡玻璃钱。莫丽雅心里正发烦，想不到小顾还真把老秦吓跑了。她正言厉色，告诉老顾："赔钱用不着，但今后一定要看好小顾，别让他再惹是生非。"老顾不住地点头，说了十几遍对不起。

老秦一连三天没有来，打电话说正忙一笔生意，也不知是真忙还是假忙。晚上一个人躺在床上，莫丽雅越想越害怕，她觉得，小顾已经威胁到自己的生活了，并且可能把她的生活彻底毁掉。她知道自己的身份并不稳固，老秦不止有她一个女人，她们都比她年轻漂亮，稍微不留神，几年苦心经营积累起来的一切，就可能土崩瓦解。小顾成了一个可怕的阴影，一根扎在她心里的刺，一想到他，莫丽雅就会感觉到巨大的恐慌和不安。

第四天傍晚，老秦终于又露了面。两个人的眼光刚一接触，莫丽雅就看出来，老秦这几天除了忙生意外，也忙了女人。但她什么也没说，男人就像沙子，抓得越紧跑得越快，她是不会冒险去盘问的。晚饭莫丽雅做得很丰盛，吃过饭收拾了碗筷，她就挽起老秦的胳膊，去湖边散步。

时令已经到了盛夏，湖里的荷花开得正好。粉红色的花朵像一张张小脸，从翠绿的荷叶间探出来，互相比试着美丽。中间的花蕊则像嘟起的小嘴儿，顽皮地吹气，湖边弥漫着一股淡淡的清香。人们已经忘记散步，纷纷停下来观赏。老秦兴致很高，主动提起了离婚的事，说这几天就会有结果。莫丽雅表面上不动声色地点点头，心里却长长舒了口气，几年的等待终于要有结果了。这时候千万不能出差错，否则煮熟的鸭子也可能飞走。莫丽雅正这么想着，小顾不知从哪冒了出来，把一顶柳条编的帽子往她头上戴。

"小顾，你怎么砸别人的车？"莫丽雅甩头躲开，板起脸问。

小顾不回答，傻笑着做了个扔石头的动作，嘴里发出砰的一声响。

"以后不许你再干这种事。"莫丽雅指着小顾说。

"坏人，该死。"小顾冲老秦翻着白眼，手比到自己脖子上，做了个杀头的手势。

莫丽雅气得浑身发抖，嘴唇哆嗦了半天却不知该说什么，和这么个浑人根本无话可说。小顾似乎也不想再说什么，他已经开始行动了，跑到一棵柳树底下，弯腰捡石头。老秦抓起莫丽雅的手，两个人像逃跑似的钻出人丛，一直跑进小区大门才敢停下脚步。

"真没想到，我秦某人竟然被一个傻子追得落荒而逃。"老秦喘了几口粗气，苦笑着说。

"这个小顾真该死。"莫丽雅咬牙切齿地说。

"你是不是和他走得太近了，所以他才缠上了我们？"老秦问。

莫丽雅心里咯噔一下，局面已经开始失控，朝着自己最不愿看到的方向发展了。

"我看他可怜，送过他两套衣服，想不到他不识好歹恩将仇报。"莫丽雅说。

"我怎么感觉他拿我当情敌，要置我于死地而后快呢？"老秦半真半假地说。

"在一个傻子面前你都这么不自信？"莫丽雅有意想制造些玩笑的气氛，但连她自己也感觉到，玩笑开得极其勉强，像用手去挠别人的胳肢窝。

这一晚躺在床上后，老秦没碰莫丽雅，说声累了，扭过身去很快就响起了鼾声。莫丽雅却怎么都睡不着，她知道，老秦在别的女人那里消耗了体力，所以才挂了免战牌。但也不能排除和小顾有关。老秦是个多疑的人，话说得轻描淡写，事情却会想得相当严重,甚至他都可能怀疑自己和小顾……莫丽雅不敢往下想了,惊出一身冷汗,小顾要是人间蒸发就好了,生活就会恢复平静,几天后老秦离了婚,自己就可以名正言顺嫁给他,过上多年向往的生活。

早晨起床后,老秦打着哈哈说:"我的车不知还在不在?没准儿已经被小顾拆成一堆废铁了。"

"我去看一眼,如果真变成了废铁,就喊个收破烂的过来。"莫丽雅嘴上开着玩笑,心里却非常不安,老秦起床后第一句话就提到小顾,这绝对不是什么好兆头。

老秦的沙漠风暴一切正常,威风凛凛地停在人行道上。莫丽雅长出一口气,今天这一关算是躲过了,但不知小顾下一次什么时候动手。莫丽雅想错了,今天小顾也没打算善罢甘休,他没对车下手,却对老秦本人展开了攻击。吃过早饭,老秦夹着公文包刚出门,小顾就像鬼影子似的从树后闪出来,一口痰吐在老秦脑袋上。老秦是地中海发式,小顾的那口痰正落在中间的海面上,穿越海岸线后,又沿着脑门迅速滑落下来,像只钟摆似的悬挂在老秦的鼻尖上。

"你看看这是在搞什么?"老秦大发雷霆,把公文包掼在地上,手指着自己的鼻子,冲着莫丽雅咆哮。

莫丽雅手忙脚乱帮老秦擦干净。这次她真害怕了,老秦的语气明显是在指责她,说的虽然是痰,但质问的却是她和小顾的关系。小顾已经把她逼到了绝路上。

莫丽雅是午饭后来到银杏树下的,这是她精心计划好的。如今是盛夏时节,人们吃过饭就会午睡,湖边难得见到一个人影。小顾刚把纸箱从家里抱出来,正往桌子上摆东西,见到莫丽雅兴奋得直蹦高,喊了声姐,从衣袋里掏出一块糖递到她嘴边。

"小顾,姐想要朵荷花。"莫丽雅笑着把糖接过来,狠了狠心,说出了那句话。从家里出来后,她就不停地告诉自己,这是逼不得已,她实在找不到别的办法,为了自己和儿子的未来只能这么做。

小顾答应一声,像匹马似的,欢快地跑走了。莫丽雅垂下头,不敢看他的背影,她的眼前掠过一幅画面:红砖垒成的湖岸斜着伸向水面,上面铺满厚厚的青苔,离岸边不远的水面上,荷花开得正艳。小顾气喘吁吁地跑到湖边,跨过一道铁栏杆,踏上湖岸,慢慢向湖水走,脚下突然一滑,他就一头向湖水栽去……不觉中，莫丽雅紧握起拳头，什么东西硌疼了她的手掌。她把手展开，手心里是一块糖。这是小顾刚刚给她的糖。没准儿别人给他糖时，他就想到了她，一直强忍着没有吃，把它揣在口袋里，好容易见到了她，就高兴地送给她……莫丽雅打个激灵："我这是在干什么啊？为了自己和孩子，竟然做出杀人害命的事情？"

莫丽雅疯了一般，拔腿向湖边跑，心里祈祷小顾还没有出事。离湖边二十几米时，莫丽雅看到了小顾，他正抟挲开双手，踩着湿滑倾斜的湖岸向水面走。莫丽雅没敢大声喊叫，她害怕小顾受惊吓，更容易出现意外。她跑到湖边，轻声喊小顾。小顾回过头叫姐，冲她露出痴傻的笑容。

"快回来，小顾。"莫丽雅招手说。

"荷花，给姐。"小顾却不回来，仍然向水面走。

"你快回来，姐不想要花了。"莫丽雅提高声音喊。

但小顾不理她，他就像个机器人，接到指令后就要完成任务。莫丽雅的心提到了嗓子眼儿，再不能看下去。她让小顾不要动，跨过栏杆想把他拉回来。她刚在湖岸上走出半步，脚下一滑，就顺着斜坡滚了下去。中途她撞在小顾身上，随后，他们两个一起落入了湖水里……

莫丽雅醒来时，发现自己躺在地上，周围很乱，无数双脚在走，无数声音吵吵嚷嚷。她想抬起手，把那些人赶开，却没有半点力气。好一会儿她才想起来，自己是落进了湖水里，紧接着她回忆起来，落入水里后，小顾一直托着她，把她往上举。

"小顾！"莫丽雅喊。她没听到小顾的回答，有几个人围上来，但都不是小顾。

"小顾，你在哪？"莫丽雅又喊。

"小顾，他已经死了。"是老顾在说话。

莫丽雅紧紧地闭上眼睛，在心里不停地问自己，怎么会这样呢？怎么会这样呢？

"小顾想采荷花……我还是来晚了，没有救到他。"好一会儿她睁开眼睛说。她看见，一朵像羊似的白云，正走过头顶的天空，眨眼又变成一只狗。

"这孩子活着也是受罪，死了也不是啥坏事。"老顾长叹一声说。

老顾只想草草安葬一下，莫丽雅坚持开追悼会，还在西山给小顾买了墓地。费用都是由她承担的。所有人，包括老秦都以为，莫丽雅是出于善良和怜悯。

安葬仪式结束后,人们陆续离开,只剩下莫丽雅一个人。她告诉大家,想再和小顾说几句话。已经是下午,墓园里一片寂静。墓碑上小顾的照片,眼神直直的,似乎要把人抓到里面去。莫丽雅拿出一张纸,展开,是小顾给她看过的,印着外国裸女的画。如今,她知道了,那是一位法国画家的作品,名字叫《泉》。莫丽雅擦着火柴,点燃了画的一角。火舌从裸女的脚下蹿起,沿着双腿向上,吞没她的小腹、双乳、脖颈、脸庞和脑袋,最后,只留下一个残破的水罐,和一道焦煳色的泉水……

扫 尘

孙焱莉

日子，似她心里的一根弦，如有人拨，一天一下子，嗡嗡嘤嘤，心也一天天跟着颤。过了腊月二十三，年就进入了倒计时："二十三灶王爷上了天，二十四扫房子，二十五做豆腐，二十六砍猪肉，二十七杀年鸡，二十八把面发，二十九贴倒西，三十走油，初一磕头，一磕磕到大门楼儿。"年，听上去就是这般热闹。

二十四，扫尘，正日子。

早上，一睁开眼，她看到房梁上垂下的半吊灰丝，心里就毛茸茸的，也仿佛有吊灰挂着，一阵小风来，一忽、一荡、一漾，荡悠着期盼的触角，倒有一点点的小孩儿心。人家小孩子过年盼着有新衣服，有好吃喝儿，她盼的什么劲儿？

男人走了四年半，是在城里打工没的，从十五楼掉下来。她去看时，人已躺在殡仪馆的床上，走得还算干净，神态还好，像睡着了，看不出一点伤。可她还是哭得人事不省，昏天黑地。白天黑夜地想了三年，第四年头上她想明白了，人啊！就这样吧，走的是福，留的也都得安下心来呀，就撕去了眼前的一层膜儿，不悲伤了，人随之明朗起来。再想起男人时就是平时笑与说话的模样，不远不近，不悲不喜的感觉了，那个遥远城市与殡仪馆的寒窗冷门没了踪影，在她脑袋里给抹掉了，或者没抹掉，是包起来，藏在一个看不见的地方。

她拉开窗帘，是个好天儿，推开门，外面涌进一股凛然的清新味，一下子把她牢牢裹挟住，她使劲吸一口气，整个人无比清爽起来。按了一下鼻头儿，又嗅到奶香气，熟稔而亲切，是小时候拱到母亲怀里的那股味，母亲走了二十年了，如果活着现在有八十多了，她每想起母亲就不自然地按一下鼻子。她坚信，每个孩子幼年时拱进母亲怀里找奶吃，就会把那些母亲香都储存下来，一存一辈子！顺着这味她想起了自己的一双儿女，那两个叽喳叽喳，活蹦乱跳的活宝。特别是儿子大宝一年里就蹿成了铁塔般高大魁实，想想就美得要笑出声来。腊月二十八两个孩子就能到家了。儿子大一，闺女七月份就该毕业。日子过得真快啊，转眼没有炕沿儿高的娃娃扑棱着翅膀都飞了。飞了好，总窝在脚下有啥出息，一辈子围着这一小块儿地方转，像自己，快成拉磨的驴了。

从外面拾进几块劈柴，回屋开始烧水做饭。

一会儿工夫，青烟白气地冒出来，房子暖起来。婆婆开始起来，边摸索着穿衣穿裤，嘴也开了腔：你个黑心肝的东西，想冻死我？懒婆娘，整天心里不知想什么，是不是我儿子走了，在想别的男人……她不去听，也不搭话，麻利地把一锅馒头蒸上锅，盖上盖子，边上的缝隙用布蒙严，再架上最后一锅柴。这时正好，婆婆穿好衣服，两腿耷拉在炕沿儿上，她进屋里给婆婆把鞋从炕梢儿柜空儿里拿出来，温乎乎的，一点也不凉，递到婆婆脚下，说：妈，伸脚！婆婆的话又来了：我才不伸，你想害我，我死了，这个家就完全是你的……虽然这么说，但还是听话地伸脚，穿上鞋，开始往外挪。婆婆糖尿病，眼睛不好，显得腿脚也磕磕绊绊的。她摸着门框和墙去外面解手，像她自己说的那样：我要不瘫在炕上，能做的就自己来，决不容你来插手，你的手太脏。她就顺从着她的想法，也不去扶她，送她，任她慢慢挪到厕所解手，任她摸索着洗脸，洗头，洗袜子，洗裤衩。她继续做自己的事，上炕叠被子，并从柜下找来一大块塑料布，就势把被垛蒙上了。为了扫尘，她做了第一项准备工作。

馒头蒸好了，做了鸡蛋汤，开始炒青椒肚片。男人的表嫂，住在前街的大华扭搭着身子进了屋，看桌上的饭菜，说道：呀！要吃饭了！她应着问：嫂子吃没？大华就往屋走，好半天才回音儿：没吃呢，饭才焖在锅里。舅母挺好啊！婆婆答话：他嫂子来啦，挺好的，坐！然而大华没坐，而是又转回到了厨房，凑近她，小声问：我舅母这两天没什么事吧？她有点蒙，说：没有啊，还是那样啊。大华突然冒出火来，说：你说说，哪有你大哥这么办事的。她知道大华说的是大伯子。两个月前，大伯子去镇上一家饲料厂开车送料，那饲料厂老板是大华娘家弟弟的朋友。活儿也是大华给介绍的。"去时都讲好了,二十九放假,初六上班。可昨天就说家里有事,这年根儿正是忙时,老板没让走,可晚上却自己跑回来了,给人家撂挑子了,这大年根儿的哪里雇人,我弟来电话把我骂一顿。在家里我就寻思着他一个人没事,准是我舅母有事吧,哪承想都好好的。你说我图个啥,要过年了,倒讨一肚子气。这人咋这不定性,都奔五十的人了,以后谁还跟他处事!"她边听着边做菜,两不耽误。菜炒好了,她边往桌子上端边说:他的事,谁管得了。嫂子在这吃吧!大华本是不敢跟大伯子发火,跑这来发泄的,可这一通数落似乎气更大了,转身往外走都岔了音儿:气都气饱了,还吃个屁!等她腾出身子往外送时,大华已关上大门扬长而去。她说的是实话,要是男人,她说是正理,要是小叔子,她也可以说两句,一个大伯子,清水寡面的,一眉头的官司,她牙口缝儿难张。这么多年,除非有事,要不半句闲话都没唠过。婆婆在里屋里喊:败家媳妇,刚来个人儿和我说说话,就让你给气跑了,你安的是什么心啊!

  大伯子昨晚回来的,她知道。昨天晚上七点多来过家里,扛来一袋子年货,给婆婆买了个绒线帽子。给她买了双手套,不过是背着他妈塞给她的。自男人走后,大伯子常买些东西送过来,多是米、面、油、肉、菜等,这种闲东西倒是很少买。也没说请假的事,只说今天来扫房。她又弄了盘花生米,再烫上一玻璃杯酒,足有三两。不过她知道不多。曾看到他喝了两杯白酒说话做事还是有板有眼的。能喝就是好,能喝,酒就不是酒了,是水。不像男人贪杯爱醉,酒后嚎歌唱戏讲闲话闹腾得很。

  碗筷都摆上,稍一会儿,大伯子就推门进来。进屋先叫了声:妈!还看了她一眼,对她笑了一下,很短,瞬间就过去了,就仿佛只牵了一下嘴角的肉,像个弹簧一抻就又恢复如初。她没料到,但却真真切切感觉到了那笑,大伯子从来都是个严谨规矩之人,不多言不多语,不爱笑,有时,眼睛看着你,而眼神却不在你身上,你竟然感觉不到他的注视。她饭吃到一半时,大伯子的酒杯见了底儿。不再要酒,拿起一个馒头,咬了一口,嚼着,说:这馒头真好吃!大伯子今天明显话多。要是以前,就拿每年二十四扫尘这天说吧,大伯子基本就是干活,有时一天也不说一句话。紧接着,他又说了一句:秀贤,我前些天去城里买了点壁纸,今年咱扫完房,粘上吧!她愣住了。不光是壁纸的事情,还有名字的事,最重要的他竟然对她说出了这句话。她叫秀贤,男人都很少叫。大伯子话少,说话时本就不多，原来都是单刀直入，就事论事，一个多余的字都不吐。她的名字自嫁到这个家来就省略了，男人从来只叫她老婆子，从年轻时就开始这样叫，很是奇怪，这让她从年轻时就感觉自己脸上长了数不清的皱纹。"秀贤"这两个字只是偶尔在户口本上一闪现，其余时间都压在柜子底儿。而到这时，失去了男人，她更显无足轻重，一个女人靠山没了，就像一堆土，任哪边儿来一阵风都能吹跑了。突然有人这么叫了一声，着实让人心惊肉跳的。贴壁纸或刷涂料诸如这类事，更不用说了。以前，大伯子会直接把壁纸拿来，扫完就粘，就刷，不会多上这样一句话。再有就是这句话本身了。屋子是他妈的屋子，他是儿子，如果他愿意他可以往上面粘钱票子。而且这句话说得那样平常，自然，如高山流水，如水到渠成。就如两个人过日子，一个说我要把门外的围墙修修，或者我要把家里的锅灶搭得透亮，你能不答应吗？他是为了家，和你说是因为你是家里的人。她想得太远了，好半天还没回到原来的路上来，大伯子停下看她，似有点尴尬。等她恍过神来时，竟然把一个"行啊！"答应得仓促而生硬，好像十万个不愿意似的。

二十四这天，大伯子帮着婆婆和她扫尘，已延续十八年了，自他从部队复员回来那年开始。男人活着时，他也一样来。那时男人看两个人忙来忙去的，也跟着凑热闹，可三下两下就失去了耐心。扫尘是细致活儿，不光是把房顶粘的、挂的灰扫掉，还要把犄角旮旯儿的灰都弄干净，箱子、柜子要挪，底下背后要弄干净，柜里的东西要归整一下，里面的灰要擦净。坛坛罐罐要动，熏燎了一年的烧水铝壶的底儿都要蹭得锃明瓦亮的。这得是什么好耐性。男人做不到，鼓捣两下就跑去玩牌了。自她过门后婆婆就不参与了。最后想想，其实腊月二十四这天，一直是大伯子和她在干着这活儿。

热汤热饭的气把酒味儿拱得老高，屋子里有了酒香。有了酒香真好，踏实！大伯子原来是不喝酒的，倒是男人是个酒虫，只要吃饭就找酒，一屋子酒味儿，刚结婚时，她烦，后来慢慢习惯了，倒是喜欢了酒的气味。男人走的那年，清锅寡灶，房也是大伯子一个人扫的，整个年都是冷的，寡淡无味的。第二年开始，大伯子开始喝酒，从二十三小年开始，一直到正月十五都在一起吃，天天一屋子浓郁的酒香。开始她不习惯把酒拿到桌子上来，大伯子就自己要酒，开始总忘，不怎么习惯，后来她早早备下了酒。不用说，只要他说来就把酒热上。大伯子在村西老院独过。那个老院她也住过四年，后来大伯子回来了，一家六口人东西屋子地挤着，总有感觉别扭的时候，大伯子几乎不怎么在家里待着，除了夜里睡觉，白天要么干活儿，要么去别人家串门，要么就去山上转转。住了一年多，男人就在村东盖起了四间大瓦房，把婆婆也接过来，老院子就留给了他哥。

房子盖起来了，大伯子虽拿了一部分钱，可饥荒拉得太多。男人是个要强的人，吃饽饽也得捡个儿大形儿好的，谁比他好了，他心里难受。如果不似这要强，也不至于扔到城里。大伯子也不是个懒人，但不似男人这般争强好脸。大伯子算是个怪人，在她眼里。比如他一直不成家。本来那个院子，男人是腾出来给大哥成家用的。大伯子在部队待了十三年，复员回来分到了粮食局下辖的乡粮站，可转眼第二年，粮食部门整体并轨买断工龄，他没上到半年班就回家务农。转了一圈儿又成了农民。不过倒看不出他有多难受，依旧如平常模样，吃饭、睡觉、干活，或者到处转转。

一顿饭吃得有滋有味，婆婆和大儿子搭话，唠年货置备的情况。婆婆在有人的时候是绝不骂她的。若说她脑袋也跟着身体一样病着，别人是不会相信的。婆婆是男人打工后，就开始这样的，开始时并不直接骂她，只是溜话儿给她听，心不顺了就指鸡骂狗，她开始生气，后来习惯了。男人走后，婆婆身体越来越差，就直接大口大口地咒骂她。她现在修炼得已是充耳不闻了，就仿佛婆婆在和她唠家常。

听着，吃着，也就饱了，下地给婆婆倒水。回来时，不经意看了大伯子一个侧脸，恍惚了一下，大伯子和男人真像。特别是那个小侧面儿，这是她刚刚发现的。大伯子清瘦，挺拔，男人是个胖子，大伯子稳当迟缓，男人是个猴急脾气。因为性格和身形上的不同，她没看出两人有相像的地方，可这一瞬间却一下子发现了。大概是酒下肚的原因，大伯子人松散了些。虽然大伯子看着少言寡语，稳当处事，规矩为人，可她总隐约感觉这些年他绷紧着，从身体到面容都是，身体那是在部队十几年练出来的，可面孔绷着就有点累了。她不知她的感觉准不准。

乡下有句俗话，"宁在叔公怀里坐，不从大伯子眼前过"，而她感觉大伯子算是把这句话记得最牢靠的人了。村西王大凤，和她年纪相仿，有事没事就爱和三个大伯哥说笑话，你一句我一句也其乐融融的。不过她是个特例，这个全村人都知道。开始时村里有人笑话她，说她不正经，相中大伯子了，兄弟通吃，结果好些年下来，没人抓住什么把柄，都是长舌头的人嚼的虚无事儿，就见惯不惊了。

用王大凤的话说：大伯哥也是人，有啥不可说笑的，又不是偷人养汉背着人。有时，她倒是挺羡慕王大凤的，那种自如和坦然真是好滋味儿。不过说归说，嫉妒归嫉妒，羡慕归羡慕，村里的那些大伯子们和兄弟媳妇们多受着这个约束。

现在，她不知道哪根弦错了。这些年大伯子从来没正经看过她的眼神儿。她心里硌得慌，人可以目不斜视，可目中无物就让人难受了。刚开始那些年，她总是在心里琢磨到底是为个啥，瞧大伯子在村里的女人面前偶尔也会谈笑风生，眼神中有山有水的。可为啥偏在自己面前拿出这副嘴脸，一股子视而不见招人牙痒的恨人样。开始那几年，她确实迷茫或无端生气，可一直都这样，就计较不过来了。可如今大伯子松散下来，她又不适应了。人啊！有时真是笨，自己都琢磨不透自己。

可更让她摸不着头脑的事在后面。大伯子端起酒杯喝了最后一口酒，然后把杯轻轻放下，眼睛看着她，稍微眯着，有笑意，还含着水分，他说：秀贤，以后大宝和丫的学费和家里的开销我管。她愣了一下，紧接着说：不用，他爸的赔偿费足够他上大学和家里用的。大伯子说：那些钱给孩子们留着吧！她把一个"哦"字拉了很长的音儿，不知大伯子的话是什么意思，往下该说什么。这些年，在她的眼里，大伯子只有两次行为在她眼里算是失常的，难道他还要来上第三次？

她记得和大伯子第一次见面是腊月二十九，她结婚后的第三年。天上飘着小雪，她正在扫院子，进来一个雪人，看似走了很远的路。这雪人看到她后站住了，看着她。她也看不清来人，只感觉一双黑洞洞的眼睛盯着她看。后来等他迟疑地越过她进屋里时，她看到那人的后背，一身绿色的军装，才知道是他的哥探家回来了。等她收拾停当，回到屋时，看到雪人已变成了一个朝气蓬勃的小伙子，身杆笔直，目光炯炯。互相介绍完后，她叫了一声大哥。可这个大伯子像没听见似的，也不应声，也不点头，只是看她，上下左右，虽然看得并不失礼，可却挺执拗，她感觉她走到哪，他的目光就跟到哪。眼神里的波澜壮阔让她弄不明白。大伯子在家待了十天，她如芒在背。后来大伯子走了，她背后的那些针才抖搂掉，一颗心才放下来。等他第二年探亲，第三年复员后，就判若两人了，不言不语不说不笑，像是谁欠了他八万吊。第二次失常表现得更是莫名其妙。五年前，那时男人已在外面打了六年工了。大伯子晚上八点多敲门，没进婆婆的屋，直接进了她和闺女的屋子，那时闺女正好出去了。大伯哥脸红扑扑的，身上带着酒气，看起来喝了不少酒。他死盯着她看,看得她直发毛,后来他反复地说:你干吗要受这个,老二太不是东西了!你干吗要受这个……后来,她有点害怕,语结地答:我,我受什么了?大伯子看到她的样子就不再说话,而是瞪着两只水汪汪的眼睛看着她,瞪得持久而专注,那时她都不知怎么好,坐也不是,走也不是。后来大伯子使劲眨巴几下湿漉漉的眼睛,抹了一把鼻子,转身走了。她后来把大伯子这次行为归结为:喝蒙了。有时闲来无事,她也想一下大伯子这个人,琢磨一下他为何第一次和后来有那么大的反差,想来想去,大概只能归结到婚姻与感情的不顺上来。大伯子早年往家寄过他和一个女孩子的合影,说是对象,准备要结婚了。照片是在半山坡照的,在一棵枫树下,是秋天,枫叶半黄半红,很美。那个女孩子也很美,眼睛大大的,笑成月弯,腮边隐约有两个可爱的小酒窝,大伯子也特别精神,真是羡慕死个人。她当时看照片时还偷偷看了一眼男人。那时男人正胖乎乎地坐在炕上和人蹲锅摔扑克,一副敞衣露怀的啷当儿相。可谁承想大伯子复员回来,只孤身一人进了家门,没有把照片里的人领回来。在粮站上了半年班,有人给介绍个对象,处了半年,可他却不干了,那女的哭着找了他两次,谁劝也不听,也不知道什么原因。再后来有人给介绍对象,他一律不看。那时大伯子心里就是口深井,没人能探得出底儿来。婆婆整日唉声叹气,可什么用也没有。一转眼这些年荡荡悠悠地也就过来了。在她心里大伯子是个让人时时犯糊涂的人。但有一点她明白,大伯子是个特别的人,他和男人及村里那些爷们儿的想法、活法都不一样。

大伯子吃完饭没有直接干活儿,而是回老院子,一会儿就扛来两个大纸箱子,"咣当"往外面一放,她走过去打开看,都是壁纸,一个屋子根本用不了。大伯哥瞧见她看箱子就说:把你原来住那屋也都贴上吧!孩子们回来看着也喜。她不言,算是默许。大伯子又接着说,这些年,最不容易的是你了,该好好对待自己了。她有点蒙,不过听到"不容易"这三个字,倒有些酸。从嫁到这个家,她似乎没正正经经舒坦地喘过气。刚来,家里的关系捋不顺溜,婆婆的尖刻,让她受了不少委屈,在婆媳中间,男人不表态,倒是有两次大伯子背着她狠狠地数落过他妈的不是,她去邻居家串门,回来时走到窗根儿前正好听到。好在这样的日子并不是无尽无休的。她学会忍耐,凡事都能大事化小了。刚结婚那几年,家里穷,日子过得节衣缩食紧巴巴的。男人脾气不好,心粗,开始她较劲儿,后来一看没什么用，也就松懈了，在乎也不行啊，两个孩子吱吱哇哇地要人带；家里一堆堆的活计；地里几十亩庄稼，都要她经心经手。头晚上睡觉一脑门子猪鸡鸭狗的事，梦里醒来，耳边还是猪叫狗咬的音儿。孩子大了，不手忙脚乱了，男人又去外地打工，什么事都落在了她一个人的肩上。好在这些年没少忙乎钱，家里过得风生水起的，唯一不可心的，就是男人不在家，有时突然涌上来的孤寂与委屈跟谁说去？这也好办，至少年年有个盼头在心里掖着，可如今，男人竟然也不在了，只落个病婆婆在身边。所有的人都飞了。这些她平时都不往深了想，今天大伯子一句话却替她全翻了出来。不光是一句话，而是说这句话时，他的语气与神情都那么特别，他的欲言又止，他的尽在不言中。这个人，似乎知道她所有的事情和心思，真让人惊诧。她知道早上，从推开门以后，哪儿跟哪儿都不一样了。

两个人开始干活儿。像每年一样，先从房顶开始。大伯子登高，够远，搬重，她递东西，打零儿，搭把手。大伯子干活稳当，一丝不苟，一笤帚一笤帚地扫，几乎不放过每寸地方，就像房顶不是房顶，是一个人的头发、脸面，需要精心擦拭似的。

扫上了尘，才知道尘是这样厚，这么多。原来从外面看还算过得去，桌子亮堂，柜子干净，墙也不灰土，偶尔看到几丝灰也无伤大体。可当把这些东西都翻腾到底，挪到另一个地方，才惊觉，原来这些灰尘都落在目所不及之处，都藏在不为人知的地方。

两人是从她婆婆住的那个屋子开始收拾的。活儿干得麻利顺溜儿。婆婆看不太清，就倚在门边听着声音，有一句没一句地说话，多是他大儿子搭话。她光是手眼麻利地干活儿，把时间留给这对母子，她总是为别人想得多。她一直是个好女人，村里的好些人都说，只是她并不知道这些背地里的话儿。

东屋收拾停当，贴了壁纸，一下就光鲜起来，壁纸是牵牛花的图案。牵牛花的枝枝蔓蔓，抽象而静美，爬了满满一墙。婆婆爬上热炕，盘腿坐在一丛丛的牵牛花当中，满脸愉悦。

一只喜鹊落在院里的苹果树上，歪着头左右看看，蹦上蹦下似有满腹的高兴事儿，不知道找谁说。她在往外扔一本被耗子咬坏的旧万年历时，这只喜鹊突然蹦到离她最低最近的枝头，"哇里哇啦"狠狠地叫了几声，随即飞到最高的枝头上了。她还在心里笑着想：这只喜鸟，难不成在骂我？

扫　尘

开始收拾她住的西屋。大伯子说：把没有用的东西都扔了吧！搬动一回，挺费劲的。她心里也是这样想的，但没有应声，只感觉这大伯子，心想得倒周全，话也开始跟着心思走了，这算是心口一致吧！这可不像他，原来他是一只葫芦，肚大，口小，放在哪里都闷闷的。

活儿越干越透亮儿了，最后一个大板柜，是她结婚时买的唯一家具，把它抬过来，再收拾一下，就可以粘壁纸了。她和大伯子一人抱一头儿，把柜抬到了地中间。在柜后面厚厚的积尘里，隐约露着一个圆圆的东西，她拾起一看，是个小镜子。竟然是她结婚时从娘家带来的，是一个姐妹送她的，可放在哪里却忘记了，她找了数次，都无果。且年年二十四这天家里都要里里外外地收拾打扫，却一次也没发现它。她以为丢了，后来就不再找了。这个镜子很新，她只用了不到三个月，就结婚了，有了新的镜子。不过在家里这个小镜子是跟她最亲近的，时时揣在身上，她用它照脸，照头发，照脖子上的小疙瘩，照青春妙龄的丰盈饱满，照即为人妇的羞涩。那时所有的日子都是属于自己的，很纯粹，那是多遥远的事了？唉，蒙着灰，隐约的，朦胧不堪，甚至有点记不起来了。这些年她所思所想一直都是婚后的，都是孩子、男人、家，以及由家衍生出来的人或杂事。整日乌突突的，忙忙碌碌，心里没得过半日闲。现在透过失而复得的镜子，她想起了一些片段，想起了纯粹的自己来，有股喜悦竟然涌上心来。

大伯子看到了她的举动，停下手里的活儿，有点诧异地看着她少有的表情，她不管，奔到外面，对着灰尘厚得起了绒毛的，生了苔藓、快成化石的镜子用力一吹。结果，偏偏一阵风涌过来，这些灰尘扑了她一脸。她眼睛一下子睁不开了，一阵刺痛，灰进了眼睛里。她使劲眨，没出来。她摸索着进到厨房找水，去洗。洗干净了脸，眼睛还山核桃似的紧闭。试着睁了几下，总不行。她又换了水，用左手食指和中指扒开，用右手往眼里撩水，很蛰，她忍着，一卜，两卜，三卜。一只眼总算不那么疼了，不过还有东西。另一只眼还是老样子。大伯子已站在她面前，问：怎么了？迷眼睛了？她嗯了一声，说吹镜子上的灰吹的。继续快速地眨眼，闪烁间，她看到大伯子的脸离得很近，在察看她的眼睛。大伯子说：流点眼泪就下来了。她说：眼泪干了，迷这半天也没有一滴。就又继续洗。大伯子奔回屋里拿来眼药水，她往眼睛里滴进去半瓶子，总算冲好了些，能睁开眼了。可糟糕的是左眼中间有一块大大的黑挡在那儿，像块大石头压着。一眨到那里还是疼得受不了，她说我眼睛沾上东西了，忙找镜子看，大伯子随手递过来。不知什么时候，那个小镜子面儿被擦得一汪水样的明亮。后面紫色的漆壳和镜子前面边缘的齿牙没丝毫划痕，簇新而光鲜。她一下子有点恍惚，仿佛递过来的手是女伴的，在她面前的是光鲜的青春时光。她愣了一下才接过来照。她看见一个黑点沾在瞳仁正中，眼动它也动。她看的同时，感觉大伯子也在看她的眼睛。她有点别扭，她甚至感觉脸有点烧，浑身又扎上了针。她听到大伯子的声音：别揉了，沾在上面了，再揉就嵌进去了。她想走开，她感觉有点窒息，大伯子墙一样立在面前，近，密不透风，她甚至能感觉到他的呼吸。别动！我来帮你弄掉！没容她表态，一双手一上一下按住她的上眼皮和下眼睑。那手真大，一下子就包住了她的头，她以为自己渐老了，头也长大了，臃肿了，松弛了，麻木了，僵硬了，可却不是，其实在他的手里还是那么小，紧致，柔软，敏感。女人在男人面前或许总是这般玲珑吧。她使劲闭上眼睛，不知接下来他能怎么办，可她只闭上了一只眼睛，那只被迫扒开的眼睛看到：一根舌头伸过来，无限放大，鲜红，暗红，朦胧的黑暗。一股热流从她的瞳仁里传过来，在她全身上下张开的毛孔向外喷射，瞬时，温暖如春。

水袖舞翩翩

宋长江

海岛冰轮初转腾
见玉兔
……

明霞独自一人在厨房刷碗,嘴里咿咿咿呀呀呀,唱着京戏《贵妃醉酒》,唱着唱着,情不自禁抬起一只手,塑了个兰花指,残留在手上的刷碗水,顺手臂滑下,滴滴答答落在了地上。

别唱了好不好!女儿巧卉的声音从房间里跳蹿出来。

明霞对女儿的嚷,已习以为常,继续唱,只是把唱词哼成了曲调儿……

巧卉又嚷上了,妈,听见没?我烦!

明霞和颜悦色,说,好,好,我不唱了,我出去唱。说是不唱,身不由己又哼出一个长调,抖了一下手指,才罢。

夜的幕,缀满霓虹和斑斓,大街小巷,动着喧噪。

明霞把碗筷收拾利落,隔窗俯视大街,流光溢彩的灯河,纵横交错,传导上来的音乐和汽车引擎,鼓动耳膜,阵阵酥痒。

炫。

明霞最近记住了这个时尚潮语。但她说不出口。炫字,已远离了她的年龄。

可炫的感觉，她却体会得入骨。她或许尚未意识到，眼界里的斑斓和霓虹，耀目的光影，加上那个说不出口的炫字，流感病毒般，侵蚀了她的视觉和思维，不自觉中逐渐忽视了对夜空的仰望，忽略了天上还有星星和月亮。

翻遍五十一年的生活阅历，明霞努力追忆和寻找曾经的炫，竟然是空白。结婚时已属大龄，除去工作的劳累就是生孩子抚养孩子的辛苦。意外的是，内退赋闲后，以伤感的心态去面对暮色来临的时候，炫的感觉才以色彩斑斓的状态和新鲜的味道呈现出来，把从未用过的"枯木逢春"这个词也翻了出来。不然，她哪里会难以抑制地咿咿呀呀唱个不停，哪能招得女儿呵斥而不生气呢？当然，唱几句哼几句，只是个表象，明霞把炫的真实感慨隐藏了起来。她把这种隐藏看作是成熟女人的标志，把它理解为辛苦一生的馈赠，只能独自享受，传不得，说不得。

明霞去了卫生间，简单化了淡妆，春风摆柳般飘到丈夫老高的房间，轻声说道，老高，我出去遛一圈了。

老高正在灯下伏案画图，听见妻子的声音，抬起头，扶了扶眼镜，啊了一声，继续伏案。

明霞退回走廊，对里屋的女儿喊了声，巧卉，别看电视啊！快把作业做了！做完作业再看！

里屋的巧卉没什么反应。

明霞怀疑自己的声音缺少穿透力，被紧闭的房门挡住了，或许她想看看女儿是不是正在偷看电视，急匆匆奔到巧卉房门口，忽地推开了门。

巧卉呆坐书桌前。

电视是关闭的。

巧卉扭过头，白了明霞一眼，以示对突然袭击的抗议。

明霞毫不顾忌女儿的白眼，说，白什么眼，把成绩搞上去，再给我白眼！听见了吗，快把作业做了，早点睡。

巧卉低头不语。

明霞一反开门时的猛劲，轻轻把门关上，蹑手蹑脚提起走廊地上的一个鼓囊囊的黄色绸缎包，悄声下楼了。

走下楼的明霞，碎步如流水，流到路旁，潇洒地挥一下手，一辆的士急停在身边。

明霞拉开车门，把身子缩进去，用似戏非戏的腔调对司机说一声，南山公园，二阶门。

司机扭头认真瞅了一眼明霞，晃晃脑袋。

二阶门，是南山公园的侧门，悬在半山腰。

巧卉的头，伸进爸爸老高的房间，冷冷地说，爸，我出去一趟。

老高抬起头，扶了扶眼镜，嗯了一声。忽然，像想起什么，再次抬头，喊了一声，快回来，不准走远……

巧卉已没了踪影。

老高是采暖工程师。楼市火了，他也火了，兼职兼了三家，加班加点，月收入两三万，把火爆换成钞票，把平淡的生活调得有滋有味。滋味么，主要体现在妻子明霞身上。

几年前，明霞所在工厂转制，年过四十五的职工，无论男女统统办理内退。这意味着，不上班不出力，还能拿到百分之六十的工资，比过去上班开不出工资强了多少倍。明霞兴奋不已，情致高昂地伺候女儿巧卉上初中，再上高中。上高中的巧卉住校，明霞的闲暇时间突然多了，也突然变得伤感了，头发见白，皱纹增多，更年期的征兆也出现了。她怕了，她不想如此这般步入暮年，她向老高提出要出去找个工作，哪怕给人家当保姆或去商场做清洁工也行。老高劝她，说，咱家不缺那千八的，你去给人家做家务，当清洁工，别人还以为我养不起这个家。明霞说，不会的，谁不知道你能挣好几个人的工资呀！我是怕我在家待傻了待老了。老高说，那你就出去玩玩，出去散散心嘛。

明霞给了老高面子，不再提找工作的事了。

一天，明霞碰见一位工友，工友说去群众艺术馆学唱京剧，问她去不去。明霞想，去看看光景也不错。

教唱京剧的老师姓陶，七十多了，腰姿和脸挂，不输五十岁的女人。据说这位陶老师曾经演过柯湘和铁梅，是本地戏曲圈里的大腕。

陶老师见学员里多出新面孔，热情地让明霞唱一段。大概是为了考察，考察明霞是不是唱京剧的料。

明霞红脸说，我从来没唱过。陶老师说，没唱过不要紧，来，我唱一句，你跟着唱一句，就唱《贵妃醉酒》第一句。

陶老师唱道，海岛——唱。

明霞学唱，海岛。

冰轮初——唱。

冰轮初。

转腾——唱。

转腾。

陶老师兴奋地问，你以前真没唱过？

明霞说，真没唱过。

陶老师惋惜地说，你年轻时都想什么了，怎么不往京剧上靠，那时就学的话，凭你的嗓音条件，能唱出个名角。

明霞羞赧地说，我长得也不像个演员。

明霞确实不漂亮，个儿矮，脸小且凸鼓，还布满了雀斑，几乎看不出女人的妩媚相。

陶老师正色说，唱京剧，不靠脸蛋，全靠嗓音。上了台，画上脸谱，男人都能变成女人，何况我们本身就是女人。

明霞不傻，她知道这是陶老师鼓励她留在学习班里。

在这座小城，据说有四五个戏曲学习班，老师都是过去京剧团或评剧团演过主角的演员。后来剧团解散了，他们这些把一生都献给戏剧艺术的角儿，为了坚守，纷纷办班，免费教授学员，当然了，都希望自己的学员越多越好，聚人气，说明自己的声望不减当年。何况，学员们多少也是要对老师的辛苦表示表示的，比如请老师吃饭，比如集资给老师过生日买纪念品，等等。

仅仅学了一个上午，明霞忽然感悟，自己真的具备京剧演唱的天分，略带磁性的嗓音，令大家羡慕不已。于是，接下来的日子里，她变得理直气壮了，也学得有鼻有眼了，啊啊啊，呀呀呀，学唱得越来越有味道。大家都说陶老师说的对，明霞当初要是发现自己有这个天分，当初要是遇上陶老师，早就进剧团或进北京了。同时鼓劲她，说当不了正式的京剧演员，练一练能去《星光大道》亮亮相，也是咱们学习班的光荣。

明霞的心，骤然浮了起来。她甚至自我谴责，年轻时自己都想些什么了？假如自己当初入了这一行，真的有可能成为戏剧明星呢。

老高和巧卉，也是从那时开始，耳朵里被强行灌满了京戏曲调。尤其是老高，到了把《贵妃醉酒》一腔一调不落地跟着默唱的程度。老高还意外地发现，从妻子学唱京剧后，生活情趣日益高涨，说话态度比以前柔和多了，家里的生活也安排得有规有律，有滋有味。老高一高兴，许愿说，你要真能上《星光大道》，我给你买一套好戏服！

南山公园二阶门右侧，茂密的树林中，掩藏着一座六角凉亭。亭内中间立一方石桌，四周衔接五条木椅。说不清从何时起，这里成为陶老师和她的学员们每天早晨吊嗓的地方。吊完嗓子，学员们回家吃饭，九点钟的时候，再集中到群众艺术馆进行走台排练。

明霞急需练的是身段和台步，她一直被水袖的舞动所困扰。为尽快进入角色，为把水袖舞动得有模有样，她主动约上男票友丙宜先生为她开小灶。请丙宜先生私下指导，还要避开陶老师，因为只有陶老师，才是真正的老师，丙宜先生和明霞一样，都是学员，行规是破不得的，不然，陶老师会不高兴，问题会很严重。所以，晚间偶尔偷偷约丙宜先生来二阶门教授指导，已经有三四个月了。

丙宜先生年近六十。衣装干净得体，说话简约委婉，连头发都梳得一丝不苟。据明霞了解，丙宜先生学戏学了四十多年，已经到了如痴如醉的地步。可惜，因嗓子条件不佳，注定永久地站在票友的队伍里。但丙宜先生的形体表演，尤其反串青衣或花旦，惟妙惟肖。私下里，票友们都说，他的演技甚至胜过陶老师一筹。尤其是丙宜先生的水袖舞动和翘起的兰花指，一招一式，令明霞眼热。他要是个女人，那会妩媚到何等程度？

明霞还听说，因为丙宜先生对京剧痴迷，工作和生活上很难让领导和妻子满意，工作可以混，丈夫的角色却没混下去，被妻子强行离婚。大家都说，离婚并没影响他对京剧的热爱。

夜的静谧，隔断了熟人的目光，掐断了"闲话"传到陶老师耳朵里的可能。所以，一个个夜的别样景致和气氛，终于把炫字收进明霞的感觉里。低声哼出的啊啊啊、呀呀呀，伴舞动的水袖，融入夜色，溅起看不见的浪花。于是，某一天，在二阶门，在夜幕下，在凉亭里，明霞难得仰望了天空，看见了久未谋面的星星和月亮，仅仅片刻，甚至来不及想星星和月亮为何如此陌生，丙宜先生的手，正托着明霞缓缓抬起手臂，明霞下意识触碰了丙宜先生那只滑润的手。

丙宜先生微微一愣，随即顺其自然地握住了明霞的手。

很温暖。丙宜先生不失时机地说。

一句温暖，融化了明霞刻意固守的情感，一股暖流立刻溢满周身。这种感觉，和丈夫老高大概许多年不曾有过了。哪怕两人赤裸交合，合到高潮也仅仅是生理上的快感，难得变成暖流。

丙宜先生矜持地微笑，收回自己的手，说，不该，不该。

明霞戏谑地说，什么该不该。之后，朗朗地笑出声。

时间久了，水袖下的两双手，常常传递着两个人的心事和温度。逐渐，说不清哪一次，心事适应了温度，两个人的情感表达，暗合了戏曲曲调，无需语言，身姿的一招一式，水袖的一摆一掸，眉眼的一瞥一收，自然而然地把肌肤的渴求，变成两颗心的融系。

心融了，融久了，两个身体也就顺理成章地贴在了一起。

于是，趁着夜色，明霞去了丙宜先生的家，做了一件说不清该不该做的事情。说不该，应适可而止，说应该，一切安然无恙。所以说，明霞一直感觉自己很幸运。炫的感觉应该从那一刻起，被明霞强烈地感慨了。

幸运的感觉主要体现在两个方面。一是，家里的老高一直忙于他的火爆。当然，这绝对不是明霞出轨的理由。她对老高比过去更体贴，对女儿更加溺爱，家里被她把持得其乐融融，毫无虚假。二是，有一次在丙宜先生家，突然闯进来一个大男孩，令明霞心悸不已。丙宜先生把大男孩介绍给明霞，说这是他的儿子。大男孩礼貌地说，阿姨好。

心悸的明霞豁然释怀。

大男孩文文静静，腼腼腆腆，像个大姑娘。

丙宜先生后来解释说，儿子经常待在他妈妈那里。丙宜先生还自我表白，说他其实不是一个在生活上随随便便的人。

对丙宜先生的表白，按常理，明霞是不相信的，奇怪的是，见到丙宜先生的儿子后，她却信了他的话。所以说，明霞感觉自己很幸运。

结婚二十多年了，社会上男欢女爱的婚外逸事，时时扰她，扰得心慌意乱。丈夫老高，仿佛是一尊千年古董，活在一个亘古不动的层面上，这一方面安抚了她的心，一方面又令她滋生出对异样情调的渴望和对岁月即逝的留恋。丙宜先生恰恰为她的渴望和留恋铺设了一条隐秘的通道。

此刻，明霞来到二阶门，见丙宜先生候在六角亭内，客气地说，您又比我来得早。

丙宜先生说，家近么。

明霞打开黄色绸缎包，取出戏服，在丙宜先生的帮助下，套在了身上，之后，兴兴地抖了一下水袖，那袖头，蛇舞一般直拂丙宜先生的脸庞，丙宜先生开怀大笑，抖得好！抖得很有劲道！

几个月下来，明霞已经把抖袖、掷袖、抛袖、拂袖、甩袖、摆袖、叠袖等数十种水袖舞动的动作和姿势，练得几乎得心应手了。

国庆节即将到来的时候，陶老师接到通知，她的部分学员，将参加本市国庆节汇报演出，明霞表演的《贵妃醉酒》也被列入其中。电视台还将现场录像，择日播出。为此，明霞和老高说，别等《星光大道》了，快给我买戏服吧，我要舞舞新水袖的感觉。

老高答应了，爽快地掏出钱。

明霞在丙宜先生的陪伴下，定制了两套新戏服。

晚上，明霞穿上新戏服，端一碗参汤，飘进老高的房间，戏腔道，相公，请笑纳这碗汤。

老高瞅瞅明霞，扶扶眼镜，笑笑说，好看，好看。顺从地喝了一口人参枸杞汤。

明霞又飘进巧卉的房间，突然意识到了什么，没用戏腔，改换成平日口语，说，巧卉，把奶喝了。

巧卉头不抬眼不睁。

明霞把住巧卉的嘴巴，游戏一样把牛奶灌进巧卉的嘴里。补钙，安神，对你有好处。

巧卉说，你想呛死我呀！

明霞说，不知好歹的死丫头。

巧卉不语，麻木不仁。

明霞问巧卉，妈这身戏服好看不？

巧卉一扭头，说，跑风。

明霞问，什么跑风？你呀，不懂。

巧卉说，谁说我不懂？我比你懂。

明霞说，你们这一代，怕是永远不会懂了。

巧卉转身给了明霞一个后脑勺。

明霞并不介意，又回到老高的房间，脱下戏服，和以往一样，对伏案画图的老高说，老高，我出去遛一圈，试试戏服。

老高从写字台上抬起头，扶扶眼镜，啊了一声。

明霞对屋里的巧卉喊了一声，巧，别看电视啊，快把作业做了！

巧卉把门砰地关上了。

明霞虽然发觉女儿情绪不对，便以青春期的理由，宽容了女儿的粗劣动作。死丫头！说完，微笑地提起门口那个黄色的绸缎包，下楼了。

巧卉来到父亲房间，看了一眼慢慢品汤的父亲，欲言又止，遂气急败坏地奔回自己的房间，既不看书，也不做作业，而是躺在床上，望天棚出神儿。

几分钟后，巧卉突然起身，再次溜下楼。这一次，她没和父亲打招呼。

老高已经发现最近巧卉行动诡异。对女儿的学习成绩，老高已经不抱什么幻想了，考个二本，他就满足了。在学习上，他知道成绩不是强求就会拿高分的。智商这个东西，是有定数的。但他对女儿偷偷溜出去的行为，已经警觉。他想，不能和明霞说女儿常常偷着跑出去玩，但自己作为父亲，也是应该提醒提醒的。

巧卉回来的时候，老高很严肃但也很委婉地说，巧卉，你不能总踩着你妈脚步往外跑，适当地玩玩我不反对，适可而止，不要养成习惯，养成习惯就不好了。

巧卉说，我没玩。

那你出去干什么？

巧卉说，正事。

老高看看表，自语，你妈怎么还没回来？

巧卉说，今天她不会很快回来的。

你怎么知道？

巧卉说，我已经摸出规律了。

老高笑了，说，所以，你总踩你妈的脚步出去。不务正业！以后不要往外跑了！

巧卉沉默不语。

大概过了十一点，明霞回来了。

老高问，这么晚？

明霞说，我马上就要上台演出了，我得好好练练。你也早点睡吧。

老高望着气色不错的妻子，暧昧一笑，说，早点睡，早点睡。

明霞说，我先洗个澡。

老高说，好好，我也洗洗。

明霞明白，老高这是有了那个想法了，问，巧卉睡了吗？

老高说，大概睡了。

突然，巧卉的声音从房间里跳出来，我没睡！随后砰地打开了自己的房门。

门假如就这样敞着，老高的那个想法就不能在卫生间里实施，即便进了卧室，也不敢轻举妄动。

明霞低声对老高说，她还是小哇，不懂事。

老高嘿嘿一笑。

大幕缓缓拉开，明霞踏着轻盈的台步，和着《贵妃醉酒》的四平调，从舞台深处碎步走来。近两米长的水袖，伴音乐节奏，一抖一抖收拢。左手一把花扇，流水般打开，右手一个兰花指，优雅地立于胸前，圆润甜脆地唱道：

海岛冰轮初转腾
见玉兔
玉兔又早东升
那冰轮离海岛
乾坤分外明
皓月当空
恰便似嫦娥离月宫
奴似嫦娥离月宫
好一似嫦娥下九重
……

演唱中，明霞的水袖一叠一抛，博得全场阵阵喝彩。尤其是丙宜先生的一声叫好，清清晰晰突入明霞的耳膜。

唱罢，明霞举起水袖掩饰下的双手，抱拳走到台边，向观众，尤其是向丙宜先生的方向，深深鞠了一躬。之后，面对两架摄像机，分别鞠了躬，范儿味十足。

演出结束，明霞偷偷离场，她和丙宜先生有个约会，要单独庆贺一番。

明霞匆匆赶到丙宜先生家，茶几上已经摆放了一瓶红酒和两个高脚杯，另有几样明霞喜欢吃的点心。

明霞的心热了。这时，她发现窗帘没有拉上，便红着脸走过去，对窗外的霓虹和斑斓，甚至喧噪，视而不见和充耳不闻，慢慢拉上了窗帘。

饶有兴趣的丙宜先生，戏瘾发作，把明霞的戏服套在自己身上，抛起水袖，为明霞表演了一曲《贵妃醉酒》，唱到结尾，水袖一抖，捧起明霞的双手，另辟一句道白，娘子——便把明霞拥到床上……

电话铃声，破了戏的氛围。

丙宜先生摸起电话，戏腔问道，哪——一——位？

电话里传来急促的女人声音，你还有心思拿腔拿调！我儿子在你那里吗？

没有哇。丙宜先生的声音回到了现实。

他今天没上学，老师来电话了！

丙宜先生一愣，怎么可能？

快想法找找！

丙宜先生颓然放下电话，才说，别急！我马上去找。

丙宜先生立马掀开了身上的被子，动作之唐突，令明霞吃惊。

怎么回事？明霞问。

丙宜先生一边穿衣服一边说，我儿子失踪了。

夜的幕，缀满霓虹和斑斓。明霞沿着大街，一个人往家慢慢走，努力欣赏夜的景致，努力品味炫的感觉。景无味，那份炫的感觉，竟然也一时难以寻觅了。

刚到家门口，明霞的手机突然响了。她以为是丙宜先生，立刻接听。

然而，电话并不是丙宜先生打来的。

来电话的人说，他是派出所的，让明霞马上去一趟，说她的女儿正在派出所。

什么？明霞几乎瘫痪了。她被怎么啦？

那人说，不是她被怎么了，而是她把别人怎么了。来了就知道了。

明霞刚刚踏进派出所的大门，一眼发现丙宜先生竟然坐在走廊里。

你怎么来了？明霞问。

丙宜先生沮丧地摆摆头。

你们认识？一位警察问。

明霞犹犹豫豫，点头。

警察恍然说，我好像明白了。是这样，一个小时前，我们接到一家网吧报案，说他们那里，上午来了一个男孩，下午来了一个女孩，给他们的感觉，那个女孩一直在威胁那个男孩，男孩好像被那个女孩控制了，几次想跑，都被那个女孩拉了回来。于是，我们就把这两个孩子请到了派出所。

明霞浅浅一笑，怎么可能是我女儿？

警察推开一扇门，说，你看看，那是不是你的女儿。

明霞手里的黄色绸缎包，噗地落地。巧卉坐在椅子上，仿佛睡着了。椅子的另一头，坐着丙宜先生的儿子。

明霞把目光移向丙宜先生，丙宜先生木然闭目。

美丽鞋匠铺

张鲁镭

海滨花园是这城市最早开发的高档建筑小区,它坐落在城市边缘的西南角上。想当初人们对小区的概念还很模糊时,这里已经是风景如画五脏齐全了。

于是就有了住在小区里的一群人,还有了跟大海平行的带状公园。当然在小区和公园的斜岔口上还甩出一条不太宽的马路,就像这小区遗落在外边的一根盲肠,这盲肠是说一千道一万也不能割掉,这里的人再富足,也毕竟不是不食人间烟火的神仙,他们离不开吃喝拉撒,更离不开五谷杂粮。

斜马路一侧并排戳着一个个店铺,对面是一片绿色草坪。店铺规模都不大,无非是些中小型超市、水果蔬菜店、花店、药店、快餐店什么的,对,还有一家洗衣店和一家鞋匠铺。

这么多店铺中生意最好的要数鞋匠铺,这也是必然结果。你想想,买吃穿用讲究点的都去大型商场,可修个鞋再讲究不也得上修鞋铺,人们买双袜子可以毫不吝惜地驱车数公里,但修鞋还是算了吧,又送又取的多不方便,倒也成全了这个鞋匠铺。

鞋匠铺是个夫妻店,在笑哈哈超市旁边,原来是超市的门卫,后来租给他们当鞋匠铺了。地方不大就六七平方米那样,赶不上小区里半个阳台。不过举架挺高,夫妻俩发挥他们的聪明才智,在天地间拦出一刀来,用木板和角铁搭了个吊床,留出天窗大的地方挂个窄窄的铁梯。这吊床上去只能坐着或躺着,直不起身子来。可不管怎么说,一个巴掌大的地方居然让他们打造得商住两便,看看这人类的智慧何处不闪光。

没多久住在海滨花园的春天还跟他们攀上亲,没人相信这竟成了春天的主要社会生活,她把整个心灵积极并热情地向他们打开了。现在她热热乎乎地称鞋匠铺男掌柜为弟女掌柜为妹,真有点刚掀锅猪头肉的劲头。

春天是去换鞋后跟儿时认识他们的,当时正赶上两人吃午饭,那会儿已是下午两点多钟。他们把饭桌支到门外边来,其实哪有什么饭桌,就是小板凳上架块三合板。靠墙的煤气罐上咕噜着个铝锅。女人把热滚滚的鸡汤盛到两个大海碗里,又把切碎的小白菜和葱丝倒进去。桌上搪瓷盆里放着冒热气的整块大豆腐,上边盖着豆瓣酱和青椒丝,一人手里操个有小孩脑袋大的发面馒头,热滚滚的鸡汤被他们嗞嗞地嗒出响来。春天原打算把鞋放下回头来取,却被这热气腾腾的家常便饭拴了脚。男人过来要给她修鞋,春天拉过个小马扎坐下说,不急不急,你们吃吧,看你们吃得挺热闹。看她一脸的不急不躁,俩人又心安理得地吃起来。春天问,大热天你们还喝热汤?男人说,这是老家的习惯,即便盛暑荤汤荤菜也要烧烫了吃,吃出一身汗,体内的湿热就散发出来,让风一吹从心里往外地透凉。这时真有一阵小风吹过来,俩人就很惬意地朝春天晃晃头。

这女人打扮得很花哨,一条绿地紫格裤子,一件粉地黄花的无领上衣,头发是烫过的,由于侍弄得不好,看起来乱蓬蓬的,脖子上还挂了一串五颜六色的圆珠项链,材质应该是有机玻璃的。她脸盘儿大,腮上一边印着一团红,厚眼皮,在眼皮和眉毛之间也敷着红,两只眼睛的间距较常人宽一些,嘴唇也红红的。后来在大家熟得跟烂柿子似的时候,春天发现她每次涂口红时就顺手用食指在嘴唇上一抿,把抿下来的口红再蹭到眼皮上。说话间她知道男的叫刘波,女的叫春花。老家在安徽,在外的修鞋生涯已有七八个年头。春天就自我介绍说她叫春大,春天和春花只差一个字,听上去有点像姐妹。

鞋匠铺的生意很红火,现在鞋匠铺的业务早随时代发展与时俱进了,修拉链、钉牛仔裤的敲纽、皮包金属上蜡、皮带打眼、皮鞋清洁、外卖鞋带儿鞋垫儿和脚气药……鞋匠铺的玻璃门上就贴着醒目的红字,脚气神油(主治):脚气、烂脚丫、水泡、脚痒痒。现在这里修鞋倒成了副业,主业是——擦皮鞋。这和所在环境有直接关系,小区里的人大都懒散,又个个爱干净好面子。家中的大鞋小鞋皮鞋旅游鞋都送这儿来清洁。他们一般不会把鞋穿得太苦，隔三岔五地就来打打油去去灰。至于修鞋也都是拿新鞋来钉掌儿换跟。所以俩人只需仔仔细细干活，并不用太高超的技术，况且他们还有一台电动修鞋机。一个乳白色铁皮箱子模样的东西，上边有红绿电钮，通上电就可以给鞋跟儿打磨，给鞋面抛光。

俩人一般都是在外边干活，把鞋一双双像站排似的摆在门口，阳光足时还用报纸给鞋遮遮太阳，怕晒伤鞋面。春花负责用水和汽油给鞋去污，刘波则专门管打油涂漆。俩人一传一递配合如流水作业般默契。他们把弄好的鞋装在一个黑色塑料袋里，然后挂在墙上等人取走，他们从不给人打回单，鞋也从没拿错过，有钱人就这点好，觉悟高不占小便宜。人家要占也是占大便宜，在一双鞋上做文章不是骂人吗？换鞋跟儿八块钱，人家递过来十块钱说，不用找了不用找了，这时候春花就往袋子里塞上一副鞋垫，那人也不拒绝，拎着走了。

春天闲了就去鞋匠铺坐坐，她乐意听俩人东一镰刀西一斧头地说话。他们说地里的庄稼，说现在嫩豌豆正上架，老家人这时候正用猪大油炖嫩豌豆吃。他们说家禽，说去年娘把猪卖赔了，赶上现在能翻一番。他们说张家媳妇也该生了，看那面相肯定是男娃，王家闺女年底就要嫁到小南村去，小南村比他们村好，那地方有河能养鱼养虾。有时也回忆回忆村上的陈年趣事，讨论讨论当下村里的政治形势。说村长还得让马福干，马福虽说好个酒，夜里爱往小寡妇墙头上爬，可他不那么自私。有时俩人却一句话也没有，就那么缄默着，却也流露出那种相互依赖的神情。有时说着说着天光就暗下来，春天觉得这鞋匠铺和这夫妻俩像她儿时的邻家、像往事。

春天曾经在一家银行工作，搬到海滨花园后就成了一名赋闲的全职太太，形式上等同于看孩子做饭的家庭妇女。不过春天不用看孩子做饭也用不着太劳神，儿子牛牛让他爹送到一所私立外国语学校，这学校和加拿大联合办学，孩子高中一毕业直接走出国门。牛牛现在还上小学，每周或隔一周回来一次，说是学校的规定，叫军事化管理。老公牛子自从开上酒店人也变得日理万机起来，经常是吃住在一线，眼下即使春天想鞍前马后服务这爷俩，机会也不是唾手可得。

小区里像她这样的全职太太不少，十有八九吧。她们有的三五成群结伴去海边遛狗，有的凑一桌窝到哪家搓麻，还有的驱车到市中心购物，总之个人有个人打发日子的手段。玩狗的女人大都玩到拳不离手曲不离口的境界，要么抱着要么牵着，"狗友"们还坐在一起交流狗的性格脾气禀性，研究当下的狗食狗衣狗绳及狗闻趣事。看她们说得那么认真带劲，就像这辈子是专门为狗活着似的。这些人花起钱来更像跟谁有仇的模样，有股子不花白不花白花谁不花的气势。她们对生活的态度嘛不好说，说她们是在享受生活不对，说她们是在糟蹋生活也不对。用什么词来形容她们还真拿不准。春天倒觉得她像漂浮在河面上的一滴油，怎么也溶解不到海滨花园这潭水中。

春天曾跟牛子商量能不能到他酒店去管管账。牛子非常豪迈地说，我在外边打拼为的就是让你过轻松日子，我宁可花钱雇人也不会让老婆挨那份累。春天说，能帮你分担点儿总归是好事。牛子非常外交地说，家族企业最束缚未来发展，为了企业的明天，你就不用费心了，自由自在的多好。春天说，我们才俩人怎么能称得上是家族？牛子非常幽默地说，那就是夫妻店，我努力了这么多年才把酒楼做成现在的规模，你一去就叫回"店"了。这么多年不是白折腾了吗，多赔呀！春天觉得牛子的口才实在了不得，看起来事业干大后，人各方面的素质也跟着步入另一个洞天了。

有天，牛子电话里说他晚上回来吃饭，这真让春天小有激动又手忙脚乱。牛子十有八九不在家吃，偶尔地的出现你就是绞尽脑汁使出浑身解数也打动不了他那见多食（识）广的胃，牛子开酒店，等于成天在山珍海味里泡着，这就让人很为难，能让他眉开眼笑的吃食不多。琢磨来琢磨去春天决定炸韭菜盒，牛子爱吃这口，想当初最高纪录是一铝盆。她去超市里买了最好的韭菜，活蹦乱跳的大虾，把虾仁剥出来，拦腰切两半，虾不能切太碎，太碎味就散了。把所有的作料都放在鸡蛋里炒好，作料不能放在韭菜里，容易变软塌，面皮自己擀，自己擀有咬头。放油锅里用微火炸成金黄色，面皮上微微泛起小白泡泡，熟了，一个个黄盈盈的像半个月亮。咬一口，里边韭菜是碧绿的，虾仁是鲜红的，鸡蛋是奶黄的，真是又清鲜又香脆，春天不知怎么就想到原生态这几个字。

接近八点钟牛子来电话说临时有个应酬。看着一盆黄盈盈的月牙，春天摸摸肚子，唉，一个人的力量实在单薄。这样的作品岂能浪费？干脆拿到鞋匠铺去，东西做出来就为让人吃的，管他谁吃？春天知道那俩人的饭从来不正点，这时候送去还赶趟。

饭桌还是支在门外边，刘波他们原打算买速冻饺子吃，今天活多没顾上弄菜。

春天拿了韭菜盒，还用保温杯盛来绿豆百合粥。俩人都没有那种让人感觉疏远的过多客气，但兴奋却无遮无拦地挂在脸上，像是老家人给他们带来了土特产，充满乡情而温暖。这反倒让春天更自然舒服。俩人把韭菜盒送进嘴里时几乎同时叫起来，刘波就放下手里的碗筷，转身从旁边的超市拎回一提啤酒来，他又叮叮当当地拌了一小盆黄瓜猪耳朵说，再给锦上添朵花。这么好的东西没酒不是白白浪费？看着自己的作品在俩人舌尖上滚动，春天除了开心还多多少少有了几分苦涩。

夜晚的海边空气新鲜得不能再新鲜，他们每深呼吸一下，肺就像被洗了一遍，只有这时候才体会到海滨花园为啥会价值连城，全部是大海和这般清新气息的造化。有好吃的在嘴上做引子，自然就会有好多话像鸟儿一样从嘴里边飞出来。刘波说，前两年家里盖了六间钢筋混凝土新房，给儿子娶媳妇都够使，可惜他们现在还没儿子。说到儿子春花也格外来神儿，春天不明白他们为什么会对儿子这么有感觉，她倒是对女儿很倾心，女儿多好啊，对女人来说女儿就是自己的前身，当岁月在女人的额头上刻下年轮时，女儿就是自己青春的写照，看着她一天天长大，仿佛是在重温自己一步步的成长历程。噢，我五岁原来是这样，我十岁原来是这样，我十五岁、我二十岁……每个有女儿的女人都会有这种"再生"的感觉。

刘波从皮夹子里翻出一张照片，我两个女儿。春天看到两个像花一样鲜艳的小姑娘，她好一阵羡慕。就说到自己的儿子牛牛，又赞叹他俩比自己小这么多孩子居然上了中学。刘波说，革命从来不分先后，乡下人成家早，我俩属于先革命的，这刘波还挺幽默。春花也说到刚来时创业的辛苦，还有碰到的形形色色的黑脸白脸。春天还向他们炫耀自己曾是银行里的点钞能手，能把钱舞出音乐来。那钱在我手里，跟长了翅膀似的，唰唰唰、唰唰唰……

时光在酒杯里就像断了线的珍珠，这酒喝到后来简直就有一种飘逸的味道了。像一条柔软的真丝围巾，又像围巾下摆的长穗儿，缠绵着，萦绕着，人在酒里，一杯一杯地数着光阴，不知长不知短，原来酒在这世上可以衍生出这么多美美妙妙，荡荡漾漾，知滋味的人尽可以在其间游来游去，细水长流。吹着荫凉的海风，吸着带有咸味的湿气，没有比这再舒服的了。三个人都处在兴奋和微醉的临界点上，春花把身子搭在刘波肩上，刘波为她理了理让海风掠起的碎发。就有一股凄凉的风随着这个温柔的镜头吹进春天汗毛孔里。

春天原是一家银行的点钞员，她属于做事踏实细致爱琢磨的那种，一个看似平凡而又普通的工作被她操练得不仅精湛都精华了。领导告诫她们在点钞时一定要视金钱为白纸，春天就是在这平凡的"白纸"上，创造出不平凡的业绩来。她像敲琴键一样把钞票舞出翅膀来，带着风声，唰唰唰，带着雨声，哗哗哗，钞票在她手上鱼儿戏水般游戏着。她终于凭借一双妙手在全市金融系统点钞大赛上一举夺冠，比荣誉更实在的是单位还奖励她一套住房，当时和牛子已经恋爱多年，就是苦于无房栖身才不能成家。这下好了，是春天灵巧的双手让他们有了一个安稳的小窝。房子不大，一室一厅算阳台才三十多平方米，可这在当时他们已经很满足了。

那会儿正上映林青霞和秦汉主演的《爱的小屋》，真好看，春天想这电影就是给她放的，无意中得套房子，偏偏又在这个时候放这部电影，真是阳光灿烂，空气新鲜，春风杨柳，神州大地都舜尧。电影连续看了三遍，最后决定由她亲手打造这个爱的小屋。春天让牛子把墙和窗户门都刷成白颜色，剩下的全由自己料理，她花了一个月时间在布艺市场上流连，最后雇人扛上楼一捆淡绿色带小白星星的亚麻装饰布，她把亚麻布裁成窗帘裁成床罩裁成枕套裁成桌蒙裁成椅垫儿。还在靠门一边的墙角天棚上用细钢丝圈出个弧形，再用铁环把亚麻布吊上去，这样一个鲜活的弧形绿色衣柜就诞生了，衣柜做起来极简单，可效果却能让人诗情画意般陶醉。春天又买来和亚麻布颜色大致相同的塑料泡沫地板块，她在地上糊上厚厚一层白纸，把地板块剪出几个镂空的小星星，这样铺到地上，地上也会泛起一簇簇白色的小星星。因为这个创意春天激动得尖叫起来，那一刻她觉得自己很了不起。

这房子还有一处让春天满意得不能再满意了，地面一棵银杏树浓密蓊郁的树冠正好婆娑到她家阳台上空，就像一把天然太阳伞。这是一棵千年老树，林业部门已经把它圈起来挂牌保护了。有人建议把阳台封闭，说怕有坏人顺着树爬进来，春天想即使贼有偷窃的心思他也不一定有攀岩的功夫，这可是顶楼啊。她在阳台墙壁上吊了一盏羊皮灯，夜晚那朦胧而温柔的光影宛如夕阳，把银杏伞润出了天堂的色泽。春天想这树是上帝恩赐予她的厚礼，能和一棵千年活化石朝夕生活又何尝不是一种缘分和福分呢？这棵老树看着眼下的这些人，看着眼下这个世界，一代又一代，一年又一年……牛子打开门时激动得差点没把她从窗口扔出去，春天啊春天，你让我们的小日子永远春意盎然！

后来他们的日子真就一点点益然起来，牛子单位解体，他把办公楼租下来开酒店，之后又贷款把整个大楼买下来，成了名副其实的酒店老板。这期间他们搬过两次家，当然是越住越大，越搬越好。在决定迁居海滨花园之前她就把工作辞了，原因之一是这儿离她单位实在不近，一个东北角一个西南角。再说随时代发展她在银行的工作已由先前的点钞过渡到吸收储蓄，自从有了电子点钞验钞机，像春天这样的出纳员便彻底从繁重乏味的手工劳作中解放出来，手轻闲人却不能轻闲，哪个地方会让你白吃饭？每月强大的储蓄额压得人喘不过气来，并不是责任心不强，关键是不完成任务不给开饷，这才是最拿人的地方。

来到海滨花园，春天彻底清闲下来，平时除了洗洗涮涮没大事可做。吃饭一般叫外卖，一个人哪还有煎煎炒炒的热情。盼着牛牛周末回来，他却闹着吃麦当劳肯德基。就这牛子还张罗着要请保姆，春天说，要找找个男保姆吧。这虽是笑话，可她真就觉得日子空落落的，海滨花园对她到底意味着什么？一个安乐窝？可她又觉得自己是只被困在井里的青蛙。这养尊处优的日子，把人和心都锈得死死的，唉，没有丝毫忙碌奔波的日子也就不太像日子了。

而她曾经的那份风花雪月在光阴的荏苒里也变得掷地有声——手指上的钻戒耳坠上的宝石脖颈上的翡翠脚踝上的金链，还有那静得都可以听见空气流动声音的家。当风啊花啊都变成了沉甸甸的实物，心里也便越发的空寥寥了。

春天，在这吃饭啊！小区里一个熟人很吃惊地跟她打着招呼。她注意到有过路人在往这边瞧，那人边回头嘴里还嘀咕着什么。春天抬头向四周看看，又把目光聚集到眼前两位身上，刘波围裙上蹭着一块块油污，手指头缝里夹着的泥灰像时尚女性特意镶嵌的指甲边，有个指头可能是不小心碰伤了，缠了好几圈橡皮膏。春花的头发像荒草一样堆在脑袋上，脖子上的有机玻璃项链让摇晃的身子弄得哗啦哗啦响。天，这家伙连胸罩都没穿，两只大乳房像皮球似的在里边滚来滚去。这么一瞧春天眼里就不自在了，海边的风情皎洁的夜空配上两个衣冠不整的鞋匠，她忽然像吞下去一个半生不熟的草莓，嘴里涩巴巴的。

春花该把头发梳光了，最好穿上胸罩，这么滚来滚去虽说性感可看上去总归别扭。脖子上那串珠子就别戴了，最好找件有袖的上衣，把她那大腿一样的胳膊遮起来。刘波也该把围裙解下，把指甲上的黑边剪剪。这样才体面才让人舒服，也算和眼下的浪漫风景有个呼应。比如女人白皙的皮肤，耳根处透迤的耳环，风摆荷叶般的长裙；比如男人伟岸的身体，有文化的金边眼镜，休闲裤后兜上的名牌商标。这样才算相宜，就如她和牛子的气派。

春天眼睛星星似的一闪，心里忽然就萌发了兴奋而冲动的念头，当初她可以把蜗居打造出天堂，把钞票弹奏出音乐，现在只需一点毛毛雨啦，她便会让两个鞋匠滋润起来，阳光起来，温馨起来，浪漫起来，她一定具备把平凡推向精湛的能力。看着吧，所有腐朽都会在她的精心打造下慢慢转化为神奇，让枯木逢春铁树开花。何况刘波和春花对劲，他们具有强大的可逆性。这件事吗？有可行性，有挑战性，有成就感，有崇高感。她在大腿上一拍，心里像宣言似的说——就这么干了。

第二天一早，春天磨了豆浆煎了葱油饼去鞋匠铺里共享早餐，看着俩人嘴唇翻动喉结吞咽，她开心地笑了，有种劳动人民重新当家的感觉。

吃过早饭，刘波俩人开始干活，春天就坐在那儿和鞋匠铺相面，这里跟周边环境太不相符，就像行驶在高速公路上一辆拉干草的牛车，呆头呆脑。玻璃上滞着下雨扫上去的泥点儿，广告美术字缺胳膊少腿地在上边悠荡着，铁皮门被腐蚀得像孕妇脸上一块块蝴蝶斑，鞋钉鞋跟锤子剪子和一些乱七八糟的东西没规没矩地散落着，散发出一股生胶皮和鞋油的气味。太扎眼了，它不应该是眼前这个样子啊。一种类似责任心的东西涌上来，看起来真有必要整它一整了。

春天一挥手，我们这个鞋匠铺也该整整容了，让它跟周边环境协调起来，这地方是湛蓝的天碧绿的海整齐的草坪婆娑的小树，一个个店铺也都争奇斗艳各有特色，花店门前常年流香四溢，谁打那过不停下来吸吸鼻子。那药店里的小姑娘成天白衣白帽弄得跟白衣天使似的，还在门口戳把大阳伞像模像样地给人量血压。快餐店门前高举着红灯笼,穿唐装的服务小姐隔老远就把欢迎光临送到你耳朵里。就连洗衣店都挂个白白净净大招牌，再看看我们这个鞋匠铺，像一群凤凰里的土鸡，又突兀又扎眼，跟环境一点不配套。咱这可是旅游名城，到了旺季，中外游客跟赶鸭子似的。刘波俩人听这话不对路，可她张口我们闭口我们，倒像也是这鞋匠铺一分子了。有批评的意思更有主人翁的意思。唉，这些有钱人都怪怪的，禀性是六月里的天！明天我就找人来，店名都想好了，就叫海之韵修鞋屋，春天说，放心，白天不耽误干活晚上不耽误休息。没多久就会有个超凡脱俗的鞋匠铺像海上升明月那样从这里升起。看着吧，一个最时尚最有品位最经典最具有海边风情的鞋匠铺就要出笼了。

春天指挥油漆工把外墙刷上通体的天蓝色,中间还用白油画了几条汹涌的波浪,是海中浪花翻滚那意思。玻璃窗上的广告字被撕下来换成一群放飞的海燕,是从牛牛图画书上剪下来的,门上挂着的风铃是她在路边买的散贝壳穿制而成。海风吹动,会有一股泉水的叮咚从耳边轻轻滑过,门前的方寸里铺着大大小小的鹅卵石,一把印有"海之韵修鞋屋"的大遮阳伞罩住了头顶的天空。那雪白的字迹真像浪花一样奔涌在阳伞上。刘波和春花坐在伞下钉掌缝鞋打油去灰。他们着装统一,天蓝色半袖衬衫,黑运动裤,领口那还打了个黑领结。胸前套着个咖啡色粗布围裙,脚下是白色旅游鞋。一阵海风袭来,清脆的风铃声和铿锵的掌鞋声交织在一起,哗哗哗,当当当,当当当,哗哗哗,好不悦耳,好不诗意。

人们先是对这旧貌换新颜的鞋匠铺一愣神,接着就说,哟,真是人靠衣服马靠鞍。不错啊,跟大海都配套了。有个小姑娘拉着妈妈的手问,这是白雪公主和七个小矮人的家吗?说得春天像喝了枣花蜜,她弄了把摇椅在这——辉煌的夕阳从火红的云海里掉出来,此时这里的一切都被幻化成一派壮丽的辉煌。春花头上的乱发,刘波猪肝似的嘴唇,手指上缠着的橡皮膏,指甲盖里的黑泥,笨重的鞋刷子,鞋盒里的铁钉都被镀上一层灿烂的金釉,一切都面目全非,一切都熠熠生辉,一切都在这一刻生出无限生机来,有如童话般富丽堂皇,在这幻化的辉煌中鞋刷子在皮鞋上鱼儿戏水般游走,如火焰在上面燃烧。

开始刘波俩人对这突如其来的热情当然也摸不着头绪,偶尔小吃小喝倒也无妨,大不了给她白钉几双鞋。但这种铺天盖地的动作让他们不知所措了。天上掉馅饼不是大坑就是陷阱。出来混这么多年哪能不明白这道理?想骗取鞋匠铺这份产业?一个高档小区里的阔气太太会眼馋个鞋匠铺?没人信。她手指上的钻戒哪个不值一个鞋匠铺?俩人琢磨来琢磨去也解不开这股绳,还是刘波一语打到鼓点儿上。他说,有钱人脑子都是水罐,那些抱着狗当儿子养的女人图啥?不就是玩个心情。这话虽说带有人身侮辱性,可道理不差。再说面对天上的馅饼有几个人会把嘴巴捂起来。

经过打造,那个灰头土脸的鞋匠铺已成为这地方一个小小的亮点,虽说没有路边花园和喷泉那种气势,倒也为此地增添了一撇亮色。这是她春天的个人行为,自己动手自己出资自己打造。把个死角鞋匠铺穿上新衣戴了红花,让它也闪出光芒来，舒服别人眼球愉悦自己心情。半躺在摇椅上的春天悠荡来悠荡去又在俩人脚下发现了新问题。那简直是个乱摊子，大钉小钉，锤子剪子钳子螺丝刀，鞋跟鞋掌鞋油鞋刷子去污粉，这些东西没规没矩地摊地上，怎么看都煞风景，这些东西就不太好安置，它们规矩起来，刘波俩人活就没法干了。不干活哪成？人家是指望这吃饭的。

春天用粗麻布做成围裙，围裙正面缝上大小不等的兜兜，每个兜兜上还绣着相应的字母，比如装鞋油的兜就有 XY 字样，是鞋油两字的拼音打头字母。春天还在围裙里面衬上一层海绵，这样可以确保硬东西硌不着肉，绝对人性化。刘波两人罩上围裙，地上规矩了，身上却像抱了个炸药包似的，跟恐怖分子都连相。开始他俩不习惯，说身上坠得难受，干活也不自在。春花脑子不装事，总记不住哪个兜放了哪样东西，还得刘波给她提醒，她又嫌太压脖子，干脆把围裙卸了，直接从刘波那里掏东西使。春天就讲她们金融系统是最先统一着装的，这反映了一个企业的整体形象。现在别说企事业单位，就连街边摆臭豆腐摊的都白衣白帽，慢慢就习惯了。

春花胖，脖子尤其粗。现在黑领结也成了她脖子上的一个累赘，先前她不大穿有领子的衣服，老有种喘不匀气的感觉。她解开扣松松气，春天就会提醒她，就像上班时组长检查她们的工作牌那样，意识待开发，习惯在培养，慢慢来。春花也不爱打理自己，一头乱发像个破筐似的扣在头顶，春天想让她去发廊做做头发，又担心伺弄不好反而更糟。头发很重要，上班那阵银行里女同志的头都梳得溜光，后边用黑绒布包上，统一着装统一发型。她最终在地摊上买了两顶足球帽，算把那头乱发给解决了，刘波没必要戴，可为了统一她还是买来两顶。春花有时会把帽子塞在围裙里，春天就拽出来扣她脑袋上。

刘波有个不好的习惯，干活时嘴里爱嚼零食，也不是什么好东西，大葱。先不讲它卫生不卫生的，单单那股气味简直没办法忍受，他同人讲话时也不避避——换跟五块打油七块。唾沫星和葱花直乎乎喷到人脸上，按说南方人不该好这一口，可刘波对大葱的劲头不次于酒鬼对二锅头。春天原先在银行里，别说吃东西，就是喝口水也是有钟点的。她下这番功夫，哪能让刘波几口大葱就给嚼煞了风景。她买来口香糖，说刘波你实在忍不住就来块口香糖，按理说工作时是不能吃东西的，有碍大体形象，又怕你一下子控制不住，在我们银行里随便吃东西是要罚款的，哪个地方没有规矩也成不了方圆。春天还告诉他俩人来人往最好讲礼貌用语，这也是个形象问题，现在全民都在提高自身素质，每人都该从自我做起。春花说，姐你以前是领导吧。看你说话特像领导。春天没当过领导，她竞聘过点钞小组组长，可惜没上去。

晚上春花撇下帽子说，戴这破玩意捂死了，我们两个散兵鞋匠现在居然找个领导来受管制，成天整得跟真事似的，真不知道是她有病还是我们有病。刘波到底比老婆有见识，你这女人就是头发长见识短，要说当领导都是手心朝上，手下要点炮上水，你见过哪个领导给下边倒贴的？再看这春天，这穿的用的，这铺子帮打理的，要说领导她也属于人民公仆类型。春花想可也是，占了这么大便宜再不让人家指挥指挥就是不讲理了，不要钱的馅饼哪么容易吃？权当是一种对换方式吧。现在报纸上老主张挂靠，小门小户都会花心思找个大财主挂靠，他们能攀上这么棵大树还不是造化，就由她折腾吧。

春天现在忽然就觉得日子满腾腾的，每天为鞋匠铺忙前忙后心里舒服多了。等会儿她还得去买块写字板，有些价格还需标出来。她终于明白那些富商富豪们为什么会那么热衷于慈善事业，希望小学孤儿院支残助残，被施舍者对你的那个尊重那个顺从，简直爽歪歪了。当然指挥别人更是一件美差，她指挥刘波把遮阳伞支起来，指挥春花把窗子上的灰擦干净。指挥刘波顾客上门一定要说你好，走时别忘记说再见。怪不得那么多人愿意花钱买官，有人会听你话，有人会低眉顺眼儿围着你屁股团团转。春天不花钱买官，她花钱买乐，说买不好听，现在什么事一提到买字就有生意的味道了，就有世俗的味道了，再高尚的事也没那么崇高了。春天是在做一桩事，是在化腐朽为神奇。为城市美化添了砖瓦，和扶贫工程都搭边。激动时她都想给城建办通个电话，还想让报纸电视做个跟踪报道什么的。

这种自豪，好似多年前点钞大赛上的一举成名，又似在那个爱的小屋里的苦心经营。一个失而复得的宝贝——自信心在十字路口被重新捡回来。这些岂止是花几个钱就能买到的？再说从头到尾没花几个钱，所有东西都是在地摊或批发市场买的，刘波两人上下穿戴还不到二百块钱。买东西时三块两块也和卖主拉来拉去，倒不是差几个钱，关键是要在这份精打细算里找到日常生活的乐趣。鞋匠铺的花销她都一笔笔记得清楚。帽子三块五，围裙十六块一，粉刷墙壁二百七……折腾一大顿还抵不上她那套香奈儿化妆品的价钱。小鞋匠铺的所需一定要在小地方购买，用大商场里的东西去添补鞋匠铺，就是拿着鲍鱼喂猫，没那个必要。再说春天愿意在小地方进行这样的消费，有种回归质朴生活的感觉。春天平时消费也不多，也就是在化妆品和衣物上有点支出，而一个门里门外的没有任何交际的家庭主妇对衣物和化妆品的感觉也渐渐淡了。女人就这两项开销大，何况她又不打麻将不玩牌。消费是女人奔向快乐的直通车。女人一旦失去了消费的兴趣，就像男人一旦失去了对女人的兴趣，活着也就没那么积极了。春天的消费渠道是鞋匠铺，这其中的乐趣自是妙不可言。

春天当然还要把这份快乐再接再厉，她又弄来两盆花放在鞋匠铺门口，一盆龟背竹一盆大地菊，花不名贵，但枝大叶茂有气势，一人来高。刘波他俩又多份活，给花浇水。遇到风雨天还得往屋里搬，巴掌大的鞋匠铺已经让破东烂西占得满满腾腾，这两个庞然大物一放进来，都快把小屋撑爆炸了。春花不高兴，担心她明天再弄两条鱼养，到时候我们就得睡马路了。刘波也觉着这女人有点没边了，她也不深入地想想，屁大个地方，人都没地方待，愣让往里塞两盆花，唉，这可恶的小恩小惠。转日刘波跟春天说他晚上做了个梦，梦见两盆花长得老高把房盖都顶漏了。唉，这地方太小连花都没法伸腰。春天就伸头往里看看，哟，是太憋屈了，锅碗瓢盆乱七八糟散了一地，先前她光注意外部打造，里边是什么样真没上过心。别说放花盆，这地方能够住人已经是奇迹了，春天说真抱歉，是她把问题忽略了。她私下里还笑话自己，把鞋匠铺外表打扮得清清亮亮，里边却黑黢黢一团糟，就像一个人把脸洗得白白净净，脖子却比车轴还黑。还想上报纸电视呢，就这呀！

洗脸不洗脖子哪成？要做就做得彻底。春天又动起了内部打造的念头，内部打造相对难度大，空间太小，里边所有的家当都摊在地上，刘波俩人睡上边的吊床。这件事像道难解的方程整天在她脑子里转悠，晾衣服时小风一吹衣服一晃，春天就把题给解了。根据好太太晾衣架的原理她画了一张草图，她把自己的意思告诉装修公司，他们说这太小儿科了，需要齿轮钢丝线和木板就成，只是不能超过钢丝线的承重量。说干就干，这点活对人家算不上工程。

这下规矩多了，在地面和吊床中间又多了一层板铺，所有东西都放在上面，这个板铺可以升降，墙上有个摇把，用时哗哗地摇下来，不用再摇上去。一共花了八百二十块，结账时正巧春天没带钱包，钱是刘波付的。春天没当回事，想着哪天再还给他们。

春天沉浸在对升降吊铺发明创造的窃喜中，有水的河才能流动，有智慧的头脑才能创造。春天原来是学金融的，她居然能根据晾衣架的机械原理搞出个升降吊铺，真是太有才了，不是小有是大有。激动时她都想去专利事务所申请个专利。她这边正得意着，牛牛这小子竟把同学头给打破了，多煞心情。春天就忙着给人家看病，又做CT又照X光，结果屁事没有，一点点皮外伤而已。这么一折腾春天把那八百二十块钱的事彻底忘掉。那边俩人哪能忘，八百二十块钱，得擦多少双皮鞋，钉多少个鞋跟儿，卖多少双鞋垫，他和春花的手指得磨掉多少层皮，就这么丁丁当当变成个大吊铺，他们要吊铺干什么？规矩整洁，他们一个鞋匠要那么规矩干什么？要那么整洁干什么？鞋匠铺本来就应该是脏的，就应该是乱的。他们已经脏惯了，乱惯了，脏和乱才是他们生活的本质。你能让一个挖煤的成天粉白着脸吗？你能让一个收废品的成天衣着光鲜吗？这个女人。

周末春天把牛牛领到鞋匠铺上玩，牛牛对刘波俩人爱理不理的，对这里的锤子钉子钳子倒特别感兴趣。他把一堆钉子倒地上砸，还拿鞋油在地上乱画，鞋匠铺像招了土匪一般。怪事，这会儿春天就不觉得零乱了，也不觉得不规矩了，就那么笑眯眯地看着。刘波俩人有一句没一句把话题往吊铺上绕，幻想把那吊铺钱给绕回来，这会儿春天的心思全在牛牛那，你看他每个动作都是那么调皮可爱，拿鞋刷子刷花拿鞋钉子钉墙，小家伙身量和他爸越来越像了。嘣，一声巨响后是修鞋机上空升起的一团白烟，天，牛牛把一根锯条塞修鞋机里了。春天用飞的速度冲过去把牛牛抱起来，然后像翻虱子似的把他从头到脚翻个仔细，没事，除了小脸被吓得惨白外并无大恙。春天扑向牛牛时，刘波两口子也同时扑向了修鞋机，那是铺子上最值钱的家当，是他们每天修鞋离不开的必要工具。现在机器卡壳了，怎么拍打都不肯动一下，牛牛忽然哇哇哭起来，喊着闹着要回家，好，牛牛不怕，我们回家，我们回家。

第二天牛子带着老婆孩子去乡下玩了，一去就是七八天，在乡下他们自己挤牛奶自己摘水果自己折蔬菜，玩得天上人间。春天觉得老公和儿子才是她人生里的经典，至于那个鞋匠铺嘛，哪还顾上想。

鞋匠铺上就没那么乐观了，修鞋机彻底完蛋了，维修工说是电机给烧了，已经没有修的必要。没机器好多打磨抛光的活就没法干。刘波俩人心急如火，这女人太离谱了，把东西弄坏连句话都没有，现在却人间蒸发似的不露头了。这修鞋机对他们来说就是木匠手里的刨子瓦匠手里的灰铲子，怎么离得了。一台修鞋机一万多块，相当于铺子里大半年的收入，现在他们手里拿不出这个钱，就是找老乡凑也得先有个说法吧，不明不白就买台新的来，总不是那么回事。因为贪图点口腹小利，瞧这点便宜占的。他们越想越气，把那个炸药包似的围裙也扔了，刘波一捆捆地嚼大葱，咔、咔、咔，有愤懑的声音从嘴里流出来。

春天出现在鞋匠铺时，还给他们带来两个烤地瓜，地瓜是干瓤的，甜。那俩人早急猴了，别说烤地瓜，就是哈密瓜也没心情。姐，修鞋机坏了。春花上来就开门见山，你家宝贝儿子多大个力气！春天当时知道机器坏了，她以为修修就会好。停工了好几天，刘波早就顾不上拐弯抹角了，姐，电机给烧了，也只能买新的，我问过现在这机器一万三一台，比我买时便宜了三千多块。这阵花销大，上个月打吊铺花了八百多，现在真拿不出钱，姐能不能给我凑一万，剩下的我们自己想办法。刘波一口气把意见说出来，一家老小的嘴都拴在身上，他心里急呀，痔疮都犯了。春天就不自在了，如果他们慢慢把苦处倒给她，她一定会想办法，就不是牛牛弄坏的，她也会帮他们，先找人修，修不好就买，没问题。这俩人开门就提拿一万块钱，这就有索赔的意思了，可惜自己一腔热情地对他们，看来连一点人情都没存下，刚刚还说到吊铺，那是他们自己享用了，怎么反倒像欠了他们似的，这帮乡下人。春天说，等牛牛爸回来吧，让他看怎么办。春天是想迂回一下，她得去问问这机器还能不能修，打听它到底值多少钱，不能你说一万就一万吧。

春天回去上网查了，机器是刘波说的那个价，其实刘波托老乡九千就能买，他把吊铺钱算里头了。春天想到他那是台旧机器，于是又去查了二手货，二手货便宜，才四五千块钱。春天正想着该怎么办，她老同学打来电话说几个同学想去他们家海边玩玩，让她准备好吃喝。

第二天下午，春天和几个同学围坐在海滩上吃烧烤，好久不见的老同学坐在一起都特别兴奋，大家一边喝酒一边羡慕着春天的幸福生活，说得她心里好受用。正喝得热闹，春花竟急三火四从后边跑过来，姐，什么时候把钱给我们啊？再不干活不行了。昨晚上孩子又打电话要学费呢。大家把嘴巴停下来，怎么回事，春天欠这女人钱？春天脸腾一下就走了颜色，好在刚刚有啤酒盖脸。到底是有修养的人，心中明明是气愤可脸上露出来的却是灿烂微笑，你把先前的发票拿来吧。

春天想先把她打发了,明天再说。春花从兜里掏出一张皱巴巴的纸来。哇,这女人是有备而来。春天笑笑说,我儿子把她家修鞋机弄坏了,本来可以修的,算了,还是买台新的吧。她从背包里掏出一沓钱点点,你们几个再给我凑五千块,春天说。那几个人马上又翻包又掏兜。钱集中到春天手上,她点都没点就扔给春花。春花用舌尖舔着手指头一张张地数,这双手点起钱来可比修鞋时笨多了,有点把持不住的样,呀,一张钱让风给吹跑了,春花像个训练有素的守门员那样奋不顾身一扑,钱被压在身底下,她沾了满脸沙子。望着她的背影,春天忽然喊道,喂,修鞋的,等会儿把鞋给我直接送门卫去。

有天牛子去擦鞋回来跟春天说,没看出来两个鞋匠居然把那里打扮得有情有调的,都像你的风格了。春天不屑地说,喊。

魔鬼般的秋风变成了一个优雅的指挥家,在它的指挥下金黄的叶子纷纷飘落下来,街上到处飘零着这些金黄的音符。有个雨天春天打鞋匠铺门前过,两盆黄了叶子的花在风雨中折下腰来,有一汪蓝水在她脚下流淌,那是鞋匠铺墙上海的颜色。

饭堂哨兵

曾 剑

哨兵来到机关大院,成为哨兵时,是初春,阳光在风中跳跃着。那一刻,哨兵是幸福的,像院落里的银杏、洋槐、白玉兰和紫丁香,被温暖的阳光和春风抚慰着。他内心深处的某种期冀,像紧绷了整个冬天的叶芽,正悄悄地打开。

哨兵本来是市远郊装甲团的一个新兵。那天下午,哨兵在新兵连训练,眼看就要下到老兵连,成为一名威风的装甲兵,两个上级来的军官,突然出现在队列前。军官在队列前走了个来回,目光在他们身上扫来扫去,像羊场老板在羊群里挑种羊,令哨兵头皮发紧。最后,军衔高的军官指着哨兵说:你,出来!哨兵一阵惶恐,一脸茫然。连长及时给他放松情绪,拍拍他的后脑勺,说,是好事,到大机关给首长当警卫。连长的声音压得很低,一种故作的神秘。

哨兵回头,一连人的目光,追光灯似的打在他身上,那是一束束羡慕的光柱子。哨兵感到心里开了花,却故意绷着脸,摆出一副可怜样,好像他是受害者。他跟随两位军官钻进小车,狭小的空间以及身旁的两个军官,令他感到陌生。

哨兵不敢看军官,他脸朝着窗外。看着窗外闪过的风景,新兵连生活的一幕幕,在他脑海中放电影般闪回。入伍以来,哨兵一直不被重视。新兵班里,哪一个不"身怀绝技"?邻村同一个车皮来的王秀虎,瘦,背地里大伙叫他"王瘦虎",可"瘦虎雄风",那体质,五公里越野,像一只梅花鹿在长长的队伍面前跳跃着,越跑越轻松。胡杨是新兵班与哨兵最铁的哥们儿,两人都是上铺,一南一北,头顶头睡。有好吃的，胡杨一抬手，就递过来了。胡杨会中医、针灸、按摩，开几服草药，祖传的。他的理想是上部队军医学院，将来当一名军医。湖南兵李森林，就更不用说了，在校大学生入伍。那素质，让他当个排长都够格。哨兵再想想自己，大山沟里的放牛娃，一身军装，掩盖不了满脸土气，唉，命中注定是一个被忽视，不被关注的兵！

没承想，今天自己居然被选到大机关。哨兵有一种无法言说的甜美，那感觉像是回到了村里那爿逼仄的麦芽糖作坊。

窗外的一切虚幻地飞奔而去，即将谋面的首长跳跃在他眼前，威严、和蔼、帅气、慈祥。这一系列表情在他脑子里跳跃着，却也是虚幻的，并没有一个具体的形象。

到目的地，下了车，哨兵并没被带进机关大院，而是走进大院对面那条胡同。胡同有哨兵把守。进了胡同，是一片篮球场大的空地，四周是二层楼房。哨兵站在空地中央，像站在天井里，有一种被关押的感觉。

哨兵在心里惊叹：我的妈，首长家这么大！

哨兵很快知道，这不是首长家，是大机关的保障连。

出来一个下士，自称是哨兵的班长，让哨兵跟他走。班长脸上的肌肉铜铸似的，哨兵感知到了他的冰冷和坚硬，刚才车上那种陌生而甜美的感觉倏地溜走，一阵轻微的恐惧在心尖拂过。他花了近三个月的时间，刚刚适应自己的班长，突然又冒出一个班长来，这就是新兵啊！

吃晚饭，整理内务，洗漱。临睡觉前，班长把他带进机关大院，在机关饭堂前，一跺脚，点给他一个哨位。

原来是站饭堂哨！

班长跺脚时很给力，哨兵满肚子希望，哗的一声，被震落在他庞大的膀胱里，就再也寻不着踪迹。如同一瓢水，泼向宽阔的湖面，消失得那么干净。

班长说，别傻站着，回吧，从明天起。

出大院时，班长指着那些持枪的哨兵，告诉他，大门哨兵同他一样，也是刚从下面连队选上来的，都是新兵，每年一换。

那换下来的兵呢？哨兵壮着胆问。

回原来连队。

饭堂哨兵

班长话语轻柔，哨兵只觉世界一下子凝滞在他的脚下，万籁俱寂，唯有脚步声，他和班长的。因为是齐步走，他只听见一个人的足音，他的脚步声淹没在班长的脚步声中。哨兵心里清楚，从这一刻起，他的工作，也将淹没在班长的工作中，因为，他只是一个哨兵，平淡无奇，亦步亦趋。

这个夜晚，哨兵久久难以入睡。他一翻身，面朝窗，窗外是清冷的月光，杳无人息，班长的呼噜，使夜越发显得凄凉寂静。再一翻身，扔给月光一个后背。他对自己说，哨兵就哨兵吧，这可是大机关，为首长和大机关干部服务，即便是站岗，也是一件荣耀的事。入伍第一天，班长就说过，要做革命一块砖，哪里需要哪里搬。现在被"搬"到这里来了，就在这里做贡献吧。这机关，是周围好大一片战区的指挥中心呢。为他们服务，保证他们就餐的安全，这贡献可不小。哨兵这样想，就有一丝骄傲，像微弱的火苗，在心中轻轻摇曳。他甚至盼着时间过得快一些，盼着首长和大机关的干部来饭堂吃饭。他为他们服务，开门，敬礼，下颌微收，露出似笑非笑的表情。

转来机关的好消息，应该写信告诉槐花吧。哨兵模模糊糊地想。

槐花与哨兵同村，大别山脚下，一个叫竹林湾的小村庄。哨兵眼前浮现出槐花那双眯缝眼，她在朝他笑哩。槐花笑过之后，就悄悄地后退，消失在他的目光之后，首长一张慈祥的脸，近在眼前。首长亲切地问他，小伙子，叫什么，家住哪里？

一阵欣喜掠过哨兵心头，他刚要回答，首长倏地远去。首长根本没来，首长光顾的，只是他的一个梦景。

饭堂共三层，一楼是空旷的大厅，二楼机关干部用餐，三楼是首长专用雅间。每次用餐，哨兵就站在饭堂门口。机关干部用餐时间一个小时，他提前十五分钟到位，延后十五分钟撤离。一日三餐，每天三班岗。哨兵给每位进入饭堂的干部开门，给着军装的军官敬礼。对穿便装的，瞅着年龄大一点的，也敬礼，他知道他们是"潜伏"的大官。

哨兵上岗下岗，路过大门哨时，会有一种优越感。毕竟，他是直接面对首长和机关干部。而大门哨，是看不见首长的。首长坐车进出，隔着深色车玻璃。尽管哨兵到现在，也没看见过首长，但他相信，他总会见着的，近距离地，面对面。

但哨兵的优越感，时常被大门哨兵手中那几杆枪驱走。大门哨有枪，有子弹。

哨兵尽量不去看他们，显出自己的孤傲，更不能去看他们背的枪。他不能让他们知道他对枪的渴望。饭堂哨兵不挎枪，他有的，只是帅气的面庞、刚毅的神情，和洁白的手套。

哨兵从未打过枪。新兵连怕出事故，把射击科目留到三月份，新兵下到老兵连后，与老兵同步进行。可哨兵没等下到老兵连，就被选到这儿来了。

如果打枪，哨兵自信他是全连最棒的。小时候，在家乡，玩弹弓，射箭，他能击中飞行中的鸟。

机关干部陆续进入饭堂后，哨兵不用那么标准地挺胸抬头收腹提臀两脚并拢两腿绷直下颌微收两眼平视前方了，他可以放松一下。当然，只是偷偷地，极细微地。表面看，他依然站得笔直，只有他自己知道，身体深处绷紧的弦，松了一点点。

干部们用完餐，陆续离开饭堂，有的回机关楼，有的出了大院。哨兵在空旷的饭堂门口，坚持了十五分钟，自动下岗。一整天，三餐饭，没一个人同他打招呼，没一个人问起他的名字，好像他不是一个有血有肉的兵，而是一个人体模型。哨兵感到自己又一次被忽视，失落的情绪升上来，脸上既非颔首微笑，也失却了刚毅的神情。

连队开过饭了。哨兵的饭菜摆在饭桌上，是放在保温盒里的。保温效果并不好，只有余温，但品种不少，四种，荤素搭配。

哨兵味同嚼蜡。

哨兵失落的情绪，被班长捕捉到了。班长像一位长者，坐在他身边，看着他吃，给他讲故事。班长说，前年有个新兵，长得像你，很帅，被保障连选到机关饭堂站岗，后来被首长挑去当警卫员。后来，首长把他送到基层锻炼，给他提了干。

哨兵遽然心动。班长的话，传递给他两个信息：一是自己长得帅，才选到机关饭堂当哨兵；二是他有希望被首长挑中，当警卫员去。

班长还说了一句：春天是希望的季节。这句话不是班长的原创，但从班长的嘴里说出来，哨兵就觉得，班长是一个有文化的人。

哨兵看一眼窗外，夜色中，灯影朦胧，淡黑的雾气升腾，如同他体内正在升腾的希望。

从明天起，只想站岗的事；从明天起，当个好哨兵。

饭堂哨兵

新的一天。更暖的阳光,照耀着哨兵年轻俊俏的面庞。他站得标准,一动不动,只有那双眼,偶尔那么闪一下,又长又黑的睫毛呼扇着,使他的脸于阳刚中,有一丝灵性逸出;他鼻子高而直,额头和颧骨饱满;嘴唇微红,充满活力;从他那帽檐下钻出来的头发,浓密而有光泽。

年轻的哨兵正怡然地平视正前方,眼前空无一物,眼前又是一个万花筒,各种幻想浮在眼前:首长又一次站到他面前,说,小伙子,军姿不错。哨兵定睛一看,哪里有首长。首长的话,更是没谱的事。

真正的春天来了。哨兵在阵风的间隙里,感到春天的暖意。各种花争相开放。这时是哨兵最寂寞的时光。军官都上了楼,哨兵微微转过脸去,数园圃中的花。花的品种多,数不过来,仅颜色就有很多种。数不过来也数,春天总是伴着伤感而来的,春天的时间似乎更难熬。哨兵是用那些有关花的数字,来占据他的头脑。哨兵最喜欢的是槐花。他觉得,槐花是世界上最好的花,不浓,不淡,沁人心脾。但大院里的园圃,就是没有槐花,可能觉得槐花太过平凡,不及牡丹什么的娇艳吧。

机关下午开会,一个很长的会,晚餐时间随之后推。机关干部用完餐,都离去时,寂寞的哨兵,感到夜的寒意很重。哨兵想起家乡山里的夜,是那么宁静、温暖。春天最后的日子,能嗅到山槐的香。天空是深蓝的,能看见云朵飘动,星星在云层里钻来钻去。城里,是看不见星光的,星光被灯光湮没了。灯光显得那么华而不实,他从来没觉得,这霓虹灯装饰的夜是美丽的。有一天,这条街突然停了电,眼前漆黑一片。他听见机关楼里跑出很多人,他们抱怨,他却是那么兴奋。他认为,这样的夜,才有夜的味道。他就望着黑沉沉的夜。夜把他带到遥远的家乡,这个时候,家乡的田禾长势很好,蛙声开始鸣叫,宁静了整个乡村的夜。乡村的夜,是梦乡,那么甜美,他那么真切地嗅到了泥土的味道。这城里的夜,只是梦幻,离自己那么遥远。

电路接通,家乡的夜消失了,路灯把整洁的院落照得很亮,也照着园圃里的看桃。看桃在灯光下像哨兵,一动不动。

在乡村,照亮土路,照着桃树的,不是灯光,是月色。乡村的桃,也不是看桃,白里透红,长着一层可爱的绒毛,咬一口,全身都是甜的。哨兵忍不住咽了一下口水,他那刚刚发育起来的喉结,像一只小耗子,在喉管上窜了个来回。

哨兵还是没能见着首长。他自己也说不清,为何渴望见到首长。他并不幻想被首长选去当警卫员，不是不想去，是不敢奢望。他似乎只是想看看首长是不是他想象中的那个样子；似乎只想让首长看见，即便是一个饭堂哨兵，他是多么努力，多么认真，注重每一个细节，让自己的军姿站得那么标准，无可挑剔，就是拿到国旗护卫队，也毫不逊色。

但首长并没出现，哨兵内心的渴望，在机关干部离去后，退潮一样准时消逝。

夏初的一天清晨，哨兵的希望在内心升腾得特别厉害，像锅面的蒸汽一样翻滚，灼烫着他。那天中午，他终于看见首长了，他高兴得差点惊叫起来，清晨那么强烈的愿望是一种预感。首长高大、帅气，戴着中将军衔，肩上金星闪耀。首长离他只有十步之遥，他惊讶得差点叫了出来，因为首长与他无数次想象中的首长形象，竟然有些像，高大、帅气，一张端庄而慈祥的脸。

首长近了。哨兵站得笔直，挺胸，收腹，提臀，眼平视前方，敬礼，手砍刀似的，砍得阳光下的空气里，尘埃翻滚。哨兵离首长是如此之近，他都能看清首长黑头发里，掺杂着的少许白发。哨兵盯着首长，首长的目光，却并没扫向他。

首长的身影，被吞没在电梯里，一楼大厅，恢复成原来的空荡荡。

半个钟头后，首长走出电梯，回机关楼。首长依然没有发现他的存在，他的身边，多了几个簇拥着的大校。

哨兵就这么，看着首长和几位大校离去。那一刻，哨兵莫名地被一种失落感侵袭。他觉得身体突然变得轻飘飘的，立在空荡荡的空气里。

后来，首长每次到饭堂，情形大致一样，慢慢地，哨兵也就习惯了，不再在意首长是否注视他，是否发现他站姿如何标准。他的目光，时常在首长身边那几个大校身上。他们胸前的资历章，有那么一小片红，像火一样，在他眼前燃烧着。哨兵想，他们的官也不小呢，为他们服务，也是一件很荣耀的事哩。是一件荣耀的事，就得把它做好。哨兵做没做好，站岗用没用心，给不给力，他们目光一扫，就会摄像似的收进他们的眼里。

哨兵的目光，有时也会在那些上尉中尉少尉身上搜寻。他们那么年轻就进入大机关，可见他们是多么的才华横溢，他们中间的不少人，以后也会成为胸前戴着一片红的大校呢，成为这里的首长也未可知。哨兵想，多年后，他在乡村，那时的竹林湾通了闭路电视，他指着电视里某个大军官告诉槐花，还有他和槐花的儿子，对他们说，这个人，我认识，我当兵时，给他站过岗哩。

饭堂哨兵

哨兵这么想,脸上不觉有了一丝燥热。他斜一眼高空,有一只鸟,在空中孤独地飞过,蓝色背景上,留下一道灰白色的痕迹,那痕迹很快就被蓝色吞噬。哨兵突然觉得自己很像那只鸟,这么下去,他两年的军营生活,估计不会比这飞鸟更能给人留下印痕。

其实,鸟飞过,是没有痕迹的,那只是他的视觉暂留。同样,人生其实也没有轨迹,只有记忆。

记忆!哨兵想起新兵连的战友,他知道那些装甲兵,现在威风得很。野外训练,真枪实弹。哨兵不想去想,可脑子里,那些战斗影片里的镜头,全浮现出来,变成了真实,而他的新兵战友,则是那些真实故事里的主人公。

哨兵想得受不了,决定故意不好好站岗,站成三道弯,站成烈日下一枝枯萎的禾苗。这样,那些首长就会注意到他,就会说,什么形象,滚蛋!这样,他就可以被退回到装甲团了,就可以和战友在一起,成为一个帅气的装甲兵。然而,只要远处有人影走来,哪怕是听见他们的脚步声,哨兵就本能地站得笔直。哨兵清楚,他骨子里已经是一个兵了,自己的一言一行,哪怕站立时的静止状态,都不可能再还原成以前那个随随便便的山里娃。

有一个人,引起哨兵的警惕。他个子不高,穿着有很多兜的便装,身上一股油彩的味道,搅浊了清爽的空气。他头发乱,单眼皮,瓶底状的镜片后,是一双白多黑少的眼,散发出迷惘的光。他冲哨兵笑,向他问好。他吐字不清,声音黏稠,湿漉漉的,像是嘴里痰太多,这让哨兵觉得他脏兮兮。他因为瘦,颧骨突起得厉害,微张嘴,牙露出来,白得放光,令哨兵脊背顿生寒意。幸亏是大白天,要是晚上,哨兵非得叫喊。

哨兵并没阻拦他,那是大门哨的职责。既然大门哨放他进来,那他就有进来的理由,或许是饭堂请的装修工。

又一天,来饭堂的人特别多。那军礼敬的,哨兵只觉胳膊酸软。眼看人都进到饭堂,哨兵偷偷地放松自己。谁知这时,那个头发凌乱的人慢悠悠走进来。一身军装穿在他身上,扎眼,不协调。凌乱的头发,从他那空荡的大盖帽里孛出来。他穿军装的样子,比穿便装,更令哨兵惊讶。哨兵无法想象,他竟然是一个军官,还是正团职。

哨兵没有给他敬礼,甚至都没正眼瞅他。哨兵的目光,盯着阳光下浮动的尘埃。那个军官站到哨兵面前,立正,抬起手臂,给哨兵敬礼。他将地跺得砰的一声响,将空气砍出一阵风。哨兵急忙回礼,脸像炭火灼烤,不仅烫,还伴有疼痛。被动了,如同挨了那人一耳光。

那人伸手,拍了拍哨兵的肩,表明他刚才只是个玩笑。那手碰哨兵肩膀的动作,和那张并不好看的笑脸,带给哨兵的,是一种微妙的、流向心灵的感动。这是哨兵站岗以来,第一次有机关干部正面朝他笑;第一次有人伸手,抚慰他的肩膀——其实是抚慰一颗孤闷的心。比起那些军官随手抬一下,像赶蚊蝇一样的回礼,眼前这个人的军礼,严肃,刚劲给力。

如果这个军官在哨兵面前多站一会儿,问他一些温暖的话,哨兵真担心自己的眼泪会流出来,好在军官上楼去了。哨兵望着他竹竿一样的背影,心想,这形象,咋能当兵呢?又想,他咋就不能当兵,不是有那么多歪瓜裂枣都到部队来了吗,歌星影星小品明星。这个人,或许是搞文艺的。

一场雨。哨兵站在大厅外的哨位上,虽然头顶有伸出的玻璃板,但有风,将雨滴飘进来。外面大雨,门檐下,细雨如丝。哨兵就站在细雨中,等首长到来。他没穿雨衣,怕雨衣损坏他的形象,遮挡他的脸,让首长看不清他雨中挺立的姿态。

首长并未在雨中走来。从他身边走过的,是那些机关干部。他们打着伞,或穿着雨衣。雨衣或伞遮挡了他们的脸,他们仿佛谁也没发现哨兵还站在门檐下的细雨中。哨兵觉得冷,像冬天一样,凄凉而暗淡。刺骨的凉。

如果这个时候,有一个人,哪怕一个尉官,对哨兵说,进去吧,哨兵就会进到大厅里。但是,他们比晴天更忽视哨兵的存在。他们走得快,似乎哨兵是他们熟视无睹的一尊雕塑。没有人让他进到大厅,他也就无台阶可下,得一直站到下岗。

那两个把他从装甲团选来的军官,从他身边经过时,也没有叫他进厅里去,一个关切的眼神都没有,好像他们根本就不认识哨兵,这令哨兵费解。哨兵被他俩选中,还同他们在小车上,一路同行了那么长时间。当时他不敢正眼看他们,都记住他们了,他们怎么对自己一点印象没有呢?

他们上了楼。哨兵感到楼梯间旋起一股凉风,拂过他周身。他觉得自己要哭了,还好,那泪并没流下来。虽然脸庞有水,但他非常清楚,那是纯粹的雨水。

离开饭堂时,有人将一件雨衣披在哨兵身上。哨兵抹了眼前的雨水,看清是那个一身油彩,不像军人的军官。哨兵推搡着,那人却已冲进雨中。哨兵没有去追。哨兵有哨兵的职责，不可乱跑。他心里暖暖的，这种感觉，好久没有过。

哨兵记住了那个不像军人的军官，他的形象很好描述，哨兵找到了他。他果然是一个搞艺术的，哨兵去送还雨衣时，他正在俱乐部画室画画，是油画。哨兵说，首长，给您雨衣。那个人说，呵，你放凳子上吧。他连头也没抬，只专心他的涂抹。哨兵等了一会儿，就悄然往外走。哨兵悻悻地走到画室门口，他听见画家说，你等一等。哨兵就停下了，转过脸。画家冲他笑，说，你过来。

哨兵就站到他跟前去。画家说，你站着，别动。画家另外拿出一张纸，看他一眼，在纸上画一笔，再看一眼，再画一笔。这是让他当模特。哨兵从没当过模特，有些不习惯，却很快活。也就十来分钟吧，纸上就出现了一幅画，是素描。长长的睫毛，大眼睛，略厚的嘴唇。哨兵惊叹画家的才华，画得太像了。画家也在夸赞着他画上的人，其实是在夸他自己的画。他说，太好了，阳刚、帅气、有质感，像一尊青铜雕像。我再涂抹上油彩，参加全国美展，没准儿能拿个金奖。

谁不喜欢被人夸呢？哨兵心里涌现出一阵温暖，甚至是感动，他渴望那个画家在他的画上，写上自己的名字。但是，画家并没问他叫什么，看来，这画的主题并不是某个具体的人，它只是一个符号，一个象征，一个威武的普通哨兵。

哨兵走出画室，他感到心里酸酸的，失落的情绪缠绕着他，像雨后的雾气，氤氲在他周身，久久不散。

就像太阳落下，第二天会照常升起。哨兵跌落的希望，经一夜的沉睡，常常会伴着黎明的光，再次在心里升腾。那是个清爽的早晨，玫瑰色的朝霞，从机关大楼照射过来，落在园圃上。哨兵的心情很好，一对机关干部的心情也好。他们边往饭堂走，边说笑着。临近哨兵时，一个干部说，这孩子多精神，看着也机灵，要是调到身边，当个通信员，准行。哨兵屏声息气，心跟着他们的脚步声，跳起，落下，再跳起。他盼着那个人问他愿不愿意去他那儿工作，因为他在这喧哗的饭堂里，他过于孤独，他想换一个工作。他正准备响亮地回答愿意，另一个人却把同伴的话顶了回去。那个人说："在咱机关饭堂站岗的，哪有不精神的。前两年，有一个小伙子，长得比他还帅呢！"两人说着便离去了。

留下来的哨兵突然对他们所言的，前两年的那个小伙子充满着猜测。他现在在哪里？还是当哨兵吗？八成退伍了吧？当了一年哨兵，在部队没专业，恐怕很难长干。他突然有些同情那个哨兵，继而有一种想认识他的愿望。想同他见面，上街对面那家烧烤店，一人一杯扎啤，谈论作为饭堂哨兵的感受。哨兵想，恐怕只有他那样当过哨兵的人，才能体会他现在的孤独与寂寞。

东北的夏日，不像南方那么热得要人命，似乎是在转瞬间，就过去了。

秋风凉。

起风了，更深的一层寒冷侵蚀着哨兵，但他故意不加衣服。穿多了臃肿，精气神出不来。

中秋节，机关干部搞联欢，就在二楼饭堂。

首长来得早，这让哨兵措手不及，他迎接首长的情绪还没酝酿好呢，只有紧张和慌乱。好在首长身边有人围着，是那些大校们。他们都穿着便装，比平时显得年轻。他们的身后，是一群说说笑笑的女人，花枝招展，粉蝶似的，看来是他们的家属了。哨兵很想判断哪一位是首长的家属，这显然太难。家属们看上去都很年轻，没有明显的长者。再说，首长的家属，未必就更老，更年轻更漂亮，也是有可能的。

陆续有机关干部和他们的家属，往饭堂来。干部的家属们，大都很漂亮。有一两个，也不那么漂亮，但气质挺好。最后来的，是一对年轻人。男的是一个中尉，拉着那个女孩的手。他们从哨兵面前经过时，手并没有松开，笑嘻嘻的。哨兵拿他没办法，因为军官没穿军装。就是穿着军装，他们这么亲密，他也管不了，这不是饭堂哨兵的职责。

中尉和那个女孩，上了楼梯，在身体就要消失在楼梯口时，中尉突然扭头看了哨兵一眼。他一脸幸福，眼里是炫耀和满足，与哨兵羡慕的目光撞在一起。哨兵急忙回过头，垂下眼皮。哨兵觉得羞愧，丢人，似乎是偷看了别人的隐私，被人逮了个正着。

秋日的风，在房顶婆娑出一种声响，像是风在歌唱。哨兵在暮色中，看园圃树叶的飘落，和花朵的凋零。

该来的都来了，一楼大厅静下来，寂静让哨兵多思。军嫂们的形象渐行渐远，槐花近在眼前。

虽说是一个村子住着，槐花很少同哨兵说话。最后的一次交谈，是在他穿上军装，要走了，在溪边的槐树下，无意中碰到槐花。说是无意，他觉得槐花像是故意在那里等他。当时，他上邻村的姑家，回来时路过这条溪沟。槐花说，啊，要走了？到部队好好干哪！仿佛哨兵是她的什么人，弄得他的脸烧得像是着了火。

那把火给了哨兵动力。哨兵想，可不是，得好好干。他暗恋的情愫突然加剧。那个晚上，他望着窗外清冷的月，感受乡村寂静的夜。他一夜未眠，他在设计自己的军营生活。自己文化不高，考军校肯定不行，最好当个专业军士，这对于他这个山里娃来说，就有一个很好的前程，他在槐花的眼里，就不一样了。

哨兵这样的想法，成为哨兵不久，就淡了，远了。现在，那种想法被这两个手拉手的背影拽了回来。哨兵感觉有一根神经牵动着他，令他幸福得全身微微发痒。那是一种屏气敛息才能体会到的感觉，哨兵不敢用手去触摸，怕一碰，那感觉就"吧嗒"一声掉地上了。

这种感觉突然被歌声驱走了，哨兵回到现实中，联欢开始了。

先是一曲《映山红》，很好听，谁唱的呢？哨兵摇头，他无法将他们的声音与他们的形象一一对号。接着是一首《我爱北京天安门》，声音那么稚嫩，可能是谁家的孩子。哨兵突然想起槐花。槐花也会结婚，也会有孩子的。那么，她的孩子，会是她和谁的呢？哨兵想到了自己，浑身燥热地想着。接着又是唱歌，男女对唱：

> 九九那个艳阳天来哟
> 十八岁的哥哥细听我小英莲
> 哪怕你一去呀千万里呀
> 哪怕你十年八载不回还
> 只要你不把我英莲忘呀
> 等待我胸佩红花呀回家转
> ……

哨兵喜欢这首歌，歌声让哨兵感到亲切。家乡的河流、水车，在他眼前流淌、旋转。去年深秋，槐花说要出去打工，那时，哨兵还没有决定当兵。后来，他换上军装，就要走了，又听说槐花不出去。槐花为什么又不去打工了呢？她的临时改变，与我有关系吗？她是在家等我吗？山里有些女孩，到广州、深圳打工，回来后，挣了钱，却丢了名声。槐花是不是怕这个，就守在家里。她是为我守在家里的吗？哨兵的心夸张地动了一下，血像开闸的河水，奔流得汹涌。

哨兵的面颊有些痒，伸手一摸，湿湿的，怎么就流泪了呢？要是让机关干部撞见，多丢人，当兵大半年了，不是新兵蛋子了。

哨兵抬手，去擦面颊，又将手臂放下。是一个兵了，早就不是小孩子，还用袖子擦泪？

楼梯右侧，有一个吧台，上面放着纸巾盒。机关干部用过餐，走下楼梯时，有人会伸手，抽出一张。哨兵几步跑过去，抽了一张纸巾，擦了泪，他嗅到一股暗香，很淡，像槐花的香味。哨兵记得，在溪沟边的槐树林，遇到槐花时，她身上就有这种香味。他当时觉得怪，初冬时节，别说槐花，树叶都没了，枯干的树枝，骨瘦如柴，没丁点水分，哪来的槐花香。他怀疑槐花身上洒了香水。哨兵忍不住再次跑向吧台，抽出一张纸巾，像叠军被似的，叠得方方正正，放进自己的口袋里。结果惹了祸，下岗回连，班长闻到了他身上的香味，以为是香水，在他屁股上踹了一脚，骂道：你是不是个男人？踹得不重，屁股不疼，心疼。

哨兵走出宿舍，走到院外那片围成天井的空地。月光从头顶洒下来，温情默默地抚慰着他的心。

自此，每天晚餐后那班岗，哨兵都会做贼似的，抽一张纸巾，叠在他的口袋里。这种怪癖被班长监视到了。班长又在他屁股上来了一脚，骂道：占小便宜，小农意识！

班长哪懂我的心呢？哨兵想。他怀揣这个秘密，像怀抱一只蜜罐，每日早起，像个程序永远不会改变的机器人，机械地上岗、下岗。说是机械，其实也不对，只是慢慢地习惯了，甚至偶尔也会爱上这份工作。好像他是这个大机关的一员，好像他是这个饭堂必不可少的一分子，好像他不到饭堂，不站在那个哨位上，他们——首长和那些机关干部，就不能开饭，就得饿着。他们吃饱了饭，幸福地走向机关办公楼，或是走向宿舍。好像这种幸福，都是他给他们的。哨兵望着他们远去的背影，心里也有一种不可言说的，不易觉察的幸福火苗，随着他轻轻的呼吸而摇曳着。

时光就在这平淡之中，慢慢地流逝。一年时间，就像是眨眼间，哨兵就要走了。他将回到连队，因为没有专业，他只会在连队站岗、打杂、出公差，给那些有专业的人提供更多展示的机会。这么再过一年，他就退伍，回到大别山脚下，

饭堂哨兵

那个他叫作家乡的竹林湾。

哨兵从机关干部的资历章上,看到有的人军衔长了,加了杠,或添了星,而他自己,只有金黄色的那么"一拐"。明年吧,明年他的肩头,就有"两拐"了。展望那个样子,军衔和他,像一副书名号,括着一个巨大的感叹号:《!》,对,就是这样的,似乎向别人展示,他的军旅生涯之书,就是站立。

哨兵去年被选上来时,新兵连连长乐呵呵地告诉他,他是来给首长当警卫员的。他不知道是连长信口胡诌,还是挑选他的那两个军官对连长这么说过。这个问题困扰他很久,他很想找机会问问连长,现在,离开机关大院的日子逼近,他很快就要回到城郊他的老连队,能见到连长,但他反而不想问这个问题了。他觉得问这样的问题,已经没有意义了。他努力地让这个问题烂在肚子里,可新的问题又滋长出来。明年的这个时候,自己就该回家了。当了两年兵,从起点回到终点,他不知道,槐花还会不会像他离家时那样,含情脉脉地看着他,他不敢想。

时光消逝,哨兵的目光由单纯,变得深邃。回望去年离别的那一刻,全连战友羡慕的目光。现在,那些目光变成麦芒,扎着他的心。一想起要去面对他们,他浑身就轻微地颤抖,发冷。他们一定会认为,是哨兵没干好,才把他踹回连队。怎么干好呢?年轻的生命和勃发的青春,压制在这小小的哨位上,越平静,才越是一个合格的哨兵。而平静,注定平淡。

平淡就平淡吧,不是有歌这么唱,说平淡是一首歌吗?自己的平淡,未必就不是一首歌。哨兵安慰自己,这心也就慢慢地平静了。

但新兵连时的两个战友突然出现,像两颗顽石,跌入他平静的心湖。王秀虎和胡杨,他们到省城来办事,顺便到大机关来看他。王秀虎胖了,壮实了。"王瘦虎"这个绰号,用不上了。王秀虎说,团里年终总结刚搞完,他秋天参加了实弹演习,他们那辆坦克全部命中目标,炮长立了三等功,他是瞄准手,被评为优秀士兵。打实弹,在直瞄镜里看炸点开花,那种感觉,又过瘾又有成就感!还说,明年,他就是炮长了,也能立功,没准儿后年年底能提干呢。胡杨刚从卫生大队培训八个月回来,准备明年考军医大学。现在全团没有人不知道他的祖传医术,上次团长腰疼,还让他针灸哩。他们又说到李森林等其他几个人,都是哨兵新兵连的战友,大家都干得挺好。哨兵先是为他们高兴,后来,脸上的笑就僵住了。想想在新兵连时,他就是一个被忽视的兵,现在,他们一个个更加出息了,而自己，就这么平平淡淡地当了一年哨兵，还是饭堂哨兵。

失落的情绪再次包裹着他。他低下头去，沮丧得眼泪都快流出来了。王秀虎问：你怎么了？哨兵说，没事，就是有点想家。王秀虎笑起来，笑声中有一丝嘲讽，说，都老兵了，还想家？连队多好，不跟家一样吗？哨兵在心里抢白他一句：你是站着说话不腰疼，你哪里知道一个哨兵的寂寞？

晚上回来后，哨兵回味王秀虎说的一个词："成就感"。自己每天重复同一工作，动作都亦步亦趋，可不也有"陈旧感"，却毫无自豪之处？

哨兵转过脸去，那些年轻的树，依然顽强地站在冰冷的空气里，直指苍茫的天空。哨兵本能地站得笔直，把自己站成了一棵树。一身的希望，像一树的叶子，飘零了，但树干依然坚挺。

新兵是正午时来的，哨兵没同他们正式谋面，他只看见班长又在挑选饭堂哨兵。班长选中了一个帅气、满脸稚嫩的小伙子。班长站在小伙子面前，说着话，好像是在讲去年讲给他听的，那个很帅的新兵，最后被首长选去当警卫，并提干了的故事。哨兵特别想打断班长的话，但理智告诉他不能这么做。在军营，有些想法，永远只能是想法。

下午时，班长给哨兵照了相，放进了连队的橱窗里。哨兵既不是先进个人，也不是优秀士兵，更不是军功章获得者，把他的照片放进去何用？可能班长会指着他的照片，向新兵讲述他的故事，就像去年他来时，班长向他讲的那个被选去当警卫员的新兵一样。

然而，有什么可讲述的呢？太平淡，精彩的故事，都在内心，翻江倒海。可心里的故事，谁知道呢？

这是哨兵最后一天的最后一班岗。

没有同机关的人进行过语言的交流，但是，心灵的交流还是有过的。他看着他们，猜测着他是干什么的，在哪个部门。而他们，或许也揣摩过哨兵，关心过他，只是，没有说出来。

哨兵突然发现，他其实非常留恋这个地方。的确，他在长时间的站立中，长成了这儿的一棵树。一年四季，树变换着。春天，树叶绿得透明；夏日，树叶的颜色深了，花谢了，挂果了；秋日，金黄的落叶，衬托着高远的天空；冬日的枝头，只有雪和雾凇，一种沉静的美。

饭堂哨兵

在这里，自己也是变换着的，春夏秋冬，变换着军装，军装里包裹着的那颗心，也在变换着。比如现在，哨兵的心就特别平静，突然觉得，他长时间地站立，也是一种静态的美。怎么突然有这种感觉呢？他说不清，像是顿悟。他突然想留在这个地方，哪怕让他再站一年岗。他留恋这个饭堂，舍不得首长和这些机关干部。怎么能舍得呢？应该说，他认识他们了，他从他们的胸牌上，早知道他们叫什么名字。想起一个名字，他就能与他们的形象对应，高的矮的胖的瘦的单眼皮双眼皮光洁的下巴铁青的下巴……

哨兵突然有一种愿望，就是在他要离去时，告诉他们，他叫什么名字。就像自己知道他们的名字一样，这样，他们才算真正地认识，而不是擦肩而过两不相关的路人。但哨兵迟迟没有这个勇气，他眼睁睁地看着机关干部一个个走进饭堂，又一个个离去。他几次张嘴，因觉得突兀，到底没说出来。

哨兵知道，这是今晚最后离开的三个干部，饭堂再没有干部了，哨兵记得很清楚。每次进去几个人，谁吃完饭出来了，谁还在饭堂，他非常清楚。

这三个背影越来越远，离他三步、五步、十步……眼看就要到办公楼了，哨兵终于冲着他们的背影，喊出自己的名字。但是，那些背影，无一回转过来，也不知道是他们没听见，还是他们根本就不在乎他叫啥。他们继续往前走，跟平日没两样，身影越来越远，脚步声由清脆变得模糊。

风是寒冷的。当那三个身影，踏上机关大楼的大理石台阶时，夜突然暗了下来，苦涩的孤独噬咬着哨兵的心，无法控制的失落和悲伤袭来。哨兵浑身轻微抖动，相伴的，还有鼻眼酸涩。他闭上眼，那眼睫毛，在灯下像黑色的弧形的流苏。他克制自己，不让眼泪流出来。但他失败了，眼泪还是像冲过栅栏的洪水，从他那长长的睫毛间奔涌而出。接着，他的哭声也迸发出来，就像洪水总会咆哮。

哨兵哭得痛快淋漓。他没想到，哭是如此舒坦的事，难怪不少新兵爱哭鼻子。当然，在军营，哭似乎是新兵的专利，成为一个老兵，再哭，就不是那么回事了。于是，哨兵就这么痛快地哭着，他不怕被别人听见，也不怕被别人看见，任泪珠顺着笔直的鼻梁滚落。那鼻梁显然太狭窄，泪水很快洪水似的，途经脸庞，钻入脖颈，划过男子汉的胸膛。一种奇妙的感觉。

哨兵放任自己哭，把未来一年，老兵的眼泪，全部预支出来。当老兵了，就不能哭了。不仅是老兵，以后的岁月，无论遇到什么事，他可能不会再流泪，因为他曾经是个军人。但是，今天，他要痛痛快快地哭一场。

哨兵的哭声，于浑厚中，夹杂着掩饰不住的稚嫩，那是少年时期的假嗓子。哨兵不觉得难堪，他知道，哭完这场，就好了，他将蜕变成一个老兵，一个内心无比强大的真正的军营男子汉。他放任自己哭，似乎是为了这个蜕变，似乎泪水会把他洗刷一新，如同好多年前那个婴儿的啼哭。一声呐喊，划破夜的寂静，这次，他没有喊出自己的名字，他喊道：我是哨兵，饭堂哨兵！

哨兵这两个字，从哨兵自己的嘴里喊出来，传进耳朵，哨兵的心为之一震，如同听到自己给自己下了一道命令，让他恢复成哨兵，于是，哨兵挺胸，抬头，收腹，提臀，两腿绷直，两眼平视前方，把自己站成一个标准的哨兵。夜的黑漫过来，路灯的光，像夜幕里的一面镜子，映照出他一个哨兵站立的姿态，其实是留在他脑子里的，那个画家笔下的哨兵，阳刚、帅气、有质感，像一尊青铜雕像。

埃蒙先生的蛋糕

俞 胜

　　埃蒙先生的实验室建在一个寸草不生的荒山之巅。山巅只有一座圆形的房子和几个卫星接收器、一个巨大的射电望远镜，远远望去就像几个生长在蓝天白云下的大蘑菇。山巅距离最近的一个小镇有三十公里。因为路况极差，卡车司机给埃蒙先生运送生活必需品，从那个小镇一路颠簸而来，至少需要花费五个小时，卡车司机常常为此牢骚满腹，每次都发誓再不来这个地方了，然而下个月他又出现在山巅。

　　埃蒙先生有一个助手，助手在山巅也生活两年了。助手来自F国，虽然是个第三世界的小国家，但生活条件也比埃蒙先生这里好得多。夏天的时候，助手抱怨："如果当年知道这里连只雌性的虫子都没有，我宁愿去国际空间站，也不会漂洋过海，来这鬼地方当和尚的。"

　　埃蒙先生是个好脾气的人，笑着说："年轻人，我一个人在这里生活三十年了。和我比起来，你就幸运多了，你只要再在这里待上两年，不管实验结果如何，我都在你博士后出站报告上签字。回国后，你怎么都算个海归，而你走后，我一个人不知道还要过上多长时间呢。"

　　助手恼怒得跳起来："别人进修博士后只要两年，怎么我还要两年？"

　　埃蒙先生双手一摊，"嗯哼"一声作出无可奈何的神情。助手只好跑到岩石旁，像匹狼似的嚎叫了好一阵。

冬天的时候，山巅风大，助手冻得瑟瑟发抖，跺着脚抱怨："埃蒙先生，您太抠门了。偌大的实验室，即使不装台空调，也该生只火炉吧。或者您干脆让我出站吧，我再也不来这个鬼地方了。"

埃蒙先生一点也不生气，笑着说："不是我抠门，是因为没有经费嘛。多少年来实验一直没有进展，联邦政府一点经费都不肯批了，企业也不赞助一分。我们只好忍耐忍耐了。如果你现在想走，我也不拦你。卡车司机没有来，山风会把你带到你不愿意去的地方哦！"

助手听完，发了一会儿呆，继而像只发了疯的狗似的在圆形实验室里上蹿下跳了好一阵。等他浑身热汗淋漓，之后便沉默不语，心中暗暗盘算两年的时光还余下多少天。助手对埃蒙先生的实验简直是近乎绝望，他甚至认为哪怕是一点点的进展，都除非是出现了奇迹——埃蒙先生的实验是试图揭开外星文明的庐山真面目。

在过去许多年里，科学家们一直都在积极地探索地球以外的生命。他们除了使用一种全新的能搜寻宇宙中近一亿颗星球的射电望远镜外，还通过微波技术，通过发射到火星上的探测器，积极地向外星文明发出呼唤。许多科学家为此献出了毕生的精力，却一无所获。凭什么埃蒙先生就能取得一点点进展呢？何况他又处在一种山穷水尽的状况下？助手想。

可是埃蒙先生总觉得外星文明已经离他很近了，奇迹一定会发生的，就在不远的将来，不，也许就在眼前。助手听了，不停地摇头。他觉得埃蒙先生的预感是一种幻觉，就像有些对一件事痴迷过度的人一样。

埃蒙先生是一个固执而怪异的老头。也许他只关心外星的女人，却不关心人间的女人，所以他一直没有结婚，也没有备选的可以结婚的对象。他一天醒来，除了吃饭，就是摆弄他那些奇奇怪怪的仪器。有一回，卡车司机嘲讽地称埃蒙先生为"疯老头"，但立刻被"疯老头"投过来的冷峻而犀利的目光震慑住了，从此这样的称呼在卡车司机的嘴里销声匿迹。

寂寞难耐的助手靠勾挂历打发漫长的时光，过去一天他就在挂历上对应那一天的数字上打个"√"，挂历上的"√"已经密密麻麻的了。助手做梦也没有想到奇迹终于在一天早上发生了。

这天早上，埃蒙先生通过设在火星上的探测器向外星文明发出一组召唤的信息。与此前所有科学家实验不同的是，信息发出后十秒，电脑显示屏上有光点在闪烁，伴随着"嗒嗒……"像键盘敲击的几声，电脑显示屏上闪出一组符号——这就是后来被埃蒙先生称之为"外星生命信息码"的符号。曾经郁闷无比的助手一时惊呆了。

埃蒙先生也不敢相信自己的眼睛，虽然这样的实验结果正是他多年以来梦寐以求的，但突然不期而遇，难免让人的心理有不能承受之重。埃蒙先生压抑住内心的喜悦，又通过设在火星上的探测器向外星文明发出相同的联系信息，十秒钟之后，电脑显示屏上光标闪烁之后，又"嗒嗒"几声，闪出与第一次完全相同的一组符号，虽然这些符号他和他的助手尚不能识别。但这意义非同寻常，简直是破天荒的，至少可以证明外星生命的确存在。那个曾经绝望了的助手这会儿狂喜得跳了起来。

埃蒙先生要比助手冷静多了，因为他是一个怪异的老头。他想，也许这只是一种巧合。但这种猜想立刻被他自己推翻了，因为相同的实验已经重复了多次，而且都在相同的时间间隔、相同的波段得到了相同的信息码。

埃蒙先生还想，也许发出的一组信息正好遇上了一个相向移动的物体，譬如说一个新诞生的星球或者一个正在漂移的星云或者是其他未知的物体，由它把自己发出的信息折射了回来，这个道理就像镜子反射阳光一样。想到这里，埃蒙先生忐忑起来，但他仍然表现得面沉如水。这让他的助手惊叹不已，在以后的岁月里，助手常把埃蒙先生近似"不以物喜，不以己悲"的冷静奉为圭臬。

要驳斥上述猜想也不是没有办法。埃蒙先生通过火星探测器向外星文明发出另外一组信息，这一组信息和刚才信息的长度相同，不同的是改变了信息的内容。如果电脑显示屏上仍然闪现的是和刚才完全相同的一组信息码，就证明折射的猜想是正确的。

埃蒙先生的心悬到嗓子眼上了，他瞪大眼睛看到，"嗒嗒"几声过后，电脑显示屏上闪出的是与第一次完全不同的一组符号。重复地实验，结果皆如此。埃蒙先生终于抑制不住地跳了起来。

消息立刻通过电波传到了总统办公室。当晚，总统发表电视讲话，骄傲地向人类宣告埃蒙先生的伟大发现，总统认为这个划时代发现的伟大意义可以与当年阿姆斯特朗小心翼翼地登上月球相媲美，在人类探索外太空旅程中具有里程碑的意义。

当月《New Science》发表了埃蒙先生的研究成果，下一期的《New Nature》也意犹未尽地转载了该文，这些在科学界都是破天荒的事情。埃蒙先生像一颗耀眼的明星灿然横空，不但成为《时代周刊》的封面人物，世界上许多科学院都授予他院士的头衔。

这个时候的荒山之巅，埃蒙先生的实验室已经成为圣地了。联邦政府为了满足人们参观的需求，拨了一大笔款，不但修建了从附近小镇到山巅的高速公路，还要把埃蒙先生的实验室装修一新，每个房间都要装上空调。

在装修埃蒙先生实验室的时候，出了一个大事故。电路重新布线时，有个毛手毛脚的电工让接收外星人信息码的系统短了路。这个年轻人想弥补自己的过错，他自作聪明地一番维修后，结果适得其反，从此，人类探求外星文明的步伐必须从头迈起。总统大发雷霆，亲自到埃蒙先生实验室召开现场处理会，责令全国的装修业界的工人都要持证上岗，严查自纠，从中获取有益的启示。

这是一个小插曲，这个小插曲不影响人们对埃蒙先生已经取得的成就的崇拜。

许多记者纷至沓来。从最初铺天盖地关于埃蒙先生的成就的报道潮平息后，记者们更想挖掘细节及成就背后的东西。有记者好奇地问埃蒙先生，外星生命向我们人类发出的第一组符号是什么意思？埃蒙先生和助手迅速地交换了一下意见，都认为是"你好"的意思，因为他们发出的第一组数据就是"你好"。而第二组数据是"今天天气真好"，因为他们发出的第二组数据就是"今天天气真好"。道理很简单，就像我们见面打招呼，一方说"你好"，另一方也会这么说一样。外星人能够识别两组不同的信息，说明他们已经具备了可与人类相媲美或者说比人类更高的智慧。

许多年与世隔绝，突然之间来了这么多人，埃蒙先生在语言的交流方面还遇到了一点小障碍。说话不流畅，常常不知道用合适的词汇准确地表达自己的思想，磕磕巴巴地说话成了常态……不想这语言上的障碍却像魔法似的迷住了这些慕名而来的记者，有一位在年龄上都可以做他孙女的美女记者两个月后就成了埃蒙夫人。埃蒙先生到底没有娶外星的女人。

有一位研究人类学的科学家从埃蒙先生语言交流方面存在障碍受到了启发。他猜测磕巴和天才之间具有某种联系，经过研究发现大脑的一部分与生成话语的区域相连，磕巴的这个区域的确比非磕巴活跃，后来他创立了"磕巴学"，在哈佛大学开馆授徒，引得许多第三世界研究人文社会科学的学者蜂拥而至，他们学成后回国一律成为"海归"，享受政府制定的一系列优惠待遇。

有一位充满使命感的传记作家更是认为埃蒙先生的生活阅历才是人类的宝贵财产。"不吃苦中苦，哪能人上人？""梅花香自苦寒来。"他要把这样的阅历记载下来，让更多的人分享。

传记作家采访埃蒙先生的时候，埃蒙先生已经被各种社交活动弄得不可开交了。但他还是热情地接待了传记作家，因为扬名立传可是关系声誉的大事，马虎不得。传记作家问埃蒙先生，是不是他从小的时候就对天文学表现出浓厚的兴趣，那时候就有了揭示外星生命秘密的伟大志向。

埃蒙先生调皮地一笑，小时候嘛，其实真是没有想过要研究什么天文学的，也没有那么大的志向。天空倒是经常抬头看，因为爸爸和妈妈讲在中国的故事里，天上有织女和嫦娥，她们不但非常漂亮还勤劳善良……

说到这里，埃蒙先生不忘偷窥一下夫人的表情，见夫人眉眼含笑，他接着往下说，至于说小时候的志向呢，也有很多的，想过当医生、牛仔、火车站的售票员等。如果真要找科研的兴趣，也是有一点点的。有一年，想当植物学家，并且付诸了实践，在自家的园子里种了一棵棉花。棉花是一年生植物，他想把它培育成一棵多年生植物，像一棵桃树那样，可是妈妈养的一头喜欢拱地的猪，把他才培育了二十来天的棉花一起拱了，破坏了他当植物学家的梦。

传记作家认为他这是幽默，我们现在来看《埃蒙先生传记》这本书，我们看到该书的作者"Mark"是这样描写埃蒙先生的：生活中的他表现出幽默、风趣的一面，这与他严谨的科学态度简直判若两人。我坐在他的办公室里，他一边说话一边摆弄自己的衣角。当他回忆起小时候一头猪拱他的棉花时，突然像孩子一样放声笑起来，他是一位童心永驻的科学家。

研究科学哲学的学者认为，杰出的人才在学养上一般都是文理贯通，埃蒙先生从小喜爱幻想，譬如说他认为天上有嫦娥和织女等，表现出他对人文领域的浓厚兴趣，这成为他以后在科学上取得重大突破的一个必不可缺的关键因素。

埃蒙先生的功成名就惠及了许多人。除了上述这些勤勤恳恳地在埃蒙先生身上发掘智慧源泉的人之外，近水楼台先得月的是他的助手。助手当初在F国学习平平，智商情商皆不及中人，所以博士毕业后一直找不到工作，起了到发达国家做博士后的念头。当年他本不想来埃蒙先生的实验室的，但许多稍微有点名气的实验室都拒绝了他的申请，只有埃蒙先生的实验室表示不嫌弃他。

那时候，助手却犹豫了，因为他在那个发达国家的地图上，无论如何也找不到埃蒙先生实验室所在山巅的位置。

但是他爹主张他去，他爹生了八个儿子，后来成为埃蒙先生助手的这位是老五，八个儿子中，只有老五读到了博士，其他的都不是读书的料。谁想，读了书的老五并不比不读书的儿子混得好，他爹烦躁得不行。听了有个留洋的机会，老五却不想去，老头把眼一瞪，怒气冲冲地说："去！管他那么多呢，好歹回来就是海归，你傻呀，不去！"当初做梦也没想到，埃蒙先生的实验室取得了这么大的成就。助手回国之后，获得了无上的荣光，一所大学聘请他做了天文系的主任。后来，他做到了这所大学的校长，且干得有声有色，到老年的时候还热衷上了科普活动。许多即将走上工作岗位的大学生都渴望校长能为自己的将来题写一句人生格言。

校长毫不犹豫地在每个学生的留言册上写道："要听爹的话！"这何尝不是肺腑之言。然而，这些青春年少的大学生都哈哈地乐起来，他们认为校长的这句"名言"太不可思议了，太幽默了，因为他们的爹都听他们的话。

校长还有一句"名言"，也是发自肺腑的，叫"要耐得住寂寞"。一个人想成功总该付出点什么，耐不住寂寞的人享受不了真正的热闹。这句话现在刻在这所大学门前的巨石上。

埃蒙先生的成就也惠及了卡车司机。卡车司机说要不是他慧眼识英雄，许多年来不计报酬帮平庸中的埃蒙先生运送生活必需品，埃蒙先生早就被山巅上的野风吹得无影无踪了。如果没有他，埃蒙先生怎么可能取得伟大的成就，想也不要想。卡车司机成了小镇上的英雄。卡车司机也有一句格言："你遇到不公的时候，可以发发牢骚，但该怎么干时还得怎么干。"后来，这句格言刻在他的墓碑上。

我们每个人都是生命长河中的过客，埃蒙先生也不例外。但逝世后的埃蒙先生仍然在为苍生造福。

埃蒙先生身后三十四年，也有的资料说是三十五年，埃蒙先生的权威遇到了卡威先生的挑战。卡威先生研究了十年的数学，又研究了十年的物理。然而，这个时候，数学和物理都被人研究得差不多了，不是亚里士多德时代，所以卡威先生在科研上没有一点突破。别说在全球科技界，就是在他供职的科研院所里，除了管理人事档案的职员，几乎没人听过卡威这个名字。

没有成名的卡威先生很着急，《埃蒙先生成名之路》一书都快被他翻烂了。机会往往在山重水复疑无路的情况下，才降临到一个人身上。

这天晚上，当卡威先生把《埃蒙先生成名之路》一书翻到第308页的时候，有个灵感在他脑子里一闪。他发现，埃蒙先生的成果存在着一个致命的一直不为人知的缺陷——埃蒙先生根本得不出外星人向地球人问好的信息。因为，他通过计算机接收到的所谓"外星文明的信息"其实不过是一堆乱码。要想了解这个道理很简单，譬如想通过一台并未装载读取PDF格式软件的计算机来读取PDF格式文件，结果显而易见只是一堆乱码。以这个简单的道理来设想外星文明向埃蒙先生的电脑输送信息，埃蒙先生要想接收到正确的信息，只有一种可能，那就是外星的文明和我们的文明恰好达到惊人的一致。那么，问题就来了，既然文明达到了惊人的一致，为何外星人不直接向埃蒙先生的电脑输入"你好"这样的单词，而偏偏不厌其烦地发送什么待解析的信息码呢？

卡威先生的观点最早在一家很小的媒体刊载出来。这家媒体草创两年，经营惨淡得让老板寝食难安。刊载了卡威先生的观点后就一下子火了起来。卡威先生推翻埃蒙先生这一段公案，在科学史上的意义跟伽利略在比萨斜塔上扔一轻一重两个铁球那样经典。

卡威先生的人生从此逐渐走向辉煌。

人类对于外星生命的探索不会停止，埃蒙先生的恩惠还在继续。

卡威先生身后若干年，科学界又出了个叫"鲁普"的先生，醉心于探寻外星生命并希望取得重大的突破。要想取得重大的突破，对于他来说，卡威先生的理论是一座高峰，他必须首先掌握卡威先生理论的奥义，而要掌握卡威先生理论的奥义，一个不可回避的问题就是不能不把埃蒙先生的研究论文从尘封的库房中拣出来。

鲁普先生经过充分的实验、论证，最后得出一条结论：即卡威先生对埃蒙先生的批判实在缺乏根据。因为乱码只是现有的程序不能识别罢了，它的排列其实也很有规律，虽然这种规律尚处于一种未知的状态，但我们不能因为我们不了解就否定它的存在。关于这一点，仍然可以用卡威先生的例证来说明，即使这台电脑上没有装载读取"PDF"格式的软件，用其他格式，譬如 Word 格式打开 PDF 格式的文件时是一堆乱码，但如果我们保存了这一堆乱码，再装上可识别"PDF"格式的软件，这一堆乱码就会立刻显现为可识别的文字。因此，埃蒙先生对外星生命信息的破译是正确的，因为外星文明不可能达到与地球文明的高度一致，那是微概率的事情，但埃蒙先生的发现，在人类计算机接收到的信息码与"外星生命信息码"之间建立了正确的一一对应的关系。

鲁普先生的研究成果也在科学界掀起了轩然大波。因为埃蒙先生，他也成为科学界一颗耀眼的新星。

埃蒙先生的恩惠仿佛是一只硕大的蛋糕，我也从中分得了一勺。接下来，不知还将有多少人从中分得自己或大或小的一勺……

儿子上树

女 真

儿子苗壮爬树了。

爬上了一棵大柳树。

接到陈老师告状电话时，再开一会儿就到虎石台了。乘客是一家三口，大包小裹。孩子去职教城信息工程学校上学。一般情况下，去虎石台的客人她是拒绝的，那地方偏，再给一脚油儿，到"大城市"铁岭了，回程通常空跑，拉不到乘客，白耗油，划不来。从城区到虎石台，中间经过大片庄稼地，虽然马路宽绰，不堵车，城郊交接处庄稼地绿色养眼睛，但对一个身单力薄的女司机，却显而易见暗藏杀机。出租车公然拒载会被投诉，每一次她总还得找个说得过去的理由。通常她会焦急地说：不好意思，忽然接到学校老师电话，孩子在学校惹祸了，老师让赶紧过去。

一个需要开出租车养家糊口的女司机，孩子还不省心，也许这是她从来没被投诉拒载的理由吧。大多数人还是善良啊。

下午两点多，她在火车站南广场邮政中心附近，看到了招手的一家三口。靠边停车，摇下窗户，听见他们说去虎石台职教城。犹豫的当口，一家三口就上了车。她不好再说什么，一边起车一边寻思着是什么让自己破了规矩。是那个孩子长得跟儿子有些像吗？都是黑黑瘦瘦的那种类型；还是他们的辽东老家口音？她家曾经有一大堆辽东岫岩山区的亲戚，那些来城里求学、治病、找工作，然后不屈不挠要到家里串门，或者住上一阵、依依不舍地离开的七大姑八大姨表姐堂弟，是从前家里父母经常闹矛盾的重要起因。在街上又听到岫岩老家的口音，她的心莫名颤动了一下。其实，父母都已经离去好几年了，但他们的乡音，她永远怀念。如果，他们还能活着，她愿意听他们曾经让她在邻居面前抬不起头来、夹杂着脏话的漫骂和争吵。

来自她老家的这三口人显然不熟悉路——虎石台在沈阳城的北面，认识路的，会走火车站北出口而不是南出口。明显的南辕北辙呀。关好车门，摁下计时器，起车拐向北陵大街，到中医药大学路口上崇山东路，又从鸭绿江街往北拐。剩下的路，基本不用拐弯，一直开下去就差不多了，比较省心。还有不到两个小时就该跟夜班交车了，她心里估算了一下，这个白天，她已经拉出二百多块钱。如果从虎石台回来能捎上客人，今天收三百没问题。鸭绿江北街是城市向北新延伸出去的街道，路宽车少，她开到了将近七十迈。大白天的，在拥挤的城市里，这个速度是不敢想象的，也是要被拍照罚款的。开快车省油，感觉也爽。

手机铃声，就在她刚有了一点爽的感觉时响起来了。她手机里存着陈老师的号。看来电显示，心咯噔一下，一种不好的预感油然升起——一定是儿子又淘气了。

她的预感准确得让她伤心又着急，身子气得要哆嗦。儿子又淘气了！淘得简直没边了！淘得太有想象力了！陈老师在电话里声音焦急：苗壮妈妈，你赶快到学校来吧，你儿子蹲大柳树上了，谁喊都不下来！我们都不敢再劝了，怕他一不小心掉下来！

陈老师年轻，还不到三十岁，长一张嫩白娃娃脸，看上去只有二十五六，说是在读大学生都有人信。关婷婷听出她的声音带着哭腔，能够想象得出她的表情，再想到儿子这会儿正悬在大树上，随时可能掉下来摔个头破血流胳膊折腿断，一个急刹车，她把车靠边停下，眼泪不争气地流下来了：对不起，你们下车吧，我儿子上树了，我得回去救他！不收你们钱了！

车上的三口人，显然没有精神准备。他们坐着不动。男的问：这是什么地方？女的不高兴：你把乘客这么扔在半路，你不怕我们投诉你呀？！小孩儿脸上明显兴奋：姨，你儿子几岁了？！

客人不肯下车，让她冷静了些。心里估算一下，到职教城，顶多还有五分钟的车程。她停车的地方，前不着村，后不着店，连公交车的影儿都没有，更别提

儿子上树

出租车。把客人这么扔下，确实有些过分。而且白跑了这么远的路，白搭油钱，有被投诉的风险，还可能有巨额罚款跟着呢。她咽口唾沫，用手背使劲揩干眼泪，重新挂了一挡：对不起，我太着急了，马上到了，我还是送你们过去吧。

因为她的妥协让步，三口人一改刚才车上的沉闷，开始说话。小孩儿说：姨，爬树一点不危险！我最爱爬树了！女人嗔斥他：还有脸说呢，不好好学习，就知道淘气爬树掏鸟儿蛋，现在的孩子哪有像你这样的？你要知道努力，能考个重点高中，咱们还用抛家舍业跑这么远路来学修理电梯吗？咱将来考大学，考公务员、当科学家好不好？

三口人叽叽喳喳，五分钟一眨眼就到。收钱时，男人给了她一张50元纸币。她准备找零，男人说：妹子，算了吧，你也不容易，谢谢你没把我们扔下。在你之前，我们拦了两辆车，一听说来虎石台，都赶紧跑了，只有你停了。你是好人哪。回去慢点开，别太着急。小孩子轻巧，上个树什么的，摔不下来，没事儿。

她没心情听宽慰的话，开车往回蹽，很快挂上四挡。客气话好说，谁着急谁知道。敢情不是你们家孩子。她在心里嘟囔。儿子淘气不假，极富创意地爬树却是头一次。这会儿他没事吧？万一从树上摔下来，有个好歹，她没法活了！

离婚时，男人是要儿子的。她没给。舍不得。自己身上掉下来的肉啊。儿子那时才三岁，咿咿呀呀喊妈妈，奶声奶气。男人早晚得再找女人，她不能让儿子受后妈的气。

车到学校门口，已经三点多了。勉强挤了个位置泊车，锁了车门赶紧往学校门口跑。离放学还有一会儿，学校大门、小门紧闭。她走小门，冲门卫师傅喊：我儿子爬树了！

再不用二话，电动门马上闪开一条缝儿。一个应该上课的孩子不进教室，上了学校最高的那棵大柳树，这是校园里的爆炸新闻，门卫哪能不知道？何况还开进来一辆消防车，门卫正勾着脑袋往那个方向张望呢。进了校门，她就看到学校最里边靠近厕所二层小楼的地方，停了一辆红色的消防车，树底下已经铺上了气垫子，几个老师模样的人，还有戴头盔的消防队员，都在树底下站着，仰头往上面看。她心跳加速，堵到嗓子眼儿了。看来儿子确实爬树了。看来儿子还在树上，目前还算安全，没摔下来。她急着往树底下跑，坡跟鞋跑着不利索，脚崴了一下，差点摔个跟头，趔趄了一下，接着往前跑。她看到了消防队员、校领导、陈老师，还有校医。王校医她认识,有一次儿子跟同学打闹,胳膊扭伤了,就是王校医给包扎的,那次也是她到学校领的儿子。陈老师冲她摆了下手,娃娃脸通红,脸蛋画浑儿,明显哭过:就等你了!我们说话都不好使,他说什么不下来!你再不来,校长准备请消防队员站梯子上去了!

  气喘未定,站到气垫的边缘,仰头往树上看。树很高,树叶正浓,但她能看见儿子。儿子还是早晨离家那身,蓝运动校服,白球鞋。树有多高?十米、二十米?她估计不准。二层以上的楼高肯定有的。大柳树看上去有些年头了,是校园里最资深的一棵,树干粗实,但是到了儿子栖身的树顶,从下往上看,树枝很细,顶多也就拖把杆那样吧;儿子是树枝上很小的一团儿,那小团儿身子不动,两条腿偶尔晃荡一下,他晃荡一下树枝也跟着忽悠一下,马上就要折了的样子,她的心跟着就往嗓子眼儿外面拱一下。儿子随时可能掉下来。儿子像树上挂着的一只不老实的穿了衣服的小猴子。那么高的树,他怎么上去的?她从来不知道儿子还会爬树。她小的时候,很多孩子会爬树,她虽然是个女孩子,也跟着起过哄。山梨长在大树上,爬上去才能够着,谁够着算谁的呀。在岫岩老家,她跟着老家的孩子们爬树摘山梨,还跟着打枣、打核桃、掏鸟蛋。那时候她不知道爬树危险,也真没眼见身边哪个孩子从树上掉下来。老家的大人,对小孩子上树,好像并不阻拦。跟现在城市里的家长大不一样。现在城市里的孩子,还有会爬树的吗?会爬也没用,也没有树给你爬呀。城市拓展先砍树,大树砍得差不多了,路边的树经常是为了凑绿化的数刚刚栽上的,阴凉没有锅盖大,胳膊粗的树,不禁爬,也确实没看到过有人爬;公园里的树,是禁止攀爬的。但就算有了可以让人爬的树,家长敢让孩子上去比量吗?爷爷、奶奶、爸爸、妈妈、高价雇来的小阿姨,不错眼珠地盯着,从小到大,走出视线都不敢吧,还能让孩子冒风险爬高?不可能的事儿。站在树底下,大人还怕树叶、鸟屎掉下来把宝贝儿砸了呢。这个淘气的儿子苗壮,他什么时候学会爬树了?这是第一次吗?他为什么要爬树呢?跟同学打仗,躲到树上去了?还是跟哪个同学打赌闹着玩?

  她站在树下,清了清嗓子,仰头看上面,想了一会儿,只憋出一句:壮壮,你晚上想吃什么?

  树上的两条腿不动了。一个很小很小的脑袋瓜往下探。

  儿子的声音听上去很小,像来自非常遥远的地方:妈妈,真是你呀?你交车了?

还没呢，待会儿交。

吉野家双拼套饭行不？

行。

再加一杯饮料。要醒目。

行。

妈妈我想自己下来。

你行吗？

行。但得把那个垫子撤掉。

儿子，你可真逞能，像你那个不争气的爸一样！她在心里恨恨地骂着，无奈地把目光投向身边的那些人。

商量的结果是，可以把气垫撤掉，但大人们要站在树下，万一孩子掉下来，保证能够接住。安全第一！

气垫撤掉了，她的心也快从嗓子眼儿蹦出来了，感觉自己站不住了，马上就要堆到地上。

众人瞩目之下，一只穿着校服的小猴子，从树上噌噌噌就出溜下来了。

身手灵巧、轻盈，从树上到树下，一气呵成，中间没有停顿，落地也很稳。吊在嗓子眼儿的心一下子落下去了，她第一时间冲上去，一把将儿子拽到面前，手伸出去了,想狠狠扇他一记耳光，却在碰到儿子的脸时,变成了不太温柔的抚摸。

儿子笑嘻嘻的：妈，说话算数，吃吉野家去吧！

好像他没闯祸，是个有功之臣。

不行，你得先跟老师们道歉，还得谢谢叔叔们！

道歉。感谢。保证。那些在学校犯了严重错误、闯了祸的孩子和家长应该做的一系列事情，关婷婷和儿子一起又操练了一遍。

从学校出来，离交车还有一会儿。她开车，带着儿子，就近又拉了一位客人。出租车人歇车不歇，她开白班，夜班车主老邱自己开。老邱是个严谨的人，丁是丁卯是卯，每天的交接班时间前后不差五分钟，她不想破了规矩。他们交接车的地方，在长途客运站老邱家附近，离乐购超市不远。吉野家就在超市一楼。她到鸭绿江街，在中石油加满油，把车开到老地方停下，等老邱时，顺手掸着车上的灰。她是个干净人，愿意看车清清爽爽。她最看不上那些浑身是灰、泥猴似的出租车。人整天在那种车里待着，能舒服吗？三分钟之后，老邱出现，看见苗壮在车边站着，眼睛眯成一条缝儿，两只大手把苗壮拎起来，使劲抛向空中，接住了，又狠狠蹾地上：儿子，是提前放学，还是又淘气啦？！

老邱有女儿没儿子，见到男孩儿总愿意捉弄一会儿，有时直接就把孩子整哭了。他把苗壮抛向空中的那一刻，她的心忽悠一下，又吊到嗓子眼儿了。

儿子安好无损，在地上站稳了。关婷婷脸上挤出来一个笑，把差一点涌出来的眼泪憋了回去：邱哥，我们走啦，油加上了，明天见。

坐在吉野家，看对面儿子有滋有味吃双拼套饭，关婷婷牙疼，一点儿胃口都没有。真想马上弄明白，儿子为什么要爬树？！儿子很馋，但平时都是吃她做的饭，很少有机会到外面吃。能吃吉野家，对他来说就是一顿了不起的盛宴。看儿子贪婪的吃相，她的嘴几次张开又闭上。她怕自己忍不住发火。公众场合发火，总归不文明、不体面。她见过那种当众教训孩子的家长，大人吼，孩子哭，很丢脸，很没意思。关婷婷是一个爱面子的女人，为了面子，她甚至可以忍着，不去催男人拖延的抚养费，宁可自己多开车受累。

他们一起回家。儿子拉着她的手。在陌生人眼里，他们是多么幸福的母子！妈妈年轻，长得不丑；儿子背着大书包，小呀么小儿郎，背着书包上学堂，正是在学校读书、无忧无虑的好时光。她多么不想张嘴问儿子为什么，多么想把这种看上去很幸福的时光无限延长。

可她毕竟还得张嘴问。不能这么糊了巴涂地就放过他。万一从树上摔下来，轻则残疾，严重了可能要命，怎么能这么虎呢？！多大啦？十岁啦，四年级啦，什么小！

一定得问！

像往常一样，他们拉着的手，直到上楼也没松开。是儿子先把她手放开了，他习惯掏钥匙亲自开门。进了家门，看儿子换完鞋，把书包放下，她把脸一绷，厉声喊一句：跪下！

儿子哆嗦了一下，扭头，惊恐地看着她，听话地跪下了。

就是不说为什么。同学打你了吗？老师惩罚你了吗？爬树好玩吗？知不知道危险？

儿子一句话不说。既不说为什么，也不说不为什么。反正就是不说话。我可以跪下，但我也可以不说话。苗壮同学就是这么一个倔脾气的不爱说话的孩子。平时，除了跟她交流吃食，他很少主动跟她说什么。这孩子言语太金贵。刚上学时，她私下里问过老师儿子上课表现如何，老师说：挺好的，有时候做点小动作，课堂上绝对不说话，当然也从不主动发言。

如果他能说出来为什么爬树，现在，她宁愿他上课乱讲话。

晚上十点多，苗壮同学还是不说为什么爬树，也不跟她求饶。她去厕所两分钟，回来，发现儿子歪在地上，已经睡着了，哈喇子淌到地板上。把儿子抱起来，放床上，眼睛潮乎乎的。她在心里发誓，以后万一不得不拒载时，再也不能拿儿子闯祸搪塞了。她甚至自责——儿子这么淘气，是不是让自己撒谎咒的？！

漫漫长夜，头半夜她睡不着，思绪万千。后半夜睡得还算踏实。觉是自己的，身体是自己的，日子是自己的。没有过不去的坎。白天还得开车呢，不睡好觉怎么成？

夜晚过去，白天到来。太阳照常升起。走路送儿子去上学。接老邱的车，拉了一个去航空航天大学的活儿。然后，开车向东，直奔虎石台。早晨接车时，老邱打开后备厢让她看，里面有一个捆扎结实的行李包。她一眼认出来，是那个去职教城小男孩儿的行李。昨天她着急往儿子学校赶，小男孩儿的父母，一定也是被她的焦急感染了，下车时竟然把后备厢的行李忘记了。她记得那个小男孩儿刚刚十五岁，初中毕业。这么大的孩子，非常可能是头一次独自离家生活，那行李，当父母的行前不知道精心准备了多少天吧？下车时三口人没跟她要发票，如果她不去找他们，他们是很难找到她的。将心比心，她得最快时间把东西给人家还回去。

塑胶跑道上，穿校服的学生们正在军训甩正步。她到学生处，把行李的事情说了。学生处的老师打开电脑，帮她查老家岫岩的新生，查出来有个男孩儿叫关颖达，跟她一个姓。广播了一会儿，关颖达怯怯生生走进来，穿着灰黑色的校服，人显得更黑、更瘦了。看见关婷婷，男孩儿愣怔一下，迅速笑了，露出一口白牙：姨，我跟我爸妈说你是好人，肯定能把行李送回来，我说对了！

关婷婷着急拉活儿，没空扯闲篇儿，放下行李就走了。但她给关颖达留了电话。孩子再三请求：姨，我爸妈说了，如果你能把行李送回来，让我一定要一个你的电话。他们说还会再来沈阳办事，用车的话，提前给你打电话。姨，你真是好人，谢谢你。

空车往城里开。在鲁迅美术学院附中那儿，来活了——四个年轻人，文艺青年的范儿，俩男俩女，男的扎小辫儿、打耳钉，女的穿布鞋、套宽宽大大扎染花布衫。他们要去工业博物馆看摄影展。那地方在铁西，北一马路呢，距离不近，是个好活儿。

又一天的忙碌开始啦，她很快就把那个小男孩儿忘记了。但她不能忘记自己的儿子。儿子是她的心头肉。昨晚跪了那么长时间，早晨起来，儿子好像把头一天的事情全忘了，好像他没爬过树，妈妈也没罚他跪。上厕所，洗脸，吃面包，喝牛奶，背好书包，站在门口，等她锁门，一起下楼。她家离学校，走路十分钟。儿子可以自己走着去，她不放心，每天陪到学校门口，风雨无阻。儿子学习一般，这是跟淘气一样让她着急的事。男孩子立事晚，她只能这样安慰自己，盼着儿子能早一天懂事，在学习上更用功。

让她万万想不到的是，七天之后，苗壮同学又上树了！

这次，爬的是松树。

那天晚上他应该在补习班学英语。苗壮同学英语不好，期末只考了79分，班里倒数第一。她着急，听陈老师建议，在中医药大学附近找了个补习班，每周两个晚上去上课。儿子上课两小时，她去北陵公园走路。天天在出租车里窝着，腿脚活动不开，肚子见长。北陵正门神道上，每天晚上七点开始都有人结队暴走。暴走的队伍有十几个，速度不一，放音乐，喊口号，飒爽英姿，是北陵公园的一景。她没有时间天天跟着走，一周最多走两个晚上，也算对自己有个安慰，是她生活中难得的奢侈。看着儿子进了教室，她转身往北陵公园走。九月中旬，沈阳的夜晚已经凉爽了，正是走路的好时候。

凭感觉，已经走了半小时。身上出汗，浑身的毛孔都张开了。在皇太极广场那儿，她主动掉队，放慢速度往北走消汗。她准备慢走到神水桥边，再往回走。她要回去接儿子。每次她都是提前二十分钟到教室门口，等儿子放学出来时，她的汗也消得差不多了。这个晚上，慢走的路上，她看见路旁的一棵大松树下，围着一大圈儿人。一年四季，晚饭后的北陵公园里，人不是一般的多，乌乌泱泱，走路、游泳、放风筝、打太极球、跳舞的，到处是人，但通常情况下，没有人会围着一棵大松树。那棵树虽然很高大，也是编了数字序号、入了名册的古松，却不像北陵后身那些拴满红绳有人叩拜的观音树、夫妻树、大神树那么有名，平时不会有人关注。一棵没有名气的大树突然被人关注了，肯定发生了什么事情。她踮起脚往人堆里看，没看出什么。左右看客们都在仰头往上看，她也跟着往上看。树上有什么可看的呢？经常来北陵公园，她知道这棵树上没有松鼠。北陵公园有松鼠，一般都在陵后，尤其大神树下的松鼠，每天早早起来等待游人喂食，也是北陵公园的一景。这么晚了，松鼠该休息了，难道松鼠也有淘气不肯睡觉的吗？

她在树下看了一会儿，没看出什么门道。想走，却听旁边一位喊：动弹了！我看到他动弹一下！

她问：什么动弹了？

树上有个小孩儿，刚才有人看见他爬上去的。

原来这个城市里还有跟她儿子一样爱好的孩子，有机会认识了，可以让他跟苗壮会会呢。关婷婷抽身准备往回走，想了想，又站住了，声音不自觉大了起来：谁看见树上小孩儿多大？长什么样？！

十来岁，黑瘦瘦的。

热心人告诉她。

她的心怦怦怦怦怦怦，又快从嗓子眼儿里出来啦！不对呀，他这会儿应该在教室里上课呀，怎么能跑出来呢？！

她往人堆里挤，再抻脖子努力往树上看。三百多年的大松树，树干笔直，又粗又壮，树冠宽大，直上云霄，像挂在人头顶上的一把巨伞。大松树下，个子再高的人也显得非常渺小。北陵公园里的松树，冬天下雪的时候最好看。那时候松枝上挂满了雪或者冰凌，远远看去，像一朵朵银色的巨伞，是人们雪后拍照留念的最美丽的背景。可是，这会儿，关婷婷希望公园里没有任何树，包括大松树——假如北陵公园没有树，也就不会有人爬了，也就不会让她担惊受怕了！

站在树下，她仰起头，往上看。天黑透了，虽然有路灯，树上也是黑乎乎的，除了黑暗和树的轮廓，基本看不见什么。她不甘心，把手拢在嘴边，试着努力往树上喊：壮壮，是你吗？！

因为她的呼喊，围观的人一阵骚乱，继而又都安静下来。有人看她，有人专注看树。突然，人群骚乱起来，原来是树上移下来一个影子。起先是松鼠那么大，影影绰绰，然后像一只小猴子，然后，看出来是一个孩子。大树底下围观的人，呼啦啦涌到树底下，堆成了人墙，许多人伸出了胳膊。关婷婷脸颊上有热流，但她的手也努力向上伸着,没有空去抹。从树干上出溜下来的孩子,在人群里居然能够准确找到喊他的那个人。关婷婷把他拥在怀里,不知道拿他怎么办!

松树和柳树不同。苗壮同学的手黏糊糊的,能把她的手粘上。松树有油脂,有柳树没有的芳香,是松鼠们的家园。这是他爬松树的理由吗?

回家。这一次,关婷婷没有罚他跪下。像第一次爬树一样,苗壮同学仍旧不肯说为什么要从课堂上逃出来,为什么要爬上北陵公园的大松树。关婷婷不知道拿他怎么办。如果再罚他跪下,他给你来个离家出走怎么办?!她只能在心里无数次感叹:这么淘气的孩子,怎么就让我摊上了呢?!

大自然最美丽的秋天,一晃儿就过去了。

漫长的冬天,说来就来了。

沈阳的冬天,不是一般的冷啊。

冷也得上路。一个女出租车司机每天的生活,周而复始。

车轮上的生活。她可能是城市里每天跑路最多的女人。从繁华同时也经常堵车的太原街、中街,到崭新的铁西、浑南、沈北新区,到一般人叫不出来的无名街巷、不起眼儿的小胡同。出租车司机的生活既单调又新鲜。耳边永远是发动机的嗡嗡响,车轮与地面的摩擦声。你不知道今天都会去哪儿、碰到什么样的人。眼睛里是街边随时可能招手的乘客,心里想着乘客要去的地方怎么走便捷,怎么走不堵。她不怕累。累意味着你有钱可挣。累还意味着身体好。她记得妈妈还在的时候,常说:我不怕干活,能干活意味着身体还好。现在,她就是妈妈说的那种能干活意味着身体还好的女人。

但是,她怕手机铃声。尤其白天。她的手机铃声很少响。偶尔有熟人打电话叫车,再就是陈老师。摊上一个淘气的儿子,你就得时刻准备着接老师的告状电话。小孩子打架动个手,顶多皮肉伤,没什么大不了的,抹点药水、道个歉、赔个三百两百。她怕儿子再上树。万一从树上掉下来,不是残疾,就是死亡。那是要她命的事。她开车在城市里走,眼睛里是路边招手的乘客,车前车后车左车右的车辆,还有路边的各种树。新栽的小树,细枝嫩干地在路边站着。偶尔还能看到一两棵大树,在那些还没来得及拆迁的老街老巷。偶尔想到儿子上树,每次都是念头刚一闪现,就让她赶紧掐灭,好像儿子上树是她的念头引起的。有时,她会想象儿子将来从事什么职业。出租车就不让他开了,儿子总归应该比她更有出息吧？像那个小老乡关颖达去学修电梯？儿子敢上树，至少说明他没有恐高症。她弟有恐高症，怕坐飞机，人去澳大利亚，移民了，多少年不回来一次。人活在世上，大概都是有病的。爱上树也许就是一种病。据说人是猴子变的，本来都应该会爬树。那些会爬树，能从树上摘果子吃的祖先，肯定比不会爬树的老祖宗更容易活下来。也或者，只会爬树摘果子，但不会在树下讨生活的祖先都夭没留下后代呢？所以现在会爬树的人才越来越少了？一边开车一边听广播，有一天她听新闻里说，南方的一所大学，开了一门课，专门教大学生爬树。好像是厦门大学？厦门大学是在福建吧？她没念过大学，对大学没有研究，但她一下子喜欢上了这个准备教学生爬树的大学。说明这个大学认为爬树也是本事吧。她准备有时间研究一下，鼓励儿子考那里。当然，她不会跟儿子明说爬树的事情。不能提醒他。

万一，他从此改了呢？

有些事情，不能想。好像只要你一想，本不该发生的也发生了。苗壮同学三个月没爬树了。就在关婷婷认为儿子可能把上树这件事忘记了的时候，苗壮同学老毛病又犯了。

苗壮同学真的太有创意了。

这一次，他爬上一棵圣诞树。

这一次，不是陈老师打电话。

那会儿她正在铁西拉活儿。下雪了，路不好走，她开着广播，听交通台介绍路况。漫天大雪把城市搅得一塌糊涂。到处堵车。街上的人比平时多。圣诞节商场打折促销，多少人扎堆儿这一天进商场。马路两边的街道或者商场的橱窗里，圣诞树披挂彩灯，没到夜幕降临，就已经五彩斑斓。圣诞节上街的人舍得花钱，从早晨接车，活儿没断过。但她其实不喜欢这样的日子。马路上雪还没来得及扫，路滑，车跑不起来，走走停停，费油，实际收入并不比平时多。路况不好，肇事的风险比平时更大。从早晨接车，她已经看见好几起追尾事故。

小心开车，认真听路况介绍。绕开堵车的路段，对乘客、对她自己都是必须的。中街还行，太原街、中华路一带严重堵车，没有三个绿灯通不过。她不明白同是商业街，为什么中街不堵太原街堵，有什么特殊情况？难道中街的商场不促销、去的人少吗？不太可能。她在司机群里自言自语随便嘟囔几句，群里很快有回应：太原街那边堵车，听说有人爬上圣诞树，消防车过去解围，逛街的人看热闹,路过的车也靠边看热闹,就把路堵死了。她回说:不会是农民工出来讨工钱吧?听说有爬烟囱、爬楼顶上准备跳楼讨工钱的。又有人接她话:好像不是,听说是俩小孩儿。

俩小孩儿。她在心里笑了一声。谁家的孩子这么淘气,比她儿子还能耐,大圣诞节的竟然轧伙儿爬树玩,还是什么圣诞树。肯定不会是儿子苗壮。儿子今天上学了,她亲自送他到校门口,看着他进去的,他怎么可能去太原街?那会儿车不动地方,她看下表,应该是下课时间,便掏出手机,给陈老师打电话,想问问儿子近况。陈老师老半天才接电话,不知道在什么场合,周围闹闹哄哄。问她:苗壮妈妈,您有事吗?苗壮到家了吧?关婷婷不解:苗壮不是在学校上课吗?陈老师说:今天半天学,苗壮没告诉您吗?中午就放学了呀!

学校今天半天学,苗壮竟然没告诉她。她往家里打电话。没人接。苗壮同学放学不在家好好待着,去哪儿了呢?不会去太原街爬树了吧?圣诞树是什么做的?在她的印象里,那就是长长短短的木头杆甚至塑料杆上加点装饰,做成树状,哪里是什么真正的树!哪有那么多真正的树让你砍!结不结实呀?谁家的孩子怎么就会想到去爬圣诞树?!冰天雪地,地上梆梆硬,真要掉下来,那还有好?!

乘客到地方,她收了钱,急忙调头往太原街跑,庆幸自己这会儿在铁西而不是更远。路边多少人招手,她视而不见。过了沈阳站,眼见着路开始堵了,一眼望不到头的都是车,进不得退不得,她恨得手拍方向盘,喇叭声起,前面车以为是摁它,喇叭比后车还响还冲,一时间喇叭声一片,比夏天的蛙塘喧闹得多,让人没事也心慌。

街上乱套了。车走不动。再往家里打电话,还是没人接。看来有必要给儿子也配个手机。儿子要过手机,她没答应。真想马上下车,把车门一锁,跑步去太原街。还有一站地距离,跑步五分钟,走路十分钟。但车怎么办呢?车如果是她自己而不是老邱的,她真就把车扔下不管了。车终于能动弹了,拐了挺远的一个地方才把车泊下。她锁了车门,往太原街跑。自从离婚,她没逛过太原街。太原街东西贵,不是她消费的地方。她买东西都去五爱市场,那地方批发,零售也比大商场便宜。不逛太原街的另一个理由,是苗壮的爸在这里上班。就不愿意进他的气场。太原街是步行街,有很多促销的摊位,只有行人没有车。她在太原街上跑,从南头跑到北头,又从北头折回来,速度不慢。她在体校练过短跑,有童子功。看到几棵高大的圣诞树,却没见围观的人群,没看见圣诞树上有小孩儿,没看见红色的消防车。她的心慢慢放下了。看来,群里消息不实。会不会有人知道她家儿子爬过树,故意跟她开玩笑?

这个玩笑开得有点狠。

她但愿这是个玩笑。

但是,爬圣诞树这事儿,还真不是个玩笑。

她从太原街离开,回到泊车位,正准备继续拉活儿,手机响了。一个陌生的座机号码,里面的声音,却是儿子的:妈,我在派出所,警察叔叔让你马上过来一趟。

儿子的声音很淡定,她却毛了,不知道儿子在派出所里什么情况,戴手铐了吗?挨打了吗?会不会抓起来进管教所?儿子的淡定让她摸不着底,她宁可听见他的声音里带着害怕,带着哭音。她去派出所,还得跑!

儿子在。儿子的爸在。还有一个男孩子,关颖达,居然也在。

儿子没戴手铐。关颖达也没戴手铐。俩人在派出所也不老实,狗扯羊皮,你扯我一下,我瞪你一眼,让她看着心烦,恨不得马上把儿子扯出去,找个没人的地方,胖揍他一顿!

这两个不省心的孩子,他们怎么联系上的?她回家是说过有个念信息学校的叫关颖达的男孩也爱爬树,那是拿他教育儿子呀——如果光想着爬树,不好好学习,最后连个像样的高中都上不了。他们居然能联系上。真是神奇呀。真是一丘之貉呀。还一起上了圣诞树。

他们怎么想的?!

事情闹大了,连派出所都进了。

最近一次跟派出所打交道,那还是好多年前了——跟苗壮爸离婚,给他往外迁户口。

被训得狗血喷头。当着两个孩子的面,和不在一个户口簿、挺长时间没见过面的前夫。现在什么形势知道不?圣诞节呀!我们维稳累得没空睡觉!你们作为监护人,怎么当的?!这叫扰乱公共秩序!知道不?!你们自己管不好孩子,可以找地方帮你们管!中年警察眼睛通红,不知道是缺乏睡眠累的,还是让两个孩子气的,怒气冲天。

从小到大，关婷婷没听过这么重的话。错在自家孩子，她无话可说，无地自容，只盼警察放儿子回家。

她心里怕警察真的送儿子去少管所，也怕前夫借机跟她争夺监护权——如果他真动了这个念头，形势对她不利呀：瞧瞧你把孩子带什么样儿了，警察都可以作证！

关婷婷跟老邱请了假。她得在家休息。血压高。头晕，迷糊。看不得街边的树。

苗壮的爸，把欠下的抚养费，一次打她银行卡里了。

她躺床上，学校王校医给她打电话，耗尽她一块电池。话委婉，关婷婷却听得懂。苗壮同学屡次三番上树，班主任有压力，校长有压力，学校有压力，教委都有压力了。孩子淘到这份上，对学校的声誉有影响，有可能影响今后的招生吧。校长本来有可能竞聘教委主任的。出于对苗壮同学健康成长的责任，作为校医，她建议关婷婷带孩子去看心理医生。

爱上树真的是一种病，需要看心理医生吗？

除了医生，她还能求助谁？

两个孩子，她都不懂。

她不懂关颖达。那天从派出所出来，她开车把关颖达拉到自己家，跟关颖达的爸再次通话，告诉他孩子自己领回来了，让他放心。刚才警察也让关颖达给家长打了电话，关大哥太远，赶不过来，在电话里把儿子托付给一面之识的关婷婷。回家的路上，她听关颖达给他爸打手机：爸，太原街人老多了，我和苗壮比谁爬得快，苗壮比我爬得还快呀，没想到！我俩上树以后，那么多人都不逛街了，都来看我们俩。爸，我告诉你在圣诞树上看太原街什么感觉吧——你会觉得下面的那些人都非常小，哈哈！

这孩子，他学修电梯，是不是想着站高楼大厦顶上，把下面的人都看小？

苗壮同学怎么想的？她想知道，也仍旧问不出。他在派出所里并不畏惧，警察虎着一脸横肉大人孩子一起训，关婷婷哭的心都有，人家跟关颖达在一起嘻哈玩闹，没事儿人一样，也根本不在乎很长时间没见面的亲爸脸色铁青，眼睛瞪得老大。

从来没见他跟另外一个孩子在一起这么快乐，这么投缘，行动一致，有说不完的话。

爱上树真的是病？也许真的应该带他去医院，听医生怎么讲。

躺在床上，她又想，或许应该带儿子去检查遗传？她自己就是一个曾经上过树的孩子，是不是她这个当娘的把爱上树的基因遗传给儿子了？

她从来没跟儿子说过自己也曾爬过树。她听说有些病是父传女、娘传儿的。想到是自己把爱上树的毛病传给了儿子，她感到无比内疚。

盼着儿子快长大。

活到她这个岁数，没看见谁还有闲心想着上树！

北方化为乌有

双雪涛

刘泳看着饶玲玲,束手无策。作为出版人,饶玲玲无疑是最好的,敬业,聪明,敏锐,珍惜每一页纸张,善于整束所有人的资源。作为一个女人,她一塌糊涂。没有结婚,没有孩子,没有信仰,基本上是靠着虚荣心在工作。还有最要命的一点,就是酗酒。此时,2012年1月22号,除夕夜,她坐在刘泳在北京的寓所,已经喝了七个小时。有那么几个时刻,她似乎已把刘泳当成酒保,不时用食指敲敲桌台,示意他把酒给她续上。她身材高瘦,令人想起福楼拜那个著名的比喻,裹在衣服里,如同一柄剑插在剑鞘。她喝掉了自己带给刘泳的两瓶红酒,上面还绑了花。目前开始蚕食刘泳珍藏的威士忌,公寓里的干果已经被她吃光。刘泳看她用手指在空盘里摸索,便套上羽绒服下楼。超市关门了,街角做卤味的福建人也已回家过年,铁门上写着大年初十恢复营业。漫天的烟花,路上飞散着硝磺的气味,好像一场战役刚刚落幕,地上尽是红色的纸屑。突然从黑暗里蹿出一支炮仗,在刘泳头顶发出一声巨响,吓得刘泳一激灵。那炮仗像是残敌掷来的手雷,震得窗框直晃,却不知对方藏在哪里。

按理说,饶玲玲这时候来找刘泳,刘泳也应该反省。来之前,她没打招呼,算准他在,算准他是一个人,算准他无所事事也不会睡觉,算准他如果不是无所事事就是在摆弄着电脑写着新的长篇小说,算准他再讨厌她的行径,也不会撵她走。这足以证明刘泳在饶玲玲心里是怎样的一个人。刘泳三十一岁,一米六七，六十五公斤，头发白了三分之一，蓝色羽绒服里头穿着一件旧衬衫，前襟因为抽烟破了一个洞，不过此时掖在裤子里看不见。灰白色的运动裤，裆前有尿渍，左边大腿上有一块醒目的油点。

他一直使用洗衣机，洗衣机不会针对一个油点。

刘泳和饶玲玲合作了三本书，两本长篇小说，一本小说集。之前出过一本小书，跟没出差不多，只是几个大学里年轻的批评家发现了有这么一个人写得挺有意思。跟她合作之后，他的境况有了明显改善，靠着版税可以过活，一本小说正在改成电影，接触的人，也终于逐渐地，喝红酒和威士忌的，比喝白酒的多了，有几个人还用喷枪烧着雪茄。不过他还是和过去一样，羞于见人。虽然不需要再为生存恐惧，他的作息和工作方式没有变过，每天八点起来，下楼吃早餐，回来写一上午，中午吃饱一点，午睡。睡醒之后处理一些邮件，回一些电话和微信，然后接着写一点。晚上也许自己喝一点酒，或者就在家附近见见老朋友，或者自己去电影院或者躺在沙发上看一部电影。唯一的区别是，当有了一些积累之后，他能够更从容地准备。他准备把萦绕自己多年的故事写出来。先写上一年初稿，信马由缰，然后再说。

刘泳回来的时候，饶玲玲已经脱掉毛衣，只穿一件贴身的T恤。刘泳说，你别再脱了，我很两难。她仰头说，你两难个屁，你从来没想动过我。他说，不要贬损自己，也不要贬损我。她说，没有贬损你，你他妈的一向精于算计，你要是对我有念想，你就不会跟我合作，你就是这么他妈的无聊。我一直纳闷你这么乏味的人，怎么会有人买你的书？他说，那是你的本事，你是这个意思对不对？她的眼睛一喝酒就扁一圈，目前是两块菱形。她说，你坐下。他坐在她对面。她三十三岁，柳肩，胸很平，这就少了不少尴尬，他可以将其看作胸肌。她说，说真的，小泳，我做你的书，不为别的，我看你的书都哭。他说，你没跟我说过，你算版税算得可细了。还有我说过好几回，别叫我小泳，不是你叫的。她说，我是南京人，没去过东北，你写的东北我不相信，但是我会哭，这就是为什么我做你的书。他说，你不相信，这个不好。她说，那是你意念中的真实，那些人没那么好，对不，要不然你也不会大年三十不回去。他说，喝多了谈论文学是最没劲的事儿，实在无聊的话你就继续脱。她说，你有个小说说下了一场大雪，工厂的托儿所很旧，礼堂改的，木制的，被大雪压垮了，你们这帮孩子一点事儿没有，就在雪和木头里头玩捉迷藏,阿姨在后面追。刘泳说,我写过。她说,不知为啥,看到这儿我哭了,但是我不信。你们一个大厂子,车间都是石头的,我就不信托儿所是木头的。而且房梁都下来了,人的密度那么大,会没事儿?这就是你们东北人吹的那种牛逼。他说,这事儿有。她说,放你妈的屁,我的故事你为什么不写?我小时候学舞蹈,一身都是伤,在台上一转圈甩出去都是眼泪。来了北京,先从图书批发干起,跟大老爷们一起搬书,睡过五六个作家,后来发现他们都是朋友,有一个群,背后谈论我,你为什么不写?他说,我是个东北男人,写不了南方女人的人生,况且,我要是真写了,你第一个蹦出来说我诽谤,对不对?她说,不是这个原因,是你除了你的童年你什么也不会写,你狭隘。她想激怒他,饶玲玲经常会尝试激怒别人,尤其是男人,在争吵中实现男女平等。刘泳没有生气,一是他明白她的企图,二是他已经过了在意这种批评的时候,有些批评家也会这么说他。这很中肯,不过对他没什么影响,他自己也没有因此感到羞愧。

  接神的时刻来了,窗外的爆竹声密如一场暴雨,终于过去了,又归为沉寂。北京已变成空城,归家的人卸掉了这只巨兽的内脏。刘泳想起去年春节的时候,他还不认识饶玲玲,自己穿着羽绒服跑到长安街上骑自行车,骑得忘乎所以,满身大汗。随后他又想起小时候在家里过年,奶奶会包两种饺子,一种是三鲜馅的,一种是芹菜馅的,三鲜馅给大家,大概十几个人吧,芹菜馅只有他一个人吃。爷爷用筷头蘸一点白酒喂给他。小勇,酒是粮食精,张嘴。爷爷在工厂的事故中失去一只眼睛,面部失去了平衡。那只假眼珠像果冻,好像一敲他的下巴就会掉下来。他死时,刘泳在高考,没人告诉他,他得知时他已给烧成灰,下葬在城市背面的山坡上。他成年之后经常会想起那只眼睛,他的面容和高考的试卷一样已经仅具轮廓,只有那枚果冻式的眼睛永远不会腐朽,似乎一直在某个高处看他。

  饶玲玲站起来走向她的背包,他以为她要走了,心情突然有点不好,她没有走,从背包里拿出两摞书稿。她说,你这个长篇的开头我看了,你准备写多少字?他说,没想好。她说,我看了这两万字,觉得你这本书得三十万字。他说,有可能,也不一定,那两万字也许不能用,我最近在琢磨,开头可能得重新写,你知道我想用书面语写一个小说,过去写不太长,可能跟一直用短句子有关系。饶玲玲说,写在书面上的就是书面语,我警告你,别老为语言瞎操心,怎么舒服怎么写。他说,嗯,我准备先这么磨磨蹭蹭写着,不能用也没关系,等天暖和了,我回一趟东北，摸一摸素材。她说，你怎么干我不管，我现在跟你说你这个开头。我看了之后没睡好，不是别的，是挺激动，你知道吧，我这人碰到这样的稿子，总是睡不好，想出一百种方式给你做好。他说，要不你也失眠。她说，傻逼，失眠和睡不好是两码事。你写了一起凶案，说是你十六岁住在工厂，你爸是个钳工，车间主任是个小个子，姓董，宣传口上来的，不太懂生产，贸然用了德国来的机器，出了几起事故，然后在一天晚上，在办公室被一柄匕首插进喉咙，第二天一早被打扫卫生的发现，血已经流干了，对吧。他说，是，你复述得准确。她说，办公室在三楼，窗户在里面锁着，冬天，大雪刚过，即使窗户没锁，也冻死了。办公室门虚掩着，行凶者应该是从门进来的，然后再从门出去。这个车间有两个大门，正门冲南，后面冲北，北门连着一块空地，是生产线上的拖拉机下去之后，直接开动测试用的。下班之后就锁上。一般情况下，下班之后有一伙人在换衣服的工具箱旁边打扑克，所以正门先不锁，到八点左右，打更的老马把这些人清走，然后把正门在里头锁上。董主任那天下班之后走了，据老马回忆，十点左右又回来了，好像喝了点酒，说要写点材料，老马开门让他进来，他上了三楼办公室。你们家当时住在车间的二层，动迁之后没地儿住，你爸就央求董主任让你们家住在二楼的杂物间。因为你爸喜欢下棋，董主任也喜欢下棋，而且想跟你爸学棋，就答应了。那天你爸妈去锦州参加婚礼，只有你自己在，你以第一人称儿童视角写道：我看见了老董走进办公室的背影，穿着灰色的工作服，拎着一只暖瓶。刘泳说，你歇口气，你说的都对，你要干吗？她说，你等我说完。老马的口供很详尽，他是个老更夫，在这个车间打了五年更，每一个角落都熟悉。他确认，八点之后除了你之外，没人在车间里，之后也没人进来过，因为大门从里面用钢筋拴住，不可能钻进来，四面的高窗除了高达两米之外，也都从里面锁好，玻璃第二天完好无缺。所以除了你，没人能够杀人，我这个逻辑对吧。他说，慢一点说，这是我的小说，你这么激动干吗？搞得像在开庭。她说，你这个故事里面有多少东西是真实的？他说，你这是外行话，永远不要问作家这样的问题。她点点头，拿起威士忌放在书稿上，说，行，我是外行，这个事儿先按下不表，说另一份稿子。其实在饶玲玲说话的时候，刘泳已经瞥见了另一份稿件，上面的字体比他的大，分段也比他多，且没有题目，也没有题记，上来就是一个自然段。她说，这份稿子是我昨天在邮箱里发现的，然后打印出来。是十几天前一个莫名的邮箱发给我的，被系统当成垃圾邮件处理了，碰巧我昨天整理垃圾箱，扫了两眼，把它恢复了。这个小说没写完，看格局像是个中篇，目前写了七八千字，还没写出所以然，想到哪写到哪，文字很朴素，语病不少，但是才华尽显，你知道吧，就是一看就不想放下那种，这是文章的人格魅力，你明白吧。他说，明白，但是你跟我说不上这个，我不是编辑，专业不对口。她说，你别急。说着她把书稿推到刘泳面前，拿起压在书稿上的威士忌抿了一口，说，前面七八千字，写了一个罪案，跟你写的一模一样，不是叙述一样，是故事的核心是一样的，对那个车间的格局描写也一模一样。你看这段，你写道：车间的后门是红的，却有一个白色的叉在中间，不知何意。她这里也有对这个后门的描写，她写的是：车间后面是一个红门，上面一个白叉，是我趁人不在，用喷漆枪喷上去的，因为我课本上都是这玩意。我没有比较你们的文学造诣，你是老江湖，此人是个生瓜蛋子，她这七八千字，一边写这个匕首案，一边写了很多闲篇，上学的事儿，好像上的厂办的技校，让人着急。但是她好像对于同一件事情有不同的理解哈。刘泳看着书稿，一动不动。饶玲玲感到这个除夕夜有了点意思，继续说，我不是说你抄袭，作为出版人，我的直觉告诉我，你们两个互相没有看过对方书稿。你往后看，她还提到了你。

在文章的末尾，当然不是结尾处写道：据查当时车间里有一个十六岁男孩，是唯一可能的目击证人，他却声称什么也没有看见，也没有听见。当然他也可能是唯一的凶手，只是匕首和门把手上都有完整的指纹，不是他的，也不是老马的，也不是能够值得比对的任何人的。于是少年自此排除了嫌疑，使此案成为货真价实的无头案。

刘泳又把文稿从头到尾看了一遍，然后放在桌子上。他说，她当时不可能在车间里。饶玲玲说，她没这么说，虽然用的是第一人称，但是看出来是想象，比如她说罪案发生前，有一只野猫走上了三楼老董办公室的前面，想要点吃的，这是一只经常在车间里徘徊的野猫，谁有吃的就给点。这是想象，只不过细节很逼真。刘泳说，这不是想象，那只猫是我养的，叫武松，那天它确实上过三楼，我看见了。

饶玲玲坐直了，看着刘泳。刘泳说，写这东西的是谁？干什么的？男的女的？多大？饶玲玲说，你冷静一下。刘泳说，我没有不冷静，这是很简单的问题，请你回答一下。饶玲玲说，这东西没头没尾，作者署名叫米粒，没有留地址，只有一个电话。刘泳说，请你现在给她打一个电话吧。饶玲玲说，现在是大年三十儿，这人可能五十岁，在美国刷碗，也可能十八岁，现在正在跟父母一起在黑龙江某个县城守夜，你想干吗？刘泳说，不可能五十，也不可能十八，应该跟我差不多大，你打个电话。饶玲玲说，你有病，我没有，我要回去睡觉了，要打你自己打。刘泳一把抓住饶玲玲的手腕，说，今儿我们俩在一起喝酒，就是世上最亲的人，我求你帮我这个忙。饶玲玲说，你别唬我。刘泳说，我的小说里有虚构的部分，就是我当时是待在车间里，但是并非住在里头，我只是去玩。那天十点，我和老董一起回来的，他上楼去写材料，我在车间的另一头拿螺丝摆长龙。因为，这个老董，姓刘，是我的父亲。他死时我十六岁，后来我妈改嫁，嫁到深圳。要不然我不会在这里过年，你说对不对？

电话那头响了好一阵，饶玲玲几乎在听筒里听见自己的心跳。刘泳坐在对面盯着她，她第一次感到这个东北男人并非一个文弱的书生，他的眼睛微微眯着，手放在桌子上，纹丝不动，那上面的关节，那连接肉的骨头，好像随着会拧成一把什么铁器。

一个女孩儿的声音。

女孩：喂？

饶玲玲：请问，是米粒吗？

女孩：哪个米粒？

饶玲玲：大米的米，颗粒的粒。

女孩：大颗粒？

饶玲玲：米粒。

女孩：啊对，米粒，我是米粒，不好意思，我喝多了，睡前还吃了安眠药。

饶玲玲：我是饶玲玲，做出版的那个饶玲玲，我收到了你的书稿。

女孩：看了？

饶玲玲：看了，写得有意思，你是做什么的？

女孩：我没写完，不知道往下咋写了，你说往下咋写？

饶玲玲：这你不能偷懒，你得自己想。

女孩：你在北京吗？

饶玲玲：在。

女孩：你看到有一个特别大的烟花没？就在刚才，就在我窗户前面。

饶玲玲：没看见。

女孩：特别大，像一个大蜘蛛。

饶玲玲：你怎么没回家过年？

女孩：跟你有关系吗？你怎么也没回家？你不是挺牛逼的出版人吗？不应该拿着一堆成功的样书回家？

饶玲玲：我提醒你一下，你得尊重我一点，你家人没教你怎么跟人讲话？

女孩：为什么要尊重你？我就是闲得无聊给你发了篇自己写的破玩意，我指着你能吃饱？我当个傻逼作家？把青春都烂在椅子上，然后到处舔出版人、评论家的屁股，还他妈的穷得叮当响？你家人没教你除夕夜打电话把人叫醒应该抽你大嘴巴？

饶玲玲打开免提，把手机放在桌子上。

饶玲玲：这样，我旁边还有一个人，就是你说的那种傻逼作家，他想跟你说两句。

刘泳：你好，我叫刘泳，写小说的，出版人和批评家屁股什么味道，我不知道，我想知道一件事情，你写的那个故事，是听来的，还是你看见的？我恰巧也写了这么一个故事，为了证明一下，我告诉你，那个死去的车间主任，姓刘，那只猫，你没有描写，我知道，是黑白相间的花纹，尾巴尖也是白的，公猫。

女孩：你是谁？

刘泳：我说了，我叫刘泳。

女孩：哪个刘，哪个泳？

刘泳：原名是姓刘的刘，勇敢的勇，笔名改了一字，改成游泳的泳。

女孩：哦，本来挺勇敢，现在要随波逐流？

刘泳：游泳也可能逆流而上，你住哪？

女孩：你多大？

刘泳：我1981年生人，今年31。

女孩：你是老刘的儿子吧？

刘泳：有可能。这样，这么闲聊总是差点意思，我相信你知道我不是骗子，我也相信你肯定跟我有点交集。我住在朝阳区阳光上东22号楼2单元5楼3。

你要是方便,你过来一趟,我和老饶都不是北京人,都没回家,在这儿搭伙过年,你要是愿意,请你过来,有酒,一起守夜。

沉默。

女孩:我没兴趣,你们俩自己玩吧。

忙音。

饶玲玲说,困了,我得走了。刘泳说,留下帮我做个见证。饶玲玲说,说实话,我很欣赏你,我们也是挺好的搭档,但是我们真没有那么熟。刘泳说,所以你是见证人的最好人选。刘泳站起来走进卧室,出来拿着一块带血的布。刘泳说,这是我爸当时穿的工作服的衣领子,烧之前,我偷偷把衣领子剪下来,这么多年一直带在身上。后来我一直跟我爷爷奶奶住,我爷在我高考那年死了,夏天,搬了个大西瓜回家,心脏病突发死在院子里,西瓜倒没有摔碎,滚到墙角。我当时住校,这是我奶后来告诉我的。过了五年,我奶死了,死在炕上,她那时已经糊涂了,我在旁边,她把我当作我爸,问我什么时候回来的,这么长时间去哪了。也不赖她,我和我爸长得确实像。这些事情我没跟人说过,你说我们俩不熟,我们现在也许熟了一点,如果你也这么觉得,我请求你留下来,帮我把这件事情弄明白。饶玲玲想了想说,我陪你等到天亮,也别天亮,万一阴天下雪天不亮不好说,我陪你等到早晨七点,如果这女孩儿没来,我也没有办法,我不是你老婆,不能一辈子在你屋子里待着。刘泳说,好,你想再喝点吗?饶玲玲说,不喝了,你给我找件外套,冷。刘泳把自己的薄羽绒服给饶玲玲披上,拍了拍她的肩膀。然后从电视柜的抽屉里,找出一副新的一次性拖鞋和一副跳棋。刘泳把拖鞋放在门口,坐回来说,没事儿干,玩会儿跳棋吧,有时候我自己跟自己玩,你要红的要绿的?

刘泳的这间公寓位于朝阳区的南面,地势略高,房间面积大概九十几平方米,两室一厅,他已租了两年。家具都是自己买的,北欧风格,简单,硬朗,且无一不是米黄色,件数也不多,茶几,电视柜,餐桌,四把椅子。客厅里只有电视是黑色的,不过连电源线都没有连。卧室在南,书房在北。书房四个立式书柜,一个长方形书桌,从这头到那头,顶到了窗户底下,地下也满是书,有的书里夹着纸条。靠着北墙,放着一个小黑板,上面写一点也许跟小说有关的提示性东西,此时小黑板上写着:匕首/少年 L/开枪的是人,提供子弹的却是上帝。

楼道悄无声息。刘泳下起棋来全神贯注。有时候会用手摸一下下巴,大部分时候双手支在桌子上，头垂直于棋盘，呼吸均匀。大概是凌晨两点半左右，楼道里的电梯门开了，随后是脚步声。脚步停在门前，等了几秒钟，手在敲门。刘泳说，你别动，一会儿下完。此时他的绿色棋子，已经有半数进入到饶玲玲的本营，而饶玲玲的红色棋子，昏昏欲睡，如一条长蛇，都在路上。

女孩穿了一件黑色帽衫，挺瘦，但是也挺结实。

"撂下电话我就睡着了，睡醒了想起有这么一个事儿。"女孩说。

"把鞋搁这儿，这拖鞋是你的。"刘泳说。

"你家挺热，你是饶玲玲？"

饶玲玲有点不知该说啥，从没遇见这样的人。她挺想生气，给她一个白脸子，但是发现自己的气已经消了。不管怎么说，小说写得不错。

饶玲玲点头说，坐吧，喝什么？

女孩从怀里拿出一瓶白瓶牛二，52度，你们喝的惯这个吗？

她没化妆，黑色短发，脸很小，白白的。尖下颏儿，冷丁一看以为是高中生，仔细一看眼睛，也许超过三十岁，或许比刘泳还要大一点。那是一双常年没有休息好的眼睛。

三人落座，刘泳刷了三个玻璃杯，女孩（姑且还是称为女孩吧）和饶玲玲坐对面，他坐中间。玩跳棋呢？女孩说。她的面前摆着刘泳的棋子。刘泳说，打发时间，等你。女孩说，你咋知道我一定会来？刘泳说，感觉吧，你打车的钱，我可以给你。女孩说，给你省了。我离你不远，走过来的。刘泳说，你住附近？女孩说，不是附近，是一个小区，我住你旁边那栋，和另一个女孩合租，刚搬进来。你能不能干了？养鱼？两人干了一杯牛二。刘泳说，冒昧地问一句，你是干什么的，小说写得很好，过去写吗？女孩说，我那也叫小说？就是闲着没事儿胡编乱造，当时叫了外卖，正吃大米饭，就署了名叫米粒。我啊，常年混在剧组，什么都干，剧务，美工，副导演，编剧，最近还当了几次演员。刘泳说，什么电影，我们看过吗？女孩说，肯定没看过，都是小制作，特矫情那种。我问你，你家有饺子吗？我来不为别的，过年想吃顿饺子，你有吗？刘泳说，速冻的行吗？女孩说，生的我都能吃一盖帘儿，就想这口了。饶玲玲说，我去煮吧，你们聊。刘泳说，冰箱左边那个门，第二层，厨房的灯在那。女孩说，你俩两口子？饶玲玲扭头说，两口子他告我灯在哪？女孩张口喝了半杯酒，一笑，露出一排小白牙说，是我傻逼了，但是你们文学圈谁知道谁跟谁怎么回事儿。

刘泳不抽烟，但是家里有烟，也有烟灰缸。他戒烟五年，一根没抽过。女孩抽中南海，刘泳看着她抽了半根烟，说，听你口音，是东北人没错，我也不绕弯子，小说好，我表扬完了，我想问一问，这个事儿你怎么知道的？女孩说，我说完还能吃上饺子吗？等吃完再说。刘泳说，好，那咱们就等饺子。做电影有意思吗？女孩说，别没话找话了，咱们把跳棋下完吧。两人便下，女孩用饶玲玲的残棋，她也不往前走，就是处处堵刘泳的路，刘泳有时候偷偷瞥她一眼，她面带笑意，在这种消极的战法里得到极大的快乐。她的脖子很长，戴着一个银制的十字架，嘴唇有点干，时不时用舌尖舔嘴唇，黑眼圈如同刺青渗入肌肤。饺子好时，刘泳还剩一个棋子没有走进女孩的阵营，女孩的那枚棋子也死活不出来。开始吃饺子，女孩说，没有腊八醋。刘泳说，确实没有，遗憾，外酸里甜。女孩说，醋是绿的。于是继续吃，女孩吃了几个说，没有喜钱。算了，你这是速冻的。饶玲玲说，什么是喜钱？刘泳说，就是饺子包一个洗干净的钢镚，谁吃着谁新的一年走运。当年我们家年年都是我爸吃着。吃完了饺子，女孩和刘泳一人喝了一碗饺子汤。三人继续喝酒。

女孩说，吃得很好，你想把饺子抠出来也费劲了。刘泳说，肚子里的全是你的。女孩说，好，这故事我是听来的。刘泳说，听谁说的？女孩说，我姐。刘泳说，你这岁数，城市里不可能有俩孩子。女孩说，我是超生，所以我爸妈都没了工作，去你爸的厂子当临时工，刘主任是你爸吧。刘泳说，是。你继续说。饶玲玲说，我可以用手机录一下吗？女孩说，随便你。你可以选择录，我也可以选择怎么说。刘泳说，行，不录。饶玲玲把手机揣起来。女孩说，我家住南教堂那，你知道南教堂吧。刘泳说，知道，俄国人修的。女孩说，我爸是天主教徒，我爷也是，那教堂是老毛子修的，我们家跟着老毛子信的。所以我妈怀了我就给生出来了。我姐当时十八岁，没考上大学，在你爸车间当喷漆工，啊，对，那个后门的白叉，就是她喷的，其实是个十字架，喷歪了，我在小说里写的是胡编的。当时我姐和你爸，老刘，正在谈恋爱。爱得死去活来。饶玲玲看着刘泳说，我看这孩子没一句真话。刘泳抬起头说，少说多听。说完他对女孩说，我当时有感觉，我妈也应该有感觉。你姐叫什么？女孩说，忘了，你还想听吗？刘泳说，想，说吧。女孩说，我姐后来跟我说，活了这么长时间，遇见你爸之后才觉得活着有意思。我爸妈以前给她讲的那些道理，遇见你爸之后才觉得是真的。上帝就是爱啊。女孩喝了一口酒说，你爸虽然个子不高，但是心是善的。那套德国机器，在其他很多车间没有开箱，只有你爸强令开箱使用，为啥？因为那时候工厂已经要完了，其他车间主任，都在打自己的算盘，先让工厂倒了，然后把新机器弄到自己的小作坊里，工人裁掉三分之二。我姐说，这么干国家是支持的，叫小舢板突围。刘泳说，嗯，有这个说法。女孩说，你爸是想救工厂，不想看着工人都回家，他那时候经常跟我姐说，工厂完了，不但是工人完了，让他们干什么去，最主要的是，北方没有了，你明白吧，北方瓦解了。你爸是宣传口出来的，还他妈文绉绉的。刘泳说，他写一手好字，你还是叫他老刘吧，我能稍微舒服点。女孩说，行，那就彻底第三人称。老刘答应我姐，做最后一搏，如果这套机器上了，还是不行，等他妥善处理完遣散工人的问题，就和我姐私奔，什么也不要了。饶玲玲没忍住，私奔？女孩说，是私奔，跑到更南的地方去。推着三轮车卖早点也行，一起背着货跑单帮也行，反正不能分开。那机器呢，谁也玩不转，主要是工程师心早散了，都在想自己的后路。几人出了事故，有一个年轻工人，刚来不久，很想表现，结果被咬掉一只手。刘泳说，老刘出事儿跟他有关系吗？

女孩站起来，在身后握住双手，把身体抻了抻。刘泳说，有关系吗？女孩说，坐太久了，你们作家怎么能一天坐那么久？刘泳说，那你动动。女孩说，嗯，我不想说了。刘泳说，什么意思？女孩说，没意思。你给我弄口水，喝完我走。刘泳说，哪不对了？女孩说，你是个写小说的，你说写到这时候怎么写？刘泳想了想说，卖了个关子？女孩说，你摆地摊卖吧，我鞋呢？刘泳说，也许应该写写这个姑娘？女孩把手移到身前，活动着手腕，说，继续说。刘泳说，如果是福楼拜的时代，也许应该从姑娘的头发和吃穿用度开始写。女孩说，不用扯那么远，头发可以。刘泳点点头说，黑发，大黑辫子。女孩说，颜色对，弄那么长辫子给机器绞脑袋？刘泳说，是了，黑短发，刘海儿过眉。女孩说，可以。刘泳看了看女孩说，身材不高，但是很挺拔，皮肤很干净。女孩说，可以。刘泳说，话不多，但是有脾气，有意思，说出的话招人听，遇见不对路的人一句话也不说。女孩说，喜欢看书吗？刘泳说，确实，老跑厂里的图书馆。女孩说，行，说说她和老刘怎么认识的？刘泳说，朋友，我毕竟是老刘的儿子，让我揣测这个伦理上有点问题。女孩说，你是作家还是儿子？刘泳说，都是。女孩说，首先是啥？刘泳说，好吧，我随便猜，女孩爱看书这点让她与其他女工不同，老刘注意到了。女孩说，大概然，新年联欢会女孩演了个节目。刘泳说，对，朗诵？女孩说，诗朗诵。刘泳说，《沁园春·雪》？女孩说，屁。戴望舒。刘泳想了一下，说，应该。女孩说，继续说，怎么私奔？刘泳说，老刘带上家里的钱，女孩带上一点首饰。女孩说，再带上一箱子吃的？你以为是羊脂球？老刘只带两百块人民币，剩下的留给老婆孩子，女孩带几件衣服和几本书。两人要去哪？刘泳咬着牙说，实在猜不出来。女孩说，你身上流着老刘的血。北京。

女孩摆了摆手示意他不用据此回答，然后坐下说，挺无聊的哈。饶玲玲此时已经趴在桌子上睡着了，脸靠着盘子，嘴微张着，披着刘泳的羽绒服，因为个子高，身体如虾一样折着，好像鼻子不通气，一直用嘴吸气。刘泳看着她，意识到刚才她说困了是真困了，另外一层是，这件事情只是他自己的事情，或者说一个人身上发生的事情都是自己的事情。女孩说，跟那些受伤的工人没关系。是你们厂长。刘泳说，我都忘了厂长姓什么了。女孩说，有人记得。当时老刘老是半夜来写材料，其实有一个目的是和我姐幽会，我姐有一把老刘办公室的钥匙，下班之后她就自己进办公室，藏在柜子里，等老刘去而复返。刘泳说，嗯，他得接我放学，还回家陪我妈和我吃饭。女孩说，另一个目的是确实在写材料，他写五份，举报你们厂长副厂长四人，侵吞国家财产，挪用工人养老保险在农村买地给自己盖房子，等等吧，准备寄到五个部门。说实话，这些事情，都是我最近才知道的。刘泳说，哦，最近才知道。女孩说，不知道厂长从哪听说了此事，便要弄死老刘，他自己不可能动手，就雇了一个人，他们当时详细地研究了车间的图纸，发现就在老刘的办公室的顶棚，有一个废弃的排风扇，通到外面房顶。几乎没人知道，多年不用，是当年按照苏联图纸建造的，后来觉得，东北风大，不用非得这么多排风，就多年不转了。此人就是用一条绳子，顺着这个排风口下来的，然后又顺着绳子爬上去的。我姐已养成了习惯，她没敢开灯，因为开灯就会有人上来找老刘说话，老刘并不在，会露。她都是摸黑藏进柜子里，然后打开手电筒看书，累了就睡一会儿。那天老刘回得很晚，也许是打开柜门，发现她睡得很香，就没叫她，先坐在办公桌前写材料。杀人者悄无声息从他头顶降下，一刀就把他刺死了，然后拿着材料又顺着绳子爬上去，我姐醒时，看见人已经爬回顶棚了。

天更黑了，彻底安静。很难知道北京城到底有多少守夜的人，大部分窗子都瞎了,偶有几只灯笼亮着,好像哭红的眼睛。女孩说,我姐后来很少睡觉,老刘在她睡觉时死了,她可能对睡觉有恐惧吧。刘泳说,故事讲完了吗?女孩说,我很累了,但是还有一点。从那天起我再没见过我姐,这些事情都是她写信给我知道的。第二天早晨,她从办公室的门走出去,就开始追踪这个杀人者,十几年了吧,终于在一个月前,把此人杀死在一个村庄的河边。她跟我说,她把他的双手割下扔在河里头了。

　　刘泳拿起酒来喝了一口。酒真凉啊,到了肚子里四方流散,无孔不入,刘泳连脚趾都觉得暖了。

　　刘泳说,厂长叫什么?女孩说,你不用知道。她说她累了,先歇一歇。刘泳说,嗯。女孩说,不过她歇完了还会上路吧,一个一个来,是吧,要一视同仁。刘泳说,你这个故事不错。女孩说,一般吧。刘泳说,如果老刘活着,也会觉得是个好故事。女孩说,不一定,也许他会觉得她永远躲在柜子里最好。女孩站起来说,我走了。我住很远,到家天要亮了。刘泳说,好,不送你了。女孩说,好,你坐好。刘泳点头说,不是一个小区?女孩说,不是。女孩推门走了出去,头也没有回。

　　饶玲玲动了动,没有醒。虽然姿势有点难受,但是她还能坚持。

　　刘泳走到窗前,看着女孩走出门洞,又走出大门。世界漆黑一片,如同海底,只有两个小姑娘在大门口放烟花,海马一样,似乎是背着大人偷跑出来的一对姐妹。女孩对其中一个小姑娘说了什么,那姑娘把两支燃着的烟花递到她手里,她一手一个,展开双臂将其摇晃。火焰四处喷射,夜海浮动,不知要将她带往何处。

送韩梅

李 铁

上

江林的冬天要比关内的冬天长一个季节，江林多雪，整个冬天都被厚厚一层雪压着，喘气也会冒出雪色的气体。江林只有一家电影院，名字不叫电影院，叫林业俱乐部。是林业局的礼堂，林业局开大会的场所。没大会开时，俱乐部便放映电影，所放影片基本与其他城市里电影院一个频率。看电影要买票，林业局职工享半价优惠，来售票窗口买票的手里大都捏着一张工作证。江林的人或多或少能和林业局扯上关系，借到一张工作证不成问题。买到票，揣进衣兜，手退进衣袖，踩着积雪拖一溜嘎吱嘎吱的声响走。

俱乐部有两名放映员，老黄和老吉。老黄五十多岁，叫老黄挺正常，老吉不过三十出头，叫老吉也没谁觉得不正常。老吉的家在某林场住宅，离老林子近，离城里远，俱乐部在城中心位置，老吉上下班，单程要走一个多小时。老黄和老吉两班倒，一个早上七点到午后两点，另一个午后两点到晚上八点。二人不轮换，永远是老黄上午班，老吉下午班。老黄爱好木雕，下午是他在家干活的时间，老吉偏爱睡懒觉，他想不出还有什么事比上午赖在被窝里更舒坦。晚上八点最后一场电影散场，正好与附近的江林高中下晚自习的时间重叠，俱乐部和学校涌出两股人流，嘎吱嘎吱的踩雪声响成一片。每个人嘴里呼出的白气汇成壮观的团状，在一人多高的半空中如吹起无数颗白色气球。

老吉和同住一栋家属楼的老秦是棋友。棋是中国象棋，没事的晚上，蹲在荒楼前脚手架上绑着的灯下杀几盘。荒楼是附近住户的叫法，其实是一座烂尾楼，承包商收了林业局的钱，不知什么原因，在楼主体快完工时跑路了。林业局不接收，这座楼就一直闲着，楼的房间之间没有完全隔上，门窗也没有安装，连楼外的脚手架都没有拆掉。下棋是在冬季以外的季节，冬季蹲这儿，不出十分钟，人会冻成冰棍。这也是两年前的事了，老吉上了下午班，回到家都是晚九点以后，吃口饭，洗洗漱漱，就到了上床时间。虽然同住一栋楼，老吉并没去过老秦家，老秦也没来过老吉家。江林虽偏远，依然染上了城市的毛病，邻里之间互不打扰。老秦是林场的伐木工，有一双粗壮的胳膊，老吉和他在灯下比过胳膊的粗度，比老秦小十多岁的老吉胳膊比人家细了一圈。

一天晚上，下班的老吉被老秦截在荒楼的灯下。天是黑的，地是白的，老秦的脸一半黑一半白，又被灯光罩上一层黄，看起来挺怪异。老吉说，这么晚这么冷，我可没勇气下棋。老秦说，我不是找你下棋，是找你帮忙。

老吉说，想看电影了？

老秦说，没闲心。

老吉说，那我能帮你啥忙？

老秦说，高中不是挨着俱乐部嘛，你下班正好和俺家姑娘下学是一个时间，我想求你带她一起回家。

老吉说，送你姑娘回家，你信得过我？

老秦说，信得过信得过，你是个好人。

老吉早就听老秦说过，你是个好人。老秦这样说源于一个突发事件，两年前夏天的一个晚上，老吉和老秦正在这儿酣战，一串女声的尖叫从斜刺里杀来，救命啊，救命啊！二人从棋盘上拔出目光，投向那一串尖叫，看见荒楼的一处楼口一个男人正向一个女人动粗。老吉率先跳起，奔过去，叫那男人放手。男人松开女人，从腰间拔出一把短刀，冲老吉说，她是我老婆，家里事，你别管。女人说，不是，我不认识他。老秦拉住老吉说，走吧。老吉用比老秦细一圈的胳膊甩开老秦，拉住那女人就走。那男人扑向老吉，二人扭打，老吉的胳膊被刀扎伤，老秦冲上来，用比老吉粗一圈的胳膊夺过男人手里的刀。男人逃了，女人得救。老秦

送韩梅

对老吉说，你是个好人。

送一个女孩回家怎么想怎么是一个负担，老吉犹豫着。老秦说，我也不想给你添麻烦，以前都是我接她，现在，那个原因你也应该知道的，我没法再让自己平静地去接她了。老吉心头一紧，结束犹豫，说，好，我答应你。

老秦的姑娘叫韩梅，韩姓随了母亲。老秦的家是二次组合而成，老秦带着自己的女儿秦丽娜，韩梅的母亲带着韩梅。韩梅比秦丽娜大两岁。老吉见过韩梅，邻居嘛，总会有碰面的机会，但没说过话。在老吉的印象里，那就是一个看过也就忘了的邻家女孩。

第一次送韩梅那晚下雪了，下雪天在江林的冬季是家常便饭。老吉在最后一个观众走出俱乐部后才走出来。江林高中的学生比电影观众多，观众们走远了，还会有一些学生陆续往校园外走。老吉走到校门口时刚好看见韩梅走出来。夜晚的雪花像一张深色窗帘上的白色小碎花，一地积雪如散落的灯光。老吉凑过去，说，你爸叫你以后下学和我一起走。韩梅表情平淡，显然事先已知道这种安排。她没说话，点点头。二人撞开那张白碎花的窗帘，踩着灯光向前走。

用十分钟就走完了城里的路，接下来的一个小时都将走在林间的那条大道上。道是柏油的，能并肩驶过两辆汽车。冬季积雪厚厚地盖了一层，这里的路是不撒除雪剂的，雪天多得如南方梅雨季节的雨天，除雪是除不过来的，雪路才是江林冬天的道路。二人在雪路上走，夏季半个小时就能走完的路，冬季要走上一个小时。道边是深不可测的森林，有白桦树、红松、云杉、栎树、胡桃楸等，和北方人一样，都是个头高大的树种。树枝上顶着一头积雪，这使原本黑暗的一切褪色，天地一片森白。

老吉的妻子是个爱唠叨的年轻女人，老吉把事情跟她讲过后就后悔了。她开始问这问那，埋怨他没事找事，她细碎的声音和窗外的雪花一样飘得没完没了。三岁的儿子在两室一厅的房间里穿来穿去，玩具、不是玩具的玩具随手抛出，和他母亲的声音一起，划出让人眼花缭乱的轨迹。

老吉一个人坐下来吃饭，妻子和儿子在这个时间不可能还没吃饭。妻子一边看电视一边不时扭过头看他，嘴上依然是汹涌的江河。妻子是个好看的女人，当初见第一面时他就被她的好看所吸引。一路发展到今天，她的好看已经被她的唠叨层层盘剥，在老吉眼里所剩无几。淘气的儿子也是一种盘剥，他使母亲所剩无

几的好看在父亲眼里破碎成灰,不成形状。

妻子说,老秦真会占便宜,嘎巴嘎巴嘴,就把你给绑住了。

老吉说,顺手牵羊,捎带脚的事,算不得绑。

妻子说,顺手牵羊是拿了东西,你又没拿他啥东西。

妻子瞪大眼睛,又说,莫非,你想占人家姑娘便宜?

老吉也瞪大眼睛,说,你可不能乱讲,人家姑娘还未成年,这样讲话丧良心。

妻子也觉得自己这句话有点过分,说,我不过顺嘴一说,你较啥真啊!

老吉说,都不当真最好。

妻子说,老秦的家庭太复杂,别和他走太近了。

老吉说,除了下棋,我和他也没啥共同语言,想走近不容易。

老吉说得没错,他和老秦从来没有过下棋以外的接触。老秦是伐木工,林子、木头、电锯、下棋,老吉也想不出他还能说些啥话题。现在的林子都是新生林,已没有老树可伐,伐木工大都下岗转行,谋别的生路去了。老秦是少数被林场留下来的工人,实际上他也已经转行,从伐木工变成了护林员。现在的老秦偶尔也会讲一讲林中野物,随着新一茬林子日益茁壮,野物在林间已不鲜见,有一次,老秦居然还遇见了一头黑熊。有惊无险,对峙片刻,黑熊不慌不忙地走开了。

老吉喜欢的话题是电影,他从小就喜欢看电影,后来有了网络,便在电脑上找所有能找到的电影看。他的口味不高不低,阳春白雪和下里巴人通吃,好莱坞的老片他看,新片他看,法国、伊朗的文艺片他看,宝莱坞的搞笑片子他也看。电脑终究是电脑,片子再好也找不到在影院里观影的感觉,那种灯光暗下来的氛围,那种屏息凝神的等待,那种震颤耳鼓的音效……他会心跳加快,手心出汗,浑身酥痒,甚至魂飞魄散,老吉和人说话,三句话不离本行,可好多人对他的话题只是嗯嗯啊啊的敷衍,这难免令他失望。

老吉说,今天俱乐部放映的是新片子,女主角长得挺好看,有点像你不说话时的样子,一脸的冷艳。先跟你讲一个场景吧,一个三四十年代的老楼,楼里房间之间是相通的,朱红色的楼廊已经掉漆,里面空无一人。妻子插话道,怎么有点像咱这儿的荒楼?老吉说,别打岔,天昏地暗,四周静得要死,月光照在墙壁上,身披黑色风衣的女主角出现了,她面无表情,一步步走上楼梯,夸张的占满银幕的身影,硕大的绛紫色嘴唇的特写,脚步声像菜刀一下下剁在菜板上……

妻子打断他的话,说,别讲了,我看你是中邪了。

老吉说,别忘了,当初我就是靠讲电影故事才把你勾到手的。

妻子说,都怪我涉世太浅,当年听你讲故事,故事不过是一条通向异性的通道,故事本身是啥我压根儿没听见。

韩梅用钥匙开门,进屋,关门,换拖鞋,通过只有十平方米的客厅进属于自己的那一间卧室。她低头走,像走进电影已经开场的俱乐部,黑暗而寂静,只有电视机里的声音不知好歹地响着。破旧的长沙发上有两双眼睛在看了她一眼后,又转向电视屏幕。继父老秦通常这个时候不会说话,母亲为了顾及继父的情绪也不会跟她说话。她在这个时候的两双眼睛里如一个陌生的观众,只能小小心心去找自己的座位。

进卧室,关门,把自己包袱一样甩在床上,一种坍塌般的疲惫在身体里发出了嘎巴嘎巴的声音。晚饭已经在学校里吃过了,她不饿,床头桌上一碗冒着热气的面条虎视眈眈。面条里放了香菜和香油,一股香味在房间里盘旋,犹如柔和的薄光,她原本缩成一团的心开始松弛。躺了一阵儿,坐起,强迫自己吃了那碗面。嘴都不擦,脱衣,钻被窝睡觉。

这个家是在韩梅十岁那年组建的,房子是老秦的,两室一厅,总面积不过六十平方米。一室是母亲和老秦的卧室,另一室是她和秦丽娜的卧室。两张床倚着窗户对面摆放,中间的过道只能一人通行。另一边搁着衣橱,上半部是她的,下半部是秦丽娜的。还有一张小桌二人共用。秦丽娜是老秦的女儿,小韩梅两岁。老秦性格温和,说话和风细雨,秦丽娜性躁,说话炒豆子似的噼噼啪啪,看来是随了她亲生母亲。二人相处多半是秦丽娜主动,姐姐长姐姐短,围着她套近乎。在人面前秦丽娜表现欲极高,唱歌跳舞从不羞腆,她六岁时跟人学过二胡,十岁了,二胡拉得如泣如诉,令人惊叹。都夸她长得俊,又有内秀,长大了一定有出息。

秦丽娜偏瘦,一双眼睛在脸上占了相当大的比例。她的长相随了老秦,老秦明眸皓齿,身材修长,应该算得上美男子。母亲和老秦的相识,完全是母亲主动,老秦被动。母亲是林业医院的护士,老秦患阑尾炎在医院手术,母亲不但包下了他的陪护,还照顾秦丽娜的吃喝拉撒,这两项工作都不在她的职责范围内。母亲用实际行动感动了老秦,二人才走到一起。有人跟母亲说,老秦是个伐木工,没啥出息。母亲说,我瞧着不舒服的出息了又能怎样?我瞧着舒服的不出息又能怎样？韩梅和母亲搬过来后，韩梅夜里常常被母亲房里传出的怪异声音惊醒，好像是母亲发出的，有点类似林子里锯木头的声音。韩梅和秦丽娜一起出现在别人面前时，受夸奖的往往是秦丽娜。有一次，韩梅的几个同学来家里玩，女孩子嘛，聚一起就是吵吵闹闹欢声笑语。秦丽娜爱凑热闹，起初几个同学嫌她小，都不理她。她说我给你们唱首歌吧。唱的是"小螺号滴滴滴吹／海鸥听了展翅飞／小螺号滴滴滴吹／浪花听了笑微微……"几个人没在意，她又找来二胡开始拉，拉的是名曲《听松》，琴声如风吹松枝，又如细水长流，和外边开始解冻的河水一样，在风声中有一种汩汩向前的气势。几个女孩子被震撼了，都说秦丽娜是个精灵，一点都不像韩梅。一点都不像？精灵的反义词该是什么？妖怪？笨猪？……韩梅的脸憋得通红，想说什么，又一句话也说不出来。

韩梅十二岁那年春天，班主任带着全班同学去踏青。江林的春天来得迟，五月份了，树枝、地下才萌出一点点新鲜的绿芽，有风吹过，凉飕飕的，却已是春天的凉，没有了刺骨的寒气。大家蹦蹦跳跳，玩累了，坐下来唱歌。先是齐唱，后又一个接着一个独唱。轮到韩梅，她脸憋得通红，一个字也唱不出来。班主任说，韩梅，你这么腼腆可不行，将来走向社会是行不通的。韩梅咬咬牙，想好了一首歌，使出浑身力气刚要开口，同学们身后挤出了秦丽娜。也不知道她是什么时候混进来的，她站到韩梅跟前，朗声道，我是韩梅的妹妹秦丽娜，我替她唱吧，小螺号滴滴滴吹／海鸥听了展翅飞／小螺号滴滴滴吹／浪花听了笑微微／小螺号滴滴滴吹／声声唤船归喽／小螺号滴滴滴吹／阿爸听了快快回喽……歌声清脆悦耳，像一只蜻蜓在人们头上来回地飞。唱毕，大家鼓掌。班主任说，韩梅，瞧你妹妹多大方多可爱，你以后要跟她学习，别越来越像个闷葫芦。韩梅的脸憋得要渗出血来，她觉得自己鼓足勇气终于要唱出的歌被秦丽娜顶回去了，她通向一个开朗女孩的路就这样残忍地被堵住了。这使后来的她愈发沉默寡言。回家路上，就两个人时，韩梅终于冲着秦丽娜爆发了，她选用了自己所知道的最恶毒的字眼骂了秦丽娜一顿。

进家门，秦丽娜哭着告状，老秦冲秦丽娜发了脾气，说你和韩梅我都了解，你们俩闹不和，我不用听原因就知道罪魁祸首是你，娜娜，你给我听好喽，以后不容许你再给姐姐添乱。母亲冲着韩梅发了脾气，她说我也不管啥原因，你比妹妹大你就不该惹她，你把她弄哭了就是你的错，你要是不把她给我哄笑喽，我饶不过你。老秦和母亲比赛似的说着自己亲生孩子的不是,秦丽娜破涕为笑了,二人依然没有停止说明。

二人都相信对方的表现出于真心而非表演,他们对对方孩子的好体现在琐碎生活的每一个细节。洗好了一盘梨,母亲总会挑一个品相最好的递到秦丽娜手里。餐桌上只剩下一个鸡腿,老秦总会趁秦丽娜还没有伸筷子时,抢先夹到韩梅碗里。有一次,学校开家长会,老秦没时间参加。韩梅和秦丽娜开家长会的时间重叠,令韩梅不愉快的是,母亲走过她班级的门口,继续往前走,走进了秦丽娜的班级。还有一次,邻居家的一条恶狗咬伤了路过的韩梅和秦丽娜,老秦送两个孩子去林业医院,碰巧医院只剩下一个人量的疫苗。老秦沉吟片刻,让医生把药开给了韩梅。

韩梅十四岁那年,秦丽娜十二岁。秦丽娜依然喜欢跟在韩梅屁股后边。夏季的一天学校午后教师开会,学生们提前放学,二人回家到门口,韩梅才发现自己忘了带钥匙。二人无处去,去了附近的荒楼。午后的太阳毒辣,即使是在不太热的江林,午后太阳地里依然会让人出汗。荒楼一共五层,还没有安装门窗,墙是红砖的,潲了色,呈灰蒙蒙的老红色,墙外脚手架还没有拆,那些用铁丝绑在一起的木杆有的已经腐朽,有风吹来会落下一层层的木质碎末。韩梅上楼梯,秦丽娜跟在后边。房间与房间是相通的,从这边的房间,会感觉到有风从其他房间吹过来。四周寂静,阳光从没有遮拦的窗户投入,让四周笼罩在一种略显诡异的光线中。脚步声显得很夸张,说话声比外边的音量似乎大了好几倍。秦丽娜开口唱歌,小螺号滴滴滴吹/海鸥听了展翅飞……歌声在房间里乱撞一气,拖出一溜回音。

韩梅上到五楼,搬块砖头坐下。通常时候,这里不会有人光顾,这使韩梅有了一种别样的安全感。秦丽娜坐不住,一个房间一个房间地乱窜,说话,唱歌。韩梅不理她,静静坐着什么都不想。

尖叫声从隔壁房间蹿起,像陡然蹿起的火苗。救命啊!救命啊!是秦丽娜的声音。韩梅跳将起来,奔向隔壁。看见窗口外边的脚手架上,像挂着一件衣服一样挂着秦丽娜,她的两脚悬空,两只手紧紧攥着脚手架的一根横杆,脚下是五层楼深的地面。韩梅的心一下子坠入深谷,呆住了。

救命啊救命啊……秦丽娜继续喊。

韩梅呆愣愣上了窗台,跨出去,一只脚踩上脚手架,一点点向秦丽娜靠近,每挪动一点点,横杆便颤动一下。她试着把手伸向秦丽娜,就在要抓住秦丽娜的手时，她的手又缩回来。她想，如果秦丽娜抓住她的手，就有两个人同时掉下去的危险。伸手，缩回，再伸手，再缩回。在伸、缩的挣扎中，一声惨叫，秦丽娜掉下去了。

秦丽娜死了。母亲扇了韩梅三个耳光。她说，你为啥不拉住你妹妹？韩梅颤抖着肩头，一句话也答不出来。老秦没有埋怨韩梅，只是不再和她说话。埋怨她的除了母亲，还有学校的师生，他们说她怕死，为了自己的命不救妹妹的命。她就这样被逼上了悬崖，她知道自己只能眼睛一闭，跳下去，从此一个人在崖下行走。

好久才能睡着，睡之前韩梅总会盯住对面的空床发一阵呆。空床上的被褥和秦丽娜活着时一模一样。两年了，没有半点改变。

这一晚是晴天，天空中星星十分清晰，像俱乐部天棚新安装不久的那些射灯。老吉和韩梅深一脚浅一脚往前走，两边的林子已经沉睡，没有风，空气如纯净水一样干净，被冷冽的天气冻出了波纹状，有一种流淌的感觉。沉迷了好一阵，老吉觉得应该说些什么。说什么呢？他想起了电影。

老吉说，你喜欢看电影吗？

韩梅说，没时间看。

老吉说，那就听我给你讲电影吧。

老吉讲了一个俱乐部刚刚上映的影片，叫《爱情限量版》，主演是刘若英，是一个人独自出去旅游的故事。一个女孩因为某种原因心情不佳，决定出去走走。见韩梅听了没什么反应，就又讲了一个叫《带我远航》的电影。也是一个女孩独自旅行的故事，韩梅还是没什么反应，他就又讲了一个叫《无人驾驶》的电影。这是一个有关爱情、家庭、活着的故事，有些人为爱而逃，有些人无法承受生命之重，毅然出走……快到家门口了，老吉才停住讲述。他下意识地看看身边的女孩，她依然没什么反应，她的表情像被冻住了，和雪地一样暄软而冰冷。

第二天晚上，老吉又给韩梅讲电影。这一次他没有讲俱乐部放映过的电影，他决定来点小众的，大多数人没看过的，他在电脑上看过的电影。他先讲了一部伊朗影片《一次别离》，女主角因为生活一团糟而逃离丈夫，回到了娘家，但娘家的生活还是一团糟。讲完他扭头看韩梅，韩梅一脸冰霜。他知道自己过高地估计了韩梅的欣赏水平，一个高中女孩的趣味应该是通俗的、大众的才对。但不知为什么，他还是想讲有些品位的电影。

第三天晚上……第八天晚上，老吉一个电影一个电影地讲下去，当讲到一个叫《楚门的世界》的电影时，他意外地发现韩梅的眼睛里出现了一种好奇、热切的光芒，这光芒之于老吉是一种鼓励，冷得要僵硬的身体渐渐软化，有了温温绵绵的感觉。《楚门的世界》的里，男主角驾驶着一艘小艇历经巨大的磨难离开港口远航，在一望无际的大海里，他感到了从未有过的快乐与自由。可海的另一头有什么呢？他讲到这突然不讲了，电影里海的另一头是一个巨大的布景，按下按钮，后边出现的是一个与原来并无二致的荒谬世界。他不忍心把后半部分讲出来，他讲的其实只是半部电影。这半部电影起到了一种破冰效果，韩梅与他终于有了应该有的互动。

韩梅问，布景后边是啥？

老吉说，电影到这结束了，布景后边是个谜。

韩梅说，那一定是个无忧无虑的世界。

老吉说，可能是吧。

第N个晚上，老吉讲了一个叫《偷香》的意大利电影，是一个女孩寻找自己亲生父亲的一次冒险旅程。这个电影对韩梅产生了新的触动，她不时扭过头，盯住老吉的脸，老吉觉得自己的脸一阵发热发痒，有点像冻过了，突然闯进一间暖室。

韩梅说，我想去俱乐部看这个电影。

老吉说，俱乐部不演这样的片子，不过网络上有。

韩梅不吭声了，老吉也闭了嘴。咯吱咯吱踩雪的脚步声浮上来，响得震人的耳朵。

居然是韩梅先开口，说，你知道我不是亲生父亲？

老吉说，知道。

韩梅又说，你知道秦丽娜是怎么没的？

老吉又说，知道。

本来嘛，江林不大，秦丽娜的死曾轰动江林。

韩梅又不吭声了，老吉也没有接着这个话题说下去。

有一晚，下雪了。有风，不时还会是旋风，这使雪花们会陡然卷在一起，盘旋，又忽地散开，如打个喷嚏。这一晚，老吉没接到韩梅。他在雪天雪地里等到学校门口没了一个学生，走进校门，打更的师傅拦住他，说，这院子除了我，没第二

个人了。

老吉只得一个人往家走,边走边给老秦打电话。

第二天下午,老吉接到老秦的电话,说韩梅昨晚一宿都没有回家。

晚上,老吉还是没接到韩梅。

韩梅失踪了。这件事和秦丽娜的死一样轰动了江林。至少有一周,江林倾城而动,几乎每个人都在寻找韩梅。

下

丹城的冬天和江林的冬天一样长,丹城是距江林最近的大城市,也是全国冬天温度最低的城市。整整一个冬季,丹城都被雪覆盖着,高高矮矮的房屋、树枝,压着一头白发般的雪。墙角、路边也是雪,只有马路中央露出柏油路面,天空不飘雪了,铲雪车、撒除雪剂的车立马出动,竭力保障这座城市的畅通。

丹城大学坐落在丹城市中心位置,因为有欧洲传教士的血统,校园里还保留着几座教堂一样的建筑。这些建筑的墙皮是老红色的,门窗和楼顶是深绿色,被到处都是的白雪衬托,显得肃穆、幽深。保安老吉每天在校园里巡视,路过这些建筑时,他总会多看几眼。不知为什么,他老是觉得自己注定与这些建筑有某种神秘的联系,如果不是在过去,那很可能在未来。

老吉已经来这里做了两年的保安,因为无林可伐,江林萧条,俱乐部也停止放映电影了。老吉和林业局的大多职工一样,到外边的世界谋生路。老吉来到丹城,先是去电影院找工作,没找到,他又无其他技能,就应聘做了保安。学校的保安除了看门就是巡逻,发现可疑情况及时报告,维护学校安全。保安分白班和夜班两班倒,今天白班,明天夜班。老吉偏爱夜班,夜幕降临,一个人拎着配发的警棍在校园里走,很悠闲,很有想法。特别是下雪天,雪花犹如一些老相识,从过去的时空飘飘而来,易碎而不朽。

老吉的家离学校三站地,走这点路对他来说小菜一碟,他每天步行上下班。房子是租的,两居室的老式格局,和江林的家差不多。有时他会产生一种错觉,家还是那个家,只是世界发生了位移。

老吉的妻子和过去一样爱唠叨。有一天,老吉说在学校门口遇见了老秦,他乡遇故知，老秦见了他亲热得不得了，中午二人还在路边小馆喝了一顿酒。妻子问，谁买的单？老吉想说，当然是我，老秦是客，怎么能让人家买单？但出口老吉紧急刹车，改口了，说，当然是老秦买单，老秦主动跟我套近乎，他不买单难道让我买单？妻子又问，他又求你啥事了吧？老吉说，也不是啥大事，就是求我照顾一下韩梅。妻子瞪大眼睛，老吉说到这自己也瞪大眼睛，这个令他当时无比吃惊的消息，此时出口竟然如此轻轻巧巧。

妻子说，韩梅找到了？怎么找到的？

老吉说，他没说是怎么找到的，啥时找到的，他只说韩梅在丹城大学读大二。

妻子说，老秦搭理韩梅了？

老吉说，时间能改变一切，他总不能永远不搭理韩梅吧？

妻子说，他让你照顾韩梅，怎么个照顾法？

老吉说，很简单，就是让我上夜班时，下晚自习送她回宿舍。

这件事成了一根绳子，被妻子拉拉扯扯，乱成一团。老吉开始后悔跟妻子说这事，好多事情都是这样，本不该说的他总是忍不住说，说了又后悔。他觉得自己这辈子就在忍不住和后悔之间来回拉锯。

这天晚上下雪了，老吉站在教学楼门口，身后的雪花还是像一张窗帘。韩梅在他的印象里就是一个雪中的女孩子，四年后的见面，韩梅还是顶着一头的雪花。就好像她是从失踪前的那个夜晚走过来，中间的岁月被巧妙地剪掉了。

吉叔，想不到还能见到你。韩梅说。

想不到。老吉说。

我妈说你就在丹城大学，我惊呆了。韩梅说。

你爹他说你在丹城大学，我也惊呆了。老吉说。

二人开始并肩向女生宿舍走。教学楼到女生宿舍有七八分钟的路途，其间要路过一个人造湖，一片林子，一座小山。丹城是座山城，城里的路上坡下岭很正常。值得一提的是校园这片林子，不大，却都是一人搂不住的老松树、老桦树，这样的老树在江林林区已经看不到了，林区的树年龄都还小。

老吉说，以后每天晚上，我都送你回宿舍。

韩梅说，谢谢吉叔。

因为要送韩梅，老吉和别人换了班，从这天起，他开始一直上夜班了。这次见到韩梅，老吉觉得她变得爱说话了。女大十八变，除了爱说话，她身上也有了一种具有冲击力的大姑娘气息。听老秦讲，老秦和韩梅的母亲是一起来丹城的，为的是找学校解决问题。韩梅和同寝室的室友闹矛盾，据说还动了手。韩梅要求调寝室，遭到校方拒绝，母亲就和老秦赶到学校找负责寝室的老师理论。老师说，学生间出点矛盾不是稀罕事，都要求调寝室，那学校不乱套了？韩梅的母亲说，学生打架你们不解决，是失职。老师急了，说，不是我失职，是你们家长失职，和一个同学处不来，是两个人的毛病，和同寝室三个同学都处不来，那就是你家孩子的毛病，带孩子看看心理医生吧！双方争吵，不了了之。老秦对老吉说，韩梅一个室友的男朋友扬言要收拾韩梅，白天人多没事，就怕晚上下自习的路上出事。老吉说，交给我吧。

走过人造湖，走到那片林子。林荫小道，两边的树木使行人显得相当渺小，小道上铺满了雪，脚踩上去和踩江林的雪没什么两样。往前走，仿佛回到江林下学的路。老吉扭头看了一眼韩梅，心头掠过一丝类似羞怯的感觉。

韩梅说，吉叔不讲电影了？

老吉说，电影看得少了，没啥可讲的了。

韩梅说，那就听我讲吧，一肚子话不说出去憋得慌。

韩梅开始讲自己的寝室，四人寝，四张床，上下层，上层睡觉，下层是箱和桌。女生在一起爱攀比，比长相，比家境，比穿戴，比男生缘……韩梅的长相和对床的朗琴属于同一档次，是好看那一类的，和她睡对头的马丽丽和斜对角的贾玲玲属于同一档次，是不好看那一类。四人的关系原本是韩梅和贾玲玲走得近，朗琴和马丽丽走得近。所谓走得近，就是一起去吃饭，一起去上课，在寝室里，谁和谁的话都不多。每晚睡前的一两个小时，大家都躺在自己的铺上看手机，用微信或其他社交软件与人聊天。能够谈心的往往是远方的陌生人。同寝室的聊天，有时也是在手机上。

后来，韩梅发现贾玲玲和马丽丽走得近了，有时马丽丽和朗琴一道走，贾玲玲会甩开韩梅，追上去和马丽丽套近乎……老吉对那几栋女生宿舍熟悉得不能再熟悉，但仅限外边，里边却是个陌生世界。他听得糊涂而新鲜。

第二天晚上，晴天，有月光和白雪，走路像走在白天。老吉和韩梅步子缓慢，不时有三三两两的同学擦身超过他们。等走到女生宿舍门口，他俩身后已经没有了第三人。

老吉也想过，自己陪韩梅这样走是否合适，韩梅和同寝室的女生闹翻，总不会和其他同学也闹翻吧，他这样和她走，会不会使自己成为一堵墙，挡住韩梅与别的同学同行呢？

韩梅还是讲她的寝室。贾玲玲跟她疏远了，她应急调整，主动靠近朗琴。这样，寝室里的两个阵营重新划分，两个好看的女孩亲近，两个不好看的女孩抱团取暖。和朗琴的关系，韩梅是主动的，她的亲近方式是送小礼物，比如她买发卡，本来要买一个，她一咬牙会买两个，另一个送给朗琴。这些小礼物除了发卡，还有胸罩、围巾、书本、内衣……起初朗琴是推辞的，架不住韩梅的攻势，也就半推半就了。朗琴的回报有时也是小礼物，有时是尽力而为的亲近。

但是，矛盾还是出现了。朗琴看上了同班的一个帅哥，她想方设法靠近，帅哥却有意回避。朗琴情绪上的变化瞒不住韩梅，她决定去帮朗琴的忙。

不过七八分钟的路程，韩梅讲着讲着宿舍就到了。老吉站在门口看着韩梅在视线里消失，转身，往回走。

第三天晚上，韩梅接着讲她的寝室。韩梅找到那个帅哥，开始讲朗琴的好话，朗琴是班干部，为人处世的能力没的说；朗琴的父亲是国家干部，母亲是中学教师，家庭背景没的说；朗琴本人要身高有身高，要脸蛋有脸蛋，长得没的说……她讲得密不透风，帅哥听得十分耐心。她闭嘴了，帅哥说，我也承认朗琴的条件不错，但爱情不是做买卖，爱情有很重要的一点，就是说不清道不明。她问，啥意思？帅哥说，对她没感觉。她又问，为啥？帅哥说，说不清道不明。她接着问，那你对谁有感觉？帅哥说，对你。她惊呆了，问，为啥？帅哥说，说不清道不明。她想逃走，他一把拽住她的胳膊，她挣扎，力气有些弱。他用力拽她入怀，强吻。她还是挣扎，力气越来越弱。

第四天晚上，韩梅还是讲她的寝室。青年男女的爱情就是火，纸包不住火，她和帅哥的关系暴露了，同学们开始议论他俩。韩梅想，坏了，她无可救药地得罪了朗琴。她本以为朗琴会跟她翻脸，她想错了，朗琴依然像往常一样对她，该说话说话，该一起上课就一起上课，该一起吃饭就一起吃饭。这令她反而感到别扭，预感有什么事要发生。

第五天晚上，韩梅接着讲她的寝室。一个月过去了，事情没有发生。韩梅松弛下来。一天晚上，马丽丽在微信朋友圈发难，不指名点姓地说和她睡对头的女生是个见了男人迈不动步的贱货，韩梅在微信里质问马丽丽，凭什么这么说她。马丽丽回复道，见过捡破烂的，没见过捡骂的。韩梅说，你骂的是睡你对头的，分明是在骂我。马丽丽回复，你认为骂你就骂你了，怎么地？韩梅终于忍不住，扔下手机，从床上爬起来，面对马丽丽说，你为啥要血口喷人？谁见男人迈不动步了？马丽丽毫不示弱，说，你要是不犯贱，人家帅哥看得上你？韩梅说，看得上看不上用得着你管吗？马丽丽说，我不是管，我就是看不惯！二人你来我往吵得不可开交，要不是贾玲玲和朗琴相劝，二人吵一夜都不会熄火。

早晨起床，马丽丽从自己的床铺上捡起几根长头发，甩到韩梅的床上，说，别把你的骚毛往我的床上扔好不好？马丽丽是短发，韩梅是长发，二人又睡对头，马丽丽床上的长发当然最有可能是韩梅的。韩梅反击，二人又吵成一团糟。

上课路上，朗琴还是和韩梅一道走。韩梅说，马丽丽是不是中邪了，我没害她，她凭啥跟我闹个没完？朗琴说，别跟她一般见识，你和她吵，就和她一个档次了。韩梅想朗琴说的有道理，就暗自打定主意，再不接马丽丽的火。

到了晚上，当马丽丽又一次冲韩梅开火时，韩梅戴上耳机，用手机听音乐。马丽丽得不到回应，没意思，熄火了。寝室里恢复了平静。几天过去后，又出事了，这一回冲韩梅开火的是贾玲玲，起初贾玲玲指桑骂槐，骂着骂着矛头就对准了韩梅。她说有的人自己犯贱也就罢了，干吗非要拉着别人去看她犯贱？马丽丽听了冲着她笑，朗琴听了也冲着她笑。韩梅愣愣看着贾玲玲，怎么也笑不出来。那天是周一，周日的下午韩梅和帅哥一起出去吃饭，在饭馆里遇见了另一名男同学。帅哥拉他坐下一起吃，韩梅觉得二男一女不对称，就打电话叫来了贾玲玲。贾玲玲欣然而来，四个人吃得嘻嘻哈哈，十分愉快。谁知刚过一天，贾玲玲就冲她开了火。她实在忍不住，问，你说谁是贱人？贾玲玲说，谁接话谁就是贱人。韩梅说，我请你吃饭还请出罪来了？贾玲玲说，你就没安好心，为了和人家犯贱，拉着我去当灯泡。二人吵到很晚才罢休。韩梅咽不下这口气，求援，转天叫来了其他寝室的几个女同学，这几个女同学在社会上有点混，很有威慑力，把贾玲玲堵在寝室里一顿数落。贾玲玲胆小，从此再不敢招惹韩梅。没想到几天后，马丽丽又站出来，约韩梅单挑。

老吉脱口道，女孩子还约架呀？

韩梅说，我也没想到女孩子会约架，但既然约了，我也不想退缩。

女生宿舍到了，韩梅冲老吉点点头，进了楼门。老吉站在原地，愣了好一阵才转身离去。

第六天晚上，韩梅接着讲她的寝室。离教学楼不远，有一栋未完成的建筑，据说是新的教学楼，主体已经完工，只有门窗没安，外边的脚手架也还没有拆掉。这不免令韩梅想起江林的荒楼，她极力克制波动的心情，用强大的意志力强迫自己从容赴约。

冬季施工已经停止，虽然与人来人往的教学楼只有几十米之遥，这里却无人光顾，犹如荒漠上的古城遗址。约架时间定在周末下午两点整，韩梅严守规矩，没有带任何人帮忙。那天有风，风把地上、树上、房顶上的雪吹得漫天飞舞，比下雪天还壮观。韩梅踩着雪，迎着雪，有一点点胆怯，又觉得非去不可。悲壮而决绝。

韩梅进楼口，楼口的积雪要比外边厚上几倍，一脚下去，几乎陷下去半条腿。她踏上还没有安装扶手的楼梯，一楼、二楼、三楼，她停住步子，地点约在三楼。四下望，没人。她走进一个房间，又走进一个房间，四周空无一人，她站了一会儿，提起嗓子喊，有人吗？声音在房间与房间之间乱撞，然后缓慢落下。她连喊三声，回声都是自己的。莫非马丽丽临阵脱逃了？

房间与房间是通着的，她继续一个房间一个房间地走，一股怒火随着房间的空旷而上涨。在一个阳面的房间里，她终于找到了马丽丽。马丽丽背窗站着，窗口有一堆风吹进来的积雪，阳光照进来，马丽丽的脸处在阴影部分，几乎看不清五官。她冲着马丽丽怒吼，咱俩无冤无仇，你为何如此逼我？马丽丽说，都到这儿了，说这些话有意思吗？韩梅也觉得没意思，不再说话。二人一点一点相向而动，近到不能再近的距离，动手，厮打在一起。

女生打架不像男生那样大波大浪，胜负能很快见分晓。女生的打是细水长流，持久性胜男生一筹。二人你进我也进，各不相让，难分难解，一会儿是你占上风，一会儿是我占上风。十几分钟过去了，二人扭打到窗口。不知怎么用的劲儿，马丽丽哎呀一声，一个跟头跌出窗去，扑隆隆一阵响，她的身体迅速下滑，手忙脚乱中，双手抓住了一根横杆，她就这样像一件晾晒的衣服随风摇摆在半空中。韩梅惊呆了，在她眼里，马丽丽的身体瞬间变成了秦丽娜，时空一下子退回了五年前，秦丽娜冲着她撕心裂肺地喊救命。她迟疑着，伸出手去，缩回，再伸出手，再没有缩回。她抓住马丽丽的一只手，往上拽，马丽丽抓住她的这只手，相当于往下拽。往上，往下，较劲中。脚手架站着本就不稳，往下战胜了往上，韩梅随着马丽丽掉下去，把积雪砸出一个大坑。

落地时，韩梅压在马丽丽身上，她爬起来，毫发未伤。马丽丽的一只胳膊和一条腿骨折。都说是积雪救了她俩的命，要不是冬季，她们谁也活不了。对于这件事，大家说什么的都有，有说韩梅不计前嫌救人，算得上见义勇为；有说马丽丽练过体操，有过人的臂力，要是韩梅不出手相救，她自己会用引体向上，完成自救，是韩梅的冒失导致了这起人身事故。马丽丽在社会上的男朋友扬言，早晚打断韩梅的腿。

下班回家，老吉把韩梅的故事讲给了妻子。妻子说，没准儿韩梅是有意害那女孩。老吉说，如果那样的话，韩梅就是和她同归于尽，舍出自己的性命去害别人，对于一个女孩子，不可能的。妻子说，我就知道你会替她说话，对了，你说过她有男朋友，她男朋友为啥不送她回宿舍，偏偏让你送？老吉怔了一下，也觉得妻子问得有道理，这明显是个被自己忽视的问题嘛！

第七天晚上，老吉问起韩梅，说你出手救马丽丽，后悔吗？韩梅摇摇头，说出手了，我感到现在特别轻松。老吉又问起她的男朋友。当时二人刚刚走到林子，韩梅还没来得及回答，一棵老松树后边闪出三个年轻人，手举棍棒朝韩梅下了手。老吉挡住韩梅的身体，举起电棍应战。一对三，落荒而逃的居然是三。老吉头上挂了彩，晚上学校的医务室没人，韩梅拉着他出了学校的大门，去市医院看了急诊。

没什么大事，头皮蹭破而已，在处置室做了简单的包扎，便走出医院。外边下雪了，天地白茫茫连成一片，像挂起一张硕大的窗帘。

韩梅说，我请吉叔吃顿夜宵吧。

老吉说，我不饿。

韩梅说，我饿。

二人撞开窗帘，走进雪中。在医院附近找了一家酒馆，进去，要了几个小菜，一瓶白酒。江林的汉子大都好酒量，老吉喝，韩梅也跟着喝，你一杯我一杯，老吉想拦住韩梅，韩梅还是喝。

老吉想起一件事，说，你男朋友呢？

送韩梅

韩梅说，被朗琴抢走了，也不知朗琴施了啥魔法，马丽丽、贾玲玲、帅哥都成了她的人。

走出酒馆时，韩梅已经醉了，嘴里不停地说话，说什么老吉一句没听懂。韩梅声音咕噜咕噜的，既像唠叨又像呻吟，令扶着她走的老吉有一种怪怪的感觉。

雪越下越大，二人歪歪斜斜地走，老吉觉得这有点像电影场景。此时已过二十三点，学校的大门和宿舍门都已经上锁，老吉扶着韩梅走进附近一家宾馆。

老吉递上自己的身份证，说，开两间房。

韩梅的声音突然清楚了，说，一间。

前台服务员说，到底一间还是两间？

老吉犹豫着，韩梅说，一间。

开房门，进屋，老吉一松手，韩梅倒在床上。老吉低头，一种久违的只有女孩子才有的气息浓浓地升起来。老吉心头一阵战栗，嗓眼里涌起一股咸咸的味道。他想起妻子说过的一句话，你送她到底图个啥？他当时没回答，他也不知图个啥。但此时灵光一闪，他知道自己潜意识里图个啥了。

韩梅嘴里依然在念叨什么，老吉凑近听，韩梅是在唱歌，唱的是"小螺号滴滴滴吹／海鸥听了展翅飞／小螺号滴滴滴吹／浪花听了笑微微……"他盯着韩梅站了一会儿，转身，走向门口。

一滴不剩

老 藤

一 水晶瓶

确切地说,杜克是被一瓶薰衣草精油吸引到紫城新区的。

杜克和女友小袋熊都迷恋薰衣草,尤其是杜克,每每闻到薰衣草散发出的芳香,他都会闭眼仰脸,鼻翼翕动,进入一种陶醉状态。

杜克和女友在澳大利亚的昆士兰大学读书,薰衣草正紫的季节,杜克会租一辆车,和女友小袋熊从布里斯班出发去库伦巴薰衣草农场观光,那里的薰衣草花田恍若童话世界,会让人生出一种想要飞翔的感觉。

也许正是这种薰衣草情结,一年前杜克选择了应聘回国,到滨海市紫城新区担任管委会副主任。促成杜克告别小袋熊一心回国工作的是一部十三分钟的外宣片。那片子极地道,胜过某著名导演的奥运宣传片,每一组镜头都让人心动不已,尤其是宣传片中大量薰衣草花田的镜头,如同紫云铺地,令人惊艳不已。在杜克印象里滨海只有海和沙滩,这铺天盖地的薰衣草从何而来?当屏幕上出现一个精美的水晶瓶特写镜头时,杜克惊叫了一声:精油,薰衣草精油!杜克觉得这个水晶瓶太值得拥有了,一旦拥有,别无所求,不知怎么杜克脑子里就冒出这么一句话来。

滨海市的焦市长是个嘴角上弯的领导,系一条黑红黄相间的领带,英语很棒,讲话不用翻译。他在招聘会上庄严承诺，所有应聘到滨海工作的海归博士，滨海不仅要给房子、票子，而且还要给位子！也就是说要任实职。焦市长清华大学毕业，为人亲和，行事专业，身上没有陈腐自大的官气，给参加招聘会的中国留学生们留下了不错印象。会议进入交流互动阶段，杜克走过去，自我介绍后问：滨海有薰衣草农场？焦市长说，当然有了，我们滨海有个新成立的紫城新区，被人称为东北的普罗旺斯，新区之所以叫紫城，就是因为薰衣草啊！杜克心里有只蚕蛹在动，法国的普罗旺斯和意大利的托斯卡纳都以薰衣草著称，想不到国内的滨海还有这样一个地方。他对小袋熊说想去应聘，小袋熊说，人家到澳洲来开招聘会，足见求贤若渴之心，你是学环境科学的，现在国内重视生态，回去正有用武之地。有了女友的支持，杜克第二天就去宾馆见焦市长。杜克是第一个应聘的博士，焦市长很高兴，说招聘的岗位正好有市环保局总工职位，属于副县级。杜克说，如果能去紫城新区更好。市长当即拍板，那你就去紫城，做管委会副主任，也是副县级，不过这个职位来招聘前市委没研究，需要回去走程序。杜克填了一摞表格，焦市长让秘书小吴留了电话，事情便基本落地。

焦市长布里斯班之行，只招了杜克一个海归博士，走程序自然就变得飞快。两个星期不到，杜克已经坐在紫城新区管委会大楼五楼的办公室上班了。杜克上班第一天，一头银发的管委会主任老纪召集五位副主任对工作重新做了分工，让杜克分管行政和环保。杜克来新区之前，管委会已有一正四副，杜克是超职数配备，老纪从常务副主任老赵手中抽出了环保，从梁副主任分管工作中拿出了行政，算是为杜克分了工。杜克注意观察了这几个同事。老赵鼻尖发红，大概有螨虫作怪，总是用手指捏鼻子，不时呲一下，显示出某种轻蔑，老赵是一个没有爱好的人，古板而冷漠，白衬衣最上端的领扣都紧系着。老梁喜爱摄影，开会总是习惯性打瞌睡，桌上连个笔记本都不摆。老胡是个手机控，一把年纪了却喜欢微博微信，微博粉丝超过六位数，朋友说他之所以秃顶，都是刷两微累的。喜爱写旧体诗的老姜平生吃素，却胖如厨子，讲话喜欢用四六句，合辙押韵，给人一种学问高深莫测的感觉。老胡老姜因为杜克到来没有涉及他俩的分工，对他不冷不热。紫城新区一正五副六个主任，杜克最年轻，杜克已经感觉到在四位副主任眼里，自己似乎就是个青葱学生，因为老胡见面时告诉他，自己儿子也在昆士兰大学留学，杜克很吃惊，能进昆士兰大学说明老胡儿子很优秀，反推一下，老胡智商也不会差。老姜办公室与杜克毗邻,他是第一个到杜克办公室来的管委会领导,他给杜克送来一本自己的诗集,杜克打开扉页一看,就觉得老姜不可小视,因为老姜写了"请杜克仁兄哂正",杜克想,老姜年龄大自己十几岁却称仁兄,这是抬爱自己,哂正一词则是自谦,这样一来,老姜的诗非读不可了。相对于四位副主任,一把手老纪是个喜怒不形于色的人,老纪当过市政府办公厅副主任,有文章太守美誉,连五星级宾馆的菜单都能挑出错别字来,办公室负责材料的秀才们每一次为他写讲话稿都战战兢兢。杜克看不出老纪对自己到来是欢迎还是不欢迎,老纪散会后对他说的几句话很实在,老纪说,紫城虽然是新区,但很多事还是要按老规矩办,否则一旦出事,没人给你扛雷。正是这句话让他对眼前这头银发肃然起敬。杜克出国之前,因为电视上一则医药广告,颠覆了他对白发的一贯信任,那则广告上一个满头白发的老中医,信誓旦旦以人格作保推销某种中药,后来被有关部门查处,说药是假药,白发老人是个骗子。在这则广告之后,他认为靠一头白发来骗人,骗走的其实是价值观,他相信了这样一句话,不是老人变坏,而是坏人变老了。

上任第二天,杜克去了趟紫城最大的紫云迷香薰衣草庄园,并找到了外宣片上那种瓶装精油。他买了两瓶,并为这精致的水晶瓶起名——梦之瓶,一瓶置于宿舍,一瓶摆放在办公室,微信发给小袋熊,小袋熊说梦之瓶这个名字好,你是水瓶座,梦之瓶应该是你的吉祥物,我只是担心你这特洛伊王子被宙斯捉了去司酒。杜克哈哈大笑,果真那样,我就到了神界。

二 战神大兜

杜克工作很简单,每天批批文件、参加会议,一切都按部就班,一切都井然有序,很快,他学会了调研,原来他根本不懂当领导还有一种工作方法叫调研,所谓调研就是下去走走看看,然后在会议室里讲讲话,电视台里露露脸,至于说了之后有没有用则没有人去管。

杜克下去调研时在绿松湖边的薰衣草花田里发现一只兜虫,甲壳黑亮,触须刚直。他知道小袋熊喜欢兜虫,便拍了照片发过去。很快小袋熊发来微信,照片上是一只威风凛凛的战神大兜,这是小袋熊新养的宠物。小袋熊说,你走了,我就养了这只战神大兜,想你的时候,就看看战神大兜。小袋熊是北京人,父亲是国家机关一位部级领导,在华中某省担任过省长。小袋熊喜欢养甲虫当宠物,杜克对此并不反感,甲虫无毒,很多人喜欢甲虫,说明环境意识提高了。微信中这只战神大兜披坚执锐,斗志昂扬,有着犀牛般的力感,犀牛才一只角,这只小小的兜虫却有三只角,中间那只角如同一柄方天画戟,难怪有战神之称。小袋熊有些伤感地说,你知道还有半年我要到剑桥继续读博,战神大兜怎么办?过不了海关哪。杜克说办法只有一个,放生。小袋熊说,对,放生大兜,也许会给你带来好运。

小袋熊还没放生这只战神大兜虫,杜克的好运就来了,一年后,杜克接替老纪,成了紫城新区一把手。

事情源于焦市长秘书小吴。在布里斯班时杜克认识了随焦市长出访的小吴,回国后两人一直保持联系。一天,小吴打来电话,说焦市长问起你了杜克,说你是他从国外招回来的人才,马上满一年了,也不知道工作怎样。小吴说,你这只大海龟好稳啊,这么长时间也不向市长汇报汇报工作。杜克觉得小吴说得有道理,就说我给市长写个报告吧,顺便谈谈紫城新区下步发展构想。小吴说这也好,你要是来市长这里汇报,紫城会有闲话,你抓紧写报告,我报给市长。

杜克喜爱音乐,尤其喜欢班得瑞作品,他觉得班得瑞音乐简约、清爽,不那么复杂,与班得瑞音乐相比,他觉得紫城的日子就像一台乏善可陈的拉场戏,听不出高潮。杜克有个优点,可以一心两用,比如说手上写着材料,脑子里却可以开小差想着期货指数。他戴着耳机一边听班得瑞的《月光水岸》,一边在电脑键盘上用手指跳着舞步,有一搭无一搭就敲出了一份关于紫城新区创新发展构想的报告,然后一个 E-mail 就发给了小吴。杜克为自己完成了一项任务而兴奋,他给小袋熊发微信,说自己今天当了回战神大兜,给市长上了一份万言书,紫城真的可以成为东方的普罗旺斯,关键在于要素排列、统筹管理。小袋熊说,凭我的第六感,你这份报告不会泥牛入海,说不准会引起领导的注意。报告发出第四天,市委组织部来了四个人,对新区班子进行考核。大楼里传言四起,有的说纪主任要走,有的说赵主任要提拔,梁胡姜三位副主任也紧张起来,每天早早地来到办公室,开着门办公。杜克认为自己来新区才一年,与四位资深副主任不在一个梯队里,考不考核与他关系不大,他除了开会、调研和到薰衣草花田转转外,其余时间依旧听班得瑞音乐，做键盘上的舞蹈者。入冬后，他不再喝蓝山咖啡，试着饮用薰衣草茶，薰衣草茶的泡法很简单，就在沸水中加入薰衣草花，再加一点蜂蜜即可，傍晚时喝下一杯薰衣草茶，脑子会格外镇静、清醒，一天的杂乱无章呈现在电脑显示屏上会变得条分缕析。

市委的决定超出新区所有人的预料，杜克接替了老纪。

宣布市委决定的大会干部到会率极高，会议室里白森森一片，新区干部喜欢穿白衬衣，不知什么时候，白衬衣成了新区的官服。杜克想，赤橙黄绿青蓝紫，色彩这么多，为什么偏偏都选中了白色？当他走上会场主席台时，台下的目光都集中在他身上，他有些不自然，因为他穿了一件紫色的衬衣。主席台坐了七人，市委组织部长、老纪和包括杜克在内的五位副主任，其中常务副主任老赵脸色晦暗，像宿醉未醒，坐在椅子上肩膀栽楞着，看上去很不舒服。梁主任眯着眼，似乎在假寐。胡主任油亮的头皮在灯光下如同一个伊丽莎白甜瓜，他依旧利用一切可利用的时间刷手机，神态专注，心无旁骛。姜主任嘴唇紧抿，两眼在台下搜索，似乎在找一个应到而未到的人。会议由市委组织部部长主持，他严肃认真，不苟言笑，用标准的普通话宣布市委决定，纪守常同志另有任用，杜克同志任紫城新区管委会主任。大家都知道，新区党工委书记由分管副市长兼任，管委会主任实际上就是一把手。组织部部长照本宣科，绝不增减半句，讲稿应该是会前审定好的。老纪也讲了半个钟头，老纪主要回顾了自己在紫城几年来的历程，表达了对紫城上下的深厚感情，但杜克一句也没记住，事情太突然，他的CPU出现了短暂的死机。部长让杜克做表态讲话，杜克没有准备，但一年副主任的历练让他学会了些讲话的本事，他先讲了感谢的话，对方方面面都表示感谢，又讲了自谦和表决心的话，这个套路进行完，脑子便不由得进入了自己的界面，他说事业就像一个键盘，无非是二十六个字母和十个数字，为什么有人能打优质文案，而有人却只能斗地主打游戏？同样是碳元素，为什么有的能成钻石，有的只能是草木灰？就是因为排列组合所致，排列组合就是管理，管理是一门科学，更是一种文明，它追求的是效能最大化。杜克跳跃的思维忽然就想到了机关食堂，就拿机关食堂来说吧，他说，如果管理到位，怎么会有蟑螂乱爬？台下发出嗡嗡议论声，大家都在机关食堂吃饭，谁也没有注意到食堂里有蟑螂。坐在前排的行政中心主任刘霞有些脸红，低下头在笔记本上记着，作为分管食堂的领导，杜克对她说过两次蟑螂的事，她也训斥过食堂管理员,但蟑螂的问题一直没有解决。

散会后,老纪带着五位副主任下楼送走了组织部部长,纪主任转过身向杜克表示祝贺,老纪说,紫城发展的担子就交给你了。杜克说,感谢纪主任推荐我,没有您的推荐,我接不了班。赵梁胡姜四个副主任就站在身旁,论资历,四人都在杜克之上。

不,我没推荐你,是组织选择了你。老纪不领这个情。他说,作为新区第一任主任我想提醒你,紫城五百零六平方公里大地是棋盘而非键盘,键盘敲错了可以改,棋盘走错了就会输。老纪说完微笑着走了。纪主任和四位副主任神情怪异,看来上级这种安排他们事先并不知情,很有些措手不及。四位副主任一一与杜克握手表示祝贺,杜克明显感到每只手都松松垮垮,像有所泄漏的气球。

杜克刚回到办公室,刘霞就影子一样跟进来,进门就哭,说自己没脸干这个主任了,连蟑螂都管不住,还怎么管人?刘霞四十多岁,保养极佳,有胸无腹,染着栗色的齐耳短发,学过评剧,很有新凤霞的扮相,她的唱腔常常让公务接待晚宴风生水起。

杜克说我只是一时想到了蟑螂,你别往心里去,你来得正好,你抓紧做个食堂改革的方案吧,把食堂好好抓一抓,下一步食堂还要归梁主任管。

改革?刘霞愣了一下,怎么改?

杜克说,怎么改是你的事,我要的是品质和卫生,尤其不能有蟑螂。

刘霞没想到杜主任会从食堂烧第一把火,新区那么多大事,这个大海龟却专门盯住了一只食堂里的蟑螂。灭掉蟑螂应该不是难事,刘霞说,无非买一点好药。

杜克摇摇头,蟑螂这东西很厉害,一只被斩首的蟑螂,可以存活好多天,美国政府花在灭蟑螂上的支出每年高达十五亿美元,比防治艾滋病的支出还多,如果世界发生核战,什么动植物包括人类都会死光光,唯有蟑螂能活下来。

天哪,蟑螂这么厉害!刘霞惊愕不已。

杜克说,但是我相信,刘主任家中厨房里肯定没有蟑螂,因为你是个干练精致的女人,怎么会容忍蟑螂的肮脏呢?

刘霞的脸腾地红起来,那倒是,她说,我心里对蟑螂恐惧至极。

民以食为天,天出了问题,不会是小事,我要的结果是食堂不见蟑螂。杜克起身送走刘霞,转身拿起办公桌上的梦之瓶,打开瓶盖,放在鼻子下闻了闻,刚才谈论讨厌的蟑螂让他有些反胃。薰衣草精油沁人心脾的芳香让他很快五脏归位,他端详着手中的水晶瓶,心想,梦想之水,梦之瓶,当然也就是幸运之瓶,那天在布里斯班,当屏幕上出现这款水晶瓶特写时,他蓦然有了一种初恋般的冲动,这大概就是自己与紫城的缘分吧。

下午,小吴打来电话,问他:杜克,你知道投名状吗?杜克说,应该是部国产片,听说票房不错。小吴在电话里不耐烦了,得得得,我告诉你,你可不能给焦市长丢脸。

夜里,杜克做了一个梦,梦见自己变成了一只兜虫,在城市滚烫的柏油路上爬行,街旁没有绿树,各种车辆从身边呼啸而过,他时刻都有被碾成粉末的危险,他内心充满恐惧,急忙给小袋熊发微信,小袋熊回话说,你傻呀,你是战神大兜,是有翅膀的。杜克这才想到自己能飞,这时,一辆太脱拉载重卡车迎面驶来,忽悠一下把他吓醒,抬手一拭,额头上满是冷汗,是啊,威武的战神大兜虽然有三只角,但在滚滚车轮面前,不如一只螳臂。

三 喇嘛眼

杜克特别欣赏城东一个被薰衣草花田环绕的湖泊,湖泊水面不大,约有一公顷,湖畔长满蒲苇,浅水处长着成片的鸢尾花,鸢尾花色彩与薰衣草相近,却比薰衣草浓烈,野鸭、红嘴鸥、白鹭、鸳鸯等各种水鸟在湖中栖息,摄影爱好者早就注意到了这个宝石般的天然湖泊,黎明或黄昏之时,包括梁主任在内的许多摄影爱好者会扛着长枪短炮来拍水鸟。这个湖在地图上叫绿松湖,杜克问过城建局局长,为什么叫绿松湖?城建局局长挠了挠头皮道,大概过去湖边有松树吧。

杜克上任第二个月,滨海最大的开发商九天集团相中了这块水面,要来开发绿松湖。招商引资工作归老赵管,九天集团做通了老赵工作,这个议题就需要上会研究。这是405会议室召开的第一次重要会议,会上,老赵讲了九天的实力和九天董事长吴怀中的魄力,说紫城能引进九天,各项经济指标年底会上升一大截,九天揽月不成问题。九天集团的开发设计是建设环湖高档别墅区,并且取了很洋的名字——普罗旺斯。老赵很兴奋,说建成之日,绿松湖就成了紫城的地中海!

杜克让大家发表意见。老梁半闭着眼睛假寐了一会儿,听到杜克叫他,才缓缓睁开眼说,绿松湖是个拍鸟的绝佳之地,建了别墅,鸟就不会来了。老梁最近摄影水准大有进步,常常天不亮就起来到绿松湖拍日出、拍鸟,睡眠严重不足,白天常常犯困。老胡在看微信,老胡的微信圈有五百人,在微信群中一呼百应,是心灵鸡汤的熬制者,他说开发不开发各有道理,要权衡一下利弊才能定。老姜则在本子上飞快地记着什么,老姜旧体诗写作也有长进,每天给自己规定写三首七律或五律,已经自费出版了两本诗集,正雄心勃勃准备冲击国家级文学大奖。老姜问,啥叫普罗旺斯?老赵解释说是欧洲一个地名。老姜说,开发尚可为,不要起洋名,功夫在诗外,别惹平头哥。老姜说的平头哥是指吴怀中,因为喜欢剃寸头被人起了个绰号平头哥。大家都发表了意见,老赵脸色清癯,解开了领口的扣子,把有关绿松湖的规划图、效果图合上,等待杜克拍板。杜克说,绿松湖是紫城唯一的天然湖,还是保持原生态好,再说,天然湖泊属于社会,我们不能把它圈起来建成少数富人的私家花园。

会议不欢而散。

杜克想,自己是学环境科学的,如果默许这种恣意开发,等于给自己掌脸。他让司机开车拉他去绿松湖,想再看看绿松湖为什么会诱发吴怀中的占有欲。从办公大楼到绿松湖路程只有半个小时,出了城区便是八米宽的柏油路,路旁绿化带上种着零零散散的扫帚梅,跨过扫帚梅就是向两边延展的薰衣草花田。杜克想,难道扫帚梅比薰衣草还美吗?这个绿化带等于给一幅油画镶了个烂木框。车停下,他沿着薰衣草花田间小路缓步来到湖边,一边走,一边在心里掂量老姜说的平头哥。说实话,对吴怀中这个开发商杜克很不以为然,九天集团完全靠占政府的便宜起家,为了省钱,竟偷偷在夜里跑到山上去挖树,然后栽到自己开发的小区搞绿化,这样移植的大树成活率很低,白白毁了山林。

湖边芦苇丛中有一个戴着遮阳帽的老者在垂钓,一问,是附近的村民,受雇为薰衣草庄园看护湖泊,防止有人下网打鱼。杜克早就听说紫云迷香薰衣草庄园对绿松湖很看重,为了不让农药污染湖水,拒绝使用除草剂,铲除杂草工作就雇附近村民来做,这种自发的环保意识让杜克很感动,看来不是农民不环保,关键是你给了农民什么样的选择路径。老者把一根细细的鱼竿收起来,起身和杜克拉呱,我在电视上见过你,你是新区领导吧?杜克笑了笑,您老还看电视新闻?老者摇摇头,不看不中,免费无线台就两个台,一个是中央台,一个是新区台,没得选择，所以中央领导我认识，新区领导我也认识。杜克明白了是老者家里没有安装有线电视，电视台为了鼓励市民安装收费的高清电视，免费无线台频道一直在减少，没想到只剩下两个，中央台上面有要求，必须全覆盖，新区台是地方台，电视台不能不播。攀谈中，杜克问起这湖名的来历，老者说，绿松湖是新区成立后领导给改的，其实，附近老百姓在绿松后面还有个石字，叫绿松石湖，就是说这个泡子很像一块巨大的绿松石，绿松石你知道吧？过去喇嘛常戴着的串珠，是宝石，所以四周村民又叫这个湖为喇嘛眼。杜克觉得绿松石湖和喇嘛眼这两个名字都挺好，有文化，倒是减掉了石字的绿松湖有点俗。老者很健谈，说，喇嘛眼你知道吗？就是佛眼，佛眼是五眼中最高等级的眼，能往后看三千年，往前看三千年，世上善恶一清二楚。杜克点点头，是啊，这么好的名字，为什么要改呢？老者说，那是你们当领导的事情，当领导的手持利斧，见树就修，总嫌树杈碍事，修来修去就剩个树梢，还能有乘凉的树荫吗？老者的话不无道理，杜克想，有些旁逸斜出的东西真的就是历史路标，不能一扫而光。

告别老者，杜克觉得自己坚持对了，哪怕老赵一万个不高兴，他也要坚持。杜克想，既然自己是战神大兜，那么第三只角就索性做柄护法宝剑，看好这只喇嘛眼。

杜克很显然过于乐观了，吴怀中这样的高等级开发商在滨海几乎是无坚不摧。杜克一连接了三个电话。第一个是老纪打来的，老纪已经是滨海人大常委会副主任，副市级，属于四大班子领导。老纪说，杜克啊，我记得绿松湖一带的规划是休闲旅游区吧，九天的项目似乎不违规嘛。杜克说，绿松湖是喇嘛眼，您老在的时候保护得那么好，我怎敢给喇嘛眼上眼药？老纪在电话那边沉默了许久，说喇嘛眼是谁说的？杜克说这名字是附近村民告诉我的，我想既然是眼睛，就轻易碰不得。老纪撂下了电话。次日，分管副市长打来电话，说九天的吴怀中找到市政府，投诉紫城新区招商引资工作不作为，绿松湖他前期设计费花了一千多万，现在却拖着不批，这损失谁出？杜克说新区从来没研究过绿松湖开发问题，没有新区同意他就自己设计，这损失与紫城新区无关。副市长深谙官场之道，没有再说什么，只是提醒杜克，吴怀中是通天人物，他连我这个副市长都不放在眼里，你可要有充分的思想准备。杜克说，我不怕，我是战神大兜。副市长不明白战神大兜是什么，问：什么战神大兜？杜克说，是我女朋友养的一只兜虫。副市长笑了，说，杜克呀你可真幽默。过了两天，小吴来电话，说别为了一个水泡子得罪平头哥，平头哥来磨了焦市长两天，焦市长烦透了，平头哥这个人黑白两道路路通，得罪不起。杜克说那可不是水泡子，那是喇嘛眼。小吴说，你这个远道的和尚果然不信邪，连喇嘛都拉来做挡箭牌，焦市长正是欣赏你这一点，说只有你才能六亲不认，给紫城杀出一条血路。

剃着平头的吴怀中亲自来了，吴怀中是滨海市人大常委，到市政府各局办事全是绿色通道，因为政府组成人员任命有他一票。吴怀中很低调，浑身没有一样名牌，麻质衬衣，纯棉休闲裤，白袜，隆德祥圆口黑布鞋，看上去很有范儿。他来到杜克办公室，先不谈绿松湖项目，而是和杜克唠布里斯班，唠昆士兰大学，唠杜克的女友，他说自己在布里斯班有公司，有一个团队在黄金海岸搞旅游，光黑人员工就雇了几十个，这些黑人员工来自西非丛林，忠诚勇敢，为了公司利益敢于提着柴刀去拼命。杜克听他讲完，问：你知道战神大兜吗？吴怀中愣了一下，摇摇头。杜克说，布里斯班不是非洲丛林，我在那里学习四年，还没看过打打杀杀的街景。吴怀中点燃一棵雪茄，吸了几口，很轻松地说，孔夫子说过一句话，己欲达而达人，你给我一条发财路，我也不挡你升官道，咱们相安无事。杜克说，我会和老赵商量一下，给你提供几个可选择的方案，新区对所有的投资者都一视同仁。

吴怀中没提绿松湖，临走的时候说，我回去研究一下战神大兜。

四　蟑螂的盛宴

刘霞关于食堂的改革方案迟迟没能拿出来，杜克问她，她说早就写好了，在梁主任那里候审呢。杜克当了一把手，行政中心重归老梁管，老梁对食堂这样的小事不上心，刘霞的方案他只是画了一个圈儿便放在案头不管不问，杜克给老梁打了电话，老梁想起有这么一个文件，他叫来刘霞，让她直接找主任去汇报。他问刘霞，紫城这么多大事，杜主任怎么偏偏盯住食堂不放？刘霞说，还不是蟑螂闹的。老梁说，你是行政中心主任，过去照顾老纪多，肯定无暇照顾杜主任，要转变好角色。刘霞感动得眼泪差点流下来，老梁是个懂黄金分割的人，关心人很会对焦，刘霞觉得自己过去对老梁也照顾不够，但老梁从不挑剔。

当穿一件紫色连衣裙的刘霞来到杜克办公室时，杜克眼前为之一亮，如果不清楚刘霞的真实年龄，他对眼前这个滑爽女人的年龄一定会产生误判，杜克想，紫色实在是一种能够混淆年龄的颜色。但这种感觉转瞬即逝，他脑子里马上就想到了食堂里的蟑螂，除掉蟑螂是他坚持改革食堂的初衷。杜克接过方案，速度很快浏览了一遍，刘霞的思路是承包，她要将现有的食堂职工大都调到物业去，食堂由承包人自行招聘厨师，行政中心负责监管奖罚。应该说刘霞的改革方案步伐不小。他夸奖了刘霞几句，说她真动了脑筋。刘霞说这三十年我个人得出的工作经验就两条，前十五年是一包就灵，后十五年是一卖准成，咱机关食堂不能卖，就搞承包吧。杜克盯着电脑显示屏旁的梦之瓶说，不管怎么改，目的就两条，一条是提高品质，一条是确保卫生，尤其不能有蟑螂。刘霞说，我已经想好了，每周都抽查，发现一只蟑螂就罚承包人一百块。杜克没有表态，经济手段固然管用，但解决不了根本问题。

食堂承包，变化立见，卫生状况有了改善，主副食花样增加不少，但刚刚运行一个月，干部手机里开始传播一条微信，说食堂里做菜的油是转基因豆油，吃了这种豆油年轻人会影响生育，中年人会阳痿，紫城新区机关年轻人不少，这条微信立马就成了一条爆炸性新闻，不仅年轻人反应强烈，中年干部也愤愤不平，好像自己回家后无所作为都是这豆油所致。议论像鬼旋风，几乎是拔地而起。刘霞把情况报告给杜克，杜克让老梁过问一下，老梁带人检查了一圈，回来说，微信传言不实，人家食用油包装上写得很清楚，都是九三压榨油。

杜克问刘霞，为何微信上会有这样的假消息？刘霞说，当初承包时竞标有三家，三家都找了关系，都志在必得，但中标只能是一家，那两家怎会善罢甘休？刘霞建议，是不是让食药监局来人检验一下。杜克想，转基因豆油既然国家允许销售，就没有禁止的法理，你就是检查出是转基因，还能处罚承包人吗？他告诉刘霞，可以开个各单位办公室主任会议，由承包人说说豆油问题，谣言止于真相。

事情远远没有杜克想象的那样简单，办公室主任会议开过后，干部手机里微信更是滋滋叫个不停，什么越描越黑、欲盖弥彰的话都来了，还有相当级别的干部公开说，心里没鬼出来解释什么？微信上的消息越传越猛，干部们甚至开始在公开场合议论，转基因豆油问题过去怎么就没有？因为过去食堂不讲利润，现在承包了，承包当然要赚钱，利令智昏。有人开始扒承包人的来头儿，扒来扒去，扒出承包人与老梁有点远房亲属关系，老梁便成了众矢之的。老梁很生气，对刘霞动了态度，刘霞感到委屈，在杜克吃过晚饭回办公室时，她跟着上五楼来到杜克办公室。穿着紫色连衣裙的刘霞一进屋就趴在沙发上哭，哭得花枝乱颤。杜克从来没有遇到过这种情况，扶也不好，搡也不是，不知道怎样安慰她。在刘霞停止哭泣后，杜克问：你这是怎么了？刘霞擦干了眼泪道，杜主任，我这是为你当先锋、挡子弹。杜克愣了一下，问：这话怎么讲？刘霞说，食堂改革触动了一些人的利益，他们便把矛头指向了我，我是躺着也中枪。杜克笑了笑，道：你只要管住卫生和品质，时间一长大伙就习惯了。刘霞站起身，放低了语气说：我没什么，只是向你诉诉苦，也想让你知道，我是为谁而受伤。刘霞说完莞尔一笑推门走了，刘霞走后杜克才发现房间的味道不对，他的办公室一向是薰衣草的清香，突然间味道变了，作为对气味有深入研究的环境学博士，他马上判断出，这是有名的费洛蒙香水味儿。

老梁来到杜克办公室，这是老梁第一次走进杜克办公室。老梁的白衬衣明亮耀眼，坐下来眼睛便盯住电脑显示屏旁那个打开的小水晶瓶。老梁问，你喜欢薰衣草？杜克点点头。老梁说，我也喜欢，我拍了好多薰衣草照片。杜克知道老梁找自己不是谈薰衣草，便停下在键盘上舞蹈的十指，问老梁：有事吧，梁主任？老梁说，食堂的事群众议论很大，我压力也不小，我和老赵、老胡、老姜都交流过，他们认为目前这种承包不妥，想和你商量一下，换一种让干部放心的改革方式。杜克想了想，道：这是你分管的工作，本来就该你拿主意，我要的结果无非是没有蟑螂。

老梁的改革方式被他自己称为"翻烧饼"，就是停止承包，恢复过去的体制，同时在机关成立一个食堂管理委员会，每周周五上午由管理委员会对食堂进行一次全面检查，重点是检查卫生。一切恢复原样，大家对食堂的议论渐渐平息，杜克发现食堂的卫生状况有所改善，刘霞汇报说检查了几次，连条蟑螂腿都没发现。

杜克和小袋熊微聊时说起此事，小袋熊嘲笑他，蟑螂喜暗怕光，昼伏夜出，大白天你能发现蟑螂吗？杜克一拍脑门儿，对呀，上午检查怎会发现蟑螂？他给刘霞打电话，让她晚上下班别走，说晚上找她有事。

刘霞在办公室特意将制服换成了紫色连衣裙，她不知道主任找她何事，这是主任第一次在晚上找自己。时间过得很慢，晚上九点，杜克给刘霞打电话，让她陪自己去食堂看看。刘霞急忙找来食堂值班的管理员，陪主任来到地下一层的食堂。灯光下，就餐大厅整洁明亮，地砖纤尘不染。杜克径直来到厨房，灶下是一排木质厨门，杜克打开一个厨门，发现里面管道口的油渍上几十只蟑螂正在大餐，灯光一照，蟑螂四散而逃。刘霞惊叫一声，下意识抓住了杜克的胳膊，杜克被抓疼了，扭头道：你怕蟑螂，为什么还让它们滋生蔓延？

我的天，刘霞说，主任你真厉害！

我厉害什么？我只是厌恶蟑螂。

五　八局之变

杜克不喜欢五楼会议室，原因有二，一是空间太大，装修豪华，似乎总有散不尽的甲醛味；二是名字过于夸张，叫国际会议厅，紫城新区从来没有外宾开会，叫什么国际会议厅呢？他把管委会领导开会的地点改在四楼405会议室。405是个圆桌会议室，两圈能容三十几人，开会不用麦克，便于讨论问题。会议室选定后，杜克让刘霞去买了一瓶薰衣草精油，打开瓶盖置于圆桌中间的花盆边，用吊兰的叶子遮挡上，让精油慢慢挥发。这样，进入405会议室，如果嗅觉灵敏的人，便会闻到一种淡淡的薰衣草花香，紫城周边都是薰衣草花田，闻到这种花香不足为奇。杜克告诉刘霞要保密，刘霞红着脸说，看来我要更换香水牌子了。

尽管小袋熊说薰衣草精油的香味有利于使会议达成一致意见，但在杜克看来，405会议室酝酿的许多大事都一波三折，尤其是对新区机构伤筋动骨的八局之变。杜克早就发现管委会工作效率低，十六个局工作根本不饱和，人浮于事不要紧，关键是多个庙就多道门槛，让来紫城办事的商户叫苦不迭。杜克记得焦市长的话，建立新区就是要杀出一条血路，既然是血路，就免不了动手术。兹事重大，杜克没让人社局操刀，自己在键盘上舞蹈了两个夜晚，敲出一份机构改革方案，方案的精髓是简政放权、压缩机构。他把十六个局压缩成八个，自己戏称这是八局之变。他把想法告诉小袋熊，已经到了英国的小袋熊很支持他的想法，说八个局都多，你看看布里斯班，人家市政府才几个局？杜克说，情况不一样，不能照搬照套。为了稳妥起见，他把方案发给小吴，让他转呈焦市长把把关。很快小吴回话，说市长在报告上画了个圈儿，没说赞成也没说不赞成。杜克有些犯难，焦市长这个圈儿是什么意思呢？他给小袋熊发微信，小袋熊说，这个都不懂，亏你还当一把手，遇到不好表态的事就画圈儿嘛！杜克明白了，紫城新区机构问题，市长也没有最终决定权，市长画了圈儿，就等于默许他试一试。

会议室吊兰隐藏下的薰衣草精油并没稳定住与会者的情绪，因为绿松湖开发受阻而心有底火的老赵对改革方案首先发难：如果这么合并，我、老梁、老胡、老姜四人，最多一人管俩局，我们是局长还是区领导？这个问题杜克的确没想到，他心里算了一下，改革后老赵、老梁每人分管三个局，老胡、老姜每人只能分管一个，看来，副主任职数是多了，不过副主任这个层面不是新区自己能定的。老姜说，算了，我一个局也不分管了，我就干脆去管文联吧。这显然是气话了，因为新区根本没有文联。老胡说，我可以协助老赵或老梁工作，当个主任助理。老梁不说话，杜克问他意见，他抬起头说，我想问一下，这么改是上边的意见吗？如果是，我服从；如果不是，我保留意见。

杜克笑而不语。

阻力显而易见，他把目光投向圆桌中间的那盆吊兰。圆桌会议室中心是空的，刘霞在中央放了一个红木花架，花架上是一盆枝叶下垂的吊兰，杜克不知道自己在寻找什么，也许在找那个隐藏的梦之瓶，梦之瓶没有看到，他却发现吊兰叶子上有一个小小的瓢虫，这是个封闭的会议室，瓢虫怎么会进来？瓢虫进来是不是与梦之瓶有关？他脑子里开始跳跃，猛然就想到了战神大兜，大兜不是有第三只角吗？这第三只角应该有所作为。他收回遐想，目光在每个人脸上扫过，然后拍板：为了杀出一条血路，我们只能这样先行先试。散会后他把列席会议的人社局局长留下来，对他下了一道死令：一边合并机构，一边制定新的工作流程，快刀斩乱麻，一个月内拿下来。人社局是唯一一个不合并的局，局长是个军转干部，有很强的执行力，他说，新区人浮于事情况十分严重，像一个越长越大的瘤子，我们看着都着急，这些人都是各种关系进来的，我真替你捏把汗，主任，操刀容易收刀难啊。人社局局长了解新区错综复杂的人事关系，他想给这个海归主任提个醒。杜克笑了笑，你只管执行，天塌下来我顶着就是。

刘霞来找杜克，说会议室一瓶薰衣草精油不够，想多放两瓶。杜克想了想，没让她多放，精油的妙用在于润物无香，潜移默化，如果搞得浓香四溢，还像会议室吗？刘霞说，可是投放少了不起作用啊，开会讨论问题容易争吵。杜克知道刘霞是个消息灵通人士,就说,对一个问题有不同意见很正常,众口一词才不正常。

紫城新区八局之变让滨海炸了庙,这则消息及后续发展成了干部手机上日日不变的头条。十六个局的局长、副局长全部重新竞聘上岗,一些落聘的局长、副局长成了非领导职务,一时间杜克成了整个滨海的焦点。杜克在手机上做了设置,只要不是市领导的电话他一概呼叫转移至办公室秘书科,他自己则一个局一个局督办。老纪打来了电话,但老纪没有提人的事,老纪说杜克你真行,你做了我想做不敢做的事。放下电话杜克有些疑惑,他原以为最大阻力应该来自老纪,这些落聘的局长们毕竟是老纪用的,但老纪却能打来这样的电话,他觉得自己错看了老纪。

主管市长也打来电话,他说,杜克啊,好歹我还兼任你们书记,这么大的事你也不和我商量一下?杜克说,市长我这是保护您啊,我要是请示您,您是同意呢还是不同意呢?主管市长电话里笑了,道:你小子回国还不到两年,就变成了泥鳅。杜克说,市长啊,我不是泥鳅,我是兜虫。主管市长说,我不管你是泥鳅还是兜虫,你自己导演的戏自己收好场,我只能睁一只眼闭一只眼了,只要你别把天捅破。杜克心里明白,无论是老纪,还是主管市长,这些日子电话一定被打爆。

刘霞很感谢杜克,杜克没有因为上次夜查发现蟑螂而难为她,只是给她列出了几种灭蟑螂药,让她搞卫生别留死角。杜克问她,你在家搞卫生,床下、沙发下难道不打扫吗?食堂也是这个道理呀!这让她很是无地自容,好像耳后有灰被杜克发现了一般尴尬。她悄悄提示杜克说,有领导私下议论,说你不抓项目只抓机构,是思路上有偏差。杜克说,我不是抓机构,我是在抓营商环境。刘霞说,抓项目好比抓蛋糕,立竿见影;抓机构好比抓马蜂窝,抓不好还惹麻烦。杜克觉得这话有道理,却想不出这道理出自哪里。

杜克果然杀出一条血路,八局之变跟跟跄跄搞成了。小吴打来电话,说杜克你是从一线天里穿过去的,这简直是奇迹,市委那头儿以为是政府这边的意见,政府这边以为是市委那头儿的主张,两边出于大局团结,没有哪一方出面干预,他们谁也没有想到,这样一件捅破天的大事竟然是你杜克一人在键盘上鼓捣出来的。杜克说,我是一只兜虫,脑子里没那么多羁绊,不是有这样一句话吗?一朝权在手,便把令来行。

年底,在研究政府工作报告时,市委这边提出,紫城新区机构改革这样一件大事，政府报告为什么只字没提？政府回话，市编办归市委管，这件事是市委主导，要写也该写进市委报告，市委这边恍然大悟，紫城新区八局之变，原来都是杜克所为。

六 挥发还是泄漏

元旦后春节前，组织部门对市属各县区、各单位要进行年度考核。小吴来过电话，让杜克一定要重视这次考核。

杜克给小袋熊发微信，小袋熊告诉他，在剑桥她又养了一只兜虫，不过不是战神大兜，而是稀有的长戟大兜虫，体长达六厘米，这种兜虫2013年首次在英国发现，是国宝级兜虫，长戟大兜虫是宙斯的儿子，又称大力神，有了它，你就所向披靡吧。杜克笑了，他告诉小袋熊，知道自己为什么叫杜克吗？duke 在英语里是领导者，自己天生就是当领导的命。小袋熊嘘他，连画圈儿的学问都不懂，还天生当领导的命呢。小袋熊说有件事她要做检讨，她把杜克的简历及几篇发表过的学术论文发给伦敦一家环保公司，这家公司很感兴趣，说杜克随时可以到公司面试。杜克说，我在紫城如日中天，你干吗忙着帮我跳槽？小袋熊说，你不了解官场的学问，如日中天之后，不就是下午了吗？杜克这才想起，小袋熊可是官宦人家的千金，见过的世面比自己多。

不幸果然被小袋熊言中。年度考核后，市委在新一轮干部调整中对杜克做了另行安排，让他去市政府研究中心当主任，属于平调，不升不降。市委决定出来当天，小吴打电话告诉他两件事，一件是吴怀中出事了，因为行贿被省纪委"双规"，估计要牵涉不少人，说杜克你挺有眼光的，要是绿松湖项目真的上马，紫城会倒 批干部。另一件事是告诉他新区新来的主任是焦市长从省里挖来的，是个管理学博士，市政府研究中心主任这个位置也是焦市长争取的。杜克让小吴转达对焦市长的谢意，说自己两年没见小袋熊了，再不去见，担心小袋熊被大灰狼给拐跑。

市委组织部部长来新区主持召开了领导干部大会，和上次宣布决定一样，部长面无表情，照本宣科，用标准的普通话把市委决定宣读了一遍，然后让杜克讲话。杜克精神有些溜号，一只长戟大兜虫在眼前若隐若现，他不记得自己讲了些什么，好像讲了喇嘛眼，说任何时候都要保护好这只紫城之眼，只有这只眼能回望过去，也能洞悉未来，讲话结束时掌声很热烈，他知道这种热烈是对他调走的一种欢呼。新来的主任姓什么杜克没在意，他讲了些什么杜克也不再关心，但有两个观点还是楔子一般嵌入了耳鼓：一个是滨海整体是一盘棋，这是大局；一个是新区不管怎么新，都不能成为例外的理由。

市政府研究中心来电话要派人帮杜克搬东西，他没有同意，他所有的东西一个拉杆箱就能装下，无需劳驾别人。当夜，他在食堂吃了最后一次晚饭，因为是周末，食堂餐厅就餐人很少，显得空旷肃静，值班厨师留着小胡子，在厨房里隔着玻璃冷冷地看着他，厨师们对食堂曾经发生的那次改革耿耿于怀，因为他们去当了一个月的园林工人，这种角色转换是一种耻辱。没等杜克吃完，厨师锁上厨房走人，偌大的餐厅里只有杜克一人在晚餐。杜克并无失落感，他习惯一个人吃饭，吃饭的时候他大脑会十分活跃。忽然，一股薰衣草花香飘过来，回头一看，是刘霞，刘霞穿着一件乳白色风衣，里面是件紫色开司米高领毛衣。刘霞说，杜主任，我想九点钟请您再检查一次厨房。杜克问：为什么？刘霞低下头说，只有这样，才能改变我在您心中的印象。杜克说，我心里对你什么印象啊？刘霞说，你肯定认为我是一个不讲卫生的女人，连食堂蟑螂都治不了。杜克放下筷子说，不是这样，说实话我挺欣赏你的，你很真诚。刘霞眼圈红了，紧紧咬住下唇。杜克摇摇头，道：这里的蟑螂已经与我无关，不过，你来得正好，请你打开405会议室，我一会儿想去看看这个开过无数次会议的地方。杜克决定明天一早离开，到伦敦与小袋熊过春节，他对谁都没有讲，但他很想到405会议室去一趟。

杜克回到宿舍，拿起写字台上的梦之瓶，一看，瓶子已经干了，他旋紧瓶盖，将空瓶放进拉杆箱。收拾办公室时，他发现电脑显示屏旁的梦之瓶也空了，他收好空瓶，心里有些怪自己，什么时候空的？自己太粗心大意了。他打开电脑播放器，班得瑞《非洲日落》清爽的音乐流水一般响起，仿佛带着串串气泡，拍打着他的神经，他仰在沙发椅上，脑海里一页页翻着两年来的往事。曲终，他下楼来到405会议室，楼道空空，墙壁上的壁灯散发着橘黄色的光，会议室大门虚掩，刘霞坐在会议室等他，刘霞没有穿风衣，那件高领紫色毛衣让他为之一振。刘霞站起身说，看来，杜主任对这个会议室很有感情。杜克说，我只是想起来一样东西。他进到圆桌会议室中央，拨开吊兰，找到那个梦之瓶，对着日光灯在眼前晃了晃，瓶中空空如也，薰衣草精油一滴不剩。

  第二天天未亮，杜克要了个滴滴快车，直接去机场。他拉着拉杆箱，迎着凛冽的寒风一个人走出宿舍，来到车前正要上车，刘霞不知从何处冒了出来，她穿着乳白色风衣，里面是紫色高领毛衣。你怎么来了？杜克这个时间离开没有告诉任何人，刘霞怎么会知道？您落了一件小东西，我给您送来了。刘霞把一个小纸袋递给他，杜克接过去正要打开，刘霞说，车上再看吧，主任。说完，展开双臂拥抱了一下杜克，然后转身走了。刘霞与他拥抱的时候，两人脸颊贴了一下，杜克感到了刘霞脸上冰凉的泪水。

  路上，杜克打开小纸袋，里面是两瓶精致的薰衣草精油。

冬 泳

班 宇

我跟隋菲约在咖啡厅见面,万达广场后身,约的三点,我提前半个小时到位。咖啡厅分上下两层,周日楼上搞活动,投影仪放电影。我走上去,发现二层漆黑一片,窗帘拉严,大家坐在小板凳上,对着一面白墙,目不转睛,身体前倾,姿势不端正。楼梯旁的小黑板上写着电影的名字,我盯着看了半天,总共四个字,其中三个我都不认识,就认识一个"鸟"字。我站在最后面,看了不到五分钟,便退出来,又闷又热,透不过来气,电影也看不明白,提琴配乐,一惊一乍,拉得我脑袋嗡嗡的。

我脱掉外衣,窝在沙发深处,店里的女老板走过来,跟我说,有埃塞俄比亚的咖啡豆,新上的,要不要尝一尝。我说不了,怕坏肚子,总觉得非洲埋汰。她问我,那你喝点啥?我说,这样,你先给我来一杯白开水,我等朋友呢,她到了,我再一起点,放心吧,来都来了,肯定消费。

女老板收起饮品单,又端来一杯水,我捏着杯沿举到嘴边,温度太高,喝不进嘴儿,便又放下来,盯着它看,热气缭绕,屋内人不多,但空调开得挺足。我看了一圈挂在墙上的电影海报,全是外国字,没一个看过的,便掏出手机,给隋菲发了一条信息:我到了,一楼沙发,不急。

等了半天,她也没回我,手机马上没电,我收进怀里,又在书架上找了本书,胳膊挂在沙发扶手上,开始翻书,刚看两页,困意袭来,眼睛睁不开。半梦半醒之间，听见旁边桌的一对男女在说话，他们跟女老板好像挺熟，男的对女老板说，最近生意怎么样？女老板说，一般，平时晚上也不行，就指着周末呢。女的又问，能回本不？女老板说，费劲，现在来的都是粘夹儿，一杯咖啡能坐半宿，有的刚喝一半，就让你续杯，我说咖啡不能续，他说不用兑咖啡，往里倒点热水就行，你家太甜，我口淡。

不知过了多久，我听见对面有挪动椅子的尖锐声音，便试着睁开眼睛，光线很强，一时还不太适应，只见一团模糊的黑影坐在我对面，然后跟我说，等着急了吧。我伸个懒腰，揉揉眼睛，说，还行，几点了？隋菲说，快三点半。我打个哈欠，说，困了，昨天夜班，没休息好。隋菲说，要不你接着睡吧，补补觉。我说，现在精神了，唠一会儿，别白来，你想喝啥？

隋菲向女老板询问半天，最后点了一杯美式咖啡，我告诉女老板，我也要一杯一样的。隋菲问我，你平时爱喝咖啡吗？我犹豫了一下，然后说，爱喝，尤其是上夜班时，咖啡比较提神，还解乏。隋菲说，我也爱喝。我说，是不是，有共同爱好。隋菲说，你总来咖啡馆吗？我连忙说，总来，每个月不来几次，我浑身难受，真的。

我说的句句属实。三十五岁一过，安排相亲，已经成为我父母最紧要的一项事业，我的家庭条件还可以，父母退休，旱涝保收，身体健康，没有负担，但个人条件一般，主要是个儿矮，穿鞋勉强一米六五。最近一年，我大概见过二十个女孩，高矮胖瘦，中专大专，各种型号款式，应有尽有。相亲这件事情，对我来说，日益熟练，手拿把掐，但对我父母来讲，却开始变质，他们已经忘却初衷，忽视过程与结果，转而深陷于统筹规划的游戏里，每周为我安排时间，定时定点，错峰出行，催我去相亲，有时一天能见俩。

下午两点半的咖啡馆，相亲首选，这是我历经一年总结出来的经验。这个时间段，通常已经吃过午饭，双方坐一会儿，喝两杯饮料，没有额外开销，成本可控。如果没相中，一拍即散，没啥损失；假如聊得比较好，到了四五点钟，还可以直接一起吃晚饭，继续加深了解。但自从相亲以来，我只跟对方吃过两次晚饭，其中一次，吃完饭后就散了，嫌我烟抽得太勤；还有一次，开始时比较顺利，聊得愉快，女孩是替亲戚看鱼塘的，我们相处一个多月，其间又见过两次，一起去吃过冷饮，我还特意买一副鱼竿，去找她钓鱼，几乎每天都发信息，后来把能说的都说完了,我认为这种情况就可以谈及下一步,准备结婚,对方告诉我这种情况是处到头了,应该吹了。

隋菲看着比照片要老一些,眼角皱纹明显,头发带着小波浪,远看有层次,近看像好几天没洗过,穿着一身深色毛衣,灰白坎肩,上身整得挺素,底下穿个皮裙,长款皮靴箍着小腿,裙子和皮靴之间露出短短的一截灰色裤袜,材质好像挺有弹性,接近于衬裤。

隋菲说,我本来不是特别想来,我妈非让我来的。我说,我也是,咱不勉强,走个形式,坐会儿就行,我也没指着非得怎么怎么样。隋菲说,你这么说,我压力也小一些,咱俩到底是谁介绍的呢,没弄明白,你知道不。我说,知道,兴顺街有个卖奶的,长啥样不知道,总围着一条大纱巾,天天下午四点多钟,骑着三轮车,吹着口哨,拉两大罐鲜牛奶过来。我妈总去那里打奶,说是新鲜,当天现挤,你妈有时候也去,她俩跟卖牛奶的都挺熟悉,一来二去,卖牛奶的对我们彼此情况都有所了解,所以就牵了根线儿。隋菲点点头,说,那你住得离我妈家挺近。我说,应该是不远,你没跟家人住一起?隋菲说,没有。我说,挺好,自由,愿意干啥干啥。隋菲说,好啥,我跟我妈没法一起住,老干仗,处不来。我说,处不来,但是还得处,接着处,往死里处,这就是血缘关系。隋菲笑着说,总结得挺好,我的情况你知道不?我说,一知半解。她说,离异,有孩子,归男方。我说,男孩女孩啊。她说,女孩,快上学了。我说,挺好,老话讲,闺女是妈的小棉袄儿。她说,跟我一点都不亲,爱臭美,谁给买衣服就跟谁,整天围着她爸后找的转,气我。我说,孩子小,长大了就好了,谁也不行,还得是亲妈,母女连心。隋菲说,你啥情况,我还不知道。我说,我啊,没结过婚,新华电器的,普通工人,三班倒。隋菲说,待遇不错吧。我说,不行,到手两千五百八,但保险上得挺全,单位比较正规。隋菲说,也行,自己够过。我说,一般化。隋菲说,你们厂子是生产啥的?我说,这个说来话长,经营项目比较复杂,我刚去的时候,是做电褥子的,生产长条儿的电热元件,后来几年,暖气烧得都挺好,就不做这个了,给我安排去连接器车间,干印制板,焊爪簧,应用挺广泛,这几年,厂子规模逐渐扩张,接不少新项目,有的产品还能用在武器上呢,属于军工企业。隋菲说,好单位,需要保密不?我说,保啥密,想告诉别人,都不知道说点啥,我去了就是干活儿,别人咋说咱咋干。隋菲说,挺好,省心。我说,听介绍人说,你在医院上班。隋菲说，以前在，化工厂医院，当护士，现在不了，状态不好，休长假，半年没上班了。我说，也行，好好休息。

我们正聊着，楼上传来一阵响动，我们抬头看去，狭窄的楼梯上涌出十几个人，互相沉默着走下来，表情深沉。隋菲看着他们，问我说，这是干啥的？我说，楼上周末有活动，放电影，现在应该结束了。隋菲问我，啥电影啊，看得都挺沉重。我说，叫什么鸟来着，四个字儿，什么鸟怎么怎么地。

我推开咖啡馆的门，与隋菲告别，门上的铃铛在身后一阵乱响，很好听。隋菲照着玻璃捋几下头发，然后问我要回哪里。我其实挺相中她，长相好，气质佳，说话也不招人烦，于是特意留个话头儿，说也没啥地方去，自己转转，问她有没有推荐。隋菲说，没有，要不陪我走到前面吧，好打车。我说，那行。走到路口，等了半天，也没有出租车过来。我说，要不一起吃晚饭，搭伴吃，能多点俩菜。隋菲想了想，说，那也行。

两瓶啤酒下肚，我又点了根烟，心情不错，跟她说，你是第三个。隋菲说，啥？我说，相完亲一起吃饭的。隋菲说，主要我回家也懒得做。我说，做完还得收拾，麻烦，不值当。隋菲说，你会做饭不？我说，别的不行，做饭还可以，酸菜炖牛肉，滑熘里脊，家炖三道鳞，都是绝活儿。隋菲说，学过厨师啊？我说，没有，就是愿意琢磨，愿意做，但做完自己不愿意吃，愿意看别人吃。隋菲说，有机会尝尝。我说，你这话也不实诚，很多事情，没有必要说开吧，今天吃个饭，咱们都挺高兴的，回头一散，谁也不打扰谁，也挺好，我再去你家，或者你上我家来，做顿饭，那不像话，关系到不了那一步。隋菲说，你挺现实啊，没看上我呗。我说，主要是你来了就说那话，本来不想来啥的，听着不对，明显是没看上我，我这人比较随和，谁看得上我，我就能看上谁，看不上我的，我也不上赶着，那不是买卖，我有啥说啥。隋菲说，那你还想说啥。我说，我还想说，我根本就不爱喝咖啡，喝完睡不着，我就爱喝老雪，闷倒驴，劲儿大，喝完回家蒙大被一睡，爱谁谁。隋菲听后捂着嘴笑，我说你乐啥，隋菲摇摇头，说，有那么好喝吗？我说，好喝，这酒有回甘，喝完回回口干。她继续笑，然后朝着服务员举手，说，再来俩，我也陪你喝一瓶。

我打车送隋菲回家时，已是半夜，我喝了不少，走道发飘。她住的小区较新，附近荒凉，住户不多，几乎没有亮灯的，开到附近，隋菲让司机停下，我也跟着一起下了车。隋菲转头问我，你下来干啥，直接坐车回去呗。我说，送你走几步，有点喝多了，想见见风，吹一吹，能好受点儿。隋菲说，别合计歪门邪道。我说，你放心，我不是那种人。隋菲说，那你是哪种人？我说，你看不出来么。隋菲说，看不出来。我说，那你眼神儿不行。隋菲说，正经的，我都到了，你回去吧。我说，今天吃饭花多少钱？隋菲说，没事，我请你。我说，这个不好，吃饭花你钱，总觉得欠你点啥。隋菲说，有机会还的。我说，有吗？隋菲笑了笑，说了句，你先回去吧。我便在路灯底下停住，看着她穿过马路，走进小区，然后又转过头来，跟我挥挥手，我也挥挥手，想朝着她和她身后的黑暗喊一句什么，但张了张嘴，始终没喊出来。

  我到家之后，头晕得厉害，没去卫生间洗漱，直接上床，准备睡觉。我妈听见动静，进到我屋来，皱着眉头说，没少喝啊。我说，还行，有点困，睡了。我妈说，别，今天情况怎么样？我说，就那样。我妈说，到底咋样，你说一说。我说，明天再说。我妈将我脑袋底下的枕头抽出来，告诉我说，不行，现在就得说，不然我睡不踏实，人家对你啥态度。我坐起来，靠在床头，想了一会儿，说道，怎么说呢，不反感。我妈说，那你什么态度？我说，我也不反感。我妈说，不能吧。我说，什么不能？我妈说，这个结过婚的，还有个孩子，这礼拜没别的安排，让你去是锻炼锻炼，保持状态，你俩不能对上眼了吧。我说，相亲还锻炼啥，你天天到底合计啥呢，妈。我妈说，不让你去好了。我说，别管，这个挺好，兴许能处上，最近不见别人了，我睡了，明天再说。我妈表情懊悔，垫着手转身出门，一步一步，走得很慢，低声念叨着，这事儿整的，这事儿整的。

  隋菲问我，你觉得我长得怎么样？我说，听实话吗？隋菲说，实话。我说，再年轻几岁，算是比较透溜，能挺撩人儿，现在一般，但是对我来说，绰绰有余了。隋菲说，还他妈挺拿自己当回事儿。我说，自己都不把自己当回事儿，谁还能把你当回事儿。隋菲说，有事儿求你。我说，我尽可量办。隋菲说，我想我闺女了。我说，想就去看。她说，那家人不让。我说，那没办法了，到派出所去告他们，能行不？她，够呛能管。我说，那你有啥办法？她，你帮我去一趟幼儿园，趁着他们午间活动，照几张相片，给我看看。我说，能行吗？她说，有啥不行，不偷不抢不拐卖，拍照又不犯法。我说，那你自己咋不去。她说，我怕跟那家人碰上，以前就有过这种情况，要是他们再把孩子转到别的园去，以后就更

冬 泳

找不到了。

我骑自行车沿着轨道的方向前行，以前这边都是杂草，附近住户自己圈地种菜，这几年统一规划，种下一排矮树。树是种上了，但无人修剪，里出外进，不太整齐，树底下还有许多杂草，这个季节里，无论是草还是树，基本都已枯掉，没有一丝绿意。我在这些矮树的缝隙里骑走，抄一条近道，时快时慢，偶尔抬头看天，风轻云淡。旁边有火车轰鸣着开过来，后面挂着几车油罐，开得不快，我用余光数着总共多少节，数到一半，有点乱，便停下来，转过头去，看着火车逐节经过，它掀起一阵微风，裹挟着石头与铁轨的气息，轻轻吹过来，相当好闻。

车开过去之后，我才发现，铁轨对面有人正望着我，穿一身军绿的警服，歪戴大檐帽，八字胡，矮瘦，栽着肩膀，口涎外溢，死死地瞪过来。我与他对视几秒，开始还以为是警察，后来觉得他的眼神不太正常，我便移开视线，继续往前骑，他在铁道对面，默不作声，与我并行，走得很快，我逐渐开始加速，他在另一侧也小跑起来。这时我才发现，他的手里拎着一根老的交通指挥棒，红白漆，十分破旧。我骑得越来越快，他也一直在加速，甚至开始奔跑，跨过铁轨，向我追来，并用指挥棒指着我，嘴里发出奇怪的呵斥声。他的嗓门很大，十分骇人，像是在追捕罪犯，我心里发慌，便在前面拐了个弯，向着另一条小路疯狂地骑去，那喊声始终紧随其后，更加急促，我没敢回头，但能感觉到他离我也就几米的距离，正在步步逼近，地上的一群鸟飞起来，我在它们中间穿行而过，仿佛也成为它们之中的一员，朝着前方飞去，我奋力蹬车，丝毫不敢放松，经过楼群，转到一条主干道，逐渐放缓，回头一看，后面已经无人跟随，这才松一口气。我浑身是汗，又渴又累，十分狼狈，将衣服敞开怀儿，站在路旁休息半天，才又继续出发，我边骑边想，我他妈为什么要做这样一件事情呢？想不明白。

我跟几位家长共同守在幼儿园的小操场旁，隔着栏杆往里望。幼儿园由两层门市房改造而成，面积不大，操场在小区里面，器材丰富，滑梯、转椅、秋千、球筐，应有尽有。课间音乐响起，十来个孩子从二楼跑下来，噼里扑通，下饺子似的，跟着老师做操，伸胳膊踢腿，连蹦带跳，模样可爱，也不吵闹。家长们纷纷掏出手机拍照，我也掏出来，隋菲向我描述过她女儿的模样，长头发，眼睛挺大，皮肤有点黑，翘鼻尖，眉毛旁边有颗痣，特乖，不爱说话，也不咋合群，愿意自己玩。我跟那些孩子有一段距离，痣是看不清，努力分辨半天，总算找到一个符合其余条件的，穿着一件嫩黄色外套，眼睛有神，做操也挺认真，动作虽然总是慢半拍，但很努力盯着老师看。我连拍好几张，各种动作，看着十分乖巧。做完操后，几个小朋友跑到栏杆这边，来跟家长说话，有的家长还给准备了切好的水果，这个小女孩向我这边看了一眼，但没走过来，我看着她默默走向大象滑梯，背面绕着走上去，再在顶端滑下，从象鼻子里钻出来，整理好自己的衣服，面无表情，又绕到背后去，再次滑下来。我举着手机，又拍几张，回家自己欣赏半天，越看越有意思，还得是闺女好。

当天晚上，我跟隋菲约吃烧烤，我点了两盘烤牛肉，一盘鸡脆骨，一盘墨斗，还有一份拌花菜，又等了将近半个小时，隋菲才到，风尘仆仆，一进屋就管我要手机，我起开两瓶啤酒，分别倒满，再将手机递过去，说道，看了半天，整个幼儿园，就你闺女最好，一看就听话，招人稀罕。隋菲来回翻着照片，速度很快，我又说，你还别说，长得跟你挺像，尤其是眉眼之间，有股英气。我还没举杯，她自己边看手机边喝下一口，然后抬头问我，这穿黄衣服的小女孩，谁啊？

我愣住片刻，说，不是你闺女吗？她举着手机，放大照片，指着旁边一个穿红毛衣的小孩儿说，这个是我闺女，三十多张照片，你就拍了两个侧影。我说，这不是短头发么。她说，绞头了。我挺尴尬，说，对不起，走眼了，刚下夜班，有点累，精神不集中，改天再去给你拍。隋菲摆摆手，情绪低落，说，再说吧，看不着闹心，看着了也闹心。我撒谎说，你女儿我也看见了，挺好的，健康成长。隋菲说，谁接的她？没看见她爸吧？我想了想，说，这个真没注意。隋菲说，要是有下次，你注意一下，她爸的右脸有道疤，挺深。我说，行，这个特征明显，不能认错。她又说，以前我划的。

隋菲穿得很厚，这在外面还看不出来，一层又一层，毛衫套了俩，我忙活半天，才全部脱完，累得满头大汗，衣服在椅子上都堆不下了，掉落在地上。隋菲缩在床的角落里，屋里没开灯，窗帘也没拉，幽光映入，她看起来又瘦又小。我坐在床边，擦着汗说，咋穿这么多。隋菲一把抓住我的胳膊，说，你管呢，快，上来。我借着酒劲，趴在她身上，换了俩姿势，干了挺长时间，呼哧带喘，本来对自己的表现挺满意，但隋菲一直没怎么出声，我的心里也就开始犯嘀咕。做的时候，她一直紧抓着我的腰，两腿绞在一起，最后我一激动，没能及时抽出来，全射里面了。做完之后，她一直没说话，我也没吱声，不敢轻举妄动，我直挺挺地躺在床上，很想抽烟，又不敢说，抓心挠肝，一个劲儿假咳嗽。过了半天，隋菲吐了口气，说，想抽烟了，去吧。我回应一声，连忙翻身下床，掏出烟盒里的最后一根，点燃之后，借着火光，看见身边的隋菲双目紧闭，右手搭在额头上，胸口明显起伏，她太瘦了，肋骨都能看得出来。隋菲说，诚心处不？我说，我心挺诚，今天虽然喝了点酒，但没喝多。隋菲说，你以前跟过几个女的？我说，这话怎么说，对象处过一个半，都没成。隋菲说，咋还出来半个。我说，手都没拉，就分了，只能算半个。隋菲说，干这事儿，跟过几个？我说，咋说呢。隋菲说，实话实说。我说，有一阵子，老去舞厅，黑灯里跳过几曲。隋菲说，啥意思，听不懂。我说，反正有那么四五回，后来觉得没意思，不去了，具体的情况，别问，不好，我说出来了，以后咱没法往下处。隋菲说，不问也行，但是我之前的事儿……我连忙接过去，说道，那我也不问，如果要在一起，咱们往后看，我这个人实在，我妈暂时不让说，但是我也得告诉你，我家其实还有一套房子，回迁楼，六十平方米，两室一厅，八院附近，一直没动，咱俩以后要在一起，不用租房，按你的想法装修，这个钱我也攒出来了。隋菲说，想得太长远了，我话还没说完，有个事情，我先讲好，你看看能不能接受。我说，你说说看。她说，我不能生育，生完头胎后，身体报销了，所以刚才敢让你射在里面。我停顿片刻，在黑暗里猛吸两口烟，问她，定死了吗？她说，医院判的，你要是觉得不行，就再想想，不逼你，无所谓。我想了想，把烟掐灭，跟她说，没啥行不行，以后别划我就行。

隋菲说，你先走吧，俩人在床上，有点不习惯，睡不着，别耽误你上班。我点亮台灯，起身下床，她的房间很空，除了这张床之外，只有一个简易衣柜，一张写字台，两把椅子。我穿好衣服后，又把地上散落的衣服归拢到一起，在床尾逐件叠好，规矩地摞在椅子上。隋菲一直在看着我，做完这些之后，我披上衣服，准备要走，她告诉我说，门有点紧，往右边拧，使点儿劲推。我按照她说的做法，用身体将门撞开，来到门外，又把门带上，然后并没有立即下楼，而是站在走廊里，听着她下床的声音，拖鞋趿过地板，有气无力，她走到门边时，我的心也提到嗓子眼，然后听见她在里面反拧门锁，锁簧咔哒两声，像是在跟我进行一场冷漠的告别。

我妈问我，处上没有。我说，差不多。我妈说，啥意思。我说，按照社会普遍经验分析，一个女的，要是能单独跟你去吃烤牛肉，关系基本就算定了。我妈说，你俩还真处啊。我说，要不然呢，不是你介绍的么。我妈说，她到底哪好呢。我说，说不明白，反正身上有股劲儿，挺吸引我。我妈说，你别上当受骗，她可有个孩子。我说，女孩，我还见过呢，没归她，谁骗我干啥，一穷二白。我妈说，那可不好说，你这礼拜天再见一个，我逛早市认识的，丫头挺胖，但人实在，摆摊卖小百，吃苦耐劳，我看也不错，骑驴找驴，你去看一眼，也没啥损失。我说，不看，礼拜天我不休息，得去加班，连轴干，单位最近管得严。我妈说，那下礼拜去见。

其实礼拜天并不需要加班。下夜班后，我骑着车直奔文化宫露天游泳池，秋天过半，这里还能游最后几天，马上就要闭馆，再来游的话，就又得是明年了。我赶到游泳馆，花五块钱买张门票，正在更衣室换裤衩，隋菲给我打来电话，问我在哪里，说有事要商量。我说我来文化宫游泳了。隋菲，这都几月份了，外面还能游么。我说，不怕冷就行，最后几天。隋菲说，你啥时候游完？我说，一般情况，我来这都得待一天，从早到晚，饭都在里面吃，反正不限时，今天你要是有事，我就早点走。隋菲说，不用了，等着吧，一会儿我过去找你。

我披着浴巾来到游泳池旁，虽是周末，但由于天气转凉，只有三五个人在水中，他们站在里面，忽上忽下，相互观望，也不怎么游。池中的水比前几天要更绿，漂白粉味道浓重，几把破旧的折叠靠椅摆在岸边，我戴好泳镜，又把浴巾搭在椅背上，走到池边，试探着下水，水里很凉，我咬着牙，深吸几口气，一头扎进去，四肢僵硬，游了十几米，才逐渐舒缓开来。池面如镜，双手划开，也像是在破冰，我继续向前游，上下起伏，耳畔的声音愈发嘈杂，水声轰鸣，我潜到水底，憋一口气，向着黑暗的一角游去，直至抵达滑腻的池壁，才又转身浮起，双手扶在栏杆上，那些声音又忽然全部消失，四周仿佛静止，只有几片枯叶在水面上打转。

隋菲来的时候，已是中午，太阳高升，晒干地面，水汽荡漾在半空之中，我裹紧浴巾坐在长凳上，隋菲从后面拍我两下，然后绕着走过来，在我身边坐下。我问她吃饭没有，她说还没吃，我说那你等一下。我去旁边买了两个鸡蛋饼，回来递给她，说道，文化宫特色，卖十多年了，酱刷得足，多给你加了根肠。隋菲看着鸡蛋饼，跟我说，今早我做了个梦，完后给你打的电话。我说，梦见我了吧。隋菲说，没有。我说，那梦见啥了？隋菲说，梦见我怀孕了。我说，不能吧。隋菲说，按说是不能。我说，身体有啥反应吗？隋菲说，本来没有，现在不敢说了。

冬泳

我说，都是梦，别吓唬自己，就是怀上，咱也不怕。隋菲说，我怕。我说，怕啥？隋菲说，怕有人又抢走。我说，谁要抢？隋菲说，我前夫，我还总能梦见他监控我的一举一动，总偷摸回来，有时候半夜醒过来，总觉得屋里还有别人。我说，打住，你再说的话，以后我都不敢过去了。隋菲顿了一下，说，手机再给我看看。我返回更衣室，取来手机递给她，她又翻看一遍我拍的照片，然后跟我说，穿黄衣服的，其实就是我女儿，那天没告诉你，你拍得没错。我看看她，说道，你还能有句实话不。

我扔掉浴巾，转身跳入游泳池，中午游泳的人逐渐多起来，很热闹，水里其实比岸上要暖和，我在里面漂着，阳光照进来，池水闪光，十分惬意，我心里数着，再有不到一周，这里差不多就又要停业，都说明年这边要动迁，那到时我去哪里游呢？隋菲在岸上，默默走向另一个泳池，那里水深一米，夏天时都是小孩儿在游，现在没人去，已经荒废，几天后就会抽干。她独自站在水池边上，俯视着池边缓缓浮动的绿藻。我光着脚走上跳台，站在高处，俯视着下面的人，隋菲在最远处，跟她的影子融为一体，我大喊一声，人们望向我，然后我迈步上前，挺直身体，往下面跳，剧烈的风声灌满双耳，双臂入水，激起波浪，像要将池水分开，这是今天的第一跳。我在水底，那些嘈杂的声音再次袭来，没听错的话，有人在为我鼓掌，也有人在喊，大概是池水溅到他们的脸上，路旁有车经过，不断鸣笛。我闭起眼睛，依然能感觉到光和云的游动，太阳的踪影，这时，我忽然想起一首久违的老歌：孤独站在这舞台，听到掌声响起来。

舞厅的刘丽给我发信息，问我最近咋没来跳舞，我骗她说去了，但没找你，刘丽说嫌弃我了，以后断了吧。我说开玩笑呢，其实没去，最近单位忙。刘丽约我晚上一起吃饭，我合计一下，有点犹豫，但实在不太想回家，下班之后，便直奔她家楼下的冷面店，要了一箱酒，几个拌菜，我俩边喝边唠，天南海北，其间隋菲给我打了个电话，问我在哪，我说在外面，跟单位同事喝酒，她说今晚你回哪住，我说还没定好，隋菲说我又想闺女了，我说改天我陪你去看。隋菲说，我又做了个梦，梦见我下面一直淌血。我说，别吓唬自己，等我喝完，要是时间不太晚，我过去陪你。挂掉电话后，刘丽说，要去陪谁啊？我说，没谁。刘丽说，没谁就陪我唱歌去。我说，不去，就两人，没意思。刘丽说那我再找几个，来都来了，没喝好呢，要上哪去。

我喝得有点大，横躺在包房的沙发上，天旋地转，打不起精神，刘丽一边唱歌，一边吃果盘，没过多久，刘丽的朋友来了，一男一女，看样子也是刚喝完酒，说话舌头发硬，我勉强起身迎接，男的比我高一头，低下身来，跟我握手，然后坐在我旁边，起开两瓶酒，我说我真喝不动了，刚干了半箱。他说，咋的，瞧不起我啊。我说，那没有。他说，初次见面，多少整点儿。我点点头，接过酒来，跟他碰一下瓶，抿了一口。刘丽唱得很高兴，关掉大灯，打开闪光灯，边唱边跳，还想拉着我一起，我摆手拒绝，新来的一男一女起身跳舞，搂在一起，相互摩挲着，我看见那男的手从女的领口伸进去，往里面掏。一曲完毕，男的坐下，喝口啤酒，我给他递过去一根烟，并点着打火机，他的脸凑过来迎，一束火光正好照在他的右脸上，我清楚地看见一道长疤。

我问他怎么称呼，他说，都叫我东哥。我说，东哥，脸是咋整的，挺酷啊。东哥没回话，看我一眼，目光不太友好。我缓了一会儿，继续问他，东哥，在哪边住呢？他告诉我一个地址，我想了想，说那边有个铁道，对不对，两侧都是矮树，去过好几次，还总能遇见个精神病，戴大檐帽，拎个棍子，装他妈警察。东哥说，对，你挺熟悉啊，他逮谁追谁，夏天时候，天天出来，现在少了，你说可笑不，精神病还知道冷热呢。我说，是挺可笑，你一般咋对付？东哥说，他不敢找我。我说，怎么呢？东哥说，他挨过我揍，知道我下手黑。我说，怎么个黑法？东哥说，兄弟，你啥意思？我说，没啥意思，东哥，我给你点个迪克牛仔，我听你这嗓子，挺适合唱他的歌。东哥说，我不会。我说，听听原唱，学一学，唱好了震撼全场。东哥说，我说我不会，你听懂没。我说，行，懂了，那我给你唱一个，《三万英尺》，词写得好，飞机正在抵抗地球，我正在抵抗你。东哥坐过来，搂紧我的肩膀，脸贴过来，皱紧眉头跟我说，不是，兄弟，你今天晚上到底啥意思，我没整明白。我把东哥的胳膊从我肩膀上拿开，说，我能有啥意思，就是忽然想唱歌了。刘丽看见我们这边不太对劲，连忙过来，将我们分开，另外一个女的拉住东哥，说着悄悄话，没过一会儿，他们便说还有事，先走一步，让我们慢慢玩，于是收拾东西离开。我掏出手机，想给东哥照张相，但灯光太暗，拍了几次，都是乌黑一片，什么也看不清。

他们前脚刚出门，我也紧跟着出去，刘丽在后面追我，此时已是半夜，刘丽非让我跟她回家，我说，今天不行，抽出二百块钱，打发她走，她还挺不乐意，

冬　泳

扭过头又低声骂我一句。我没搭理，三步两步，转过马路，紧跟着东哥和那女的，还没走几十米，便看见他们走上一间二楼的小旅馆。旅馆的铁楼梯悬在外面，十分狭窄，满是锈迹，他们一前一后走上去，踩在上面，硁硁作响，楼梯摇晃，仿佛随时会散架，走到二层，掀开棉帘进屋。我转到楼的另一侧，隐在暗处，风的回声在其中穿梭，听着也像在旷野里，我点了根烟，望向二楼，看见其中一间灯亮，缝隙里透出一点微光，随后又暗淡下来，我抽完烟，踩灭烟头，深吸几口气，朝着家里走去。

那天在文化宫游完泳，已是黄昏，凉风阵阵吹来，阳光将云染成金色，隋菲跟我说了很多话，我的耳朵进水，有一些没太听清楚，出来之后，我说请隋菲吃饭，隋菲提议在家里吃。我们推着车去卫工市场买菜，我买了豆角和排骨，还有朝鲜族拌菜。出来之后，天色已晚，我骑着自行车，隋菲坐在身后，车把上挂着我们的菜。骑车过卫工街时，隋菲说，我不敢来这边，今天上午，听说你在这边，我挂电话后，犹豫半天，闭着眼睛摸过来的。我说，有啥不敢的。她说，你右边是啥？我说，卫工明渠啊，以前叫臭水沟，我小时候就在这边住，前面就是我的学校，标准件子弟小学，现在扒了，改饭店了。隋菲说，我住得也不算远，小学上的是启工二校。我说，好学校，当年亚洲最大。隋菲说，你小时候总来卫工明渠吗？我说，天天来，夏天抓鱼食，飞虫多，活物儿，还能卖钱，冬天在上面溜冰，抽冰尜。隋菲说，有一年寒假，掉下去过一个小孩，你还记得不？我说，那不记得。隋菲说，咋能不记得呢，当时闹得动静挺大，小孩滑到中间，冰面裂开，掉进去了，当时没人发现，晚上家长回来，这才开始找，那时候里面不是清水，有油污，冻不结实，后来就再也没有小孩去了。我说，小孩没了，但有大人，每年俩指标，冬天一个，夏天一个。隋菲说，这啥意思？我说，年年淹死人，其实也不是淹死，都是整死了抛尸，扔进去的。隋菲说，你对这边还挺熟悉。我说，也一般，以前晚上吃完饭，有时候过来，动动脑筋，在路灯底下打两把六冲。隋菲说，去年，我爸就是在这儿没的。我说，啥？隋菲说，差不多也是这个时候，还没等我们报警，警察先来找的我们，环卫工人发现的，漂上来了，警察跟我说是喝多了摔进去死的。我说，节哀。隋菲说，我挺怀疑。我说，怀疑啥？隋菲说，怀疑跟我前夫有关。我说，为啥呢？隋菲说，当时我们正在闹离婚，孩子的事儿没整明白，我爸那天喝完酒，又去找过他。我说，后来调查他没？隋菲说，查过，有证明，没在场。我说，那就不是。隋菲说，不见得。我说，相信公安的办案水平，别想太多，我快点骑，咱得赶紧到家把豆角炖上，慢。

每周大概有三天左右，我会住在隋菲家里，她平时并不总在家里，偶尔也去接一些上门护理的工作，换药、拆线、导尿、鼻饲都能干，一次三十元起，收费合理，冬天一到，找她的患者还挺多，有时候从早到晚，不得空闲。我一般是下夜班过来，买点菜，给她做两顿饭。隋菲挺爱吃我做的，吃过晚饭，我给她泡一杯速溶咖啡，然后陪她看电影，通常还没演几分钟，我就会昏睡过去，直到半夜，电影结束，隋菲总会把我摇醒，跟我说，你帮我分析分析。我说，分析啥？隋菲说，我爸的死，跟我前夫有没有关系，我感觉有。我说，警察说没有，那要是有的话，也是间接关系，不好判定。隋菲说，我爸那天晚上肯定去找过他。我说，可能吧，那天晚上你干啥来着，当时咋没报警。隋菲没说话。我说，咋没动静了？隋菲说，我跟我们院的大夫开房去了。我点了根烟，隋菲接着说，捞上来时，兜里有个打火机，半盒烟，钱在，手机也还在，不是为财。我说，许是意外，老年人脆弱，摔一跤，脑出血，不会走道，就跌下去了，没爬上来。她说，这一年以来，我天天想这些事儿，还老做梦，感觉自己都不正常了。我说，过去的事情，别想太多，我还是那句话，在一起，得往前看，对了，我好奇问一句，你前夫叫啥名。隋菲说，问这个干啥，刘晓东。我说，没事，他是不挺花啊。隋菲说，废话，不花我能跟他离么，总他妈不着家。我说，是吧。隋菲说，你提他干啥？我说，没啥，总觉得有点熟。隋菲说，见过咋的。我说，应该是没。

周末我妈包饺子，我买了几样熟食回去。从进屋开始，我妈没给过我好脸色，我也没吱声，饺子煮好了，我刚夹起来一个，她用筷子打掉，跟我说，啥前儿黄？我说，黄啥，处得挺好。我妈说，咋的，还要结婚啊。我说，搭伙，对付着过。我妈说，不要脸。我说，你再这么说我走了啊。我妈语气缓和过来，跟我说，儿子，妈找人算了一下，这女的命里跟你犯克，黄了吧，妈再给你介绍，有的是。我说，太累，真看不动了。我妈说，最后一次，以后不逼你，这个摆摊的胖丫头，等你仨礼拜了，啥话没说，心多诚，怎么你也得去见一下。我说，不去。我妈说，提前约好了，就今天，妈求求你。我拿我妈真是一点办法也没有，我要不答应，这顿饭都没法吃，只好说道，在哪啊，几点，我看一眼就走。我妈说，就附近不远，你现在就吃饺子，这一盘都是你的，吃完就去，去了就好好唠。

我到咖啡馆时，胖丫头已经端坐在椅子上，袖子撸到小臂上，见我进来，兴高采烈地跟我举手打招呼，她的胳膊浑圆，挥动也十分有力。我在对面坐下来，她很主动，问我想喝啥。我说，白开水就行，她帮我叫了一杯水，她穿的衣服上都是卡通图案，脸蛋红润而光滑，相比之下，我更像她叔，聊了几分钟，我俩之间实在没有共同语言。我两口喝完咖啡，跟她匆匆告别，她跟我一起出门时，说自己有点饿，我说要不然给你买个面包香肠，她没说话，扭头便走。

我骑车回到隋菲家里，车停在小区门口，锁在栏杆上，我拐进超市买盒烟，出门刚点上一根，看见有个人影在我面前一闪而过，穿着皮夹克、绒裤子，挺邋遢，右脸经过那一瞬间，我看见一道长疤，心里一惊，立即跟在后面。走了几步，他忽然站住，也点上根烟，扭过脸来往后看，我装着没看见，继续往前走，刚经过他身边，他从后面拽住我的衣服领子，朝着我吐了口烟，说，你叫啥来着？我假装刚认出来，说，东哥啊。他说，你住这儿啊。我说，来看个朋友。他说，男的女的？我说，女的，打麻将认识的。他仿佛仍在回忆，犹豫着说，有机会聚一下，带出来看看。我说，行。东哥又抽了两口烟，然后拍拍我，说，走吧，我想起来了，你是刘丽的对象。我说，不算，认识而已，东哥，你住这个小区吗？他说，不住，来办点事。

我走进另一栋楼，从二楼走廊的窗户望出去，半个小时后，东哥从楼洞里走出来。待他走出院门，我转身返回隋菲家里，她眼神慌乱，我说，咋回事，有人来过。隋菲说，没有。我说，不对。隋菲没说话。我说，今天回来有点晚了，我妈包的饺子，太香，全让我造了，没给你带份儿。隋菲说，没关系。我说，那我给你下碗馄饨去。隋菲说，不用。我说，不麻烦，冰箱里有虾皮，多放点儿，肯定好吃。我刚打开冰箱，忽然有人在外面敲门，像是用拳头在砸，力道很大，声音让人心惊。隋菲神情紧张，没有说话，又敲半天，声音忽然停止，随后隋菲的电话响起来，铃声飞扬，她迅速挂掉，门外的人开始边敲边喊，大呼小叫，言辞难听。我走向房门，隋菲抓住我的胳膊，我将她甩掉，把门打开，东哥站在门外，看见我后，愣住片刻，然后说道，咋的，原来是你啊。我没说话。他跟隋菲说，你就找的这人啊。我说，东哥，啥事？东哥说，行，以后我就找你要抚养费。我说，可以，东哥，明天联系，今天不多说了，太晚了，影响邻居休息。东哥说，你要是不给，我就找刘丽，反正肯定能找到你。隋菲盯着我看，我的头很疼，像要炸裂,强忍着问,东哥,差多少?东哥说,三个月的钱,两千四,其实她要是没找人,这钱我要不要都行,但是找了,那这钱我就必须得要。我说,我给你。隋菲说,给个屁,跟你有啥关系。我说,兜里没那么多,这样,东哥,我送你出去,找个提款机,取给你,你看行不?东哥看看隋菲,拍着我的肩膀说,那有啥不行,隋菲啊,你也算找了个明白人。

我穿鞋出门,轻轻把门带上,又听见隋菲奔过来,反锁两次,楼道空旷,回响激荡。我站在楼梯上,咳嗽两声,给东哥点上根烟,小声说,东哥,别来气,有啥好商量。东哥没说话,嘴里叼着烟看我。我走在前面,他在我后面,出了楼洞,东哥说,你挺有主意啊。我说,东哥,有啥主意,家里介绍的,不处不行,我也为难。东哥没说话。我继续说,前面不远有银行,你咋来的,我这有自行车,带你一轱辘。东哥说,用不着,两步道儿,走着过去。我说,行。

路上照明不好,附近商铺都已关门,风挺硬,吹得我脸生疼,我提上拉划,脸缩进去,双手插在裤兜里,低着头走,东哥在我旁边,穿得少,冻得直哆嗦。走到路口,天空飘起一点雪花,在昏黄的路灯映照之下,细密纷飞。我说,东哥,下雪了啊。东哥说,下点儿雪好,杀菌。我说,是,感冒的太多。东哥说,你感冒了?我说,没有,隋菲这几天事儿多,上门给老头儿扎滴流,全天忙活。东哥叹了口气,语重心长地说,兄弟,你得理解我,这钱我也不是非要不可,但是我要过来这钱,最终也是给孩子花,对不对?我说,那对。东哥说,一切为了孩子,为了孩子一切。我说,都不易。东哥说,老弟,刚才有句话,一直想问你。我说,东哥,你问。东哥说,你感觉隋菲咋样。我说,什么咋样?东哥说,别跟我俩装。我说,挺好的,方方面面。东哥说,是不,有时候我还挺怀念,她有那股劲儿。我没说话。东哥又说,但是你放心,没别的意思,我早都干够了。我还是没说话。东哥说,还有个问题,我想问问,你俩谁个儿高啊?我说,不道。东哥说,没比量比量呢。我说,没有。东哥说,你光脚有一米六没,我看她比你还稍微猛点儿,在炕上能够得着吗,不行就垫个枕头。我说,东哥,这有个提款机,我进去取钱,你等我一会儿。

我推门进入,把卡插进去,输入密码,查了一下余额,又退出来,机器咔咔直响,仿佛在跟谁说着话。我推门出来,跟东哥说,机器里没钱了,换一个,前面还有个农行,我跨行取。东哥说,那不有手续费么。我说,没事儿,钱给不到你手,我心里也不踏实。于是我带着他一起又向前走了十分钟,农行在一条暗街的转弯处,我走进去,提出两千四百块钱,钱吐出来之后,我在里面又数了一遍,东哥隔着玻璃盯着我,出来之后,我递给他说,你数一数。东哥直接收进里怀,说,不查了,回头见,哪天叫上刘丽,咱们一起涮火锅去。我说,再说吧,东哥,以后别提刘丽了,行不?东哥看着我,笑了几声,说,熊样吧。然后搂紧夹克,转头离开,雪越下越大。

我掉头返回,走了几步,又转到另一边,没有往家走,靠在墙上,点了根烟,抽了不到一半,烟头便被雪浸湿,我扔掉烟,从地上捡了半块砖头,三角儿的,带尖,拎了几下,还挺称手,便揣在兜里,又转回去。东哥已经消失不见,我连忙追几步,在一个丁字路口看见了他,我紧随其后,他正缩着脖子打电话,在前面又转入一个老式小区,在进铁门时,被绊一下,滑倒在地,单腿跪着,然后便对着电话大骂一声,缓缓起身,低头拍掉裤子上的雪。就在这时,我几步奔过去,攥紧砖头,露出带尖的那面,不等他回身,跳起来直接砸在他的后脑勺上,力度很大,他立即扑倒在地,捂着脑袋回头看我,说了句,哎我操,充满疑问的语气,像是不敢相信,然后对着电话说,你等会儿,先挂一下。我心想,还挺顽强,我使那么大劲,还没撂倒。于是没等他起来,我便又扑过去压倒,他比我高将近一头,但身体素质比我差太多,废物一个,我拎着砖头,照着眼眶猛砸,左右左右,轮着一顿搂,打得我掌心发麻。开始他双手还扑腾着,后来老实了,两臂垂下来,不断干呕,我站起身,看见他捂着脑袋,吐出一地秽物,混合着眼泪、血、酒精与食物,气味难闻,吐完之后,趴在地上一动不动,哼唧不止,我几乎没费什么力气,便将他拽到小区电箱后面的夹缝里,在电箱后面,我又砸几下,然后将砖头扔向远处,起身离开。走出几步,我转过去看,他仍一动不动,鼻孔冒着白气,忽深忽浅,偶尔身体还抽动几下,眼眶已被我打烂,看不清是睁是闭。

回到隋菲家时,她看着我,没敢说话,我脱掉衣服,先从后面跟她干了一次,有点粗暴,隋菲叫得很凶,后来还带着哭腔。完事之后,我到厕所里把衣服裤子都洗干净,东哥有一口吐在我的裤脚上,我搓了半天。我洗衣服时,隋菲站在厕所门口,仿佛想问我点什么,又不敢问。我说,你睡吧,估计没啥大事,有事的话,跟你也没关系,放心。隋菲说,明天我想把孩子接过来。我说,我陪你去。我把衣裤晾在暖气上,然后便上了床,半天没睡着,隋菲转过身去,背对着我,自言自语道，钱给他了吗？我没回答。她继续问，刘丽是谁呢？我也没回答。她说，你又是谁呢？我还是没有回答。

我躺在床上，一宿没睡，闭上眼睛，也不得安稳，眼前全是雪花点，像收不到信号的电视机，茫然闪烁。隋菲在我身边，枕在自己的胳膊上，头发低垂，发丝弧度迷人，她的呼吸很轻，眼皮颤动，不知道是不是又在做梦。凌晨时分，雪映得天空发亮，我轻轻下床，拉开窗帘一角，看见地上已经积了很厚一层，有人骑着倒骑驴，戴一顶皮帽，斜着身体，艰难地向前蹬去，雪地没有倒影，我看了半天，直至他消失在我的视线里，才转过身来。隋菲仍躺在床上，保持着刚才的姿势，不过眼睛睁开了，直直地望向我，像一汪刚刚化开的雪水。

隋菲洗漱时，我收拾冰箱，拧开炉灶，做了两碗烩锅面，点上葱花，我饿极了，吃得狼吞虎咽，隋菲显然没什么胃口，基本是在看着我吃。我说，今天夜班，吃完饭，我陪你去接孩子。隋菲说，有点早，中午再去，现在刚送，不方便接出来。我说，那也行，咱们先出门转转。

雪已经停了，光线刺眼，让人对不上焦，外面还是冷，街上的人穿得都很臃肿，步伐笨拙，双眼盈泪。我拉着隋菲去商场，逛了三层楼，刷卡给她买了一双灰色的雪地靴，一千多块，看着暖和，她说不要，我非买不可，处这么长时间，一件像样的礼物都没送过，说不过去。隋菲说，那我也送你点啥。我说，不用，啥也不缺，以后再说。

从商场出来，已近中午，我拎着那双鞋，跟隋菲一起坐公交车，车上全是泥水，人们小心翼翼地挪着步，我们坐了四站，又换一辆，才来到幼儿园门口。此时大概是午睡时间，幼儿园内外都很安静，大象滑梯上也覆盖了一层白雪，看过去像披上一条白围脖，我在外面抽着烟等她们，不大一会儿，老师送隋菲和她的女儿出来。隋菲的女儿穿着粉色羽绒服，鼓鼓溜溜，跟老师挥手说再见，然后一蹦一跳，向我走来，她戴的帽子上面还有两个小毛球，走起路来一摆一摆，可爱极了，像是从动画片里冒出来的。走到近前，她也没问我是谁，只是躲在隋菲的另一侧，故意不去看我。我跟她们一起走过铁道，不慌不忙，速度很慢，像是标准的三口之家，前方仿佛有着整整一生的时间，在等着我们度过。火车在我们身后缓慢开去，轰隆作响，替我们挡住一阵吹起来的风雪。隋菲的女儿说想吃糖葫芦，我走到街的对面，给她买回来一串，我举着它，在车流之间穿梭，如同高举

冬　泳

一把火炬，冰天雪地里唯一的颜色。隋菲蹲下身子，为女儿整理衣裤，娘俩的脸都冻得通红。在她们身后，我又看见了那个大檐帽，他穿着绿色的棉服，缩在墙角里，沉着脸望向我，我也看着他，这次，他的手里不再有武器，指示棒不知所终，走到近前时，他忽然抬起一只手，笔直地指向我，眼神凝滞，欲言又止。我转过头不再看他，跟隋菲说，去找个商场，进里面吃，别呛到风。

我和隋菲带着她的女儿，又在商场里玩了半天，晚上一起吃火锅，点了不少菜，最后没有吃完。隋菲的女儿问她，晚上回我爸家吗？隋菲说，今天不回，跟妈妈住。女儿问她，那我们赶快走吧，我有点困。隋菲说，今天是你姥爷的忌日，跟妈去烧点纸，然后再回去。女儿说，行，我也想我姥爷了。隋菲说，你有啥要跟姥爷说的，先想好。

我们去医院门口买来一刀烧纸，来到卫工明渠旁，走下河岸，我掏出打火机，帮她们点着，隋菲和女儿蹲在岸边，迎风烧纸，风很大，纸灰四散。隋菲边烧边说，爸，这边一切都挺好的，不用惦念，外孙女也来看你了。她女儿说，姥爷，我以前总梦见你，带我打滑梯，又领我上楼，给我热牛奶喝。隋菲说，爸，你给我托个梦，告诉我到底是不是刘晓东干的，我跟他没完。女儿说，姥爷，我好长时间没喝过牛奶了。隋菲说，爸，我离完婚了，又找一个，工厂上班的，挺勤快，对我也还行，你放心。她女儿说，姥爷，你想我不，我还想让自己梦见你，但我最近不怎么做梦了。

那些话语声在我身后，逐渐减弱，我向前走去，水面上结有薄冰，层层褶皱，吞噬光芒，随时可能裂开，我走到一棵枯树旁，抬头望向对岸，云如浓雾一般，遥远而黏稠，几乎将全部天空覆盖起来，我开始活动身体，伸展，跳跃，调整呼吸，再一件一件将衣裤脱下来，在水泥地砖上将它们叠好。

我走入其中，两岸坡度舒缓，水底有枯枝与碎石，十分锋利，需要小心避开，冰面之下，那些常年静止的水竟然有几分暖意。我继续向中央走去，双腿没入其中，水底变幻，仿佛有一个运转缓慢的漩涡，岸上的事物也摇晃起来。这时，我忽然听见后面声音嘈杂，有人正在呼喊我的名字，总共两个声音，一个尖锐，一个稚嫩。我想起很多年前，也有这样一个稚嫩的声音，惊慌而急促，叫着我的名字，而我扶在岸边，不知所措，眼睁睁看着他跌入冰面，沉没其中，不再出现，喊声随之消失在黑水里，变成一声呜咽，长久以来，那声音始终回荡在我耳边。

我一头扎进水中,也想从此消失,出乎意料的是,明渠里的水比看起来要更加清澈,竟然有酒的味道,甘醇浓烈,直冲头顶,令人迷醉,我的双眼刺痛,不断流出泪水。黑暗极大,两侧零星有光在闪,好像又有雪落下来,池底与水面之上同色,我扎进去又出来,眼前全是幽暗的幻影,我看见岸上有人向我跑来,像是隋菲,离我越近,反而越模糊,反而是她的身后,一切清晰无比,仿佛有星系升起,璀璨而温暖,她跑到与我平齐的位置,双手拄在膝盖上,声音尖锐,哭着对我说,我怀孕了,然后有血从身体下面不断流出来。我很着急,又扎进水中,想游到她身边,却被一阵风浪吹走,反而离她越来越远,我失去方向,不知游了多久,望见一道长廊横在我面前,很多人从上面经过,我抬头看得出神,后来发现有一位老人与我同在水底,并肩凝视,他的头发湿透,仿佛刚刚染过,脸色发白,嘴唇紧闭,我认出他来,一年之前,我们曾一起在路灯下打牌,他坐在我的旁边,酒气冲天,我默默出牌,他在一旁叫骂,从始至终,不曾停止,牌局结束,众人散去,我将最后的一把牌扬到他的脸上,他拉起我的领口,几乎将我提起来,众目睽睽之下,将我拖入黑暗之中。黑暗位于峭壁的深处,没有边际,刚开始还有拉拽声,争吵声,后来我们几乎同时发现,那是令人极度困乏的黑暗,散发着安全而温热的气息,像是无尽的暖流,我们深陷其中,没有灯,也没有光,在水草的层层环抱之下,各自安眠。

我赤裸着身体,浮出水面,望向来路,并没有看见隋菲和她的女儿,云层变得稀薄起来,天空贫乏而暗淡,我一路走回去,没有看见树、灰烬、火光与星系,岸上除我之外,再无他人,风将一切吹散,甚至在那些燃烧过的地面上,也找不到任何痕迹,不过这也不要紧,我想,像是一场午后的漫步,我往前走一走,再走一走,只要我们都在岸边,总会再次遇见。

仙　症

郑　执

1

　　倒数第二次见到王战团，他正在指挥一只刺猬过马路。时间应该是2000年的夏天，也可能是2001年。地点我敢咬定，就在二经街、三经街和八纬路组成的人字街的街心。刺猬通体裹着灰白色短毛，幼小的四肢被一段新铺的柏油路边缘粘住。王战团居高临下站在它面前，不踢也不赶，只用两腿封堵住柏油路段，右臂挥舞起协勤的小黄旗，左臂在半空中打出前进手势，口衔一枚钢哨，朝反方向拼命地吹。刺猬的身高瞄不见他的手势，却似在片晌间读懂了那声哨语，猛地调转它尖细的头，一口气从街心奔向街的东侧，跃上路牙，没入矮栎丛中。王战团跟拥堵的街心被它甩在烈日下。

　　我从出租车上下来时，哨声已被鸣笛淹没，王战团的腮帮子却仍鼓着。两个老妇人前后脚扑上前，几乎同时扯住了王战团的后脖领子，抢哨子跟旗的是女协勤，抢人那个，是我大姑。有人报了警，大姑在民警赶来前，把她的丈夫押回了家。

　　王战团是我大姑父。

　　目睹这一幕那年，我刚上初一，或者已经上初二。跟妻子Jade订婚当晚，我于席间向她一家人讲起这件事，Jade帮我同声传译成法语，坐在她对面的法国母亲Eva几次露出的讶异表情都迟于她丈夫。Jade的父亲就是中国人，跟我还是老乡，二十多岁在老家离了婚，带着两岁的Jade来到法国打工留学，不久后便结识了Eva再婚。Jade再没见过她的生母。中文是父亲逼她学的，怕她忘本。那夜的晚餐在尼斯海边一家法餐厅，微风怡人。我和Jade相识，发生在我第一次到尼斯做背包客时偶然钻进的一家酒吧里。当时她跟两个女友已经醉得没了人样儿，我见她是中国人样貌，主动上前搭讪，想不到她操起家乡口音的中文跟我攀谈，惊觉彼此竟出生在同一座城市，甚至在同一间妇婴医院。我说，这是命，我从小信这个。Jade说，等下跟我回去，我自己住。三个月后，我们闪婚。

订婚那夜我喝醉了，Jade挽着我回到酒店。我一头栽进床之际，她突然说，你讲的我不信。我问为什么，Jade说，我不信城市里可以见到刺猬。我说，那是因为你两岁就离开老家，老家的一切对你都是陌生跟滑稽的，说起来都订婚了你还没见过我父母，我签证到期那天，跟我一起回去吧。Jade继续说，每年夏天她一家人都会去法国南部的乡下度假，刺猬在法国的乡下都没见过，中国北方的城市里凭什么有，况且还是大街上？我急了，就是有，不光有，我还吃过一只。Jade要疯了，你说什么？你吃过刺猬？你一喝醉就口吃，我听不清。你说那种浑身带刺的小动物？我说，对，我吃过，跟王战团一起，我大姑父。刺猬的肉像鸡肉。

2

我降生在一个阴盛阳衰的家族里，我爸是老儿子，上面三个姐姐。上辈人里，外姓人王战团最大，1947年生人，而我是孩子辈里最小的，比王战团整整小了四十岁。记忆里第一次能指认出王战团是大姑父，大姑父就是王战团，是我三岁，刚上幼儿园的那年。一天放学，我爸妈在各自厂里加班加点赶制一台巨型花车的零部件，一个轮胎厂，一个轴承厂。花车要代表全省人民驶向北京天安门参加国庆阅兵。而我奶忙着在家跟邻居几个老太太推牌九，抽旱烟，更不愿捣空儿接我，于是指派了王战团来，当天他本来是去给我奶送刀鱼的。

我迎面叫了一声大姑父，他点点头。王战团高得吓人，牵我手时猫下半截腰，嗓音略低沉地说，别叫大姑父，叫大名，或者战团，我们连长都这么叫我。我说，我爸不能让，直呼长辈姓名不礼貌。王战团说，礼貌是给俗人讲的，跟我免了。他又追了一句，王战团就是王战团，我娶了你大姑，不妨碍我还是我，我不是谁的大姑父。我问,你不上班啊?我爸妈都上班呢,我妈说我奶奶打麻将也等于上班。王战团笑笑,没牵我的那只手点燃一根烟,吸着说,我当兵,放探亲假呢。我说,啊,你当什么兵?王战团说,潜艇兵,海军。你舌头怎么不利索?

一路上,王战团不停给我讲着他开潜艇时遇见过的奇特深海生物,有好几种大鱼,我都没记住,只记得一个名字带鱼但不是鱼的,××大章鱼,多大呢?比潜水艇还大。王战团说,那次,水下3800多米,那只大章鱼展开八只触手,牢牢吸附住他的潜水艇,艇整个立了起来,跟冰棍儿似的,舱内的一切都被掀翻了,兵一个撺一个地滚进前舱,你说可不可怕?我说,不信。王战团说,有本小说叫《海底两万里》,跟里面讲得一模一样,以前我也不信,书我回家找找,下次带给你。法国人写的,叫凡尔赛。我说,你咋不开炮呢?王战团一包烟抽光了,说,潜艇装备的是核武器,开炮,太平洋里的鱼都得死,人也活不成。我说,不信。

当天回到我奶家的平房,天已经黑了。旱烟的土臭味飘荡整屋,我饱着肚子想吐。一看钟八点多,我放学时间是四点半。我妈已经下班回来,见我跟王战团进门,上前一把将我夺过,说,大姐夫,三个多点儿,你带我儿子上北京了?王战团还笑,说,就青年大街到八纬路兜了五圈儿,咱俩一人吃了碗抻面。我妈说,啥毛病啊,不怕把孩子整丢?王战团说,哪能呢,手拽得可紧。我奶正在数钱,看精神面貌没少赢,对王战团说,赶紧回家吃饭去,我不伺候。王战团背手在客厅里晃悠一圈儿,溜出门前回头说,妈,刚才说了,我吃了碗抻面,刀鱼别忘冻冰箱。他前脚走,后脚我妈嚷嚷我奶,妈,你派一个疯子接我儿子,想要我命?我奶说,不疯了,好人儿一个,大夫说的。

后来我才得知,我妈叫王战团疯子,就是字面意义上的,精神病。王战团是个精神病人。他当过兵不假,海军,那都是他三十岁前的事儿了,病就是在部队里发的,组织只好安排他退伍,转业进了第一飞机制造厂当电焊工,在厂里又发了一次病,领导不好开除,又怕瘆着同事,就放了他长假养病,一养就是十五年,工资照发,老厂长都死了也没断。发病十五年后,我大姑才第一次领王战团正经看了一次大夫,大夫说,可治可不治,不过家人得多照顾情绪,轻重这病都去不了根儿。

大年初二是家族每年固定的聚餐日,因为三十当晚三个姑姑都要跟婆家过,只有我跟爸妈陪我奶。有我在的记忆中,初二饭桌上,连孩子说话都得多留意,少惹乎王战团，越少说话越安全。我爸订饭店，专找包房能唱歌的，因为王战团爱唱歌，攥着麦克不放，出去上厕所也揣兜里，生怕被人抢了，其实哪有人敢跟他抢。唱起歌时的王战团爱高兴，对大家都安全。王战团天生好嗓，主攻中低音，最拿手的是杨洪基跟蒋大为。除了唱歌，他还爱喝酒，爱写诗，象棋下得尤其好。他写的诗我看过，看不懂，都跟海有关。喝酒更能耐，没另两个姑父加我爸劝，根本不下桌。每年喝到最后，我爸都会以同一句压轴儿，还叫啥主食不？饺子？一家老小摇头，唯独王战团接茬儿，饺子来一盘也可以，三鲜的。说完自己握杯底敲下桌沿儿，意思跟自己碰过了，也不劝别人。我爸假装叫服务员再拿菜单来的空当，大姑就趁机扣住王战团杯口说，就你缺眼力见儿，别喝了。一瞬间，王战团的眼神突然大变，扭脸盯着大姑，眼底会涌出暗黄色，嗓音很低地说，没到位呢，差一口。每当这一幕出现，一家老小都会老老实实地作陪，等他把最后一口酒给喇完。

　　反而是在大年夜，我奶跟我爸妈说起最多的就是王战团。我奶说，秀玲为啥就不能跟他离婚？法律不让？我妈说，法是法，情是情，毕竟还有俩孩子，说离就离啊。王战团第一次在部队里发病的故事，每年三十我都听一遍。他十九岁当兵，躲掉了下乡，但没躲掉运动。运动闹到中间那两年，部队里分成敌对的两派，连长政委各自一队，王战团不想站队，因为他是副连长的第一人选，得罪谁都不是。连长跟政委也都了解王战团的个性，胆小，老实，哏，开大会上发言也默许他和稀泥，但偏偏他业务最强，学问也多，双方都想拉拢，就是闹不懂他心思到底想些啥，祸根就埋在这，王战团心里不是没立场，他是硬憋着不说，结果疖子憋冒出个大头儿。某天半夜，在船舱六人宿舍里，王战团梦话说得震天响，男低音中气十足，先是大骂连长两面三刀，后是讽刺政委阴险小人，语意连贯，字字珠玑，最终以口头操了两个人的妈收尾。宿舍里其他五人瞪眼围观王战团骂到天亮，包括连长跟政委本人。第二天，全连停训，两派休战，联手开展针对王战团一人的批斗大会。连长说，战团啊战团，想不到你是个表里不一的反革命分子，而且是深藏在我军内部的大叛徒，亏你父亲还是老革命，百团大战立过功，你对得起他吗？你对得起自己名字吗？政委就是政委，言简意赅，王战团，你等着接受大海浩瀚无边的审判吧。

　　王战团被锁在一间狭短的储物仓里关禁闭，只有一块圆窗，望出去，太平洋如同瓮底的一摊积水。没有床，他只能坐在铁皮板上，三天三夜没合眼。有战友偷偷给他供烟，他就抽了三天三宿的烟，放出来的时候，眼球一圈血丝都是烟叶色。再次站上批斗大会的台前，对着麦克哑了半天，手里没拿检讨稿，开始反复念叨一句，不应该啊，不应该啊。顿了下又说，我从来不说梦话，更不说脏话。台下的政委跳起身指着他说，哪有人说梦话自己会知道的！王战团对着麦克清了清嗓子继续，我结婚了，有老婆，要是我说梦话，秀玲应该跟我说啊，算了，我给大家唱首歌吧。

3

我大姑去旅顺港接王战团的时候，挺着六个月的大肚子。王战团当兵的第四年跟我大姑经媒人介绍结婚，婚后仍旧每半年回家一次。当他再次见到大姑的第一句话就问，秀玲啊，我说梦话吗？大姑不语，挽起王战团的胳膊，按着脖领子并排给政委鞠躬。政委说，真不赖组织。大姑说，明白，赖只赖他自个儿心眼儿小。政委说，回家也不能放弃自我检讨，信念还是要有。大姑说，明白。政委说，安胎第一。大姑说，谢谢领导。

两个人的大儿子，我大哥王海洋三岁时，王战团在一飞厂险些当选小组长。他的病被厂长隐瞒了。那场运动到最后，政委被连长扳倒，失意之际竟第一个念起王战团，想到他退伍后赋闲了两年多，复员的事还没落实，于是找到已经是一飞厂厂长的老战友，给王战团安排工作，特意嘱咐多关照。政委说，毕竟不是真的坏同志。失足了。

王战团与小组长失之交臂的那天，正在焊战斗机翼，忘记戴面罩上阵，火星呲进眼睛，从梯子上翻落，醒过来时就不认人了，嘴里又开始叨咕，不应该啊，不应该啊。再看人的时候眼神就不对了，好像有谁牵着线吊他的两个眼珠子，目光不会拐弯儿了。我大姑去厂里接他的时候又是大着肚子，怀的是我二姐。

我问过大姑，当初为什么没早带王战团去看大夫。大姑说，看了就是真有病，不看就不一定有病，是个道理。道理都懂，其实大姑只是嘴上不愿承认，她不是没请过人给王战团看病，一个女的，铁岭人，跟她岁数差不多，外人都叫赵老师。直到多年后赵老师给我看事儿时，我才听说出马仙的名号，家里开堂口，身上有东西，能走阴过阳。

在我出生前的十五年里，王战团的病情时好时坏，差不多三四年反复一回。大部分时间里，他每天在家附近闲逛，用我大姑上班前按日配给的零花钱买两瓶啤酒喝，最多再够买一包鱼皮豆。中午回家热剩饭吃，晚饭再等我大姑下班。王海洋没上幼儿园以前，白天都扔给我奶。王战团的父母过世早，没的指望了。我奶的言传身教导致王海洋自幼懂看牌九，长大后玩麻将也是十赌九赢。后来他早早被送去幼儿园，王海鸥又出生，白天还得我奶带着，偶尔有二姑三姑替手。我奶最不亲孩子，所以总是骂王战团，骂他的病。夏天，王战团花样能多一些，有时会窝进哪片阴凉下看书，状态好的时候，甚至能跟邻居下几盘棋。王战团也算有个绝活儿，就是一边看书一边跟人下棋。那场面我见过一次，在我奶家回迁的新楼楼下，他双手捧一本《资治通鉴》，天热把拖鞋甩了，右脚丫子搁棋盘上，用大拇脚指头推棋子儿，隔两分钟乜斜一眼棋，继续看书，书翻完，连赢七盘，气得邻居老头儿给棋盘掀了，破口大骂，全你妈臭脚丫子味儿。王战团不生气，穿好拖鞋，自言自语说，应该吗？不应该。

赵老师第一次来给王战团看事儿，是运动快结束那年，我二姐满月后。日子没出正月，大姑在我奶家平房里简单张罗了一桌，都是家里人，菜是三个姑姑合伙炒的，我爸那年十六，打打下手。王战团当天特别兴奋，女儿被他捧在怀里摇了一下午，到了晚上第二顿，二姑三姑都走了，王战团说想吃饺子。我奶说，不伺候。大姑说，想吃啥馅儿？王战团说，猪肉大葱。大姑说，猪肉有，咱妈从来不囤葱。我爸说，我去跟邻居要两根儿。王战团抢先起身，说，我去，我去。

大姑站着和面时，小腿肚子一直转筋。王海洋说，妈，房顶有响儿，是野猫不？大姑放下擀面杖说，我得看看，两根葱要了半个点儿，现种都长成了。刚拉开门，我奶的一个牌搭子老太太正站在门外嚷，赶紧出来看吧，你家王战团上房揭瓦了。一家老小跑出门口，回首一瞧，自家屋顶在寒冬的月光下映出一晕翡翠色，那是整片排列有序的葱瓦，一层覆一层。王战团站在棱顶中央，两臂平展开来，左右各套着腰粗的葱捆。葱尾由绿渐黄的叶尖纷纷向地面耷拉着，似极了丰盛错落的羽毛。那是一双葱翅。王战团双腿一高一低的站姿仿若要起飞，两眼放光，冲屋檐下喊，妈，葱够不？我奶回喊，你给我下来！王战团又喊，秀玲，女儿的名字我想好了，叫海鸥，王海鸥。大姑回喊，行，海鸥就海鸥了，你给我下来！王战团造型稳如泰山。十几户门口大葱被掠光的邻居们，都已聚集到我奶家门口，有人附声道，海洋他爹，海鸥他爹啊，你快下来，瓦脆，别跌了。我爸这边已经开始架梯子，要上去迎他。王战团突然说，都别眨眼，我飞一个。只见他踏在前那条腿先发力，后腿跟上，脚下腾起瓦片间的积灰与碧绿的葱屑，瞬间移身至房檐边缘，胸腹一收力，人拔根跃起，在距离地面三米来高的空中，猛力扑扇几下葱翅，卷起一阵泥草味的清风，迷了平地上所有人的眼。当众人再度睁开眼时，发现王战团并非一条直线落在他们面前，而是一条弧线降在了他们身后。我爸挂在梯子上，抬头来回地找寻刚刚那道不可能存在的弧线，嘟囔说，不应该啊。

这场复发太突然，没人刺激他，王战团是被章丘大葱刺激的。我奶再次跟大姑提出，将王战团送去精神病院，大姑不用想就拒绝。我三姑说，大姐，我给你找个人，我插队时候认识的，绝对好使。大姑问，多钱？三姑说，当人面千万别提钱，犯忌。大姑说，知道了，先备两百，不够再跟妈借，你说这人哪个单位的？三姑说，没单位，周围看事儿。

赵老师被我三姑从铁岭接来那天，直接到的我奶家。我奶怀里抱着海鸥。我爸身为独子，掌事儿，得在。再就是我三个姑姑，以及王战团本人，他不知道当天要迎接谁。赵老师一走进屋，一句招呼都没打，直奔王战团跟前，自己拉了把凳子脸贴脸地坐下，盯着他看了半天，还是不说话。三姑在背后对大姑悄声说，神不，不用问就知道看谁的。那边王战团也不惊慌，脸又贴近一步，反而先开口说，你两只眼睛不一般大。赵老师说，没病。大姑说，太好了。赵老师又说，但有东西。我奶问，谁有东西？赵老师说，他身上跟着东西。三姑问，啥东西？赵老师说，冤亲债主。二姑问，谁啊？赵老师不再答了，继续盯着王战团，你杀过人吧？我爸坐不住了，扯啥犊子呢，我大姐夫当兵的，又不是土匪。赵老师说，别人闭嘴，我问他呢，杀没杀过人？王战团说，杀过猪，鸡也杀过，出海时候天天杀鱼。赵老师说，老实点儿。王战团说，你左眼比右眼大。赵老师说，你别说了，让你身上那个出来说。王战团突然不说话了，一个字再没有。我爸不耐烦了，到底有病没病？赵老师突然收紧双拳，指骨节顶住太阳穴紧揉，不对，磁场不对，脑瓜子疼。三姑说，影响赵老师发挥了。大姑问，那咋整？赵老师说，那东西今天没跟来，在你家呢。大姑说，那去我家啊？赵老师忍痛点头，又指着我爸说，男的不能在，你别跟着。王战团这时突然又开口了，说，海洋在家呢，也是男的。

赵老师起身，说，小孩儿不算。

大姑家住得离我奶家最近，隔三条街。一男四女溜溜达达，王战团走在最前面引路。到了大姑家，王海洋正在堆积木，被二姑拉到套间的里屋，关上门。赵老师一屁股坐进外屋的沙发，王战团主动坐到身边，说，欢迎。赵老师瞄着墙的东北角，说，就在那儿呢。三姑问，哪儿呢？谁啊？赵老师说，你当然看不见，这屋就我跟他能见着。赵老师对身边的王战团说，女的，二十来岁，挺苗条的，没错吧？王战团又开始不说话了。赵老师对我大姑说，好好问问你老头儿吧，他手上有人命，现在人家赖上他不走了，你俩进屋研究，研究明白再出来跟我说，我就坐这等着，先跟债主唠唠。

大姑领王战团进了屋，关紧了门。二姑跟三姑在外面，大气不敢喘，站在那看赵老师对墙角说话，声调忽高忽低。你走不走？知道我是谁不？两条道给你选，不走，我有招儿治你，想走就说条件，我让他家尽量满足。二姑三姑冷汗一身身地出。也不知过了多久，里屋的门开了，大姑自己走了出来。赵老师问，唠明白没？大姑说，唠明白了。赵老师说，有人命吧？大姑说，不是他杀的，间接的。赵老师说，对上了吧。大姑说，都对上了。三姑对二姑说，还是厉害。赵老师说，讲吧，咋回事儿。大姑坐到赵老师身边，喝了口茶水，说，他跟我结婚以前处过一个对象，知识分子家庭，俩人订下婚约，他就当兵去了。1967年，女方她爸被斗死了，她妈翻墙沿着铁路逃跑，夜黑没看清火车，人给轧成两截了。赵老师说，债主还不止一个，我说脑瓜子这疼呢。大姑继续说，那女的后来投靠了农村亲戚，再跟战团就联系不上了，过了四五年，不知道托谁又找到战团，直接去军港堵的，当时我俩已经结婚了，那女的又回去农村，嫁了个杀猪的，天天打她，没半年跳井自杀了。大姑又喝了一口茶水，二姑跟三姑解汗缺水，轮着递茶缸子。赵老师问，哪年的事儿？大姑说，他发病前半年。赵老师说，这就对了，你老头儿没撒谎？大姑说，他不会撒谎。赵老师说，一家三口凑齐了，不好办啊，主要还是那女的。大姑说，还是能办吧？赵老师说，那女的姓名、八字，有吗？大姑说，能问，他肯定记着。赵老师说，照片有吗？大姑点头，起身进屋，门敞着，王战团正坐在床边，给王海洋读书，《海底两万里》。大姑把书从他手中抽起，来回翻甩，一张二寸黑白照跌落地上，大姑捡起照片，走出来递给赵老师看。赵老师说，就是她。三姑问，能办了吗？赵老师说，冤有头债有主，主家找对就能办。大姑吁一口气,转头看里屋,王战团从地上捡起那本《海底两万里》,吹了吹灰,继续给王海洋读,声情并茂,两只大手翻在面前,十指蜷缩,应该是在扮演章鱼。

4

赵老师第二次到大姑家,带来两块牌位,一高一矮。矮的那块,刻的是那位女债主的名字,姓陈。高的那块,名头很长:龙首山二柳洞白家三爷。赵老师指挥大姑重新布置过整面东墙,翘头案贴墙垫高,中间放香炉,后面立牌位,左右对称。赵老师说,每日早中晚敬香,一牌一炷,必须他自己来,别人不能替。牌位立好后,赵老师做了一场法事,套间里外撒尽五斤香灰,房子的西南角钻了一个细长的洞,拇指粗,直接通到楼体外。一切共花费三百块,其中一百是我奶出的。那两块牌位我亲眼见过,香的味道也很好闻,没牌子,寺庙外的香烛堂买不着,只能赵老师定期从铁岭寄,十五一盒。那天傍晚,赵老师赶车回铁岭前,对大姑说,有咱家白三爷压她一头,你就把心揣肚里吧。记住,那个洞千万别堵了,没事多掏掏,三爷来去都打那儿过。全程王战团都很配合,垫桌子,撒香灰,钻墙眼儿,都是亲自上手。赵老师临走前,王战团紧握住她的手说,你姓赵,你家咋姓白呢?你是捡的?赵老师把手从王战团的手里抽出,对大姑说,要等全好得有耐心,七七四十九天。

我出生到王战团死的后十五年里,我只亲眼见他发过两次病,加上我不在的前十五年,前后三十年的病史中,王战团没伤过人也没伤过己,绝对算得上是精神病里的先进个人。尽管如此,各家大人还是不肯让自己的孩子跟王战团多接触,唯独我偶然成例外。1998年夏天,我爸妈双双下岗。我爸撺掇另一个下岗的发小儿合伙开家小饭馆,租门脸儿,跑装修,办营业执照,每天不着家。我妈求着在市委工作的二姑夫帮忙找活儿干,四处登门送礼,于是我整个暑假就被扔在我奶家,王战团平日没事儿最爱往我奶家跑,离得近。有时他就坐厅里看几个老太太推牌九,那时他被大姑逼着戒烟,忍不了烟味时就拎本书下楼,脚丫子上阵赢老头儿棋。我奶当他隐形人,老头儿视他眼中钉。我跟王战团就是在那个夏天紧密地来往着。有一天,我奶去别人家打牌,他进门就递给我本书,《海底两万里》。王战团说,你小时候,我好像答应过。我摩挲着封面纸张,薄如蝉翼。王战团说,写书的叫凡尔纳，不是凡尔赛，我嘴瓢了，凡尔赛是法国皇宫。我问，啥时候还？王战团说，不用还，送你。我说，电视天线坏了，《水浒传》重播看不成了。王战团说，能修。我说，你修一个。王战团说，我先教你下棋。我说，我会。王战团随即从屁兜里掏出一副迷你吸磁象棋，记事本大，折叠棋盘，码好棋子，摊掌说，你先走。我说，让仨子儿。王战团说，不行。我说，那不下了。王战团说，最多两个。我闷头思索到底是摘掉他一马一车，还是两个车，再抬头时，王战团正站在电视机前，掰下机顶的V字天线，嘴叼着坏的那根天线头使劲往外咬。我说，这能好？王战团说，就是被灰卡住了，抻顺溜儿就行了。他嘴里叼着天线坐回我对面，一边下棋一边咬，用好的那根天线推棋子。王战团说，去年没咋见到你。我说，我上北京了。王战团说，上北京干啥？我说，治病。王战团说，捋你那舌头？我说，不下了。王战团再次起身把天线装回电视机顶，按下开关，电视画面历经几秒钟的雪花后，恢复正常。王战团说，修好了。我说，也演完了。王战团说，你看见那根天线没有，越往上越窄，你发现没？我说，咋了？王战团说，一辈子就是顺杆儿往上爬，爬到顶那天，你就是尖儿了。我问他，你爬到哪儿了？王战团说，我卡在节骨眼儿了，全是灰。我不耐烦。王战团说，你得一直往上爬，这一家子，就咱俩最有话说，你没觉出来吗？虽然你说话费劲。

　　1998年的夏天结束，我爸跟发小儿的饭馆开张，意外的红火。我妈也有了新的工作，在妇联的后勤办公室做临时工看仓库，虽然没五险一金，仍比在厂里挣得多。小家日子似乎舒服起来，我更没理由把夏天里跟王战团交往过密的事告诉他们。同年秋天，我第一次亲眼见证王战团发病。时间是在中秋节后，刺激来自女儿王海鸥和她男朋友。那个男的叫李广源，是王海鸥在药房的同事，抓中药的，比她大八岁，离过婚，没孩子，但王海鸥还是大姑娘，之前从没谈过恋爱。李广源十八九岁起就混舞场，白西裤，尖头儿黑皮鞋，慢三快四，搂腰掐臀行云流水，不少大姑娘都被他跳家里去了。王海鸥生得白，高，小脸盘，大眼睛，基本都随了王战团。她天生性子闷，别说跳舞，街都不逛，下班就回家，最大的爱好是听广播。我大姑后来要找李广源拼命时怎么都想不到，他的突破口竟然是王战团。起先李广源约过好几次王海鸥跳舞，王海鸥最后拒绝得都腻了，直说，我爸是精神病，都说这病遗传。李广源说，能治。王海鸥问，你说我？李广源说，我说你爸，我给你爸抓几服药，吃半年就好，以前我太奶跟你爸得的一样毛病，那叫癔症,吃了我几服药,多少年都没犯。王海鸥说,我爸在家烧香,拜大仙,仙家不让吃药。李广源说,那是迷信,咱都是受过教育的,药归我管,不用你掏钱。

王海鸥真把李广源开的药偷偷给王战团喝。李广源在药房先熬好,晾凉装袋,王海鸥再拿回家,温好了倒暖壶里,骗我大姑说是保健茶,哄王战团喝了半年。半年里,王海鸥跟李广源好了,李广源真的为她戒了舞,改打太极拳。一天,王海鸥隔着柜台对李广源说,我怀孕了。李广源说,等着,我给你抓服药,补气安胎的,无副作用。王海鸥说,跟我回家见父母吧。李广源说,好,下班我先回家一趟,裤线得熨一下,你爸喝药有反应吗?王海鸥说,一直没犯。李广源说,那就好。

李广源一进家门,我大姑就认出他来,一见俩人手拉手,二话没有,转头进厨房握着菜刀出来,吓得李广源拉起王海鸥掉头跑了。大姑气得瘫在沙发上喘粗气,菜刀还握着。王战团仍在上香,跟白三爷汇报日常,嘴里念着,我的思想问题已经深刻反省过,现在觉悟很高,随时可以登船。大姑说,你跟这拜政委呢?可闭嘴吧。当晚王海洋也在家,他当了公交车司机,谈过一个三年的女朋友,分手后一直耍单,住家里。王海洋问,妈,那男的谁啊?大姑说,一个老流氓,你妹废了。王海洋说,他家住哪,我撞死个逼养的。大姑说,你也闭嘴吧,你妹都搭进去了,你不能再搭进去,明天我去药房找他唠唠。

第二天一大早,大姑鼓着气出了家门,包里装着菜刀,可不到中午人就回来了,气也瘪了。王战团问,你咋了?大姑说,是你女儿咋了,怀人家孩子了,晚了。王战团问,怀谁的孩子了?大姑说,昨晚来家里那男的,海鸥药房的同事,叫李广源。王战团说,我去看看。大姑说,老实待着吧你,腿都烂了。那段时间,王战团右腿根儿莫名生出一块恶疮,抹药吃药都不管用,越来越大,严重到影响走路,多少天没下过楼了。但王战团坚持说,我去,我去。大姑没理他。

第三天傍晚,快下班时,药店迎来了一瘸一拧的王战团。王海鸥不在,李广源主动打招呼,叔来了。王战团说,叫我大名,我叫王战团,海鸥呢?李广源说,请假了,在我家躺着呢,不敢回家。王战团说,我喝的茶你给的?李广源说,是,感觉咋样儿?王战团说,挺苦。李广源说,良药苦口。王战团说,你怕我不?李广源说,为啥要怕?王战团说,他们都怕我。李广源说,我不怕。王战团说,海鸥真怀孕了?李广源说,快四个月了。王战团说,你觉得应该吗?李广源说,应该先见家长,是我不对。王战团说,将来能对海鸥好吗?李广源说,能。王战团说,答应好的事做不到,是会出人命的,这方面我犯过错误。李广源说,我不会。王战团说,打算啥时候结婚?李广源说,父母得同意,我爹妈不管。王战团说,下礼拜,一起吃个饭。李广源说,我安排。王战团转身要走,瘸腿才被李广源看见。李广源说,叔,你腿咋的了?王战团说,大腿根儿生疮,咋治不好,我怀疑还是思想有问题。李广源说,我看过一个方子,刺猬皮肉,专治恶疮,赶明儿我给你弄。

  回家一路上,王战团瘸得很得意。来到家楼下,又赢了邻居三盘棋才上楼。大姑问,你上哪去了?王战团说,去找李广源唠唠。大姑说,你还真去?唠啥了?王战团说,唠明白了。大姑说,咋唠的?王战团说,下个月办婚礼。大姑猛地起身,再次手握菜刀从厨房出来,王战团,我他妈杀了你!

  那场聚餐,李广源没订饭店,安排在了青年公园,他喜欢洋把式,领大家野餐。大姑用了一个礼拜终于想通,王海鸥肚里的孩子是底牌,底牌亮给人家了,还玩个屁,对家随便胡。但她坚决不出席那场野餐,于是叫我爸妈代她出席,主要是替她看着王战团。我跟着去了,王海洋也在。王海鸥是跟李广源一起来的,两个人已经正式住在一起。青年公园里,李广源选了山前一块光秃的坡顶,铺开一张两米见方的蓝格子布,摆上鸡架、鸡爪、猪蹄、肘花,洗好的黄瓜跟小水萝卜,蒜泥跟鸡蛋酱分装在两个小塑料袋里,还有四个他自己炒的菜,都盛在一般大的不锈钢饭盒里,铺排得有条不紊,一看就是立整人。李广源先给我起了瓶汽水,说,喝汽水。我爸说,广源是个周到人。李广源说,听说今天老舅家带孩子来,汽水得备,海鸥也不能喝酒。李广源又问我妈,舅母喝酒还是汽水?我妈说,汽水就行,我自己来。李广源给王战团、我爸、王海洋,还有自己起了四瓶雪花,领头碰杯说,谢谢你们成全我跟海鸥,从今往后咱就是一家人了,我先干为敬。李广源果真干了一瓶,自己又起一瓶,说,今天起我就改口了,爸,你坐下。王战团从始至终一直站着,因为腿根儿的恶疮又毒了,疼得没法盘腿。王战团说,站得高看得远。李广源又单独敬王海洋,说,哥。王海洋说,你他妈比我还大呢。李广源说,辈分不能乱。王海洋还是不给面子,李广源又自己干了一瓶。王海鸥终于说了句话,你慢点儿。

  饭吃得无声无响。只有我妈主动跟李广源交流过几句,珍珠粉冲水喝到底能不能美白。我被遗忘在一边，时间不知道过了多久，王战团忽然从背后牵起我的手，低声说，逛逛去。我起身被他领着朝不远处的后山走，中间回了一次头，好像没有人发觉我俩已经消失。我突然想起三岁那年，王战团接我放学，牵我的手他还得猫腰。如今他的腰杆笔挺，但腿又瘸了。没走几步，两人已经置身一片松林中。几只麻雀的影子从我两腿之间穿过。王战团突然叫了一声，别动。他飞速脱下夹克外套，提住两个袖口抻成兜状，屈腿挪步，我还没看懂，他已如猫般跃扑向前，半跪到地上，死死按住手中夹克，下面有一个排球大的东西在动，他两手一收兜紧，走回来，敞开一个小口在我面前，说，你看。我平生第一次见到活的刺猬。他说，你摸一下。我伸手进去，掌心撩过它的刺尖，没有想象中扎。我问王战团，带回家能养活吗？王战团说，去多捡点儿树枝子。我问，它吃树枝？王战团说，它不吃，我吃。我照办。捧着枯枝回来时，王战团竟然在生火，地上被刨出一个坑，里面已经铺过一层枯叶，一簇小火苗悠悠荡荡地升起，越燃越大。当时他已经戒了烟，我实在想不到他用什么方法生的火。王战团说，放地上，一点点加。我掸了掸胸前泥土，问，刺猬呢？王战团指了指自己脚下的一个篮球大的泥团，说，里面呢。我以为他在开玩笑，刺猬在里面？你生火干啥？王战团说，烤熟吃。我受到惊吓，蹲坐在地上，说，你为啥要吃它？王战团说，它能治我的腿，下个月你二姐婚礼，我瘸腿给她丢人。我害怕了，但我无力阻止王战团，瞪眼看着土坑里那团火越燃越旺，泥团被王战团小心地压在燃着的枯叶上，持续在四周加枯枝做柴。太阳快要落山时，那伙麻雀又飞回来，落在头顶的松树枝上，聚众围观。王战团终于停止添柴，静待火星燃尽，用一根分叉的粗枝将外层已经焦黑的泥团顶出坑外，站起身，朝下猛跺一脚，泥壳碎如蛋皮，一股奇香追随着热气升涌而出，萦绕住一团粉白色的肉球，没有刺，没有四肢，更辨不出五官，它只是一团肉。王战团又蹲下，吹了吹，等热气散尽，撕下一块，递到我嘴边。我毫无挣扎，像丢了魂儿般，张开一半嘴，任由那块肉滑进我的齿间，嚼了一下，两下，第三下时，刚刚那股奇香从我的舌根一路蔓延至喉咙，胸肺，腹肠，最终暖暖地降在脐下三寸，返回来一个激灵，从大腿根儿抖到脑顶。王战团说，你没病，尝一口就行。他于是撕下一整块，放进嘴里嚼起来，再一块，又一块，很快，那团肉球只剩骨头。月光下，分明就是一副鸡骨架。

松林外，喊我跟王战团名字的几人声音越来越近。王战团两只手在后屁股兜蹭了蹭，牵起我的手。走向松林外的步伐，两个人都迈得很急。那一刻，我的魂儿仿佛才被拽回到自己体内，我抬头望着王战团棱角清晰的下巴，明白他是发病了。但他的腿应该真的好了。

5

王战团的恶疮不药而愈，王海鸥的婚礼却没如期举行，是王海鸥自己坚持不想办的。怀孕七个月，她跟李广源领了结婚证，我大姑才第一次放李广源进自己家门。孩子出生是女孩，就是我的大侄女。李广源给女儿取名李沐阳，寓意健康阳光。可惜新婚并没能给王战团冲喜，他的病情反而出现严重反复。沐阳出生后，王海鸥生了一场大病，奶水就此断了，我大姑干脆结束了半下岗状态，提前退休回家帮带孩子，好让王海鸥安心养病。她再没有多余的精力看着王战团了，由着王战团乱跑，香也不上了。后来邻居向我大姑举报，说王战团最近不下棋了，总往七楼房顶跑，探出一半身子向下望，下棋的人扬脖一看，楼顶有个脑袋盯着自己，瘆人极了，以为他要跳楼，一头杵死在棋盘上。大姑没招儿，有人再三劝她把王战团送进医院里住一段，起码有人看着，打针吃药。大姑反问，啥医院？你们说精神病院？做梦吧。我不要脸，海洋跟海鸥还要脸呢，他死也得死我眼皮子底下。

那么多年，大姑到底是精疲力竭了，最终决定二请赵老师。她先给赵老师打手机，没等说话，那边先开口说，你电话一响我脑瓜子就疼，磁场有大问题，你老头儿是不又犯病了？大姑说，你真神啊赵老师，这次犯病挺重，我怕出人命。赵老师说，我现在在北京给人看事儿呢，过不去，就电话说吧。大姑说，这回他老琢磨跳楼。赵老师打断说，别讲症状，讲事儿。大姑不懂，啥事儿？赵老师说，他肯定又干损事儿了，你心里没数吗？大姑说，哦，哦，我想想，对了，半年前，他抓了一只刺猬，烤着吃了。电话那头许久不响。大姑说，喂？信号不好？听筒里突然传出一声尖吼，你等着死全家吧！大姑也急了，说，你不是修行人吗？咋这么说话！那头吼得更大声，你知道保你家这么多年的是谁吗！你知道我是谁吗！老白家都是我爹，你老头儿把我爹吃了！

大姑被骂呆了，里外转了一圈儿，打个电话的工夫，王战团又偷跑了。她也懒得再追了，回沙发摇外孙女睡觉。晚上，李广源来了，说海鸥想孩子了，今晚抱回去一宿。大姑说，广源，你知道白三爷是谁吗？你学中医的，我想你懂得多。李广源说，我第一次进咱家门就看见那俩牌位了，高的那个是白仙家。大姑说，白仙家到底是谁啊？李广源说，狐黄白柳灰，五大仙门，中间的白家，就是刺猬。大姑说，哦，刺猬是赵老师她爹。李广源说，谁爹？大姑摇摇头。李广源说，妈，以前我不是这个家的人，不好张口，现在我想说一句。大姑点点头。李广源说，我爸还是应该去医院。大姑说，我再想想。李广源说，牌位也撤了吧，不是正道儿。大姑说，要不也得撤了，你爸把人参给吃了。李广源说，啥？大姑说，广源啊，我明白了，你不是坏人。

那一回，大姑还是下不了狠心把王战团送给外人关起来，她选择自己将他软禁，大链子锁屋里干不出来，于是选择偷偷喂王战团吃安眠药，半把药片捣成粉末兑进白开水里，早晚各喂一杯。王战团乖乖喝了，成天成宿地睡，一天最多就醒俩小时，醒了脑仁也僵着，最多指挥自己撒两泡尿，吃一顿饭，然后继续栽回床上。如此一年多，王战团都没有再乱跑了，大年初二的家庭聚会也不出席。我奶都忍不住问大姑，王战团好久没来看我打麻将了，没出啥事儿吧？大姑说，老实了，挺好的。两岁的李沐阳已经会叫人了，爸爸，妈妈，姥姥，嘴可溜，就是姥爷俩字练得少。每周日，李广源跟王海鸥带孩子回娘家一趟，李沐阳偶尔会突然冒出一句，姥爷呢？大姑说，姥爷累了，睡觉呢。李沐阳说，姥爷永远在睡觉。李广源说，妈，爸总这么睡不是个事儿啊，要不我给抓服药？大姑想了想，说，广源，有没有能让人睡觉的中药，副作用还小的？李广源说，都这样儿了，还睡？

安眠药的秘密，大姑本没打算告诉任何人，却在无意间被我得知。自从上回王战团牵着我消失在松林中，我爸妈明令禁止我再跟他来往，否则腿打折。然而我受到一股熟悉的力量驱使，在某个周六，独自来找王战团。上次来，两块牌位还在，香火不断。这一次，同一张翘头案上，牌位被换成了十字架，耶稣基督被钉在上面，耷拉着头。我说，大姑，你信教了。大姑说，是信主。我说，你信主了。大姑说，不信的时候其实已经信了，主一直就在那，是主找到了我。我说，我找大姑父。大姑说，在里屋。

门虚掩着，我轻轻推开，王战团平躺在床上，没盖被，身子笔直且长，一双大脚与床根平齐。我走近了，一半身子贴着床边坐下。王战团的眼皮频繁地微微抖着，双唇有节奏地翕合，起先声音细弱，像是在说梦话，但又听不清。我悄声说，大姑父。大姑父说，来了。我一惊，本以为他睡熟了。我恢复到正常音量，说，来找你下棋。王战团也恢复到正常音量，说，一车十子寒，死子勿急吃。我听不懂，什么？王战团又重复了一遍，死子勿急吃。我听懂了，他念的是象棋心诀。我说，大姑父，棋我永远下不过你。王战团说，顺杆儿爬，一直爬到顶，就是人尖儿了。我说，别卡住了。王战团说，死子勿急吃。之后他的唇咬死了，一道缝儿也没再漏。我才醒悟，他确实是在睡觉，说的一直都是梦话。

我退了出来，把门带上。大姑正跪在十字架前，俯首合掌。大姑说，主啊，我早该跟你告解，向你忏悔了，我是个罪人。我给我的丈夫下药，我是比潘金莲还毒的毒妇。我太累了，主啊，我也想一觉睡过去，我真的累啊，主啊，主。大姑没有察觉到我就站在她身后。有哭声传出，眼泪吧嗒吧嗒地打在两手指尖。我故意用鞋底在地板上蹭出动静，暗示自己的存在。大姑缓缓回过头，脸上挂着泪说，我有罪。我说，我也有罪，我也要告解。大姑说，你说吧，主都听着呢。我说，王战团抓的那只刺猬，我也吃了，而且吃了不止一口，我不记得自己吃了几口，很嫩，味道像鸡肉。大姑瞪大了眼睛，双唇像躺着的王战团一样翕动，嘴里却发不出半点声响。我继续说，还有，我恨这个家，恨我爸妈，恨我自己。我以后不会再来了。

6

婚后已经两周，到底去哪里度蜜月这件事，Jade 跟我始终没能达成共识。不办婚礼是我们共同做的决定，蜜月就更显弥足珍贵。那时她已随我回过老家，也见过了我的父母，还有我奶、我大姑，以及我二姑三姑和他们的儿孙，同堂四代人都把 Jade 当外国人看，可他们的样貌其实并无出入。我大姑已是全头白发，一直攥着 Jade 的双手不放，直接摘下自己右腕上戴了许多年的佛珠，顺势套在 Jade 手上，嘴里不停念着，好孩子，阿弥陀佛，阿弥陀佛。那次回来以后，Jade 变得对我家里的故事异常感兴趣，佛珠也一直没摘。她终于相信我没有撒谎，相信我真的吃过刺猬。我说，不然去斯里兰卡，听说是世外桃源，而且消费不贵，毕竟咱们预算有限。Jade 说，你大姑父，王战团，梦里说的那句心诀，到底是什么意思？我说，哪句？Jade 说，死子勿急吃。我想了想该怎么组织语言，说，大概就是，有的子虽然还没死，但已经死了，不，是早晚会死，只要搁那不管就好了，不影响大局。Jade说，你觉得王战团是在说他自己吗？我说，他只是在说梦话。Jade说，有些人活着，但他已经死了，有些人死了，但他还活着。中学课本里的一首诗，我正在恶补呢。我说，你的中文进步神速，吓到我了。Jade吻了我一口，说，就斯里兰卡吧。那里四面环海。

2003年的秋天，我大哥王海洋死了。王海洋死于一场车祸，那本是平常的一天清晨，他驾驶一辆237路公交车，空车离开始发站，正常行驶到青年大街路口时，被一辆载满砂石的重型卡车拦腰撞翻，人被砂石埋进地面，当场就没了。此前王海洋已经交到新女朋友，公交车售票员，大他三岁，两人已见过父母，但男方家只有我大姑出席，因为那时王战团终于被大姑送进医院，精神科病房。关于这件事，有两套说法。我爸称，我大姑那年摔伤了腰，照顾自己都困难，只能痛下决心。但据我妈讲，我大姑后来在外面有了相好的，实在没法再把王战团留在跟前。他俩说的，我都不信。

王海洋葬礼，王战团被两个白大褂直接从医院病房送到火化间门口，告别厅的仪式都没出席，是我大姑特意安排的。一家人哭得再无泪水盈余，王海鸥跟那个女售票员已经抽搐到双双无法站立，李广源一人扶起两个，王战团才到场。大姑说，战团，我是怕你受刺激，不敢叫你来，但我想了又想，不能不让你来，你要理解，阿弥陀佛。王战团点头，面无悲喜，目不转睛地盯着停尸台上被白布从头到脚覆盖住的儿子说，我再看一眼海洋。大姑说，别看了，模样都不在了。王战团坚持说，我看看，看看。他伸手要去揭盖面的白布时，身穿白大褂的殓导师上前挡住了他的手，叫了一声，大哥。王战团说，大夫，我没事儿。殓导师说，魂已西去，相留心中，放手吧。我不是大夫。终于，王战团在一众亲友的注目下，缓缓收起了手。殓导师独自推着白布下的王海洋，径直走向火化间的入口，那道门很窄，差一点把王海洋卡住。殓导师的白大褂跟王海洋身上的白布化作一体，一声高呼从那抹纯白中传回，西方极乐九万九！通天大路莫回头！

当王海洋化作一缕灰烟遁入云里时，王战团一直站在火葬场外仰头追看，没有人敢上前跟他说话。我不顾爸妈阻拦，独自走上前，对王战团说，大姑父，该走了，去烧纸。王战团的表情仍旧读不出，只默默跟在我身后。我放慢脚步，等他上来，牵起他的手，并排走在最后，我的身高马上要追上他。走在前面的人群一半是我的亲人，另一半是我不认识的王海洋单位的领导同事，他们不时回头看我俩，神情都很怯懦。但我没有跟他们对望过一眼。王战团说，得捡根棍儿，越长越好。我说，等下到了地方，肯定有别人留下的。王战团说，不要别人的，就要新的。我说，好，我办。

祭悼场人满为患，非家属站在场外不再跟进。一家人排队守住一个刚刚腾出来的烧纸位，半圆形的墙洞内，上一位逝者的冥钱还没有收完，火苗将熄。我大姑第一个上前，将自家带来的烧纸投进去，炉火续燃，我大姑哀嚎一声，儿啊，你走好！阿弥陀佛接应你！一家人的哭声再度响起，接下来是王海鸥跟李广源，然后是二姑一家，三姑一家，跟着是我爸妈。我奶按规矩不能给隔辈人发丧，怕被带走，没来。他们陆续向炉中添纸，说着差不多的悼语。王战团排在最后一个，快轮到他时，我正从外面回来，手中握着一根新折下的松树枝，笔直细长。王战团沉默地从我手上接过树枝，轮到他上前，一口气把剩下两摞烧纸全部丢了进去，刚刚烧得很旺的火一下子被闷住，他再用树枝伸进去捅，上下不停挑弄，火重新旺了回来，一发不可收拾。我站在王战团的身边，看着他专注地烧纸，火舌从墙洞口蹿出，两张脸被烤得滚烫，恍惚间，我闻到一股似曾相识的香气。我听见王战团在身旁说，海洋啊，你到顶了，你成仙了。

没人敢催促王战团，一家人安静地等待他亲眼见证了最后一丝火苗熄灭。守候在外的单位同事早已不耐烦。王海洋单位出了四辆公交车，返程时，差几位坐满。大姑坐在我身边，我靠在窗边。大姑拉起我的手说，大姑谢谢你，佛祖会保佑你，阿弥陀佛。我说，大姑你信佛了？大姑说，是迷途知返，才修回正路。我问，信佛好吗？大姑说，好。她戳了戳自己心坎儿说，这儿不闹了。我想通了，你哥该走，都是因果。我问，大姑父呢？大姑说，他也该回去了。我顺着大姑的目光朝窗外看，不远处停着一辆白色面包车，王战团的背影正猫腰进车。车外，李广源给两个白大褂塞钱，看不清是多少。两名白大褂最后也上了车。车门拉上前的一瞬间，我忽然很想大声地喊一声王战团，或者大姑父。但我始终没能成功发出声音。王战团的身体被紧挨他的一个白大褂遮住，他的头扭向另一边的车窗外，没有让我看到他的表情。那是我最后一次见到王战团，我大姑父。

Jade曾问起，王战团是怎么死的？我说，他死在医院病房里，就在葬礼后的第二个月，突发心梗。早上护士给他盛粥的工夫，一扭头，脑袋已经杵在了窗台上，像在打瞌睡。Jade 说,法国老人都很羡慕这种死法,毫无痛苦。我说,全世界人都一样。Jade 问我,结婚以前你为什么没跟我说,你得过抑郁症的事?我说,怕你嫌弃。Jade 说,其实你不用怕,但我很高兴你现在愿意告诉我。我说,我很抱歉。Jade 说,别这么说,不是你的错,其实抑郁症也不是真的,对吗?我说,不知道。Jade 问,你现在还恨你父母吗?我说,不存在恨。Jade 说,我也不恨我父母,他们离婚是明智的。我的生母没必要因为生了我,就做一辈子母亲。片刻沉默。Jade 突然说,不然我们不去斯里兰卡了,把钱省下来,回去老家买房交首付。我笑说,你越来越像个中国人了。Jade 说,嫁鸡随鸡,嫁狗随狗。我说,上次你带我去凡尔赛宫,我盯着墙上展出的一幅油画哭了。Jade 说,我记得,当时问你,你不说。我说,那幅画里有一片海,海上有一艘船,我想起了王战团。他其实从来都没当过潜艇兵,就在普通的战舰上,是桅杆上打旗语的那个人。Jade 问,你怎么知道的?我说,他在自己的诗里写过,后来我跟大姑也确认过。Jade 问,诗里怎么写的?我说,王战团在诗里写道,船在他脚下前行,月光也被踩在脚下,他指挥着一整片太平洋。潜艇在前行时,是不可能见到月光的。

我想我可以确认,王战团指挥刺猬过马路那年,就是 2001 年,我十四岁,按年纪该念初二,却仍被卡在小学六年级。那天我本来是被爸妈逼着,去我大姑家见赵老师,求她帮我看事儿的。我天生患有严重的口吃,直到十岁那年,我因在学校里被同学嘲笑,愈发自闭,躲在家中不肯再上学,爸妈没办法,轮流请长假,开始带我到北京寻医问药,1997 年大半年里,我都在北京跟家之间奔波,在石景山的一间小诊所里,舌根被人用通电的钳子烫煳过,喝过用蝼蛄皮熬水的偏方,口腔含满碎石子读拼音表,一碗一碗地吐黑血。直到后来我已坦然接受自己一生要面临的耻辱时,我爸妈却已经折磨我成瘾,或者他们是乐于折磨自己。

年后,我回到学校,口吃丝毫没好转,反倒降了一级。原本成绩不错的我,因为厌学一落千丈,再度被迫留级一年。当我最初的同班同学已经是初二的中学生,我仍旧是个小学生。十四岁生日当天,我半只脚踏出我家六楼的窗台,以死相逼,才终于让我爸妈放弃对我的二度治疗。当我从窗台上下来的一刻,我决心再也不跟任何人讲话。我做了整整三个月的哑巴,任我爸妈及所有人如何诱逼,都没能再从我口中撬出一个字。我妈先是以泪洗面,哭烦之后带我去看心理医生,我当然更不可能对医生开口,他们便初步诊断我为抑郁症,但不说话根本没办法治疗。

最终，还是在我三姑的引导下，我爸妈终于确信我得的是邪病，决心三请赵老师出马。赵老师要求，我父母不能在场，地点在我大姑家也是她选的，因为房子西南角那个洞还在，白三爷一样能来去自由。我妈把我送上出租车，跟司机说了两遍地址，付了车费，含泪目送我赴往。车就快驶到我大姑家时，竟被王战团跟一只刺猬堵在了街心。

那一天，我大侄女李沐阳感冒，我大姑因为着急带外孙女去医院，早上忘记给王战团喂安眠药，才有了后来那一幕。王战团被我大姑押回家的路上，一直很欢腾，我下了出租车追上去。王战团笑着跟我打招呼，来了？我不语。王战团又说，舌头还没捋直？变哑巴了？我瞪着他，咬死了牙。

三人回到大姑家。一进门，香气缭绕，我见过的那副十字架没了，白家三爷的牌位重新被立上翘头案。赵老师我还是头一回见，她身披一件土黄色道袍，手持一柄短木剑。王战团仍旧很兴奋，主动说，哎呀，老朋友！赵老师剑指王战团，你与我白家血海深仇！别让我看见你！她又剑指我大姑，还有你！王战团笑了起来，说，今天我刚救了你家一口，我们能不能扯平了？赵老师大喊，孽畜！滚！王战团被我大姑强行拽进了里屋，跟自己一起反锁在门内。赵老师又剑指我，过来！给三爷跪下！又是那股力量，推着我，按着我，走过去，跪下，头顶是龙首山二柳洞白家三爷的牌位，咬紧牙关之际，后脑被猛敲了一记，只听赵老师站在我身后高呼，说话！我仍咬牙。木剑又是一击，说话！我继续咬牙。再一击更狠，我的后脑似被火燎，三爷在上！还不认罪！我始终不松口，此时里屋门内竟然传出王战团的呼声，我听到他隔门在喊，你爬啊！爬！爬过去就是人尖儿！我抬起头，赵老师已经站到我的面前。爬啊！一直往上爬！王战团的呼声更响了，伴随着抓心的挠门声。就在赵老师手中木剑即将击向我面门的瞬间，我的舌尖似乎被自己咬破，口腔里泛起久违的血腥，开口大喊，我有罪！赵老师也喊，什么罪？说！我喊，忤逆父母！赵老师喊，再说！还有！刹那间，我泪如雨下。赵老师喊，还不认罪！你大姑都招了！我喊，我认罪！我吃过刺猬！赵老师喊，你再说一遍！我重新喊，我吃过白家仙肉！赵老师喊，孽畜！念你年幼无知，三爷济世为怀，饶你死罪，往下跟我一起念！一请狐来二请黄！我喊，一请狐来二请黄！赵老师喊，三请蟒来四请长！我喊，三请蟒来四请长！赵老师喊，五请判官六阎王！我喊，五请判官六阎王！赵老师喊，白家三爷救此郎！我喊，白家三爷救此郎！

木剑竖劈在我脑顶正中,灵魂仿佛被一分为二。我感觉不出丝毫疼痛。赵老师再度高喊,吐出来!剑压低了我的头,蕴漾在我嘴里的一口鲜血借势而出,滴滴答答地掉落在暗红色的地板上,顷刻间遁匿不见。一袋香灰从我的头顶飞撒而下,我整个人被笼罩在尘雾中,如释重负。我再也听不见屋内王战团的呼声了。许多年后,当我站在凡尔赛皇宫里,和斯里兰卡的一片无名海滩上,两阵相似的风吹过,我清楚,从此我再不会被万事万物卡住。

教授与狗

陈昌平

一

一大早,卢教授端坐沙发。因为有记者摄像,所以昨天特地理了发,胡子刮净,早上换上了西装和白衬衣,还打上了许久未用的领带,别上了闪亮的领带夹。我这不是为了自己,今天我代表的是学校,他劝慰着自己,让自己努力适应这身刻板的装束。

九点一过,他就不时溜到窗前,拨开纱帘,瞄着楼下。

一周前,校办赵主任登门,通知他一周后的教师节将有重要领导登门慰问。为什么慰问我?卢教授问。像你这样德高望重的老教授,早就该来了。这样的回答,卢教授不满意,却也不得不满意。嗯——德高望重,比那些不学无术的学痞和色胆包天的"叫兽",他认为自己担得起这样的赞誉。他想问问是什么样的领导,可是话到嘴边,咽下了。

赵主任也不说领导的名字。非但不说,还叮嘱他保密。客厅必须收拾一下,沙发套要换了,一定准备点水果和茶水,费用我可以考虑报销的……赵主任絮絮叨叨地说着,主人一般地巡查着客厅和卧室,反客为主,素质较差。

这时,下楼遛弯的嘟嘟回来了,一进门就冲着赵主任叫开了。嘟嘟是一条雪白的北京犬,向来对陌生人保持高度警惕。

不得无礼！卢教授批评道。

那天最好让狗回避一下，记者要来拍摄，要上电视的……不许叫不许叫！赵主任斥责着嘟嘟，随即掏出一个记事本，郑重地说，咱们是不是把几个主要环节统一下，嗯？

嘟嘟与自己相依为命十余载，岂容别人无端指责，而且还是在自己家里？！卢教授脾气一倔，头跟着就疼，这是血压偏高的症状。他赶紧闭上眼，安慰自己一下，同时低声道，到午睡时间了，我要休息了。

我还没说完呢。赵主任的口气竟然是批评的。

你走吧，我要休息了。卢教授眼睛一瞪，下了逐客令。

警车开道，畅通无阻，丰田考斯特准时抵达文萃小区。

第一站卢照田，第二站中科院物理所马嘉缵，第三站育红小学朱桂珍。秘书在书记耳边介绍着上午的日程安排，然后由教育局局长把卢教授的基本情况简介了一番。书记记住了几个关键句子：文学院退休教授、现代文学研究中心名誉主任、弟子满天下。只是，为什么选择这位退休教授呢——似乎没有什么杰出成就嘛。书记正待询问，局长低声补充道，卢教授儿子是麻省理工的终身教授、美国国家科学院院士，在生命科学领域享有盛誉，取得过诺奖级别成果，学界一直预测他这几年会获奖。

诺贝尔奖？书记问。是，诺贝尔奖，局长说，他儿子叫卢逸之，从小学到本科，都是在我们市度过的。卢逸之，书记重复了一遍，怎么写？嗯，卢是卢照田的卢，逸是一个兔字下面一个走之，之是之乎者也的之。英文名字叫查尔斯。

卢照田的卢，书记暗自一笑。

车厢里摆着三个大花篮、三个大果篮。花篮的枝叶夸张地铺展着，快有半人高了。百合、红掌和玫瑰们挤作一团，散发出一股既不自然又不安静的花香。花篮撇出两条鲜红缎带，写着"桃李满天下　春晖遍四方"。秘书递给书记一个红色信封。书记接过来，信封上贴着一行字，打印着"值此教师节到来之际，祝你健康长寿，节日快乐！"，书记把信封揣进西装内袋。慰问金不多嘛——他一接信封就掂出金额了，且连个抬头、署名都没有，他不悦地想。从北京履新东北这座城市，三个月了，书记对北方粗放的办事风格还是有点反感。

小区里都是上个世纪80年代修建的五层建筑，楼房密度低，楼距开阔。因为当年入住了不少正高,所以一度享有教授小区的美誉。门口的"文萃小区"四个字,苍老斑驳,草字头掉了,"文卒"了许多年。三十多年了,小区还算整洁干净,却难掩老旧破败。当年的教授们搬得没剩几家了,现在的居民大多是普通教工和外来租户。这些天小区又是修路又是粉刷,清理了楼道小广告,更新了健身器材。草字头也补上了,像扣了一顶簇新的帽子。今天一大早又上了警力,连保安的裤线都笔直了,不少居民知道今天将有贵客光临了——教师节嘛。阅历丰富者,甚至能判断出莅临者的大致级别,至于可能被慰问的几家,也猜得八九不离十。

二

不得已,校长登门拜访了。

卢教授,我来给你赔个不是了。小赵主任年轻,肯定是哪句话说得不恰当了,你老别生气,我批评他啦。一切以你自己意愿为主——哪有客大欺店的道理?!新书记重视我们学校,上任不久就来我校调研,教师节又主动提出走访和慰问我校老师。书记慰问你,是经过班子开会研究并向教育局汇报过的。全校,我们只推荐了你一个人——一个人。也不瞒你,这是我校的荣誉,也是我校的机遇。新校区地块置换,都得仰仗书记呵。校长开门见山,既说出了来访者是谁,又点出了其中要义。

虽然说者云淡风轻,但闻者早已动容。卢教授正色道,我在师大工作了一辈子,这把年纪了还能为咱们学校出点力,你只管吩咐吧——老骥伏枥!

你能接受这个任务,就是给咱学校帮忙啦!你年纪大了,别自己忙乎了,我让后勤来几个人,帮你收拾收拾家。校长说。不用,不用!我有保姆,每天都给我做饭、拾掇家。卢教授语气坚决,这点待客之道,我难道不明白?

校长与卢教授说话的时候,嘟嘟照例开叫。叫声不大,有点被冷落的抱怨。好好,不生气不生气哈,校长摸摸嘟嘟的脑瓜,宝贝叫什么名儿?

这孩子叫嘟嘟。卢教授自豪地说。

真乖!校长夸奖道,心里却嘲笑了,怎么能叫孩子呢?

级别不同,素质真的不一样啊。这个嘟嘟呵,就是孩子脾气,人对它好坏,它心知肚明。说起嘟嘟,卢教授的话就多了,这就是我的家庭成员、我的孩子,这些年就它一直陪着我。

哦，这孩子看样子年纪也不小了。

养了十二年啦，就当儿子养吧。卢教授一把揽过嘟嘟，熟练地挠着嘟嘟的下颚。

你公子在国外，你怎么不出去？校长关切地问。

出去待了两年，不怎么习惯，国外什么都好，就是不是自己的祖国啊。

这样的回答，换作别人可能有虚假之嫌，但是校长知道卢教授说的是心里话。

临别时，卢教授抱着嘟嘟，一直把校长送到楼下。校长觉得卢教授心事重重，便低声宽慰道，就是说几句话，拍拍照，宣传宣传，十分八分钟吧。

你放心吧。卢教授的语气一转，几乎是央求校长了，那个赵主任哪，你也别批评他吧，他也是为了工作，再说我那天也是脾气不好。

一大早，张大婶去早市买了一堆小黄花鱼，回到家，把鱼往水槽子里一堆。娄师傅看了看，把鱼拎到了门口。鱼又脏又腥，他腿脚不便，懒得下楼，就坐在门口，一条一条地把鱼开肠破肚。就在这时，楼下传来了纷乱的脚步声，他不由得起身，准备给来人让道，只见一行人神情庄重地拾级而上，为首的一个人问了一句，卢老师是吧？

唔——娄师傅是学校食堂的退休师傅，喜欢别人称他老师。

还没等他反应过来，这些人就堵到门口了，然后人们渐次闪开，让出一个窄窄的通道，一个头顶油亮、身着藏蓝色夹克的人冉冉来到他面前。

旁边人朗声介绍道，这是咱们新来的市委李书记，教师节慰问你来啦！

娄师傅仓促地蹭蹭手，刚蹭了两下，双手便被书记握住了，还摇了几摇，然后就蜂拥进入室内，再然后便是依次介绍陪同的官员。

片刻之间，不大的客厅聚满了人。娄师傅就像遭到了电击，大脑空白了，举止僵硬了，身不由己地被人安置在沙发上。屋子里有点乱，早有人七手八脚地归置了一番。有人提醒娄师傅，让他赶紧换身体面的衣服。娄师傅机械地站起身，刚进卧室，发现张大婶正在翻腾衣柜呢。大婶找出干净衬衣，麻利地给他换上了，连风纪扣都给他系好了。大婶手上忙着，嘴里不住地说着你呵你呵你呵。

于是，书记和娄师傅并排坐在双人沙发上，其他人溜边儿站住，闪出了一个相对宽敞的空间。花篮摆好，果篮献上，窗户关紧，窗帘拉严，摄像灯亮得让人慌张，机器就位，一切就绪。

书记觉得少了点什么东西。一想,是校长。校长哪去啦,嗯?

书记素喜书法,看到墙上挂着一条幅——俗气扑面,一眼扫去,条幅上书"寿比南山　福如东海",上款题着"祝娄振富先生七十大寿"。不是卢教授吗?他想。这时,灯光哗地亮了,秘书做了一个开始的手势。书记略一踌躇,亲切地对娄师傅说,老先生,我代表市委、市政府来看望你啦,祝愿你教师节快乐。我们也通过你,向全市教育战线的老师们致以节日的问候。书记说罢,伸出双臂,捧上鲜花,然后递上红包。

娄师傅激动得想要站起身,但身体一弹,便被书记拽下来了。娄师傅双手接过花篮、红包,嘴上不住地哎呀哎呀着,像牙疼一般。倒是张大婶赶忙说,哎呀书记,你这么大领导登门,又带来这么多礼物,让我们说什么好哇。

老大姐,这是我们应该做的。书记说道,你们这些老同志呵,都是我们事业的财富呵,有什么建议、有什么困难——包括个人的,尽管向组织反映。娄师傅腰杆一直,感谢改革开放,感谢组织关心,现在生活富裕,一切都好,请领导放心。

这样的场景,意味着本次访问接近尾声了,只是张大婶被书记平易近人的作风感染了,激发了,她迟疑地说,哎呀书记,俺倒是有点意见想向你反映反映呢。

节外生枝喽。娄师傅使个眼色,试图制止。张大婶敞敞亮亮地说,领导微服私访,就是要聆听人民群众的心声嘛,我说得对吗书记?

对,对,尽管说,尽管说。书记鼓励道。

这个问题,我们反映多少年了,晚报和《新闻快看》都报了,就是没用。咱这楼下呵,上午卖早点晚上卖羊肉串,整天烟熏火燎,吵吵闹闹。开始也就两三家,现在倒好,成了烧烤一条街。门口经常杀羊,羊肉吊着,血呼啦的那个瘆人哪,说是天天活羊,其实不少人都用死猫死耗子啥的冒充呢。还放音乐,吵得我们吃不好睡不好,血压老高啦。我们都加了双窗——自己花钱,没用。尤其夏天,日子没法过啦。我们投诉,写联名信,城管、工商和警察就互相踢皮球。饭店老板公开说,爱找谁找谁……你看你看。张大婶越说越激愤,径直走到窗前,哗地拉开窗帘,推开窗户,招呼着书记过来。

这样的场面书记怎能拒绝呢?气氛瞬间绷紧了。好在书记依然从容不迫,笑呵呵地朝窗口走去。几个官员迅速交换着眼神,预估着问题的严重程度。接下来,谁知道会看到什么场面呢。

只是，嘴上一直吵吵嚷嚷的张大婶突然就噤声了，目瞪口呆了。书记探头一看，楼下哪有一处摆摊占道？没有乱摆乱放，没有违规停车。街道整洁干净，马路风平浪静。太平盛世，国泰民安嘛。

三

此时，校长正在朝文萃小区奔跑呢。

平日十几分钟的车程，今天磨蹭整整四十分钟，依然憋在路上。马路成了脾气暴躁的停车场，无数喇叭在呐喊，偶尔蠕动一下也比不上散步的速度。开始，校长尚能处惊不乱，还不时宽慰司机几句。后来，校长不说话了，说不出话了。今天是教师节，新任市委书记去学校家属区慰问本校教师。这样的时刻，他这个校长怎能缺席？！

其实，司机八点多一点就到了他家楼下。换衬衣、找领带、考虑衬衣与领带的搭配……耽误了顶多十分钟吧。来得早顶个屁用，作为专职司机怎么不掌握时间与路况呢？校长恼怒地想，不住地把车窗玻璃打开、关上，再打开再关上。鸣笛声、尾气和路边的施工扬尘汹涌澎湃，记者来了，车队到了，书记上楼了……不断通报的消息一刀一刀地攮过来。

此地离小区不太远，校长索性钻出轿车，连跑带颠地朝小区跑去。到底是人过中年，跑上几步就喘不上气了。就这样跑跑走走，走走跑跑，十点半了，校长终于跑进文萃小区。

赵主任一直在小区门口等候校长。他知道谁是自己的直接领导。校长整理了一下散乱的衣装与头型，疾步颠到卢教授楼下。楼下有警察警戒，阻止闲杂人等围观与上楼。好在有校保卫处的人在旁边，校长踉踉跄跄地进了楼道，过道里都是人，二楼一号的门开着，门口聚满了人……校长心里咣当一声——卢教授住在三楼啊！

三楼三楼！校长嚷起来了。话刚出口，旁边便有人低声喝止，不要喧哗，摄像！

隔着众人的缝隙，校长看到屋内被摄像机的灯光照得炫目耀眼。慰问正在进行中，笑语晏晏的书记正与紧张局促的主人亲切交谈。这家主人似乎也是退休教工——姓什么记不清了，满脸汗水，受审一般神情紧张着。

就在这时，校长听到三楼的卢教授跟警察吵了起来。

昨晚没睡好，卢教授等得都有点困了。终于，透过窗帘缝隙，他看到一辆警车来到楼下。警车后面跟着一辆面包车。面包车上下来一个穿着藏蓝色夹克的中年人，稀薄的头发掩不住头皮的肉色。他抬头朝自己的窗口望了望，似乎还笑了笑……卢老师知道这是书记。他像学生作弊被发现了一样，慌忙掩上缝隙，退回沙发坐住。他打开电视机，怔怔地看着CCTV的新闻节目。即便是有电视的声音，他还是能听得见自己怦怦怦的心跳。

老伴去世之后，卢教授雇了个保姆。保姆住在附近，每天上午过来。往常这个时间，保姆应该在家的。贵客登门，就要求保姆额外劳动，这可不是卢教授的行事风格。再说了最近保姆总唠叨上楼费劲，要是一楼就好了。教授觉得保姆此言，大概与工钱有关。他不想给她借口，也不想用书记来吓唬她。他非但不用保姆拾掇家，而且给她放了假。

卢教授从没想到，收拾家竟然是如此繁重的一项工作。擦地抹玻璃，换洗蹭炉具，忙乎了半天，拿筷子的力气都没有了。干活累了，他还上网查了查新任书记的简历，发现书记还是78级的老大学生，后来还拿了博士学位呢。这样一来，压力陡增——人家也是知识分子呢，卢教授巡视并清理着家里的卫生死角，甚至把吸顶灯里的蚊虫都清理出来了。四肢酸疼之时，他觉得真的该给保姆加点工资了。

一大早，卢教授把嘟嘟喂好，然后拴在阳台上，又把自己历年的荣誉证书和奖杯摆在书柜上，齐刷刷一溜。他甚至想到了书记进门之后，自己是不是该主动握手呢。以待客之道论，自然该热情一点，可是，这个客人不寻常啊，过于主动热情了，难免有献媚阿谀之嫌。可是，人家登门了，自己还能装作不认识吗？

嘟嘟在阳台上不住地叫唤，声音愤怒。卢教授猛然想到，校长和主任都见过嘟嘟了，现在把人家拴起来了，这不就是看人下菜碟吗？！奴性哦，他嘲弄自己道，赶紧把嘟嘟放回客厅，把荣誉证书和奖杯收起来了，把电视调回到自己常看的法制频道，声音也开得大大的，还拿起苹果，咬了一口，再放回原处……这时候他蓦然惊觉——时间过了许久，怎么还没有敲门？

他再次来到窗前。楼下浮动着几顶警察的大盖帽，还有不少围观居民。他来到门口，从猫眼看出去，外面黑黢黢的。猫眼坏了？他扭开锁，一推，发觉门被软软地顶上了。他使劲推开门，发现门口堵着一个警察。他试图迈步出去，却被警察客气地拦住了，大爷，我们正在执行任务，你先在家待一会儿。

书记呢？卢教授急忙道。

什么书记，别瞎说！警察说着，还把他往家里推。

卢教授呼地推开门，一栽头，发现猫眼上粘了一块白胶布。你这是干什么？他厉声问道。

大爷，我们在执行任务，一会儿就把这块纸揭掉，你配合一下吧。警察和颜悦色，手上却毫不含糊，还差点夹了卢教授的手。

争执之间，嘟嘟顺着门缝噌地蹿了出去。警察一见之下赶忙伸腿去绊。嘟嘟侧身一闪，一个腾跃就下楼了。警察一歪头，对着肩头的对讲机喊道，注意注意，有狗下楼有狗下楼。

狗叫人喊，楼道里瞬间慌乱了起来。噌噌跑上来两个警察，表情如临大敌。卢教授站在自家门口，居高临下地说，请让开，我要下楼。警察看着这位穿戴讲究、气度不凡的老者，慢慢吞吞地侧过身，然后一左一右挨上，像护卫也像是押送，夹着卢教授朝楼下走去。

一拐弯，下到二楼，卢教授正撞见娄师傅家门口的校长。卢教授顿了一下，直视校长，目光满是探寻与不解，也有恼火与愤懑。校长的脸腾地涨红了，嘴唇翕动着，眼皮一耷拉，躲开了卢教授逼视的目光。

卢教授一出门洞，便唤过嘟嘟。他高声呵斥着嘟嘟，然后揽过来，抱在腰间。他想上楼回家，又想找校长质问一下。犹豫与彷徨之间，书记下楼了。

四

楼下早已人头攒动了。围观的人见了书记，参差不齐地鼓起掌来。几位老大妈率先喊了出来，领导辛苦。书记双手合十，一边作揖致意一边赶忙回应，大家辛苦大家辛苦。很多人举起手机拍照。近前的人纷纷抢着握手——哪个人见了书记不高兴呵，都热情洋溢了，都满面春风了。

说是握手，其实就是书记把手伸出去，容许群众握握、摸摸或抓抓罢了。考斯特近在咫尺，但走起来却颇为艰难。警察们拉着手，勉强拱出一个窄窄的通道，书记被人群冲击得摇摇晃晃，边握手边向车门处迂回，握着握着，猛然就遇到一个不热情洋溢、不满面春风的人。

这个人身材高大，一袭西装领带，既鹤立鸡群又神情肃穆。这时书记已经被拥到他面前了，书记抬起的手已经放到这个人胸前了，于是尴尬出现了——这个人既不握手也不微笑，脸上甚至带着一丝怒气。

虽然只是一个小小的尴尬，却呈现出了瞬间的对峙，就像一曲欢歌中的卡顿吧。书记是见过风雨的，化解尴尬的自然是他了，于是他胳膊朝旁边一摆，主动伸向了另一只手……可就在这一瞬间，那个"鹤立鸡群"的腰间蓦地蹿出一个狗脑袋。狗在主人的怀里一跃而出，脑瓜撩了书记一下，落地而逃。

事后回想起来，很难说嘟嘟是主动攻击书记的。嘟嘟的举动更像是受到了惊吓。在它挣脱卢教授怀抱之际，只见一只手正伸向自己，于是逃脱之际顺势张开了嘴。

嘟嘟何等迅捷，迅捷到书记只是感到指尖麻了一下，说不上是被蹭了一下还是挠了一把。场面热烈得接近混乱，警察把书记推上了考斯特。书记上车之后依然在挥手致意，车上车下一片依依惜别了。

车子一出小区，书记便跟秘书要来慰问资料。资料上有慰问者照片。一眼看去，果然，刚才慰问的不是卢教授。书记暗自庆幸了一下。只是，照片上的人怎么眼熟呢？书记眼前迅速出现了刚才那位西装领带、身材高大的老者——他恼怒而克制的表情给他留下印象了。

书记有点生气，但他知道现在不是发怒的时机。发怒的时机比发怒更重要，书记早在做科长时就明白这个道理。此时，书记闻到一股隐隐的腥味。他想起了刚才门口那个洗鱼的。他知道这是他手上的味道。他抽出一张纸巾擦擦手，蓦然发现纸巾上有一抹红色。接着，他就看到了食指指尖有一个红点。

拇指一抹，竟然是血。轻轻触压，指尖倏地溢出一颗血豆。擦拭一下，血豆即刻复现。他眼前瞬间出现了那只狗……被狗咬了？！

伤口不大，却有点深。此刻，周围的人围拢上来了。公安局局长即刻命令司机往医院开，同时安排属下调查狗的免疫情况。局长低声问，能确定是狗咬的吗？

什么意思？书记不解。会不会有人蓄意？局长神情更加严峻了。

说话间，丰田考斯特已经驶向本市最好的医大附属医院了。其间公安局局长下车，现场办公，安排属下调来电视台随行记者，一帧一帧地播放书记与群众握手的场面。慢动作画面显示,狗在逃脱之际,确实与书记的手部有过瞬间接触。

凶手找到,基本排除了蓄意攻击。不得难为狗的主人,书记指示道,同时也关切地问道,如果没有免疫,会不会传染给群众呢?

不能难为狗的主人?公安局局长可不这么想。书记赦免了狗的主人,却不等于说狗没有错误。就算咬的是普通群众也不能坐视不管吧?况且,本市早已出台过养犬管理条例。既然有章可循,就得照章办事。于是,卢教授回家刚坐下不久,就有人敲门了。

来人是辖区派出所的周所长和两个片警。简单询问一下小区保安,他们很轻易地锁定了卢教授。

即便无法接受,面对所长从摄像机那里拍下的小视频,卢教授也无法辩驳。我可以道歉,我负担医疗费,我接受处罚……冤屈覆盖了歉意,卢教授表现出从未有过的谦卑,唯一的要求就是不能把嘟嘟带走。而周所长此行的目的,就是要把肇事者——这条正在汪汪乱叫的狗押走。

情急之下,卢教授几乎是哀求了。今天市委书记原本是要慰问我的,不知怎么就到了二楼娄师傅家——他是食堂面案的,我是教授啊。当然,就算书记没来,我也不会报复的。嘟嘟这孩子是我的伴儿啊,它多乖啊,讲究卫生,与邻里的猫狗一向和睦相处……卢教授哀求半天,周所长在表示了充分同情与理解之后,还是把嘟嘟抓走了。

局长亲自交办之事,哪有转圜可能?嘟嘟被塞进一个带着网眼的袋子里,惊惧的眼珠几乎掉了出来,叫的声音都变调了,似乎预感到这是它与主人的生离死别。周所长放下一句话,明天携带养犬登记证和免疫证,到派出所听候处理。

该来的没来,不该来的却来了,而且挖走了卢教授的心头肉——朝夕相处的嘟嘟。卢教授吃了片降压药,古今中外地安慰了自己一会儿,然后一个电话找到校长。他说即便书记不来他家,即便他为了迎接客人花费了很多时间,即便用他来掩护二楼娄师傅,他也统统理解。他只提出一个要求,看在自己受了这些委屈的面子上——校长你还不知道吗,放了嘟嘟吧!

校长满口应承。不能不应承吧,一是心里有愧——毕竟说好了的登门慰问岔劈了;再说,暂时必须安定一下卢教授,不能让他滋事。一旦这个犟老爷子捅出什么娄子,势必拔出萝卜带出泥。所以校长知道,自己是不会给书记打这个电话的。慰问岔劈了,书记似乎蒙在鼓里,这个时候去求情,不是自投罗网是什么?为了一条狗而且是一条咬伤书记的狗,不值。

摆明了利弊,校长释然了。只是这种释然只持续了不到一天时间,就传来了卢教授的死讯。

五

书记一走,张大婶就嗔怪开了,老头子你真能抻哪,天大的事儿也跟我保密。说着,大婶还亲昵地捣了娄师傅一拳。最近,两口子为了清洗还是更换排油烟机防护罩的事情一直在怄气,吃饭都不说话了。

大婶喜滋滋地打开红包,从里面清出一叠厚墩墩的人民币。她用嘴巴朝食指、拇指噗噗两下,一五一十点了起来。因为是新钞,手滑,大婶清点了四五次,才确认红包的金额是五千元。喜事突降,大婶不住地咂咂嘴巴,现在政府作风真是转变了,这么大领导也能登咱家的门,还送钱。

张大婶开始摆弄果篮了。香蕉、芒果、哈密瓜……余下的几种水果她就不认得了。这得两三百吧,她说,再说还有一篮子花。

这时,娄师傅蹒跚着走到窗前,看了一眼,招下手,示意老伴过去。

大婶走过去,顺着老伴的示意,朝楼下望去。只见刚才还风平浪静的街道正在恢复往日的模样——商家正在紧张地搭架支棚,一些桌椅板凳已经在人行道上摆开了。有的门口支起了烤炉,熟悉的油烟已经弥漫开来了……这件事,我越琢磨越不对劲呵!娄师傅满脸凝重。

有啥不对劲?凭啥不对劲?!送上门的,又没偷没抢!张大婶声音陡然拔升。听声音,娄师傅知道老伴也心虚了。

到底还是娄师傅有点见识,不是来了记者吗?晚上电视一定会播放吧。为此,两口子取消了例行的遛弯儿和广场舞,一直待在家里,候在电视机跟前。

六点半——中央电视台《新闻联播》之前是本市新闻。啰里啰嗦的广告之后,第一条新闻就是市委书记——白天来过这间屋子的李书记!这时,娄师傅和张大婶紧张得站起来了,齐齐引颈,盯住屏幕:先是李书记慰问中科院物理所一个院士,然后是李书记慰问育红的一个老师,再然后是市长慰问实验中学,再再然后是医学院附属医院为广大中小学教师免费体检……两口子坚持把新闻全部看完了，一直看到啤酒、洗发精和运动鞋广告，也没看到李书记从屏幕里出来，再一次走进自己家。

楼下传来了咩咩咩的羊叫，一声惨过一声——又要杀羊了。

上午九点多，保姆刘姐来到卢教授家，一进屋就看见卢教授趔趄在沙发上睡着了，电视还哇里哇啦开着。刘姐轻手轻脚地把电视关上，发现家里拾掇得特别干净。茶几上摆了两个果盘，一个放着桃子，一个放着苹果，还摆着两个小碟，装着黑白瓜子。

嘟嘟也不在家，也许下楼遛弯儿了。谁帮他拾掇的？怎么不让我拾掇呢？又找保姆了？来相亲的了？她慢慢走进卫生间，换上便装，对着镜子整理了一下刚烫过的头发，然后到厨房查看一圈。她发现厨房和阳台都特别干净，干净得好像要出什么事。她有意弄出点声响，却不见教授醒来。她甚至哼唱起"洪湖水浪打浪"了，这可是教授喜欢听的歌曲。哼着哼着，她蓦然想起了什么，疾步走到教授身边，观察了一下，轻轻唤了一声，教授没应。她又推了推，教授依然没醒。她把食指凑近他的鼻孔，还没感觉他呼吸的气息呢就碰到了教授的鼻子——冰凉而僵硬的鼻子。

她像被电着一般惊叫起来。

六

当天，学校成立了治丧小组，校长主动提出担任组长。治丧小组通知了卢教授的亲属、朋友和众多弟子，议定了追悼会的规模、悼词。只是，葬礼一直延搁到教师节之后的第八天才举行。

之所以拖了这些天，是在等从波士顿赶回来的卢逸之教授。

卢教授只有这么一个儿子，哪有理由不等？别说八天，八十天都要等。校长亲自到机场迎接。飞机正点抵达北京，然后转机。转机的航班晚点了。开始说晚一个小时，后来说晚两个小时，实际上晚了四个小时。校长一直等候在机场。不管多晚，他都要等。

卢逸之是带着太太和儿子、女儿回来的。当卢逸之出来时，校长的心脏几乎

骤停了——宽厚高大的身板,北方人特有的国字脸,一头晶莹的银发,操着一口纯正的乡音……眼前的卢逸之不就是十几年前的卢照田吗?!

学校把卢逸之一家人安排在市内最好的香格里拉宾馆,派了专人、专车照顾。追悼会在回龙岗举行的,最大的追悼大厅里,黑压压地排满了前来吊唁的人。花圈层层叠叠,透迤到了门口。卢教授享年七十六岁,心梗之前没住过一次医院,走得安详自然,既没 ICU 抢救,也没手术插管,这样的离去甚至是让人羡慕的,所以追悼大厅里虽然人数众多——校方组织了不少师生前来,却没有多少悲伤气氛。整个会场庄严肃穆,却又安静平和,只是在遗体告别的时候,传来了几声女人低低的抽泣。相比之下,旁边的大厅人不多,却哭得撕心裂肺。不少人忍不住过去探看——啧啧,二十多岁,没结婚,车祸。

主管文教的副市长代表市委书记,特地敬献上花篮,挽联上写着"桃花流水杳然去 明月清风几处游"。副市长说,这是书记连夜书写的。校长说,书记对丧事规模、接待标准都做出过详尽指示。校长拿出手机,翻出书记发给他的手机短信,展示给卢逸之看。

卢教授老伴去世得早,墓地和墓碑都是现成的,所以整个丧事进行得井然有序。只是在骨灰下葬的时候,发生了一点小插曲。先是卢逸之与太太在墓碑前跪拜,然后轮到了儿子与女儿。儿子用英语跟母亲不停地争辩,意思是鞠躬可以,但不能下跪。卢逸之大声地呵斥着儿子——用的是英语,坚持要儿子、女儿在墓碑前磕头——三个头。卢逸之抱歉地对校长解释道,儿子的汉语说得不好,阅读还可以。

丧事之后,卢逸之接受母校邀请,回到师大参观,同时接受母校的聘任,担任师大的特聘教授。以麻省理工终身教授的名望,以其在生命科学领域里的巨大影响,卢逸之接受一座地方普通院校的聘任,说明他对故乡、对母校是有感情的,对市委、市政府和校方在父亲丧事上付出的心血是感恩的。所以,当校长转达了书记的邀请——回美之前宴请他们全家时,卢逸之就不好推辞了。只是,他建议把宴请改为会见,不带家属吧,地点就在下榻宾馆的会议室吧。

即便对国内官场的讲究有所耳闻,会见的排场还是让卢逸之暗自震惊了。香格里拉大饭店二楼贵宾厅金碧辉煌,背景是航拍的市区全景。书记站在门口迎接了卢逸之,一开口还秀了几句英语。书记对老先生的离世再一次表示了沉痛哀悼,对自己因为公务繁忙不能参加葬礼表示了深深歉意。他在递给卢逸之名片之前，在名片上写下了两个电话号码。他告诉卢逸之，有什么事情就直接找他。直接找我，书记指着名片上的宅电和手机号码。

随即，书记一一介绍了侧后的一排穿着藏蓝色夹克的官员，落座后，便开始介绍近年来城市的发展情况。他着重介绍了高新园区的整体规划与现有规模，尤其是园区里生命科技产业的远景与近期规划。书记娓娓道来，张开五指，如数家珍，尤其喜欢数字，经常能精确到小数点后面三四位数。说到兴奋时，书记有力地挥动手臂，把指尖包裹的纱布都甩掉了。

其实书记心情一点不好。第一眼看见卢逸之，心情就糟糕了起来。慰问、吊唁、接见……这位矜持的美国教授笑吟吟地坐在自己侧面，俨然就是卢教授的复活和再生。书记只有用加倍的热情与真诚，才能掩饰与忘却这其中隐秘的难堪与不快。

只是卢逸之不明就里，更想不出书记的满口数字与自己有何关系。当书记把高新园区首席科学顾问的聘书颁发给他的时候，面对一片耀眼的闪光灯，卢逸之想，这就是会见的目的吧。面对书记的一再挽留，卢逸之表示，他要从北京直飞洛杉矶参加一个国际学术年会，还要做大会发言。他答应书记，明年的学术假期，一定回来。

此情此景，校长觉得时机已到。趁着播放一段视频的当口，他凑到书记跟前，低声反映了嘟嘟被扣押以及卢教授生前电话求情的经过。

校长觉得卢教授的去世跟自己有点关系。如果自己不迟到，书记就不会走错门；如果正常慰问了，也不会发生嘟嘟咬人的事情；如果嘟嘟不被抓走，卢教授大概也不会心梗……这一连串的"如果"折磨着校长，除了冷淡与斥责了司机之外，他总觉得还应该做点什么。现在书记兴致勃勃，他觉得兑现自己承诺的时机到了。

果然，书记激愤之色溢于言表。这让人怎么看我？这不是两面三刀吗？！书记马上叫来秘书，放狗，马上放狗！

书记的指示迅速传达给了公安局局长。局长一个电话打给了周所长。所长接到局长的指示，大脑就像遭到了一记重拳，顿时一片空茫。

因为，狗死了。

按照他们的工作流程，抓捕的无证犬应该集中到市局指定地点。那天，周所长留了个心眼，先把嘟嘟带回到所里，暂时拴在后院。嘟嘟不停地叫，踢了几脚，安静了片刻。周所长请示了局长,局长只说了一句,走正常程序。

上午,不见饲主前来,打电话,也不接。于是所长指派人手把嘟嘟送走。准备装笼时,嘟嘟不知怎么就挣脱了。几个警察围捕,嘟嘟竟然从窗户逃脱出去。追捕中,在附近的十字路口,嘟嘟被一辆疾驰的救护车轧死了。

这自然怨不得救护车。与其说是救护车轧死了狗,还不如说是狗钻进了车轮底下。毕竟是一条狗,一条无证狗,而且还咬了书记一口。这算不了什么大事,尤其是几天过后也不见饲主前来,事情眼看着就烟消云散了。依照周所长的经验,别看很多饲主跟宠物难舍难离的,真被抓走了,好多人家也就顺坡下驴,就此了却一桩心事——人哪!

但是局长一下指令放狗,事态陡然严峻了。

这是一个谁都不愿也不想承担的责任。收拾残局的只能是周所长了。所长准备再次登门了。无论遇到怎么样的责备甚至谩骂,他都做好了心理准备。登门前他还做了一点准备工作,摸查了一下饲主的家庭与工作情况,准备必要时动员社会力量来进行一番劝说与化解。就在此时,他发现风云突变了——饲主竟然死了。

翻查户籍,果然,所里几天前出具了卢照田的死亡证明。巧合的是,人死那天就是狗死那天呢。

转瞬之间,乌云密布变成晴空万里了。周所长已知卢教授儿子回国奔丧,就住文萃小区,而且明日就要返美——航班号已经查明了。这是化解问题的绝好时机!当务之急就是找到一条狗,找到一条品种、相貌、年龄与嘟嘟均相似的狗,来个移花接木,来个李代桃僵,一举化解危局。

警察哪有找不到的东西?很快,一条雪白的北京犬就牵到了所长跟前。品种、相貌和体态与死去的嘟嘟毫无二致。唯一遗憾的是尾巴梢儿是褐色的,像粘了块泥巴。这也不难解决,所长派人把尾巴梢儿做了一个漂染,顺便又来了一个全身美容,于是一条比嘟嘟更像嘟嘟的新嘟嘟就隆重诞生啦。

这一连串的起承转合,让周所长顿生无限感想——关于世事无常、关于人心叵测。只是,如果他知道轧死嘟嘟的救护车上拉的正是卢教授的遗体,不知又该作何感想了。

七

  这两天卢逸之没住宾馆。前天一回到文萃小区，他就发现自己住过的那间屋子竟然一直保持着从前的模样。床铺、写字台和书架上的高中教材和参考书，一律原封不动。甚至连写字台对面的墙上，依旧张贴着他曾经喜欢的巴乔、古力特等几位球星。卢逸之当即决定，走之前就住这里。

  只是，当晚他就后悔不迭了。楼下的烧烤摊太闹了，一直能吵到凌晨两三点。反正也睡不着，他还溜达到楼下品尝了两串烧烤，结果当晚就坏了肚子。无奈之下，他搬到了北屋，结果发现北屋外面冲着小区的一个广场，每天一早一晚都有一群大妈在那里翩翩起舞并循环放着几首老歌——《咱当兵的人》《今天是个好日子》什么的。也许，孤身一人的父亲喜欢这样的环境吧，他想。

  家散了。明天就要走了。这是自己住在这里的最后一晚了。

  卢逸之把所有的灯都打开，从这间屋子溜达到另一间屋子，一间屋子一间屋子地转悠。屋子空荡了，值钱的大件家电都送给了保姆。房产已经委托给了亲属代售。剩下的家具都将作为旧物处理。

  他在书架里找到一本初中日记，又翻出一张小学时的学雷锋积极分子的奖状……他把这些东西一一收起来，准备明天带走。

  他来到父亲的卧室。屋子里有一股老年人居住的陈旧气息。双人床的这一边有点软软塌塌，床脚的地板磨出了木茬。床的另一边，母亲睡过的那边，还是从前的样子，好像她昨天还在这里躺过。

  床头柜的玻璃板下面压了几张照片，大多是黑白的，有爷爷奶奶的结婚照，有他们家不同年代的全家福，还有一张是自己三岁的生日照片。他掀起玻璃板，把照片一张一张取出来，坐回沙发，一张一张地端详。

  照片的后面都写着字，记录着拍摄的时间与地点。从字迹看，大多是后来补记的……他鼻子微微发酸，忍住泪水，想起了自己与父亲的种种过往。

  其实，他们父子感情并不融洽。自小，父亲待他近乎苛刻。不许看球，不让玩游戏，不能吃零食……印象里他从来没有在父亲那里听过一句赞美。直到获得了终身讲席教授——这是美国大学教授最高的职级了，父亲才破天荒地赞美了一番——以邮件的方式表示祝贺，用的都是再接再厉、勇攀高峰、为国增光这样的词汇。

笃、笃、笃，有人敲门。

卢逸之问了一声谁啊。我是你楼下邻居啊，门外有人说。卢逸之打开门，只见门口站着一对老年夫妻，还牵着一条狗。

我是你家楼下的，我姓张，这是我老头，姓娄，也是师大的。张大婶快言快语地自我介绍。俺家是后搬来的，我们搬过来时，你就出国了。不过你这些年出息，邻邻居居都知道。提起你，卢老师可高兴啦！

听见楼上有脚步声，我们就上来了。娄师傅打断老伴的话。

哦，对不起，我影响你们休息了。卢逸之歉意地说。

没有没有，张大婶一抖狗链，冲着手里的狗说，赶快回家吧。

卢逸之一怔。张大婶道，这是卢老师的狗啊，你不知道？

卢逸之知道父亲近年来一直养狗，至于什么模样、什么名字，他就不清楚了。这几天他也没看见这条狗，现在送回来让他怎么办呢？

是这样，前些天嘟嘟让警察抓走了，说是没有养狗证。今天白天你不在家，警察来了两次，后来就把嘟嘟放我们家了，还说让我们转达他们的歉意。说罢，她把狗链交给卢逸之，同时递过一个巴掌大小的小册子。

嘟嘟？歉意？卢逸之懵懂地接过狗链和小册子。这是一个养犬登记证，里面详细地罗列了犬名、品种、雌雄、毛色、编号等信息。犬名的后面，写着嘟嘟两个字。

嘟嘟，卢逸之错愕地看着登记证上的这两个字。

这时，娄师傅从兜里摸出一个牛皮纸信封，递到卢逸之跟前，绊绊磕磕地说，卢老师走了，我们都挺难受的。

一个写着5000数字的牛皮纸信封。卢逸之愣了一愣，难道这就是国内盛行的红白喜事的随礼？No，no，他一着急，竟然说出了英语，我不能接受，不能！

这不是俺的钱，这是卢老师的。这是俺们借卢老师的钱。借钱，哪有不还的道理？！大婶高声道。

我父亲借的钱？卢逸之觉得此事颇为奇怪。没错没错，有借有还，再借不难嘛。楼道的感应灯熄了，大婶跺跺脚，灯又亮了。她一把从娄师傅手里夺过信封，塞给了卢逸之。五千块钱，你数数，一张不少。

不用，不用了。卢逸之迟疑地接过信封，你们进来坐坐吧。

太晚了，你也休息吧。卢老师去世，老邻老居都想去送送——好人哪眨眼就没了，可学校推三阻四的，就是不让我们参加。唉，你长得真像卢老师呵。

行啦行啦，别说了，让人家休息吧。娄师傅赶紧拽了拽老伴。大婶搀扶着娄师傅，侧着身子一蹭一蹭下楼了。走到楼梯拐角处，大婶还一再表示呢，需要交纳水电费、物业费啥的就尽管开口，远亲不如近邻。

卢逸之关上门，转头看着蜷缩在门边的嘟嘟，轻声问道，你叫嘟嘟？

这条叫作嘟嘟的北京犬汪的一声，身体紧张地退缩着。卢逸之摘下狗链。嘟嘟嗖地钻进了沙发底下，躲在里面不出来了。他颓然坐下，拿起茶几上的三岁生日照片。照片是彩照，年代久远，颜色漫漶不清了。照片上的小男孩骑着木马，穿着小军装，腰扎小皮带，一手持玩具枪，一手持着那个年代流行的红宝书。照片右上角，写着一行当年照相馆常见的流利字迹——嘟嘟三岁留念。

嘟嘟——多少年了，卢逸之似乎忘记了自己还有这样一个乳名。

他把手伸到沙发底下，唤了一声嘟嘟。于是嘟嘟怯怯地探出头，用湿漉漉的鼻子顶了顶他的指尖，然后伸出粉嫩的舌头舔着他的指肚，沙沙有声。他低俯身子，只见嘟嘟正目不错珠地盯着自己。嘟嘟一定是刚洗过澡，双眸清澈透明，毛发松散洁净，浑身散发着一股清爽怡人的气息。

外面又传来了咩咩咩的羊叫。卢逸之已经熟悉这个声音了。他知道这个声音意味着什么。把嘟嘟带走，必须把嘟嘟带走！就在这电光火石的一瞬间，卢逸之便下了决心。

他知道携带宠物出境的繁琐要求。时间紧迫，必须寻找相当一级领导帮忙才行。他想起校长是在舱门迎接自己的。他找出校长的名片。与名片一同出现的还有校长跟书记汇报工作时卑微谦恭的模样。他扔下校长名片，找出另一张名片——书记的名片。他看了看时间——九点多了。犹豫片刻，他还是拨通了电话。

窗外，楼下，羊叫的声音一声紧似一声。电话里卢逸之再三向书记致歉，但是致歉之后的要求却是委婉而坚决的——他要把父亲留下的这条名叫嘟嘟的狗带走，一定带走。

执子之手

万 胜

一

外面下着淅淅沥沥的秋雨,我们这帮从小光屁股长大的混蛋在饭店的包房里为东一送行。东一明天就要乘飞机回韩国了。如今我们已经习惯于说他回韩国,而不是去韩国。他当初像很多年轻人那样决定到国外去打工,我们都认为是无比正确的选择。至少现在他在韩国有一份收入不错的工作,而且他是朝鲜族,比较能适应韩国的生活习惯。因为这个原因,我对韩国的印象还算不错。

东一这次回来的假期是一个月,他利用这一个月的时间做了三件事。一是尽量多地陪伴自己的一对儿女;二是跟我们这帮从小长大的朋友踢了一场足球;三是离了婚。第一件是培养亲情,第二件是延续友情,第三件是了断爱情(如果算是爱情的话)。做完了这三件事他就准备拍屁股走人了,回到那个对他来说既没亲情又没友情更没爱情的国度去拼命赚钱。他很伤感,似乎我们也有了一些伤感。他曾一度决定留下不走了,因为他想弄明白自己是怎么被离婚的。但过了许多日子,他还是决定回去。第一,人不能只凭信念活着,饿着肚子想问题更不利于找到答案;第二,婚姻就像两只手,都往一块儿使劲才能拍出响,要是对方不跟你呼应,你要听响就只能往自己的嘴巴子上拍。

想开点吧东一,离都离了,还纠结个卵用,其实两口子就那么回事,不是有那么句话吗，夫妻本是同林鸟，大难当头各自飞。没啥可想不开的。二粑粑一端杯就要把话题扯到这上来了。本来大家都不想提这事，这是东一的痛处，在送别的时候提起尤其让人伤感。可下面三驴子的一番话倒是让大家都很替东一释然。三驴子说，其实东一是身在福中不知福。现如今男人的三大喜事是升官发财死老婆。我们不懂他说的这三件事跟东一怎么能扯到一起，更不懂东一怎么就身在福中不知福了。

三驴子进一步解释说，按年龄目前东一正处于年富力强阶段，也算是潜力股，没离婚之前东一在国外拼命赚钱为了啥？就是为了这个家，为了孩子和孩儿妈。一个人支撑这个家的负担有多重可想而知。打个比喻，就好比是一头驴，被蒙上了眼罩拉磨，没黑没白地干，挨累还看不到希望。对吧东一？

东一深深地点了点头。

现在呢，东一就一个人了，自己挣钱自己花，不用每个月往家里打生活费，多自在。以前养活孩子是东一不可推卸的责任，现在呢，每个月六百块的抚养费对东一来说算个毛！女人傻就傻在这，帮你白养着孩子，你还不用对她尽丈夫的义务和责任，多好！

大家都深深地点了点头。

更重要的是什么知道吗？更重要的是东一迎来了第二春。你知道有多少男人暗地里找情人怕被老婆捉奸在床，你知道有多少男人想离婚却舍不得辛苦攒起来的家产，你知道有多少当官的有钱的每天盼着自己的老婆意外死亡，这就是现实啊！东一，你现在算是自由了，你要是把你的经历当成不幸给大家讲，不知道有多少男人嫉妒得要拿板砖拍死你。

东一笑了，我们大家也都笑了。

我越来越佩服三驴子的口才，但很显然他忘了"夜色劫匪"（三驴子的媳妇）的存在。"夜色劫匪"当着所有人的面阴森森地问三驴子，你真是这么想的？三驴子说，回去咱俩再细掰扯。

本来挺伤感的一次送行宴，被三驴子的一番谬论弄得颇为轻松活泼了。大家趁着兴奋喝了很多酒。到最后空酒瓶子像桌面上长出来的一片森林。空瓶子都立着，我们几个都倒了。东一趴在桌子上，脸埋在臂弯里，久久不动。这小子喝醉了。

醉吧，回了韩国就没有这帮哥们儿陪你一块儿醉了。

第二天，我醒来已是中午十一点多。听东一说他的那趟班机是上午十点半的。我打开窗帘，让我们伤感的秋雨早已逃跑了，天空蔚蓝明亮。我望着天空，虽然看不到有飞机在蓝天飞过，但我想此时的东一也一定正透过狭窄的舷窗望下面的国土，以及国土上如同蝼蚁一样碌碌无为又奔波不停的我们。我的手机响了，我想肯定是三驴子或老港他们谁打来的，他们可能也有跟我同样的伤感和失落需要分享。

喂，还睡着呢？

东一？！我很惊讶。你不是在飞机上吗，怎么可以打电话？

我改签了，一周之后走。东一说。

啥！为什么，咋回事？我揪着自己的头发问，早知道这样昨晚就不喝那么多了。

东一改签的消息迅速在朋友中间传开，我把这个消息告诉他们的时候以为他们会兴奋一下，可是大家都表现得异常平静，老港甚至说，这小子靠不靠谱啊，白白浪费我们的感情了。大家为东一送行的时候很伤感，可那份依依不舍的热情刚刚过去还不到十二个小时就冷却了。这不能怪他们，每个人都有自己不能被打乱的生活轨迹。

我问东一，这一周你打算怎么过？

东一支吾了好半天才说，我还是想弄明白。

二

东一想弄明白的事当然是被离婚。

东一是个总能让我们感到意外的人。就拿他的情感经历来说吧，因为他的家境特别困难，人又长得不容乐观，还老实到傻的程度，找对象对他来说几乎是不可能完成的任务。我们曾在这个问题上费了很多心血，伤了很多脑筋。可每次陪着他去相亲，人家女孩子总是撇开他，相中我们其中的一个。"夜色劫匪"就是这么看上三驴子的。一次次的相亲失败让我们灰心丧气。我们认为他只能打一辈子光棍儿了。可突然有一天他通知我们说他要结婚了，让我们帮他操办。我们大感意外之余纷纷猜测什么样的女人才肯嫁给他呢？肯定是奇丑无比，要么就是身有残疾。可是见了面我们几乎疯掉了，他老婆比我们任何人的老婆都好看，而且大大方方的一点儿毛病也没有，弄得我们心里好一阵子不舒服。幸亏三驴子及时透露了一个信息，我们的嫉妒心才稍稍缓解了一些，心平气和地帮着他把婚礼办完。三驴子说，你们不知道吧，她是个二手的。

东一婚后的生活很幸福，他隔三岔五就给我们打电话去他家里涮火锅。那时候他还住在北窑的老房子里，而我们中除了他和老港之外都已搬到城里住上了楼房。我们很乐于到他家里去聚餐，一来算是故地重游追忆往昔，二来也想跟他的新媳妇套套近乎。谁不愿意多跟漂亮女人交往呢？何况东一跟她又是那么的不般配。我们似乎都是怀着一种不可告人的阴暗心理去吃东一的。东一当然不懂这些，他被幸福冲昏了头脑，总是傻乎乎地乐。

东一的新媳妇叫凤来（名字没人漂亮），是个非常健谈的女人，酒量也惊人。我们几个到她家里喝酒，不约而同地想把她灌醉。女人一喝醉就容易被男人占便宜。我们当然不会把她怎么样，无非是想看看她喝醉的样子罢了。可是几次酒局下来都是我们被她灌得东倒西歪，她谈笑间就让我们这些"强掳"灰飞烟灭了。接触越多我们越替凤来抱屈，别的不说，单是这个家的硬件就太委屈她了。和东一相依为命的老娘前几年去了韩国打工，老房子就只剩下东一一个人。老房子是五十年代盖的职工宿舍，南北长东西窄，像一段肠子，如今是又旧又潮，东一自己住时从来不收拾，猪都得嫌弃。结婚前我们几个哥们儿帮着收拾了一番，刷了白墙，换了地板革，添置了两件半新的家具，跟以前比算是好了那么一丁点儿，可如今谁家娶媳妇不得住个新楼房，买套新家具啊。我们当时很替东一担心，怕新媳妇根本就不会进这么破旧的洞房。谁承想人家凤来根本不嫌弃，笑盈盈地就住进来了，还用些小物件精心地把家里弄得很有情调。

我们觉得这很不可思议。三驴子说，再好烧的炕也就热一阵儿，热乎劲儿一过去就凉了。这话有道理，我们才搬到城里几年啊，北窑的平房就住不惯了，人都是善变的，往好听了说是向往美好生活，往难听了说是喜新厌旧。何况她一个外来的女人，能坚持几天？你们听信儿吧，说不定哪天东一就得哭着告诉我们媳妇跑了。果然，三驴子的话落地还没出三个月，东一就给我们打电话说房子的事了。东一说，我和凤来在城里买楼房了，这个月末搬家燎锅底，你们都过来喝喜酒。

意外不？太意外了。东一穷得结婚新电饭锅都买不起，居然能买得起楼房？！

他那个凤来该不是杜十娘转世吧，二粑粑说，这小子娶的不是媳妇，是活菩萨啊！

我们猜测东一买楼房首付的十万块钱肯定是凤来出的，这个女人在我们的心中越来越深不可测了。其实我们都猜错了，东一说的楼房首付是他老娘从韩国寄回来的血汗钱，现在他得找份赚钱多的工作每月还房贷。东一背上了三十多万的房贷，却并不显得很沉重，倒是比以前更踏实了，而且对生活充满了热情。

娶了漂亮的媳妇，买了新楼房，东一的生活能过到今天这个样算是奇迹了。毕竟是好哥们儿嘛，尽管我们心里有点嫉妒，但还是应该祝福他。搬上新楼之后，我们就很少去他家里聚餐了，一是因为他新找的工作很忙，不再像以前那样经常向我们发出邀请；二是我们也都忙起了自己的事业，没有时间闲扯。其实还有一些不好放在明面上说的，那就是我们从小到大在东一那里一直保持的优越感没有了。如今他跟我们的生活没有太多的差别，甚至他漂亮的媳妇还为此增色不少。这是个很微妙的心理变化，他幸福了倒让我们不太幸福了。随着年龄的增长，生活加载在我们身心上的压力越来越大，心态也趋于自闭和冷漠。更多时候宁愿躲在家里无聊度日，也不愿出去应酬攀比，但是我们几个每次电话联络感情时都会提到东一。

跟东一联系了吗，他最近咋样？

没联系，不知道，应该还那样吧。

你最近咋样？

还行，买车了，专门给大酒店送菜，等夏天咱们两家张罗一次家庭旅游，去海边，我的车都能坐下。

那就好！到时候吃住我全包了，有个两三千够了，现在我请领导吃顿饭也得这些。

……

尽管知道对方的话里有水分，但语气还是表现得很欣慰。大概彼此都能猜出对方的潜台词，东一都能把日子过成那样，我们怎么能比他差呢？努力吧！有很长一段时间东一竟成了我们努力拼搏力争上游的参照物和鞭策者。随着时间的推移，我们在悄悄地释然。老人说三穷三富活到老，也许是东一小时候吃的亏比我们多，今天这一切都是老天爷给他的补偿吧。

大约一年后，就在我们几乎已经不再把东一的幸福放在心上的时候，他突然又来电话了。这之前，老港刚跟我姐离了婚，"夜色劫匪"习惯性流产刚流掉了三驴子的第二个孩子,二粑粑老大不小了,还是个单身狗,而我虽然有了个女儿,可我和媳妇都喜欢男孩儿。

东一说,哥儿几个过来一趟吧,我媳妇生了,双胞胎,一丫一小儿,喝满月酒啊。

妈的!

如果把从前的东一比喻成上帝的弃儿,那么现在他绝对可算是上帝的宠儿。漂亮媳妇、新楼房、龙凤胎,好事一桩又一桩地往他身上擩,别说我们这些从小一起长大的发小,就算是陌生人恐怕也得羡慕够呛。这次我们几乎是抱着吃穷他的目的去赴宴的。

喜宴在一家不错的酒店,价格应该不菲。我们假惺惺地对东一说,都是好哥们儿,不用这么铺张吧,买点肉卷青菜到你家里涮锅子就行了。风来直接把话接过去了,东一说了你们是从小光屁股长大的,而且这些年没少帮他,得好好请你们一顿。我说从小光屁股长大倒是不假,可那时我们都没光屁股,只有东一光屁股,他家穷没裤子穿,哈哈。我以为大家都能被我这个笑话逗乐,谁知大家都没乐,我的幽默突然就有了羡慕嫉妒恨的尴尬意味。

那天我们都没少喝,因为风来刚出月子,而且要给孩子喂奶,只象征性地敬了一杯酒,陪着聊了一会儿就回家奶孩子去了。东一被我们灌得大醉,出了饭店我们又抬着东一去KTV唱歌,一直闹到凌晨两点多才散局。我醒来时红彤彤的太阳离地平线很近,我以为是早上,看了挂钟才知道把东西方看颠倒了,此时是日落西山,这是我第一次喝酒断片。老港打电话来问我情况如何,我说只是有点头疼没大事。他说不是这个情况,是钱的事怎么跟媳妇交代的?我有点摸不到头脑,说什么钱?他说昨晚到KTV你结的账嘛,花了七百多。我头突然就疼得更厉害了,赶紧翻出钱包数里面的钱,只剩下二百零点了。老港当过我一段时间姐夫,他知道我媳妇的作风。

怎么会是我结的账呢?我问,不是说好了让东一请吗?

谁知道你是搭错哪根线儿了呢,抢着结账,说是算给东一赔罪的。

我赔什么罪?

我哪知道啊!昨天在KTV东一一直在哭,你就翻来覆去说你对不起他。

他哭了?!

你怎么一点儿都不记得了?

我使劲抓着自己头发，想让自己清醒起来。胃里一阵恶心，急忙往厕所跑。他为啥哭？我干呕了一阵，什么也吐不出来，扶着墙慢慢回到卧室。

老港说，东一说他要出国了，正办手续，如果顺利的话三个月之内。

就因为这事哭？这有什么好哭的，矫情！我挂了电话，静坐了好长时间。

出国对于东一来说当然又是一件大好事，他现在在一家修配厂里当小工，还兼职一个夜班保安，两份工作加一起才三千多一点儿，凤来照顾孩子上不了班，两个孩子外加一份房贷，这点儿钱哪够啊。而如今很多年轻人都跑到国外去打工，一年几十万地挣，别说他一个大老爷们儿，就连他妈那么大岁数的老太太，出去这才几年，都能寄回来楼房首付了，他只要肯卖力气，用不了几年回来就是百万富翁衣锦还乡啊！我不说他矫情还能说他什么呢。

我们都没太把这件事当回事儿，各自又都投入了水深火热的奋斗中。半年之后，我们再想起东一时，他早已在韩国的一个工厂里挥汗如雨了。

东一一口气在韩国待了十年。

十年后，我突然接到东一的电话，他说的第一句话是我回来了，第二句话是我离婚了。

三

按说离婚在当今的社会也不是什么稀奇事，更何况离婚的是东一。

当初我们就一直怀疑凤来能否和东一把日子过长，所以，相比于他结婚买楼房生双胞胎出国这些事情来说，离婚是最不出乎我们预料的。我们感到意外是因为我们已经默认了他的幸福。

几乎所有人在听到某人离婚的消息后，第一句话都会问——为什么？也几乎所有人都会认为是在男女问题上出了事。我们都相信东一不是一个乱来的人，相反我们觉得凤来深不可测。据东一讲，离婚是凤来提出来的，而且态度非常坚决。凤来为了离婚，除了孩子之外家里的一切她都可以放弃，这相当于净身出户，按照世俗惯例只有出轨的一方才会净身出户。凤来既有出轨的资本，也有出轨的理由，更有出轨的机会，不出轨好像就不合理了。

东一是我们的好哥们儿，他被离婚我们当然会很愤慨，但很快就想明白了，因为我们见过听过太多像东一这种情况的夫妻劳燕分飞了。正当激情似火的年龄却天各一方，心理和生理上都得不到慰藉。据东一讲，他认识很多在国外打工的人，为了解决生理问题凑在一起搭伙做露水夫妻。还有很多人拿着血汗钱到风月场所去排遣寂寞。只要回国不抛家弃子，局外人大都能够给予理解，毕竟在外打工不容易。当然在家里独守空房的也很难。女人长得漂亮本身就容易出问题，依凤来的颜值再加上这种婚姻状况，肯定少不了被人惦记上，就算她没那个心思，寂寞难耐时间长了也很容易把持不住。

在我们能想到的离婚的理由中（比如感情淡漠、情绪异常、性格不合，甚至家庭阻力或者亲朋唆使）出轨是被认为最合理的，但唯独东一想不明白。他始终觉得凤来不是那样的人。他这一点倒是很像老港。我姐跟他离婚之前其实就已经跟那个老板好了半年之久。老港怎么都不肯承认自己头上有顶帽子，一根筋地认为是自己没做好，这么多年了还跟自己过不去。

如果东一真像我们当初设想的那样在国外赚了大钱，恐怕事情还会有转机，但实际情况是东一这几年在国外混得并不好。他说韩国的经济不景气，如今很多在外打工的人都选择回国了。

对于凤来来说，以前是见钱不见人，现在是人钱两不见。养活两个孩子负担实在太大了，吃穿用不说，仅是补课费就能把人逼疯，这种日子怎么能好过呢？因此，凤来不得不自己找了份洗车的工作，连上班再照顾孩子，忙得团团转。

东一问我，我要是答应她不走了，在国内找份工作跟她一起分担，她还能跟我离婚不？

我说你试试看吧。

他还真郑重其事地跟凤来说了，结果凤来的答复是：你走与留跟离婚都没关系，这个婚你走不走都得离。

所以，我说东一，你就不用再纠结了，不管原因是什么离婚都已成定局，现在的问题是你想向前看还是想向后看。向前看，放下包袱轻装上阵，迎接你的第二春；向后看刨根问底，自寻烦恼，把自己往死胡同逼。你看老港这些年都是咋过的，整个人都颓废了，何苦呢。

他很认真地想了想说，你说的倒也是。

我以为那一下午的思想工作很成功，可太阳刚钻被窝，他就又给我打电话来说，你说要不是因为我赚钱少，还能是因为啥呢？

我生气了，说你跟老港一个榆木脑子。

我姐问，老港咋了？当时我正跟我姐一起吃饭。

我说你们女人就是一帮害人精！

我姐回敬我一句：你们男人都不是好东西，不祸害对不起你们。她说这话的时候用鄙夷加愤懑的眼神儿瞥我姐夫。我姐夫憨态可掬，装出一副听不懂人话的样子。

我们哥几个背着东一商量怎么帮他。三驴子神经兮兮地看着我们说，还记得我跟你们说过凤来是二手的话吗？

记得，那时只顾着嫉妒了没细问，你说说咋回事。二粑粑至今未婚，成了老大难，现在对二手婚姻也特别感兴趣。

她的前夫是个开大货跑长途的，老在外边漂着，后来跟南方一个开野店的女人好上了，听说还在外地结了婚，有了小孩儿。

那不对啊，他这不是犯重婚罪了吗，报警抓他呀。

抓啥抓啊，凤来跟他结婚只办了酒席没办结婚证，法律上不算合法夫妻，倒是跟那个南方女人是合法夫妻了。

傻不傻！

红颜多薄命啊！我们深为凤来的命运感慨，长吁短叹了一番。

也是个不幸的女人！老港居然眼圈泛红，估计他是想到我姐了。他被离婚并不恨我姐，他觉得没有能力让我姐幸福是他的不好，而不是我姐的错。老港虽然喜欢吹牛，还有点愣青，但他和东一一样都是厚道人。

这跟东一有什么关系？我及时把话题勾回到正道上。东一肯定做不出她前夫那样的混账事儿，她应该很踏实啊。

你媳妇要是在外面十几年不回来你能踏实不？三驴子反问我。

我被噎住。他说的有道理，归根结底还是总不在一起的问题。

进一家出一家不容易啊！婚是那么好离的？离婚后的日子女人比男人更难啊！老港刚把一根烟抽短了，又抽出一根来对上火接着抽。烟雾带着他的烦忧缥缥缈缈地在脑袋周围萦绕不去，看上去挺可怜的。我有点怨我姐太狠心了，这样一个有情有义的男人怎么就非得离弃呢？有人说女人是一种不同于男人的物种，物质起来比任何男人更现实，感性起来比任何男人都神经。我姐原本是个很感性的人，与老港结婚后就越来越物质。她跟老港结婚的理由是老港为了她能站在冬天的大街上冻一夜。离婚的理由是跟老港过日子连一支好口红都买不起。到民政局办离婚手续时，我姐从挎包里翻出一大堆进口的化妆品，老港从头顶到脚底加起来还没有其中一支口红值钱。我的现任姐夫是个开公司的老板，把我姐当宠物养着。所以我觉得女人靠不住，男人当自强。风来和我姐属于同一物种，东一被离婚当然也就合情合理了。

三驴子拍了老港的肩膀一下，这个举动很有安慰的意思，可他接下来的话却让人听不懂了。他说，离第一次婚的确很难，但是只要有过一次就成习惯了，就像他妈的流产一样，不是你想保就能保得住的。

这话意味深长，我们都沉默了。

二粑粑始终没发表意见，他突然在静默中插了一句：你们这帮狗人儿，说了一大堆，又是离婚又是流产的，你们谁考虑过我的感受，我到现在连个二婚的都他妈找不着。

不知为什么，我们三人都轰地笑起来，老港和三驴子还都笑出了眼泪。

最后我们的意见达成一致，东一在中国的最后七天里我们必须帮他弄清楚被离婚这件事。我们都觉得这已经不是东一一个人的事，而是我们所有人的事。东一幸福的时候我们会眼红嫉妒，会好久不搭理他，但现在他不幸了，我们就自然而然地生出为朋友两肋插刀的侠肝义胆，你要问为什么？什么都不为，就为了我们是一帮生活不太如意的穷哥们儿。

四

这件事根本就没那么复杂，也没那么难，三驴子说，她有什么举动孩子最清楚，问问孩子不就知道了。

此刻，东一脸上的沮丧叠加了好几层，看得出他被这件事折磨得够呛。东一说，这我也想过，可我不想让孩子掺和进来，他们长这么大我都没在身边照顾过，他们跟我不亲，看得出来他们很维护他妈，我跟他妈说话声大一点儿，他们都用眼睛瞪我。

不让孩子掺和是对的，我说，我们可以发动亲朋好友，在我们这个小地方想打听一个人还不容易吗，但是……我停顿了一下说，如果真是她外面有了人，你打算怎么办？

我有点担心，他一直不愿意承认这种事，面对现实他可能会不冷静。别看他老实，可老实人被逼急眼了更可怕。我都说了，他是个总能给我们带来意外的人。

我们四个都看东一，像是要在他脸上找到答案，但这个问题显然是把他给难住了。

人生三大恨，杀父之仇，夺妻之恨，抱孩子下井，谁摊上谁不急眼啊！二粑粑乱发感慨，被我在桌子下踢了一脚。

这还用问，废了他啊。二粑粑情绪激动起来，一拍桌子。至少得让他瘸一条腿，我他妈最恨这种人，自己有老婆还勾引别人老婆，霸着碗里的还占着锅里的，应该见一个杀一个。

我说二粑粑，你瞎激动啥，别把你的个人情绪带到这件事上来，你跟人家东一的情况不一样，人家是被离婚，你是被甩，而且人家东一是第一次，你是……已经第几十次了吧？

有啥不一样的，都是他妈的被人插足了，二粑粑仍不肯坐下。见一个杀一个！他说。

老港说，你们都消停的吧，看热闹不怕事大是不？不是我给你们泼冷水，咱们都是没棱没壳没能耐的社会底层人士，打人犯法杀人偿命，哪一样咱能扛得起，要说委屈谁不是存了一肚子，要我说就算了吧，退一步海阔天空。

退一步掉进粪坑！咱已经够窝囊的了，必须敲折他一条腿，二粑粑又一拍桌子，见一个杀一个！

东一低下了头，沮丧至极，说要是真像你们说的那样，我想看看那是啥样个人。

五

风来提前租好了房子，跟东一办完手续的当天就搬走了，出租房离孩子的学校不远。我们兵分两路，一路由我和老港跟踪风来的行踪。另一路由三驴子和二粑粑打探风来之前都跟什么男人来往密切。东一按兵不动，在家里等着。不让他参与行动是有道理的，怕他经受不住打击。我把跟踪的任务交给老港了，他出早市卖菜，白天时间很富裕。我只在工作闲暇时用电话遥控老港就可以了。

老港，汇报一下情况。

她早上七点送孩子上学，八点到附近的洗车房上班，中午回了趟家，下午还是上班，四点半接孩子放学，送孩子到补课班，晚上八点半带孩子回家，就这些了。

没跟哪个男人有接触？

跟补课班的男老师唠了几句算不？

不算，再探。

得令！

……

三天后，老港主动打电话给我说，我好像是被她发现了。

你就不能注意点儿吗，什么情况？

我推着倒骑驴进小区装卖菜的，她喊我要买菜，她挑菜的时候不看菜只看我。

她都跟你说啥了？

啥也没说，摔下菜就走了。

你是不是紧张了？

是。

你装什么卖菜的嘛，你就是个卖菜的，你应该去卖笨鸡蛋！

啥意思？

笨蛋！

那咋办？

这两天别去了，好好卖你的菜吧。

距东一离开中国还剩下两天的时间，老港暴露，三驴子和二耙耙探访无果。这是我预料之中的，凤来再傻也会避开这几天跟男人幽会。最应该着急的应该是东一，可他这几天却是出奇的平静，一个电话也没给我们打过。我忍不住要拨他的电话，可事情一点进展都没有，打电话怎么说呢？我能体会他现在的心情，一定是既复杂又沉重，好像等待宣判的被告，调查无果自己不甘心，真拿到了实据，又该怎么面对？老港说的在理儿，我们是一群没能耐的弱势群体，根本扛不起什么风波。凤来也不可能再找一个不如东一的人，见了面还不是自取其辱？一想到这些老港人生中那最令人可怜的那一幕就会出现在我脑海中。那是我姐第二次走进婚姻礼堂的当天，老港远远躲在墙角儿，望着我姐穿着雪白婚纱乐呵呵地被人牵走，哭得肠子都要吐出来。我从来没见一个男人哭成那样，这样的悲剧我真不希望第二次发生在我朋友的身上。因此我想，就这样倒也挺好，再过两天东一不得不飞回韩国，让时间去淡化一切吧，对东一来说这虽然是个未解之谜，但也应该是好事。我正对着电脑屏幕愣神儿，摆在桌面上的手机疯起来，又唱又跳的。

喂，三驴子，啥情况？

不用我们敲折他腿了。三驴子好像在一边跑步一边打电话，呼哧带喘的。

你说啥呢，我没听懂。

我说不用我们敲折他腿了，还没明白？！我仔细听才听出他这上气不接下气的状态是过度兴奋造成的。

什么腿不腿的？你把话说明白。我有点急了。

你想不到吧，凤来找了个瘸子，靠！拄双拐在桂花市场的天桥底下摆地摊儿卖盗版书的穷瘸子。

我说你别扯了行不？

我没扯，不信你问二粑粑，他可以作证。我这个消息来源老可靠了，你说巧不巧，东一家那个楼洞的一楼住的是我三姨的铁姐们儿，我三姨常去那儿打麻将，她说老看见一个瘸子去六楼东一家，我三姨的铁姐们儿当然不认识东一，但她知道六楼的媳妇带着两个孩子过日子，老公在国外打工，这说的不就是东一吗，你说是不是？我三姨的铁姐们儿的小儿子爱看书，有一天她娘俩到桂花市场去买牛肉卷涮火锅，桂花市场有一家牛肉卷不掺假。她儿子看见了那个书摊，蹲在那里就不走了。他妈一看卖书的瘸子不就是常上六楼的瘸子吗，我昨天去我三姨家送笨鸡蛋，笨鸡蛋是土篮子她大姑从农村带来的，可好吃了。我就在三姨家吃了个便饭，和我三姨夫喝了四瓶老雪，喝酒的时候我提到了东一的事，我三姨一下就想起来了。今天早上我特意带着我三姨去桂花市场看了那个瘸子，就是他一点没错儿。我三姨还看见过瘸子和凤来一起从楼上下来，连搂带抱的呢。

三驴子一口气全秃噜完了，然后问我，东一没主意了，咱咋办？

我说你跟东一说了？

啊，说了，我不是合计他着急嘛。

我说你是不是缺心眼儿？别说了，你赶紧和二粑粑到东一家，我和老港也马上过去。

我想如果三驴子的情报是真的，那凤来也太贱了，东一再不好还比不上一个摆地摊儿的瘸子吗？我倒是真想好好问问凤来，她到底是怎么想的，难道对男人的渴望到了饥不择食的地步了吗？话说回来，如果凤来找的是个有钱有势或者有文化的，东一尽管心里会很难受，但会平衡一些，毕竟自己跟人家比不了，可她竟然找了这么个人，让东一情何以堪，没准儿东一正在家磨刀呢。

还好，我们赶到时东一在家，情绪也还算稳定，既没磨刀，也没暴跳，只是木头人一样坐在那里。

东一，这口恶气我们必须帮你出，妈了个蛋的！啥样人都敢欺负咱。老港能说出这句话倒是很让我意外，也许是摆地摊的瘸子给了他勇气。如果当初把我姐牵走的人也是这么个人，估计他会化悲痛为力量，冲上去把心爱的人夺回来。

咱现在就去，把他的摊儿掀了，揍他一顿再说。三驴子说话的时候，二粑粑把十根手指撅得咔咔响。都瘸了还他妈的玩儿插足，还是那句话，见一个杀一个！

我说你们都冷静冷静，听听东一的。

东一一直没吭声，脸色除了忧郁之外看不出有愤怒，他的思维似乎跟我们不同路。我说东一，想啥呢？你拿个主意。

东一没理我，起身扭头走到阳台上去了。他手里拿着手机，拨了一串号码，然后放在耳朵上。

喂，问你点儿事……不是那事，是……你是不是跟卖书的瘸子好了？……我就问你是不是……是，还是不是？……我怎么管不着，我他妈的在国外辛辛苦苦当了你十多年的提款机，你在家给我戴绿帽子……

东一的嗓音陡然升高，几乎要把阳台的玻璃震碎。从小到大我们从未见过他发这么大火。我们几个都站了起来，不自觉地朝阳台靠过去。

……你……东一僵在那里十几秒钟，仍然保持着打电话的姿势，却一动不动，一言不发。

我试探着小声说，东一，你没事吧？

东一转过身来，满眼泪水，嘴角抽搐，极力忍着，可还是没能忍住。她承认了……也太欺负人了……东一的哭声被闷在腔子里，像一只快被闷死的兔子，拼命想往外冲撞,他紧咬着牙关,但看得出他比那只兔子更绝望。我们从来没见过东一这样过,他太可怜了!可我们又不知道应该怎么劝他。我们只能干杵在那里看着他哭。

老港终于扛不住了,也跟着哭起来。一股绝望的气息在我们中间蔓延,引燃了我们身上深藏已久几乎被遗忘了的愤怒。

哥几个操家伙吧,还愣着干啥呀?我身体里的兔子被激怒了,要咬人了。

六

那个晴朗无风的下午,我们五个挺着胸脯在大马路上无视一切地走着,我拎着半尺长的擀面杖,二粑粑扛着拆下来的拖布杆,老港叼着烟卷攥着玻璃烟灰缸,三驴子端着从刀具盒子里抽出来的磨刀棒,只有东一空着手,他瞪着眼睛仿佛电影《X战警》里的镭射眼。这套装备堪称奇葩,但并不影响我们这五只兔子为了维护尊严大干一场的决心。我们原本就是无声且温驯的兔子,不配拥有利爪尖牙做武器,但兔子不但有粗壮的后腿和灵敏的大耳朵,还有那么一点儿血性,耳朵也不只是为了警觉,后腿也不全是用作逃跑。我们的架势就像全世界都欠我们一个说法,也好像我们是一群被压迫了好久的失语者,终于逮着了一个可以一吐为快的机会。简单说吧,就好像终于我们有理由愤怒了。我们鼓足了劲儿,走得铿锵有力。从东一的家到桂花市场要跨过好几条街,打出租车也得二十几分钟,可是我们谁都没有要坐车的打算,腔子里的那股气让我们坐不下去,停不下来。一路上我们都沉默着,甚至谁也不看谁,相信如果我们其中之一半路掉进敞开盖的下水井,也不会被其他人发现。

桂花市场东街上是一条烧烤街,这是我们需要穿过的最后一条小街。此时烧烤店纷纷在外面生起炭火,用来引燃木炭的木柴冒出滚滚白烟,弥漫了整条街,搞得我们像置身战场的战士。透过硝烟已经能看到西面那座过街天桥了。我们不约而同地在马路牙子上停下了脚步。

我有点渴了。东一说。

我也是。二粑粑说。

东一走进旁边的一家食杂店,买了五瓶矿泉水回来,分别递给我们。我们脚踩着马路牙子，站成一排喝水，就像壮士出征前的豪饮，不是烈酒胜似烈酒，虽然只是简单的喝水，也让我们有了一种庄严的仪式感。

真想喝点儿酒。老港最先把一瓶子矿泉水一口气灌下去，扔了空瓶说。

那就换酒吧。三驴子说。

对，喝完酒更有劲儿。二粑粑说。

东一又返身回去，拎着五瓶啤酒回来。我们咬开瓶盖儿，把五瓶啤酒凑到一起碰了一响。

一大口下去，白沫子喷将出来，我们不得不等着酒沫平息后再喝第二口。东一第一个坐在了马路牙子上，我们也都跟着坐了下来。发起总攻前稍作休整是必要的，而且有必要考虑一下战略战术，尽管我们并不惧怕一只瘸兔子，但也不能太鲁莽。我们齐刷刷地望着天桥，桥上桥下来来往往的人很多，我们没有看到那个拄着双拐的瘸子，或许是人群密集被阻挡了视线，或许是浓烟滚滚迷住了我们的眼睛，总之一切都很平静，是风波骤起之前可怕的平静。

东一独自喝了第二口酒说，这是我自己的事，别连累你们，喝完这瓶酒你们就都走吧。

三驴子说，你这是说啥话呢，咱们有难同当。我们不约而同以为东一在试探我们的胆量和决心。

我把右手伸给东一，这是个握手鼓励的姿势，跟足球赛开赛之前的相互打气一样。东一，我们一起上。

他们三个也都向东一伸出了手，并握在一起。说好了一起上！

东一看了我一眼说，我真是不想牵连你们，你们都有家有业的。

我没家没业，我不怕。二粑粑说。

我以前有牵挂，现在啥都没了，我去。老港把手里的玻璃烟缸放在两脚之间的地上，抽起了烟，把烟灰很文明地弹到了烟灰缸里。

东一说，你们都听我的，我们是没能耐，可是我们讲理，我先一个人过去跟他唠唠，你们都别过去，需要你们过去的时候我喊你们。

这样也好，我说，我们先礼后兵。

东一站起身，朝天桥走过去。他把半瓶啤酒留在他坐的位置上，好像是给自己占座。

我们齐刷刷地望着东一的背影。不知为什么，我的心里升起一丝惭愧，是这些年暗自存在的攀比之心，还是曾经在东一身上得来的优越感和嫉妒心？可无论是优越感还是嫉妒心，这些年我们从没考虑过他的感受，即便是今天我们所表现出来的愤怒，也不完全是为了他，他只是一个导火索而已。老港他们的不幸自不必说，我的郁闷他们却没人知道。我骨子里自卑，就愿意在外人面前装强大。在他们眼里我婚姻稳定工作顺心，而且还能写点小文章陶冶情操换点儿酒钱，其实我心里的不甘和苦恼并不比别人少。在公司里我是个人微言轻的小领导，被大领导玩弄于股掌之中，明知道被算计还得装傻充愣。老婆把日子当算盘子扒拉着过，不算账不说话，不抱怨不开口。我每天像走时准确的钟表一样，奔波于家和单位之间，每天有那么多厌烦却又不得不干的事，那么多讨厌却又不得不见的人，这样的日子我每天都想逃避。为什么我们要嫉妒比我们幸福的人？为什么看到比我们不幸的人心里想的不是怜悯而是庆幸？这不是生活给我们的礼物吗？这种日子就是一条勒在脖子上的自紧扣，越想挣扎勒得就越紧，越想摆脱就越喘不过气来，而且你根本无法让它松一松。多少次了都想找个人打一架，或者像个无依无靠的女人那样大哭一场。

我下意识地站起身，朝天桥走去，我觉得这是一次难得的机会。这时却看见东一正朝我们走了回来。

那天到底发生了什么，我们不知道，东一也再没提，我们只看到东一回到我们身边时，平静得让我们感到意外。我们都断定肯定是东一害怕了，退缩了，这符合他的性格。

第二天晚上，他把我们请到饭店重吃散伙饭，仍对这件事闭口不谈，而且看不出一丁点儿的苦恼和纠结，好像压根儿就没有过那么一码事儿，弄得我们都有些恍惚了，难道东一根本没离婚，甚至根本就没结过婚？！我们吃饭的那家饭店要在第二天举行一对新人的婚礼，主持人带着新娘新郎提前彩排，主持人说：执子之手，与子偕老。我们都不自觉地把目光转移过去。这潦草得丝毫没有感情的彩排过程竟然把我们几个煽得眼泪汪汪。我们和东一之间似乎有了一些微妙的变化，因此这顿酒我们喝得很理性，桌面上没再长出森林来。看着那对新郎新娘彩排完离去，我们也散了。

一觉醒来，阳光充足，天色亮蓝，我有种似曾相识的感觉。虽然不能确定东一此时是不是已经飞翔在天上，但我想他这一次肯定不会再给我们带来什么意外了。

当啷——我手机的短信提示音响了，拿起翻看，竟是东一发来的。

我马上就登机了，心里有些话想跟你说一说，你都能写文章，肯定能懂。我觉得我从小到大一直活得都很别扭，好像什么都不对，错了就特别想被别人原谅，有时候也特别想原谅别人，可是没人觉得原谅对我很重要，我更没有资格去原谅别人，你明白吗？那天我原谅他们不是因为我害怕，那天我打电话骂她，她最后说了一句话，她说她前夫这些年活得很惨，我不忍心看他那么难过。

我想了很久也没想出应该怎么回复，最后回了一个字：哦！

一架飞机在蓝布样的天上缩小成闪闪发光的手术刀片，从容的姿态如同划过光滑柔软的肌肤，像是要剖出一个诱人秘密。

帅府广场上的新娘子

刘嘉陵

沈阳城南,帅府广场上,七米高的张学良戎装雕像后方,一个新娘子正在拍婚纱照。天气晴朗,蓝天白云衬着盛开的桃花,桃花衬着红色的无袖落地婚纱。一个小伙子为她扯起飘逸的蕾丝边裙带,黑色西装的新郎官站在摄影师那边,还有个小伙子站在侧面,双手操着一面圆圆的银色反光板。

该叫她准新娘吧,婚礼还要过些天,那时婚纱就换白色的了,代表圣洁。这是西方的习惯。中国人更喜欢红色,但结婚当日,新娘子大多还是穿白色婚纱,因为有个奇怪的说法:穿红色或粉色意味着二婚。也有新娘子不理这一套,就穿红色的拍照,也上婚礼了,怎么着吧?现在,帅府广场上这位新娘子属于哪一种呢?

她身材颀长,长得很漂亮(当然有化妆的功劳),年龄大约二十六七甚至还大些,手捧一束红玫瑰,盘起的黑发上别着些小红花。新郎官个子也很高,戴着眼镜,黑色西服里衬衫雪白。过会儿,他也走过去,两人一块儿摆起拍照的姿势,微笑着。

忽然,新娘子回过头,向灰色起脊高墙的帅府大门那儿张望。

她听见了什么?一百多年前娶亲响器班子的喧闹吹打声吗?十四岁的张学良和十七岁的于凤至成婚盛典已经开始了吗?帅府大院里搭建的戏台上贺喜的京戏《龙凤呈祥》正在上演吗?"昔日梁鸿配孟光,今朝仙女配襄王。暗地堪笑奴兄长,安排毒计害刘王……"她和她的高个子新郎官比那对民国小新人都大了一旬上下，而时间却在一百多年后。"女大三，抱金砖"，张家老帅对儿子婚事极中意，这也是其中一项。少年张学良却没那么中意，但还是屈从了父母之命，与知书识礼的"大姐"做起夫妻，生了三男一女。后来又在"大姐"的宽容下，从天津接来"小妹"，还为她盖了座赭红色的二层日式小楼，里面该有的之外，另有舞厅和钢琴房，法式家具为主，人称"赵四小姐楼"，就在广场东北方向，百十来米远。

张、于婚庆三十多年后，帅府广场以南一条叫南关的横街上，又一个大户人家也吹吹打打操办起婚礼。那已是二十世纪中叶，沈阳城的新派人物成亲，都先穿起西装和白色婚纱拍婚照。也是桃花盛开的时候，拥有南关半条街店铺、房产的人称"郭半街"的大财主家娶儿媳妇，南关街头站满了瞧热闹的人。

郭家长子是刚从上海交大归来的大学毕业生，新娘子则是东北大学预备校的学生。这样一桩当时少见的高学历婚配轰动了半个沈阳城，但新娘子嫁的并不是前不久还在热恋的情人，那个小伙子也是东北大学预备校的学生，也是富家子弟。他们的恋情是用多少场早期黑白电影、多少次小河沿观荷、多少封派克钢笔一字一字写成的厚厚的情书撑起来的？谁也说不清楚。恋情持续了几年，从他们读国高（国民高中）起，到双双作为尖子生被选入东北大学预备校。

终于有一天，前恋人带着她乘坐豪华马车，来到他家的深宅大院，去向父母禀报婚姻大事。小伙子剃着精精神神的平头，用沈阳老人夸帅哥时喜用的话讲，"毛嘟嘟的大眼睛"，穿着黑色立领学生装。他的恋人梳着齐耳短发，留着刘海儿，穿着阴丹士林蓝裙和红毛衣。那个大户人家的雇工们从一个个店铺的门窗里瞧着这对恋人，都不禁赞叹："才子佳人！"

那家父母见那洋学生言谈举止都还得体，又听说也出身富家，和儿子一样，都已跨进了大学门槛，不禁微微颔首，相视一笑。该进入下一项程序了：合婚。女方把她的生辰八字留下，就走了。小伙子送恋人出了大门，上了黄包车，两只手在指尖上缓缓分开。黄包车跑在沈阳城南横街上，南关的夕阳金光烁烁。

次日上午，老夫人着人请来算命先生，出示了两个孩子的生辰八字。算命先生是沈阳城"五大命相大师"之一，在中街有固定铺面（虽然小了点），出场费即若干块大洋，戴着圆圆的平光眼镜，瓜皮帽，长袍马褂，一身腐气。可若无这身腐气，老夫人还不认呢。老夫人投身万国道德会东北分支的"恢复固有道德"

大业多年了,他们的领导者兼偶像王大善人就是这派头。

"命相大师"眯缝眼睛,摇头晃脑开始工作,十指掐来掐去,嘴里叨叨咕咕。光景有些不妙啊,俩"小人儿"一个属鸡,一个属猴,这叫"龙虎如刀错,鸡猴不到头"。这且不论,属猴的还是女方,比男方大一岁,这又叫什么呢?叫"女大一,不是妻"("女大三"才"抱金砖"呢)!

大师走后,老夫人和老头子商议片刻,把决定说给儿子。儿子脸色大变,浑身筛糠似的颤抖,混乱不堪地向母亲陈述民国已经三十多年,国人的婚配方式也应与时俱进等道理,历数书香门第出身的恋人智识加贤惠、新学融旧美等一条条优长,苦求母亲复议。母亲眉眼间似有几丝不忍,后命儿子起身,容爹妈再合计合计。

午后,老夫人又乘黄包车去了中街"命相大师"那里,从怀中掏出另一对男女的生辰八字,一蛇,一猴,求"大师"再合一次婚。"大师"又眯缝起眼睛,摇头晃脑念念有词,忽从平光镜片后面裂开眼睑,瞪圆了眼睛,道:"这对正合适!福禄鸳鸯,智勇双全,功业垂成,足立宝地,名利双收,一生幸福!"又道:"天作之合,天作之合!"遂操起毛笔,捏着黑油油的袖口,在一方红纸上写下两行竖排小字:"乾造某年某月某日某时建生,坤造某年某月某日某时建生……"

女方仍是东北大学预备校那位洋学生,男方却换上了她的恋人的大哥。那时候女大学生金贵得很,家境又好,生得还不高不矮肥瘦适中,大哥则因多年战乱一直未曾婚配,肥水岂能再流外人田?老夫人于是又点了回鸳鸯谱,让大哥娶下准弟媳。

现在我们清楚了,沈阳城南关街上正在办喜事的郭大财主家,新娘子曾经的恋人正是郭家二帅哥。

小伙子闻听家里的最新安排大恸,扑通一声跪在厅堂,泪流满腮,而老夫人——"万国道德会"东北分支的热心信徒却再无一丝不忍。小伙子跪了整整一夜,据说是整整一夜,要不今天的电视剧里为何老出现这样的场面?可到底,他还是白跪了。

事不宜迟,郭家老大婚庆很快备办完毕。前夜,郭家二帅哥泪痕未干地恳请母亲:"让我再见我嫂子一面……"说到"我嫂子"三个字时,止不住又呜咽起来。郭老夫人这回发了慈悲,准了儿子请求,郭家二帅哥在一间屋子里和"嫂子"谈了许久。"嫂子"好生劝慰了"小叔子"一番,她对重新洗牌的婚配并无异议,若她坚决不从，两人便可用私奔来捍卫爱情。但她没有，一下子相中了更有风度也更成熟的郭家长子，称心如意地做起原恋人、今小叔子的"嫂子"。郭家大帅哥呢，那位从大上海归来的接受过现代教育的理工科高级知识分子，也默认了父母的安排，接受了原本的"弟媳"。

迎亲的唢呐、锣鼓、鞭炮声响彻南关街头，郭家二帅哥卧在大宅院东北角的柴垛后面哭泣，蓬头垢面，衣衫不整，昔日东北大学预备校高才生的风采哪还有一星半点？他哭了一整天，后来就睡着了，醒来即开始疯癫。先是小疯，家人不在意，渐至大疯，大吵大闹，攻击性越来越强，郭老夫人遂命下人用铁链把他锁起来，终日不出居室。

他的疯病曾治愈过，那已是一九四八年，郭家举家迁至北京，在京城为他娶了一房媳妇，眉眼挺周正，头发溜光水滑，但不是大学预备校的高才生了，小家碧玉，喜欢嗑瓜子，听大鼓书，郭家老二的病也时好时犯。郭家觉得愧对二房，大嫂子每到裁缝铺量体裁衣做新装，二弟媳也一块儿带去，做同样的新装，虽说双方的社会地位悬殊。

这样的平静日子又过了段，等到郭家老三娶亲时，郭家老二一听见唢呐、锣鼓、鞭炮声响，见到盖着红盖头的新娘子，忽又疯癫起来。自此，郭家人再不许老二见大嫂了，郭家老大遂携少夫人离家南下。他已是铁路上的总工程师了。

帅府广场上，红色婚纱的新娘子和黑色西装的新郎官向镜头笑着，摆了几种姿势，拥着或不拥着。一百多年前帅府小男女的包办婚姻和七十多年前郭家的爱情悲剧已经远逝，好像只是民国题材电视剧里虚构出来的情节，越来越不可信。

新娘子捶了下新郎官说："到时候你可得抱住我，从楼里出来到车那儿，挺远呢。"

新郎官嘿嘿笑着："悬。"

"你还敢把我扔地上？"

"不是我想扔，是……"

"好哇！"新娘子用没捧花那只手捶打起新郎官，"你就说我胖得了。你直说得了！直说得了！"

"我死不撒手行了吧？就是摔倒了也做你的垫背行了吧？"

"你做垫背也不行！新娘子进婆家前脚不能着地，我老姨都强调一万多遍了！"

"那为啥呢?"

"我的脚要是着了地,我们娘家的财气就跑了。"

"哦,要是你脚不着地,你娘家的财气就都带婆家去了,对不?"

"臭美吧你呀!"

"好好好,一定不让你脚着地。但得有个条件。"

"啥条件?"

"前一天晚上我猛吃一顿,你就光喝减肥茶。"

新娘子又捶了新郎官一拳。这次她换了只手,因为那一大捧红玫瑰也换了手。

正午的帅府广场上,东来西往的游人都扭过头,瞧着他们。

新娘子窘了下,对新郎官耳语着。两人又笑起来。

郭家即将迁往北京前,某个秋日,一对民国小资闺蜜路经郭宅后墙,她们是帅府以东几百米外的文庙小学的教员,文和春。她们走着说着笑着,忽听高墙内一声声叫骂:"老巫婆!老巫婆!把老巫婆扔天上去!扔天上去!"之后是狂笑和砸东西的声音。她们知道,郭家老二又犯疯病了。

她们就要分手了,文刚辞去文庙学校教员的差事,准备随结婚不久的丈夫离开沈城去外地,这对闺蜜正要去照相馆拍照留念。她们第一喜欢看电影,第二喜欢照相,旗袍照、风衣照、毛衫照、背带裤照,后来的列宁服照,再后来的干部制服照。

文和郭家算是远房亲戚,她带春走进郭宅,向长辈们施过礼后,请准去后院看疯表哥。疯子被锁在一间小室,乱发盖眼,胡子拉碴,黑色立领学生装破旧不堪,一身尿臊气,兀自笑着叫骂:"老巫婆!老巫婆!把老巫婆扔天上去!扔天上去!"春远远站着,面有惧色,不解其意。文指了指前院,轻声告诉她,"老巫婆"骂的就是郭家老夫人。疯子嘴角干裂,声音嘶哑,文去厨房大水缸里舀了一瓢水,走上前,递给他。疯子边喝边直勾勾盯着她,文穿着白地儿蓝花旗袍,梳着月份牌上新时代摩登女的发型。疯子忽问:"你是谁家的新娘子?"文抢过他手里的水瓢,刚要走,疯子一把拉住她的手:"你是我大哥的新娘子吗?你是我嫂子吗?"大笑起来,接着又大哭,继续摔东西。"嫂子!新娘子!我的新娘子呢?我要娶新娘子!"

文拉着春匆匆离开郭家,一路上对春狠狠说道:"我更得走了!离开这儿,头都不回！"

　　文的新郎官也是大学生，但他念的是抗战时流亡四川三台那个东北大学，不是郭家疯子和嫂子念的抗战后迁回沈阳的东北大学。文的新郎官念的也不是郭家老大念的理工科，是文科，中文系。抗战胜利后，他从南方回到阔别多年的沈阳老家，在一个局里做事情。大户人家出身的文，心气儿和个头一样高，又是那个年代受人青睐的女教员，多少人保的媒她都没看好。一位白白胖胖的警察局长，她嫌人家有一口金牙。一位戴金丝边眼镜的科长，她嫌人家"黏黏糊糊的"。后来，她的搞建筑设计的姐夫又给她介绍了几位，她都嫌个子矮。姐夫某日忽道："这回我可给你找了个高的！"文的眼睛亮了，刚要细问，姐夫却朝一个方向比画了一下，嬉笑道："你看那南塔怎么样？够高了吧？"

　　南方归来的大学毕业生鸿走在了文的身边。个子倒是高了，挺魁梧，仪表不俗，但南国风烟把那张脸弄得黑黑的，话也不多。亲友们多看好那个白白胖胖的镶了金牙的警察局长，不解文为何看上一个黑黑的穷大学生。文也说不出太多道理，反正就是喜欢这个读书人。文的父亲是前清举人，当年进京赶考时，骑毛驴走了三天三夜。在一张十九世纪末的泛黄照片里，他戴着伞形官帽，穿着长袍和马蹄袖官服，手执折扇，坐在早期照相馆的山水景片前。老爷子饱读诗书，写一手好字，曾参与编修过《沈阳县志》，不在乎女儿与未来女婿的八字犯不犯，在乎的是那个"小人儿"的"淯（学）问"。介绍人把鸿的奖状一样的大学文凭捧给老爷子，老爷子左看右看了几遍，方才捋着胡子点了头。鸿的父亲为人厚重，也写一手好字，读过讲武堂，是东北军的上校军官，不久前刚从江西抗战前线回到沈阳老家，两家算是门当户对了。

　　但没多久，鸿的父亲突遭车祸身亡，留下再无经济来源的继母和五个弟弟妹妹。介绍人忙跑到文家，不再撮合两人婚事，把实情一五一十全告诉了老爷子。老爷子唤来文，问她还中不中意鸿？文不语，后点头。老爷子长吁一声："那就这样吧。人家现在遭了难，咱这时候悔婚，也说不出口啊。"

　　数月后，文做了鸿的新娘子，著名学者陆侃如为他们证的婚。二人在照相馆照了张结婚照，文穿着落地白绸裙，脑后有白色花样装饰，手捧垂地长花束，坐着。鸿穿着三件套黑色西装，扎着领带，胸前佩一大朵下缀新郎官标签的黄花，站着。双双神情庄严，似笑非笑。后来，这张黑白婚照被放大了若干倍，挂到照相馆橱窗里。路人纷纷驻足,惊异新娘子雍容华贵的福相,似年画里的观世音。但新娘子卸下新婚容妆、搬进夫家后,观世音似的福相渐渐消失,开始帮夫君支撑起一大家子生计,买米买菜,打火做饭,洗洗涮涮,双手粗糙起来。

文和春洒泪而别,随鸿登上北去的列车。等他们再回到家乡,沈阳城已进入新时代。此前不久,鸿才把真实身份透露给妻子,那时他们已在哈尔滨解放区,等待组织上分配新的工作了。鸿从南方离开新四军部队,换上便装回到沈阳原来负有特殊使命,打算在大军攻城前,先策反在东北军任团长的父亲。父车祸身亡后,组织上又安排给他别的工作,为沈阳解放做些准备,公开身份是国民党东北物资调节委员会资料科职员。

文的亲友们刚得知文的丈夫真实身份时都大惊小怪,对文的母亲说,这丫头傻了还是疯了?好好儿的国军官儿不嫁,偏要嫁个"土八路"?文的母亲也是裹过脚(后又放开了)、扎着疙瘩鬏、穿着暗色大襟衣的旧式女人,但还有别于一生忙于一万种讲究的郭大财主家夫人,只轻叹一声说,唉,二丫头八成就这命,自个儿的梦,自个儿圆去吧。

鸿和文进入市党报工作,他们住在沈阳城西,公家分配的房子。他们生了三男两女,长子在"文革"知青时代早逝,那是后话了。鸿是报社的领导者之一,大约十年间,他都要带着组织上配的防身手枪,疾步去报社打夜班,一支接一支抽烟,逐字逐句审看四块版,等待随时可能发来的重要新闻稿件,直到东方发白。清晨,简陋的老式印刷机旁,鸿打着呵欠,头发蓬乱,胡茬浓重,边吸着烟和工人师傅唠家常,边接过他们递来的带着油墨香味的当日新报,一块版一块版读去。那时刻,第一缕曙光已映在新报上,他皱了一宿的眉头舒展开来。

此时,文在几里外的二楼家中也早早醒来,正在厨房为丈夫熬小米粥,煮鸡蛋,馏馒头,为孩子们做他们的早餐。再过会儿,又该叫醒孩子们了,上学的上学,上托儿所的上托儿所,之后,她也要在丈夫的鼾声中,轻轻走出去,关好房门,到报社资料室去忙一天的工作。有时候鸿只是装作睡着了,一直听着妻子抑制的呼吸、窸窣的衣服摩擦声和轻轻的脚步远去,推开门,再从外面轻轻关上,咚咚下楼,最后,拉开楼下大门,砰地又关上。

每年春季,文都要约上春(已换了所学校继续教书,嫁给一位职员)大老远坐三轮车跑到沈阳城南,经过帅府,到文庙学校待上一会儿,听着啁啾的鸟叫,转圈望一望衰老残破、屋脊上杂草丛生的大成殿，嗅一嗅大成殿东侧依旧生机盎然的桃花。过会儿两人再往南行，走一走文从那儿长大的南关横街。

几年后，文庙学校拆除了。春天里，文又约春去了那儿，大成殿和前后几所老房子，几株老桃树、老柳树、老槐树、老榆树都不见了。在一片空旷的建筑工地上，她们踏着废砖烂瓦和荒草，一一确认着从前的门房、校长室、上操处、"你的班级""我的班级"，不时争执几句。她们的发式和着装不再摩登，都梳起短发，穿起素色的四个兜干部服，但上衣仍有垫肩，仍从领口翻出尖尖的白色衬衫领。

文庙学校旧址附近，一所新型小学拔地而起。若干年后，成为国家级现代教育实验学校，体育馆、游泳馆、多媒体语音室、微机网络室……仅音乐教室就有五个，钢琴房二十四个。

一九六六年夏，鸿被人用理发推子剃成了"刨花秃"，脸上喷了墨汁，头上戴着长长、尖尖的高帽，颈上挂着大牌子，站在大卡车上游街。晚上鸿回到家，文一见到丈夫的"刨花秃"，放声大哭，哭完了又笑，好似二十年前"郭半街"家的疯子老二一样。为啥叫"刨花秃"？因为推子像刨子在木头上一下一下刨，刨得满地碎发。但民间这说法只对了一半，剃下的一小撮一小撮碎发的确很像木头刨花儿，剃过的头却坑坑洼洼，一点不像刨好的木头构件。

一天夜里，鸿不再连忏悔带委屈地讲政治运动之事了，忽然和文说起奇怪的话，甚至有了笑容。那已是立秋时节，后半夜的清风透过纱窗拂着人身，凉爽舒适。但这个家庭感觉不到那凉爽舒适。鸿问文，这些年，咱俩生了几个孩儿呀？文说你咋明知故问？仨小子俩丫头嘛。鸿说，如果去农村，大丫头和大小子能挣上半拉子工分不？文说咋不能呢，俩大的都很能干，咱要不说，人家准以为大小子不是十六是十八呢，多大的体格呀，我看俩大孩儿一天挣七八分、八九分不成问题。鸿说那如果靠你一个人的工资，再加上俩大孩儿的农村工分，你们娘儿几个能过下去不？文变了脸色，抬高声音说，你啥意思啊？你到底啥意思啊？鸿泪如雨下：我实在受不了啦，受不了啦……兢兢业业为党工作多年，连张公家信纸都不往家拿，没整过人也没害过人，好几次人家要给你调工资我都给捂了，可为什么这样对我为什么呀？还不让人说话不让人申辩，什么脏水都往你头上浇……受够了我实在受够了，没法活啦……我想去摸锅炉房的电门……以后我在天上保佑你们娘儿几个……文厉声喝道，你咋能这么想啊？当年那个给我背普式庚（普希金旧译名）诗的热血青年还是不是你呀是不是你呀？人家还没判你死刑呢你自个儿就判了自个儿死刑？要我说世间万事有始就有终！横竖不能没完没了！运动后期，大不了把你削职为民，发配下乡去当农民，有啥了不起的？咱祖上哪个不是农民？还都是闯关东过来的穷农民，啥苦头没吃过？你别再说啥你们娘儿几个你们娘儿几个的了，还是我们一家七口！都下乡！全当农民！我不信咱一大家子一个懒人没有还能饿死？咱家起码有四个成劳力吧，再加上三个半拉子，一年挣的工分够了。再养点猪啦鸡啦鹅啦鸭啦，房前屋后种上柿子茄子黄瓜芸豆，到时候叫咱回城，咱还不稀得回呢！

鸿被文说得心里敞亮起来，后来虽然又吃了更多苦头，却再没想不开过。他们相跟着从城里到乡下，再从乡下回到城里，直熬到社会又恢复了正常。

鸿重操旧业，把那份地方性报纸办出了很大的响动。

鸿和文最小的儿子也开始谈婚论嫁已是上世纪80年代中期。那个立秋后的一天，他也走在了帅府东侧的南北大街上，身旁有一个纤弱秀气的女孩，美术学院的在读生。两人是第二次见面，他们刚从美术馆看完画展，一路步行而来。

本来要乘公交车的，那会儿太阳已经偏西，她说她要去大南门，父亲单位那边。他说他送送她，她说你就送到对面的环路车站吧。他们让过来往车辆，走到马路对面，找到车站牌子看去：大南门，八站地。他们边等车边聊，聊刚才的美术展览，聊她的大学她的美术专业，聊他的大学他的文学专业，聊天气。

公交车干等不来，好像故意创造机会让他们多聊会儿。他建议陪她先往大南门方向溜达着，不比早早挤进公交车清爽？她同意了，他们向东走去。鸿和文最小的儿子身材高大，也戴着眼镜，如果穿上黑西装白衬衫，就和帅府广场上的新郎官分不清了。但那会儿，他穿的是天蓝色短袖体恤和米色细条绒裤。

不觉间走过了两站地，一辆辆环路车呼啸而过，但他们都不在站上，也不大在乎它们了。他问她，父亲单位在大南门哪个方位？她说大帅府。他问是张作霖他们家吗？她笑了，说当然，还有哪个大帅府啊？她父亲的办公地点在大青楼，几年前，她家从农村"走五七"返城，还曾在那三楼住过一段时间。

八月九号，天气凉爽些了，但毕竟还没出伏。他们开始出汗，她用一直没离手的小手绢不时擦着脸。她穿着深蓝地儿红碎花连衣裙（说是自己做的），白凉鞋，梳俩小辫。

可聊的话题多的是，她们美院油画系男生像女孩一样留起了长发，还用皮套扎起马尾辫，上面开始反"精神污染"和"资产阶级自由化"时，长发、喇叭裤、交谊舞、邓丽君歌曲等等都在必反之列，学校领导就开大会点名批评油画系男生。几天后，油画系男生又集体出现在操场上时，清一色都剃成了秃老亮，一个个圆脑瓜在太阳底下大灯泡子似的闪闪发光。校方又想开大会批评，但终于不了了之。他们下的命令不就是"把长发全部剃掉，否则校纪处分"吗？现在，对方已遵旨把头发剃了，难道还要下第二道命令，让他们的头发立马再长出来吗？美院甚至邻近的音乐学院的女孩都爱上了这些秃老亮，等着瞧吧！他们迟早还会秀发飘逸、英俊帅气的，在画室挥动妙笔，在足球场奔跑叱咤，在宿舍豪饮狂歌，在大山深处背着行囊步履生风。如果有一天能做他们的新娘子，该多有意思。

不觉间八站地全部走完，大帅府到了。她创下了一生中徒步八站地的最高纪录，可两个人都觉得还有好多话没聊。分手时，她把家里的电话号码给了他。

两年后，她做了他的新娘子。那会儿还没时兴穿落地婚纱、拍婚纱照、几十上百桌地大操大办、新人走T型台、主持人不停地饶舌。两家亲朋只是在一家名馆子吃了顿婚宴，统共三桌。保存下来的彩色照片里，新郎官穿着深蓝色西装（没扎领带），牛仔裤。新娘子穿着粉地黑花套头毛衫，棕色筒裤。他们端着高脚杯微笑，新郎官的手搭在新娘子肩头。

新娘子把两年来他们的异地通信一封不缺全部装订好，送给新郎官，总共两摞，上百封信，每封信少则三四页，多则五六页甚至七八页，上面满是蓝黑墨水、纯蓝墨水钢笔字。新郎官捧着厚厚两大摞信件吃惊不小，他以为那些季节、光阴、春雨、冬雪，两地间的苦苦思恋、人间烟火、儿女情长永远蒸发了呢，原来还在，被那些亲爱的纸张和钢笔字给牢牢地留住了，就像夹在书本里的一片片枫叶的纹理和旧了的色彩。

新郎官读研毕业后，刚巧也分配到帅府大青楼，在二楼西南张学良、于凤至卧室设的编辑部做文学编辑。几年后的一个正月初三夜，他只身在一楼值班，空旷的大青楼内寂静阴森。夜半时，他在一楼南大厅角落里的单人床上怎么也睡不着，除了断断续续的耗子咬啮声外，走廊上总像有神秘声音微弱响起。走廊灯彻夜点着，单位春节联欢会的痕迹依稀可见，套圈，摸鼻子，猜谜……玩得真是尽兴，但他最喜欢的还是从父亲鸿那儿遗传来的猜谜的本事。有一条谜语："人人翻身——打一电影名",他猜出来了,谜底是"《丫丫》"。还有条字谜:"三十上下恰似花一样",他又猜出来了,谜底是"卉"。还有条谜语:"已是黄昏独自愁——打一外国喜剧家",这条他也猜出了,但稍费些周折。法国喜剧家莫里哀最为接近,可又有些牵强,关键是那个"莫"字如何解释。他毕竟是古典文学专业的研究生,古汉语里"莫""暮"可以通用,"已是黄昏独自愁"就是"暮(莫)里哀"嘛!……那个窗外黑沉沉的大年初三之夜,大青楼一楼大厅里联欢会的彩色花环怎么不再喜庆,倒像灵堂上的一个个花圈?

又过去三十多年,还是桃花盛开时节,鸿和文已逝去多年,他们最小的儿子想写篇讲老沈阳的东西,跑了几趟沈阳城南,在帅府广场上偶然见到拍婚纱照的新娘子,于是有了题目。此时距张学良、于凤至成亲已一百多年,距郭家老大娶二弟女友也过去七十几年。

新世纪的沈阳城南,彼此相似的商厦、酒店、机关大楼、高档住宅东西南北密密排开,满街筒子彼此相似的大车小车昼夜奔跑。他在金色夕阳中眯缝眼睛注视着南关横街,昔日"郭半街"郭大财主家的大帅哥、大嫂子、二疯子若还健在,都是百岁老人了。他想象着七十多年前的郭家宅院,外祖父家宅院,挂着各色商业幌子的郭家或别家大小店铺,飞檐,高脊,雕花门楣,木格窗,高高悬起的招牌——"某某饭庄""某某金银老店""某某成衣铺""某某参茸药行",伙计们在店铺门口招揽生意的喧闹,土道上一声声悠长如歌又有几许苍凉的摊车叫卖……心头涌起好多种滋味。

他和美院女生的女儿已接近拍婚纱照新娘子的年龄,但那丫头好像还没做够单身族,正在海外留学,三天两头在手机朋友圈晒她刚做好的配着嫩绿菜叶的牛肉面、刚画成的光怪陆离的"心灵叙事"画、刚从超市买来的破洞更多的新潮牛仔裤。每次和父母面对面手机视频,她都嬉皮笑脸地解构父母对她婚姻大事的担忧。你们想啊,民国时代,中国人的平均寿命四十都不到!有的版本说是三十九岁,还有的版本说才三十五岁。所以那时候中国人十五六、十六七结婚太正常了,必须的!否则再过二三十年就差不多到头了。运气好的活过了五十,还指望四世同堂呢。现在就不一样啦,中国人平均寿命都七十五了,女的还要高,据说比男的能高个四点零几岁呢。那我们再谈婚论嫁,年龄段的比例得有点改变吧?至少应该翻一番对不对?从民国时的十五六、十六七,翻到三十一二、三十二三,对不对？嘻嘻……那我离那岁数不还有段距离吗？你说你们还着啥急？嘻嘻……凡事得按科学的、均衡的比例来，对不对？刻舟求剑是不对的，嘻嘻……

他重游故地，原先的单位办公室恢复了帅府昔日的奢华，原先的编辑部——张学良、于凤至卧室的一扇扇长窗旁，又装起富贵的白纱、红绒落地窗帘，摆放起民国时代官宦人家的红棕色贵重家具。穿月白色旗袍的美女讲解员正向一组游客说起陈年旧事："就是在这里，张学良迟迟下不了杀杨宇霆、常荫槐的决心，最后和于凤至商定，抛银元，服从上苍的安排。如果三次都是正面——袁大头着地，就只抓不杀。如果三次都是背面着地，就立即杀掉。张学良拿起银元抛了几次，竟然都是背面着地，他又犹豫起来。于凤至原本就不赞成在帅府里开杀戒，便借机说，也许这块银元的背面分量更重，当然就总是背面着地了。张学良决定再抛三次，如果还是背面着地就只抓不杀，正面着地才杀。他又抛了三次银元，竟然都是袁大头的正面着地，于是他下定决心，除掉了杨、常二人。"

"喂！喂！注意啦！"婚纱影楼的摄影师高喊，"看我的镜头！"穿红色婚纱的新娘子和穿黑色西装的新郎官相拥着，微笑，注视着张学良立姿雕像的左前方。

在他们的视野里，从前的大杂院、各文化单位临时盖起的简陋的家属宿舍平房已无影无踪，全国重点文物保护单位重修的帅府广场天地开阔。西侧的帅府红楼建筑群正在抓紧修缮，东侧的帅府舞厅灰白色小洋楼也准备与占用单位交割，将来扩进张氏帅府博物馆。

新娘子和新郎官耳语，又笑着互相捶打，摄影师停下来，几个小伙子都瞧着他们。

新娘子说："你现在就把我抱起来。"

新郎官扫了一眼四周，一猛劲把她横抱起来。

帅府广场上，远远近近的游人都停下脚步。

新娘子搂着新郎官的脖子，笑嘻嘻回望着摄影师，喊道："多拍一会儿！看他能坚持多久！"

起风了，不用影楼小伙子帮忙，红色婚纱的蕾丝边下摆和裙带自然地飘动，摄影师翘着屁股忙起来。

新娘子的红皮鞋刚着地，一个高个子老男人就走过去，穿着深色夹克衫，戴着眼镜。

他没瞅新娘子，只对新郎官说："我把话先说到前面，到了婚礼现场T型台前，我就不再说了。对我女儿好点！这要求不过分吧？而且我说的这个'好'要长一点，尽可能长一点。但有一天你真对她不好了，老实说我也拿你没什么办法，我还能去你家也就是我女儿家揍你一顿哪？事实上不可能。你要是真不在乎这份翁婿情分了，我怎么可能是你的对手？我不会去你家也就是我女儿家大吵大闹的，但我会在家里独个儿生闷气，像只无头苍蝇来回转悠。还不敢告诉你岳母，因为到那时候，谁知道她身上哪个部位会出现问题呀？我得先瞒着她，把一大堆不痛快一个人兜着。我知道这就是报应，老天爷对所有婚后做得不太好的男人的报应。我现在跟你说的这些话，就是二十多年前我岳父跟我说过的话。有点出入，但大意如此。我相信他当年娶我岳母的时候，他的岳父也就是我老伴儿的姥爷也跟他说过类似的话。再往上推多少代，可能情况都差不太多。就算最不像话的包办婚姻的封建时代，把女儿当水泼出去的狠心爹妈，多半还是希望女婿能对女儿好点。有一天你自个儿的女儿也出嫁了，你不也会和我现在一样跟你的女婿唠叨吗？当然你可能只生一个小子，或者俩，没生丫头，但你说句掏心窝子的话，将心比心，你会愿意儿子和媳妇三天两头就红脸儿吗？媳妇可能挺差劲，这一点谁都打不了保票，但这个媳妇肯定是你们两口子一开始点了头的，差劲也是后来的事对不对？你毕竟是男人啊，我也毕竟是男人啊，我们的岳父和我们岳父的岳父们毕竟都是男人啊，我们要求女婿对女儿好点，先就得对自个儿老婆好点。人类之所以挺到今天还没灭种，当然得靠好多条件，但一定少不了这个条件，就是一茬又一茬的岳父在女儿结婚前，叮嘱他们的女婿也就是再下一茬的岳父，对他们的女儿好点！依我看这就是人类得以繁衍的奥秘之一。当然，我们的女儿也应该对你们好点，这个'好'也要长一点，尽可能长一点。这两个'好'少一个都不行……"

他其实只是在心里说着将对另一个新郎官说的话，可这个新郎官也弄得挺困惑。

敬 告

在编选过程中，由于多种原因，未及与部分所选篇目作者取得联系，请见谅。

为奉上稿酬和样书，请相关作者与责任编辑张婷婷联系。

地址：沈阳市和平区十一纬路 25 号
邮编：110003
电话：024-23280026
E-mail：865304569@qq.com

辽宁人民出版社
2019 年 12 月